Cody Mcfadyen

DAS BÖSE IN UNS

AUSGELÖSCHT

Zwei Smoky-Barrett-Romane in einem Band

Aus dem amerikanischen Englisch von
Axel Merz, Angela Koonen und Dietmar Schmidt

BASTEI
LÜBBE
TASCHENBUCH

BASTEI LÜBBE TASCHENBUCH
Band 17 333

Dieser Titel ist auch als Hörbuch und E-Book erschienen

FSC
www.fsc.org
MIX
Papier aus verantwortungsvollen Quellen
FSC® C083411

Vollständige Taschenbuchausgabe
der im Gustav Lübbe Verlag und bei Lübbe Hardcover erschienenen
Hardcoverausgaben

Titel der amerikanischen Originalausgaben:
»The Darker Side« und »Abandoned«

Titelillustration: © shutterstock/Nella; © shutterstock/Korionov
Umschlaggestaltung: Kirstin Osenau
Satz: Urban SatzKonzept, Düsseldorf
Gesetzt aus der Adobe Caslon Pro
Druck und Verarbeitung: CPI books GmbH, Leck – Germany
Printed in Germany
ISBN 978-3-404-17333-4

5 4 3 2 1

BASTEI
LÜBBE
TASCHENBUCH

Weitere Titel des Autors:

Die Blutlinie
Der Todeskünstler
Das Böse in uns
Ausgelöscht
Der Menschenmacher

Titel in der Regel auch als Hörbuch und E-Book erhältlich

Über den Autor:

Cody Mcfadyen, geboren 1968, unternahm als junger Mann mehrere Weltreisen und arbeitete danach in den unterschiedlichsten Branchen. DIE BLUTLINIE war sein erster Roman und sorgte weltweit für großes Aufsehen. Mit den Bestsellern DER TODESKÜNSTLER, DAS BÖSE IN UNS und AUSGELÖSCHT hat er die außergewöhnliche Thriller-Reihe um Smoky Barrett, die inzwischen Kultstatus genießt, fortgesetzt.

Cody Mcfadyen

DAS BÖSE IN UNS

Thriller

Aus dem Englischen
von Axel Merz

Für Hyeri – für ihre Sanftmut

Danksagungen

Mein Dank geht wie stets an Liza und Havis Dawson für die kompetente und begeisterte Repräsentation. Liza danke ich für das geduldige Zuhören, wenn ich wieder mal das Bedürfnis hatte, zu jammern oder zu schimpfen. Dank an Chandler Crawford, dass sie meine Werke übers Meer in andere Länder getragen und dort großes Interesse daran geweckt hat. Herzlichen Dank auch an Danielle Perez und Nick Sayers für ihre redaktionelle Arbeit. Und Dank an die vielen Leser, die mir geschrieben oder E-Mails geschickt haben. Ihr seid der Treibstoff für den Motor, Leute. Ich schreibe so lange weiter, wie ihr meine Bücher lest.

TEIL 1

DIE RUHE VOR DEM STURM

KAPITEL 1

Sterben ist eine einsame Sache.

Das Leben aber auch.

Wir alle verbringen unser Leben im tiefsten Innern einsam und allein. Ganz gleich, wie viel wir mit den Menschen teilen, die wir lieben, irgendetwas halten wir stets zurück. Manchmal ist es eine Kleinigkeit – zum Beispiel, wenn eine Frau sich an eine heimliche, längst vergangene Liebe erinnert. Sie erzählt ihrem Gatten, sie habe keinen Mann inniger geliebt als ihn, in ihrem ganzen Leben nicht, und das stimmt auch. Allerdings hat sie einen anderen Mann genauso sehr geliebt.

Manchmal ist das Geheimnis in unserem Innern etwas Riesiges und Düsteres – ein Ungeheuer, das direkt hinter uns lauert und dessen heißen Atem wir zwischen den Schulterblättern spüren. Ein Beispiel: Ein Student erlebt auf dem College, wie eine Frau von mehreren Kerlen nacheinander vergewaltigt wird, doch unser Student sagt kein Wort, zu keinem Menschen. Jahre später wird er Vater einer Tochter. Je mehr er sie liebt, desto größer werden seine Schuldgefühle. Trotzdem wird er seine inneren Qualen niemandem anvertrauen. Er wird eher Folter und Tod erleiden als die Wahrheit sagen.

In tiefster Nacht – in den Stunden, wenn jeder von uns alleine ist – kommen diese alten Geheimnisse und klopfen bei uns an. Einige klopfen lautstark, andere leise, kaum vernehmlich. Doch ob laut oder leise, sie kommen. Keine verschlossene Tür kann sie aufhalten. Sie haben den Schlüssel zu unserem Innersten. Wir reden mit ihnen, flehen sie an, wir verfluchen sie, schreien sie an. Wir wünschen uns, mit jemandem über diese Geheimnisse reden zu können, sie jemandem anvertrauen zu können, nur einem einzigen anderen Menschen, um ein klein wenig Erleichterung zu finden.

Wir wälzen uns im Bett hin und her oder gehen im Zimmer auf und ab oder nehmen Drogen oder heulen den Mond an, bis endlich der Morgen dämmert. Mit dem neuen Tag verstummt das Jaulen und Kreischen unserer dunklen Geheimnisse; sie kapseln sich wieder ein in unserem Innern, und wir tun unser Bestes, mit ihnen weiterzuleben. Der Erfolg bei diesem Unterfangen hängt von der Art und Größe des Geheimnisses ab und dem, der es in sich trägt. Nicht jeder ist dazu geschaffen, mit Schuld zu leben.

Jung oder Alt, Mann oder Frau, jeder hat Geheimnisse. Das habe ich gelernt. Das habe ich erfahren. Ich weiß es von mir selbst.

Jeder.

Ich blicke auf das tote Mädchen auf dem metallenen Untersuchungstisch und frage mich: *Welche Geheimnisse hast du mitgenommen, von denen nie jemand erfahren wird?*

Sie ist viel zu jung, um tot zu sein. Anfang zwanzig. Wunderschön. Langes, dunkles, glattes Haar. Ihre Haut hat die Farbe von hellem Kaffee; sogar im harten Licht der Leuchtstoffröhren sieht ihre Haut glatt und makellos aus. Hübsche, zarte Gesichtszüge. Eine Angloamerikanerin mit leichtem Latino-Einschlag. Ihre Lippen sind blass im Tod, doch sie sind voll, ohne dick zu sein. Ich stelle mir vor, wie diese Lippen bei einem Lächeln ausgesehen haben, das in ein Lachen übergeht – ein weiches, melodisches Lachen. Sie ist klein und schlank; das sehe ich durch das Laken hindurch, das sie vom Hals abwärts bedeckt.

Ich habe viele Ermordete gesehen, doch jedes Mal erschüttert es mich aufs Neue. Ob Täter oder Opfer, gut oder böse, jeder war ein Mensch mit Hoffnungen, Träumen und Lieben. Doch wir leben in einer Welt, in der die Karten *gegen* das Leben spielen.

Die Welt gibt uns reichlich Gelegenheit zu sterben: Krebs, ein Unfall auf der Autobahn, ein Herzanfall mit einem Glas Wein in der Hand und einem erstickten Lächeln im Gesicht. Mörder betrügen dieses System. Sie helfen den Dingen auf die Sprünge, beschleunigen sie, nehmen ihren Opfern etwas, das auch so schwer genug zu behalten und deshalb umso kostbarer ist. Und das macht mich rasend. Ich habe es gehasst, als ich es zum ersten Mal gesehen habe, und ich hasse es heute noch mehr.

Ich habe seit langem mit dem Tod zu tun. Ich arbeite beim FBI in Los Angeles und leite seit zwölf Jahren ein Team, dessen Aufgabe darin besteht, den schlimmsten Abschaum zu jagen. Serienkiller. Kinderschänder und -mörder. Männer, denen es Lust bereitet, Frauen zu Tode zu foltern, und die dann Sex mit den Leichen ihrer Opfer haben. Ich jage lebende Albträume, und es ist jedes Mal schrecklich. Doch es ist überall, und es ist unausweichlich.

Aus diesem Grund muss ich jetzt meine Frage stellen:

»Was machen wir hier, Sir?«

Assistant Director Jones ist mein langjähriger Mentor, mein Boss und der Verantwortliche für sämtliche Aktivitäten des FBI im Großraum Los Angeles. Nur haben wir jetzt ein Problem: Wir sind nicht in Los Angeles. Wir sind in Virginia, nicht weit von Washington D. C.

Das ist der Grund für meine gefühllose Frage, was wir hier eigentlich verloren hätten.

Diese arme Frau mag tot sein, und die Unumstößlichkeit ihres Todes geht mir nahe, doch ich bin nicht für sie zuständig. Sie ist keine von meinen Toten.

AD Jones mustert mich mit einem Seitenblick, teils nachdenklich, teils verärgert. Jones sieht genau wie der Mann aus, der er ist: ein erfahrener Cop, ein narbiger Veteran. Er sorgt für die Einhaltung der Gesetze, und er führt Menschen. Jones hat ein kantiges, ausdrucksstarkes Gesicht, müde, aber harte Augen und einen militärischen Haarschnitt ohne Rücksicht auf Mode oder irgendwelche Kinkerlitzchen. Jones ist auf seine Weise ein attraktiver Mann, dreimal geschieden; die Frauen stehen auf ihn. Doch hier steckt mehr dahinter. Ein Schatten in einer Stahlkassette.

»Eine Bitte von ganz oben, Smoky«, sagt Jones. »Von Director Rathbun persönlich.«

»Tatsächlich?«

Ich bin ehrlich überrascht. Warum hier? Warum ich? Und warum geht AD Jones auf diese unübliche Bitte ein? Er war nie ein bürokratischer Sesselfurzer, sondern hat Befehle unnachgiebig hinterfragt, wenn er das Gefühl hatte, fragen zu müssen. AD Jones mag zwar »Bitte von ganz oben« gesagt haben, doch wir wären trotzdem nicht hier, hätte er nicht den Eindruck, dass es einen guten Grund dafür gibt.

»Ja«, antwortet er. »Rathbun hat einen Namen fallen lassen, den ich nicht übergehen konnte.«

Die Tür zur Leichenhalle schwingt auf, ehe ich die naheliegende Frage stellen kann.

»Wenn man vom Teufel spricht«, murmelt AD Jones.

FBI Director Samuel Rathbun betritt den Raum allein – schon wieder etwas Ungewöhnliches. Leute seines Ranges reisen normalerweise mit Gefolge; das war schon vor dem elften September so. Nun kommt Rathbun zu uns und streckt zuerst mir die Hand entgegen. Ich ergreife sie, schüttle sie und schaue ihm verwirrt ins Gesicht.

Sieht so aus, als wäre ich hier die Ballkönigin, geht es mir durch den Kopf. *Aber warum?*

»Agentin Barrett«, sagt Rathbun in jenem Bariton, der sein Markenzeichen und politisch sehr vorteilhaft ist. »Danke, dass Sie so kurzfristig gekommen sind.«

Sam Rathbun, normalerweise »Sir« genannt, ist für einen FBI-Chef eine durchaus erträgliche Mischung äußerer und innerer Qualitäten. Er hat das erforderliche gute Aussehen und den politischen Durchblick, doch er verfügt auch über polizeiliche Fronterfahrung. Er hat als Cop angefangen, nebenbei ein Abend-

studium in Jura absolviert und ist irgendwann beim FBI gelandet. Ich würde nicht so weit gehen, ihn »aufrichtig« zu nennen – sein hoher Rang verhindert diesen Luxus –, doch er lügt nur, wenn es unbedingt sein muss. Dem Vernehmen nach ist er ziemlich rücksichtslos, was mich nicht überraschen würde, und er soll ein Gesundheitsfanatiker sein. Er raucht nicht, trinkt nicht, verzichtet auf Kaffee und Cola und joggt jeden Morgen fünf Kilometer.

Tja, jeder hat so seine Fehler.

Ich muss den Kopf in den Nacken legen, um ihm in die Augen zu sehen. Ich bin nur knapp einsfünfzig; deswegen bin ich daran gewöhnt.

»Überhaupt kein Problem, Sir«, lüge ich, dass sich die Balken biegen.

Denn genau genommen *war* es ein Problem. Ein verdammt großes Problem sogar. Doch AD Jones ist derjenige, der die Nebenwirkungen zu spüren bekommt, wenn ich mich störrisch zeige.

Rathbun nickt AD Jones zu. »Guten Tag, David«, sagt er.

»Guten Tag, Sir.«

Ich vergleiche die beiden Männer mit einigem Interesse. Sie sind ungefähr gleich groß. AD Jones hat braunes Haar, kurz geschnitten auf eine Weise, die sagt: »Ich hab keine Zeit, mich mit Äußerlichkeiten aufzuhalten.« Rathbuns Haar ist schwarz, durchsetzt mit grauen Strähnen und sorgfältig frisiert. Ein sehr attraktiver Mann in den besten Jahren, ein Macher durch und durch. AD Jones ist vielleicht zehn Jahre älter als Rathbun und hat mehr Falten um die Augen, während Rathbun aussieht wie jemand, der morgens joggt und seinen Sport liebt. Jones hingegen sieht aus wie jemand, der morgens joggen *könnte* und es vorzieht, stattdessen eine Zigarette zu rauchen und eine Tasse Kaffee dazu zu trinken – und zum Teufel mit jedem, dem das nicht passt. Rathbuns Anzug sitzt besser, und er trägt eine Rolex am Handgelenk. Jones trägt eine Uhr, für die er wahrscheinlich nicht mehr als dreißig Dollar bezahlt hat – vor zehn Jahren. Die Unterschiede sind also deutlich. Doch was mich trotz allem viel mehr interessiert, sind die Ähnlichkeiten der beiden.

Jeder hat den gleichen müden Blick – einen Blick, den man bekommt, wenn man heimlich eine schwere Last zu tragen hat. Beide haben die Gesichter von Pokerspielern, die nie alles auf den Tisch legen.

Zwei Männer, mit denen das Leben für eine Frau nicht einfach wäre, überlege ich. *Nicht, weil sie schlechte Kerle wären, sondern weil sie davon ausgehen, dass man um ihre Liebe weiß, und das muss reichen. Liebe ja, Blumen nein.*

Director Rathbun wendet sich wieder zu mir. »Ich komme gleich zur Sache, Agentin Barrett«, sagt er. »Sie sind hier, weil ich gebeten wurde, Sie bei dieser Sache hinzuzuziehen. Von jemandem, dem ich diese Bitte nicht abschlagen kann.«

Ich werfe einen raschen Blick zu AD Jones. Ich muss an seine Worte denken, Director Rathbun habe »einen Namen fallen lassen«.

»Dürfte ich fragen von wem, Sir?«

»Gleich.« Er nickt in Richtung der Leiche. »Sagen Sie mir, was Sie sehen.«

Ich drehe mich zu der Toten um, konzentriere mich.

»Eine junge Frau, Anfang zwanzig. Wahrscheinlich Opfer eines Verbrechens.«

»Wie kommen Sie darauf?«

Ich deute auf mehrere Blutergüsse am linken Oberarm der Toten. »Die Hämatome sind rot bis dunkelrot, sodass sie sehr frisch sein müssen. Sehen Sie die Umrisse der Finger? Die Hämatome wurden durch die Hand eines Menschen verursacht. Man muss sehr fest zupacken, um derartige Blutergüsse zu verursachen. Andererseits ist der Leichnam kalt. Das bedeutet, dass die Frau seit wenigstens zwölf Stunden tot sein muss, angesichts der Blutergüsse eher zwanzig Stunden – allerdings weniger als sechsunddreißig Stunden, denn das Opfer befindet sich noch im Zustand der Leichenstarre.« Ich zucke die Schultern. »Sie war jung, und

jemand hat sie kurz vor ihrem Tod so fest am Arm gepackt, dass Spuren zurückgeblieben sind. Sehr verdächtig.« Ich blicke Rathbun mit einem schiefen Grinsen an. »Oh, beinahe hätte ich es vergessen ... aller Wahrscheinlichkeit nach ist die Frau keines natürlichen Todes gestorben, sonst wäre ich nicht hier.«

»Gut beobachtet, wie ich es nicht anders erwartet habe«, sagt Rathbun. »Sie haben recht, Agentin Barrett. Die Frau wurde ermordet. An Bord eines Passagierflugzeugs auf dem Weg von Texas nach Virginia. Niemand hat bemerkt, dass sie tot war, bis sämtliche Passagiere die Maschine verlassen hatten und die Stewardess versucht hat, die Frau zu wecken.«

Ich starre ihn an. Ich bin sicher, dass er mich auf den Arm nimmt. »Ein Mord in zehntausend Metern Höhe? Das ist ein Witz, Sir, oder?«

»Leider nein.«

»Woher wissen wir, dass sie ermordet wurde?«

»Die Art und Weise, wie sie gefunden wurde, lässt keinen anderen Schluss zu. Doch ich möchte, dass Sie sich alles mit eigenen Augen anschauen, ohne Voreingenommenheit.«

Ich wende mich erneut der Leiche zu. Ich bin jetzt schon fasziniert von diesem Fall. »Wann ist es passiert? Wann genau wurde die Frau gefunden?«

»Ihr Leichnam wurde vor zwanzig Stunden entdeckt.«

»Haben wir bereits eine Todesursache?«

»Die Autopsie steht noch aus.« Director Rathbun blickt auf seine Uhr. »Der Gerichtsmediziner müsste bald hier sein. Wahrscheinlich wurde er aufgehalten, weil er zuvor eine Verschwiegenheitsvereinbarung unterschreiben muss.«

Dieser außergewöhnliche Umstand bringt mich zu meiner ursprünglichen Frage zurück: »Warum ausgerechnet ich, Sir? Oder besser gefragt, warum *Sie?* Was ist so Besonderes mit dieser Frau, dass es die Einbindung des FBI-Chefs in die Ermittlungen erfordert?«

»Das werde ich Ihnen gleich sagen. Aber zuerst möchte ich,

dass Sie sich etwas ansehen. Haben Sie Geduld, Agentin Barrett.«

Als hätte ich eine Wahl.

Rathbun geht zu der Leiche und hebt das Laken von der Brust der Toten. Er hält es hoch.

»Sehen Sie her«, sagt er.

AD Jones und ich treten zum Kopfende des Untersuchungstisches, sodass wir den Leichnam von oben nach unten betrachten können. Ich sehe kleine Brüste mit braunen Warzen, einen flachen Bauch, um den ich die Frau beneiden würde, wäre sie noch am Leben. Mein Blick gleitet tiefer und gelangt ungestraft zum Schambereich, eine der vielen Würdelosigkeiten, die Tote über sich ergehen lassen müssen.

Und dann halte ich schockiert inne.

»Sie hat einen Penis!«, sprudelt es aus mir hervor.

AD Jones sagt nichts.

Director Rathbun lässt das Laken zurückgleiten, langsam und behutsam, eine beinahe väterliche Geste.

»Das ist Lisa Reid, Agentin Barrett. Sagt Ihnen der Name etwas?«

Ich runzle die Stirn, während ich versuche, die Verbindung herzustellen. Ich kenne nur einen Namen, der die Anwesenheit von Director Rathbun rechtfertigen würde.

»Sie meinen … wie beim Kongressabgeordneten Reid aus Texas?«

»Ganz recht. Lisa wurde als Dexter Reid geboren. Mrs. Reid hat speziell Sie angefordert. Sie ist mit Ihrer … äh, Geschichte vertraut.«

Sein Unbehagen amüsiert mich, doch ich lasse mir nichts anmerken.

Vor drei Jahren haben mein Team und ich einen Serienkiller gejagt, einen Psychopathen namens Joseph Sands. Wir waren ihm ganz dicht auf den Fersen, als er eines Nachts in mein Haus einbrach. Er fesselte mich an mein Bett und vergewaltigte mich wieder und wieder. Dann zerschnitt er mit einem Jagdmesser meine linke Gesichtshälfte, raubte mir für immer meine Schönheit und ließ eine unauslöschliche Reliefkarte aus Schmerz und Narbengewebe zurück.

Die Narbe fängt an meinem Haaransatz an, mitten auf der Stirn. Von dort verläuft sie senkrecht nach unten und zwischen den Augenbrauen hindurch, ehe sie in einem nahezu perfekten Neunzig-Grad-Winkel nach links wegführt. Ich habe keine linke Augenbraue mehr – die Narbe hat sie ersetzt. Von dort aus verläuft sie weiter über meine Schläfe und beschreibt eine träge Schlangenlinie über meine Wange nach unten. Von dort führt sie messerscharf zu meiner Nase und über den Nasenrücken und zieht sich über den Nasenflügel zum Kieferknochen, um von dort aus am Hals entlang bis zum Schlüsselbein zu verlaufen, wo sie endet.

Ich habe eine weitere Narbe, perfekt und gerade, die unter meinen linken Auge anfängt und sich bis zum Mundwinkel zieht. Sie ist das Geschenk eines anderen Psychopathen, der mich gezwungen hat, mir diese Wunde eigenhändig zuzufügen, mit einem Messer, während er mir sabbernd und grinsend zuschaute.

Das aber sind nur die sichtbaren Narben. Unter dem Kragen meiner Bluse gibt es weitere, hinterlassen von Mr. Sands' Jagdmesser und dem kirschroten Ende einer brennenden Zigarre. Ich verlor in jener Nacht mein Gesicht – doch das ist noch das Geringste, was Sands mir gestohlen hat. Er war ein hungriger Dieb und ein Feinschmecker, und er aß nur die kostbarsten Speisen.

Ich hatte einen Ehemann, einen wunderbaren Mann namens Matt. Sands fesselte ihn an einen Stuhl und ließ ihn dabei zuschauen, wie er mich vergewaltigte und mein Gesicht verstümmelte. Anschließend bekam ich den Logenplatz und durfte zusehen, wie er Matt folterte und tötete. Wir weinten beide, schrien beide – und dann war Matt nicht mehr da. Schreien war das Letzte auf dieser Welt, was wir gemeinsam taten.

Es gab noch einen letzten Diebstahl, den schlimmsten, allerschlimmsten von allen. Meine zehn Jahre alte Tochter Alexa. Ich hatte es irgendwie geschafft, mich zu befreien, und war mit meiner Waffe hinter Sands her gewesen. Er riss Alexa zu sich hoch, als ich auf den Abzug drückte, und die Kugel, die für ihn gedacht war, tötete meine eigene Tochter. Ich durchlöcherte Sands mit den restlichen Kugeln im Magazin und lud schreiend nach, um weiter auf ihn zu schießen. Ich hätte bis ans Ende aller Tage auf ihn gefeuert, wenn sie mich gelassen hätten.

Nach jener Nacht folgten sechs Monate, die ich am Rande des Suizids verbrachte, eingehüllt in Verzweiflung und Irrsinn. Ich wollte sterben, und ich wäre wohl auch gestorben. Doch ich wurde gerettet, weil vorher jemand anders starb.

Meine beste Freundin aus der Zeit an der Highschool, Annie King, wurde nur aus einem einzigen Grund von einem Irren ermordet: Er wollte, dass *ich* ihn jagte. Er vergewaltigte Annie auf brutalste Weise und schlitzte sie mit einem Fischmesser auf. Als er mit ihr fertig war, band er Annies zehn Jahre alte Tochter, Bonnie, mit ihrer Mutter zusammen. Bonnie war drei Tage lang an die Leiche ihrer Mutter gefesselt, bevor sie gefunden wurde. Drei Tage und Nächte Wange an Wange mit ihrer ausgeweideten, toten Mutter.

Ich erfüllte Annies Mörder seinen Wunsch: Ich jagte ihn und tötete ihn ohne jeden Skrupel.

Als es vorbei war, bekam mein Leben wieder einen Sinn: Annie hatte mir Bonnie anvertraut, wie sich herausstellte. Normalerweise wäre es eine zum Scheitern verurteilte Beziehung gewesen, denn ich war ein seelischer Krüppel, und Bonnie hatte das Grauen, das sie erlebt hatte, die Sprache geraubt. Doch das Schicksal kann sehr launisch sein. Aus Flüchen erwächst manchmal Segen. Wir waren beide zerbrochen, Bonnie und ich; zusammen aber halfen wir uns gegenseitig, wieder gesund zu werden. Bonnie fing zwei Jahre nach ihrem grauenerregenden Erlebnis wieder zu sprechen an, und ich habe meinen Lebenswillen zurück, ja, es kommt sogar vor, dass ich mich am Leben erfreue, was ich vor nicht allzu langer Zeit für ein Ding der Unmöglichkeit gehalten habe.

Ich habe gelernt, mit meiner körperlichen Entstellung zu leben. Ich habe mich selbst nie als schön empfunden, doch hübsch war ich. Ich bin klein und habe lockiges braunes Haar, das mir bis zu den Schultern reicht. Ich habe »mundgerechte Titten«, wie Matt sie zu nennen pflegte, und einen Hintern, der größer ist, als ich ihn gerne hätte, obwohl er für sich genommen anziehend scheint. Ich habe mich stets wohlgefühlt in meiner Haut und war mit meinem Aussehen ganz zufrieden. Sands' Werk jedoch hatte zur Folge, dass ich jedes Mal, wenn ich in den Spiegel schaute, zitterte und Schweißausbrüche bekam. Nach jener Nacht bürstete ich mein Haar nach vorn, um die Narben zu verdecken. Heute binde ich es zu einem Pferdeschwanz nach hinten, dicht am Kopf anliegend, eine Herausforderung an die Welt: Schau hin! Und ich scheiß drauf, wenn es dir nicht gefällt, was du siehst.

Das alles – meine »äh, Geschichte«, wie Director Rathbun es nennt – ist in Zeitungen und Zeitschriften im ganzen Land breitgetreten worden und hat mich bei Gut und Böse zu einer Art gruseliger Berühmtheit gemacht.

Darüber hinaus hat meine Entstellung eine obere Karrieregrenze beim FBI für mich festgelegt. Es gab mal eine Zeit, da wurde ich als Nachfolgerin von AD Jones gehandelt. Das ist vorbei. Meine Narben verleihen mir ein gutes Gesicht für eine Jägerin – oder jemanden, der Jäger ausbildet (man hat mir tatsächlich einen entsprechenden Posten in Quantico angeboten, aber ich habe abgelehnt), doch was das administrative Gesicht des FBI angeht und Fotoshootings mit dem Präsidenten, wird es so weit nicht kommen.

Ich bin mit alledem im Reinen, schon seit geraumer Zeit. Ich würde nicht sagen, dass ich meine Arbeit genieße – genießen ist nicht das richtige Wort –, doch ich bin stolz darauf, einen guten Job zu machen.

»Ich verstehe«, antworte ich. »Warum haben Sie zugestimmt?«

»Der Kongressabgeordnete Reid ist mit dem Präsidenten befreundet, und dessen zweite Amtszeit neigt sich bekanntlich dem

Ende zu. Reid ist Spitzenkandidat für die Nominierungswahlen der Demokraten, wie Sie sicherlich wissen.«

»Präsident Allens Partei«, spricht AD Jones das Offensichtliche aus.

Langsam kristallisiert sich ein Bild heraus. Der Name, den Rathbun hat fallen lassen – der Name, den AD Jones nicht ignorieren konnte –, ist der des Präsidenten. Und Dillon Reid ist nicht nur ein Freund des Präsidenten, er ist sein möglicher Nachfolger.

»Das wusste ich nicht«, sage ich leise.

Director Rathbun hebt die Augenbrauen. »Sie wussten nicht, dass Dillon Reid ein Kandidat der Demokraten ist? Schauen Sie sich denn keine Nachrichten an?«

»Nein. Die Nachrichten sind immer nur schlecht. Warum sollte ich mir da die Mühe machen?«

Rathbun starrt mich ungläubig an.

»Es ist nicht so, als würde ich nicht zur Wahl gehen«, füge ich hinzu. »Wenn die Zeit gekommen ist, sehe ich mir die Kandidaten und ihre Programme an. Es ist nur so, dass ich mich nicht für den Mist interessiere, der vorher passiert.«

AD Jones lächelt schwach. Director Rathbun schüttelt den Kopf.

»Nun, jetzt, wo Sie es wissen, hören Sie gut zu«, sagt er.

Die Vorreden sind vorbei; jetzt ist die Zeit gekommen, die Befehle auszugeben.

»Im Verlauf dieser Ermittlung werden Sie sich zu keinem Zeitpunkt von der Politik oder politischen Erwägungen hindern lassen, aufrichtig und ehrlich zu arbeiten. Außerdem erwartet man Rücksicht und Diskretion von Ihnen. Ich werde Sie mit ein paar wichtigen Fakten vertraut machen. Sie werden diese Informationen für sich behalten. Sie werden sie nicht schriftlich niederlegen, nicht in einer Notiz, nicht in einer E-Mail. Sie werden diese Fakten nur an jene Mitglieder Ihres Teams weitergeben, die darüber Bescheid wissen müssen, und Sie werden dafür Sorge tragen, dass diese Personen ebenfalls den Mund halten. Ist das so weit klar?«

»Jawohl, Sir«, antworte ich.

AD Jones nickt.

»Ein transsexuelles Kind ist politisches Dynamit für jeden, besonders für einen demokratischen Kongressabgeordneten in einem Bundesstaat mit überwiegend republikanischen Stammwählern. Die Reids haben dieses Problem dadurch gelöst, dass sie offiziell jegliche Verbindung zu ihrem Sohn abgebrochen haben. Er wurde zwar nicht enterbt, doch wann immer sie gefragt werden, lautet ihre Antwort, dass er zu Hause nicht willkommen sei, solange er sein transsexuelles Leben führe. Es war in den Schlagzeilen, und es verschwand wieder aus den Schlagzeilen, und damit war die Sache mehr oder weniger erledigt.«

»Aber es war gelogen, oder?«, fragt AD Jones.

Ich blicke ihn überrascht an.

Rathbun nickt. »Die Wahrheit ist, die Reids liebten ihren Sohn. Es war ihnen völlig egal, ob er schwul, transsexuell oder Marsianer war.«

Und jetzt verstehe ich. »Die Eltern haben geholfen, die Geschlechtsumwandlung zu finanzieren, habe ich recht?«

»So ist es. Nicht direkt, versteht sich, aber sie haben Dexter Geld gegeben, wann immer er etwas brauchte – in dem Wissen, dass er es für seine sexuelle Verwandlung benutzen würde. Abgesehen davon hat Dexter heimlich jedes Weihnachten bei seiner Familie verbracht.«

Ich schüttle ungläubig den Kopf. »Ist diese Lüge tatsächlich so bedeutsam?«

Rathbun schaut mich an und lächelt. Es ist das Lächeln eines Erwachsenen gegenüber einem Kind, das einen soeben mit seiner Naivität bezaubert hat. *Ist sie nicht süß?*

»Sehen Sie nicht den Kampf der Kulturen, der in diesem Land entbrannt ist? Nun, stellen Sie sich diesen Kampf zehnmal verbissener vor, und Sie wissen, wie es in Teilen des Südens aussieht. Es könnte den Ausschlag geben, ob man zum Präsidenten gewählt wird oder nicht. Ja, diese Lüge *ist* bedeutsam.«

Ich überdenke seine Worte. »Ich verstehe«, sage ich. »Aber das alles interessiert mich nicht.«

Rathbun runzelt die Stirn. »Agentin Barrett ...«

»Moment bitte, Sir. Ich sage nicht, dass ich nicht bereit bin, Vertraulichkeit zu wahren. Ich sage nur, dass ich sie nicht wahren werde, nur weil der Kongressabgeordnete Reid gerne Präsident werden möchte. Das interessiert mich einen Scheißdreck. Ich wahre die Vertraulichkeit, weil eine Familie, die ihren Sohn verloren hat, es so von mir möchte.« Ich nicke in Richtung von Lisas Leichnam. »Und weil Lisa den Anschein macht, als wäre es ihr ebenfalls lieber so.«

Rathbun starrt mich für einen Moment an. »Meinetwegen«, sagt er schließlich und fährt fort: »Mrs. Reid wird Ihre Kontaktperson zur Familie sein. Wenn Sie mit dem Abgeordneten sprechen müssen, wird sie einen Termin vereinbaren. Erforderliche Genehmigungen beispielsweise, was die Durchsuchung von Lisas Wohnung angeht. In allen diesen Dingen ist Mrs. Reid Ihre Ansprechpartnerin. Halten Sie sich vom Abgeordneten Reid fern, es sei denn, es ist absolut notwendig.«

»Und wenn am Ende alles darauf hindeutet, dass er der Täter ist?«, frage ich. »Was dann?«

Rathbuns Lächeln ist humorlos. »Dann zähle ich darauf, dass Sie sämtliche politischen Notwendigkeiten ignorieren.«

»Wer kümmert sich um die Medien?«, fragt AD Jones.

»Ich selbst. Ich möchte nicht, dass einer von Ihnen mit der Presse spricht. Kein Kommentar, basta.« Er sieht mich an. »Das gilt ganz besonders für Agentin Thorne.«

Er meint damit Callie, ein Mitglied meines Teams. Sie ist berüchtigt dafür, dass sie sagt, was sie will und wann sie es will.

Ich muss grinsen. »Keine Sorge, Sir. Sie hat Wichtigeres zu tun.«

»Wie das?«

»Sie heiratet nächsten Monat.«

Er stutzt. »Tatsächlich?«

Callie ist beim FBI als eingefleischte Junggesellin bekannt. Ich gewöhne mich allmählich an die ungläubigen Mienen, wenn ich die Neuigkeit verkünde, dass sie in den Stand der Ehe treten will.

»Ja, Sir.«

»Es geschehen tatsächlich noch Zeichen und Wunder. Bestellen Sie ihr meine besten Wünsche. Aber passen Sie auf, dass sie ihr Mundwerk im Zaum hält.« Er wirft einen Blick auf seine Rolex. »Ich werde Sie jetzt zu Mrs. Reid bringen. Der Gerichtsmediziner müsste in Kürze hier sein. Die Ergebnisse der Autopsie gehen an mich und an Ihr Team, an niemanden sonst. Noch Fragen?«

AD Jones schüttelt den Kopf.

»Nein, Sir«, sage ich. »Aber ich denke, ich sollte allein mit Mrs. Reid sprechen. Sozusagen von Mutter zu Mutter.«

Er runzelt die Stirn. »Erklären Sie mir bitte genauer, was Sie damit meinen.«

»Statistisch gesehen stören Männer sich stärker an Transsexuellen als Frauen. Ich sage nicht, dass der Kongressabgeordnete Reid seinen Sohn nicht geliebt hat, doch falls Lisa jemanden hatte, dem sie sich wirklich nahe gefühlt hat, dann wette ich, dass es ihre Mom war.« Ich zögere. »Außerdem wird es vermutlich noch einen weiteren Grund dafür geben, dass Mrs. Reid nach mir verlangt hat.«

»Und welchen?«

Ich blicke auf Lisas Leichnam. Lisa verkörpert ein neues Geheimnis – ein Geheimnis, das die Toten enthüllen, das die Alten kennen und das die Jungen stets aufs Neue ignorieren: Das Leben ist zu kurz, ganz gleich, wie lang es ist.

Mein Lächeln ist ohne jeden Humor, als ich Jones antworte. »Weil ich ebenfalls ein Kind verloren habe, Sir. Es ist ein Club, zu dem nur Mitglieder Zutritt haben.«

KAPITEL 2

Ich beobachte, wie der Wagen hinter dem Leichenschauhaus eintrifft. Er ist schwarz, wie nicht anders zu erwarten – die bevorzugte Farbe bei Regierungsfahrzeugen, ein beinahe tröstlicher Anblick in seiner Beständigkeit. Die hinteren Fenster sind dunkel getönt, sodass niemand von draußen hineinblicken kann.

Es ist halb fünf nachmittags, und die Dämmerung setzt allmählich ein in dieser Gegend von Virginia, die sich trotz ihrer Nähe zu Washington D. C. ihre eigene Identität bewahrt hat. Es ist hier stiller als in der Hauptstadt, und man fühlt sich irgendwie sicher, ob es nun wahr ist oder bloß Einbildung. Es ist eine Mischung aus Vorstadt und City, die eine Illusion von Komfort liefert. Wie so viele Städte im Osten hat sie ihr eigenes Gesicht, ihre ureigene Mischung aus Charakter und Geschichte.

Es ist Ende September, und ein solches Wetter wie hier habe ich an der Westküste noch nie erlebt. Die Luft ist beißend, eine Kälte, die einen Winter mit Schnee prophezeit. Keinen so schlimmen Winter wie beispielsweise in Buffalo, New York, aber auch keinen von diesen erbärmlichen kalifornischen Wintern.

Überall wachsen Bäume, junge und alte. Es sind so viele, dass unschwer zu erkennen ist, wie beliebt Bäume in dieser Stadt sind. Ich kann sogar den Grund dafür sehen. Der Herbst ist eine richtige, eine sichtbare Jahreszeit in Alexandria, Virginia. Eine Jahreszeit kräftiger, satter Farben. Die Blätter verfärben sich bunt – ein spektakulärer Anblick.

Der Wagen hält, die hintere Tür öffnet sich, und ich steige ein. Es wird Zeit, dass ich mich auf den Grund meines Hierseins konzentriere.

Director Rathbun hat mir kurz und knapp das Wichtigste über Rosario Reid erzählt: »Sie ist achtundvierzig Jahre alt. Mit sechsundzwanzig bekam sie Dexter, ein Jahr, nachdem sie den Kongressabgeordneten geheiratet hatte. Die beiden kennen sich seit der Highschool, doch sie haben nach dem Collegeabschluss noch ein paar Jahre gewartet, bevor sie in den Stand der Ehe getreten sind.

Rosarios Urgroßvater kam aus Mexiko in die Vereinigten Staaten und errichtete ein kleines Rinder-Imperium in einer Zeit, als das für Mexikaner in Texas gar nicht einfach war. Der Mann scheint seinen Schneid vererbt zu haben: Mrs. Reid ist knallhart. Sie hat in Harvard Jura studiert und ist Anwältin, und sie geht ihren Gegnern gerne an die Kehle. Während Mr. Reid damit beschäftigt war, eine politische Karriere einzuschlagen, hat Mrs. Reid den Unterprivilegierten zu ihrem Recht verholfen. Sie hat eine ganze Reihe von aufsehenerregenden Fällen gewonnen, über die ich keine Einzelheiten weiß, außer dass mächtige Firmen regelmäßig den Kürzeren gezogen haben. Als Mr. Reid beschloss, für den Kongress zu kandidieren, brach seine Frau ihre Zelte als Anwältin ab und organisierte seinen Wahlkampf.« Rathbun schüttelte bewundernd den Kopf. »Wer sie in Washington kennt, hütet sich davor, sie wütend zu machen, Agentin Barrett. Sie ist eine der nettesten Frauen, die ich kenne, aber sie kann skrupellos zuschlagen, wenn man ihrem Mann in die Quere kommt.«

Ich finde das alles faszinierend, sogar bewundernswert. Doch Menschen, die im Licht der Öffentlichkeit stehen, neigen schnell dazu, sich mit einer Aura des Geheimnisvollen zu umgeben, wenn man sie lässt. Ich möchte selbst ein Gespür für Rosario Reid bekommen. Die Mutter zu verstehen wird mir helfen, das Kind zu verstehen. Ich muss herausfinden, ob und wie viel sie mir gegenüber lügt – und falls sie lügt, aus welchen Gründen. Aus Liebe zu ihrem Kind? Aus politischer Zweckdienlichkeit? Oder einfach so?

Mrs. Reid nickt mir zu, als ich die Wagentür von innen zuziehe. Sie klopft an die Trennscheibe und signalisiert dem Fahrer loszufahren; dann drückt sie auf einen Knopf, von dem ich annehme, dass er die Gegensprechanlage abschaltet. Der Wagen setzt sich in Bewegung, und wir nehmen uns einen Moment Zeit, um einander zu beschnuppern.

Rosario Reid ist unbestreitbar eine attraktive Frau. Sie besitzt die klassischen Züge einer Latino-Schönheit; sie wirkt sinnlich und kultiviert zugleich. Als Frau erkenne ich, dass sie Maßnahmen ergriffen hat, um diese Schönheit in Schranken zu halten. Ihre Haare sind kurz und streng geschnitten, und sie hat graue Strähnen, die nicht nachgetönt wurden. Kein Maskara hebt ihre Wimpern hervor. Ihr Sohn hat die vollen Lippen von ihr geerbt, doch sie hat Liner benutzt, um den Amorbogen ein wenig zu begradigen. Sie trägt eine schlichte weiße Bluse, eine marineblaue Jacke und dazu passende Hosen, alles perfekt maßgeschneidert und dazu angetan, ihre sinnliche Ausstrahlung zu dämpfen.

Diese oberflächlichen Attribute verraten mir eine Menge über ihre Loyalität gegenüber ihrem Ehemann. Rosario tut das Gegenteil von dem, was die meisten Frauen in ihrer Situation tun würden: Sie maskiert ihre angeborene Sinnlichkeit, und sie dämpft ihre Schönheit mit zurückhaltendem Professionalismus. Tweed anstatt Seide.

Warum? Damit sie für die weibliche Wählerschaft des Kongressabgeordneten akzeptabel ist. Mächtige Frauen dürfen attraktiv sein, doch niemals sinnlich oder gar sexy. Ich weiß nicht, warum das so ist, aber es ist so. Selbst für mich. Ich vertraue einer Frau wie Rosario Reid in einer Machtposition mehr, als ich einer Frau vertrauen würde, die aussieht wie ein Model von Victoria's Secret.

Überlegen Sie selbst.

Außerdem ist sie stark. Sie gibt sich äußerlich gefasst, doch die Intensität ihrer Trauer ist offensichtlich, als ich ihr in die Augen schaue. Sie weint nicht in der Öffentlichkeit. Trauer ist für diese Frau Privatsache – noch etwas, das wir neben unseren toten Kindern gemeinsam haben.

Sie bricht das Schweigen als Erste. »Danke, dass Sie gekommen sind, Agentin Barrett.« Ihre Stimme klingt gemessen und leise, weder zu hoch noch zu tief. »Ich weiß, dass dies eine ungewöhnliche Situation ist. Ich habe immer darauf geachtet, die politische Macht meiner Familie nicht für persönliche Dinge auszunutzen.« Sie zuckt die Schultern, und ihre Trauer verleiht der Geste eine schreckliche Eleganz. »Jetzt habe ich eine Ausnahme gemacht, weil mein Kind tot ist.«

»Ich würde an Ihrer Stelle das Gleiche tun, Mrs. Reid. Ich möchte Ihnen mein Mitgefühl aussprechen. Ich weiß, dass es sich wie ein Klischee anhört, und ich weiß, dass es unter diesen Umständen unangemessen sein mag, aber es tut mir wirklich leid. Dexter …« Ich unterbreche mich stirnrunzelnd und schaue sie an. »Ich bin mit solchen Dingen nicht vertraut, Ma'am. Soll ich ›er‹ oder ›sie‹ sagen? Soll ich von Dexter oder von Lisa sprechen?«

»Lisa wollte ihr Leben lang eine Frau sein. Also sollten wir sie auch so behandeln … jetzt, nachdem sie tot ist.«

»Ja, Ma'am.«

»Lassen wir die Förmlichkeit, wenn wir unter uns sind, einverstanden? Wir sind zwei Mütter zweier toter Kinder, Smoky. Weit und breit sind keine Männer mit ihrem Imponiergehabe und ihrer Wichtigtuerei.« Sie zögert, fixiert mich mit grimmigem Blick. »Wir müssen die Köpfe zusammenstecken und schmutzige Arbeit bewältigen, und das erfordert Vornamen und keine Floskeln, meinen Sie nicht auch?«

Wir Frauen sind es, die unsere Kinder begraben. Wir sind diejenigen, die den Saum unserer Kleider durch den Friedhofsdreck ziehen. Das will sie damit sagen.

»Okay, Rosario.«

»Gut.« Ich merke, wie sie meine Narben betrachtet. »Ich habe darüber gelesen, was Sie durchgemacht haben, Smoky. In den Zeitungen und Illustrierten. Ich muss gestehen, ich bewundere Sie seit Jahren.«

Ihr Blick ist fest, als sie diese Worte sagt. Sie zuckt nicht zurück vor den Narben in meinem Gesicht, keine Spur. Wenn sie Unbehagen in ihr wecken, versteckt sie es besser, als Director Rathbun es getan hat.

Ich nicke ihr zu, damit sie weiß, dass ich es zu schätzen weiß. »Danke. Aber es ist nichts Bewundernswertes daran, diejenige zu sein, die nicht getötet wurde.«

Sie runzelt die Stirn. »Das ist sehr hartherzig. Sie haben weitergemacht. Sie haben weiter diesen Job getan, der Sie derartigen

Gefahren aussetzt. Und Sie machen Ihre Arbeit gut. Sie leben weiter in dem Haus, in dem das Schreckliche passiert ist – was ich im Übrigen gut verstehen kann. Ich bin sicher, vielen Leuten geht es anders, aber ich verstehe Sie.« Sie lächelt traurig. »Ihr Zuhause ist der Ort, wo Sie Ihre Wurzeln geschlagen haben. Wie ein Baum, den man nicht verrückt. Ihre Tochter wurde dort geboren, und diese Erinnerung ist mächtiger als all die schmerzlichen Dinge, die Sie dort erlebt haben, nicht wahr?«

»Ja«, gestehe ich leise.

Ich merke, wie diese Frau mich einnimmt. Ich mag sie. Sie ist ehrlich. Ihr Einfühlungsvermögen sagt viel über ihren Charakter aus. Sie ist eine Person, die weiß: Familie ist Zuhause, Familie ist das Dach, das vor der Welt schützt. Liebe mag der Leim sein, der alles zusammenhält, doch die Abfolge gemeinsamer Augenblicke ist die wahre Seele der Dinge.

Wir fahren mit gemächlicher Geschwindigkeit einen großen Kreis um das Leichenschauhaus herum. Ich merke, wie meine Blicke erneut von dem bunten Laub der Bäume angezogen werden. Es sieht aus, als würden sie brennen.

»Ich habe genau wie Sie den Mann geheiratet, den ich in der Schule geküsst habe«, sagt Rosario und blickt aus dem Fenster. »Haben Sie Bilder von meinem Dillon gesehen?«

»Ja. Er ist sehr attraktiv.«

»Das war er schon damals. Und so jung. Er war meine erste Liebe.« Sie wirft einen Seitenblick zu mir, zeigt ein leichtes Lächeln. Es lässt sie für einen Moment aussehen wie achtzehn – einen strahlenden, kurzen Moment lang. »Er war mein erster Mann in allem.«

Ich erwidere ihr Lächeln. »Wie Matt für mich.«

»Wir sind eine aussterbende Art, Smoky. Frauen, die ihre Highschool-Liebe heiraten, die ihre Liebhaber an den Fingern einer Hand abzählen können. Glauben Sie, dass wir besser dran sind? Oder schlechter?«

Ich zucke die Schultern. »Ich denke, Glück ist das Persönlichste, was es geben kann. Ich habe Matt nicht geheiratet, um Keuschheit oder Treue zu demonstrieren. Ich habe ihn geheiratet, weil ich ihn liebte. So einfach ist das.«

Etwas von dem, was ich soeben gesagt habe, lässt ihre Gefasstheit ein wenig ins Wanken geraten. Ihre Augen werden feucht, auch wenn keine Tränen fließen.

»Das haben Sie großartig ausgedrückt. Ja. Glück ist etwas Persönliches. Das traf mit Sicherheit auf meine Tochter zu.« Sie dreht sich im Sitz und sieht mich an. »Wussten Sie, dass es viel gefährlicher ist, transsexuell zu sein, als irgendeiner anderen diskriminierten Minderheit anzugehören? Die Wahrscheinlichkeit, dass eine transsexuelle Person einem Hassverbrechen zum Opfer fällt, ist viel größer als bei Schwulen, Muslimen, Juden oder Afroamerikanern.«

»Ja, das weiß ich.«

»Und die Transsexuellen wissen es ebenfalls, Smoky. Die Jungen und Männer, die zu Frauen werden, die Mädchen und Frauen, die zu Männern werden – sie wissen, dass man sie ausgrenzen und verunglimpfen wird, vielleicht schlagen, vielleicht sogar umbringen. Sie tun es trotzdem. Und wissen Sie warum?« Ihre Hände zittern, und sie verschränkt sie im Schoß. »Sie tun es, weil es für sie keine andere Möglichkeit gibt, glücklich zu werden.«

»Erzählen Sie mir von Lisa«, bitte ich sie.

Denn das ist es, was sie in Wirklichkeit möchte. Das ist der Grund für mein Hiersein. Sie will, dass ich Lisa sehe, dass ich Lisa kennenlerne. Sie will, dass ich verstehe, was sie verloren hat, dass ich es fühle.

Sie schließt für einen Moment die Augen. Als sie sie wieder öffnet, sehe ich die Liebe darin. Rosario Reid ist eine starke Frau, und sie hat ihr Kind mit all ihrer Kraft geliebt.

»Ich werde zuerst über Dexter sprechen, denn so kam er zur Welt – als Junge. Er war ein freundlicher, hübscher Junge. Ich weiß, alle Eltern denken, dass ihre Kinder übers Wasser wandeln können, doch Dexter hatte tatsächlich keinen einzigen bösen Wesenszug. Er war ein kleiner, zierlicher Junge, aber nicht schwach. Sanft, aber nicht naiv. Verstehen Sie?«

»Ja.«

»Ich nehme an, ›Muttersöhnchen‹ wäre das Stereotyp, um ihn zu beschreiben, und bis zu einem gewissen Grad stimmt das auch. Doch Dexter hat sich nie hinter meinem Rock versteckt. Er hat seine Zeit wie jeder andere Junge verbracht, draußen, an der frischen Luft, und er hat sich mehr als einmal Ärger eingefangen. Er hat in der Little League gespielt und fing mit zehn Jahren an, Gitarre zu lernen; er hatte die eine oder andere Prügelei mit anderen Jungs. Kein Grund zu der Annahme, dass er zu irgendetwas anderem als einem prächtigen jungen Mann heranwachsen könnte. Ich musste ihn nur ganz selten bei seinem vollen Namen rufen.«

Sie geht davon aus, dass ich weiß, wovon sie redet, und sie hat recht. Es ist die universelle Sprache aller Mütter. Jedes Kind weiß, dass es in Schwierigkeiten steckt, wenn Mom den Vor- und Nachnamen zusammen benutzt. In ernsten Schwierigkeiten. Volle Deckung, und immer hübsch kleinlaut.

Rosario blickt mich an. »Wie alt war Ihre Tochter, als sie starb?«

»Zehn.«

»Das ist ein wundervolles Alter. Die letzten zwei, drei Jahre, ehe sie anfangen, Geheimnisse vor der Mutter zu haben.« Sie seufzt, doch es ist mehr Melancholie als Trauer. »Ich dachte, ich würde Dexter in- und auswendig kennen, aber natürlich kennt keine Mutter ihren Sohn, sobald er in die Pubertät kommt. Sie fangen an, sich abzugrenzen. Entsetzt von der Vorstellung, die Mutter könnte erfahren, dass sie masturbieren und Frauen im Sinn haben – schließlich ist die Mutter eine Frau. Ich war darauf vorbereitet. So laufen die Dinge nun mal. Doch Dexters Geheimnisse waren ganz andere als das, was ich erwartet hatte.«

»Wie kam es heraus? Woran haben Sie erkannt, dass er ein Problem …« Ich unterbreche mich hastig. »Entschuldigung. Ist es falsch, es ein ›Problem‹ zu nennen?«

»Das kommt darauf an. Für diejenigen, die sich der Vorstellung widersetzen, dass es transsexuelle Menschen gibt, ist es die Veränderung an sich, die das Problem darstellt. Für die Transsexuellen besteht das Problem darin, dass ihr Körper und ihre innere sexuelle Identität nicht übereinstimmen. Wie dem auch sei – ich würde sagen, ›Problem‹ ist angemessen. Um Ihre Frage zu beantworten: Dexter hat sich als Knabe wahrscheinlich sehr lange unwohl in seiner Haut gefühlt. Er fing an zu … zu experimentieren, als er gerade vierzehn war.«

»Experimentieren? Inwiefern?«

Ihre Hände zittern wieder, suchen einander und finden sich im Schoß. Sie schweigt sekundenlang, und ich sehe, dass sie einen inneren Kampf austrägt.

»Es tut mir leid«, sagt sie schließlich. »Es ist nur, dass … Dexters Persönlichkeit, die Dinge, die ich so sehr an ihm geliebt habe, waren so unübersehbar in der Art und Weise, wie er seine ersten Ausflüge zur Erkundung seiner sexuellen Identität unternahm. Es waren BHs und Höschen, verstehen Sie?«

»Er hat Büstenhalter und Höschen getragen?«

»Ja. Ich fand sie eines Nachmittags ganz unten in der Schublade, in der seine Unterwäsche lag. Vergraben und versteckt. Zuerst dachte ich, es sei meine Wäsche, aber so war es nicht, verstehen Sie? Das meine ich damit, wenn ich von seiner Persönlichkeit spreche. Wir haben Dexter Taschengeld gegeben, natürlich, und er hat in der Nachbarschaft ein paar Jobs übernommen, Rasen gemäht und so weiter. Er hatte sein eigenes Geld, mit dem er sich seine eigene Unterwäsche gekauft hat. Verstehen Sie? Er war *vierzehn*, und er war voller Zweifel wegen dem, was mit ihm geschah. Ich weiß aus späteren Gesprächen, dass er sich *schuldig* fühlte, schmutzig. Doch er war auch überzeugt, dass es nicht richtig wäre, die Sachen von mir zu stehlen, sondern dass es nur eine ehrenhafte Möglichkeit gäbe, nämlich sein eigenes Geld zu nehmen und sich die Sachen selbst zu kaufen. Es war ihm unendlich peinlich, hat er mir später erzählt, doch er konnte ausgesprochen stur sein, wenn es um Richtig oder Falsch ging.«

Ich kann es mir vorstellen. Ein junger, zierlicher Knabe, der mit brennenden Wangen ein Höschen und einen BH kauft, weil es nicht *richtig* wäre, sie von seiner Mutter zu stehlen.

Ich stelle mir vor, wie ich selbst mit vierzehn war. Wäre ich so aufrecht gewesen an seiner Stelle? Hätte ich den Mumm gehabt, mich in eine so peinliche Lage zu begeben?

Verdammt, nein. Mom hätte eine Garnitur Unterwäsche verloren.

»Ich verstehe«, sage ich zu Rosario. »Was ist danach passiert?«

Sie verzieht das Gesicht. »O Gott. Drei furchtbare Jahre, das ist passiert. Wissen Sie, ich stamme aus einer mexikanisch-amerikanischen Familie. Katholisch und erzkonservativ. Auf der anderen Seite war ich Anwältin und an Gesetze und Strukturen gewöhnt – und daran, Geheimnisse zu bewahren. Und das tat ich denn auch. Die Sache blieb zwischen Dexter und mir.«

»Verständlich.«

»Ja. Es dauerte eine Weile, bis ich es aus ihm herausgeholt hatte, und um fair zu sein, Dexter war ziemlich konfus deswegen. Er wusste selbst nicht so recht, was mit ihm geschah. Er erzählte mir, dass er sich manchmal ›seltsam‹ fühle, zum Beispiel, wenn er in den Spiegel schaue und einen weiblichen Körper zu sehen erwarte, keinen männlichen. Ich war zutiefst schockiert. Ich schnappte mir die Unterwäsche und schickte ihn postwendend zu einem Psychologen.«

»Aber die Dinge nahmen ihren Gang.«

»Der Psychologe meinte, Dexter hätte eine Geschlechts-Dysphorie, auch bekannt als gestörte Geschlechtsidentität. Hochtrabende Worte, die nichts anderes aussagten, als dass Dexter sich stark mit dem anderen Geschlecht identifizierte.«

»Ich bin mit diesem Thema vertraut. Es kann von einer leichten Obsession bis hin zu der Gewissheit reichen, dass das Individuum im falschen Körper gefangen ist und eigentlich dem anderen Geschlecht angehört.«

»Ganz recht. Der Psychologe hat Dexter ›behandelt‹. Er wollte Psychopharmaka als Bestandteil seiner Therapie einsetzen, doch ich untersagte es. Dexter war ein kluger, aufmerksamer, freundlicher Junge, ein Einserschüler, der nie mit dem Gesetz in Konflikt geraten war – warum um alles in der Welt sollte ich zulassen, dass man ihn unter Drogen setzte?« Sie winkt ab. »Es war alles umsonst. Die Behandlung bestand mehr oder weniger darin, seinen Zustand zu benennen und mit ihm daran zu arbeiten, ›gegen den Zwang anzukämpfen‹. Aber es hat nichts verändert.«

»Wann hat er beschlossen, den Weg der sexuellen Umwandlung einzuschlagen?«

»Oh, das hat er mir erzählt, als er neunzehn war. Ich glaube allerdings, er hatte den Entschluss bereits früher gefasst. Er hatte bis dahin lediglich herauszufinden versucht, wie er es bewerkstelligen konnte, ohne dass es seinen Vater und seine Mutter allzu sehr schmerzte. Nicht, dass wir es ihm leicht gemacht hätten, trotz allem.« Sie schüttelt den Kopf. »Dillon ging an die Decke. Wir hatten es ihm viele Jahre vorenthalten, und er liebte das Spiel der Politik so sehr. Unsere Enthüllung traf ihn völlig unvorbereitet.«

»Wie kam Dexter damit zurecht?«

Sie lächelt. »Er blieb ruhig. Ruhig und gefasst und voll innerlicher Gewissheit.« Sie zuckte die Schultern. »Er hatte einen Entschluss gefasst, und er würde ihn durchsetzen. Die Stärke seines Vaters.«

Und deine, Rosario.

»Sprechen Sie weiter.«

»Er sagte, ihm wäre klar, dass diese Sache ein Problem für uns wäre, besonders für seinen Vater. Sein Lösungsvorschlag lautete, dass wir ihn öffentlich enterben sollten. Er sagte, es sei ihm wichtig, dass seine Entscheidung uns so wenig wie möglich beeinträchtigt. Können Sie sich das vorstellen?« Ihre Stimme ist voller Trauer und Erstaunen. »Ich erinnere mich noch genau, wie er gesagt hat: ›Dad, was du tust, ist wertvoll. Du hilfst vielen Menschen. Ich möchte nicht, dass du diese Arbeit wegen mir aufgeben musst. Aber ich werde das auch nicht für dich aufgeben.

Das ist der beste Kompromiss.‹ Ich denke, das ist dann schließlich zu Dillon durchgedrungen … dass sein Sohn bereit war, sich öffentlich kasteien zu lassen, damit sein Vater in der Politik bleiben konnte. Ich sage nicht, dass es so glatt gelaufen ist, wie es sich jetzt vielleicht anhört, aber …«

»Dexter kam durch.«

»Ja.« Sie schaut mich an, und ich sehe nichts als tiefen Schmerz, durchsetzt mit Bedauern und vielleicht ein wenig Selbstvorwürfen. »Die Einzelheiten sind nicht wichtig. Wichtig ist, dass wir als gute politische Familie, die wir geworden waren, genau das taten, was Dexter vorgeschlagen hatte. Wir errichteten einen Treuhandfonds, und Dexter zog aus. Als er dann tatsächlich als Frau zu leben anfing … wissen Sie Bescheid über diesen Teil des Prozesses?«

»Ja. Man muss ein Jahr als Mann oder Frau gelebt haben, bevor man eine Genehmigung zur Geschlechtsumwandlung erhält.«

»Genau. Es gibt keine chirurgischen Eingriffe, ehe man nicht das ganze Jahr überstanden hat. Für Dexter bedeutete das, als Frau gekleidet zur Arbeit zu gehen, als Frau auszugehen und so weiter. Die Wartezeit von einem Jahr soll dafür sorgen, dass man erkennt, ob man sich absolut sicher ist.«

»Das ergibt Sinn.«

»So sehe ich das auch. Und Dexter dachte ebenfalls so. Wie dem auch sei, als dieses Jahr begann, gaben wir unser perfekt formuliertes Statement ab. Dass wir unseren Sohn immer noch liebten, aber nicht mit seiner Entscheidung einverstanden wären. Es war ein Meisterstück der Täuschung.« Sie stockt, während sie nach Worten sucht. »Sie kommen nicht aus dem Süden, Smoky, oder? Darum können Sie wahrscheinlich auch nicht verstehen, wie groß die Unterschiede sind. Verstehen Sie mich nicht falsch – es gibt genügend liberale Intellektuelle in Texas, aber ich würde nicht gerade sagen, dass sie die Mehrheit bilden.«

»Verstehe.«

Rosario schüttelt den Kopf. »Nein. Sie haben eine Vorstellung, vielleicht ein Klischee. Aber Sie können nicht begreifen, wie es wirklich ist, wenn Sie nicht dort aufgewachsen sind. Sie stellen sich wahrscheinlich Tabak kauende Hinterwäldler mit Gewehrhalterungen in ihren Trucks vor. Die gibt es bei uns auch, zugegeben, aber das zutreffendere Bild ist das eines gebildeten, sehr intelligenten, sympathischen Individuums, das ohne mit der Wimper zu zucken predigt, dass Homosexualität eine Abscheulichkeit sondergleichen ist. Diese Person hat in der Regel einen Freund, eine Freundin, irgendjemanden, mit dem sie zusammen aufgewachsen ist – und dieser Jemand ist der Meinung, Schwule sollten mehr Rechte haben. Die beiden können trotz dieses trennenden Grabens Freunde sein, sehr gute Freunde sogar.« Sie hebt eine Augenbraue. »Aber wenn der liberale Freund der *Schwule* wäre? Oh nein. Und *Transsexuelle?* Ach du meine Güte! Missgeburten, Launen der Natur, vielleicht für beide Freunde in meinem Beispiel. Wir haben große Fortschritte gemacht im Süden, und ich liebe das Land. Es ist meine Heimat. Aber der Süden ist auch ein Gewohnheitstier, das sich großen Veränderungen mit aller Kraft widersetzt.«

»So langsam verstehe ich.«

»Dennoch kam Dexter, wie ich bereits sagte, immer noch an Weihnachten nach Hause«, fährt Rosario fort. »Allerdings stets heimlich.« Sie stockt. »Furchtbar, nicht wahr? Dass wir unser Kind wegen unseres politischen Ehrgeizes aufgegeben haben.«

Ich denke über ihre Worte nach. Diese Frau verdient eine ehrliche Antwort und keine abgedroschene, leere Floskel.

»Ich finde«, sage ich vorsichtig, »dass alles andere Dexter verletzt hätte. Er war überzeugt, das tun zu müssen, was er tat, doch er machte sich auch Sorgen, dass es die politische Karriere Ihres Mannes beeinträchtigen könnte. Ich meine, er hat ›öffentlich enterben‹ gesagt. Anscheinend hat er nicht erwartet, dass einer von Ihnen beiden ihn tatsächlich enterben würde, oder?«

Sie sieht mich verblüfft an. »Nein. Nein, ich glaube nicht.«

»Dann war er sicher, dass Sie und Ihr Mann ihn liebten. Ich

sage nicht, dass es alles entschuldigt, doch es ist sehr viel mehr als nichts, Rosario.«

Trauer ist manchmal einfach, manchmal komplex. Sie umfasst Selbstzweifel, Unsicherheit, Was-wäre-wenn, Wenn-doch-nur. Sie ähnelt Bedauern, doch sie ist viel stärker als Bedauern. Sie kann in einem einzigen Augenblick verschwinden oder bis zum Tod anhalten. Ich sehe dies alles in Rosarios Gesicht, und ich bin froh darüber, denn es bedeutet, dass ich ihr etwas Wahres sagen konnte. Lügen schmerzen, die Wahrheit jedoch bewegt uns.

Rosario braucht einen Moment, bis sie sich wieder unter Kontrolle hat. Immer noch keine Tränen.

»Also schön. Unser Kind hat dieses Jahr überstanden, und das war das Ende von Dexter. Ein Sohn starb, und eine Tochter wurde geboren. Noch dazu eine schöne Tochter. Lisa erblühte, sowohl innerlich als auch nach außen hin. Sie war schon immer ein glückliches Kind gewesen, doch nun schien sie zu strahlen. Sie war ... zufrieden. Und Zufriedenheit lässt sich nur schwer erreichen, Smoky.«

Mir fällt auf, wie leicht sie über die Geschlechtsumwandlung hinweggeht, wie locker ihr »Lisa« und »sie« über die Lippen kommen. Dexter wurde zu Lisa – nicht nur für sich selbst, auch für seine Mutter.

»Wie hat Ihr Mann sich verhalten?«

»Er hat sich nie recht wohlgefühlt mit der Vorstellung. Doch ich will nicht das Bild eines klischeebehafteten Intoleranten von ihm malen. Dillon liebte Dexter und gab sich alle Mühe, auch Lisa zu lieben. Er hielt es für sein eigenes Versagen, wenn es ihm nicht gelänge, nicht für ein Versagen Lisas.«

»Lisa hat das ebenfalls gesehen, nehme ich an.«

Rosario nickt und lächelt. »Sie hat es gesehen. Sie war ... glücklich. Die Hormone schlugen sehr gut an, und sie traf eine kluge Entscheidung, was ihre Brustoperation anging. Sie entschied sich für Implantate, die zu ihrer Figur passten, nicht zu groß und nicht zu klein. Sie gewöhnte sich an Make-up wie ein Fisch ans Wasser, sie bewegte sich ohne sichtliche Anstrengung wie eine Frau, und sie hatte einen guten Geschmack. Selbst der Stimmunterricht, für manche das Schwierigste überhaupt, hat ihr keine Probleme bereitet.«

Männer haben tiefere Stimmen, weil ihre Stimmbänder während der Pubertät länger werden. Diese Verlängerung ist nicht reversibel, und sie erfordert, dass Männer, die sich in Frauen verwandeln wollen, lernen müssen, mit höherer Stimme zu reden.

»Hatte sie vor … wollte sie bis zur letzten Konsequenz gehen?«

Nicht alle Transsexuellen entscheiden sich für eine Operation ihrer Genitalien.

»Sie hatte sich noch nicht entschieden.«

»Warum war Lisa in Texas?«, frage ich. »Soweit ich informiert bin, lebte sie hier, in Virginia. War Sie bei Ihnen zu Besuch?«

»Sie kam zur Beerdigung ihrer Großmutter nach Texas«, sagt Rosario. »Dillons Mutter.«

»Waren Sie und der Kongressabgeordnete auf dieser Beerdigung?«

»Ja. Es war eine kleine, private Beisetzung, ohne Pressevertreter und Fernsehteams. Zum Glück befinden wir uns nicht in einem Wahlkampf. Wir feierten den Gottesdienst, und Lisa flog am nächsten Tag nach Hause. Sie hätte morgen eigentlich wieder arbeiten müssen.«

»Was hat sie beruflich gemacht?«

»Sie hatte ein eigenes Reisebüro. Einen Einmannbetrieb, aber die Geschäfte liefen gut. Lisa hatte eine profitable Nische gefunden. Urlaub speziell für Schwule, Lesben und Transsexuelle.«

»Wissen Sie, ob Lisa Feinde hatte? Hat sie erwähnt, dass sie von jemandem belästigt wird?«

»Nein. Ich will die Frage nicht einfach abtun, Smoky – es war das Erste, woran ich gedacht habe –, aber mir ist nichts dergleichen aufgefallen.«

Vielleicht wärst du überrascht, geht es mir durch den Kopf, doch ich sage nichts.

All diese nächtlichen Geheimnisse, die großen wie die kleinen, die anklopfen, wenn der Mond hinter einer Wolke verschwindet – auch Kinder haben sie schon, und die Eltern sind üblicherweise die Letzten, die davon erfahren.

»Was ist mit Ihnen oder Ihrem Mann? Ich nehme an, Sie beide haben Feinde – jeder Prominente hat Feinde. Aber gibt es etwas Besonderes, das erst kurze Zeit zurückliegt?«

»Etwas Besonderes? Ich wünschte, ich könnte diese Frage bejahen. Nun ja … Dillon bekommt hin und wieder verrückte Briefe. Ich lese sie alle, ehe ich sie an den Secret Service weiterleite. Der letzte Brief dieser Art kam vor sechs oder sieben Monaten. Irgendein Irrer drohte Dillon, ihn allein mittels der Kraft seiner Gedanken umzubringen. Aber im Moment gehen wir gerichtlich nicht gegen so etwas vor. Ehrlich gesagt, tun wir das kaum einmal. Deshalb konnte Dillon ja für die Demokraten einen Sitz im Kongress erringen – weil er diese Art von Konfrontation vermied.«

Ich überlege, was ich sie sonst noch fragen könnte, doch mir will im Moment nichts einfallen.

Meine nächsten Worte lege ich mir sorgfältig zurecht. »Rosario, ich möchte, dass Sie eines wissen: Ich werde alles tun, um denjenigen zu finden, der für Lisas Tod verantwortlich ist. Ich kann Ihnen nicht versprechen, dass ich ihn schnappe – ich habe vor langer Zeit gelernt, in dieser Hinsicht niemals Versprechungen zu machen –, aber mein Team und ich sind sehr, sehr gut. Wir brauchen Freiheiten, um unsere Arbeit zu tun. Ich bin bereit, gewisse Zugeständnisse zu machen, was politische Dinge angeht, doch letzten Endes arbeite ich weder für Sie noch für Ihren Mann, sondern für Lisa.«

»Lisa ist alles, was zählt.«

»Ich will nicht gefühllos erscheinen. Ich will lediglich sicher sein, dass ich meine Prioritäten deutlich gemacht habe.«

»Das haben Sie, und es klingt sehr vernünftig, Smoky.« Sie greift in ihre Jackentasche und reicht mir ein gefaltetes Blatt

Papier. »Das sind meine sämtlichen Nummern. Sie können sich zu jeder Tages- und Nachtzeit bei mir melden, selbst wenn es um die kleinste Kleinigkeit geht.«

Ich nehme das Blatt entgegen. Sie klopft ein weiteres Mal gegen die Trennwand, das Signal, uns zum Leichenschauhaus zurückzubringen. Die Sonne geht unter, und der blutrote Himmel vermischt sich mit den feuerroten, brennenden Herbstbäumen.

Der Winter kommt. Der Winter ist immer noch hier. Wie der Tod.

»Darf ich Ihnen eine Frage stellen, Smoky?«

»Sie können mir jede Frage stellen, die Ihnen auf dem Herzen liegt, Rosario.«

Sie schaut mich an, und endlich sehe ich ihre Tränen. Keine stille Trauer, keine schrille Hysterie, nur ein nasser Strom aus dem Augenwinkel.

»Sind Sie je darüber hinweggekommen?«

Diese Frau verdient die Wahrheit, und nichts als die Wahrheit, also sage ich sie ihr.

»Niemals.«

KAPITEL 3

»Callie, Alan und James sind auf dem Weg hierher«, berichtet mir AD Jones. »Sie müssten in wenigen Stunden eintreffen.«

Wir sind draußen vor dem Autopsieraum und beobachten durch eine Glasscheibe, wie der Gerichtsmediziner den Leichnam von Lisa Reid öffnet, um uns bei der Suche nach dem Killer zu helfen. Es ist die letzte, die endgültige Entweihung. Eine Autopsie ist ein seelenloses Geschäft, die Reduktion eines menschlichen Wesens auf den kleinsten gemeinsamen Nenner: Fleisch.

Inzwischen ist es nach neunzehn Uhr, und allmählich spüre ich die Trennung von zu Hause.

»Ziemlich eigenartig, hier zu sein«, bemerke ich.

»Ja«, pflichtet AD Jones mir bei und schweigt einen Moment.

»Meine zweite Frau und ich haben vor ein paar Jahren einmal darüber gesprochen, hierher zu ziehen.«

»Tatsächlich?«

»Ja. Hier gibt es noch richtige Jahreszeiten. Weiße Weihnachten, eine erwachende Natur im Frühling, und den Herbst … Sie haben ja die Bäume gesehen …« Er zuckt die Schultern. »Ich hatte nichts dagegen. Dann ging die Ehe den Bach hinunter, und ich hab's offenbar vergessen.«

Er verstummt wieder. Das ist die Geschichte unserer Beziehung. In unerwarteten Augenblicken gibt Jones kleine Happen persönlicher Informationen preis. Häufig sind es bittersüße Erinnerungen, so wie jetzt. Er hat eine Frau geliebt, und sie haben darüber gesprochen, in eine Stadt zu ziehen, wo sie im Herbst das Laub zusammenharken und im Winter Schneemänner bauen können. Und jetzt ist er wegen einer Leiche hier. Träume entwickeln sich – aber nicht unbedingt zum Besseren.

»Dr. Johnston ist ein merkwürdiger Typ«, sage ich leise und wechsle das Thema.

»Ja.«

Dr. Johnston, der Gerichtsmediziner, ist Mitte vierzig und ein Riese. Kein Fett, sondern Muskeln. Seinen Bizeps könnte ich nicht mal mit beiden Händen umfassen. Seine Oberschenkel sind so dick, dass er seine Hosen wahrscheinlich maßschneidern lassen muss. Sein Haar ist wasserstoffblond und kurz geschoren. Sein Gesicht ist grobschlächtig und wirkt brutal. Seine große Nase ist mehrmals gebrochen und schief, und auf seiner Stirn pulst eine Ader wie ein lebendiges Metronom, ein faszinierender Anblick. Er könnte professioneller Bodybuilder sein oder ein Hufeisenverbieger vom Jahrmarkt.

Er ist ganz versunken in seine Arbeit an Lisa. Ich sehe, wie seine muskulösen Arme sich bewegen, während er ihren Brustkorb öffnet. Das Geräusch ist selbst durch die Scheibe hindurch beunruhigend. Als würde jemand Styroporbecher zertreten. Ich kann nicht hören, was er sagt, doch seine Lippen bewegen sich unablässig, während er seine Befunde in ein Mikrofon diktiert, das über dem Untersuchungstisch hängt.

»Wie war Ihre Unterhaltung mit Mrs. Reid?«, erkundigt sich AD Jones.

»Gut. Schrecklich«, antworte ich und erstatte ihm Bericht.

»Sie hatten recht. Ich meine, was den Grund angeht, aus dem sie nach Ihnen gefragt hat.«

»Ja.«

Johnston beugt sich vor und schaut in Lisa. *In sie hinein.* Ich habe wesentlich schlimmere Dinge gesehen, doch aus irgendeinem Grund steigt bei diesem Anblick Übelkeit in mir auf.

»Was halten Sie bis jetzt von der Sache, Smoky?«

Ich weiß, warum Jones mir diese Frage stellt und was er hören will. Er möchte, dass ich das tue, was ich am besten kann. Dass ich meine besondere Gabe einsetze.

Ich mache diesen Job, weil ich eine spezielle Fähigkeit besitze: Ich begreife die Männer, die ich jage, kann mich in sie hineinversetzen. Es hat nichts mit Hellseherei oder anderen übernatürlichen Dingen zu tun, nehme ich an, doch wenn ich ausreichend Fakten kenne, formt sich in meinem Kopf nach und nach ein Bild. Ein dreidimensionales Bild, angereichert mit Emotionen und Gedanken und – am wichtigsten – mit *Hunger.* Ein Hunger, den ich in meinem eigenen Mund zu schmecken glaube. Dunkle Aromen, so fühlbar, dass ich sie beinahe herunterschlucken kann.

Ich habe mit talentierten Männern gearbeitet, darunter AD Jones, die mir geholfen haben, diese Gabe zu verfeinern. Mit der Zeit habe ich begriffen, dass es darauf ankommt, das Unnatürlichste von allem zu tun, nämlich dann genauer hinzusehen, wenn normale Menschen sich abwenden würden.

Es ist, als würde man in Öl tauchen. Es ist so trüb um einen herum, dass man nichts sehen kann, solange man untergetaucht ist, doch man spürt die Glätte, die einen umhüllt. Manchmal tauche ich zu tief. Manchmal macht es mir innerlich Angst, und manchmal lerne ich etwas Neues über mich selbst.

Vor fünf Jahren habe ich einen Mann gejagt, der ausschließlich junge brünette Frauen ermordete. Keine von ihnen war älter als fünfundzwanzig, und alle waren bemerkenswert schön. Selbst im Tod waren sie noch anziehend, sogar für mich, die ich selbst eine Frau bin. Sie waren wie geschaffen, Männern den Verstand zu vernebeln.

Der Psycho, der diese Frauen umbrachte, empfand das Gleiche. Er vergewaltigte sie und tötete sie dann mit bloßen Händen. Er prügelte sie zu Tode, langsam, methodisch, mit konzentrierter Hingabe. Es ist eine persönliche, sehr intime Art und Weise, ein anderes menschliches Wesen zu töten.

Ich stand über seinen Opfern und sah hin. Ich sah hin, und ich sah *ihn*. Den Killer. Ich sah weiter hin, bis ich ihn *spüren* konnte. Er war ein Mann im Blutrausch, in wilder Raserei, in einer überwältigenden Mischung aus sexueller Begierde und Wut. Letzten Endes, so wurde mir bewusst, wollte er Sex mit den Frauen, um den Mond vom Himmel zu schütteln.

Ich stand benommen da und stellte zu meinem Entsetzen fest, dass ich ein wenig feucht zwischen den Beinen war. Ich war zu tief hinabgetaucht. Ich hatte zu intensiv gefühlt, was er gefühlt hatte.

Ich stürmte ins nächste Badezimmer und kotzte mir die Eingeweide aus dem Leib.

So schlimm es auch gewesen sein mochte, es half. Ich wusste, dass wir nach einem Mann suchten, der besonnen und durchtrieben zugleich war und dennoch die Kontrolle über sich verlor, wenn er den richtigen Auslöser in die Hand bekam.

Wir fingen unseren Mann. Wir hatten seine DNA, doch meiner tiefen Einsichten wegen bekamen wir obendrein noch sein Geständnis. Stacy Hobbs war eine neue Agentin im FBI-Büro Los Angeles, und sie war genau das, was ich brauchte. Vierundzwanzig, brünett, eine Ablenkung für jeden Mann in dreihundert Metern Umkreis.

Ich ließ Stacy sich genauso anziehen und schminken wie die Frauen, die der Hurensohn umgebracht hatte. Ich sagte ihr, wie sie in der Ecke stehen musste, wie sie ihn anschauen, ihre Hüfte vorrecken und verführerisch lächeln sollte. Ich sagte ihr darüber hinaus, dass sie kein Wort sagen durfte.

Sein Name lautete Jasper St. James, und er konnte den Blick nicht von ihr abwenden. Ich sah, wie er die Fäuste ballte. Beobachtete, wie sein Mund sich öffnete. Seine Lippen verzogen sich wie die eines Vampirs. Er fing an zu schwitzen und murmelte leise vor sich hin.

»Hure. Miststück. Hure.« Immer wieder.

In vorangegangenen Befragungen war er so kühl gewesen, wie jemand nur sein konnte.

Ich schlug die Beine übereinander – ein Zeichen an Stacy. Sie tat, was ich ihr gesagt hatte: Sie blickte Jasper direkt in die Augen und fuhr sich mit der Zunge langsam, obszön und nass über die Lippen. Dann drehte sie sich um und verließ den Raum ohne ein weiteres Wort.

Und Jasper schrie auf. Es war ein Schrei voll verzweifelter Wut, wie ein Raubtier ihn ausstoßen mag, wenn die sicher geglaubte Beute ihm aus den Fängen schlüpft. Es war nur ein einziger Schrei, ein Kreischen, ein hohes, schrilles Geräusch, als hätte jemand ihm die Eier mit einer Zange zerquetscht.

Ich beugte mich über den Verhörtisch und sah ihn an.

»Es muss sich ja verdammt geil angefühlt haben«, sagte ich mit dunkler, rauchiger Stimme, »den Frauen in die Augen zu sehen, wenn sich die Angst darin spiegelte … das Wissen, dass sie sterben müssen.«

Ich erinnere mich an seinen Blick, aus dem Entsetzen, Faszination und Hoffnung sprachen. Beinahe konnte ich seine Gedanken hören: *Kann es sein, dass sie mich wirklich versteht? Ist das möglich?*

Ja. Es war möglich, wenngleich nicht auf die Art und Weise, wie er dachte. Ich fühlte es, ich verstand es, doch letzten Endes war mein Verstehen rein synthetisch; einzig Jaspers Liebe war echt.

Er plapperte und schwafelte, schwitzte und zitterte. Er erzählte mir alle seine Geheimnisse. Er war so glücklich, dass er sich mitteilen konnte, so dankbar, endlich ein Publikum gefunden zu haben. Ich lauschte und nickte und tat so, als fühlte ich mit ihm.

Mir kam der Gedanke, dass Jasper wahrscheinlich genau das Gleiche getan hatte, um die Frauen zu ködern. Machte ihn das zu meinem Opfer? Unsere Ziele unterschieden sich nicht allzu sehr. Jasper wollte die Frauen vernichten, und ich wollte Jasper vernichten. Der Unterschied zwischen uns war nur der, dass Jasper es verdient hatte.

Keiner dieser Gedanken hatte sich in meinem Gesicht gespiegelt. Ich hatte Jasper mit ungeteilter Aufmerksamkeit zugehört. Einmal hatte ich sogar seine Hand gehalten, als er weinte. *Armer Jasper*, hatte ich geflüstert. *Armer, armer Jasper.*

Als ich an jenem Abend nach Hause kam, legte ich mich in die Badewanne, bis das Wasser kalt wurde.

AD Jones bittet mich, erneut in dieses Öl zu springen, hineinzutauchen und so zu fühlen wie der Mann, der Lisa umgebracht hat.

»Ich habe noch nicht genügend Informationen«, sage ich. »Keine emotionale Komponente. Die Tat als solche ist dreist und sehr riskant. Das hat eine Bedeutung für unseren Mann. Es ist entweder eine Botschaft, oder es steigert den Nervenkitzel. Oder beides.«

»Was für eine Botschaft?«

Der Gedanke ist wie aus dem Nichts in meinem Kopf. »›Ich bin vollkommen.‹ Oder: ›Der Grund für mein Tun ist die Vollkommenheit.‹«

AD Jones runzelt die Stirn. »Ich verstehe nicht.«

»Es ist wie ein Mord in einem abgeschlossenen Raum. Er hat während des Fluges getötet, in zehntausend Metern Höhe, eingeschlossen in der Kabine und umgeben von Zeugen. Ich vermute, er hat Lisa bereits zu Beginn des Fluges getötet, sodass er die ganze Zeit neben ihrer Leiche sitzen und den Nervenkitzel genießen konnte. Es muss eine unwiderstehliche Verlockung für ihn gewesen sein. Würde es jemand bemerken? Falls ja, gab es keinen Ausweg. Keine Fluchtmöglichkeit. Nur jemand, der perfekt ist, kann so etwas zustande bringen, kann den Mut aufbringen, kann seine Angst besiegen. Er fühlte sich sicher – entweder aufgrund seiner Fähigkeiten oder weil das, was er getan hat, richtig war.«

»Was noch?«

»Er ist gerissen, diszipliniert und zu langfristigem, akribischem Planen imstande. Er ist älter, aber noch kein alter Mann. Mitte bis Ende vierzig, schätze ich.«

»Wieso?«

»Ein Jüngerer wäre nicht so selbstsicher und routiniert.« Ich seufze. »Wir werden die anderen Passagiere befragen, aber ich kann jetzt schon garantieren, dass sämtliche Personenbeschreibungen ungenau sein werden.«

»Sie meinen, er hat eine Verkleidung benutzt?«

»Ja. Aber er wird sich nur geringfügig verändert haben, durch eine andere Haarfarbe beispielsweise, oder gefärbte Kontaktlinsen. Der Unterschied wird wohl eher in der Persönlichkeit liegen. Er wird ein charakteristisches Verhalten einstudiert haben, das in den Erinnerungen der Zeugen hervorsticht … etwas, das ihre Aufmerksamkeit gefesselt und jegliche andere Beobachtung überdeckt hat.«

»Was macht Sie da so sicher?«

»Alles andere wäre nicht perfekt. Nur Perfektion reicht aus, nur Vollkommenheit.«

Johnston hat sich inzwischen daran gemacht, Lisas Gesicht vom Schädel zu schälen, damit er ihren Kopf öffnen und zum Gehirn vordringen kann. Ich beschließe, dies zum Anlass zu nehmen, etwas anderes zu tun. Ich rufe Bonnie über ihr Handy an, ein Geschenk von mir. Es ist halb neun Ortszeit, also ist in Kalifornien Mittag. Bonnie nimmt das Gespräch gleich beim ersten Läuten entgegen.

»Hi, Smoky!«

»Hi, Süße. Wie geht's?«

»Gut. Elaina hat Makkaroni mit Käse gemacht.«

Elaina Washington ist die Ehefrau von Alan, einem Mitglied meines Teams. Sie ist eine Latina, dazu geboren, den Menschen in ihrer Umgebung Liebe und Unterstützung zukommen zu lassen. Elaina kann diese Liebe ausdrücken, indem sie einen in die Arme nimmt und tröstet, genauso gut aber auch dadurch, dass sie mit einem schimpft, wenn man es braucht. Sie war die Erste, die mich im Krankenhaus besuchte nach jener grauenhaften Nacht, als Sands meine Familie abgeschlachtet hatte. Sie hielt mich einfach nur in den Armen, während ich mich ausweinte, und dafür werde ich sie immer lieben.

Elaina passt auf Bonnie auf, wenn ich unabkömmlich bin, so wie jetzt. Außerdem erteilt sie meiner Adoptivtochter privaten Schulunterricht.

»Das ist großartig, Baby«, sage ich.

»Alan ist weggefahren. Heißt das, du bleibst auch länger weg?«

»Sieht so aus. Tut mir leid, Kleines.«

»Hör auf damit, Momma-Smoky.«

Bonnie ist weit über ihr Alter gereift. Der Mord an ihrer Mutter und das, was danach kam, haben sie innerlich fürchterlich verwundet, und die Narben haben eine erschreckende emotionale Reife hervorgerufen. Außerdem ist Bonnie künstlerisch talentiert – sie malt –, und die Tiefe ihrer Einsichten sind die eines erwachsenen, weisen Menschen. Es ist erschreckend und faszinierend zugleich. Doch »Momma-Smoky«, wie sie mich anredet, wenn sie mich zu trösten versucht – manchmal auch ohne ersichtlichen Grund –, bringt mich jedes Mal aufs Neue zum Lächeln. Es ist die Stimme eines jungen Herzens. Die Stimme eines Kindes.

»Womit soll ich aufhören, Bonnie?«

»Dich für etwas zu entschuldigen, wofür du nichts kannst. Die Leute werden schließlich nicht nach irgendeinem Plan ermordet.

Du schnappst Leute, die andere ermorden, also lebst du auch nicht nach irgendeinem Plan. Ich hab kein Problem damit.«

»Danke. Es tut mir trotzdem leid, dass ich nicht bei dir sein kann.«

Ich höre das Geräusch von AD Jones' Schuhen auf den Fliesen und drehe mich um. Er schaut mich an und nickt in Richtung des Fensters, hinter dem die Autopsie vorgenommen wird.

»Ich muss jetzt aufhören, Liebes. Ich ruf dich morgen wieder an, okay?«

»Smoky?«

»Ja?«

»Heiratet Tante Callie *wirklich?*«

Ich kann nur mit Mühe ein Lachen zurückhalten. »Sie heiratet wirklich. Gute Nacht, Honey.«

»Nacht. Ich liebe dich.«

»Ich dich auch.«

Dr. Johnston deutet auf eine Schale, in der Lisas Herz liegt.

»Das Herz war punktiert. Es war ein winziges Loch auf der rechten Seite des Brustkastens.« Er zeigt uns die Stelle. Das Loch ist tatsächlich sehr klein, doch der Bluterguss, der dadurch entstand, ist so groß wie meine beiden Hände nebeneinander. Ober- und unterhalb des Loches sehe ich vertikale Schnitte. Ich habe die Wunde vorhin übersehen; dass »Lisa« ein Mann war, hatte mich dann doch zu sehr geschockt.

»Das ergibt Sinn«, sagt AD Jones. »Lisa hatte einen Fensterplatz, und der Killer saß rechts von ihr.«

»Was könnte eine Wunde wie diese hervorrufen?«, frage ich.

»Alles, was lang, spitz und zylindrisch ist. Der Killer benötigt Kraft, Entschlossenheit und grundlegende Kenntnisse der Anatomie.« Er macht eine Faust und führt eine schnelle Bewegung aus, um den Vorgang zu demonstrieren. »Ein sauberer Stoß durch die Lunge hinauf ins Herz, und fertig.«

»Sie muss unter Drogen gestanden haben, damit er sie auf

diese Weise im Passagierraum des Flugzeugs töten konnte«, sage ich nachdenklich.

Johnston nickt zustimmend mit dem massigen Schädel. »Ja. Der Tod wäre sehr schnell eingetreten, doch er wäre auch extrem schmerzhaft gewesen. Es wäre eindeutig zum Vorteil des Täters gewesen, das Opfer vorher zu betäuben.«

Ich denke darüber nach. »Es muss ein Mittel gewesen sein, das er oral verabreichen konnte«, sage ich. »Nichts deutet auf Gewaltanwendung hin oder darauf, dass er ihr eine Spritze gesetzt hat. Irgendwelche Theorien?«

»GHB, Ketamin oder Rohypnol kämen infrage, aber sie würden auch Probleme mit sich bringen. Jedes dieser Mittel kann zu Übelkeit und Erbrechen führen. Bei Ketamin können außerdem Krämpfe auftreten.« Er verschränkt die massigen Arme vor der Brust. »Nein, ich an seiner Stelle hätte es ganz nach der alten Schule gemacht. Ich hätte Chloralhydrat genommen.«

»Ein präparierter Drink«, wirft AD Jones ein.

»Es klappt am besten mit Alkohol. Der Mageninhalt der Toten roch tatsächlich danach. Es wirkt rasch, und falls er ihr eine Überdosis verabreicht hat, wurde sie ziemlich schnell bewusstlos.«

»Stimmt«, sage ich. »Er musste sich schließlich nicht sorgen, dass sie an einer Überdosis sterben könnte. Ich nehme an, dass Sie die Tote auf alle diese Wirkstoffe untersuchen?«

»Selbstverständlich. Ich beeile mich mit den Analysen. Die Ergebnisse müssten morgen Nachmittag vorliegen, zusammen mit dem Autopsiebericht.«

Mir kommt noch ein Gedanke. »Wie hat er wohl die Mordwaffe an Bord geschmuggelt? Den Gegenstand, den er ihr ins Herz gebohrt hat.«

Dr. Johnston zuckt die Schultern. »Das ist nicht mein Fachgebiet, tut mir leid.«

Ich gebe ihm meine Handynummer. »Rufen Sie mich an, sobald Sie alle Ergebnisse haben, und ich schicke jemanden vorbei. Machen Sie eine einzige Kopie für sich, und verwahren Sie die in einem Safe.« Ich sehe ihm in die Augen. »Wir haben es hier mit einem Fall für die Bundesbehörden zu tun, Dr. Johnston. Erstens, weil er sich an Bord eines Flugzeugs über dem Territorium der USA ereignet hat. Zweitens, weil ein Kongressabgeordneter darin verwickelt ist und möglicherweise ein Anschlag auf Dillon Reid selbst bevorsteht. Und drittens, weil es sich um ein Verbrechen aus Hass handeln könnte.«

»Warum diese Geheimhaltung?«, fragt Johnston.

»Den Reids zuliebe«, antworte ich. »Sie dient nicht irgendeiner Vertuschung – ich möchte, dass Sie das wissen. Mein oberstes Ziel ist es, den Täter zu fassen.«

Johnstons Lächeln ist ein klein wenig müde. »Ich weiß Ihre Offenheit zu schätzen, Agentin Barrett, aber keine Sorge. Ich bin nicht an Konspirationen interessiert. Ich habe in meiner Karriere bereits drei Todesfälle untersucht, die mit Politik zu tun hatten, unter anderem den Tod eines sehr mächtigen Mannes und eines männlichen Prostituierten. Ich bin mit den Gepflogenheiten vertraut.«

»Ich danke Ihnen.« Ich blicke auf den Leichnam von Lisa Reid auf dem Untersuchungstisch aus mattem Edelstahl. »Gibt es sonst noch etwas Beweiserhebliches?«

»Ja. Etwas sehr Ungewöhnliches. Ich wollte gerade darauf zu sprechen kommen.« Johnston nimmt eine weitere Schale und hält sie mir hin. »Ich habe das hier im Körper der Toten gefunden. Der Mörder hat die Wunde auf ihrer rechten Seite geweitet, um es einzuführen. Sie haben die Schnitte gesehen?«

»Ja.«

»Er hat es geschickt angestellt. Die Schnitte wurden erst nach Eintreten des Todes vorgenommen, als der Blutfluss zum Stillstand gekommen war. Dann hat der Täter das da in ihren Körper eingeführt.«

Ich starre in die Schale und sehe ein ungefähr daumenlanges silbernes Kreuz.

»Wo sind die Handschuhe?«, frage ich.

Johnston nickt zu einer Schachtel mit Einweg-Handschuhen aus Latex auf einer Arbeitsfläche. Ich streife mir ein Paar über; dann greife ich in die Schale und nehme das Kreuz heraus.

»Es ist schwer«, sage ich. »Massiv. Eine Silberlegierung, nehme ich an.«

Das Kreuz ist schlicht, ohne besondere Verzierungen. Es ist ungefähr fünf Zentimeter lang und zweieinhalb Zentimeter breit. Ich drehe es um und schaue mir die Rückseite an. Da scheint irgendeine Gravur zu sein, doch sie ist zu klein, als dass ich sie mit bloßem Auge lesen könnte.

»Haben Sie ein Vergrößerungsglas?«, frage ich.

Johnston holt eine Lupe und reicht sie mir. Ich halte sie über das Kreuz und sehe nun ein Symbol – sehr klein, sehr einfach: ein Schädel mit darunter gekreuzten Knochen, das universale Zeichen für »Gift«. Die Gravur befindet sich auf der Rückseite, in Kopfhöhe des Kreuzes. Entlang dem Querbalken erkenne ich ein paar Ziffern.

»Hundertdreiundvierzig«, lese ich vor.

»Was soll das bedeuten?«, fragt AD Jones.

»Keine Ahnung.« Ich lege das Kreuz in die Schale zurück. »Ich möchte, dass wir dieses Detail vorerst auf jeden Fall zurückhalten, Doktor – falls der Mord irgendwie bis zu den Medien durchdringt.«

»Selbstverständlich.«

»Sonst noch etwas?«

Er schüttelt den Kopf. »Im Augenblick nicht.«

AD Jones blickt auf die Uhr und zeigt mit dem Finger auf mich. »Dann fahren wir jetzt zum Flughafen. Ihr Team landet in Kürze, und ich muss zurück nach Kalifornien.«

Wir danken Dr. Johnston, verabschieden uns und gehen durch den Flur zum Ausgang. Unsere Schuhe pochen laut auf dem Linoleum, ein unheimliches Geräusch, wenn man unsere Umgebung berücksichtigt.

»Wie sieht Ihr Schlachtplan aus?«, erkundigt sich AD Jones.

»Das Übliche. Umfassende Spurensicherung in dem Flugzeug, in dem Lisa Reid ermordet wurde. Befragung sämtlicher Passagiere und Erstellen eines ersten groben Profils. Anschließend ...« Ich zögere. »Anschließend müssen wir uns daran machen, so schnell wie möglich weitere potenzielle Opfer zu identifizieren.«

Ich verzichte darauf, das Offensichtliche (und Besorgniserregendste) zu äußern.

Ein Totenschädel und die Zahl 143. Und es gibt nur eines, das ein Killer zählen würde.

Was unweigerlich zur nächsten Frage führt: Wie weit wird er noch zählen?

KAPITEL 4

Es ist nach dreiundzwanzig Uhr, und es ist ungemütlich kalt geworden. Ich hasse die Kälte.

Der Wind ist nicht schneidend, doch er weht beständig, und die Böen, die über den Asphalt jagen, haben meine Wangen taub werden lassen.

Der Mond steht riesig und aufgedunsen an einem wolkenlosen Himmel. Ich muss daran denken, dass er genauso auch schon auf die Höhlenmenschen herabgeschienen hat. Der Mond war lange vor mir da, und er wird noch lange nach mir da sein.

Wir haben ungefähr eine Stunde benötigt, um den privaten Flughafen in Washington D. C. zu erreichen. Er liegt abseits und einsam – bloß ein einzelner Hangar und eine Landebahn. Von hier aus werden mein Team und ich zum Dulles International Airport fahren, wo das Flugzeug steht, in dem Lisa Reid ermordet wurde.

Mich fröstelt, und ich lege die Arme um den Oberkörper, während ich beobachte, wie der private Learjet über das Vorfeld rollt. Es ist ein weißer Jet, und ich habe selbst schon viele Male darin gesessen.

AD Jones scheint die Kälte nichts auszumachen. Er raucht –

eine Angewohnheit, die ich aufgegeben habe und immer noch vermisse, insbesondere, wenn ich jemanden meine frühere Marke rauchen sehe, wie AD Jones es tut. Ich war loyal gegenüber meinen Marlboros, und im Gegenzug waren sie immer für mich da. Sie gaben mir Trost, und ich gab ihnen Jahre meines Lebens. Es war ein einvernehmliches Arrangement, bis mir klar wurde, dass es keines war.

»Smoky?«

»Ja?«

»Da ist noch eine Sache, über die ich mit Ihnen reden muss.« Jones zieht an seiner Zigarette, inhaliert den Rauch, hält ihn in der Lunge und stößt ihn in einer Wolke wieder aus. Ich sehe ihm neidvoll zu und warte. »Ich möchte, dass Sie mich auf dem Laufenden halten. Täglich. Washington ist ein anderes Spielfeld als das, auf dem Sie gewöhnlich arbeiten. Director Rathbun ist ein anständiger Kerl, aber wenn es hart auf hart geht, zieht er den Schwanz ein und wirft Sie den Löwen zum Fraß vor, falls es ihm weiterhilft.« Sein Blick ist durchdringend. »Lassen Sie sich nicht täuschen, Smoky. Sie sind entbehrlich für ihn.«

»Ich kann auf mich aufpassen, Sir.«

»Ich weiß. Halten Sie trotzdem die Augen offen.«

»Aye, aye.« Ich schlage die Hacken zusammen und salutiere übertrieben.

Er findet es nicht lustig. »Das ist kein Witz, Smoky. Leute in solchen Positionen machen Karriere, indem sie andere für ihre Zwecke benutzen und dann wegwerfen. Sie sind eine begabte Ermittlerin, und Sie sind weiß Gott ein harter Brocken. Aber es mangelt Ihnen an Erfahrung in diesem Spiel.«

»Okay, okay. Ich habe verstanden.«

»Es gibt ein Gebiet, auf dem er Ihnen wirklich helfen kann, und das sind die Medien. Tun Sie genau das, was er gesagt hat – beantworten Sie keine Fragen der Journalisten. Verweisen Sie alle an Rathbun. Sie haben schon früher mit den Medien zu tun gehabt, ich weiß, aber wenn das hier nach außen dringt, gibt es eine Tsunamiwelle. Das FBI hat Spezialisten, die nur dafür bezahlt werden, sich um solchen Mist zu kümmern. Überlassen Sie denen die Arbeit.«

»Großes Indianerehrenwort.«

»Und sorgen Sie dafür, dass Callie die Klappe hält.«

»Ich habe alles unter Kontrolle, Boss.«

Der Blick aus seinen Augen ist voller Zweifel. Er schnippt seine Zigarette in die Nacht.

»Die Maschine wartet. Gehen wir.«

»Mann, ist das kalt hier oben, Schnuckelmaus!«, beschwert Callie sich in dem Augenblick, in dem ihre hochhackigen Schuhe den Asphalt berühren. »Warum sind wir hier und nicht daheim an einem zivilisierten Ort mit zivilisiertem Wetter und planen meine bevorstehende Hochzeit?«

Ich muss lächeln, wie immer. Ich werde einfach nicht immun gegen Callie. Ich glaube, nicht viele Leute schaffen das.

Callie kommt aus Connecticut und ist ein schlanker, langbeiniger, hochgewachsener Rotschopf mit dem Aussehen eines Models, und das scheint mit zunehmendem Alter eher besser zu werden. Sie ist gerade vierzig geworden und wenn überhaupt, ist sie heute noch attraktiver als vor fünf Jahren.

Callie ist sich ihrer Schönheit bewusst, und sie ist sich bei weitem nicht zu schade, diese Tatsache zu ihrem Vorteil zu nutzen. Doch letztendlich sind Äußerlichkeiten ohne Bedeutung für sie. Es ist ihr Verstand, den sie unendlich geschärft hat. Sie hat einen Master-Abschluss in Forensik mit Kriminologie als Nebenfach, und sie jagt seit mehr als zehn Jahren mit mir gemeinsam Serienkiller.

Callie hat einen Sinn für Humor, den nicht jeder zu schätzen weiß oder versteht. Ihre Angewohnheit beispielsweise, alles und jedes mit »Zuckerschnäuzchen« oder ähnlichen Begriffen anzureden, geht manchen Leuten auf den Geist. Ich nehme an, Callie hat es sich angewöhnt, um ihren Spaß zu haben und andere zu ärgern – vor allem Letzteres. Gerüchte besagen, dass sie einen Eintrag in der Personalakte hat, weil sie den Director des FBI, Mr. Rathbun höchstpersönlich, mit »Zuckerschnäuzchen« angeredet hat. Es würde mich nicht im Geringsten überraschen.

Callies Humor ist nicht böswillig. Er besagt nicht mehr und nicht weniger als: Wenn du dich selbst zu ernst nimmst, wirst du es in meiner Gegenwart schwer haben, also entspann dich … Zuckerschnäuzchen.

Und dann gibt es noch die andere Seite von Callie. Die dunklere Seite, die Kriminelle zu sehen bekommen. Callie ist unbarmherzig in ihrer Suche nach der Wahrheit, denn die Wahrheit bedeutet ihr alles. Würde ich ein Verbrechen begehen, würde Callie mich jagen – obwohl sie mich liebt. Es wäre schmerzlich für sie, aber sie würde mich zur Strecke bringen. Alles andere würde ihrem ganzen Wesen widersprechen, und gerade Callie ist nicht der Mensch, der im Widerspruch mit sich selbst steht.

Sie hat beschlossen, Samuel »Sam« Brady zu heiraten, den Chef des Sondereinsatzkommandos beim FBI Los Angeles. Es ist ein Schachzug, der jeden überrascht hat. Callie ist jahrelang auf Männerfang gewesen und hat jede Beute, die sie dabei gemacht hat, in vollen Zügen genossen. Sie war ein weiblicher Schwerenöter. Emotionale Langlebigkeit war nie Bestandteil von Callies Beziehungen.

Sie ist unglaublich reserviert, was ihre privatesten Dinge angeht, doch ich kenne einige ihrer Geheimnisse. Beispielsweise ihre Medikamentensucht. Sie ist abhängig von Vicodin, ein Mittel, das sie seit einer Wirbelsäulenverletzung nehmen muss, die sie vor zwei Jahren erlitten hat und die sie beinahe verkrüppelt hätte. Ich weiß auch, dass Callie sich deshalb so gegen die enge Bindung zu einem Mann gesperrt hat, weil sie mit fünfzehn schwanger wurde und gezwungen war, ihr Kind wegzugeben. Inzwischen hat sie sich mit ihrer lange verloren geglaubten Tochter ausgesöhnt, und vielleicht ist das mit ein Grund, dass ihre Einstellung sich geändert hat. Ich weiß es nicht. Callie gewährt mir stets nur kurze

Einblicke in ihr geheimes Ich – kleine Schätze, die sie mir im Laufe der Jahre anvertraut hat.

Callies größte Geschenke an mich waren ihr unersättliches Verlangen, den Augenblick zu genießen, das Hier und Jetzt, und ihre unverbrüchliche Freundschaft. Ich kann mich auf Callie verlassen, immer und jederzeit. Sie war es, die mich in der Nacht gefunden hat, in der Joseph Sands meine Familie ausgelöscht hatte. Sie war es, die mir die Waffe entwand und mich ohne eine Sekunde des Zögerns an sich zog. Sie war es, die mich hielt, während ich weinte und schrie und ihren makellosen Anzug mit meinem Blut, meinen Tränen und meinem Erbrochenen ruinierte.

»Politischer Hokuspokus«, gehe ich nun auf ihre Frage ein. »Abgesehen davon mag ich die Kälte genauso wenig wie du.«

»So schlimm ist es gar nicht«, rumpelt eine tiefe Bassstimme. »Wenigstens liegt kein Schnee. Ich kann Schnee nicht ausstehen.«

Alan Washington ist das älteste und erfahrenste Mitglied meines Teams. Alan ist nicht direkt zum FBI gegangen, sondern hat zehn Jahre beim Morddezernat des Los Angeles Police Department gearbeitet. Er ist Afroamerikaner, ein beeindruckender Bursche, ein Berg von einem Mann, der an einen Football-Verteidiger erinnert oder an eine mächtige, knorrige Eiche – die Sorte Mann, die einen dazu bringt, zur anderen Straßenseite zu wechseln, wenn er einem nachts entgegenkommt. Sein Aussehen verbirgt, was in ihm steckt: Alan ist ein Denker mit einem großen Herzen und einer Genauigkeit, die an Pedanterie grenzt. Er kann sich tagelang mit Details aufhalten – geduldig, ohne ärgerlich zu werden und ohne nach Abkürzungen zu suchen –, und er kann komplizierte Dinge auseinanderpflücken, bis nur noch einfache, verständliche Sachverhalte übrig sind. Darüber hinaus ist Alan der geschickteste Vernehmungsspezialist, den ich kenne. Ich habe mit eigenen Augen gesehen, wie er die hartgesottensten Straßenschläger in zitternde, weinerliche, plappernde Wracks verwandelt hat.

Der eindeutigste Hinweis auf Alans Wesen jedoch ist die Tatsache, dass er mit Elaina verheiratet ist und sie unübersehbar und abgöttisch liebt, mit einer Mischung aus Stolz und Staunen. Auch Matt hat mich so geliebt; es ist ein gutes Gefühl, und es verrät viel über den Charakter eines Mannes.

Alan lächelt mich an und tippt sich an einen nicht existierenden Hut.

»Gott sei gepriesen für kleine Gefälligkeiten«, sage ich und grinse.

Die nächste Stimme, die ich höre, trieft vor Missbilligung.

»Warum sind wir hier?«

Die Frage kommt vom letzten Mitglied meines Teams. Der Tonfall – unfreundlich und ungeduldig, kalt und direkt – macht mich wütend, wie jedes Mal.

James Giron ist ein Genie, aber so unleidlich, wie ein Mensch nur sein kann. Manchmal, wenn er nicht dabei ist, nennen wir ihn Damien – wie den Sohn des Teufels in *Das Omen*. Er hat nicht einen Hauch von Umgangsformen, zeigt keinerlei Interesse daran, einem Gegenüber irgendwelche Höflichkeiten zu erweisen, und kennt keine Rücksicht auf die Gefühle anderer. James hat das Konzept der Gedankenlosigkeit in neue Höhen katapultiert.

Er ist ein Buch mit leeren Seiten. Ich weiß nicht, ob er überhaupt ein Privatleben besitzt. Ich habe ihn noch nie über einen Song oder einen Film reden hören, der ihm gefallen hat. Ich weiß nicht, welche Fernsehprogramme er sich anschaut, falls überhaupt. Ich weiß nichts von persönlichen Beziehungen. James lässt seine Seele zu Hause, wenn er zur Arbeit erscheint.

Was er mitbringt, ist sein Verstand. James ist ein Genie im wahrsten Sinne des Wortes. Er hat die Highschool mit fünfzehn abgeschlossen, seine Eignungstests mit Auszeichnung absolviert und das College mit einem Doktortitel in Kriminologie verlassen, als er gerade zwanzig war. Mit einundzwanzig kam er zum FBI, was von Anfang an sein Ziel gewesen war.

James hatte eine ältere Schwester, Rosa. Sie wurde von einem

Serienkiller ermordet, als James zwölf war. Am Tag ihrer Beerdigung beschloss er, zum FBI zu gehen und den Rest seines Lebens mit der unerbittlichen Jagd auf Psychos zu verbringen wie den, der seine Schwester getötet hatte. Es ist die einzige wirkliche Information, die ich über James besitze – und der einzige Hinweis, dass James Giron menschlich ist.

Meist reiben James und ich uns aneinander. Wir empfinden keinerlei Sympathie für den jeweils anderen; wir sind wie zwei positive Pole, die sich gegenseitig abstoßen. Bis auf eine Ausnahme – James besitzt die gleiche Fähigkeit wie ich: Auch er kann in den wirren Geist menschlicher Bestien blicken, die aus purem Vergnügen morden.

»Weil jemand tot ist und jemand mit der entsprechenden Macht befohlen hat, dass wir den Mord untersuchen sollen«, antworte ich James auf seine Frage, warum wir hier sind.

Er runzelt die Stirn. »Das ist nicht unser Zuständigkeitsbereich. Wir haben hier gar nichts zu suchen.«

Ich blicke zu AD Jones hinüber. Er funkelt James mit einer Mischung aus Resignation und Unglauben an.

»Hör auf zu jammern, Damien«, sagt Callie. »Oder ich lade dich nicht zu meiner Hochzeit ein.«

James schnaubt. »Soll das eine Drohung sein?«

»Offenbar glaubst du, es wäre keine.« Callie grinst. »Aber glaub mir, deine Mama wäre sehr enttäuscht. Sie und ich hatten eine wunderbare Unterhaltung am Telefon. Sie freut sich sehr darauf, endlich die Leute kennenzulernen, mit denen du zusammenarbeitest.«

James starrt sie finster an. »Nenne mich nicht Damien.«

Ich unterdrücke ein Grinsen und gestatte mir ein Gefühl von Zufriedenheit wegen Callies Triumph über James. Ich habe seine Mutter nie kennengelernt, aber ich weiß, dass er jedes Jahr am Geburtstag seiner Schwester mit seiner Mutter zusammen Rosas Grab besucht, also sieht es zumindest so aus, als stünden sie sich nahe.

»Möchtest du uns gleich hier einweisen?«, fragt Alan mich und unterbricht damit das Wortgefecht.

»Warten Sie einen Augenblick«, sagt AD Jones. Er schaut mich an. »Denken Sie daran, was ich gesagt habe. Und halten Sie mich auf dem Laufenden.«

»Jawohl, Sir.«

Ein letztes Nicken, und er entfernt sich ohne ein weiteres Wort.

»Wir haben drüben einen Wagen stehen«, sage ich. »Steigen wir ein und schalten die Heizung an, und ich erzähle euch alles.«

Es ist ein großer Crown Victoria, ein wenig verbeult und zerkratzt, aber noch gut in Schuss. Alan klemmt sich hinters Steuer, und ich nehme auf dem Beifahrersitz Platz. James und Callie steigen hinten ein.

»Mach bitte warm«, sagt Callie und reibt sich die Arme, während sie theatralisch erschauert.

Alan lässt den Motor an und dreht die Heizung hoch. Die hubraumstarke Maschine grummelt im Leerlauf vor sich hin, während erhitzte Luft aus den Düsen strömt wie ein warmer Wind aus einem Höhleneingang.

»Besser so?«, fragt Alan.

Callie schnurrt. »Hmmm. Viel besser.«

Alan sieht mich an. »Das Rednerpult gehört dir, Chef.«

Als ich geendet habe, sitzen alle nachdenklich und schweigend da. James starrt aus dem Fenster. Callie tippt sich mit einem rot lackierten Fingernagel gegen die Schneidezähne.

»Ziemlich dramatisch«, sagt sie schließlich. »Die arme Frau an Bord einer Maschine umzubringen, zehntausend Meter über der Erde …«

»Ein wenig *zu* dramatisch«, pflichtet Alan ihr bei.

»Ja«, räume ich ein. »Trotzdem hat er es getan. Er hat sie im Flugzeug getötet.«

»*Sie?*«, schnaubt Alan.

Ich runzle die Stirn. »Rechtlich gesehen, ja. In ihrem Führerschein steht ›weiblich‹. Gibt es ein Problem damit?«

Alan hebt die Hände, packt das Lenkrad und drückt zu. Einmal. Pustet die Luft aus und seufzt geräuschvoll.

»Hör zu«, sagt er dann. »Ich mag Transsexuelle nicht. Ich finde sie … unnatürlich.« Er zuckt die Schultern. »Ich kann nichts dafür. In meiner Zeit beim LAPD habe ich ein paar Transen-Morde aufgeklärt. Ich hab meine Arbeit gemacht und hatte Mitgefühl mit den Familien … ein Mensch ist schließlich ein Mensch. Aber das ändert nichts daran, dass Transsexuelle mir insgeheim zuwider sind. Manchmal schlüpft es mir halt raus.«

Ich starre meinen Freund schockiert an. Ich bin absolut und hundert Prozent sprachlos. Ist das wirklich Alan, den ich da reden höre? Außerhalb eines Vernehmungszimmers ist Alan der gelassenste und toleranteste Mensch, den ich kenne – zumindest habe ich das bis gerade eben gedacht.

»Meine Güte, wo haben wir denn diese Schwäche so lange versteckt?«, fragt Callie und gibt damit wieder, was ich denke.

»Er ist homophob«, sagt James, und das Gift in seiner Stimme überrascht mich. »Stimmt's? Du magst Schwule nicht, hab ich recht, Alan?«

Alan dreht sich auf dem Fahrersitz um, bis er James in die Augen blicken kann. »Ich sehe nicht gerne zu, wenn Kerle knutschen, falls du das meinst. Abgesehen davon bin ich nicht homophob. Es ist mir völlig egal, mit wem du vögelst, James. Aber es ist ein gewaltiger Unterschied zwischen einem Schwulen und jemandem, der sich die Titten oder den Lümmel abschneidet.« Er verzieht das Gesicht. »Abgesehen davon ist das meine Sache, okay? Ich sage nicht, dass es richtig ist oder irgendeinen Sinn macht. Ich habe auch keine Lust, groß darüber zu diskutieren. Elaina hat mir schon gesagt, was sie davon hält, und es hat sich trotzdem nichts bei mir geändert. Was meine Arbeit jedoch nicht beeinflusst.«

»Komm schon, sag die Wahrheit!«, fordert Callie ihn eifrig auf. »War es eine Frau, die du abgeschleppt hattest? Heiße Küsse und wildes Gegrapsche, und dann hast du ihr zwischen die Beine gegriffen und hattest plötzlich einen Schwanz in der Hand?«

Alan stöhnt auf. »Oh Mann. Hätte ich doch die Schnauze gehalten!«

»Genau«, sage ich. »Du hättest besser den Mund gehalten. Wenn du solche Kommentare in Gegenwart der Familie von dir gibst …«

Er nickt zerknirscht. »Ja. Tut mir leid.«

»Also nicht homophob, eh?«, sagt James beißend.

Ich schaue ihn überrascht an. Sein Gesicht zeigt, dass er wütend ist. Er lässt die Sache nicht auf sich beruhen.

»Das sagte ich doch schon.«

»Blödsinn.«

Alan sieht aus, als würde er aufbrausen, dann aber seufzt er nur. »Meinetwegen. Du musst mir ja nicht glauben. Ändert allerdings nichts an der Wahrheit.«

James starrt Alan wütend an. Er zittert am ganzen Leib. Ich habe keine Ahnung, was das soll.

»Ach ja? Dann verrate mir doch eins …« Er stockt, zögert, atmet tief ein und aus. »Dann verrate mir doch, was du hierzu sagst: *Ich bin schwul.*«

Stille erfüllt das Wageninnere. Ich höre die anderen atmen, und ich höre das Geräusch der Heizung.

»Das ist ja ätzend«, sagt Callie und tut so, als äße sie Popcorn aus einer Tüte. »Mach weiter. Hör jetzt bloß nicht auf, Schnuckelchen.«

Ich für meinen Teil bin sprachlos.

James und schwul?

Es ist nicht die Enthüllung an sich, die mich schockiert. Es ist vielmehr die Tatsache, dass James überhaupt etwas über sich preisgibt. Es ist einfach zu persönlich. Es ist genauso irritierend, als würde er uns erzählen, was seine Lieblings-Eiskrem ist.

In gewisser Hinsicht bin ich überrascht, wie gut er seine Homosexualität bis jetzt verborgen hat. Wir haben es nicht zum ersten Mal mit Opfern aus der Schwulenszene zu tun. Doch James hat nie die leiseste Andeutung in dieser Richtung gemacht, nicht den kleinsten Hinweis gegeben.

Andererseits gilt das auch für Alan.

»Warum erzählst du uns das ausgerechnet jetzt?«, fragt Alan.

»Ich weiß es nicht!«, schnaubt James. »Aber lenk jetzt nicht ab. Beantworte meine Frage!«

Alan mustert James von oben bis unten. Die Andeutung eines Lächelns spielt um seine Mundwinkel. »Na schön, unter diesen Umständen muss ich dir sagen … also, ich mag dich immer noch nicht.«

Callie prustet los. Es klingt albern.

James' Wut scheint sich ein wenig zu legen. Er starrt Alan in die Augen, sucht nach einem verräterischen Zeichen, dass er die Unwahrheit gesagt haben könnte.

»Und das ist alles, was du dazu zu sagen hast?«, fragt er schließlich.

»Ja. Alles.«

In diesem Moment geschieht etwas Bewegendes. Alan streckt den Arm über den Sitz nach hinten aus und legt James eine mächtige Pranke auf die Schulter. Es ist eine sanfte Geste, beruhigend und beinahe freundlich. Was mich daran schockiert, ist James' Reaktion. Kein Zusammenzucken, kein Abwenden, keine Abwehr. Stattdessen sehe ich etwas anderes, eine Art von … *was?*

Erleichterung, wird mir klar. Es ist Erleichterung. Es ist James wichtig, was Alan von ihm denkt.

»Ehrlich, Mann«, sagt Alan erneut, mit einer Stimme, die genauso sanft ist wie die Geste.

Der Moment zieht sich in die Länge. Dann schüttelt James die Hand ab. »Schön«, sagt er und funkelt Callie und mich an. »Ich will nichts mehr darüber hören, okay?«

Ich hebe die Hand und gebe ihm mein großes Pfadfinderehrenwort. Callie nickt, doch gleichzeitig rutscht sie auf dem Sitz von James weg, so weit es geht.

»Was zum Teufel soll das?«, fragt er misstrauisch.

»Keine Sorge, mein Bärchen«, sagt sie. »Ich hab kein Problem damit, dass du schwul bist, ehrlich nicht. Aber ich heirate bald, und … na ja, es heißt, ihr schwulen Hühner wärt ansteckend. Vorsicht ist besser als Nachsehen.«

Ich hätte beinahe losgeprustet. James starrt Callie grübelnd an, bevor er schließlich seufzt. »Du bist eine Idiotin.«

Erneut spüre ich Erleichterung bei ihm. Callie behandelt ihn genauso wie immer, und dieses Ärgernis ist für James nach seinem »Outing« etwas Tröstendes.

Und was ist mit mir?, frage ich mich. Was erwartet er von mir?

Ich schaue in seine Richtung, doch James starrt wieder aus dem Fenster, als wäre nie etwas gewesen. Er wirkt entspannt.

Mir wird klar, dass er sich keine Gedanken gemacht hat, wie ich reagieren würde. Er wusste, dass ich ihn akzeptieren würde.

Und das gibt mir ein gutes Gefühl.

»Nachdem wir die Beichten jetzt aus den Füßen hätten, könnten wir vielleicht zurück zum Geschäft kommen?«, fragt Callie. »Wir wollen schließlich nicht das Wichtigste vergessen: die Planung meiner Hochzeit.«

»Was hat das Geschäft mit deiner Hochzeit zu tun?«, frage ich sie verwirrt.

Callie verdreht die Augen. »Nun ja, es sieht so aus, als müssten wir zuerst einen Killer schnappen. Also dann – hopp, hopp.«

Ich muss kichern. Callie sorgt sich nicht wirklich um ihre Hochzeit. Es ist ihre Art: Sie lebt, um die Ernsten zu erheitern und die Dunkelheit zu erhellen.

»Fahren wir nach Dulles«, sage ich. »Sie halten das Flugzeug für uns am Boden fest. Wir können unterwegs über alles reden.«

Alan setzt den Wagen in Bewegung, und ich muss daran denken, dass vor allem Bewegung das Leben vom Tod unterscheidet. Leben ist Bewegung. Ständig passiert irgendetwas. Ständig ist man unterwegs. Ständig zwängt man sich durch irgendwelche Lücken, ob der Moment nun geeignet ist oder nicht. Alans unerwarteter Ausbruch in Bezug auf Transsexuelle, James' Outing – beides, ob gut oder schlecht, bedeutet *Leben*, und die häufigen Unbehaglichkeiten des Lebens sind bei weitem der geordneten, friedvollen Ereignislosigkeit des Totseins vorzuziehen.

KAPITEL 5 Wir haben ungefähr eine Dreiviertelstunde bis zum Dulles International Airport benötigt. Ein einheimischer Cop, der auf uns gewartet hat, brachte unseren Wagen durch eine Sicherheitsschranke und zeigte uns den Weg zum Flugzeug. Inzwischen ist Mitternacht durch, doch wie alle großen internationalen Flughäfen lebt und atmet der Dulles Airport auch außerhalb gewöhnlicher Uhrzeiten. Während Alan den Wagen zu unserem Ziel lenkt, sehe ich Flugzeuge starten. Sie springen förmlich aus einem Meer von Lichtern in den Nachthimmel hinauf.

Die Maschine, in der Lisa Reid ermordet wurde, wurde in einen Wartungshangar gebracht. Der Hangar ist riesig, eine Halle aus Stahl und Beton – was bedeutet, dass es im Innern kalt ist. Die Außentemperaturen sinken immer weiter, und mir wird bewusst, dass ich nicht für dieses Wetter angezogen bin.

Das Innere des Hangars ist hell erleuchtet. Die späte Stunde und die nackte Zweckmäßigkeit des Baus in Verbindung mit der Kälte erzeugen ein Gefühl von Einsamkeit.

»Schätze, wir fahren einfach rein«, murmelt Alan und tut es auch sogleich.

»Wer ist das?«, fragt Callie, als wir vor der Maschine halten.

Wir werden von einer blonden Frau erwartet, die ich noch nie gesehen habe. Sie ist ungefähr in meinem Alter, und sie trägt eine schwarze Jacke, schwarze weite Hosen und eine weiße Bluse. Ihre Garderobe sieht schlicht aus, doch sie sitzt zu gut, um von der Stange zu sein. Die Frau ist mittelgroß, vielleicht einsfünfundsechzig, und attraktiv, ohne wirklich schön zu sein. Ihr Gesicht mit den intelligenten blauen Augen ist eine Studie in Ausdruckslosigkeit.

»Sieht nach Chefetage aus, wenn ihr mich fragt«, murmelt Alan.

Die Frau kommt gleich zu mir, als ich aus dem Wagen steige. »Agentin Barrett?«

»Die bin ich. Und wer sind Sie?«

»Rachel Hinson. Ich arbeite für Director Rathbun.«

»Okay.«

»Sie haben das Flugzeug für maximal vierundzwanzig Stunden«, sagt sie ohne weitere Umschweife. »Bis zum Ablauf dieser Frist wird niemand sonst diesen Hangar betreten. Niemand wird Sie belästigen.« Sie deutet auf einen Rollwagen in der Nähe. »Forensische Ausrüstung, einschließlich Kameras, Beweismittelbeuteln und der Akte, die von der örtlichen Polizei angelegt wurde, ehe wir den Fall übernommen haben. Ich fungiere als Supervisor.«

Ich habe mir bereits gedacht, dass das kommen würde.

»Nein«, sage ich mit freundlicher, doch entschiedener Stimme.

Hinson legt die Stirn in Falten und starrt mich an. »Wie bitte?«

»Ich habe Nein gesagt, Agentin Hinson. Dies ist mein Fall. *Meine* Ermittlungen. Mein Team und ich sind die Einzigen, die an Bord dieses Flugzeugs gehen werden.«

Sie tritt vor mich hin, ganz nah, und benutzt ihren Größenvorteil bei dem Versuch, mich einzuschüchtern. Es ist ein kluger Schachzug, aber es ist zugleich ein alter Trick, und er lässt mich kalt.

»Ich fürchte, ich muss darauf bestehen«, sagt sie und funkelt mich aus ihren blauen Augen von oben herab an.

Es ist ein ziemlich beeindruckender Anblick, das muss ich ihr lassen.

»Rufen Sie Director Rathbun an«, sage ich.

»Warum?«

»Weil er der Einzige ist, der dieses Problem lösen kann. Es geht hier nicht um Machtspielchen, Hinson. Okay, vielleicht ein klein wenig. Aber die Wahrheit ist, Sie stehen nur im Weg, und Ihre Motive für Ihre Anwesenheit sind eine Ablenkung. Wir können im Augenblick niemanden gebrauchen, der uns bei der Arbeit ständig über die Schulter gafft.«

Sie weicht nicht zurück, verlagert jedoch ihr Gewicht auf das rechte Bein. Ich sehe, dass sie über meine Worte nachdenkt. Sie wägt ihre Befehle, uns im Auge zu behalten, gegen die Frage ab, ob es klug ist, Director Rathbun zu belästigen. Sie ist nicht nervös deswegen; sie denkt bloß nach. Hinson ist es gewöhnt, nach eigenem Ermessen zu handeln.

»Hören Sie«, sage ich, um ihr ein wenig zu helfen. »Sie wissen, dass ich nicht nur hier bin, weil Director Rathbun mich herbefohlen hat.«

»In funktioneller Hinsicht schon.«

»In funktioneller Hinsicht vielleicht, aber nicht in tatsächlicher. Ich bin hier, weil die Frau des Kongressabgeordneten nach mir gefragt hat.«

Ein unmerkliches Lächeln umspielt Hinsons Lippen, ein leichtes Aufweichen ihrer geschäftsmäßigen Ausdruckslosigkeit. Es ist ein respektvolles Lächeln, eine Anerkennung meiner nicht ganz subtilen Art, keine Namen zu nennen.

»Schön, Agentin Barrett«, sagt sie, und jetzt tritt sie zurück. Sie greift in ihre Innentasche, und ich erhasche einen kurzen Blick auf ihre Waffe, die in einem Schulterhalfter steckt. Sie zückt eine schlichte weiße Visitenkarte und reicht sie mir. Auf der Karte steht »Hinson« in schwarzer Schrift, gefolgt von einer Telefonnummer und einer E-Mail-Adresse. Weiter nichts.

Ich sehe sie an. »Kurz und bündig, würde ich sagen.«

Sie zuckt die Schultern. »Ich kann an zwei Händen abzählen, wie oft ich diese Karte ausgegeben habe. Bitte rufen Sie mich an, wenn Sie irgendetwas brauchen. Sie erreichen mich zu jeder Tages- und Nachtzeit unter dieser Nummer, sieben Tage die Woche.«

Sie wendet sich um und geht ohne ein weiteres Wort; ihre flachen Absätze klackern über den kalten Beton des Hangars.

Die erste Runde ist an mich gegangen, doch ich muss an AD Jones' Warnung denken, und ich bin absolut sicher, dass er recht damit hatte.

»Hmmm«, macht Alan. »Was soll man zu so einer sagen? Unangenehm? Angsteinflößend? Oder beides?«

»Nimm sie als das, was sie ist«, sage ich leise.

»Und das wäre?«

»Nützlich. Nützlich zu sein ist ihre höhere Bestimmung. Und jetzt lass uns endlich unseren Tatort in Augenschein nehmen.«

»Ich war noch nie in einem völlig leeren Flugzeug«, sagt Callie. »Es ist irgendwie unheimlich.«

»Zu still«, bemerkt Alan.

Beide haben recht. Unter normalen Umständen haben Flugzeuge ihre eigene Lärmkulisse, wie eine leise murmelnde Menge. Hier aber herrscht Grabesstille.

»Was ist das überhaupt für eine Maschine? Eine 727?«, fragt Alan.

»Eine 737-800«, sagt James. »Mittelgroß, schlanker Rumpf, hundertzweiundsechzig Passagiere in zwei Klassen. Länge neununddreißig Meter, Flügelspannweite vierunddreißig Meter. Leergewicht einundvierzig Tonnen. Reichweite voll beladen fünfeinhalbtausend Kilometer bei einer Reisegeschwindigkeit von ungefähr Mach null Komma sieben.«

Alan verdreht die Augen. »Danke, Besserwisser.«

»Wo hat sie gesessen?«, frage ich.

Alan schaut in die Akte. »Zwanzig F. Ein Fensterplatz.«

Ich runzle die Stirn. »Eine Frage dazu: Wie hat unser Freund es hingekriegt, einen Sitzplatz direkt neben ihr zu ergattern? Da musste er doch vorher wissen, wo sie sitzen wird. Wir müssen herausfinden, wo und wie sie ihren Flug gebucht hat.«

»Es gibt zu viele Unbekannte in der Gleichung«, bemerkt James.

Ich sehe ihn an. »Soll heißen?«

»Die Art und Weise des Mordes. Das *kann* nur funktionieren, wenn sie einen Fensterplatz hat.« Er nimmt Alan die Akte aus den Händen und zieht ein Foto hervor. »Er hat sie gegen das Fenster gelehnt zurückgelassen, mit einer Decke über dem Kopf, als würde sie schlafen. Das hätte nicht funktioniert, hätte sie in einem Mittelsitz gesessen, oder am Gang.«

»Und?«

»Worauf ich hinauswill … es gibt eine ganze Reihe verschiedener Möglichkeiten, wie er herausgefunden haben könnte, wo sie sitzt. Er könnte jemanden bestochen oder sich ins System gehackt haben. Anschließend könnte er den Sitzplatz neben ihr reserviert oder den Passagier, der ursprünglich dort sitzen sollte, zum Tausch überredet haben – sucht es euch aus. Allerdings gibt es seit dem elften September praktisch keine Möglichkeit mehr, in dieser Richtung irgendetwas im Voraus zu arrangieren. Beispielsweise, dass man auch wirklich einen Fensterplatz bekommt.«

Jetzt begreife ich, was James sagen will. »Er hat deiner Meinung nach also nicht von vornherein geplant, sie im Flugzeug zu töten.«

Er nickt. »Bestimmt nicht.«

Es ist ein winziges Detail, doch es ist eines von den Puzzlesteinchen, die uns dabei helfen, jenen Mann zu sehen, der das getan hat.

Er hat damit angefangen, dass er die Entscheidung traf, Lisa Reid zu töten – nicht damit, sie an Bord eines Flugzeugs zu töten. Er hat sie beobachtet, ist ihr nachgeschlichen, hat Informationen über sie gesammelt. Er fand heraus, dass sie eine Reise unternehmen wollte, dass sie einen Fensterplatz im Flugzeug hatte – und erst dann, nicht vorher, begann er an seinem Plan zu arbeiten, sie an Bord zu töten. Wären die Ereignisse nicht so abgelaufen, wie er es gebrauchen konnte, hätte er Lisa woanders umgebracht.

»Der Ort war von Bedeutung für ihn«, überlege ich laut, »aber er war keine Bedingung. Lisa war der bedeutsamere Faktor. Sie war der Schlüssel.«

»Warte«, sagt Callie. »Es gibt eine weitere Möglichkeit.«

»Und die wäre?«

»Dass es willkürlicher Mord war. Vielleicht war der Ort ein entscheidender Faktor für den Täter. Er hat einen Mittelsitz gebucht und von vornherein geplant, den Passagier zu töten, der neben ihm am Fenster saß – und das war rein zufällig Lisa. Vielleicht hat der Täter ein Problem mit der Fluggesellschaft oder mit Flugreisen im Allgemeinen. Ich habe selbst schon das eine oder andere Mal Mordgelüste gegenüber einem unsympathischen Fluggast verspürt.«

»Möglich und definitiv ein bestürzender Gedanke«, räume ich ein. »Aber unwahrscheinlich. Die Tatsache, dass es Lisa Reid war – eine transsexuelle Person und Tochter eines Kongressabgeordneten und seiner Frau?« Ich schüttle den Kopf. »Das ist kein Zufall. Er liebt es, zu planen und zu kontrollieren. Die Auswahl eines Opfers ist ein integraler Bestandteil dieser Prozesse. Ich könnte mich irren, aber … es *fühlt* sich für mich nicht nach Zufall an.«

Callie denkt darüber nach; dann nickt sie. »Ich glaube, du hast recht.«

Wir bewegen uns den Mittelgang hinunter. Die 737-800 hat die klassische Aufteilung, zwei Reihen zu je drei Sitzen auf jeder Seite. Die Luft ist kühl, aber noch nicht kalt. Flugzeuge sind gut isoliert. Wir treffen bei 20F ein.

»Wie weit ist die Spurensicherung gekommen, Callie?«, frage ich.

Sie blättert in der Akte. »Vollständige fotografische Erfassung des Tatorts sowohl vor als auch nach Entfernung der Leiche. Sie haben das Gepäck abgeholt. Es steht unten im Hangar. Das ist bis jetzt so ziemlich alles.«

»Irgendjemand hat sich ganz schnell eingeschaltet«, meint Alan.

Ich nehme mir einen Moment Zeit und schaue mich um. Nichts Außergewöhnliches. Keine Eingebung. Noch nicht. Das ist es. Das ist der Ort, genau hier, wo ein Mensch einen anderen ermordet hat. Ein Leben hat in diesem Sitz am Fenster geendet. Wenn man an die Seele glaubt – und das tue ich –, ist dies der Ort, wo die *Essenz* des Wesens Lisa Reid für alle Ewigkeit verschwunden ist.

Wie immer bin ich betroffen von der Unangemessenheit des Ortes, an dem der Tod eingetreten ist, berücksichtigt man die Wahrheit des Todes selbst. Ich habe einmal eine hübsche junge Frau gesehen, die im Dreck lag. Nackt. Jemand hatte sie erwürgt. Ihre Zunge hing aus dem geschwollenen, zerschlagenen Mund. Ihre offenen Augen starrten zum Himmel hinauf. Sie hatte noch immer einen Rest ihrer einstigen Schönheit, doch er verblasste rasch. Obwohl sie tot war, versank alles andere neben ihr in Bedeutungslosigkeit. Es gab keinen Dreck, keinen Wald, keinen Boden, keinen Himmel, nichts außer ihr. Es gibt auf der ganzen Welt keine Leinwand, die ein beendetes Leben einfangen könnte. Der Tod ist sein eigener Rahmen.

»Da ist Blut auf dem Sitzpolster«, sagt Callie und reißt mich aus meinen Gedanken. »Am einfachsten wäre es, das ganze Polster mitzunehmen, ihres, seins, und dann nach Fingerabdrücken zu suchen. Das wäre eine gute Vorgehensweise. Allerdings nur, wenn unser Freund keine Handschuhe getragen hat. Anschließend alles mit dem Staubsauger absaugen. Das wär's mehr oder weniger, wenn ihr mich fragt.«

»Ich könnte mir vorstellen, er hat irgendetwas mitgenommen«, wirft James ein.

Ich drehe mich zu ihm um. »Und was?«

»Eine Trophäe. Er hat das Kreuz in ihrem Körper zurückgelassen. Also hat er wahrscheinlich auch etwas von ihr mitgenommen. Er hat ein Faible für Symbole.«

Nicht alle Serienkiller nehmen Trophäen, aber ich muss James beipflichten.

»Es könnte alles Mögliche gewesen sein«, sagt Alan. »Schmuck … etwas aus ihrer Brieftasche … eine Haarlocke …« Er zuckt die Schultern. »Irgendwas.«

»Wir sehen uns ihre Habseligkeiten an und versuchen herauszufinden, ob etwas fehlt«, sage ich.

»Es wird immer kälter, Süße«, sagt Callie. »Wie sieht dein Schlachtplan aus?«

Callie hat recht. Ich habe eine erste Witterung von diesem Psycho aufgenommen, doch hier gibt es sonst nichts, das mir weiterhelfen könnte.

»Du und James, ihr bleibt hier und nehmt euch den Tatort vor. Ruft mich an, sobald ihr fertig seid. Alan, du setzt mich bei Lisas Wohnung ab. Anschließend befragst du die Zeugen ... Stewardessen, Passagiere, jeden Einzelnen. Versuch außerdem herauszufinden, wie der Kerl sein Flugticket gekauft hat. Hat er bar bezahlt? Mit einer Kreditkarte? Falls er eine Kreditkarte benutzt hat, dann wahrscheinlich mit einer falschen Identität. Wie hat er es angestellt?«

»Verstanden.«

Callie nickt ebenfalls.

Ich werfe einen letzten Blick auf das Fenster, neben dem Lisa Reid gestorben ist; dann wende ich mich ab und verlasse den Tatort für immer. Das Bild wird irgendwann verblassen, das weiß ich schon jetzt. Eines Tages werde ich in einem Flugzeug an einem Fensterplatz sitzen und nicht einmal mehr an Lisa Reid denken.

Eines Tages.

KAPITEL 6

Alan und ich fahren auf dem Freeway zurück nach Alexandria. Unterwegs herrscht kaum Verkehr; nur wenige andere Fahrzeuge sind auf der Straße. Ihre Fahrer haben wahrscheinlich den gleichen Wunsch wie wir: Sie würden gern im Bett liegen und schlafen.

Alan fährt schweigend. Wir haben die Heizung voll aufgedreht, um die Kälte zu vertreiben. Es ist dunkel – stockdunkel und still.

»Was hat die Kälte nur an sich, dass sie die Dinge stiller erscheinen lässt, als sie normalerweise sind?«, überlege ich laut.

Alan schaut kurz zu mir herüber und lächelt. »Die Dinge *sind* stiller in der Kälte«, sagt er. »Du bist an L. A. gewöhnt. Da wird es normalerweise nie kalt genug, um Mensch und Tier in die Häuser zu treiben. Hier schon.«

Er hat recht. Ich habe diese Erfahrung als Mädchen gemacht, im Alter zwischen sechs und zehn Jahren, bevor meine Mom an Krebs erkrankte. Damals machten wir oft lange Camping-Reisen mit dem Auto. Mom und Dad stimmten ihren Urlaub aufeinander ab, und wir verbrachten zwei Wochen damit, kreuz und quer durch die Vereinigten Staaten zu trekken, von einem Campingplatz zum nächsten.

Ich erinnere mich an das Anstrengende bei diesen Reisen: das nicht enden wollende Surren der Räder auf dem Asphalt, das Vorbeirauschen der Welt und die intensive, beinahe schmerzhafte Langeweile. Ich erinnere mich an Spiele, die ich mit meiner Mom im Wagen gespielt habe. I-Spy. »Pididdles« zählen – Fahrzeuge, bei denen nur ein Scheinwerfer brennt. Schräge Lieder, laut und falsch gesungen.

Innerhalb fünf Jahren sah ich große Teile der Vereinigten Staaten: Den Rocky Mountain National Park. Yellowstone. Mount Rushmore. Wir überquerten den Mississippi in verschiedenen Staaten und aßen Gumbo in New Orleans, wo der riesige Fluss ins Meer mündet.

Einmal war Dad besonders ehrgeizig und fuhr im Herbst den ganzen Weg hinauf bis in den Norden des Staates New York. Er wollte uns die Catskill Mountains zeigen, wo angeblich Rip Van Winkle gelebt hat, die Figur aus Washington Irvings Kurzgeschichtensammlung. Es war eine unerträglich lange Fahrt, und wir waren gereizt und völlig am Ende, als wir endlich ans Ziel kamen. Wir fuhren auf den Campingplatz, und ich stieg aus dem Wagen, so schnell ich konnte.

Die Laubbäume in den Catskills waren unglaublich. Ihre Blätter leuchteten in den sattesten Farben. Es war kalt, so kalt wie hier und jetzt, und ich erinnere mich an die beißende Luft auf meinen Wangen und an die weißen Wölkchen meines kondensierenden Atems in der Luft.

»Da muss man im Wald pinkeln«, hatte meine Mutter geschimpft, »und dabei kriegt man dann auch noch 'ne Gänsehaut am Hintern!«

»Ist es nicht trotzdem wunderschön?«, hatte mein Dad geantwortet, mit hörbarer Ehrfurcht in der Stimme, ohne Moms Zorn zu bemerken.

Das liebte ich so an meinem Vater: Er war jung geblieben, unendlich jung, wenn es darum ging, die Welt zu bestaunen. Meine Mom war vorsichtiger. Sie blieb mit den Füßen auf dem Boden, was wichtig war; Dad jedoch hielt unsere Köpfe in den Wolken, was seinen eigenen Wert besaß.

Ich weiß noch, wie Mom sich zornig zu ihm umdrehte, um eine Bemerkung zu machen, die ihr jedoch auf den Lippen erstarb, als sie die Freude auf seinem Gesicht entdeckte. Sie folgte seinem Blick und sah endlich, was auch er sah, wurde angesteckt von seinem Staunen und stolperte mitten hinein in seinen Traum.

»Das ist es«, sagte sie leise. »Das ist es wirklich.«

»Darf ich mir die Gegend angucken?«, fragte ich.

»Sicher, Kleines«, antwortete Dad. »Aber geh nicht zu weit weg. Bleib in der Nähe, hörst du?«

»Okay, Daddy.« Ich sprang davon und rannte unter die Bäume.

Ich hielt Wort und blieb in der Nähe. Ich musste nicht weit laufen, nur ungefähr fünfzig Schritte, und ich war plötzlich mutterseelenallein, einsamer als je zuvor im Leben. Ich blieb stehen, um dieses Gefühl in mich aufzunehmen – nicht so sehr aus Angst, eher aus Interesse. Ich war auf eine kleine Lichtung gelangt, die umsäumt wurde von mächtigen Bäumen mit blutrotem Herbstlaub, das an den Zweigen verrottete. Ich breitete die Arme aus, legte den Kopf weit in den Nacken, schloss die Augen und lauschte der Stille und dem Schweigen des Waldes.

Jahre später stand ich vor der Leiche einer jungen Frau in den Wäldern von Angeles Crest, erinnerte mich an die Stille und das Schweigen und fragte mich, wie es sein mochte, mitten in diesem Nichts getötet zu werden, umgeben von dieser Einsamkeit – einer gewaltigen Kathedrale für die eigenen Schreie der Qual und der Angst.

Damals, auf jener Fahrt nach New York, war ich zehn Jahre alt. Es war die letzte Reise, die wir unternahmen, bevor meine Mom krank wurde. Wenn ich an meine Eltern denke, sehe ich sie stets in dem Alter von damals vor mir, dreißig und einunddreißig Jahre alt, jünger, als ich heute bin. Wenn ich an meine Kindheit denke, denke ich an diese Camping-Touren, an I-Spy und an Pididdles und »Sind wir bald da?« und das Lamentieren meiner Mutter. Ich erinnere mich an das Staunen meines Vaters, an Moms Liebe zu ihm, an das Herbstlaub und die Bäume und die Zeit, als die Stille noch Schönheit enthielt und keine Erinnerungen an Tod.

Lisa wohnt in einem Neubau, fast im Zentrum von Alexandria. Die Reihenhäuser sind schmuck, passen aber nicht so recht in die Umgebung.

»Irgendwie wie Kalifornien in Virginia«, meint Alan und spricht meine Gedanken aus.

Das Haus hat seine eigene kleine Auffahrt. Es ist verputzt und mit braunem Holz verkleidet. Noch ist niemand hier gewesen. Noch gibt es kein gelb-schwarzes Absperrband an der Tür. Wir parken den Wagen in der Auffahrt, steigen aus und gehen zur Tür. Alan will sich Lisas Haus mit mir zusammen ansehen, ehe er sich auf die Jagd nach den Zeugen macht.

Wir sind noch einmal beim Leichenschauhaus vorbeigefahren, wo ich Lisas Schlüssel geholt habe. Ich probiere einen nach dem anderen im schwachen Licht der Straßenlaternen, doch keiner will passen.

»Der da vielleicht?« Alan zeigt auf einen goldfarbenen Schlüssel.

Ich schiebe ihn ins Sicherheitsschloss, und es dreht sich mit einem hörbaren Klicken. Ich stecke den Schlüsselbund in die Jackentasche, und wir ziehen beide unsere Waffen.

»Ladys first«, sagt Alan.

Das Haus hat zwei Gästezimmer, von denen eines als Arbeitszimmer dient. Wir sehen uns rasch in diesen beiden Zimmern sowie im Gästebad und im Elternschlafzimmer um, bevor wir unsere Waffen wieder einstecken.

»Hübsche Wohnung«, sagt Alan.

»Ja.«

Alles ist in gedämpften Erdfarben gehalten, unaufdringlich, ohne langweilig zu sein. Überall finden sich Farbtupfer, angefangen bei kastanienroten Wurfkissen auf dem Sofa bis hin zu weißen Baumwollvorhängen mit blauem Blumenmuster entlang den Säumen. Alles ist sauber und frei von Gerüchen. Keine Haustiere, keine schmutzige Wäsche, kein stehen gebliebenes Essen. Lisa hat nicht geraucht. Der Wohnzimmertisch aus Holz ist übersät mit einem bunten Allerlei von Magazinen und Büchern. Lisa war ordentlich, aber nicht pedantisch.

»Ist es okay, wenn ich jetzt fahre?«, fragt Alan.

Ich schaue auf die Uhr. Es ist fünf.

»Klar. Aber bevor du dich auf die Suche nach den Zeugen machst oder den Geldstrom analysierst, mach bitte eine Datenbankanfrage nach Morden mit der gleichen oder einer ähnlichen Signatur.«

»Du meinst das Kreuz?«

»Das Kreuz oder auch nur die Symbole auf dem Kreuz. Ich glaube zwar nicht, dass wir auf Verbrechen stoßen, die lange zurückliegen, aber es wäre möglich, dass sich in der jüngeren Vergangenheit nicht aufgeklärte Morde finden.«

Er runzelt die Stirn. »Du meinst, der Killer ist bereits längere Zeit am Werk und hat jetzt erst beschlossen, ins Licht zu treten?«

»Genau.«

»Ziemlich dumme Idee, wenn du mich fragst.«
»Hoffen wir, dass du recht hast.«

Ich bin allein. Ich lasse das Licht ausgeschaltet. Die Morgendämmerung hat eingesetzt, und ich will das Wohnzimmer so sehen, wie Lisa es gesehen hätte. Ich setze mich auf die Couch, braune Mikrofaser, ein Sofa wie tausend andere, sieht man davon ab, dass dieses Sofa Lisa gehörte. Sie hat hier auf diesem Sofa gesessen, wieder und wieder. Ich kann ihren Lieblingsplatz sehen – ein Kissen, das ein klein wenig abgenutzter ist als die anderen.

Gegenüber der Couch steht ein mittelgroßer Fernseher mit Flachbildschirm in gemütlichem Abstand von der Sitzecke. Ich stelle mir vor, wie Lisa hier sitzt, die Lichter aus, und wie Schatten über ihr Gesicht tanzen. Ich sehe eine Flasche Nagellack auf dem Wohnzimmertisch und muss lächeln. Sie hat ferngesehen, während sie sich die Fingernägel lackiert hat. Ich entdecke ein Buch auf einem Beistelltisch, eine humorvolle Liebesgeschichte. Vielleicht hat sie in dem Buch gelesen, während ihre Fußnägel getrocknet sind. Unschuldige Laster.

Diese Wohnung war ein Zufluchtsort, ein Heiligtum; dennoch werde ich sie auf den Kopf stellen. Ich glaube, dass ich zumindest in dieser Hinsicht den Killern, die ich jage, sehr ähnlich bin. Ich werde mich durch dieses Haus bewegen und Türen und Schubladen öffnen, werde Lisas E-Mails lesen und in ihren Arzneischrank schauen. Ich werde sämtliche Grenzen zu ihrer Privatsphäre überschreiten, bis es nichts mehr zu finden gibt.

Früher einmal konnte Lisa den Schlüssel umdrehen und die Welt draußen daran hindern, ihre Geheimnisse zu entdecken, aber das ist vorbei. Die Killer, die ich jage, beziehen ihre Machtphantasien aus der Vorstellung, sämtliche Barrieren niederzureißen, die ihr Opfer um sich herum errichtet hat, bis es schutzlos und voller Todesangst vor ihnen steht.

Meine Motive sind offensichtlich reiner, doch ich habe bereits vor langer Zeit gelernt, dass ich mit meiner Arbeit nicht weiterleben könnte, wäre ich unehrlich zu mir selbst, und die Wahrheit ist: Auch ich spüre einen Anflug dieser Macht, den Nervenkitzel eines Voyeurs, wenn ich das Heim eines Opfers durchsuche und alles durchwühle. Ich kann hinschauen, wohin ich will, anfassen, was ich will, jede Tür aufmachen, die ich öffnen will. Es ist berauschend, dieses Gefühl der umfassenden Kontrolle, und ich kann *beinahe* verstehen, warum es für Psychopathen so anziehend ist.

Ich stehe auf und gehe in die Küche. Sie ist klein, funktionell und sehr sauber. Braune Granitarbeitsflächen. Ein Kühlschrank aus Edelstahl mit dazu passender Mikrowelle, Ofen und Geschirrspüler. Ich öffne ein paar Schränke und schaue hinein. Weißes Porzellan, sauber und sorgfältig gestapelt.

Der Kühlschrank ist fast leer. Ich sehe eine Einkaufsliste an der Kühlschranktür. Darauf steht: Mineralwasser, Binden, Mac und Käse.

Das brauchst du jetzt alles nicht mehr, Lisa.

Die Küchenschubladen liefern keine Erkenntnisse. Besteck, ein Telefonbuch, ein paar Stifte und Haftnotizen. Ich bin nicht allzu überrascht. Lisa war ein Mensch, der es gewöhnt war, sich in der Öffentlichkeit zu verstellen. Sie hat ihre Geheimnisse sicherlich nicht hier aufbewahrt, wo ein Gast sie zufällig finden kann.

Ich gehe weiter ins Schlafzimmer. Es ist mittelgroß und mit flauschigem, beigefarbenem Teppichboden ausgelegt. Das Bett beherrscht den Raum, ein California Kingsize. Die irdenen Farbtöne aus dem Wohnzimmer finden ihre Fortsetzung. Lisa hatte ihren Stil gefunden, was das Dekor angeht: Feminin, ohne mädchenhaft zu wirken.

Ich gehe zum Nachttisch, zumeist der Ort, an dem Frauen ihre Geheimnisse aufbewahren. Ich öffne die oberste Schublade und werde nicht enttäuscht. Dort liegen ein Plastikbeutel voll Marihuana und Blättchen zum Zigarettendrehen. Außerdem eine Flasche Babyöl und ein Magazin mit Fotos von muskulösen nackten Männern. Ich schaue mich um und sehe den CD-Player.

Ich stelle mir vor, wie Lisa eine CD einlegt, sich einen Joint ansteckt und inhaliert, während sie durch die Seiten des Magazins blättert, bis sie den richtigen visuellen Anreiz findet … sich zurücklehnt, das Babyöl nimmt …

An diesem Punkt trennen sich unsere Wege, Lisa.

Meine Hände haben einen anderen Tastsinn, wenn sie in die dortigen Regionen wandern. Ich hatte niemals einen Penis, und ich wollte niemals einen, auch wenn ich Penisse in den Händen gehalten habe. Ich weiß, wie sie sich anfühlen, wie sie riechen, wie sie schmecken … doch ich weiß nicht, wie es ist, einen Penis zu berühren und zu spüren, dass es der eigene ist.

Hat es dir etwas ausgemacht? Du hast dich zu Männern hingezogen gefühlt, du hast dich danach gesehnt, eine Frau zu sein. Wenn du deinen Penis berührt hast, war er dir fremd? Hast du ihn in deiner Phantasie in etwas anderes verwandelt?

Ich versuche mich in Lisa hineinzuversetzen, zu empfinden, wie sie empfunden haben mag, doch die Erfahrung bleibt mir verschlossen.

Ich nehme mir die nächste Schublade vor und finde lediglich ein paar Taschentücher.

Ich gehe zur Kommode und durchsuche weitere Schubladen. Sie sehen aus wie meine eigenen. Ich sehe keinerlei Männersachen. BHs, Höschen, T-Shirts, Jeans. Genauso der begehbare Kleiderschrank – eine Mischung aus Kostümen, Hosenanzügen und tonnenweise Schuhen. Lisa hatte einen guten Geschmack, ein klein wenig zu schrill, um klassisch zu sein, und trotzdem relativ unaufdringlich. Freche Anspielungen, ohne mit der Tür ins Haus zu fallen.

Ich verlasse das Schlafzimmer und wende mich dem angrenzenden Bad zu. Erneut springt es mich förmlich an: Dies ist die Wohnung einer Frau. Make-up, Luffa, Seife mit Lavendelduft. Badeperlen, pinkfarbene Damenrasierer, ein Handcremespender. Selbst der Toilettendeckel ist heruntergeklappt. Hat sie im Sitzen gepinkelt? Oder im Stehen?

Der Arzneischrank ist der eines gesunden Menschen. Ich sehe

Aspirin, Pflaster, Verbandmull und dergleichen. Keine Antidepressiva, keine verschreibungspflichtigen Schmerzmittel – überhaupt keine Medikamente, was mich verblüfft, bis es mir aufgeht: Lisa hat ihre Medikamente mitgenommen auf ihre Reise nach Texas.

Unter dem Waschbecken sind ein Wischlappen und Badreiniger. Auf dem Fußboden steht eine digitale Waage, und ich steige aus Gewohnheit darauf, immer noch in dem Bemühen, Lisa zu sein. Ich stelle mir vor, wie ich die Lügen der Anzeige ignoriere, so wie Lisa es getan hätte. Ein letztes Innehalten, ein Blick in die Runde, und ich verlasse das Bad, um mich in ihrem Arbeitszimmer umzusehen.

Das Büro ist in den gleichen dunklen Erdtönen gehalten wie die gesamte Wohnung. Vor dem Fenster steht ein Schreibtisch. Lisa konnte nach draußen schauen, wenn ihr danach war, während ihr Flachbildschirm gleichzeitig vor dem grellen Sonnenlicht geschützt wurde. Der Schreibtisch selbst besteht aus dunklem Holz und ist weder besonders massiv noch ausgesprochen zierlich, sondern irgendwo dazwischen. Offenbar stand Lisa auf Holz. Ich habe nur sehr wenig Metall an ihren Möbeln gesehen.

Neben dem Schreibtisch steht ein Aktenschrank. An der Wand gegenüber ein hohes Bücherregal, ebenfalls aus dunklem Holz. Ich werfe einen flüchtigen Blick auf die Buchrücken. Es handelt sich fast ausnahmslos um Reiseführer für Schwule und Lesben.

Ein Blick in den Aktenschrank enthüllt nichts von unmittelbarem Interesse. Wir müssen alles gründlich durchgehen, doch das ist nicht der Grund, warum ich jetzt hier bin. Ich suche nach etwas, irgendetwas, das mir ins Auge springt, das uns helfen könnte, die richtige Fährte aufzunehmen.

Ich sehe mir den Schreibtisch genauer an. Er ist sauber, nichts außer einer kleinen Schale und einem Stift darin. Ich schließe die Augen, versuche mir Lisas morgendliche Routine vorzustellen. Ich schlüpfe aus den Schuhen, weil sie wahrscheinlich barfuß im

Haus umhergelaufen ist – der Grund für den dicken Teppichboden überall.

Ich stelle mir vor, wie sie aufwacht, zur Kaffeemaschine geht, sich einen heißen Kaffee einschenkt und mit verschlafenen Augen an den Schreibtisch kommt, vor dem Computer Platz nimmt …

Nein. Falsch.

Es gibt einen entscheidenden Unterschied zwischen Lisa und mir. Wenn ich morgens erwache, mögen meine Haare eine Katastrophe sein, ich habe Ränder unter den Augen, ich denke vielleicht sogar, dass ich meine Oberlippe mit Wachs enthaaren muss – aber ich muss niemals befürchten, dass jemand unangekündigt vor meiner Haustür steht und herausfindet, dass ich in Wirklichkeit gar keine Frau bin.

Lisa hatte genau diese Sorge. Eine beständige Sorge. Ich schließe die Augen und kehre an den Ausgangspunkt zurück.

Ich stelle mir vor, wie sie aufwacht. Ihr erster Weg führt sie ins Bad. Duschen, Beine rasieren, falls nötig, Zähneputzen. Haare machen. Make-up auflegen – nichts besonders Schickes, nur so viel, dass es ein Frauengesicht ist, das ihr aus dem Spiegel entgegenblickt. Wir alle sind auf die eine oder andere Weise Sklaven des Spiegels, doch für Lisa hatte er eine noch viel weiter reichende Bedeutung.

Die Kleidung ist leger, eine weite Jogginghose und ein T-Shirt sind okay, doch das Gesicht muss fertig sein, bevor sie sich einen Kaffee einschenkt. Es ist das Erste, was sie am Morgen nach dem Aufwachen tut – sie bereitet sich auf die Möglichkeit vor, dass Gott weiß wer sie sieht.

Jetzt passt auch der Rest: der Kaffee, der barfüßige Weg in dieses Arbeitszimmer.

Ich setze mich vor ihren PC und schalte ihn ein. Der Desktop-Hintergrund ist ein atemberaubendes Bild der ägyptischen Pyramiden vor einem wolkenlos blauen Himmel.

Ich öffne den Webbrowser und gehe den Verlaufsordner durch, um herauszufinden, welche Seiten Lisa besucht hat. Es ist eine

Mischung aus Shopping und Geschäft. Ich entdecke ihre eigene Webseite, Rainbow Travels. Die erste Seite zeigt ein Foto von Lisa, lächelnd und hübsch. Hätte ich nur dieses Bild, ich würde im Traum nicht auf den Gedanken kommen, sie könnte mal ein Mann gewesen sein.

Fotos …

Ich stehe auf, gehe aus dem Arbeitszimmer zurück ins Wohnzimmer, ins Schlafzimmer … Ich hatte recht. Keine Fotos an den Wänden. Keine Bilder von ihrer Familie, keine Schnappschüsse von Rosario oder Dillon, nicht mal ein Foto von ihr selbst. Ein Picasso-Kunstdruck und ein Schwarzweiß-Poster von Ansel Adams. Mehr nicht.

Das macht mich nachdenklich. Warum keine Fotos? War die Vorstellung unangenehm für sie, jeden Tag ihre Eltern zu sehen? Oder war es einfach eine Fortsetzung ihrer Bemühungen, die Eltern vor ihrem eigenen Leben zu schützen? Damit kein Besucher einen Zusammenhang herstellen konnte?

Ich kehre ins Arbeitszimmer zurück, setze mich wieder vor den Computer und sehe ihre E-Mails durch. Massenhaft geschäftliche Korrespondenz, E-Mails im Zusammenhang mit Online-Käufen … aber auch hier gibt es merkwürdigerweise nichts, rein gar nichts Persönliches.

Es ist wie eine Cyberspace-Version der fehlenden Familienfotos.

Allmählich entwickle ich eine Vorstellung von Lisa, die Rosarios Annahme vom zufriedenen Leben ihrer Tochter widerspricht. Zugegeben, das Haus ist hübsch. Lisa hatte ihr eigenes Reiseunternehmen, sie hatte einen Flachbildfernseher und Marihuana und Babyöl, alles schön und gut – doch in mir regt sich der Verdacht, dass diese Wohnung ein Ort der Einsamkeit war, ein Ort der täglichen Routine und des Verlassenseins.

Ich finde keine E-Mails an Freundinnen oder Freunde, und auch Lisa selbst hat keine erhalten. Keine Besuche auf Dating-Seiten, nicht der geringste Hinweis darauf, dass sie nach draußen gegangen wäre.

Ich stoße einen Seufzer aus und lehne mich im Bürosessel zurück. Ich bin unzufrieden. Wo ist Lisa in dieser Wohnung? Wo ist ihre Seele?

Mein Fuß berührt irgendetwas unter dem Schreibtisch. Stirnrunzelnd schiebe ich den Sessel zurück, beuge mich vor und hebe es auf. Als ich sehe, was ich da gefunden habe, geht mein Puls schneller.

Es ist ein braunes, in Leder gebundenes Notizbuch, auf dessen Vorderseite in goldenen Buchstaben das Wort »Journal« geprägt ist.

»Endlich kommen wir einen Schritt weiter«, murmle ich.

Der erste Eintrag liegt eine Woche zurück. Lisa hat eine hübsche, geschwungene, gut zu lesende Handschrift. Ich fange an zu lesen.

Ich weiß überhaupt nicht, warum ich diese Tagebücher führe. Vielleicht, um meine Einsamkeit zu dokumentieren. Ich weiß es wirklich nicht.

Jedenfalls hilft es, sich dann und wann hinzusetzen und die Worte zu schreiben: Ich bin einsam. Ich bin einsam. Ich bin so verdammt einsam.

Gestern habe ich in der Bibel gelesen, im ersten Brief an die Korinther. Ich habe darin gelesen und musste weinen. Ich weinte, weinte, weinte. Ich konnte nicht anders. Da steht:

Liebe ist langmütig, Liebe ist gütig. Sie ereifert sich nicht, sie prahlt nicht, sie bläht sich nicht auf. Sie ist nicht ungehörig, sie ist nicht selbstsüchtig, sie lässt sich nicht zum Zorn reizen, sie trägt das Schlechte nicht nach. Die Liebe erfreut sich nicht am Unrecht, sondern an der Wahrheit. Sie erträgt alles, glaubt alles, hofft alles und hält allem stand. Die Liebe hört niemals auf.

Ich las diese Zeilen, und für einen Moment hatte ich das Gefühl, nicht mehr atmen zu können. Es schmerzte so sehr, dass ich glaubte, zerspringen zu müssen.

Es war die Frage, die diese Zeilen in mir aufsteigen ließ: Werde ich jemals einen Menschen haben, dem ich diese Worte sagen kann? Jemals im Leben? Wird irgendwann einmal jemand so für mich empfinden?

Gibt es einen Mann da draußen, der mich küsst und der herausfindet, was ich bin, und mich trotzdem weiter küsst und bei mir bleibt? Und wenn es ihn gibt – werde ich ihn erkennen, wenn er mir begegnet?

Ich weiß, ich weiß. Ich bin auf einer Reise, und es ist ein Marathon und kein Sprint. Aber manchmal habe ich Zweifel. Zweifel an mir selbst. Zweifel an meinen eigenen Entscheidungen. Manchmal – ich schäme mich, es zu sagen – habe ich sogar an Gott meine Zweifel.

Wie kann ich Gott anzweifeln? Gott ist der Einzige, der immer für mich da gewesen ist.

Verzeih mir, Gott.

Manchmal fühle ich mich nur so schrecklich einsam.

Ich lese diese Zeilen und schlucke mühsam. Dann gehe ich zum nächsten Eintrag. Er ist zwei Tage nach dem ersten datiert.

Nana ist tot. Keine Überraschung, aber es tut trotzdem weh. Nana war Rassistin. Nana hätte mich nicht akzeptiert, wie ich jetzt bin – ich habe sie trotzdem geliebt, ich konnte nicht anders. Immerhin hat sie mein Geheimnis stets bewahrt. Das große Geheimnis. Sie hat mich weiter geliebt, selbst nach dieser schrecklichen Sache, jenem schmachvollsten Akt, den ich jemals begangen habe ...

Ich runzle die Stirn. Der Eintrag ist zu Ende. Ich streiche mit dem Finger über die Innenseite und merke, dass Seiten aus dem

Tagebuch herausgerissen wurden. Ich blättere die weiteren Seiten durch.

Dann sehe ich es.

Und erstarre.

Meine Hände zittern, als ich das Tagebuch weiter aufklappe, um genauer hinzusehen, um sicher zu sein, dass ich tatsächlich sehe, was ich sehe.

Ganz oben auf einer Seite. Ein handgemaltes Symbol.

Ein Schädel und gekreuzte Knochen.

Darunter steht:

WAS SAMMLE ICH? Das ist die Frage, und diese Frage ist der Schlüssel. Beantworte sie schnell, oder es werden noch mehr Menschen sterben.

Ich lasse das Tagebuch auf den Schreibtisch fallen. Mein Herz schlägt rasend schnell.

Das ist *er*. Er war hier, in ihrer Wohnung. Der Mann aus dem Flugzeug.

Der Mann, der Lisa umgebracht hat.

KAPITEL 7

»Also lässt er Hinweise zurück.«

Alan meint es als Feststellung, und er hört sich nicht gerade glücklich an.

»Und er hat eine Frist gesetzt. Schnappt mich, oder ich töte weiter.«

In dem Augenblick, als mir klar wird, dass der Täter ein Serienkiller ist, bleibt alles stehen. Es ist ein Augenblick vollkommener Stille. Der Atem stockt, die Erde hört auf sich zu drehen, und ein leises Summen erfüllt meinen Kopf und pulsiert durch meine Adern.

Es ist ein furchtbarer, aber notwendiger Augenblick, in dem

ich die Bürde meines Berufs auf mich lade: Bis ich ihn (oder sie, Singular oder Plural) gestellt habe, geht das Töten weiter. Jeden Mord, der von nun an begangen wird, habe auch ich zu verantworten.

Es ist eine Sache zu wissen, dass die Psychopathen, die wir jagen, so lange töten, bis wir sie erwischen. Doch es ist eine vollkommen andere Sache, wenn sie dir klipp und klar sagen, dass sie bereits das nächste Opfer ins Visier genommen haben. Es ist eine ganz andere Größenordnung, was den Druck betrifft.

»Verdammt.« Alan seufzt. »Ich bin diese Arschlöcher leid. Begreifen die denn niemals, dass sie bloß ganz gewöhnliche Mörder sind?«

»Für sie ist es jedes Mal neu.«

»Ja, klar. Was hast du jetzt vor?«

Ich habe zuerst Alan angerufen, ohne großartig darüber nachzudenken. Ich musste mit jemandem reden, musste jemandem erzählen, was ich gefunden habe. Inzwischen verebbt der Adrenalinschock allmählich.

»Woran arbeitest du gerade, Alan?«, frage ich.

»Der Kerl hat sein Flugticket mit einer Kreditkarte bezahlt. Es ist eine gültige Karte, ausgestellt vor ein paar Jahren. Ich habe eine Adresse und bin auf dem Weg dorthin.«

Meine Zuversicht sinkt.

»Wie lautet der Name auf der Kreditkarte?«

»Richard Ambrose.«

»Der echte Richard Ambrose ist tot, Alan, wer immer er war.«

»Ich weiß.«

Hätte der Killer seine Identität völlig neu erfunden, wäre die Kreditkarte erst in jüngerer Zeit ausgestellt worden.

»Er hat wahrscheinlich jemanden gefunden, der seiner eigenen Personenbeschreibung nahekam«, überlege ich laut. »Das hilft uns vielleicht ein Stück weiter.«

»Möchtest du, dass ich zu diesem Ambrose fahre? Oder soll ich zu dir kommen?«

»Fahr zu Ambrose, ich komme hier schon zurecht.«

»In Ordnung. Ned und ich sehen uns die Sache an, dann melden wir uns bei dir.«

In seiner Zeit beim Morddezernat hat Alan von seinem Mentor gelernt, dass das Notizbuch der beste Freund eines Ermittlers ist und dass ein Freund einen Namen haben sollte. Alan gab seinem Notizbuch den Namen »Ned«. Dieser Name ist bis heute geblieben. Im Laufe der Zeit habe ich viele Inkarnationen Neds aus den unterschiedlichsten Innentaschen kommen sehen. Ned war stets ein zuverlässiger Freund.

»Okay, Alan.«

»Bist du sicher, dass du zurechtkommst?«

»Absolut. Mach weiter wie geplant.«

»Eieieiei«, murmelt Callie, nachdem ich ihr alles erzählt habe. »Unser verrückter Hänsel, der uns eine Spur aus blutigen Brotkrumen hinterlässt.«

James hatte recht: Der Killer nimmt irgendetwas von seinen Opfern. Er hat es selbst geschrieben.

»Wie kommt ihr voran?«, frage ich.

»Wir sind mit dem Staubsaugen fertig. Keine Ahnung, wie sehr uns das weiterhilft, bevor nicht ein Labor den Inhalt des Beutels untersucht hat. Ich konnte keine Fingerabdrücke finden, nur ein paar verwischte Bereiche auf den Lehnen, wo man normalerweise Abdrücke erwarten würde.«

»Er hat sie wahrscheinlich selbst abgewischt.«

»Ja. Ein Dummkopf ist er nicht. Aber das hatten wir ja gleich vermutet.«

»Jede Wette, dass er im System ist.«

»Wieso?«

»Er lässt bewusst Hinweise für uns zurück, Callie. Wir sollen wissen, dass er da ist. Er will, dass wir ihn jagen. Warum macht er sich dann die Mühe, seine Fingerabdrücke zu verwischen? Ich nehme an, weil er weiß, dass sie uns direkt zu ihm führen würden.«

»Hmmm. Falls ja, ist es zwar nicht unmittelbar beweisdienlich, aber es hilft weiter. Es bedeutet, dass der Kerl entweder aktenkundig oder Regierungsangestellter ist … oder dass er beim Militär war.«

»Das ist doch schon was. Noch mehr?«

»Bis jetzt nicht. Wir werden gleich die Sitzkissen abnehmen. Und ich muss noch das Gepäckfach über der Sitzreihe nach Fingerabdrücken untersuchen, dann sind wir hier fertig.«

»Ich möchte, dass ihr als Nächstes hierherkommt. Wir müssen das Haus nach Spuren absuchen.«

Callies Antwort ist ein übertrieben dramatisches Seufzen. »Keine Ruhepause für die zukünftige Braut, oder wie?«

Ich muss kichern. »Entspann dich. Marilyn arbeitet doch sicher noch an der Logistik des schönsten Tages in deinem Leben?«

Marilyn ist Callies Tochter, und sie hat die Planung der Hochzeitsfeier übernommen.

»Es ist nicht Marilyn, um die ich mir Sorgen mache. Es ist ihre Gehilfin.«

Ich runzle die Stirn. »Ihre Gehilfin?«

»Kirby Mitchell.«

Ich hebe die Augenbrauen. »Du meinst … unser Strandhase Kirby?«

»Kennst du sonst noch eine Kirby?«

Kirby Mitchell ist ein exzentrischer weiblicher Bodyguard. Ich hatte sie vor ein paar Jahren angeheuert, um ein potenzielles Opfer zu beschützen. Kirby ist Anfang dreißig, einsfünfundsechzig groß, blond und blauäugig. Sie sieht aus wie eines der hübschen, braun gebrannten kalifornischen Strandbunnys. Doch hinter dieser Fassade verbirgt sich eine ganz andere Kirby. Sie ist in Wirklichkeit eine Ex-CIA-Agentin – oder »irgendwas in der Art«, wie sie gerne immer wieder sagt. Gerüchten zufolge hat sie in Zentral- und Südamerika mehrere Jahre als Auftragskillerin für die Regierung der Vereinigten Staaten gearbeitet, bevor sie sich in dieser Branche selbstständig gemacht hat. Ich hege nicht die geringsten Zweifel an den Gerüchten um Kirby. Sie ist trotz ihres Zahnpasta-Lächelns und ihrer ständig guten Laune ein eiskalter Profi und tödlich wie eine Klapperschlange.

Außerdem ist sie loyal und humorvoll und hat es irgendwie fertiggebracht, sich in unser Team einzuschmuggeln.

»Wieso ausgerechnet Kirby?«, frage ich.

»Für einen weiblichen Profikiller hat sie einen sehr guten Geschmack, Smoky. *Superb.*«

»Verstehe.«

»Allerdings benötigt sie jemanden, der auf sie aufpasst, weißt du?«

»Oh ja, ich weiß.«

Kirby ist skrupellos, wenn es um die Umsetzung spontaner Entschlüsse geht, und ihr moralischer Kompass benötigt hin und wieder den einen oder anderen Stubser.

Callie seufzt. »Ich bin sicher, dass alles in Ordnung kommt. Wenn jemand versucht, sich ungebührlich an uns zu bereichern, soll Kirby ihm nicht *allzu sehr* wehtun, hab ich ihr gesagt.«

»›Nicht allzu sehr wehtun?‹«, frage ich.

Ich kann Callie beinahe grinsen hören. »Welchen Sinn hat es, eine Profikillerin als Hochzeitsplaner zu beschäftigen, wenn du sie nicht einmal dazu benutzen kannst, Dienstleister einzuschüchtern?«

Ich rufe Rosario Reid an und informiere sie in aller Kürze über unsere bisherigen Ergebnisse. Sie schweigt ein paar Sekunden.

»Er … er war dort? Der Mann, der meine Lisa ermordet hat, war in ihrer Wohnung?«

»Ja.«

Neuerliches Schweigen. Ich weiß, was sie empfindet. Trauer, Wut, unbezähmbaren Hass. Den ohnmächtigen Wunsch, den Mistkerl zu zerquetschen, der ihrer Tochter das angetan hat, der ungestraft durch Lisas Wohnung und durch ihr Leben spaziert ist und ihr, Rosario, das Kind nahm.

»Rosario, ich muss diese Frage stellen: Wissen Sie vielleicht, worüber Lisa in ihrem Tagebuch geschrieben hat? Das große Geheimnis, das sie erwähnt?«

»Ich habe nicht die leiseste Ahnung.«

Wirklich nicht? Oder lügst du mich an?

Ich lasse das Thema auf sich beruhen – für den Augenblick.

Rosario seufzt. »Was werden Sie als Nächstes tun?«, fragt sie.

»Sobald meine Leute mit dem Flugzeug fertig sind, kommen sie hierher in Lisas Wohnung. Sie werden das Haus von oben bis unten auf den Kopf stellen.«

»Ich verstehe.« Wieder Schweigen. »Danke, dass Sie mich auf dem Laufenden halten, Smoky. Bitte rufen Sie mich an, wenn Sie irgendetwas brauchen.«

Sie legt auf. Mir wird jetzt erst bewusst, dass sie mich nicht danach gefragt hat, was sonst noch in Lisas Tagebuch geschrieben steht.

Vielleicht bist du am Ende ja doch zu Unehrlichkeit imstande, Rosario? Vielleicht fürchtest du dich insgeheim davor herauszufinden, dass Lisa nicht ganz so glücklich war, wie sie dir immer erzählt hat?

Ich kann es ihr nicht verdenken. Auch ich will, dass die Erinnerungen an meine Alexa so makellos sind wie nur möglich.

Mein Handy summt. Es ist Alan.

»Richard Ambrose ist tot«, sagt er ohne Umschweife. »Seine Leiche liegt noch hier im Haus.«

Ich fluche in mich hinein. Diese Sache gleitet mir aus der Hand.

»Gib mir die Adresse, Alan. Ich nehme mir ein Taxi und komme zu dir.«

KAPITEL 8

Inzwischen ist es fast zehn Uhr morgens, und so langsam fühle ich mich wie jemand, der eine Nacht durchgemacht hat. Meine Augen sind trocken, ich habe einen schlechten

Geschmack im Mund und Schmerzen, die ich normalerweise gar nicht kenne.

Ich konzentriere mich auf das Wetter und den Himmel, um mich wachzurütteln. Die Kälte hat die Luft gereinigt, und der Himmel ist unglaublich blau. Als ich aus dem Taxi steige, erfasst mich der Wind. Er ist beißend, doch nicht unangenehm. Die Sonne brennt kalt vom Himmel – nur Licht, keine Wärme.

Richard Ambrose hat in einem mittelgroßen älteren Haus gewohnt. Es besitzt ein weit vorspringendes Schrägdach – typisch für Häuser in Gegenden, in denen viel Schnee fällt. Das Äußere ist größtenteils grauer Stein, aufgehellt an verschiedenen Stellen mit blauen und weißen Säumen. Das Haus steht inmitten eines großen umzäunten Gartens voller Herbstblätter.

Es ist eine stille, bezaubernde Gegend. In mir steigen Visionen von Apfelcider an Halloween auf, an Kinder, die diese Blätter auf dem Rasen zu einem Haufen zusammenkehren, um anschließend darauf zu springen. Ich gehöre nicht zu jenen Kaliforniern, die der Meinung sind, dass Kalifornien allen anderen Bundesstaaten überlegen sei oder gar der einzige Ort, an dem man es aushalten kann. Ich kann verstehen, wie anziehend ein Ort wie dieser wirken muss, was für eine Ausstrahlung er besitzt. Ich könnte mir sogar vorstellen, hier zu leben – wäre nicht der verdammte Schnee.

Ich hasse den Schnee.

Ich bezahle das Taxi und schicke es fort, und dann stapfe ich durch das raschelnde Herbstlaub zur Betonveranda. Ich sehe, wie der Nachbar zur Linken hinter einem Vorhang hervorspäht. Die Vordertür ist aufgebrochen. Ich trete ein und finde mich umhüllt vom widerlichen, süßlichen Geruch nach Tod und Verwesung.

»O Gott …« Ich schlucke mühsam, um den Brechreiz zu unterdrücken, und zwinge mich, die Tür hinter mir zu schließen.

Das Innere des Hauses ist warm – wärmer, als es sein sollte, als hätte jemand die Heizung hochgedreht.

Ist das ein kleines Geschenk an uns?, frage ich den Killer. *Hast du das Haus mit Absicht in eine Sauna verwandelt, damit der Leichnam zu stinken anfängt?*

Ich atme tief durch die Nase ein und aus und kämpfe gegen den Würgereiz an, der mich erfasst. Ich habe keine Maske, die ich aufsetzen könnte, und kein Menthol, das ich mir unter die Nase reiben kann. Das Atmen ist ein weiterer Trick: Atme den Gestank in vollen Zügen ein und überlaste den Riechnerv, bis er den Dienst quittiert. Doch nichts funktioniert zu hundert Prozent – nichts außer einer Gasmaske. Der Geruch des Todes ist zu durchdringend.

Das Innere des Hauses passt zum Äußeren. Antike Einrichtungsgegenstände. Ich sehe überall dunkle Hartholzdielen, und obwohl das Holz glänzt, ist es verkratzt und abgenutzt – edles, altes Holz. Die Wände sind Feinputz, und die Lampen sind ebenso alt wie authentisch.

»Alan?«, rufe ich gedämpft.

»Oben«, kommt seine Antwort.

Die Treppe in den ersten Stock liegt der Haustür gegenüber. Sie ist schmal und zu beiden Seiten von einer Wand gesäumt. Ich steige die Stufen hinauf, die ohne Ausnahme knarren und quieken – noch mehr von diesem alten Holz. Der Gestank nach verwesendem Fleisch wird von Sekunde zu Sekunde stärker.

Ich erreiche den oberen Absatz und finde mich vor einer Wand wieder. Ein Flur führt nach rechts und links.

»Wo bist du?«, rufe ich erneut.

»Elternschlafzimmer!«, ruft er zurück. Seine Stimme kommt von links.

Ich wende mich nach links und lausche den Dielen, die protestierend knarzen, als ich über sie hinweggehe. Es klingt wie ein mürrischer alter Mann. Ich komme an einem Kunstdruck an der Wand vorbei, eine Zeichnung von Picasso, Don Quichotte auf seinem Pferd.

Ich erreiche das Schlafzimmer, trete ein.

»*Gottverdammt!*«, entfährt es mir, und ich verziehe das Gesicht.

Alan steht am Fuß des Bettes und starrt auf etwas hinunter, das einmal ein Mensch gewesen ist.

Ambrose liegt auf dem Rücken, die Arme an den Seiten. Er ist nicht mehr aufgedunsen. Seine Haut hat eine cremige Konsistenz, an anderen Stellen ist sie bereits schwarz, und Körperflüssigkeiten sind über die Matratze gelaufen und tropfen auf beiden Seiten des Bettes zu Boden. Der Gestank hier drin ist überwältigend. Mein Mund füllt sich mit Speichel, und ich habe Mühe zu schlucken. Alan scheint das alles nichts auszumachen.

»Nach dem fortgeschrittenen Verfall zu urteilen ist er zwischen zehn und zwanzig Tagen tot«, bemerkt Alan.

Ich nicke. »Und er ist alleinstehend. Keine nennenswerten Insektenaktivitäten, was bedeutet, dass dieses Haus dicht versiegelt wurde. Gibt es eine offensichtliche Todesursache?«

Alan schüttelt den Kopf. »Ich kann keine Einschusslöcher feststellen, und die Verwesung ist bereits zu weit fortgeschritten, als dass ich sagen könnte, ob er erwürgt oder ob ihm die Kehle durchgeschnitten wurde.«

»Der Mord war rein funktional«, sage ich leise. »Der Mörder hat es nicht genossen, er hat einfach nur seinen Job gemacht. Er brauchte bloß die Identität des Toten.«

»Wo wir gerade von Identität sprechen, sieh dir das hier an.«

Alan reicht mir ein gerahmtes, zwanzig mal fünfundzwanzig Zentimeter großes Foto. Es zeigt einen gut aussehenden Mann Mitte vierzig mit dunklem Haar und einem ungezwungenen Lächeln. Ambrose mag keine Hollywood-Schönheit gewesen sein, doch er dürfte keine Probleme gehabt haben, Frauen aufzureißen. Interessanter jedoch ist die Tatsache, dass er einen Vollbart trägt. Ich reiche Alan das Bild zurück.

»Unser Freund hat sich für Ambrose entschieden, weil die beiden ungefähr im gleichen Alter sind und die gleiche Statur und das gleiche Aussehen haben«, sage ich. »Er wusste, dass er in ein Flugzeug steigen würde, in eine geschlossene Umgebung. Er konnte es sich nicht leisten, seine Verkleidung zu kompliziert zu machen. Jede Wette, dass er glatt rasiert zum Flughafen gefahren ist und Ambroses Führerschein benutzt hat. Er hat dem Sicherheitspersonal erzählt, er habe sich gerade erst den Bart abgenommen.« Ich zucke die Schultern. »Wenn er selbstbewusst und gewinnend genug war und die oberflächlichen Äußerlichkeiten gestimmt haben, könnte er damit durchgekommen sein.«

»Ich weiß nicht«, sagt Alan. »Es kommt mir ziemlich riskant vor. Was, wenn er an einen wachsamen Flugbegleiter geraten wäre? Jemanden, der genauer hinschaut?«

»Er hat an Bord eines Flugzeugs getötet, während des Fluges. Ich glaube nicht, dass er vor Risiken zurückschreckt.«

»Da ist was dran.«

»Abgesehen davon ist es gar nicht so schwer, wenn man über genügend Einfühlungsvermögen verfügt.«

Das Problem mit anständigen Menschen ist, dass sie anständig sind. Und weil sie anständig sind, neigen sie dazu, von anderen von vornherein das Gleiche anzunehmen. Wenn jemand ihnen erzählt, dass er Klempner ist, und wenn er in einem Overall daherkommt, dann *ist* er Klempner – und kein Serienkiller in Verkleidung. Teddy Bundy hatte einen Gips am Arm und fragte ein Mädchen, ob es ihm helfen könnte, ein Sofa in seinen Wagen zu laden. Er war attraktiv und charmant, und sie half ihm, ohne eine Sekunde nachzudenken, weil sie freundlich und hilfsbereit war. Wohingegen er sie tötete, ohne eine Sekunde nachzudenken, weil er böse war. Wahrscheinlich konnte sie gar nicht fassen, was geschah, nicht einmal in den letzten Sekunden ihres Lebens.

Das Eigenartige ist – man sollte annehmen, dass wir inzwischen vorsichtiger sind. Dass Bundys Trick mit dem gebrochenen Arm heutzutage nicht mehr funktioniert. Aber das ist ein Irrtum. Es funktioniert heute genauso wie damals, und es wird noch in hundert Jahren funktionieren. Weil wir so sind, wie wir sind.

»Was hast du jetzt vor?«, fragt Alan.

Ich stoße einen Seufzer aus. »Wir müssen aufpassen, dass wir uns nicht verzetteln. Wir haben das Flugzeug als Tatort, dazu

Lisas Wohnung und jetzt dieses Haus. Callie und James schaffen das alles unmöglich allein.« Ich schüttle den Kopf. »Ich rufe AD Jones an.«

»Es wird Zeit, diese Sache nach Vorschrift anzugehen, Sir«, sage ich zu Jones. »Wir haben drei Tatorte, die wir untersuchen müssen. Rechtlich gesehen gehört der Ambrose-Fall in die Zuständigkeit der örtlichen Behörden. Wenn ich ihnen den Mord verschweige, begebe ich mich nicht nur auf juristisch gesehen dünnes Eis, ich stelle überdies die Erfordernis nach Vertraulichkeit über das staatliche Interesse an einer schnellen Untersuchung. Und das kann ich nicht.«

Mordermittlungen sind ein Prozess, bei dem sämtliche Ressourcen ausgeschöpft werden. Ein Blitzkrieg ohne jede Finesse. Man legt sämtliche Fallen aus und setzt alles ein, was man aufbieten kann – denn wenn man nicht während der ersten achtundvierzig bis zweiundsiebzig Stunden nach Eintritt des Todes eine Spur hat, ist es sehr wahrscheinlich, dass man keine mehr findet. Das alles geht mir durch den Kopf, während ich auf den verwesenden Leichnam von Richard Ambrose starre und mir bewusst wird, dass wir das Problem von jemand anderem lösen. Wie ich Rosario bereits gesagt habe – ich arbeite für die Opfer. Nicht für Rosario, nicht für ihren Ehemann und ganz bestimmt nicht für irgendeine politische Zweckmäßigkeit.

Ich höre AD Jones seufzen. »Gibt es wirklich keine andere Möglichkeit?«

»Nein, Sir, ethisch gesehen nicht. Wir haben einen Mord, und dazu einen ziemlich großräumigen Tatort. Wir müssen das gesamte Haus durchsuchen. Wir müssen herausfinden, ob etwas gestohlen wurde, und wir müssen immer noch Passagiere befragen – dazu das Personal an den Ticketschaltern und die Flugbegleiterinnen. Ganz zu schweigen von der Möglichkeit, dass wir im Verlauf der Ermittlungen auf weitere Opfer stoßen. Und vor allem ist da sein Versprechen, so lange weiter zu töten, bis wir ihn gefasst haben. Wenn wir vernünftige Arbeit leisten wollen, müssen wir die örtlichen Polizeibehörden einschalten.«

Eine lange Pause. Schließlich sagt Jones: »Einverstanden. Aber wir halten den Mord an Lisa Reid zurück. Wir haben juristische Gründe dafür. Ich will nicht, dass sonst jemand in ihre Wohnung geht. Und der Bericht des Gerichtsmediziners darf weiterhin nicht an die Öffentlichkeit. Falls die Einzelheiten über das Kreuz nach draußen dringen, würde es Ihre Ermittlungen stören.«

»Das stimmt.«

»Bevor Sie die Kavallerie rufen, Smoky, möchte ich, dass Sie sich rückversichern.«

»Wie das?«

»Rufen Sie Rosario Reid an. Sagen Sie ihr, es ist weder machbar noch verfahrenstechnisch möglich, die Angelegenheit länger unter Verschluss zu halten. Sorgen Sie dafür, dass sie begreift, dass die Suche nach Lisas Killer dadurch behindert wird. Appellieren Sie an Rosario als Mutter und als Frau des Politikers. Ich kümmere mich um Director Rathbun.«

»Jawohl, Sir.«

»Smoky? Es war richtig von Ihnen, mich deswegen anzurufen.«

Ich stehe im Vorgarten. Blätter rascheln um meine Knöchel, und der kalte Wind lässt meine Wangen und Hände taub werden. Im Augenblick ist dieser frische Wind mir sehr willkommen, denn er vertreibt den Gestank des Todes aus meiner Nase.

»Ich vertraue auf Ihr Urteilsvermögen, Smoky«, sagt Rosario zu mir. »Was ich im Wagen zu Ihnen gesagt habe, habe ich genau so gemeint. Es geht in erster Linie um Lisa.«

»Ich danke Ihnen, Rosario. Ich hatte nichts anderes erwartet, aber ich wollte Sie vorwarnen. Außerdem …« Ich zögere.

»Ja?«

»Es wäre nützlich, wenn Sie Director Rathbun mitteilen würden, dass Sie Vertrauen in meine Entscheidungen haben.«

»Ich werde persönlich mit ihm reden.«

»Danke. Ich bin seiner Assistentin über den Weg gelaufen. Sie hat mich ein bisschen nervös gemacht. Ich bin nicht an ein solches Spiel gewöhnt.«

»Rachel Hinson?« Rosario klingt belustigt. »Oh ja, sie ist ganz schön furchteinflößend – aber das kann ich auch sein. Und ich habe zehn Jahre mehr Übung darin als sie. Tun Sie, was immer Sie tun müssen.«

»Mach ich.«

Sie beendet die Verbindung, und ich drehe mich zu Alan um, der vorn auf der Veranda wartet, die Hände in den Jackentaschen. Ich nicke ihm zu. »Alarmieren wir die örtlichen Cops.«

KAPITEL 9

Ich bin wieder in Lisas Haus, zusammen mit Callie und James. Alan hat in Ambroses Haus die Koordination mit den einheimischen Polizeibehörden übernommen. Ich sehe nicht die Notwendigkeit, dort zu sein. Ambrose wurde benutzt und weggeworfen; er war nicht wichtig für den Killer. So kaltherzig das auch klingen mag: Es bedeutet, dass Ambrose auch für mich nicht von unmittelbarer Bedeutung ist.

James geht durch Lisas Haus, Zimmer für Zimmer. Ich nehme an, er tut das Gleiche, was ich zuvor getan habe: Er versucht, ein Bild von Lisas Persönlichkeit zu gewinnen. Sie war wichtig für unseren Irren. Wenn du das Opfer kennst, kennst du auch den Täter.

Callie sieht müde aus. Ich beobachte, wie sie eine Packung Vicodin aus der Tasche zieht und eine Pille nimmt, die sie trocken herunterschluckt.

»Mjam«, sagt sie, verdreht die Augen in gespieltem Genuss und reibt sich mit übertriebener Geste den Magen.

»Schluckst du immer noch so viel von dem Zeug?«, frage ich sie.

»Noch immer abhängig«, erwidert sie knapp. »Aber du wirst mir helfen, clean zu werden, noch bevor ich heirate. Nur du und ich, eingesperrt in ein Zimmer, Schweiß und Tränen und Kotzen.«

»Klingt verlockend.«

»Ja. Aber jetzt mal Spaß beiseite, was soll ich für dich tun?«

Ich berichte ihr von dem Tagebuch, das ich gefunden habe, und von der Botschaft des Killers darin.

»Er war hier in Lisas Wohnung, Callie«, schließe ich. »Vermutlich er hat Seiten aus ihrem Tagebuch herausgerissen. Ich möchte, dass du und James dieses Haus bis in die letzten Winkel absucht.«

»Meinst du, wir finden was?«

Ich zögere, zucke mit den Schultern. »Ich weiß es nicht. Schon möglich. Er wollte uns wissen lassen, dass er hier war. Als Zeichen hat er das Kreuz in Lisas Körper zurückgelassen. Einerseits legt er uns eine Spur aus Brotkrumen, andererseits versteckt er seine Fingerabdrücke …« Ich schüttle den Kopf. »Ich werde nicht schlau daraus. Ich habe noch nicht genug, womit ich arbeiten könnte.«

James ist zwischenzeitlich hinzugekommen und lauscht unserer Unterhaltung.

»Ich bin der gleichen Meinung«, erklärt er. »Ich kann bisher nichts über ihn sagen, außer, dass er älter ist und überlegt vorgeht. Und er ist geschickt und furchtlos, ohne unkalkulierbare Risiken einzugehen. Und er *will*, dass wir von seiner Existenz wissen.«

Und dass er schon bald erneut töten wird, geht es mir durch den Kopf, doch ich spreche es nicht aus.

»Noch irgendetwas aus dem Flugzeug?«, frage ich.

»Nein«, antwortet Callie. »Wir müssen noch den Inhalt des Staubsaugers analysieren, und wir haben die blutigen Sitzpolster, aber das ist alles.«

»Dass er seine Fingerabdrücke verwischt hat, ist bis jetzt immer noch der aufschlussreichste Hinweis«, sagt James. »Er ist irgendwo in einer Datenbank, keine Frage.«

»Ja. Das und sein Verhalten sind die besten Spuren, die wir für den Moment haben.« Ich seufze. »Nicht gerade viel.«

»Langsam«, widerspricht Callie. »Wir sind gerade erst vierundzwanzig Stunden an diesem Fall dran. Und dieser Irre hat bereits den größten Fehler überhaupt gemacht: Er hat unsere Aufmerksamkeit auf sich gelenkt.«

James schüttelt den Kopf. »Sicher, aber es sieht nicht danach aus, als würden wir ihn zu fassen kriegen, bevor er das nächste Mal tötet.«

Callie zuckt die Schultern. »Darauf haben wir sowieso keinen Einfluss, ob es uns passt oder nicht. Also gehen wir an die Arbeit.«

Ich will gerade meine Zustimmung bekunden, als mein Handy summt. Es ist Alan.

»Schlechte Neuigkeiten«, sagt er.

»Was denn?«

»Du hast mich gebeten, eine Datenbanksuche nach ähnlichen Verbrechen zu starten.«

Meine Laune rutscht in den Keller. »Ja.«

»Die habe ich veranlasst, ehe ich zum Haus von Ambrose gefahren bin. Wir haben bereits einen Treffer. Allerdings ist es ein neues Verbrechen, gerade erst zehn Tage her.«

»Nimmst du mich auf den Arm?«

»Leider nicht. Der Typ ist ständig in Bewegung. Sieht so aus, als hätten wir es mit einem Kerl zu tun, der einen Plan verfolgt.«

Ich schließe die Augen und reibe mir über die Stirn. Diese Neuigkeiten lassen mich auf einen Schlag meine ganze Erschöpfung spüren.

»Okay«, sage ich schließlich. »Dann schieß mal los mit den Details.«

ZWISCHENSPIEL

DER TOD DER ROSEMARY SONNENFELD

KAPITEL 10

Rosemary erwacht um halb sieben vom schrillen Alarm ihres Weckers. Sie denkt einen Moment daran, ihn abzustellen und weiterzuschlafen, schließlich ist Sonnabend. Der Gedanke ist verführerisch, doch der Tadel ist augenblicklich und entschieden.

Nein, so funktioniert das nicht. So funktionierst du *nicht. Disziplin tagein, tagaus, von heute an bis ans Ende deiner Tage. Es ist die einzige Möglichkeit.*

Also zwingt sie sich in eine sitzende Haltung, lässt die Beine aus dem Bett baumeln. Ihre Füße berühren kurz den Holzboden; dann spürt sie die Kälte und zieht sie reflexhaft wieder zurück.

Kaffee. Ich brauche Kaffee.

Sie streckt sich und wundert sich wie so oft, warum sie sich so verspannt und träge fühlt. Schließlich ist sie erst vierunddreißig, und es ist vier Jahre her, dass sie ihr Leben zurechtgerückt hat.

Das ist der Preis, den du für deine Sünden zahlst.

Rosemary wirft einen flüchtigen Blick aus dem Fenster. Sie wohnt in einem Apartment in Simi Valley, Kalifornien – seit nunmehr vier Jahren, seit sie hierher geflüchtet ist, um ein neues Leben anzufangen. Es ist eine hübsche Wohnung, zwei Zimmer, eine gemütliche Einrichtung ohne jegliche Ecken und Kanten. Beigefarbene Teppiche und cremeweiße Wände, Holzböden im Schlafzimmer und in der Küche – es reicht, um sie wunschlos zufrieden zu machen.

In der Luft liegt ein kühles Frösteln, nicht gerade typisch für einen Septembermorgen. Sie ist nackt, und die Kühle macht ihre Brustwarzen hart. Sie schaudert, bekommt eine Gänsehaut.

Sie steht auf und tappt ins Badezimmer. Sie stößt einen spitzen Laut aus, als sie sich auf die Toilettenbrille setzt – sie fühlt sich an ihrem Hintern wie Eis an. Rosemary pinkelt, die Knie zusammengedrückt, wischt sich ab, steht auf, spült. Bevor sie das Badezimmer verlässt, wirft sie im Spiegel einen prüfenden Blick auf ihren Körper.

Sieht gut aus, wie immer. Zu dumm, dass es nie sonderlich hilfreich war.

Rosemary stellt fest, dass ihre Brüste immer noch straff sind, perfekte 80C. Ihr Bauch ist flach, keine Bindegewebsrisse, keine Narben. Sie ist knapp einssiebzig groß. Nicht schlank, aber auch nicht fett. Sie hat kräftige Arme und einen festen Hintern. Ihr Schamhaar ist blond, genau wie die schulterlangen Kopfhaare. Sie ist sehr froh darüber, sich nicht mehr rasieren zu müssen da unten.

Ein perfekter Körper. Andererseits – warum sollte es nicht so sein? Ich habe jedes Mal abgetrieben, wenn ich schwanger wurde. Achtmal insgesamt, jawohl. Mein Uterus ist so vernarbt, dass ich wahrscheinlich gar keine Kinder mehr kriegen könnte, selbst wenn ich wollte. Was wohl auch gut so ist. Kinder haben etwas Besseres verdient als mich.

Sie wendet sich vom Spiegel ab, verdrängt den Gedanken und geht ins Schlafzimmer zurück. Sie nimmt die Halskette und hängt sie sich um: ein kleines silbernes Kreuz an einem dünnen silbernen Kettchen. Sie kniet neben ihrem Bett nieder, die Knie auf dem harten, kalten Holzboden, beugt den Kopf nach vorn, schließt die Augen und fängt an zu beten, wie jeden Morgen.

»Gott, ich danke dir für einen weiteren Tag frei von jenem sündenvollen Leben, das ich früher geführt habe. Ich danke dir, dass du mir die Willenskraft gegeben hast, mich von den Verlockungen fernzuhalten und den Gelüsten zu widerstehen, die mich immer noch heimsuchen. Es wird besser, Herr, aber sie sind noch da. Manchmal denke ich an nichts anderes als an Drogen und ans

Ficken, und dann will ich aufstehen und rausgehen und mir Koks und Alkohol reinziehen und einen hübschen großen Schwanz lutschen. Selbst jetzt, wo ich dies sage, wird meine Muschi feucht. Doch mit deiner Hilfe gelingt es mir, Tag für Tag zu widerstehen. Ich wende mich ab von jenen Versuchungen, und ich danke dir, dass du mir hilfst, die Kraft dafür zu finden, o Herr.«

Als sie vor vielen Jahren mit dem Beten angefangen hat, hatte sie sich noch nicht getraut, diese Sprache zu benutzen. Sie hatte saubere Worte benutzt und sich bemüht, reiner zu sein. Dann aber hat sie festgestellt, dass es sie nicht erleichtert hat. Es war unbefriedigend. Sie hat mit Vater Yates über ihr diesbezügliches Problem gesprochen.

Vater Yates war damals Mitte fünfzig, doch er war ziemlich cool. Er war ein Mann, der jedem eine Chance gab – ehemaligen Nutten genauso wie Drogensüchtigen auf Entzug. Solange er das Gefühl hatte, dass man es ernst meinte, war er für einen da. Nichts schien ihn aus der Ruhe zu bringen.

»Rosemary, die Dinge, die du Gott sagen möchtest, die unreinen Dinge, wie du sie nennst … verrate mir doch, wie es ist, wenn sie dich überkommen.«

»Wie ein Zwang, Vater. Wenn ich was zu trinken brauche oder richtig geil aufs Ficken bin – bitte verzeihen Sie, Vater –, dann ist es, als würden schwarze Wellen über mich hinwegschwappen, eine nach der anderen. Wenn ich mich ihnen entgegenstemme, werden die Zwänge nur noch stärker. Aber wenn ich über sie rede, wenn ich sie in Worte kleide, verschafft es mir ein wenig Erleichterung.«

»Nenn mir ein Beispiel.«

Sie hatte ihn angestarrt. »Sie wollen, dass ich so darüber rede, als würde ich gerade daran denken?«

»Ganz recht.«

»Ich weiß nicht, Vater. Ich rede von sehr schmutzigen Dingen.«

Er hatte gekichert. »Rosemary, ich habe jedes Schimpfwort

gehört, das es auf der Welt gibt. Ich habe im Beichtstuhl Dinge gehört, die dir den Atem verschlagen würden … Beichten über Sodomie, die Phantasien von Männern, die Kinder missbrauchen … glaub mir, ich komme mit allem zurecht, was du mir zu sagen hast.«

Sie sah ihn an und glaubte ihm, doch es fiel ihr immer noch schwer. Die Dinge, die sie empfand, die Worte, um diese Dinge zu beschreiben … sie waren geheim. Es hatte mal eine Zeit gegeben, da hatte sie diese Worte gelebt, hatte diese Worte ausgesprochen, ohne auch nur eine Sekunde darüber nachzudenken. Diese Zeit war vorbei.

Andererseits …

Sie konnte spüren, dass es eine gewisse Erleichterung mit sich bringen würde, wenn sie die dunklen Dinge, die in ihr hochschäumten, ausformulierte.

Doch was, wenn …

Es war die große Sorge, die größte von allen, die Sorge, die uns alle daran hindert, uns zu unseren Sünden zu bekennen.

»Vater, wenn ich … wenn ich das tue …« Sie biss sich auf die bebende Unterlippe. »Versprechen Sie mir, dass Sie mich hinterher nicht verstoßen?«

Sie konnte ihm nicht in die Augen sehen. Er packte ihr Kinn und zwang sie, den Blick zu heben. Die Güte, die sie in seinen Augen sah, erweckte in ihr das Verlangen, vor Erleichterung zu weinen.

»Ich verspreche es, Rosemary. Ich verspreche es bei meiner Liebe zu Gott.«

Sie weinte ein wenig, und er wartete in Ruhe ab, bis sie sich beruhigt hatte. Dann wischte sie sich die Augen und fing an zu reden, erzählte ihm von diesen dunklen Geheimnissen. Die Worte kamen aus ihr hervor wie eine Flut, dunkel und furchtbar und voller Not, gesprochen zu werden.

»Manchmal, Vater, will ich einfach nur ficken, wissen Sie? Nicht Liebe oder Zärtlichkeit oder irgendwas in dieser Art. Ich will einen Schwanz im Mund und in meiner Fotze, am besten, nachdem ich mir so viel Koks reingezogen und so viel Alkohol gesoffen habe, wie ich in die Finger kriegen kann. Ich will es. Und während ich es will, spüre ich, wie es mich anmacht, wie das Verlangen noch stärker wird. Verstehen Sie, was ich meine?

So war es schon immer, Vater. Die Leute denken, Frauen wie ich wären Opfer, und manche sind es wahrscheinlich auch. Aber ich nicht. Ich konnte nie genug davon kriegen. Nie. Je dreckiger, desto lieber. Spuck mich an, piss mir ins Gesicht, mach mich zu einer Hure … es törnt mich nur noch mehr an und macht meinen Orgasmus noch geiler. Ich will es tagelang, wochenlang. Ich will gevögelt werden, bis mir der Schädel platzt.«

Die Worte waren aus ihr geströmt, unzensiert, und dann war sie fertig. Sie hatte einen Blick auf Vater Yates riskiert und war erleichtert gewesen, kein Erschrecken und kein Urteil im Gesicht des Geistlichen zu sehen. Auf seine Weise vielleicht noch wichtiger war, dass sie nicht den geringsten Hunger bei ihm sah, nicht den Hauch von Gier. Keine Spur von voyeuristischem Nervenkitzel.

»Ich danke dir, Rosemary«, sagte Vater Yates. »Wie fühlst du dich jetzt, nachdem du das alles ausgesprochen hast?«

»Besser«, hatte sie ohne Zögern geantwortet. »Das Verlangen ist schwächer geworden. Es ist wie …« Sie suchte nach den passenden Worten. »Es ist, als würde man einen dicken alten Pickel ausdrücken. Es tut weh, aber es ist eine Erleichterung, wenn er dann rauskommt, wissen Sie?«

Er hatte gelächelt und genickt. »Ja. Ja, ich weiß.« Seine Miene wurde wieder ernst, und er legte ihr eine Hand auf die Schulter und sah ihr in die Augen. »Darüber zu sprechen ist besser, als es zu tun, meinst du nicht, Rosemary?«

Sie hatte ihn angeblinzelt, überrascht von diesem erstaunlichen Gedanken.

War es besser? In dieser Gesellschaft hatte sie manchmal nicht das Gefühl. Sag in der Öffentlichkeit »Schwanzlutschen«, und es kann durchaus sein, dass du in einem Aufzug die Gelegenheit dazu bekommst.

Und doch … es war ein großer Unterschied, ob man lediglich über das Saufen und Ficken redete oder ob man nach einem Filmriss mit dem Sperma eines Fremden im Anus aufwachte.

»Ich glaube, Sie haben recht, Vater.«

»Dann lautet mein Rat, das zu sagen, was du sagen musst, wenn du zu Gott betest. Zerbrich dir nicht den Kopf, mein Kind. Gott nimmt keinen Anstoß daran.«

Es war ihr wie ein merkwürdiger Rat erschienen, und um ehrlich zu sein war es ein Rat, den umzusetzen ihr schwergefallen war, doch irgendwann hatte sie sich daran gewöhnt. Manche mochten es blasphemisch finden, aber das war ihr egal – sollten sie ihr den Buckel runterrutschen, wenn sie denn von ihren hohen Rössern herabstiegen. Weil es nämlich funktionierte. Sie sprach ungeniert zu Gott, mit dem Ergebnis, dass sie inzwischen beinahe fünf Jahre ohne Alkohol und Drogen und Sex hinter sich gebracht hatte.

Sie nahm an, dass Gott wusste, was in ihr vorging. Gott wusste, dass ihre Liebe zu ihm mit jedem Tag wuchs, den sie hinter sich brachte, ohne mit einem Fremden zu vögeln oder sich zu betrinken oder eine Linie zu schnupfen.

Gott, so nahm sie an, hatte zugesehen, als sie mit siebzehn angefangen hatte herumzumachen und mit achtzehn in den ersten Pornofilmen mitwirkte. Wahrscheinlich hatte er auch ihren Rudelbums mit Schwarzen im hellen Scheinwerferlicht verfolgt (»Dicke schwarze Schwänze in einem engen weißen Loch!« hatte es auf der Videohülle geheißen) und ihren Abstecher in die Sodomie mit Hunden für den Schwarzmarkt.

Auch das Ende hatte Gott gesehen. Auf den Knien in einem Hotelzimmer, das man nur als grotesk bezeichnen konnte, als ein fettes Arschloch ihr ins Gesicht gespuckt und sie eine »Fleischpuppe« genannt hatte, worauf sie gegrinst und genickt hatte, weil sie Geld gebraucht hatte für Koks. Außerdem hatte es sie angemacht, und das nicht zu knapp.

Gott war auch dabei gewesen an jenem Tag, als sich alles geändert hatte, dessen war sie ganz sicher. Sie hatte in einem anderen beschissenen Zimmer im Bett gelegen, krank, fiebrig und mit Schüttelfrost, doch der Typ, der sie vögelte, scherte sich keinen Deut darum. Er hatte extra bezahlt, um es ohne Kondom zu tun; er hatte Geschwüre am Schwanz, doch ihr war alles egal. Sie hatte mehr oder weniger akzeptiert, dass sie drauf und dran war, den Löffel abzugeben.

Er war über ihr, die Zunge hing ihm buchstäblich aus dem Hals, er hechelte wie ein Hund – und dann, mit einem Mal, hatte sich sein Gesicht verändert. Es war zu einer Fratze aus nacktem Hass geworden. Er hatte eine Hand zur Faust geballt und sie geschlagen, wieder und wieder.

Er hörte nicht auf. Nicht, bevor er ihr die Nase dreimal gebrochen hatte und den Unterkiefer, ehe sie ein paar Zähne verloren hatte, ehe ihre Augen zugeschwollen und ihr linker Arm und ein paar Rippen gebrochen waren. Dann fickte er sie erneut, und sie wurde ohnmächtig.

Sie erwachte im Krankenhaus, und Vater Yates war bei ihr, saß neben ihr am Bett. Er sagte kein Wort. Er war nur da, hielt ihre Hand in der seinen und blickte auf sie herab.

Sie war in Tränen ausgebrochen. Sie weinte und weinte, tagelang, mit kurzen Unterbrechungen. Vater Yates und andere von der Kirchengemeinde blieben bei ihr am Krankenbett, bis sie sich so weit erholt hatte, dass sie entlassen werden konnte. Sie predigten nicht und verurteilten sie nicht und sagten auch sonst nicht viel. Sie waren einfach nur für sie da.

Und so hatte sie endlich begriffen, dass Gott sowohl für die Guten als auch für die Bösen da war, und dass er nicht grausam war, sondern dass er *wusste*. Gut zu sein war eine Entscheidung. Aufrichtig zu leben war eine. Freier Wille war der Weg zur Erlösung, und Gott würde niemanden zwingen, das Richtige zu tun. Gottes Aufgabe war es, da zu sein, wenn man sich für ihn entschied. Und da zu sein, wenn man sich nicht für ihn entschied.

Vater Yates und die Kirche hatten ihr wieder auf die Füße geholfen. Sie hatten ihr geholfen, ihr Leben in Ordnung zu bringen und eine Wohnung zu finden. Sie waren da gewesen zu Anfang, als sie gestrauchelt war. Zweimal.

Sie erinnert sich an all diese Dinge, wie es häufig der Fall ist, und fügt ihrem Gebet ein paar abschließende Worte hinzu:

»Danke, Gott, dass du mir hilfst, und dass du meinem schändlichen, verdorbenen Maul Gehör schenkst und meinen schmutzigen Gedanken, und dass du mich sagen lässt, was ich sagen muss, damit ich auf dem rechten Weg bleiben kann. Amen.«

Schmutzige Worte und böse Gedanken waren ihre Geheimnisse, und man konnte mit solchen Geheimnissen nicht sauber bleiben. Deswegen ließ Gott zu, dass sie ihr Herz ausschüttete, ihre Galle, ohne vor ihr zurückzuschrecken, egal wie vulgär sie dabei wurde.

Sie steht auf und geht zur Dusche. Sie muss nicht zur Arbeit heute, doch Disziplin ist der Schlüssel zu dem Leben, das sie inzwischen führt. Jeden Tag zur gleichen Zeit aufstehen, kein Schlendrian, kein Verschlafen. Sonntags bis freitags läuft sie eine Meile. Samstags geht sie nicht laufen, steht aber zur gleichen Zeit auf wie an den anderen Tagen, geht unter die Dusche, trinkt ihren Kaffee und geht anschließend zur Kirche, um dort ehrenamtlich zu helfen.

All das, sinniert sie, hilft dabei, das eigentliche Geheimnis zu bewahren, das wahrhaft Schmutzige in ihr im Zaum zu halten. Diese eine, furchtbare …

Ein Klopfen an der Tür reißt sie aus ihren Gedanken. Sie runzelt die Stirn.

Wer zum Teufel ist das?

Sie packt ein Badetuch und betrachtet ihr Gesicht im Spiegel; dann tadelt sie sich sogleich für diese Eitelkeit, obwohl sie weiß, dass sie diese Angewohnheit wohl niemals wird ablegen können.

Sie öffnet die Tür, ohne durch den Spion zu blicken. Es ist

Samstagmorgen, und sie ist hier in Simi Valley, Herrgott noch mal. Einer der sichersten Orte im ganzen Land.

Der Mann hat ein Lächeln im Gesicht und eine Pistole in der Hand. Er zielt damit auf ihren Kopf und tritt vor, zwingt sie, vor ihm zurückzuweichen.

»Ein Mucks, und ich puste dir das Hirn raus«, sagt er kühl und gelassen. Dann schließt er die Tür zu ihrem Apartment.

»Wer sind Sie?«, fragt sie mit bebender Stimme.

Er legt einen Finger an die Lippen. »Pssst … Ich habe etwas für dich, Rosemary.«

Er greift in seine Jackentasche und zieht einen durchsichtigen Beutel hervor. Sie erkennt augenblicklich, was es ist. Natürlich.

Kokain. Herrliches, wundervolles, köstliches Kokain.

»Keine Angst, Rosemary. Es ist in Ordnung. Gott wird dir vergeben, solange du dich ihm ergibst, bevor ich dich töte. Vergiss nicht, Gott ist Liebe.«

Sie spürt, wie der alte, vertraute Dämon sich regt, selbst jetzt, nach all den Jahren, selbst mit einer Pistole vor dem Gesicht. Sie spürt die Wahrheit, über die sie so oft nachdenkt. Sie ist als Isebel geboren. Sie ist nicht erst eine geworden.

Lieber Gott, ich habe Angst, so schreckliche Angst, und trotzdem will ich das Koks, will es mit jeder Faser, und (sie kann nicht unehrlich sein in ihrem Zwiegespräch mit Gott, nicht jetzt, niemals) eigentlich ist es ja auch gar nicht meine Schuld, denn er zwingt mich ja dazu, was eine Erleichterung ist, weil es mich gewissermaßen von jeder Schuld befreit und deshalb … Vergib mir, Gott.

Und gleich darauf: Verwirrung.

Woher weiß er, dass ich kokainsüchtig war?

Sie denkt nach, versucht sich zu erinnern, ob sie sein Gesicht schon einmal beim Treffen der Anonymen Drogenkonsumenten gesehen hat, oder in ihrer Kirche.

Nein. Nein, denkt sie. *Diese Augen hätte ich bestimmt nicht vergessen. Diese furchtbaren Augen.*

»Komm schon, Rosemary«, sagt der Mann, und seine Stimme klingt beinahe freundlich. »Auf uns wartet Arbeit.«

Spielt es eine Rolle, Herr? Spielt es eine Rolle, Gott, dass ich dieses Zeug aus freien Stücken niemals genommen hätte? Auch wenn ich es wirklich will, *was er mir gibt, spielt es eine Rolle, dass ich nicht danach gesucht habe?*

Rosemary hat beim Beten stets die Gegenwart Gottes gespürt, doch sie hat niemals seine Stimme gehört. Diesmal ist es nicht anders. Gott spricht nicht zu ihr, doch er ist da. Wie immer.

Er ist da, als sie das Koks schnupft, mit der Pistole an der Schläfe, und er ist selbst dann noch da, als das Ende kommt mit all seiner Dunkelheit.

Gott sagt kein Wort, doch er ist da, und das reicht ihr. Sie weiß, dass er ihren letzten Gedanken hört, ihre letzte Offenbarung.

Oh doch, es macht etwas aus, es macht einen Unterschied … allen Unterschied der Welt. Vater unser, der du bist im Himmel. Gott, o mein Gott, ich liebe dich so sehr.

Beinahe wäre sie lächelnd gestorben, wären da nicht diese furchtbaren Schmerzen gewesen.

KAPITEL 11

Es ist kurz nach Mittag, und ich telefoniere mit AD Jones.

»Ein ähnliches Verbrechen?«, fragt er ungläubig. *»Hier?«*

Er stöhnt nicht, doch ich weiß, dass ihm danach zumute ist, weil es mir nicht anders ergeht.

Ein Killer, der von Stadt zu Stadt springt, ist eine ganz neue Art von Ungeheuer. Ein Mann, der hingebungsvoll sein Handwerk ausübt, ein Wanderer, der sein Unwesen in zahlreichen verschiedenen Bundesstaaten treibt. Das schafft Probleme. Einheimische, die uns nicht in ihrem Sandkasten mitspielen lassen möchten. Die Gefahr von Inkompetenz auf Seiten der Forensik oder der Spurensicherung steigt mit zunehmender Anzahl der involvierten Strafverfolgungsbehörden. Ganz zu schweigen davon, dass eine Reihe von Opfern durch die Maschen des Siebs fallen. Das VICAP ist eine nationale Datenbank, die dem Zweck dient, Gewaltverbrechen miteinander in Verbindung zu bringen, beispielsweise, um Täterprofile zu erstellen. Doch wenn ein Mordermittler sich nicht die Mühe macht, seinen Fall ins VICAP einzugeben, existiert er in der Datenbank nicht, und es gibt keine Querverweise.

»Es bereitet mir Kopfzerbrechen«, stimme ich AD Jones zu.

»Was wollen Sie jetzt tun?«

Ich denke nach. Die Wahrheit ist, ich bin müde. Mein Team ist müde. Wir können unser gegenwärtiges Tempo unmöglich noch viel länger aufrechterhalten.

Andererseits …

Die Zeitspanne, in der die Wahrscheinlichkeit am größten ist, dass er seine Fehler begeht, ist während des Verbrechens selbst. Je mehr Zeit ihm hinterher zum Abkühlen bleibt, desto mehr Gelegenheit hat er, seine Spuren zu verwischen und, schlimmer noch, seine Technik zu verfeinern. Der erste Mord ist in den meisten Fällen der schlampigste.

Aber es ist nicht sein erster Mord, oder? Vielleicht ist es nicht mal sein zehnter oder hundertster.

Ich seufze. »Wir machen für den Augenblick weiter wie bisher, Sir. Ich fliege zurück und sehe mir den Sonnenfeld-Mord an. Der Rest meines Teams bleibt hier vor Ort.«

»Wie ist die Aufteilung? Wer macht welche Arbeit?«

»Callie und James übernehmen persönlich die Spurensicherung in Lisas Wohnung. Alan ist am Ambrose-Tatort und koordiniert sein Vorgehen mit den einheimischen Cops.«

»Wird er dort wirklich gebraucht?«

Ich denke darüber nach. »Sie haben recht, Sir, wahrscheinlich nicht. Ich wollte ihm die Vernehmung der Zeugen, Passagiere und Besatzungsmitglieder des Fluges überlassen, aber das könnten die Einheimischen ebenso gut erledigen. Davon abgesehen bin ich sicher, dass die Forensiker in West Virginia kompetent sind, und Ambrose war sowieso nur ein Nebenprodukt.«

»Das ist pure Vermutung.«

»Falls Lisa kein zufälliges Opfer war – und ich bin sicher, das war sie nicht –, war Ambrose ein Mittel zum Zweck und keine Zielperson.« Ich stoße einen Seufzer aus. »Er ist ein zufälliges Opfer. Er wird mir keine neuen Einsichten verschaffen.«

»Dann nehmen Sie Alan mit. Er soll den Ambrose-Tatort den Einheimischen überlassen, und die Befragung der Zeugen ebenfalls.« Jones zögert kurz. »Ich möchte, dass Sie einen Partner bei sich haben, wann immer möglich, Smoky. Dieser Kerl scheint es auf einen Konflikt mit den Gesetzesbehörden anzulegen. Und das bedeutet, dass er uns entweder schon beobachtet oder beobachten wird.«

Ich hatte mir bereits so etwas gedacht, doch als ich die Worte nun aus dem Munde von AD Jones höre, läuft mir ein kalter Schauer über den Rücken. Inzwischen haben die Hurensöhne, die ich jage, in mindestens drei Fällen ein persönliches Interesse an mir und meinem Team gezeigt. Wir sind zwar alle noch am Leben, aber keiner von uns hat die Sache völlig unbeschadet überstanden.

»Jawohl, Sir.«

»Halten Sie mich auf dem Laufenden, Smoky.«

Er legt auf, ohne sich zu verabschieden. Ich wähle Alans Nummer.

»Lass mich raten«, meldet er sich ohne Einleitung. »Wir fliegen zurück nach L. A.«

»Du bist Gedankenleser.«

»Nein. Hättest du mich nicht gefragt, ob ich mitkomme, wäre ich trotzdem mitgeflogen. Ich hätte darauf bestanden.«

»Ich komme dich abholen«, sage ich. »Bis gleich.«

Ich habe vor Lisas Reihenhaus gestanden, als ich meine Anrufe getätigt habe. Jetzt stecke ich den Kopf durch die Tür.

»Callie?«

Sie kommt aus Lisas Schlafzimmer, eine Digitalkamera in den Händen, die in Latexhandschuhen stecken.

»Was gibt's, Süße?«, fragt sie.

Ich berichte ihr von Rosemary Sonnenfeld. Sie sieht mich mit erhobener Augenbraue an.

»Umtriebiger Junge«, sagt Callie.

»Ja. Alan und ich fliegen nach Hause und überprüfen die Sache. Ich brauche dich und James hier. Sammelt alles, was ihr findet. Wenn ihr fertig seid, ordert das Flugzeug und bringt alles nach Hause.«

»Können wir hinterher ausschlafen?«

»Wenn nicht, bezahle ich die Donuts.«

Callie ist süchtig nach Mini-Schokoladendonuts. Sie liebt dieses Zeug über alles. Es ist eine leidenschaftliche Affäre.

»Ein faires Angebot«, sagt sie. »Ich nehme an.«

»Wir sehen uns bald.«

»Ach ja, noch was. Grüß meinen Zukünftigen, wenn du ihn siehst, Smoky. Sag ihm, ich erwarte Sex, wenn ich nach Hause komme. Jede Menge Sex.«

»Ich bin sicher, das hört er gerne.«

Callie wirft die Haare nach hinten und lächelt. »Ich will ihm nur ausreichend Vorwarnzeit geben, damit er sich auf den Sturm vorbereiten kann.«

Alan und ich sitzen im Wagen und warten darauf, dass der Jet eintrifft. Alan wirft einen Blick auf die Uhr.

»Wir müssten um sechs dort sein. Ich habe bereits mit den Cops vom Simi Valley geredet und sie informiert, dass wir kommen. Ein Typ namens Atkins ist der zuständige Beamte für den Fall.«

»Wie weit sind sie inzwischen?«

»Sämtliche Spurensicherungsarbeiten sind erledigt, ebenso die Autopsie. Sie haben nichts gefunden, rein gar nichts.«

»Haben sie die Wohnung bereits wieder freigegeben?«

»Ja.«

»Verdammt.« Ich bekomme also keine Gelegenheit, allein durchs Haus zu laufen, wie bei Lisa Reid.

»Was möchtest du tun?«

»Wir treffen uns mit Atkins und finden heraus, was es über Rosemary Sonnenfeld herauszufinden gibt – wer sie war und wie sie starb. Vielleicht bringt es uns weiter.«

»Glaubst du?«

Ich schaue meinen Freund an und zucke die Schultern. »Irgendwohin wird es uns bringen. Ich hoffe lediglich, dass dieses Irgendwohin hilfreich ist.«

Er richtet den Blick in die Ferne und nickt. Ich frage mich, ob er es genauso hört wie ich – dieses Summen in der Stille. Drei frische Tote und weitere im Ofen. Mein Magen ist übersäuert vor Angst und Abscheu, und mein Körper fühlt sich an, als würden zirpende Zikaden durch meine Adern kriechen.

»Kommst du heute Nacht nach Hause?«

Wir sind im Flugzeug unterwegs. Ich telefoniere mit dem Bordgerät. Bonnie ist am anderen Ende der Leitung.

»Ich hoffe es, Liebes. Ich vermisse dich.«

»Ich vermisse dich auch, aber es geht. Wenn du arbeiten musst, kann ich warten.«

»Danke, Baby. Aber ich versuche es wirklich, versprochen.«

Eine Pause.

»Smoky?«

»Ja?«

»Ich weiß, dass du eine Menge zu tun hast, aber ich möchte, dass du dir bald Zeit für mich nimmst. Es gibt da eine Sache, über die ich mit dir reden möchte.«

Meine innere Alarmanlage aktiviert sich selbst, und meine Antennen richten sich auf. Ich kann mich nicht erinnern, dass Bonnie je eine Bitte wie diese an mich herangetragen hätte. Alles Mögliche schießt mir durch den Kopf, gute, schlechte und banale

Dinge. Hauptsächlich schlechte. Ich achte darauf, dass meine Stimme ruhig und gelassen klingt.

»Was gibt es denn, Süße?«

Eine weitere lange Pause. Höchst ungewöhnlich für meine Ziehtochter.

»Na ja, ich hab nachgedacht … du weißt, dass ich Elaina sehr gern habe. Und ich habe wirklich den Privatunterricht gebraucht, aber …«

»Aber?«

Sie seufzt, und es bringt mein Herz zum Stocken. Es ist das Geräusch eines kleinen Mädchens, das eine schwere Last mit sich herumträgt. »Ich … ich denke, es wird Zeit für mich, wieder in eine normale Schule zu gehen. Du weißt schon, mit anderen Kindern und so.«

Jetzt ist es an mir, zu zögern.

»Hmmm«, stoße ich hervor.

»Ich sag ja nicht, dass du jetzt eine Entscheidung fällen musst, Smoky. Ich wollte nur, dass du es schon mal weißt. Dass ich mit dir darüber reden möchte und so.«

Ich räuspere mich und gebe mir alle Mühe, beruhigend und verständnisvoll zu klingen. »Sicher, Baby. Natürlich.«

»Okay. Danke, Smoky.« Sie klingt erleichtert.

Zu erleichtert. Warum macht sie sich solche Gedanken? Wegen mir? Falls ja, ist das keine gute Idee.

Ich gebe mich weiter verständnisvoll, obwohl mein Inneres in Aufruhr ist. Manche Dinge vergisst man nicht, wenn man Kinder hat. Ruhe und Lächeln beispielsweise, wenn es im Innern stürmt – kein Problem, so einfach wie Fahrradfahren.

»Wir reden später, Bonnie. Zu viel«, sage ich.

»Viel zu viel«, stimmt sie mir zu.

Wir verbringen viel Zeit miteinander, sind wegen meines Berufes aber auch häufig getrennt. Deshalb haben wir eine emotionale Stenosprache entwickelt, die für Bonnie und mich Wunder wirkt. »Zu viel« ist eine unserer Phrasen, die Antwort auf die unausgesprochene Frage: »Wie sehr liebst du mich?« Es klingt unglaublich doof und ist doch völlig angemessen.

Mein Gott, ich liebe dieses Kind.

»Mach's gut, Liebes.«

»Du auch.«

Ich lege auf und starre durch das kleine Fenster auf die Wolken unter uns, wobei ich nach einem Ort der Stille in mir selbst suche. Doch ich habe Mühe, ihn zu finden. Meine älteste Freundin, die Angst, hat meine Verunsicherung ausgenutzt, um sich ganz dicht an mich zu schmiegen.

»Stimmt was nicht?«, reißt Alan mich aus meinen Gedanken.

Ich zucke die Schultern. »Bonnie. Sie will wieder auf eine normale Schule.«

Er hebt erstaunt die Augenbrauen. »Wow.«

»Ja, wow.«

»Macht dir Angst, wie?«

Seine Augen sind sanft, freundlich, geduldig. Alan kennt mich sehr gut, nicht zuletzt deshalb, weil ich ihm nahezu blind vertraue.

Ich stoße einen Seufzer aus. »Es macht mir schreckliche Angst, ja. Ich meine, ich kann sie verstehen. Sie ist zwölf. Sie weiß, dass ich sie nicht immer in einem Kokon festhalten kann. Aber es macht mir Angst, mir vorzustellen, dass sie allein da draußen …«

Er nickt. »Das überrascht mich nicht. Sie hat Schlimmes durchgemacht. Genau wie du.«

»Da liegt das Problem. Alle Eltern machen sich Sorgen, wenn sie ihre Kinder nach draußen in die Welt lassen. Aber nicht alle Eltern haben gesehen, was ich gesehen habe … Dinge, die man sich kaum vorstellen kann.«

»Ja.« Er schweigt für einen Moment. »Ich liebe Bonnie, das weißt du«, sagt er dann. »Ehrlich gesagt, die Vorstellung, sie allein da draußen zu sehen, macht mir ebenfalls Angst. Nicht nur um sie, auch um Elaina und um dich. Bonnie verkörpert deine zweite

Chance, Mutter zu sein – und wahrscheinlich Elainas einzige Möglichkeit, ein wenig von diesem Gefühl zu erleben. Du und Elaina, ihr seid die wichtigsten Frauen in meinem Leben, und wenn Bonnie etwas zustoßen würde … Ich glaube nicht, dass eine von euch beiden das überstehen würde.« Er lächelt melancholisch. »Auf der anderen Seite erfüllt es mich mit Freude. Weil es bedeutet, dass das kleine Mädchen wieder okay ist.« Er sieht mir tief in die Augen. »Du weißt, was ich meine? Sie hat keine Angst mehr davor, in die Welt zu gehen. Das ist ein Fortschritt, Smoky. Es bedeutet, dass wir das Richtige für sie getan haben. Und das finde ich verdammt cool.«

Ich muss lächeln bei Alans Worten. Er hat mir die Angst zwar nicht genommen, aber er hat sie ein wenig abgemildert. Weil es stimmt, was er gesagt hat. Bonnie war so gut wie verloren für die Welt, nachdem ein Ungeheuer zu ihr nach Hause gekommen war. Ihre Seele war weit, weit draußen am Rand zur Ewigkeit, eine winzige Kerzenflamme in einem Gewittersturm. Das, was ihr Wesen ausmacht, wäre um ein Haar ausgelöscht worden, und nur eine leere, tote Hülle wäre geblieben.

Und jetzt sagt sie mir, sie fühlt sich stark genug, sich ein Leben aufzubauen, in dem es mehr gibt als nur mich. Es ist ein zutiefst beängstigender Gedanke, und er macht mich vielleicht sogar ein wenig eifersüchtig, aber … ja, es ist verdammt cool.

»Danke, Alan. Du hast recht.«

»Ich weiß. Aber glaub ja nicht, dass ich immer noch den Verständnisvollen abgebe, wenn sie anfängt, sich mit Jungen zu verabreden.«

Ich lächle ihn an. »Das wäre ja noch schöner. Es wird keine Verabredungen geben.«

Er lächelt zurück. »Dein Wort in Gottes Ohr.«

KAPITEL 12

Simi Valley ist viel schöner als das eigentliche L. A., genau wie der größte Teil von Ventura County. Die Gegend ist überschaubarer und sicherer. Der Freeway 118 verbindet Simi Valley und das San Fernando Valley, und die Fahrt führt durch eine weite, unbesiedelte Hügellandschaft.

Der östlichste Teil von Simi Valley ist der ältere, mit Häusern aus den Sechzigerjahren. Es ist wie überall in den Vereinigten Staaten: Je weiter man nach Westen kommt, desto neuer sind alle Dinge.

So wie hier, so war Kalifornien früher, denke ich. Saubere Luft, unendlich viel Sonne im Frühling und Sommer und ein Horizont, den man noch sehen konnte. Simi ist eine mittelgroße Ortschaft. Hier fehlen die Verkehrsstaus und das Chaos – beides schon seit langer Zeit Kennzeichen von L. A.

Er herrscht dichter Verkehr, aber es gibt keinen Stau, und wir erreichen die Polizeiwache gegen neunzehn Uhr.

»Das muss Atkins sein«, murmelt Alan.

Ich sehe einen brünetten Mann mittleren Alters mit zurückweichendem Haaransatz, der auf dem Parkplatz vor der Wache wartet, gegen seinen Wagen gelehnt. Der Mann trägt einen anthrazitfarbenen Anzug, nicht das billigste Modell, doch auch nicht von Armani. Er sieht uns und kommt uns entgegen, als wir parken.

»Sie müssen Agent Washington sein«, sagt er zu Alan und streckt ihm lächelnd die Hand entgegen. »Das soll keine Beleidigung sein, aber Sie sind schwer zu übersehen.«

»Das höre ich jeden Tag«, erwidert Alan.

»Jede Wette.« Atkins wendet sich zu mir. »Und Sie sind Agentin Barrett.«

Seine Blicke verweilen auf meinen Narben, aber daran bin ich längst gewöhnt. Ich habe nichts dagegen, wenn gewisse Bevölkerungsteile mein Gesicht mustern. Detectives vom Morddezernat beispielsweise, wie Atkins einer ist. Sein Interesse ist aufrichtig. Er sieht mich fragend an, zuckt die Schultern und belässt es dabei. Kein Abscheu, kein Entsetzen, kein Aufstand. Die meisten Ärzte reagieren so. Kleine Kinder durchlaufen eine ganze Skala von Gefühlen, angefangen bei »Ist das dein richtiges Gesicht?« bis hin zu »Wow, cool!«.

»Danke, dass Sie bereit waren, sich so spät noch mit uns zu treffen«, sage ich und ergreife seine ausgestreckte Hand.

»Kein Problem. Wenn es uns hilft, diesen Fall zu knacken.« Seine Augen sind ausdruckslos, als er das sagt. Ohne Emotion. »Diese Geschichte macht mir wirklich Sorgen, wissen Sie.«

Er führt es nicht weiter aus. Das braucht er auch nicht. Man sieht viele Tote in unserem Beruf, und manche dieser Leichen verwandeln sich in Geister, die einen regelrecht verfolgen.

»Erzählen Sie uns davon«, fordert Alan ihn auf.

Atkins nickt. »Ich werde Ihnen von ihrem Tod erzählen. Aber ich habe mir gedacht, ich bringe Sie zuerst zu einem Mann, der Ihnen etwas über ihr Leben erzählen kann.«

»Und wer ist dieser Mann?«, frage ich.

»Vater Yates. Ein katholischer Priester, der Rosemary mehr oder weniger wortwörtlich aus der Gosse geholt hat.«

Alan sieht mich an und hebt fragend eine Augenbraue.

»Wenn schon, dann richtig«, sage ich und verdränge meine Erschöpfung mit Humor. Ich zeige auf Atkins' Wagen. »Sie fahren. Sie können uns auf dem Weg zum Tatort alles erzählen.«

Ich vermute, amerikanische Autohersteller werden wohl so lange im Geschäft bleiben, wie es die Polizei gibt. Der Wagen ist ein aufgemotzter Crown Vic, nicht schwarz und weiß wie üblich, sondern nur schwarz mit einem mächtig bösen Motor unter der Haube.

Es ist dunkel geworden draußen, der Mond scheint, und wir sind wieder auf dem Freeway 118. Derzeit herrscht Berufsverkehr light. Andere Fahrzeuge sind vor und hinter uns, doch Abstand und Geschwindigkeit sind erträglich. Der Himmel ist wolkenlos, der Mond voll. Silbern, nicht gelb. Einige der felsigen Berge in der Ferne sehen aus, als wären die Gipfel schneebedeckt.

Ich sitze vorne, neben Atkins. Alan sitzt im Fond.

»Rosemary Sonnenfeld«, beginnt Atkins. »Alleinstehende weiße Frau, vierunddreißig, einsfünfundsechzig groß, ungefähr siebenundfünfzig Kilo, körperlich in guter Verfassung. Sie wurde tot in ihrer Wohnung aufgefunden. Neben ihr auf dem Nachttisch lag ein Beutel Kokain. Auf den ersten Blick sah alles danach aus, als wäre Rosemary ihrem altem Laster erlegen. Sie war Ex-Prostituierte, Ex-Pornodarstellerin und Ex-Drogensüchtige. Ich dachte zuerst, sie hätte einen Trip genommen und wäre an einer Überdosis gestorben, wegen mangelnder Gewöhnung.«

»Und was hat Ihre Meinung geändert?«, fragt Alan.

»Ein genauerer Blick. Die Autopsie ergab, dass sie genug Koks im Blut hatte, dass ein Pferd an der Dosis gestorben wäre, aber sie hatte auch eine Stichwunde in der Seite.«

»Interessant«, sage ich. Ich bin noch nicht bereit, Informationen über Lisa Reid preiszugeben.

»Ja. Und dann war da noch das Kreuz. Ein silbernes Kreuz, fünf Zentimeter lang, zweieinhalb Zentimeter breit. Auf der Rückseite waren ein Totenschädel, gekreuzte Knochen und die Zahl 142 eingraviert. Das Kreuz fand sich in ihrer Leibeshöhle. Jemand hat es eingeführt.«

Wie bei Lisa Reid, geht es mir durch den Kopf. Und 142 … Lisas Kreuz hatte Nummer 143.

»Und als wären das noch nicht genug Beweise für einen Mord«, fährt Atkins fort, »fanden wir heraus, dass das Kreuz erst *nach* ihrem Tod eingeführt worden ist.«

»Das ist allerdings ziemlich beweiskräftig«, sagt Alan.

»Und dann ist da noch Vater Yates …«

»Der Priester«, sage ich.

»Ja. Vater Yates tut viel Gutes in der Gemeinde, ein sanfter Mann, aber kein Narr. Er hat Rosemary einmal im Monat zum Urintest in eine örtliche Klinik geschickt.«

»Tatsächlich?«, frage ich überrascht. »Klingt mir nach einem wenig vertrauensvollen Priester.«

Atkins lächelt. »Vater Yates ist Realist. Er ist ein wahrer Gläubiger und vollbringt zahlreiche gute Taten. Doch er hält sich an eine Regel. Wenn er einem hilft und ihn bei sich aufnimmt, hat man drei Rückfälle frei, bevor er sich von einem abwendet.«

»Und Rosemary ist clean geblieben?«

»Mehr als vier Jahre lang. Ich habe ihre Akte überprüft. Keine Drogen während dieser Zeit, und auch sonst nichts, absolut nichts. Sie hatte eine feste Arbeit, und sie hat jedes Wochenende freiwillig in der Kirchengemeinde geholfen. Alles deutet darauf hin, dass sie es geschafft hatte und clean geworden war.«

»Ich kann verstehen, warum Ihnen diese Sache zu schaffen macht«, sage ich.

Die meisten Leute halten uns Cops für Zyniker, und da ist auch was Wahres dran. Wir sehen das Schlimmste, das Menschen zu tun imstande sind. Es macht uns vorsichtig. Doch wir sind auch nur Menschen. Die meisten Kollegen und Kolleginnen, so verhärtet sie auch sein mögen, glauben noch immer, dass jemand sein Leben aus freien Stücken ändern kann, wenn er will. Dass ein Ganove eines Tages aufwachen und beschließen kann, ein guter Mensch zu werden. Es ist nur ein Vielleicht, doch dieser heimliche Wunsch erlischt niemals ganz. Niemand kann mit der Vorstellung leben, dass der Mensch von Natur aus böse ist, und damit glücklich sein.

»Ja, diese Sache macht mir schwer zu schaffen«, räumt Atkins ein. »Wie dem auch sei … es war Mord. Leider haben wir nichts als Sackgassen. Die Spurensicherung hat nichts gefunden. Wir haben auch keine noch lebenden Verwandten oder Bekannten finden können. Zehn Tage sind vergangen, und es gibt noch immer keinen Tatverdächtigen.« Er schüttelt den Kopf. »Ich bin schon eine ganze Weile in diesem Beruf, Agentin Barrett, und ich weiß, wann ein Fall kalt wird. Der hier war von Anfang an kalt – bis zu dem Augenblick, als Agent Washington mich angerufen hat.«

»Gab es Hinweise auf sexuellen Missbrauch? Ejakulat in der Nähe des Leichnams?«

»Nichts dergleichen.«

»Wie wurde ihre Leiche gefunden? Waren ihre Beine gespreizt oder geschlossen?«

»Geschlossen. Die Arme über der Brust verschränkt.«

»Interessant«, sage ich leise.

»Was?«, fragt Atkins.

»Das andere Opfer war transsexuell. Rosemary war ehemalige Porno-Darstellerin und sexsüchtig. Geht man von unseren Opfern aus, hätte ich bei den Verbrechen eine sexuelle Komponente erwartet, doch keine Spur davon, in beiden Fällen. Die einzige Gemeinsamkeit aber ist das Kreuz. Sehr merkwürdig.«

»Was könnte das bedeuten?«, will Alan von mir wissen.

Ich schüttle den Kopf. »Kann ich noch nicht sagen. Warten wir ab, was der Priester uns erzählt.«

»Rosemary war einer meiner größten Erfolge. Eine Rosemary war zehn Fehlschläge wert, verstehen Sie?«

Vater Yates ist ein Mittfünfziger mit militärisch kurzem, graumeliertem Haar, derben, attraktiven Gesichtszügen und klugen dunklen Augen. »Priesteraugen«, wie ich sie bei meinen Freunden nenne. Es liegt zu viel Freundlichkeit in diesen Augen, als dass sie selbstgerecht wären, und es spiegelt sich zu viel Wissen um die Sünde darin, als dass man irgendetwas vor ihnen verbergen könnte. Ich bin katholisch aufgewachsen, auch wenn ich seit langem nicht mehr der Kirche angehöre, und ich kenne die Sorte Priester, zu der Yates gehört. Zugänglich, praktisch und fromm, ohne den Realitäten des Lebens gegenüber blind zu sein.

Vielleicht wäre ich nicht aus der Kirche ausgetreten, gäbe es mehr Priester wie ihn.

Er ist ein großer Mann, gut einsneunzig, und dünn, ohne schlaksig zu wirken. Er trägt ein kurzärmeliges Hemd mit dem charakteristischen weißen Stehkragen. Seine Hände sind rastlos. Er ist ein energischer Mann, ein Mann der Tat. »Das Werk Gottes zu tun« bedeutet für ihn, für Gott zu malochen.

Er ist mir auf Anhieb sympathisch.

»Ich verstehe, Vater. Wir genießen hin und wieder ähnliche Siege, und sie machen die Fehlschläge wett. Größtenteils.«

Die Priesteraugen fixieren mich, und ich spüre das vertraute Aufwallen von Schuldgefühlen. Er kennt mich, er kennt mich genau. Er weiß, dass ich hin und wieder mithilfe eines Vibrators masturbiere. Er weiß, dass ich eine heimliche Lust dabei empfinde, einen Mann mit dem Mund zu befriedigen.

Jesus, schießt es mir durch den Kopf. *Und ich dachte, ich hätte das alles hinter mir.*

Natürlich weiß ich, dass ich mir das alles nur einbilde. Vater Yates ist kein Gedankenleser. Außerdem kenne ich das Phänomen: Steck einen Zivilisten in ein Verhörzimmer mit mir, und er empfindet mir gegenüber genauso.

»Ja«, antwortet Yates und nickt. »Es gibt eine Menge Parallelen zwischen dem, was wir tun.«

»Ganz sicher«, pflichte ich ihm bei. »Wir kennen beide die dunklen Seiten der Menschen. Sie haben wahrscheinlich schon von den meisten Verbrechen gehört, die ich gesehen habe.«

Er winkt ab. »Im Beichtstuhl habe ich wahrscheinlich schon *alles* gehört. Pädophilie. Inzest. Vergewaltigung. Mord. Der Unterschied zwischen Ihnen und mir sind unsere Ziele und die Mittel, die wir einsetzen, um diese Ziele zu erreichen.«

»Ich bringe die Menschen ins Gefängnis, und Sie versuchen, sie zu befreien.«

Es klingt ein wenig zynisch. Das hatte ich nicht gewollt.

Er antwortet mit einem belustigten Lächeln. »Und welche von beiden Methoden ist Ihrer Meinung nach die wirkungsvollere?«

Ich breite die Hände aus. »Verbrecher können Gott genauso gut im Gefängnis finden wie draußen, Vater. Aber im Gefängnis können sie wenigstens keinen Schaden mehr anrichten.«

Er kichert. »Ein Punkt für Sie, Agentin Barrett. Ich will nicht darüber streiten. Ich finde, was ein Mensch wirklich ist, zeigt sich in seinen Handlungen. Es mag nicht der Werbeslogan der Kirche sein, was ich jetzt sage, aber mir ist wichtiger, wie ein Mensch sein Leben lebt, als die Frage, wie oft er die heilige Kommunion empfängt.« Seine Miene wird ernst. »Ich habe von Ihrer Geschichte gehört und kenne einige der Männer, die Sie hinter Gitter gebracht haben. Sie sind sehr tüchtig.«

»Danke, Vater.«

Alan und Atkins sitzen ein paar Bänke hinter uns. Sie verhalten sich ruhig und unauffällig. Das hier ist eine Befragung, kein Verhör. Vertraulichkeit ist wichtig.

»Erzählen Sie mir von Rosemary«, fordere ich ihn auf.

»Ich bin seit zwanzig Jahren Pastor in dieser Gemeinde, Agentin Barrett. Wie Sie sicherlich wissen, ist L. A. eine temperamentvolle Stadt voller Kontraste. In den fünf Blocks, die meine Gemeinde umfasst, finden Sie anständige Familien aus der Mittelschicht und Teenagerprostitution, Elitestudenten und Straßenschläger, und alle teilen sich das gleiche Pflaster.«

»Ja.«

»Als ich von Gott ins Priesteramt gerufen wurde, wusste ich, dass er einen Mann der Praxis haben wollte. Meine Begabung liegt nicht darin, die Messe zu lesen. Gewiss, das kann ich auch, aber ich bin kein großer Prediger vor dem Herrn. Gott wusste, dass ich etwas anderes zu bieten hatte – ich kann das Böse in anderen sehen, ohne den Glauben an die Möglichkeit einer Erlösung zu verlieren.« Er lächelt schief. »Er wusste außerdem, dass ich mit einem großen Mundwerk und einem kritischen Verstand ausgestattet bin. Verstehen Sie das nicht falsch, ich stehe mit ganzem Herzen hinter meiner Kirche, doch es mangelt mir an politischem Geschick. Wenn ich der Meinung bin, dass das Kirchenrecht reformiert werden sollte, dann sage ich das auch.«

»Ich verstehe«, antworte ich amüsiert.

Es ist interessant für mich zu sehen, dass es selbst in den engen Grenzen der Kirche einen Graben gibt zwischen den Robenträgern und den Männern vor Ort, zwischen den Offizieren in der Etappe und den Männern an der Front.

»Ich wurde in diese winzige Gemeinde versetzt, weil sie mich irgendwo hinstecken mussten. Sie wussten, dass es ein Fehler wäre, mich in ein Kloster zu schicken – die Kirche ist nicht immer blind, egal, was manche Leute denken –, doch sie wollten mich auch nicht im Rampenlicht.« Er grinst, und ich sehe ihn vor mir als zwanzig Jahre jüngeren Mann, voller Energie, ein richtiger Rebell. »Ich hätte vor Freude die ganze Welt umarmen können. Ich war genau dort, wo ich immer hingewollt hatte.«

Eine Frage kommt mir in den Sinn. »Dürfte ich Sie fragen, Vater, was Sie gemacht haben, bevor Sie Priester wurden?«

»Natürlich, Agentin Barrett. Bevor ich Priester wurde, war ich ein unruhiger junger Mann. Ich habe wegen Diebstahls im Erziehungsheim gesessen. Ich hatte Affären mit Frauen. Ich habe getrunken, und ich war ein übler Schläger.«

Er sagt das alles ohne die kleinste Spur von Scham. Kein Stolz auf die Vergangenheit, aber auch keine Entschuldigung.

»Und wie kam es zu der Veränderung?«, frage ich.

»Ich bin einem alten Priester begegnet. Vater Montgomery. Ein gütiger Mann, aber hart wie Stahl. Er packte mich beim Schlafittchen und wusch mir den Kopf. Er beeindruckte mich zutiefst. Da stand er, ein Mann Gottes – ein Beruf, den ich immer abgetan hatte als etwas für Schwächlinge –, und er blinzelte nicht beim Anblick von Blut oder rümpfte die Nase, wenn ein junges Mädchen in einem Leder-Minirock und Plateauschuhen zum Beten kam. Vater Montgomery spendete ihr das Sakrament der heiligen Kommunion, obwohl er wusste, dass sie nach dem Gottesdienst aus der Tür gehen und ihren Körper verkaufen würde. Er hatte einen Wahlspruch: ›Lass dein Messer draußen liegen, und du bist willkommen in diesem Haus.‹«

»Wo war das?«

»Detroit.« Er zuckt die Schultern. »Vater Montgomery hat mich bekehrt. Ich hörte den Ruf Gottes und wusste, was er von mir wollte. Ich sollte Vater Montgomery nacheifern. Was ich seither getan habe.«

»Rosemary«, erinnere ich ihn.

»Rosemary war eine ruhelose junge Person. Ihre Geschichte war nicht gerade originell. Ein schwieriger Teenager, der mit Drogen in Berührung kam und auf dem Strich gelandet war. Was bei Rosemary anders war, was sie komplizierter machte, war die Abhängigkeit. Sie genoss die Verbindung aus Drogenmissbrauch und schmutzigem Sex. Ich will damit nicht sagen, dass sie es für gut oder richtig hielt. Aber es machte ihr großes Vergnügen, sie suchte es förmlich. Rosemary war nicht das unschuldige Opfer eines glattzüngigen Kupplers. Sie war auch nicht als Kind missbraucht worden.« Er schüttelt den Kopf, als ihm etwas einfällt. »Sie hat mir einmal erzählt, sie wäre einfach ›als schlechter Mensch auf die Welt gekommen‹. Eine Krankenschwester, ein Mitglied meiner Gemeinde, hatte mich auf Rosemarys Einlieferung in die Notaufnahme aufmerksam gemacht. Sie sagte sinngemäß: ›Dieses Mädchen ist ganz unten angekommen, Vater. Entweder sie ändert sich, oder sie wird sterben.‹«

»Und? War sie ganz unten angekommen?«

»Ja. Sie war von einem Kerl fast totgeschlagen worden, als sie auf einem Kokaintrip war. Sie hatte eine Chlamydieninfektion. Syphilis und Gonorrhöe wüteten in ihrem Körper. Und zu alledem hatte sie sich auch noch eine Grippe eingefangen.«

»Wow.«

»Genau. Sie war nicht mit HIV infiziert, Gott sei Dank, und die Syphilis war noch im ersten Stadium. Es sah so aus, als hätte der Heilige Geist persönlich über Rosemary gewacht.«

Ich halte das zwar für fraglich, sage aber nichts dazu.

»Bitte fahren Sie fort, Vater.«

»Ich war da, als sie aufwachte. Sie weinte und weinte. Sie konnte nicht aufhören. Ich stellte ihr die Frage, die ich immer stelle: ›Bist du bereit für meine Hilfe?‹ Und Rosemary antwortete schluchzend: ›Ja.‹ Ich suchte eine Bleibe für sie. Mitglieder der Kirchengemeinde halfen ihr beim Entzug, und wir beteten gemeinsam.« Seine Augen blicken traurig. »Wir beteten sehr viel.« Er sieht mich an. »Es gab etwas Besonderes an Rosemary, das man erst kennen musste, um zu begreifen, was für ein Mensch sie war. Und damit meine ich nicht ihre Sünden oder ihre Krankheiten. Es ist vielmehr so, dass diese anscheinend hoffnungslose verlorene junge Frau irgendwie, von irgendwoher, eine gewaltige Kraft bezog. Sie hat mir erzählt, dass sie immer noch fast jeden Tag an Drogen und Sex dachte. Das Verlangen wurde schwächer, doch es verschwand nie völlig. Und trotzdem hielt sie durch.« Er ballt in hilfloser Wut die Faust. »Sie hat die letzten fünf Jahre ein gottgefälliges Leben geführt. Keine Drogen, keine Exzesse, kein Rückfall in alte Verhaltensweisen. Ich hasse es, dieses Wort zu benutzen, doch es ist in Rosemarys Fall mehr als zutreffend: Sie wurde *errettet*.«

»Ich verstehe.« Ich bin nicht überzeugt, bin aber bereit, die Möglichkeit zu akzeptieren, dass Rosemary sich tatsächlich geändert hat. Vater Yates macht auf mich nicht den Eindruck eines Mannes, der mit Scheuklappen durchs Leben läuft.

»Darüber hinaus …« Er zögert.

»Ja?«

»Ich nehme die Beichte ab, verstehen Sie? Ich kann Ihnen nicht verraten, was Rosemary mir gesagt hat, nur so viel: Sie hat mir die schlimmsten Seiten ihres Selbst gezeigt. Sie hat absolut nichts zurückgehalten.«

Ich bin weit mehr als neugierig: Ich bin gefesselt. Doch ich weiß auch, dass dieser Mann Rosemarys Vertrauen niemals enttäuschen würde – und ich finde in diesem Gedanken einen unerwarteten Trost.

Die Wurzeln des Katholizismus reichen tief bei mir.

»Gibt es sonst noch etwas, das Sie mir erzählen könnten, Vater? Irgendetwas, von dem Sie glauben, dass es hilfreich sein könnte?«

»Tut mir leid, Agentin Barrett, aber ich fürchte, das Einzige, was ich beitragen kann, ist ein Bild von Rosemary in ihrer schlimmsten und in ihrer besten Zeit.«

Ich greife in meine Tasche, zücke eine Visitenkarte und reiche sie ihm.

»Rufen Sie mich an, Vater, falls Ihnen noch etwas einfällt.«

»Versprochen.« Sein Blick ruht für einen Moment auf mir. »Wie stehen Sie eigentlich zum Gebet, Agentin Barrett?«

Er hat mich überrumpelt; damit habe ich nicht gerechnet. »Rein persönlich? Ich finde das Gebet an sich überbewertet und die Ergebnisse alles andere als überzeugend.«

Die Worte sprudeln aus mir hervor, ohne dass ich Zeit finde, sie abzumildern. Ich bedaure meine Vehemenz. Zucke die Schultern. »Tut mir leid, Vater.«

»Aber nein! Wenn Sie wütend sind auf Gott, so bedeutet das, dass Sie immer noch an seine Existenz glauben. Das reicht mir völlig, für den Augenblick.«

Mir fehlen die Worte. Ich weiß nicht, was ich darauf erwidern soll. Deswegen murmle ich nur »Danke, Vater« wie eine Sechzehnjährige, bevor ich mich zum Gehen wende. Alan und Atkins folgen mir.

Diese verdammten Priesteraugen. Manchmal machen diese frommen Männer mich wirklich wütend.

KAPITEL 13

Es ist halb neun durch. Alan, Atkins und ich sitzen in einer Nische im hinteren Teil eines Denny's. Es ist eine ruhige Nacht, und unsere Kellnerin ist müde. Sie bringt ein halbherziges Lächeln zustande, als sie unsere Kaffeebecher nachfüllt, doch sie versucht nicht, uns in ein Gespräch zu verwickeln. Ich nehme an, sie ist daran gewöhnt, Cops zu bedienen.

Vinyl und Resopal, so weit das Auge reicht. Gibt es irgendetwas, das amerikanischer wäre?

Atkins hat uns eine Kopie der Fallunterlagen gegeben, zum Bersten voll mit Fotos vom Tatort. Nachdem unsere Kellnerin wieder in sicherem Abstand ist, klappe ich die Akte auf und nehme die Fotos in Augenschein.

»Übel«, bemerke ich.

»Aber sauber«, erwidert Atkins.

Es ist ein Kommentar, der mehr Einblick verrät. Und er hat recht. Ich betrachte ein Foto von Rosemary. Sie war eine schöne Frau. Auf dem Bild ist sie nackt. Sie liegt auf ihrem Bett, auf dem Rücken, mit geschlossenen Beinen, die Arme auf der Brust. Ihr Kopf liegt im Nacken, und ihre Augen sind weit geöffnet. Aus ihrem linken Nasenloch läuft ein dünner Blutfaden über ihre Wange bis zum Kinn. Es ist ein grauenvolles Bild, doch nicht so schlimm, wie es hätte sein können. Kein Hinweis auf sexuellen Missbrauch. Abgesehen von dem Blut aus der Nase sowie der Stichwunde und dem umgebenden Hämatom auf ihrer rechten Körperseite wirkt Rosemarys Leichnam nahezu unberührt.

»Keine Raserei«, sagt Alan. »Der Täter hat nicht die Kontrolle verloren.«

»Ja«, stimme ich ihm zu.

Sexuelle Psychopathie ist kein Akt von gewöhnlichem Zorn, sondern von heftiger, alle Vernunft verdrängender Wut. Penetration allein reicht nicht – es ist die Zerstörung des Opfers, auf die es ankommt. Ich sehe nichts von alledem auf den Fotos. Sex scheint nicht das Motiv zu sein.

Ich klappe die Akte zu und nehme einen Schluck Kaffee.

»Die Spurensicherung hat absolut nichts gefunden«, sagt Atkins. »*Nada.*«

»Das überrascht mich nicht«, antworte ich. »Der Täter ist sehr beherrscht und äußerst erfahren. Er hatte eine Aufgabe zu erledigen, und das hat er getan, ohne übermäßige Aufregung und unnötige Sauerei. Er kam unbemerkt und ist unbemerkt wieder verschwunden. Unter diesen Umständen findet man selten Spuren.«

»Wie schnappen Sie dann diese Kerle?«, fragt Atkins.

Manchmal schnappen wir sie gar nicht, zirpen die Grillen.

»Indem wir herausfinden, was sie tun und warum sie es tun. Und indem wir hoffen, dass sie irgendwann einen Fehler machten, je mehr Zeit vergeht, und uns einen Hinweis zurücklassen.«

»Das ist nicht gerade tröstlich.«

Ich antworte mit einem ausdruckslosen Lächeln.

Er erwidert das Lächeln genauso leer und hebt seinen Kaffeebecher.

Alan und ich sind wieder auf dem Highway, unterwegs nach Hause. Alan fährt. Wir haben Atkins mit Versprechungen vertröstet; mehr konnten wir ihm nicht bieten.

»Soll ich bei mir zu Hause vorbeifahren, damit du Bonnie holen kannst?«, fragt Alan.

Ich schaue auf die Uhr. Es ist fast halb elf.

»Nein. Fahr mich zu mir. Ich hole Bonnie morgen ab.«

Ich überlege, ob ich Callie und James anrufen soll, aber dann wird mir klar, dass es bei ihnen bereits nach ein Uhr nachts ist. Falls die beiden schlafen – was ich hoffe –, möchte ich sie nicht wecken.

»Waren ein paar ziemlich verrückte Tage«, sagt Alan.

»Kann man wohl sagen.«

Er sieht mich von der Seite an. »Schon irgendein Bauchgefühl?«

Ich schüttle den Kopf. »Nein, eigentlich nicht. Ich brauche eine Mütze voll Schlaf, damit die Eindrücke sich setzen können. Bei diesem Fall gibt es vieles, das mir Sorgen macht.«

»Zum Beispiel?«

»Ich bin ziemlich sicher, dass unser Mann schon seit einer ganzen Weile tötet und dass er auf diesem Gebiet ein Könner geworden ist. Er geht methodisch und überlegt vor. Er weiß genau, was er tut, und wird so schnell keinen Fehler machen, der uns auf seine Spur bringt.«

»Einen Fehler hat er aber schon gemacht. Er hat uns verraten, dass er existiert.«

»Zugegeben. Aber das war Absicht. Wir tappen weiterhin im Dunkeln.«

Alan lächelt matt. »Du bist immer wieder die große Zynikerin, wenn wir einen neuen Fall haben. Trotzdem endet es jedes Mal damit, dass wir den Schweinepriester fassen.«

»Wirklich? Dann lass mich wenigstens einen Moment meinen Pessimismus genießen.«

Er lacht. Mein Handy summt, und meine Stimmung hebt sich ein wenig, als ich auf dem Display sehe, wer der Anrufer ist.

Tommy Aguilera ist seit gut zwei Jahren mein Freund. Er ist ehemaliger Agent des Secret Service, der sich als privater Ermittler und Security-Berater selbstständig gemacht hat. Ich habe Tommy kennengelernt, als er noch beim Secret Service war. Tommy war einem Burschen als Leibwächter zugeteilt worden, der sich als mörderischer Hurensohn erwies. So geriet Tommy in die Situation, den ihm anvertrauten »netten jungen Mann« erschießen zu müssen. In dem sich anschließenden Feuersturm, den die Medien anheizten, verhinderte allein meine Aussage, dass Tommy ins Gefängnis musste oder Schlimmeres. Er hatte mir damals gesagt, ich solle mich bei ihm melden, wenn er jemals etwas für mich tun könne.

Ein paar Jahre später verließ er den Secret Service. Ich weiß immer noch nicht warum. Er würde es mir wahrscheinlich verraten, würde ich ihn danach fragen. Aber das habe ich nie getan, und er hat nie von sich aus damit angefangen. Nicht dass Tommy kalt wäre, er ist bloß wortkarg bis zum Gehtnichtmehr.

Ich hatte Tommy beim Wort genommen, als ich einen extrem schwierigen Fall am Hals hatte, und ihn um Hilfe gebeten. Er war zu mir nach Hause gekommen und hatte meine Wohnung nach Wanzen abgesucht (und welche gefunden; außerdem noch einen GPS-Tracker an meinem Wagen). Es war nicht geplant, doch es endete damit, dass ich ihn küsste, und er überraschte mich damit, dass er meinen Kuss erwiderte.

Mein Mann war damals erst sechs Monate tot gewesen, und mein Körper war entstellt von Narben. Ich fühlte mich innen wie außen hässlich, und ich litt immer noch Höllenqualen. Tommy aber nahm mich in die Arme und gab mir das Gefühl, trotz allem begehrenswert zu sein. Es war ein sehr befriedigendes Erlebnis, in körperlicher und seelischer Hinsicht.

Tommy ist ein wunderbarer Mensch. Er ist Latino, schwarzhaarig, braunhäutig und dunkeläugig, aber kein wirklich hübscher Kerl, allein schon wegen der großen Narbe auf der rechten Schläfe und dem kantigen, energischen Unterkiefer. Außerdem ist er ein Riese von einem Mann mit den rauen Händen eines Bauarbeiters und dem Körper eines Schwergewichtlers. Tommy ist ein wundervoller Anblick, ob er nun angezogen oder nackt ist, und Sex mit ihm kann rau und schmerzhaft sein oder sanft und voller Wonne. Im Bett ist er ein unermüdlicher Quell sexueller Freuden.

»Hey«, sage ich, als ich Tommys Anruf entgegennehme.

»Hey«, antwortet er. »Bist du immer noch im Lande unterwegs?«

»Nein. Ich bin gerade auf dem Weg nach Hause.«

»Lust auf Gesellschaft?«

»Ja, bitte. Wie wär's, wenn du mir eine Fußmassage gibst? Ich brauche dringend ein bisschen Entspannung.«

»Klar. Wir sehen uns dann.«

Ich lege auf und merke, wie ich leise vor mich hin summe. Erschrocken breche ich ab und werfe einen verstohlenen Seitenblick zu Alan. Er scheint sich voll und ganz auf die Straße zu konzentrieren, bis er unvermittelt sagt: »Dieser Typ scheint dich glücklich zu machen.«

»Er ist okay.«

»Hmmm.«

Ich schaue Alan von der Seite an. »Was?«

»Es geht mich ja nichts an, Smoky, aber vielleicht solltest du aufhören, diese Sache unter Vorbehalt zu sehen. Du verdienst es, glücklich zu sein. Aber sollte er nicht erfahren, dass er dieses Gefühl in dir weckt? Das hat er doch auch verdient.«

Ich bin überrascht von der Heftigkeit des Zorns, der plötzlich in mir aufsteigt. Mir liegt eine bissige Antwort auf der Zunge, die ich mir im letzten Moment jedoch verkneife.

»Ich werde darüber nachdenken«, sage ich stattdessen.

»Na, na.« Es ist eine sanfte Ermahnung, wie eine freundliche Hand unter dem Kinn, die meinen zögernden Blick zu ihm lenkt. »Ich meine doch nur … Ich freue mich, dass du endlich wieder lächeln kannst, wenn du an einen Kerl denkst.«

Die Wut verfliegt.

»Ja. Ich auch.«

KAPITEL 14

Ich drehe den Knauf, öffne die Tür und finde vor, was ich erwartet habe: die Ruhe und Stille eines verlassenen Hauses.

Es ist das Haus, das Matt und ich gemeinsam gekauft haben. Das Haus, in dem ich gelernt habe, wie es ist, eine Ehefrau zu sein, eine Mutter, und in dem ich das alles verloren habe. Es ist das Haus, in dem ich vernichtet wurde und in dem ich mich selbst wieder aufgebaut habe.

Drei Jahre sind vergangen, seit mein Matt und meine Alexa starben. Ich wache des Nachts nicht mehr schreiend auf, ich starre nicht mehr auf meine Waffe und frage mich, ob es wehtut, wenn ich mir den Schädel wegpuste. Ich wandle nicht mehr mit tiefgefrorener Seele durchs Leben. Ich habe jetzt Bonnie, ich habe Tommy, und ich habe mein Team. Ich habe gelernt, das Leben wieder zu genießen. Die Zynikerin in mir will nicht recht zugeben, dass das Leben *gut* sein kann, doch sie lässt immerhin zu, dass ich sage, das Leben ist *besser* – besser als damals.

Matt war perfekt für mich, für uns, für unsere Art zu leben. Es war nicht ungewöhnlich, dass ich um neun Uhr abends nach Hause kam, seelisch erschöpft und den Gestank der Toten in meiner Kleidung. Ich hatte schon damals immer gezögert, den Schlüssel im Schloss zu drehen. Ich hatte innegehalten und versucht, das Dunkle abzuschütteln, um sicher zu sein, dass ich es nicht in das Licht und die Liebe meines Heims mitnahm. Es hatte nicht immer funktioniert, doch ich hatte es jedes Mal versucht.

Ich machte die Tür auf, und sämtliche Lichter brannten, weil Matt es gerne hell hatte. Normalerweise lief der Fernseher oder die Stereoanlage, weil das Hintergrundgeräusch beruhigend wirkte. Der Geruch von etwas Leckerem hing in der Luft. Matt war ein fabelhafter Koch. Wenn es ein Rezept gab, egal für was, konnte er es zubereiten.

Er kam jedes Mal zur Tür, um mich zu begrüßen, wenn ich von der Arbeit nach Hause kam. Das änderte sich niemals, selbst nach vielen Jahren Ehe nicht. Es spielte keine Rolle, ob wir uns gerade stritten oder liebten.

»Willkommen daheim, Reisende«, pflegte er zu sagen. Das war unsere Phrase, so notwendig und natürlich wie Sonne oder Regen.

In den alten Zeiten, bevor Alexa geboren wurde, setzte Matt mir eine köstliche Mahlzeit vor und vielleicht ein kleines Glas Wein dazu, und dann lauschte er geduldig, wie ich über meinen Tag schimpfte und stöhnte, und anschließend lauschte ich ihm, wenn er über seinen Tag schimpfte und stöhnte. Vielleicht sahen wir hinterher gemeinsam fern, doch normalerweise endete es damit, dass wir Sex hatten, bevor wir einschliefen. Wir hatten eine Menge Sex in der Anfangszeit unserer Ehe. Guten Sex, durchschnittlichen Sex, manchmal sogar schlechten Sex (auch wenn es, wie Matt meinte, so etwas wie einen schlechten Orgasmus gar nicht gibt).

Je länger unsere Ehe dauerte, desto seltener wurde der Sex. Doch unsere Ehe entwickelte sich weiter, statt abzunutzen. Das war das Großartige daran, mit Matt verheiratet zu sein. Wir waren einander vielleicht nichts Neues mehr, aber das Staunen über den anderen verloren wir nie.

Alexa wurde geboren, und das verlieh dem Nachhausekommen eine völlig neue Dimension. Als sie jünger war, ging ich jedes Mal zu ihr. Als sie älter wurde, kam sie mir entgegen. Sie übernahm die Begrüßungsphrase ihres Vaters, und manchmal hörte ich die beiden in Stereo:

Willkommen daheim, Reisende. Tritt deine Stiefel in die Ecke. Das Wetter draußen mag bescheiden sein, hier drin scheint aber die Sonne.

Ein Klischee wird manchmal nur deswegen zu einem Klischee, weil es so wahr ist, dass man es ständig wiederholt. Es *gibt* einen Unterschied zwischen einem Haus und einem Heim.

Die Dinge sind heute nicht mehr so wie früher. Wenn ich nach Hause komme, sind die Lichter aus. Es ist kühl im Haus. Kein verlockender Duft von Essen hängt in der Luft. Keine beruhigenden Geräusche von einem Fernseher oder einer Stereoanlage.

Und noch etwas fehlt: die Pflanzen. Matt unterhielt einen kleinen Dschungel in unserem Haus. Ich hingegen habe keine Ahnung von solchen Dingen. Ich brauche keine Zimmerpflanzen umzubringen – sie begehen Selbstmord, wenn sie mich nur sehen. Sie schlitzen sich die kleinen Pflanzen-Pulsadern auf, sobald sie feststellen, dass ich ihre Pflege übernommen habe.

Willkommen daheim, Reisende.

Es ist nicht das Gleiche wie früher.

Ich muss daran denken, was Rosario im Wagen zu mir gesagt hat. Über den Ort, wo ich meine Wurzeln habe. Ich frage mich, wie viel davon wahr ist. Die Zeit ist nicht stehen geblieben, doch werde ich die Vergangenheit jemals wirklich loslassen, solange ich in diesem Haus lebe?

Ich schließe die Tür hinter mir und gehe durchs Wohnzimmer in die Küche, wobei ich im Vorbeigehen das Licht und den Fernseher einschalte. Ein Nachrichtensprecher redet munter drauflos und verdrängt ein wenig die Leere. Ich schiebe Makkaroni und Käse in die Mikrowelle. Ein weiteres schwieriges Gebiet für mich: Ich kann nicht kochen. Ich würde sogar Wasser anbrennen lassen.

Ich schenke mir ein Glas Wein ein und warte, bis meine

Nudeln mit Käse fertig sind. Dann nehme ich den Teller und das Glas mit aufs Sofa. Matt bestand immer darauf, dass wir wie eine zivilisierte Familie am Esstisch aßen.

Dann ändere das, Dummkopf. Du hast jetzt Bonnie. Du hast Tommy. Setz dich endlich wieder an den Esstisch, jetzt gleich, und schließ die verdammte Glotze an eine Zeitschaltuhr an, wenn du nach Feierabend nicht in eine stille Wohnung kommen möchtest.

Meine Stimmung hebt sich ein wenig. Pragmatismus war schon immer eine meiner Stärken. Ich mag es, Dinge zu reparieren, wenn sie kaputtgehen. Es geht mir gegen den Strich, in mein Bierglas zu jammern (oder in mein Weinglas, wie heute Abend). Ich habe in den letzten Jahren mehr als genug Zeit mit Weinen verbracht. Weniger Tränen, mehr Schweiß. Los, reiß dich zusammen.

Gute Idee, Mrs. Barrett, sage ich zu mir. *Hört, hört!*

Ich muss kichern über diesen inneren Gedankenaustausch. Ich mache mir keine Sorgen mehr darüber, ob diese stummen Gespräche bedeuten, dass ich den Verstand verloren habe. Wahrscheinlich sind sie ein Indiz, dass ich mich weiter zum Besseren entwickelt habe – oder dass ich tatsächlich verrückt geworden bin.

Ich schaue mir ausnahmsweise die Nachrichten an, während ich das Pseudo-Essen herunterschlinge. Nichts Neues, wie gehabt: Die Zivilisation steht weiter am Abgrund, wie es schon ist, seit es Nachrichten gibt. Noch findet sich in den Schlagzeilen kein Hinweis auf Lisa Reid.

Als es an der Haustür klopft, durchzuckt mich ein winzig kleines Glücksgefühl. Ich werfe die leere Essenschachtel in den Mülleimer und stelle zu meiner Überraschung fest, dass ich beinahe zur Tür *stürze*.

Ich öffne und lächle den Mann in meinem Leben an. Er trägt ein dunkles Jackett und Slacks, dazu ein weißes Hemd ohne Krawatte. Sein Haar ist ein wenig zerzaust, doch er sieht wie immer zum Anbeißen aus.

»Hey«, sagt er, ein einziges Wort, durchtränkt von Wärme und unterlegt von einem breiten Lächeln. Er ist genauso glücklich, mich zu sehen, wie ich über sein Kommen bin.

Ich lege den Kopf in den Nacken und stelle mich auf die Zehenspitzen für einen langen Kuss.

»Willkommen daheim, Reisender«, sage ich.

Er hebt eine Augenbraue. »Ich finde, das sollte ich zu *dir* sagen.« Er grinst. Er kommt herein und wirft sich aufs Sofa. »Du warst ziemlich beschäftigt.«

Ich setze mich zu ihm und lege die Füße in seinen Schoß. Es ist ein unausgesprochener Wunsch nach einer Massage. Tommy erfüllt ihn mir, und ich stemme ihm fast das Becken entgegen, während seine starken Hände sich daranmachen, die Spannung wegzumassieren.

»Ja«, antworte ich. »Zu schade, dass man in einem Privatjet keine Vielfliegermeilen sammeln kann … meine Güte, tut das gut.«

»Möchtest du darüber reden?«

Mir wird bewusst, dass dies einer der großen Unterschiede ist in meiner Beziehung zu Tommy und der, die ich mit Matt hatte. Ich habe mit Matt nicht über meine Fälle geredet, nicht oft jedenfalls. Ich ließ sie nicht in mein Haus, hielt sie fern von Matt und Alexa. Bei Tommy ist es anders. Er weiß, was Mord und Tod sind, und er hat genau wie ich Menschen getötet. Ich kann mit ihm über meine Arbeit reden, und es schadet ihm nicht, weil … na ja, weil dieser Schaden bei ihm bereits angerichtet wurde.

»Sicher«, sage ich. »Jedenfalls so lange, wie du nicht mit der Massage aufhörst. Es fühlt sich an wie ein Orgasmus nach dem anderen.«

Ich erzähle ihm ausführlich, was sich in den letzten anderthalb Tagen ereignet hat. Er lauscht und nickt dann und wann – und das alles, ohne auch nur für eine Sekunde mit seiner Massage auszusetzen.

»Wow«, sagt er, als ich fertig bin. »Komplizierte Sache.«

»Kein Witz.« Ich zähle an den Fingern ab: »Sehen wir mal. Ich habe die transsexuelle Tochter eines Kongressabgeordneten – rein zufällig ein aussichtsreicher Präsidentschaftskandidat –, ermordet an Bord eines Flugzeugs irgendwo über den Vereinigten Staaten, und mein Team und ich werden aus unserem gewohnten Verantwortungsbereich gezerrt und mitten hinein in ein politisches Minenfeld geschubst. Zweitens habe ich eine bekehrte, ehemals drogen- und sexsüchtige Ex-Porno-Darstellerin, die hier in meinem Zuständigkeitsbereich umgebracht wurde. Drittens wurde bei beiden Opfern ein Kreuz in der Körperhöhle gefunden, eingeführt vom Mörder. Die Zahlen auf den Kreuzen sind in den Hundertern – was nicht symbolisch ist, fürchte ich. Ich habe keine Spur, die der Rede wert wäre. Und mitten in all diesem Durcheinander plant Callie ihre Hochzeit, und James hat uns eröffnet, dass er schwul ist.« Ich streiche mit der Hand durch meine Haare. »Verrückt.« Ich zwinge mich zu einem Lächeln. »Na ja, wenigstens ist es nicht langweilig.«

Er erwidert mein Lächeln, doch es liegt ein Ausdruck darin, den ich nicht einordnen kann. Seine Fußmassage ist zu etwas Automatischem geworden, das er beinahe geistesabwesend fortsetzt.

Er ist nervös, wird mir überraschend klar. *Mein Stoiker ist nervös.*

Ich ziehe die Füße zurück. »Möchtest du mir irgendwas sagen?«

Schweigen. Er lehnt sich zurück, blickt zur Decke und seufzt. »Ja.«

»Und was? Du machst mir Angst, weißt du?«

Er bedenkt mich mit einem sehr grüblerischen Blick, der nicht gerade dazu beiträgt, meine Nervosität zu lindern.

»Du weißt, dass ich ein Problem mit der Integrität habe, nicht wahr?«, fragt er.

»Soll das ein Witz sein? Du bist der Anstand in Person. Du fluchst ja nicht mal.«

»Nun ... das meine ich ja gerade. Ich weiß, Kompromisse gehören zum Leben, besonders, wenn man sein Leben mit jemandem teilt. Mein Problem ist, dass ich keine Kompromisse eingehen kann, niemals, wenn es um Anstand geht, um Aufrichtigkeit. Ich … ich habe in der Vergangenheit immer wieder Probleme deswegen gehabt. Beim Secret Service hat es Zeiten gegeben, da wollten meine Vorgesetzten, dass ich nicht immer nur Schwarz und Weiß sehe, sondern verschiedene Grautöne.«

»Ich finde, das war ein guter Vorschlag.«

Er lächelt und schüttelt den Kopf. »Das wird sich gleich zeigen, Smoky. Vor ein paar Tagen ist mir klar geworden, dass ich dir etwas sagen möchte. Dass ich dir etwas sagen muss. Es ist vielleicht nicht der günstigste Zeitpunkt, und vielleicht sollte ich noch damit warten, denn Vorsicht ist der bessere Teil des Wagemuts, aber …« Er zuckt die Schultern. »Es ist eine Frage der Aufrichtigkeit, weißt du?«

Mein Magen zieht sich zusammen und macht Flickflacks wie ein Bodenturner.

»Was habe ich eben gesagt? Von wegen, du machst mir Angst?« Ich boxe ihm gegen den Arm. »Wir nähern uns einer ausgewachsenen Panik.«

»Dann sag ich es jetzt einfach.« Er atmet tief durch und sieht mir in die Augen. »Ich liebe dich, Smoky. Ich habe dir vor zwei Jahren gesagt, dass ich weiß, dass es geschehen wird, und dass ich es dir sagen werde, wenn es so weit ist. Nun, es ist so weit. Ich liebe dich, Smoky. In dem Augenblick, in dem ich mir sicher war, wusste ich, dass ich es dir sagen muss.« Ein weiteres Schulterzucken, ein wenig schwächer diesmal. »Es hat etwas mit Integrität zu tun, weißt du?«

Ich bin sprachlos.

Er liebt mich.

Wow.

Er liebt mich?

Sag was, Dummkopf! Sag irgendwas, aber versuch nichts Dämliches zu sagen!

Ich räuspere mich. »Ich … ich … wow. Ich weiß gar nicht, was ich … was ich sagen soll.«

Ich bedaure meine Worte in dem Moment, da ich sie hervorgestammelt habe. Dieser Mann, dieser wunderbare Mann, hat mir soeben gestanden, dass er mich liebt – und das ist alles, was mir dazu einfällt?

»Oh, Tommy, tut mir leid. Das war so dämlich, wie es nur geht.«

Er verblüfft mich, indem er lächelt.

»Entspann dich. Mir ist klar, dass du eine Weile brauchst, um das zu verarbeiten. Und ich bin nicht so unsicher, dass ich auf der Stelle eine Antwort brauche. Ich musste es dir nur sagen, ich musste diese Brücke überqueren und sie hinter mir abbrennen. Es war an der Zeit.«

Ich sehe ihn an und überlege meine nächsten Worte mit Bedacht. Ich weiß, dass sie sehr, sehr wichtig sind. Letztendlich entscheide ich mich für die gute altmodische Wahrheit, nichts als die reine Wahrheit. Ich nehme seine Hände in die meinen. Ich will den Körperkontakt.

»Tommy … ich brauche Zeit. Ich wünschte, es wäre nicht so, aber ich kann es nicht ändern. Das bedeutet nicht, dass ich nicht das Gleiche für dich empfinde. Es bedeutet nur …« Ich suche nach Worten, die ausdrücken, was ich empfinde. »Ich habe Angst.«

Er führt meine Hände an seine Lippen und küsst sie sanft. Seine Augen sind voller Wärme, voller Mitgefühl, wie ich es noch nie vorher bei ihm gesehen habe. Ich habe einen freundlichen Tommy gesehen, einen wütenden Tommy, einen ärgerlichen Tommy, einen nachdenklichen Tommy und einen tödlichen Tommy. Das hier ist ein neuer Tommy: Verständnis und Mitgefühl ohne süßliche Falschheit.

Das ist der *liebende* Tommy, wird mir bewusst.

»Du hast einen Mann geliebt, Smoky. Du hast Matt kennengelernt, als ihr beide noch Teenager wart, und du wusstest, dass er der Eine war. Du hast nie daran gezweifelt, hast dich nie gefragt, ob es ein Irrtum ist. Du hast nie nach etwas anderem verlangt. Du hast ihn durch eine Tragödie verloren und nicht, weil du oder er es so gewollt hätte. Es ist logisch, dass dich das nicht ohne Weiteres loslässt. Ich verstehe, dass du im Moment keine Antwort hast. Ich möchte nur, dass du darüber nachdenkst und dir überlegst, wie deine Antwort aussieht.«

Die Worte, das Mitgefühl darin, das völlige Fehlen von Hintergedanken sind wie ein Schlag in den Magen. Sie rauben mir den Atem. Eine Träne kullert über die unvernarbte Seite meines Gesichts. Tommy streckt die Hand aus und wischt sie mit dem Daumen so behutsam ab, wie er kann.

»Nicht weinen, Baby.«

Er hat mich noch nie so genannt. *Baby.* Er hat noch nie ein so persönliches Kosewort benutzt, und es öffnet mich auf eine Weise, die ich selbst nicht begreife. Ich dränge mich in seine Arme und heule mir an seiner Brust die Augen aus. Es ist keine schlimme Trauer, keine Verzweiflung darin. Es ist ein Gewittersturm, der sich über mir zusammengebraut hat, Wolken, die sich leeren müssen, weil sie zu schwer geworden sind. Ich heule noch eine Zeit lang, während Tommy mich hält, bis die Tränen versiegen und sich in ein Schniefen verwandeln. Er sagt nichts und streichelt mein Haar. Mir wird bewusst, dass ich für immer so bleiben könnte, an ihn gekuschelt, wäre das alles, was er von mir will.

Aber genau da liegt das Problem. Er will nicht nur das. Er will alles.

Ich löse mich von ihm und wische mir mit dem Handrücken über die Augen.

»Und wie geht es mit uns in der Zwischenzeit weiter?«, frage ich mit vom Weinen rauer Stimme.

Seine Augen sind ein wenig traurig. »Wir müssen eine Weile getrennt verbringen. Du musst nachdenken, musst das verarbeiten. Und ich kann nicht mit dir schlafen, bis es so weit ist.«

»Was? Warum?«

Es ist eine kindliche Frage. Die Wahrheit ist, ich kenne den Grund ganz genau.

»Ich kann nicht mit einer Frau schlafen, der ich gesagt habe, dass ich sie liebe, ehe ich nicht weiß, ob sie das Gleiche für mich empfindet. Es ist keine Bestrafung und kein Ultimatum. Es ist einfach so, dass ich nicht mit einer Frau zusammen sein kann, die weniger für mich empfindet als ich für sie.«

Ich starre ihn lange Zeit an. »Ja.« Ein tiefer Seufzer. »Ich könnte auch nicht mit dir zusammen sein, wäre es anders herum.«

Er beugt sich vor und nimmt mein Gesicht in beide Hände. Es sind starke Hände, raue Hände, weich an manchen Stellen, schwielig an anderen. Er bringt seine Lippen auf die meinen, und der Kuss ist Perfektion. Tief, leidenschaftlich, *Casablanca* pur. Er macht mich atemlos und lässt erneut die Tränen in mir aufwallen.

Er steht auf.

»Du weißt, wo du mich findest.«

»Tommy!«, rufe ich ihm hinterher, als er zur Tür geht. »Deine Integrität … die ist richtige Scheiße.«

Er antwortet nicht.

»Tommy?«

Er bleibt stehen, dreht sich um und sieht mich an. »Ja?«

Ich bringe ein Lächeln zustande. »Ich glaube trotzdem, es ist etwas Gutes.«

Er erwidert mein Lächeln, tippt sich mit den Fingerspitzen an eine imaginäre Hutkrempe, und dann ist er fort.

Ich bin wieder allein mit all meinen Widersprüchen. Sie sind wie Fledermäuse, die sich flatternd und fiepsend in mein Haar krallen. Ich ziehe die Knie ans Kinn, schlinge die Arme um die Schienbeine und schaukle langsam vor und zurück, vor und zurück.

»Scheiße, Scheiße, Scheiße, Scheiße!« Die Tränen kommen wieder, heiße galoppierende Pferde hinter meinen Augen.

Und ich habe keine Eiskrem im Haus.

Hey, sagt meine innere Stimme ein wenig durchtrieben. *Du hast immer noch ein wenig José Cuervo im Küchenschrank versteckt.*

Ich ignoriere die Stimme und halte mich an meine zuverlässigste Freundin: das Heulen. Nach Matts und Alexas Tod habe ich einen großen Teil meiner Zeit mit dieser Freundin verbracht. Und so hängen wir auch diesmal ein paar Minuten miteinander herum, ein heulendes Elend, ehe ich sie wieder in die Wüste schicke.

Ich lehne mich auf dem Sofa zurück und starre schniefend an die Decke. Ich fühle mich leer und hundeelend.

Was ist eigentlich dein Problem? Tommy ist ein guter Mann. Nein, Quatsch – Tommy ist ein großartiger Mann. Er ist ehrlich, er ist loyal, er ist mordsmäßig sexy und er liebt dich! Es ist schließlich nicht so, als hättest du die große Auswahl.

Doch es geht nicht um Tommy, soviel ist mir bewusst. Es geht nicht um die Gegenwart. Es geht um die Vergangenheit.

Sicher, es gab mal eine Zeit, da fühlte sich allein der Gedanke, mit einem anderen Mann zusammen zu sein, wie ein Betrug an Matt an. Matts Geist war überall. Hier im Wohnzimmer, in der Küche, im Bett neben mir. Doch Matt ist nur noch eine schöne, blasse Erinnerung und längst kein Phantom mehr.

Abgesehen davon weiß ich, dass Matt sich für mich freuen würde, dass er mich wieder glücklich sehen will.

Und? Was dann?

Nun, da wäre Bonnie …

Ich schüttle den Kopf.

Nein. Schieb nicht ihr die Schuld zu.

Eines der letzten Überbleibsel aus Bonnies Kindheit ist ihre Vorliebe für die Zeichentrickserien im Fernsehen am Samstagmorgen. Sie verpasst nie eine Sendung, und wenn Tommy da ist, steht er auf, und sie schauen sich die Filme gemeinsam an. Ich teile ihre Liebe für den frühen Morgen nicht, doch ich bin mehr als einmal die Treppe hinunter in Richtung Kaffeekanne getaumelt und habe die beiden beobachtet, wie sie gelacht haben, während Wile E. Coyote schreckliche Dinge zustoßen. Ich weiß nicht, ob ich es eine Vater-Tochter-Beziehung nennen würde, die die beiden entwickelt haben – noch nicht –, doch Bonnie mag Tommy sehr, und sie weiß, dass er sie ebenfalls mag.

Die Wahrheit ist, so wird mir bewusst, dass ich niemanden

außer mir selbst für diesen Albtraum verantwortlich machen kann.

Aber warum?

Ein Wort steigt aus den dunkleren Tiefen meiner Seele empor wie Schwefeldampf aus einem Riss in der Erdkruste.

Bestrafung.

Ich drehe das Wort in Gedanken hin und her, untersuche es auf seinen bitteren Geschmack und staune über die Andeutung von Schrecken, die es mit sich zu bringen scheint.

Bestrafung? Aber wofür?

Das weißt du sehr genau. Für das Unverzeihliche, das du getan hast, nachdem Matt und Alexa gestorben waren. Diese Sache, von der keine Menschenseele etwas weiß, nicht einmal Callie.

Ich klatsche in die Hände. Das Geräusch ist erschreckend in dem leeren Haus. Wie ein Gewehrschuss. Ich klatsche erneut. *Peng!*

Wir denken nicht daran, nein, nein. Nicht jetzt. Nicht jetzt, und vielleicht niemals. Auf keinen Fall!

Meine innere Stimme stockt. Ich empfinde jetzt Trauer, keine Durchtriebenheit.

Schön, meinetwegen. Aber das ist der Grund dafür, dass du Angst hast, Tommy zu lieben. Du glaubst, du hast nicht das Recht, überhaupt jemanden zu lieben.

Ich habe keine Antwort darauf. Sie ist auch nicht erforderlich. Die Wahrheit hat die lästige Eigenschaft, meistens das letzte Wort zu haben.

Ich stehe auf und gehe in die Küche. Ich brauche eine Ablenkung, jetzt, jetzt, jetzt. José Cuervo ist genau das Richtige, danke sehr.

Ich nehme die Flasche aus ihrem Versteck ganz oben im Küchenschrank und schenke mir ein. Ich hebe das Glas zu einem trotzigen Toast.

»Auf die Wahrheit, dass die Wahrheit eben *nicht* immer frei macht.«

Der Tequila läuft durch meine Kehle wie Abbeizer, und mehr ist es auch nicht. Die Hitze breitet sich in meinem Magen aus und bringt einen Ansturm von Zufriedenheit mit sich. Ich stelle die Flasche zurück und säubere das Glas, um sicher zu sein, dass ich keine Spuren von diesem kleinen Geheimnis hinterlasse. Ich bin zu diszipliniert, um ein Trunkenbold zu werden, doch ich trinke in solchen Momenten der Schwäche – was mir jedes Mal unausweichlich Schamgefühle beschert und das Bedürfnis, mein Trinken zu verheimlichen.

Die Bitterkeit, jener nervöse Geschmack von Angst und Bestürzung, ist durch den Alkohol jedoch nicht ausgelöscht, nur unscharf geworden. Die scharfen Kanten sind nun in weichen Schaumgummi gehüllt. Das muss für den Augenblick reichen.

»Als nächsten Trick«, murmle ich zu mir, während ich zurück ins Wohnzimmer gehe, »wenden wir uns meiner längsten und zugleich am meisten geliebten Sucht zu.«

Arbeit.

Arbeit, süße, wunderbare Arbeit. Wenn man einen Job hat, einen sinnvollen Job, besteht einer der vielen Vorteile darin, dass man sich darin versenken kann, sollte sich die Notwendigkeit ergeben. Das Grillenzirpen kann genauso verführerisch wie anstrengend sein.

Ich nehme den gelben Notizblock und den Stift vom Wohnzimmertisch. Der Block liegt dort wegen einem meiner Rituale. Spät nachts (wie beispielsweise jetzt), wenn ich alleine bin, ziehe ich die Füße unter den Leib und versuche, Ordnung in das Gewirr der Daten und Fakten des Falles zu bringen, an dem ich gerade arbeite.

Es hilft mir, mich zu konzentrieren, und hat im Lauf der Jahre zu einer ganzen Reihe nützlicher Eingebungen geführt. Außerdem ist es ein verdammt guter Talisman. In diesen Block zu kritzeln hilft mir, die Gedanken zurückzudrängen, die ich nicht haben will.

Was Morde angeht, gibt es eine Reihe von Axiomen, die ich

im Lauf der Jahre entwickelt habe. Pragmatismen. Einsichten. Ich konzentriere mich darauf und schreibe sie nieder, um die Räder in ihren Lagern in Bewegung zu setzen und Tommy und die Geister zu vertreiben, die er mit sich bringt.

Das Opfer ist stets das Entscheidende. Selbst wenn es sich bei dem Mord um ein zufälliges Ereignis handelt, vergiss eines nicht – die Dinge, die wir einem Impuls folgend tun, sind häufig diejenigen, die am meisten über uns enthüllen.

Ein Killer hat mir einmal verraten, dass er seine Würgeopfer findet, indem er die erstbeste Frau nimmt, die Blickkontakt zu ihm herstellt. Ich wies ihn darauf hin, dass all diese Frauen aus irgendeinem Grund blond waren. Er dachte darüber nach, lachte und räumte ein, dass seine Mutter eine Blondine gewesen war. (»Mom war eine richtige Fotze«, fügte er hinzu, ohne dass ich gefragt hätte.)

Die Methode verrät uns, was ihn antreibt – oder was er uns glauben machen will.

Ein anderer Killer, den ich gefasst habe, schlug auf seine Opfer ein, bis sie keine Gesichter mehr hatten. Er war von einem dermaßen intensiven Hass getrieben, dass er dabei in eine Art Dämmerzustand fiel. »Ein paar Mal«, verriet er mir, »ein paar Mal weiß ich noch, wie ich angefangen habe, einer von den Huren die Fresse zu polieren, aber ich kann mich nicht erinnern, was passiert war, als es schließlich aufhörte, und das ist schade, weil es doch das Schönste an der Sache ist, die Gesichter zu zerschlagen.« Er bedauerte seine Filmrisse zutiefst.

Wahnsinn ist nicht das Gleiche wie Dummheit.

Die Wahrheit ist, sie alle sind auf ihre Weise wahnsinnig. Doch einige sind außerdem hochintelligent.

Sex als eine Komponente – oder das Fehlen davon – ist der Schlüssel zum Motiv.

Dieser letzte Punkt macht mich nachdenklich.

Beide Opfer, von denen wir bisher wissen – Lisa Reid und Rosemary Sonnenfeld – wurden ermordet, jedoch nicht sexuell missbraucht. Lisa war eine Transsexuelle, die kurz vor der Geschlechtsumwandlung stand, was für sich genommen auf eine sexuelle Komponente hindeutet. Rosemarys Vergangenheit weist ebenfalls auf Sex hin, und doch hat der Täter sie nicht missbraucht.

Ich kaue auf dem Stift, während ich überlege. Ich komme zur gleichen Schlussfolgerung wie zuvor.

Es geht für ihn nicht um Sex.

Das ist äußerst selten. Es geht fast immer um Sex.
Diesmal nicht, sagt meine innere Stimme.

Okay, um was geht es dann? Die Opfer sind das Entscheidende. Was sind die Gemeinsamkeiten?

~~– Beide Opfer waren Frauen.~~

Ich streiche die letzte Zeile durch. Lisa Reid war keine Frau, noch nicht. Diese Unterscheidung mag ihr gegenüber unfair sein, aber für den Killer war sie von Bedeutung. Also ist es *keine* Gemeinsamkeit.

Dann such nach Gemeinsamkeiten bei der Methode.

- Beide Opfer wurden auf die gleiche Weise getötet. Ein spitzer Gegenstand wurde ihnen in schrägem Winkel in die rechte Körperseite und bis ins Herz gestoßen.
- Beiden Opfern hat der Killer durch die so entstandene Öffnung ein Kreuz in die Körperhöhle geschoben.

Ich überlege, was das Kreuz bedeuten könnte. Neben sexuellen Motiven und den verschiedenen Formen des Wahnsinns spielen religiöse Manien bei vielen Serienmorden eine tragende Rolle. Häufig sind es satanische Elemente, doch es gibt mehr als genug Beispiele, wo der Killer glaubt, seine Opfer zu erretten, indem er sich einbildet, für eine höhere Instanz zu arbeiten, für »Mächte des Lichts« und nicht für »Herrscher der Finsternis«.

Ist es das? Haben wir es hier mit einem Retter zu tun, der seine Opfer von irgendetwas erlösen will? Ich kritzle auf den Block:

Wovor rettet man jemanden?

Eine Antwort fällt mir ein:

Vor den Konsequenzen seiner Handlungen. Aus religiöser Sicht heißt das, vor der ewigen Verdammnis.

Ja. Das ergibt Sinn.

Was verdammt einen Menschen?

Ich zermartere mir das Hirn, versuche alte Erinnerungen an meinen Katechismus auszukramen. Irgendetwas über Todsünden, lässliche Sünden …

Ich nehme meinen Notizblock mit nach oben in mein Arbeitszimmer. Ich setze mich vor meinen Computer, öffne den Internetbrowser, rufe eine Suchmaschine auf.

Im Suchfeld gebe ich ein: *Bedeutung Todsünde.*

Der erste Treffer lautet: *Todsünde, Definition.*

»Fragt, und es wird euch gegeben«, murmle ich und klicke auf den Link.

Das Wörterbuch der Amerikanischen Sprache öffnet sich, und der entsprechende Eintrag erscheint auf meinem Bildschirm.

Eine Sünde wie Mord oder Blasphemie, die so schwerwiegend ist, dass sie die Seele der göttlichen Gnade beraubt und sie in die ewige Verdammnis schickt, wenn die Sünde zum Zeitpunkt des Todes nicht vergeben wird.

Weiter unten auf der Seite findet sich eine Abhandlung zu diesem Thema, die Bezug nimmt auf Thomas von Aquin. Da steht:

Eine Todsünde vernichtet die göttliche Gnade im Herzen desjenigen, der sie begangen hat. Damit es sich um eine Todsünde handelt, müssen drei Bedingungen erfüllt sein:

A. Es muss sich um eine schwere Sünde handeln.

B. Die Sünde wird im vollen Wissen des Sünders begangen.

C. Die Sünde wird vorsätzlich und absichtlich begangen.

Woraus folgt, dass eine Todsünde nicht versehentlich begangen werden kann, da zwei der Bedingungen Wissen und Billigung sind. Mit anderen Worten, der Sünder weiß, dass es eine schwere Sünde vor Gott ist, was er tut, und tut es trotzdem und mit Vorsatz. Er ist sich bewusst, dass er gegen Gottes Gesetz und seine Liebe verstößt.

In seinem Brief an die Galater zählt Paulus eine Reihe schwerer Sünden auf: ›Offenbar aber sind die Werke des Fleisches, welche sind: Unzucht, Unsittlichkeit, Ausschweifung, Götzendienst, Zauberei, Feindschaft, Hader, Eifersucht, Jähzorn, Eigennutz, Zwietracht, Spaltungen, Neid und Missgunst, Trink- und Essgelage und Ähnliches mehr, und ich sage noch einmal, was ich euch bereits gesagt habe: Wer so etwas tut, wird das Reich Gottes nicht erben.‹

Und im ersten Brief an die Korinther heißt es bei Paulus: ›Wisst ihr denn nicht, dass Ungerechte das Reich Gottes nicht erben werden? Täuscht euch nicht! Weder Unzüchtige noch Götzendiener, noch Ehebrecher, noch Lustknaben, noch Knabenschänder, noch Diebe, noch Habsüchtige, und auch keine Trinker, Lästerer und Räuber werden das Reich Gottes erben.‹

In diesem Tonfall geht es weiter. Ich gehe ein paar Seiten zurück und klicke auf die übrigen Links, welche die Suchmaschine gefunden hat. Ich bin nicht überrascht, dass die Fakten, die eine Todsünde spezifizieren, nicht klar definiert und heftig umstritten sind. Die katholische Kirche vertritt Ansichten, die sich von denen der Protestanten unterscheiden. Die orthodoxen Kirchen in Osteuropa wiederum vertreten andere Standpunkte als die Kirchen im Westen. Strenge Traditionalisten klassifizieren sieben Todsünden, während andere dies infrage stellen.

Allerdings gibt es auch Punkte, in denen klare Übereinstimmung herrscht. Alle Kirchen räumen ein, dass Mord eine sehr schwere Verfehlung ist. Und Homosexualität wird allerseits als Expressfahrschein in die Hölle betrachtet.

»Tut mir leid für dich, James«, murmle ich. »Niemand mag gottlose Arschficker.«

Der kleinste gemeinsame Nenner: Man weiß, dass es eine schwere Sünde ist; man weiß, dass man Gottes Liebe verwirkt und gegen sein Gesetz verstößt, und man tut es trotzdem. Wenn man sich einer Todsünde schuldig gemacht hat, ohne dass man auf dem Sterbebett die Verantwortung dafür übernimmt und bereut, ist man gelackmeiert. Dann kann man wie ein unzerstörbarer Marshmallow über dem ewigen Lagerfeuer rösten.

Ich lehne mich in meinem Bürosessel zurück und konsultiere erneut meinen Notizblock.

Okay, sehen wir uns an, was wir bis jetzt haben. Also, wenn unser Freund seine Opfer vor der Verdammnis rettet, dann … ja, was? Bringt er sie zu einem Geständnis, bevor er sie tötet?

Eine andere, offensichtliche Möglichkeit wird mir bewusst.

Vielleicht rettet er sie ja gar nicht. Vielleicht schickt er sie in die Verdammnis.

Wenn er etwas über sie weiß. Wenn er weiß, dass sie etwas getan haben, was er als Todsünde betrachtet, und wenn er sie umbringt, ehe sie Gelegenheit zur Reue haben, schickt er sie nach seiner Sichtweise geradewegs in die Hölle.

Aber warum sollte er das tun? Ich bezweifle, dass es eine persönliche Beziehung zu den Opfern gibt, also scheidet unmittelbare Rache aus. Es muss eine allgemeinere Grundlage geben. Rache in absentia? Sendet er eine Botschaft? Führt er den Willen Gottes aus?

»Was denn nun? Rettest du sie, oder schickst du sie in die Hölle? Sorgst du dich um ihre Seelen oder nicht?« Ich werfe den Block in hilfloser Wut vor mir auf den Schreibtisch.

Bin ich überhaupt auf der richtigen Fährte?

Ich denke darüber nach. Ja, ich bin auf der richtigen Fährte. Ich kann es aber nicht beweisen; es ist mehr ein Gefühl.

Er tötet sie nicht aus sexuellen Beweggründen. Er tötet sie, weil ihr Tod in religiöser Hinsicht von Bedeutung sind, und Sünde ist die Nabe, um die sich jedes religiöse Rad dreht.

Ich nehme den Block wieder an mich und kehre damit ins Wohnzimmer zurück. Ich starre auf das Papier, während ich nachdenke. Dann schreibe ich:

Er hat uns eine Frage gestellt: »Was sammle ich? Das ist die Frage, und diese Frage ist der Schlüssel.«

Ich glaube, ich kenne die Antwort, zumindest für den Augenblick, basierend auf den Informationen, die ich besitze und auf dem, was mein Bauchgefühl mir sagt.

Sünden. Er sammelt Sünden. Das ist die Viktimologie, die Frage der Beziehung zwischen Opfer und Täter. Das sind die Gemeinsamkeiten. Nicht die Haarfarbe oder die Körbchengröße oder das Geschlecht. Seine Opfer sind Sünderinnen (zumindest glaubt er das).

Ja … ja, das fühlt sich richtig an. Es erzeugt eine Resonanz in mir. Die Stimmgabel in meinem Innern schwingt und verrät mir, dass ich den richtigen Ton getroffen habe.

Eine Frage bleibt allerdings noch:

Glaubt er, dass er Sünder ihrer gerechten Bestrafung zuführt, oder schickt er die Erlösten, damit sie zur Rechten Gottes sitzen?

Die nächste Frage kommt ohne mein Zutun – die Wiederkehr des inneren Gemaules, das ich zu unterdrücken versucht habe.

Was ist mit deiner Sünde? Ist es eine Todsünde?

Oh ja, darauf kannst du wetten. Gut, dass ich nicht an Himmel und Hölle glaube.

Nicht wahr?

Stille. Gesegnete Stille.

»Gelobt sei Gott«, murmle ich mit allem Sarkasmus und aller Bitterkeit, die ich aufbringe.

Gott antwortet nicht, wie immer.

Eine Woge der Erschöpfung überrollt mich wie ein Laster, so schwer und mit solcher Wucht, dass meine Augenlider sich schließen, ohne dass ich es verhindern könnte. Der Notizblock gleitet mir aus den Fingern. Ich rolle mich auf dem Sofa zusammen, und dann zieht die Müdigkeit mich auch schon in die Dunkelheit hinunter.

KAPITEL 15

Das Telefon reißt mich unsanft aus dem Schlaf. Ich fühle mich übernächtigt, verkatert, allerdings nicht als Folge des Alkohols vom Vorabend. Es ist mein Alter. Als ich Anfang zwanzig war, konnte ich eine oder zwei Nächte am Stück durchmachen, die dritte Nacht schlafen und erfrischt und wie neugeboren aufwachen. Heute dauert es Tage, bis ich wieder in der Spur bin. Der steife Hals verrät mir, dass das Schlafen auf der Couch nicht gerade hilfreich gewesen ist.

Ich richte mich stöhnend in eine sitzende Haltung auf. Vergangene Nacht war ich einsam – im Augenblick bin ich richtig froh, dass niemand da ist, der mich so sehen könnte. Ich dränge den Nebel in meinem Gehirn mittels schierer Willenskraft zurück und nehme das Gespräch an.

»Barrett.«

»Du klingst aber fröhlich, Schnuckelmaus.«

»Wie spät ist es, Callie?«

»Halb neun morgens.«

»Was? Verdammt!«

Ich springe auf und renne in die Küche, während ich das Telefon mit der Schulter gegen mein Ohr klemme. Ich habe gestern Abend vergessen, die Zeitschaltuhr für die Kaffeemaschine einzuschalten, also drücke ich jetzt auf den Knopf und warte darauf, dass der segensreiche braune Nektar zu fließen beginnt. Ich habe die Geduld eines Junkies, wenn es um den ersten Kaffee am Morgen geht. Bonnie wacht in der Regel vor mir auf, und das weiß sie; sie schenkt mir Kaffee ein, sobald sie hört, dass ich die Treppe herunterkomme.

»Ganz schön faul«, neckt mich Callie. »Zu lange zu viele akrobatische Stellungen ausprobiert, was?«

Sie meint es gut, doch ihre Frage bringt die Erinnerungen an den vergangenen Abend wieder hervor.

»Nein.«

Meine Antwort ist kurz und bündig, und das lässt sie stocken.

»Hmmm … kommen diese Depressionen durch einen Mangel an Koffein zustande, oder gibt es Probleme an der Heimatfront?«

»Beides, aber ich will jetzt nicht darüber reden. Was gibt's denn? Wo bist du?«

»Näher als du denkst.«

Es klopft an meiner Haustür.

»Kleines Schweinchen, kleines Schweinchen, lass mich rein.«

Ich stöhne auf. Mir ist heute Morgen nicht danach, Callie zu sehen – oder sonst jemanden. Absolut nicht.

»Ich komme«, seufze ich.

Wir sitzen am Esstisch. Ich habe meinen Kaffee zur Hälfte intus, und das Leben erscheint allmählich wieder ein wenig hoffnungsvoller.

Callie sitzt mir gegenüber und genießt ihre eigene Tasse. Ich mustere sie und staune wie immer über ihre Fähigkeit, in jeder Situation gut auszusehen. Ich bin diejenige, die vergangene Nacht geschlafen hat, und nun sitze ich hier in zerknitterten Klamotten, und meine Haare sehen aus, als wäre ein Hurrikan hindurchgetost. Callie hingegen sieht aus, als käme sie geradewegs von einem Tag in einem Wellness-Hotel zurück.

Sie greift in die Jackentasche und nimmt eine Schmerzpille. Was mich in die Realität zurückbringt. Ich trinke einen Schluck Kaffee und schaue ihr prüfend in die Augen. Sie ist gut verborgen, die Erschöpfung, doch sie ist da, schwimmt in den Schatten, sichtbar ausschließlich in dem richtigen Licht.

»Fühlt unser miesepetriges Häschen sich jetzt ein wenig besser?«, fragt Callie.

»Ein wenig. Wann seid ihr zurückgekommen?«

»Damien und ich sind vor zwei Stunden gelandet. Wir benutzen die FBI-Labors, um unseren kleinen Schatz an Spuren zu analysieren.« Sie hebt ihre Tasse zu einem spöttischen Toast. »Anschließend kann ich mich endlich wieder darum kümmern, dass meine Hochzeit zurück in die Spur kommt.«

Ich hebe eine Augenbraue. »Ist sie denn *aus* der Spur?«

»Nichts Dramatisches, aber es wäre möglich, dass Kirby ein bisschen mehr Aufsicht benötigt.«

»Was ist passiert?«, frage ich. Mir schwant nichts Gutes.

»Es gab ein paar Probleme mit dem Kuchen. Kirby hat in meinem Sinne gehandelt, war aber ein bisschen zu energisch. Sie hat im Grunde gar nichts getan, aber sie hat dem Konditor zu viel von ihrem wahren Gesicht gezeigt.«

»Aha«, sage ich.

Kirbys wahres Gesicht ist furchteinflößend. Sie ist eine durch und durch fröhliche, charmante Person – es sei denn, sie beschließt, jede Menschlichkeit aus ihren Augen zu verbannen. In diesem Moment fühlt man sich, als würde man von einem ausgehungerten Raubtier angestarrt.

»Sie wollten mir schon die Anzahlung zurückgeben, doch Sam hat sie umstimmen können. Tja, wenn die Katze aus dem Haus ist, tanzen die Mäuse auf dem Tisch.« Callie stellt ihren Becher ab und beugt sich vor. »Und jetzt erzähl mir, was mit Tommy passiert ist.«

Für einen Moment erwäge ich, ihr zu sagen, sie solle sich gefälligst um ihren eigenen Kram kümmern, aber dann wird mir klar, dass es vergeblich wäre. Albern. Lächerlich.

»Er hat mir gestanden, dass er mich liebt.«

»Ehrlich?«

»Ja.«

Callie lehnt sich im Stuhl zurück, plötzlich in sich gekehrt.

»Hm«, sagt sie nach ein paar Sekunden. »Ich kann mir vorstellen, warum das schwierig ist für dich.«

Das ist das andere Gesicht von Callie, und es ist einer der Gründe, warum sie meine Freundin ist. Sie hat ein verdammtes Lästermaul und keinen Respekt vor niemandem, doch sie weiß, wann es Zeit ist, ernst zu werden.

»Ich weiß nicht, warum es so schwierig ist. Aber es *ist* schwierig«, sage ich, und das ist nur zum Teil gelogen.

»Ist es wegen Matt?«, fragt Callie. »Weil Matt nämlich absolut kein Problem haben würde wegen dir und Tommy, weißt du?«

Callie kannte Matt und liebte ihn. Sie lud sich häufig zum Abendessen bei uns ein. Sie konnte nicht genug bekommen von Matts Tacos.

»Ich weiß. Das ist es ja gerade. Ich habe kein Problem, was Matt und Alexa angeht. Ich erinnere mich an sie, und ich bin froh, dass es so ist. Es bringt mich nicht mehr um.«

Callies Stimme ist sanft. »Es ist Zeit, dass du weiterziehst, Smoky.«

Ich sehe ihr in die Augen. Callie hat alles mit mir durchgemacht, einfach alles. Sie weiß nichts von meinem einen Geheimnis, dem großen Mysterium, das ich vor mir selbst verschweige, doch alles andere weiß sie.

»Kann ich dich etwas fragen, Callie?«

»Klar. Nur raus damit.«

»Warum heiratest du? Ich meine, ich weiß natürlich, warum die Menschen heiraten, aber … was hat sich geändert? Du warst immer eine einsame Wölfin.«

Sie fährt mit einem burgunderroten Fingernagel über den Rand ihres Kaffeebechers. »Eine einsame Wölfin, keine Einzelgängerin. Das ist ein großer Unterschied. Und ich musste sicher sein, absolut sicher. Wölfe paaren sich fürs Leben, weißt du?«

»Und? Bist du sicher?«

Der Blick, mit dem sie mich betrachtet, ist beinahe misstrauisch. Callie ist einer der verschwiegensten Menschen, die ich kenne. Wenn es – außer Sam – irgendjemanden gibt, dem sie ihr Inneres anvertraut, dann bin ich das, doch selbst mich lässt sie nicht oft in die Karten sehen.

»Ja, ich bin sicher.«

Dann lächelt sie strahlend und überrascht mich damit. Mir wird klar, dass Callie glücklich ist wegen dieses Gefühls, sicher zu sein. Ich kenne sie als einen stets zufriedenen Menschen, doch es gibt einen Unterschied zwischen Zufriedenheit und Glücklichsein. Und das hier ist Glücklichsein.

»Fühlt sich gut an, hm?«

»Und ob.«

Ihr Lächeln verschwindet wieder hinter der Mauer aus schelmischer Ironie.

»Tja«, sagt sie. »Du und ich, wir werden niemals wie die Girls von *Sex and the City*, also wechseln wir das Thema und machen uns an die Arbeit, okay?«

Ich hebe meinen Becher und proste ihr zu. »Darauf trinke ich.«

KAPITEL 16

»Warum ersetzen die Bürokraten nicht mal diese verdammten Teppichböden?«, schimpft Alan, als wir durch den Flur zu unseren Büros gehen.

»Weil hier oben niemand hinkommt, den das FBI beeindrucken will«, erwidere ich.

Wir haben Alan beim Aufzug getroffen, Callie und ich.

»Wenn das stimmt«, sagt sie, »können die Teppichböden meinetwegen bleiben. Die sind mir immer noch lieber als Horden von Presse- und Fernsehfuzzis.«

Die Wahrheit ist, die Teppiche sind vollkommen in Ordnung. Es ist ein dünnes, dichtes Gewebe, gemacht für starke Benutzung, ein wenig abgelaufen, aber durchaus noch ansehnlich. Doch wir mussten auf dem Weg nach oben durch den Empfang, und Alan hat bemerkt, dass der Marmor im Bereich hinter dem großen Empfangsschalter zum zweiten Mal in fünf Jahren ausgetauscht wird.

»Bleib fair, Alan«, sage ich. »Beim ersten Mal, als sie die Lobby renovieren mussten, war es wegen uns.«

Vor zwei Jahren platzte ein Kerl in die Empfangshalle und warf mit Granaten um sich. Dann feuerte er aus einer automatischen Waffe auf alles, was sich bewegte, bevor er wieder verschwand.

Dieser Verrückte stand mit einem Mann in Verbindung, den wir damals jagten, also war es gewissermaßen unsere Schuld.

»Ja, ja. Aber sieh nur!« Alan deutet mit unterschwelliger Empörung auf einen kleinen Fleck. »Unten kriegen sie neuen Marmor, und ich muss mir seit vier Jahren jedes Mal, wenn ich ins Büro gehe, diesen verdammten Fleck ansehen. Das ist nicht richtig!«

»Ich wusste gar nicht, dass du so ein empfindliches Häschen bist«, spöttelt Callie.

Wir biegen um den letzten Knick im Gang vor unseren Büros, die im Gebäude allgemein »Death Central« heißen, Todeszentrale.

Mein derzeitiger Job beim FBI ist der einer NCAVC-Koordinatorin. Das NCAVC ist das Bundesamt für die Analyse von Gewaltverbrechen, dessen Zentrale sich in Washington, D. C., befindet. In jedem FBI-Büro gibt es einen Agenten, der für die Aktivitäten des NCAVC in seinem Bereich zuständig ist. Repräsentanten des Todes sozusagen. In Podunk ist es vielleicht ein einzelner Agent, der außerdem für zahlreiche andere Aufgaben verantwortlich ist. Hier in L. A. gibt es eine NCAVC-Vollzeit-Koordinatorin – mich – sowie ein ganzes Team von Agenten, weil sich in L. A. besonders viele Psychos tummeln. Ich nehme an, Serienkiller sind in dieser Hinsicht wie alle anderen Menschen: Sie mögen das sonnige kalifornische Klima.

»Von wegen, ›weil hier oben niemand hinkommt‹«, murmelt Alan.

Kirby steht vor der Tür zu den Büros und zwirbelt eine blonde Locke um den Zeigefinger. Ihre Augen leuchten auf, als sie uns sieht.

»Hey, Leute! Wie geht's denn so? Wie war's drüben im Osten? Zu kalt für mich, so viel weiß ich jetzt schon. Ich muss jederzeit ein Bier am Strand trinken können, wenn ich Bock darauf habe, versteht ihr? Na ja, wie dem auch sei – ich muss mit Callie über Hochzeitsdinge reden.«

So redet Kirby immer. Plappert munter drauflos, als gäbe es überhaupt keine Sorgen auf dieser Welt.

»Wie bist du überhaupt hier raufgekommen?«, will Alan wissen.

»Ich hab meine Methoden, schon vergessen?« Sie zwinkert ihm zu und will ihn freundschaftlich boxen, doch er hebt protestierend die Hand. »Ich brauche keinen neuen blauen Fleck, Kirby.«

Sie ist kaum größer als einsfünfundsechzig, aber ihre freundschaftlichen Hiebe haben es in sich.

Kirby grinst ihn an. »Sei nicht so wehleidig.« Sie blickt Callie an. »Aber seine Frau macht einen wahnsinnig guten Napfkuchen. Ich hatte gestern ein paar Stücke, und …«

»Was?«, ruft Callie aus.

»Entspann dich, Callie-Baby. Es war nur der Testkuchen. Ich hab die auserwählten Sachen nicht angerührt.«

»Hmmm«, brummt Callie. »Und sag nicht immer Callie-Baby zu mir.«

Sie verschwendet ihren Atem. Kirby wird sie Callie-Baby oder Red Sonja nennen oder was ihr sonst noch alles in den Sinn kommt. Sie hat keine Angst vor Callie. Sie hat vor niemandem Angst, wahrscheinlich nicht mal vor dem Teufel persönlich.

»Übrigens, tut mir leid wegen dem Kuchenbäcker«, sagt sie und verdreht die Augen. »Konnte ja niemand ahnen, dass er fast 'nen Herzschlag kriegt, weil er versehentlich meine Waffe unter der Jacke entdeckt.«

»Versehentlich, hm?«, sagt Alan. Der Unglaube in seinen Worten ist überdeutlich und spiegelt meinen eigenen wider.

»He, Mann!«, sagt Kirby entrüstet. »Ich bin keine Barbarin.« Sie grinst, bis sich auf ihren Wangen Grübchen zeigen. »Ich weiß einfach nur, wie man eine Verhandlungsposition hält.«

Alan feixt. »So nennt man das jetzt?«

Kirbys Faust schießt vor und landet einen ziemlich schmerzhaften Treffer auf Alans Oberarm. Er verzieht das Gesicht und reibt sich die Stelle, während er sie finster anfunkelt. »He, das hat wehgetan!«

»Ihr Kerle seid allesamt Weicheier!« Sie wendet sich wieder Callie zu. »Also, der Grund, warum ich hier bin … Der Schneider wollte uns noch mal fünfhundert Dollar mehr berechnen, wegen der geänderten Farbe der Sachen für die Brautjungfern. Ich hab ihm gesagt, dass ich das für unfair halte, aber er wollte nicht nachgeben, also hab ich ihm gesagt, ich würde es wirklich schätzen, wenn er endlich mal bessere Manieren bekäme, und weißt du was? Er hat nachgegeben!« Sie grinst wie ein Kind, das soeben seinen Eltern ein Einser-Zeugnis vorlegt.

»Einfach so?«, fragt Callie.

»Natürlich nicht, das war die Kurzfassung, aber ich schätze, die diplomatischen Details langweilen dich, oder? Solange niemand umgebracht wird und keiner in den Knast muss, ist die Mission erfüllt.«

Callie beschließt, es dabei zu belassen. »Was noch?«

»Der Blumenmensch ist süß. Ich hab eine Nacht mit ihm rumgemacht. Jetzt gibt er uns einen satten Rabatt. Ich will ja nicht prahlen«, sie rammt ihre Hüfte gegen meine, »aber ich bin ziemlich sicher, dass es was mit unserem Spielchen zu tun hat.« Sie kichert albern.

Alan stöhnt. Ich schüttle den Kopf. Callie nimmt es mit ausdrucksloser Miene hin – der Pragmatismus der Braut in spe.

»Mach ruhig so weiter«, sagt sie, »wenn du mir dadurch ein paar Hundert Dollar sparen kannst. Sonst noch was?«

»Nichts.«

»Danke für den Lagebericht. Halt mich bitte auf dem Laufenden.«

»Jepp.« Kirby wendet sich zum Gehen.

»Ach ja … Kirby?«, ruft Callie ihr hinterher. »Lass die Kanone in Zukunft stecken. Zieh das Ding erst ab tausend Dollar aufwärts, okay?«

»Geht klar, Callie-Baby!«

Alan schüttelt den Kopf. »Macht es dir denn überhaupt nichts aus, dass sie mit deinem Floristen in die Kiste springt, um einen Rabatt rauszuschlagen?«

Callie streckt die Hand aus und tätschelt Alan die Wange. »Alan«, sagt sie. »Blumen sind teuer.«

»Nett, dass alle gekommen sind.«

James funkelt uns missbilligend an.

»Mach dir nicht ins rosa Höschen«, sagt Callie und schneit an ihm vorbei. »Ich hab genauso wenig Schlaf gehabt wie du. Abgesehen davon ist alles Smokys Schuld.«

»Und?«, raunzt er Alan an. »Was hast du für eine Entschuldigung?«

»Die Gleiche wie immer. Es geht dich einen feuchten Kehricht an.«

»Ich gehe davon aus, dass AD Jones sich bald bei uns meldet«, unterbreche ich den freundlichen Wortwechsel. »Es wäre schön, wenn wir uns in fünf Minuten zu einer Besprechung treffen könnten.«

James ist wütend, doch er hält den Mund. Ich gehe weiter zu meinem Büro.

Die Todeszentrale umfasst genaugenommen nur zwei Räume. Der größere davon ist ein weiter, offener Raum, in dem James, Callie und Alan ihre Schreibtische haben. Der zweite ist ein kleines Büro dahinter – mein Büro. Die Einrichtung ist spartanisch, doch sie erfüllt ihren Zweck.

Ich setze mich hinter meinen Schreibtisch und wähle Bonnies Handy an.

»Hi, Smoky!«

Bonnies Stimme gibt mir die Aufmunterung, die ich während der vergangenen Nacht vergeblich in der Arbeit und im Tequila gesucht habe. Sie klingt so froh, meine Stimme zu hören. Ihre Freude ist offen und bedingungslos. Männer mögen kommen und gehen, ein Kind bleibt für immer.

»Hi, Honey. Wie geht es dir?«

»Ganz gut. Elaina und ich fangen gleich mit Mathe an. Langweilig!«

»Du wirst trotzdem Lesen, Schreiben und Rechnen lernen.«

Ich kann beinahe hören, wie sie die Augen verdreht angesichts meiner elterlichen Ermahnung.

»Kommst du heute und holst mich ab? Ich will dich endlich wiedersehen. Außerdem wollten wir doch das Steak-Rezept ausprobieren.«

Bonnie und ich haben vor ein paar Monaten einen Pakt geschlossen. Wir stimmen überein, dass eine Mikrowelle zwar eine tolle Sache ist, aber doch ihre Grenzen hat, wenn es ums Essen geht. Also haben wir beschlossen, einen Abend in der Woche – welcher, spielt keine Rolle – mit dem Versuch zu verbringen, etwas Richtiges zu kochen. Ich habe einen Stapel Kochbücher gekauft, und wir haben uns damit amüsiert, das Haus mit Qualm und dem Gestank nach angebranntem Fleisch zu füllen. Ein paar Mal ist es uns sogar gelungen, etwas Essbares zu produzieren.

»Ich kaufe die Steaks ein, bevor ich dich abholen komme, Bonnie.«

»Cool!«

»Und jetzt wieder zurück zur Mathematik. Wir sehen uns heute Abend.«

Ein geräuschvolles Seufzen. Es wärmt mir das Herz, wie jedes Zeichen von normalem Verhalten bei Bonnie. Wenn sie offiziell Teenager ist und anfängt, mir Widerworte zu geben, werde ich wahrscheinlich der glücklichste Mensch auf Erden sein.

»Okay. Bis dann.«

Ich überlege, ob ich Tommy schnell anrufen soll, entscheide mich dann aber dagegen. Ich habe im Augenblick ein wenig zu oft das Bedürfnis, mit ihm zu reden.

Ich verlasse mein Büro und betrete den Hauptraum. Wir haben eine große Tafel dort, die wir benutzen, wenn wir uns zusammensetzen und spontane Einfälle sammeln. Ich ziehe die Kappe von einem der Spezialstifte, während die anderen mich erwartungsvoll ansehen.

»Gehen wir zuerst durch, was wir bisher wissen«, sage ich. »Wir haben zwei Opfer, Lisa Reid und Rosemary Sonnenfeld.« Ich schreibe ihre Namen auf die Tafel. »Beide leben in völlig verschiedenen Gegenden.«

»Was bedeutet, dass unser Freund sich bewegt«, sagt Alan. »Die Frage ist: Warum?«

James nickt. »Richtig. Bewegt er sich, um sein Werk über einen möglichst großen Bereich auszudehnen, oder weil er seinen jeweiligen Opfern gefolgt ist?«

»Letzteres, nehme ich an«, sage ich und erzähle ihnen von meiner Theorie. Dem Sündensammler.

»Unheimlich«, sagt Callie. »Aber interessant.«

»Streichen wir alles, was die beiden nicht gemeinsam haben«, sage ich. »Eins der Opfer war eine Frau, das andere ein Mann vor der Geschlechtsumwandlung zur Frau. Lisa Reid war die Tochter einer reichen Familie mit Beziehungen, während Rosemary eine Ex-Prostituierte und Ex-Drogenabhängige war. Rosemary war blond, Lisa brünett. Das Einzige, was sie gemeinsam haben, war die Todesart und vielleicht Dinge aus ihrer Vergangenheit.«

»Könntest du das genauer erklären?«, fragt James.

»Lisas Tagebuch. Sie schreibt etwas von einem großen Geheimnis und ist dabei, es zu enthüllen, doch die Seiten sind herausgerissen. Stattdessen hinterlässt der Killer seine Botschaft an uns. Wir wissen bereits, dass Rosemary vor ihrem Sinneswandel ein fragwürdiges Leben geführt hat.«

»Du sagst, die einzige Gemeinsamkeit zwischen beiden Opfern war, dass sie *Sünder* gewesen sind?«, fragt Alan.

»Nun, das verringert den Kreis der möglichen Opfer natürlich immens«, spöttelt Callie.

»Was ist mit Spuren?«, frage ich sie.

»Im Moment Fehlanzeige. Wir haben einen Staubsaugerbeutel

voller Material aus dem Flugzeug. Wir haben die blutigen Polster, doch ich könnte mir vorstellen, dass das Blut ausnahmslos von Lisa stammt. Wir haben verschmierte, unbrauchbare Abdrücke auf den Armlehnen. Vielleicht ergibt die Analyse des Materials im Staubsaugerbeutel etwas, doch irgendwie …«

»Wohl eher nicht«, sage ich. »Der Killer ist schon älter, und er hat Übung. Ich kann mir nicht vorstellen, dass er dumme Fehler macht.«

»Ich will das Kreuz analysieren lassen«, fährt Callie fort. »Die Metallurgie ist praktisch nicht zurückzuverfolgen, aber es ist trotzdem unsere direkteste Verbindung zum Mörder.«

Callie hat recht. Das Kreuz ist sein Symbol. Es ist wichtig für ihn. Wenn wir das Kreuz berühren, berühren wir ihn.

»Gut. Was noch?«

»Wisst ihr«, sinniert James, »wenn wir für einen Moment bei der religiösen Motivation bleiben – die auch ich vermute, für den Augenblick jedenfalls –, gibt es eine weitere signifikante Gemeinsamkeit. Die Art und Weise, wie die Opfer gestorben sind.«

»Ein Stich in die Seite«, sagt Alan.

»Ein Stich in die *rechte* Seite«, verbessert ihn James. »Vom religiösen Standpunkt aus betrachtet ist das bedeutsam.«

Ich starre ihn an, als mir klar wird, worauf er anspielt. Ich frage mich, wieso ich nicht selbst darauf gekommen bin.

»Die Lanze«, sage ich. »Longinus.«

»Entschuldigt«, sagt Callie, »aber ich kann euch nicht folgen. Könnt ihr das vielleicht genauer erklären, für die anwesenden Heiden?«

»Longinus war der römische Soldat, der Christus die Lanze in die Seite gebohrt hat, um sicher zu sein, dass er tot ist«, erklärt James.

»›*Einer der Soldaten stieß mit einer Lanze in seine Seite, und sogleich floss Blut und Wasser heraus*‹«, zitiert Alan.

Ich schaue ihn an, hebe fragend eine Augenbraue.

Er grinst. »Sonntagsschule nach Baptistenart. Meine Freunde

und ich fanden die Offenbarung des Johannes und die Kreuzigung am spannendsten. Dramatisch und blutig.«

»Das geht wohl an der tieferen Bedeutung vorbei«, sage ich.

»Hey, wir waren gerade mal zehn Jahre alt!«

»Ja, ja, ja«, sagt James ungeduldig. »Was ich sagen will … es gilt allgemein als gesichert, dass Longinus mit der Lanze Christi' *rechte Seite* durchbohrt hat.«

»Genau wie bei unseren Opfern«, bemerkt Callie.

»Die größte Frage bleibt bestehen«, fährt James fort. »Warum bringt er sie um?«

»Ganz einfach«, wirft Alan ein. »Weil sie Sünder sind.«

James schüttelt den Kopf. »Sie sind frei von Sünde, sobald sie gebeichtet haben. Was nach allem, was du uns über deine Unterhaltung mit Vater Yates erzählt hast, zumindest bei Rosemary der Fall war …«

»Immer langsam, Leute«, unterbreche ich. »Das sind eine ganze Menge Annahmen. Vielleicht war Rosemary in den Augen des Täters schon deshalb eine Sünderin, weil sie eine ehemalige Prostituierte war. Und Lisa Reid wollte ihr Geschlecht ändern, was in jeder Religion eine Ungeheuerlichkeit ist.«

»Zugegeben. Aber das passt nicht mit seiner Methode zusammen«, wirft James ein. »Wenn die Handlungen der Opfer ihn so empört haben, warum wurde dann so wenig Gewalt angewendet? Die Morde sind sauber, funktional, symbolisch. Es fehlt jede Leidenschaft.«

»Außerdem gibt es keinerlei Spuren von Folter«, meint Callie. »Es ist fast so, als wären die Opfer *notwendig*. Wie Requisiten in einem Schauspiel.«

Callie mag recht haben, doch das Fehlen brutaler Gewalt lässt mich nicht los. Sexualverbrecher verletzen das Opfer, demütigen es, quälen es. Unsere Opfer wurden nicht verletzt. Rosemary wurde aufgebahrt, aber nicht auf demütigende Weise. Die Tatsache ihres Todes war dem Killer wichtiger als alles andere.

»Also unterschiedliche Typen von Opfern, keine sexuelle

Motivation, ein religiöses Thema. Was sagt uns das alles?«, fragt James.

»Wenn es nicht um Sex geht«, überlege ich laut, »geht es entweder um Rache oder darum, eine Botschaft zu verkünden. Er will entweder uns oder jemand anders etwas mitteilen, indem er sie tötet.«

»Rache scheidet aus«, sagt James. Es ist eine Feststellung, keine Frage.

»Stimmt«, sage ich. »Zu wenig Brutalität.«

»Was will er uns also sagen?«, fragt Alan.

»Ich weiß es nicht. Irgendetwas, das ihm wichtig ist. Hat das VICAP noch irgendwelche Treffer hervorgebracht, Alan?«

»Nein.«

Callie stößt einen leisen Pfiff aus. »Wow. Wir haben also überhaupt nichts.«

Ich starre sie finster an. »Sehr scharfsinnig beobachtet.«

»Ich nenne die Dinge nur beim Namen.«

Meine hilflose Wut rührt weniger von Callies Bemerkung her, als vielmehr von der Wahrheit ihrer Worte. Und den Konsequenzen.

»Ihr wisst, dass er bereits sein nächstes Opfer ausgesucht hat«, erinnert uns James, als würde er meine Gedanken lesen. »Vielleicht sogar schon das übernächste.«

Ich starre ihn säuerlich an. »Du und Callie, ihr könntet in die forensische Abteilung gehen. Seht mal, ob ihr was findet.«

»Und was machen wir?«, fragt Alan. »Oder ich?«

»Ich muss AD Jones berichten und Rosario Reid anrufen«, antworte ich. »Anschließend fahren wir zu Vater Yates. Ich will jeden befragen, der Rosemary kannte und in den letzten Jahren irgendwie mit ihr zu tun hatte.«

Alan nickt billigend. »Ein guter Detektiv findet seine eigene Spur.«

»Der Witz hat einen Riesenbart«, sagt Callie mit gespieltem Spott. »Viel Spaß euch beiden. Damien und ich gehen ins Labor.«

»Hör auf, mich so zu nennen, du Junkie!«, schimpft James.

Es ist schwer zu sagen. Macht er einen Witz, oder versucht er tatsächlich, Callie eins auszuwischen?

Callie jedenfalls pariert mühelos.

»Touché, Priscilla. Und jetzt beweg deine hübschen roten Slipper und sieh zu, dass wir an die Arbeit kommen.«

Sie gehen zur Tür, während sie sich weiter gegenseitig Beleidigungen an den Kopf werfen.

»James scheint sich daran zu gewöhnen, dass Callie ihn mit seinem Schwulsein veräppelt«, beobachtet Alan.

»Ich glaube, es würde ihm mehr zu schaffen machen, würde sie es nicht tun. Denn so weiß er, dass es ihr vollkommen egal ist. Abgesehen davon würde Callie sich jede dahingehende Bemerkung sparen, wenn jemand anders in Hörweite ist.«

»Ja. Willst du jetzt die beiden Gespräche führen?«

»Gib mir eine Viertelstunde. Wir treffen uns unten in der Lobby.«

KAPITEL 17

»Noch ist nichts in den Nachrichten über Lisa Reid«, informiert mich AD Jones.

»Ich bin beeindruckt. Selbst wenn man außen vor lässt, dass Lisa das Kind eines Kongressabgeordneten ist, hätte ein Mord an Bord eines Flugzeugs doch längst schon Aufmerksamkeit geweckt haben müssen.«

»Director Rathbun weiß offensichtlich, wie man mit der Presse umgeht. Allerdings dürfte es nicht ewig so bleiben. Wie weit sind wir?«

Ich informiere ihn über alles, was sich seit unserer letzten Besprechung ergeben hat, einschließlich der verschiedenen Theorien, mit denen wir uns derzeit befassen.

»Was haben Sie für ein Gefühl bei dieser Sache?«, will er wissen, als ich fertig bin.

AD Jones hat sich durch die Dienstränge bis auf seinen jetzigen Posten hinaufgearbeitet. Er weiß, wie unser Job funktioniert, und er wird nie einer von den Anzugtypen sein. Wenn er eine Frage wie diese stellt, dann tut er es, weil er meine Meinung respektiert und die ungeschönte Wahrheit hören will.

»Ich nehme an, dass wir sehr bald in einer Sackgasse landen, es sei denn, wir finden eine neue Spur oder ...«

»... oder er tötet sein nächstes Opfer«, beendet Jones den Satz für mich.

Da ist sie wieder, die Pause, während der die Erde stillsteht. Der Killer ist irgendwo da draußen, und er ist auf der Jagd. Vielleicht ist gestern Nacht eine Frau gestorben, während ich im Bett gelegen und geschlafen habe. Vielleicht ist heute Morgen eine Frau gestorben, während ich mit Callie am Frühstückstisch Kaffee getrunken und Witze gerissen habe. Hat die Frau geschrien, während wir uns unterhalten haben? Hat der Killer gegrinst und sich an den Qualen des Opfers geweidet?

Ich verdränge den Gedanken.

»Ja, Sir. Der Täter geht äußerst methodisch vor. Er hat Selbstvertrauen und geht Risiken ein, aber er ist nicht verrückt. Er kämpft nicht gegen sexuelle Zwänge an und hört keine Stimmen. Er verfolgt einen Weg, der ihn zu einem bekannten Ziel führen wird. Was genau das für ein Ziel ist, konnten wir bisher nicht feststellen.«

AD Jones lehnt sich in dem braunen Ledersessel zurück, den er schon hat, solange ich ihn kenne. Das Leder ist abgewetzt und stellenweise gerissen. Man hat ihm bei mehr als einer Gelegenheit gesagt, dass er den Sessel endlich loswerden soll – ein gut gemeinter Ratschlag, den er jedoch ignoriert. Er kann stur sein wie ein Ochse. Und er kommt damit durch, weil er auf seinem Gebiet ein Ass ist.

»Okay«, sagt er. »Was bleibt also übrig? Wie lautet der Angriffsplan?«

»Callie und James untersuchen die Staubsaugerbeutel. Vielleicht finden wir darin etwas, das uns weiterbringt.«

»Aber das glauben Sie nicht, Smoky.«

»Nein, Sir, aber …« Ich zucke die Schultern. »Ich schätze, wir machen uns damit zum Narren.«

»Hm. Sonst noch was?«

»Alan und ich möchten noch einmal zu Vater Yates. Wir wollen sämtliche Bekannten von Rosemary Sonnenfeld befragen und sehen, wohin es uns führt.«

Jones trommelt mit den Fingern auf der Tischplatte. Nickt. »Ich informiere Director Rathbun. Halten Sie mich auf dem Laufenden, Smoky.«

»Aye, aye, Sir.«

»Und rufen Sie Rosario Reid an. Halten Sie sie ebenfalls auf dem neuesten Stand und sorgen Sie dafür, dass sie auf unserer Seite bleibt. Ich denke, das ist eine gute Idee.«

»Das steht gleich als Nächstes auf meinem Plan, Sir.«

»Nichts? Überhaupt nichts?«

Rosarios Stimme klingt weit entfernt. Ich höre nichts von der Stärke, die ich an jenem Abend in ihrem Wagen gespürt habe.

»Nein, tut mir leid. Aber es ist noch früh, Rosario, sehr früh. Manchmal dauert es halt ein bisschen länger.«

»Und diese andere junge Frau, die er ermordet hat? Hatte sie ebenfalls Familie?«

»Nein. Wie es aussieht, hatte sie nur die Kirche.«

Schweigen.

Dann: »Morgen ist Lisas Begräbnis.«

Ich höre die Anspannung in ihrer Stimme.

»Das tut mir leid«, sage ich und komme mir dumm vor.

»Darf ich Sie etwas fragen, Smoky?«

»Ja, sicher.«

»Wie war es, Ihre Tochter zu begraben?«

Die Frage hat die Wucht einer Abrissbirne. Sie zerschmettert innerhalb eines Sekundenbruchteils meine Verteidigungsmauern.

Wie war es? Die Erinnerung ist heute so lebendig wie damals.

Ich habe beide zur gleichen Zeit begraben, Matt und Alexa, meine Welt. Ich erinnere mich, dass es ein schöner Tag gewesen war. Die kalifornische Sonne schien auf die Särge und ließ die Metallbeschläge glänzen. Der Himmel war blau und wolkenlos. Ich hörte nichts, empfand nichts, sagte nichts. Ich bewunderte die Sonne und schaute zu, wie mein Leben für immer im Erdreich versank.

»Es war wie ein Horrorfilm, der nicht aufzuhören schien«, antworte ich Rosario.

»Aber er *hat* aufgehört?«

»Ja.«

»Und das war irgendwie noch schlimmer, nicht wahr? Dass er aufgehört hat?«

»Das war das Schlimmste von allem.«

Ich habe ihr die Wahrheit versprochen, vorbehaltlos, und ich habe keine Skrupel, mein Wort zu halten. Rosario und ich sind Schwestern im Geiste. Es ist nicht unsere Art, ein Leben in Verzweiflung zu leben oder uns in tobsüchtige Alkoholiker zu verwandeln. Wir gehören zu denen, die leiden, trauern und Tränen vergießen und dann, wenn es vorbei ist, weitermachen. Langsamer und schwerfälliger als vorher, aber unverdrossen. Rosario will wissen, was auf sie zukommt, und ich sage es ihr. Ich kann es ihr nicht ersparen, kann sie nicht davor bewahren, doch ich kann sie darauf vorbereiten.

»Danke, dass Sie mich angerufen haben, Smoky«, sagt sie. Eine Pause. »Ich weiß, dass es nicht besser wird, wenn Sie ihn finden. Es bringt mir mein Kind nicht zurück.«

»Darum geht es nicht, Rosario. Ich weiß, wovon ich rede, glauben Sie mir. Er muss bezahlen.«

Er muss bezahlen für das, was er getan hat. Nicht, weil es Lisa Reid zurückbringen würde, nicht einmal, weil es das Leid mindern würde, das ihr Tod hinterlässt, sondern weil er Rosarios Kind getötet hat. Einen anderen Grund braucht es nicht; er steht für sich allein. Töte das Kind einer Mutter, und du bezahlst den Preis. Es ist ein Naturgesetz, und es gibt keine Ausnahme.

»Ja. Auf Wiederhören.«

»Auf Wiederhören, Rosario.«

Nachdem wir aufgelegt haben, wird mir bewusst, dass ich in gewisser Weise Glück gehabt habe. Ich habe den Mann getötet, der mein Kind ermordet hat. Und doch hat es nichts geändert. Meine Alexa war trotzdem tot. Auf der anderen Seite, wenn ich an ihn denke … wie er durch meine Hand starb, rührt sich eine Bestie in mir, satt, zufrieden und furchterregend. Die Erinnerung an den Geschmack seines Blutes wird immer berauschend für mich sein.

KAPITEL 18

Der Sommer endet zäh in diesen Breiten, klammert sich bis zum letzten Atemzug an die Sonne. Die Luft heute Morgen war frisch, aber nicht zu kalt, und inzwischen klettert das Thermometer schon wieder in Richtung zwanzig Grad Celsius.

Der Verkehr fließt erstaunlich flott. Alan kann eine Geschwindigkeit von über hundert Sachen halten, ein kleines Wunder auf dem Freeway 405, nicht nur um diese Tageszeit. Man ist hier nie allein, egal um welche Uhrzeit.

Ich beobachte, wie L. A. in das San Fernando Valley übergeht. Es ist eine subtile Veränderung, aber sie ist spürbar. Wäre Los Angeles ein Apfel, würde er von innen nach außen verrotten, wobei die Innenstadt der Kern ist. Das San Fernando Valley ist ebenfalls von Fäulnis befallen, doch hier wachsen an verschiedenen Stellen noch Blumen durch die Risse. Es gibt ein klein wenig mehr Platz für alles und ein klein wenig mehr Schmutz überall.

Wir steuern den Parkplatz der Erlöserkirche an.

»Nicht sonderlich imposant, hm?«, bemerkt Alan.

Ich habe in der vergangenen Nacht nicht so genau hingesehen. Es war dunkel, und ich war müde. Aber Alan hat recht. Die Kirche ist klein, und wahrscheinlich gibt es keine wohlhabenden

Gemeindemitglieder. Hier gibt es nur Margarine, keine Butter. Wasser aus dem Hahn, nicht aus der Flasche.

»Ich finde die Kirche dadurch irgendwie vertrauenswürdiger«, sage ich.

Alan grinst. »Ich weiß, was du meinst.«

Wir lernen in unserem Job, dass Kleidung noch lange keine Leute macht. Man kann in einem T-Shirt genauso morden wie in einem dreiteiligen Anzug. Man kann reich sein und morden, und man kann arm sein und morden. Ein Messer ist ein Messer ist ein Messer. Kirchen sind mir nicht geheuer, am wenigsten die voller Gold und Prunk und Prachtentfaltung. Frömmigkeit hat in meinen Augen etwas mit Askese zu tun.

»Ich habe ihn angerufen und ihm gesagt, dass wir kommen«, sagt Alan. »Er erwartet uns.«

Ich betrete die Kirche und sehe auch das Innere mit neuen Augen und ausgeruhter Nase: Ich rieche Bleiche. Die Kirchenbänke sind aus Holz und abgenutzt. Der Boden ist Beton, nicht Marmor. Der Altar vorn ist klein. Christus hängt in seiner üblichen Position und blickt auf uns alle herab. Unser Erlöser muss dringend neu bemalt werden; an zahlreichen Stellen blättert die Farbe.

Sein Anblick lässt mich innerlich immer noch erzittern. Ich weiß nicht, ob ich noch an ihn glaube oder nicht, doch ich habe einmal an ihn geglaubt. An ihn und an die Jungfrau Maria. Ich habe zu beiden gebetet, habe sie angefleht, den Krebs meiner Mutter zu heilen. Mom starb trotzdem. Dieser Betrug war das Ende meiner Beziehung zu Gott. Wie kann er mir meine Sünden vergeben, wenn ich ihm nie verziehen habe, dass er meine Mutter sterben ließ?

Vater Yates sieht uns und kommt uns mit einem Lächeln entgegen.

»Agentin Barrett, Agent Washington«, begrüßt er uns.

»Hallo, Vater«, sage ich. »Ziemlich leer hier drin. Die Geschäfte gehen wohl schlecht heute?«

Ich winde mich innerlich. Ich bin offenbar nicht imstande, in diesem Gotteshaus meine Bitterkeit im Zaum zu halten. Alan sieht mich eigenartig von der Seite an. Vater Yates tut, als hätte er es nicht gesehen.

»Heutzutage ist jeder Tag ein schlechter Tag in der Erlöserkirche, Agentin Barrett. Wir retten keine Seelen am Fließband, verstehen Sie? Immer hübsch eine nach der anderen.«

»Verzeihung, Vater. Meine Bemerkung war unangebracht.«

Er winkt ab. »Sie sind immer noch wütend auf Gott, wenn ich das richtig sehe. Wenn er es aushalten kann – und das kann er, nehme ich an –, dann kann ich es auch. Nun, es gibt da jemanden, den Sie kennenlernen sollten. Agent Washington hat mir verraten, warum Sie gekommen sind. Die Frau, die ich Ihnen gleich vorstellen werde, ist die einzige Person, die mir eingefallen ist. Soweit ich weiß, war sie Rosemarys einzige Freundin. Rosemary hatte keine lebenden Angehörigen. Aber vielleicht kann Ihnen diese Person weiterhelfen.«

»Wieso?«

»Weil sie früher Polizeibeamtin war. Detective. In Ohio.«

»Tatsächlich?«

»Ich schwöre.« Er lächelt – Priesterhumor. »Sie wartet in der Sakristei.«

Wie alles andere an dieser Kirche ist auch die Sakristei klein und sauber. Schlichte Regale bieten Platz für den Abendmahlskelch, wenn er nicht in Gebrauch ist, den Messwein und den Beutel mit den Oblaten.

»Sie werden von Nonnen gebacken«, hatte meine Mutter mir einmal auf meine diesbezügliche Frage hin geantwortet.

Ich war damals kein großer Fan von Nonnen, und die Oblaten mochte ich noch weniger. Sie hätten doch eine Belohnung darstellen müssen dafür, dass man den Ausdauertest der heiligen Messe überstanden hatte; stattdessen schmeckten sie wie Styropor.

Ich sehe einen Schrank ohne Türen, weiß gestrichenes Holz. Vater Yates' Robe hängt darin.

Es gibt keinen Tisch in dem kleinen Raum, nur ein Fenster und drei arg mitgenommene Holzstühle. Auf einem sitzt eine Frau und wartet.

»Das ist Andrea«, sagt Vater Yates zu uns. »Andrea, das sind Agentin Smoky Barrett und Agent Alan Washington vom FBI.«

Sie nickt. Schweigt.

»Ich lasse Sie jetzt allein«, sagt Vater Yates und geht.

Ich betrachte Andrea. Sie ist von normaler Statur, nicht zu klein und nicht zu groß, und wiegt vielleicht sechzig Kilo. Ihr Gesicht wäre durchschnittlich, wären da nicht die Augen und die Haare. Die Haare sind lang und glänzend und so schwarz, dass sie blau schimmern. Die Augen sind groß und klar und womöglich noch dunkler als die Haare.

Es sind kluge Augen. Ich kann eine Andeutung von Cop darin erkennen. Ihr Blick ist offen, direkt, zurückhaltend, jene Mischung aus Widersprüchen, die sich nur bei Gesetzesbeamten findet – und bei kaltherzigen Kriminellen. Sie mustert meine Narben, ohne sich eine Reaktion anmerken zu lassen.

Sie trägt ein gelbes T-Shirt, das vielleicht eine halbe Nummer zu groß ist, dazu verwaschene Bluejeans und Tennisschuhe.

Ich strecke ihr die Hand entgegen.

»Erfreut Sie kennenzulernen, Andrea«, sage ich.

Ihr Händedruck ist kräftig und fester, als ich erwartet hätte. Ihre Handflächen sind trocken. Ich lasse mir meine Überraschung nicht anmerken, als ich Narben an ihren Handgelenken und am Unterarm entdecke. Zwei Schnitte, einer horizontal, einer vertikal. Die Spur eines Selbstmordversuchs.

»Gleichfalls.« Ihre Stimme ist tief und kehlig, eine Telefonsex-Stimme. »Ja, ich habe versucht, mich umzubringen.« Sie dreht die andere Handfläche nach oben, und ich sehe noch mehr Narben. »Passend zur anderen Seite«, sagt sie.

»Ich stand selbst einmal dicht davor.« Ich weiß selbst nicht, warum ich das sage.

Sie sieht mich verstehend an und nickt. Wir setzen uns.

»Wieso erregt der Mord an Rosemary die Aufmerksamkeit des FBI?«, kommt sie gleich auf den Punkt.

Ich versuche es mit der Standard-Antwort: »Darüber darf ich noch nicht reden.«

Sie antwortet mit dem humorlosesten Grinsen, das ich je gesehen habe, gefolgt von einem Kichern, das besagt: Ihr seid Armleuchter, wenn ihr glaubt, dass ich es euch so einfach mache. »Nun, dann kann ich Ihnen leider nicht helfen. Eine Hand wäscht die andere. Legen Sie die Karten auf den Tisch oder gehen Sie.«

Ich schaue Alan an. Er zuckt die Schultern.

»Also schön«, sage ich. »Rosemary Sonnenfeld ist nicht das einzige Opfer des Killers. Wenn Sie noch mehr wissen wollen, endet unser Gespräch an dieser Stelle.«

»Nein, das reicht fürs Erste. Und ich bin froh, das zu hören.«

»Dass er auch andere Frauen getötet hat?«

»Natürlich. Bei mehreren Morden ist die Wahrscheinlichkeit größer, dass Sie ihn erwischen.«

Sie schert sich nicht um das Gesamtbild. Wenn der Tod anderer hilft, den Mord an ihrer Freundin aufzuklären, ist es in Ordnung.

»Wollen Sie uns mehr darüber erzählen?«, fragt Alan.

Ich werfe ihm einen Seitenblick zu. Er konzentriert sich voll und ganz auf Andrea. Alan ist wahrscheinlich der begabteste Vernehmungsbeamte, den ich je gesehen habe, also halte ich den Mund und nehme mir einen Augenblick Zeit, Andrea zu beobachten.

Ich brauche länger als Alan, um es zu erkennen, aber dann fällt der Groschen. Es ist in ihren Augen, in ihrem Gesicht, in allem: Sie ist *traurig*. Es ist nicht die kurzlebige Traurigkeit eines Menschen, der einen schlechten Tag hat. Es ist nicht Verzweiflung. Es ist irgendetwas dazwischen, eine Erschöpfung, eine Müdigkeit, die auf ihr lastet. Andrea hat eine Geschichte zu erzählen, eine schlimme Geschichte, und man muss ihr Gelegenheit geben, diese Geschichte loszuwerden, ehe man fragen kann, was man eigentlich von ihr wissen möchte.

Andrea antwortet nicht sogleich auf Alans Frage. Sie mustert mich noch ein paar Sekunden aus diesen großen, intelligenten schwarzen Augen, bevor sie sich Alan zuwendet.

»Ich war früher selbst Cop«, sagt sie. »Zu Hause in Ohio.«

Alan nickt. »Vater Yates sagte es uns bereits.«

»Ich war eine gute Polizistin. Ich konnte Lügen aus einer Meile Entfernung riechen, und ich sah Zusammenhänge, wo andere keine erkannten. Nach fünf Jahren war ich bereits beim Morddezernat.«

»Flotte Karriere«, bemerkt Alan. »Wegen Ihrer Fähigkeiten, oder hatten Sie einen Rabbi?«

Er meint einen Mentor. Jemanden weiter oben in der Hierarchie, der ihre Karriere gefördert hat.

»Beides. Ich war tüchtig. Aber mein Dad war ebenfalls Cop gewesen, und deshalb gab es Leute, die auf mich geachtet haben. So war das in Ohio.«

»So ist es überall«, sagt Alan. »Auch hier. Ich war zehn Jahre lang beim Morddezernat des Los Angeles Police Department. Talent allein reicht nicht immer.«

»Ja. Wie dem auch sei, ich kam ziemlich gut voran. Ich wurde schnell befördert, heiratete einen großartigen Mann – keinen Cop –, und wir bekamen ein Baby. Einen wunderbaren Jungen, den wir Jared tauften. Das Leben war schön. Dann aber änderte sich alles.«

Andrea unterbricht sich. Starrt stumm in die Ferne.

»Inwiefern?«, fragt Alan.

»Da war dieser Irre. Er brachte Familien um … ganze Familien. Er kam in eine Vorstadtgegend und spähte die Menschen aus, die dort lebten, bis er eine passende Familie gefunden hatte. Passend hieß, dass es mehrere Kinder von zehn Jahren oder darüber geben musste, am besten Jungen und Mädchen gemischt, und wenigstens ein Elternteil. Alleinerziehende Mütter waren am besten, doch eine männliche Person war ebenfalls Teil der Gleichung, ob es der Vater war oder ein Sohn oder ein Bruder … ganz egal.

Er kam abends, wenn es dunkel wurde. Er zwang alle, sich zu entkleiden, und dann verbrachte er die Nacht damit, sein Ding durchzuziehen. Er zwang sie, Sex miteinander zu haben. Schwester mit Schwester, Mutter mit Sohn, Vater mit Tochter. Sie verstehen, was ich meine. Anschließend vergewaltigte er seinen Favoriten … oder einige seiner Favoriten. Wenn er fertig war, ließ er alle am Leben, bis auf ein Opfer, das er vor den Augen der anderen erwürgte.«

Sie schluckt mühsam, während sie sich erinnert.

»Wir haben eine Spezialeinheit zusammengestellt, der ich angehörte. Ich war heiß auf den Fall. Irgendetwas an dieser Geschichte ging mir an die Nieren. Ich weiß heute noch nicht, was es war. Es war eine schlimme Geschichte, doch ich hatte schon schlimmere gesehen.«

»Manchmal ist es mit den getöteten Opfern einfacher als mit den überlebenden«, bemerke ich.

Andrea sieht mich mit neu erwachtem Interesse an. »Eigenartig, dass Sie das sagen. Die überfallenen Familien jedenfalls waren am Ende, für immer. Die meisten endeten in Scheidung. Einige der Väter und Kinder brachten sich um. Keine von den Müttern. Ich weiß immer noch nicht warum.«

»Wegen der anderen Kinder«, murmelt Alan.

»Was?«, fragt Andrea.

»Die Mütter haben sich nicht umgebracht, weil sie für die anderen Kinder da sein mussten.«

Sie starrt Alan einen Moment an, ehe sie fortfährt. »Es kam ihm darauf an, seine Opfer zu zerstören, sie kaputt zu machen. Das gab ihm den eigentlichen Kick. Nachdem ich das erkannt hatte, wusste ich, warum er sie am Leben ließ. Er wollte wiederkommen und sie in ihrem Elend, ihrer Verzweiflung beobachten. Wir haben die Opfer und ihre Häuser rund um die Uhr bewacht, und was soll ich Ihnen sagen? Der Mistkerl erschien tatsächlich, und wir haben ihn gepackt. In Ohio gibt es die Todesstrafe. Der Hurensohn hat vor ein paar Jahren in der Gaskammer seinen letzten Atemzug getan.«

»Gute Arbeit«, sage ich.

»Ja, wir haben ihn geschnappt«, entgegnet sie, »aber das hat mir nicht geholfen. Ich bekam die Geschichten der Opfer nicht mehr aus dem Kopf … den Gedanken daran, zu was er sie gezwungen hatte. Wie er ihr Leben zerstörte. Irgendwann bekam ich Schlafstörungen. Wie jeder richtige Cop behielt ich alles für mich und wandte mich an den gleichen Therapeuten, den auch mein Vater in Zeiten der Not aufgesucht hatte, Dr. Johnnie Walker.« Ein freudloses Lächeln. »Dr. Walker hatte immer Sprechstunde, konnte ein Geheimnis für sich behalten und ging sauber runter.«

»Ich habe ihn selbst schon besucht«, sagt Alan.

»Wirklich?«, fragt sie.

»Ja. Er behandelt eine Menge Cops.«

Bitterkeit verzerrt ihr Gesicht. »Ja, aber er ist nicht billig. Er fängt zwar billig an, aber am Schluss ist die Rechnung gewaltig.«

Sie schließt und öffnet die Augen ein weiteres Mal; dann sieht sie zuerst mich, dann Alan an, und starrt dann an die Decke. Ich sehe Sturm in ihren Augen, Wind und Regen und Donner, Schmerz und ohnmächtige Wut und etwas noch Schrecklicheres, von dem ich nicht genau weiß, was es ist.

»Er hat mich alles gekostet«, sagt sie. »Alles.« Ihre Stimme ist tonlos. »Vielleicht hätte ich es ändern können, wenn ich den Mund aufgemacht und um Hilfe gefragt hätte. Aber das können Cops nicht gut. Außerdem war da der Druck, dass ich eine Frau bin. Ständig hat jemand darauf gelauert, dass ich Schwäche zeigte. Also behielt ich es für mich, und ich verbarg es gut. Wir Cops sind gute Lügner, nicht wahr?« Sie sieht Alan an. »Ich fuhr betrunken mit dem Wagen, und ich hatte Jared bei mir. Es gab einen Unfall, und er starb.«

Stille. Sie sieht uns nicht an.

Ich habe einen bitteren Geschmack im Mund. Eine weitere schlimme Geschichte, die ich in meinen Katalog überflüssiger, furchtbarer Geschichten eintragen kann. Was dieser Frau widerfahren ist, geschah nicht deshalb, weil sie ein schlechter Mensch wäre, ein schlechter Cop oder eine schlechte Mutter. Es war etwas an diesem Fall, das ihr zusetzte und das sie zur Flasche trieb, während es andere kalt ließ. Eines Tages saß sie mit ihrem Sohn im Wagen und war so voll, dass sie zick anstatt zack fuhr. Das war ihr Ende, zumindest für eine Weile. Dass sie den Täter längst erwischt hatte, spielte keine Rolle. Sie war sein letztes Opfer.

»Ich habe zweimal versucht, mich umzubringen. Einmal mit Tabletten, das zweite Mal mit Rasierklingen. Ich wurde wegen Dienstunfähigkeit entlassen. Mein Mann ließ mich sitzen. Ich wollte einen dritten Selbstmordversuch unternehmen, dann aber dämmerte mir die Wahrheit. Der Tod war zu gut für mich. Ich musste leiden.« Sie spricht immer noch in diesem lakonischen Tonfall. »Also ging ich nach L. A. und wurde Nutte.«

Ich zucke zusammen bei dieser Enthüllung.

»Warum?«, frage ich.

Die großen Augen richten sich auf mich, nageln mich fest. »Buße. Ich hatte meinen Sohn umgebracht. Ich hatte es verdient, zu leiden, und hielt es für einen guten Anfang, wenn ich mich für ein paar Jahre von Fremden für Geld missbrauchen ließ.« Sie stößt ein hässliches, bellendes Lachen aus. »Und wissen Sie, was das Beste daran war? Ein Kerl, den ich in Ohio in den Knast gebracht hatte, kam wieder raus und zog nach L. A. Das Schicksal schickte ihn zu mir! Es hat ihn unheimlich angetörnt, dass ausgerechnet die Polizistin, die ihn in den Knast gebracht hatte, vor ihm auf den Knien war und ihm den Schwanz lutschte.«

Ich bin fassungslos. Mir fehlen die Worte.

»Aber Sie sind keine Hure mehr«, stellt Alan fest. »Wie sind Sie hierhergekommen?«

»Die Zeit bleibt nicht stehen, Agent Washington. Die Welt bewegt sich weiter. Es verändert einen Menschen, ob man will oder nicht. Es spielt keine Rolle, wie viel Schmerz man erlitten hat oder wie sehr man sich selbst hasst ... früher oder später geht das Leben weiter, und wenn es nur in ganz kleinen Schritten ist. Ich war es zufrieden, für das zu leiden, was ich Jared angetan hatte. Es war richtig. Doch eines Tages wachte ich auf und hatte den Gedanken, dass es vielleicht genug war.« Sie zuckt die Schultern. »Ich brauchte Hilfe, um mich zu ändern. Ich bin katholisch erzogen, und so fand ich den Weg hierher. Vater Yates tat seine Arbeit, nahm sich meiner an, und ich war keine Hure mehr.«

Das ist die absolute Kurzfassung, wird mir klar. Es ist eine ziemlich große Lücke zwischen dem Zeitpunkt, an dem sie aufgehört hatte, sich als Strafe für den Tod ihres Sohnes zu prostituieren, und dem, was sie heute ist. Doch diese Frau wird uns nur das erzählen, was sie erzählen will. Sie wird nicht weinen, sie wird nicht rührselig werden oder mit leuchtenden Augen himmelwärts blicken. Vielleicht war sie früher einmal weich und zart wie eine Rose – wer weiß. Sie hat sich im Lauf der Zeit in Stein verwandelt.

»Wie gut kannten Sie Rosemary?«, fragt Alan.

Ein leichtes Beben durchläuft ihre steinerne Fassade.

»Gut. Sehr gut. Wir waren die besten Freundinnen.«

»Das tut mir leid.«

»Das Leben ist manchmal ziemlich gemein.«

»Sie haben sich hier kennengelernt?«

»Ja. Wir haben beide samstags freiwillig in der Gemeinde geholfen. Anderen, die ganz unten waren. Ich war nicht besonders gesprächig. Rosemary horchte mich trotzdem aus. Sie hatte etwas an sich, eine naive Fröhlichkeit, der man schwer widerstehen konnte. Sie wusste, dass alles im Eimer war, und konnte trotzdem nicht anders, als darüber zu lachen. Dass sie immer nach einem Grund gesucht hat, fröhlich zu sein, zog mich zu ihr hin.«

Irgendetwas in ihrem Gesicht oder dem Klang ihrer Stimme, als sie über die Tote spricht, bringt mich zu meiner nächsten Frage.

»Hatten Sie eine Beziehung?«

Andrea verengt die Augen, seufzt.

»Kurze Zeit. Es ging mir nicht um Sex. Ich wollte nur mit jemandem zusammen sein. Und ich mochte Rosemary. Wir beendeten es im Guten. Ich stehe nicht auf Frauen, genauso wenig wie Rosemary auf Frauen stand. Wir ließen den Sex sein und blieben bei der Liebe. Es funktionierte.«

»Ich verstehe«, sagt Alan. Er nähert sich behutsam der Frage, die uns wirklich interessiert. »Andrea, können Sie uns irgendetwas berichten, von dem Sie meinen, es könnte uns weiterhelfen? Haben Sie irgendjemanden bemerkt, der ein übertriebenes Interesse an Rosemary gezeigt hat? Jemand Neues, der für die Kirche arbeitet? Irgendetwas?«

Sie schüttelt den Kopf.

»Ich habe mir das Hirn zermartert, glauben Sie mir. Als ich erfuhr, das Rosemary ermordet worden war, bin ich durchgedreht. Nicht dass ich geweint hätte – Tränen vergieße ich schon lange nicht mehr –, aber ich habe mein Zimmer verwüstet. Seitdem habe ich an kaum etwas anderes gedacht. Wissen Sie, Rosemary hielt sich selbst an einer sehr straffen Leine. Sie war süchtig aufs Ficken. Ich sage nicht, sie war sexsüchtig, denn das würde es nicht treffen. Sie liebte es bloß, sich vögeln zu lassen. Je erniedrigender, desto besser. Sie behielt die Dinge unter Kontrolle, indem sie sich an einen strengen Tagesablauf hielt, von dem sie niemals abwich. Sie stand auf, machte ihre Übungen, ging arbeiten, kam hierher. Das war im Wesentlichen alles … bis auf die Zeit, die sie mit mir verbrachte.«

»Und vor ihrem Tod gab es keine Unterbrechungen oder Ausnahmen von dem gewohnten Ablauf?«, fragt Alan.

Andrea breitet hilflos die Hände aus. »Nein. Nichts dergleichen.«

»Was ist mit der Kirche?«, bohrt er weiter. »Neue männliche Mitglieder?«

»Ich habe darüber nachgedacht. Aber nein, nichts. Es tut mir leid. Ich wäre Ihnen gerne behilflich, aber ich kann nur eins mit Sicherheit sagen: dass es niemand aus Rosemarys Vergangenheit war.«

»Wie meinen Sie das?«, frage ich.

»Rosemary hat mir erzählt, dass jeder, den sie gekannt hat, längst tot und vergessen sei. Gestorben an Altersschwäche, Krankheiten oder Drogen.«

Alan und ich sitzen im Wagen. Wir fahren zurück ins Büro. Ich fühle mich rastlos und durcheinander.

»Diese Geschichte ist total verfahren, Alan.«

»Wieso das?«, fragt er.

»Wir sind keinen Schritt weitergekommen. Wir haben drei Opfer – und die auch nur, weil er sie uns geliefert hat. Aber es gibt keine verlässliche Beschreibung, keine Fingerabdrücke, keine DNA, kein Garnichts, *nada.* Ich habe eine Idee, was ihn antreiben könnte, aber sie ist nicht vollständig, nicht fassbar … nichts, das hervorspringt.«

Er blickt mich seltsam an.

»Was ist?«, frage ich.

»So ist es manchmal eben. Wir arbeiten an dem Fall, bis wir etwas finden, das eine Spur liefert. Das weißt du selbst. Wieso bist du nach gerade mal zwei Tagen schon so pessimistisch?«

»Weil es persönlich ist.«

»Persönlich?«

»Wir nehmen an, dass dieser Typ schon seit Jahren herumschleicht und Leute umbringt, stimmt's? Wir glauben, dass die Zahlen auf den Kreuzen für die Zahl seiner Opfer stehen. Wenn das stimmt, ist er einer der fleißigsten Killer aller Zeiten. Und er mordet vor unserer Nase. Die Lisas und Rosemarys dieser Welt sterben wie die Fliegen, und dieser Irre lacht sich ins Fäustchen.«

Alan nickt. »Die Opfer machen dir zu schaffen.«

Es ist eine einschneidende Beobachtung, ein verbales Skalpell.

»Die Opfer machen mir immer zu schaffen.«

»Sicher. Aber manchmal machen sie dir mehr zu schaffen als sonst. Und das ist einer von diesen Fällen, richtig?«

Ich gebe meinen Widerstand auf.

»Ja.«

»Warum?«

»Aus dem gleichen Grund, aus dem Atkins der Mord an Rosemary zu schaffen macht. Die meisten Leute lassen sich vom Leben treiben. Sie akzeptieren, was es ihnen bringt. Lisa Reid und Rosemary Sonnenfeld sind gegen den Strom geschwommen. Auch wenn sie wussten, dass es hart ist, dass es vielleicht sogar vergeblich ist, haben sie nicht aufgegeben. Und als sie es endlich ans Ufer geschafft haben, schleicht dieser Mistkerl sich von hinten an sie heran, schlitzt ihnen die Kehlen durch und wirft ihre Leichen zurück ins Wasser.«

Alan schweigt ein paar Sekunden und konzentriert sich auf das Fahren. Dann räuspert er sich.

»Ja. Es geht mir ebenfalls unter die Haut. Ich muss dauernd an dich denken.«

Ich schaue ihn erstaunt an.

»An mich?«

Er grinst, wirft mir einen Seitenblick zu.

»Wenn es darum geht, gegen den Strom zu schwimmen, Smoky, bist du die ungekrönte Goldmedaillengewinnerin.«

KAPITEL 19

»Keine verwertbaren Abdrücke«, sagt Callie. »Sämtliches Blut auf den Polstern stammt von Lisa Reid. Wir haben ein schwarzes Haar im Staubsauger gefunden, das nicht von Lisa ist, allerdings hatte es keine Wurzel. Wir können also keine DNA daraus extrahieren.«

»Na toll«, erwidere ich. »Wie sieht es mit den Kreuzen aus?«

»Sie sind nicht aus reinem Silber«, berichtet James. »Es ist Sterlingsilber – dreiundneunzig Prozent Silber, der Rest Kupfer. Sehr verbreitet. Er hat ein gut zu bearbeitendes Metall ausgewählt, falls er die Kreuze selbst gemacht hat. Sterlingsilber schmilzt bei 890 Grad Celsius, ist härter als Gold und sehr leicht kalt zu schmieden.«

»Soll das heißen, er könnte ein paar Teelöffel aus dem Familienbesteck genommen und sie geschmolzen haben, um daraus diese Kreuze zu machen?«, fragt Alan.

»Wäre gut möglich.«

»Was ist mit den erforderlichen Werkzeugen? Gibt es irgendetwas Ungewöhnliches, das wir zurückverfolgen könnten?«

»Ich fürchte nein«, sagt Callie. »Wenn man keine großen Mengen schmilzt, reicht ein gewöhnliches Gasschweißgerät.«

»Was ist mit Lisas Haus? Wir wissen, dass er sich an ihrem Tagebuch zu schaffen gemacht hat, und ich wette, dass er eine Zeit lang durch ihre Zimmer gestreift ist.«

Callie schüttelt den Kopf. »Keine Abdrücke. Ich hab sogar die PC-Tastatur untersucht. Unser Freund ist ein sehr vorsichtiger Bursche.«

»Wie wir erwartet haben«, sage ich.

»Ich habe einen Anruf von den örtlichen Detectives bekommen«, sagt Alan. »Die Passagiere an Bord des Flugzeugs beschreiben unseren Mann als gesprächigen Weißen mit Bart, der ungefähr so aussah wie Richard Ambrose. Wenig hilfreich, was?«

Ich gehe genervt zur Tafel. Ich schreibe auf, was wir wissen, sowenig es auch ist, während ich nach etwas Zusammenhängendem oder Nützlichem suche.

»Es geht nicht um Sex. Es geht darum, dass sie Sünder waren – ob reuig oder nicht.«

»Reuig«, sagt James.

Ich drehe mich um und sehe ihn an. »Reuig?«

»Die Geschichte von dieser Ex-Polizistin verrät uns etwas

über Rosemary. Die beiden waren Freundinnen, weil beide sich entschieden hatten, den richtigen Weg einzuschlagen. Beide haben sich einer eisernen Disziplin unterworfen. Sie haben darauf geachtet, jegliche Katalysatoren in ihrer Umwelt zu meiden, die sie in alte Verhaltensweisen zurückwerfen könnten. Woraus ich schließe, dass alles an den beiden Frauen sagt: ›Reuig.‹«

»Was ist mit Lisa?«, fragt Alan.

»Reuig. Das zeigt ihr Tagebuch«, erklärt James.

Ich nicke. »Gutes Argument, James. Also reuige Sünder. Kommen wir zurück zur Methodologie. Der *coup de grâce* ist ein Stoß in die rechte Seite, genau wie bei Jesus am Kreuz. Unser Freund hinterlässt Kreuze in den Wunden und beschriftet sie mit Zahlen, die vielleicht, vielleicht auch nicht die Zahl seiner bisherigen Opfer zum gegebenen Zeitpunkt darstellen. Wenn es so ist, dann ist er sehr fleißig und aus diesem Grund sehr erfahren. Im VICAP sind keine ähnlichen früheren Verbrechen gespeichert, was bedeutet, dass er gerade erst beschlossen hat, ins Scheinwerferlicht zu treten.«

»Ein weiterer Widerspruch«, sagt James leise.

»Wie meinst du das?«, frage ich.

»Das Kreuz. Es ist sein Symbol. Und wie er es platziert, ist ritualistisch. Wenn Rituale im Spiel sind, dann sind sie in der Regel das Entscheidende. Falls er mehr als hundert Menschen getötet hat – wie hat er bis jetzt der Versuchung widerstanden, Kreuze in den Leichen zu deponieren? Wir hätten doch von Leichen hören müssen, in deren Körper Kreuze steckten. Haben wir aber nicht.«

Es ist ein gutes Argument. Für den organisierten Serienkiller ist der Mord immer ein Akt voller Bedeutung und voller Symbole. Wie der Mord bewerkstelligt wird, ist immens wichtig und sakrosankt. Und dann das Opfer – vielleicht muss es blond sein, vielleicht darf es nie mehr als Körbchengröße C haben, vielleicht müssen die Zehennägel rot lackiert sein, wenn es stirbt. Das alles zusammen bildet eine Signatur, von der ein Täter nicht wieder abweicht, wenn er sie erst einmal entwickelt hat. Unser Killer sticht den Opfern von der rechten Seite ins Herz und steckt silberne Kreuze in die Wunden. Wenn er tatsächlich seit Jahren tötet, dürfte diese Signatur nicht neu sein.

»In diesem Fall gibt es nur wenige Möglichkeiten«, sagt Alan. »Entweder hat er seine Signatur geändert, oder die Zahlen sind ein Bluff, oder er hat die Leichen seiner früheren Opfer beseitigt, sodass sie unentdeckt geblieben sind.«

»Wahrscheinlich Letzteres«, meldet James sich zu Wort.

»Ein wundervoller Gedanke«, murmelt Callie.

Ich starre auf meine Notizen an der Tafel, suche verzweifelt nach einer anderen Erklärung, einem Zusammenhang.

Nichts. Absolut nichts.

»Alles schön und gut«, sage ich. »Aber es bedeutet, dass wir in einer Sackgasse stecken.«

»Dann war es das?«, fragt Alan.

»Für den Augenblick. Ich werde AD Jones Bericht erstatten. Nutzt die Zeit, um euren Papierkram zu erledigen, und drückt die Daumen, dass wir irgendwie einen Durchbruch schaffen, ohne dass ein weiterer Mord geschieht.«

»Also eine vorläufige Atempause«, sagt AD Jones zu mir. »Manchmal bleibt einem nichts anderes übrig, Smoky, als ein wenig Abstand zu gewinnen.«

»Ich weiß, Sir. Es ist nur …«

»Ich weiß, ich weiß. Der Killer macht keine Pause. Es ist hart, aber so ist es manchmal.« Er sieht mich abwägend an. »Sie wurden in den letzten Jahren verwöhnt.«

Zorn steigt in mir auf, und ich kann die Schärfe in meiner Stimme kaum unterdrücken.

»Wie kommen Sie auf diesen Gedanken, Sir?«

»Nun machen Sie keinen Katzenbuckel. Ich sage lediglich, dass Sie einen guten Lauf hatten und Ihre Fälle schnell lösen konnten. Es war ein wirklich guter Lauf. Aber so ist es nicht immer. Nicht die ganze Zeit. Irgendwann gerät man an den einen Killer, den man niemals schnappt. Ich sage nicht, dass es diesmal so ist – ich sage nur, dass Sie nicht alle fassen können.«

Ich starre ihn an und habe Mühe, ruhig zu bleiben.

»Sir, ich möchte nicht respektlos erscheinen, aber ich will das im Augenblick nicht hören.«

Er zuckt gleichgültig die Schultern. »Niemand will das hören. Es steht zu viel auf dem Spiel, immer. Trotzdem sollten Sie sich seelisch auf den Tag vorbereiten, an dem es so weit ist, denn dieser Tag wird kommen, das steht fest.«

»Danke. Sehr aufmunternde Worte, Sir.«

Er lacht laut auf; es klingt wie ein Bellen. »Okay, okay. Ich schließe mich weiterhin mit Director Rathbun kurz. Tun Sie, was Sie tun müssen.«

»Danke, Sir.«

Mein Blick schweift durch das Büro. Callie unterhält sich am Telefon mit ihrer Tochter Marilyn über die bevorstehende Hochzeit. Die Tatsache, dass Callie nicht nur eine Tochter hat, sondern sogar schon einen Enkel, ist immer noch ein wenig verwirrend für mich. Sie war stets der Inbegriff einer Junggesellin, die Männer genossen hat wie andere ein Gourmet-Essen. Ihre einzigen permanenten Bindungen waren hier, bei uns, bei ihrer Arbeit.

Sie hatte einen Moment in ihrer Vergangenheit verdrängt, zusammen mit dem Schmerz, den er in ihr hervorgerufen hat, bis ein Fall und ein Killer sie und ihre Tochter wieder zusammengebracht haben.

Es macht mich wütend, hin und wieder jedenfalls, dass ein Serienmörder Callie dieses wunderbare Geschenk gemacht hat.

Alan ist nicht im Büro, und James hat die Nase in einer Akte vergraben.

Ich starre auf die weiße Tafel, bis meine Augen brennen.

»Ein Haufen Nichts«, murmle ich leise vor mich hin. »Ein verdammter Haufen Nichts. Für den Augenblick jedenfalls.«

Einen Fall beiseitezulegen ist nicht so, als würde man eine Akte zuklappen und auf den Stapel der unerledigten Aufgaben legen. Man schließt die Augen und schleudert die Akte von sich, so weit man kann, während man selbst mit Höchstgeschwindigkeit in sein normales Leben zurücksprintet und so tut, als gäbe es den Fall nicht, als flatterte er nicht irgendwo da draußen über einem wie eine Fledermaus.

Doch er ist *da*. Er lauert hinter jeder Ecke, nie mehr als eine Armeslänge von einem entfernt, kichert leise vor sich hin und wartet darauf, dass der Wind sich dreht. Manchmal wache ich mitten in der Nacht auf und finde ihn auf meiner Brust, und er starrt mich aus schwarzen Augen an und grinst mich an aus einem Maul, das zu breit ist für sein Gesicht. Er liebt mich. Es ist furchtbar, doch er liebt mich.

Ich werde Bonnie abholen, also breite ich die Arme aus und schleudere diesen Dämon von mir. Die schiere Willenskraft rettet mich wieder einmal, für den Augenblick.

KAPITEL 20

Ich konsultiere meine Einkaufsliste im Wagen, um sicherzugehen, dass ich alles habe. Bonnie und ich wählen unser wöchentliches Rezept stets gemeinsam aus. Diese Woche waren wir besonders ehrgeizig und haben uns für ein Steak mit Madeira-Essig-Sauce entschieden. Die bloße Tatsache, dass die Sauce die unwahrscheinliche Mischung aus Madeira, Balsamessig und Dijon-Senf beinhaltet, ist ein bisschen einschüchternd, doch wir sind übereinstimmend zu dem Entschluss gekommen, etwas Neues zu wagen.

Ich lese die Liste leise vor mich hin: »Delmonico Steaks, gebrochener Pfeffer, Olivenöl … ja, alles da.«

Zufrieden mache ich mich auf den Weg zum regelmäßigen Höhepunkt meines Tages, der darin besteht, meine Adoptivtochter abzuholen und mit nach Hause zu nehmen.

»Smoky!«

Es ist ein Schrei des Entzückens, gefolgt von einem schlanken Mädchenkörper mit ausgestreckten Armen, die mir um den Hals fliegen. Ich erwidere die Umarmung und wundere mich mit einer Mischung aus Erstaunen und Bedauern, wie groß Bonnie bereits geworden ist. Mit ihren zwölf Jahren misst sie bereits einsfünfundfünfzig, was für einen Außenstehenden wahrscheinlich normal ist. Für mich aber bedeutet es, dass Bonnie größer ist als ich. Die Tatsache, dass ich vor zwei Jahren noch auf ihren Kopf hinuntersehen konnte, unterstreicht die Veränderungen, die sie in dieser Zeit durchgemacht hat.

Ich bin nie dazu gekommen, diese Erfahrungen mit Alexa zu durchleben und ihr dabei zuzusehen, wie sie sich nach und nach vom Mädchen zur jungen Frau entwickelt. Bonnie steht an der Schwelle zum Teenager, und sie ist definitiv die Tochter ihrer Mutter. Annie war wunderschön, blond und frühreif. Bonnie besitzt das gleiche blonde Haar, die gleichen eindrucksvollen blauen Augen und die gleiche schlanke Gestalt. Sie verwandelt sich vor meinen Augen von unbeholfen zu neckisch und ausgelassen. Einmal mehr bemerke ich mit der stets gleichen Mischung aus Traurigkeit, Besorgnis und Hilflosigkeit, dass ihre Brust nicht mehr knabenhaft flach ist und dass ihr Gang nicht mehr staksig ist, sondern wiegend und geschmeidig.

Ein dunkler Gedanke steigt in mir auf. Die Jungs. Bald werden sie Notiz von Bonnie nehmen. Sie werden nicht genau wissen warum, aber du, Bonnie, wirst immer interessanter für sie werden. Du wirst die Blicke der Normalen auf dich ziehen – aber auch die Blicke der Hungrigen, weil die Hungrigen dich riechen wie ein Hund das Fleisch.

Ich schiebe diesen Gedanken weit von mir. *Zerbrich dir später den Kopf darüber. Jetzt ist die Zeit für Liebe.*

»Hey, Baby. Wie war die Schule?«

Sie löst sich von mir und verdreht die Augen. »Langweilig, aber okay.«

»Sie hat sich wacker geschlagen«, sagt Elaina. »Ein bisschen unkonzentriert manchmal, aber sie ist ihrer Jahrgangsstufe voraus.«

Bonnie lächelt Elaina an und sonnt sich in ihrem Lob. Ich kann es ihr nicht verübeln. Ein Lob von Elaina ist wie Zuckergebäck oder eine wärmende Sonne. Elaina ist einer jener aufrechten Menschen, die stets genau das meinen, was sie sagen, und die sich im Zweifelsfall zu Gunsten der Betroffenen irren. Elaina ist für Bonnie und für mich wie eine Mutter. Wir lieben sie heiß und innig.

»Verdammt«, murmelt Alan in diesem Augenblick.

Er sitzt auf dem Sofa vor dem Fernseher und scheint Probleme mit der Fernbedienung zu haben.

»Keine Flüche bitte«, ruft Bonnie in seine Richtung.

»Entschuldigung«, sagt er. »Wir haben gerade Digitalfernsehen bekommen, und ich hab keine Ahnung, wie das Mistding funktioniert.«

Bonnie blickt mich und Elaina an, verdreht ein weiteres Mal die Augen, geht zu Alan und nimmt ihm die Fernbedienung aus der Hand.

»Du bist ein echter Luddit, Alan!«, sagt sie. »Pass auf, ich zeig dir, wie's geht.«

Sie zeigt ihm die Schritte, die erforderlich sind, um ein Programm zu speichern und es anschließend anzuwählen, und beantwortet geduldig seine Fragen. Elaina und ich sehen den beiden nachdenklich zu.

»Das ist schon alles«, beendet Bonnie ihre Demonstration.

»Danke«, sagt Alan. »Und jetzt verschwinde, damit ich meine Programme durchzappen kann.«

»Hey! Keine Umarmung?«, protestiert Bonnie.

Er lächelt sie an. »War nur ein Test«, sagt er und streckt die Hände aus, um sie mit seinen dicken Armen an sich zu drücken.

Die Zuneigung zwischen Bonnie und Alan wärmt mir das Herz. Wenn Elaina wie eine weitere Mutter für sie ist, dann ist Alan wie ein Vater.

»Okay, und jetzt verschwinde!«, sagt er.

»Komm«, fordere ich Bonnie auf. »Die Steaks warten schon darauf, dass wir sie vermasseln.«

Sie packt ihren Rucksack, umarmt Elaina ein letztes Mal, und wir gehen durch die Tür.

»Luddit, wie?«, sage ich, als wir in den Wagen steigen.

»Wortschatz. Siehst du – ich passe auf«, sagt sie und streckt mir die Zunge heraus.

»*Man's Guide to Steak*«, beschwere ich mich. »Ein Buch für Männer! Warum haben wir dieses Kochbuch gekauft? Hallo? Wir sind zwei Frauen!«

»Weil es für Koch-Analphabeten wie uns geschrieben ist«, sagt Bonnie. »Jetzt komm schon, wir schaffen das. Was schreibt er?«

Ich seufze und lese laut aus dem Rezept vor. »›Reiben Sie die Steaks auf beiden Seiten mit Salz und Pfeffer ein.‹«

»Hab ich.«

»›Geben Sie einen halben Löffel Olivenöl in die Kasserolle.‹«

»Hab ich.«

»Äh … dann sollen wir das Olivenöl stark erhitzen. Was immer das bedeutet.«

Bonnie zuckt die Schultern und dreht den Knopf am Herd. »Am besten, wir warten einfach, bis wir es für heiß genug halten.«

»Gute Idee. Ich schneide schon mal den Schlitz ins Fleisch.«

Das ist unser Trick. Die ersten paar Male, die wir versucht haben, Steaks zu braten, haben wir die Vorschriften in den Kochbüchern befolgt – »drei bis vier Minuten von jeder Seite« und Ähnliches –, und jedes Mal hatten wir Fleisch, das entweder zu durch war oder zu roh. Bonnie kam schließlich auf die Idee, das Fleisch an einer Stelle durchzuschneiden, sodass wir genau sehen konnten, wie die Farbe in der Mitte sich veränderte. Es ist vielleicht nicht hübsch anzusehen, aber es hat bis jetzt immer funktioniert.

»Ich glaube, es ist so weit«, sagt Bonnie.

Ich nehme die beiden Steaks und schaue sie mir an. »Jetzt geht's los.« Ich werfe sie in die Pfanne, und wir werden mit einem brutzelnden Geräusch belohnt.

Bonnie benutzt den Bratenwender und drückt das Fleisch in die Pfanne, und ich sehe ihr dabei zu. »Riecht gut«, sagt sie. »Bis jetzt.«

»Ich habe Makkaroni mit Käse für die Mikrowelle im Gefrierschrank, für den Fall, dass wir es vermasseln«, sage ich.

Sie lächelt mich an, und ich lächle zurück. Wir haben absolut keine Ahnung, was wir tun, aber wir tun es zusammen.

»Wie sieht das für dich aus?«, fragt sie.

Ich beuge mich vor und sehe, dass die Mitte braun ist, jedoch nicht zu braun. Und das haben wir geschafft, ohne die Steaks außen in Kohle zu verwandeln. Wie durch ein Wunder.

»Sie sind fertig«, wage ich zu behaupten.

Bonnie benutzt den Bratenwender, um die Steaks aus der Kasserolle zu nehmen und auf die bereitstehenden Teller zu legen.

»Okay«, sage ich. »Und jetzt kommt der schaurige Teil. Die Soße.«

»Wir schaffen das schon.«

»Wir versuchen es zumindest.«

Sie hält ein Päckchen Butter hoch. »Wie viel?«

Ich konsultiere das Kochbuch. »Einen Teelöffel. Aber zuerst, steht hier, sollen wir den Herd auf mittlere Hitze zurückdrehen. Vielleicht sollten wir ein bisschen warten, bis die Platte abgekühlt ist. Ich glaube, Butter kann anbrennen.«

Wir warten ein paar Sekunden, obwohl wir immer noch nicht wissen, was wir tun.

»Jetzt?«, fragt Bonnie.

»Ich weiß genauso wenig wie du.«

Sie gräbt mit dem Teelöffel in der Butter und gibt sie in die Pfanne. Wir sehen zu, wie sie Blasen wirft und sich langsam verflüssigt.

»Ich weiß nicht«, sagt Bonnie, »aber das sieht nicht gerade nach viel aus.«

»Meinst du, wir sollen noch mehr in die Pfanne geben?«

Sie runzelt die Stirn. »Na ja … es ist schließlich nur Butter. Wahrscheinlich kann nicht viel passieren.«

»Dann nimm noch einen Teelöffel.«

Sie tut wie geheißen, und wir sehen zu, wie die Butter schmilzt und eins wird mit der ersten Portion.

»Was nun?«, fragt sie.

»Hier steht, wir sollen die Schalotten einrühren … oh, Mist!« Ich sehe Bonnie an. »Ich kann mich nicht erinnern, irgendwas über Schalotten gelesen zu haben.«

»Was sind Schalotten?«

»Genau.«

Wir starren auf die Pfanne aus inzwischen brutzelnder Butter. Sehen uns erneut an.

»Was machen wir jetzt?«, frage ich.

»Keine Ahnung«, erwidert Bonnie. »Vielleicht ist die Extra-Butter ein passender Ersatz?«

»Probieren wir's aus.« Ich muss kichern.

Bonnie zeigt mit dem Bratenwender auf mich. »Hör auf damit, Smoky«, sagt sie mit strenger Stimme. Und fängt selbst an.

Was mich natürlich erneut zum Kichern bringt, und jetzt ist dieser Zug in echter Gefahr, aus den Gleisen zu springen.

»Gütiger Himmel!«, pruste ich. »Wir sehen besser zu, dass wir fertig werden, sonst verbrennt uns noch die Butter.«

Bonnie kichert. »Butter brennt?«

»Hab ich jedenfalls gehört.« Ich konsultiere das Kochbuch. »Zurück auf hohe Hitze.«

Sie dreht den Knopf.

»Jetzt rühren wir eine Tasse Madeira und eine Drittel Tasse Balsamessig ein.«

Wir gießen die Tassen zur Butter und werden belohnt mit einer beißenden, stinkenden Wolke aus Essigdämpfen.

»Wow!«, krächzt Bonnie. »Das stinkt ja furchtbar! Bist du sicher, dass es so im Buch steht?«

Ich blinzle, bis ich wieder klar sehen kann, und schaue in unsere derzeitige Bibel. »Ja.«

»Wie lange lassen wir es kochen?«

»Rühren Sie die Masse, bis … warte, lass mal sehen … bis sie auf die Hälfte eingekocht ist.«

Drei Minuten später hat die Mischung zu unserem Erstaunen ganz genau das getan, was das Kochbuch vorhergesagt hat.

»Und jetzt sollen wir drei Teelöffel Dijon-Senf unterrühren«, sage ich.

Wir lassen den Senf in die Masse plumpsen, die nun ein wenig das Aussehen von Saufraß angenommen hat. Der Gestank ist nicht so stark wie zuvor, aber es riecht immer noch nicht gut.

»Bist du sicher, dass das da kein Scherzkochbuch ist oder so was?«, fragt Bonnie.

»Oh, hey!«, sage ich. »Hier steht, dass wir noch zwei Löffel Butter zugeben sollen. Also insgesamt drei. Zwei haben wir schon. Also los, tun wir den dritten dazu und warten, bis er geschmolzen ist.«

Die Butter verleiht unserem Hexengebräu kein appetitlicheres Aussehen. Ein paar Augenblicke verstreichen. Bonnie sieht mich stirnrunzelnd an.

»Meinst du, es ist fertig?«

Ich schiele misstrauisch auf unser Werk. Das Gebräu hat eine gelblich-graue Farbe. Es riecht nach Butter, Senf und Essig. »Zu spät zum Beten.«

Wir nehmen die Kasserolle vom Ofen und geben die Soße über die beiden Steaks, wie das Kochbuch es von uns verlangt. Bonnie trägt unsere Teller zum Esstisch, während ich uns zwei Gläser Wasser einschenke.

Wir sitzen vor unseren Steaks, Messer und Gabeln in den Händen.

»Fertig?«, fragt Bonnie.

»Jepp.«

Wir schneiden jeder ein Stück Fleisch ab und schieben es uns in den Mund. Wir kauen schweigend.

»Wow …«, sagt Bonnie staunend. »Das ist ehrlich …«

»… richtig gut«, beende ich den Satz für sie.

»Nein, besser. Das ist richtig, *richtig* gut.«

»Köstlich sozusagen.«

Sie grinst mich an, und in ihren Augen funkelt der Schalk.

»Schalotten, pah!«, sagt sie. »Wir brauchen keine blöden Schalotten.«

Ich habe von meinem Wasser getrunken und verschlucke mich prustend, als ich loslache.

»Das nächste Mal kochen wir Gemüse dazu«, schlage ich vor.

Wir hatten nichts außer den Steaks und ein paar Brötchen.

»Vielleicht Schalotten«, witzelt Bonnie.

Wir sitzen auf dem Sofa. Im Fernsehen läuft irgendeine dämliche Talentschau, aber wir sehen kaum hin. Das Abendessen war großartig, und der Abend ist wundervoll. Normal. Ich sehne mich sehr nach Normalität und habe sie doch so selten.

»Ich möchte mit dir über die Schule reden«, beginnt Bonnie.

So viel zum Thema »normal«.

Ich tadele mich sogleich für diesen Gedanken. Was könnte normaler sein als ein Kind, das zusammen mit anderen Kindern zur Schule gehen will? An der Nervosität in ihrem Gesicht kann ich sehen, dass sie sich sehr viele Gedanken macht darüber, wie ich auf ihren Wunsch reagiere.

Oh, verdammt.

Ich schaue sie an, richte meine ganze Aufmerksamkeit auf sie. »Okay, Bonnie. Erzähl mir, was dich bedrückt.«

Sie zieht die Beine unter den Leib und schiebt eine Locke hinters Ohr, während sie nach den richtigen Worten sucht. Diese Geste lässt ein Gefühl des Déjà-vu in mir aufkommen – der Geist ihrer Mutter. Ihre Gene leben in Bonnie weiter.

»Ich habe eine Menge nachgedacht, Smoky.« Sie sieht mich an, lächelt ein schüchternes Lächeln. »Ich schätze, ich denke ständig eine Menge nach.«

»Es ist eine deiner Begabungen. Es gibt nicht genügend Leute auf der Welt, die nachdenken. Worüber hast du denn nachgedacht?«

»Was ich werden will, wenn ich groß bin … wenn ich erwachsen bin, meine ich.«

Interessante Unterscheidung.

»Und?«

»Ich möchte das Gleiche tun wie du.«

Ich starre sie an. Mir fehlen die Worte. Von all den Dingen, die sie hätte sagen können, von all den Berufen, unter denen sie hätte wählen können, gefällt mir das am wenigsten.

»Warum? Was ist mit deiner Malerei?«

Sie lächelt mich an. Dieses Lächeln besagt, dass ich mir etwas vormache, aber trotzdem charmant bin.

»Ich bin nicht so gut, Smoky. Das Malen macht mir Spaß und bringt mir Frieden, aber es ist nicht meine Bestimmung.«

»Du bist erst zwölf. Wie kannst du jetzt schon wissen, was deine Bestimmung ist?«

Ihr Blick wird stechend, und in ihren Augen erscheint eine Kühle, die mich ganz schnell zum Schweigen bringt. Plötzlich sieht sie überhaupt nicht mehr wie eine Zwölfjährige aus.

»Weißt du, was ich immer als Erstes sehe, wenn ich die Augen zumache?« Ihre Stimme klingt ruhig, monoton, wie ein Singsang. »Das Gesicht meiner toten Mutter. So, wie ich es drei Tage lang gesehen habe, als ich an sie gefesselt war.« Sie wendet den Blick ab und starrt in die Ferne, als die Erinnerung in ihr hochkommt. »Sie war schreiend gestorben. Am ersten Tag weinte ich auf ihr. Ich weiß noch, dass ich mich deswegen schlecht gefühlt habe, weil ein paar meiner Tränen in ihre Augen fielen und ich dachte, dass es nicht richtig ist, weil sie die Tränen nicht abwischen konnte. Dann hörte ich auf zu weinen und versuchte zu schlafen. Ich versuchte mir einzureden, dass sie nicht tot ist und dass sie mich in den Armen hält. Es funktionierte sogar … für kurze Zeit. Bis sie anfing zu riechen. Danach war alles nur noch grau und blau und schwarz. Manchmal male ich diese Farben und denke an diesen letzten Tag, weil er irgendwie nicht wirklich war. Wenn ich von diesem Tag träume, dann sind meine Träume voller Schreien und Regen.«

Die Worte hypnotisieren mich. Als ich wieder sprechen kann, ist meine Stimme rau vor Traurigkeit. »Es tut mir leid, Bonnie. Es tut mir unendlich leid.«

Sie kehrt in die Gegenwart zurück. Ihre Augen verlieren die beängstigende Kühle, diese *Leblosigkeit.* Stattdessen spiegelt sich nun Sorge um mich darin. »Hey, hey, Momma-Smoky, alles in Ordnung … ich meine, es ist natürlich nicht in Ordnung, aber ich bin okay. Es hätte ja ganz anders enden können. Ich hätte mich nie wieder erholen können, weißt du? Ich war nicht sicher, ob ich je wieder reden wollte oder ob die Albträume je wieder aufhören würden. Ich dachte daran, mich selbst zu töten. Aber jetzt mag ich mein Leben wieder. Ich liebe Elaina und Alan, und am meisten von allen liebe ich dich.« Sie grinst. »Zum Beispiel heute Abend. Wir haben Steaks gebraten.«

»Ja«, sage ich. »Leckere Steaks.«

»Das ist nichts Besonderes, aber es ist *alles*. Weißt du?«

»Ich weiß, mein Schatz.«

»Die Sache mit meiner Mom ist trotzdem passiert, Smoky. Sie ist passiert, und sie ist immer da, und auf gewisse Weise wird sie wohl immer bleiben. Und weißt du was? Ich *will* auch gar nicht vergessen. Ich glaube, an dem Tag, an dem ich mich nicht mehr erinnern kann, wie Mom in diesem Zimmer ausgesehen hat, stecke ich in ziemlichen Schwierigkeiten.«

Die schlichte Weisheit ihrer Worte nimmt dem Dolch, der beinahe mein Herz durchbohrt hätte, die Schärfe. Bonnie hat recht. Ich habe immer geglaubt, ich würde Matt und Alexa noch einmal umbringen, sobald ich nicht mehr um sie traure. Irgendwann wurde mir bewusst, dass Trauer nicht erforderlich ist, nicht einmal Schuldgefühle. Erinnern alleine genügt. Aber – ein riesengroßes Aber – Erinnern ist *unbedingt* notwendig.

»Ich verstehe«, sage ich zu Bonnie.

Sie lächelt mich an. »Ich weiß. Deswegen müsstest du auch verstehen, warum ich später den Job machen will, den du hast.«

»Wegen dem, was deiner Mom passiert ist.«

Die kühlen, berechnenden Augen sind wieder da. Die Zwölfjährige ist wieder verschwunden.

»Nicht nur wegen Mom. Auch wegen dem, was mir passiert ist. Wegen dem, was dir passiert ist. Wegen dem, was Sarah passiert ist.«

Sarah ist das überlebende Opfer eines Falles, den ich vor ein paar Jahren gelöst habe. Auch wenn sie sechs Jahre älter ist als Bonnie, haben die beiden sich in ihrem Elend gefunden und sind weiterhin enge Freundinnen.

»Jeder, den ich kenne und liebe, weiß, dass es diese Monster wirklich gibt, Smoky. Und wenn man weiß, dass es sie gibt, kann man nicht mehr so tun, als gäbe es sie nicht. Dann muss man etwas unternehmen.«

Ich starre sie an. Ich will diese Worte nicht aus diesem Mund hören.

Mein Gott, ich hasse dieses Gespräch. Weil die Räder in dem Moment in Bewegung gesetzt wurden, in dem Bonnie an ihre aufgeschlitzte tote Mutter gefesselt und ihrem Schicksal überlassen wurde. Weil sie sich damals verändert hat und zu der heutigen Bonnie geworden ist.

Es macht mich traurig. Ich habe in einer Phantasiewelt gelebt, als ich mir eingebildet habe, Bonnie würde zu einer normalen Erwachsenen heranreifen, in ein normales Leben hineinwachsen, einer normalen Arbeit nachgehen, heiraten und Kinder bekommen.

Wen habe ich damit täuschen können?

Bonnie nicht, so viel steht fest.

Ich seufze. »Ich verstehe.« Es mag mir nicht gefallen, aber ich verstehe sie wirklich.

»Dazu gehört aber, dass ich auf eine normale Schule gehe. Ich kann die Monster nicht verstehen, nicht wirklich, wenn ich nicht einmal normale Menschen verstehe, weißt du?«

Und du bist keiner von den normalen Menschen, Baby? Ich denke die Worte, doch ich spreche sie nicht aus. Ich will die Antwort nicht hören.

»Ich dachte, du willst zur Schule, weil du Freundinnen in deinem Alter finden möchtest.«

»Aber ich *bin nicht* in meinem Alter, Smoky.«

Endlich geschieht es, gegen meinen Willen. Diese schlichte Feststellung reicht aus, um eine Träne hervorzubringen. Sie kullert meine Wange hinunter. Bonnie verzieht sorgenvoll das Gesicht und streckt die Hand aus, um mir die Träne abzuwischen.

»Tut mir leid. Ich wollte dich nicht traurig machen.«

Ich räuspere mich. »Ich möchte nicht, dass du mir jemals irgendetwas anderes als die Wahrheit sagst. Ganz egal, wie ich mich dadurch fühle.«

»Aber ich möchte nicht, dass du dich schlecht fühlst. Ich könnte tot sein. Ich könnte in einer Klapsmühle sitzen. Ich könnte immer noch mitten in der Nacht schreiend aufwachen … du erinnerst dich?«

»Ja.«

Das ist uns beiden passiert, manchmal gleichzeitig. Albträume spazierten in unseren Schlaf, und wir wachten von unseren eigenen gellenden Schreien auf.

»Das alles ist viel besser heute, siehst du? Ich möchte nicht, dass du denkst, ich wäre nicht glücklich.«

Es gelingt ihr, tief in mich vorzudringen und die größte, schlimmste Angst einer jeden Mutter in Worte zu kleiden.

»Bist du denn glücklich, Bonnie?«

Ich bin ein wenig schockiert über den kläglichen, flehentlichen Klang meiner eigenen Stimme. Bonnie schenkt mir ein weiteres

Lächeln, ein unverfälschtes Lächeln ohne kalte Augen und Nebel und Schreie und Regen. Nichts als zwölf Jahre alter Sonnenschein, der wundervollste Sonnenschein, den es geben kann.

»Acht von zehn Tagen bin ich glücklich, Smoky.«

Ich muss an das denken, was Alan gesagt hat, und ich weiß, dass es stimmt. Dankbar zu sein für das, was einem gegeben ist, ist ein Klischee – aber nur, weil es so verdammt wahr ist. Bonnie ist hier, Bonnie ist wunderbar, intelligent, talentiert, sie spricht, sie hat keine Angst vor dem Leben und wacht des Nachts nicht mehr schreiend auf. Ja, sie hat sich verändert durch das, was sie erlebt hat, doch sie ist nicht daran zerbrochen, und letzten Endes ist das der größte Segen von allen. Fast ein Wunder.

Ich ziehe sie an mich und drücke sie ganz fest.

»Okay, okay«, sage ich. »Aber kannst du nicht bis zum Herbst warten? Dieses Schuljahr noch mit Elaina abschließen?«

»Ja, ja, ja, danke, danke, danke!«

Ich weiß, dass es die richtige Entscheidung ist, weil diese freudigen Laute einmal mehr echte, unverfälschte Zwölfjährige sind.

Wir verbringen den Rest des Abends eingehüllt in Normalität, ohne viel zu unternehmen, außer die Gesellschaft der anderen zu genießen. Für kurze Zeit mache ich mir nicht einmal Sorgen, ob jemand sterben könnte.

Irgendwie dreht die Welt sich auch ohne mich.

Ich erwache vom hartnäckigen Summen meines Handys. Mit verschlafenen Augen starre ich auf das Display. Es ist Alan, der anruft.

»Es ist fünf Uhr morgens«, sage ich statt einer Begrüßung. »Das kann nichts Gutes bedeuten.«

»Tut es auch nicht«, antwortet er. »Die Scheiße fliegt jeden Augenblick in den Ventilator.«

TEIL 2

DER STURM

KAPITEL 21

»Ich hab einen Anruf von Atkins bekommen. Er surft oft auf diesen viralen Video-Seiten …«

»Was?«, frage ich.

»Webseiten, die ihren Nutzern erlauben, Videoclips hochzuladen«, erklärt James. »Es kann sich um selbst gedrehte Clips handeln oder um bis zu drei Minuten lange Ausschnitte, die jemand aus den Nachrichten oder einer DVD oder was auch immer entschlüsselt hat.«

Ich runzle die Stirn. »Und welchen Sinn soll das haben?«

»Unterhaltung«, sagt Callie. »Voyeurismus. Kommunikation. Du findest auf diesen Seiten alles, von Skateboard-Unfällen auf dem Bürgersteig und brechenden Gliedmaßen bis hin zu reizenden, gerade erwachsenen Gören, die in ihren Bikinis herumsitzen und über Weltpolitik reden.«

»Bonnie kennt sich wahrscheinlich bestens damit aus«, seufze ich.

Callie tätschelt mir den Kopf. »Jeder kennt sich damit aus, Lämmchen, nur du nicht.«

Alan öffnet einen Browser und tippt eine URL ein: User-Tube.com. Einen Moment später füllt der Schirm sich mit einer Serie von hübsch angeordneten Miniatur-Fotos. Jedes Foto ist mit einer Legende versehen.

»Wipeout«, lese ich unter einem.

Das Bild zeigt jemanden, der von einem Motorrad segelt, als es in den Boden kracht.

Alan klickt das Foto an, und eine neue Seite öffnet sich.

Der Videoclip beginnt zu spielen. Wie nicht anders zu erwarten, sehen wir, wie ein Motorrad auf eine Rampe zurast, in die Luft segelt und den Landepunkt verpasst. Der Fahrer springt wie ein echter Superman ab, während die Maschine sich in den Boden bohrt. Superman landet, prallt ein paar Mal auf und bleibt schließlich reglos und merkwürdig verrenkt liegen.

»Autsch!«, sage ich und verziehe das Gesicht.

»Es geht noch weiter«, sagt Alan.

Wer immer den Clip gedreht hat, hat uns und sämtlichen anderen Zuschauern den Gefallen getan, bis zum Augenblick vor dem Aufprall zurückzuspulen und alles in Zeitlupe genüsslich zu wiederholen. Wir bekommen das Krachen und Knirschen der berstenden Maschine in jenem langen, gedehnten *Ooohneiin!*-Widerhall zu hören, während wir zusehen, wie der glücklose Fahrer durch die Luft segelt und wie ein menschlicher Basketball landet.

»Heftig«, murmle ich.

»Der moderne römische Zirkus«, sagt Callie.

»Was ist das, was da unter dem Clip steht?«

»Benutzerkommentare«, sagt Alan. »Man legt sich ein Benutzerkonto an, und dann darf man seine eigenen Clips hochladen und Kommentare zu denen verfassen, die andere hochgeladen haben.«

Er scrollt ein wenig nach unten, sodass ich einige der Bemerkungen lesen kann:

- *Scheiße, der ist ja wirklich im Arsch!*
- *Und da soll noch einer sagen, dass Menschen nicht fliegen können!*
- *Meine Fresse, habt ihr gesehen, wie er gehüpft ist? Meine Fresse!*
- *Wir haben alle das Gleiche gesehen wie du, Sackgesicht.*

»Intellektuelle unter sich«, stelle ich fest.

»Es ist nicht alles so chaotisch«, sagt Alan und navigiert zurück zur Homepage. »Es gibt Kategorien, siehst du?«

Ich lese die Überschriften. Spaß für die ganze Familie. Tiere. Verliebte. So langsam begreife ich die Anziehungskraft dieser Seiten.

»Also kann jeder hierherkommen und seine Videoclips hochladen, und andere können darüber reden?«

»Ja. Es gibt 'ne Menge Mist, aber es gibt auch ein paar ziemlich kreative Sachen. Kurzfilme, Comedians und Musiker, die sich auf diese Weise Gehör zu verschaffen suchen …«

»Und Sex, nehme ich an.«

»Nicht auf dieser Seite. Die Webmaster achten sehr streng darauf. Keine Nacktaufnahmen.«

»Aber die haben kein Problem damit, Blut und gebrochene Knochen zu zeigen«, sagt James.

»Stimmt.«

Ich schaue Alan an. »Du besuchst diese Seite regelmäßig?«

Er zuckt die Schultern. »Was soll ich sagen? Es macht süchtig. Jeder Clip ist ein Snack, keine Mahlzeit.«

»Man wird nicht satt von einem einzigen«, zwitschert Callie dazwischen.

»Okay«, sage ich. »Ich verstehe das Prinzip. Und jetzt zeigt mir bitte, was das alles mit uns zu tun hat.«

Alan deutet auf die Liste der Kategorien.

»Es gibt eine Kategorie ›Religion‹. Im Allgemeinen ist der Inhalt mehr oder weniger immer der gleiche. Prediger oder Möchtegern-Prediger halten ihre dreiminütigen Vorträge. Ein Rechter redet über die Sünde der Abtreibung, ein Linker über die Sünden jeglicher organisierter Religion.«

Er klickt auf die Kategorie, und eine neue Reihe Miniaturbilder füllt den Schirm.

»Die oberen zehn sind diejenigen, die du dir ansehen musst.«

Er klickt auf das erste Bildchen. Das Videofenster ist zunächst schwarz. Dann erscheinen weiße Druckbuchstaben: »Der Anfang: Eine Studie über Wahrheit und die Seele.«

Die Buchstaben verblassen, und ein paar weitere Sekunden

Schwärze folgen. Dann öffnet sich das Bild, und der Rumpf eines Mannes erscheint. Er sitzt an einem schlichten braunen Holztisch. Er ist von den Schultern bis zur Tischplatte zu sehen, mehr nicht. Die Wand hinter ihm ist grauer Beton. Das Licht kommt irgendwo von oben, gerade ausreichend, um ihn und seine unmittelbare Umgebung zu erhellen. Der Begriff *karg* kommt mir in den Sinn. Schnee auf einem baumlosen Feld. Seine Hände liegen ineinander verschränkt vor ihm auf dem Tisch. Sie halten einen Rosenkranz. Er trägt ein schwarzes Hemd und eine schwarze Jacke.

»Eine Studie über die Natur der Wahrheit«, beginnt er, »ist zugleich eine Studie über die Natur Gottes.« Seine Stimme ist tief – kein Bass, mehr Bassbariton. Es ist eine angenehme Stimme. Ruhig, gemessen, entspannt.

»Warum ist das so? Weil die grundlegende Wahrheit hinter allen Dingen ist, dass sie so existieren, wie Gott sie geschaffen hat. Die Wahrheit von etwas zu sehen bedeutet, es genau so zu sehen, wie es ist, nicht überdeckt von unseren eigenen Vorstellungen, unseren Vorurteilen, und unverstellt von unseren eigenen Ergänzungen. Mit anderen Worten, es ist im Moment seiner Erschaffung zu sehen, genau so, wie Gott es gemacht hat. Deshalb sieht man ein Stück vom Angesicht Gottes, wenn man die Wahrheit von irgendetwas sieht.«

»Interessant«, murmelte James. »Zwingend.«

»Was also hindert uns daran, diese Wahrheit zu erkennen? Wir alle wurden geboren mit Augen zu sehen und mit Ohren zu hören. Wir alle haben ein Gehirn, das die Eindrücke unserer Sinne verarbeitet. Warum aber erzählen dann zwei Menschen, die Zeugen eines Autounfalls werden, völlig unterschiedliche Versionen der Wahrheit? Und warum zeigt eine Videoaufzeichnung des gleichen Unfalls über jeden Zweifel erhaben, dass die Beobachtungen der beiden Menschen falsch sind?

Die Antwort ist offensichtlich. Weil nur die Videokamera unbestechlich das aufnimmt, was sie sieht. Ohne jede Veränderung. Was genau ist also der Unterschied zwischen einer Kamera und einem Menschen?« Er wartet ein paar Sekunden, ehe er weiterspricht. »Der Unterschied ist der, dass die Videokamera keinen eingebauten Filter besitzt. Sie hat keine ›Seele‹ und keinen ›Verstand‹. Man kann von hier aus extrapolieren, dass die Seele und der Verstand die Ursachen sind, falls es zu Fehleinschätzungen und Irrtümern kommt.

Doch wenn Gott alle Dinge erschaffen hat – und das hat er –, müssen wir anerkennen, dass er auch die Seele und den Verstand erschaffen hat. Gott macht keine Fehler. Deswegen sind Seele und Verstand bei der Geburt perfekt und imstande, die grundlegende Wahrheit zu erkennen. Man könnte argumentieren, dass es bei der Geburt keinen Filter gibt zwischen der Wahrheit der Welt und dem Selbst. Was ist dann dieser ›Filter‹? Dieses Ding, das den Menschen im Lauf der Zeit verändert, das seine Erinnerung weniger zuverlässig macht als eine Videokamera?«

Erneut verblasst das Fenster, wird schwarz, gefolgt von den gleichen weißen Buchstaben, die verkünden: »Ende des ersten Teils.«

Ich wende mich Alan zu. »Das ist ja alles ganz nett, aber was hat es mit uns zu tun?«

»Sieh weiter hin.«

Er klickt auf die nächste Miniatur, und einmal mehr durchlaufen wir den schwarzen Schirm, die weiße Schrift, und enden beim Erzähler.

»Der Filter ist die Sünde. Der Katalysator ist die Macht der Wahl. Gott verlieh dem Menschen die Fähigkeit, zwischen Himmel und Hölle zu wählen. Zwischen ewigem Leben und ewiger Verdammnis. Von dem Augenblick an, in dem wir den Mutterleib verlassen, treffen wir Entscheidungen. Und es ist die Natur unserer Entscheidungen, die im Lauf der Zeit über unser Schicksal entscheidet, wenn der Tod eines Tages an die Tür klopft.

Von dem Augenblick an, in dem wir uns für die Sünde entscheiden, erschaffen wir den Filter. Wir ziehen uns einen Schleier über die Augen und errichten eine Barriere zwischen uns und der grundlegenden Wahrheit der Dinge, wie Gott sie erschaffen hat. Verstehen Sie? In dem Maße, wie wir die grundlegende Wahrheit über uns selbst verändern – die von Gott geschaffene Wahrheit –, ändern wir unsere Wahrnehmung all der anderen Wahrheiten, all der anderen Werke Gottes. Das wird in der Bibel an zahlreichen Stellen beschrieben, beispielsweise in der Geschichte von Saul:

> *Auf der Reise aber begab es sich, als er sich der Stadt Damaskus näherte, dass ihn plötzlich ein Licht vom Himmel umstrahlte. Er stürzte zu Boden und hörte, wie eine Stimme zu ihm sprach: Saul, Saul, warum verfolgst du mich? Er antwortete: Wer bist du, Herr? Und dieser sprach: Ich bin Jesus, den du verfolgst. Es wird dir schwer werden, wider den Stachel auszuschlagen! Da sprach er mit Zittern und Schrecken: Herr, was willst du, dass ich tun soll? Und der Herr antwortete ihm: Steh auf und gehe in die Stadt hinein, so wird man dir sagen, was du tun sollst! Die Männer, die mit ihm reisten, standen sprachlos da. Sie hörten wohl die Stimme, sahen aber niemanden. Da stand Saul von der Erde auf. Als er aber die Augen öffnete, sah er nichts. Sie nahmen ihn bei der Hand und führten ihn nach Damaskus hinein. Und er konnte drei Tage lang nicht sehen und aß nicht und trank nicht.*

Sehen Sie? Saul konnte Jesus nicht sehen, obwohl er vor ihm war. Und später:

> *Da ging Hananias hin und trat in das Haus ein, und er legte Saul die Hände auf und sprach: Bruder Saul, der Herr hat mich gesandt, Jesus, der dir auf dem Weg hierher erschienen ist. Du sollst wieder sehen und mit dem Heiligen Geist erfüllt werden. Sofort fiel es ihm wie Schuppen von den Augen, und er konnte wieder sehen und stand auf und ließ sich taufen. Und nachdem er gegessen hatte, kam er wieder zu Kräften.*

Saul beichtete seine Sünden und ging zu Jesus Christus und war nicht mehr blind. Es gibt jene, die nur das Buchstäbliche in dieser Geschichte sehen und nicht die Metapher. Ich sehe sie als eine direkte Botschaft, ein Paradigma dessen, über das ich gesprochen habe. Saul war ein Sünder und aus diesem Grunde blind gegenüber Gott, selbst als dieser direkt vor ihm stand. Saul war erfüllt von Gott und gewann sein Augenlicht wieder. Was könnte offensichtlicher sein, grundlegender und wahrer?

Und so sage ich euch als jemand, der sein Leben lang daran gearbeitet hat, ein aufmerksamer Beobachter der Wahrheit Gottes zu sein, dass es eure Sünden, eure Geheimnisse, eure Lügen sind, die euch daran hindern, die allumfassende Liebe in der Welt rings um euch zu erkennen.

Vielleicht hört ihr diese Worte und stimmt damit überein und beschließt, von diesem Moment an in Wahrheit zu leben, ehrlich zu sein und nicht mehr zu sündigen. Ich begrüße das und heiße es gut, doch ich muss auch aufrichtig sein euch gegenüber und euch sagen, dass ihr versagen werdet, es sei denn, ihr begreift etwas Wichtiges: Die Wahrheit ist kein Streben. Die Wahrheit ist etwas Unmittelbares. Sie ist sofort und endgültig.

Was ich damit meine?

Das erkläre ich in unserer nächsten Diskussion: Die Natur der Wahrheit, die eine Lüge verbirgt – am Beispiel von Lisa/Dexter Reid.«

Abblende, das Bild wird schwarz.

»Heilige Scheiße«, sage ich.

»Warte ab«, sagt Alan grimmig. »Es kommt noch schlimmer.«

Er klickt auf das nächste Mini-Bild. Ich betrachte den Clip und kämpfe gegen das flaue Gefühl an, das in meinem Magen aufschäumt.

Erneut die Hände, die den Rosenkranz halten. Sie haben sich nicht bewegt, seit wir uns die Clips anschauen.

»Lisa Reid wurde als Dexter Reid geboren, Sohn von Dillon Reid und seiner Frau Rosario. Dexter wurde unzufrieden mit dem

Körper, den Gott ihm gegeben hatte, und beschloss, ihn zu verändern in dem Versuch, eine Frau zu werden.

Alle werden darin übereinstimmen, dass dies eine Ungeheuerlichkeit ist, die gegen den Willen des Herrn verstößt. Doch genau an diesem Beispiel, an dieser fehlgeleiteten Seele, können wir höchst lebendig das Phänomen der Wahrheit illustrieren, die eine weitere Lüge verbirgt. Dieses Phänomen funktioniert folgendermaßen: Eine Person enthüllt ein großes Geheimnis, eine schwere Sünde, eine schlimme Lüge. Es erfordert Mut, dazu zu stehen, und es verschafft dem Bekennenden sowohl Erleichterung als auch Bewunderung seitens seiner Umwelt. Er wird gelobt dafür, endlich mit der Wahrheit ans Licht gekommen zu sein. All das mag schön und gut sein … sieht man davon ab, dass es meist noch ein dunkleres, tieferes, unbekanntes Geheimnis darunter gibt.

Verstehen Sie? Indem man eine große Sünde enthüllt, befreit man sich von dem Verdacht, dass es noch eine weitere Sünde geben könnte. Wir sehen, dass der Betreffende die Wahrheit sagt, und wir weinen Tränen der Erleichterung mit ihm und wünschen, wir hätten die gleiche Charakterstärke, den gleichen neu gefundenen Mut und die gleiche Tugend. Doch ohne dass wir es ahnen, bleibt eine andere, viel größere Sünde ungesehen.

Das ist es, was ich meinte, als ich sagte, dass Wahrheit kein Streben, kein Weg, sondern eine augenblickliche Ankunft ist. Man gelangt entweder auf einen Schlag zur ganzen Wahrheit, oder überhaupt nicht. Es gibt keinen halben Weg zu Gott. Man ist entweder bei ihm oder nicht.

Aus Dexter Reid wurde Lisa Reid. Und er enthüllte gegenüber der Welt sein Geheimnis – den Wunsch, eine Frau zu werden. Er nahm das Entsetzen in Kauf, den Abscheu, die Geißelungen und die Schande, die damit einhergingen. Er ging unbeirrt seinen Weg und weigerte sich, trotz der gesellschaftlichen Missbilligung davon abzuweichen. Einige Leute – vielleicht sogar eine ganze Menge – bewunderten Dexter dafür. Sein Leben war schwierig, sogar gefährlich, doch er tat, was er tat, weil er das Gefühl hatte, es tun zu müssen – trotz aller Hindernisse. Die Definition von Mut.«

Eine weitere Pause. Diesmal bewegen sich die Hände. Ein Daumen kommt frei und reibt die Perlen des Rosenkranzes.

»Doch Dexter hatte noch ein Geheimnis. Er hat es seinem Tagebuch anvertraut. Ich habe die Seiten des Tagebuchs hier. Ich habe sie gestohlen, nachdem ich ihn getötet habe.«

Schwarzblende. Die weißen Buchstaben: »Fortsetzung im nächsten Clip.«

»Verdammt!«, rufe ich.

»Es ist nicht einfach, sich an dieses Medium zu gewöhnen«, räumt Alan ein.

Er klickt auf das nächste Vorschaubild. Als das Video beginnt, ist das Fenster ausgefüllt mit einem Blatt Papier. Ich erkenne Lisas Handschrift wieder. Der Erzähler zieht das Blatt von der Linse weg und hält es in der Hand, sodass er davon ablesen kann. Der Rosenkranz bleibt unverwandt in seiner Linken, und er bewegt andächtig die Perlen zwischen Daumen und Zeigefinger – eine Bewegung, die ihm so natürlich ist wie Gehen. Er beginnt zu lesen.

DIE SÜNDE DES DEXTER REID

KAPITEL 22

Es war ein perfekter Sommertag. Heiß, nicht zu schwül und angefüllt mit Dutzenden Verheißungen. Alles außer Schule.

Dexter stand auf der Veranda des Hauses und ließ den Blick über die Umgebung schweifen. Es war eine schöne Gegend, kein Zweifel. Nicht, dass das Schöne von den neuen Häusern herkam, sondern von den gepflegten, alten Villen, die sorgsam in Schuss gehalten wurden.

Der Himmel war von einem intensiven Blau; ein »Texashimmel«, wie Mom ihn nannte. Texas war ein Land voller flacher, wogender Hügel, und weil es in Austin kaum Wolkenkratzer gab, konnte man vielerorts von Horizont zu Horizont den blauen Himmel sehen. Es war wunderschön.

Dexter war an diesem Samstag wie üblich aufgewacht und seiner morgendlichen Routine nachgegangen. Sie war ihm kostbar, und dies umso mehr, je älter er wurde und je deutlicher er erkannte, dass sich etwas änderte. Er war elf Jahre alt und bereits imstande, die Grenzen zwischen den Geschlechtern zu erkennen, die – einst so verschwommen – mehr und mehr in den Mittelpunkt traten. Jungs, die nur ein Jahr älter waren als er, redeten viel häufiger und mit viel stärkerem Interesse und Hunger über Dinge wie »Pussy«. Es war eine beunruhigende Entwicklung.

Dexter war seit seinem sechsten Geburtstag jeden Samstagmorgen um halb sechs aufgestanden, ohne Wecker. Er hatte herausgefunden, dass einige der besten Zeichentrickserien – die alten in Schwarzweiß, die man sonst nirgendwo mehr zu sehen bekam –, in diesen frühen Stunden gesendet wurden.

Er pflegte aufzustehen und hinunter in die Küche zu gehen und sich einen Toast mit Zucker und Zimt zu machen – dick mit Butter, ungesunden Mengen an Zucker und genau so viel Zimt, dass alles ein klein wenig Biss bekam. Er schob den Toast in den Mini-Ofen, und wenn er wieder herauskam, brutzelte die Butter darauf. Dexter beobachtete durch die Scheibe, wie die Heizschlangen rot glühend und der Toast in der Hitze braun wurden.

Er liebte diese frühen Morgenstunden, wenn außer ihm niemand wach war, sodass er das ganze Haus für sich allein hatte – wenigstens in seiner Einbildung. Es war ein Gefühl von Freiheit und Sicherheit, nicht so sehr, dass niemals etwas passieren würde, sondern vielmehr, dass *jetzt*, in diesem Moment, nichts Schlimmes geschah. Die Zeit zwischen halb sechs und acht Uhr morgens war in Dexters Herz wie ein Waffenstillstand zwischen ihm und der Welt.

Sobald sein Toast ausreichend abgekühlt war (aber nicht zu sehr), legte Dexter ihn auf ein paar Papiertücher und ging damit ins Wohnzimmer, wo der Fernseher stand. Er schaltete das Gerät ein, suchte den richtigen Kanal und ließ sich auf seinen Bohnensack fallen. Mom hasste den Bohnensack, und Dad war ebenfalls nicht begeistert davon – er nannte ihn ein »Relikt aus den Siebzigern« –, doch Dexter hatte darauf beharrt, das Sitzmöbel zu behalten. Es war ein Talisman. Ein Teil des Rituals.

Manchmal gab es im Texas-Fernsehen in diesen frühen Morgenstunden *Inki und der Vogel Mynah*, aber die meiste Zeit wurde *Huckleberry Hound* gespielt oder sonst ein alter, nicht einzuordnender Zeichentrickfilm. Auf diese folgte *Tom und Jerry*, und von *Tom und Jerry* ging es weiter zur *Bugs Bunny Roadrunner Show*. Dexter sah sie alle nacheinander an und verfasste während der Werbeunterbrechungen im Kopf Listen mit all den schicken neuen Spielsachen, die er von Mom und Dad erbetteln konnte.

Der erste Teil der morgendlichen Magie endete stets gegen acht Uhr, wenn Mom und Dad aufstanden. Dexter liebte seine Eltern, doch der Zweck des Rituals war Einsamkeit, und sie brachen mit ihrer Gegenwart den Bann. Dexter ging stets unter die Dusche und zog sich an, während sie ihren ersten Kaffee tranken. Ein Kuss auf Moms Wange und ein gemurmeltes »Guten Morgen« zu Dad, und spätestens um halb neun war er durch die Tür und aus dem Haus.

Da stand er nun, Toast und Zeichentrick hinter sich und den ganzen Tag vor sich. Was sollte er mit seiner Zeit anfangen? Er hatte ein paar Dollars in der Tasche, das Ergebnis eifrigen Rasenmähens in der Nachbarschaft. Er konnte zum Circle K fahren und ein paar Comics kaufen. Oder er konnte sein Fahrrad nehmen und zum Teich fahren. Gütiger Himmel, er konnte tun und lassen, wozu er Lust hatte!

Er beschloss, zu Fuß zu gehen – eine ungewöhnliche Wahl, doch der Tag war großartig, und er wollte den Boden unter seinen Tennisschuhen spüren. Er ging hinunter zur Kreuzung, wo seine Wohnstraße in eine andere Straße mündete. Nach rechts gelangte man in den Park und zum Schwimmbad, links ging es nach Rambling Oaks, eine Gegend, die bei den Kindern nur »Wäldchen« genannt wurde.

Es war im Grunde genommen kein richtiges Wäldchen, mehr ein verwilderter Hain. Er befand sich ganz am Rand des Neubaugebiets, noch nicht gerodet und umgepflügt von Baggern als Vorbereitung für ein neues Wohngebiet mit größeren Häusern.

Die meiste Zeit verspürte Dexter keine große Lust, in den Wald zu gehen, doch an diesem Tag war es anders. Er war ein geselliges Kind, doch derzeit war ihm nicht nach Geselligkeit zumute. Also bog er nach links ab und nicht nach rechts. Es war eine einfache Entscheidung, doch sie würde sein Leben für immer verändern – wie das nun mal so ist mit solchen Dingen.

Die Straße endete unvermittelt vor festgefahrener Erde. Die festgefahrene Erde wiederum endete bei den Bäumen. Wenn man ein Stück weiterging, gelangte man auf Gras, und von dort ging es weiter zur nächsten Straße mit Häusern. Das Wäldchen war eine Art letzte Bastion, und hier geschahen alle möglichen Dinge.

Hier hatten mehr Teenager ihre erste Zigarette geraucht, als man zählen konnte. Hier wurden erste Küsse getauscht, und natürlich gab es auch Gerüchte über erste Blowjobs und Ähnliches, was Dexter allerdings für ziemlich unwahrscheinlich hielt. Er war nicht superintelligent, er hatte lediglich ein bisschen mehr Verstand als seine Altersgenossen, und dieser Verstand sagte ihm, dass es eine bessere Umgebung als das Wäldchen brauchte – zumindest ein Auto –, wollte man ein Mädchen aus der Gegend dazu bringen, dass es einem am Schwanz lutschte.

Schmutzige Magazine wurden hier gelesen. Dexter hatte im Verlauf des letzten Jahres einige davon zu sehen bekommen – allerdings waren seine Reaktionen darauf eher zwiespältig gewesen und wollten irgendwie nicht zu denen seiner Freunde passen. Die anderen hatten gegrölt und Witze gerissen und in kichernder Überzeugung verbale Juwelen wie »haarige Muschi« und »Pelzburger« von sich gegeben – doch nichts von alledem ergab irgendeinen Sinn für Dexter, waren doch die Frauen auf den Bildern dort unten in der Regel haarlos. Außerdem, was hatte ein Burger mit alledem zu tun?

Dexter wusste durchaus, dass in dem Wäldchen auch Tränen vergossen wurden. Nette Nachbarschaft hin oder her, von Zeit zu Zeit wurden trotzdem Kinder geschlagen. Und es gab Missbrauch, auch wenn niemand groß darüber redete. Das Wäldchen war ein Zufluchtsort, ein Hafen, ein Ort für das Einfache, das Illegale, das Dunkle und das Traurige. Selbst mit seinen elf Jahren hatte Dexter bereits begriffen, dass das Wäldchen zu jenen Orten gehörte, die er in seinem späteren Leben niemals vergessen würde. Es würde eine lebhafte, machtvolle Erinnerung sein, die ihn begleitete, selbst wenn es nur im Geiste war.

Er ließ sich Zeit auf seinem Weg die Straße hinunter. Genoss den Sonnenschein und die Geräusche. Niemand war so verrückt und mähte schon um diese frühe Stunde seinen Rasen, doch zwei Leute wuschen ihre Wagen, was eine gute Idee war. Dexter steckte die Hände in die Hosentaschen und entdeckte einen weißen Kiesel auf der Straße, der sich zum Kicken eignete. Es würde ein prachtvoller Tag werden!

Der Bürgersteig endete, und Dexter betrat nackten Boden. Es gab zwei Arten von Boden in Texas. Da war der dunkle, trockene, klumpige Boden, auf dem Gras und alles Mögliche andere wuchsen. Und da war der hellbraune, körnige Boden, der die Sonne aufzusaugen schien und immer mit Kies und Geröll durchsetzt war.

Das hier war diese zweite Sorte.

Bis zu den ersten Bäumen war es nicht weit, und Dexter beschloss, den Morgen zu einem ausgiebigen Spaziergang zu nutzen. Er würde das Wäldchen durchqueren und zur Straße dahinter weitergehen, um von dort in einem weiten Bogen nach Hause zurückzukehren und eine weitere Stärkung zu sich zu nehmen, Wurst oder Erdnussbutter und Marmelade, was auch immer, und Limonade dazu. Und dann vielleicht eine Fahrt zum Comicladen oder ins Schwimmbad.

Warum auch nicht? Der Tag gehörte ihm.

Er beschleunigte seine Schritte, als er zu den Bäumen ging, beflügelt von den erfreulichen Aussichten.

In diesem Augenblick hörte er die Stimme.

»Küss ihn, du dämlicher Idiot.«

Dexter erkannte diese Stimme auf der Stelle. Jedes Kind in der Gegend hätte sie erkannt. Sie gehörte Mark Phillips, einem üblen Schläger und ganz allgemein bösartigen Zeitgenossen. Marks Geschichte war so wenig originell wie der Texas-Dreck unter Dexters Tennisschuhen. Er war schnell gewachsen, war groß und stark geworden und genoss seine Macht über andere.

Mark hatte verschiedene Schutzgeld-Erpressungen am Laufen, wie nicht anders zu erwarten: Essensgeld-Beteiligungen, Comicheft-Anteile, Taschengeld-Prozente. Zuwiderhandlung oder Weigerung wurde bestraft, und das war der Punkt, in dem Mark sich wirklich hervortat. Er war bereit, in Sachen Grausamkeit weiterzugehen als andere.

Der durchschnittliche Schläger prügelte einen windelweich, drehte einem an den Brustwarzen oder ließ einem seinen Speichel in den Mund tropfen, während er einen am Boden festhielt. Mark benutzte diese Methoden ebenfalls, jedoch mit dem entscheidenden Unterschied, dass damit bei ihm noch lange nicht Schluss war. Tränen waren normalerweise das sichere Zeichen, dass man sich geschlagen gab. Nicht so bei Mark.

Dexter hatte es einmal am eigenen Leib erfahren müssen. Aus irgendeinem Grund – er wusste immer noch nicht genau, was ihn geritten hatte – hatte er sich geweigert, Mark einen Comic zu geben, als er es von Dexter verlangt hatte. Marks Reaktion war augenblicklich und heftig gewesen. Er hatte Dexter so fest ins Gesicht geschlagen, dass dieser zu spüren glaubte, wie seine Augen in den Höhlen umherschwappten. Der nächste Schlag hatte den Solarplexus getroffen, und Dexter war in die Knie gebrochen, während er nach Atem gerungen hatte.

Noch im gleichen Augenblick hatte Mark sich auf ihn geworfen, ihn am Boden festgenagelt, die Arme unter den Knien gefangen.

»Dir Schwuchtel sind endlich Eier gewachsen, was? Ganz beschissene Idee, Schwuchtel. Jetzt wirst du dafür bezahlen.«

Dexter erstarrte. Er hatte geglaubt, dass er bereits dabei war zu bezahlen. Plötzlich bekam er keine Luft mehr. Panik kam herangerollt wie eine Tsunamiwelle. Er war sicher, dass er sterben würde. Er starb natürlich nicht, doch es fühlte sich so an.

»Ich werd dir was zeigen, das ich im Fernsehen in einer Kampfsportsendung gesehen habe, Schwuchtel«, sagte Mark. Sein Tonfall war beinahe fröhlich. Dexter sah zu dem großen Jungen hoch und strich das »Beinahe« aus dem letzten Gedanken.

Mark setzte einen Daumen rechts und links von Dexters Gesicht und drückte auf eine Stelle direkt unterhalb des oberen

Wangenknochens. Er drückte nach oben. Nicht besonders fest – was die ganze Sache noch beängstigender machte, weil selbst der schwache Druck bereits entsetzlich wehtat.

»Na, geiles Gefühl, was? Da ist so ein Nervendingsbums, ein Akupressurpunkt oder so. Ist ja auch egal – tut schlimmer weh als ein Tritt in die Eier.«

Und dann drückte er richtig zu, machte seine Daumen zu stählernen Klauen und drückte mit all seiner nicht unbeträchtlichen Kraft.

Dexter konnte nicht anders, seine Augen quollen ihm aus den Höhlen. Er schrie nicht bloß, er *brüllte*. Der Schmerz war augenblicklich und furchtbar und überall. Es fühlte sich an, als hätte Mark Dolche in Dexters Wangen gerammt.

Er konnte Mark sehen, durch den wabernden Schmerz hindurch, am Rand seines Gesichtsfelds, wie er fröhlich grinste. Marks Augen leuchteten. Dexter spürte die Erektion des größeren Jungen, als der sich auf ihn drückte. Davon, dass er einen Schwächeren zum Jammern und Schreien brachte, bekam Mark einen Steifen.

An diesem Punkt hätte es aufhören müssen. Bei jedem anderen Schläger wäre es so gewesen. Doch an diesem Tag fand Dexter heraus, dass Mark bereit war, sich ganz unmissverständlich zu machen.

Er hörte nicht auf. Er drückte noch fester zu. Er drückte und grinste, während Dexter brüllte, und er drückte so lange, bis Dexter sich in die Hose pinkelte. Und Dexter schrie, bettelte, flehte um Gnade.

»Ist deine Mama eine Hure?«, fragte der größere Junge.

»Ja, ja, ja!«, kreischte Dexter.

»Dann sag es! Sag mir, dass deine Mama eine dreckige, alte, schwanzlutschende Hure ist, die drauf steht, in den Arsch gefickt zu werden.«

Erneut spürte Dexter dunkel den erigierten Penis des anderen, pulsierend jetzt.

Zu Dexters Gunsten sei gesagt, dass er angesichts der ungeheuerlichen Forderung seines Peinigers zögerte. Doch dann drückte Mark noch fester zu.

»Okay, okay, okay!«, kreischte Dexter. »Sie ist eine dreckige, alte, schwanzlutschende Hure!«

»Die sich gerne in den Arsch ficken lässt«, sagte Mark.

»Die sich gerne in den Arsch ficken lässt! Bitte hör auf, bitte hör auf ... bittehörauf bitte ...«

Endlich ließ Mark locker. Nahm die Daumen weg. Doch er stand nicht sofort auf, ließ Dexter nicht sofort frei. Er blieb auf ihm sitzen, starrte mit halb geschlossenen, hungrigen Raubtieraugen auf ihn hinunter, während sein Penis gegen Dexters Bauch pulsierte. Betrunken vom Machtrausch – von der Macht, anderen Schmerzen zuzufügen.

»Hör zu, Schwuchtel«, sagte Mark. »Wenn du auch nur ein Sterbenswörtchen von dem erzählst, was ich hier mit dir gemacht habe, und ich erfahre davon, reiß ich dir den Schwanz ab. Das ist mein Ernst. Kapiert?«

Dexter konnte nicht sprechen. Er zitterte am ganzen Leib, und das Pochen in seinen Wangen wollte nicht aufhören. Es fühlte sich beinahe so an, als hätte Mark seine Daumen nie weggenommen. Er schüttelte den Kopf, *nein, nein*, und brach in Tränen aus. Heftige, raue Schluchzer ließen ihn am ganzen Körper beben.

Mark starrte ihn angewidert an.

»Verdammte Pussy-Schwuchtel.«

Eine Sekunde später war der Schläger verschwunden. Dexter drehte sich auf die Seite und übergab sich auf den guten alten Texas-Boden. Seine Wangen standen in Flammen. Es dauerte beinahe zwei Tage, bis das Pulsieren völlig abebbte, und er konnte in dieser Zeit keinen Bissen essen.

Es war Dexters erste Begegnung mit nacktem, schierem, Todesangst erweckendem Terror, und diese Begegnung hatte ihre Spuren hinterlassen. Dexter zweifelte nicht daran, dass der Schläger seine Drohung in die Tat umsetzen würde. Mark *liebte* es, anderen Schmerz zuzufügen. Das war es, was ihn antrieb, was seine Reifen mit Luft befüllte, was sein Rückgrat stärkte.

Mark war von Grund auf böse, so viel war Dexter klar. Kinder kennen keine Grauschattierungen. Moralische Mehrdeutigkeiten kommen erst später, wenn Kinder beginnen, ihre eigenen Fehler und Missetaten zu rechtfertigen. Mark war ein Monster, gnadenlos, verderbt und grausam.

Und als Dexter nun Marks Stimme sagen hörte: »Küss ihn, du verdammter Bekloppter«, da war das kein gutes Zeichen, ganz und gar nicht.

Jahre später fragte Dexter sich, warum er nicht auf dem Absatz kehrtgemacht hatte und in die Straße zurückgerannt war, zurück zur Kreuzung und dem Weg, der zum Teich und in den Park führte. Warum er nicht ein Elfjähriger geblieben war.

Doch an jenem Tag bewegte er sich weiter in Richtung der Stimme, voller Angst und doch außerstande, sich abzuwenden.

Hinter der ersten Reihe von Bäumen gab es eine kleine Lichtung. Und dort stand Mark über Jacob Littlefield.

Jacob war älter als Mark oder Dexter, beinahe siebzehn, doch er war kleiner und schwächer als Mark und geistig langsamer als Dexter. Jetzt wurde Dexter auch klar, dass Marks »Bekloppter« wortwörtlich gemeint war. Er benutzte eine gemeine Beleidigung, die Jacob sicher schon häufig gehört hatte und deren Bedeutung er zweifellos verstand.

Jacob war auf Händen und Knien und weinte wie ein verlorenes Baby. Er hatte ein großes rundes Gesicht und kurz geschnittene blonde Haare. Seine Haut war milchig weiß, die schönste Haut, die Dexter je bei einem anderen Jungen gesehen hatte. Jacob war ein süßer kleiner Kerl, immer lächelnd und sehr zutraulich. Seine Mutter hielt ihn normalerweise streng im Auge. Dexter fragte sich, was da passiert war.

Mark deutete auf seinen rechten Fuß, der, wie Dexter bemerkte, nackt war. Er sah widerlich aus, unappetitlich und schmutzig.

»Ich hab gesagt, du sollst ihn küssen, du zurückgebliebenes

Sackgesicht! Du sabberst doch die ganze Zeit, da kriegst du doch genug Spucke zusammen, um zwischen meinen Zehen sauber zu lecken.«

»Aber ich will nicht!«, jammerte Jacob. »Bitte zwing mich nicht.«

Mark schlug dem Jungen mit aller Wucht ins Gesicht. Dexter hörte es klatschen und erschauerte.

»Tu, was ich sage, oder ich schlag dir die Zähne ein, du Hirni. Hast du kapiert?«

Mark schlug erneut zu, und jetzt fing Jacob an zu heulen, richtig laut, wie ein Baby, das sich verlassen fühlt. Mit einer Mischung aus Entsetzen und Faszination beobachtete Dexter, wie Jacob sich nach vorn beugte und anfing, Marks hässlichen, schmutzigen Fuß zu küssen und zu lecken.

Scheiße, schoss es ihm durch den Kopf. Dexter fluchte nicht oft, aber Scheiße war ein vielseitiges Wort. Manchmal passte es für eine Sache wie angegossen. Und dies hier war so eine.

»So ist es gut, du Idiot. Mach ihn schön sauber.«

Dexter erkannte den Ausdruck in Marks Gesicht. Wildes, irres Vergnügen. Er war sicher, dass Mark wieder *ein Zelt gebaut* hatte, wie sie gerne sagten, wenn sie bei Freunden schliefen. Nur, dass es diesmal nicht witzig war. Ganz und gar nicht. Dexters Kehle war wie ausgetrocknet, und sein Mund schmeckte wie Staub. Er war sicher, dass er gerade das Schlimmste sah, was er je im Leben gesehen hatte.

Er wusste, dass er so schnell wie möglich von hier verschwinden musste. *Verdammt* schnell. Sonst würde er sich mit ziemlicher Sicherheit neben Jacob wiederfinden und den Dreck und Käse von Marks Zehen lecken, bis sie glänzten.

Aber was war mit Jacob?

Der Gedanke blieb nicht aus. Schließlich war Dexter ein anständiger Junge. Die Antwort kam rasch und erfüllte Dexter mit Scham, aber auch mit Erleichterung.

Tut mir leid, Jacob. Ich möchte nicht in deiner Haut stecken.

Das war nicht heldenhaft, doch der bloße Gedanke an das, was Mark schon einmal mit ihm, Dexter, getan hatte, ließ ihn schaudern und seine Blase nervös werden.

Jacob war auf sich allein gestellt. Es war *Scheiße*, aber es gab keine andere Möglichkeit.

Dexter wandte sich zum Gehen, und in diesem Moment geschah es.

Es war wie eine Szene aus einem schlechten Film. Das älteste Klischee der Welt. Er trat auf einen Stock. Es war ein trockener Sommer gewesen, und das Holz brach mit einem Geräusch so laut wie ein Chinakracher.

Der Stock knackte, und eine Sekunde später war Mark bei ihm.

Das Problem bei Typen wie Mark – das, was sie erst richtig schlimm machte – war die völlige Skrupellosigkeit, die das Fehlen jeglicher Moral ihnen verschaffte.

Dexter hörte die Bewegungen des älteren Jungen und spürte, wie eine große, kräftige Hand ihn im Nacken packte, bevor er Gelegenheit bekam, den gedanklichen Befehl *»Lauf weg!«* in Bewegung umzusetzen.

»Na, wen haben wir denn da?«, kicherte Mark. »Sieht so aus, als gäb's hier 'ne richtige Versammlung von Bekloppten.«

»Lass mich los, Mark«, sagte Dexter mehr aus Gewohnheit als aus Hoffnung, dass der größere Junge auf ihn hören würde. »Ich bin nur … spazieren gewesen. Ich hab nicht … auf meine Umgebung geachtet. Ich hab nichts gehört oder gesehen, ich schwör's!«

Mark drückte ein wenig fester zu, und Dexter wand sich. Es war noch kein richtiger Schmerz, doch es war bereits eine Andeutung.

»Das glaub ich dir nicht, Schwuchtel«, sagte Mark. »Ich hab hier eine kleine Party am Laufen, und ich finde, du solltest mitmachen.«

Er drehte sich ohne ein weiteres Wort um und marschierte zusammen mit Dexter, den er immer noch am Nacken gepackt hielt, auf die Lichtung zurück. Jacob war noch immer auf Händen und Knien. Er zitterte, stammelte. Dexter wunderte sich nicht, dass der ältere Junge nicht weggelaufen war. Mark hatte ihm wahrscheinlich gedroht, ihn umzubringen, sollte er es versuchen. Besser den Fuß ablecken als sich für den Rest seiner Tage umdrehen zu müssen. Jedes kleine Kind, das von älteren schikaniert wurde, verstand diese Logik.

Mark versetzte Dexter einen Stoß, und er segelte nach vorn. Er stolperte und landete so unglücklich im Dreck, dass er sich das Kinn aufschlug und seine Zähne mit solcher Wucht zusammenkrachten, dass er es im Schädel spürte wie einen Schlag mit einem dicken Holzlöffel.

»Leck weiter, Idiot!«, herrschte Mark den anderen Jungen an.

Jacob schluchzte, doch sein Widerstand war gebrochen. Er machte sich erneut daran, Marks dreckige Zehen mit der Zunge zu säubern. Dexter drehte sich um und setzte sich hin. Er wischte sich über den Mund. Seine Zähne schmerzten.

Die Sonne war heiß, doch ihre Wärme tat längst nicht mehr gut. Sie war plötzlich mehr surreal. Dexter fühlte sich, als wäre er lebendig in einem Backofen eingesperrt. Die Geräusche der Insekten und Vögel ringsum klangen irgendwie träge.

Sirup-Albträume.

So pflegte Nana diese Art von Träumen zu nennen. Die Träume, in denen man weglaufen will und das Gefühl hat, sich durch Mus zu bewegen. Sie nannte es »Albtraum-Sirup«, und sie hatte Dexter erklärt, dass dieses Albtraum-Sirup manchmal sogar dann erschien, wenn man hellwach war.

Mark richtete den Blick aus halb geschlossenen Eidechsenaugen auf Dexter. Er war äußerst zufrieden. Das war genau sein Ding. Unterdrückung, Erniedrigung, Macht. Mark wusste, was er wollte, und er hatte keinerlei Gewissensbisse.

»He, Schwuchtel. Du hast die Wahl. Du kannst tun, was ich sage, oder du kriegst noch mehr von dem, was du vor ein paar Monaten gekriegt hast.«

Die Worte ließen Dexter erschauern. Auf seiner Stirn bildeten sich Schweißperlen. Sein Mund wurde trocken.

Was immer er will, es kann nicht so schlimm sein wie das hier. Nichts auf der Welt kann so schlimm sein.

»Okay, Schwuchtel. Du holst deinen kleinen albernen Pimmel raus und lässt diesen Trottel daran saugen. Ich will, dass er an deinem Oskar Meyer lutscht.« Erneut dieses träge, zufriedene, von keinerlei Gewissensbissen beeinträchtigte Grinsen. »Er lutscht, und du kommst, du Hampelmann. Wenn du nicht kommst, kriegst du die Daumen zu spüren, klar?« Er wackelte mit besagten Daumen und grinste noch breiter.

Noch Jahre später sollte Dexter sich fragen, wie es kam, dass Typen wie Mark so genau wussten, wo sie das Messer ansetzen mussten, damit es am meisten wehtat. Es war eine unheimliche Fähigkeit. Wie ein Hai, der Blut im Wasser schmecken konnte.

Dexter hatte sich immer bemüht, ein guter Junge zu sein. Auch er konnte wütend und selbstsüchtig sein, doch bis zu diesem Augenblick hatte er noch nie etwas wirklich Böses, Hässliches getan. Er hatte seine Wut noch nie an einem Schwächeren ausgelassen. Er hatte niemals ein wehrloses Tier gequält, und seine Lügen waren Notlügen und nicht der Rede wert. Irgendwie schien Mark das zu spüren. Deshalb wollte er es ändern, weil er wusste, dass es Dexter sehr viel stärker schmerzte, als wenn er Marks Käsefuß sauber leckte oder sich unter seinen eisernen Daumen wand.

»Und wenn nicht?«

»Leck weiter, Trottel!«, schnauzte Mark den vor ihm knienden Jacob an; dann richtete er seinen Schlafzimmerblick und das Eidechsengrinsen wieder auf Dexter. »Ich bring dich zum Schreien, Schwuchtel-Bubi. Ich bring dich so zum Schreien, dass dir dein Spatzenhirn aus den Ohren rausfliegt.«

Dexter kämpfte gegen seine Angst an. So viel Wahrheit gestand er sich selbst zu, wenn er sich in späteren Jahren an jenen

Tag erinnerte. Er versuchte es. Doch Mut im Angesicht von Folter – das fand er an jenem Tag heraus – gab es vielleicht in Comics, nicht aber für elfjährige Jungen, denen ein anderer Ausweg angeboten wurde.

Er stand auf, ging zu Mark und blickte hinunter auf Jacob, dessen Weinen inzwischen ein wenig verebbt war. Er leckte immer noch Marks Füße, die inzwischen tatsächlich ziemlich sauber aussahen.

Saubere Arbeit, dachte Dexter am Rande der Hysterie.

Jacob hielt einen Augenblick inne und sah zu Dexter auf. Er hatte tatsächlich eine wunderschöne Haut und die Augen eines Kindes. Groß und zutraulich. Aus seiner Nase lief Rotz, und auf seinen Wangen zeigten sich schmutzige, nasse Spuren vom Weinen.

»Bevor du ihn lutschen lässt, will ich, dass du ihm eins in die Fresse haust«, sagte Mark, und seine Stimme klang schleppend und träge.

Tu das nicht!, schrie es in Dexters Innerem. *Das kannst du nicht ungeschehen machen, nie wieder!*

Dexter vermochte den Blick nicht von Jacobs Gesicht abzuwenden. Von diesem runden, dümmlichen, lieben Gesicht. Er spürte, wie irrationaler Zorn auf Jacob ihn erfasste. Wäre dieser Blödmann nicht, würde er, Dexter, sich jetzt nicht in dieser Lage befinden. Dann würde er nicht zu so etwas Schrecklichem gezwungen.

Wärst du nicht so ein Idiot, Jacob! Wärst du doch nicht hier, und wäre ich nicht hier und würde spazieren gehen, weil es ein so wunderschöner Samstagmorgen ist!

Wut erfasste Dexter. Später, viel später wurde ihm klar, dass es Frust und Angst und Scham waren, die zusammenkamen.

Er holte mit der Hand aus. Sie hing in der Luft, zitternd.

»Na los, Schlappschwanz«, stichelte Mark und weidete sich an der Qual seines Opfers.

Dexter war in der Hölle.

Er schloss die Augen, sodass er Jacobs Gesicht nicht mehr sehen konnte. Er hielt sich an seiner Wut fest, hielt sie aufrecht, so gut er konnte, und schlug zu.

KAITEL 23 »Ich schlug diesen armen Jungen ins Gesicht, und dann … dann machte ich, was Mark von mir verlangt hatte, und ich sah zu, wie Mark ihn hinterher bedrohte«, liest der Mann in dem Videoclip weiter. »Er sagte Jacob, er würde ihn töten, falls er quatschte, und hinterher würde er Jacobs Mom vögeln.

Das war das Ende der Samstage meiner Kindheit. Ich versuchte weiterhin, in den frühen Morgenstunden aufzuwachen, doch die Zeichentrickfilme waren seltsam blass geworden, und der Zimttoast schmeckte nicht mehr so gut wie vorher.

Auch ich selbst fühlte mich nie wieder wie zuvor. Man hat Vorstellungen von sich selbst, insbesondere als Kind. Ideale. Man glaubt, man wäre mutig, wenn es darauf ankommt, und dass man in einer schwierigen Situation die richtige Entscheidung treffen würde. Mark raubte mir diese Illusion. Ich begriff, dass ich imstande war, einem anderen – noch dazu jemand Hilflosem – Schmerz zuzufügen, ihn sogar zu vergewaltigen, um meine eigene Haut zu retten. Ich war kein Held, wenn es darauf ankam, und was auch immer sonst geschehen wird, ich werde es nie vergessen.

Ich habe Nana erzählt, was passiert war. Ich habe es ihr erzählt und geweint, und sie hat mich gehalten, lange Zeit, und schwieg, während sie über alles nachdachte. Am Ende sagte sie zu mir: Jeder Mensch hat ein kleines hässliches Geheimnis. Erinnere dich das nächste Mal an deines, bevor du andere verurteilst.

Nana war der einzige Mensch, der davon wusste – bis zu diesem Jahr. Ich fand einen Priester, einen guten Menschen, der bereit war, meine Beichte anzuhören. Ich redete, er hörte zu, und dann, Wunder über Wunder, erteilte er mir die Absolution. Er sagte mir, Gott würde mir vergeben, und ich glaube ihm. Gott ist wirklich nicht das Problem, wie mir immer mehr bewusst wird. Ich bin nur nicht sicher, ob ich bereit bin, mir selbst zu verzeihen. Aber ich versuche es. Ich versuche es wirklich …«

Der Mann legt das Blatt vor sich auf den Tisch und faltet erneut die Hände. Daumen und Zeigefinger reiben weiterhin die Perlen des Rosenkranzes.

»Dexter Reid hat also der Welt ein Geheimnis enthüllt – seinen Wunsch, eine Frau zu sein. Doch er hielt ein weiteres Geheimnis zurück, das mit sehr viel mehr Schande verbunden war, zumindest für ihn selbst. Die ganze Wahrheit und nichts als die Wahrheit, wie es so schön heißt. Leicht zu sagen, schwer zu tun, notwendig für die Erlösung …

Ein weiteres Beispiel gibt uns der Tod von Rosemary Sonnenfeld.«

Schwarzblende.

»Ist das ungute Gefühl gerechtfertigt, das mich gerade überkommt?«, frage ich Alan.

»Ja.«

»Dann weiter.«

Alan klickt den nächsten Clip an. Diesmal verkündet die weiße Schrift: »Tod und Sünde der Rosemary Sonnenfeld.«

»Rosemary war der Inbegriff einer Sünderin«, intoniert der Mann. Er klingt nicht sonderlich abschätzig, eher nüchtern. Er sagt einfach, wie es ist. »Sie verbrachte ihre Jugend mit Sex, Drogen und Perversion. Am tiefsten Punkt angelangt, ließ sie Gott in ihr Leben ein und beichtete ihm ihre Vergangenheit. Sie enthüllte ihre dunklen Geheimnisse und versuchte fortan, auf dem rechten Weg zu bleiben. Doch wie Dexter Reid hatte auch Rosemary ein zweites, tieferes Geheimnis, eine verborgene größere Sünde. Sehen Sie selbst.«

Ein Schnitt, und der Videoclip zeigt eine Frau, das Gesicht über einer Linie Kokain, einen Strohhalm in der Hand. Sie ist nackt, und sie zittert. Ich erkenne Rosemary. Sie beugt sich vor, schnupft das Kokain.

»Noch mehr«, befiehlt eine Stimme im Hintergrund. Es ist die Stimme des Mannes in den Clips.

Rosemary blickt auf. Ihre Augen sind wirr, doch ich sehe die Angst darin.

»Wenn ich weitermache, sterbe ich«, lallt sie.

»Stimmt«, sagt die Stimme. »Und wenn du es nicht tust, schieße ich dir die Kniescheiben weg und schneide dir die Brüste ab, und dann stirbst du auch, aber es ist sehr viel schmerzhafter und dauert länger.« Eine Pause. »Also, weiter.«

Ein Ausdruck von Resignation huscht über Rosemarys Gesicht. Sie beugt sich wieder über das Kokain und nimmt eine weitere riesige Prise. Es scheint nicht aufzuhören. Der Strohhalm rutscht ihr aus den Fingern, ihr Kopf schnappt nach hinten, die Augenlider flattern, das Haar hängt im Rücken. Es ist eine abscheuliche Art von Kunst. Die Ästhetik des nahenden Todes.

»Jetzt leg dich zurück«, sagt der Mann mit beruhigender Stimme. »Leg dich zurück, meine Tochter.«

Eine behandschuhte Hand kommt ins Bild und stößt ihren nackten, zitternden Leib auf das Bett. Rosemary lächelt, beißt sich auf die Unterlippe. Auf ihrer Stirn zeigen sich kleine Schweißperlen. Sie ist das Bild einer Frau, die ganz dicht vor etwas Ekstatischem, Wundervollem steht. Wieder und wieder presst sie die Oberschenkel zusammen wie jemand, der versucht, einen Orgasmus zu unterdrücken.

»Erzähl uns von Dylan, Rosemary.«

Das Pressen endet, und sie scheint in die Wirklichkeit zurückzukehren. Sie runzelt die Stirn, erschauert, fängt an zu schwitzen.

»Wo-woher wi-wissen Sie …? Wi-wie …? Der einzige M-Mensch, mit dem ich da-darüber gesprochen habe, war m-mein …«

»Ich weiß, Rosemary«, unterbricht er sie. »Du stirbst. Tritt mit der Wahrheit auf den Lippen vor deinen Schöpfer. Erzähl uns von Dylan. Er war dein Bruder, ist es nicht so?«

»J-ja. Bruder. Wu-wunderbarer Bruder.«

»Wie alt war Dylan?«

Sie zuckt krampfhaft und schließt die Augen.

»Dreizehn«, zischt sie.

»Und wie alt warst du?«

»Fünfzehn fünfzehn fü-fü-fünfzehn«, sagt sie in einem Singsang.

»Erzähl uns alles, Rosemary. Erzähl uns, erzähl Gott, was du mit dem wunderbaren Dylan getan hast.«

Eine lange Pause, und jetzt zittert sie richtig. Ihr Atem wird flacher, geht schneller.

Sie hat nicht mehr viel Zeit, schießt es mir durch den Kopf.

»Ich bin eines Nachts in sein Bett geschlichen und habe seinen Schwanz gelutscht«, krächzt sie, diesmal ohne zu stocken. »Ich habe ihn gelutscht, und er konnte nicht anders, als mich machen zu lassen. Ich habe ihn wieder hart gelutscht, und dann hab ich ihn gefickt.«

»Und was ist am nächsten Tag passiert, Rosemary?«

Schweigen. Zuckungen. Schwitzen.

»Was ist am nächsten Tag passiert, Rosemary?«

Sie schüttelt den Kopf, hin und her, hin und her.

»Nein … nein … nein …«

»Gott liebt dich, Rosemary. Gott ist Liebe.«

Diese Worte bewirken eine Veränderung, die ich nicht verstehe. Rosemary bricht in Tränen aus.

»Er hat sich umgebracht. Er ist ins Bad gegangen und hat sich die Pulsadern aufgeschnitten. Er hat keinen Abschiedsbrief hinterlassen, weil er wusste, dass ich den Grund kenne. Niemand sonst hat ihn je erfahren. Nicht Mom, nicht Dad, aber ich, ich kannte ihn, kannte ihn, kannte ihn … Das Böse in mir, der verdammte Hunger hatte den süßen Dylan getötet … Hat ihn gezwungen, gegen seinen Willen Böses zu tun … hat ihn lebendig aufgefressen. Das hungrige Böse in mir hat ihn getötet.«

Es überläuft mich eiskalt angesichts der Qual in ihrer Stimme. *Das hungrige Böse.*

»Sehr gut, Rosemary«, sagt die Stimme, in der erstaunlicherweise tiefes Mitgefühl liegt, das aufrichtig zu sein scheint. »Ich werde dir jetzt Frieden geben. Ich werde dich nach Hause zu Gott schicken. Würde dir das gefallen?«

Sie spricht das Vaterunser.

»Vater unser, der du bist im Himmel …«

Ein langer Metallstab mit einer scharfen Spitze erscheint im Blickfeld der Kamera.

»… geheiligt werde dein Name …«, sagt der Mann.

Schnitt.

Wir sehen den Mann wieder am Tisch sitzen. Ich weiß, was in der Zwischenzeit passiert ist. Er hat Rosemary den Stab in die Seite gerammt, mit der Spitze schräg nach oben, ins Herz, und ihr den schnellen Tod verschafft, den er ihr versprochen hatte.

»Einmal mehr«, sagt der Mann. »Sehen Sie? Ein enthülltes Geheimnis, das ein weiteres, tieferes, dunkleres Rätsel verbirgt. Die Wahrheit ist kein Streben, sondern eine augenblickliche Ankunft.«

Zum ersten Mal ändert sich seine Körperhaltung. Er schiebt den Rosenkranz zur Seite und legt die Hände flach auf die Tischplatte.

»Ich habe mein Leben damit verbracht, mich auf diesen Moment vorzubereiten. Auf diese Enthüllung. Ich habe dies nicht um meiner selbst willen getan. Ich habe dies nicht getan, weil ich das Töten genieße.«

»Natürlich nicht«, ätzt Callie.

»Ich habe diese Zeit gebraucht, um ein nicht zu widerlegendes Argument für die Wahrheit zu liefern. Denn wie lautet die grundlegendste Wahrheit? Lebe mit Lügen, lebe in Sünde, und du bringst dich selbst um die Früchte des Himmels. Lebe mit der Wahrheit, beichte deine Sünden, halte nichts zurück, und du wirst sitzen zur Rechten Gottes, wenn dein letzter Tag gekommen ist. So einfach ist das. Es erfordert keine Debatten, keine endlosen

Diskussionen. Es erfordert weiter nichts als eine Ebene des Absoluten, auf der man handelt.

Wir alle lieben unsere kleinen Sünden. Die Geheimnisse, die wir für uns behalten – manchmal sind sie das Einzige, das wir wirklich und wahrhaftig unser Eigen nennen können. Ich verstehe das sehr wohl. Ich weiß, dass das Leben hart sein kann. Die Mutter, die drei Jobs gleichzeitig hat und ohne fremde Hilfe vier Kinder aufzieht, stiehlt sich für kurze Zeit davon, um sich mit einem verheirateten Mann zu treffen. Es verleiht ihrem Leben einen Schuss Aufregung und ein gestohlenes, vorübergehendes Gefühl von Freiheit, ohne dass sie glaubt, sterben zu müssen. Oh ja, die Sünde kann manchmal wie Wasser in der Wüste sein. Das ändert für die Frau aber nichts daran, dass sie niemals ins Himmelreich eingehen wird, wenn sie ohne vollständige und vorbehaltlose Beichte ihrer Sünde stirbt, mag sie noch so fleißig arbeiten, und mag sie ihre Kinder zu noch so anständigen Menschen erziehen. Fragen Sie sich also selbst: Sind diese gestohlenen Augenblicke eine Ewigkeit in Verdammnis wert?

Ich habe zwei Jahrzehnte damit verbracht zu töten – nicht wegen des Nervenkitzels, sondern um hier und jetzt anzukommen und Ihnen die Wahrheit dessen zu überbringen, was ich gesehen habe.

Ich habe meine Opfer mit Bedacht ausgewählt, wie Sie sehen werden. Jedes hatte ein dunkles Geheimnis, das es nicht preisgeben wollte, unter gar keinen Umständen. Und doch sitzen inzwischen alle zur Rechten Gottes und erfreuen sich an den Wundern des Himmels. Letztendlich gaben sie ihr Leben hin, damit Sie begreifen können. Diese Opfer waren Märtyrer, nicht aus freien Stücken zwar, aber dennoch waren sie Märtyrer.

Ich bin kein Messias. Es hat nur einen Messias gegeben – Jesus Christus, den Sohn Gottes. Doch voller Demut tue ich kund, dass ich ein Prophet bin, ein Prophet der modernen Zeiten. Wir leben in einer Zeit, die getränkt ist in Sünde. Gottlosigkeit ist nahezu selbstverständlich geworden. Wenn Sie dieses Video sehen und hören, was ich zu sagen habe, dann sage ich Ihnen: Es ist Zeit aufzuwachen. Es gibt Gutes, und es gibt Böses. Es gibt einen Gott. Es gibt einen Himmel, und es gibt die Hölle. Die Straße zum Himmel ist eine Straße absoluter Wahrheit. Die Straße zur Hölle ist ein Weg voller Lügen, voller Nicht-Enthüllungen, voller Beschönigungen, voller Festhalten an diesen behüteten Geheimnissen. Welchen Weg werden Sie einschlagen?

Wenn Sie sich für die Straße zum Himmel entscheiden, dann sehen Sie sich den Rest meiner Filme an und hören Sie mir gut zu. Vielleicht sehen Sie, wie Ihre eigenen Sünden von anderen gebeichtet werden. Die gewaltige und zugleich schlichte Wahrheit ist: Selbst die schlimmste Sünde, die ein Mensch begehen kann, vermag Gott zu verzeihen. Man muss ihn nur darum bitten.

Vor zwanzig Jahren erkannte ich, dass Gott mich dazu ausersehen hatte, diese Wahrheit mit der Welt zu teilen. Die Sünde ist allgegenwärtig. Wir sündigen von dem Augenblick an, in dem wir das Licht der Welt erblicken. Doch wenn Sie diesen Film sehen, lassen Sie sich sagen: Sie können errettet werden, solange Sie alle Ihre Sünden vor Gott eingestehen und nichts, absolut nichts zurückhalten.

Manche werden sich fragen, wie ich Mord rechtfertigen kann. Meine Antwort ist einfach: Was Sie in diesen Videoclips sehen werden, ist kein Mord, sondern Opferung. Diese Leute haben mir ihre Sünden gebeichtet, sie haben bereut, und deshalb wird ihnen ein Platz im Himmelreich zuteil. Betrachten Sie die Fakten. Es gab schon Viele, die das gesagt haben, was ich jetzt sage. Und doch hören die Menschen nicht zu. Sie behalten ihre Geheimnisse weiter ängstlich für sich. Sie hören die Worte, fühlen sie jedoch nicht in ihren Herzen.

Worte reichen nicht, wie es scheint. Der Mensch muss seine Mitmenschen weinen, bluten und sterben sehen. Er muss die dunklen Geheimnisse anderer hören, um *vielleicht* zu begreifen, dass er nicht allein ist und dass andere ebenfalls grauenvolle Dinge getan haben. Die, die ich geopfert habe, haben sich Gott ergeben, damit ich sicher sein kann, dass Sie dieses eine Mal zuhören und die wichtigste aller Wahrheiten spüren: Um ewige Erlösung zu erreichen, muss man aufrichtig sein zu Gott. Wer auch nur die kleinste Sünde zurückhält, wird auf ewig in der Hölle schmoren!«

Die letzten Worte sind hastig hervorgestoßen, ein leidenschaftlicher Gewittersturm.

Das ist es, geht es mir durch den Kopf. *Deshalb tut er, was er tut. Oder zumindest, warum er* glaubt, *dass er tut, was er tut.*

Er hat Argumente gesammelt für die Wahrheit vor Gott. Die Toten waren notwendig, um dieses Ideal zu beweisen, und gerechtfertigt wegen der möglichen Errettung vieler anderer, die seine Clips sehen und die Lektionen lernen, die er zu vermitteln versucht. Er hat keinen Grund, sich schuldig zu fühlen. Schließlich hatten seine Opfer gebeichtet – und das wiederum bedeutete, dass er sie an einen besseren Ort schickte, wenn er sie tötete. Herrgott noch mal, er tat ihnen geradezu einen *Gefallen!*

Was für ein Haufen Scheiße, denke ich. Was ist mit Ambrose? Wie hat er den Mord an ihm gerechtfertigt? Psychopathen, ganz gleich, wie intelligent sie sein mögen, haben stets ihre Schwachstellen. Die Erklärungsversuche dieser Killer, wie logisch sie auf den ersten Blick auch erscheinen mögen, können niemals das grundlegende Motiv verbergen: Sie genießen das Leiden und den Tod anderer.

Der Mann nimmt den Rosenkranz wieder auf und beginnt, die Perlen zu reiben.

»Ich werde mich selbst opfern als höchste und letzte Demonstration der Lehren, die ich verkünde. An die Mitarbeiter der Gesetzesbehörden, die dieses Video sehen, möchte ich folgende Botschaft richten: Alles, was Sie wissen müssen, um mich zu finden, finden Sie in diesem und den übrigen Clips. Alles. Sie müssen lediglich klar denken. Und Sie benötigen die Fähigkeit, die *Wahrheit* zu erkennen. Praktizieren Sie, was ich predige, und Sie werden sehen, dass ich direkt vor Ihnen stehe. Halten Sie jedoch an Ihren Lügen fest und behalten den Schleier über den Augen, wird es viel länger dauern. In diesem Fall ist Zeit nicht Geld, sondern Leben, verehrte Polizeibeamte und FBI-Agenten.

Ich bin noch nicht fertig mit meinem Werk. Ich habe Namen auf einer Liste, und ich habe Dinge in Bewegung gesetzt, um die Sünder zuerst vor mich und dann zur Rechten Gottes zu bringen. Ich werde in den nächsten zwei Tagen erneut töten, und diesmal wird es ein Kind sein.«

»Verdammt!«, flucht Alan unterdrückt.

Wieder dieser erstarrte Augenblick. Die Welt hört auf sich zu drehen. Die Grillen zirpen in meinen Adern. Ich bezweifle nicht eine Sekunde, dass er die Wahrheit sagt, und noch weniger, dass er seine Drohung in die Tat umsetzt.

»Das ist für den Augenblick alles. Mir ist bewusst, dass die Medien mir in unserer heutigen Zeit einen Künstlernamen geben wollen. Ich auf der anderen Seite will nicht, dass irgendein Geistesblitz eines Journalisten vom Zweck meiner Botschaft ablenkt. Also machen wir es so: Nennen Sie mich den ›Prediger‹.«

Schwarzblende.

Alle schweigen.

»Der Prediger also«, sagt Callie schließlich sarkastisch. »Was für ein aufgeblasenes Arschloch.«

»Rosemary hat gesagt: ›Der einzige Mensch, mit dem ich darüber gesprochen habe, war mein …‹ Was für ein Mensch?«, frage ich.

»Jemand aus ihrer Kirche?«, meint Alan.

Ich runzle die Stirn. »Das würde nicht viel Sinn ergeben. Hast du ihr Gesicht gesehen? Null Wiedererkennen. Sie hatte keine Ahnung, wer dieser Kerl war. Es ist eine kleine Kirche mit einer eng verflochtenen Gemeinde.«

»Damit scheidet Vater Yates aus«, stellt Alan fest. »Aber was wäre mit einer Selbsthilfegruppe?«

»Was für eine denn? Die Anonymen Kokser oder was?«, fragt Callie.

»Es wäre zumindest eine größere Gruppe von Leuten«, erwidert Alan. »Da ist es schwieriger, sich an ein Gesicht zu erinnern.«

»Das ist einen Gedanken wert«, sage ich.

»Wie man's nimmt«, seufzt Alan. »Ich musste mehr als einmal in solchen Gruppen Nachforschungen anstellen. Das ist eine Strafe. Die Leute nehmen das ›anonym‹ verdammt ernst.«

»Trotzdem, wir behalten es im Hinterkopf. Was ist mit den restlichen Clips?«

»Ich habe mir bis jetzt noch keinen anderen angeschaut«, erwidert Alan. »Aber es sieht so aus, als hätte er die Wahrheit gesagt. Es gibt noch sechs weitere Clips auf dieser Seite, und dann …« Er klickt auf einen Link, der »nächste Seite« heißt, und der Browser lädt eine weitere Seite mit den Vorschaubildern weiterer Clips. »Wenn man genau hinsieht, kann man erkennen, dass jeder Clip die Informationen über den Autor beinhaltet. Diese Clips stammen alle von ihm.«

Ich beuge mich vor. Tatsächlich, ich sehe ein Feld »Autor: Der Prediger« unter jedem der Vorschaubildchen. Ich betrachte die Bilder. Es ist eine bunte Mischung. Einige sind schwarz, andere zeigen die vertrauten weißen Schriftzeichen, die er zur Betitelung seiner Clips verwendet, wiederum andere zeigen junge und alte Frauen. Manche sehen aus wie tot, manche zu Tode verängstigt, einige sind geknebelt. Es gibt keinen eindeutigen Opfertypus.

»Wie viele Clips gibt es auf einer Seite?«, frage ich.

»Zehn Reihen à fünf«, antwortet Alan.

»Und wie viele Seiten?« Ich habe Angst vor der Antwort.

»Knapp drei.«

»Wenn jeder Clip ein Opfer bedeutet, sind die Zahlen auf den Kreuzen, die wir in den Körpern von Lisa Reid und Rosemary Sonnenfeld gefunden haben, letzten Endes wohl doch eine Strichliste«, sagt Callie leise.

»Es gibt noch ein Problem«, sagt Alan und navigiert zurück zur ersten Seite der Religionssektion der Webseite. »Diese Clips kommen auf die Frontseite, basierend auf ihrer Popularität. Mit anderen Worten, je häufiger sie angesehen werden.«

»Na großartig«, sage ich seufzend. »Gehe ich recht in der Annahme, dass es auch einen Gesamtindex gibt?«

Alan nickt. »Wenn diese Clips oft genug angesehen werden, landen sie nicht nur auf der ersten Seite der Religionssektion, sondern auf der Homepage selbst.«

»Irgendjemand wird sehr bald die Verbindung zu dem Namen Reid herstellen«, mutmaßt James. »Ganz zu schweigen von seiner Drohung, ein Kind zu töten. Das kommt in die Schlagzeilen.«

Das Gefühl in meiner Magengrube wird bodenlos.

»Das wird einen Sturm in den Medien auslösen«, sage ich. »Wir müssen versuchen, das zu verhindern.« Ich gehe auf und ab, während ich laut meine Gedanken ordne. »Die Medien werden die Story ausschlachten, und von diesem Augenblick an kriegen wir von überall her Anrufe wegen der Opfer. Die Tatsache, dass er bis heute im Verborgenen geblieben ist, bedeutet mit großer Wahrscheinlichkeit, dass seine Opfer allesamt ungelöste Vermisstenfälle sind. Das sind möglicherweise eine ganze Menge Familien, die wütend nach einer Bestätigung verlangen.«

»Meine Güte«, sagt Callie, die jetzt erst begreift, was ich sage. »Diese armen Menschen werden sich auf uns stürzen wie Ameisen.«

»Nicht nur die Angehörigen«, stellt Alan fest. »Auch die Irren.«

Alan hat recht: Mordfälle, die hohe Wellen schlagen und von den Medien verfolgt werden, ziehen Irre an wie verdorbenes Fleisch die Schmeißfliegen. Massenweise erscheinen Leute und legen Geständnisse ab. Je ungewöhnlicher das Verbrechen, desto länger die Schlange, in der sie anstehen. Ich reibe mir die Stirn, während ich immer noch auf und ab gehe.

»Wir müssen diese Clips von der Seite entfernen lassen«, sage ich.

»Ja«, pflichtet Callie mir bei.

»Wartet mal«, sagt James, beugt sich über seine Tastatur und tippt Adressen von Webseiten ein, eine nach der anderen, jede in einem neuen Browser-Fenster. Nach ein paar Sekunden lehnt er sich zurück und schüttelt den Kopf. »Das dachte ich mir.«

»Was?«, frage ich.

»Der Schlüsselbegriff ist *viral*«, antwortet er. »User-Tube ist die beliebteste Seite für das Tauschen von Videoclips, aber es ist bei weitem nicht die einzige. Ich habe die URLs von zehn weiteren Seiten eingetippt. Seht selbst.«

Wir alle beugen uns vor, während James durch die verschiedenen Fenster blättert, die er geöffnet hat. Jedes ist gefüllt mit Reihen von Miniaturbildern von Videoclips.

»Das sind die …?«, frage ich.

»Genau. Das sind die Clips des Predigers. Weitergepostet von Usern zu anderen, ähnlichen Webseiten überall auf der Welt.« Er zuckt die Schultern. »Das große Fressen fängt im Web viel schneller an als in der wirklichen Welt.«

Alan reibt sich mit beiden Händen das Gesicht. »Heilige Scheiße«, flüstert er.

»Und?«, frage ich. »Willst du mir damit sagen, dass es keinen Sinn macht, wenn wir die Clips von User-Tube herunterlöschen?«

»Nein. User-Tube ist die beliebteste Webseite für das Tauschen von Videoclips im Internet. Wenn wir die Clips löschen, hat das zwar eine augenblickliche Auswirkung – doch es verhindert nicht ihre weitere Ausbreitung. Es verringert lediglich ihre Präsenz im Netz.«

»Wie das?«, fragt Alan.

James zuckt die Schultern. »Die Clips sind inzwischen überall. Auch auf den Festplatten von Usern. Sie sind auf CDs gebrannt und auf DVDs. Betrachter verschicken sie per E-Mail, teilen sie in Foren und Newsgroups. Es gibt tonnenweise Videoseiten außerhalb der Vereinigten Staaten. Sie werden nicht auf das hören, was wir ihnen sagen. Selbst einige von denen, die in den Vereinigten Staaten zu Hause sind, werden sich weigern, die Clips ohne

Gerichtsbeschluss zu löschen. Außerdem ist die Hierarchie von User-Tube entscheidend. Der Inhalt wird von Benutzern hochgeladen. Für jeden Clip, den wir löschen, werden Dutzende von Benutzern ihn erneut posten, entweder im Namen der Redefreiheit oder des Voyeurismus. Es ist das perfekte Medium für jemanden wie den Prediger.«

Alan wirft verzweifelt die Hände hoch. »Was zur Hölle sollen wir dann tun?«

»Wir lassen sie löschen. Wir lassen unsere Computerspezialisten mit User-Tube zusammenarbeiten und überwachen jeden Versuch des Predigers, weitere Clips hochzuladen. Sie fangen die Clips ab und informieren uns. Außerdem werden sie mit den anderen Webseiten in Verbindung treten, von denen wir wissen, dass sie sich kooperativ verhalten. Darüber hinaus …« Er schüttelt den Kopf. »Zuerst einmal müssen wir akzeptieren, dass der Zug bereits abgefahren ist. Die Clips sind im Netz. Ganze Familien werden sie sehen, und wir können nichts, absolut nichts dagegen tun.«

Ich starre ihn sekundenlang an. »Ich muss AD Jones anrufen«, sage ich dann. »Wir werden zusätzliche Leute brauchen.«

James nickt. »Eine Sondereinheit.«

»Genau.«

Alan stöhnt. »Großartig. Eine Bande von Neulingen, die über ihre eigenen Füße stolpern und versuchen, mir meinen Schreibtisch zu stehlen.«

»Wir werden die Leute hauptsächlich einsetzen, um die Telefone zu besetzen und beim Sammeln von Informationen zu helfen. Das Verfolgen von Spuren sowie die eigentliche Untersuchung bleiben vorerst in unseren Händen.«

»Sie machen die Drecksarbeit, wir heimsen den Ruhm ein.« Callie lacht. »Das gefällt mir.«

»Aber alles schön der Reihe nach«, sage ich zu meiner Mannschaft. »Wir müssen diese Clips überwachen. Er hat uns die Namen von Rosemary und Dexter genannt. Vielleicht hat er bei allen Taten die gleiche Vorgehensweise benutzt. Wir müssen eine Liste anfertigen und anschließend die nationalen Datenbanken nach ähnlichen Verbrechen durchsuchen.«

»Sucht nach Gemeinsamkeiten in der Umgebung«, sagt James. »Vielleicht gibt er uns Hinweise, die uns bei der Identifikation seiner Opfer helfen und unser geographisches Zielgebiet eingrenzen.« Er sieht mich an. »Wir müssen die Opferliste irgendwann an die örtlichen Polizeidienststellen weitergeben. Wenn wir den Radius einengen können, umso besser.«

»Guter Gedanke. Teilt die Clips auf. Ich nehme die letzte Seite und mache mich an die Arbeit, sobald ich Jones und Rosario Reid angerufen habe.«

Alan verzieht das Gesicht. »Meinst du, sie hat es gewusst?«, fragt er. »Was ihr Sohn diesem armen Jungen angetan hat? Diesem Jacob?«

Ich fühle mich müde und ausgepumpt, elektrisiert und fasziniert – alles zur gleichen Zeit.

»Nein. Gehen wir an die Arbeit.«

KAPITEL 24

»Gütiger Himmel«, flucht AD Jones und verstummt. Ich warte geduldig. »Das findet seinen Weg in sämtliche Medien«, sagt er dann.

»Es ist bereits dabei, Sir«, erwidere ich.

Ich habe ihn auf seinem Handy angerufen. Es ist stets eingeschaltet.

»Haben wir irgendeine Vorstellung, wer das Kind ist, das er töten will?«

»Nein, Sir.«

Neuerliches Schweigen.

»Haben Sie mit Rosario Reid gesprochen?«

»Nein, Sir, noch nicht. Ich habe zuerst Sie angerufen. Mrs. Reid steht an zweiter Stelle.«

»Das wird schwer für die Frau.« Er seufzt. »Ich nehme an, Sie möchten eine Sondereinheit zusammenstellen?«

»Wir benötigen die zusätzlichen Kräfte, Sir. Sobald diese Geschichte über das Internet hinaus in die konventionellen Medien gelangt, brauchen die betroffenen Familien eine Nummer, die sie anrufen können. Wenn wir die Medien schon nicht daran hindern können, die Sache an die Öffentlichkeit zu bringen, können wir sie wenigstens zu unserem Vorteil nutzen.«

»Einverstanden. Dann brauchen Sie jemanden, der sich damit auskennt und belastbar ist.«

»Haben Sie schon eine Idee?«

»Es gibt eine Agentin in der Abteilung für Öffentlichkeitsarbeit, die so etwas schon mal gemacht hat. Jezebel Smith.«

»Jezebel? Heißt sie wirklich so?«

»Ja, ja, ich weiß. Jezebel ist seit ungefähr acht Jahren in diesem Job, und sie ist eine Selbstläuferin. Wir haben sie während der Terrorhysterie im vergangenen Jahr eingesetzt. Leute haben aus hundert Meilen im Umkreis angerufen, um angebliche Al-Kaida-Sichtungen zu melden. Totaler Schwachsinn und reine Zeitverschwendung, aber Jezebel hat ganze Arbeit geleistet, als es darum ging, die Spreu vom Weizen zu trennen.«

»Nun, wenigstens ist sie keine Anfängerin. Ich dachte, die Agenten, die wir im Telefondienst einsetzen, sind Grünschnäbel?«

»Ich fürchte, für die anderen gilt das auch. Was brauchen Sie sonst noch?«

»Möchten Sie, dass ich Director Rathbun informiere?«

»Nein. Das erledige ich selbst. Ich werde dafür sorgen, dass er mich anruft und nicht Sie. Wir brauchen seine volle Unterstützung, um mit den Medien klarzukommen.«

»Danke.«

»Am besten, Sie fangen so schnell wie möglich an, Smoky. Ich setze mich mit Agentin Smith in Verbindung, sobald ich im Büro bin, und schicke sie zu Ihnen. Sie müsste innerhalb der nächsten Stunde bei Ihnen sein. Rufen Sie inzwischen Rosario Reid an.«

»Jawohl, Sir.«

Er legt auf, und ich nehme mir einen Augenblick Zeit. Ich will Rosario nicht anrufen. Ich habe nicht die geringste Lust. Ich hasse es, den Hinterbliebenen schlechte Nachrichten zu überbringen.

»Da musst du jetzt durch«, sage ich mir.

Ich wähle die Mobilfunknummer, die Rosario mir gegeben hat. Sie geht nach dem dritten Läuten ran.

»Smoky?«

»Ja. Hallo.«

»Sie haben schlechte Neuigkeiten, nicht wahr?« Kein Zögern. Das macht es ein klein wenig einfacher für mich.

»Sehr schlechte.«

Erneut kein Zögern. Ihre Stimme ist fest. »Erzählen Sie.«

Das tue ich dann auch. Ich berichte ihr von dem Prediger, von den Videoclips und von den Seiten, die er aus Lisas Tagebuch gerissen hat. Rosario schweigt während meines gesamten Berichts und auch noch, als ich längst fertig bin.

»Ich erinnere mich an Jacob Littlefield«, sagt sie schließlich leise. »Er war ein süßer Junge. Und ich erinnere mich auch an Mark Phillips. Ein kleines Monster, das zu einem großen Monster heranwuchs. Er war schon im Gefängnis, bevor er zwanzig wurde. Der arme Dexter. Mein armer, armer Sohn.«

Ihre Stimme bricht. Es ist das erste Mal, dass ich es bei ihr höre. So trifft der Verlust uns manchmal – er macht die Zeit zu etwas Belanglosem, Irrelevantem. Rosario hat die Fassung nicht verloren, als ihr Kind ermordet wurde. Doch jetzt, beim Gedanken an ihren jungen Sohn und das Ende seiner Samstagmorgen, kann sie nicht mehr.

»Sind wir diesem Ungeheuer denn bereits einen Schritt nähergekommen?«, fragt sie nach ein paar Sekunden.

»In gewissem Sinne, ja. Er hat uns mit Videoaufzeichnungen seiner früheren Morde versorgt. Je mehr Daten wir haben, desto größer die Wahrscheinlichkeit, dass wir ihn fassen.«

»Aber warum sollte er aller Welt Lisas Geheimnis verraten? War es denn nicht genug, sie zu ermorden?«

Rosario will verstehen, und ich versuche ihr zu helfen, auch wenn ich weiß, dass es kein Trost für sie ist.

»Es geht stets nur um Macht, Rosario. Macht über Leben und Tod. Seine Opfer zu ermorden ist ihm nicht genug. Er will spüren, dass er alles unter Kontrolle hat, selbst das Persönlichste, Privateste und Bestgehütete. Das ist sein Sex. Großartiger Sex.«

»Und sein Gefasel über Gott und die Wahrheit?« Ihre Stimme zittert vor Abscheu.

»Er glaubt, dass er glaubt. Da bin ich sicher. Doch er ist zugleich verrückt. Deshalb verkennt er die Wahrheit.«

»Und wie sieht diese Wahrheit aus?«

»Er redet von Reue und Vergebung der Sünden und dass er seinen Opfern hilft, das ewige Seelenheil zu erlangen. Vielleicht glaubt er sogar daran, weil er es sich immer wieder einredet. Die hässliche Wahrheit aber sieht so aus, dass er ein perverser Killer ist, der Spaß am Töten hat.«

Rosario schweigt für einen Moment. »Woher wollen Sie das wissen?«

Ich denke über die Frage nach. Es ist nicht das erste Mal, dass ich sie zu hören bekomme.

»Ich lasse zu, das zu empfinden, was Menschen wie er empfinden.«

Neuerliches Schweigen.

»Und was empfindet er, wenn er tötet? Dieses Ungeheuer, das mein Baby ermordet hat?«

»Abartige Freude«, antworte ich ohne Zögern. »Den höchsten Genuss.«

Als sie wieder spricht, klingt ihre Stimme rau und dunkel. »Ich will, dass er Qualen erleidet. Höllenqualen. So wie seine Opfer.«

»Ich weiß. Ich werde versuchen, ihn zu fassen.«

»Machen Sie sich keine Gedanken um mich oder das, was es für meine Familie bedeutet, wenn die Sache an die Öffentlichkeit gelangt. Es wird schwierig, aber wir kommen damit klar. Konzentrieren Sie sich darauf, dieses … dieses *Ding* zu finden. Bitte.«

»Das werde ich.«

Alan hält mir ein Blatt hin, als ich ins Büro zurückkehre.

»Er nennt uns die Namen bei jedem der Fälle«, sagt er. »Einige von ihnen liegen schon ziemlich lange zurück, bis zu zwanzig Jahre, schätze ich, wenn man sich die Frisuren, Kleidung und dergleichen anschaut.«

»Und es ist im Grunde jedes Mal das gleiche Schema«, sagt Callie. »Er bringt sie dazu, ein großes, dunkles Geheimnis zu beichten, und dann macht er ihnen klar, dass er sie töten wird.«

»Allerdings endet jeder Clip vor dem eigentlichen Mord«, wirft James ein.

»Ja, eigenartig«, denke ich laut nach. »Man sollte doch meinen, dass der Augenblick des Todes für ihn wichtiger ist als das Vorspiel.«

»Vielleicht will er dadurch glaubwürdiger erscheinen«, sagt James. »Er erzählt uns – und redet sich selbst ein –, dass er das alles tut, um seine Vorstellung von Wahrhaftigkeit zu belegen, die den Menschen Gott am nächsten bringt. Er versucht, dies der Welt zu vermitteln, sodass andere ebenfalls errettet werden können. Vielleicht befürchtet er, dass er zu voyeuristisch erscheint, wenn er die Morde zeigt.«

»Ich wette, dass er jeden einzelnen Mord gefilmt hat«, sagt Alan. »Er hat sie bloß aus den Clips herausgeschnitten. Wahrscheinlich sitzt er zu Hause und holt sich einen runter, während er sich die Szenen anschaut.«

»Ich weiß nicht recht«, wende ich ein. »Ich glaube, dass er sich unter Kontrolle hat. Der fromme Mann, der den Versuchungen und den eigenen Lastern widersteht … irgendwas in der Art. Es passt zu dem, was er uns als seine Persönlichkeit unterschieben will. Okay, schauen wir uns erst einmal weiter die Clips an, und notieren wir uns die Namen. Wenn er schon bereit ist, uns die Namen zu geben, sollten wir die Gelegenheit nutzen.«

Ich informiere die anderen über Jezebel Smith und meine Unterhaltung mit AD Jones.

Alan schaut auf die Uhr. »Sie müsste bald hier sein. Richtet sie die Nummer ein?«

Damit meint er die geplante Telefon-Hotline für die Angehörigen, mögliche Zeugen und Tippgeber.

»Ja. Sie kennt sich aus damit. Sie leitet die Show alleine.«

Niemand sagt etwas.

»Also dann, an die Arbeit.«

Augenblicke später bin ich zurück in meinem Büro. James hat sämtliche Clips heruntergeladen und zwischen uns aufgeteilt. Ich schiebe die CD, die er mir gegeben hat, in den Computer. Die Clips sind numerisch geordnet, mit einer vierstelligen Zahl. Ich seufze tief und klicke auf den erste Clip. Das schwarze Fenster öffnet sich; dann erscheint die weiße Schrift: »Die Sünden und der Tod von Maxine McGee.« Ich notiere den Namen auf einem Block. Das Gesicht einer Frau erscheint. Es ist ein hübsches Gesicht, wenngleich nicht klassisch schön. Sie hat braunes, schulterlanges Haar, und der Schnitt verrät mir, dass der Clip irgendwann in den 1980ern aufgenommen wurde. Sie hat große braune Augen, und ihr Gesicht ist beinahe pausbäckig. Die braunen Augen sind umgeben von Schwarz. Es sind die Augen eines Waschbären, weil sie schluchzt und verängstigt ist und weil ihre Tränen die Wimperntusche verlaufen lassen.

Ich notiere ihre äußeren Merkmale neben ihrem Namen auf dem Block, um mich ein Stück von der Realität dessen zu entfernen, was ich auf dem Bildschirm sehe. Die Frau auf dem Schirm ist längst tot. Sie durchlebt ihre letzten Augenblicke; sie weiß es, und ich sehe, dass sie es weiß. Es macht mich müde.

»Maxine McGee«, intoniert der Prediger mit seiner angenehmen Stimme, die ich zu hassen gelernt habe. »Erzähl den Menschen, die das hier sehen, von deiner Sünde.«

»Wo-wo-wovon reden Sie?«, fragt Maxine schluchzend.

»Maxine.« Die Stimme hat einen tadelnden Tonfall, das verbale Äquivalent eines freundlich mahnend erhobenen Zeigefingers. »Möchtest du nicht zur Rechten Gottes sitzen? Erzähl ihnen von deinem Baby. Erzähl ihnen vom kleinen Charles. Wie alt warst du damals? Sechzehn?«

Ihr Verhalten ändert sich augenblicklich und auf erschreckende Weise. Ihre Augen weiten sich, die Tränen versiegen, und ihr Unterkiefer sinkt herab. Mit einem Mal ist sie eine Karikatur aus Schock und Fassungslosigkeit.

»Siehst du? Du *weißt* also, wovon ich rede.«

Der Abgrund aus Furcht und Beunruhigung in meinem Magen hat sich wieder aufgetan.

Maxine blinzelt. Schließt den Mund. Öffnet ihn wieder. Schließt ihn erneut.

Sie sieht aus wie ein sterbender Guppy.

»Komm schon, Maxine. Charles. Du erinnerst dich doch an Charles, oder? Der Säugling Charles, der in einer Mülltonne in einer dunklen Gasse seinen letzten Atemzug getan hat, weggeworfen wie Abfall?«

Der Ausdruck, der jetzt über Maxines Gesicht huscht, jagt mir einen Schauer über den Rücken. Es ist Verletzung, so tief, so absolut, so authentisch, dass ich den Clip beinahe anhalte. Er hat sie allein dadurch verletzt, dass er ihr gezeigt hat, dass er es weiß. Er ist durch ihre stärkste Verteidigung geschlüpft, und das ist schlimmer, als an einen Stuhl gefesselt zu sein. Vielleicht sogar schlimmer als das Wissen, dass sie sterben wird.

Das ist es, begreife ich. *Das ist es, was ihn anmacht. Dieser Augenblick der tiefsten Not, der Verzweiflung, der hoffnungslosen Unterwerfung.*

Sie beginnt erneut zu weinen, doch es ist eine andere Art von Trauer. Es ist Scham, nicht Angst. Sie lässt den Kopf hängen, und die von Schminke schwarzen Tränen platschen auf ihre nackten Beine und hinterlassen schwarze Streifen darauf.

»Ich war doch erst sechzehn«, sagt sie fast unhörbar leise.

Sie klingt wie sechzehn, als sie es sagt.

»Stimmt«, sagt er. »Andererseits, wie alt war der kleine Charles?«

»Minuten«, haucht sie. »Er war erst ein paar Minuten auf der Welt.«

»Und was hast du mit ihm gemacht?«

»Ich ... ich war erst sechzehn. Ich wurde schwanger von ... von Daddy. Er und Mom taten so, als würden sie nichts bemerken. Ich war dünn, und mein Bauch wurde nicht so dick, aber die anderen Kinder in der Schule merkten es. Aber Daddy ... er kam nachts trotzdem weiter zu mir.« Sie hält den Kopf wieder erhoben. Sie starrt ins Nichts, während sie sich erinnert. Sie ist zurückgefallen in ihre Kindheit, und sie spricht mit kindlicher Stimme. »Ich hasste dieses Ding in meinem Bauch. Es kam davon, weil Daddy immer bei mir war, und ich weiß noch, wie ich immer dachte, dass ich so was wie einen Teufel in mir habe ... einen Dämon. Eine Kreatur mit Fängen und Klauen, die wächst und wächst. Manchmal bewegte sie sich, und ich fing an zu zittern. Ich hatte schreckliche Angst davor.« Sie erschauert. »Zum Schluss tat Daddy nicht mehr so, als wäre gar nichts da. Einmal legte er mir die Hand auf den Bauch und sagte: ›Wenn es ein Junge wird, nennen wir ihn Charles.‹ Da habe ich das Baby noch mehr gehasst. Ich war sicher, dass es der Sohn des Teufels werden würde oder so was.

Eines Nachts bin ich aufgewacht, und mein Bett war nass. Die Fruchtblase war geplatzt. Ich hatte schlimme Schmerzen. Ich wusste, dass ich es nicht zu Hause haben wollte, hier bei mir. Also stand ich auf und zog mich an und nahm Daddys Wagen und fuhr raus zu den verlassenen Fabriken. Ich fand eine Stelle im Dunkeln, wo ich ihn nicht sehen musste, wenn er rauskam mit seinen Fängen und Klauen und seinem Schwanz.«

Sie stockt. Verzieht gequält das Gesicht.

»Was geschah dann, Maxine?«, fragt der Prediger.

»Er kam heraus. Er kam zur Welt. Er lag nur da im Dreck,

und ich war froh, dass ich es hinter mir hatte. Ich wusste nur eins: Ich hatte Angst. Ich wollte ihn nicht ansehen. Und dann … dann schrie er.« Ich höre Staunen in ihrer Stimme. »Er klang so normal. Gar nicht wie ein Dämon. Er klang wie ein Baby. Also sah ich ihn an, und er war so klein und weinte nur und weinte, als wäre er wütend auf mich und auf den kalten Dreck, in dem er lag, und auf die ganze Welt. Er hatte mein Blut an sich, und dann nahm ich ihn einfach und sah ihn zum ersten Mal richtig an.«

»Und was hast du gesehen, Maxine?«

Sie schließt die Augen. »Ein Baby. Ein ganz normales Baby.«

»Und? Was hast du noch gesehen?«

Sie öffnet die Augen. Sie sind voller unerträglichem Schmerz. »Dass er Daddy gehören würde. Daddy würde ihn irgendwie schlecht machen … ihn anstecken mit seiner Bosheit, oder ihn missbrauchen. Er war kein Dämon von Geburt an, doch Daddy war der Teufel, und Daddy würde ihn am Ende auch zu einem Teufel machen. Also tat ich …« Sie stockt, atmet tief und schluchzend durch. »Also tat ich das Einzige, was ich für richtig hielt. Ich nahm Charles, suchte eine Mülltonne und steckte ihn ganz tief rein, und dann bedeckte ich ihn mit Abfall, bis ich seine Schreie nicht mehr hören konnte.«

»Was ist danach passiert?«

»Ich fuhr nach Hause. Und wissen Sie was?« Sie richtet den Blick jetzt in die Kamera. Ihre Augen sind ein stummes Flehen. »Daddy hat nie gefragt, was aus dem kleinen Charles geworden ist. Nicht ein einziges Mal.«

»Aber es war schlimmer für dich, dass deine Mutter nicht gefragt hat, nicht wahr?«

»Ja«, flüstert Maxine. »Das war das Schlimmste. Es war, als hätte Charles für sie niemals existiert. Vielleicht war es ja auch so. Vielleicht waren sie Menschen, die ohne Schuldgefühle leben konnten … ohne sich um jemand anderen zu sorgen.«

»Aber du warst keiner von diesen Menschen, nicht wahr, Maxine?«

Sie presst die von Make-up verschmierten Augen zusammen und heult. »Nein! Ich habe es nie vergessen! Niemals! Ein Jahr später bin ich von zu Hause weggelaufen und hierher nach Kalifornien gekommen. Ich habe gehurt, nahm Drogen und hasste mich selbst. Doch dann … fand ich Gott. Und änderte mein Leben von Grund auf.«

Erneut öffnet sie die Augen, und erneut sehe ich das Leid darin. »Wissen Sie das denn nicht? Ich habe mich geändert. Ich habe mich von meinem Teufel abgewandt und Gott meine Seele gegeben. Ich arbeite heute mit Kindern. Ich helfe Kindern, um wiedergutzumachen, was ich meinem Charles angetan habe. Sehen Sie das denn nicht?«

Sie bettelt um Gnade, doch das Murmeln, das ich im Hintergrund höre, verrät mir, was ich bereits gewusst habe: Er gewährt keine Gnade. Er ist erbarmungslos. Das Murmeln ist der Anfang des Vaterunsers.

»Vater unser, der du bist im Himmel, geheiligt werde dein Name …« Dann eine Pause. »Gott bedeutet Liebe, Maxine«, sagt er.

Schwarzblende.

Mein Mund hat sich mit Galle gefüllt. Adrenalin schießt durch meinen Kreislauf und lässt mein Herz unregelmäßig schlagen. Meine Haut fühlt sich heiß an. Mir ist schwindlig.

Ich höre ein gackerndes Etwas durch die Nacht in meinem Verstand laufen. Es krabbelt so schnell es kann, als es versucht, aus der Dunkelheit ans Licht zu springen.

Sieh mich an!, schnarrt es, grollt es und gackert es. *Du weißt, was ich bin. Sieh her! Sieh mich an!*

Ich kneife die Augen fest zusammen und schüttle den Kopf. *Nein, nein, nein, nein!*

Das Phantom von vergangener Nacht ist wieder da. Diesmal ist es zu einem Ungeheuer gewachsen, und es hat mich in einem unerwarteten Moment überrascht.

Ich spüre das Verlangen nach der Tequila-Flasche, eine nackte, wilde Gier, die mir Angst macht. Das ist es, wird mir klar, was den Alkoholiker zu seinem nächsten Drink treibt: das Gefühl, dass er einen langsamen, qualvollen Tod stirbt, wenn er nichts trinkt.

Ich strecke die Hand aus, halte sie über die Tischplatte. Sie zittert.

Sieh mich an, verlangt die Stimme erneut, schneidender diesmal und durchdringender. Es ist keine Frage, es ist ein Befehl.

Ich spüre Übelkeit in mir aufsteigen. Mir wird bewusst, dass es schlimmer werden wird. Dass ich nichts dagegen tun kann.

Gütiger Himmel, ich muss kotzen!

Ich springe auf, renne aus meinem Büro und zur Toilette draußen auf dem Gang. Die Tür ist unverschlossen, doch ich bin allein.

Ich reiße die Tür zu einer der drei Kabinen auf und lasse mich vor dem Klosett auf die Knie fallen. Mein Magen krampft sich zusammen, und ein kurzer Schmerz schießt durch meinen Kopf. In der nächsten Sekunde kotze ich mir die Seele aus dem Leib. Es geht rasch vorbei, doch es ist heftig. Ich kann spüren, wie mir das Blut in den Kopf steigt und Tränen in die Augen presst. Ich packe die Seiten der Kloschüssel und warte, ob es vorbei ist.

Sieh mich an.

Ich winde mich wie ein Seil in den starken Händen eines Matrosen, biege mich wie ein Violinbogen, und meine Muskeln verkrampfen sich, als ich mich erneut übergebe. Es dauert ein wenig zu lange diesmal, und ich sehe Sterne hinter geschlossenen Augenlidern.

Doch diesmal weiß ich, dass ich fertig bin, und ich lasse mich in eine sitzende Haltung zurücksinken, lehne mich an die Wand der Kabine. Ich bleibe einen Moment sitzen und atme, die Hand an der Stirn, während ich versuche, das Monster mitsamt seinen Klauen zurück in seine Kiste zu drängen.

Jetzt ist nicht die Zeit, sage ich mir. *Es gibt eine Zeit, aber nicht jetzt. Bitte.*

Ich schließe die Augen, lehne den Kopf an die Wand und lasse meine Gedanken treiben. Die Zeit vergeht in unregelmäßigen Sprüngen. Bilder entstehen vor mir. Sie sind zusammenhanglos, wirr, ohne Rhythmus und ohne erkennbaren Grund. Ich sehe Matt, ich sehe Bonnie, und da ist Tommy, der mir sagt, dass er mich liebt, und da ist Maxine mit ihren Waschbärenaugen.

Ich öffne die Augen wieder und merke, dass die Stimme verstummt ist. Ich nutze die Gelegenheit, um mich unsicher auf weichen Knien zu erheben. Ich betätige die Wasserspülung, und dabei wird mir bewusst, dass Tränen über meine Wangen rinnen.

»Oh verdammt, verdammt«, murmle ich.

Ich hasse es zu weinen. Habe es immer gehasst.

Ich habe mich wieder halbwegs unter Kontrolle. Mein Magen krampft sich nicht mehr zusammen, und das Gemaule in meinem Kopf ist zu einem leisen Flüstern im Hintergrund verklungen. Doch mein Mund ist immer noch gefüllt mit dem säuerlichen Geschmack von Erbrochenem. Ich öffne die Tür meiner Kabine und wanke nach draußen.

»Besser?«

Ich bin so überrascht, dass ich fast meine Waffe ziehe. Ich wirble herum beim Klang der Stimme, wobei ich beinahe hinfalle, so weich sind meine Knie immer noch. Kirby steht vor mir, die Arme vor der Brust verschränkt. Sie lehnt an der Tür zum Korridor, kaut Kaugummi und mustert mich mit einem Blick, den ich nicht recht einschätzen kann.

»Was tust du hier?«, frage ich heiser.

»Dafür sorgen, dass keiner reinkommt und mitkriegt, wie du schlappmachst.« Sie zuckt die Schultern. »Eigentlich bin ich raufgekommen, weil ich zu Callie wollte. Dabei hab ich gesehen, wie du zum Klo gerannt bist, und das hat mich neugierig gemacht.«

Ich wende mich zum Waschbecken, sodass ich ihr nicht in die Augen sehen muss. Ich drehe das Wasser an.

»Ich habe nicht schlappgemacht«, sage ich.

Sie bläst ihren Kaugummi auf, bis er zerplatzt. »Wenn du's sagst. Aber du warst fast zwanzig Minuten in dieser Kabine.«

Ich richte mich schockiert auf.

Zwanzig Minuten? So lange?

Ich riskiere einen verstohlenen Blick zu Kirby. Sie steht nur da und kaut auf ihrem Kaugummi. Ihr Gesichtsausdruck ist eine Mischung aus Geduld und Leere. Sie scheint meine Gedanken zu lesen und hebt das Handgelenk, um mir die Uhr zu zeigen.

»Ich hab auf die Uhr geschaut.«

Ich wende mich wieder ab und spritze mir kühlendes Wasser ins Gesicht. Meine Wangen brennen vor Verlegenheit.

»Und warum interessiert dich das?«

»Na ja … ich respektiere nicht viele Leute auf dieser Welt, Smoky, aber du gehörst dazu. Und ich dachte mir, wenn du schon zusammenbrichst, hast du dabei ein wenig Privatsphäre verdient.«

Sie sagt es im gleichen sorglosen, unbekümmerten Tonfall, mit dem sie über das Wetter spricht oder über die Toten.

Bla bla bla, schön warm heute, ein herrlicher Tag. Tut mir leid, ich muss dich töten, aber es könnte schlimmer für dich kommen, denn es könnte ja langsam sein anstatt schnell, nicht wahr? Hahaha. PENG.

Ich spüle mir den Mund aus, bis der Geschmack weg ist, dann nehme ich mir einen Moment Zeit, um im Spiegel mein Äußeres zu überprüfen. Ich sehe müde aus, aber nicht verrückt. Das ist doch schon was.

»Danke«, sage ich mühsam.

»Keine Ursache.«

Ich werfe einen letzten Blick auf mein Gesicht.

Geheimnisse.

Man kann sie nicht einmal vor sich selbst bewahren. Nicht für immer jedenfalls.

Als ich in die Todeszentrale zurückkehre, wartet dort eine Frau auf mich. Sie ist groß, gut einsachtzig, und – kaum zu glauben – noch schöner als Callie. Ich schätze sie auf ungefähr zweiunddreißig, mit langem, glattem blondem Haar und einer Haut, die nach

Haferflocken und frisch geschrubbten Äpfeln aussieht. Sie hat klare, intelligente blaue Augen und einen schlanken Körper. Ich will sie hassen, gleich auf den ersten Blick, doch dann lächelt sie mich an. Es sind nicht die makellosen weißen Zähne, die mir den Wind aus den Segeln nehmen, sondern die aufrichtige Offenheit in diesem Lächeln. Sie streckt mir die Hand entgegen.

»Ich bin Jezebel Smith«, sagt sie.

Ich schüttle ihr die Hand und ignoriere Kirbys Kichern hinter mir.

Jezebel nickt Kirby ungerührt zu. »Ja, ich weiß. Als Kind habe ich sehr unter dem Namen gelitten, aber heute stehe ich drüber.«

»Hey, mein Dad hat mich Kirby genannt. Ich weiß, wie das ist. Es sollte ein Gesetz geben, das Eltern verbietet, ihre Kinder zu nennen, wie sie gerade Lust haben.«

»Amen.« Jezebel lächelt.

»Kirby«, sage ich und drehe mich zu ihr um.

Die Profikillerin hebt beide Hände. »Schon gut, Chef, schon gut. Ich sage nichts mehr und lass dich deine Arbeit machen. Ich muss nur eben zu Callie-Baby wegen ein paar Hochzeitsdetails.«

Sie zwinkert Jezebel ein letztes Mal zu und schlendert davon.

»Interessante Frau«, sagt Jezebel Smith nachdenklich.

»Sie wissen nichts über Kirby, und glauben Sie mir, das wollen Sie auch gar nicht. Wie sieht es aus, hat AD Jones Sie über alles informiert?«

Sie nickt ernst. »Kann ich einen von den Clips sehen?«, fragt sie. »Ich würde gerne wissen, bei was ich da mitmache.«

Ich frage nicht, ob sie sicher ist oder ob sie so etwas schon einmal gesehen hat. Falls ja, ist die Frage eine Beleidigung. Und falls nicht, ist sie sowieso nicht vorbereitet. Ich nehme sie mit in mein Büro und starte einen zufällig ausgewählten Clip. Ich schaue weg, während er läuft. Jezebel beugt sich vor, um ihn sich anzuschauen. Sie schweigt die ganze Zeit.

»Bestie.« Mehr sagt sie nicht, als der Clip geendet hat.

»Ja.«

»Ich habe bei meiner Arbeit regelmäßig mit den Angehörigen zu tun. Ich sehe sie, rede mit ihnen … ich habe bei ihnen zu Hause gesessen. Mit dem, was er tut, macht er zahllose Familien kaputt.«

»Das weiß er.«

Sie richtet sich auf. »Okay. Also, ich werde eine Telefonzentrale im Konferenzraum eine Etage unter dieser einrichten. Ich werde sechs Agenten einsetzen. Ich hätte gerne mehr, aber mehr kann der Assistant Director im Augenblick nicht erübrigen. Wir haben eine Serie von Telefonnummern, die für Situationen wie diese reserviert sind. Ich lasse Sie wissen, welche Nummer wir haben, sobald die Hotline steht. Ich kenne die Frau in der Zentrale, die für den Kontakt mit den Medien zuständig ist. Ich werde mit ihr besprechen, wie wir die Nummer publik machen.«

»Wir sollten in dieser Sache von uns aus aktiv werden und den Medien einen Schritt voraus sein«, sage ich.

Ihr Lächeln ist nachsichtig. »Glauben Sie mir – die Medien sind *uns* bereits ein gewaltiges Stück voraus. Ich kann Ihnen garantieren, dass sämtliche Informationsstellen im gesamten Land bereits kontaktiert wurden. Betrachten Sie es wie einen Tsunami. Er kommt, er ist unausweichlich, und Widerstand ist zwecklos.«

»Eine Flutwelle.«

»Die gute Nachricht ist, dass ich was von meinem Job verstehe. So wie die Leute, die in der Zentrale daran arbeiten. Sie sollten sich gar nicht mit den Medien abgeben. Verweisen Sie die Leute an mich. Mein Team wird sämtliche Anrufe filtern, die über die Hotline eingehen. Sie erhalten lediglich die echten Hinweise.«

Jezebels Zuversicht ist ansteckend. Ich kritzle meine Handynummer auf eine Haftnotiz und reiche sie ihr.

»Rufen Sie mich an, wenn Sie Neuigkeiten haben. Ich muss regelmäßig berichten – ich bin sicher, Sie kennen diesen ganzen Scheiß.«

»Ja, und ich weiß, wie man die Klospülung betätigt«, sagt sie lächelnd; dann wird sie wieder ernst. »Schnappen wir uns diesen Mistkerl.«

Es wäre beinahe melodramatisch, wären es nicht genau die richtigen Worte.

KAPITEL 25

Jezebels Metapher von einem Tsunami ist zutreffend. Die Flutwelle erreicht uns gegen zwei Uhr mittags.

Ich habe die mir zugeteilten Videoclips angesehen und Namen notiert, wie alle anderen auch. Es ist still in unseren Büros, doch die Luft bebt von Nervosität und dem Verlangen, diesen Irren zu finden, ehe er sein Versprechen in die Tat umsetzen kann.

Ich notiere mir soeben den Namen einer zu Tode verängstigten brünetten Frau, als mein Handy läutet.

»Die Story kommt in sämtlichen Fünf-Uhr-Nachrichten«, sagt Jezebel ohne Einleitung. »Und an der Ostküste ist es bereits fünf.«

»Und was berichten sie?«

»Dass ein Psycho, der sich ›Prediger‹ nennt, im Internet Videoclips von angeblichen Mordopfern veröffentlicht hat. Dass man bereits in der Lage war, die Identität von zwei Opfern zu bestätigen.«

»Großartig.«

»Wir wussten, dass es passieren würde, und wir sind bereit. Ich habe mit dem Presse- und Informationsbüro in Quantico gesprochen. Dort beruft man in der nächsten halben Stunde eine Pressekonferenz ein. Sie wird landesweit übertragen, und dabei wird die Nummer der Hotline bekannt gegeben.«

»Können Sie mir so bald wie möglich die Namen der beiden bestätigten Opfer geben?«

»Kriegen Sie in der nächsten halben Stunde. Möchten Sie die Pressekonferenz verfolgen?«

»Nein.«

»Wirklich nicht?«

»Nein. Es mag wichtig sein, aber es ist nicht meine Aufgabe. Mein Team und ich müssen die restlichen Opfer identifizieren.«

»Verstehe. Ich verschaffe Ihnen die beiden Namen und halte Sie auf dem Laufenden. Die Hotline wird vermutlich in den nächsten fünf Minuten heißlaufen.«

»Ich bin hier.«

Ich lege das Telefon beiseite, nehme meinen Stift wieder in die Hand und klicke auf »Fortsetzen«. Der Clip, den ich als Letztes angesehen habe, läuft weiter.

»Bitte …«, fleht die Frau.

Bitte, bitte – immer das Gleiche. Die Einwortlyrik des Opfers.

Alan steht an der Trockentafel. Er schreibt Namen auf und – wo bekannt – Tatorte. Ich gebe ihm meine Liste und nehme mir einen Moment Zeit, um die Daten in Augenschein zu nehmen, die wir bereits gesammelt haben.

»Alles Frauen«, sage ich.

»Also doch eine sexuelle Verbindung«, bemerkt Callie.

Sie hat recht. Wenn es tatsächlich nur um Wahrheit und die Errettung der Seele ginge, hätten wir auch Männer in den Clips gesehen. Es ist dem Killer wahrscheinlich gar nicht bewusst, und er wäre überrascht, würde man ihn darauf hinweisen. Mord ist Mord, und es ist stets ein Akt der Wut. Die Wut kann direkt sein – er hasst Frauen –, oder sie ist umgeleitet: Er hasst sich selbst wegen irgendetwas, das mit Frauen zu tun hat. Es ist ein faszinierendes Thema.

»Gemeinsamkeiten?«, frage ich. »Wie sieht es mit dem Alter aus?«

»Wir wissen es nicht mit Sicherheit, ohne eine Bestätigung der Identität der jeweiligen Opfer, doch basierend auf unseren Beobachtungen haben wir bisher keine Frau gesehen, die älter als fünfunddreißig war. Die meisten sind eindeutig jünger.«

»Wie viel jünger?«

»Zehn bis fünfzehn Jahre. Wenn er ein Kind tötet, scheint es das erste Mal zu sein.«

»Waren seine Opfer attraktiv? Nein, vergiss das. Längst nicht alle, die ich gesehen habe, waren Schönheiten.«

»Das kann ich bestätigen«, wirft James ein. »Eine der Frauen in meinen Clips war fettleibig, eine andere hatte schlimme Akne. Das Aussehen ist jedenfalls kein entscheidender Bestandteil seiner Auswahlkriterien.«

»Aber das Geschlecht«, überlege ich laut. »Okay. Wie sieht es mit den Tatorten aus? Wie weit liegen sie verstreut?«

»Ich lasse eine Karte ausdrucken, sodass wir es bildlich sehen können«, sagt Callie. »Er ist umhergereist, so viel scheint festzustehen. Mit bisher wenigen Ausnahmen hat er sich im Westen der Vereinigten Staaten herumgetrieben, hauptsächlich Kalifornien, Oregon, Washington, Nevada, Arizona, New Mexico, Utah und Colorado.«

»Interessant. Dann war Virginia also weit außerhalb seines üblichen Reviers?«

Callie nickt. »Keines der anderen Opfer war so weit im Osten.«

Mir kommt eine Idee. »Gibt es andere transsexuelle Opfer?«

»Keine«, sagt James.

»Dann war Lisa Reid eine weitere Anomalie. Sie ist die einzige Transsexuelle und das einzige Opfer, das so weit außerhalb seines normalen Jagdreviers umgebracht wurde. Was dann ja wohl genau der Grund dafür sein dürfte, warum sie ausgewählt wurde.«

»Er hat beschlossen, an die Öffentlichkeit zu treten«, pflichtet Alan mir bei. »Er nimmt an, dass sie ihm dabei hilft, den größten Eindruck zu machen. Gleiches gilt für das Töten eines Kindes.«

»Warum ausgerechnet jetzt?«, frage ich. Niemand antwortet. »Welche anderen Gemeinsamkeiten gibt es?«

»Er stoppt die Clips vor dem eigentlichen Mord an den einzelnen Opfern«, sagt James. »Wie wir bereits festgestellt haben, ist seine Botschaft an uns wichtiger für ihn als der Tod der Opfer. Die Morde wurden aus einem bestimmten Grund begangen und nicht des Nervenkitzels wegen.«

»Sie waren ihm nicht gleichgültig. Zumindest will er uns glauben machen, dass sie ihm am Herzen lagen«, sage ich. »Auf gewisse Weise zieht er sie nackt aus, indem er ihre dunkelsten Geheimnisse enthüllt, doch dann zieht er den Vorhang vor die letzten Augenblicke ihres Lebens. Er respektiert diese Privatsphäre und erhält ihnen ihre Würde.«

»Er wird niemals zornig«, sagt James. »Er ist entschlossen, bleibt aber stets gelassen. Er ist sich nicht zu schade, ihnen zu drohen, um ihre Mitarbeit zu erzwingen, doch das geschieht losgelöst von allem anderen. Ein Mittel zum Zweck, keine Machtphantasie.«

»Ich nehme an, dass das Thema ›Geheimnisse‹ in allen Clips auftaucht?«

»Ich fürchte ja«, räumt Callie ein. »Und nicht nur faktisch, auch formell.«

Ich runzle die Stirn. »Was soll denn das bedeuten?«

»Es bedeutet, dass es keine Geheimnisse der Art ›Ich habe Mom zwanzig Dollar aus dem Geldbeutel gestohlen‹ gibt«, sagt Alan. »Es sind ausnahmslos düstere, traurige oder verquere Geheimnisse – oder alles zusammen.« Er konsultiert Ned, seinen Notizblock. »Natürlich gibt es häufig eine sexuelle Komponente. Es gibt eine Reihe zufälliger Morde, die damals unentdeckt blieben, und es gibt eine Reihe vorsätzlicher Morde. Eine Frau wurde über Jahre hinweg von ihrem Mann geschlagen, und sie hat es an ihrem Baby ausgelassen. Mit brennenden Zigaretten.« Er blickt zu mir herüber. »Eine verfluchte Galerie von Abscheulichkeiten.«

Mein Magen zuckt, und ich höre erneut diese Stimme. Noch sind keine Worte erkennbar, doch die Stimme rührt sich, bemüht, sich Gehör zu verschaffen. Ich zwinge mich dazu, mich auf die Liste von Namen zu konzentrieren und auf das, was sie mir verraten können.

»Er hat allem Anschein nach jedes Verbrechen auf Video aufgezeichnet«, sagt James. »Die Änderungen in der Bild- und Tonqualität zeigen, dass er seit einer Reihe von Jahren zugange ist. Wahrscheinlich hat er mit Super-8 oder einem ähnlichen Medium angefangen und ist im Lauf der Jahre zu modernerer Technologie gewechselt. Er dürfte ziemlich geschickt sein – nichts Weltbewegendes, aber besser als ein durchschnittlicher Computerbenutzer. Er musste die alten Filme digitalisieren und editieren, um seine Videoclips herzustellen.«

»Wenn schon nichts anderes, dann verschafft es ihm Glaubwürdigkeit«, sagt Callie widerwillig. »Er hat seine Tun von Anfang an dokumentiert, während er auf den Tag gewartet hat, der Welt sein ›Anliegen‹ zu offenbaren.«

»Wie konnte er so sicher sein?«, fragt Alan.

Ich sehe ihn an und runzle die Stirn. »Was meinst du damit?«

»Na ja, als er damit angefangen hat, gab es noch kein Internet, zumindest nicht für den privaten Gebrauch. Er hat von Anfang an geplant, sein Gesicht zu zeigen, und es ist ziemlich offensichtlich, dass er es mithilfe von Videos tun wollte. Wenn wir nur zwei Jahrzehnte zurückgehen, haben wir einen Riesenstapel VHS-Kassetten.«

»Und?«

»Das wäre direkter gewesen. Er gegen uns. Aber das hier?« Er deutet auf den Computer. »Er hat diese Clips auf eine öffentliche Webseite gestellt. Wie konnte er sicher sein, dass er unsere Aufmerksamkeit bekommt?«

»Er hat umsichtig ausgewählt«, antwortet James. »Die Webseite, auf der er diese Clips gepostet hat, ist die am häufigsten besuchte virale Videoseite der Welt. Ich nehme an, wenn weder die Medien noch wir etwas bemerkt hätten, hätte er uns eine E-Mail oder einen Brief geschrieben.«

Alan nickt. »Vielleicht hätte er uns sogar angerufen.«

»Gibt es eine Möglichkeit, die Clips zurückzuverfolgen?«, frage ich.

James schüttelt den Kopf. »Nein. CDs, DVDs, selbst Druckerseiten können bis zu einem gewissen Grad zurückverfolgt werden, aber ein digitaler Videoclip hat von Haus aus keine verborgene Signatur.«

»Was ist mit dem Upload? Er muss ja irgendwo mit dem Web in Kontakt getreten sein, um die Clips auf User-Tube hochzuladen.«

»Ich habe unsere Computerspezialisten bereits darauf angesetzt«, sagt Callie. »Sie beantragen einen Durchsuchungsbefehl, während wir reden.«

»Wahrscheinlich ist es ohnehin eine Sackgasse«, vermutet Alan.

»Wahrscheinlich«, pflichte ich ihm bei. »Aber …«

»Ja«, sagt er. »Manchmal sind die Bösen auch dumm.«

»Genau. Sonst noch etwas?«

»Ja«, meldet James sich zu Wort. »Woher bekommt er seine Informationen?«

Der größte und wichtigste Teil des Rätsels. Lisa Reid hatte ihre Geschichte einem Tagebuch anvertraut, aber was ist mit den anderen?

»Vielleicht ist er ein Priester«, sinniert Alan.

»Ein Wanderprediger?«, sage ich. »Das glaube ich nicht. Es wäre zu offensichtlich. Selbst wenn er sich nur als Wanderprediger ausgibt. Vater Yates hat nichts von einem Geistlichen auf Besuch erzählt. Rosemary hat ihren Angreifer nicht wiedererkannt.« Ich schüttle den Kopf. »Nein, kein Priester.«

»Trotzdem – das ist die Frage, auf die wir eine Antwort finden müssen«, sagt Alan.

»Was ist mit meinen früheren Vorschlägen?«, frage ich. »Irgendwelche Selbsthilfegruppen?«

»Möglich. Aber es muss nicht unbedingt eine einzelne Informationsquelle sein, aus der er sein Wissen bezieht«, sagt Callie. »Er könnte seine Opfer an beinahe jedem beliebigen Ort finden. Kirchen, die eine große Gemeinde ansprechen. Anonyme Alkoholiker, Selbsthilfegruppen von Medikamenten- oder Rauschgiftsüchtigen und so weiter. Er kann diese Gruppen als Leidensgenosse infiltrieren, als Alkoholiker oder was auch immer, sich das Vertrauen der anderen erschleichen und sich als mitfühlender Zuhörer ausgeben.«

»Gutes Argument«, sage ich. »Wir sollten das als mögliche Gemeinsamkeit bei den Opfern im Auge behalten.«

»Führen wir doch einmal auf, was wir inzwischen über ihn herausgefunden haben«, schlägt James vor.

Ich nicke. »In Ordnung. Er ist sehr funktional und wahrscheinlich attraktiv. Er tritt selbstsicher auf in Gegenwart von Frauen. Sie sind keine Bedrohung für sein Bild von sich selbst. Sie machen ihn nicht wütend, jedenfalls nicht übermäßig.«

»Vielleicht ist er Jungfrau«, murmelt James.

Ich hebe die Augenbrauen. »Wie kommst du denn darauf?«

»Jede seiner Androhungen von Gewalt gegenüber den Frauen ist lediglich Mittel zum Zweck und dient nicht seiner eigenen sexuellen Befriedigung. Bei den Opfern, deren Leichen er uns bisher hat finden lassen, gibt es keinerlei Spuren unnötiger oder gar sexueller Gewalt. Seine Phantasien sind geistiger Natur. Sie beinhalten religiöse Bilder, Wahrheit und in der Folge davon Reinheit.« Er zuckt die Schultern. »Der sexuelle Akt ist überhaupt nicht existent.«

»Heilige und Hure«, sinniert Callie.

»Was?«, frage ich sie.

»Na, das alte Sprichwort. Männer wollen einen Engel heiraten, aber Sex wollen sie mit Huren. Eine Frau, die auf Sex steht, ist keine gute Ehefrau und bla bla bla.«

»Und wo ist die Verbindung zu unserem Fall?«

»Er hat keinen Sex mit den Frauen. Warum nicht? Weil er sie verehrt.«

In meinem Kopf macht es *Klick-klick-klick* wie der Verschluss einer High-End-Kamera.

»Ja«, sage ich und schaue in die Ferne. »Du könntest recht

haben. Aber wie kann er die Frauen verehren angesichts der Geheimnisse, die sie in sich tragen?«

Ich gehe zur Tafel und blicke auf meine Notizen, während ich angestrengt versuche, einen bestimmten Gedanken zu fassen, der sich mir immer wieder entzieht. Mein Team wartet schweigend. Sie kennen das; sie haben es schon mehr als einmal bei mir erlebt.

»Und?«, fragt Alan schließlich.

Ich stoße frustriert den Atem aus. »Ich kriege es noch nicht zu fassen.«

»Dann machen wir weiter«, sagt Alan. »Es wird dir schon noch einfallen, Smoky.«

Ich weiß, dass er recht hat. Versuch dich zu erinnern, wo du deine Schlüssel hingelegt hast, und du findest sie nie im Leben.

»Wie sieht der nächste Schritt in unserem Angriffsplan aus, o Gebieterin?«, fragt Callie.

»Vermisste Personen«, entscheide ich. »Wenn er so lange unter unserem Radar geblieben ist, hat er die Leichen seiner Opfer beseitigt. Er hat dafür gesorgt, dass sie nicht gefunden werden und dass wir nichts über ihn erfahren, ehe er nicht selbst bereit dazu ist.« Ich drehe mich um und starre auf die Reihen von Namen. Es sind so viele … zu viele. »Ich schätze, uns steht die Aufgabe bevor, mehr als hundert ungelöste Vermisstenfälle aufzuklären … mit dem schlimmstmöglichen Ergebnis. Wir müssen herausfinden, wer diese Leute waren.«

»Und zwar schnell«, sagt Alan.

Der Tod lauert nicht mehr irgendwo am Horizont. Er steht direkt vor uns, sieht hin, schaut wieder auf seine Uhr und grinst.

KAPITEL 26

»Bitte entschuldigen Sie meine derben Worte, Agentin Barrett, aber für mich sieht es so aus, als wären wir mitten in einem erstklassigen Achtzylinder-Rudelbums gelandet.«

»Das ist eine ziemlich treffende Einschätzung, Sir.«

Ich habe den Anruf auf meinem Handy entgegengenommen, und zu meiner Überraschung ist Director Rathbun am anderen Ende der Leitung. Doch mein Erstaunen, dass er meine Nummer kennt, währt nicht lange. Schließlich ist Rathbun der Boss des FBI.

»Es sieht schlimm aus, Sir, und es wird sicher noch schlimmer.«

»Offenbar haben Sie auf dem Seminar über Beruhigungstechniken für Vorgesetzte gefehlt.«

»Ich bevorzuge die Wahrheit, Sir.«

»Schön«, entgegnet er. »Dann beeindrucken Sie mich mit ein paar Wahrheiten.«

»Die Wahrheit ist, Sir, dass es sich um eine große und schmutzige Sache handelt und dass ich Sie nicht um die Arbeit mit den Medien beneide. Diese Geschichte gibt es nur deswegen, weil der Täter beschlossen hat, aus dem Verborgenen ans Licht zu treten. Er hat uns per Videoclips eine Liste mit Namen geliefert, dazu weitere Informationen, die erkennen lassen, dass seine Vorgehensweise eine unverkennbare Handschrift trägt. Er hat uns bereits so viel an die Hand gegeben, dass Sie uns alle feuern sollten, wenn wir ihn auf der Grundlage der bisher vorliegenden Informationen nicht schnappen, Sir.«

»Bringen Sie mich nicht auf Ideen.« Director Rathbun seufzt. »Sie wollen damit sagen, indem er uns seine Publicity aufbürdet, zeigt er uns zugleich eine Möglichkeit, ihn zu erwischen?«

»Ja, Sir.«

»Okay. Geben Sie mir ein Zwischenfazit.«

Ich denke kurz über meine Antwort nach. Unser Gespräch mag offen und einfach erscheinen, doch mein Gesprächspartner ist Sam Rathbun. Er ist nicht nur der Chef des FBI, sondern war früher ein begabter Vernehmungsbeamter.

»Ich sehe hundertdreiundvierzig tote Frauen, Sir«, antworte ich. »Ich sehe viele Familien, die mit den schlimmstmöglichen Nachrichten über vermisste Angehörige rechnen. Ich sehe aber auch, dass der Täter einen fatalen Fehler gemacht hat, indem er aus seinem Rattenloch hervorgekommen ist. Wir werden ihn fassen. Aber das muss uns gelingen, ehe er das nächste Mal zuschlägt.«

Rathbun lässt sich einen Moment Zeit. Denkt über meine Worte nach.

»Gehen Sie wieder an die Arbeit, Agentin Barrett«, sagt er dann.

Er legt auf, bevor ich »Jawohl, Sir« sagen kann.

Ich wähle sofort die Nummer von AD Jones. Politik mag nicht meine Stärke sein, doch selbst ich kenne die Regel, dass man tunlichst den Boss informieren soll, wenn der Boss der Bosse mit einem redet.

»Was gibt's?«, fragt AD Jones unwillig.

»Störe ich gerade, Sir?«

»Ja. Aber Sie hätten sich kaum ohne triftigen Grund gemeldet. Also, was haben Sie zu sagen?«

»Director Rathbun hat mich angerufen.«

»Rathbun persönlich?«

»Ja, Sir.«

Ich höre ihn leise fluchen.

»Was wollte er?«, fragt er dann.

Ich gebe in knappen Worten den Inhalt unseres Gesprächs wieder.

»Okay. Ich weiß, was das zu bedeuten hat.« Jones klingt besänftigt. »Irgendjemand stellt ihm Fragen. Möglicherweise der Präsident.«

Menschen in Machtpositionen haben mich nie sonderlich beeindrucken können. Sie furzen im Privatleben genauso wie wir alle, selbst wenn es durch seidene Wäsche ist. Doch als Jones nun den Präsidenten der Vereinigten Staaten zur Sprache bringt, bin ich doch beeindruckt, wie ich mir eingestehen muss.

»Ich weiß nicht, was ich davon halten soll, Sir …«

»Eine angemessene Reaktion wäre beispielsweise Nervosität, Smoky. Danke für die Info.«

Er beendet das Gespräch, bevor ich mein »Aye, aye, Sir« hervorbringen kann.

Ich schaue auf die Uhr. Es ist früher Abend, neunzehn Uhr. Ich habe noch eine Menge zu tun, doch ich will mich bei Bonnie melden, bevor ich mich erneut in den Mahlstrom stürze.

»Hi, Smoky«, begrüßt sie mich. Ihre Stimme klingt betrübt.

»Stimmt was nicht, Baby?«

Schweigen.

Dann: »Ich habe ein paar von den Videoclips gesehen.«

Ich sacke im Sessel zusammen. *Gütiger Himmel.*

»Wie hast du das gemacht?«

»Ich … ich … du erinnerst dich, worüber wir gesprochen haben. Ich will später mal die Arbeit tun, die du machst. Ich hab die Nachrichten gesehen, den Computer eingeschaltet und eine Seite gefunden, auf der die Clips gespeichert waren.«

»Wie viele hast du dir angeschaut, Bonnie?«

Ich höre sie schlucken. »Zuerst nur einen. Es war dieses Mädchen, April hieß sie. Der Kerl ließ sie erzählen, wie sie ihr Baby gequält hat. Mir wurde schlecht. Ich bin ein Dummkopf«, murmelt sie kleinlaut. »Ich war wütend auf mich selbst, weil mir schlecht geworden war, also bin ich wieder an den Computer zurück und hab mir noch welche angesehen.«

»Wie viele?«

»Vielleicht dreißig …«

»Jesses! Bonnie!«

»Sei nicht böse, Smoky. Bitte, nicht böse sein.«

»Ich bin nicht böse, Bonnie, aber ich werde dein Benutzerkonto für eine Weile einschränken«, sage ich. »Du hättest mich oder Elaina fragen müssen, bevor du so etwas tust, und das weißt du.«

Sie seufzt. »Ja.«

»Und?«

»Ich wusste, dass du Nein sagen würdest.«

»Okay. Kein Internet in den nächsten beiden Wochen. Nur, was du für deine Hausaufgaben benötigst. Verstanden?«

»Ja.«

Okay, genug davon.

»Und wie fühlst du dich? Ist alles in Ordnung?«

»Ich weiß nicht. Am meisten hat mir zu schaffen gemacht, was dieser Mann gesagt hat. Es ergibt Sinn. Was er über die Wahrheit gesagt hat, zum Beispiel. Ein Mann wie er, der Dinge tut wie er … es macht mir Angst, dass er sinnvolle Dinge sagt, die man verstehen kann.«

»Ich weiß, Bonnie.«

»Es geht mir nicht aus dem Kopf. Die Frauen … all das Schlimme, das sie getan haben … das war böse, aber noch schlimmer ist, wenn man dem Mann recht geben muss in dem, was er sagt.«

»Wenn auch du später mal als Agentin arbeitest, wirst du häufig auf dieses Problem stoßen. Ein Verbrechen als solches ist immer etwas Böses. Bei den Menschen selbst aber gibt es Abstufungen. Deshalb kommt es mehr darauf an, was sie tun und nicht so sehr, was sie sind.«

»Wie meinst du das?«

»Ein Mann kann beispielsweise behaupten, dass es für ihn die wichtigste Eigenschaft ist, ein guter Vater zu sein. Und dann geht er nach Hause und verprügelt seine Kinder. Oder noch schlimmer, derselbe Mann ist Psychiater und behandelt die Kinder anderer Leute, vielleicht schon seit Jahren. Vielleicht hat er schon vielen Kindern geholfen. Für mich als Agentin aber zählt nur, dass er nach Hause geht und seine *eigenen* Kinder schlägt.«

Bonnie ist still, während sie über meine Worte nachdenkt.

»Ich glaube, ich brauche noch Zeit, um das zu verstehen.«

Sie hat recht, aber irgendwann wird sie es begreifen. Bonnie ist wie ein spiegelglatter See, ruhig und still. Doch unter der Oberfläche, wo die Sonne niemals scheint und wo die Krebse sich verbergen, geschehen viele Dinge.

»Wir können ja noch mal darüber reden, okay?«, sage ich.

»Okay.«

»Versprochen?«

»Ich verspreche es, Smoky. Mir geht's schon besser, ehrlich. Tut mir leid, dass ich etwas getan habe, das du nicht gewollt hättest.«

Mir entgeht die Formulierung nicht. Sie entschuldigt sich nicht für das, was sie getan hat, sondern dafür, dass sie mich damit verärgert hat.

»Entschuldigung angenommen. Aber vergiss nicht – zwei Wochen kein Internet.«

»Ich werde es nicht vergessen.«

»Und jetzt gib mir Elaina.«

Ein paar Sekunden vergehen, dann ist Elaina in der Leitung.

»Oh, Smoky.« Sie klingt so elend, dass ich durch die Leitung kriechen und sie an mich drücken möchte.

»Mach dir keine Vorwürfe, Elaina. Bis jetzt hatten wir immer nur Glück bei Bonnie. Ich nehme an, so was war längst fällig.«

»Vermutlich hast du recht, aber ich fühle mich trotzdem schuldig. Sie hat an ihrem Laptop gesessen und die drahtlose Internetverbindung benutzt. Ich habe in der Nacht nicht gut geschlafen, deswegen wollte ich ein Nickerchen machen, hab dann aber ein paar Stunden geschlafen. In dieser Zeit hat Bonnie sich die Clips angesehen. Es tut mir leid, Smoky.«

»Elaina, bitte. Du bist ihre zweite Mutter. Du hast ihre Schulausbildung auf dich genommen, du kümmerst dich um sie, wenn ich Überstunden machen muss. Du tust eine Menge. Sei nicht so hart gegen dich selbst.«

»Danke. Ich danke dir, aber wie würdest du dich an meiner Stelle fühlen?«

Ich würde mich fühlen wie Dreck.

»Ich weiß. Aber Bonnie ist kein kleines Kind mehr. Sie wusste, dass wir nicht gutheißen würden, was sie tut, und sie hat es bewusst vor uns verborgen.« Ich erzähle ihr von dem zweiwöchigen Internet-Verbot.

»Ich werde dafür sorgen, dass sie es einhält«, sagt Elaina.

»Gut. Ich glaube nicht, dass es Probleme geben wird. Sie hat die Strafe reumütig auf sich genommen.«

»Ach?« Ich bin froh, eine Spur von Erheiterung in Elainas Stimme zu hören. »Vielleicht sollte uns das mehr zu denken geben als alles andere.«

»Vielleicht. Und jetzt hör auf, dir Vorwürfe zu machen. Ich liebe dich.«

Sie seufzt. »Ich liebe dich auch. Gib meinem Mann einen Kuss von mir. Bonnie will dich noch mal sprechen.«

»Okay.«

»Smoky.« Bonnies aufgeregte, ein wenig atemlose Stimme. »Ich habe vergessen, dir etwas zu sagen.«

»Was denn?«

»Dieser Mann … der Mann, der sich ›Prediger‹ nennt.«

»Ja?«

»Schnapp ihn und bring ihn für den Rest seines Lebens ins Gefängnis. Ich will, dass er hinter Gittern stirbt.«

Es ist keine Bitte, es ist eine Deklaration. Bonnie hat gesehen, was dieser Mann getan hat, und das ist schlimmer als alles, was ihr sonst noch zu schaffen macht.

»Ich werd's versuchen, Bonnie.«

»Gut.«

Sie legt wortlos auf. Ich starre einen Moment auf das Telefon, verwirrt und beunruhigt zugleich. Bonnie ist von Anfang an etwas Schlichtes, zugleich aber Kompliziertes in meinem Leben gewesen. Das Schlichte ist meine Liebe zu ihr. Sie ist unbeschränkt und rein. Das Komplizierte ist Bonnie selbst. Sie hat die Heiterkeit eines Kindes, doch sie hat auch Schichten wie eine Erwachsene – Schichten, zwischen denen sich Dinge verbergen, von denen ich nicht sicher bin, ob ich sie jemals sehen werde. Sie hat gelernt, wie sie ihre Geheimnisse für sich bewahren und bequem damit leben kann. Manchmal macht es mir Sorgen, die meiste Zeit aber nicht. Es ist einfach so.

Bonnie, das wird mir immer deutlicher, verwandelt sich in

einen Teenager wie ein Werwolf im Licht des Vollmondes, und damit einher kommt, wie es scheint, die Fähigkeit zur Verschleierung und die Bereitwilligkeit zum Lügen. Das würde mich nicht weiter beunruhigen; so ist nun mal der Lauf der Dinge. Das Problem ist: Bonnie lügt nicht wegen heimlichen Rauchens oder wegen heißer Küsse mit einem Jungen. Sie hat sich an den Computer geschlichen, um sich die letzten, furchtbaren Augenblicke dieser Frauen anzusehen.

Es gibt nichts auf der Welt, wird mir klar, das so sehr wie die Mutterschaft dazu geeignet ist, ein Gefühl von Hilflosigkeit oder Dummheit in einem zu wecken.

Ich verlasse mein Büro. Der Mahlstrom erwartet mich.

»Dieser Fall legt gnadenlos die Lücken in unseren Suchsystemen offen«, schimpft Alan. »Habt ihr gewusst, dass das NCIC mehr als hunderttausend ungelöste Vermisstenfälle verzeichnet, von denen weniger als hundert im AFIS gespeichert sind?«

Das NCIC, das National Crime Information Center, ist eine Datenbank, die dem FBI und den Polizeibehörden bundesweit aktuelle Daten über gesuchte Personen und andere Informationen liefert. AFIS, das Automatisierte Fingerabdruckidentifizierungssystem, stützt sich auf die Fingerabdruck-Datenbanken verschiedener Ermittlungsbehörden. Die beiden anderen großen Datenbanken, die für unsere Arbeit von Bedeutung sind, sind CODIS, eine nationale Datenbank mit den DNA-Profilen vermisster Personen und verurteilter Straftäter, sowie VICAP.

»Nur fünfzehn Prozent der nicht identifizierten menschlichen Überreste sind im NCIC gespeichert. CODIS gibt es seit 1990, und es wächst ständig. Doch es ist immer noch kaum mehr als ein Tropfen im Ozean.«

CODIS war ein Geniestreich. Wenn jemand verschwindet und nicht binnen dreißig Tagen wieder auftaucht, wird eine DNA-Probe veranlasst – falls die Möglichkeit besteht, von einem Gegenstand, der der vermissten Person gehört hat (Haare von einer Bürste etwa, oder Speichel von einer Zahnbürste), oder man nimmt eine Vergleichsprobe von einem Blutsverwandten. Die DNA wird analysiert und in der Datenbank gespeichert. Wird ein Leichnam aufgefunden, kann er häufig mittels CODIS identifiziert werden. Es hat sogar Fälle gegeben, in denen jahrelang vermisste Kinder dank CODIS lebend wiedergefunden werden konnten.

Das Problem bei diesen Datenbanken ist die Kooperation. Wenn örtliche Polizeibehörden die Formulare nicht ausfüllen und keine DNA-Proben nehmen, kann nichts in einer Datenbank gespeichert werden. Wenn die Informationen zur Verfügung stehen, muss jemand sie eingeben, sonst bleiben die Daten unvollständig.

Es ist ein fehlerbehaftetes System, doch es ist besser als gar nichts. Wir haben mehr als einmal Fälle unter Einsatz einer oder mehrerer dieser Datenbanken gelöst. Sie mögen nicht perfekt sein, doch sie sind ausgezeichnete Hilfsmittel.

»Was haben wir gefunden?«

»Wir haben bisher vierzig namentliche Übereinstimmungen«, sagt Alan. »Unsere Computerspezialisten helfen uns mit sämtlichen zur Verfügung stehenden Mitteln. Aus den Clips fertigen sie Standbilder von den Gesichtern der Opfer, die wir an die zuständigen örtlichen Polizeireviere weiterleiten. Die wiederum legen die Bilder den Familien vor und lassen sich die Identität bestätigen. Wenn ich raten soll, würde ich sagen, dass wir auf eine Trefferquote von hundert Prozent kommen. Es ist sicher kein Zufall, dass die Namen von den Clips mit denen von vermissten Personen übereinstimmen.«

»Ja. Übrigens sagt deine Frau, ich soll dich von ihr küssen.«

»Nur zu.«

»Bleib dran. Wir machen weiter bis um elf.«

»Welche Freude.«

Ich gehe zu James, der gerade den Telefonhörer auflegt.

»Die Tipps, die Jezebel an uns weiterleitet, zahlen sich aus«, sagt er. »Wir hatten inzwischen fast achtzig Anrufer, die Opfer auf den Clips identifizieren konnten.«

»Wow.«

Manch einer mag sich wundern, wie es so schnell so viele Personen sein können. Ich finde es nicht erstaunlich. Bei Vermissten ist es ermittlungstechnisch in vieler Hinsicht schlimmer als mit den Toten. Vermisste bedeuten ein ständiges, ungewisses Vielleicht: Vielleicht sind sie noch am Leben, vielleicht auch nicht. Vermisste verhindern einen endgültigen Abschluss, erlauben keine wahre Trauer. Dieses Vielleicht hat zur Folge, dass die Familien ständig warten, bangen und Ausschau halten, und dass sie sich an Strohhalme der Hoffnung klammern, bis endgültige Gewissheit besteht.

Ich habe einmal einer Mutter die Nachricht überbracht, dass man ihre Tochter, die drei Jahre zuvor verschwunden war, tot aufgefunden hatte. Die Frau weinte herzzerreißend, doch was sie dann sagte, ging mir tief unter die Haut.

»Es war furchtbar schwer, die Ungewissheit zu ertragen«, stammelte sie schluchzend. »Es gab Zeiten, da habe ich mir nur noch gewünscht, dass es vorbei ist, selbst wenn es bedeutet, dass sie nicht mehr lebt.«

Ich sah, wie ihre Augen sich weiteten, als ihr klar wurde, was sie da gesagt hatte: dass sie sich ein Ende herbeigewünscht hatte, selbst wenn es den Tod ihrer Tochter bedeutete. Diesen Augenblick werde ich nie vergessen.

»Keening« ist ein Trauergesang aus Schottland und Irland. In früheren Zeiten, ehe es von der katholischen Kirche verboten wurde, war das Keening ein Bestandteil der Totenwache. Ein Mann oder eine Frau wurden bestellt, um die Abstammung des Verstorbenen aufzusagen, ihn zu lobpreisen und den Schmerz der Hinterbliebenen zu verkünden. Das geschah durch eine Art Sprechgesang, wobei häufig rhythmisch geklatscht oder im Stehen auf den Absätzen geschaukelt wurde oder beides. Es war eine Sühne, dazu gedacht, dem verlorenen Leben Gerechtigkeit widerfahren zu lassen. Ich musste daran denken, denn es war genau das, was ich bei dieser Frau beobachtet hatte.

Jetzt denke ich erneut daran. All diese Familien. Keening. Achtzig trauernde Familien, eine unfassbare Zahl, unmöglich zu begreifen.

»Ich kümmere mich um sämtliche örtlichen Gesetzesbehörden«, sagt James. »Ich bin der einzige Kontakt für sie. Sie sollen davon ausgehen, dass jeder unserer bestätigten Vermisstenfälle ein Mord ist, und ihre besten Ermittler darauf ansetzen. Alles, was sie auf diese Weise finden, gelangt direkt zu mir. Ich gleiche die Ergebnisse ab und gebe sie in unsere Datenbank über die Opfer ein.«

»Wir haben eine Datenbank?«

Er deutet auf seinen Computer. »Ich habe eine angelegt.«

»Gute Arbeit, James.«

»Ich weiß.«

Die Tür zum Büro schwingt auf, und Callie marschiert mit einer großen, auf einer Styroporplatte aufgezogenen Karte der Vereinigten Staaten herein. Kirby folgt ihr und plappert ununterbrochen.

»Also ist das mit den Blumen in Ordnung? Der Preis ist okay?«

»Der Preis ist wunderbar, Kirby. Was ist mit dem Kuchen?«

»Da kriegen wir keinen Rabatt. Der Konditor ist schwul.«

»Sehr witzig. Was ist mit dem Preis?«

»Liegt im Budget. Ach, und es gibt gute Neuigkeiten vom Fotografen. Ein Typ, den ich gekannt habe. Wir haben mal zusammen gearbeitet. Er hat Observationen gemacht, aber er ist gut mit der Kamera, und nur darauf kommt es letztlich an, nicht wahr?«

Ich sehe, wie Callie über Kirbys Vorschlag nachdenkt, einen alten Freund zur Hochzeit mitzubringen, was angesichts von Kirbys Hintergrund nicht ganz unproblematisch ist.

»Schön.«

»Das wird eine Hochzeit!«, meint Alan. »Ein Drittel der Lieferanten wird von Kirby gevögelt, ein Drittel eingeschüchtert, und der Rest sind ehemalige Söldner aus ihrem Bekanntenkreis.«

»Wieso ehemalige?«, sagt Kirby. »Die meisten sind immer noch aktiv.«

»Ich hasse es, euren Plausch zu stören«, sage ich, »aber ich müsste mal mit Callie reden.«

»Okay, ich bin schon weg«, sagt Kirby. »Ich weiß, was ich wissen muss. Wir sehen uns später, Callie-Baby.«

»Ja. Ruf mich an.«

»Ich bin nur bis vier Uhr morgen früh wach«, sagt Kirby. »Ich brauche meinen Schönheitsschlaf.«

Callie hält die Landkarte hoch, damit wir sie alle sehen können.

»Ich habe James eine Liste sämtlicher Tatorte ausdrucken lassen und sie mit Stecknadeln markiert.«

Wir versammeln uns um die Karte, um die Sache aus der Nähe zu betrachten.

»Es gibt mehrere Häufungen«, sagt Alan. »Hier«, er zeigt auf L. A., wo es mehr als zwanzig gibt, »und hier.« Er zeigt auf Las Vegas, Nevada.

»Sonne und Sünde«, sagt Callie.

Die restlichen finden sich verteilt in den übrigen westlichen Staaten. Einige in Städten, deren Namen jeder kennt, andere in Kaffs, von denen ich noch nie gehört habe. Der Gesamteindruck ist mehr als ernüchternd.

»Es sieht aus wie ein beschissener Wald!«, sagt Alan. Es ist ein Echo meiner eigenen Gedanken.

»Entschuldigt«, meldet Kirby sich zu Wort. Sie ist also doch nicht gegangen. »Warum steht dieser Name auf der Tafel?«

Sie deutet auf den Namen eines der Opfer in Los Angeles: Willow Thomas.

»Wieso?«, frage ich.

Das Lächeln, mit dem sie antwortet, ist freudlos und beängstigend und lässt sämtliche Alarmglocken in mir schrillen.

»Beantworte meine Frage.«

Ihr Tonfall ist freundlich. Es könnte eine Frage über das

Wetter sein. Doch Kirbys Leopardenaugen sind plötzlich erschienen, und sie sind kalt, kalt, kalt. Es ist die völlige Gleichgültigkeit eines bezahlten Killers, der einen Menschen nicht deswegen erschießt, weil er ein schlechter Mensch ist, sondern weil jemand anders diesen Menschen tot sehen will und bereit ist, dafür zu zahlen.

»Hast du keine Nachrichten gesehen?«, fragt Callie.

Kirby wirft ihr einen raschen Blick zu.

»Wenn ich die Nachrichten gesehen hätte, würde ich wohl kaum diese Frage stellen, Callie, meinst du nicht auch?«

Dass sie Callies Namen benutzt, ohne irgendeinen Schnörkel anzufügen, lässt meine Unruhe wachsen. Kirbys Stimme klingt immer noch sanft, und die Ermahnung an Callies Adresse ist gelangweilt, ja lustlos, aber die Luft ist mit einem Mal aufgeladen, und ich spüre die Atmosphäre von Gefahr.

Was hat das zu bedeuten?

»Es gibt da einen Mann«, sage ich und beobachte ihre Reaktion. »Wir vermuten, dass er seit zwanzig Jahren Frauen umbringt. Und wir sind ziemlich sicher, dass die Namen auf der Tafel zu seinen Opfern gehören.«

»Opfer? Du meinst, sie sind tot?«

»Ja.«

Sie kommt zu mir und legt den Arm um meine Schulter. Es ist alles andere als freundlich. Es ist eine intensive, unbehagliche Nähe. »Und?«, flüstert sie, den Mund ganz nahe bei meinem Ohr. »Wissen wir, wer dieser Mann ist?« Ihre Worte sind wie aus Eis gehauen, so unendlich kalt klingen sie.

»Noch nicht.« Ich löse mich von Kirby und sehe ihr in die Augen. »Und ich bin nicht sicher, ob ich dir den Namen verraten würde, wenn es anders wäre.«

Sie starrt mich mit ihrem eiskalten Blick an. Eine Ewigkeit, wie es scheint.

»Kann ich mit dir reden?«, fragt sie schließlich. »Unter vier Augen?«

Sie wendet sich ab und geht in Richtung meines Büros, ohne auf eine Antwort zu warten. Ich drehe mich zu Alan, Callie und James um.

»Keine Ahnung«, sagt Callie.

»Ich wusste noch nie, was im Kopf dieser Psychopathin vor sich geht«, sagt Alan.

Lediglich James sagt gar nichts.

Wir sitzen in meinem Büro, die Tür ist geschlossen. Ich warte darauf, dass Kirby zu reden anfängt. Dass sie schweigt, ist unnatürlich.

Sie sitzt im Besuchersessel vor meinem Schreibtisch, spielt an ihrer Unterlippe und sieht zur Seite.

»Erzähl mir von Willow Thomas, Kirby«, sage ich schließlich in die lastende Stille hinein. »Wer war sie? Was hat sie dir bedeutet?«

Erneut das Zupfen an der Unterlippe. Ich habe Kirby noch nie so wortlos und ausweichend erlebt. Sie ist normalerweise so subtil wie eine Zweijährige.

»Willow war die Freundin von einem Freund. Sie war Zivilistin. Ist sie immer gewesen. Sie wurde unschuldig geboren und starb wahrscheinlich unschuldig. Sie war ein naives Ding, wie eine junge Katze, viel zu zutraulich für diese Welt. Sie war nicht so wie ich oder mein Freund. Wir waren niemals Zivilisten. Wir wurden schon fertig geboren, bereit für den Rock 'n' Roll und den ganzen Mist, den die große weite Welt zu bieten hat. Nicht Willow. Willow war schwach.«

»Wie war der Name dieses Freundes?«

Erneut der tadelnd erhobene Zeigefinger. Ein schiefes Grinsen. »Netter Versuch. Aber ich bin nicht bereit, dir diese Information zu geben. Noch nicht.«

»Ist es von Bedeutung?«

»Wäre ich der Meinung, dass wir dann herausfinden könnten, wer der zukünftige Tote ist, würde ich dir den Namen nennen.«

Der zukünftige Tote. So, wie sie es sagt, klingt es nach absoluter Gewissheit.

»Bist du sicher?«

»Willow hat die richtige Entscheidung getroffen. Sie hat sich von uns losgesagt, um ein ruhiges, normales Leben zu führen. Wir haben nie wieder miteinander geredet, doch ich habe mich hin und wieder nach ihr erkundigt, um sicher zu sein, dass niemand sie übervorteilt. Eines Tages war sie verschwunden. Ich benutzte meine … Quellen, um sie aufzuspüren, doch sie war wie vom Erdboden verschluckt. Es war, als wäre sie eines Nachts aufs Meer geschwommen und nie zurückgekehrt.«

»Wann war das?«

»Vor ungefähr zehn Jahren.«

»Hat sie Familie?«

Kirby nimmt sich lange Zeit, bevor sie antwortet.

»Nein. Sie war eine Waise.«

»Ich verstehe.«

Ich warte auf mehr. Kirby lächelt.

»Eher friert die Hölle zu«, sagt sie schließlich. »Sie war eine Waise, sie verschwand vor zehn Jahren aus dem sonnigen Los Angeles, und sie hat in ihrem ganzen Leben niemals absichtlich einem anderen Menschen wehgetan außer sich selbst. Das ist alles, was du wissen musst.«

Ich erzähle ihr von den Videoclips und worum es darin geht. Ich beobachte ihr Gesicht, während ich rede, suche nach einem verräterischen Zucken, einem Riss in der Fassade. Doch Kirby lauscht nur und zwirbelt eine Strähne blonder Haare um den Zeigefinger.

»Ich verstehe«, sagt sie, als ich geendet habe.

»Kirby, hatte Willow ein Problem, von dem du weißt? Hat sie getrunken? Drogen genommen? Ist sie zu Treffen von Selbsthilfegruppen gegangen? Irgendetwas in der Art?«

»Ja. Sie trank. Sie hatte allerdings damit aufgehört. Sie war bei den Anonymen Alkoholikern und hat sich da schwer engagiert.«

Bingo, denke ich.

»Sonst noch etwas, das du mir über Willow Thomas erzählen kannst?«

»Nichts, das dir weiterhelfen würde.« Sie beugt sich vor. Wieder habe ich das Gefühl von etwas Elektrischem in der Luft. »Du hast also noch keine Ahnung, wer der Typ ist?«

»Keine.«

Kirby nickt. »Schön. Okay. Ich schätze, damit wären wir fertig.« Sie steht auf und will gehen.

»Kirby? Möchtest du den Clip sehen?«

Sie hat die Hand am Türknauf, steht mit dem Rücken zu mir. Sie zögert.

»Nein«, sagt sie dann. »Ich kenne das Geheimnis, das Willow für sich behalten wollte.«

Sie dreht den Knauf und geht.

Eine Zivilistin. So hat Kirby die Tote genannt, Willow Thomas. Ich verstehe, was sie gemeint hat, während ich die Frau in dem Videoclip beobachte.

Sie hat genau dieses Aussehen. Als wären die Grausamkeiten des Lebens eine ständige Überraschung, von denen sie sich immer wieder betrogen fühlt. Sie hat in einer Märchenwelt überlebt, bis jemand sie gepackt und auf den Boden der Tatsachen gezerrt hat.

Es war das Ergebnis von fürchterlichem Schmerz, der ihr zugefügt wurde und von dem sie sich niemals erholt hat.

Sie ist schön, auf eine ätherische, durchscheinende Weise. Sie hat glattes dunkles Haar und ist so dünn, dass es schmerzt. Doch dieses Ausgemergelte unterstreicht ihre Schönheit noch, wie es bei manchen – wenigen – Frauen der Fall ist. Ihre Haut ist sehr blass, nur die Wangen zeigen ein wenig Farbe. Ihre Lippen sind voll und rot.

»Erzähl mir von deinen Narben, Willow«, sagt der Prediger zu ihr.

Sie zittert. Ihre Blicke zucken hierhin und dorthin – links, rechts, auf ihn, dann direkt in die Kamera, sodass ich das Gefühl habe, sie würde mich ansehen. Ihre Tränen kommen nicht ununterbrochen; es braucht Zeit, bis ihre Augenwinkel sich mit Flüssigkeit füllen, bis große Tropfen über ihre Wangen kullern und dann auf ihren nackten Oberschenkeln zerplatzen. Übelkeit steigt in mir auf, als ich sehe, dass sie von oben bis unten eine Gänsehaut hat. Er muss ihre Angst buchstäblich gerochen haben.

»Willow«, drängt er so sanft wie eh und je. »Die Narben. Oder ich muss dir noch einmal wehtun.«

Seine Worte lassen Willow so heftig erschauern, dass ich die Stuhlbeine auf dem Boden klappern höre.

»Nein!«, kreischt sie.

»Dann rede bitte. Erzähl mir von deinen Narben.«

»Aber Sie wissen doch schon alles!«, jammert sie. »Ich weiß, dass Sie es wissen. Sie haben es mir selbst gesagt!«

»Das stimmt, aber ich möchte, dass du es vor der Kamera wiederholst.«

Sie hört auf zu zittern. Stößt einen Seufzer aus. Ein neuerliches tiefes Atemholen und ein geräuschvolles Ausatmen. Sie lässt den Kopf nach vorne fallen, sodass ihr die glatten Haare ins Gesicht hängen, wobei die Spitzen die tränenfeuchten Oberschenkel berühren.

»Wir haben uns manchmal gegenseitig geritzt«, flüstert sie.

»Wer? Du und wer noch?«

»Ich und Mandy. Mandy war meine Schwester. Sie war zwei Jahre älter als ich. Wir kamen zusammen in ein Kinderheim, weil Mom und Dad uns so viel geschlagen haben. Mandy hat mir vom Ritzen erzählt … dass es einem besser geht, wenn man sich selbst wehtut.«

»Und hast du dir wehgetan?«

»Ja.«

»Sprich weiter.«

»Wir benutzten ein Rasiermesser. Meist schnitten wir uns in

die Innenseite unserer Beine, oberhalb der Stellen, die man sehen konnte, wenn wir Röcke trugen. Manchmal haben wir uns gegenseitig geritzt.«

»Und das habt ihr auch an dem Tag getan, nicht wahr? Euch gegenseitig geritzt?«

»Ja.« Es ist die kleinlauteste Stimme, die ich je gehört habe. Fast unhörbar leise.

»Und was ist passiert?«

»Sie … sie hat mich zuerst geschnitten. Es war … wunderbar. Ich kann es nicht beschreiben. Bevor man sich schneidet, fühlt man sich taub und voller Angst, alles ist unwirklich … aber dann kommt der Schnitt, und der Schmerz ist *wirklich* da, scharf und süß und … *jetzt*. Keine Zukunft, keine Vergangenheit, nur das Jetzt. Wenn wir uns geschnitten haben, ging es immer nur um diesen einen Moment. Wir fühlten uns lebendig …«

»Sprich weiter.«

»Mir war ganz heiß, und ich fühlte mich gut, so gut. Mandy hatte mich ziemlich tief geschnitten. Sie sah, wie gut es mir tat, und sagte, ich solle sie genauso tief schneiden … ganz tief. Also tat ich es.«

»Hast du zu tief geschnitten, Willow?«

Sie hebt den Kopf, und ich sehe entsetzt, wie weiß ihr Gesicht ist. Es ist das Gesicht einer Toten.

»Ich habe in die Arterie geschnitten«, flüstert sie. »Mandy war immer so dünn … wir beide waren dünn. Ich habe gedrückt, und ich habe nicht richtig aufgepasst, weil ich immer noch das Adrenalin in mir hatte und die Endorphine von ihrem Schnitt, und da habe ich zu tief geschnitten. Sie fing an zu bluten, zu stark, viel zu stark …«

Sie verstummt.

»Erzähl uns den Rest, Willow. Was hast du anschließend getan?«

Ich sehe zum ersten Mal, dass in dieser Frau einmal Kraft gewesen ist. In ihren Augen funkelt abgrundtiefer Hass auf den

Prediger. Wenn sie könnte, würde sie ihn mit dem Rasiermesser aufschlitzen.

»Ich habe ihr gesagt, dass sie zu heftig blutet. Mandy sah an sich herab und … und … lächelte. Sie lächelte. Sie sagte mir, dass ich rausgehen und keinem sagen sollte, dass ich es war, die den Schnitt gemacht hat. Ich sagte Nein und dass sie Hilfe brauchte, aber sie erwiderte nur, es sei zu spät, sie würde sterben und es wäre okay, alles in Ordnung, und sie wollte nicht, dass ich deswegen in Schwierigkeiten käme, darum sollte ich gehen und zurückkommen und so tun, als hätte ich sie so gefunden und als wäre ich total überrascht … und das hab ich dann auch getan, habe bis fünf gezählt und bin ins Zimmer zurück, und Mandy verlor bereits das Bewusstsein, und ich schrie, und überall war Blut, Blut und …« Ihr Redeschwall verstummt nur zum Luftholen; dann ein weiteres tiefes Seufzen. »Ich hielt sie und versuchte die Blutung zu stoppen, aber es war zu viel. Ich stand in einer Lache … ich hätte schwimmen können in ihrem Blut.« Ein Herzschlag lang Schweigen. »Und dann starb sie.«

»Hast du getan, was deine Schwester gesagt hat, Willow? Hast du so getan, als wärst du es nicht gewesen?«

Sie nickt. Sie ist womöglich noch blasser geworden. Ihre Augen funkeln voller Hass, nacktem Hass.

»Sag es, Kind«, fordert er sie auf.

Sie schüttelt sich, ein heftiges Erschauern, das die Stuhlbeine klappern lässt. »Ich habe meine Schwester getötet und jeden in dem Glauben gelassen, dass sie es selbst gewesen ist.« Sie speit die Worte hervor, bitter und giftig.

»Und hast du dafür Mitgefühl erhalten?«

»Ja.«

»Hast du den Leuten davon erzählt, dass du dich selbst ebenfalls geschnitten hast?«

»Ja.«

»Eine letzte Frage, Willow. Hast du den Leuten erzählt, dass deine Schwester dich auf diesen Weg gebracht hat? Hast du die Leute glauben gemacht, dass Mandy dich dazu überredet hat?«

»Jaaa …« Es klingt wie ein Stöhnen. Ihre Augenlider flattern, ihre Miene verändert sich, der Hass weicht Verzweiflung.

Er wartet. Ich habe das Gefühl, dass er sehr zufrieden ist, und ich spüre, wie mein eigener Hass auf ihn wächst.

»Danke, Willow. Vergiss nicht, Gott ist Liebe.«

Schwarzblende.

Mir war nicht bewusst, dass ich die Luft angehalten habe. Ich atme aus und lehne mich im Sessel zurück.

Das also war Kirbys Freundin, denke ich.

Ich frage mich, ob das wirklich das Geheimnis ist, das Kirby zu kennen glaubt.

Ein Klopfen an der Tür reißt mich aus meinen Gedanken. James steckt den Kopf ins Zimmer.

»Wir haben eine Spur.«

KAPITEL 27

»Wir haben auf richterliche Anordnungen überprüft, ob wir den Uploads der Videoclips eine IP-Nummer zuordnen können«, sagt James. »Wir wollten wissen, ob er dumm genug ist, uns zu seiner Internetverbindung zu führen. Der Hurensohn ist so raffiniert, dass es nicht sehr wahrscheinlich war, aber er hat viel Material hochgeladen, darum erschien es uns einen Versuch wert.«

»Und? Hat er eine Spur hinterlassen?«

»Die meisten Verbindungen operieren auf der Basis einer dynamischen IP-Nummer. Der Internet-Provider weist dem Computer eines Benutzers bei jeder Verbindung – oder jeden Tag – eine neue IP zu. Manche Leute ziehen eine so genannte statische IP vor, eine Nummer, die sich nie ändert. Die Nummer, unter der die Uploads stattgefunden haben, war statisch.«

»Und das bedeutet, dass sie nur diesem speziellen Benutzer gehört haben kann?«

»Genau.«

Ich gehe auf und ab, während ich über das Gehörte nachdenke.

»Das kommt mir seltsam vor. Es ergibt keinen Sinn, dass dieser Mann in jeder Hinsicht gerissen ist, sich in diesem einen Fall aber strohdumm anstellt. Könnte es sein, dass die IP gar nicht von ihm ist?«

»Gut möglich. Wenn der Besitzer dieser IP einen Wireless Router benutzt und ihn nicht durch ein Passwort geschützt hat, wäre es vorstellbar, dass jemand mit einem Laptop in einem Auto sitzt, das vor der Tür seines Hauses parkt, und die Verbindung für seine Uploads kapert.«

»Ist es üblich, dass normale WLAN-Router nicht passwortgeschützt sind?«

»Ja. Viele Leute kaufen einen Router, stöpseln ihn ein und fertig. Sie machen sich nicht die Mühe, die Verbindung zu sichern – vor allem, weil sie die Technik nicht kapieren.«

»Zeig mir den Burschen.«

James tippt auf eine Taste und deutet auf den Bildschirm, auf dem das Foto eines kalifornischen Führerscheins zu sehen ist.

»Harrison Bester«, lese ich. »Einundvierzig, schwarzes Haar, blaue Augen. Sieht ganz normal aus. Wissen wir schon etwas über ihn?«

»Ja«, sagt Alan, der in diesem Augenblick zur Tür hereinkommt und mit einem braunen Umschlag wedelt. Er lässt sich in den Sessel fallen und liest vor: »Harrison war Systemingenieur. Er hat sich von einer beträchtlichen Abfindungszahlung einen Franchise-Versandladen gekauft. Reichtümer macht er damit nicht, hat aber definitiv ein gehobenes Einkommen. Wohnt in Thousand Oaks. Verheiratet. Name der Ehefrau Tracy. Zwei Kinder, beides Töchter, im Alter von fünfzehn und siebzehn Jahren.«

Callie schüttelt den Kopf. »Das passt wieder alles nicht«, meint sie zutreffend. »Harrison und Tracy müssen schon ziemlich früh im Baum gesessen und sich geküsst haben, um eine siebzehnjährige Tochter zu haben. Außerdem passt es ganz und gar nicht zu unserem Freund. Er gehört zu der unberechenbaren Sorte. Der ist kein Familienmensch. Der hätte gar keine Zeit für ein Familienleben.«

»So sehe ich das auch«, sagt James.

»Ich ebenfalls«, pflichte ich ihnen bei. Ich denke kurz nach und treffe eine Entscheidung. »Callie, ich möchte, dass du dir ein Notebook nimmst und mit dem Wagen vor dem Haus von Bester parkst. Finde heraus, ob Bester einen WLAN-Router betreibt und ob er gesichert ist oder nicht. In der Zwischenzeit setze ich mich mit AD Jones in Verbindung und sorge dafür, dass der Bursche sieben Tage die Woche rund um die Uhr observiert wird.«

»Lieber Vorsicht als Nachsehen?«, fragt Alan.

Ich zucke die Schultern. »Ich glaube nicht, dass Bester der Prediger ist, aber Glauben und Wissen sind zwei verschiedene Paar Schuhe. Selbst wenn er es nicht ist, könnte es sein, dass die beiden sich kennen. Vielleicht stecken sie unter einer Decke. Oder sie sind Saufkumpane, die sich seit einer Ewigkeit kennen, und Harrison hat keine Ahnung, dass sein Freund ein Serienkiller ist. Außerdem besteht immer die Möglichkeit – auch wenn es unwahrscheinlich ist –, dass der Prediger zurückkommt, um erneut die Verbindung zu kapern. Für den Augenblick ist es unsere beste Spur.«

»Okay. Ich fahr los. Mal sehen, was es mit unserem Mr. Bester auf sich hat«, sagt Callie, packt ihre Notebooktasche und geht zum Ausgang.

»Melde dich sofort, sobald du etwas weißt«, rufe ich ihr hinterher.

»Nur wenn du mir versprichst, dass du mich hinterher für einen Quickie mit meinem zukünftigen Ehemann nach Hause fahren lässt!«, ruft sie zurück, und dann ist sie auch schon durch die Tür.

»Ich habe mir die Selbsthilfegruppe angesehen, die Rosemary besucht hat«, sagt Alan.

»Und?«

Wahrscheinlich hört er die Hoffnung in meiner Stimme, denn er schüttelt verneinend den Kopf. »Sie ging ziemlich regelmäßig zu den Anonymen Drogensüchtigen im Valley. Ich habe mit dem Leiter dort gesprochen. Es ist eine Gruppe, in der es einen ständigen Wechsel gibt und der Leute aus sämtlichen Gesellschaftsschichten angehören. Es gibt keine Teilnehmerliste, keine Bewerbungsformulare, keine Auswahl. Solange man bereit ist, über sein Problem zu reden, ist man willkommen.«

»Ein perfektes Versteck.«

»Ja. Deshalb war der Mann wohl auch nicht bereit, mir Informationen zu geben. Das gehört zu den Grundsätzen der Gruppe.« Er zuckt die Schultern. »Unser Freund ist gerissen. Jede Wette, dass er dort war.«

»Und ich gehe jede Wette ein, dass wir jeden Einzelnen befragen können, und niemand würde sich an einen Burschen erinnern, der irgendwie auffällig gewesen wäre. Genau wie die Passagiere im Flugzeug.«

AD Jones hat mich gebeten, ihn persönlich zu informieren, nicht per Telefon. Ich klopfe an seine Bürotür.

»Herein!«, ruft er.

Er sitzt hinter seinem Schreibtisch, als ich eintrete. Er sieht erschlagen aus, mürrisch. Er hat seine Krawatte gelockert und die Ärmel hochgekrempelt. Ich lasse mich in einen der ledernen Besuchersessel sinken. Er legt den Kopf auf die Seite, sieht mich abschätzend an.

»Sie sehen schrecklich aus«, sagt er.

»Danke gleichfalls, Sir.«

Er verzieht die Mundwinkel zur Andeutung eines Lächelns.

»Ja. Es war ein höllischer Tag. Hier hat sich alles um diesen Prediger gedreht. Die Medien drehen durch, und das bedeutet, dass auch Rathbun durchdreht. Ich hatte Anrufe von den Polizeidirektoren in Los Angeles, San Francisco, Las Vegas, Carson

City, Phoenix, Salt Lake City … Sie kriegen hoffentlich eine Vorstellung. Ich konnte sie alle zu uneingeschränkter Kooperation bewegen. Es wird kein Gerangel um Zuständigkeiten geben.«

»Wie haben Sie dieses Wunder vollbracht?«

Er reibt sich die Stirn. »Überall schreien Familien nach Antworten oder nach Blut oder beidem, und die Medien setzen ihnen auch noch zu. Die Chefs der Polizeibehörden müssen politisch handeln. Sie brauchen dringend Antworten, und zwar schnell. Und sie sehen ein, dass ihre beste Chance darin besteht, wenn sie alle an einem Strang ziehen.«

»Danke, Sir. Das wird uns sicher helfen.«

»Jetzt sind Sie an der Reihe, mir zu helfen, Smoky. Wie weit sind wir bei dieser Sache?«

Ich erzähle ihm von der IP-Nummer. Er verzieht das Gesicht.

»Ich stimme Ihnen zu, dass wir dieser Spur nachgehen müssen, und ich genehmige die Observation. Aber ich bezweifle, dass er unser Mann ist.«

»Der Meinung bin ich auch, Sir. Er hat viel Zeit damit verbracht, diesen Augenblick vorzubereiten. Es ist wichtig für ihn. Zu wichtig, um einen so dummen Fehler zu machen.«

»Und wohin führt uns das?«

»Ich denke, wir werden den Fall lösen, indem wir den kleinsten gemeinsamen Nenner finden, Sir.«

»Werden Sie deutlicher.«

»Es ist ein logisches Problem. Er ist erfahren und gerissen, aber ein Gewohnheitstier. Alle seine Opfer waren Frauen – mit Ausnahme von Lisa Reid. Alle hatten irgendein dunkles Geheimnis, das er enthüllt hat, und wir können davon ausgehen, dass er sie alle auf die gleiche Weise getötet hat. Wir müssen das Muster so genau analysieren, bis wir den Hinweis entdecken, der uns zu ihm führt.«

»Und was glauben Sie, wie dieser Hinweis aussieht?«

»Bei ihm dreht sich alles um Geheimnisse und Wahrheit. Die Frage, auf die wir eine Antwort finden müssen, lautet: Woher weiß er, was er weiß? Ich glaube, wenn wir das herausfinden, haben wir ihn.«

»Ideen?«

»Wir vermuten, dass er seine Opfer in Selbsthilfegruppen findet, bei den Anonymen Alkoholikern zum Beispiel. Außerdem in Kirchen. Mit großer Wahrscheinlichkeit infiltriert er die Gruppen, indem er sich als Leidensgenosse ausgibt.« Ich zucke die Schultern. »Ich schätze, er könnte auch als Therapeut auftreten, oder als Priester.«

»Aber das glauben Sie nicht.«

»Es wäre zu direkt, zu riskant. Er muss sich in der Menge verstecken, und er braucht die Möglichkeit, sich jederzeit unauffällig zu verdrücken. Das kann er aber nicht, wenn er sich in eine Lage bringt, in der Menschen eine Beziehung zu ihm aufbauen. Dann würde es zu sehr auffallen, wenn er verschwindet.«

»Stimmt«, sagt Jones nachdenklich. »Und wie können wir das nutzen, um ihn aufzustöbern?«

»Das weiß ich noch nicht.« Ich höre die Hilflosigkeit in meiner Stimme.

»Nun«, sagt Jones, »in dieser Situation haben Sie zwei Möglichkeiten, Agentin Barrett. Entweder Sie beachten die Sache nicht weiter, oder tauchen Sie selbst in die Umgebung ein.«

»Ja, Sir.«

»Gut. Dann sollten Sie sich schnell darüber klar werden, was Sie tun wollen. Nach allem, was ich bisher sehe, *will* unser Freund geschnappt werden. Also geben wir ihm, worauf er scharf ist. Machen Sie sich an die Arbeit.«

Ich verlasse sein Büro, und seine Worte klingen mir in den Ohren.

Tauchen Sie selbst in die Umgebung ein.

Als ich wieder in der Todeszentrale bin, gehe ich gleich zu Alan.

»Los, komm, wir fahren zu Vater Yates.«

KAPITEL 28 Ein weiterer spätabendlicher Trip ins Valley. Der Mond versteckt sich diesmal und kommt nur gelegentlich hinter den Wolken hervor.

»In L. A. sieht man nie die Sterne«, murmelt Alan.

»Das liegt an den Lichtern der Großstadt.« Ich lächle. »Sie machen den Himmel zu hell. Das Streulicht und der Smog.«

Die Räder rumpeln und poltern auf dem unebenen Straßenbelag, während wir durch die Dunkelheit jagen.

Vater Yates trägt Jeans und einen Pullover. Sein Haar ist zerzaust. Seine Augen blicken müde. Er gähnt, als er uns sieht.

»Verzeihung.« Er lächelt und schüttelt zuerst mir, dann Alan die Hand. »Ich gehe früh schlafen und stehe mit den Hühnern wieder auf, wie das Sprichwort sagt.«

»Kein Problem, Vater. Wir sitzen im gleichen Boot, nur dass *wir* manchmal ins Bett gehen, wenn die Hühner aufstehen. Das bringt der Job mit sich.«

Er deutet auf die vordere Reihe von Bänken, und wir nehmen dort Platz.

»Sie benötigen meine Hilfe, sagten Sie?«

»Haben Sie einen der Videoclips gesehen, die er aufgenommen hat?«

»Nur die ersten paar, in denen er seine Argumente für die Wahrheit darlegt. Ich habe kein Interesse, ihm dabei zuzusehen, wie er Menschen ermordet.«

»Und? Was denken Sie?«

Vater Yates lehnt sich zurück und betrachtet das große Kruzifix über dem Altar. Es ist sein Anker an diesem Ort; ich erkenne es daran, wie ein Teil der Sorgen und der Müdigkeit aus seinen Augen verschwindet.

»Sind Sie vertraut mit den Katechismen der katholischen Kirche, Agentin Barrett?«, fragt er.

»Äh … ich glaube schon. Ich wurde katholisch erzogen.«

»Wie steht es mit dem offiziellen Katechismus?«

»Ich fürchte, Vater, ich weiß nicht, was Sie meinen.«

»Warten Sie.«

Er verschwindet in der Sakristei und kehrt gleich darauf zurück, ein kleines, dickes, gebundenes Buch in den Händen. Er reicht es mir. Ich lese den Titel: *Katechismus der Katholischen Kirche.*

»Alles, was Sie schon immer über die katholische Kirche wissen wollten, aber nicht zu fragen wagten.« Er lächelt. »Es gibt einen Absatz darin, nach dem ich meine Handlungen ausrichte. Ich habe ihn erneut gelesen, kurz nachdem ich mir diese Videoclips angeschaut hatte.« Er nimmt mir das Buch wieder ab und schlägt eine der vorderen Seiten auf. »Hier: ›Das gesamte Anliegen von Doktrin und Lehre muss auf die Liebe ausgerichtet sein, die niemals endet. Gleichgültig, ob etwas zum Glauben, zur Hoffnung oder zum Handeln vorgeschlagen wird, die Liebe unseres Herrn muss stets zugänglich sein, sodass jeder sehen kann, dass sämtliche Werke der vollkommenen christlichen Tugend der Liebe entspringen und keinen anderen Zweck haben, als zur Liebe zu finden.‹« Er klappt das Buch wieder zu und streicht beinahe zärtlich über den Einband. »Ich liebe diesen Absatz. Er ist ein Stück Wahrheit. Was immer aus meiner Kirche werden mag, welche Fehler übereifrige oder intolerante Gemeindemitglieder auch begehen mögen, welche Verbrechen von bösen Menschen begangen werden, die sich als Männer Gottes maskieren – ich lese diesen Absatz und weiß, dass das Problem bei den Menschen liegt, nicht bei meiner Kirche oder meinem Glauben. Es sind die Verleugner der Kirche, die ihre Handlungen nicht an der Reinheit dieses einen Absatzes ausrichten – an dem Gedanken, dass wir kein anderes Ziel verfolgen, als zur Liebe zu finden.«

»Ein hübscher Gedanke«, räume ich ein. »Zu schade, dass er viel zu selten in die Praxis umgesetzt wird.« Ich verziehe das Gesicht. »Bitte verzeihen Sie, Vater.«

Er lächelt. »Ich stimme Ihnen durchaus zu. Konfrontation und Angriff sind nicht der richtige Weg, um einen Menschen zu Christus zu führen. Man sagt den Leuten nicht, dass sie dumm sind und zur Hölle verdammt – man zeigt ihnen die Worte Christi oder setzt durch das eigene Tun ein Beispiel, an dem sie sich orientieren können. Oder man hilft ihnen einfach nur, wenn sie Hilfe benötigen. Der Glaube ist etwas Freiwilliges. Man kann ihn nicht mit vorgehaltener Waffe erzwingen.«

»Ich verstehe, worauf Sie damit hinauswollen«, sagt Alan. »Der Prediger verkörpert allerdings nicht gerade die Vorstellung christlicher Nächstenliebe.«

Vater Yates runzelt die Stirn. »Mord ist niemals ein Akt der Liebe. Dieser Mann macht sich bestenfalls etwas vor.«

»Was ist mit seinen Ideen?«, frage ich. »Was er über die Wahrheit sagt?«

Vater Yates seufzt. »Ich will ganz ehrlich sein. Die Ideen an sich sind durchaus interessant. Ich nehme seit vielen Jahren die Beichte entgegen, und ich habe das Phänomen, von dem dieser Mann spricht, selbst erlebt. Das Schwierigste für die Menschen ist nicht, die Wahrheit zu sagen, sondern die *ganze* Wahrheit. Ich bin sicher, dass viele Leute mit dem übereinstimmen, was er sagt. Sie können darauf wetten, dass er Anhänger hat.«

»Machen Sie Witze?«, frage ich ungläubig.

»Ich fürchte nein. Viele Menschen in der christlichen Welt glauben an Schwarz oder Weiß und leben nach dem Prinzip ›Jeder bekommt, was er verdient‹, wenn es um Gott und die Bibel geht. Und wenn man seine Sünden nicht beichtet, landet man eben in der Hölle. Einige Leute werden sicherlich der Meinung sein, dass die Opfer dieses Mannes selbst schuld an ihrem Schicksal sind. Sie waren nicht bereit, ihre Sünden vor Gott zu beichten, und mussten dafür bezahlen.«

Ich starre auf das Kruzifix, auf den Christus mit der abblätternden Farbe, auf der Suche nach dem Trost, den Vater Yates in seinem Anblick zu finden scheint. Mich tröstet der Anblick nicht – wie immer. Wie kann ich an eine Kirche glauben oder einer Religion anhängen, die Menschen wie den Prediger hervorbringt?

»Vergessen Sie nicht das Gute, das getan wird«, sagt Vater Yates und reißt mich aus meinen Gedanken. »Die Millionen Kinder, die dank christlicher Wohlfahrt jeden Tag zu essen bekommen. Denken Sie an die Unterkünfte, die für die Heimatlosen errichtet werden, an die Missionen mit ihren Schulen, Hospitälern und Garküchen. Vor gar nicht langer Zeit ging eine Gruppe von Christen aus Südkorea nach Afghanistan. Sie wussten, dass es gefährlich ist, und sie waren vermutlich schlecht beraten, aber darum geht es gar nicht. Entscheidend ist, dass diese Leute keinerlei Hintergedanken hatten. Sie gingen ihren Weg, um zu helfen. Sie wurden als Geiseln genommen. Der größte Teil von ihnen wurde freigelassen, doch einige hat man getötet. Religion war immer ein zweischneidiges Schwert und wird es immer bleiben. Es kommt darauf an, wie man sie benutzt, und das hängt in jedem einzelnen Fall vom Individuum ab.«

Er hält kurz inne; dann fährt er fort: »Es ist wie bei allem anderen auch. Gäbe es kein Internet, gäbe es weniger Pornographie und Kindesmissbrauch. Aber was ist mit all dem Guten, das getan wird, gerade *weil* das Internet existiert? Handel, freier Informationsfluss, das Niederreißen kultureller Barrieren, ein Nachlassen der Fremdenfeindlichkeit, weil die Menschen zum ersten Mal kreuz und quer über die ganze Welt miteinander reden können. Alles kann zum Guten oder zum Bösen benutzt werden. Das schließt die Kirche mit ein – und sämtliche Interpretationen der Bibel.«

»Reden wir über die Beichte, Vater. Verraten Sie mir, was die Beichte für Sie bedeutet?«

Wieder schweift sein Blick zu Jesus über dem Altar. »Meiner Meinung nach ist die Beichte der wichtigste Dienst, den die Kirche dem Gläubigen anzubieten hat. Der wahre Grund dafür, dass die Worte dieses Ungeheuers die Menschen so tief treffen, ist nicht der, dass sie besonders revolutionär wären. Der wahre Grund ist, dass die meisten Menschen mit der Last von Geheimnissen durchs Leben gehen … Geheimnisse, die uns Tag für Tag zu schaffen machen. Ich habe Gläubige erlebt, die vor Erleichterung geweint haben, nachdem sie eine kleine, lässliche Sünde gebeichtet hatten.«

»Aber die meisten Opfer des Predigers haben schreckliche Dinge getan. Wie steht es damit?«

»Ich habe über die Jahre hinweg eine Reihe grauenvoller Beichten gehört. Ja, es ist wahr … furchtbare Dinge. Und ich hatte Beichtende, die nicht sonderlich reumütig waren. Doch die große Mehrheit leidet unter der Bürde der bösen Dinge, die sie getan hat. Die meisten Menschen urteilen viel härter über sich selbst, als Sie oder ich es tun würden. Es hat mich nicht hart gemacht, mir Beichten anzuhören, im Gegenteil. Ich glaube an das Gute im Menschen, an seine grundlegende Anständigkeit.«

»Mir fällt es schwer, daran zu glauben, Vater«, sage ich.

»Amen«, murmelt Alan.

Vater Yates lächelt. »Das ist verständlich. Sie verbringen Ihre Zeit mit Menschen, die ohne jede Reue sündigen und, schlimmer noch, die sich an ihren Sünden erfreuen. Aber glauben Sie mir – das weitaus verbreitetere Beispiel ist die Mutter, die ich dazu bringen muss, sich selbst zu verzeihen, weil sie aus Erschöpfung oder Überlastung die Hand gegen ihr Kind erhoben hat. Wir sind nicht ohne Fehler, aber wir sind nicht böse.«

»Hören Sie in den Beichten alles?«, frage ich.

»So gut wie. Manchmal halten die Menschen Dinge zurück. Die Beichte abzunehmen kann man nicht lernen. Es ist eine Kunst. Man muss bei seinen Gemeindemitgliedern Vertrauen gewinnen. Sie müssen sicher sein können, dass sie hinterher nicht anders behandelt werden, nachdem sie ihrem Beichtvater von ihren kleinen Vergehen, ihren fleischlichen Sünden oder Schlimmerem berichtet haben.«

»Sie haben in der langen Zeit schreckliche Dinge gehört, sagten Sie. Wie behandeln Sie diese Personen nach der Beichte? Genauso wie vorher?«

Er zuckt die Schultern. »Ich habe keine andere Antwort als

die, die ich bereits gegeben habe«, sagt er. »Es ist meine heilige Pflicht.«

»Das muss manchmal schwierig sein.«

»Es hat schwierige Augenblicke gegeben«, räumt er ein.

»Wie reagieren Sie, wenn Sie etwas erfahren, dass erst noch geschehen wird oder bereits im Gange ist?«, fragt Alan. »Beispielsweise ein Vater, der sein Kind missbraucht. Oder ein Mann, der beichtet, dass er sich bei Prostituierten mit HIV infiziert hat und trotzdem weiterhin mit seiner Frau schläft?«

»In solchen Fällen bete ich, Agent Washington. Ich bete um Kraft. Ich bete, dass das Sakrament der Beichte ausreicht, um diese Person an weiteren Sünden zu hindern. Ja, es ist schwierig. Doch wenn ich wegen der Sünden eines Mannes oder einer Frau das Beichtgeheimnis breche, entziehe ich mich zugleich den Hunderten anständiger Menschen, die mich als Beichtvater benötigen. Sollen Hunderte Unschuldiger für die Sünden eines Einzelnen bezahlen?«

»Und es gibt keine Ausnahmen?«

»Es ist mir gestattet, einen reuigen Sünder zu überreden, dass er sich der Polizei stellt, falls er gegen das Gesetz verstoßen hat. Ich kann ihm sogar die Absolution verweigern, sollte er sich widersetzen, aber ich darf nicht gegen das Beichtgeheimnis verstoßen.«

Alan schüttelt den Kopf. »Ich beneide Sie nicht um Ihre Arbeit, Vater, zumal Sie ein Denker sind, wie ich feststelle. Es muss Ihnen den Schlaf rauben.«

Vater Yates lächelt. »Manchmal reicht allein die Kraft des Glaubens zum Leben. Manchmal reicht das Vorbild der Heiligen Schrift, um sich geistig leiten zu lassen. Ich bewege mich irgendwo dazwischen. Ich habe Krisen … jeder Priester durchlebt sie. Nonnen ebenfalls. Mutter Teresa hatte die meiste Zeit ihres Lebens tiefe persönliche Zweifel an Gott.«

»Haben Sie echte Veränderungen an Menschen beobachten können?«, frage ich.

»Selbstverständlich. Nicht immer, doch genug, um zufrieden zu sein.«

»Wie geht es normalerweise vonstatten? Bei denen, die sich ändern?«

Er denkt über meine Frage nach, bevor er antwortet. »Reue. Aufrichtige Reue. Es ist eine Sache, eine Sünde zu beichten. Aufrichtige Reue jedoch erfordert eine Veränderung als grundlegenden Bestandteil. Wenn man bereut, ändert man sich. Wenn nicht, dann nicht.«

»Hat Rosemary bereut?«

»Ich denke schon. Ja.«

»Dürfte ich einen Blick in Ihren Beichtstuhl werfen, Vater?«

Er zögert, studiert mich eingehend, doch ich fühle mich nicht unbehaglich unter diesen forschenden Blicken. In seinen Augen ist zu viel Güte.

Er steht auf. »Folgen Sie mir.«

»Ich warte hier«, ruft Alan mir leise hinterher. »Vielleicht bete ich ein wenig. Um genügend Schlaf heute Nacht, zum Beispiel.«

Ich winke ihm halbherzig zu, während ich Vater Yates zum Beichtstuhl folge. Und dann geschehen zwei Dinge gleichzeitig: Das, was ich zu sehen versuche, wird deutlicher, heller; zugleich ist die Stimme in meinem Kopf plötzlich wieder da.

Ich spüre, wie sich auf meiner Stirn kalter Schweiß bildet.

»Machen wir es doch gleich richtig«, sagt Vater Yates, als wir uns dem Beichtstuhl nähern. »Ich nehme meinen normalen Platz ein und Sie den der Sünderin.«

»Warum nicht«, sage ich, doch ich höre meine eigene Stimme kaum. Zu viele Fledermausflügel flattern in meinem Kopf.

Ich öffne die Tür und betrete die winzige Kammer. Es gibt nur wenig Licht hier drin. Die Kammer ist karg und aus dunklem, schlecht lackiertem Holz. Vor dem Gitterschirm, der Priester und Sünder voneinander trennt, steht ein Kniestuhl. Ich schließe die Tür, starre auf den Kniestuhl.

Wenn schon, denn schon, denke ich. Mir ist zum Lachen und zum Weinen gleichzeitig zumute.

Diesmal spricht die Stimme laut zu mir. *Sieh mich an.*

Hastig knie ich nieder. Aus irgendeinem Grund lässt es die Stimme verstummen.

Vater Yates schiebt das Fenster auf.

»Kleiner als in meiner Erinnerung«, sage ich.

»Ich nehme an, Sie waren bei Ihrer letzten Beichte sehr viel jünger«, entgegnet er belustigt.

»Nun ja … wie war das noch? Segne mich, Vater, denn ich habe gesündigt. Seit meiner letzten Beichte sind, hmmm … ungefähr siebenundzwanzig Jahre vergangen.«

»Verstehe. Hast du etwas zu beichten, meine Tochter?«

Ich erstarre. Ich spüre, wie etwas in mir aufsteigt. Es ist wütend, hässlich und bitter.

»War *das* Ihr Gedanke, als Sie mich draußen so angesehen haben, Vater? Dass Sie mich in den Beichtstuhl locken und dazu bringen, meine Seele auszuschütten, damit ich meinen Glauben wiederfinde?«

»Es würde fürs Erste reichen, wenn du mir deine Seele ausschüttest«, erwidert er ruhig. »Um den Glauben wiederzufinden, ist es noch ein wenig zu früh.«

»Gehen Sie zum Teufel!«

Er seufzt. »Agentin Barrett, Sie sind hier, und ich bin hier, und in diesen engen Wänden sind Sie vollkommen sicher. Sie können toben hier drin, Sie können weinen, Sie können mir alles erzählen, es bleibt zwischen Ihnen, mir und Jesus Christus. Irgendetwas bekümmert Sie, das ist nicht zu übersehen. Warum nicht darüber reden? Sie wollten sich doch … wie haben Sie gleich gesagt? Sie wollten sich in diese Umgebung versenken. Nun, das ist Ihre Chance.«

»Als ich das letzte Mal einem Mann meine Geheimnisse erzählt habe, Vater, hat dieser Mann versucht, mich umzubringen.« Ich bin überrascht, wie kalt meine Stimme klingt.

»Ja, ich habe davon gelesen. Ich kann Ihre Zweifel verstehen. Aber wenn Sie schon nicht auf Gott vertrauen können, dann vielleicht auf mich. Ich habe noch nie gegen das Beichtgeheimnis verstoßen.«

»Ich glaube Ihnen.«

Ich glaube ihm tatsächlich. Außerdem kann ich nicht abstreiten, dass in dieser Umgebung eine Sehnsucht erwacht, tief und durchdringend. Und genau das ist die Ursache für einen Teil meiner Wut.

Sieh mich an, hatte die Stimme in meinem Kopf gesagt. Das Problem ist nicht, dass ich nicht sehen könnte, was die Stimme von mir verlangt. Das Problem ist im Gegenteil, dass ich niemals aufhören kann, es zu sehen.

Das Bedürfnis, mit jemandem über mein Geheimnis zu sprechen, es mir endlich von der Seele zu reden, die Möglichkeit, dass es mir ein wenig Frieden bringt – ob Gott oder nicht Gott –, verspricht eine solche Erleichterung, dass ich das Gefühl habe, als würde ein Heer von Ameisen über meine Haut krabbeln.

Ich atme ein und aus. Mein Atem geht flach. Mein Herz rast. Meine Hände sind ineinander verschränkt, mehr aus Verzweiflung als im Gebet.

»Ich weiß nicht, ob ich noch an Gott glaube, Vater«, flüstere ich. »Ist es richtig zu beichten, wenn ich mir nicht sicher bin, ob Gott existiert?«

»Solange du wahrhaftig bereust, kann die Beichte nur etwas Gutes sein, meine Tochter.«

»Smoky, Vater. Nennen Sie mich Smoky.«

»Smoky. Gibt es Sünden, die du mir beichten möchtest?«

Es gibt viele Sünden, Vater, sehr viele Sünden. Sünden des Stolzes, Sünden des Neids, Sünden der Lust. Ich habe Menschen ermordet. In Selbstverteidigung, aber einem Teil von mir hat es gefallen, diese Menschen zu töten. Ich bin unendlich froh darüber, dass ich den Mann getötet habe, der mir Matt und Alexa genommen hat. Es verschafft mir Genugtuung bis in alle Ewigkeit.

Sünden?

Ich habe gegen meine Familie gesündigt, gegen meine Freunde, gegen die, die mich geliebt und die mir vertraut haben. Ich habe gelogen. Ich trinke abends. Ich habe in meinem ganzen Leben nur mit zwei Männern geschlafen, doch ich habe es voller Hingabe getan. Manchmal aus Liebe, aber oft nur aus Geilheit. Ist es eine Sünde, sich daran zu erfreuen, einen Schwanz im Mund zu haben? Matt und Tommy »Fick mich, jaaa, fick mich, o Gott, fick mich« ins Ohr geflüstert zu haben? Hat Gott Verständnis dafür, dass ich ihn dort hineingezogen und zu einem Teil dieses verschwitzten Augenblicks gemacht habe?

Ich habe auf das Leid anderer geschaut, auf das Unrecht, das ihnen widerfahren ist, auf ihre verstümmelten Leichen, und ich habe gelernt, wie man sich abwendet. Wie man die Bilder und die Gefühle aussperrt, nach Hause geht und Spaghetti isst und sich vor den Fernseher setzt, als hätte der Schmerz dieser Menschen niemals existiert, oder als spielte er keine Rolle. Ich habe es mir zur Aufgabe gemacht, Verbrecher zu jagen. Ich bekomme mein Geld, weil andere Menschen sterben.

Sind das Sünden?

Ich verlagere mein Gewicht auf der Kniebank. All diese Dinge, die in meinem Kopf sind, mögen Sünden sein oder auch nicht, doch das Monster in meinem Innern wird durch etwas ganz anderes geweckt.

Sieh mich an, sagt dieses Etwas, doch die Stimme klingt sanft diesmal, freundlich.

Es ist meine eigene Stimme.

Ich spüre Tränen über meine Wangen laufen. Ich werde mit Vater Yates darüber reden, wird mir klar. Ich wollte von Anfang an mit ihm darüber reden; ich wusste es bereits in dem Augenblick, als ich diese Kirche betreten habe. Das ist der Grund, aus dem die Schweißausbrüche und die Übelkeit wieder vergangen sind.

»Ich habe etwas Schreckliches getan, Vater«, flüstere ich. »Ich glaube, das ist der Grund, weshalb ich mir keine richtige Freude, kein Glücklichsein mehr erlauben kann … weshalb ich nicht mehr zulassen kann, jemanden wirklich zu lieben. Weil ich es nicht verdient habe.«

Es laut auszusprechen bringt die Qualen erst richtig hervor. Das Monster versucht, als ein Heulen aus meiner Kehle zu kriechen, doch ich kämpfe es nieder, dränge es zurück in mein Inneres. Es ist zu still hier drin, als dass ich mir Schreie erlauben könnte. Alan würde mich hören. Ich balle die Hände zu einer einzigen Faust und presse sie mir vor den Mund. Ich beiße darauf, bis meine Zähne die Haut durchdringen. Ich schmecke mein eigenes Blut und bebe vor Schmerz.

Vater Yates hat schweigend abgewartet. Jetzt spricht er wieder. Seine Stimme ist freundlich. Beruhigend. Er erinnert mich für einen Augenblick an meinen richtigen Vater. Nicht an Gott, sondern an Dad, der stets die Kreaturen unter meinem Bett in Schach gehalten hat.

»Kleide es in Worte, meine Tochter«, sagt Vater Yates. »Sprich es einfach aus. Ich werde dir zuhören, ohne dich zu verurteilen. Was du hier drinnen sagst, wird niemals durch mich oder jemand anderen nach draußen getragen. Welche Bürde du auch trägst, es ist an der Zeit, sie abzuwerfen.«

Ich nicke. Tränen strömen mir übers Gesicht. Ich weiß, dass Vater Yates mein Nicken nicht sehen kann, doch meine Kehle ist wie zugeschnürt, und ich kann nicht reden. Er scheint es zu spüren.

»Lass dir Zeit, meine Tochter.«

Ich schniefe. Er wartet. Die Sekunden verrinnen, und schließlich löst sich die unsichtbare Hand, die meine Kehle zugedrückt hat, und ich kann wieder sprechen.

»Nach dem Überfall in meinem Haus war ich eine Zeit lang im Krankenhaus. Sands hatte mir das Gesicht bis auf den Knochen zerschnitten. Er hatte mir mit einer Zigarre Brandwunden zugefügt. Nichts davon war lebensbedrohlich, aber ich hatte schlimme Schmerzen, und die Ärzte waren besorgt wegen möglicher Infektionen, weil die Wunden so tief waren.

Ich wollte sterben, Vater. Ich war entschlossen zu sterben. Ich hatte absolut und unumstößlich beschlossen, mir eine Kugel in den Kopf zu jagen. Gleich nach meiner Entlassung aus dem Krankenhaus wollte ich nach Hause fahren, meine Angelegenheiten ordnen und mich anschließend umbringen …«

»Sprich weiter.«

»Das alles sind Dinge, die jeder weiß. Ich musste zu einem Psychiater – und Sie wissen, was daraus geworden ist. Der Punkt ist, die Leute wissen, dass ich mich mit Selbstmordgedanken getragen habe. Sie wissen von der Vergewaltigung, und sie sehen die Narben. Das alles können sie verstehen und nachvollziehen. ›Natürlich hat sie Selbstmordgedanken, sieh dir doch an, was sie durchgemacht hat, das arme Ding‹ und so weiter. Verstehen Sie?«

»Ja.«

»Ein Teil von mir hat es in sich aufgesaugt. All das Mitleid. Die arme, arme Smoky. Ist sie nicht stark? Ist es nicht bewundernswert, wie sie sich gefangen hat und weitermacht?«

Die Bitterkeit steigt wie Säure in mir auf. Ich kann sie fast im Mund schmecken. Es ist der Geschmack von Selbstverachtung, ja Selbsthass.

»Erzähl mir, was die Leute nicht wissen, Smoky. Das, was nicht so bewundernswert ist.«

Der Anflug von Feindseligkeit macht mich ein wenig schwindlig, so heftig ist er. Hitze steigt in meine Wangen und meine Stirn. Dieses Geheimnis will nicht ohne Widerstand erzählt werden. Es kann das Licht sehen, und dieses Licht lässt es toben und schreien. Es wird kämpfend untergehen.

»Scheiß auf Gott«, hauche ich, und liebe den Geschmack meiner Worte, den Kitzel, den sich mit sie bringen.

»Bitte?«

»Ich sagte, scheiß auf Gott und seine Vergebung. Warum sollte ich diesen himmlischen Versager wegen irgendetwas um Vergebung bitten? Wozu brauchte meine Mutter seine Vergebung? Wissen Sie, dass sie uns in ihren letzten Tagen angefleht hat, sie zu erlösen? Sie hatte so fürchterliche Schmerzen … sie hat darum gebettelt, dass wir ihr Leben beenden. Und sie war die frommste Katholikin, die ich jemals gekannt habe.«

»Und?«, fragt er mit ruhiger Stimme. »Hast du ihr Leben beendet?«

»Was? Scheiße, nein, Vater.« Die Wut ist wie eine Flutwelle, sie hat mich überrollt, und ich bin machtlos dagegen.

»Dann erzähl mir, was du getan hast, Smoky. Du musst Gott nicht um Vergebung bitten, wenn du nicht willst. Aber du musst zumindest dich selbst danach fragen.«

Ich knirsche mit den Zähnen und balle die Hände zu Fäusten, bis sie taub sind.

»Mir selbst vergeben?« Meine Stimme ist kaum mehr als ein Flüstern. »Was denn … nur weil ich es hier drin laut ausgesprochen habe, soll plötzlich alles wieder in Ordnung sein?«

»Nein. Aber es ist ein Anfang. Ich kann dir nicht sagen, warum es so viel ausmacht, wenn wir jemand anderem erzählen, was wir getan haben, Smoky, aber es ist so. Es sind nur Worte, aber anschließend geht es dir besser. Du musst mir erzählen, was du getan hast, und du wirst sehen, dass es nicht das Ende der Welt bedeutet, nur weil du es mir erzählt hast.«

Diese Ruhe ist unfassbar. Der Mann ist ein Ungetüm des Glaubens, geduldig und unerschütterlich. Müsste er einen Swimmingpool mit einem Kaffeelöffel leeren – er würde es tun, ohne zu maulen, ganz gleich, wie lange es dauert. Es erzeugt in mir ein Gefühl von Sicherheit und zugleich Feindseligkeit. Ich will ihn umarmen und schlagen zur gleichen Zeit.

»Ich war schwanger«, sprudelt es aus mir hervor.

Stille.

Ich denke für einen Moment, dass er bereits über mich urteilt, doch dann wird mir klar, dass er nur wartet.

»Sprich weiter, Smoky«, sagt er schließlich.

»Erst ein paar Monate. Es war eine große Überraschung. Ich hatte ein Diaphragma benutzt. Matt und ich waren nicht alt, aber wir waren auch keine jungen Küken mehr. Es ist … es ist einfach passiert.«

»Wusste dein Ehemann davon?«

Du bist zu schlau für mich, Vater.

»Nein. Ich war nicht sicher, ob ich es ihm erzählen würde. Ich war nicht sicher, ob ich das Baby behalten wollte.«

»Warum nicht?«

»Ich weiß es nicht. Selbstsucht, nehme ich an. Ich war Ende dreißig, und mit meiner Karriere ging es bergauf … die üblichen Ausflüchte. Verstehen Sie mich nicht falsch, ich hatte noch nicht beschlossen, das Kind loszuwerden. Nicht zu hundert Prozent. Aber ich dachte darüber nach, und ich hielt es vor Matt geheim.«

»Hattest du viele Geheimnisse vor deinem Mann?«

»Nein. Das ist es ja gerade … nun ja, zumindest ist es ein Teil des Problems. Matt und ich, wir hatten wirkliches Glück. Ich weiß alles über die verschiedenen Möglichkeiten, wie eine Ehe aus der Spur geraten kann. Männer betrügen, Frauen betrügen, Männer lügen, Frauen lügen. Geliebte töten Frauen, Frauen töten ihre Männer … oder vielleicht ist alles in Ordnung, und sie sterben beide an Krebs. Manchmal ist es ein langsamer Tod. Jahre voller kleiner Geheimnisse führen zu großem Misstrauen, und irgendwann hat die Ehe weniger mit Liebe als mit Leidensfähigkeit zu tun.

Bei Matt und mir war es nie so. Wir hatten unsere Kämpfe. Wir haben manchmal tagelang nicht miteinander geredet. Doch am Ende haben wir immer wieder zusammengefunden, und wir haben uns geliebt. Ich habe ihn nie betrogen, und ich bin sicher, dass er mich niemals betrogen hat.«

»Dann war es also ungewöhnlich, eine Ausnahme, die Schwangerschaft vor ihm zu verheimlichen.«

»Es war sehr ungewöhnlich. Man verheimlicht Kleinigkeiten. Das gehört dazu, wenn man mit einem anderen Menschen zusammenlebt. Manche Dinge muss man einfach für sich behalten. Aber nicht die großen Sachen. Man verheimlicht keine Schwangerschaft, und man verheimlicht ganz bestimmt keine Abtreibung. Wir jedenfalls waren nicht so.«

»Hat er es vor seinem Tod erfahren?«

»Nein.«

»Glaubst du, du hättest es ihm erzählt?«

»Ich würde es gerne glauben. Aber ich bin mir nicht sicher.«

»Was ist aus dem Kind geworden?«

Das ist die entscheidende Frage. *Sieh mich an*, sagt die Stimme. Tue ich! Tue ich! In grellem Neon, im Licht von zehntausend Zehntausend-Watt-Scheinwerfern.

»Es geht nicht so sehr darum, *dass* ich das Baby abgetrieben habe, Vater«, sage ich, »sondern *warum*.« Meine Stimme klingt leer. Ich bin erschöpft. Ich wäre lieber irgendwo anders, egal wo, nur nicht hier. »Ich wollte mich umbringen, aber ich wusste, dass ich das niemals fertigbringen würde, solange ich ein Baby in mir trug. Also sagte ich dem Arzt, er solle sich darum kümmern.« Ich bin müde, schrecklich müde. »Es war das letzte kleine Stück Matt, direkt in mir, in meinem Leib, bereit zu wachsen und geboren zu werden und weiterzuleben. Matt musste nicht enden, *wir* mussten nicht enden in jener Nacht. Sands hat mir das nicht genommen. Er hat mein Baby nicht getötet. Das habe ich selbst getan. Ich.«

Ich fange an zu weinen.

»Gibt es noch mehr?«, fragt Vater Yates.

»Ob es noch mehr gibt? Selbstverständlich gibt es noch mehr. Ich bin hier, sehen Sie nicht? Ich habe das Baby abtreiben lassen, damit ich mich umbringen kann, und am Ende habe ich es nicht einmal versucht! Das Baby ist umsonst gestorben! Für nichts und wieder nichts! Ich … ich … ich …« Ich will die Worte nicht sagen, aber ich muss. »Ich habe das Baby getötet, Vater. Ich habe es ermordet.«

Ich kann nicht mehr weiterreden. Ich kann nur noch weinen. Ich weine nicht um mich selbst. Ich weine, weil eine der letzten Handlungen meiner Ehe darin bestand, meinen Mann zu belügen. Ich weine bei dem Gedanken, dass Alexa eine kleine Schwester oder einen Bruder hätte haben können. Vor allem aber weine ich wegen dieses ungeborenen Kindes. Es wäre eine Chance gewesen, etwas von dem zurückzuholen, was Sands gestohlen hat. Ich habe diese Chance in einem Moment der Agonie weggeworfen. Es geht nicht darum, ob Abtreibung richtig oder falsch ist. Es geht um die Gründe für diese Entscheidung, den Schmerz, die Selbstsucht, das Vielleicht, das Könnten-gewesen-sein. Um das Elend und die Verzweiflung des Begreifens, dass man etwas Furchtbares getan hat, das man nie wieder ungeschehen machen, nie wieder gutmachen kann.

Ich weine und weine, und Vater Yates lässt mich. Er sagt nichts, doch ich spüre seine Gegenwart, und sie ist tröstlich.

Ich weiß nicht, wie lange es so geht. Irgendwann verebbt der Schmerz. Doch er ist nicht ganz verschwunden, nur weniger heftig.

»Smoky, ich habe nicht vor, dir mit der Heiligen Schrift zu kommen. Ich weiß, dass dein Glaube nicht stark genug ist. Aber was du getan hast, war falsch. Die Gründe waren falsch. Das weißt du selbst. Was aber ist die eigentliche Sünde? Was ist es, das diesen Schmerz in dir erweckt? Es ist die Tatsache, dass du das Geschenk des Lebens weggeworfen hast. Es ist mir egal, woher dieses Geschenk deiner Meinung nach kommt – von Gott, von der Ursuppe, von beidem –, doch Leben ist ein Geschenk, das weißt du selbst. Ich denke, du weißt es besser als die meisten anderen Menschen, schon wegen deines Berufs.«

»Ja«, flüstere ich.

»Siehst du denn nicht, was daraus folgt? Wenn du dir selbst weiterhin nicht verzeihen kannst, wenn du dir selbst weiterhin jede Liebe versagst, setzt du die gleiche alte Sünde fort – weil das bedeutet, dass du dir das *Leben* verweigerst.«

»Aber wie kann ich zulassen, glücklich zu sein, Vater, wirklich glücklich? Ich kann nicht ändern, was ich getan habe.«

»Du leistest Wiedergutmachung. Du wirst es nicht vergessen. Du wirst es nicht rechtfertigen. Du wirst dich *ändern*. Du erziehst die Tochter deiner toten Freundin. Erziehe sie gut. Sei ihr eine gute Mutter. Lehre sie, das Leben zu lieben. Gibt es einen Mann in deinem Leben? Liebe ihn. Wenn du ihn heiratest, hab keine Geheimnisse vor ihm. Du hast einen Beruf, der es dir ermöglicht, Verbrecher ins Gefängnis zu bringen. Mach deine Arbeit ordentlich, und du wirst Leben retten. Es ist nur recht und billig, dass du für deine Sünde gelitten hast, aber du bist kein schlechter Mensch, Smoky, und es ist an der Zeit, dass jemand dir vergibt, wenn du es schon nicht selbst tun willst. Ich habe dir deine Buße auferlegt. Vielleicht dauert es ein ganzes Leben, sie abzuleisten. Doch jetzt erteile ich dir die Absolution von deinen Sünden im Namen des Vaters, des Sohnes und des Heiligen Geistes.«

Es sind nur Worte. Ich habe keinen Frieden geschlossen mit Gott, und ich bin nicht sicher, ob ich es jemals tun werde. Möglicherweise werde ich nie wieder das Innere eines Beichtstuhls sehen, und insgeheim denke ich, dass Jesus vielleicht nur ein Zimmermann war, und mehr nicht. Doch Vater Yates hat recht: Laut darüber zu sprechen, es jemand anderem anzuvertrauen und zu sehen, dass die Welt nicht aufhört sich zu drehen, verschafft mir eine Erleichterung, wie ich es niemals für möglich gehalten hätte. Ich fühle mich rein. Die Sorge ist immer noch da, und das ist auch richtig so. Die Ungeheuer, die ich jage, bereuen nicht.

»Danke, Vater.«

Ich weiß nicht, was ich sonst sagen soll.

»Es ist mir eine Freude«, erwidert er. Ich kann beinahe spüren, wie er lächelt. »Siehst du? Es gibt sehr viele Abenteuer in meinem Beruf.«

»Das stimmt«, flüstere ich.

Manche Menschen erforschen die äußere Welt. Sie steigen auf Berge, segeln über die Meere, jagen mit Eingeborenen. Manche finden Abenteuer im Überfluss, wie beispielsweise Hemingway; sie rennen mit den Stieren, frönen dem Alkohol, leben aus dem Vollen. Und dann gibt es Leute wie Vater Yates und mich: Wir verbringen unsere Tage damit, die innere Welt zu erforschen, wo hinter jeder Biegung etwas Neues und manchmal Furchtbares lauert. »Hic sunt leones«, schrieben die alten Entdecker auf ihre Karten. »Hier gibt es Löwen.« Diese Warnung gilt bis heute für das Hirn und das Herz, ob unerforscht oder nicht.

Der Gedanke, dass du dich in diesen Beichtstuhl knien und mit einem anderen menschlichen Wesen über die Dinge reden konntest, über die du noch nie gesprochen hast …

»Mein Gott«, flüstere ich.

»Smoky …«

»Oh, verdammt!«

… *oder tauchen Sie selbst in die Umgebung ein.* Das habe ich getan, so sicher wie das Amen in der Kirche. Und die Antwort hat mir die ganze Zeit ins Gesicht gestarrt. Es war ganz einfach. Es war direkt. Es war richtig.

»Smoky, ist alles in Ordnung?«

Ich stehe auf. Wo sonst hätte er Zugang zu den Geheimnissen seiner Opfer erhalten? Wo sonst?

»Vater, ich glaube, ich habe schlechte Neuigkeiten für Sie. Ich glaube, jemand anderes war in Ihrem Beichtstuhl … und damit meine ich nicht Gott.«

KAPITEL 29

»Es ist die ideale Umgebung, um eine Wanze anzubringen«, sagt Alan. »Es ist dunkel, und die Leute konzentrieren sich auf sich selbst und nicht auf das, was um sie herum ist.«

Wir stehen vor dem Beichtstuhl. Ich bin nach draußen gesprungen, noch während die Tränen auf meinen Wangen trockneten.

Es ergibt Sinn. Wir haben unser Augenmerk auf Selbsthilfegruppen gerichtet. Treffen der Anonymen Alkoholiker und dergleichen. Doch warum ein so weites und unvollkommenes Netz auswerfen, wenn man auf der Suche nach dunklen Geheimnissen ist? Der Prediger ist besessen von der Religion. Wenn man ein religiöser Mensch ist, wem erzählt man seine tiefsten, dunkelsten Geheimnisse? Die Art von Geheimnissen, die wir auf den Videoclips gesehen haben?

Seinem Priester.

Man schließt die Tür des Beichtstuhls hinter sich und lässt alles heraus. Ich habe es ja selbst getan, und ich war die ultimative abgefallene Christin. Die offensichtliche Hauptsorge eines jeden Sünders in Bezug auf Vertraulichkeit ist der Priester – die Person, die hinter dem Gitter sitzt und die Beichte abnimmt –, nicht die abwegige Möglichkeit, dass jemand den Beichtstuhl verwanzt hat.

Vater Yates geht auf und ab. Er ist aufgeregt und wütend, besorgt und erschüttert. Ich kann ihn verstehen. Ich denke an das, was wir vor wenigen Minuten dort drin getan haben, und erschauere bei der Vorstellung, dass jemand uns belauscht haben könnte. Für ihn muss es noch zehnmal schlimmer sein, weil er sich dafür verantwortlich fühlt.

»Wenn das stimmt, dann … es ist furchtbar, ganz furchtbar«, sagt er. »Die Gläubigen sind nicht mehr sicher, wenn sie zur Beichte kommen. Und diejenigen, die gebeichtet haben, werden sich betrogen fühlen. Es wird zu Vertrauenskrisen kommen.«

Der arme Mann sieht völlig erschüttert aus. So habe ich ihn noch nicht gesehen. Es macht mich betroffen, denn ich habe mich an das tröstliche Gefühl seiner Unerschütterlichkeit gewöhnt.

»Vater, ich muss Ihnen eine Frage stellen.«

Er bleibt stehen. Fährt sich mit der Hand durchs Haar.

»Natürlich. Fragen Sie.«

»Ich brauche Gewissheit. Sie haben gesagt, Sie hätten sich keinen der Videoclips von den Opfern des Predigers angesehen. Was ist mit dem von Rosemary? Dem Clip, in dem er seine These kundgetan hat?«

»Ich habe ihn mir nicht angeschaut. Ich konnte es nicht ertragen.«

»Ich muss Sie nach dem Geheimnis fragen, das Rosemary in

diesem Clip offenbart hat. Es war eine ziemlich üble Sache, und er wusste sie bereits. Ich werde Ihnen sagen, was es war, und ich möchte von Ihnen wissen, ob Rosemary in der Beichte darüber gesprochen hat.«

»Ich kann nicht gegen das Beichtgeheimnis verstoßen!«, protestiert er heftig. »Rosemary Sonnenfelds Tod entbindet mich nicht von diesem Gelübde.«

»Kommen Sie, Vater. Selbst dann nicht, wenn es hilft, Rosemarys Mörder zu fangen? Er wird bald ein Kind töten, wenn wir ihn nicht fassen!« Ich zeige mit dem Finger auf ihn. »Von diesem Haken lasse ich Sie nicht so schnell! Ich verstehe, dass es wegen des Beichtgeheimnisses ein großes Problem für Sie ist, aber Sie müssen genau überlegen, was richtig ist und was falsch! Rosemarys großes Geheimnis ist bereits frei zugänglich im Internet, wo jeder es sehen kann! Wie könnten Sie das noch schlimmer machen? Wenn Sie mich fragen, können Sie es nur besser machen.«

»Ach wirklich?« Seine Stimme ist schroff. »Ich will Ihnen eine Frage stellen, Smoky. Wenn Sie morgen sterben würden, wäre es Ihnen dann egal, ob ich öffentlich mache, worüber wir vorhin im Beichtstuhl gesprochen haben?«

Die Frage macht mich im ersten Moment sprachlos. Meine unwillkürliche Reaktion lautet: Scheiße, nein!

Touché, Vater.

»Unter normalen Umständen selbstverständlich nicht. Aber wenn man mich ermordet hätte wie Rosemary Sonnenfeld? Wenn man mich gezwungen hätte, alles noch einmal vor der Kamera zu erzählen, damit es der Welt offenbart wird?« Ich trete dicht vor Vater Yates hin, zwinge ihn, mir in die Augen zu sehen. »Mein Wunsch wäre, dass Sie alles nur Erdenkliche tun, um diesen Kerl seiner gerechten Strafe zuzuführen!«

Ich kann seinen inneren Widerstreit sehen, kann ihn verstehen. Vater Yates ist ein Mann der Überzeugungen, ein wahrer Gläubiger, der praktiziert, was er predigt. Er lebt sein Leben nach unverletzlichen Grundsätzen, deren Festigkeit und das simple Schwarz und Weiß ihn in seinem Glauben verankert halten, wenn er sich durch Grauzonen bewegt, die manche andere an ihrem Glauben verzweifeln ließen. Die Rosemarys dieser Welt sind komplizierte Menschen. Es muss schwierig sein, sich mit ihnen zu befassen. Ich kann Vater Yates' Bedürfnis nach Gewissheit verstehen.

»Also schön, sagen Sie es mir«, sagt er schließlich. »Wenn Ihre Theorie eine nähere Betrachtung verdient, werde ich Ihnen ein Zeichen geben. Ich werde keine direkte Aussage zum Inhalt von Rosemarys Beichte machen, aber ich werde ein Zeichen geben.«

Ich kann sehen, dass selbst dieser Kompromiss ihm zu schaffen macht.

»Danke, Vater.«

Ich erzähle ihm, dass Rosemary ihren Bruder verführt und dass Dylan sich daraufhin das Leben genommen hat. Vater Yates' Gesicht ist die ganze Zeit eine starre Maske. Als ich geendet habe, sieht er mir in die Augen und bekreuzigt sich.

»Im Namen des Vaters, des Sohnes und des Heiligen Geistes, Amen«, murmelt er.

Aufregung erfasst mich und verdrängt alles andere.

»Ich brauche morgen Zugang zum Beichtstuhl, Vater. Gleich morgen früh. Ich werde ein Team hierher schicken, das den Beichtstuhl und den Rest Ihrer Kirche nach Wanzen absucht.«

Er seufzt. »Natürlich.«

»Alan, kannst du uns einen Moment allein lassen?«

Mein Freund nickt. »Ich warte draußen beim Wagen.«

Als Vater Yates und ich allein sind, deute ich auf die vordere Kirchenbank. »Nehmen Sie Platz, Vater.«

Er setzt sich. Ich setze mich neben ihn.

»Ich weiß, dass es schlimm für Sie ist.«

Er starrt erneut zu Jesus, doch diesmal scheint er nicht den inneren Frieden zu finden, den ich vorhin beobachten konnte.

»Tatsächlich?«, fragt er. »Wissen Sie das wirklich?«

»Ja. Sie fühlen sich verletzt. Sie haben das Gefühl, als wäre das

Einzige zerstört worden, auf das Sie sich jemals verlassen konnten.«

Er wendet sich zu mir, betrübt und interessiert zugleich. »Das trifft es ziemlich gut.«

»Ich weiß genau, was in Ihnen vorgeht. Mein Beruf hat mich verraten, hat einen Killer zu mir nach Hause gelockt, der mir die Familie und das Gesicht nahm.« Ich öffne meine Jacke und zeige ihm meine Pistole. »Ich habe immer an meine Waffe und meinen Dienstausweis geglaubt. Ich war überzeugt, dass sie mich schützen würden. Ich war mir absolut sicher und hatte nicht den leisesten Zweifel.« Ich zucke die Schultern. »Ich habe mich geirrt.«

»Sie sagten, dass meine Arbeit als Geistlicher wichtig ist, Smoky. Bedeutet das, Sie haben sich mit Gott versöhnt?«

»Nur keine vorschnellen Schlüsse, Vater. Ich bin immer noch sauer auf Gott. Ich weiß nicht, wie es hiermit steht«, ich deute auf die Kirchenwände ringsum. »Ich weiß, dass Sie mir geholfen haben. Sehr geholfen. Ja, wenn es Ihnen etwas bedeutet, Vater: Ich halte Ihre Arbeit für wichtig.«

Erneut diese betrübten Augen. »Ich habe den Teufel in meine Kirche gelassen.«

»Und? Geben Sie bei der ersten Niederlage gleich auf? Wo ist der harte Bursche aus Detroit geblieben? Ja, es ist eine schlimme Situation. Finden Sie sich damit ab, nehmen Sie einen Drink, beten Sie oder tun Sie, was immer Priester tun, um Dampf abzulassen. Und dann gehen Sie zurück an die Arbeit.«

Noch ein Lächeln. Ich habe das Gefühl, dass er es selbst nicht merkt. »Ich werde darüber nachdenken, was Sie gesagt haben. Aber ich möchte, dass Sie in meiner Kirche nicht mehr fluchen, Smoky.«

»Das verspreche ich Ihnen – wenn Sie mir versprechen, sich nicht mehr selbst zu bemitleiden.«

Er lacht auf. »Einverstanden.« Dann wird seine Miene wieder nüchtern. »Bitte, fangen Sie diesen Mann.«

»Das werde ich.«

»Gut. Und jetzt lassen Sie mich bitte allein. Ich muss beten.«

Alan lehnt draußen am Wagen und blickt hinauf in den sternenlosen Himmel von L. A.

»Seelsorge für den Seelsorger?«, fragt er.

»Er hat sich wieder beruhigt.«

»Wie willst du jetzt vorgehen?«

Ich schaue auf die Uhr. Es ist nach elf.

»Machen wir Schluss für heute. Ich rufe Callie und James an und sag ihnen, sie sollen nach Hause fahren. Wir fangen morgen in aller Frühe wieder an.«

»Hört sich gut an. Ich bin erledigt. Du rufst an, ich fahre.«

»Mr. Harrison Bester ist allem Anschein nach kein sicherheitsbewusster Internetnutzer«, sagt Callie. »Ich sitze gleich hier vor seinem Haus und suche das Papier für meine Hochzeitseinladungen aus.«

»Hat sich das Überwachungsteam schon gezeigt?«

»Nein.«

»Sie müssten bald da sein. Bleib solange auf deinem Posten.«

Callie stößt einen tiefen Seufzer aus. »Du nimmst heute wirklich keine Rücksicht darauf, unter was für einem Druck ich stehe. Eine Hochzeit planen, an diesem Fall arbeiten, Kirby im Zaum halten und meinen nächtlichen Sex-Marathon mit Sam absolvieren … das alles ist verdammt stressig.«

»Armes Mädchen.« Ich muss lachen.

»Danke, Süße. Das hab ich jetzt gebraucht – ein wenig Mitgefühl. Wie war es bei Vater Yates?«

»Äußerst aufschlussreich. Ich erzähl dir morgen früh alles. Wir fangen zeitig an.«

»Ich gehe schlafen, wenn mir danach ist. Du bist meine Vorgesetzte, nicht meine Mutter.«

»Wie du meinst, James. Ich habe eine Spur, eine gute sogar. Ich will euch morgen in aller Frühe zur Verfügung haben.«

»Ich bin immer in aller Frühe da«, entgegnet er und legt auf.

Ich schüttle den Kopf und klappe mein Handy zu.

»Wie geht es Damien?«, fragt Alan.

»Er ist reizend, wie immer.«

»Wenn ich daran denke, dass James schwul ist ... weißt du, was für mich am merkwürdigsten daran ist?«

»Die Vorstellung, dass er mit jemandem intim sein könnte?«

Er lächelt. »Genau. Bevor er gesagt hat, dass er schwul ist, habe ich ihn als eine Art Neutrum betrachtet. Geschlechtslos. Ich kann mir nicht vorstellen, dass jemand ihn lange genug erträgt, um mit ihm in die Kiste zu springen.«

»Der liebe Gott hat einen großen Tierpark.«

»Jedenfalls freut es mich für James.«

»Ja?«

»Ja. Er ist ein unleidlicher kleiner Mistkerl, und manchmal würde ich ihm am liebsten die Zähne einschlagen, aber er gehört trotzdem zur Familie. Ich bin froh, dass er neben dem J-O-B noch was anderes hat.«

Ich lächle ihn an. »Du bist ein großer alter Weichkeks, Alan.«

»Erzähl es bloß keinem. Hey, ich habe Vater Yates beobachtet, als du ihm die Geschichte von Rosemary erzählt hast, und von ihrer Beichte in diesem Video. Der Typ ist richtig gut. Ich konnte seine Reaktion unmöglich deuten.«

Alan liest Menschen wie andere Leute Bücher: Das Verengen der Pupillen, eine Veränderung der Atmung, selbst etwas scheinbar so Bedeutungsloses wie das Drehen eines Rings um einen Finger – das alles hat seine Bedeutung, wenn es darum geht, die Wahrheit aus jemandem herauszuholen. Alans Bemerkung bedeutet, dass Vater Yates sich sehr gut darauf versteht, solche Reaktionen zu unterdrücken.

»Es ist ein wirklich interessanter Fall«, fährt Alan fort. »Vielleicht sollten wir den guten Vater ein wenig genauer in Augenschein nehmen. Eine solche Kontrolle über sich selbst zu haben ist sehr selten, es sei denn, man wurde darin ausgebildet.«

»Er ist nicht unser Mann«, entgegne ich.

»Bist du sicher?«

Sicher? Das sollte ich eigentlich nicht sein. Ich wurde früher schon genarrt und habe Engeln vertraut, die sich als verkleidete Teufel erwiesen haben. Diesmal aber bin ich wirklich sicher.

»Ich bin sicher«, sage ich zu Alan.

»Irgendwelche neuen Einsichten gewonnen?«

Mehr wird Alan nicht fragen nach dem, was im Beichtstuhl zwischen Vater Yates und mir passiert ist. Er weiß, dass er die Sache auf sich beruhen lassen sollte, genauso, wie ich es tun würde, wären unsere Rollen vertauscht.

»Überprüf ihn, wenn du willst, Alan. Das volle Programm. Aber ich sag dir, er ist nicht unser Mann.«

»Okay, schon gut.« Er verstummt, und wir fahren schweigend durch die Nacht. Die Lichter der Stadt sind überall – wie schmutzige Brillanten auf einem grauen Samtkissen. Das ist L. A., wunderschön trotz all seiner Fehler. Ein Moloch, ungeschliffen bis in alle Ewigkeit und dennoch liebenswert in seinem durchsichtigen Streben nach Größe.

»Bedeutet das jetzt, dass du wieder in die Messe gehst und zur Kommunion und alles?«, fragt Alan schließlich.

»Hör auf mit diesem verrückten Gerede. Er hat mir geholfen, okay? Er hat nicht zwischen mir und Gott vermittelt. Ich habe das Gefühl, dass ich eine ganze Weile genug vom Katholizismus habe, noch bevor dieser Fall vorüber ist.«

»Amen.«

»Wie steht es mit dir?«

»Ich habe nicht mehr mit Gott gesprochen, seit ich zum zweiten Mal ein totes Baby gesehen habe.«

Wir sehen zu viele schlimme Dinge bei unserer Arbeit. Unser Problem mit dem Glauben an Gott ist: Wenn es Gott gibt, hat entweder der Teufel ihn verjagt, oder Gott schert sich einen Dreck um das, was hier unten passiert. Und gar kein Gott ist allemal besser als ein Gott, dem die Menschen egal sind.

KAPITEL 30

»Willkommen daheim, Reisende«, sage ich zu mir selbst, als ich durch meine Haustür gehe.

Die Worte erscheinen nicht ganz so sinnentleert wie am Tag zuvor. Meine Beichte hat ein hohles Gefühl in meinem Innern hinterlassen, aber es ist nicht unangenehm. Es ist kein Schwarzes Loch in mir oder so etwas. Es ist mehr wie ein leerer Tisch, der darauf wartet, gedeckt zu werden.

Was stelle ich auf dich? Neues Porzellan oder das alte Familiensilber?

Ein wenig von beidem, überlege ich.

Ich klappe mein Handy auf und rufe Tommy an.

»Hey«, sagt er.

»Hast du schon geschlafen?«

»Nein. Ich habe an dich gedacht, um ehrlich zu sein.«

»Gut. Weil ich gerne reden möchte ... weil ich dir etwas sagen muss. Kannst du vorbeikommen? Bonnie schläft bei Alan und Elaina.«

»Alberne Frage«, sagt er. »Bis gleich.«

Er steht vor meiner Tür und sieht zerknitterter aus als jemals zuvor. Tommy ist kein Schickimicki – ich bin nie auf den Gedanken gekommen, dass er Zeit vor dem Spiegel verschwendet –, doch er ist stets gewaschen und rasiert und hat die Haare gekämmt. Heute Abend jedoch trägt er einen Stoppelbart, und seine Haare sehen aus, als hätten sie lediglich flüchtige Aufmerksamkeit erfahren. Auf seinem Hemd ist ein Essensfleck. Ich strecke die Hand aus und streichle seine Wange.

»Alles in Ordnung?«, frage ich. »Du siehst ziemlich fertig aus.«

»Ich habe gewartet, dass du dich meldest.«

Verwundert trete ich einen Schritt zurück. »Du siehst wegen mir so zerrupft aus?«

Sein Grinsen ist schief. »Ich bin Latino. Wir tragen unsere Herzen außen. Ich fühle entweder mit Leib und Seele oder gar nicht.« Er zuckt die Schultern. »Manchmal ist das ein echtes Problem.«

Ich streichle erneut seine Wange und staune bei dem Gedanken, dass dieser Mann wegen mir den Schlaf und seinen Seelenfrieden verloren hat.

Das kommt daher, dass du dich selbst lange Zeit als wertlos betrachtet hast, reibt meine innere Stimme mir freundlicherweise unter die Nase. *Und vielleicht findet er das ja auch, wenn du ihm sagst, was du Vater Yates erzählt hast.*

»Möchtest du ein Bier?«, frage ich.

»Klar. Aber es könnte damit enden, dass ich auf deiner Couch schlafe. Ich hab schon was getrunken. Ich konnte zwar noch hierherfahren, aber wenn ich noch was trinke, darf ich nicht mehr ans Steuer.«

Ich lächle ihn an. »Dieses Risiko gehe ich ein.«

Ich hole uns zwei Bier aus dem Kühlschrank und setze mich mit untergeschlagenen Beinen auf die Couch, wo ich mit dem Daumennagel am Etikett der Flasche zupfe.

»Ich muss dir was erzählen, Tommy. Es ist etwas, was ich getan habe … etwas Schlimmes. Ich fürchte, wenn ich es dir gesagt habe, willst du mich nicht mehr.«

Er sieht mich aus seinen dunklen Augen an und nimmt nachdenklich einen Schluck Bier.

»Ist es etwas, das ich wissen muss?«

Ich runzle die Stirn. »Wie meinst du das?«

»Es ist okay, wenn man ein paar Geheimnisse für sich behält. Ich muss nicht alles über deine Vergangenheit wissen, um dich hier und jetzt zu lieben.«

Die Hand, die meine Flasche hält, zittert einen Moment. »Das stimmt zum größten Teil. Aber das hier muss ich dir erzählen. Es sorgt dafür …« Ich suche nach den richtigen Worten. »Es gibt mir das Gefühl, nicht der Mensch zu sein, für den die Leute mich halten.«

Er trinkt einen weiteren Schluck, stellt die Flasche auf den Wohnzimmertisch, nimmt mir meine Flasche weg und stellt sie daneben. Er ergreift meine Hände, drückt sie und sieht mir in die Augen.

»Erzähl es mir«, sagt er.

Das tue ich dann auch. Ich erzähle ihm die ganze Geschichte. Wie ich mich gefühlt habe in diesem Krankenhausbett im Dunkeln. Von meinem Wunsch zu sterben. Vom Gipfel der Selbstsucht, dem Abtreiben meines Babys, damit es mich nicht daran hindern konnte, mir selbst eine Kugel durch den Kopf zu schießen. Er lauscht nur, sagt kein Wort, hält unverwandt meine Hände, wendet sich nicht ab. Als ich geendet habe, schweigt er eine Weile.

»Sag etwas«, flüstere ich.

Er bringt meine Hände an seine Lippen und küsst sie langsam. Es ist kein sexueller Akt, nicht einmal ein sinnlicher, doch er ist intim und sehr tröstend. Er küsst jeden Finger auf den Knöchel, endet mit dem Daumen. Dreht meine Hände um und küsst meine Handflächen mit trockenen Lippen; dann zieht er die Linien mit einem Finger nach. Er streicht mir eine Locke aus der Stirn, sieht mich an, lächelt.

»Ich liebe dich, Smoky. Vielleicht hast du etwas anderes erwartet, aber das ist alles, was ich dazu zu sagen habe. Ich brauche dich, und nicht nur halb. Ich will dich ganz, jeden Zentimeter, jede Narbe, jedes vollkommene Teil und jedes unvollkommene auch.«

»Bist du … bist du sicher? Ich bin nicht einfach, Tommy. Zehnmal in den letzten beiden Jahren habe ich mir gesagt, dass ich fertig bin mit meiner Vergangenheit. Mit den Dingen, die mir passiert sind. Es geht mir viel besser heute, das ist wahr, aber es scheint irgendwo immer ein neues Loch zu geben, in dem etwas Düsteres lauert, das nur darauf wartet, mir das Leben schwer zu machen. Was ist, wenn sich das niemals ändert? Willst du jemanden lieben, der vielleicht bis an sein Lebensende ein Stück Vergangenheit mit sich herumschleppt, das er nicht loslassen kann?«

»Du bist, was du bist, wegen dem, was in deinem Leben bis zum heutigen Tag passiert ist, Smoky. Nicht nur wegen der guten Dinge. Ich liebe die Person, die du heute bist.«

»Und Bonnie?«

»Ich liebe auch Bonnie, und sie weiß das.«

»Sie weiß es?«

»Sie hat mir vor ein paar Monaten gesagt, dass sie mich liebt. Wir haben zusammen Zeichentrickfilme angesehen, und sie hat gesagt: ›Tommy, du weißt, dass ich dich liebe, oder?‹« Er schüttelt gedankenverloren den Kopf. »Sie hat nicht mal den Blick vom Fernseher genommen. Ich habe so getan, als wäre es keine große Sache, und habe geantwortet, dass ich es natürlich gewusst hätte und dass ich sie ebenfalls liebe. Dann haben wir uns weiter die Zeichentrickfilme angesehen, als wäre nichts gewesen.«

»Wow.« Ich muss grinsen. »Du hast wirklich alle Positionen abgedeckt.«

Er nimmt wieder meine Hände in seine. Seine Hände sind groß und rau und voller Schwielen.

»Ich bin ein anständiger Kerl, Smoky. Ich betrüge nicht. Im Grunde bin ich ehrlich. Ich bin loyal. Aber ich habe auch meine Fehler. Ich kann manchmal arrogant sein, ein selbstgerechtes Arschloch. Es geschieht nicht oft, aber wenn es passiert, dann garantiere ich dir, dass es dich stinkwütend macht.«

»Ich weiß, dass du nicht perfekt bist, Tommy, aber …«

»Lass mich ausreden. Ich nehme keine Drogen, und ich rauche nicht, aber ein-, zweimal im Jahr besaufe ich mich bis zur Besinnungslosigkeit. Vielleicht sollte ich das nicht tun, aber so ist es nun mal. Es ist mein einziges Laster. Du hast mich nie wirklich betrunken gesehen.«

»Ich bin sicher, ich kann damit umgehen.«

»Das glaube ich auch. Aber du solltest es trotzdem vorher wissen. Wenn ich so betrunken bin, werde ich scharf, aber der Sex ist egoistisch, und ich kriege einen Koller, wenn du mir sagst, dass du kein Interesse hast, mit einem Betrunkenen zu schlafen. Und am nächsten Morgen habe ich dann ein schlechtes Gewissen.«

»Was noch?«

Er schweigt. Streichelt meine Hände, wieder und wieder. »Ich habe fünf Menschen getötet, Smoky, im Rahmen meines Jobs. Und zweimal habe ich Freude dabei empfunden. Ich meine nicht Befriedigung, sondern richtige Freude.« Er sieht mich wieder an. »Von allen meinen Fehlern ist das wahrscheinlich der, der mir am meisten Kummer macht.«

Ich schaue diesen Mann an und sehe in ihm etwas von mir selbst. Für mich war Tommy immer stark und sanft zugleich, kaum aus der Ruhe zu bringen und ein Mann, der stets überlegt, bevor er handelt. Das stimmt auch alles, doch er hat auch ein wenig von einem Wilden in sich, die Fähigkeit, sich die Hände schmutzig zu machen mit dem Blut eines Feindes und Befriedigung darüber zu verspüren.

»Ich kann dir aus Erfahrung sagen – solange es dir Kummer macht, bist du wahrscheinlich noch gesund.«

»Das sage ich mir auch.«

Unsere Blicke begegnen sich erneut. »Ich liebe dich, Tommy.«

Allein diese Worte zu sagen verschafft mir unglaubliche Erleichterung. Ich hatte eine tonnenschwere Last auf den Schultern. Das hier ist nicht die Liebe, die Matt und ich hatten. Matt kannte mich schon als Kind, noch bevor ich Menschen getötet habe. Matt gab mir den ersten Kuss. Er war mein Halt, meine Verbindung zu der Welt außerhalb meiner Arbeit, er und Alexa, und das war etwas Wunderbares.

Seit damals hat das Leben mit einer Axt auf mich eingehauen. Teile von mir wurden amputiert oder verkrüppelt. Ich habe Menschen furchtbare Dinge angetan – Menschen, die es sicherlich verdient hatten –, und ich habe diese Dinge manchmal viel zu sehr genossen, nehme ich an. Ich habe die Ungeheuer beobachtet, und sie haben mich beobachtet. Sie sind unbeeinflusst geblieben.

Ich nicht. In mir steckt jetzt ein bisschen von ihnen, ein klein wenig Ungeheuer, und ich bezweifle, dass ich es jemals wieder loswerde.

Tommy sieht es in mir – und in sich selbst –, und wir teilen diese Bürde. Wie ich hat er begriffen, dass all diese Dunkelheit wie eine Droge ist, dass es ein unglaubliches Gefühl von Macht verleiht, die Entscheidung über Leben und Tod eines anderen treffen zu können, und dass die Grenze zwischen Gut und Böse manchmal haarfein ist.

»Okay. Cool«, sagt er und grinst angesichts dieser Untertreibung.

»Ich habe noch eine Überraschung für dich«, sage ich. »Und sie gefällt dir vielleicht nicht.«

»Was für eine Überraschung?«

»Ich will alles, Tommy. Mit Haut und Haar. Ich will mein Zuhause wiederhaben. Und will mit dir zusammen wohnen.«

Er blinzelt überrascht. Für einen Moment werde ich nervös. Dann verzieht er die Lippen zu einem Lächeln. Er küsst mich.

»Einverstanden.«

Jetzt bin ich es, die blinzelt. »Ehrlich? Einfach so?«

»Wir sind seit zwei Jahren zusammen, Smoky. Ich würde das nicht ›einfach so‹ nennen.«

»Gutes Argument. Dann ist es also ein Ja?«

»Sicher ist es ein Ja.«

Er nimmt mein Gesicht in die Hände, und der Kuss, den er mir diesmal gibt, enthält all die Leidenschaft, die wir zurückgehalten haben.

Ich löse mich von ihm und frage atemlos: »Nachdem wir das … mit der Liebe … jetzt geklärt haben, können wir endlich … zum Vögeln kommen?«

»Du bist ja so romantisch«, sagt er, küsst meinen Hals und betastet meine Brüste.

Ich drücke seinen Kopf weg und zwinge ihn, mich anzusehen. »Ich meine es so, wie ich es gesagt habe, Tommy. Die beiden letzten Tage waren heftig. Ich brauche heute Nacht keine zärtliche Liebe. Stell dir vor, ich wäre eine rollige Katze.«

Er antwortet, indem er handelt. Er reißt mich in die Arme und trägt mich die Treppe zum Schlafzimmer hinauf. Er wirft mich ohne Zeremonie aufs Bett und zieht sich aus. Ich tue das Gleiche, überwältigt von Geilheit und dem einfachsten Wunsch von allen: Nähe.

Innerhalb der nächsten dreißig Minuten benutze ich Gottes Namen erneut in Verbindung mit sehr profanen Dingen, während ich nach mehr, mehr, mehr giere. Und wenn man bedenkt, was alles gewesen ist, kann ich mir irgendwie nicht vorstellen, dass Gott etwas dagegen hat.

KAPITEL 31 Ich wache am frühen Morgen auf, Tommys Bein über meinem Leib. Die Bettlaken riechen nach dem Sex der vergangenen Nacht.

Am wichtigsten jedoch ist, ich bin glücklich aufgewacht. Ich bin mitten in einem Fall, der von Minute zu Minute explosiver wird, auf der Jagd nach einem Killer mit der größten Zahl von Opfern, die mir in meiner Karriere untergekommen ist, und ich fühle mich erfrischt. Konzentriert. Bereit, die Herausforderung anzunehmen.

Ich springe aus dem Bett und unter die Dusche und wasche Tommy mit nicht geringem Bedauern von mir ab. Ich bin fast fertig, als er sich zu mir gesellt. Er rammt mich mit seiner morgendlichen Erektion.

»Ich weiß, was du als Frühstück willst«, sage ich und dränge mich gegen ihn. »Mach schnell. Ich muss heute pünktlich im Büro sein.«

Er kommt meiner Aufforderung schwungvoll nach, und zehn Minuten später duscht er alleine weiter, während ich den Kleiderschrank nach passenden Klamotten absuche. Ich binde mir die Haare zu einem Pferdeschwanz und pfeife munter vor mich hin, während ich in meine Schuhe steige. Tommy erscheint in der Badezimmertür, während er sich die Haare mit dem Handtuch frottiert. Ich nehme mir einen Moment Zeit, um ihn von Kopf bis Fuß zu betrachten.

»Mjam, mjam«, sage ich, und er lacht.

»Bist du schon weg?«

Ich schaue auf meine Uhr und springe vom Bett auf. Ich gehe zu ihm, stelle mich auf die Zehenspitzen, um ihn auf den Mund zu küssen, während meine Hand für einen Moment auf seiner Brust verweilt.

»Ja. Ich muss mich beeilen.« Ich bin auf dem Weg zur Schlafzimmertür, als mir einfällt, dass ich beinahe das Wichtigste vergessen hätte. Ich drehe mich zu ihm um. »Ich liebe dich«, sage ich.

Er grinst, und dieses Grinsen wird immer mehr zu dem, was mir am besten an ihm gefällt. »Ich liebe dich auch. Ruf mich an, wenn du Zeit hast.«

Ich werfe ihm eine Kusshand zu und renne die Treppe runter, stürze eine Tasse Kaffee hinunter, sprinte zum Wagen und fahre los.

Auf dem Weg zur Arbeit nehme ich mir einen Moment, um auszukosten, dass ich einem Mann gesagt habe, dass ich ihn liebe – und dass ich es ernst gemeint habe. Ich erinnere mich an Callies Lächeln, als sie mir erzählt hat, dass sie sich bei Sam sicher sei.

»Du hattest recht, Callie«, sage ich zu mir selbst. »Es ist ein wundervolles Gefühl. Ich hatte es fast vergessen.«

Die innere Stimme, die mich ununterbrochen belästigt hat, ist verstummt. Matts Geist ist nicht in der Nähe, obwohl ich sicher bin, dass er sich irgendwann wieder zeigen wird. Ich sehe ein, dass ich nicht erwarten kann, ich könnte ihn und Alexa eines Tages für immer verdrängen. Sie werden bis in alle Ewigkeit zu mir zurückkehren, immer wieder, und nicht nur im Guten. Ich nehme an, sie werden auch auf meinem Totenbett bei mir sein.

Mir wird bewusst, dass mir erneut ein Ungeheuer geholfen hat, ganz gleich, wie indirekt es war. Der Prediger predigt die Tugend der Wahrhaftigkeit. Ich habe getan, was er gesagt hat, und tatsächlich: Seither fühle ich mich viel besser.

Aber dankbar bin ich ihm nicht.

Als ich ins Büro komme, ist James bereits da, zusammen mit Jezebel Smith.

»Genau dich wollte ich sehen«, sage ich zu James. »Ich glaube, ich weiß jetzt, wie er an seine Informationen gelangt.«

Ich erkläre ihm meine Vermutung.

»Wäre möglich«, stimmt James mir zu. »Und es passt zu dem religiösen Paradigma. Er kennt sich aus mit Technik, er liebt sie geradezu. Die Infiltration von Selbsthilfegruppen in der Hoffnung, eine Unterhaltung mit dem richtigen Opfer in Gang zu bringen, ist zu vage, zu unsicher. Die Beichten mit Hilfe von Wanzen abzuhören hingegen ist eine Präzisionszielübung.«

»Wenn ich recht habe, ist der gemeinsame Nenner aller Opfer, dass sie praktizierende Katholikinnen sind. Wir müssen eine Möglichkeit finden, das nachzuprüfen, ohne den Grund für unsere Neugier zu verraten.«

»Was müssen wir nachprüfen?« Callie betritt das Büro, Kaffee in der einen, Donuts in der anderen Hand. Alan folgt ihr dicht auf den Fersen.

Ich unterbreite meine Hypothese ein weiteres Mal.

»Ach du meine Güte!«, sagt Callie, als ich fertig bin. »Das wird Wellen schlagen!«

James runzelt die Stirn. »Hier tut sich eine ethische Frage auf. Wir haben eine schlüssige Theorie, wie der Prediger seine Opfer auswählt. Vielleicht sollten wir damit an die Öffentlichkeit gehen und jeden warnen, der bei seiner Beichte irgendeine größere Sünde gestanden hat.«

Es ist ein interessantes Argument, an das ich noch gar nicht gedacht habe.

»Das werden wir tun, wenn es so weit ist«, entscheide ich.

»Aber erst einmal müssen wir herausfinden, ob die Opfer tatsächlich Katholiken waren. Falls dem so ist, können wir unsere weitere Strategie entwickeln.«

»Wir könnten es als Fragebogen tarnen«, schlägt Jezebel vor. »Die Familien anrufen und eine Reihe von allgemeinen Fragen stellen. Wir erzählen ihnen, dass wir nach sämtlichen Informationen suchen, die uns irgendwie helfen könnten. Eine der Fragen ist die nach der Religionszugehörigkeit. Auf diese Weise fällt es nicht auf.«

»Gute Idee«, sage ich. »Machen Sie sich gleich mit James an die Arbeit. Callie, du musst rüber zur Erlöserkirche. Vater Yates erwartet uns. Wir müssen den Beichtstuhl dort nach Wanzen absuchen.«

»Das ist nicht mein Fach. Forensik, nicht Elektronik, du erinnerst dich?«

»Okay, ruf Tommy an. Er ist Experte auf diesem Gebiet. Er kann dir sagen, worauf du achten musst.«

Sie hebt eine Augenbraue. »Ihr redet wieder miteinander?«

»Könnte man so sagen, ja.«

»Jetzt weiß ich, warum du diese selbstzufriedene ›Ich-bin-heute-Nacht-gefickt-worden‹ Aura hast«, sagt sie.

»Es ist sogar noch viel interessanter, aber das erzähle ich dir später.«

Callie nimmt ihren Kaffee und ihre Handtasche und zeigt mit dem Finger auf mich. »Glaub ja nicht, dass ich das vergesse!«

»Das ist meine letzte Sorge. Ach ja, noch was, Callie …« Sie bleibt stehen und dreht sich um. »Ruf mich sofort an, wenn du fertig bist.«

Weil ich sicher sein möchte, dass nicht meine eigene Beichte irgendwo auf einem Band gespeichert ist.

Aber das sage ich nicht laut, denn es ist unwahrscheinlich. Ich gehe davon aus, dass der Prediger die Wanzen entfernt, sobald er hat, was er will, um Entdeckung zu vermeiden. Aber Vorsicht ist besser als Nachsehen, hat Mom immer gesagt.

Callie tippt sich zum Abschied mit zwei Fingern an die Stirn.

»Was ist mit mir?«, fragt Alan.

Die Bürotür fliegt auf, bevor ich etwas erwidern kann. AD Jones marschiert herein. Er ist blass im Gesicht.

»Wir sind zu spät.«

»Valerie Cavanaugh, zehn Jahre alt. Wurde heute Morgen tot in ihrem Kinderzimmer gefunden. Ein Stich in die Seite, wie bei allen anderen.«

Wir sind im Büro von AD Jones. Alan sitzt vor seinem Schreibtisch. Ich gehe auf und ab. Ich will schreien – oder jemanden erschießen. Mir ist schlecht vor Schuldgefühlen.

»Weiß man, ob sie Katholikin war?«

AD Jones runzelt die Stirn. »Was hat das denn damit zu tun?«

Ich hatte noch nicht die Zeit, ihn über meine Theorie zu informieren. Das hole ich jetzt rasch nach.

»Das würde alles erklären«, pflichtet er mir bei. »Wie er seine Informationen erhält … die Einbindung des Religiösen. Es passt.«

»Ich möchte es vorerst noch nicht nach außen tragen, Sir.« Ich erkläre ihm unseren Plan mit dem Fragebogen.

»Gut, einverstanden. Leiten Sie das in die Wege. Und dann möchte ich, dass Sie und Alan zum Haus der Cavanaughs fahren.«

»Könnte ein Nachahmungstäter sein«, wirft Alan ein. »Jemand, der den Prediger als Täter vorschiebt.«

»Die Eltern?«, frage ich.

Er zuckt die Schultern. »Alles ist möglich.«

Ich muss einräumen, dass er recht haben könnte. Die Mutter oder der Vater – oder beide Elternteile – könnten die Berichterstattung über den Prediger gesehen und die kleine Valerie auf die gleiche Weise getötet haben in der Hoffnung, die Tat unserem Serienkiller anzuhängen. Die meisten kindlichen Opfer werden von einem oder beiden Eltern ermordet, das ist eine traurige Tatsache.

Doch das glaube ich in diesem Fall nicht. Nicht dieses Mal.

»Seien Sie diskret mit dieser Theorie«, ordnet AD Jones an. »Soweit ich informiert bin, musste die Mutter Beruhigungsmittel bekommen.«

»Das Format ist einfach«, sagt Jezebel, als ich den Fragebogen lese. »Wir behalten zwei Mitarbeiter an der Hotline. Abgesehen davon haben wir inzwischen die Identität sämtlicher Opfer bestätigt. James, ich und weitere vier Mitarbeiter rufen die Familien an. Bis zum späten Nachmittag müssten wir durch sein.«

»Sehr gut«, sage ich.

Die Fragen sind so konstruiert, dass sie zu der erfundenen Geschichte des Sammelns von Hintergrundinformationen über die Opfer passen. Es sind breit gestreute, unverdächtige Fragen: »Hat sie das College besucht?« – »Hatte sie Kinder?« – »Zu welchen sozialen Gruppen hatte sie Kontakt?« Und mitten drin, vergraben unter allen anderen: »War sie religiös? Welcher Religionsgemeinschaft hat sie angehört?«

»Die Medien werden keinen Verdacht schöpfen«, sagt Jezebel. »Und die Familien werden mitmachen, jedenfalls der größte Teil.«

»Dann los.«

»Keine Wanzen in dieser Kirche, halleluja«, meldet Callie am Telefon. »Allerdings habe ich im Beichtstuhl eine Stelle gefunden, die aussieht, als wäre sie mit Holzkitt zugespachtelt worden.«

»Fingerabdrücke?«, frage ich ohne große Hoffnung.

»Fehlanzeige. Und der Holzkitt ist zwar interessant, hilft aber auch nicht viel weiter. Ich kann nicht sagen, wie lange er schon dort ist. Könnten Monate sein, oder Jahre.«

»Nicht Tage?«, frage ich mit dem erneuten Gedanken an meine eigene Beichte.

»Nein, bestimmt nicht. Er ist auf jeden Fall älter.«

»Ziemlicher Zufall, dass er überhaupt da ist«, sage ich.

»Was soll ich jetzt tun?«

»Ich möchte, dass du zu uns stößt. Wir sind unterwegs zu einem Tatort.«

Callie schweigt.

Dann: »Er hat es also getan? Ein Kind?«

»Sieht so aus.«

»Gib mir die Adresse.«

KAPITEL 32

Die Cavanaughs wohnen in einem Vorort von Burbank, in einem zweistöckigen Haus, das Anfang der Achtzigerjahre erbaut und zwischenzeitlich renoviert worden ist. Es handelt sich um eine jener kleinen Wohnstraßen, die man nur in Los Angeles findet. Still, abgeschlossen, von Bäumen gesäumt – und keine drei Blocks weiter findet man nichts als Beton und Hektik, Hektik, Hektik.

»Die Mediengeier kreisen bereits«, bemerkt Alan.

»Jung, weiß, Mittelschicht, weiblich und tot«, sage ich. »Das ist überall in den USA eine Titelstory.«

Man lässt uns durch die Absperrungen, die errichtet wurden, um die Medien und Neugierige auf Distanz zu halten. Nachbarn stehen vor ihren Häusern auf dem Rasen, entsetzt, dass ein Monster ihnen so nahekommen konnte, und dankbar, dass es nicht ihr eigenes Kind ausgesucht hat.

»Drei Streifenwagen«, stellt Alan fest. »Wahrscheinlich, um die Gaffer unter Kontrolle zu halten. Dazu zwei zivile Fahrzeuge. Der eine Wagen ist von der Stadt – wahrscheinlich ein Politiker, der wegen der Presse- und Fernsehleute hergekommen ist. Im anderen sitzen vermutlich die zuständigen Detectives vom Morddezernat.« Er schüttelt den Kopf. »Ich möchte jetzt nicht in ihrer Haut stecken.«

Ich stoße ein Schnauben aus. »Und was ist mit unserer eigenen Haut?«

»Es ist etwas anderes, wenn du ein Cop bist. Wir sind vom FBI. Wir können unser Ding machen und abhauen. Die Detectives stehen im Scheinwerferlicht und können nicht weg.«

»Hm. So hab ich das noch nie gesehen.«

»Wie willst du vorgehen?«

Ich werfe einen Blick auf meine Umgebung. Die meisten Medienvertreter sind damit beschäftigt, ihre Einstellungen abzudrehen, das Haus zu filmen, die Gegend, die Polizei. Helikopter kreisen über uns. Nachrichtenreporter umklammern ihre Mikrofone und proben lebhaft-dramatische Zusammenfassungen dessen, was sie bisher in Erfahrung gebracht haben. Doch es sind nicht sie, über die ich mir im Moment den Kopf zerbreche. Ich suche weiter und finde, was ich befürchtet habe.

»So ein Mist«, murmle ich vor mich hin. »Wir haben ein paar Typen von der cleveren Sorte.«

Damit meine ich die »echten« Nachrichtenleute. Diejenigen, die mehr Zeit mit Suchen als mit Reden verbringen, die mit der Nase in der Luft nach dem leisesten Hauch der echten Story schnüffeln. Das Team, das ich entdeckt habe, wird von einer Frau geführt. Sie ist blond, Mitte dreißig, gut gekleidet in einen dunklen Hosenanzug. Sie beobachtet nicht das Haus, sondern starrt zu uns und unserem Wagen. Ich sehe, wie sie mit ihrem Kameramann redet und auf uns deutet. Sie kann durch die getönten Scheiben nicht gesehen haben, wer wir sind, aber irgendwie scheint sie es trotzdem zu wissen.

»Wir können uns nicht vor den Kameras verstecken, nicht bei einem Fall wie diesem«, sagt Alan.

»Sicher nicht.« Ich seufze. »Finden wir heraus, wer der verantwortliche Beamte ist. Dann sehen wir uns an, was es zu sehen gibt, und verschwinden wieder.«

Wir steigen aus dem Wagen und gehen zum Haus. Ich versuche, das Gesicht von den Kameras abgewendet zu halten, doch dann fällt mir ein, dass sie mich beim Rauskommen in der Frontalen einfangen, und ich gebe meine Bemühungen resigniert auf.

Wir erreichen die Tür und werden von einem Cop in Uniform aufgehalten. Er ist ein älterer, erfahrener Bursche.

»Na, Alan, was gibt's?«, fragt der Cop, ohne zu lächeln.

Er ist groß. Nicht so groß wie Alan, aber breit. Er hat weißes Haar und ein grobschlächtiges, derbes Gesicht. Ich hätte ihn als stumpfsinnigen Muskelberg abgetan, wären da nicht seine Augen. Sie blicken scharf, intelligent und unfreundlich.

»Ich muss denjenigen sprechen, der die Show hier leitet, Ron«, sagt Alan.

Der Cop schnaubt leise. »Was hat das FBI mit dieser Sache zu tun? Ist das nicht eine Nummer zu klein für euch?«

Alan lächelt. Sein Lächeln ist genauso unfreundlich wie Rons Blick. »Immer noch ein Arschloch, wie ich sehe. Und es sieht so aus, als würdest du immer noch mir die Schuld geben, dass man dich wieder in eine Uniform gesteckt hat.«

Das Gesicht des Cops läuft rot an. Es wird Zeit, dass ich einschreite.

»Hallo, Ron. Wissen Sie, wer ich bin?«

Er nimmt den Blick widerwillig von Alan und schaut mich an. Er mustert mein Gesicht, dann nickt er.

»Ich kenne Sie.«

»Dann wissen Sie auch, dass ich nur aus einem einzigen Grund hier bin. Wegen des toten kleinen Mädchens. Können Sie mir weiterhelfen und Ihren Streit mit Alan vielleicht auf später verschieben?«

Seine Blicke huschen zwischen uns hin und her. Schließlich stößt er einen unwilligen Seufzer aus. »Warten Sie.«

Er nimmt sein Funkgerät vom Gürtel und drückt auf den Sprechknopf. »Detective Alvarez?«

Eine kurze Pause, dann kommt die Antwort. »Was gibt's?«

»Ich hab zwei FBI-Leute hier draußen. Alan Washington und Smoky Barrett. Sie wollen rein.«

Eine längere Pause, dann: »Lassen Sie sie durch.«

»Roger.«

Ron steckt sein Funkgerät wieder in das Gürtelhalfter und öffnet ohne ein weiteres Wort die Tür. Er verfolgt Alan mit feindseligen Blicken, bis wir im Innern verschwunden sind.

»Was war denn das?«, frage ich, sobald wir im Foyer sind.

»Kurzversion? Ron Briscoe war Detective beim Morddezernat. Ziemlich guter Mann. Er leitete die Ermittlungen gegen einen Kerl, der kleine Mädchen strangulierte. Er wusste, wer der Bursche war, doch es gelang ihm nicht, die nötigen Beweise zu beschaffen. Also kürzte er ab. Legte falsche Spuren. Ich fand es heraus und machte den Mund auf. Der Täter musste wegen Verfahrensfehlern freigesprochen werden, und Briscoe wurde wieder in Uniform gesteckt.«

»Was wurde aus dem Täter?«

»Der Vater eines der Opfer hat ihn erschossen und wanderte dafür ins Gefängnis.«

Ich blicke meinen Freund an – fasziniert und entsetzt zugleich über diese Offenbarung. Er hat sehr nüchtern gesprochen, doch ich weiß, dass er schwer an dieser Bürde tragen muss.

»Da kommt ein hohes Tier«, murmelt Alan mir zu. »Commissioner Daniels persönlich.«

Fred Daniels ist seit mehr als zehn Jahren Commissioner bei der Polizei von Los Angeles. Er ist Ende fünfzig, aber vitaler als viele jüngere Männer. Er ist groß und hager; sein Haarschnitt ist militärisch streng, und er besitzt das Gesicht eines Drill Sergeants. Daniels kommt zu uns und streckt mir die Hand entgegen.

»Agentin Barrett«, sagt er.

»Commissioner.«

Er schüttelt auch Alan die Hand.

»Sie waren früher bei der Polizei in Los Angeles, nicht wahr, Agent Washington?«

»Zehn Jahre beim Morddezernat, Commissioner.«

»Gut zu wissen, dass wenigstens ein paar Mitarbeiter des FBI Erfahrungen mit der Straße haben ... ohne Sie beleidigen zu wollen, Agentin Barrett.«

»Kein Problem, Commissioner.«

»Sie meinen also, die Tat könnte mit diesem Prediger zusammenhängen?«

Direkt zur Sache.

»Wir untersuchen die Möglichkeit«, antworte ich.

»Die Spurensicherung ist oben.« Der Commissioner deutet zur Treppe. »Detective Alvarez ist ein guter Mann. Treten Sie ihm nicht auf die Füße.« Er hatte seine Uniformmütze unter den Arm geklemmt. Jetzt zieht er sie hervor und setzt sie sich auf. »Ich gehe raus und füttere die Piranhas von den Medien.«

Er geht zur Tür und rennt beinahe Callie um, die gerade hereinwill.

»Wow, der Commissioner!«, haucht sie, schmachtet ihn an und klimpert mit den Wimpern. »Ich fühle mich ja so was von geehrt, so früh hier zu sein.«

»Kennst du Alvarez?«, frage ich Alan.

»Nur dem Namen nach.«

Ich seufze. »Es hilft uns nicht weiter, wenn wir das vor uns herschieben. Gehen wir rauf und sehen wir uns den Tatort an.«

Raymond Alvarez ist ein kleiner Mann von vielleicht einsfünfundsechzig. Doch er ist durchaus ansehnlich, und unter dem Latex des Einweghandschuhs seiner linken Hand kann ich einen Ehering erkennen. Alvarez ist energiegeladen und gestikuliert beim Reden heftig mit den Händen.

»Der Vater ist zusammen mit der Mutter im Krankenhaus. Sie ist ausgeflippt. Hat die Küche zertrümmert, das Porzellan zerschmettert, Stühle durch die Fenster geworfen und was weiß ich. Sie hat sich die Hände ziemlich übel zerschnitten. Alles war voller Blut. Man musste ihr gewaltsam ein Beruhigungsmittel verabreichen.«

»Haben Sie es gesehen?«

»Wie die Frau ausgeflippt ist? Ja. Schien echt zu sein, wenn Sie mich fragen.«

Manchmal täuschen die Schuldigen hysterische Anfälle vor, um den Verdacht von sich abzulenken. Es ist nicht einfach, so gut zu schauspielern. Echte Trauer, wie man sie empfindet, wenn ein naher Angehöriger ermordet wurde, ist immer spontan. Manche Menschen schreien, manche weinen, manche erstarren, manche fallen in Ohnmacht.

»Können wir Valerie sehen?«, frage ich.

»Hier entlang.«

Er fragt nicht nach dem Grund. Wozu auch? Wenn man sich einen Leichnam am Ort eines Verbrechens anschauen will, gibt es keine Alternative. Er führt uns den Gang hinunter, am Elternschlafzimmer vorbei. Der Boden ist mit beigefarbenem Teppich ausgelegt, die Wände sind weiß gestrichen: Kalifornien auf seine langweiligste, behäbigste Weise. Wir kommen an Fotos vorbei, die an den Wänden hängen, jeder Rahmen schwarz, jedes Bild im gleichen Stil. Die Cavanaughs sind ein hübsches Paar, er mit den kurzen blonden Haaren, sie mit der langen blonden Mähne, beide mit den weißesten Zähnen, die ich je gesehen habe. Sie lächeln und zeigen diese strahlenden Zähne auf jedem Bild. Schöne Menschen. Ein Mädchen – ich nehme an, es ist Valerie – ist auf mehreren dieser Fotos zu sehen, ebenfalls blond und ebenfalls lächelnd und mit den gleichen perlweißen Zähnen, die sie von ihren Eltern geerbt hat.

Valerie war zehn, als sie starb. Meine Tochter Alexa war zehn, als sie starb. Bonnie war zehn, als sie in mein Leben trat.

Eine magische Zahl.

»Hier entlang. Ziehen Sie bitte Handschuhe und Papierüberschuhe an«, sagt Alvarez und deutet auf zwei Kisten, die vor dem Zimmer stehen.

Wir kommen seiner Bitte nach – und dann steigt mir auch schon dieser Geruch in die Nase, jene einzigartige Mischung aus Latex und Blut. Wir betreten das Zimmer. Es ist von oben bis unten in Pink gehalten: die kleine Prinzessin bis zum Exzess. Die Wände sind pink, das Bett hat einen pinkfarbenen Himmel, die pinkfarbene Bettdecke ist spitzenbesetzt. Zahlreiche Stofftiere bevölkern Bett und Boden. Ein kleiner – pinkfarbener – Schreibtisch steht in einer Ecke, mit einem Computer darauf. Der Monitor ist eingeschaltet, wie ich bemerke.

Doch es ist Valerie, die unsere Aufmerksamkeit fesselt – die Aufmerksamkeit aller, die sich im Zimmer aufhalten. Valerie liegt auf dem Rücken, die Arme auf der Brust verschränkt. Ihre starren Augen sind weit offen. Ihre blonden Haare umgeben ihren Kopf wie ein Fächer. Blut ist aus der Wunde in der Seite ausgelaufen und durchtränkt das Bettzeug und den Teppichboden mit einem Burgunderrot, das einen scheußlichen Kontrast zu all dem Pink bildet. Valeries Mund ist geschlossen. Die weißen Zähne sind nicht zu sehen.

»Sie ist nackt«, beobachtet Alan.

»Die Pose ist aber nicht sexueller Natur«, bemerke ich.

»Stimmt.«

Ich wende mich an Alvarez. »Wer hat sie gefunden?«

»Der Vater. Sie kam nicht zum Frühstück nach unten. Da ist er nach oben gegangen, um nach ihr zu sehen, und hat sie so vorgefunden.«

»Der Vater hat sie nicht angerührt«, sagt Callie. »Eigenartig.«

Sie meint damit, dass Valerie in der gleichen Haltung daliegt, in der sie gestorben ist, wie wir am Muster des Blutflusses aus der Wunde erkennen können.

»Ich habe ihn danach gefragt«, erklärt Alvarez. »Er sagt, er hätte gesehen, dass sie tot sei. Die offenen Augen, die weiße Haut …«

»Ich sehe es auch«, sage ich.

Ich kann keinen Funken Leben in Valerie erkennen. Sie sieht aus wie eine kalte, weiche Schaufensterpuppe.

»Gibt es Hinweise, wie der Täter eingedrungen ist?«, fragt Alan.

»Eine Tür führt vom Garten zur Garage, und eine Tür aus der Garage ins Haus. Offenbar wurden beide Türen äußerst geschickt geöffnet. Falls es unser Mann war, hat er das Tor zum Garten aufgemacht, hat sich Zutritt zur Garage verschafft und ist von dort ins Haus eingedrungen.«

»Keine Alarmanlage?«, frage ich.

»Keine. Und kein Hund. Pech.«

»Trotzdem, ziemlich verwegen«, sage ich. »Mitten in der Nacht herzukommen und das Kind umzubringen, während die Eltern schlafen.«

»Passt das zu Ihrem Mann?«, fragt Alvarez.

»Er geht Risiken ein. Und er hat uns gewarnt, dass er als Nächstes ein Kind tötet.«

Alvarez deutet auf das Bett und auf die tote Valerie. »Was ist damit? Kommt Ihnen das authentisch vor?«

»Ich habe bisher nur zwei Tatorte, um Vergleiche anzustellen. Aber es sieht genauso aus, sieht man vom Alter des Opfers ab. Und das ist besorgniserregend. Wir haben Informationen zurückgehalten, was den *Modus Operandi* des Gesuchten angeht.« Ich berichte Alvarez von dem Kreuz, das der Prediger post mortem in den Körpern seiner Opfer zurückgelassen hat. »Wenn es hier kein Kreuz gibt, haben wir es möglicherweise mit einem Nachahmer zu tun.«

»Und in diesem Fall müssten wir die Eltern sehr genau unter die Lupe nehmen.« Alvarez seufzt. »Großartig. Ich bin nicht sicher, was mir lieber wäre.«

»Könnten wir das gleich als Erstes überprüfen?«, ruft Callie. »Ist der Coroner schon da?«

»Er ist draußen vor dem Haus und bereitet den Leichenwagen vor. Ich sag ihm Bescheid.«

»Wie tief war das Kreuz bei den anderen Leichen eingeführt?«

Dr. Weems, der Coroner, ist ein Mann mittleren Alters und macht einen pingeligen Eindruck – in seinem Beruf durchaus ein Pluspunkt.

»Gleich unter der Haut, vor dem Brustkorb«, sagt Callie. »Sie müssten es ertasten können.«

»Es wäre eine unübliche Vorgehensweise, das Kreuz gleich hier am Tatort zu entfernen«, sagt der Coroner zögernd.

»Aber nicht verboten«, entgegne ich. »Und wenn Sie die Entnahme filmen, sind Sie auf der sicheren Seite, was die Beweisaufnahme angeht. Zeit ist von entscheidender Bedeutung, Doktor.«

Ich rechne es ihm hoch an, dass er nicht allzu lange zögert. »Also schön«, sagt er. »Detective Alvarez, würden Sie bitte den Kameramann rufen? Ich untersuche die Tote an Ort und Stelle und entferne das Kreuz aus dem Körper, falls es da ist.«

Es ist zur üblichen Praxis geworden, die Schauplätze von Kapitalverbrechen zu filmen, insbesondere wenn es um Verbrechen geht, die öffentliches Aufsehen erregen. Es ist allerdings ein zweischneidiges Schwert: Falls Verfahrensfehler begangen werden, sind sie auf dem Film festgehalten und können der Verteidigung als Munition gegen die ermittelnden Beamten dienen. Aber das Gegenteil trifft genauso zu: Wenn die Kamera sagt, dass etwas so ist, dann ist es so. Punkt.

Der Kameramann wird uns als Jeff vorgestellt. Er ist jung und dunkelblond und macht den Eindruck, als wäre er noch viel zu jung für diese Art von Arbeit. Dennoch lässt er sich nicht schockieren. Er richtet die Kamera auf Valeries Leichnam und beginnt zu filmen, ohne mit der Wimper zu zucken.

Dr. Weems kniet neben dem Bett nieder und untersucht die Wunde in Valeries Seite.

»Es scheint sich um ein rundes, nicht ausgefranstes Loch von etwa einem Zentimeter Durchmesser zu handeln. Das benutzte Instrument war spitz und extrem scharf. Zu beiden Seiten des Einstichs sind Schnitte zu erkennen. Sie sind gleichermaßen sauber und stammen vermutlich von einem Skalpell oder einer ähnlich scharfen Klinge.« Vorsichtig betastet er mit der Fingerspitze den Bereich um die Wunde herum. »Unter der Haut kann ich einen harten Gegenstand spüren.«

Adrenalin schießt in meinen Kreislauf. Ich bin aufgeregt – und schäme mich augenblicklich dafür. Valeries Tod hätte mir zu schaffen machen sollen, doch alles, woran ich jetzt noch denken kann, ist die Frage nach den Spuren, die ihre Leiche liefert.

Dr. Weems blickt auf und schaut in die Kamera. »Die Wunde wurde bereits fotografisch dokumentiert«, sagt er. »Ich werde jetzt versuchen, den Gegenstand aus der Wunde zu entfernen.« Er zieht eine kleine Tasche zu sich heran, die mir vorher gar nicht aufgefallen ist. Es ist ein Arztkoffer. Er sieht schick aus, wie aus den 1950ern.

Sein Werkzeug, denke ich.

Ich finde dieses Zugeständnis an die Mode ein wenig unheimlich. Dinge, die mit den Toten zu tun haben, sollten ihre Ästhetik allein aus der Funktion beziehen.

Er öffnet den Koffer und kramt darin, bis er etwas gefunden hat, das aussieht wie eine überdimensionierte Pinzette.

»Falls einer der Anwesenden einen unruhigen Magen hat oder sonst wie empfindlich ist«, sagt er, indem er sich über die Wunde beugt, »sollte er jetzt lieber wegschauen oder das Zimmer verlassen. Wir können kein Erbrochenes gebrauchen, das den Tatort kontaminiert.«

Niemand rührt sich. Jeff filmt unbeeindruckt weiter.

Dr. Weems steckt die Pinzette ohne Zögern und ohne Zeremonie in das Loch.

»Ich kann einen harten Gegenstand ertasten«, bestätigt er. »Ich muss ihn drehen, um ihn herausziehen zu können, ohne die Haut weiter zu beschädigen. Warten Sie einen Augenblick … so.« Er zieht die Pinzette vorsichtig aus der Wunde.

»O Gott«, murmelt Alan.

Ein silbernes Kreuz. Es besitzt ungefähr die gleiche Größe wie die anderen.

Weems legt das Kreuz in einen Beweismittelbeutel, nachdem Jeff es gefilmt und Fotos davon gemacht hat.

»Dann ist es also Ihr Mann«, stellt Alvarez fest.

»Sieht ganz danach aus«, erwidere ich. »Damit stellt sich die

Frage: Warum ausgerechnet Valerie? Er tötet Menschen, die dunkle Geheimnisse mit sich herumtragen. Was für ein dunkles Geheimnis kann eine Zehnjährige schon haben?«

»Oh, vertue dich nicht. Ich hatte mit zehn Jahren schon eine Menge Geheimnisse«, sagt Callie. »Aber ich war meiner Zeit schon immer voraus.«

Mein Handy summt.

»Barrett«, melde ich mich.

»Ich bin es, James. Wir machen gute Fortschritte bei der Befragung der Familien. Bis jetzt waren sämtliche Opfer ohne Ausnahme praktizierende Katholikinnen.«

»Sehr gut. Noch was?«

»Wir sollten überlegen, ob wir die Observierung von Besters Haus abbrechen. Ich habe Nachforschungen über seinen Verbleib während des Mordes an Lisa Reid angestellt. Bester war geschäftlich in San Francisco.«

Ich runzle die Stirn. »Das genügt nicht. Wir brauchen mehr, um …«

»Ich *habe* mehr.«

»Lass hören.«

»Einer unserer Computerspezialisten hat sich in halbstündlichem Abstand mit den Leuten von User-Tube in Verbindung gesetzt, um herauszufinden, ob der Prediger versucht, neue Clips hochzuladen.«

»Und?«

»Sie haben einen Clip abgefangen … betreffend Valerie Cavanaugh.«

»Verdammt.« Ich reibe mir die Schläfen.

»Zurück zu Bester: Dieser neue Clip wurde nicht über seine IP gepostet. Nach Auskunft der Beschatter war er die ganze Zeit zu Hause und lag im Bett, als Valerie ermordet wurde. Er war es nicht, Smoky. Bester ist nicht der Prediger.«

Ich seufze inbrünstig. »Also gut. Brechen wir die Observierung ab.« Ich beuge mich ein wenig vor, während ich spüre, wie sich in meinem Innern etwas zusammenzieht. »Erzähl mir von diesem neuen Clip.«

James zögert eine Sekunde zu lang für meinen Geschmack. »Er ist anders«, sagt er schließlich. »Er hat sie nicht gefilmt, kurz bevor er sie umgebracht hat.«

»Was soll das heißen?«, frage ich.

»Ich habe dir den Clip per E-Mail geschickt. Sieh ihn dir an. Dieser Clip ist übel, verdammt übel. Er wird die Familie endgültig zerstören.«

In James' Stimme fehlt die übliche ätzende Schärfe. Er klingt bedrückt, beinahe deprimiert – und das allein ist mehr als alles andere dazu angetan, meine Erregung zu dämpfen. Ein Frösteln durchrieselt mich.

»Wie schlimm ist es?«

Erneut das Zögern.

»Es ist ein Albtraum, Smoky.«

Die Cavanaughs haben eine drahtlose Internetverbindung, und Callie hat ihr Notebook dabei. Wir finden uns im Wohnzimmer ein, rufen meine E-Mails ab und laden den Clip herunter, den James an meine Adresse geschickt hat.

Ich sitze neben Callie auf dem Sofa. Alan sitzt neben ihr, und Alvarez steht hinter uns.

»Bereit?«, fragt Callie.

Ich nicke. »Fang an.«

Sie klickt auf die Schaltfläche, und der vertraute schwarze Hintergrund und die weiße Schrift erscheinen. Dann die Hände und der Rosenkranz, das grelle Licht und der karge Holztisch.

»Mir ist bewusst, dass dieser Clip mit größter Wahrscheinlichkeit von den Polizeibehörden abgefangen wird«, beginnt der Prediger. »Seien Sie versichert, dass es sich nur um ein vorübergehendes Problem handelt. Es gibt heutzutage zahlreiche Möglichkeiten, die Wahrheit an die Öffentlichkeit zu bringen. Nun denn, lassen Sie uns über die Beziehung von Wahrheit und Zeit sprechen, wie es in diesem Fall angemessen erscheint. Wahrheit interessiert sich nicht für Alter. Ein Kind ist ein Kind, zugegeben, doch eine Seele ist eine Seele, und Wahrhaftigkeit ist ein Gebot an alle. Der Teufel erscheint in zahlreichen Verkleidungen, und ob man zehn ist oder achtzig – die Beichte und die damit verbundene Reue sind in jedem Fall der einzige Weg zur Erlösung. Das ist der Sinn dieses speziellen Teils meines Werkes. Ich möchte zwei Dinge demonstrieren: Wahrhaftigkeit ist alterslos, und Wahrheit ohne Reue ist für sich selbst genommen eine Lüge.« Er reibt eine Rosenkranzperle zwischen Daumen und Zeigefinger. »Valerie Cavanaugh stammt aus einer guten Familie. Sie hat gottesfürchtige Eltern. Sie verlangen viel von ihrer Tochter, und Valerie hat sie nie enttäuscht – nach außen hin. Valerie war stets eine Musterschülerin. Sie übt jeden Tag eine Stunde lang Klavier. Sie ist in einem Schwimmverein und hat bereits einige Pokale errungen. Sie engagiert sich zusammen mit ihren Eltern bei Wohltätigkeitsveranstaltungen und hilft Leuten, die weniger Glück im Leben hatten …«

»Das alles stimmt«, sagt Alvarez dazwischen.

»Doch Äußerlichkeiten können trügen«, fährt der Prediger fort. »Und das Beichten auch der größten Verbrechen macht die Beichte selbst zu einer Lüge, wenn es an wahrer Reue mangelt.«

DIE SÜNDEN DER VALERIE CAVANAUGH

KAPITEL 33

»Sieh mich an, Kätzchen«, sagt Valerie.

Die Katze dreht den Kopf zu der Stimme und miaut einmal leise. Sie hat wunderschöne grüne Augen, und Valerie lächelt.

»Braves Kätzchen«, sagt sie und krault das Tier hinter den Ohren.

Es ist ein schöner Tag. Die Sonne scheint, doch die Hitze ist nicht drückend. Daddy nennt solche Tage »kalifornischen Herbst«. Ein leichter Wind weht. Valerie schließt die Augen und hebt den Kopf zum Himmel. Der Wind kühlt ihre Haut und streicht durch ihr Haar. Sie krault die Katze unablässig hinter den Ohren.

Valerie ist im Garten hinter dem Haus. Mommy und Daddy sind ausgegangen, und Emma, die Babysitterin, schlummert auf dem Sofa. Es ist einer jener seltenen Momente, in denen Valerie für sich alleine ist, und sie genießt jede Sekunde davon.

Der Garten ist riesig. Es gibt einen Patio und einen Pool und jede Menge üppigen grünen Rasen. Mommy hat viel Zeit mit dem Entwurf des Gartens verbracht und die Arbeiter persönlich beaufsichtigt (keine halben Sachen, sonst bist du am Ende selbst nur eine halbe Persönlichkeit, pflegt Mommy immer zu sagen). Valerie sitzt hinter einer Hecke, die eine Barriere bildet zwischen dem Rest des Gartens und der hohen Mauer aus Schlackenstein, die das Grundstück von der Außenwelt trennt.

»Braves Kätzchen«, murmelt sie erneut.

Die Katze miaut. Es ist kein fröhliches Miauen, und Valerie

kann es dem armen Tier nicht verdenken. Schließlich ist es in ein Handtuch eingewickelt.

»Tut mir leid, Kätzchen«, sagt sie. »Aber ich kann mich schließlich nicht von oben bis unten zerkratzen lassen, nicht wahr?«

Valerie würde gerne noch länger warten, die Einsamkeit noch eine Weile genießen, doch sie kann sich nicht darauf verlassen, dass Emma bis in alle Ewigkeit weiterschläft. Sie seufzt.

»Besser, wir bringen es hinter uns, Kätzchen. Keine halben Sachen, sonst bist du am Ende selbst nur eine halbe Persönlichkeit.«

Sie legt die ins Handtuch gewickelte Katze in ihren Schoß, dreht sie auf den Rücken und legt ihre Hände um den Hals des Tieres. Dann drückt sie zu.

Sie drückt nicht allzu fest, denn sie will nicht, dass das Kätzchen zu schnell stirbt. Den Augenblick zu genießen ist schließlich ein großer Teil des Vergnügens.

Valerie sieht der Katze die ganze Zeit unverwandt in die Augen. Sie weiß selbst nicht genau, was sie sucht. Vielleicht den Moment des Todes, wenn der letzte Lebensfunke erlischt. Wer weiß? Doch es ist ein endloser Quell der Faszination: *Irgendetwas* geschieht da drin, so viel steht fest.

Valerie spürt, wie die Katze sich wehrt, wie sie versucht, sich aus dem Handtuch zu befreien.

Tut mir leid, Kätzchen, aber du hast keine Chance.

Sie kichert leise, dann verstummt sie.

Valerie spürt, wie ihr Herz schneller schlägt. Ein undefinierbares Gefühl erfasst sie. Eine Art von Erregung, die sie nicht einzuordnen vermag. Sie versucht es auch nicht großartig. Was sie tut und das Gefühl, das sie dabei hat, reichen ihr völlig.

Die Bemühungen der Katze werden verzweifelt, panisch. Valeries Puls und ihre Erregung wachsen in gleichem Maße. Ein paar weitere Sekunden vergehen, und die Katze verliert das Bewusstsein. Valerie drückt weiter zu. Sie merkt nicht, dass sie die Augen aufgerissen hat und dass ihre Zunge zwischen den Lippen hervorlugt.

Der Moment vergeht. Die Augen der Katze sind leer. Valerie lockert ihren Griff. Sie hat den Atem angehalten. Jetzt stößt sie die Luft aus.

»Braves Kätzchen«, sagt sie und krault das tote Tier hinter den Ohren.

Es gefällt ihr, dass die Katze zur Antwort nicht mehr miaut. Es gefällt ihr sehr.

Valerie lässt sich einen Augenblick Zeit, entspannt sich, schwelgt in dem kurzen Moment, in dem sie ihr wahres Selbst sein kann. *Es ist nicht leicht, sich immerzu wie ein ganz normales Mädchen zu benehmen*, geht es ihr durch den Kopf. *In Augenblicken wie diesem fühle ich mich wirklich frei.*

Doch Valerie weiß selbst mit ihren zehn Jahren schon, dass sie ihr wahres Gesicht verborgen halten muss. Sie war sehr vorsichtig, seit sie damit angefangen hat, Katzen zu töten. Sie hat sich im Zaum gehalten, und sie hat stets darauf geachtet, die Kadaver gründlich zu verscharren, hier, hinter der Hecke. Es ist nicht immer einfach, zugegeben, doch sie kann warten. Sie hat die Zukunft gesehen. Sie, Valerie, wird älter, und eines Tages wird sie viel mehr Freiheiten besitzen. Eines Tages, überlegt sie, wird sie sogar Auto fahren dürfen.

Wer weiß, was sie dann erst alles töten kann!

Sie grinst bei diesem Gedanken, ohne sich dessen bewusst zu sein. Ihre perlweißen Zähne blitzen in der Sonne, und das blonde Haar wogt in Wind. Sie tätschelt die tote Katze, während sie ihren Träumen nachhängt.

»Mein Gott«, sagt Alan.

Ich bin stumm, genau wie Callie.

Es ist offensichtlich, dass Valerie nicht bemerkt hat, dass sie gefilmt wurde. Das Video selbst ist Schwarz-Weiß und von hoher Qualität. Dann fällt mir auf, aus welchem Winkel es aufgenommen wurde, und mir kommt eine Idee. Ich stehe auf und gehe zur Glasschiebetür, die nach hinten in den Garten führt.

Draußen angekommen, bleibe ich stehen und sehe mich um. Vor mir ist der Pool mit seinem blauen, klaren Wasser. Der Rasen ist von sattem Grün und perfekt gemäht. Ich sehe die Heckenreihen zur Rechten und Linken. Sie bilden zwei ununterbrochene Linien vom Haus bis zur Rückseite des Gartens. Zwischen den Hecken und den Mauern, die das Grundstück umschließen, ist ein freier Raum von nicht mehr als dreißig Zentimetern Breite.

Nicht viel Platz, doch genug für eine Zehnjährige.

Ich entscheide mich für die rechte Reihe und gehe los. Klein wie ich bin, habe ich Mühe, über die Hecke zu schauen, also stelle ich mich auf die Zehenspitzen, stütze mich mit den Händen an der Mauer ab und spähe in die Lücke.

Der Rasen endet vor der Hecke, die bis zum Boden hinunter grün ist. Hinter der Hecke ist kahles Erdreich zu sehen. Ich erkenne kleine Stellen, an denen die Erde umgegraben und flachgetreten zu sein scheint.

Acht bis zehn Stellen, schätze ich. Acht bis zehn tote Katzen.

Valerie Cavanaugh, die süße blonde Valerie mit den makellosen weißen Zähnen, ist eine kleine Psychopathin gewesen.

Ich schließe die Augen und rufe mir das Video ins Gedächtnis. Den Winkel, aus dem die Aufnahme gemacht wurde. Ich öffne die Augen wieder und drehe mich nach rechts, gehe die Hecke entlang bis zu deren Ende und beuge mich vor. Und siehe da, ich finde, wonach ich gesucht habe.

»Er hat eine Lochkamera am Ende der Hecke aufgestellt«, sage ich, als ich wieder im Haus bin. »Sie hatte keine Ahnung, dass er sie beobachtet hat.«

»Woher wusste er denn, wo er die Kamera aufstellen muss?«, fragt Alvarez.

»Keine Ahnung«, lüge ich.

Callie hebt eine Augenbraue, doch sie schweigt. Alan betrachtet seine Fingernägel.

»Sehen wir uns den Rest vom Video an«, sage ich und setze mich.

Callie hatte auf die Pause-Schaltfläche geklickt, als ich in den Garten gegangen war. Jetzt drückt sie auf »Weiter«.

Wir schauen zu, wie Valerie mit einer Gartenkelle ein Loch schaufelt. Dann wickelt sie das tote Kätzchen aus dem Handtuch, hält es im Nacken gepackt und starrt dem Kadaver für einen Moment in die Augen. Sie zuckt mit den Schultern und lässt das tote Tier ins Loch fallen. Sie füllt das Loch auf und klopft das Erdreich flach. Faltet das Handtuch. Einmal noch sehen wir ihr Gesicht, bevor sie sich erhebt und den schmalen Raum zwischen Hecke und Mauer verlässt. Sie sieht glücklich und wunderschön aus, unbekümmert und zufrieden mit sich und der Welt.

Die Aufnahme läuft noch eine Minute weiter, zeigt die Mauer, die Hecke, die umgegrabene Erde.

Dann ein Schnitt. Die Hände des Predigers und die unvermeidlichen Perlen seines Rosenkranzes füllen das Fenster.

»Sie sehen, dass das Böse alterslos ist«, sagt er. »Und wenn das Böse alterslos ist, gilt dies auch für das Bedürfnis nach Wahrhaftigkeit. Gebt acht, Eltern. Die kleine Valerie war ein extremes Beispiel, doch sie dient als Warnung. Was machen eure Kinder in diesem Augenblick? Seid ihr sicher, dass sie tun, was sie zu tun vorgeben?«

Er bewegt die Hände. Legt sie flach auf den Tisch.

»Kommen wir zum zweiten Teil dieser Lektion – dass das Fehlen von Reue dazu führen kann, dass die Beichte zu einer Lüge wird.«

Ein Standbild erscheint. Es ist aus dem Video und zeigt, wie Valerie die Katze erwürgt. Es zeigt jenen Moment, in dem sie ihre Maske hat fallen lassen, in dem ihr wahres Gesicht am deutlichsten zu erkennen ist. Wir sehen die geweiteten Augen, die perverse Freude, die Spitze ihrer rosigen Zunge im Mundwinkel. Es ist ein Augenblick unverhüllter Ekstase.

Der Prediger spricht im Hintergrund weiter, während das

Bild von Valerie im Fenster steht. »Stellen Sie sich vor, wie dieses Kind sein Verbrechen beichtet. Stellen Sie sich vor, wie dieses Kind Krokodilstränen vergießt, während es schluchzend von dem ›dunklen Ding‹ in seinem Innern erzählt und von dem Kampf gegen die Versuchungen, die Satan ihm in den Weg legt. Sehen Sie es? Und jetzt betrachten Sie erneut dieses Bild und fragen sich: Kann dieses Ungeheuer, das Sie hier sehen, jemals wirklich bereuen, was es getan hat?«

Nein, geht es mir durch den Kopf. Sie benutzt ihre Jugend, ihr engelsgleiches Gesicht, ihr Zahnpasta-Lächeln, um die Menschen in ihrer Umgebung zu manipulieren und ihr wahres Ich zu verbergen. Doch sie verspürt keine aufrichtige Reue. Nicht heute und niemals.

»Vergessen Sie nicht, Wahrheit alleine reicht nicht aus. Wahrheit für sich genommen ist immer noch eine Lüge, es sei denn, sie ist begleitet von aufrichtiger Reue und dem Wunsch, die Schuld zu sühnen und wiedergutzumachen.«

Der Clip endet.

»Mein Gott.« Alvarez stößt einen leisen Pfiff aus. »Das wird ihre Eltern umbringen. Haben Sie so etwas schon einmal gesehen? Ein Mädchen wie Valerie?«

»So etwas kommt vor«, sage ich. »Manche Psychopathen werden durch ihre Umwelt zu dem, was sie sind, andere werden anscheinend so geboren. Sie wachsen in behüteten Elternhäusern auf, werden nicht misshandelt und nicht missbraucht, erfahren alle Liebe dieser Welt, bekommen alle Chancen und enden doch als Psychos. Warum, wissen wir nicht.«

»Es ist unheimlich.«

Ich stehe auf und lasse den Blick in die Runde schweifen, über das in dunklem Braun gehaltene Sofa, den beigefarbenen Teppichboden, die weißen Wände. Alles ist sehr sauber, sehr unauffällig. Ganz und gar nicht das Zuhause eines kindlichen Ungeheuers. Ich suche die Wände ab, bis ich gefunden habe, was ich suche. Ein Kruzifix. Es ist aus Holz.

Da bist du ja, denke ich. Sie hat sich hinter dir versteckt. Hinter dir und all diesem Beige. Katholizismus und Beichte – das ist die Antwort.

»Wir müssen gehen«, sage ich zu Alvarez.

»Was denn? Das war alles?«, fragt er verblüfft.

»Wir wissen, wer sie umgebracht hat«, antworte ich. »Jetzt müssen wir ihn schnappen.«

Es ist ein Spießrutenlauf bis zum Wagen. Kameras blitzen, und Reporter, Männer wie Frauen, rufen meinen Namen. Sie haben mich erkannt; sie haben Blut gerochen.

»Du bist eine richtige Berühmtheit, Süße«, spottet Callie.

Wir steigen in den Wagen und schließen die Tür.

»Warum hast du Alvarez kein Wort von deiner katholischen Theorie gesagt?«, fragt Alan.

»Weil es bis jetzt nur eine Theorie ist, und weil sie wie eine Atombombe einschlagen würde.«

»Stimmt«, sinniert Callie. »Ich schätze, eine ganze Menge Leute würden sehr aufgebracht reagieren, wenn sie erfahren, dass sie während der Beichte von einer ›Versteckten Kamera‹ gefilmt wurden.«

»Ist es normal, dass Valerie so jung zur Beichte gegangen ist, Smoky?«, fragt Alan.

»Ich bin auch so jung zur Beichte gegangen«, antworte ich. »Es hat mit dem Alter der freien Willensbestimmung zu tun. Dem Zeitpunkt, wenn ein Kind anfängt, über Richtig und Falsch, Gut und Böse nachzudenken. Es ist ein umstrittenes Problem. Manche Leute sind der Meinung, es sei gleichbedeutend mit dem Diebstahl der Kindheit, ein Kind zu früh zur Beichte zu schicken. Andere sind der Auffassung, dass sich schlechte moralische Angewohnheiten einnisten können, wenn man zu lange damit wartet. Sieben oder acht Jahre gilt im Allgemeinen als akzeptables mittleres Alter.«

Alan schüttelt den Kopf. »Gott sei Dank, dass ich als Baptist erzogen wurde. Ihr Katholiken habt viel zu viele Regeln für meinen Geschmack.«

Ich starre ihn finster an. »›Ihr Katholiken‹? Beiß dir auf die Zunge und lass uns zurück ins Büro fahren. James und Jezebel müssten bald mit der Befragung der Familienangehörigen der Opfer fertig sein. Wenn ich recht habe – und ich bin inzwischen fast sicher –, müssen wir überlegen, wie wir die Nachricht am besten an die Öffentlichkeit bringen.«

Alan fährt. Callie folgt uns in ihrem eigenen Wagen.

»Verrückt, nicht wahr?«, sagt Alan.

»Was?«

»Wir sind zu den Cavanaughs gefahren, voller Mitleid mit dem kleinen Mädchen, das ermordet wurde. Und jetzt? Nach dem, was wir auf dem Video gesehen haben, weiß ich überhaupt nicht mehr, was ich denken soll.«

Ich stelle mir eine ältere Valerie vor, atemberaubend schön und betörend, wie sie die Hände um die Kehle eines Menschen legt und in die Augen ihres Opfers starrt und mit blitzend weißen Zähnen grinst und grinst und grinst. *Braves Kätzchen*, flüstert sie dabei. *Was für ein braves, liebes Kätzchen du bist.*

KAPITEL 34

»Einundzwanzig Rückmeldungen fehlen uns noch«, sagt Jezebel. »Entweder, weil wir die Familien nicht erreichen, oder weil es keine Familien gibt. Von denen, die wir befragt haben, haben wir ausschließlich Bestätigungen erhalten. Sämtliche Opfer waren praktizierende Katholikinnen.«

Ich habe es bereits geahnt, doch die volle Bedeutung kommt mir erst jetzt zu Bewusstsein, nachdem wir den Verdacht bestätigt haben. Ich setze mich auf einen freien Stuhl neben Alans Schreibtisch und nehme mir einen Moment Zeit, um auf all die Namen zu starren, die an der Tafel stehen.

»Wow.« Mehr bringe ich nicht heraus.

»Ich habe ein wenig nachgeforscht«, sagt James. »Offenbar hat es noch nie einen solchen Verstoß gegen das Beichtgeheimnis gegeben.«

»Das kann ich mir vorstellen.«

Ich sehe Vater Yates vor meinem geistigen Auge, wie er gestern Abend, völlig außer sich, in seiner Kirche auf und ab marschiert ist, und stelle mir an seiner Stelle den Papst vor.

Ich hasse diesen Fall. Er hat mich in unmittelbaren Kontakt mit dem FBI-Direktor gebracht, sogar in die Nähe des Präsidenten gerückt, und ich bin sicher, dass ein Fall von dieser Größenordnung schließlich auch dem Papst zu Ohren kommen wird.

Ich stehe auf und warte, bis ich die Aufmerksamkeit aller habe.

»Wir arbeiten nicht zum ersten Mal an einem Fall, der im Brennpunkt öffentlicher Aufmerksamkeit steht«, sage ich und blicke in die Gesichter, »aber das hier ist ein ganz neues Spielfeld. Die Sache bleibt unter uns. Keine Kopfkissenunterhaltung mit Eheleuten oder Partnern, nicht mal mit eurem Hund, falls ihr einen habt. Ist das klar?«

Alle nicken. Niemand zeigt Anzeichen von Widerspruch. Vielleicht ist auch ihnen die nüchterne Wahrheit gerade erst bewusst geworden.

»James, ich möchte, dass du dich mit Callie, Alan und Jezebel hinsetzt und die Datenbank durchforstest, die du angelegt hast. Sucht nach den Kirchen, die die jeweiligen Opfer mit der größten Wahrscheinlichkeit besucht haben, und stellt eine Liste zusammen.«

»Und was machst du, Smoky?«, fragt Callie.

»Ich gehe zu AD Jones und überbringe ihm die schlechten Neuigkeiten.«

»Sind Sie ganz sicher?«, fragt Jones.

»Absolut, Sir. Wir haben inzwischen die erforderlichen Daten, die es bestätigen. Wir wissen vom Cavanaugh-Tatort, dass der Gesuchte gerne verdeckte Überwachungsmethoden benutzt. Und wir konnten eine eindeutige Verbindung zur katholischen Kirche herstellen. Wie sonst hätte er wissen können, was er über seine Opfer weiß? Abgesehen davon hat er selbst uns auf die Spur gebracht.«

»Wie das?«

»Die Notiz in Lisa Reids Tagebuch. ›Was sammle ich? Das ist die Frage, und diese Frage ist der Schlüssel.‹ Und in den ersten Videoclips erklärt er, dass wir alles, was wir wissen müssen, um ihn zu fassen, in eben diesen Clips finden. Außerdem passt das Verhalten der Opfer ins Bild. Sie waren schockiert, als sie erfuhren, dass er über ihre dunkelsten Geheimnisse informiert war. Und es gab keinerlei Zeichen von Wiedererkennen seitens der getöteten Frauen. Er muss für sie alle ein Fremder gewesen sein.«

Ich hatte es übersehen, und jetzt könnte ich mich selbst dafür ohrfeigen. Alle Opfer haben gedacht, dass ihre Geheimnisse noch immer geheim wären.

Warum habe ich das nicht sofort gesehen?

Vielleicht, weil mein eigenes Geheimnis mich noch zu sehr behindert hat?

AD Jones schweigt, verschränkt die Hände hinter dem Kopf und starrt ins Nichts, während er nachdenkt.

»Das ist ein politischer Albtraum, Smoky«, sagt er schließlich. »Normalerweise wäre mir das völlig egal, doch in unserem Fall behindert es wahrscheinlich unsere Arbeit und erschwert es uns, diesen Irren zu fassen. Wenn wir uns an die katholische Kirche wenden und nicht aufpassen, werden die uns sagen, wir sollen uns zum Teufel scheren.«

»Ja. Priester, die Jungen unsittlich berühren? Schlimm, schlimm, schlimm. Aber Wanzen in den Beichtstühlen? Wow. Ich denke, wir sollten denen zeigen, dass wir mitspielen. Sie zu Verbündeten machen, nicht zu Gegnern.«

Er runzelt die Stirn. »Und wie stellen Sie sich das vor?«

»Soweit wir wissen, sind nicht die gesamten Vereinigten Staaten betroffen. Wir halten den Mantel der Verschwiegenheit darüber und behalten es für uns – mein Team, Sie und Director Rathbun. Niemand sonst. Rathbun wendet sich an einen hohen Kirchenmann, der genügend Courage und Einfluss hat. Er bringt ihn dazu, uns Zutritt zu verschaffen, und wir erklären uns im Gegenzug bereit, Stillschweigen über die ganze Sache zu wahren. Wir müssen nicht mal die örtlichen Priester einweihen, wenn die Kirche es nicht möchte.«

»Was ist mit Vater Yates?«

»Er hat kein Interesse, diese Geschichte an die große Glocke zu hängen, glauben Sie mir. Er ist loyal gegenüber seiner Kirche, und ich schätze, das wissen seine Vorgesetzten.«

»Es könnte funktionieren«, räumt Jones ein.

»Es *wird* funktionieren. Ich bezweifle, dass die katholische Kirche anders arbeitet als jede andere Bürokratie, wenn es um gewisse Dinge geht. Die Leute bewachen ihre Territorien und ihre Budgets und tun alles, um sich Ärger vom Hals zu halten. Ich gehe jede Wette ein, dass sie den Papst aus der Sache heraushalten wollen, wenn sie es irgendwie einrichten können.«

»Wie Sie das sagen, hört es sich an, als wäre die Kirche wie wir«, sagt AD Jones und meint es nur halb im Scherz.

»Diese Vorgehensweise wäre mir auch aus einem anderen Grund lieber, Sir. Dem Prediger geht es in erster Linie darum, Staub aufzuwirbeln. Er hält sich für einen Propheten, der über Wahrheit predigt und die Leute dazu bringt, über Gott nachzudenken und zu reden. Je weniger Chaos dieser Bursche anrichtet, desto besser fühle ich mich.«

»Also gut. Ich setze mich sofort mit Director Rathbun in Verbindung.«

»Sie sind in den Nachrichten«, eröffnet mir Jezebel, als ich ins Büro zurückkehre.

»Gut, dass wir hier keinen Fernseher haben.«

Sie lächelt. »Keine Sorge. Ich habe über den Computer Zugriff auf verschiedene Newsfeeds.« Sie zeigt auf Alans Bildschirm. »Darf ich?«

»Sicher.«

Sie öffnet mit der Maus ein Programm und tippt ein Passwort ein. Ein paar Sekunden später erscheint eine neue Oberfläche auf dem Bildschirm.

»Das ist jetzt mein eigener Computer«, sagt sie. »Ich steuere ihn von hier aus.« Sie startet einen Mediaplayer und lädt ein Video.

Die Reporterin kommt mir bekannt vor.

»Sie war vor dem Haus der Cavanaughs!«, sage ich, als es mir wieder einfällt. »Die Clevere.«

Die, die uns bei unserer Ankunft bemerkt und ihren Kameramann angewiesen hat, seine Kamera in unsere Richtung zu schwenken.

Ich schaue zu, wie wir aus dem Wagen steigen. Im Hintergrund beginnt die Reporterin mit ihrem Kommentar.

»Heute Morgen wurde in dieser stillen Vorstadtgegend namens Burbank ein junges Mädchen tot in seinem Kinderzimmer aufgefunden. Es dauerte nicht lange, bis ein großes Polizeiaufgebot vor Ort erschien, was nicht weiter überrascht. Verwunderlich hingegen ist das Eintreffen von FBI-Spezialagentin Smoky Barrett am Tatort.«

»He, und was ist mit mir?«, witzelt Alan.

»Agentin Barrett erlangte vor knapp drei Jahren landesweite Bekanntheit, als sie Opfer eines heimtückischen Angreifers wurde. Joseph Sands, ein Serienmörder, den Barrett jagte, drehte den Spieß um und drang eines Nachts ins Haus seiner Verfolgerin ein. Er ermordete ihren Ehemann und ihre zehn Jahre alte Tochter, bevor er Barrett vergewaltigte und entstellte.«

Ein Foto von mir erscheint auf dem Bildschirm, mit den Narben und allem Drum und Dran.

»Agentin Barrett arbeitet heute wieder in ihrem alten Job

beim FBI, obwohl anfangs Diskussionen darüber aufkamen, ob sie jemals wieder dazu imstande sei. Diese Debatte scheint jedoch beendet zu sein, und der Erfolg gibt Barrett recht – was uns zu der Frage führt: Was macht die beste Ermittlerin des südlichen Kalifornien im Haus der Familie Cavanaugh? Die einzig logische Schlussfolgerung lautet, dass der Tod der zehn Jahre alten Valerie Cavanaugh mit jenem Mann in Zusammenhang steht, der sich der ›Prediger‹ nennt.«

Eine kurze Zusammenfassung der bisherigen Taten des Predigers folgt – auch seine Drohung, ein Kind zu töten, falls wir ihn nicht vorher schnappen.

»Was für ein Glück«, meint Callie. »Sie haben Valeries Clip noch nicht gesehen.«

Ich denke an das Versprechen des Predigers, einen Weg zu finden, die Wahrheit zu veröffentlichen, trotz unserer gegenteiligen Bemühungen. *Ich würde nicht darauf bauen, dass dieses Glück anhält.*

»Findet der Kerl viel Aufmerksamkeit in den Medien?«, frage ich Jezebel.

»Jede Menge. Es gibt reichlich Diskussionen über Wahrheit, Religion und sämtliche Themen, über die er schwadroniert hat. Er hat eine überraschend hohe Zahl von Unterstützern.«

»Unterstützer?«, fragt Alan fassungslos. »Was gibt es da zu unterstützen? Der Kerl ist ein verdammter Killer!«

»Es ist nicht so schockierend, wie du vielleicht glaubst«, wirft James ein. »Es gibt viele ähnlich gelagerte Fälle, und sie sind nicht auf den Katholizismus beschränkt. Er predigt einen Totalitarismus des Glaubens, ein Alles oder Nichts, ein Hingeben an Gott. So etwas fällt immer wieder auf fruchtbaren Boden. Extremismus und Fanatismus gehen Hand in Hand mit der Religion. So war es schon immer.«

Jezebel sagt: »Außerdem wurde eine Verbindung zwischen Ihnen und den Reids hergestellt. Jemand war so nett und hat einen Reporter darüber informiert, dass Sie und Ihr Team in Virginia waren.«

»Wie das so ist in diesem Job«, sagt Alan.

»Verdammt! Wurde die Verbindung der Opfer zum Katholizismus erwähnt?«

»Nein. Lediglich die des Predigers.«

»Gut.« Ich informiere die anderen über das Ergebnis meiner Unterhaltung mit AD Jones und meinen Vorschlag, wie wir damit umgehen sollen.

»Das ist wohl das Klügste«, meint Alan. »Die Kirche ist neuerdings ein bisschen empfindlich gegenüber Skandalen.«

»Meine Mutter ist katholisch«, sagt James. »Sie geht regelmäßig zur Beichte. Die Vorstellung, dass jemand mithört …« Er schüttelt den Kopf. »Die große Frage ist, wie stellt dieser Prediger das an?«

»Macht mir die Liste fertig.«

»Agentin Barrett?«

Ich habe einen Anruf auf meinem Handy entgegengenommen. Das Display hat eine Nummer gezeigt, die ich nicht kenne.

»Ja?«

»Hier spricht Kardinal Adam Ross. Ich bin der Erzbischof von Los Angeles.«

»Oh … hallo …« Ich runzle die Stirn. »Ist ›Kardinal‹ die richtige Anrede?«

»Sagen wir, es ist in Ordnung. Sie können mich auch Adam nennen, wenn Sie wollen.«

»Bleiben wir lieber beim Kardinal. Wie kann ich Ihnen helfen?«

»Ich glaube, diese Frage geht in beide Richtungen, Agentin Barrett. Ich habe vor etwa zehn Minuten einen Anruf vom FBI-Direktor erhalten. Einen bestürzenden Anruf. Nun bin ich auf dem Weg zu Ihrem Büro. Hätten Sie Zeit, mich zu empfangen?«

Die Manieren des Mannes sind tadellos, trotz der unüberhörbaren Anspannung in seiner Stimme. Ich hatte Anmaßung und

Befehlston erwartet, aber dieser Mann ist die Höflichkeit in Person.

»Ich bin hier, Kardinal Ross.«

AD Jones stößt einen leisen Pfiff aus. »Das ging aber schnell. Ich habe mein Gespräch mit Director Rathbun vor weniger als einer halben Stunde beendet.«

»Wie ist es gelaufen?«

»Er ist mit Ihrem Plan einverstanden. Er sagt, dass wir strengstes Stillschweigen wahren sollen, falls es sich irgendwie einrichten lässt.«

»Kennen Sie Kardinal Ross, Sir?«

»Ich bin ihm nie begegnet. Ich bin nicht gerade ein eifriger Kirchgänger. Aber wenn er im Schnellwahlverzeichnis des Direktors steht, ist er ein wichtiger und einflussreicher Mann. Versuchen Sie ihn entsprechend zu behandeln.«

»Wir behandeln jeden gut, solange er auch uns gegenüber freundlich ist, Sir.«

»Man muss Kardinal sein, um Papst werden zu können, nicht wahr?«, fragt Callie.

»Nein. Technisch gesehen kann jeder männliche Katholik, der die Bedingungen erfüllt, zum Papst gewählt werden«, sagt James. »In der Praxis ist das Amt jedoch für die Kardinäle reserviert. Das letzte Mal, dass ein Nicht-Kardinal zum Papst gewählt wurde, war 1378.«

»Und wie wird man Kardinal?«

»Man wird vom Papst dazu ernannt. Es ist ein sehr hohes Amt, und man muss der Kirche viele Jahre lang gedient haben, um so hoch aufzusteigen … vom Priester über den Weihbischof, Bischof, Erzbischof … ebenfalls ein Amt, in das man vom Papst berufen wird. Die Kardinäle schließlich werden unter den Erzbischöfen ausgewählt. Sie sind die mächtigsten Männer in der katholischen Kirche, abgesehen vom Papst, der von den Kardinälen gewählt wird. Es gibt nur hundertachtzig bis zweihundert Kardinäle, eine sehr geringe Pro-Kopf-Zahl, wenn man die Größe der gesamten katholischen Kirche bedenkt. Ein bis zwei Kardinäle auf acht bis neun Millionen Katholiken.«

»Ich könnte mir vorstellen, dass die Kardinäle einen direkten Draht zum Papst haben.«

»Allerdings.«

Diese Informationen verschaffen mir ein besseres Bild von dem Mann, der inzwischen im Lift auf dem Weg nach oben ist. Er ist intelligent, zielstrebig und daran gewöhnt, Macht auszuüben. Und er ist ein Mann, der Entscheidungen treffen und Befehle erteilen kann, die andere beachten müssen – und das ist für unsere Zwecke am wichtigsten.

Hoffentlich erweist Ross sich nicht als taube Nuss.

»Ob sie irgendwas unter ihren Roben tragen?«, fragt Callie.

»Lange Hosen, meine Liebe. Ganz normale lange Hosen.«

Wir drehen uns zu der Stimme um, die so volltönend und wohlklingend ist, wie man es sich von einem Kardinal nur vorstellen kann.

Kardinal Ross ist ein sehr großer Mann, bestimmt einsfünfundneunzig, und er ist schlank, ohne mager zu sein. Er hat silbernes Haar und ein langes Gesicht, nicht unattraktiv, auch wenn man ihm die Jahre ansieht. Ich schätze ihn auf knapp über sechzig. Er hat dunkle Augen, die uns ernst und gemessen mustern. Er trägt schlichtes priesterliches Schwarz: Hose, Hemd, Jacke und den weißen Priesterkragen. Um den Hals hängt ein silbernes Kreuz. Die Unscheinbarkeit seiner Kleidung jedoch kann seiner immensen Ausstrahlung nichts anhaben.

Zu meiner Überraschung ist er allein gekommen.

Ich strecke ihm die Hand entgegen. »Willkommen, Kardinal Ross.«

Er schüttelt die dargebotene Hand und lächelt dabei freundlich auf mich herunter. Ross hält meine Hand ein wenig länger als nötig und betrachtet aufmerksam mein vernarbtes Gesicht.

»Danke, dass Sie sich Zeit für mich nehmen.«

Ich mache ihn mit dem Rest meines Teams bekannt. Er schaut sich interessiert in unserem Büro um.

»Hier also fangen Sie Mörder.«

»Von hier aus versuchen wir's, ja.«

Er geht zu der Tafel und studiert die Namen. Umrundet die Schreibtische, nickt anerkennend über das, was er sieht.

»Die wichtigsten Arbeiten werden stets in der bescheidensten Umgebung erledigt, scheint mir.« Er blickt in unsere Richtung und lächelt. »Nicht dass jemand mich falsch versteht, das soll keine Herabwürdigung sein. Ich meine es als Kompliment.«

»Wir sind nun mal einfache Leute«, sagt Callie mit breitem Akzent.

»Irgendwie glaube ich, dass diese Aussage richtig ist und zugleich falsch, Agentin Thorne. Sie mögen einen eingeschränkten Blickwinkel haben und überaus zielstrebig zu Werke gehen, doch Sie verstehen zugleich komplexe Wege des Bösen, die mein Begriffsvermögen übersteigen.«

Callie grinst. »Sie wissen, wie man Leuten Honig um den Bart schmiert, wie?«

Er lacht. Es ist ein angenehmes Lachen, voll und unbefangen. »Eine Berufskrankheit. Ich bin aber nicht unehrlich in meinem Lob, das darf ich Ihnen versichern.«

»Das ist ja alles schön und gut«, sagt James, »aber was können wir für Sie tun?«

Er ist mir mit seiner Frage zuvorgekommen, doch mit mehr Feindseligkeit, als mir lieb gewesen wäre. Der Kardinal nimmt es äußerlich gelassen hin.

»Ja, in der Tat. Ihr Direktor hat mich angerufen. Er hat mich über ihre Vermutungen informiert, was diesen Mann angeht, der unsere reuigen Sünder heimsucht.« Er richtet den Blick auf mich. »Bitte entschuldigen Sie die Frage, aber könnten Sie mir erklären, wie Sie zu Ihrer Schlussfolgerung gelangt sind?«

Ich berichte ihm von dem Prediger und erwähne meine Unterhaltung mit Vater Yates und seiner unausgesprochenen Bestätigung bezüglich Rosemary Sonnenfelds Beichte. Von den silbernen Kreuzen in den Körpern der Toten sage ich nichts.

Als ich fertig bin, reibt Kardinal Ross sich die Stirn und blickt sorgenvoll drein.

»Dürfte ich mich setzen?«

Alan bringt ihm einen Stuhl.

»Nun, ich pflichte dem selbstverständlich bei. Es gibt keinen anderen Weg, wie er es hätte erfahren können. Das ist furchtbar. Furchtbar, furchtbar, furchtbar. Wenn es an die Öffentlichkeit gelangt, wird es die Gläubigen tief erschüttern.«

»Sind Sie sicher, dass Sie sich nicht nur wegen weiterer Klagen sorgen?«, sagt James. »Ihre Kirche hat schließlich jahrelang erfolgreich Pädophile versteckt.«

»James!«, fauche ich ihn an.

Der Kardinal hebt die Hand. »Nein, Agentin Barrett. Ich habe zu akzeptieren gelernt, dass ich jede Demütigung verdiene, die mir wegen dieser Sache widerfährt. Ich persönlich habe niemals einen pädophilen Priester versteckt, doch Mitglieder meiner Kirche haben es getan, und das war schändlich. Meine Sorge gilt nicht dem Ruf meiner Kirche, trotz allem, was Sie vielleicht denken. Es ist eine Frage des Glaubens. Hat einer von Ihnen jemals gebeichtet?«

»Ich«, melde ich mich. »Zum letzten Mal allerdings als junges Mädchen.«

Alan lässt sich nichts anmerken angesichts meiner kleinen Lüge.

»Ich habe ewig nicht gebeichtet«, sagt Callie. »Ist auch besser so. Ich hätte dem armem Priester wahrscheinlich die Schamesröte ins Gesicht getrieben.«

James schweigt.

»Können Sie sich vorstellen, wie Sie sich fühlen würden, wenn Sie feststellen, dass außer Ihrem Beichtvater und Gott noch eine dritte Person zugehört hat? Es ist weit mehr als ein Skandal.

Es ist eine Verletzung einer der grundlegendsten, wunderbarsten und heiligsten Bastionen des Katholizismus. Priester sind eher gestorben, als das Siegel des Beichtgeheimnisses zu brechen.«

»Kardinal Ross«, sage ich. »Wir sind hier nicht auf einem Kreuzzug. Wir müssen diese Sache nicht an die Öffentlichkeit bringen. Allerdings brauchen wir die Kooperation seitens der Kirche und Zugang zu relevanten Informationen.«

»Beides werden Sie selbstverständlich erhalten. Ganz gleich, was passiert. Doch ich weiß Ihre Versicherungen zu schätzen. Die Wahrheit ist, früher oder später wird es trotzdem herauskommen. Ich bin sicher, irgendjemand anders wird die Fakten genauso analysieren, wie Sie es getan haben, und zu den gleichen Schlüssen gelangen. Was ich brauche, ist Zeit.«

»Es würde auch nicht schaden, wenn wir den Mann schnappen könnten, der dafür verantwortlich ist«, stelle ich klar.

»Das kann niemand bestreiten. Was benötigen Sie von mir?«

»Wir haben eine Liste sämtlicher Opfer angefertigt und die jeweiligen Wohnungen mit den nächstgelegenen Kirchen in Beziehung gesetzt. Ich brauche Zugang zu jeder dieser Kirchen, und ich muss herausfinden, ob die Opfer Mitglieder der jeweiligen Gemeinden waren. Sobald wir das bestätigt haben, müssen wir mit dem zuständigen Priester sprechen – vielleicht erinnert er sich an unseren Mann.«

»Ich kann Ihnen sofort drei Mitglieder meines Stabes zur Verfügung stellen. Sie können die Anrufe erledigen und die jeweiligen Priester anweisen, uneingeschränkt mit Ihnen zu kooperieren, noch ehe sie den Hörer an Sie weitergeben.«

Ich kann es kaum glauben. »Das wäre großartig.«

»Ich werde alles arrangieren.«

KAPITEL 35

Jezebel, Callie, Alan und James sind in der improvisierten Telefonzentrale, zusammen mit den drei Priestern, die Kardinal Ross zu uns geschickt hat. Ich habe ihnen eine Weile zugesehen. Die Leute des Kardinals sind tüchtige, ernste Männer, die ihre Arbeit erledigen, ohne zu fragen. Sie sind hier, um das zu tun, was ihnen aufgetragen wurde.

Ohne großes Getue setzen sie sich an die Telefone und beginnen mit den Anrufen. Sie informieren die Priester am anderen Ende in knappen Worten, dass sie den Hörer sogleich an einen FBI-Mitarbeiter weitergeben würden, der Fragen an sie hätte, die sie bitte uneingeschränkt beantworten sollten. Einer meiner Leute übernimmt dann den Hörer und führt die eigentliche Befragung durch. Anschließend gibt er den Hörer wieder an den Mann von Kardinal Ross zurück, der dem betreffenden Priester abschließend erklärt, dass kein Wort davon nach draußen gelangen darf, unter gar keinen Umständen. Dann legt er auf. Ganz einfach, keine Fisimatenten, keine Beschwerden.

Ich lasse sie mit ihrer Arbeit allein und kehre in die jetzt leere Todeszentrale zurück, um mich einen Moment zu besinnen. In den letzten Tagen hat sich sehr viel getan. Der Prediger ist mit seinen Videoclips an die Öffentlichkeit getreten, und ich bin seiner Fährte in die Dunkelheit der katholischen Beichtstühle gefolgt.

Ich brauche diesen Moment, um geistig einen Schritt zurückzutreten. Um den Wald anzuschauen, nicht die Bäume. Den Mann, den wir jagen.

Er ist gerissen. Seine Ideen sind nicht neu, doch die Art und Weise, wie er sie verbreitet, lässt Umsicht und eine gewisse Ehrfurcht erkennen. Er verbirgt kein anderes Motiv hinter dem, was er sagt. Er glaubt an seine eigenen Worte. Sie sind es, die ihn vorantreiben.

Doch was sind das für Worte?

Letztendlich geht es um Wahrheit und Wahrhaftigkeit, um Lügen und Sünde und ihre religiöse Bedeutung. Er hat nicht den philosophischen Ansatz gewählt, nach dem Wahrhaftigkeit eine allgemein gültige Regel ist. Sein Ansatz dreht sich speziell um die Erlösung nach dem Tod. Was sagt mir das?

Er wurde katholisch erzogen.

Ich nicke mir selbst zu. Ja. Er ist nach katholischen Grundsätzen und Wertvorstellungen erzogen worden, dem Hin und Her von Schuld und Sühne, Sorge und Hoffnung, gemischt mit Selbstverachtung und der Vergebung der Sünden. Er ist mit dem gekreuzigten Christus aufgewachsen und mit der damit verbundenen Dankesschuld.

Und warum hat er das Bedürfnis, aller Welt davon zu erzählen?

Weil er meint, dass die Welt nicht zuhört.

Die Welt? Nein. Da ist die sichtbare Manifestation. Wir haben es hier mit einem Serienkiller zu tun. Mit einem Mann, der einen starken Glauben hat und fest entschlossen ist, seine Botschaft zu verkünden. Ein Mann, der zwanzig Jahre oder mehr damit verbracht hat, nach Frauen mit dunklen Geheimnissen zu suchen, um sie vor laufender Kamera zu töten. Wie man es auch sieht – und was immer das vorgebliche Glaubenssystem sein mag, das um die Tat herum konstruiert wird –, Mord ist und bleibt ein Akt der Wut. Es kann Wut auf die getötete Person sein, ist es aber nicht zwangsläufig. Gerade bei Serienmördern ist es fast immer eine fehlgeleitete Wut. Der Hass auf Mom oder Dad zum Beispiel, die er wieder und wieder und wieder ermordet.

Irgendjemand oder irgendetwas hat an einem bestimmten Punkt in seinem Leben nicht zugehört. Jemand oder etwas, das ihm nahestand, das ihm wichtig war, das eng verbunden war mit seinem Selbstwertgefühl. Doch er wurde ignoriert, und das hat ihn wütend gemacht, *sehr* wütend, und jetzt trägt er dafür Sorge, dass seine Botschaft nie wieder einfach so unter den Teppich gekehrt wird.

Wie lautet seine Botschaft?

Einfache Worte. Er hat sie auf zahlreiche unterschiedliche Weisen gesagt.

Lüge nicht vor Gott.

Doch seine Logik hat einen Fehler, wird mir bewusst. Ein riesiges, klaffendes Loch in seiner Argumentation: Die Menschen, die er umgebracht hat, haben ihre Sünden bereits gebeichtet. Sie haben das getan, was sie seinen Worten zufolge erst noch tun sollten. Sie haben sich im Beichtstuhl hingekniet, haben nach den richtigen Worten gesucht und mit sich gerungen, bis sie den Mut fanden, diese Worte auszusprechen.

Vielleicht bedenkt er nicht, dass seine Opfer fehlbar waren. Vielleicht waren sie keine Vorbilder für das, was man *nicht* tun soll, sondern Beispiele für das, was man *tun* soll. Vielleicht ist es gerade die Tatsache, dass sie bereits gebeichtet und deswegen einen Platz zur Rechten Gottes sicher haben, die ihn ohne Schuldgefühl töten ließ. Vielleicht liefert es ihm die Entschuldigung, die er braucht, um gegen das Gebot »Du sollst nicht töten« zu verstoßen.

Oder ist das der Punkt, an dem es mit ihm durchgeht? An dem er verrückt wird? Er hat sich selbst eine Kirche aus Gedanken und Ideen errichtet, doch er hat sie auf Mord erbaut, aus den Knochen seiner Opfer.

Vielleicht ist er trotz seinem Gerede über die Wahrheit derjenige, der am meisten von allen lügt.

Bei diesem Gedanken muss ich lächeln. Mir gefällt die Vorstellung, dass er sich selbst und seine Prinzipien verrät. Sie gefällt mir sogar sehr.

Du bist nicht anders als alle anderen. Du bist genau wie die anderen Ungeheuer. Du sprichst nicht mit Gott, du sprichst nicht mit mir … letzten Endes sprichst du mit Leuten, die du einmal gekannt hast, und ganz egal, wie laut du schreist, sie werden dir wahrscheinlich niemals zuhören.

Es ist zehn Uhr. Alle sind zurück in der Todeszentrale und hören zu, als James uns über die Ergebnisse der Telefonaktion informiert.

»Wir konnten ungefähr neunzig Prozent der Opfer in den letzten fünf Jahren bestimmten Kirchengemeiden zuordnen. Außerhalb dieser Zeitspanne sinkt der Prozentsatz, weil die Gemeindepriester versetzt wurden.«

Daran habe ich nicht gedacht, doch es ergibt Sinn. Die katholische Kirche hat eine Personalfluktuation wie jedes andere Unternehmen auch.

»Und noch etwas ist bemerkenswert«, führt James weiter aus. »Bei allen Opfern, die wir einer bestimmten Kirchengemeinde zuordnen konnten, konnten die Priester sich meist auf Anhieb an die jeweilige Person erinnern. Es waren fast ausnahmslos Leute, die ganz unten waren, sich aber wieder gefangen hatten. Es gab ein paar Ausnahmen, doch in den meisten Fällen trifft es zu.«

»Es würde mit seiner Agenda übereinstimmen«, sage ich. »Diejenigen, die gebeichtet haben, haben ihr Leben geändert.«

»Ja, er wählt sie mit Bedacht aus. Auch die Kirchen, in denen er seine Opfer gefunden hat, ähnelten bis auf wenige Ausnahmen der Erlöserkirche von Vater Yates. Sie werden von Priestern geleitet, die den Leuten mit den größten Schwierigkeiten zu helfen versuchen.«

»Leute, die in ihrer Vergangenheit vermutlich schlimme Dinge erlebt haben«, führt Alan aus. »Und die außerdem mit größter Wahrscheinlichkeit nicht vermisst werden.«

»Und jetzt die schlechte Nachricht«, sagt James. »Keiner der Priester, mit denen wir gesprochen haben, kann sich an einen Fremden erinnern, der sich im fraglichen Zeitraum, als die Opfer verschwanden, im Dunstkreis der Kirche herumgetrieben hat.«

»Absolut niemand?«, frage ich nach.

»Leider. Dabei haben wir die Frage sehr gezielt gestellt: ›Erinnern Sie sich an eine Person, die zu der Zeit, als das Opfer verschwand, nicht mehr in Ihrer Kirche erschienen ist?‹ Keine einzige positive Antwort.«

Ich weiß nicht, was ich sagen soll. Dabei ist James' Information eigentlich nicht sehr überraschend. Der Prediger war zweifellos extrem vorsichtig, und die meisten Menschen sind keine guten

Beobachter – aber dass sich absolut *niemand* erinnert? Das ist eigenartig.

»Was ist mit Reinigungspersonal?«

»Die meisten Gemeinden haben nicht das Geld, um Leute zu bezahlen, die zum Saubermachen kommen. Diese Arbeit wird von Gemeindemitgliedern ehrenamtlich erledigt.«

»Okay«, sage ich. »Gehen wir mehr ins Detail. Er braucht Zugang zum Beichtstuhl, und er muss sich einfügen … in die Gemeinde, in die gesamte Umgebung. Die Kirchen, die uns interessieren, sind relativ klein, sodass die Gemeindemitglieder sich untereinander ziemlich gut kennen dürften. Es muss schwer für einen Fremden sein, unter diesen Voraussetzungen nicht aufzufallen.«

»Er könnte sich als Pennbruder ausgegeben haben«, sagt Callie. »Ein Verlierer und Außenseiter, so wie die anderen.«

»Warum erinnern die Priester sich dann nicht an ihn? Zumal er verschwunden ist, nachdem er sich sein Opfer geholt hatte. Außerdem haben wir es wahrscheinlich mit Priestern zu tun, die es gewohnt sind, die Augen offen zu halten, weil die soziale Zusammensetzung ihrer Gemeinden problematisch ist. Wie beispielsweise bei Vater Yates. Er weiß nur zu gut, dass er nicht vor einer Schar unschuldiger Lämmer predigt.«

James' Handy summt.

»Was gibt's? Was? Okay. Danke.« Er klappt das Gerät zu. »Das waren unsere Computerspezialisten. Der Prediger hat einen neuen Versuch gestartet, einen Clip auf User-Tube hochzuladen. Die Computerleute haben den Videoclip abgefangen und schicken ihn per E-Mail an mein Postfach. Der Clip ist anders, sagen sie.«

»Anders? Inwiefern?«, frage ich.

»Es gibt kein Opfer. Doch er lässt uns wissen, dass es bald ein neues Opfer geben wird.«

»Ich stelle fest, dass die Polizeibehörden hartnäckig bemüht sind, meine Videoclips von der Webseite zu entfernen, auf der ich meine Arbeiten veröffentliche. Das ist verständlich und kommt alles andere als unerwartet. Es spielt auch keine so große Rolle mehr. Die Clips, die ich bisher hochgeladen habe, haben bereits ihren Weg auf Festplatten auf der ganzen Welt gefunden. Sie werden via Newsgroups, E-Mail und über andere virale Video-Webseiten verbreitet. Es ist die Natur des Internet. Das ist auch der Grund, warum ich es als mein bevorzugtes Medium erwählt habe.

Jedenfalls, von diesem Punkt an wird es ein wenig schwieriger, muss ich gestehen. Die Polizei- und Justizbehörden werden alles tun, um zu verhindern, dass meine Botschaft nach draußen gelangt. Aber auch das kommt nicht unerwartet. Aus diesem Grund ist dieser Clip speziell an Sie gerichtet – Sie, die mich jagen, wer immer Sie sein mögen. Ich habe Ihnen alles an die Hand gegeben, was Sie benötigen, um mich zu finden. Falls Ihnen das nicht gelingt, werde ich irgendwann in den nächsten achtundvierzig Stunden erneut töten.« Er zögert. Sein Daumen gleitet über die Perlen des Rosenkranzes. »Ich sage es noch einmal: Ich habe Ihnen alles gegeben, was Sie wissen müssen, um mich zu finden. Inzwischen sollten Sie auch erkannt haben, dass ich niemals lüge und meine Versprechen halte. Finden Sie mich.«

Damit endet das Video.

»Warum will er, dass wir ihn schnappen?«, fragt Callie.

»Das ist der nächste Schritt«, entgegne ich. »Er hat jetzt schon ein großes Publikum. Aber warte erst mal ab, bis er im Knast sitzt. Er wird eine echte Berühmtheit sein. Die Medien werden über ihn berichten, bis ihm die Nadel mit dem tödlichen Cocktail verpasst wird.«

»Womit er zum Märtyrer würde. Das ist wahrscheinlich ganz nach seinem Geschmack«, wirft James ein.

»Zurück zum Thema.« Ich gehe unruhig auf und ab. »Er hat gesagt, er habe uns bereits genug Informationen gegeben, dass wir ihn finden können. Er hat außerdem gesagt, dass er niemals lügt. Bei dieser Behauptung bin ich normalerweise skeptisch, aber in seinem Fall bin ich geneigt, es zu glauben, weil er *will*, dass wir ihn fassen. Wir übersehen irgendetwas. Aber was?«

Alan seufzt. »Mit logischen Problemen habe ich mich immer schon schwergetan. Wenn du den Burschen hast, überlass ihn mir zur Vernehmung – darauf verstehe ich mich. Aber das hier ist dein Gebiet, Smoky. Deins und das von James.«

»Es muss irgendetwas Einfaches sein …«, meint James, wobei er ein weiteres Mal die Namensliste auf der Tafel studiert. »Wir übersehen es, weil es offensichtlich ist. Wie den Beichtstuhl als Quelle seiner Informationen. Er war die ganze Zeit vor unseren Augen. Deshalb haben wir ihn anfangs nicht gesehen. Weil er ins Bild gehörte …«

»Weil er *zu* offensichtlich war«, sagt Jezebel.

»Genau. Verstecke eine Sache da, wo alle sie sehen können, nur ein klein wenig getarnt. Sie liegt an dem Platz, an den sie gehört, während wir nach etwas suchen, das verborgen zu sein scheint.«

Mir fällt wieder ein, was ich zu AD Jones gesagt habe: dass der Prediger im Flugzeug vermutlich eine Verkleidung benutzt hat, etwas Unauffälliges mit nur einem einzigen markanten Charakteristikum …

Irgendetwas in mir macht *Klick*.

Ich habe schon häufiger versucht, anderen dieses Phänomen zu erklären, dieses eigenartige Gefühl, das stets eine plötzliche Erkenntnis anzukündigen scheint, die mir wie aus dem Nichts zufliegt. Es ist, als würde ich einen Augenblick erstarren, mich in der Zeit verlieren, als würde ein Teil meines Bewusstseins für eine Millisekunde aussetzen, nur eine einzige Millisekunde. Wenn ich wieder bei mir bin, frage ich mich, was in jener winzigen Zeitspanne geschehen ist. Was habe ich verpasst? Die Antwort ist einfach: Ich habe gesehen, was ich hätte sehen müssen, war aber noch nicht so weit, es verstehen zu können. Ich gewinne die verlorene Zeit zurück, sobald ich es schließlich verstehe.

Genau das ist soeben geschehen, und ich frage mich: Was ist

es, was ich verstehen muss? Was ist das für ein Ding, das gesehen werden will?

»James«, sage ich, »zähl mir die Teile des Problems auf, eines nach dem anderen.«

Er fragt nicht warum. Wir haben dieses Spiel schon öfter gespielt.

»Wie wählt er seine Opfer aus? Basierend auf ihren Beichten. Weshalb hat er diese Möglichkeit? Weil er Beichtstühle verwanzt hat. In welchen Kirchen hat er das getan? In Kirchen, deren Gemeinden sich besonders um Menschen kümmern, die vom Schicksal gebeutelt wurden. Solche Gemeinden stehen meist besonders eng zusammen.«

»Halt. Warum stehen sie eng zusammen?«

»Gemeinsame Erfahrungen.«

»Nein«, entgegne ich. »Es liegt vor allem daran, dass außer ihnen selbst niemand diese Menschen so akzeptiert, wie sie sind, mit all ihren Fehlern.«

»Okay«, sagt James. »Was uns wieder zu unserem anfänglichen Problem führt: Menschen, die neu in eine solche Gemeinschaft kommen, werden sehr genau beobachtet. Umso mehr fällt es auf, wenn sie plötzlich verschwinden. Trotzdem erinnert sich niemand an einen Kerl, der ungefähr zur gleichen Zeit verschwunden ist wie sein Opfer in der betreffenden Gemeinde.«

Die Lösung liegt vor dir, vor aller Augen, vor aller Augen, vor aller Augen …

Die Worte bewegen sich durch mich hindurch wie Wellen, die sich nicht brechen. Es ist zum Verrücktwerden. Ich stelle mir vor, ich bin der Mond, ziehe die Wellen mit meiner Gravitation an. Sie kommen nahe heran, doch dann verschwinden sie, bevor sie die Küste erreichen.

»Weiter«, sage ich zu James.

»Er braucht Zugang, also muss er dort gewesen sein. Doch niemand erinnert sich an ihn.«

Ich richte mich kerzengerade auf.

Die Wellen treffen ans Ufer.

Vor aller Augen.

»Weil er eben *nicht* da war!«, sage ich aufgeregt. »Er weiß, welchen Gesetzmäßigkeiten die Gruppen gehorchen, die er infiltrieren muss.«

Die Vertrautheit, die dadurch entsteht, dass man einräumt, ein Ausgestoßener zu sein. Und die Leute, denen man dies gesteht, akzeptieren einen dennoch, weil sie ebenfalls Ausgestoßene sind.

»Du meinst, jemand hat mit ihm zusammengearbeitet?«, sagt James. »Was hilft uns das jetzt? Er würde immer noch vermisst, wenn er nach dem Tod seiner Opfer verschwindet.«

»Richtig. Nur dass er nicht verschwunden ist, nachdem die Opfer tot waren. Er hat noch eine Weile gewartet, ein paar Wochen, einen Monat vielleicht, und ist dann erst gegangen. Er braucht kein Alibi, weil er genau wie der Rest der Gemeinde die ganze Zeit da war, während das Opfer entführt und getötet wurde.«

James runzelt die Stirn. »Das sind eine Menge Vermutungen.«

»Aber es sind logische Vermutungen, meinst du nicht?«

»Sie ergeben Sinn«, räumt er ein.

»Wir müssen sämtliche Priester noch einmal anrufen. Diesmal müssen wir unsere Fragen ausweiten und uns nach Männern erkundigen, die sich nicht *sofort* nach dem Verschwinden der Opfer aus der Gemeinde zurückgezogen haben, sondern erst einige Zeit später. Außerdem müssen sie den Opfern nahegestanden haben. Es gehört für sie dazu. Informationen sammeln, sich mit dem Leben des Opfers vertraut machen …«

»Richtig«, sagt Alan. »Und diese Opfer sind instabile Menschen, die häufig den Wohnort wechseln oder durchs Land ziehen. Also muss es schnell gehen: die Wanze im Beichtstuhl anbringen, ein Opfer finden, zuschlagen. Sie können es sich nicht leisten zu verschwinden und später wiederzukommen. Sie würden Gefahr laufen, dass ihr ausgewähltes Opfer sich inzwischen aus dem Staub gemacht hat. Deshalb müssen sie konzentriert bei der Sache bleiben und vor Ort ausharren, bis sie ihr Ziel erreicht haben. Und deshalb …«

»Ja?«

»Deshalb müsste zwischen den einzelnen Morden eigentlich ziemlich viel Zeit vergehen. Ein Opfer finden, es entführen, filmen, töten und dann weiterziehen … das muss verdammt gut geplant werden. Das braucht eine Menge Logistik. Trotzdem haben wir drei Tote in weniger als zwei Wochen: Lisa Reid, Rosemary Sonnenfeld und Valerie Cavanaugh. Wenn ihr mich fragt, musste er sich bei wenigstens einem dieser Opfer selbst ins Zeug legen, um die erforderlichen Informationen zu sammeln, meint ihr nicht?«

»Guter Gedanke«, sagt Callie. »Aber bei welchem Opfer?«

»Lisa Reid«, sagt James und spricht damit den Namen aus, an den auch ich denke. »Es muss so sein. Sie ist die einzige Abweichung … das einzige Opfer, das nicht als Frau geboren wurde. Sie ist außerdem diejenige, die er benutzt hat, um uns auf sich aufmerksam zu machen.«

Erneut spüre ich, wie sich Aufregung in mir ausbreitet. Die Wellen rollen heran, gischtend und tosend, und drohen alle gleichzeitig das Ufer zu erreichen.

»Wir müssen uns im Moment auf diese beiden konzentrieren«, sage ich. »Auf Lisa und Rosemary. Wie ist er überhaupt auf Lisa gekommen? Wie ist sie auf seinem Radar aufgetaucht? Sie hat sich nicht in seinen normalen Jagdgründen bewegt. Sie ist nicht zu ihm gekommen – er war hinter ihr her. Woher also wusste er überhaupt von ihr? Rosemary ist eines seiner letzten Opfer, und wir haben einen Anlaufpunkt in Vater Yates. Er muss sich an irgendetwas erinnern, an irgendjemanden, der ihr nahestand, der …«

Ich verstumme, als eine *gigantische* Welle ans Ufer rollt, donnernd und krachend, und die Gischt ist wie ein Nebel.

Vor meinen Augen, direkt vor meinen Augen.

Die Nebel lichten sich.

»Er hat es mir gleich zu Anfang gesagt«, flüstere ich.

»Wer hat was gesagt?«, fragt Callie.

»Yates. Wir wollten mit Rosemarys Freundinnen reden, aber sie hatte nur eine einzige – Andrea, die Ex-Polizistin.« Ich schlucke. Blicke Alan an. »Ruf Yates an. Finde Andreas Nachnamen heraus und überprüfe ihren Hintergrund. Ich habe das dumme Gefühl, dass wir einem Schwindel aufgesessen sind und dass sie schon lange nicht mehr existiert.«

KAPITEL 36

»Lisa Reid war gewissermaßen ein interner Skandal für die Kirche«, sagt Kardinal Ross. »Der Gemeindepriester ist ein jüngerer Mann, Vater Strain. Er gehört zu einer kleinen, jedoch wachsenden Gruppe junger, aufgeweckter Geistlicher, die zwar respektvoll, aber kritisch sind gegenüber Rom, was sich verschiedentlich in Ansichten äußert, die von denen ihrer Kirchenoberen abweichen.«

»Ich nehme an, einer Transsexuellen die Beichte abzunehmen, würde dazu passen?«

»Ja und nein.«

»Wie meinen Sie das?« Ich runzle die Stirn.

»Die Haltung der Kirche gegenüber der Homosexualität ist unverändert. Homosexualität gilt als Sünde. Individuen, die ihr Geschlecht wechseln – also Homosexuelle, die sich mithilfe der modernen Medizin so verändern lassen, dass ihr Äußeres ihren inneren Wünschen entspricht –, werden als effeminiert angesehen. Die Veränderung des Körpers wird von der Kirche als nicht hinreichend betrachtet, um die Wahrheit zu überdecken, dass sie so geboren wurden, wie Gott sie erschaffen hat.«

»Also ist eine Person, die ihr Geschlecht gewechselt hat, für die Kirche ein Homosexueller.«

»Ja.«

»Sie sagten ›effeminiert‹. Was ist mit Frauen, die zu Männern werden?«

»Beide werden nach den gleichen Maßstäben beurteilt. Homosexualität ist eine Sünde.«

»Und was macht ein Homosexueller, der römisch-katholisch sein möchte?«

»Er kann das Sakrament der Buße erhalten und ist auch aufgefordert, es zu empfangen, bis er beschließt, sein Leben zu ändern und wieder zu dem zu werden, als das Gott ihn erschaffen hat, so wie die Bibel es verlangt. Wenn er nicht imstande ist, vollkommen ›normal‹ zu leben und einen Partner zu heiraten, der dem anderen Geschlecht angehört, wird von ihm zumindest Keuschheit erwartet. Bis es so weit ist, dürfen Homosexuelle weder die heilige Kommunion noch die anderen Sakramente empfangen.«

»Das verstehe ich nicht. Was ist dann der Grund für den Konflikt mit diesem Vater Strain?«

»Es gibt zwei Gründe. Erstens hat Dexter Reid von Vater Strain die heilige Kommunion erhalten.«

»Und der andere Grund?«

»Gemeindemitglieder haben sich beschwert. So etwas hängt sehr davon ab, wo Sie leben, Agentin Barrett. Einem Homosexuellen in einer Kirche in Los Angeles mag durchaus eine andere Behandlung widerfahren als in einer Gemeinde in Texas.«

»Ich verstehe.«

»Vater Strain wurde lediglich ermahnt. Er wurde angewiesen, Dexter Reid keine heilige Kommunion mehr zu geben und vorsichtiger in seinem Umgang mit Dexter zu sein. Doch Vater Strain hat sich geweigert.«

»Was geschah mit ihm?«

»Nichts.«

Dieses »Nichts« hat einen Beiklang, der in mir den Verdacht aufkommen lässt, dass drei Worte fehlen: »Für den Augenblick.«

»Was wird mit ihm geschehen?«

»Das liegt in Gottes Hand.«

Ich kichere und schüttle den Kopf. In gewisser Hinsicht ist es tröstlich zu sehen, dass eine Bürokratie eine Bürokratie eine Bürokratie ist – überall auf der Welt. Irgendetwas sagt mir, dass Vater Strain keine Beförderung mehr erwarten kann. Aber vielleicht ist es ihm egal.

»Also gut, Kardinal Ross. Wie könnte Lisa Reid die Aufmerksamkeit des Predigers auf sich gezogen haben? Durch Zeitungsberichte?«

»Es ist in keinem größeren Blatt erschienen, von dem ich wüsste. Sicher, es gab ein paar Erwähnungen in katholischen Blogs im Internet und in einigen Newslettern. Selbst in der katholischen Kirche wird gelegentlich eine Debatte über Homosexualität geführt und darüber, wie man die Homosexuellen am besten zu Gottes Gnaden führen kann. Ein Thema, das hitzige Reaktionen hervorruft, wie Sie sich bestimmt vorstellen können.«

»Das könnte die Verbindung sein«, sage ich nachdenklich. »Vielleicht liest er religiöse Blogs …«

»Halten Sie es für möglich, dass Vater Strain in Gefahr ist, Agentin Barrett? Dieser Mörder, dieser Prediger … würde er Vater Strain etwas antun, weil dieser Dexter Reid in die Gemeinde aufgenommen hat?«

Mir fällt auf, dass wir die Debatte, die der Kardinal erwähnt hat, im Hier und Jetzt fortsetzen. Ich spreche von Lisa, er von Dexter, und doch reden wir von der gleichen Person. Dass Kardinal Ross von »Dexter« spricht, kommt mir herablassend und abwertend vor.

»Das glaube ich nicht«, beantworte ich seine Frage. »Lisa war ein Werkzeug für ihn und bot ihm die Möglichkeit, unsere Aufmerksamkeit auf sich zu ziehen und auf das, was er getan hat. Er wollte mit einem Paukenschlag aus der Anonymität hervortreten. Lisa passte da großartig in seinen Plan, schon wegen der politischen Verbindungen ihrer Familie. Virginia liegt weit außerhalb seines üblichen Jagdreviers. Ich nehme an, er hat seinen Plan in die Tat umgesetzt und ist dann verschwunden. Ich muss trotzdem mit Vater Strain sprechen, unbedingt.«

»Ich verstehe.«

Alan steckt den Kopf ins Büro. »Ich hab da etwas ...«, sagt er aufgeregt.

»Bitte entschuldigen Sie, Kardinal. Ich danke Ihnen für Ihre Hilfe.«

»Ich stehe Ihnen zur Verfügung, wann immer Sie mich brauchen, Agentin Barrett.«

Jede Wette, dass du zur Verfügung stehst, denke ich, nachdem ich aufgelegt habe. *Kannst keine weiteren Skandale gebrauchen, wie?*

Der Diskurs über Homosexualität und seine beharrliche Weigerung, Lisa bei ihrem selbstgewählten Namen zu nennen, hat einen Teil meines alten Zorns auf die katholische Kirche wieder aufgerührt. Es hat eine Zeit gegeben, da habe ich die Reinheit des Gebets geliebt. Nur Gott und ich allein. Es war ganz unkompliziert, und es steckte eine friedvolle Wahrheit dahinter. Ich habe die Intoleranz und die Unwilligkeit, hinter die Dinge zu schauen und weiterzudenken, niemals verstanden. Es sieht so aus, als hätte sich seit damals nicht viel verändert.

»Was liegt an?«, frage ich Alan.

»Andrea hat Vater Yates gesagt, ihr voller Name sei Andrea True.«

»Und?«

»Es ist ein falscher Name. Bei der Polizei in Ohio jedenfalls hat nie eine Andrea True gearbeitet. Keine Andrea True im AFIS oder im CODIS, nichts. Wo wir auch nachsehen, überall Fehlanzeige.«

»Vielleicht ist sie eine Durchreisende, die einen falschen Namen angegeben hat«, meint Callie.

»Das wäre ein ziemlicher Zufall«, sagt Alan, und seine Stimme klingt mehr als zweifelnd.

Ich schüttle den Kopf. »Nein. Sie steckt in der Sache mit drin.«

Und los geht's, denke ich. *Wir sind über den Berg. Von jetzt an nimmt die Geschichte Fahrt auf.*

»Callie, du kommst mit mir zu Vater Yates. Nimm deine forensische Ausrüstung mit. Alan, setz dich telefonisch mit Vater Strain in Virginia in Verbindung. Quetsch ihn noch einmal nach jedem aus, der mit Lisa Reid befreundet war oder der sich für sie interessiert hat. Geh diesmal anders herum vor – such nach der Person, die er am wenigsten von allen verdächtigen würde.«

»Verstanden.«

Vater Yates sieht immer noch betrübt aus. Ich habe ein schlechtes Gewissen, weil ich alles noch schlimmer für ihn machen werde.

»Andrea True ist ein falscher Name, Vater«, sage ich zu ihm.

»Das ist nicht ungewöhnlich in dieser Gemeinde.«

»Es gibt keine Andrea True, die jemals für irgendeine Polizeibehörde in Ohio gearbeitet hat.«

Er streicht sich mit den Händen durchs Haar. Sein Blick schweift zum Kruzifix über dem Altar. Wie oft jeden Tag mag er diesen Erlöser, von dem die Farbe abblättert, trostsuchend anschauen?

»Sie glauben, dass Andrea für den Prediger gearbeitet hat, nicht wahr?«

»Das glaube ich, ja.«

Ich erkläre ihm, wie ich zu dieser Schlussfolgerung gelangt bin. Er lässt die Schultern immer mehr hängen, und es wird noch schlimmer, als ich ihm die wahrscheinliche Vorgehensweise schildere: die Infiltration der Kirchengemeinde, das Verwanzen des Beichtstuhls, das Aussuchen eines Opfers, die allmähliche Annäherung, das Weiterreichen des Opfers an den Komplizen und so weiter. Und schließlich, nach dem Verschwinden des Opfers, das Verweilen in der Gemeinde, um jeden Verdacht von sich abzulenken.

Vater Yates will es nicht wahrhaben, doch er hat zu viele Jahre in zu großer Nähe zu menschlichem Abschaum verbracht, als dass er Beweise für die Existenz des Bösen bestreiten würde, wenn man sie ihm vorlegt.

»Alles, was Sie sagen, erscheint logisch, so wahr mir Gott helfe.

Andrea ist von hier weggezogen an dem Tag, nachdem Sie mit ihr gesprochen hatten. Sie sagte, es wäre Zeit, nach Hause zurückzukehren und das Leben wieder in den Griff zu bekommen.« Seine Stimme klingt bitter. »Ich habe ihr vertraut. Ich habe sie aufgenommen, ich gab ihr die heilige Kommunion und das Sakrament der Beichte. Ich hielt sie in den Armen, als sie mir von ihrem toten Sohn erzählte und um ihn weinte.«

Callie hat die ganze Zeit geschwiegen. Jetzt meldet sie sich zu Wort.

»Manchmal sind diese Menschen großartige Schauspieler«, sagt sie. »Es ist keineswegs so, dass Sie blind oder dumm wären. Es liegt daran, dass die Leute Oscar-reife Vorstellungen abgeben, wenn es sein muss.«

Vater Yates lächelt ihr halbherzig zu, doch er scheint ihren Worten keinen rechten Trost abgewinnen zu können.

»Wie kann ich Ihnen helfen?«, fragt er.

»Ich vermute, Andrea hat etwas für uns zurückgelassen. Absichtlich. Es ist ein Endspiel für sie und den Prediger. Sie wollen, dass wir sie fassen, doch sie wollen auch, dass wir uns dafür abrackern. Der Prediger hat gesagt, dass alles da sei, was wir brauchen, um sie zu finden.«

»Gibt es in dieser Kirche etwas, mit dem Andrea regelmäßig in Berührung gekommen ist?«, fragt Callie. »Irgendetwas, das sie häufig angefasst hat oder für das sie ein auffällig großes Interesse zeigte?«

Yates' Augen weiten sich.

»Was ist es, Vater?«, frage ich.

»Der Kelch. Sie hat gefragt, ob sie die Aufgabe übernehmen dürfe, ihn zu reinigen. Sie sagte, dass sie ihn gerne berühren würde, weil sie sich dadurch näher bei Gott fühlte.«

»Das stimmt möglicherweise sogar«, sage ich.

»Können wir diesen Kelch sehen?«, fragt Callie.

»Selbstverständlich. Warten Sie bitte.«

Er geht und kommt ein paar Sekunden später mit einem

blauen Schnürbeutel zurück. Er bedeutet uns, nach vorne zum Altar zu treten.

»Bitte stellen Sie ihn ab, Vater«, sagt Callie.

Er tut wie geheißen.

Vater Yates und ich beobachten, wie Callie ein Paar Handschuhe anzieht. Sie greift nicht in den Stoffbeutel, um den Kelch hervorzunehmen. Stattdessen öffnet sie den Beutel und streift ihn nach unten. Der Kelch darin ist golden und strahlt trotz des schwachen Lichts in der abendlichen Kirche.

Callie nimmt eine Ultraviolett-Taschenlampe und untersucht die Außenseite.

»Nichts zu sehen«, sagt sie schließlich. »Kein einziger Fleck.«

Enttäuschung steigt in mir auf; dann aber kommt mir ein Gedanke.

»Sieh auf der Unterseite nach, am Boden. Wahrscheinlich wird diese Stelle beim Reinigen meistens übersehen. Wenn Andrea uns einen Tipp hinterlassen wollte, hat sie bestimmt dafür gesorgt, dass er nicht versehentlich beseitigt wird.«

Callie dreht den Kelch auf den Kopf und beleuchtet mit ihrer Lampe den Boden. Ein Lächeln erscheint auf ihrem Gesicht, und sie schaut mich an.

»Bingo. Ein hübscher großer Daumenabdruck. So klar wie der helllichte Tag.«

Wieder erfasst mich dieses elektrisierende Gefühl. Es ist nicht das Finale, doch wir sind auf dem Weg dorthin.

Callie macht den Abdruck mit Aluminiumpulver sichtbar und nimmt ihn mit klarem Klebefilm ab. Sie klebt den Abdruck auf einen weißen Karton. Anschließend fertigt sie digitale Aufnahmen des Abdrucks an, sodass wir eine Sicherungskopie besitzen für den Fall, dass mit der Karte irgendetwas passiert.

Die Kamerablitze wirken fremd. Wie ein von Menschenhand gemachtes Gewitter. Jesus am Kruzifix und der Altar werden für einen Sekundenbruchteil aus dem Halbdunkel gerissen und sind im hellen Tageslicht, ehe sie in die Schatten zurückkehren, in denen trüb das Kerzenlicht flackert. Der Kelch erstrahlt so hell, als würde er glühen.

Ich starre darauf und frage mich, wann genau das alles passiert ist. Wie bin ich hierhergekommen? Als kleines Mädchen habe ich aus einem ähnlichen Kelch getrunken, und es bedeutete, dass ich Gott nahe war. Heute ist die Bedeutung eine andere. Heute verrät mir der Kelch, dass in der Nähe ein Ungeheuer lauert.

Ist es eine Entscheidung?, frage ich mich. *Die Ungeheuer oder Gott? Ist es möglich, den Bestien so nahezukommen wie ich, sie so gut zu verstehen, und trotzdem noch Platz für einen Gott zu haben?*

Die Kamera blitzt, und ich kneife die Augen zusammen wegen der plötzlichen schmerzhaften Helligkeit – einem Licht, das rein gar nichts mit Gott zu tun hat.

»Das wäre alles für den Augenblick«, sagt Callie.

Ich wende mich an Vater Yates. »Wir müssen den Kelch mitnehmen, Vater.«

Er verzieht das Gesicht. »Tun Sie sich keinen Zwang an. Er ist nicht mehr für unsere Zwecke geeignet, soweit es mich betrifft.«

»Sie meinen, der Daumenabdruck löscht die Gegenwart Gottes aus?«, frage ich. »Mir scheint, als würden Sie Andrea große Macht zusprechen.«

Er lächelt jenes Lächeln, das ich gesehen habe, als ich ihm von meiner eigenen Verbitterung und meinem Abfall vom Glauben berichtete. Ein Teil Toleranz, zwei Teile Mitgefühl, Wärme und Liebe.

»Nein, das ist es nicht«, sagt er. »Ich will nur nicht, dass irgendeine noch so kleine Hinterlassenschaft dieser Ungeheuer bei der heiligen Kommunion dabei ist und sie entweiht. Sie haben es nicht verdient.«

Vater Yates ist betrübt wegen der Ereignisse in jüngster Vergangenheit, doch sein Glaube ist deswegen noch lange nicht ins Wanken geraten. Die Unsicherheit, was die Existenz Gottes und seine Güte angeht, ist mein Gebiet, nicht seins. Er war stets ein Mann des Glaubens.

»Wofür werden Sie jetzt beten, Vater?«

»Für die Gerechtigkeit.«

Ich verziehe den Mund, als noch mehr von dieser dunklen Bitterkeit in mir aufsteigt. Sie scheint unerschöpflich zu sein.

»Meine Art von Gerechtigkeit?«, frage ich. »Oder die Gerechtigkeit Gottes?«

»Ich muss nicht um Gottes Gerechtigkeit beten. Sein Urteil ist unfehlbar. Also wird es wohl so sein, dass ich für Ihre Art der Gerechtigkeit bete, Smoky.«

»Wir sind ihnen dicht auf den Fersen«, sagt Callie auf der Rückfahrt. »Nicht mehr lange und wir wissen, wer sie sind.«

»Ja.«

»Es muss schön sein, einen so tiefen Glauben zu haben wie dieser Priester.«

»Ja, wahrscheinlich. Du glaubst also nicht?«

Sie lacht und schiebt sich ein Vicodin in den Mund, das sie schon in der Hand gehalten hat.

»Ich glaube an mich und an ein paar wenige Auserwählte. Das allein ist schon schwer genug.«

Amen, denke ich.

»Wie sieht es mit dir aus?«, fragt sie.

»Frag mich, nachdem wir ihn geschnappt haben. Aber ich verrate dir etwas anderes – allerdings nur, wenn du dein großes Maul geschlossen halten kannst.«

»Wie gemein von dir!«, seufzt sie. »Also schön, einverstanden. Erzähl's mir.«

»Tommy und ich ziehen zusammen. Mitten in all diesem Mist bleibt mir wenigstens das. Und weißt du was? Vater Yates hat eine wichtige Rolle dabei gespielt.«

Callie schweigt sekundenlang. Dann sagt sie schlicht: »Ich freue mich für dich, Smoky.« In ihrer Stimme klingt unendliche Erleichterung mit. Ich bin erstaunt, bis ich ihr in die Augen sehe und begreife.

»Du hast dir viel zu viele Gedanken um mich gemacht, Callie. Hast du mir etwa nicht zugetraut, dass ich wieder in Ordnung komme?«

Sie schenkt mir eines von ihren Tausend-Megawatt-Lächeln.

Ich strecke die Hand aus, um Callie zu berühren, ziehe sie dann aber wieder zurück. Vertraulichkeiten mit Callie sind ein Kapitel für sich.

KAPITEL 37

»Vater Strain hat sich auf Anhieb erinnert«, sagt Alan. »Als ich ihm erklärt habe, wonach ich suche und aus welchem Grund, ist es ihm sofort wieder eingefallen. Ein Mann im Rollstuhl war zu ihm gekommen. Der Mann war Trinker gewesen und im Suff vor einen Wagen getaumelt. Es endete damit, dass er von den Hüften abwärts gelähmt blieb. Er und Lisa Reid haben sich blendend verstanden.«

»Warum tauchte sein Name nicht auf, als Lisa ermordet wurde?«

»Er war gerissen. Hat irgendeine Geschichte von einer Tochter erzählt, mit der er sich ausgesöhnt hatte. Er ist angeblich schon ein paar Tage vor Lisas Reise nach Kalifornien abgeflogen. Ich schätze, dass er Ambrose zu diesem Zeitpunkt schon getötet hatte. Wahrscheinlich hat er sich in Ambroses Haus aufgehalten, bis Lisa aufbrach. Dann ist er ihr nach Texas und zurück gefolgt.«

Alles ergibt Sinn und verstärkt das Bild, das wir bereits von ihm haben. Intelligent, entschlossen, organisiert. Bei sämtlichen vorhergehenden Morden hat er »Andrea« vorgeschickt, um das Opfer zu lokalisieren. Sie war das öffentliche Gesicht. Und mit Lisa ist er an die Öffentlichkeit getreten. Es muss sehr befriedigend gewesen sein.

»Alan, du musst den Platz mit Callie tauschen und den Fingerabdruck aus Vater Yates' Kirche mit den Datenbanken abgleichen. Callie, du setzt dich telefonisch mit der Forensik in West

Virginia in Verbindung. Sie sollen in der Kirche von Vater Strain nach einem entsprechenden Fingerabdruck suchen.«

»Meinst du, der Abdruck ist auf dem Kelch?«

»Da würde ich jedenfalls zuerst suchen.«

Möglich, dass er nicht widerstehen konnte. Kein weiteres Verstecken mehr, richtig? Er hat wahrscheinlich gegrinst, ohne es zu wissen, als er seinen Abdruck für uns hinterlassen hat.

»Volltreffer!«, ruft Alan.

Ich haste zu seinem Schreibtisch. Auf seinem Computermonitor ist ein Foto von Andrea True. Sie ist jünger auf dem Bild, das Haar ist kürzer, doch es ist unverkennbar die gleiche Person.

»Frances Murphy«, lese ich. »Warum sind ihre Abdrücke in der Datenbank?«

»Sie hat ein Vorstrafenregister.« Er scrollt nach unten. »Hier, sieh dir das an: Sie hat einen katholischen Priester tätlich angegriffen. Der Priester wurde später wegen Kindesmissbrauchs verhaftet und, warte … keine mildernden Umstände vor Gericht, weil Frances nicht zu den Kindern gehörte, an denen der Priester sich vergangen hatte. Er stand auf Jungs.«

»Hatte Frances Komplizen?«

Er drückt eine Taste, und drei Worte erscheinen, die mir den Atem stocken lassen.

»Bruder, Michael Murphy«, lese ich laut. »Sieh nach, was wir über ihn haben.«

Michael Murphys Foto erscheint auf dem Bildschirm. Er ist eine männliche Version seiner Schwester und besitzt die gleichen großen, traurigen Augen. Er ist attraktiv, ohne ein Schönling zu sein. Er hat ein ausdrucksstarkes Gesicht und strahlt Intensität aus. Ein Typ, der bestimmt keine Probleme mit den Frauen hat.

»Er hat bei dem tätlichen Angriff auf den Priester mitgemacht«, liest Alan vor. »Das ist zwanzig Jahre her. Auch hier keine mildernden Umstände. Er gehörte ebenfalls nicht zu den belästigten Kindern.«

»Was noch?«

Ein paar Klicks später erscheint das gemeinsame Register der beiden.

»Ein Familienunternehmen«, stellt Alan fest.

Die Auflistung der Vergehen beginnt im Alter von achtzehn Jahren und setzt sich vier, fünf Jahre fort. Gelegenheitsdiebstahl, Scheckfälschungen … nichts Großes. Die Verurteilungen bei beiden gehen bis zum Alter von zweiundzwanzig Jahren ständig zurück. Danach ist nichts mehr – bis auf den Angriff auf den Priester.

»Sieh dir an, wann sie geboren sind«, sagt Alan.

»Zweiundzwanzigster Januar und zweiundzwanzigster … Januar?« Ich blinzle ungläubig. »Sie sind Zwillinge.«

»Und? Meint ihr, dass sie gut aussehen in gleichen Overalls?«

Kirbys Stimme lässt mich zusammenzucken. Sie hat sich von hinten an uns herangeschlichen. Ich war so vertieft in meine Arbeit, dass ich sie nicht bemerkt habe.

»Zwillinge, die ein Killerteam bilden?«, frage ich skeptisch. »Wie soll das funktionieren?«

»Er wird derjenige sein, der das Sagen hat«, mutmaßt Kirby. »Seht sie euch an. Sie ist schwach, das sieht man in ihren Augen.« Ihre Stimme trieft vor Verachtung. »Ich hatte es schon mal mit einem Bruder-Schwester-Killerteam zu tun, damals in … na ja, irgendwo anders. Morden schien bei denen in der Familie zu liegen. Selbst der gute Dad war Auftragskiller. Und ein ziemlich netter Typ obendrein.«

Ich starre sie an. Sie grinst.

»Schon gut, schon gut, ich hab verstanden«, sagt sie. »Ich rede später mit Callie. Viel Spaß noch mit Dick und Jane.«

Ich denke nach, als Kirby geht.

Sie ist schwach, hat Kirby gesagt. Ich denke über die falsche Andrea nach, die Intensität ihrer Beziehung zu dieser Rolle. Nein, ich kann Kirbys Einschätzung nicht teilen. Ich frage mich, ob die Narben auf ihrem Arm echt sind. Oder hat sie sich die Wunden irgendwann selbst zugefügt, um die Rolle einer gescheiterten Selbstmörderin bis zur Perfektion zu spielen? Die mögliche Antwort ist so bestürzend wie alles andere bei diesem Geschwisterpaar.

»Wir müssen sie finden, Alan.«

Jetzt kriegen wir dich, Prediger. Du und deine Schwester, ihr mögt alles geteilt haben, doch ihr werdet allein sterben, jeder für sich. Dafür sorge ich.

»Sie haben einen Fingerabdruck gefunden. Das Foto ist per E-Mail auf dem Weg hierher«, sagt Callie. »Gib mir eine Sekunde, um den Abdruck unserem Mr. Murphy zuzuordnen, und wir haben die Beweise, die wir brauchen.«

»Okay. Alan, wie weit bist du, was die möglichen derzeitigen Aufenthaltsorte der beiden angeht?«

»Ich arbeite noch dran.«

Die Tür zum Büro schwingt auf, und James marschiert zusammen mit Jezebel herein. Beide blicken grimmig.

»Wir haben eine neue Botschaft vom Prediger«, sagt James. »Ich habe nur den Anfang gesehen, aber er zeigt sein Gesicht und gratuliert uns, weil wir herausgefunden haben, wer er ist.«

»Scheiße!«, sagen Alan und ich unisono und starren uns an.

»Er scheint die Erlöserkirche weiterhin beobachtet zu haben«, sage ich. »Er wusste, dass es nur einen Grund geben konnte, warum wir dort aufgetaucht sind, und er weiß, dass wir den Daumenabdruck gefunden haben.«

»Glaubst du, dass er flieht?«, fragt Alan.

»Ich weiß es nicht. Ich denke, er will gefasst werden, aber jetzt, wo wir wirklich davor stehen …« Ich zucke die Schultern. »Zeig uns den Videoclip, James.«

James geht an seinen Schreibtisch, und wir alle, mit Ausnahme von Callie, drängen uns um den Bildschirm, um das Video zu sehen.

Es gibt diesmal keine weiße Schrift und keine schicke Einführung. Er kommuniziert mit uns, direkt und so nah an der Echtzeit, wie das Medium es gestattet. Der zweite Unterschied ist der, dass wir diesmal sein Gesicht sehen können.

Ich betrachte dieses Gesicht und erkenne, dass Michael Murphy mit sich selbst im Reinen ist. Er ist sich seiner Sache sicher. Er tut, was seine Bestimmung war, und er geht des Nachts nicht zu Bett und fragt sich, ob er auf der richtigen oder falschen Seite steht. Er ist gelassen, gefasst, zufrieden. Seine Stimme klingt beinahe freundlich.

»Ich habe erfahren, dass die Gesetzesbeamten, die mir auf der Spur sind, endlich herausgefunden haben, wer ich bin. Ich kann Ihnen gar nicht sagen, wie sehr mich das freut. Meine Schwester und ich haben zwanzig Jahre lang auf diesen Moment hingearbeitet. Zwanzig Jahre des Versteckens, des Planens, der Opfer und Entbehrungen.

Viele werden fragen: Warum? Wenn ihr etwas zu sagen hattet, warum habt ihr es nicht einfach gesagt? Ich denke, die Antwort auf diese Frage ist offensichtlich. Sehen Sie sich um. Sehen Sie, was aus der Gesellschaft heute geworden ist. Wir leben in einer Welt, in der die Vorstellung der menschlichen Seele mehr und mehr verhöhnt wird, falls man überhaupt daran denkt. Die Menschheit genießt in vollen Zügen das Fleisch, und das Fleisch glaubt nur an das, was es sehen kann.

Sprich zum Fleisch über Wahrhaftigkeit, und es rümpft die Nase und fragt: ›Wahrhaftigkeit? Was für eine Wahrhaftigkeit? Ich sehe keine Wahrhaftigkeit. Ich sehe Sex. Ich sehe Drogen. Ich sehe Sensationen.‹

Mir war klar, dass wir den Menschen Beweise präsentieren mussten, wenn wir unseren Standpunkt darlegen und sie zu Gott zurückbringen wollten. Sie mussten es mit eigenen Augen sehen. Mit eigenen Ohren hören. Erst dann würden sie begreifen.

Und es funktioniert, gepriesen sei Gott! Die Wirkung unseres Werkes ist bereits spürbar. Überall auf der Welt sind Diskussionen entflammt.« Er nimmt ein Blatt Papier vom Tisch auf und liest:

»›Der Prediger hat mir die Augen wieder geöffnet für die Hoffnung, die Ferne zwischen mir und Gott zu beseitigen, eine Ferne, die ich selbst geschaffen habe mit all den Lügen, von denen ich nicht lassen wollte. Ich habe auf das gehört, was er zu sagen hatte, bin in meine Kirche gegangen und habe seit zehn Jahren zum ersten Mal wieder gebeichtet.‹«

»Widerlich!«, sagt Callie und schürzt verächtlich die Lippen. »Hast du auch gebeichtet, dass du der gleichen Meinung bist wie ein Mörder?«

Unbehagen regt sich in mir. Auch mich hat der Prediger in den Beichtstuhl getrieben.

Ich mache es wieder gut, indem ich ihn schnappe.

»Das ist nur eine von vielen Reaktionen auf unser Werk. Natürlich stimmen mir längst nicht alle zu, doch der Punkt ist – sie reden darüber. Sie reden über Themen wie Wahrheit, Lüge, Sünde, Gott, Beichte und Erlösung. Die Flamme ist wieder entzündet, Lob sei dem Herrn. Versuche, meine Botschaft nicht nach außen dringen zu lassen, sind in der heutigen Welt hoffnungslos. Kopien von diesem und sämtlichen vorhergehenden Videos sind längst auf CD gebrannt und weltweit an Medien und Autoren, an Gläubige und Skeptiker versandt worden. Die Verbreitung der Botschaft mag verlangsamt werden können – aufhalten kann man sie nicht.«

»Da hat er leider recht«, sagt James.

»Ich bin überzeugt, dass meine Schwester und ich bald verhaftet werden.«

»Auch damit hat er recht«, sage ich.

»Wir sind froh darüber. Es ist der nächste Schritt auf dem Weg, den wir eingeschlagen haben. Es ist an der Zeit, dass wir persönlich predigen, dass wir für Diskussionen zur Verfügung stehen, für Interviews und Fragen. Bevor das geschieht, hielt ich es für wichtig, der Welt zu zeigen, dass wir selbst imstande sind, das zu praktizieren, was wir predigen. Komm her, Frances.«

Frances, die ich als Andrea kennen gelernt habe, tritt ins Aufnahmefeld der Kamera. Sie sieht genauso friedvoll und entspannt aus wie ihr Bruder. Beinahe strahlend. Zusammen sind beide sehr viel attraktiver als allein. Wie Spiegel, die das Licht aufeinander zurückwerfen. Sie lächelt ihren Bruder an und wendet sich der Kamera zu. Er spricht weiter.

»Frances und ich wurden als Zwillinge geboren. Wir kamen gesund zur Welt und lebten gesund, was Gottes erstes Geschenk an uns war, wie Sie zweifellos bald sehen werden. Es hätte durchaus ganz anders kommen können. Wir hatten ein schwieriges Leben, und es war nicht ohne Sünden und Lügen. Wir sind bei mehr als einer Gelegenheit von Gottes Pfad abgewichen. Jetzt ist es an der Zeit für uns, das zu tun, was wir auch von anderen verlangen: Es ist an der Zeit für unsere Beichte.«

»Die will ich hören«, murmelt Alan.

»Unser Vater …«, beginnt der Prediger, »… unser Vater war katholischer Priester.«

DIE SÜNDEN VON MICHAEL UND FRANCES MURPHY

KAPITEL 38

Michael hockte sich hinter den Vorhang und schob mit großer, ach so großer Behutsamkeit das Ohr an die Wand des Beichtstuhls. Mrs. Stevens war im Beichtstuhl, Mrs. Stevens mit den blonden Haaren und den großen Brüsten. Mrs. Stevens war spezialisiert auf Sünden der Fleischeslust. Sie zu belauschen war ganz besonders aufregend.

Michael schloss die Augen und öffnete den Mund ein klein wenig. Es dauerte einen Moment, ehe die Stimmen durch die Wand hindurch sickerten.

»Ich kann nicht aufhören, mich immer wieder … zu berühren, Vater.«

Eine Pause. Michael stellt sich vor, wie der Priester einen Seufzer unterdrückt.

»Und wo berührst du dich, mein Kind?«

Ein scharfes Luftholen.

Sie mag diese Frage!, denkt Michael.

»Zwischen meinen Beinen, Vater. Unter dem Höschen. An meiner Pussy.«

Michaels Unterkiefer sank weiter herab. Was für eine Hure musste das sein, die das Wort »Pussy« in einem Beichtstuhl verwendete!

Er schalt sich für seine eigene Scheinheiligkeit. Scheinheiligkeit war eine Form von Stolz, und Stolz war eine Sünde. Die Wahrheit sah nämlich so aus, dass er einen Steifen hatte. Die Vorstellung, dass Mrs. Stevens mit den blonden Haaren und den großen Brüsten sich selbst streichelte, da unten … verdammt, die bloße Vorstellung, sie in Höschen zu sehen, brachte ihn beinahe um den Verstand.

Der Nachteil von alledem war leider, dass er es wieder würde beichten müssen. Er würde wieder einmal zugeben müssen, dass er sich hinter dem Vorhang versteckt und mit dem Ohr an der Wand des Beichtstuhls die privatesten Augenblicke anderer Menschen belauscht hatte. Und in diesem Fall kamen erschwerend seine eigenen lustvollen und sündhaften Gedanken hinzu.

Was die Sache noch schwieriger machte: Der Priester, bei dem er beichten musste, war sein eigener Vater. Kein Beichtvater, sondern sein Dad. Doch es führte kein Weg daran vorbei. Beichte musste sein, und Michael würde sich niemals um eine Beichte drücken, ganz gleich, wie hoch der Preis sein mochte. Sich vor der Beichte zu drücken war ein Einzelfahrschein geradewegs in die Ewigkeit des Höllenfeuers. Michael glaubte an die Hölle. Und kein Geheimnis war es wert, in die Hölle zu kommen.

Eines von den vielen Dingen, die Michael an seinem Dad bewunderte, war die vollkommene Trennung zwischen seiner Arbeit als Priester und seiner Eigenschaft als Vater. Michael hatte im täglichen Leben noch nie auch nur andeutungsweise eine persönliche Meinung seines Vaters über irgendetwas zu hören bekommen, das er ihm im Beichtstuhl anvertraut hatte.

Während Michael lauschte, wie Mrs. Stevens immer bildhafter wurde bei ihrer Beichte der Selbstbefriedigung (*Feucht*, flüsterte sie, *so feucht, so unglaublich feucht …*), erlebte Michael einen Augenblick der Bewunderung und tiefen Liebe zu seinem Vater. Dad war der beste Mann, den Michael kannte. Der anständigste, ehrenhafteste Mann auf der Welt. Es war eine Frage des Charakters, und davon hatte Frank Murphy massenhaft. Er brauchte nicht mal einen Priesterkragen, um es zu beweisen.

Dad war der Grund, weshalb Michael ebenfalls Priester werden wollte. Dad war der Grund, aus dem er beschlossen hatte, als Jungfrau in den Priesterstand einzutreten. Wenn er ehrlich war mit sich selbst (und Michael schätzte Ehrlichkeit über alles), war es dieses Gelöbnis, das er als Ausrede für sein Lauschen benutzte. Wenn er schon niemals die Berührung einer Frau erfahren würde, war es dann wirklich so schlimm, einen flüchtigen Blick auf die Welt von Mrs. Stevens und ihre nassen Höschen zu werfen? Nur einen ganz schnellen, flüchtigen Blick?

Nein, so schlimm war es nicht, sagte er sich, aber trotzdem eine Sünde. Eine Sünde, die er beichten musste.

Er staunte manchmal über die Geduld seines Vaters. Mrs. Stevens klang ganz und gar nicht zerknirscht in Michaels Ohren. Sie klang im Gegenteil sehr erregt. Selbst mit seinen dreizehn Jahren vermochte Michael zu sehen, dass sie die Beichte benutzte, um noch mehr zu sündigen, weil es sie anmachte, einem attraktiven, zölibatären Priester ihre Selbstbefriedigung in sämtlichen Details zu beichten. Wahrscheinlich hatte sie jetzt, in diesem Moment, schon wieder ein nasses Höschen.

Schamhaar so blond wie das Haar auf ihrem Kopf, glitzernd vor Feuchtigkeit, während sie leise stöhnt …

Diese Vorstellung schreckte ihn ab und erregte ihn zugleich.

»Wer ist da drin?«

Die geflüsterte Frage hätte ihn zu Tode erschreckt, hätte er nicht ihr Kommen gespürt. Es war nahezu unmöglich für einen von ihnen, sich unbemerkt an den anderen heranzuschleichen. Er wusste nicht, woran es lag. Vielleicht daran, dass sie Zwillinge waren.

Michael nahm sehr vorsichtig, sehr zögernd das Ohr von der Wand und drehte sich zu seiner Schwester um.

»Mrs. Stevens«, gestand er grinsend.

Sie schnitt eine Grimasse. »Diese Hure? Warum hörst du dir so gerne an, was sie zu sagen hat? Macht es deinen Pipimann hart?«

»Nein!«, flüsterte Michael protestierend. »Selbstverständlich nicht!«

Frances grinste zurück. Es war ein wissendes Grinsen. Michael wusste, dass sie seine Lüge durchschaute – genauso, wie er jede ihrer Lügen auf den ersten Blick erkannte.

Er seufzte und zuckte die Schultern.

»Ich gehe zur Beichte.«

»Gut.«

Damit war die Sache erledigt, wie Michael wusste. Denn der Liebe seiner Zwillingsschwester konnte er sich so sicher sein wie seines Glaubens.

»Lass uns von hier verschwinden«, flüsterte er.

Sie huschten lautlos wie Meisterdiebe vom Beichtstuhl weg und kehrten in die Wohnung zurück, in ihr gemeinsames Zimmer. Es war ein kleines Zimmer. Man konnte es karg nennen, doch es war nichtsdestotrotz ihr Zuhause.

Das Zimmer wurde durch einen Vorhang geteilt, der von der Decke hing und den sie zuziehen konnten, falls nötig. Vater hatte ihn aufgehängt, als Frances Brüste gewachsen waren.

»Das ist eine Mauer«, hatte er gesagt. »Eine Mauer ohne Tür darin. Wenn ihr diesen Vorhang zuzieht, kann ihn nur die Person, die ihn geschlossen hat, wieder öffnen. Versteht ihr?«

»Ja, Vater«, hatten sie übereinstimmend geantwortet, ohne damals so recht die Notwendigkeit dafür zu begreifen.

Das hatte sich inzwischen geändert. Michael masturbierte manchmal des Nachts, nachdem Frances eingeschlafen war. Er kämpfte zwar dagegen an, doch mitunter wurde das Verlangen überwältigend. In seinem dunklen Versteck, seine Schwester auf Armeslänge neben sich und doch unberührbar, war es irgendwie noch aufregender. Er gab sich alle Mühe, leise zu sein, wusste aber auch, dass er manchmal lauter aufstöhnte, als er sollte. Ob sie ihn in diesen Augenblicken hören konnte? Wahrscheinlich, dachte er. Ja, wahrscheinlich hatte sie ihn gehört.

Er hatte sie ebenfalls gehört. Spät nachts, wenn sie geglaubt hatte, dass er schlief, hatte er ihre leisen Seufzer und ihr unterdrücktes Stöhnen vernommen, und ihm war klar geworden, dass auch sie sich selbst befriedigte. Zuerst war er schockiert gewesen, dann fasziniert, und dann brachte es etwas in ihm hervor, über das er lieber nicht genauer nachdenken wollte.

Er würde seine Schwester niemals berühren, nicht in einer Million Jahren, doch eines Tages gestand er ihr etwas.

»Ich werde niemals Sex haben«, sagte er. »Aber wenn ich mit einer Frau schlafen würde, müsste sie genauso sein wie du, Frances.«

»Ich weiß.« Sie lächelte. »Mir geht es bei dir nicht anders.«

Manche würden es verdreht nennen, sie aber nannten es Liebe, und sie achteten sorgfältig darauf, nicht zu weit zu gehen. Abgesehen davon passierte niemals etwas zwischen ihnen.

Frances wollte Nonne werden. Es war ihr gemeinsamer Plan. Dass sie dadurch getrennt wurden, machte es ihnen schwer, sehr schwer, doch war Leid nicht eines der Dinge, die Gott den Gläubigen auferlegte?

Es gab für alles einen Grund, daran glaubten sie beide. So wie Frances und Michael, war auch ihr Vater ein Zwilling. Er hatte eine Schwester. Er war nicht als Jungfrau ins Priesterseminar gegangen. Er hatte mit einer Frau geschlafen und sie geschwängert. Sie war bei der Geburt der Kinder gestorben. Es war schwierig, doch wie bei allen anderen Dingen auch war Vater der Aufgabe gewachsen, die Gott ihm auferlegt hatte. Er erzog seine Kinder und überzeugte die Kirche, ihn trotzdem im Seminar aufzunehmen. Seine Zwillingsschwester, Tante Michelle, kümmerte sich in der Zwischenzeit um sie. Als Vater als geweihter Priester zurückkam, nahm er die Kinder wieder zu sich, und Tante Michelle schloss sich einem Konvent an und wurde Nonne.

Es war ein ungewöhnliches Leben, das wussten beide Kinder, doch Dad war ein guter Vater. Er war freundlich, er war klug, er war hart, aber gerecht. Er erzog sie vor allem anderen dazu, Gott zu lieben, doch er verlangte auch, dass sie ihren Glauben mit dem Verstand prüften, indem er sie auf öffentliche, nicht auf private Schulen schickte und sie mit der sündhaften Welt draußen jenseits der Kirchenmauern in Kontakt brachte.

»Es gibt weitaus mehr Menschen auf dieser Welt, die nicht an Gott glauben, als es Gläubige gibt«, sagte er zu ihnen. »Wenn ihr den Ungläubigen das Wort Gottes verkünden wollt, müsst ihr sie zuvor verstehen. Verständnis erzeugt Mitgefühl, und Mitgefühl erzeugt Liebe. Und Liebe ist der beste Weg, Jesus in das Herz eines Sünders zu bringen.«

Michael und Frances taten wie geheißen und gingen gemeinsam hinaus in die Welt. Sie betrachteten die Welt wie zwei Soldaten, die auf einen Einsatz geschickt worden waren. Beide waren so attraktiv, dass Michaels Ablehnung sämtlicher Annäherungsversuche die Mädchen schier verrückt machte, und Frances' Ablehnung die Jungen überzeugte, dass sie die begehrenswerteste Frau auf der Welt war.

Sie hatten keine echten Freunde oder Freundinnen in der Schule, nur Bekanntschaften, doch das genügte ihnen. Sie waren zufrieden mit dem Weg, den sie vor sich sahen, und sie hatten keine Zweifel an ihrer Zukunft.

Vater und Tante Michelle waren Zwillinge, und sie waren Priester und Nonne geworden. Frances und Michael waren ebenfalls Zwillinge und würden der gleichen Berufung folgen. Was konnte das anderes sein als ein Zeichen Gottes?

Sie setzten sich auf ihre Betten, um ihre Hausaufgaben zu machen. Michael war sich der Tatsache peinlich bewusst, dass er noch immer eine Erektion hatte. Das Bild von Mrs. Stevens war sehr lebendig. Er sah aus den Augenwinkeln zu seiner Zwillingsschwester und stellte schockiert fest, dass sie ihn prüfend musterte.

Sie weiß es. Sie weiß es jedes Mal.

Es erregte ihn, es stieß ihn ab, es erfüllte ihn mit Schuld und mit etwas sehr viel Dunklerem.

Ihre Miene war grüblerisch. Dann lächelte sie und streckte die Hand nach dem Vorhang aus. Ehe sie ihn zuzog, sagte sie: »Dass du mir nicht vergisst, morgen zur Beichte zu gehen.«

Er schluckte. »Keine Sorge.«

»Ich liebe dich, Michael.«
»Ich liebe dich auch.«
Sie zog den Vorhang zu.

Michael und Frances waren siebzehn Jahre alt, als sich alles änderte.

Es gab keinerlei Vorzeichen, dass ihre Welt zusammenstürzen würde. Die Welt – und Gott – waren grausam und fremd in ihren Wegen. Das hatte Michael stets gewusst und akzeptiert, bis es ihm selbst zugestoßen war.

Sie schliefen beide in ihrem Zimmer, als Michael durch das Geräusch von Stimmen geweckt wurde. Er blickte zu seiner Schwester und sah, dass sie noch schlief. Noch Jahre später fragte er sich, warum er aufgewacht war. Er gelangte zu dem Schluss, dass Gott ihn aus dem Schlaf gerufen hatte. Weil Gott einen Plan hatte.

Die Stimmen waren nicht laut, aber drängend. Seltsamerweise war es zwei Uhr nachts; Vater ging normalerweise um halb zehn ins Bett und stand um halb fünf wieder auf.

Michael erhob sich und tappte zur Tür. Er legte das Ohr ans Holz, wie er es so viele Male beim Beichtstuhl getan hatte. Er schloss die Augen und lauschte.

Eine der Stimmen war die einer Frau, und sie klang seltsam vertraut – auch wenn Michael sie nicht recht einordnen konnte. Die andere Stimme gehörte seinem Vater.

»Sie dürfen es nicht erfahren!«, flüsterte sein Vater drängend. »Es gibt keinen Grund dafür! Das war unsere Sünde. Es bleibt unser Geheimnis. Den Kindern geht es gut, sie sind gesund, und beide wollen ein Leben im Dienste Gottes führen. Warum sollen wir ihnen jetzt diese Bürde aufladen?«

»Gott hat zu mir gesprochen, Frank. Ich habe die letzten sechzehn Jahre damit verbracht, zu ihm zu beten und ihn um Vergebung zu bitten. Ich habe Schwielen an den Knien vom Beten. Endlich, endlich hat er geantwortet. Und weißt du, was er gesagt hat? Nur ein einziges Wort. WAHRHEIT. Ich habe es in meinem Herzen gehört, so klar wie eine Glocke. Gott ist Liebe, Frank, weißt du? Und Liebe kann nur aus Wahrheit entstehen. Ich war zu Anfang einverstanden, diese Sache geheim zu halten, weil ich mich so sehr geschämt habe. Ich war sicher, dass Gott mir niemals vergeben würde. Doch er hat zu mir gesprochen, er hat mir gesagt, dass er mir vergibt. Ich muss nichts weiter tun, als ihm zu gehorchen und allen die Wahrheit zu erzählen.«

»Du leidest an Halluzinationen! Glaubst du allen Ernstes, Gott würde wünschen, dass du ihrer beider Leben ruinierst, indem du ihnen erzählst, dass du ihre Mutter bist?«

Michaels Kopf schoss von der Tür weg, als hätte er das Ohr gegen ein glühendes Eisen gepresst.

Was hatte er da gesagt?

Mutter. Das Wort war Mutter.

Wie viele Male hatten sie in ihrer Kindheit den Vater bedrängt, hatten ihn nach ihrer Mutter gefragt?

Sie sei bei ihrer Geburt gestorben, hatte er ihnen erzählt. »Sie ist jetzt bei Gott«, hatte er gesagt, »und ihretwegen bin ich Priester geworden. Lasst sie in Frieden ruhen.«

Eines Tages hatten sie aufgehört zu fragen, doch die Sehnsucht nach ihrer Mutter war stets geblieben.

Und warum klang diese Frauenstimme so vertraut?

»Was ist?«

Er zuckte in der Dunkelheit zusammen. Seine Zwillingsschwester stand hinter ihm. Ihm wurde bewusst, dass er zitterte.

»Michael?«

Sie legte die Arme um seine Taille und schmiegte sich an ihn, drückte die Wange an seine Schulterblätter. Er zitterte weiter, doch selbst in seiner Angst war er sich ihrer kleinen Brüste in seinem Rücken bewusst. Er tadelte sich im Stillen dafür.

Lust ist Teufelswerk, und der Teufel ist unermüdlich.

»Vater streitet m-mit jemandem. Mit einer F-frau. Ich habe ihn s-sagen hören, dass sie unsere M-mutter wäre.«

Er spürte, wie sie sich hinter ihm versteifte.

»Was?«

Er wollte sich umdrehen. Er wollte sich umdrehen und ihr sagen, es zu vergessen, und dass sie wieder in ihre Betten zurückgehen sollten und am nächsten Morgen erkennen würden, dass alles nur ein Traum gewesen sei. Doch er konnte sich nicht zu ihr umdrehen. Sie würde seine Lust bemerken.

Der Teufel ist unermüdlich …

»Ich habe ihn gehört. Hör selbst.«

Sie drängte sich weiter an ihn, während sie beide die Ohren spitzten. Er staunte über Satans unendliches Geschick. Er hatte entsetzliche Angst vor dem, was sie vielleicht zu hören bekamen; er war wütend wegen dem, was er bereits gehört hatte – und trotz allem vergaß er keinen Augenblick lang diese kleinen kecken Brüste in seinem Rücken, die Andeutung dessen, was vielleicht – nur ganz vielleicht – ihre Nippel waren. Luzifer konnte es einem wirklich verdammt schwer machen, da gab es nicht den geringsten Zweifel.

»Ich verbiete es!«, hörten sie ihren Vater zornig flüstern.

Schweigen.

Die Stimme der Frau war gelassen, sicher, entschieden. Er vermochte sie immer noch nicht einzuordnen; das Flüstern machte es unmöglich für ihn.

»Du kannst mir nicht verbieten, was Gott mir befohlen hat, Frank. Ich bin ihre Mutter, und Gott hat gesagt, dass es an der Zeit für sie ist, alles zu erfahren.«

Michael wusste, dass etwas sehr, sehr falsch lief, als er seine Schwester ächzen hörte. Sie vergrub das Gesicht in seinem Rücken und stöhnte leise. Es war ein Laut nackten Entsetzens. Sie löste ihren Griff um ihn und trat zurück. Er drehte sich zu ihr um und sah, dass ihr Gesicht weiß war wie Milch. Ihre Augen waren so weit, dass es aussah, als könnten sie aus den Höhlen treten. Sie hatte eine Faust auf den Mund gepresst, um ihr Stöhnen zu ersticken. Mit zitterndem Finger deutete sie zur Tür, brachte aber kein zusammenhängendes Wort hervor.

»Frances! Was ist denn?«

Sie nahm die Faust vom Mund. Er war schockiert, als er sah, dass sie so fest auf die eigenen Finger gebissen hatte, dass sie bluteten.

»Sie …«, flüsterte Frances, noch immer voller Entsetzen. »Erkennst du ihre Stimme denn nicht?« Sie raufte sich die Haare. Ganze Büschel riss sie sich aus. »Erkennst du ihre Stimme nicht?«

Michael packte ihre Handgelenke, um sie daran zu hindern, dass sie sich selbst noch mehr Schmerzen zufügte. Er hatte ihr Haar immer geliebt. Von ihren Augen abgesehen, waren es ihre Haare, die ihre Schönheit ausmachten.

»Frances! Reiß dich zusammen!«

Sie wand sich aus seinem Griff, setzte sich an die Wand, zog die Knie an die Brust und legte die Stirn darauf. Dann fing sie an zu schaukeln – vor und zurück, vor und zurück.

»Geh nur und sieh selbst«, sagte sie leise. »Dann wirst du es wissen.«

Er konnte sie kaum verstehen.

Doch irgendetwas hatte sich in Bewegung gesetzt, an einem sehr dunklen, sehr tiefen Ort in seinem Innern, und stieg nun nach oben. Etwas, das Michael dicke Schweißperlen auf die Stirn trieb.

Er warf einen letzten Blick auf seine Zwillingsschwester; dann öffnete er die Tür und bewegte sich durch den Flur in Richtung der Stimmen, die aus der Kapelle drangen. Er schwitzte immer heftiger, schritt schneller aus und rannte schließlich, weil dieses Ding, das aus der Dunkelheit emporstieg, sich zielstrebig näherte, und weil er dort sein wollte, ehe es an die Oberfläche brach, damit er dem Ding beweisen konnte, dass es Unrecht hatte und das alles nur ein Irrtum war. Ein Irrtum, Irrtum, *Irrtum.*

Er platzte barfuß in die Kapelle, in Unterwäsche, schweißbedeckt und am ganzen Leib zitternd wie ein Nackter im Schneesturm.

Das Ding durchbrach die Oberfläche. Prustend.

Siehst du?, fragte es. *Siehst du es jetzt, mein Freund? Hehehe!*

Und er sah. Er sah seinen Vater, den großen, ehrenwerten Frank Murphy, neben der Frau stehen, die gesagt hatte, sie wäre seine und Frances' Mutter.

Die Frau war eine Nonne, und Michael kannte sie sehr gut. Es war Tante Michelle.

KAPITEL 39

»Mein Vater und meine Mutter waren Zwillinge, so wie meine Schwester und ich. Sie hatten miteinander geschlafen, und das Ergebnis sind wir.« Das Gesicht Murphys, des Predigers, ist traurig, ernst und düster. »Sie kamen überein, Mutters Schwangerschaft zu verbergen. Es war nicht besonders schwierig. Sie waren beide achtzehn. Sie hatten zu viel getrunken, und der Teufel hatte sie verführt.

Wie soll ich beschreiben, was für ein Gefühl das für mich war? Die beiden Menschen, die meine Schwester und ich am meisten achteten auf der Welt, hatten uns belogen, unser Leben lang. Wir waren Produkte einer inzestuösen Beziehung, einer verbotenen Paarung. Ich fragte meinen Vater noch in jener Nacht, ob er diese Sünde jemals gebeichtet hätte. Nein, sagte er, das habe er nicht.«

Murphys Gesichtsausdruck ist ungläubiges Staunen. »Kann man sich das vorstellen? Er hatte seine Sünde für sich behalten und sich selbst verdammt. Warum? Alles nur, um uns zu schützen? Nein. Jeder Priester, dem er gebeichtet hätte, hätte sein Geheimnis bewahrt. Er tat es nicht, weil er sich schämte. Und das war in meinen Augen unverzeihlich. Nicht der Inzest, obwohl auch das schlimm war. Nicht das Lügen gegenüber meiner Schwester und mir – selbst das konnte ich irgendwie verstehen. Doch den Versuch, Gott zu hintergehen, konnte ich ihm nicht verzeihen.

Sie erzählten uns, sie hätten dem Herrgott ihr Leben geweiht und uns gottesfürchtig erzogen als Buße für ihre Sünde. Ich konnte es nicht ertragen. Ich sah darin nichts als Täuschung und Lüge.

Meine Schwester und ich flohen noch am nächsten Morgen aus dieser Kirche. Vater versuchte uns aufzuhalten, doch ich schlug ihn nieder.« Ein knappes Lächeln. »Nein, ich habe ihn nicht getötet. Er ist vor zehn Jahren an Krebs gestorben. Ich habe keine Ahnung, ob er seine Sünde jemals gebeichtet hat. Ich würde es gerne glauben.«

»Sie sagt überhaupt nichts«, stellt Alan fest.

»Er hat das Kommando«, sage ich. »Es ist sein Auftritt. Seine Show.«

Das ist normal bei Serienkillerteams. Der eine ist der Dominante, der die Trümpfe ausspielt und die Erklärungen für ihr Tun liefert. Kirby war wohl doch nicht so weit von der Wirklichkeit entfernt.

»Ein paar Jahre lang waren wir orientierungslos und verloren unser Ziel aus den Augen. Nur unsere gegenseitige Liebe blieb immer bestehen.« Seine Schwester legt eine Hand auf seine Schulter. Er ergreift sie, hält sie, während er weiterspricht. »Es dauerte eine Weile, bis wir zu Gott zurückfanden. Ich will niemanden mit dem Hin und Her langweilen, bis es so weit war. Später ist noch Zeit genug für unsere vollständige Geschichte. Für den Augenblick ist nur eines wichtig: Wir fanden zu Gott zurück. Mir wurde bewusst, dass unser zerstörtes Leben das Ergebnis einer Lüge war, einer Weigerung, Gott alles zu offenbaren und alle Sünden zu gestehen, um von ihnen erlöst zu werden.

Seit damals haben wir uns selbst der Beichte unterworfen, ohne Vorbehalt und ohne Lüge. Ich habe mein sexuelles Verlangen nach meiner Schwester gebeichtet, und sie hat das Gleiche getan. Wir haben Buße getan für unser Tun und dafür, dass wir um ein Haar in die sündhaften Fußstapfen unserer Eltern getreten wären. Und schließlich wurde uns wieder bewusst, welche Aufgabe Gott für uns auserwählt hatte.«

Er blickt zu ihr hoch. Sie blickt auf ihn hinunter. Beide lächeln.

Es ist ein grausames Bild, weil es so glückselig wirkt. Zwei Monster mit Heiligenscheinen und Blut an den Zähnen. Sie richten ihre Blicke wieder in die Kamera.

»Gott hat uns geprüft, vom Augenblick unserer Geburt an. Er lieferte uns jeden nur erdenklichen Grund, uns von ihm abzuwenden. Er konfrontierte uns mit Betrug, Zweifel und Leiden. Er wollte sicher sein, dass wir stark genug sind. Gott stellt alle seine Propheten so schwer auf die Probe.

Ich begriff, dass das Gesicht meines Vaters genauso war wie das Gesicht viel zu vieler anderer. Das Gesicht des frommen Mannes, der sein Leben Gott und den Mitmenschen weiht. Die bewundernswerte Seele, die bereit ist, sich selbst der ewigen Verdammnis auszusetzen, weil sie sich weigert, ihre Geheimnisse zu beichten. Mein Vater räumte ein, in einem außerehelichen Verhältnis Kinder gezeugt zu haben, doch er verschwieg die absolute Wahrheit – dass die Frau, mit der er geschlafen hatte, seine Schwester gewesen war.

Ich gelangte zu der Einsicht, dass es unsere Pflicht war, andere in das Licht Gottes zu bringen, indem wir ihnen deutlich machten, dass Gott nur die vollkommene, reine Wahrheit akzeptiert. Sei wahrhaftig in allem, was du tust, empfinde aufrichtige Zerknirschung und Reue, bitte den Herrn um Vergebung, und er wird die Sünde von dir nehmen. Gestehe nur neun Sünden von zehn, halte nur eine einzige zurück, und du brennst für immer in der Hölle.

Wir haben unser Leben dieser Aufgabe gewidmet. Es war schwierig. ›Du sollst nicht töten‹ ist schließlich eines von Gottes edelsten Geboten. Doch all die, die wir getötet haben, hatten vorher ihre Sünden gebeichtet, und mit einer einzigen Ausnahme haben sie alle aufrichtig bereut. Wie wir das wissen konnten? Nun, wir nahmen nur diejenigen, die einem Priester bei der Beichte ihre Sünden gestanden hatten. Es waren Märtyrer, alle bis auf eine. Wir durchbohrten ihre Seiten, wie die Seite von Jesus Christus am Kreuz durchbohrt worden ist. Nun sitzen diese Märtyrer zur Rechten Gottes.« Er zögert einen Moment. »Das Mädchen ist die Ausnahme, wie man sich wohl denken kann. Ich habe keinen Zweifel, dass sie in der Hölle schmort, während ich diese Worte spreche. Sie ist gestorben, um die andere Hälfte der heiligen Übereinkunft zu verdeutlichen: Zerknirschung. Wegen dieser Toten werden Millionen verstehen, dass sie nicht alleine sind, dass jeder von uns, wir alle, Dinge mit uns herumtragen, deren wir uns schämen müssen. Wir alle haben eine dunkle Seite, die wir eingestehen müssen, soll uns die ganze Liebe Gottes zuteil werden. Und was für eine wundervolle Liebe das ist! Gott ist viele Dinge, doch am meisten ist Gott Liebe.«

Die erste schwache Andeutung von Wahnsinn, ganz subtil: Es ist ein Glänzen in den Augen, ein um weniges höherer Tonfall als vorher. Doch sie ist da. Und dahinter verbirgt sich die Wahrheit dessen, was er tut, was er getan hat, und die Gründe dafür. Scham über die Umstände ihrer Geburt und deren Folgen; Betrug vonseiten jener, denen sie blind vertraut hatten – alles eingewickelt in den Deckmantel der Religion, in der sie aufgezogen wurden. Es ist mir gleichgültig, wie blumig seine Worte sind und wie überlegt die Erklärungen: Serienmord ist sublimierte Wut. Es gibt keine Ausnahme.

Ich denke erneut daran, dass sämtliche Opfer Frauen waren, und mir wird bewusst, dass Callie recht gehabt hat mit ihrem Sprichwort von der Heiligen und der Hure. Michael Murphy gibt seiner Mutter/Tante mehr Schuld als seinem Vater, und die Frauen, die er ermordet hat, mussten den Preis dafür bezahlen.

»Dieser Abschnitt unserer Arbeit ist getan. Wir sind nun bereit, den nächsten Schritt auf dem Weg zu gehen, den Gott vor uns ausgebreitet hat. Kommen Sie und finden Sie uns. Wir sind bereit. Wir werden bereitwillig mitgehen. Wir werden uns nicht widersetzen.«

Schwarzblende.

»Ist das nicht nett von den beiden Kotzbrocken?«, fragt Callie geringschätzig. »Die armen Kleinen, *buhuuu!* Daddy war ja so ein böser Mann, willkommen im Club.«

Ich neige dazu, mich Callies Meinung anzuschließen. Wir alle empfinden ähnlich. Das Leben ist hart, manchmal sogar grausam und oft ungerecht. Doch das ist keine Entschuldigung dafür, seine Mitmenschen zu ermorden. Seit Jahren wird unter Wissenschaftlern ein erbitterter Streit darüber geführt, ob sich beim Erwachsenen eher die Gene oder die Erziehung durchsetzen, und dieser Streit wird noch viele Jahre andauern. In meinen Augen spielt das Umfeld eine entscheidende Rolle. Unsere Zukunft basiert auf dem, was wir als Kinder erlebt haben. Statistiken zeigen dies zu deutlich, als dass man es von der Hand weisen könnte.

Ungefähr ein Drittel aller missbrauchten Kinder werden im Erwachsenenalter selbst zu Missbrauchern. Doch was ist mit den anderen zwei Dritteln? Mit all den misshandelten, geschlagenen und betrogenen Kindern, die später ein ganz normales Leben führen? Für immer verfolgt von ihren Erfahrungen, vielleicht sogar für immer geschädigt, und trotzdem – der entscheidende Punkt – anständig? Für jedes missbrauchte Kind, das im Erwachsenenalter selbst Kinder missbraucht, finden wir auf der anderen Seite Opfer, die zu liebenden, warmherzigen Eltern werden. Was ist der Unterschied zwischen diesen beiden Gruppen? Sind einige von uns von Geburt an fähig, eine größere Last zu tragen als andere?

Michael und Frances haben eine schlimme Erfahrung gemacht, doch diese Erfahrung hat ihre Seelen nicht verkrüppelt. Sie war nicht einmal annähernd so schlimm wie die schlimmsten Fälle, denen ich in meiner Laufbahn begegnet bin. Dass es ihnen gelungen ist, ihr Unglück so zu verarbeiten, dass daraus zwanzig Jahre währendes Morden entstehen konnte, ist für mich eher ein Zeugnis ihrer Schwäche und ihrer Schuld als ein Grund, mit ihnen zu fühlen.

»Es ist mir egal warum«, sage ich. »Ich will sie beide hinter Gittern sehen, nur das zählt für mich.«

»Ganz meine Meinung«, sagt Alan zustimmend.

Letzten Endes ist es diese Entschlossenheit, die uns rettet. Wenn man versucht, nach den Gründen zu suchen und hinunterzusteigen in dieses tiefe, dunkle Schlangennest, dann ist man wie eine Schlange, die sich in den eigenen Schwanz beißt. Man findet nicht die Wahrheit, sondern verzehrt sich selbst auf der Suche danach. An einem bestimmten Punkt müssen wir den Versuch aufgeben, das Warum zu begreifen, und akzeptieren, dass unsere einzige Aufgabe darin besteht, diese Ungeheuer aus der Gesellschaft zu entfernen. Bei einigen ist es einfacher als bei anderen.

»Beschaffen wir uns ihre Adresse«, sage ich. »Und erfüllen wir ihnen ihren Wunsch.«

Eine Stunde ist vergangen, seit Hektik ausgebrochen ist und eine Entdeckung die andere jagt. AD Jones ist in unserem Büro, zusammen mit meinen Leuten und dem Chef unseres Sondereinsatzkommandos.

Dieser Mann ist Sam Brady, Callies Bräutigam. Brady ist Mitte vierzig; ein großer, schlaksiger Mann mit kurz geschnittenen Haaren und einem Gesicht, das genauso grimmig dreinblicken kann, wie sein Job es erfordert. Ich habe andere Seiten an ihm gesehen und einen Mann vorgefunden, der im Frieden ist mit sich selbst. Er liebt Callie leise, unauffällig, doch er liebt sie tief und aufrichtig – eine Eigenschaft, mit der er sämtliche Dinge in seinem Leben anzugehen scheint. Er ist ein Fels in der Brandung, ein ganzer Kerl und einer der wenigen Menschen, die völlig unbeeindruckt sind von Callies Allüren.

Er hat den letzten Videoclip des Predigers gesehen.

»Ich empfehle, nicht gewaltsam zuzugreifen«, sagt er. »Ich bin zwar nicht der Experte, aber mir scheint, dass die beiden es geradezu darauf anlegen, festgenommen zu werden. Sie *brauchen* es förmlich.«

»Der Meinung bin ich auch«, pflichte ich ihm bei. »Allerdings glaube ich nicht, dass ich einfach hingehen und an die Tür klopfen sollte. Wir sollten das Haus umstellen und entweder telefonisch oder über Flüstertüten mit ihnen verhandeln. Wenn sie unauffällig und leise mitgehen wollen, geben wir ihnen die Chance. Falls nicht …« Ich zucke die Schultern. »Dann eben Tränengas und Blendgranaten.«

Sam denkt kurz darüber nach und nickt. »Ich mache mein Team einsatzbereit. Gebt uns zwanzig Minuten.«

»Wir treffen uns hinter dem Parkplatz.«

Ich überprüfe meine Waffe und konzentriere mich auf den Job, der vor mir liegt. Wir alle.

»Hey«, sagt Alan, wobei er seine Waffe durchlädt. »Wenn du weißt, dass dir die Todesstrafe droht und du auf schuldig plädierst – ist das Selbstmord?«

»Ich glaube, die beiden sind zuversichtlich, dass es sich in ihrem Fall um Märtyrertum handelt.«

Er schiebt seine Waffe ins Halfter und seufzt. »Ja. Ob sie es ernst gemeint haben, als sie sagten, sie würden freiwillig mitkommen?«

»Ich glaube schon. Doch letzten Endes kann man nie sicher sein.«

Selbstmord, entweder durch eigene Hand oder die eines Cops, ist eine Lösung, die Kriminelle häufig vorziehen, wenn sie am Ende der Fahnenstange angekommen sind. Die meisten akzeptieren diese Möglichkeit von Anfang an für den Fall ihrer Entdeckung.

»Irgendwie seltsam, dass sie im Valley wohnen«, sagt Alan. »Wahrscheinlich bin ich das eine oder andere Mal bei ihnen vorbeigefahren, ohne es zu ahnen.«

James' Handy summt. Er nimmt das Gespräch entgegen, lauscht, runzelt die Stirn.

»Wie bitte?«, fragt er dann. Er ist plötzlich ganz weiß im Gesicht. »Schicken Sie es an mich, sofort.«

»Was gibt's?«, frage ich.

»Miststück!«, flucht er, doch es klingt eigenartig. Mehr verzweifelt als beleidigend.

»James?«

Er sieht mich an.

»Kirby war schneller als wir. Und jetzt haben diese beiden Ungeheuer sie.«

KAPITEL 40 Kirby erscheint im Blickfeld der Kamera, nackt und an einen Stuhl gefesselt. Michael Murphy steht neben ihr. Er ist wütend.

»Ich habe Ihnen gesagt, dass wir uns gewaltlos ergeben würden! Ich habe nicht erwartet, dass Sie unser Tun akzeptieren, aber ich hätte gedacht, dass Sie wenigstens das Gesetz achten.«

»Herrgott noch mal, halt endlich die Fresse«, sagt Kirby und verdreht die Augen.

»Kirby, diese dumme Nuss!« Brady schüttelt den Kopf. »Sie lernt einfach nicht, das Maul zu halten.« Ich habe Brady zurückgerufen, sobald wir wussten, was dieser Videoclip zu bedeuten hatte.

Michael Murphy tritt vor Kirby hin. Wir sehen nur seinen Rücken und seine Beine.

»Du bist nicht in der Position, mir in Gottes Namen zu drohen!«, sagt er.

»Leck mich, du Spinner«, entgegnet Kirby. »Und dein Gott kann mich ebenfalls mal, aber richtig.«

Ich rechne damit, dass er sie ohrfeigt, doch er holt aus und schlägt ihr mit der geballten Faust ins Gesicht. Das Geräusch kommt satt durch den Computerlautsprecher, und Kirby kippt mitsamt dem Stuhl hintenüber.

»Mistkerl«, flüstere ich.

Die Kamera war während der gesamten Szene stationär. Jetzt bewegt sie sich, wobei sie ein klein wenig wackelt. Frances muss sie vom Stativ genommen haben. Sie zoomt auf Kirbys Gesicht. Kirby liegt auf einem Holzboden, der Kopf eingerahmt von langen blonden Strähnen. Ihre Augen sind glasig, ihre Lippen aufgeplatzt. Blut strömt über ihr Kinn und die linke Wange. Sie schüttelt benommen den Kopf und lacht.

»Du Weichei kannst nicht mal richtig zuschlagen.«

»Oh, Kirby!«, ruft Callie aus. »Du dumme Pute! Halt die Klappe!«

Sie denkt nicht mal daran. Kirby ist und bleibt Kirby.

Michael packt sie bei den Haaren und zerrt erbarmungslos daran, bis sie mit ihrem Stuhl wieder in einer sitzenden Position angelangt ist. Kirby dreht den Kopf nach rechts und spuckt das Blut aus, das sich in ihrem Mund gesammelt hat. Dann wendet sie sich der Kamera zu, und wir alle sehen ihre kalten, erbarmungslosen Killeraugen.

»Ich werde dich töten«, sagt sie. »Dich und deine Schwester. Ich will, dass du das weißt. Und niemand hat mich hergeschickt. Eine der Frauen, die ihr umgebracht habt, war eine alte Freundin von mir.« Sie grinst. Ihre Zähne sind rot von ihrem eigenen Blut. »Ich dachte, ich erwidere den Gefallen.«

»Mord ist eine Sünde«, tadelt Michael sie. »Wir haben im Namen Gottes getötet. Wenn du uns aus Rache tötest, wirst du zur Hölle fahren.«

Tatsächlich?, denke ich. Was ist mit Ambrose, dem Mann, den du um seiner Identität willen ermordet hast? Geschah das auch im Namen Gottes?

Es ist eine sinnlose Frage. Murphys Antwort wäre ohne jeden Zweifel: »Selbstverständlich.«

Kirby zuckt die Schultern. »Dann sehen wir uns dort wieder.« Ein weiteres Grinsen aus geplatzten Lippen und roten Zähnen. »Du wirst schon sehen.«

»Du bist wirklich aus eigenen Stücken hierhergekommen?«, fragt Michael.

»Ich arbeite immer allein, Arschloch. Ich hab noch nie in einem Team gearbeitet.«

»Pech für dich«, sagt er, »dass du die zweite Überwachungskamera übersehen hast. Wir haben auf dich gewartet, als du durch die Tür gekommen bist.«

»Tja, was soll ich sagen? Nobody is perfect. Ihr hättet mich sofort erledigen sollen. Taser sind etwas für Pussys.«

»Immerhin haben wir dich sauber von den Beinen geholt«, sagt Frances.

Kirby grinst. »Von den Beinen, Dummerchen, ist nicht tot. Kein geschickter Schachzug von euch.«

»Wie heißt du?«, fragt Michael.

»Wo wir auf einer religiösen Veranstaltung sind – warum nennst du mich nicht einfach Eve?« Sie kichert. »Ich hatte schon immer eine Vorliebe für sie, weißt du? Hier, iss den Apfel. Lecker, lecker.«

»Also schön, wie du meinst. Bist du katholisch, Eve?«

Sie verdreht die Augen. »Göttliche Wesen sind was für Schwächlinge. Ich glaube an harte Fäuste, an Schusswaffen, an den Suff, an Selbstbefriedigung, wenn ich keinen Kerl habe, und an einen hübschen harten Schwanz, *wenn* ich einen habe.« Sie zwinkert. »Verstehst du, was ich meine?«

»Gotteslästerliches Miststück«, flucht er.

»Oh, danke, Arschloch.«

»Warum hörst du nicht auf, mich so zu nennen, Eve? Ich heiße Michael.«

»Arschloch passt aber viel besser zu dir.«

Er seufzt. »Ich sehe schon, es wird ein hartes Stück Arbeit, dich zum Beichten zu bringen.«

»Oh, du willst mich foltern? Ist ja geil.«

»Warum hört dieser Clip nicht auf?«, frage ich.

»Das ist kein Clip«, sagt James. »Das ist live.«

»Sam?« Ich drehe mich zu ihm um. »Wir müssen rüber, so schnell wie möglich. Das ist deine Show. Wie lautet der Spielplan bei so einer Geschichte?«

Er starrt auf die Video-Übertragung. »Sieht aus, als wären sie im Wohnzimmer«, sagt er und nimmt die Grundrisspläne des

Hauses von einem Schreibtisch. »Es gibt nur zwei Wege hinein. Vordertür und Hintertür.« Er legt das Kinn in die Hand, während er nachdenkt. »Blendgranaten durch die vorderen Fenster, und wir brechen gleichzeitig durch Vorder- und Hintertür. Wir schlagen kompromisslos zu und schalten sie aus, solange sie unter Schock stehen. Je einfacher, desto besser. Sobald es kompliziert wird, nimmt die Wahrscheinlichkeit zu, dass jemand Mist baut.« Er nickt in Richtung des Computers. »Sie waren so freundlich, uns eine kostenlose Video-Überwachung zur Verfügung zu stellen. Machen wir das Beste daraus. Wir nehmen ein Notebook mit Drahtlos-Netzwerk mit und schlagen im geeigneten Moment zu.«

Für mich hört sich der Plan vernünftig an. Ich sehe AD Jones an. »Sir?«

»Einverstanden. Wenn nötig, erschießen Sie die beiden. Und finden Sie heraus, wie Sie dafür sorgen können, dass dieses Video niemals nach draußen gelangt. Bei einem Fall, der die Öffentlichkeit so sehr beschäftigt, können wir am allerwenigsten die Verbindung zu einer professionellen Killerin wie Kirby Mitchell gebrauchen.«

»Ich habe eine schnelle Internetverbindung via Handy auf meinem Notebook«, sagt Callie. »Ich brauche nichts weiter als die URL für diese Video-Übertragung.«

»Gebe ich dir gleich«, sagt James.

Brady nickt. »Wir treffen uns dann unten auf dem Parkplatz.«

»Bevor ich fertig bin mit dir«, sagt Michael in diesem Augenblick zu Kirby, »wirst du wissen, wie es ist, vor Gott zu beichten. Du wirst erfahren, wie es ist, frei zu sein von allen Lügen. Die Wahrheit ist ein Licht, Eve, ein Licht, das mit keinem anderen vergleichbar ist.«

»Fang endlich an, Saftsack. Aber hör auf, mir ins Gesicht zu schlagen. Ich hab morgen 'ne Verabredung.«

»Los!«, sage ich drängend. »Wenn Kirby so weiterredet, hat sie möglicherweise nicht mehr viel Zeit.«

KAPITEL 41 »Fang klein an, Eve. Das ist manchmal das Beste. Fang mit den kleinen Dingen an und arbeite dich zu den anstößigsten und beschämendsten vor. Kannst du das?«

Wir sitzen alle im gleichen Wagen. Alan fährt. Wir folgen Brady und seinem Team in ihrem Einsatzfahrzeug. Ich habe das Notebook auf den Knien.

Kirby lächelt. »Klar kann ich das. Ich weiß da 'ne ulkige Story.«

»Tatsächlich?« Michael klingt erfreut, sogar ein wenig überrascht, dass sie so bereitwillig einverstanden ist. »Und was für eine?«

»Als ich 'nem Typen das erste Mal einen geblasen habe.«

Michael nickt. »Sehr schön. Sprich weiter.«

»Er war ein richtig hübscher Bursche. Ein ziemlicher Brocken obendrein. Ich hatte gehört, dass er ein riesengroßes Ding haben sollte. Ich hatte zwar schon Bilder von Schwänzen gesehen, aber noch nie einen in echt. So richtig prall und hart, weiß du?«

»Ja, ja. Sprich weiter«, sagt er ungeduldig.

»Na ja, ich hab ihm jedenfalls gesagt, dass ich sein Ding sehen will, und was soll ich sagen? Er war ganz scharf darauf, ihn mir zu zeigen.« Sie verdreht die Augen. »Kerle sind schon ziemlich eigenartig. Er hatte einen Wagen, also hab ich mich nachts rausgeschlichen, und wir haben uns vor dem Haus getroffen und sind zu einem Parkplatz unten am Strand gefahren. Ich hab ihm gesagt, dass er sein Ding rausholen soll, und was soll ich sagen … irgendjemand hatte ein paar Zentimeter dazugedichtet. Nicht dass er mickrig war oder so, aber ich hab schon größere gelutscht.«

»Komm bitte zur Sache.«

»Es war ein hübscher Kerl mit seinem kleinen Helmchen, ganz sauber gewaschen und blitzblank und in Habachtstellung. ›Feldwebel Schwanz meldet sich zum Dienst, Ma'am.‹« Sie kichert.

»Die Schlampe verschwendet deine Zeit«, sagt Frances aus dem Off hinter der Kamera.

»Hey!«, ruft Kirby. »Es ist meine Sünde, oder? Solange ich die ganze Wahrheit sage und nichts verschweige, müsste es ja wohl egal sein, wie ich es erzähle.«

Michael nickt. »Das stimmt. Sprich weiter, Eve.«

»Okay. Also, ich sagte mir, Eve, es wird Zeit, dass du zur Sache kommst. Also rein mit dem Ding und drauf gelutscht. Und was soll ich sagen? Kaum hatte ich mir das Gerät reingeschoben, fing er an zu schreien.«

Einen Augenblick lang herrscht Stille. Michael runzelt die Stirn. »Warum hat er denn geschrien?«

Kirby stößt einen übertriebenen Seufzer aus. »Mann, ich war gerade erst zwölf. Er war sechzehn und echt heiß. Ich war nervös. Ich hatte Angst wegen schlechtem Atem und so, also hab ich bestimmt eine Stunde lang mit irgendeinem scharfen Mundwasser gegurgelt. Und dann hab ich Pfefferminz gegessen, direkt bevor ich anfing … du weißt schon.« Sie schnalzt mit der Zunge und blickt bedauernd. »Der arme Kerl. Das muss wehgetan haben. Jedenfalls, er kreischt los und stößt meinen Kopf von sich. Wenn ein Typ so was macht, muss es wirklich verdammt wehtun, ich spreche da aus Erfahrung. Er sprang aus dem Wagen, hüpfte im Kreis herum und jammerte: ›Aua, aua! Wie das brennt! Au, verdammt, das brennt!‹ Und genau das war die *echte* Sünde.«

»Was war die echte Sünde?«

»Dass ich den Job vermasselt habe.« Sie klimpert gekonnt mit den Wimpern. »Ob mir der große Badabuh verzeiht? Ich hab's auch nie wieder getan. Ich bin heute eine viel, viel bessere Schwanzlutscherin als damals.«

»Oh, Kirby!«, stöhne ich. »Warum kannst du nicht einfach deine große Klappe halten und mitspielen?«

Ich mache mich auf einen Wutanfall Michaels gefasst, doch er schüttelt nur bedauernd den Kopf.

»Es tut mir leid, dass du beschlossen hast, störrisch zu sein«, sagt er. »Aber vielleicht wird deine Reise anderen helfen zu verstehen, wie töricht es ist, an der Sünde festzuhalten. Denn letzten Endes wirst du beichten, Eve. Du magst bis dahin keine Augen mehr haben, deine Nippel mögen dir abgeschnitten worden sein, und vielleicht sind deine Kniescheiben gebrochen, aber auf die eine oder andere Weise wirst du beichten, ganz bestimmt.«

Kirby gähnt. »Ich hab einen Tipp für dich, Arschloch, was das Foltern angeht. Die Wirkung ist viel stärker, wenn du es einfach tust und nicht vorher darüber quatschst, bis dir einer abgeht.«

»Wenn du darauf bestehst. Wir fangen klein an, genau so, wie ich vorgeschlagen hatte, dass du mit deinen Sünden beginnen sollst.«

Er verschwindet aus dem Aufnahmebereich. Ich höre seine Schritte auf dem Dielenboden. Frances konzentriert sich weiter auf Kirby.

»Er wird dich zerbrechen«, sagt sie.

Kirby bläst einen Kuss zur Kamera. Sie bewegt die Augenbrauen auf und ab. »Mann, wir haben ja 'ne Kamera dabei! Eine nackte, heiße Braut …« Sie spreizt die Beine. »Ich bin bereit für die Nahaufnahme! Willst du nicht herkommen? Was ist? Keine Lust?«

»Jezebel!«, zischt Frances.

»He, verdammt! Ich hab eine Freundin, die so heißt, okay? Also sei nett!«

»Ich glaube, die ist wirklich wahnsinnig!«, sagt Callie.

»Oder sie hat Todessehnsucht«, flüstere ich.

»Furchtlosigkeit ist weit verbreitet bei Soziopathen«, sagt James. »Da, er kommt zurück.«

Michael Murphy trägt einen Stab, ungefähr einen Meter lang, mit einer Kupferspitze und einem isolierten Handgriff. Ein Kabel kommt aus dem Griff und verschwindet irgendwo aus dem Bild.

»Weißt du, was das ist?«

»Sieht nach einer Picana aus. Ein beliebtes Folterinstrument in Südamerika und anderen so genannten zivilisierten Gegenden. Wie viel Volt hat es? Sechzehntausend?«

»Dreißigtausend. Die Technik hat sich weiterentwickelt, Eve. Aber wenn du damit vertraut bist, weißt du wohl auch, wozu es imstande ist. Ich bitte dich ein letztes Mal, eine Sünde zu beichten und wahre, von Herzen kommende Zerknirschung zu zeigen.«

»Hey, das hab ich doch schon! Ich war wirklich geknickt, weil ich dem Typen den Spaß versaut hatte. Ein Mädchen muss schließlich auf Qualität achten.«

Michael seufzt. »Frances, stellst du die Kamera bitte wieder auf das Stativ? Ich brauche deine Hilfe.«

»Ja, Bruder.«

Das Bild wackelt, während sie seinem Wunsch nachkommt. Dann taucht sie selbst im Aufnahmebereich auf.

»Viele Leute denken, die Anwendung der Picana auf der Körperoberfläche, beispielsweise auf den Brüsten oder den Genitalien, wäre ausreichend. Es ist schmerzhaft, zugegeben, doch ich habe festgestellt, dass eine Anwendung im Körperinnern sehr viel effizienter ist.«

»Ich auch«, sagt Kirby. »Also, wo? In meinem Mund, meinem Hintern oder meiner Pussy?«

»Ein Stück weit in deiner Kehle«, sagt er. »Versuch, nicht dein Erbrochenes einzuatmen, sonst erstickst du uns noch.«

Ich sehe ein Zucken in Kirbys linkem Augenwinkel. Es ist der erste Riss in der Fassade, die sie bis zu diesem Moment aufrechterhalten hat.

»Halt ihren Kopf«, befiehlt Michael seiner Schwester.

Frances tritt hinter Kirby und packt ihren Kopf an beiden Seiten, bis sie sich nicht mehr bewegen kann. Michael bringt die Picana vor Kirbys Mund in Position.

»Du kannst den Mund entweder freiwillig öffnen, oder ich ramme dir den Stab so lange gegen die Zähne, bis sie nicht mehr im Weg sind.«

Kirby lächelt nicht mehr und antwortet auch nicht. Stattdessen öffnet sie gehorsam den Mund.

»Letzte Chance«, sagt Michael. »Möchtest du deine Sünden beichten?«

Kirby streckt die Zunge heraus und macht »Aaah«, als würde ein Arzt ihren Hals kontrollieren.

Michael zögert nicht länger. Er schiebt die Picana zwischen ihre Zähne und tief in ihren Schlund. Ich kann es daran erkennen, dass ihr Gesicht rot anläuft, wobei sie zu würgen anfängt. Frances nimmt die Hände von Kirbys Kopf. Es ist eine flüssige Bewegung. Sie und ihr Bruder haben das schon häufiger getan.

In diesem Moment drückt er auf den Knopf im Griff der Picana.

Das Resultat zeigt sich augenblicklich, und es ist scheußlich und abstoßend. Kirbys Körper wird starr, als der Strom ihre Muskulatur verkrampfen lässt. Ihre Augen quellen aus den Höhlen, und ihre Zähne schnappen mit solcher Wucht auf den Stab in ihrem Mund, dass ich überrascht bin, dass sie nicht zersplittern. Urin rinnt an ihren Beinen herab. Ihr Bauch zuckt; mir wird bewusst, dass ihr Darm sich wahrscheinlich gegen ihren Willen entleert.

Es dauert nur eine Sekunde, doch es kommt mir wie eine Stunde vor.

Michael lässt den Knopf los. Kirby reißt den Mund weit auf, und Michael zerrt die Picana aus ihrem Hals. Mit dem Stab kommt Erbrochenes, gefolgt von weiteren konvulsivischen Zuckungen. Krämpfe lassen ihren Körper erbeben, während Muskeln und Gehirn verzweifelt überlegen, wie sie auf das soeben Erlebte reagieren sollen. Sie kippt mitsamt dem Stuhl seitwärts und landet krachend auf den Dielen, wo sie weiter zuckt. Ihre Augenlider flattern. Nach einer Weile lassen die Krämpfe nach, und wir hören ihren Atem vom Fußboden widerhallen. Es sind tiefe, abgehackte Atemzüge.

Michael steht abwartend da und beobachtet sie. Dann tritt er hinter sie, greift nach unten und stellt sie mitsamt dem Stuhl wieder hin. Ich kann nicht fassen, wie sehr Kirby sich in diesen letzten Sekunden verändert hat. Ihr Gesicht ist triefnass vor Schweiß, ihr Kinn und ihre Brust sind bedeckt von Erbrochenem, und ihre Augen blicken wirr.

Michael beugt sich vor. Er schiebt Kirby eine schweißverklebte Locke aus der Stirn.

»Nun, mein Kind? Bist du jetzt bereit zu beichten? Hab keine Angst, Gott wird dir alle Sünden vergeben, die du aufrichtig bereust.«

Kirby öffnet den Mund, um zu sprechen, bringt aber keinen Laut hervor. Sie schließt ihn wieder, schluckt, kämpft sichtlich um Haltung. Dann hebt sie den Kopf und schenkt Michael das zuckersüßeste Lächeln, das ich bei dieser eiskalten Killerin je gesehen habe.

»Komm, Süßer, steck ihn mir wieder rein.«

»Mein Gott!«, sage ich. »Wie lange noch, Alan?«

»Zehn Minuten.«

Zehn Minuten? Was wir soeben gesehen haben, hat sich innerhalb von zwei Minuten abgespielt!

»Ich weiß nicht, ob sie so lange durchhält.«

»Sie wird durchhalten«, sagt James.

Ist das eine Hoffnung oder ein Gebet?, frage ich mich.

»Wenn du darauf bestehst«, sagt Michael in der Liveübertragung. »Aber glaub mir, am Ende bleibt es sich gleich. Wir alle zerbrechen unter dem Willen Gottes. Gott ist Liebe.«

Frances packt erneut Kirbys Kopf, und Michael bringt die Picana vor ihren Mund.

»Fahr schneller, Alan!«, dränge ich meinen Freund. »Bitte!«

KAPITEL 42

»Die Vorhänge sind zugezogen«, erklärt Brady. »Wie ist ihr Zustand? Kann sie die Blendgranaten ertragen?«

Kirby hat die Picana noch drei weitere Male in den Hals bekommen. Sie ist nicht zerbrochen, doch ihr freches Mundwerk ist verstummt – das sicherste Zeichen, dass sie leidet. Ihr Kopf hängt nach vorn. Einzig ihre Augen blicken immer noch trotzig.

»Sie kann.«

Das Haus liegt in Reseda. Es ist ein älteres Gebäude im Ranchhaus-Stil aus den 1960ern, das seither nicht großartig renoviert wurde. Die blau-weißen Holzumrandungen sind gesprungen, und die Farbe blättert ab. Der Rasen ist vertrocknet. Die Fenster sind schmutzig, die Vorhänge sehen alt und schäbig aus. Die Murphys machen sich nichts aus diesem Haus; es ist für sie bloß ein Ort, an dem sie zwischen den Morden ihr Lager aufschlagen.

Brady zeigt mit dem Finger auf die Panoramafenster, die zum Wohnzimmer führen.

»Es wird nicht lange gefackelt, klar? Auf mein Zeichen werfen wir Blendgranaten durch die Fenster, brechen Vorder- und Hintertür auf und werfen weitere Granaten. Dann erst dringen wir ein und schalten die beiden aus. Das alles macht mein Team allein. Wir rufen euch, sobald wir fertig sind.«

Bradys Stimme ist leise und drängend. Seine Männer schweigen und sitzen regungslos da, doch jeder von ihnen zeigt die Anspannung eines Sprinters, der auf den Startschuss wartet.

In diesem Moment schreit Kirby zum ersten Mal. Wir hören es in Stereo: Es dringt aus dem Haus und aus den Lautsprechern des kleinen Computers.

»Wartet auf den nächsten Schrei«, sage ich. »Dann ist die Überraschung für die beiden am größten.«

Letzten Endes sind alle Ungeheuer gleich. Sie leben für die Schreie ihrer Opfer.

Brady sieht mich an und runzelt die Stirn.

»Es ist Kirbys beste Chance«, sage ich zu ihm. »Besser ein weiterer Elektroschock als eine Kugel. Sie hält es aus, keine Angst.«

Brady verarbeitet meine Worte blitzschnell. Er nickt und signalisiert seinen Männern, sich bereit zu machen. Einer steht vor dem Wohnzimmerfenster. Ein weiterer steht mit einer erhobenen Ramme vor der Haustür. Ein Dritter wartet neben ihm, die Blendgranaten wurfbereit. Brady hat seine HK 53 im Anschlag.

Mein Team und ich stehen abwartend bei den Wagen. Alle

haben ihre Waffen gezückt. Der Mond hängt über uns am Himmel, silbern, kalt und unversöhnlich.

Wir sind gerade erst eingetroffen; deswegen hat die Nachbarschaft noch nichts mitbekommen. Niemand ist aufgestanden und neugierig nach draußen gekommen. Das wird sich in den nächsten Sekunden ändern.

Ich habe ein Gefühl, als würde die Zeit in Zehntel-, Hundertstel- oder Tausendstelsekunden vergehen. Alles ist wie erstarrt. Das Warten ist schier unerträglich.

Dann schreit Kirby erneut, und die Welt explodiert.

Blendgranaten segeln durch Fenster. Die Ramme donnert gegen die Tür, der Rückhaltemechanismus splittert, die Tür fliegt auf. Weitere Blendgranaten fliegen ins Innere, und erneut höre ich das Stereo-Echo bei der Detonation. Ich sehe alles von draußen, ich höre es von drinnen, und alles passiert binnen weniger Sekundenbruchteile.

Brady stürmt ins Haus, gefolgt von seinen Leuten. In ihren Bewegungen gibt es kein Stocken, kein Zögern. Alles, was sie tun, ist entschlossen, rasch und kompromisslos. Die Kamera ist umgestürzt und zeigt nun auf eine Wand. Ich kann nicht sehen, was im Haus passiert.

»Komm schon«, murmelte James. »Halt durch, Kirby.« Ich glaube, er weiß nicht einmal, was er sagt.

Ich höre, wie Brady und seine Leute die beiden Murphys anbrüllen.

»Auf den Boden! Gesicht nach unten!«

Grunzen und die Geräusche von Handgemenge folgen. Ich höre dumpfe Schläge. Augenblicke später steht Brady in der Tür und bedeutet uns zu kommen. Wir rennen los.

Das Wohnzimmer liegt unmittelbar rechts. Die Murphys liegen beide auf dem Bauch. Sie sehen einander an, und ihre Lippen bewegen sich.

»Und muss ich auch wandern in finsterer Schlucht …«, sagt Michael.

»… ich fürchte kein Unheil«, fährt Frances fort.

»Halten Sie den Mund, verdammt!«, ruft Brady.

Sie beachten ihn nicht und beten weiter.

James geht zu Kirby. Der Gestank nach Ausscheidungen und Schweiß liegt in der Luft. Kirbys Kopf hängt auf der Brust, die Haare berühren die Oberschenkel. James kniet sich vor sie hin, legt eine Hand unter ihr Kinn und hebt es vorsichtig an. Es ist eine zärtliche, unerwartete Geste.

»Ist alles okay?«

»D-dämliche … dämliche Frage«, krächzt sie.

Sie spricht zu ihm, doch ihre Augen sind auf mich gerichtet. Sie flehen mich an.

»Alles raus, außer Callie und mir«, befehle ich.

Zögern. Verwirrte Blicke. Im Hintergrund murmeln die Murphys ihre Psalmen. Es hört sich an wie Fliegen, die gegen ein Gitter anstürmen.

»Ich meine es ernst«, sage ich. »Los, raus. Auf der Stelle.«

Einzig James scheint mich zu verstehen. Er erhebt sich und geht ohne ein weiteres Wort zur Tür. Bradys Leute zerren die beiden Murphys auf die Beine und führen sie nach draußen. Michael bleibt vor Kirby stehen.

»Du hast nicht gebeichtet. Du wirst zur Hölle fahren.«

»W-wir … sehen uns d-dort …«, ächzt Kirby. Sie versucht ihm einen Kuss zuzuwerfen, hat aber nicht die Kraft.

»Schafft sie hier raus«, sage ich.

Alan geht als Letzter.

»Ich stehe Wache vor der Tür«, sagt er und zieht sie hinter sich ins Schloss.

»K-kannst d-du Callie-Baby a-auch rausschicken?«

»Ich brauche ihre Hilfe, Kirby«, widerspreche ich mit sanftem Nachdruck. »Sie war auch für mich da, damals, nachdem es passiert ist. Du kannst ihr vertrauen.«

Callie schweigt, während Kirby sie aus misstrauischen Augen mustert.

»Okay. K-könnt ihr m-mich bitte losschneiden?«

»Sicher, Süße«, sagt Callie leise und kniet neben ihrem Stuhl nieder.

Sie zieht ein Taschenmesser hervor und macht sich daran, die Seile zu durchtrennen. Kirby fängt an zu zittern. Ich lege eine Hand auf ihre Schulter, wische ihr mit der anderen die Haare aus der Stirn. Als die Fesseln abgefallen sind, bleibt sie zitternd sitzen und reibt sich die Handgelenke.

»K-kann ich … euch ein Geheimnis a-anvertrauen?«, fragt sie uns flüsternd.

»Sicher. Alles«, antwortet Callie.

Kirby grinst schwach. »I-ich schätze, m-mir geht gerade der Saft aus …«

Wir fangen sie auf, als sie bewusstlos aus dem Stuhl nach vorn kippt.

Das ist es, was ich in ihren flehenden Augen gesehen habe: Kirby war am Ende, und sie wollte so wenige Zeugen für dieses Geheimnis wie nur möglich.

Kirby klammert sich an mich, die Arme um meinen Hals, während Callie sie in der Badewanne wäscht. Wir säubern sie wie ein Baby, und sie wehrt sich nicht. Es ist ein Moment des Vertrauens, der so schnell wohl nicht wiederkommen wird. Ihre Muskeln zucken und zittern, und ihr Griff um meinen Hals verkrampft sich, als Callie (sanft, unendlich sanft und behutsam) ihre intimen Stellen wäscht.

»Möchtest du meine Beichte hören?«, flüstert sie mir ins Ohr, so leise, dass nur ich sie hören kann.

Ich sage nichts. Ich spüre, wie Kirbys Lippen sich zu einem Grinsen verziehen.

»Ich hatte eine Freundin, als ich sechzehn war. Sie wurde von ihrem Freund umgebracht. Er hat sie totgeschlagen und ist geflüchtet. Ich habe ein Jahr gebraucht, um ihn zu finden, und es dauerte drei Tage, bis er tot war. Ich war nicht mal achtzehn, aber ich empfand nicht einen Hauch von Schuldgefühl. Niemals.«

Ich sage nichts. Ich streichle ihr übers Haar. Sie legt den Kopf an meine Schulter und seufzt.

Jeder, selbst Kirby, braucht jemanden, dem er seine größten Geheimnisse anvertrauen kann. Manchmal.

Ego te absolvo, Kirby.

KAPITEL 43

»Was haben Sie mit den Leichen gemacht?«

Ich sitze mit Michael Murphy im Vernehmungszimmer, wie schon mit so vielen von seiner Sorte, und versuche, ihm die letzten Geheimnisse zu entlocken. Das letzte Geständnis, die letzte Beichte. Er mustert mich, meine Narben, versucht (so stelle ich mir vor), in meine Seele zu blicken.

»Sind Sie katholisch?«, fragt er schließlich.

»Nicht mehr.«

»Glauben Sie an Gott?«

»Vielleicht. Was haben Sie mit den Leichen gemacht?«

Er hat sich zwanzig Jahre lang vor uns versteckt. Wohin sind seine Opfer verschwunden?

Er sitzt genauso am Tisch, wie er in den Videoclips am Tisch gesessen hat. Der Rosenkranz ist Handschellen gewichen, doch die Körperhaltung ist die gleiche. Michael Murphy ist genau da, wo er sein will. Für ihn war das Gefängnis die nächstbeste Kanzel, um seine Predigt zu verkünden. Und die Todesstrafe, die ihn und seine Schwester erwartet, ist eine Gelegenheit, zum Märtyrer zu werden. Sie haben gestanden, ohne dass wir sie vernehmen oder in den Zeugenstand rufen mussten.

Die Videoclips haben sich tatsächlich verbreitet wie ein Virus. Sie sind via Internet einmal um die ganze Welt gegangen und wieder zurück. Hauptsächlich wurden sie von Voyeuren missbraucht als eine Gelegenheit, die letzten Augenblicke eines menschlichen

Wesens zu verfolgen, ein Ohr an den Beichtstuhl zu legen. Doch es kann nicht bestritten werden, dass sie eine Debatte angestoßen haben, die Monate andauern wird, möglicherweise noch länger.

Manche halten die Methoden der beiden Killer für unentschuldbar, sind aber der Ansicht, dass die Botschaft dennoch einen wahren Kern enthält. Mord, lautet ein Argument, ist keine christliche Tugend, die volle Wahrheit vor Gott jedoch ist es sehr wohl. Mit anderen Worten: Wir billigen nicht, *wie* sie es getan haben, gütiger Himmel, nein! Doch in Bezug auf das, *was* sie zu sagen hatten … nun ja …

Es gibt eine radikale Splittergruppe, die Michael und seine Schwester sogar als Helden verehrt, als Revolutionäre. Ich bin über eine Webseite gestolpert, die T-Shirts anbietet mit Slogans wie »Die volle Wahrheit oder die ewige Verdammnis« und »Nur Gott allein kann über die Murphys richten«.

Doch die Zahl der Unterstützer ist verschwindend gering. Die meisten Christen, die überwältigende Mehrheit, verabscheut alles, was die Murphys getan haben, jeden Aspekt ihres Tuns. Viele haben offene Briefe an die Familien der Opfer geschrieben und sich im Namen sämtlicher Christen und Katholiken für das entschuldigt, was die Murphys getan haben. Ich fühle mich an das Kapitel aus dem Katechismus erinnert, aus dem Vater Yates mir vorgelesen hat – über die Liebe als leitendes Prinzip für jedes Handeln. Es tut gut zu sehen, dass es für die meisten Katholiken nicht bloß Worte sind.

Die Murphys bleiben für mich eine Ansammlung von Widersprüchen. Wenn man diese Monster so versteht, wie ich es tue, dann ist es so, als würde man versuchen, in eine misstönende Melodie einzustimmen, bei der man immer nur mutmaßen kann, wie sie weitergeht.

Nicht selten gehen Fanatismus und Serienmord Hand in Hand, und die Folgen sind verheerend. Terroristenführer, die im Namen Gottes den Tod predigen, sind oftmals gar nicht wirklich an Gott interessiert. Sie ergötzen sich vielmehr am Tod von Menschen. Hitler hat davon geredet, die »arische Rasse« zu stärken. In Wirklichkeit war er bloß ein ganz normaler Massenmörder.

Es gab kaum Hinweise, dass Michael oder Frances bei ihren Verbrechen sexuelle Lust empfunden haben. Der Arzt im Frauengefängnis, in dem Frances einsaß, hat bestätigt, dass sie noch Jungfrau war. Weder sie noch Michael haben ein Gnadengesuch auf Erlass der Todesstrafe gestellt.

Wahre Gläubige? Oder gibt es eine dunkle Freude, tief in ihnen und so gut verborgen vor aller Augen, dass nicht einmal sie selbst davon wissen?

Michael kommt auf meine Frage zurück. »Was mit den Leichen geschehen ist? Möchten Sie das wirklich wissen?«

»Nein, Michael. Ich hatte heute nur ein wenig freie Zeit und dachte, ich schaue auf ein Schwätzchen vorbei. Selbstverständlich will ich es wissen!«

Er verschränkt die Hände und lächelt. »Dann müssen Sie mir etwas beichten. Es muss keine große Sünde sein, aber es darf auch keine Lappalie sein. Beichten Sie mir, und ich gebe Ihnen mein Wort, dass ich Ihnen sage, was mit den anderen Opfern geschehen ist.«

Ich denke über dieses Angebot nach. Es ist nie eine gute Idee, sich bei einer Vernehmung auf einen Handel einzulassen. Sobald die Vernommenen haben, was sie wollen, brauchen sie einen nicht mehr und verkriechen sich in sich selbst. Michaels Droge der Wahl ist die Wahrheit.

»Schwören Sie bei Gott«, sage ich.

»Wie bitte?«

»Schwören Sie bei Gott, dass Sie es mir sagen, wenn ich etwas beichte.«

Er zuckt die Schultern. »Wie Sie meinen. Ich schwöre bei Gott.«

Ich lehne mich im Stuhl zurück und denke darüber nach. Er wird sich nicht zufriedengeben mit einer Lappalie wie Masturbation. Es muss etwas Persönliches sein, es muss kompliziert sein, es muss nach Wahrheit klingen, und meine persönliche Integrität darf letzten Endes keinen Schaden nehmen.

»Meine Mutter starb, als ich zwölf Jahre alt war«, sage ich.

»Woran?«

»Bauchspeicheldrüsenkrebs.«

»Das tut mir leid. Ein schmerzhafter Tod.«

»Ja. Als es zu Ende ging, stöhnte sie nur noch, Tag und Nacht. Die Schmerzmittel halfen nicht mehr.«

»Das muss schwierig gewesen sein für Sie.«

Schwierig? Es setzt mir heute noch genauso zu wie damals. Der bloße Gedanke daran ist der nackte Horror. Die Haare meiner Mutter waren immer lang und voll gewesen, doch die Bestrahlung hatte sie kahl gemacht wie ein Baby und ihre schönen Augen stumpf werden lassen. Sie war abgemagert bis auf die Haut, und ihr Geruch, der Mutter-Geruch, der früher so tröstend und natürlich für mich gewesen war wie das Atmen, war verdrängt worden vom Gestank nach Krankheit und Tod.

Mein Dad – Gott segne ihn – war ein guter Vater, ein großartiger Vater und ein wunderbarer Ehemann, doch nicht einmal er konnte es lange in ihrem Krankenzimmer aushalten, direkt neben ihrem Bett. Er kam für eine Stunde und benötigte anschließend zwei Tage, um sich zu erholen. Also blieb nur ich. Ich saß neben Mutters Bett, streichelte ihre Stirn, sang für sie und weinte mit ihr. Sie war zu Hause, wir hatten eine Pflegeschwester, doch ich brachte sie dazu, dass ich ihr bei den meisten Dingen helfen durfte. Mit meinen zwölf Jahren wechselte ich ihr die Windeln, und ich hasste diesen Augenblick genauso sehr, wie ich ihn liebte.

»In den letzten Wochen ihres Lebens bettelte sie jeden Tag darum, manchmal zweimal am Tag, dass ich sie töte.«

Töte mich, bitte töte mich, Liebes, töte mich, stöhnte sie, schrie sie, kreischte sie, wieder und wieder. *Bitte, bitte, töte mich und mach, dass es aufhört, mach, dass es aufhört, o gütiger Gott, mach, dass es aufhört …*

»Mom war katholisch und immer sehr gläubig gewesen. Sie

erzog mich zur Katholikin. Und trotzdem lag sie in ihrem Bett und bettelte um ihren Tod.«

»Gott erlegt uns Prüfungen auf«, sagt Michael.

Ich sehe ihn an und überlege, ob ich ihn umbringen soll. Doch nur für eine Millisekunde.

»Eines Tages, ganz gegen Ende, hatte Mom einen guten Morgen. Das kam manchmal vor. Manchmal war sie ganz bei sich. Ihre Augen waren normal und klar, und wir konnten uns sogar ein wenig unterhalten. Doch es dauerte nie lange. An jenem Morgen hätte ich meinen Vater hinzurufen können, aber ich tat es nicht. Ich beschloss, allein mit ihr zu reden, unter vier Augen.«

»Über ihren Todeswunsch.« Es ist eine Feststellung, keine Frage.

»Ja. Ich sagte ihr, dass Selbstmord eine Sünde wäre, und wenn sie mich darum bäte, sie zu töten, und ich ihren Wunsch erfüllte, würde sie in die Hölle fahren. Ich sagte ihr, sie müsse mir sagen, dass sie leben wollte bis zum Ende. Ich musste diese Worte aus ihrem Mund hören.«

Michael neigt den Kopf zur Seite, während er mich aus zusammengekniffenen Augen mustert.

Sieht er schon, wohin das führt? Vielleicht. Vielleicht ist das sein Talent, seine Begabung. Vielleicht riecht er Sünden wie ein Hund das Fleisch.

»Sie war klar im Kopf. Sie hatte immer noch Schmerzen, doch sie begriff, was ich von ihr wollte, und in diesem Moment zeigte sie mir, wie weit echter Glaube gehen konnte. Sie lächelte und sagte mir genau das Gleiche wie Sie vorhin. ›Gott prüft mich, Liebes, das ist alles. Es ist bald vorbei‹, sagte sie. ›Sag die Worte, Mom‹, bettelte ich sie an. Sie war ein wenig verblüfft, doch sie war müde, unendlich müde. ›Ich möchte bis zum Ende leben‹, sagte sie dann. Eine Stunde später war sie wieder im Fieberwahn, gefangen im Schmerz, und bettelte um ihren Tod.«

»Das hört sich an, als wäre Ihre Mutter eine außergewöhnliche Frau gewesen.«

»Ja, das war sie.«

Er beugt sich ein klein wenig vor.

»Die Sünde, Smoky Barrett. Was haben Sie getan?«

Ich hasse es, dass er mich mit Vornamen anspricht.

»Ich musste die Worte hören, verstehen Sie? Damit es nicht Selbstmord war, als ich sie getötet habe.«

Da hast du es, denke ich. *Die Wahrheit.*

Seine Augen haben sich unmerklich geweitet. Nicht aus Schock oder Überraschung, sondern wegen des Nervenkitzels. Die Wahrheit ist seine Droge.

»Sie haben Ihre Mutter getötet?«, fragt er atemlos.

»Ich habe ihr Frieden gegeben. Den Frieden, den Gott ihr nicht geben wollte. Sie litt Höllenqualen. Kein Tier lassen wir so leiden. Warum sollten Menschen so etwas durchmachen?«

»Weil Menschen eine Seele haben, Smoky.«

Ich würde ihm am liebsten ins Gesicht spucken.

»Was auch immer, letzten Endes habe ich sie mit einer Überdosis Morphium vergiftet. Ich wusste, was ich zu tun hatte – ich habe geholfen, ihr ihre Medikamente zu geben. Und es war kein Selbstmord, also ist sie dafür nicht in die Hölle gekommen.«

Er trommelt mit den Fingern auf das Resopal des Tisches, während er nachdenkt. »Ich muss dir zustimmen, Smoky. Deine Mutter ist in den Himmel gekommen. Ihr letzter, bei klarem Verstand geäußerter Wunsch war es, zu leben. Du selbst jedoch …« Er schüttelt den Kopf. »Du wirst Gottes Gnade niemals spüren, es sei denn, du bittest ihn um Vergebung.«

»Mag sein. Aber das war nicht unsere Abmachung. Ich habe mich bereit erklärt, etwas zu beichten, und ich glaube, ich habe meinen Teil der Vereinbarung eingehalten.«

Er seufzt. »Ja. Und ich habe bei Gott geschworen. Ich hoffe trotzdem, dass du irgendwann darüber nachdenkst. Ich hoffe für dich, dass du eines Tages aufwachst und Gott bittest, dir den Mord an deiner Mutter zu vergeben. Verstehst du denn nicht? Es ist die einzige Möglichkeit, wie du sie jemals wiedersehen kannst.«

»Was ist mit den Leichen der anderen Opfer?« Meine Stimme ist eisig.

»Speckkäfer. Das sind Fleischfresser, die beispielsweise beim Präparieren von Tierkörpern eingesetzt werden, um die Knochen von Haut und Fleisch zu befreien. Diese Käfer sind sehr effizient, und man kann sie leicht erwerben. Wir benutzten sie, um die Leichen zu skelettieren. Anschließend haben wir die Knochen zermahlen und das Pulver auf geweihtem Boden verstreut.«

»Sie haben die Leichen von Käfern … *auffressen* lassen?«, frage ich fassungslos.

»Der Körper ist nur ein Gefäß, Smoky. Ihre Seelen sind im Himmel.« Er ist ruhig, gelassen, entspannt.

»Ich bin nicht sicher, ob die Familien der Opfer das auch so sehen.«

»Es spielt keine Rolle, ob sie es so sehen oder nicht. Die Wahrheit bleibt die Wahrheit.«

Ich kämpfe gegen das Verlangen an, ihn mit den bloßen Händen zu erwürgen. Nur noch ein paar letzte Fragen.

»Wie haben Sie von Dexter Reid erfahren?«

»Dexters … Situation wurde zu einem kontroversen Thema in verschiedenen katholischen Weblogs. Wir haben weltweit sämtliche für Katholiken relevanten Nachrichten im Internet verfolgt.«

Ich stelle mir Michael und Frances als Ghouls vor, zusammengekauert in der Dunkelheit, die Gesichter erhellt vom geisterhaften Schimmern eines Computerbildschirms, während sie sich die Lippen lecken und durch den Cyberspace surfen.

»Reden wir von Ihrer Vorgehensweise. War sie immer gleich? Frances hat sich in die Gemeinde eingeschlichen und die Beichtstühle verwanzt?«

Er nickt. »Anschließend haben wir gemeinsam die Bänder abgehört und unsere Wahl getroffen. Frances freundete sich dann mit der jeweiligen Person an, um deren Verhaltensmuster kennenzulernen.«

»Und Sie haben das Töten übernommen.«

»Manchmal hat Frances geholfen, aber im Allgemeinen … ja. Das war unsere Arbeitsteilung.«

»Anschließend blieb Frances noch eine Zeit lang in der Kirchengemeinde, damit niemand Verdacht schöpft, sie könnte etwas mit dem Verschwinden des Opfers zu tun haben.«

Er nickt erneut. »Richtig.«

»Sie haben mit Ihrer … *Arbeit* angefangen, ehe es das Internet gab. Was hatten Sie ursprünglich mit den Filmen vor, die Sie aufgenommen haben?«

»Wir wussten es selbst nicht genau. Wir wussten nur, dass wir unsere Arbeit aufzeichnen mussten, doch ich gestehe, dass uns anfangs nicht klar war, wie wir diese Aufzeichnungen letztlich nutzen würden. An eine Nachrichtenagentur schicken? Direkt an andere Leute?« Er blickt auf und lächelt. »Wir vertrauten darauf, dass Gott uns einen Weg zeigen würde, und tatsächlich, nach einer Reihe von Jahren hat er es getan.«

»Warum haben Sie bei Lisa Reid Ihre Vorgehensweise geändert? In Lisas Fall haben Sie selbst die Gemeinde infiltriert.«

Er zuckt die Schultern. »Eifer, nehme ich an. Wir haben zwanzig Jahre damit verbracht, unsere Sache aufzubauen. Wir wussten, dass unser Werk fast vollendet war, und wir wollten keine Sekunde länger warten als nötig. Und weil wir an die Öffentlichkeit treten wollten, war es nicht mehr notwendig, ganz so vorsichtig zu sein. Abgesehen davon hatte ich auf diese Weise Gelegenheit, meinen eigenen Daumenabdruck auf dem Kelch zu hinterlassen.«

»Hatten Sie denn keine Angst, Lisa könnte Sie im Flugzeug erkennen?«

»Ich trug einen falschen Bart und änderte meine Augenfarbe. Sie hatte mich immer nur in einem Rollstuhl gesehen. Wenn jemand behindert ist, erinnern die Menschen sich oft nur an die Behinderung.«

Da hat er recht.

»Woher wussten Sie, dass Ihr Werk getan war?«

Das ist eine Schlüsselfrage für mich, denn es macht Michael und Frances einzigartig, von einem »Abschluss ihres Werks« zu reden. Serienkiller töten, weil sie es gerne tun. Sie töten, bis sie aufgehalten werden, entweder durch Verhaftung oder Tod. Die Murphys haben praktisch von allein das Töten eingestellt, indem sie sich offenbarten.

»Wir haben immer gewusst, dass wir eines Tages erkennen würden, wann wir genug getan hatten. Vor ein paar Monaten wurde uns offenbar, dass dieser Augenblick gekommen war.«

»Wie das?«

Michael Murphy sieht mir direkt in die Augen und lächelt. Es ist das freudigste Lächeln, der glückseligste Ausdruck, den ich jemals auf einem menschlichen Gesicht gesehen habe.

»Gott hat es mir gesagt.«

Seine Stimme bebt vor Ehrfurcht. Er meint es nicht als Scherz.

»Er hat mit Ihnen gesprochen?«

»Nicht nur das. Er ist mir *erschienen!* Es war vor ungefähr drei Monaten. Ich hatte aus irgendeinem Grund schlecht geschlafen in jener Nacht, was ungewöhnlich war. Normalerweise schlafe ich tief und fest. Ich war einen Moment lang eingedöst. Es war an der Grenze, an jenem Abgrund, bevor man in Bewusstlosigkeit stürzt, als ich seine Stimme vernahm.«

»Was hat er gesagt?«, bohre ich nach, obwohl es unnötig ist. Michael ist zurückgekehrt zu jenem Augenblick und hört die Stimme Gottes, so wie damals.

»›Michael, mein Sohn, du hast dein Werk vollbracht‹, hat er gesagt. ›Du bist einen schweren Weg gegangen und hast große persönliche Gefahren auf dich genommen, doch nun ist der Zeitpunkt für den nächsten Teil deiner Reise gekommen.‹«

Mir bleibt nicht verborgen, dass nur Michael gelobt wird; Frances wird mit keinem Wort erwähnt.

»›Die Zeit ist gekommen, dass du der Welt die Wahrheit enthüllst. Es wird nicht einfach. Viele werden dich verunglimpfen und mein Wort zurückweisen, doch lasse dich davon nicht beeindrucken! Mein Weg ist der richtige Weg, der einzige Weg. Du musst ihn weitergehen, selbst wenn du durch ein Feld von Glassplittern musst.‹«

Tränen strömen über Michaels Gesicht. »›Ja, Herr‹, rief ich aus. ›Was immer du verlangst, ich werde gehorchen. Welche Bürde du mir auch auferlegst, ich werde sie tragen.‹« Er verstummt sekundenlang, ehe er weiterspricht. Ich warte geduldig. »Dann war er verschwunden, und ich fühlte mich voller Energie und erfrischt, obwohl ich nicht geschlafen hatte. Ich fühlte mich, als könnte ich tagelang rennen, wochenlang, monatelang.« Er kommt zurück in die Gegenwart, wischt sich die Tränen aus dem Gesicht, scheinbar ohne es zu bemerken, und konzentriert sich wieder auf mich. »Gott hat uns auf diesen Weg gebracht. Gott hat mir gesagt, dass wir an seinem Ende angekommen waren. So war es immer, bei allen Propheten seit Anbeginn der Zeit.«

Er glaubt es. Er glaubt jedes Wort von dem, was er sagt. Ich sehe es an seinem Gesicht, höre es an seiner Stimme. Der Wahnsinn lodert wieder in seinen Augen. Warum haben die Murphys zu morden aufgehört? Aus dem gleichen Grund, aus dem sie angefangen haben. Beide Murphys sind wahnsinnig.

»Was ist mit Valerie Cavanaugh, Michael? Sie passt nicht in Ihr Muster. Jedes Opfer hatte ein äußeres Geheimnis, in dem sich ein weiteres, dunkleres Geheimnis verbarg. Was war Valeries äußeres Geheimnis?«

Er stockt, denkt nach. »Du hast recht«, gesteht er dann. »Sie hatte keins. Doch als wir ihre Beichte hörten … sie hat gebeichtet, um den Priester zu quälen, nicht, weil sie Gottes Vergebung suchte. Man konnte den Stolz in ihrer Stimme hören. Einmal kicherte sie sogar. Der arme Priester. Er wusste gar nicht, was er tun sollte, aber es gibt nun mal das Beichtgeheimnis.« Er zuckt die Schultern. »Sie war nicht wie die anderen, doch ihr Tod dient trotzdem zur Verdeutlichung der Botschaft, dass vor Gott nur die vollkommene Wahrheit zählt. Beichte ohne Reue ist die schlimmste Art der Lüge, die es gibt.« Seine Stimme wird tonlos. »Diese Welt ist ein besserer Ort ohne sie.«

Ich neige den Kopf zur Seite und sehe ihn an. »Valerie hat Sie wütend gemacht, nicht wahr? Sie war die Antithese all dessen, was Sie in Ihrer Botschaft verkünden. Ihre Version des Teufels.«

Er zuckt. Er ist nicht meiner Meinung, doch …

»Eine Frage noch, Michael. Warum nur Frauen? Gab es keine Männer mit Geheimnissen, die es wert waren, getötet zu werden, um Ihren Standpunkt zu verdeutlichen?«

Er starrt mich mit leerem Blick an, weiß nicht, was er sagen soll. »Was spielt das für eine Rolle?«

Es verschlägt mir die Sprache. Er sieht es nicht, wird mir klar. Das ist sein blinder Fleck, und er ist vorsätzlich und tiefgründig. Selbsterkenntnis, das habe ich schon vor langer Zeit begriffen, ist ein Luxus, den ein Psychopath nicht kennt.

»Noch eine Sache, Michael. Die Narben auf Frances' Handgelenken. Sie sind echt. Wann hat sie versucht, sich das Leben zu nehmen?«

Er lächelt mich an und schüttelt den Kopf. »Das hat sie nicht. Die Narben waren notwendig, damit sie ihre Rolle spielen konnte. Es war riskant, doch ich habe sie durchgebracht, mit Gottes Hilfe.«

Ich starre ihn an. Ich wünschte, ich hätte irgendwie die Kraft, einen schockierten Gesichtsausdruck aufzusetzen, doch ich weiß, dass ich dazu längst nicht mehr in der Lage bin. Ich erinnere mich an etwas, das mir ein erfahrener Profiler einmal gesagt hat, als ich neu war und voller Optimismus und als man mich noch schocken konnte: *Manchmal sind nur die schlimmsten Dinge wahr.*

Ich stehe auf. Ich will raus hier, auf der Stelle, mehr als alles andere. Gott sei Dank fällt mir gerade noch rechtzeitig ein, dass ich so nicht gehen kann. Ich blicke Michael an und lächle.

»Michael?«

»Ja?«

»Was ich Ihnen über meine Mutter erzählt habe … das war alles gelogen. Sind Sie tatsächlich so dumm und glauben, ich würde Ihnen einen Mord beichten? Hier? Unsere Unterhaltung wird auf Video aufgezeichnet, Herrgott noch mal!«

Ich verlasse den Raum ohne ein weiteres Wort. Seine Flüche verfolgen mich.

Das ist mein Nervenkitzel, eine Sache, die mich mit Befriedigung erfüllt: die Qualen, die sie spüren, wenn ich ihnen nicht gebe, was sie wollen.

»Dann ist es also vorbei«, sagt Rosario am Telefon zu mir.

»Es ist vorbei. Beide wurden zum Tode verurteilt und warten auf die Hinrichtung.«

Sie schweigt, und ich spüre diese Stille und verstehe sie. Es ist die Stille des unerfüllten, unvollendeten Satzes.

»Warum fühle ich mich nicht besser?«, fragt sie mich.

»Sie kennen den Grund.«

Sie schnieft. Sie weint.

»Ja. Ja, ich glaube, Sie haben recht.«

Es ist nicht genug, weil ihr Kind immer noch tot ist, für immer tot bleiben wird, nie zurückkehren wird. Nichts kann das richten, niemals.

»Danke, dass Sie mich angerufen haben, Smoky. Und für … nun ja, für alles.«

»Auf Wiedersehen, Rosario.«

Wir legen auf, und ich weiß, dass dieser Abschied für immer ist. Die Familien der Opfer halten keinen Kontakt zu mir; ich bin in ihren Gedanken für immer mit dem Verlust ihrer Angehörigen verbunden. Rosario ist dankbar, doch ich muss in ihrer Vergangenheit verschwinden und darf nicht ihre Zukunft ausfüllen. Früher hat mir das zu schaffen gemacht, doch heute verstehe ich es aus sehr viel persönlicherer Sicht.

Ich fahre zu meiner nächsten Station und denke über die vergangenen Wochen nach. Habe ich etwas gelernt in dieser Zeit?

So sehr ich mich gegen das Lernen sträube wegen meiner Berührungen mit den Ungeheuern, so sehr weiß ich, dass es eine der wichtigsten Eigenschaften ist, die mich von ihnen unterscheiden. Ich kann lernen und mich verändern. Sie können es nicht.

Geheimnisse. Sie ziehen sich durch alles, was wir tun, alles, was wir sind. Die Religion nennt sie Sünden und sagt, dass sie uns den Weg ins Himmelreich versperren. Sie können klein sein oder groß. Wir können uns an sie klammern, als wären es Barren aus Gold. Jeder von uns hat sie.

Vielleicht hat die Religion recht. Vielleicht ist es auch nur eine weitere Metapher. Vielleicht, nur vielleicht, tragen wir den Himmel und die Hölle in uns, schon hier auf der Erde, und zu allen Zeiten. Vielleicht befördert es uns in eine Hölle auf Erden, wenn wir uns an unsere dunkelsten Geheimnisse klammern – und vielleicht ist die Erleichterung, die wir verspüren, wenn wir uns von diesen Geheimnissen befreien, eine Art Himmelreich.

»Hallo, Vater«, sage ich.

Vater Yates lächelt erfreut, als er mich sieht. Die Kirche ist leer. Er führt mich zur vordersten Bank und bittet mich, Platz zu nehmen.

»Wie geht es Ihnen?«, fragt er.

»Gut, danke. Und Ihnen?«

Er zuckt die Schultern. »Besser. Einige Dinge haben sich geändert. Die Kirchen bekommen technisches Gerät, um die Beichtstühle auf Wanzen überprüfen zu können. Mit dem PR-Edikt, ›dafür zu sorgen, dass das Sakrament der Beichte unantastbar bleibt, selbst in unserer modernen, von Technologie beherrschten Zeit‹.«

»Irgendwann wird jemand zwei und zwei zusammenzählen.«

»Das glaube ich auch. Doch die Kirche zögert, ihre Schwäche einzuräumen.« Er lächelt. »Was eine ihrer Schwächen ist.«

»Sie sind noch immer nicht auf einen Kardinalsposten aus, wie ich sehe«, sage ich schmunzelnd.

»Ich bin nicht für ein solches Amt geschaffen, darum ist es mir egal.«

»Ich bin auch nicht karrieregeil«, rutscht es mir heraus. »Oh, Verzeihung, Vater.«

Er lacht. »Dann sollten wir am besten mit dem weitermachen, was wir bis jetzt getan haben.«

»Ja.«

»Nun, Michael Murphy hat gesagt, dass es ihm um die Wahrheit geht, doch letzten Endes hat er möglicherweise mehr dazu beigetragen, den sicheren Hafen des Beichtgeheimnisses zu beschädigen, als irgendjemand vor ihm in der Geschichte der katholischen Kirche.«

»So wird er es niemals sehen, Vater. Nicht in einer Million Jahren. Täter kommen nie mit ihren eigenen Widersprüchen zurecht.«

Wir schweigen. Ich blicke zum Kruzifix über dem Altar, von dem noch immer die Farbe abblättert, und an dem Jesus noch immer leidet.

»Weshalb sind Sie hergekommen, Smoky?«

»Ich brauche etwas von Ihnen.«

»Was?«

Ich zögere mit der Antwort: »Ich möchte Jesus wiederfinden.«

Bin ich mir ganz sicher?

»Ich möchte, dass Sie mir noch einmal die Beichte abnehmen. Es geht schnell.«

Er sieht mich für einen Moment an. Dann erhebt er sich und deutet auf den Beichtstuhl an der Seite.

»Vergeben Sie mir, Vater, denn ich habe gesündigt. Sie wissen, wie lange meine letzte Beichte zurückliegt. Ich habe heute einen Mann belogen. Es war eine schlimme Lüge.«

»Was für eine Lüge?«

»Ich habe ihm erzählt, ich hätte etwas Schreckliches getan. Später habe ich ihm gesagt, dass es eine Lüge gewesen sei und dass ich mir alles nur ausgedacht hätte.«

»Aber das stimmt nicht?«

Die große Frage, mit der großen Antwort, die Frage, die mich niemals in Ruhe lässt. Sie ist bei mir, wenn ich aufwache, sie ist bei mir, wenn ich schlafen gehe, sie ist bei mir den ganzen Tag über. Sie hat auch bei meiner Berufswahl eine Rolle gespielt, da bin ich sicher.

»Ja. Was ich ihm zuerst gesagt habe, war die Wahrheit.«

»Möchtest du mir erzählen, was du ihm gesagt hast?«

»Nein, Vater.«

Eine Pause. Ich kann beinahe hören, wie er über meine Worte nachdenkt. Ich kann sein Zögern spüren und sein Misstrauen.

»Das, was du ihm erzählt hast … glaubst du, Gott hat es ebenfalls gehört?«

»Wenn er existiert, Vater, war es eigentlich für seine Ohren bestimmt.«

»Ich verstehe. Dann möchtest du also einräumen, dass das, was du gesagt hast, die Wahrheit ist, aber du möchtest es nicht wiederholen.«

»So ähnlich.«

Er seufzt. »Und du möchtest Vergebung für diese Sache?«

»Um ehrlich zu sein, ich weiß es nicht, Vater. Ich weiß nur, dass ich beichten möchte, dass es geschehen ist. Das ist doch ein Anfang, oder?«

»Ja. Es ist ein Anfang. Aber ich kann dir auf diese Weise keine Absolution erteilen und keine Buße auferlegen.«

»Was die Buße angeht, Vater … ich bereue seit langer, langer Zeit. Und was die Absolution betrifft, werden wir sehen. Ich wollte nur sicher sein, dass Sie mich angehört haben, Vater. Ich weiß immer noch nicht, ob Vergebung bei dieser Sache überhaupt eine Rolle spielt.«

Ich würde meine Mom fragen, wenn ich könnte.

»Also gut, Smoky. Und wenn du mir jemals mehr erzählen möchtest, werde ich dir zuhören.«

»Ich weiß, Vater. Danke.«

Ich fahre über den Highway nach Hause, wo Bonnie und Tommy auf mich warten, und ich denke an meine Mutter. Ich rufe mir ihre Schönheit ins Gedächtnis, ihr Lächeln, ihr Temperament. Ich erinnere mich an jede Sekunde, die ich mit ihr verbracht habe, und ich schätze diese Erinnerungen als das, was sie sind: Zeiten und Orte, die niemals wieder existieren werden.

Ich habe meine Mutter getötet, als ich zwölf Jahre alt war. Ich habe es aus Liebe getan, gewiss, doch ich habe mich immer gefragt, ob das der Grund dafür ist, dass ich mich in die Ungeheuer hineinversetzen kann, dass ich sie verstehen kann. Ist es, weil in mir ebenfalls ein Stück Ungeheuer schlummert?

Was meinst du, Gott?

Er schweigt, und genau das ist mein grundlegendes und fortgesetztes Problem mit ihm.

Mom?

Vielleicht ist es Einbildung, doch die Brise, die durchs Wagenfenster dringt und in meinen Haaren spielt, fühlt sich wie eine Bestätigung an, und für einen Moment bin ich mit mir im Reinen.

KAPITEL 44

»Wie geht es ihr?«, frage ich.

»Sieh selbst«, antwortet Kirby.

Das Hotelzimmer, das Callie gemietet hat, um sich von ihrer Vicodinsucht zu befreien, hat schon bessere Zeiten gesehen. Callie wohnt seit nunmehr zwölf Tagen in diesem Zimmer, und es stinkt nach Schweiß und Erbrochenem. Sie hat sich geweigert, eine Entziehungsanstalt aufzusuchen, was keine Überraschung für mich war.

»Das Reinigungspersonal wird uns hassen, wenn wir ausziehen.«

»Keine Bange, ich lass denen ein üppiges Trinkgeld hier …«

Callie steht in der Tür zum Bad. Sie ist blass und hat Ringe der Erschöpfung unter den Augen, doch sie sieht gefestigter aus als in den letzten Tagen.

»Wie fühlst du dich?«, frage ich.

»Ich werde allmählich wieder menschlich, schätze ich. Hat ja auch lange genug gedauert. Ich denke, morgen bin ich so weit, dass ich aus diesem Höllenloch ausziehen kann.«

Kirby und ich haben uns abwechselnd um sie gekümmert. Wir haben sie gehalten, während sie gezittert und geschwitzt und geflucht hat. Wir haben ihre Haare gehalten, während sie sich übergeben hat. Einmal habe ich ihr übers Haar gestreichelt, als sie vor Verlangen nach der Droge geweint hat.

»Meine Güte, das wurde aber auch Zeit«, sagt Kirby. »Mein Sexualleben hat echt darunter gelitten.«

»Meines auch«, sage ich.

»Ja, ja, ja«, meint Callie. »Ich habe meinen zukünftigen Ehemann auch nicht mehr gesehen, seit das hier angefangen hat. Nicht mehr lange, und wir liegen alle wieder in den Armen unserer Liebhaber.«

»Wie geht es deinem Rücken?«, frage ich. »Probleme?«

»Ich hab schon verdammt lange keine Probleme mehr mit dem Rücken, Smoky. Das Vicodin war um des Vicodins willen.«

»Wow!«, sagt Kirby. »Dann warst du ein echter Junkie, oder wie?«

»Ich hab meine kleinen weißen Pillen geliebt, stimmt. Glücklicherweise liebe ich meinen Zukünftigen mehr. Wo wir gerade davon reden ... wie weit sind wir mit den Hochzeitsvorbereitungen?«

»Alles im grünen Bereich«, sagt Kirby. »Deine Tochter hat bei den letzten Feinheiten geholfen. Brady hat versucht, uns eine Einladung an deine Eltern unterzuschieben, aber ich hab's bemerkt und sie aus dem Stapel genommen.«

»Danke.«

»Mit dem größten Vergnügen. Wie dem auch sei, alles ist vorbereitet. Du musst nur noch hier raus, ein paar Mal ins Fitnesscenter, vielleicht ein wenig unter die Sonnenbank ...«

»Ich gehe nicht unter die Sonnenbank«, sagt Callie. Ich bin

froh, ein wenig von der alten Arroganz in ihrer Stimme zu hören. Ein gutes Zeichen.

»Wenn du aussehen willst wie 'ne Leiche, es ist schließlich deine Beerdigung … ich meine, Hochzeit.«

»Alle Rothaarigen haben einen hellen Teint«, protestiert Callie.

»Es gibt einen Unterschied zwischen hellem Teint und Junkie-Weiß«, entgegnet Kirby.

»Ist es wirklich so schlimm?« Sie klingt unglücklich.

Kirby seufzt. »Du willst nur, dass ich nett zu dir bin, stimmt's? Nein, es ist nicht so schlimm. Ich versuche nur, dir das Leben schwer zu machen, Callie. In Wahrheit siehst du großartig aus, trotz deiner Anfälle und der Schwitzerei und dem vielen Gekotze, und ich hasse dich aufrichtig dafür.«

Callie lächelt. »Jetzt fühlst du dich schlecht, weil du es gesagt hast.« Sie streckt Kirby die Zunge heraus.

»Du doofe Zicke«, sagt Kirby.

Das Gespräch stockt. Callie starrt auf ihre Hände. Offensichtlich überlegt sie, wie sie etwas sagen kann, das ihr auf der Seele brennt.

»Hört genau zu«, sagt sie schließlich. »Ich sage es nur einmal. Ich danke euch beiden für das, was ihr getan habt. Alleine hätte ich es nicht geschafft.«

»Kein Problem«, erwidere ich.

»Null Problemo«, sagt Kirby. »Abgesehen davon hab ich gesehen, wie du auf die Knie gesunken bist und den Porzellangott angebetet hast.« Sie kichert. »Ich wünschte, ich hätte das filmen können.«

Callie schneidet eine Grimasse, und weiteres, gut gelauntes Gezicke folgt. Ich lausche nur mit halbem Ohr, lächle an den richtigen Stellen und denke an die Geheimnisse, die ich in meinem Innern verschlossen habe. Ich weiß, dass es bei Callie und Kirby nicht anders ist. Wir vertrauen uns nicht genug, um uns diese Geheimnisse zu beichten. Es gibt Dinge, die unsere

Männer nie erfahren werden, ganz gleich, wie sehr wir sie lieben. Dinge, über die wir die meiste Zeit nicht einmal unter uns Frauen reden.

Doch es ist schön zu wissen, dass wir jemanden haben, zu dem wir gehen können, sollte diese Bürde zu groß werden. Dass es jemanden gibt, der unserem Flüstern und Weinen lauscht und unsere Geheimnisse mit ins Grab nimmt.

»Ich könnte mich daran gewöhnen, Baby. Was denkst du?«

»Einen Mann zu finden, der kochen kann, ist auf jeden Fall einfacher, als es selbst zu lernen«, pflichtet Bonnie mir bei.

Tommy bereitet ein italienisches Abendessen für uns vor. Die Fleischsoße lässt mir das Wasser im Mund zusammenlaufen, und der Duft von selbst gemachtem Knoblauchbrot erfüllt das Zimmer.

»Meine Mutter hat mich gezwungen, kochen zu lernen!«, ruft er aus der Küche. »Sie meinte, für eine Frau zu kochen wäre ein todsicherer Weg, sie zu beeindrucken.«

»Kluge Frau, deine Mutter«, sage ich.

»Oh ja.«

»Wann wirst du sie uns vorstellen?«, fragt Bonnie.

Mein Blick streift Tommy. »Warum fragst du, Süße?«

Sie verdreht die Augen. »Hältst du mich für zurückgeblieben, Smoky? Ihr beiden zieht doch zusammen, oder?«

Ich blicke finster drein. »Wer hat dir das verraten? Callie? Kirby?«

Sie grinst. »Also wirklich. Du könntest ruhig ein bisschen mehr Vertrauen in meine Fähigkeiten haben.«

Ich kaue nervös auf dem Daumennagel. Tommy schweigt.

»Tut mir leid, Bonnie. Wir wollten es dir rechtzeitig sagen. Was hältst du davon?«

Das war mein letzter Einwand, meine letzte Sorge. Bonnie mag Tommy lieben, doch wir wohnen inzwischen seit zwei Jahren allein im Haus. Wir haben unser Leben zusammen neu aufgebaut.

Wir haben einander gebraucht. Ich habe mir Gedanken gemacht, wie Bonnie auf diese Veränderung reagieren könnte.

Sie kommt zu mir und nimmt meine Hand. Ihr Lächeln verrät mir alles, was ich wissen muss.

»Was ich davon halte? Es ist großartig! Wirklich, wirklich großartig! Außerdem kann er *kochen!*«

Es ist spät in der Nacht, und Tommy schläft neben mir. Durch das Fenster sehe ich den Mond, jenen alterslosen uralten Gesellen. Menschen haben unter ihm getanzt, sich unter ihm gepaart, unter ihm getötet, geliebt, sind unter ihm gestorben. Der Mond hört nicht auf zu scheinen. Das Leben geht weiter.

Ich denke an meine Mutter und frage mich, warum die Sterbehilfe, die ich ihr geleistet habe, eine geringere Bürde für mich gewesen ist als die Abtreibung. *Das* ist das eine Geheimnis, das ich niemandem je erzählt habe, nicht einmal Matt. Und jetzt habe ich es einem Ungeheuer gebeichtet. Irgendwie passt es zu meinem Leben. Es hat mir nie wirklich zu schaffen gemacht. Es ist passiert, und ich denke nicht sehr oft daran.

War es falsch?

Auf diese Frage finde ich die gleiche Antwort, die ich immer gefunden habe: *Es ist mir egal.*

Sie musste nicht mehr leiden. Das war alles, was letzten Endes für mich gezählt hat.

Ich habe bei ihrer Beerdigung geweint. Ich habe seit damals nicht mehr um sie geweint. Ich weine auch jetzt nicht, doch ich lasse die Trauer um sie ein ganz klein wenig an mich heran.

Ich vermisse dich, Mom. Dad war ein großartiger Vater, aber ich war immer die Tochter meiner Mutter.

Tommy rührt sich neben mir. Ich lächle.

Er ist ein guter Mann, Mom. Anders als Matt. Nicht besser oder schlechter, nur anders.

Mein Leben ist chaotisch. Mir wird bewusst, dass ich versucht habe, jeden zu begraben. In eine kleine Kiste zu stecken und mit

Erde zu bedecken. Was für ein Unsinn. Die Geister sind da, und sie werden immer da sein. Und sie zeigen sich immer dann, wenn ihnen danach ist.

Der Trick besteht darin, einfach weiterzumachen, ohne den Schmerz zu spüren. Wie der Mond. Ohne zu leiden.

Der Mond scheint weiter, und ich sage den Geistern, dass sie sich schlafen legen sollen. Ich drehe mich zu Tommy um und kuschle mich an seine Wärme.

Willkommen daheim, Reisende, raunt jemand.

Und ich flüstere: »Mom?«, ehe ich in einen tiefen, traumlosen Schlaf versinke.

Der Mond scheint weiter.

EINE LETZTE SACHE:

DIE SÜNDEN DER KIRBY MITCHELL

Los Angeles, Nachrichtenmeldung:

Michael und Frances Murphy wurden heute Morgen tot in ihren Gefängniszellen aufgefunden. Offensichtlich handelt es sich um Selbstmorde. Die Zwillingskiller wurden berüchtigt wegen ihrer Videoclips, die sie auf der beliebten User-Tube Webseite gepostet hatten. Diese Clips zeigten die letzten Augenblicke und die intimsten Beichten von mehr als einhundertvierzig Frauen.

Michael Murphy war der Kopf des Killerduos. Er behauptete, dass religiöse Motive hinter den Morden standen. Seine Taten wurden jedoch – obwohl für kurze Zeit von einer radikalen Minderheit unterstützt – von der weltweiten christlichen Gemeinde verurteilt und abgelehnt.

Die beiden starben in einem Abstand von wenigen Stunden. Dass keine Abschiedsbriefe gefunden wurden und die Murphys obendrein katholisch waren, sodass Selbstmord für sie wohl nicht in Betracht kam, zieht in beträchtlichem Ausmaß Spekulationen nach sich, dass ein Verbrechen vorliegen könnte. Derartige Spekulationen werden von den Polizei- und Justizbehörden zurzeit jedoch nicht ernsthaft verfolgt.

Cody Mcfadyen

AUSGELÖSCHT

Thriller

Aus dem Englischen von
Angela Koonen und Dietmar Schmidt

*Dieser Roman ist für meinen Vater,
David Mcfadyen, der mich gelehrt hat,
ein Mann zu sein. Ohne ihn hätte ich
nie mehr zurück ans Ufer gefunden.*

TEIL 1

DIE SONNE

KAPITEL 1 *1974*

»Ich werde das Leben sein«, sagte der Mann zu dem Jungen.

Der Junge deutete den Tonfall seines Vaters richtig und machte sich bereit.

»Ja, Vater.«

»Du wirst du sein, und ich werde das Leben sein.«

»Ja, Vater.«

Es war ein Rollenspiel.

Der Vater streckte die offene Hand aus. Es war eine große, harte Hand. Das wusste der Junge aus eigener Erfahrung, denn er hatte diese Hand häufig zu spüren bekommen.

»Gib mir einen Dollar«, verlangte der Vater.

»Ich habe keinen Dollar.«

Der Vater betrachtete den Jungen, und der Junge schaute seinen Vater an und wartete. Der Vater hatte ein derbes Gesicht, passend zu den Händen; sein ganzer Schädel war grob, als wäre er aus einem Betonblock oder aus Schlacke gehauen. Seine Augen waren eisblau und eiskalt – die Augen eines Philosophen und eines Mörders.

»Wird's bald«, sagte der Vater. Er blickte auf den Tisch, tippte mit einem seiner dicken Finger darauf. »Na los. Ich frage nur noch einmal.« Er richtete den Blick wieder auf das Gesicht seines Sohnes. »Gib mir einen Dollar.« Wieder streckte er die Hand aus, schloss und öffnete sie, um seine Forderung zu unterstreichen.

»Aber ich habe keinen Dollar, das habe ich doch schon gesagt. Das ändert sich auch nicht, wenn du mich zweimal fragst.«

Der Vater entgegnete die Bemerkung mit einem stechenden Blick. Was der Junge gerade getan hatte, war gefährlich gewesen, aber auch mutig, und vor allem der Mut zählte.

»Und ich sagte, ich werde das Leben sein«, sprach der Vater gefährlich leise. »Wenn das Leben einen Dollar von dir verlangt, solltest du ihm diesen Dollar geben, oder das Leben bestraft dich so lange, bis du es tust.«

Der Tisch war klein, und die Arme des Vaters waren lang. Seine Hand zuckte vor und traf mit furchtbarer Wucht die linke Gesichtshälfte des Jungen, dem augenblicklich schwarz vor Augen wurde. Als er zu sich kam, lag er bäuchlings auf dem Fußboden. Der Stuhl war umgekippt, und die Handflächen des Jungen berührten den Boden dort, wo er seinen Sturz instinktiv abgefangen hatte. Ihm dröhnte der Schädel, und er schmeckte Blut.

»Steh auf, Sohn.«

Dem Jungen wurde schwindlig. Er suchte nach Worten.

»Ja, Vater«, sagte er schließlich.

Er war dankbar, so dankbar.

Der Junge war erst zehn, hatte aber schon ein bisschen von dem gelernt, wie die Welt funktionierte: Das Leben geht immer weiter und weiter – mit dir, wenn du stark bist, und ohne dich, wenn du schwach bist. Sein Vater wollte, dass er stark war. Konnte ein Vater seinem Sohn seine Liebe deutlicher zeigen?

Der Junge mühte sich noch. Er schwankte kurz, riss sich zusammen. Schwäche war das größte Vergehen, Feigheit das zweitgrößte.

»Du darfst niemals nur einstecken, Junge«, sagte sein Vater. »Du musst immer zurückschlagen. Immer. Wenn du einen Kampf zu verlieren drohst, lass den Gegner wenigstens für jeden Schlag, den er dir verpasst, teuer bezahlen.«

»Ja, Sir«, sagte der Junge artig. Er brachte die Fäuste hoch und staunte einmal mehr, wie klein seine Hände waren im Vergleich zu den riesigen Pranken seines Vaters.

»Das Leben will einen Dollar«, sagte der Vater und schlug zu.

Der Junge versuchte sich zu wehren, konnte aber keinen einzigen Treffer landen. Er blieb still, als sein Vater ihn bewusstlos schlug, und vergoss keine Träne.

Der Junge kam in seinem Bett zu sich, zitternd und von Schmerzen geplagt. Er wollte stöhnen, verkniff es sich aber, denn sein Vater saß neben ihm auf dem Bettrand, ein Koloss im Dunkeln, versilbert vom Mondlicht, das durch die Vorhänge sickerte.

»Ich bin das Leben, und das Leben will einen Dollar, Sohn«, sagte er. »Ich werde jede Woche nach diesem Dollar fragen, bis du ihn mir gibst. Hast du verstanden?«

»Ja, Sir«, sagte der Junge durch die aufgeplatzten Lippen und gab sich Mühe, seine Stimme kräftig und deutlich klingen zu lassen.

Sein Vater schaute aus dem Fenster, betrachtete den Mond, als hätten sie beide etwas zu bedauern. Vielleicht war es ja auch so.

»Weißt du, was Freude ist, Sohn?«

»Nein, Sir.«

»Freude ist alles, was nach dem Überleben kommt.«

Der Junge prägte sich das ein, legte es dort ab, wo er die großen und bedeutsamen Wahrheiten aufbewahrte. Dann wartete er, denn sein Vater war noch nicht fertig; er konnte es sehen.

»Wir haben in diesem Leben nur ein Ziel, und das ist der nächste Atemzug. Alles andere sind bloß Lügen. Man braucht Essen, man braucht einen Unterschlupf, man braucht einen Platz zum Schlafen und ein Loch zum Scheißen.« Der große, schwere Mann blickte den Jungen durchdringend an.

Der Junge hatte nie wirklich Angst vor seinem Vater gehabt. Bei all den brutalen und schmerzhaften Lektionen hatte er nie bezweifelt, dass der Mann, der ihm das Leben geschenkt hatte, es auch bewahren würde. Bis jetzt. Diesmal aber war es anders, und der Junge hielt den Atem an und die Zunge im Zaum und wartete, gebannt vom Blick zweier Augen, die so hell brannten wie sterbende Sterne.

»Warum will ich einen Dollar?«, sagte der Vater. »Weil Geld die Grundlage von allem ist. Das Leben will einen Dollar, Sohn. Es will ihn jeden Tag, von heute an, bis du unter die Erde kommst. Wenn du nicht zahlen kannst, dann kannst du auch nicht essen. Wenn du nicht essen kannst, kannst du nicht leben. So einfach ist das. Verstehst du, was ich meine?«

»Ja, Sir.«

»Ich bin mir da nicht so sicher, aber wir werden ja sehen. Das ist eine Prüfung. Ich gebe dir ein paar Versuche. Aber wenn du nicht bald einen Dollar anschleppst, schlag ich dich zu Brei.«

Nach einer schier endlosen Minute wandte der Vater sich ab. Er sah durch das Fenster zum Mond hinauf, und es schien beinahe so, als würde er mit ihm in ein stummes Zwiegespräch verfallen.

»Es gibt keinen Gott, Junge«, sagte er irgendwann. »Es gibt auch keine Seele. Es gibt nur Blut, Fleisch und Knochen. Du wurdest nicht von einer höheren Macht auf diese Erde gestellt. Du bist hier, weil ich mein Ding in deine Mutter gesteckt habe und dein Fleisch in ihr gewachsen ist. Dieses Fleisch muss gefüttert werden, und dazu brauchst du Dollars, und das ist alles, was wir sind und was wir immer sein werden.«

Der große Mann stand auf und ging ohne ein weiteres Wort. Der Junge lag auf dem Bett, betrachtete den Mond und dachte darüber nach, was sein Vater ihm gesagt hatte. Er stellte die Lehren seines Vaters nicht infrage, niemals, und nahm ihm die Schmerzen nicht übel. Das war seit langer Zeit vorbei. Der Junge erinnerte sich, dass er früher wütend und traurig gewesen war, doch inzwischen kam es ihm eher wie ein Traum vor, nicht wie eine echte Erinnerung. Diese Schwäche hatte sein Vater ihm mit den Fäusten ausgetrieben, so wie ein Hammer die Beulen aus einem Blech treibt. Sein Vater war sein Gott, und sein Gott lehrte ihn, wie man überlebte.

Er brauchte einen Dollar. Wenn er keinen Dollar anschleppte, würde er sterben. Das war alles, was zählte; nur darauf konzentrierte er sich.

Als er einschlief, hatte er einen Plan.

Der Junge war gerade in die fünfte Klasse gekommen. Sein Vater betrachtete die Schule als etwas Notwendiges.

»Du brauchst Wissen, um das Fleisch zu füttern, Sohn«, sagte er, »und die Schule kostet nichts. Nur ein Schwachkopf würde dieses Angebot ablehnen.«

Nun saß der Junge in seiner Klasse und wartete, dass die Schulglocke klingelte. Er hatte keine Freunde und wollte auch keine. Andere Menschen waren Gegner. Am besten, man blieb für sich, und daran hielt er sich.

Der Junge beobachtete Martin O'Brian, den Schulrowdy, maß ihn mit kritischem Blick. O'Brian war groß und ein brutaler Schläger. Er hatte ausdruckslose braune Augen und dünne braune Haare, die immer so aussahen, als wären sie ihm zu Hause geschnitten worden. Er trug ausgelatschte Schuhe, und seine Jeans hatten Löcher an den Knien. Manchmal kam er mit einem blauen Auge zur Schule oder zuckte bei jedem Schritt zusammen. Das waren dann immer schreckliche Tage für die Schwachen, denn an solchen Tagen war Martin O'Brian wie ein Raubtier.

Er wurde von allen gefürchtet, sogar von den älteren Sechstklässlern, denn er war gnadenlos. Man konnte nie sicher sein, wie weit er gehen würde. Darin lag das Geheimnis seiner Macht. Groß und kräftig waren viele, aber deshalb waren sie noch lange nicht furchterregend.

Martin O'Brian jedoch legte eine Art von Brutalität an den

Tag, die Eltern einem Zehnjährigen gar nicht zutrauten (oder, wie im Fall von O'Brians Eltern, lieber ignorierten, da sie den Ursprung dieser Gewalttätigkeit bei sich selbst vermuteten). Von besiegten, schluchzenden Gegnern verlangte er, dass sie die eigene Mutter eine Hure nannten. Gehorchte man nicht, schlug und trat er weiter zu. Einem seiner Gegner hatte er sogar den Arm gebrochen.

Und was war die Folge? O'Brian wurde von den Lehrern getadelt, musste nachsitzen oder wurde vorübergehend vom Unterricht ausgeschlossen, mehr aber auch nicht. Das bedeutete, dass er sich weiter austoben konnte wie ein Elefant unter Pygmäen. Die Erwachsenen sahen das Dorf brennen, weigerten sich aber, den Rauch zu riechen.

Der Junge aber roch ihn. Und mehr als einmal hatte er gesehen, wie ein seltsames Leuchten in O'Brians Augen trat, wenn er sich mit einem Gegner befasste. Es waren die Augen eines Wahnsinnigen, der genoss, was er tat. Und sein verzerrtes, fiebriges Lächeln ließ ahnen, dass er viel über Schmerz und Tränen wusste, aber nichts über Fröhlichkeit und Lachen.

Das war Martin O'Brian.

Deshalb war er die Lösung für das Problem des Jungen.

Als die Glocke schellte, ging der Junge zu seinem Spind. Er legte seine Schulbücher hinein und ließ sie da; er hatte seine Hausaufgaben während des Unterrichts gemacht, damit er die Hände frei hatte. Nun nahm er aus dem Spind, was er am Morgen hineingelegt hatte, und ging durchs Schultor, ohne sich umzudrehen.

Ein Stück weiter setzte er sich auf den Bordstein und wartete. Es war ein schöner Tag. Die Sonne wärmte ihm die Schultern. Ein ungeduldiger Wind wehte, fuhr durch das Laub der nahen Bäume und streifte die Wangen des Jungen mit einem Kuss, bevor er weiterzog.

Fast zehn Minuten vergingen, bis Martin O'Brian erschien. Er pfiff vor sich hin, lächelte gedankenverloren und ballte unbewusst die Fäuste in permanentem Zorn. Der Junge sah Martin vorbeigehen. Dann stand er auf und folgte ihm in einigem Abstand.

Martin O'Brian blieb fünf Minuten auf der Straße, ehe er in eine Seitengasse abbog. Noch zwei Querstraßen, und O'Brian wäre zu Hause.

Jetzt oder nie.

Der Junge rannte los, den Gegenstand aus seinem Spind fest in der Hand. Sein Herz schlug langsam und gleichmäßig. Nach zehn Schritten hatte er O'Brian eingeholt und schwenkte den Arm.

Der Junge hatte den Besenstiel vor dem Unterricht durchgebrochen. Nun schlug er damit zu, drosch ihn gegen O'Brians linke Niere. Der Rowdy erstarrte; dann schrie er vor Schmerzen.

O'Brian ging in die Knie und rang nach Atem. Der nächste Hieb brach ihm die Nase, der übernächste kostete ihn ein paar Zähne.

Der Junge zerschlug O'Brian methodisch und mit erschreckender Ruhe, doch ohne Freude oder gar Genuss. Er war kein Sadist. Die Schläge waren Mittel zum Zweck, nicht mehr und nicht weniger. Sie waren nötig, um Martin O'Brian zu zerbrechen, und der Junge würde erst aufhören, wenn dieses Ziel erreicht war.

O'Brian fiel hin und krümmte sich, schützte Gesicht und Kopf mit den Armen, versuchte, dem Angreifer möglichst wenig Körperfläche zu bieten. Der Besenstiel sauste weiter herab. Wieder und wieder und wieder. Auf Arme, Beine, Rücken, Hintern. Nicht fest genug, um Knochenbrüche oder innere Verletzungen zu hinterlassen, aber so schmerzhaft, dass O'Brian in ein hilfloses Bündel verwandelt wurde.

Der Junge hörte auf, als O'Brian zu wimmern anfing.

»Sieh mich an, Arschloch.«

O'Brian sagte nichts, blieb zusammengekrümmt liegen,

schluchzte, heulte und furzte hörbar, als er sich in die Hose machte.

»Wenn du mich nicht anschaust und mir nicht zuhörst, schlag ich dich tot«, sagte der Junge.

Das wirkte. Der Rowdy hob den Kopf, wobei sein ganzer Körper vor Angst und Schmerz zuckte. Seine Augen waren groß und weit aufgerissen, sein sonst so überheblicher Blick war furchtsam und unstet. Der Rotz lief ihm aus der Nase, vermischt mit Blut und Tränen. An einem Wangenknochen wuchs bereits eine Beule, die Lippen würden genäht werden müssen, und die abgebrochenen Zähne mussten raus. Sein Atem ging stoßweise, als er versuchte, seine Hysterie in den Griff zu bekommen.

»Martin.« Die Stimme des Jungen war beinahe gelangweilt, sein Blick leer und ausdruckslos. Er atmete ganz ruhig. »Du wirst etwas für mich tun. Wenn du gehorchst, passiert dir nichts. Gehorchst du nicht, muss ich dich bestrafen. Verstehst du?«

O'Brian starrte seinen Angreifer an, ohne zu antworten. Der Junge hob den Besenstiel.

»Ja! Ja!«, kreischte O'Brian. »Ich hab verstanden!«

Der Junge ließ den Besenstiel sinken. »Gut. Du wirst mir drei Dollar die Woche besorgen. Das wird dir nicht schwerfallen, denn ich hab dich beobachtet. Ich weiß, dass du klaust. Essensgeld, Taschengeld und so.«

»J-ja …«, wimmerte O'Brian, am ganzen Körper zitternd.

»Du brauchst also nur das zu tun, was du sowieso tust. Der einzige Unterschied ist, dass du mir drei Dollar die Woche gibst. Kapiert?«

O'Brian nickte. Er konnte nicht mehr sprechen, denn er klapperte zu sehr mit den blutigen Zähnen.

»Gut. Und was ich dir jetzt sage, ist besonders wichtig, also pass gut auf. Wenn du *jemals* einem erzählst, was ich mit dir gemacht habe, oder von den drei Dollar, oder wenn du mir das Geld nicht gibst, komme ich eines Nachts zu euch nach Hause, bringe zuerst deine Eltern um und dann dich. Und es wird lange dauern und verdammt wehtun.«

O'Brian hörte diese Worte, und die Zeit stand still. Etwas Seltsames geschah: Alles wurde deutlicher und unwirklich zugleich. O'Brian sah die Gegenwart und die Zukunft und wurde von einer Erregung erfasst, die alle Furcht wegfegte:

Die Sonne steht am wolkenlosen Himmel. Das Pflaster auf dem Bürgersteig ist warm, aber nicht heiß, und er ist nur fünf Minuten von zu Hause entfernt. Gleich wird er durch die Tür gehen, wird sich eine Cola und eins von Moms Plätzchen mit in sein Zimmer nehmen. Er wird sich die Tennisschuhe von den Füßen treten und das neuste Batman-Comic lesen. Später wird Mom ihn zum Essen rufen (wahrscheinlich Hackbraten). Dad wird wieder nicht dabei sein, denn er ist unterwegs und verkauft Sachen, und das bedeutet, er und Mom würden DIE FÄUSTE nicht spüren (so nannte O'Brian seinen Vater insgeheim). Vielleicht schauen sie sich später zusammen »Happy Days« an, und Mom wird vielleicht sogar lachen.

Martin O'Brian dachte an das alles, und für einen Augenblick hörte es sich albern an, was sein Angreifer soeben gesagt hatte. Umbringen? Blödsinn. Sie waren erst zehn! Die Sonne schien, und ...

Der Junge starrte ihn an. Und als O'Brian in die Augen seines Bezwingers blickte, wurde ihm etwas bewusst – mit einer Klarheit, wie er es nie zuvor erlebt hatte.

O'Brian war nicht besonders schlau, aber klug genug, dass er wusste, was er von sich selbst zu halten hatte. Er tat anderen weh, beklaute sie, terrorisierte sie. Er brachte sie zum Schluchzen und zum Flehen, und er genoss es. Es verschaffte ihm Erleichterung. DIE FÄUSTE konnten ihm nicht erklären, warum er sich manchmal so *gut* fühlte, wenn andere weinten. Er war eine miese Ratte, doch er akzeptierte seine Verderbtheit genauso wie seine Unfähigkeit, etwas daran zu ändern.

Doch die Augen, die nun auf ihn hinunterstarrten, gehörten jemandem, der auf einer völlig anderen Stufe des Bösen stand. Es waren leere Augen, in denen weder Trauer noch Freude zu sehen war, keine unvergossenen Tränen und kein Lachen, das auf einen Anlass wartete. Das war kein Junge, der nach Hause ging, um Batman zu lesen, und seine Augen hatten noch nie eine Folge von »Happy Days« gesehen. Diese Augen musterten ihn nun von oben bis unten, warteten mit unerbittlicher Festigkeit.

Und in diesem Moment wusste O'Brian, dass es keine Rolle spielte, ob die Sonne schien und ob sie erst zehn waren. Er wusste, dass jedes Wort des Jungen eine Drohung gewesen war, die er wahrmachen würde.

»Ich hab verstanden«, flüsterte O'Brian.

Die Augen starrten ihn an, suchten nach der Wahrheit, während O'Brian jämmerlich zu schluchzen anfing und sich nichts anderes auf der Welt wünschte, als dass sein Bezwinger ihm glaubte. Irgendwann nickte der Junge und warf den abgebrochenen Besenstiel zur Seite.

»Erste Zahlung diesen Freitag«, sagte er.

Dann drehte er sich um und ging.

Der Junge kam zufrieden nach Hause, doch er pfiff nicht oder lächelte vor sich hin. Wozu auch? Es brachte nichts; es war völlig sinnlos. Doch der Junge war beruhigt: Er hatte sein Problem gelöst und sogar vorgesorgt. Denn was, wenn sein Vater demnächst mehr wollte als einen Dollar? Dieser Gedanke war dem Jungen in der Nacht zuvor gekommen, als er stumm die Schmerzen ertrug und nachdachte. Er war zu dem Schluss gelangt, dass es sehr gut möglich war: Wenn das Leben einen Dollar wollte, konnten es dann nicht auch zwei sein? Oder drei?

Das Einfachste war, von denen zu nehmen, die hatten. Das aber warf ein weiteres Problem auf: Wie konnte man vermeiden, dass man geschnappt wurde?

Alles hatte auf Martin O'Brian als Lösung des Problems hingedeutet: Er würde die Arbeit tun und den Ärger mit der Polizei kriegen, wenn es dazu käme. Und wenn O'Brian den Bullen von einem kleineren Jungen erzählte, der ihn, den gefürchteten Schläger, erpresste – wer würde ihm glauben?

Der Rest war eine Rechenaufgabe. Wie viel Schmerzen, wie viel Angst brachten wie viel Sicherheit? Menschliches Kalkül war die einfachste Mathematik überhaupt, wenn man den Bogen raus hatte. Und der Junge hatte ihn raus, das hatte er an diesem Tag erfahren.

Nicht alles Böse ist Zufall. Manches wächst in einem finsteren Keller unter einer finsteren Sonne heran, gehegt und gepflegt von einem finsteren Gärtner mit einer Hacke aus Knochen.

KAPITEL 2 *Heute*

Jeder ist eine Insel, das habe ich früh lernen müssen.

Verstehen Sie mich nicht falsch: Ich liebe Tommy, und wenn ich nachts aufwache, und er liegt neben mir, sodass ich ihn anfassen, wecken, mit ihm reden und vielleicht mit ihm schlafen kann, gibt es nichts Schöneres für mich. Dieses Gefühl und die intime Kenntnis seines Körpers teile ich mit nur wenigen Frauen (ja, es gibt ein paar, aber nicht viele). Ich genieße meine eigene Begierde ebenso wie Tommys Verlangen nach mir, das mich mit einer Art egoistischem Stolz erfüllt. In solchen Augenblicken bin ich die Besitzerin geheimen Wissens und Hüterin verborgener Dinge.

Doch das ändert nichts an der Wahrheit: Trotz aller Intimität weiß Tommy nicht, was ich in meinem Innern empfinde – genauso wenig, wie ich es von ihm weiß. Bei aller Leidenschaft bleibt die Seele in der Dunkelheit verborgen.

Inzwischen komme ich damit zurecht, auch wenn es eine Zeit gab, in der ich mich gegen diesen Gedanken gewehrt habe, wie wahrscheinlich jeder von uns. Wir wollen alles über den anderen wissen, die kleinste Kleinigkeit. Wir wollen in ihm lesen wie in einem offenen Buch und selbst gelesen werden. Wir wollen eins mit ihm werden. Aber das geht nicht, jedenfalls nicht bei mir. Jeder ist eine Insel. Wie nahe wir uns auch kommen, eine gewisse Entfernung bleibt. Liebe, so habe ich begriffen, heißt nicht nur, sich mitzuteilen, sondern auch mit dem klarzukommen, was eben nicht mitgeteilt wird.

Ich drehe mich auf die Seite, die Wange an der Hand, und betrachte Tommy. Sein Gesicht mit der Narbe an der linken Schläfe ist nicht hübsch, aber sehr attraktiv, auf eine raue und männliche Art. Er ist groß, eins fünfundachtzig, und hat das dunkle Haar und die dunklen Augen eines Latinos. Er hat einen offenen und zugleich vorsichtigen Blick – einen Blick, wie man ihn nur dann bekommt, wenn man ein ehrlicher Mensch ist und zwei Leute getötet hat.

Tommy schläft tief und fest, den Mund geschlossen. Ich traue mich nicht, ihn zu lange anzustarren. Er könnte meinen Blick spüren und wach werden, denn er weiß wie ich, dass der Tod immer und überall lauert, und ist deshalb wachsam, selbst im Schlaf. Menschen wie Tommy und ich eignen sich einen leichten Schlaf an. Menschen, die Dinge tun, wie wir sie getan haben. Die sehen, was wir gesehen haben.

Ich drehe mich auf den Rücken und blicke durch die offene Balkontür in den Nachthimmel. Wir haben die Tür offen gelassen, damit wir das Meer hören können. Hier auf Hawaii ist es warm genug, um bei offener Tür zu schlafen. Wir machen hier fünf Tage Urlaub. Für mich ist es der erste Urlaub seit mehr als zehn Jahren.

Hawaii, Insel aus Feuer und Eis. Als Tommy und ich vom Flughafen Hilo zum Hotel fuhren, haben wir uns gefragt, ob wir bei der Wahl der Insel einen Fehler gemacht haben. So weit das Auge reichte, waren nur schwarzes Vulkangestein, dürre Bäume und spärliches Gras zu sehen, als wären wir auf einem unwirtlichen Mond gelandet. Doch als wir uns der Ferienanlage näherten, legten sich unsere Befürchtungen. In der Ferne konnten wir den schneebedeckten Mauna Kea sehen, über 4000 Meter hoch. Es war merkwürdig, auf Hawaii aus dem offenen Wagenfenster zu schauen und Schnee zu sehen, aber da war er und leuchtete weiß in der Sonne. Wunderschön, genau wie der Rezeptionsbereich der Ferienanlage. Wir hatten einen herrlichen Blick aufs Meer und den makellosen Strand, und ein warmer Wind küsste unsere Wangen, wie um uns willkommen zu heißen. »Aloha«, sagte der junge Mann an der Rezeption, und seine weißen Zähne leuchteten in seinem tiefbraunen Gesicht.

Wir sind jetzt seit vier Tagen hier, und unsere Hauptbeschäftigung ist das Faulenzen. Hawaii hat uns freundlich aufgenommen, hat das Blut an unseren Händen ignoriert, hat uns durch seine Schönheit überredet, abzuschalten und auszuruhen. Unser Zimmer ist im dritten Stock, und der Balkon ist nur fünfzig Meter vom Meer entfernt. Wir liegen den ganzen Tag in der Sonne, und abends gehen wir am Strand spazieren, beobachten die fantastischen Sonnenuntergänge und bewundern die Sternenpracht am außergewöhnlich klaren Himmel, der noch nicht von Smog getrübt ist.

Doch für uns ist es ein Paradies auf Zeit. Bald fliegen wir nach Los Angeles zurück, wo ich im dortigen FBI-Büro als NCVAC-Koordinatorin arbeite. Das NCVAC ist das US-Bundesamt zur Analyse von Gewaltverbrechen mit Hauptsitz in Washington, D.C., doch in jedem FBI-Büro gibt es einen örtlichen Repräsentanten des NCVAC. In Los Angeles mache ich diesen Job jetzt seit über zwölf Jahren. Ich leite ein vierköpfiges Team (mich eingerechnet), das immer dann gerufen wird, wenn die schlimmste Drecksarbeit getan werden muss – die Aufklärung von Morden,

Verstümmelungen, Vergewaltigungen, Folterungen und dergleichen. Es sind Verbrechen, die meist auf das Konto von Psychopathen gehen. Die Täter, die wir jagen, handeln selten im Affekt. Ihre Taten sind keine Absonderlichkeiten eines Augenblicks, sondern die Befreiung von irgendeinem krankhaften Trieb. Die meisten morden aus Lustgewinn, geilen sich auf am Leid und Tod anderer.

Ich verbringe mein Leben damit, in die Dunkelheit zu schauen, in der diese Bestien hausen. Es ist eine kalte Schwärze, angefüllt mit Wimmern und huschenden Schatten, mit schrillem Gelächter, gellenden Schreien und dumpfem Stöhnen. Ich habe einige der Ungeheuer getötet, die in dieser Finsternis lauern, und wurde von anderen gejagt – in furchtbaren Träumen, aber auch in der Wirklichkeit, die manchmal schlimmer sein kann als der schrecklichste Alptraum. Doch ich habe mir dieses Leben selbst ausgesucht, also darf ich mich nicht beklagen.

Es kommt selten vor, dass ich zum Himmel schaue und die Schönheit der Sterne bewundere. Meist sind sie für mich stumme und gleichgültige Beobachter jener Welt, in der wir leben und sterben, wobei mich selbst eher das Sterben beschäftigt, weil mein Job das mit sich bringt.

Hier auf Hawaii habe ich mir endlich mal die Zeit genommen, die Sterne in Ruhe zu betrachten. Jede Nacht habe ich das Gesicht dem Himmel zugekehrt und mir von den Sternen sagen lassen, dass ihre Schönheit schon viel länger besteht als der Mensch und die Abscheulichkeiten, die er zu begehen imstande ist.

Ich schließe für einen Moment die Augen und lausche. Das Rauschen der Brandung hört sich an wie der unaufhörliche Atem eines Riesen. Oder wie der Herzschlag Gottes. Doch Gott und ich, wir haben so unsere Probleme miteinander. Obwohl wir uns inzwischen näher sind als noch vor ein paar Jahren, wechseln wir kaum ein Wort.

Etwas Gewaltiges, Ewiges schiebt die Wellen vor sich her

auf den Sandstrand, im Takt mit dem Metronom der Welt. Das Meer ist unermesslich, so rein an Klang und Farbe, dass es kein Zufall sein kann. Ich bin mir nicht sicher, ob es uns wahrnimmt, aber vielleicht hält es die Welt für immer in Gang, während wir unsere nichtigen Entscheidungen treffen.

Ich mache die Augen auf und rücke von Tommy weg, ganz langsam und so leise ich kann. Ich will auf den Balkon, ohne Tommy zu wecken. Die Laken streichen sanft über meine Haut, und meine Füße berühren den Teppichboden. Der Mond leuchtet ins Zimmer, deshalb ist der Bademantel (den ich mitgehen lassen will, wenn wir abreisen) nicht schwer zu finden. Ich ziehe ihn über, binde ihn aber nicht zu. Ich werfe noch einen Blick auf Tommy und gehe nach draußen.

Der Mond überzieht alles mit schimmerndem Silber. Ich betrachte ihn mit stummer Bewunderung. Er ist nur eine gigantische Kugel aus Stein, die das kalte Licht der Sonne zurückwirft, doch sobald der Himmel dunkel wird, hat er immense Kraft. Ich strecke den Arm aus und tue so, als könnte ich mit den Fingern durch das Mondlicht greifen. Für einen Moment glaube ich sie tatsächlich zu spüren, die Ströme samtigen Lichts, die mir bei meiner Arbeit oft den Weg erleuchtet haben, der nicht selten ein Weg in eine Welt gewesen ist, in der unsägliche Schrecken lauern. Doch daran will ich jetzt nicht denken.

Auf dem Balkon ist es angenehm. Ich lasse den Blick über den Himmel schweifen. In Los Angeles sind die Sterne bloß trübe Lichtpunkte in einem Meer der Schwärze, während sie hier wie Brillanten auf schwarzem Samt aussehen; dieser viel strapazierte Vergleich trifft es ziemlich genau. Über mir kann ich den Gürtel des Orion sehen, und als ich den Blick schweifen lasse, entdecke ich den Großen Bären und den Polarstern.

»Stella Polaris«, flüstere ich und denke an meinen Vater. Er gehörte zu den Menschen, die sich für alle möglichen Dinge begeistern konnten. Er spielte ganz ordentlich Gitarre und schrieb

Kurzgeschichten, die mir sehr gefielen, die aber nie veröffentlicht wurden. Und er liebte den Nachthimmel und Bücher über Astronomie.

»Der Polarstern«, hat er mir einmal in einer kalten Nacht erzählt, »wird auch Nordstern genannt. Er ist nicht der hellste Stern am Himmel, wie manche Leute glauben. Der hellste Stern ist Sirius. Aber der Polarstern ist einer der wichtigsten.«

Damals war ich neun und interessierte mich nicht allzu sehr für die Welt der Sterne, und schon gar nicht liebte ich sie, aber ich liebte meinen Vater; deshalb heuchelte ich Interesse und machte ein erstauntes Gesicht. Heute bin ich froh, dass ich es getan habe, denn es hat Dad glücklich gemacht. Er starb, bevor ich einundzwanzig war, und ich hege und pflege jede Erinnerung an ihn.

»Woran denkst du?« Die Stimme hinter mir ist belegt vom Schlaf.

»An meinen Vater. Er hat die Sterne geliebt.«

Tommy kommt zu mir und umfasst mich. Er ist nackt und warm. Ich lege den Kopf an seine Brust. Ich bin nur eins fünfzig, und es gefällt mir, dass er so viel größer ist als ich.

»Kannst du nicht schlafen?«, fragt er.

»Ich will nicht. Es ist schön, wach zu sein.«

Es ist, als könnte ich ihn lächeln hören. Das mag verrückt klingen, aber es ist die Wahrheit. Tommy und ich sind uns so nahe gekommen, dass wir die unsichtbaren Zeichen des anderen lesen können. Wir sind jetzt fast drei Jahre zusammen, und es war eine wunderschöne Zeit.

Tommys unerwartete Liebe hat mir damals das Leben gerettet. Vor dreieinhalb Jahren war ein Serienmörder namens Joseph Sands – ein Killer, den meine Leute und ich gejagt hatten – in mein Haus eingebrochen. Er folterte Matt, meinen Mann, vor meinen Augen zu Tode. Dann kam ich an die Reihe. Nachdem Sands mich vergewaltigt hatte, nahm er sich mein Gesicht vor und entstellte es so sehr, dass ich mich später selbst nicht wiedererkannte. Zum Schluss starb Alexa, meine damals zehnjährige Tochter. Sands benutzte sie als lebenden Schutzschild, als ich an eine Waffe kam und auf ihn feuerte.

Danach verbrachte ich sechs Monate in einer Welt aus Schmerz und Schock, an die ich mich kaum noch erinnern kann. Die Zeit ist zwar präsent, aber jeder Mensch besitzt eine Art Schutzmechanismus, der das Erinnern an solche Qualen verhindert oder sie zumindest schneller verblassen lässt. Ich weiß nur noch, dass ich damals sterben wollte und nahe daran war, mir das Leben zu nehmen.

Dann aber kamen Tommy und ich zusammen. Tommy war damals noch beim Secret Service. Bei einer meiner Ermittlungen kamen wir uns näher und landeten irgendwann im Bett, womit ich nun wirklich nicht gerechnet hatte – nicht nur, weil ich noch um Matt trauerte und weil Tommy ein so gut aussehender Bursche war, sondern wegen meines Aussehens.

Joseph Sands hatte mir mit einem rostigen alten Messer das Gesicht zerschnitten – methodisch, voller Hass und perverser Freude. Er hat sich in meinem Gesicht verewigt, hat mich mit Blut und Stahl gezeichnet. Die Narbe beginnt mitten auf der Stirn, am Haaransatz, verläuft zwischen den Augenbrauen hindurch und dann in einem Neunzig-Grad-Winkel nach links und über die Schläfe, wo sie eine schwungvolle Schleife auf der Wange beschreibt. Von dort führt sie wieder nach oben und über den Nasenrücken und dann über die Nasenwurzel hinweg, ehe sie wieder kehrtmacht, eine Diagonale über den linken Nasenflügel zeichnet und schließlich über den Kiefer hinunter bis zum Schlüsselbein führt. Die linke Augenbraue fehlt. Sands hat sie mir weggeschnitten, als er mit der Klinge in meinem Gesicht schnitzte, sabbernd vor perverser Erregung.

Ich weiß noch, wie er innehielt, als er mit dem Schneiden fertig war. Ich schrie, während er das, was mein Gesicht gewesen war, aus nächster Nähe betrachtete. Dann nickte er. »Ja«, sagte er, »so ist es gut. Gleich beim ersten Mal ist alles richtig geworden.«

Ich habe mich nie für schön gehalten, habe mich aber stets wohl in meiner Haut gefühlt. Nach dieser Nacht jedoch fürchtete ich mich vor dem Spiegel wie das Phantom der Oper. Auch wenn ich es geschafft hatte, am Leben zu bleiben, führte ich von nun an ein Leben im Dunkeln – ein Monstrum, verborgen in den Schatten.

Erst Tommys unbefangene Leidenschaft öffnete mich wieder für die Welt. Tommy war ein Mann – ein gut aussehender noch dazu –, und er wollte mich. Nicht um mich zu trösten, sondern weil er mich haben wollte, als Frau, trotz meines entstellten Gesichts.

Mittlerweile ist viel Zeit vergangen, und aus uns beiden ist ein Paar geworden. Wir leben zusammen, und wir lieben uns. Auch Bonnie, meine Adoptivtochter, hat Tommy ins Herz geschlossen. Unser Verhältnis ist ohne Schuldgefühle und gesegnet durch die Geister meiner Vergangenheit.

»Es ist wunderschön«, sagt Tommy nun und holt mich aus meinen Gedanken.

»O ja.«

»Es war eine gute Idee von mir, hier ein paar Tage zu verbringen. Eine geniale Idee.«

Ich muss lachen. »Pass auf dein Ego auf. Es war eine tolle Idee, das stimmt, aber wenn wir wieder in L.A. sind, ist dein Kredit aufgebraucht.«

Seine Hände schieben sich um meine Taille und unter den Bademantel. »Dann muss ich mich wohl auf den Sex verlassen.«

»Das könnte funktionieren …« Ich mache die Augen zu und lege den Kopf in den Nacken. Seine Lippen finden meine, während uns der Mond zuschaut. Tommys Berührung lässt mich vor Wonne schaudern.

»Ich will es hier«, flüstere ich und streiche mit den Fingern durch sein Haar.

Er löst sich von mir, richtet sich auf, um zu Atem zu kommen, und zieht eine Braue hoch.

»Auf dem Balkon?«

Ich zeige auf die Liege. »Genau da.«

Ich sehe, wie er suchend über den Rasen blickt, und ziehe seinen Kopf zu mir herunter.

»Da ist niemand. Es ist drei Uhr früh.«

Es braucht nicht viel Überredung. Wir machen Liebe unter dem Mond und dem Polarstern, während das Meer leise zu uns spricht. Irgendwann schlafen wir auf dem Balkon ein, zugedeckt mit dem Bademantel.

Ich erwache träge und ausgeschlafen. Ich habe eine verschwommene Erinnerung daran, wie Tommy mich irgendwann ins Zimmer getragen und ins Bett gelegt hat. Es ist früh, noch keine sechs Uhr, und gerade erst geht die Sonne auf und erfüllt unser Zimmer mit mildem Licht. Ich werfe mir den Bademantel über und gehe nach draußen. Tommy hat schon Kaffee gekocht und den Balkontisch gedeckt. Er trägt eine Jeans, sonst nichts, und es turnt mich schon wieder an, ihn so zu sehen.

Als ich mich hinsetze, höre ich das Zirpen meines Handys, das den Empfang einer SMS meldet.

»Das darf doch nicht wahr sein«, stöhnt Tommy.

Ich nehme das Handy, lese die Textnachricht und muss lächeln.

Du bist in deinem Inselparadies, und wir stehen hier im Regen von L.A. Eigentlich sollte ich sauer auf dich sein, aber solange du rund um die Uhr Sex hast, ist dir alles verziehen.

Als ich den Rest der Nachricht lese, vergeht mir das Lächeln.

> übrigens, wir haben gerade den Hurensohn geschnappt, der die toten Kinder in Dixieklos gestopft hat. Er heißt Timothy Jakes (für meine Freunde ›Tim-Tim‹, sagt er, aber ich glaube nicht, dass er Freunde hat, der Typ ist viel zu unheimlich). Er hat geplärrt wie ein Baby und sich die Hose vollgepinkelt, als die Handschellen zuschnappten. Das war ein sehr befriedigendes Erlebnis für uns alle. Genieß die Sonne, Süße. Lass dich aufgeilen und stoße auf Tim-Tim an, der von Bubba (oder wer sonst gerade das Begrüßungsvergewaltigungskomitee im Knast leitet) bald in neue sexuelle Praktiken eingeführt wird.

Ich schließe kurz die Augen, während mich Erleichterung durchströmt. Der Fall war bei meinem Urlaubsantritt noch nicht abgeschlossen und war mit uns gereist wie ein zusätzlicher Koffer mit einer Leiche darin. So schön es auf Hawaii ist – die toten Kinder standen die ganze Zeit in der Nähe und schauten mir zu, wie ich die Sterne beobachtete und vertrauliche Gespräche mit dem Mond führte. Jetzt endlich spüre ich, wie sie sich umdrehen und zufrieden davongehen ins Nichts.

»Was gibt's?«, fragt Tommy vom Bett.

Ich klappe das Handy zu, hole tief Luft und hoffe, dass mein Lächeln ein bisschen laszstiv ist, als ich mich umdrehe und den Bademantel fallen lasse.

»Das war Callie. Sie wollte sich vergewissern, dass wir reichlich Sex haben.«

Ich werde ihm die Einzelheiten irgendwann erzählen, aber jetzt nicht. Es würde uns nur die Stimmung kaputtmachen. Das mag egoistisch erscheinen, aber ich musste lernen, mich gegen

Gefühle abzuschotten und mein Leben behalten zu können. Ich kann mir die Leiche einer vergewaltigten, verstümmelten Zwölfjährigen anschauen und eine Stunde später meine Tochter auf die Wange küssen.

Tommy grinst. »Ich würde sagen, für reichlich Sex haben wir schon gesorgt, aber lass uns ganz sichergehen.«

»Schade, dass wir morgen abreisen müssen.«

»Lass uns ein bisschen länger bleiben.«

»Hast du vergessen, dass ich Trauzeugin bei Callies Hochzeit bin? Wenn ich nicht aufkreuze, bringt sie zuerst dich um und dann mich.«

»Ja, wahrscheinlich.«

Ich beuge mich zu Tommy hinunter und hauche ihm ins Ohr: »Sei jetzt still und tue, was ich immer so gern habe.«

Und er tut es. Die Sonne steigt weiter, und das Meer rauscht auf den Strand. Ich genieße jede Sekunde, doch selbst als wir uns gegeneinander treiben lassen, weiß ich, dass dieser Frieden flüchtig ist. Ich schreie auf, als Tommy mich zum Höhepunkt bringt, und in der Stille danach sagt die Insel mir auf Wiedersehen. Wir gehören nicht hierher an diesen Ort, an dem es so viel Licht und Heiterkeit gibt. Ich sehe andere Kinder vor mir, tote und lebende, die auf meine Rückkehr warten.

KAPITEL 3 Ich wollte, ich hätte jetzt meine Waffe in der Hand, meine Neun-Millimeter-Glock, die ich so selbstverständlich trage wie eine Handtasche oder ein Paar gut sitzende Schuhe.

Ich bin eine ausgezeichnete Schützin, eine Fähigkeit, die ich anscheinend einem genetischen Erbe aus ferner Vergangenheit verdankte, denn meine Mutter und mein Vater können Schusswaffen nicht ausstehen. Einer von Dads Freunden hat mein Interesse für Waffen geweckt, als ich ungefähr acht Jahre alt war. Er war ein Waffennarr, und seitdem bin ich es auch. Eine Pistole in der Hand zu halten kam mir irgendwie richtig vor. Sie gehörte da hin.

Ich bin ein Naturtalent. Zwar habe ich mich nie mit jemandem gemessen, nehme aber an, dass ich eine der besten Schützinnen beim FBI bin. Diese Fähigkeit ist mir schon oft nützlich gewesen, und ich wünschte, jetzt könnte ich sie einsetzen.

»Dieses Kleid ist einfach zu warm!«, schimpfe ich.

Es ist Ende Februar in Los Angeles, und Callies Hochzeit findet am Strand statt. Die Luft ist frisch, doch aus irgendeinem Grund weht nicht der leichteste Windhauch, und die Sonne, die bei normaler Kleidung angenehm wäre, verwandelt mein Trauzeuginnenkleid in eine Sauna.

»Ich bin schweißgebadet«, flüstert Marilyn mir zu und kichert.

Marilyn ist Callies Tochter. Die beiden haben sich erst vor ein paar Jahren kennen gelernt, denn Callie war mit fünfzehn schwanger geworden und gab Marilyn auf Drängen ihrer Eltern zur Adoption frei, was sie stets bedauert hat – bis irgendein Dreckskerl, hinter dem wir her waren, diese Information ausgrub und Callie damit zu erpressen versuchte. Das Ergebnis war eine erzwungene Vereinigung von Mutter und Tochter, die sich glücklicherweise in eine echte Beziehung verwandelt hat.

»Pssst, Smoky«, raunt Bonnie mir zu.

Ich schaue auf Bonnie, die in ihrem sonnengelben Brautjungfernkleid neben mir steht. Sie hat sich die Haare hochgesteckt und ein gelbes Band darum gebunden. Sie ist sehr hübsch, und ich lächle sie an.

Bonnie ist dreizehn und sieht aus wie ihre Mutter: blondes Haar, makellose weiße Zähne und blaue Augen. Was Bonnie von ihrer Mutter unterscheidet, schlummert hinter diesen Augen. Bonnie ist erst dreizehn, doch ihre Augen sind die eines viel älteren Menschen, der zu viel gesehen hat.

Ich weiß, was diese Augen gesehen haben.

Bonnies Mutter, Annie King, war meine beste Schulfreundin. Wir hatten uns kennengelernt, als wir beide fünfzehn waren. Es scheint mir eine Ewigkeit her zu sein. Damals hatte ich noch keine Narben im Gesicht und auf der Seele.

Annie wurde von einem Verrückten verstümmelt und getötet, weil er auf diese Weise erreichen wollte, dass *ich* ihn jage, niemand sonst. Er zwang Bonnie, das langsame Sterben ihrer eigenen Mutter mit anzusehen, und fesselte sie dann an ihre Leiche. Es dauerte drei Tage, bis Bonnie gefunden wurde.

Ich erfüllte Annies Mörder seinen Wunsch: Ich habe ihn gejagt und getötet. Diese Jagd auf den Mörder meiner Freundin – und mein brennender Wunsch, sie zu rächen – war einer meiner beiden Rettungsanker. Der andere war Bonnie, denn Annie hatte sie mir anvertraut, wie sich herausstellte. Unsere Beziehung wäre normalerweise zum Scheitern verurteilt gewesen, denn ich war ein körperlicher und seelischer Krüppel, und Bonnie hatten die Schrecken, die sie durchstehen musste, die Sprache geraubt, sodass sie sich in eine Welt zurückzog, von der ich gar nicht erst wissen möchte, wie sie aussah. Doch Bonnie ist stark, und so fand sie mit der Zeit wieder zu sich.

Wir halfen uns gegenseitig. Zwei Jahre nach ihrem grauenvollen Erlebnis fand Bonnie die Sprache wieder, und ich bekam meinen Lebenswillen zurück.

Inzwischen sind wir wie Mutter und Tochter. Sie ist jetzt mein Kind – in jeder Hinsicht, auf die es ankommt.

Bonnie lächelt mich an. Der wachsame Ausdruck ihrer Augen verflüchtigt sich wie Nebel in der Sonne.

»Ist dir nicht heiß?«, frage ich.

Sie zuckt die Achseln. »Geht so. Ist ja nicht für lange.«

Ich blicke zu dem Mann hinüber, den Callie heiraten wird, Agent Samuel Brady, Chef des SWAT-Teams beim FBI in Los Angeles. Wer einen solchen Job macht, muss ein harter Mann sein – und genauso sieht Sam aus, trotz seines schwarzen Smokings. Er ist sehr groß, eins fünfundneunzig, und wie alle seine Kollegen trägt er die Haare militärisch kurz.

»Sam scheint gar nicht nervös zu sein«, flüstere ich Marilyn zu.

»Ich glaube, den kann nichts mehr schrecken«, flüstert sie zurück, »außer vielleicht Callie.«

Beinahe hätte ich losgeprustet. Callie Thorne ist meine Freundin und eine langjährige Kollegin, die zu meinem Team gehört. Sie ist eine schlanke, langbeinige Rothaarige mit einem Master in Forensik, Nebenfach Kriminologie. Callie ist bekannt für ihre Respektlosigkeit, die sie durch ihr Können und ihre Erfolge jedoch immer wieder wettmacht. Bei der Suche nach der Wahrheit ist sie rücksichtslos.

Neben Sam steht Tommy. Er fängt meinen Blick auf und zwinkert mir zu. Ich strecke ihm die Zunge raus, was mir einen Stupser und ein Stirnrunzeln von Bonnie einbringt.

»Seit wann spielst du die strenge Tante?«, flüstere ich ihr zu.

»Seit Kirby mich zu ihrer Stellvertreterin ernannt hat«, antwortet Bonnie.

Es gefällt mir gar nicht, was ich da höre.

Kirby Mitchell ist ein weiblicher Profikiller. Sie hat die Aufgabe als Callies »Hochzeitsorganisatorin« übernommen. Es gibt Gerüchte, sie habe Drohungen ausgestoßen – sogar die Waffe gezogen –, um einige Lieferanten zu bewegen, Callie bei ihrer Hochzeit preislich entgegenzukommen.

Die hübsche Kirby, das All-American Girl mit dem Aussehen eines kalifornischen Beach Bunnies. Schlank, blond, sexy, eins fünfundsiebzig groß, strahlend blaue Augen und ein ewiges Lächeln. Wenn man sie sieht, glaubt man Meerwasser, Surfwachs und Marihuana zu riechen. Sie ist die Sorte Frau, die im Bikini genauso sexy aussieht wie im kleinen Schwarzen.

Doch ihre Lebensgeschichte ist so düster, dass ich lieber darüber schweige. Ich weiß nicht, was ich davon halten soll, dass Bonnie sich mit ihr anfreundet, doch ich lasse es ihr durchgehen – nicht dass ich groß die Wahl hätte. Ich bin von Menschen umgeben, die so sind wie ich: Menschen mit sichtbaren und unsichtbaren Narben. Menschen, die andere getötet haben und es wieder tun werden. Das ist nicht die beste Umgebung, um ein Kind großzuziehen, ich weiß, aber es ist nun mal die, die ich mir ausgesucht habe und mit der ich klarkommen muss.

Neben Tommy stehen die beiden letzten Mitglieder meines Teams, Alan Washington und James Giron. Mit seinen fast fünfzig Jahren ist Alan der Älteste und Erfahrenste von uns, ein ehemaliger Cop des Los Angeles Police Departments. Er ist Afroamerikaner mit der Statur eine Profiwrestlers – die Sorte Mann, bei der man von allein auf die andere Straßenseite ausweicht, wenn er einem entgegenkommt. Sein Smoking spannt sich bei jeder Bewegung bedenklich an den Nähten. Doch seine Größe und Massigkeit verbirgt seine wahre Begabung: Er hat schier endlose Geduld und kann sich stundenlang mit Detailfragen beschäftigen, ohne die Geduld zu verlieren. Das macht ihn zum besten Vernehmungsspezialisten, den ich kenne.

Der einunddreißigjährige James Giron ist der Jüngste in meinem Team. James ist beinahe schon ein Menschenfeind. Nicht, dass er die Menschen hasst – sie kümmern ihn einfach nicht. Was er in mein Team einbringt, ist sein messerscharfer Verstand. James ist ein Genie, und das meine ich so, wie ich es sage. Er hat die Highschool mit fünfzehn abgeschlossen und mit zwanzig seinen Doktor in Kriminologie gemacht. James hatte eine ältere Schwester namens Rosa. Sie wurde ermordet, als James zwölf war. Rosa brauchte drei Tage zum Sterben, nachdem sie mehrmals vergewaltigt und mit einem Gasbrenner gefoltert worden war. Am Tag ihrer Beerdigung beschloss James, zum FBI zu gehen und sein Leben der Jagd auf Mörder zu widmen.

Er hat die gleiche Gabe wie ich: die Fähigkeit, ins Dunkel

vorzudringen, sich an die zischenden, glitschigen, mörderischen Kreaturen anzuschleichen und zwar verändert, aber halbwegs unversehrt aus einer Begegnung mit ihnen hervorzugehen. Sosehr ich James manchmal ablehne (und er mich): Wenn ich jemanden brauche, um mich in das Denken eines Mörders einzufühlen, ist er ein unschätzbarer wertvoller Kollege.

Und schließlich ist da noch Barry Franklin, ein Detective vom Los Angeles Police Department, mit dem wir des Öfteren zusammenarbeiten und der zu unseren Freunden zählt. Barry ist Mitte vierzig, massig, aber nicht dick, Brillenträger, fast kahlköpfig, mit unscheinbarem Gesicht. Doch trotz äußerlicher Defizite trifft er sich ständig mit den hübschesten jungen Frauen.

Mein Team und ich kommen selten freiwillig zu unseren Fällen. Zwar gibt es Bereiche spezifischer FBI-Zuständigkeit – Entführung und Bankraub zum Beispiel –, doch in den meisten Fällen, besonders bei Tötungsdelikten, müssen wir von den örtlichen Polizeidienststellen hinzugezogen werden. Barry ist einer der wenigen Kollegen, die sich in ihrem Denken nicht von Politik beeinflussen lassen, wenn es um Fortschritte bei einer Ermittlung geht. Wenn er meint, dass wir bei der Lösung eines Falles eine Hilfe sein können, ruft er uns an. Wir haben schon bei vielen Gelegenheiten zusammengearbeitet und schwierige Fälle gelöst. Wer am Ende den Ruhm einheimst, hat weder Barry noch mich und mein Team jemals gekümmert.

Ich schaue zu den übrigen Gästen, die auf ihren Plastikklappstühlen sitzen. Es sind nicht allzu viele. Callies Eltern sind nicht darunter; sie wurden nicht eingeladen. Sie hatten Callie damals gezwungen, Marilyn abzugeben, und das hat sie ihnen nie verziehen. Mein Blick schweift weiter zu Alans Frau, Elaina. Sie schaut zu mir, und ihre Lachfältchen kräuseln sich. Ich erwidere ihr Lächeln. Elaina ist einer der wenigen von Grund auf guten Menschen, die ich kenne. Zu viele Leute verbergen unschöne Geheimnisse hinter einer Fassade der Anständigkeit und einem Zahnpastalächeln. Auch Elaina ist nicht fehlerlos; das ist niemand. Aber sie war es, die mich nach Sands' Blutorgie im Krankenhaus besucht hat, als ich mit Schmerzen und Entsetzen zu kämpfen hatte, während ich an die weißen Deckenplatten starrte und den unpersönlichen Piep- und Zischlauten der Geräte lauschte, die meine Körperfunktionen stützten. Elaina schob die protestierende Schwester beiseite, um mich in die Arme zu nehmen, sodass ich mich an ihrer Schulter ausheulen konnte. Ich habe buchstäblich bis zur Besinnungslosigkeit geweint, und als ich wieder zu mir kam, war Elaina immer noch da. Ich liebe sie. Sie ist wie eine Mutter für mich.

Neben ihr sitzt Assistant Director Jones, mein Chef. Er wirkt ein bisschen desinteressiert und schaut ständig auf die Uhr. Wahrscheinlich wird man so, wenn man zwei gescheiterte Ehen hinter sich hat. AD Jones ist lange Zeit mein Mentor gewesen, mein privater Rabbi sozusagen. Er ist zu sehr Führungspersönlichkeit, um ein Freund zu sein, aber er ist ein großartiger Chef.

Es ist eine Gesellschaft aus Jägern menschlicher Ungeheuer und den Opfern unvorstellbarer Gewalt. Manche Gäste sind beides zugleich. Es sind Menschen, die täglich mit Leid und Tod zu tun haben.

Mein Handy meldet den Empfang einer SMS. Ich klappe es auf und erstarre.

> Ich bin ganz nah. Und ich habe ein Geschenk für Sie, Special Agent Barrett.

Ich lasse den Blick schweifen, schaue suchend über die Gäste hinweg. Ein Paar, das am Strand entlangspaziert, ist stehen geblieben, um die Hochzeit zu beobachten. Ein Surfer paddelt aufs Meer hinaus, obwohl das Wasser eiskalt sein muss. Vor dem Eingang des nahen Hotels gehen und kommen Leute. Doch außer dem Paar schaut niemand zu uns herüber.

Wer immer die SMS geschickt hat, könnte sich im Hotel ein Zimmer gemietet haben, überlege ich. Vielleicht beobachtet er uns genau in diesem Augenblick von einem Fenster aus …

Ich schaue nach oben, doch durch die Scheiben ist nichts zu erkennen. Außerdem hat das Hotel zehn Stockwerke. Ich klappe das Handy zu. Ich bin mehr ängstlich als zornig. Wer auch immer diese Nachricht geschickt hat, kennt meine Nummer und ist mir damit näher, als mir liebt ist.

Ich sehe Bonnie an und merke, dass sie mich mustert und mit ihren viel zu alten Augen meine Gefühlslage erkundet.

»Alles in Ordnung?«, fragt sie.

Ich streichle ihr über die Wange. »Ja, Schatz. Aber wo bleibt eigentlich Callie?«

Wir haben sie vor zehn Minuten allein gelassen. Sie trug bereits ihr Kleid, das Make-up war perfekt – sie brauchte bloß noch in die Schuhe zu steigen und sich auf den Weg zur ihrem Zukünftigen zu machen.

»Ob was mit Kirby ist?«, flüstert Marilyn.

Es stimmt: Dass Callie und Kirby gleichzeitig fehlen, ist ein bisschen beunruhigend. Ich schaue zum Priester, Pater Yates. Er lächelt mich an, ein Bild der Geduld. Ich habe ihn bei unserem letzten Fall kennengelernt und unsere Bekanntschaft aufrechterhalten.

Dann endlich setzt die Musik ein, und ich sehe Kirby durch den Gang an ihren Platz huschen. Sie macht einen verärgerten Eindruck.

»Das ist nicht das Lied, das Kirby ausgesucht hat«, flüstert Bonnie.

Gespielt wird »Let it be« von den Beatles, allerdings in der Originalversion, nur Paul und sein Piano. Ich finde es großartig.

»Welches Lied wollte Kirby denn?«, frage ich.

»Here Comes the Bride«, sagt Bonnie.

Stattdessen »Let it be«. Das passte. Konformität war noch nie Callies Ding.

Dann erscheint die Frau der Stunde, und die rätselhafte SMS tritt vorerst in den Hintergrund.

Callie ist wunderschön in ihrem schlichten langen Seidenkleid. Ihr rotes Haar trägt sie lang und mit Blumen umwickelt. Es sieht aus, als würden Feuerrosse über ihren Rücken galoppieren. Sie bemerkt meine staunenden Blicke und zwinkert mir zu. Es schnürt mir das Herz ab.

Ich hatte immer Angst, dass Callie allein bleibt. Ich bin jetzt einundvierzig, und Callie ist ungefähr in meinem Alter. Wir sind in den besten Jahren, aber ich habe die Zukunft gesehen, den sich nähernden Scheitelpunkt, hinter dem der Staub sich nach und nach legt und die Falten tiefer werden. Irgendwann werden wir die Aufgabe nicht mehr erfüllen können, der wir unser Leben gewidmet haben – die Jagd auf geisteskranke Verbrecher. Wir werden unsere Waffen niederlegen, weil wir zu alt geworden sind. Vielleicht werden wir jüngere Jäger unterrichten. Vielleicht werden wir zu Hause sitzen und unsere Enkel auf den Knien schaukeln. Doch was auch passiert, das Alter kommt herangaloppiert. Ich kann die Hufschläge schon viel deutlicher hören als damals, als ich noch knackige einundzwanzig war.

Ich habe mir Sorgen gemacht, meine beste Freundin würde allein alt werden müssen, deshalb bin ich jetzt froh und erleichtert. Callie liebt einen Mann, und er liebt sie. Sie werden zusammen sein, was auch passiert.

Für einen Moment wird meine Freude durch ein Bild aus der Vergangenheit getrübt. Ich sehe Matt und mich an unserem Hochzeitstag. Ich trug damals weiße Seide, genau wie Callie heute. Wir waren so unglaublich jung … eine Jugend, an die ich mich kaum noch erinnere. Vom Tag der Hochzeit weiß ich fast nichts mehr, doch drei Erinnerungen werden bleiben, solange ich lebe: unsere Liebe, unser Lachen, unsere Freude.

Callie tritt neben Sam, und er lächelt sie an. Es ist das Lächeln eines Jungen, was umso schöner ist bei diesem sonst so einsilbigen Mann. Es macht ihn zehn Jahre jünger. Callies Lächeln ist schüchtern, was nicht minder seltsam ist, und mindestens genauso schön. Pater Yates beginnt die Trauungszeremonie, die Callie sich selbst ausgedacht hat. Die Zeremonie ist ernst und feierlich, und das überrascht mich, denn es passt so gar nicht zu Callie.

Ich fühle die Sonne im Rücken, als ich zuschaue, wie meine Freunde sich ihrem Glück hingeben.

»Sie dürfen die Braut jetzt küssen«, sagt Pater Yates schließlich, und Sam tut es nur zu gerne. Endlich geht ein bisschen Wind, kalt, aber wohltuend, und die Sonne gibt ihr Bestes, den Tag zu verschönern.

Pater Yates sagt irgendetwas, doch er wird übertönt von einem schwarzen Mustang mit getönten Scheiben, der vielleicht dreißig Meter von uns entfernt auf den Parkplatz rast. Der Fahrer bremst, und der Mustang kommt in einer Rauchwolke aus verbranntem Gummi zum Stehen. Der Motor dröhnt. Die Tür schwingt auf. Eine Frau wird auf den Asphalt geworfen. Die Tür knallt zu, und der Wagen jagt davon. Er hat kein Nummernschild.

Die Frau müht sich auf die Beine. Ihr Schädel ist kahl rasiert, und sie trägt nur ein schmuddeliges Nachthemd. Sie taumelt ein paar Schritte in unsere Richtung, greift sich mit beiden Händen an den Kopf, hebt das Gesicht zum Himmel und schreit, schreit, schreit.

KAPITEL 4

Als die Frau zusammenbrach, stürzten Callie und ich zu ihr, um Erste Hilfe zu leisten, während Tommy und Sam die Notrufnummer wählten. Kirby nahm die Verfolgung des schwarzen Mustangs auf, jedoch vergebens, wie sich bald herausstellte.

Die Frau sah entsetzlich aus. Sie war abgemagert und ausgetrocknet. Die Lippen waren rissig, die Haut unter den Augen fast schwarz, als hätte sie Tage und Wochen nicht geschlafen, was umso gespenstischer wirkte, als ihr Gesicht so weiß war wie Papier. So etwas hatte ich noch nie gesehen. Unwillkürlich musste ich an die blinden Albinoratten denken, die im Dunklen geboren und gehalten werden und nie Tageslicht sehen.

»Schürfwunden am Hals und an den Hand- und Fußgelenken«, sagte Callie.

Ich sah mir die betreffenden Stellen an. Callie hatte recht. Da waren sogar Narben, die darauf hindeuteten, dass diese Frau sehr lange Zeit in Fesseln verbracht hatte.

»Was ist mit dir passiert?«, murmelte ich, als endlich der Rettungswagen vorfuhr. Die Sanitäter sprangen aus dem Fahrzeug und kamen zu uns gerannt, ganz auf ihre Aufgabe konzentriert. »Ich werde sie begleiten«, sagte ich.

»Dann nehme ich Bonnie mit zu uns nach Hause«, erbot sich Elaina.

»Ich will mit ins Krankenhaus«, protestierte Bonnie.

»Nein, Schatz.« Es muss wohl irgendetwas in meiner Stimme gelegen haben, das Bonnie erkennen ließ, dass Widerspruch zwecklos gewesen wäre. Sie war nicht glücklich darüber, ging aber mit Elaina, ohne zu maulen.

»Wir treffen uns im Krankenhaus«, sagte Alan. »Tolles Ende für eine Hochzeitsfeier.«

Ich blickte Callie und Sam an. »Ihr wollt eure Flitterwochen auf Bora Bora verbringen. Ihr seid frisch verheiratet, also ab mit euch.«

»Ts-ts«, machte Callie kopfschüttelnd. »Du solltest mich besser kennen.«

Ich bekam keine Gelegenheit mehr, Callie zu antworten, denn die Sanitäter hatten die Frau nun in den Wagen geschoben. Als die Türen sich hinter mir schlossen, hing sie bereits am Tropf.

Ich musterte die Bewusstlose, während wir über den Highway jagten. Ich schätzte sie auf Anfang vierzig. Ungefähr eins fünfundsechzig groß, zierlich, längliches Gesicht. Die Lippen waren weder ausgeprägt noch schmal. Sie hatte nichts Auffälliges und sah aus wie hundert andere Frauen ihres Alters. Dennoch wurde ich das Gefühl nicht los, dass ich sie schon einmal gesehen hatte.

Ihre Fingernägel waren ein bisschen zu lang und ziemlich schmutzig, ebenso die Zehennägel und die Füße, deren Sohlen von einer dicken Hornhaut überzogen waren, als hätte sie nie Schuhe getragen. Die Narben an den Fußgelenken waren breiter, als mir zuerst aufgefallen war; sie sahen aus, als wären sie immer wieder aufgescheuert und verheilt.

Im Krankenhaus schaue ich den Ärzten und Schwestern zu. Die Frau kommt allmählich zu sich und wehrt die helfenden Hände ab. Sie schreit, starrt mit wirrem Blick um sich.

»Schnallen Sie sie fest«, ordnet der Arzt an, worauf die Frau sich noch heftiger aufbäumt.

Ich ziehe den Arzt an der Schulter zu mir herum. Er starrt mich an, verärgert über die Unterbrechung. Ich zeige ihm meinen Dienstausweis, sage ihm, was ich vermute, und deute dabei auf die Narben an den Gelenken. »Können Sie die Frau nicht einfach ruhigstellen?«, frage ich abschließend.

»Wir wissen ja nicht einmal, was sie hat«, erwidert der Arzt gereizt. »Ihr Herzschlag ist unregelmäßig. Möglicherweise wurde sie unter Drogen gesetzt. Es ist am sichersten, wir legen ihr Gurte an.«

»Wenn Sie die Frau festschnallen, richten Sie noch mehr Schaden an, glauben Sie mir. Ich sehe so etwas nicht zum ersten Mal.«

Ich weiß nicht, ob es an meinem Dienstausweis, meinem Narbengesicht oder meinem Tonfall liegt, aber der Arzt nickt.

»Vier Milligramm Ativan intramuskulär«, erteilt er Anweisung, »keine Gurte.«

Das Team gehorcht, ohne zu murren. Die Frau kreischt und windet sich, als man sie festhält und ihr die Nadel in den Arm drückt. Kurz darauf wimmert sie nur noch, und ihr Körper entspannt sich. Ihr Atem geht ruhiger, die Augen fallen ihr zu. Die Pfleger lassen sie vorsichtig los.

»Doktor«, sage ich, und der Arzt schaut mich an. »Entschuldigen Sie, aber da ist noch etwas. Die Frau muss auf Anzeichen sexueller Misshandlung untersucht werden.«

Er nickt und dreht sich wieder zu seiner Patientin um. In diesem Augenblick sehe ich, dass irgendetwas unter dem Bett liegt. Ich beuge mich hinunter und hebe es auf. Es ist ein Blatt Papier, weiß, Briefbogengröße, zweimal gefaltet. Ich schlage es auseinander. Da steht in schwarzer Maschinenschrift:

> Wie versprochen, so geliefert. Folgen Sie den üblichen Ermittlungsschritten. Um Fragen zuvorzukommen: Ja, ich habe noch mehr in meiner Gewalt. Und ich werde sie töten, wenn Sie mich verfolgen. Seien Sie zufrieden mit dem, was ich Ihnen gegeben habe.

Ich werfe einen Blick auf das Nachthemd der Frau. Es hat eine Seitentasche. In dieser Tasche muss der Zettel gewesen sein. Ich falte ihn zusammen und stecke ihn ein.

Was ist das wieder für ein verrücktes Spiel? Was haben diese Irren davon, wenn sie einem anderen Menschen das Leben nehmen? Reicht es nicht, das Opfer zu vergewaltigen? Muss es die völlige Vernichtung sein?

Aber das sind müßige Fragen. Außerdem kenne ich die Antwort – wenn nicht verstandesmäßig, so doch tief in meinem Innern: Je größer die Erniedrigung, desto intensiver das sexuelle Erlebnis. In gewisser Weise ist es nicht anders als bei einem Amphetaminschlucker oder einem Heroinabhängigen. Viele Vergewaltiger und Serienmörder schildern ihre erste Tat als Höhepunkt. Der erste Höhepunkt ist der schönste; die späteren Taten sind nur der Versuch, diesen Höhepunkt zu wiederholen.

Ich bin an den Ermittlungen beteiligt, die von der Behavioral Analysis Unit, kurz BAU, vorgenommen werden. BAU ist die Abteilung für Verhaltensanalyse des FBI, die die Aufgabe hat, Verbrechen aus der Sicht des Verhaltensforschers zu untersuchen, insbesondere das Verhältnis von Täter und Opfer. Gefasste Täter werden aufgefordert, einen Fragebogen auszufüllen und sich einer Vernehmung zu unterziehen, die aufgezeichnet wird. Einige lehnen ab, doch die meisten sind einverstanden. Viele dieser Leute sind bösartige, selbstverliebte Irre – wie könnten sie da widerstehen, sich vor FBI-Leuten zu profilieren?

Einer der Täter, die ich verhört habe, nahm die Schreie seiner Opfer auf. Sonst nichts. Er hatte keine Fotos, keine Videos, keine Trophäen. Seine Befriedigung bezog er allein aus dem auditiven Nacherleben, dem »Hörerlebnis« sozusagen. Er war Anfang fünfzig. Ein kleiner, untersetzter Mann namens Bill Keats. Harmlos aussehend. Unscheinbar. Halbglatze. Brille mit altmodischem Horngestell. Ein Familientyp, wie viele dieser Verrückten. Ich hatte Fotos von ihm gesehen, die vor seiner Gefängniszeit aufgenommen worden waren. Auf einem der Bilder war er mit seiner verhärmten Ehefrau zu sehen. Er hatte den Arm um ihre Schultern gelegt und lächelte in die Kamera. Sie standen im Vorgarten, und es war ein sonniger Tag. Keats trug ein Chambray-Hemd, Jeans und Tennisschuhe. Über dem Hemd spannten sich ein Paar Hosenträger.

Drei Dinge fielen mir auf. Erstens das Datum: Das Foto war aufgenommen worden, noch während Keats sein vorletztes Opfer gefangen hielt. Er hatte alle seine Opfer entführt (Frauen mittleren Alters mit dunklen Haaren und großen Brüsten) und hielt sie in einer schalldichten Truhe in einem Lagerschuppen auf seinem

Grundstück fest, einem gut vier Quadratkilometer großen Stück Land in Apple Valley.

Als Zweites fiel mir sein Lächeln auf. Es war wohlwollend. Nichts deutete darauf hin (außer vielleicht der niedergeschlagene Blick seiner Frau), dass man sich vor Keats in Acht nehmen sollte, zumal er nicht wie der Nachbar aussah, auf den man ein Auge haben musste. Er sah wie einer dieser Burschen aus, deren einziger Charakterfehler darin besteht, dass sie im unpassenden Augenblick einen schlüpfrigen Witz reißen, für den sie sich dann überschwänglich entschuldigen.

Als Drittes fiel mir sein Bauch auf, der nicht zu seiner übrigen Erscheinung passte. Keats' Gesicht war beinahe hager, Arme und Beine dünn. Doch er hatte einen Bauch wie ein Kobold im Märchen.

Bei seinem Anblick drehte sich mir der Magen um, weil ich bereits die Fakten kannte, denn sein letztes Opfer, Mary Booth, hatte die Tortur überlebt. Keats war hauptsächlich aufgrund ihrer Aussage verhaftet worden – und an diese Aussage erinnerte ich mich wieder, als ich das Foto sah. Marys Aussage war aufgezeichnet worden; ich hörte sie mir eine Woche vor meinem Besuch bei Keats an.

Alan hatte Mary Booth befragt. Bei Vernehmungen ist er der Beste von uns, sowohl bei den Opfern als auch bei den Tätern.

»Also, Mrs. Booth«, sagte Alan freundlich. »Wir werden uns Zeit lassen. Kein Grund zur Eile. Wenn Sie eine Pause machen wollen, sagen Sie es bitte. Wir hören dann sofort auf – so lange, wie Sie möchten.«

Man könnte meinen, dass Alans Körpergröße auf Vergewaltigungsopfer einschüchternd wirkt. Doch es gelingt ihm, das genaue Gegenteil zu bewirken. Er macht sich zum Beschützer; damit wird seine Körpergröße beruhigend und tröstlich.

»Ist gut«, antwortete Mary mit schwacher, aber entschlossener Stimme. Mary Booth erwies sich alles in allem als robust. Keats hatte sie schrecklich zugerichtet, seelisch und körperlich, aber nicht zerstört.

»Es ist wichtig, dass wir gründlich vorgehen, Mrs. Booth«, sagte Alan. »Je genauer Ihre Angaben sind, desto besser. Allgemein gehaltene Aussagen sind vor Gericht anfechtbarer, verstehen Sie?«

»Ja.«

»Wenn der Kerl irgendwelche Angewohnheiten hat, zum Beispiel das wiederholte Benutzen bestimmter Ausdrücke, oder wenn er besondere körperliche Merkmale hat, wie etwa Muttermale oder Tätowierungen, hilft uns das weiter. Mir ist klar, dass es nicht einfach für Sie ist, sich so etwas ins Gedächtnis zu rufen, aber ich weiß, dass Sie den Mann hinter Gittern sehen wollen.«

»Ich will ihn nicht hinter Gittern sehen«, widersprach sie.

Alan stutzte. »Nein?«

»Nein«, bekräftigte sie. Ihre Stimme war nun fest und ruhig. »Ich will, dass er stirbt.«

Alan ging mit einem Nicken darüber hinweg. Ich konnte ihn beinahe vor mir sehen: kein erstaunter Blick, keine großen Augen, nur ein Nicken. »Verständlich. Also, sind Sie bereit?«

»Ich glaub schon.«

»Gut. Erzählen Sie.«

»Ich kenne ein besonderes körperliches Merkmal bei ihm«, begann Mary. »Er hat einen riesigen Schwanz.«

Diesmal war Alan ehrlich verblüfft; ich erkannte es an der Länge der Pause.

»Wie bitte?«, brachte er schließlich hervor.

»Bill Keats«, sagte Mary Booth mit fester Stimme, aber irgendwie geistesabwesend. Ich konnte sie vor mir sehen, wie sie ins Leere blickte, als sie sich erinnerte. »Er hat den größten Schwanz, den ich je gesehen habe. Bestimmt fünfundzwanzig Zentimeter lang. Ich weiß noch genau, wie sein Ding unter seinem fetten, weißen Bauch hervorragte.«

»Ich verstehe«, sagte Alan. »Er hat also einen großen Penis. Noch etwas?«

»Eine Narbe an der Innenseite des rechten Oberschenkels.«

»Gut. Das ist sehr gut, Mrs. Booth. Was noch?«

»Ich …« Sie stockte, zögerte. An der Art dieses Zögerns erkannte ich, dass sie als Nächstes etwas Schreckliches sagen würde.

»Unten am Bauch hat er eine Tätowierung. Er hob die Speckfalte an, wenn er mich zwang, ihn … mit dem Mund zu befriedigen. ›Sieh her‹, sagte er, und ich tat es. Da waren zwei Buchstaben.«

»Welche Buchstaben?«

»Ein S und ein H.«

»Hat er Ihnen gesagt, wofür diese Buchstaben stehen?«, fragte Alan.

»Ja. Für Sklavenhalter.«

Sie erzählte noch mehr, viel mehr. Stundenlang. Alan führte sie durch alle grausamen Augenblicke, holte mit sanfter Beharrlichkeit jede noch so schmutzige Einzelheit hervor. Manchmal weinte Mary, doch meistens hatte sie sich in der Gewalt, und ihre Stimme klang fest.

Der Staatsanwalt ersparte den Geschworenen kein Detail von Marys Aussage, und das – zusammen mit den Ergebnissen der körperlichen Untersuchung und anderen Beweisstücken – tat seine Wirkung.

Ich bekam das Bild nicht aus dem Kopf: fette Wampe unter dem Chambray-Hemd, unter dem sein erigiertes Glied hervorragt … die eintätowierten Buchstaben, die nur seine Opfer verstanden … und dann dieses Lächeln, dieses ewige falsche Lächeln.

Als ich in den Vernehmungsraum kam, hielt Keats die Hände über dem Bauch gefaltet und zeigte sein widerliches Lächeln. Er starrte mir unverwandt ins Gesicht. Seine Blicke gierten nach meiner Narbe wie ein Verhungernder nach einem saftigen Steak. Er trug keine Handschellen, und wir waren allein. Obwohl ich wusste, wie liebend gerne dieser Hurensohn meine Schreie aufgenommen hätte, hatte ich keine Angst: Kulisse bedeutete diesem Verrückten alles, ebenso wie Abgeschiedenheit, und da war dieser Raum nicht das Richtige.

Ich stellte den Rekorder auf den Tisch.

»Ich werde das Gespräch wie vereinbart aufzeichnen, Mr. Keats, in Ordnung?«

»Na klar«, sagte er.

Wir gingen den üblichen Fragenkatalog durch, und er war ziemlich kooperativ. Seine Mutter hatte den Missbrauch begangen. Sie misshandelte Keats' Schwester körperlich und ihren Sohn sexuell. Sie hatte – wie könnte es anders sein – dunkle Haare und große Brüste, wie die Opfer ihres Sohnes. Es war vorhersehbar und jämmerlich zugleich.

Dann kamen wir zu dem Thema, das uns beide am meisten interessierte, wenn auch aus verschiedenen Gründen: die Schreie der Opfer.

»Waren die Schreie schon immer eine Quelle sexueller Erregung für Sie?«, fragte ich.

Solche Befragungen werden stets möglichst nüchtern gehalten, auch die Wortwahl. Es heißt immer »Quelle sexueller Erregung« und nie »antörnen« oder »aufgeilen« oder Ähnliches. Mit Absicht. Wer die Dinge klinisch-sachlich benennt, wird zum Spiegel, nicht zum Richter oder gar zum Teilnehmer. Die Täter betrachten sich gerne im Spiegel, zumindest solche armen Irren wie Keats.

»Eigentlich nicht«, sagte er mit ruhiger, freundlicher Stimme.

»Warum waren die Schreie dann so wichtig für Sie? Gab es irgendeinen Auslöser dafür? Ein bestimmtes Erlebnis?«

Er drehte und wendete die Frage im Geiste und musterte mich dabei. Ich sah die Veränderung in seinem Blick. Abgeschnitten von seinen Rauschmitteln – Vergewaltigung und Mord – suchte er nach irgendetwas, um seine Gier zu stillen.

Unvermittelt beugte er sich nach vorn und starrte mit hungrigen Blicken, ohne jede Zurückhaltung, auf die Narben in meinem Gesicht.

»Haben Sie geschrien, als er Sie geschnitten hat, Agentin Barrett?«, fragte er.

Ich verkniff mir einen Seufzer. Genau das hatte ich erwartet. Ich war nicht angewidert oder wütend. Eigentlich empfand ich gar nichts. Es war ein Spiel, und er spielte seine Rolle. Er hielt sich für originell, dieser arme kranke Irre, dabei war er so berechenbar wie sonst was.

»Ja«, sagte ich. »Natürlich.«

Seine Augen wurden groß. »Hat es ihm gefallen, als Sie geschrien haben?«

»Ja.«

»Woher wissen Sie das?«

Ich wollte ihm die Antwort verweigern, doch Scham würde ihn nur noch mehr antörnen. Das war nun mal der Preis für seine Informationen. Natürlich hätte ich mich weigern können, aber ich wollte unbedingt wissen, warum die verdammten Schreie so wichtig für ihn waren. Also hielt ich seinem Blick stand, ohne mit der Wimper zu zucken.

»Sein Glied wuchs in mir, als ich geschrien habe.« Ich sagte es mit derselben sachlichen Distanz, die ein Mediziner an den Tag legen würde. »Er wurde mit jedem Schrei härter. Ich konnte es fühlen.«

Für Bill Keats war das nicht mehr wichtig. Er konnte seine Reaktion nicht verbergen. Er atmete keuchend und schlug unwillkürlich die Beine übereinander. Ein Auge zuckte. Es war ekelhaft.

»Jetzt sind Sie dran, Mr. Keats«, sagte ich.

Er blinzelte ein paar Mal und kehrte von dem dunklen Meer

zurück, auf dem er sich hatte treiben lassen. Ich konnte beinahe zusehen, wie er mein Bild, das er vor seinem geistigen Auge hatte erstehen lassen, zwecks späterer Benutzung in einen Winkel seines kranken Hirns schob. Er nickte, lehnte sich zurück und legte die Hände auf seinen fetten Wanst.

»Und?«, fragte ich ungeduldig. »Wann sind Sie bei den Schreien auf den Geschmack gekommen?«

»Bei der ersten Frau, die ich vergewaltigt habe«, sagte er. »Ich wollte sie penetrieren, aber …«

»Aber?«

»Sie wusste, was ich tun würde, und schrie. Es war das Wunderbarste, was ich je gehört habe. Sie wusste, was ich wollte, und dass sie nichts dagegen tun kann. Die Empfindungen, die ich in ihrem Schrei gehört habe … mein Gott, es war perfekt. Ich habe abgespritzt, noch bevor ich in ihr drin war.« Sein Blick wurde verträumt. »Sie hat nie wieder geschrien. Nicht mal, als ich sie stranguliert habe. Mit ihrem letzten Schrei war sie zerbrochen.« Sein Blick suchte meinen, und sein widerwärtiges Lächeln kehrte zurück. Es kam mir jetzt irgendwie persönlicher vor, wissender, beinahe intim. Ich hatte mit einem Mal das Gefühl, als würde der bloße Blick dieses Wahnsinnigen mich besudeln. »Seitdem war ich auf den Klang dieses einen Schreies aus«, sagte er. »Ich habe ihn nicht auf Band, wissen Sie. Ich war nicht darauf vorbereitet.«

»Und?«, fragte ich. »Haben Sie den Klang noch mal gehört?«

Wehmütig schüttelte er den Kopf. »Nein«, sagte er. »Manchmal war ich nahe dran. Aber es war nie der Schrei, den ich gesucht habe.«

Es dauerte noch zehn Minuten, bis ich mit der Vernehmung fertig war. Danach war ich sehr, sehr erleichtert. Ich hatte bekommen, was ich wollte. Ich konnte von dort weggehen, während Bill Keats mit seiner dicken Wampe und der Hornbrille und dem dreckigen Lächeln dableiben musste. Er würde in einem Käfig sterben. Das war bei Weitem nicht genug, aber mehr war nun mal nicht drin.

»He«, sagte er plötzlich, als ich auf dem Weg zur Tür war. »Erzählen Sie mir etwas über mich.«

Ich runzelte die Stirn. »Wie bitte?«

Er zuckte die Achseln. »Sie haben alles über mich gelesen. Ich habe jede Ihrer Fragen beantwortet und sämtliche Fragebögen ausgefüllt. Also, Sie sind die Expertin. Was können Sie mir über mich sagen?«

Ich sah den aufrichtigen Wunsch in seinen Augen, wie schon bei anderen zuvor. Es war ein kurzes Aufflackern von Menschlichkeit, ein Grauton, wo man lieber Schwarz und Weiß sehen würde. Das größte Geheimnis für Menschen wie Keats war das eigene Elend. Warum bin ich, wie ich bin?, wollen sie wissen.

Ich wollte ihn mit meiner Antwort verletzen. Etwas Tiefschürfendes sagen. Das Problem war, dass es an Bill Keats nichts Tiefschürfendes gab. Er war bloß ein großer Haufen Dreck.

Also beließ ich es bei der Antwort: »Sie sind ein fettbäuchiges, perverses armes Arschloch.«

Für einen Moment zog er den Kopf zwischen die Schultern. Sein Dauerlächeln erlosch, und seine Hände verkrampften sich. Doch es dauerte nur ein paar Sekunden, dann nahm er seine entspannte Haltung wieder ein, und das Lächeln kehrte zurück. Nur mit dem Unterschied, dass es jetzt aufgesetzt wirkte.

»Auf Wiedersehen, Mr. Keats«, sagte ich.

Er sagte nichts mehr.

Und nun stehe ich hier im Krankenhaus und betrachte die fremde Frau auf der Liege. Ich kenne sie nicht, aber ich kenne den Mann, der sie gehabt hat. Mit dieser Sorte habe ich ständig zu tun. Ich kenne seine Augen, ohne je sein Gesicht gesehen zu haben.

Und das bedrückt mich.

Es bedrückt mich, dass ich eine genauere Vorstellung vom Täter habe, der weiß Gott wo ist, als vom Opfer, das vor mir liegt.

»Das ist ja eine schöne Bescherung!«, schimpft Callie.

Sam steht ein paar Meter von uns entfernt und telefoniert.

»Bucht ihr um?«, frage ich mit einer Kopfbewegung in Sams Richtung.

Callie macht ein trauriges Gesicht. »Die Arbeit ruft, Süße. Und Gott allein weiß, wohin sie Sam führt.«

Sam klappt sein Handy zu und kommt zu uns. Er sieht bedrückt aus.

»Das war Hickman«, sagt er zu Callie. »Ich werde gebraucht.«

»Ich dachte, Hickman hat alles im Griff«, protestiert Callie. »Stell dir vor, wir wären schon auf Bora Bora.«

»Sind wir aber nicht, mein Schatz.« Sam nimmt ihre Hände und zieht sie an seine Lippen. »Es ist ein Geiselfall, Calpurnia. Der wird mich nicht lange aufhalten.«

Callie sucht seinen Blick. »Und wenn doch? Wenn sich herausstellt, dass wir ganz auf die Flitterwochen verzichten müssen?«

Er zuckt die Schultern. »Du hast gewusst, welchen Beruf du mitheiratest, genau wie ich.«

Callie seufzt tief. »Na schön. Aber wehe, du lässt dich erschießen. Und bevor du abreist, erwarte ich im Bett einen flitterwochenmäßigen Auftritt von dir.«

Sam grinst. »Ich werde mir Mühe geben.«

»Das rate ich dir auch. Sonst lasse ich mich nämlich gleich wieder scheiden.«

Er küsst sie. »Bis später, Calpurnia.« Und weg ist er.

Callie fächelt sich das Gesicht, als bräuchte sie Abkühlung. »Meine Güte. Dieser Mann weiß, wie er mich zum Glühen bringt. Und jetzt lässt er mich im Regen stehen.«

»Halt die Pferde im Zaum, *Calpurnia*«, sage ich lächelnd.

James schnaubt gereizt, und ich drehe mich zu ihm um. »Du möchtest etwas dazu sagen?«

»Ja. Warum sind wir hier? Was immer mit dieser Frau passiert sein mag, ist nicht unsere Angelegenheit. Es ist nicht unser Job, irgendwelche Fälle aufzugreifen.«

»Es ist nicht irgendein Fall«, widerspreche ich.

James runzelt die Stirn. »Wie meinst du das?«

Ich ziehe den Zettel aus der Tasche, zeige ihn herum und erzähle von der SMS.

»Die Frau wurde einer Hochzeitsgesellschaft, zu der FBI-Leute und andere Gesetzesvertreter gehörten, gewissermaßen vor die Füße geworfen. Hältst du das für einen Zufall? Das ist eine Botschaft.«

James zuckt die Achseln. »Und wenn schon. Wir springen auch sonst nicht auf jeden Drohbrief an, der uns geschickt wird.«

»Es ist nicht nur eine Drohung gegen uns«, erwidere ich gereizt, »es ist eine offensichtliche Entführung. Und damit fällt die Sache in unsere Zuständigkeit. Basta.«

Der Arzt kommt zu uns. Er wirkt müde und erschöpft. Nun runzelt er verwundert die Stirn, als er uns sieht. Offenbar bemerkt er erst jetzt unser Erscheinungsbild.

»Sie kommen von einer Hochzeit?«, fragt er.

»Allerdings«, sagt Callie. »Gott sei Dank konnten wir beide vorher noch Ja sagen. Wie geht es der Patientin?«

Der Arzt wischt sich über sein müdes Gesicht. »Sie ist in schlechter Verfassung. Sie ist untergewichtig und leidet an starker Austrocknung, was wahrscheinlich der Grund für ihr Delirium ist. Die Hand- und Fußgelenke sind vernarbt. Ich bin kein Experte, aber ich vermute, dass die Frau lange Zeit gefesselt war.«

»Wie lange?«, frage ich. »Können Sie das anhand der Narben schätzen?«

»Schwierig. Solche Heilungsprozesse verlaufen individuell

sehr unterschiedlich. In der Regel dauert es zwischen sieben und zwölf Monaten, bis eine Narbe verblasst. Gemessen an der Farbe und Dicke der Narben dieser Patientin könnte es sich um eine Gefangenschaft über Monate, vielleicht Jahre hinweg gehandelt haben.«

Das hatte ich bereits vermutet, aber seltsamerweise ist es schrecklicher, wenn man es von jemand anderem hört.

»Was können Sie uns noch sagen?«

»An mehreren Körperstellen, vor allem am Rücken, gibt es Anzeichen dafür, dass sie ausgepeitscht wurde. Außerdem hat sie Verbrennungen, die möglicherweise von Elektroschocks stammen.«

»Also wurde sie gefoltert?«, fragt Alan.

»Ich bin mir ziemlich sicher«, erwidert der Arzt. »Was die Frage sexueller Misshandlung angeht, habe ich nach einer ersten, allerdings flüchtigen Untersuchung keine Anzeichen dafür gefunden. Keine jüngeren oder älteren Risse in der Scheidenwand oder am Anus. Keine Bissspuren. Ich konnte jedoch feststellen, dass sie eine Geburt gehabt hat.«

Ich zucke zusammen. »Was?«

»Die Frau hat eine Kaiserschnittnarbe und Dehnstreifen.«

»O Gott«, flüstere ich. »Und wo ist das Kind?«

»Haben Sie sonst noch etwas herausgefunden?«, fragt Callie.

Der Arzt zögert. »Sie ist zu hellhäutig«, erklärt er schließlich.

Alan zieht eine Braue hoch, sagt aber nichts.

»Wie meinen Sie das?«, frage ich.

»Manche Menschen haben von Natur aus sehr helle Haut, aber diese Frau hat eine extrem ungesunde Farbe. Ich kann keine Hinweise auf eine Anämie feststellen, aber ihre Augenlider sind weiß, und in Anbetracht der Narben liegt die Vermutung nahe, dass ihr über einen langen Zeitraum hinweg das Tageslicht verwehrt wurde.«

»Du lieber Himmel!«, stößt Alan hervor.

»Ich habe ihr Blut abgenommen und werde es unter anderem

auf Vitamin-D-Mangel prüfen. Das ist vorerst alles, was ich Ihnen berichten kann.«

»Danke«, sage ich. Es klingt lahm und unangemessen, aber so ist es immer.

»Seltsam, dass keine sexuelle Gewalt angewendet wurde«, sagt James. Ich habe gar nicht bemerkt, dass er sich wieder zu uns gesellt hat. »Lange Gefangenschaft und Folterungen haben in den meisten Fällen entweder politische oder sexuelle Motive.«

Er hat recht. Da macht sich jemand die Mühe, einer Frau zu folgen und ihren Tagesablauf auszukundschaften. Er beobachtet sie und entführt sie dann. Er fesselt sie an Händen und Füßen, peitscht sie aus, sodass Narben zurückbleiben, aber er vergewaltigt sie nicht?

»Er kann es natürlich auf nicht invasive Art getan haben«, überlegt James. »Möglicherweise hat er sie betäubt, oder er hat sie gezwungen mitzumachen, um Willigkeit vorzutäuschen.«

»Aber das passt nicht mit dem Foltern zusammen«, entgegne ich. »Die andere Frage ist: Warum hat er sie freigelassen? Und warum hat er sie vor unseren Augen aus dem Wagen geworfen? Glaubt hier noch jemand an einen Zufall?«

»Ein Zufall ist sehr unwahrscheinlich«, sagt James.

»Der Ansicht bin ich auch«, sagt Barry, der sich zum ersten Mal äußert. »Jemand, der diese Frau über einen so langen Zeitraum hinweg am Leben halten konnte, kann kein Idiot sein. Er würde nicht den Fehler begehen und sie grundlos in der Nähe einer Versammlung von Polizisten freilassen. Was hat er noch mal geschrieben? ›Folgen Sie den üblichen Ermittlungsschritten.‹ Er weiß, was wir tun werden, und er will, *dass* wir es tun.«

Ich schaue ihn an, und er zieht fragend die Augenbrauen hoch. »Was ist?«

»Das weißt du genau. Ich glaube nicht, dass ich Zuständigkeitsprobleme bekommen werde, da es offenbar ein Entführungsfall ist, aber falls doch, könntest du ein Wort für mich einlegen?«

Barry kratzt sich am Kopf und überlegt. »Ich werde mit dem Captain reden«, sagt er dann. »Den Entführungsaspekt hochspielen und darauf hinweisen, dass ihr schon immer solche Fälle bekommen habt.«

»Danke.«

»Nicht der Rede wert. Diesen Fall wird sowieso keiner wollen. Der stinkt meilenweit nach unlösbar.«

»Wir werden sehen.«

»Ja«, sagt Barry. »So, Leute, ich muss los. Ich habe ein heißes Date heute Abend.«

Callie blickt ihn finster an. »Du hast dich an meinem Hochzeitstag verabredet?«

Barry lächelt. »Du bist immer noch die Schönste im ganzen Land.«

Sie schnieft. »Entschuldigung akzeptiert.«

Barry tippt sich grüßend an die Stirn und geht.

»Das ist Bockmist«, sagt James kopfschüttelnd.

Ich beachte ihn nicht, sondern wende mich Callie zu. »Wir werden die Fingerabdrücke der Frau nehmen und durchs Suchprogramm laufen lassen, Callie. Vielleicht haben wir Glück, und sie ist schon mal aufgefallen.« Ich zeige auf ihr Kleid. »Hast du was zum Wechseln?«

Sie hält ihr Handy in die Höhe. »Ich ruf Kirby an. Sie wird mir alles bringen, was ich brauche.«

Mein Handy klingelt.

»Barrett«, melde ich mich.

»Sie müssen ins Büro kommen, Smoky«, sagt AD Jones.

»Jetzt, Sir?«

»Unverzüglich.«

»In Ordnung. Ich fahre nur schnell nach Hause und ziehe ...«

»Keine Zwischenstopps. Kommen Sie so schnell wie möglich.«

Ich schaue an meinem sonnengelben Kleid hinunter und seufze.

»Ja, Sir. Ich bin gleich da.«

KAPITEL 5 Der Mann starrt auf die E-Mail und fängt an zu zittern. Er kann nichts dagegen tun. Der Schrecken wirkt sofort und mit voller Wucht.

Auf dem Bildschirm steht:

Du hast deine Chance vertan. Ich habe dir etwas in den Garten gelegt.

Die Nachricht trägt keinen Namen, aber das ist auch nicht nötig. Der Mann weiß, von wem sie stammt.

O *Gott, warum habe ich nicht getan, was er verlangt hat?*

Er schaut zum anderen Ende des Wohnzimmers, wo die Glasschiebetür hinaus in den Garten führt. Die Angst jagt seinen Puls hoch. Sein Herz klopft heftig. Zu heftig.

Bekomme ich einen Herzanfall?

Er blickt wieder auf die E-Mail, dann noch einmal zur Terrassentür. Er schließt die Augen.

Reiß dich zusammen.

Der Mann steht auf, geht vom Computer weg und aus dem Arbeitszimmer. Er lässt die Nachricht auf dem Bildschirm. Ihm ist jeder Schritt bewusst, den er über das Nussbaumparkett macht. Beinahe zählt er seine Schritte ab.

Das wird schlimm.

Er weiß es, weil er den Mann kennt, mit dem er es zu tun hat. Nein, das ist nicht ganz richtig. Wenn es so wäre, wenn er wirklich begriffen hätte, wie dieser Mann ist, hätte er seinen Teil der Abmachung auf jeden Fall eingehalten.

Er erreicht die Schiebetür und späht hindurch. Es ist früher

Vormittag, und die Sonne ringt mit den Wolken um die Vorherrschaft am Himmel. Er hat einen großen Garten mit einem überreichlich bewässerten Rasen, wie Kalifornier ihn bevorzugen.

Er sieht es sofort und blinzelt.

Was ist das?

Es sieht aus wie ein schwarzer Plastiksack mit einem … Strohhalm? Ist das ein durchsichtiger Plastikstrohhalm, der da rausguckt?

Sein Herz klopft noch heftiger, soweit das überhaupt möglich ist. In seinem Kopf bahnt sich ein Gedanke seinen Weg.

Schwarzer Plastiksack …

Er kennt ein Wort dafür.

Leichensack.

Der Mann schluckt Galle, schiebt die Tür zur Seite und überquert die Terrasse. Er ist barfuß, und das Gras ist feucht und kalt unter seinen Sohlen, doch er bemerkt es kaum. Der schwarze Sack nimmt seine Aufmerksamkeit gänzlich in Anspruch.

Er glänzt in der Sonne. Ein starker Reißverschluss zieht sich über die gesamte Länge hinweg. Der Strohhalm (das sieht der Mann jetzt) ist ein Stück durchsichtiges Plastikrohr und steckt in einem Loch, das in den Sack geschnitten wurde.

Mach ihn nicht auf!

Die innere Stimme ist laut und voller Angst.

Wahrscheinlich ist es ein guter Rat, den Sack nicht aufzumachen.

Der Mann kniet sich ins Gras. Schmutz und Nässe, die in den Stoff seiner hellen Hose dringen, sind ihm egal. Er greift nach dem Reißverschluss. Zögert.

Das ist deine letzte Chance. Noch kannst du zurück.

Er schluckt und zieht den Reißverschluss zur Hälfte herunter, ehe er weiter darüber nachdenken kann.

Er sieht ihr Gesicht und taumelt zurück. Fast wird ihm schwarz vor Augen.

»Dana!«

Das Wort kommt wie ein Keuchen hervor, als hätte er sich einen Schlag in den Magen eingefangen.

Sie ist da. Der Strohhalm ist an ihren Mund geklebt; das Klebeband verdeckt die Lippen. Mit ihren Augen stimmt etwas nicht, ganz und gar nicht. Sie sind klar, aber leer.

Tote Augen.

»O Gott, o Gott …«, flüstert der Mann.

Sie sollte gestern in einen Badeort reisen. Ein Zwei-Tage-Trip, ein kleiner Tapetenwechsel. Zwar hatte sie am Abend nicht angerufen, aber der Mann hat sich nichts dabei gedacht. Er hatte zu viele andere Dinge im Kopf.

»Verzeih mir, Liebling … o Gott, es tut mir so leid … warte, ich nehme den Strohhalm weg …« Er plappert dummes Zeug, das ist ihm klar, aber er kann nicht anders.

Sanft zieht er das Klebeband von ihren Lippen und das Röhrchen aus ihrem Mund.

Der Mund öffnet sich, bleibt schlaff. Speichel läuft aus den Mundwinkeln, während sie geistlos in den Himmel starrt. Aus dem Sack riecht es. Der Mann braucht ein paar Sekunden, um zu begreifen, wonach es riecht: Urin und Kot.

»Dana?«, spricht er sie an und hofft auf eine Reaktion.

Ihr Kehlkopf bewegt sich ein bisschen, und er glaubt, sie wolle etwas sagen. Ungeachtet des Gestanks beugt er sich vor.

»Liebling?«

Sie rülpst lange und laut, leckt sich über die Lippen. Weiterer Speichel fließt aus ihrem Mund.

Er weicht hastig zurück, auf allen vieren, will Abstand zu dem Grauen gewinnen. Dann fällt er auf den Rücken ins Gras und blickt hinauf zum Himmel, der tiefblau ist. Die Sonne ist durch die Wolken gekommen. Es wird ein schöner Tag werden im südlichen Kalifornien.

Der Mann dreht sich und übergibt sich ins saftig grüne Gras.

Ob Wochenende oder nicht, beim FBI herrscht immer Betrieb. Ich fahre hinauf zu AD Jones' Büro. Es sind noch drei andere Leute im Aufzug. Alle starren ungeniert auf mein Kleid. Keiner grinst. Wahrscheinlich wissen sie, dass die Sache nicht lustig ist. Schließlich gibt es nicht viele Gründe, eine FBI-Agentin von einer Hochzeit wegzureißen.

Während die Ziffern auf der Anzeigeleiste meinem Ziel entgegenklettern, denke ich an die Frau. Das Entsetzen in ihrem Blick hat sich bei mir festgesetzt. Es lag so viel Schrecken darin, so viel Leid. Mit einiger Mühe schüttle ich diesen Gedanken ab. Stattdessen frage ich mich, weshalb AD Jones mich mit solcher Eile herbestellt hat. Er ist nicht der Typ, der sich Dringlichkeiten ausdenkt.

Jones ist mein Beschützer und Mentor gewesen. Er hatte gleich zu Anfang meiner Polizeilaufbahn etwas in mir gesehen, das er dann nach Kräften gefördert hat. Das ist seine Art. Jones ist eine Seltenheit auf den Führungsetagen des FBI: Ein Mann, den Ergebnisse mehr interessieren als Karriere und Kompetenzgerangel.

Das *Pling* sagt mir, dass ich oben bin. Ich atme tief durch, steige aus dem Lift und gehe auf den Flur, biege rechts ab und sehe Shirley, Jones' langjährige Rezeptionistin. Sie ist zehn Jahre älter als ich, eine kleine, sachkundige Frau mit freundlichen, funkelnden grünen Augen, die ihr strenges Auftreten Lügen strafen.

»Wie war die Hochzeit?«, fragt sie.

»Großartig. Bis zu dem Moment, als der Wagen bei uns stoppte und uns die schreiende Frau vor die Füße warf.«

Sie bedenkt mich mit einem unsicheren Lächeln und einem Schulterzucken, als wollte sie sagen: Was soll man da machen?

»Wer ist drin, Shirley?«, erkundige ich mich.

Ihr Lächeln wird säuerlich. »Direktor Rathbun.«

Meine Brauen zucken in die Höhe. »Wirklich? Wissen Sie, warum?«

»Ich habe keinen blassen Schimmer. Trotzdem viel Glück.«

Ich blicke erneut an mir hinunter und seufze. »Danke.«

»Braten Sie ihnen eins über«, sagt Shirley, und ihre Augen funkeln mir ein bisschen zu sehr. Offenbar findet sie an der Situation allerhand Komisches.

Ich betrete das Zimmer, in dem AD Jones und Rathbun stehen. Sie machen nicht den Eindruck, als hätten sie einen Plausch gehalten. Es sieht eher so aus, als hätten sie auf mich gewartet. Ein Stück abseits steht noch jemand, den ich kenne: Rachel Hinson, eine attraktive Blondine, ungefähr in meinem Alter. Ihr Gesicht ist wie ein leeres Blatt Papier, ihr Blick wachsam. Sie hat ein Blackberry in der Hand und Bluetooth-Kopfhörer im Ohr und redet leise vor sich hin. Rachel ist Rathbuns Assistentin – die Frau fürs Grobe, wie ich immer sage, die mit jeder Aufgabe fertig wird. Sie weiß, wo die Leichen vergraben liegen, weil sie selbst das Vergraben übernommen hat.

Samuel Rathbun sieht mich und kurbelt seine Wattleistung an, um sein Politikerlächeln aufzusetzen und mir die Hand entgegenzustrecken. Ich werfe einen Blick zu AD Jones, dessen Augen mir ein Schwimme-mit-dem-Strom signalisieren. Ich erwidere Rathbuns Lächeln und schüttle ihm die Hand – fest, aber nicht zu fest.

»Danke, dass Sie gekommen sind, Agentin Barrett. Ich weiß, dass Sie etwas vorhatten.« Er deutet lächelnd auf mein Kleid.

»Ich bin immer im Dienst, Sir«, erwidere ich, was mir einen warnenden Blick des AD einbringt.

»Freut mich zu hören«, entgegnet Rathbun. Entweder entgeht ihm mein Sarkasmus, oder er beachtet ihn nicht. »Setzen wir uns.«

AD Jones setzt sich an seinen Schreibtisch, Director Rathbun und ich in die Sessel davor, ein bisschen schräg, damit wir uns anschauen können. Rachel Hinson bleibt im Hintergrund, wo sie weiter vor sich hin murmelt.

Ich nehme Rathbun kritisch in Augenschein. Er ist ein politisches Wesen, aber der Boss der Bosse, deshalb ruft er ein bisschen Ehrfurcht hervor. Er ist Anfang fünfzig, hat dunkles Haar mit der richtigen Menge Grau darin und dem üblichen (hier aber stilvollen) FBI-Schnitt. Er sieht ziemlich gut aus. Für mich wäre er nichts, aber ich schätze, die Rachel Hinsons dieser Welt finden ihn begehrenswert. Er steht in dem Ruf, rücksichtslos, aber fair zu sein, wobei die Fairness allerdings beiseitegelassen wird, wenn er den eigenen Hals retten muss. Aber das werfe ich ihm nicht vor: Er steht auf einem ganz anderen Spielfeld und ist dem Präsidenten, dem Generalbundesanwalt und ähnlich hohen Tieren verantwortlich. Außerdem sorgt er für unsere Mittel, und das ist nicht immer ganz einfach, wie ich weiß.

Zu meinen kurzen Begegnungen mit Rathbun kann ich nichts Negatives sagen, denn er ist mir ähnlich: schnörkellos und vor allem an Ergebnissen interessiert. Bevor er zum FBI kam, war er ein einfacher Cop. Er hat sich hochgearbeitet, genau wie AD Jones, was mir Respekt abringt.

»Ich will gleich zur Sache kommen, Agentin Barrett«, sagt Rathbun. »Wir werden eine Sondereinheit bilden, die mit der Aufklärung von Serienmorden, Kindsmorden, Entführungen und dergleichen betraut wird, und zwar über die bundesstaatlichen Grenzen hinweg in den gesamten USA. Ich möchte, dass Sie diese Sondereinheit leiten.«

Für einen Moment verschlägt es mir die Sprache. Damit hatte ich am wenigsten gerechnet, als ich dieses Büro betrat.

Rathbun lächelt, als er mein Erstaunen bemerkt. Dieses Lächeln ist echter als die vorherigen; vermutlich versteht er mich. Er entspannt sich, lehnt sich zurück. »Wie Sie wissen, hat das Hauptaufgabengebiet des FBI sich seit dem elften September in Richtung Terrorismusbekämpfung verlagert, und dorthin wandert auch der Großteil unseres Budgets. Die Folge ist ein beträchtlicher Druck auf örtliche Polizeidienststellen, ihre Verbrechensfälle selbst zu lösen, aus eigener Kraft, damit die FBI-Pflichten auf Spezialbereiche reduziert werden können: Profiling, CODIS und VICAP. Zuarbeit statt aktiver Ermittlung.«

CODIS ist eine nationale Datenbank mit den DNA-Profilen vermisster Personen und verurteilter Straftäter, die es den Strafverfolgungsbehörden ermöglicht, DNA-Profile auf elektronischem Weg auszutauschen und zu vergleichen, sodass Verbindungen zwischen verschiedenen Verbrechen hergestellt werden können. VICAP ist eine Falldatei, die ebenfalls dazu benutzt wird, Gewaltverbrechen miteinander in Verbindung zu bringen, um Täterprofile zu erstellen. Beide Datenbanken werden vom FBI verwaltet und sind von unschätzbarem Wert, erfordern aber keine FBI-Beteiligung vor Ort.

»Bei allem Respekt, Sir, aber das habe ich schon immer für eine blödsinnige Idee gehalten.« Ich kann mir den Ausdruck nicht verkneifen. »Die örtlichen Polizeireviere leisten gute Arbeit, aber es hat sich immer wieder gezeigt, dass FBI-Unterstützung bei der Festnahme speziell von Serientätern entscheidend ist. Wenn wir die Zusammenarbeit weiter einschränken, verringern wir unsere Effektivität – Sondereinheit hin oder her.« Ich schüttle den Kopf. »Es wird länger dauern, bis Mörder gefasst werden, und das wiederum erhöht die Zahl der Opfer.«

Rathbun hebt in einer hilflosen Geste die Hände. »Ich weiß. Ich bin zufällig Ihrer Meinung.« Seine Miene wird ernst, und mir wird klar, dass er tatsächlich meiner Meinung ist. »Ich sage ja auch nicht, dass es dazu kommen wird. Ich sage nur, dass es einflussreiche Leute gibt, die diesen Gedanken gerne verwirklichen würden.«

»Warum gerade jetzt?«, frage ich. »Seit dem Anschlag vom elften September sind Jahre vergangen. Außerdem war ich bisher der Meinung, das Heimatschutzministerium sollte die Lösung aller dahingehenden Probleme sein.«

»Bürokraten sind langsam und Politiker vorsichtig, Barrett.

Niemand will einen zweiten elften September, und so viel Zeit, wie Sie meinen, ist seitdem gar nicht verstrichen.«

»Warum möchten Sie, dass gerade ich diese Sondereinheit leite?«

»Weil Sie die Beste sind, Agentin Barrett. Es gibt ein paar andere Ermittler, die ebenfalls infrage kämen, aber Sie sind die perfekte Wahl.«

Ich blicke AD Jones an, der bisher geschwiegen hat. »Was halten Sie davon, Sir?«

»Der Direktor hat recht«, sagt er. »Sie sind nun mal die Beste. Und bestimmten Abteilungen des FBI stehen in diesen Zeiten leerer Kassen tatsächlich schwere Zeiten bevor. Vielleicht lässt sich das alles abwenden, aber für den Fall der Fälle bin ich dafür, dass wir retten, was zu retten ist. Sie sollten über den Vorschlag nachdenken.«

Ich wende mich wieder an Rathbun. »Und wie soll die Sache laufen, Sir?«

»Sobald ich Ihre Zusage habe, die Sondereinheit zu übernehmen, setze ich mich mit dem Generalbundesanwalt in Verbindung. Er steht auf unserer Seite. Das gilt auch für den Präsidenten. Er kann es sich nicht leisten, seine eigene Partei zu verstimmen, nicht vor einem Wahljahr, aber er ist ein guter Politiker, und unsere Sondereinheit würde ihm Rückendeckung geben. Wenn man die Zusammenarbeit zwischen FBI und Polizei gänzlich kappt, und die Folge wäre ein Anstieg ungelöster Gewaltverbrechen, weil die Polizei überfordert ist«, Rathbun zuckt die Achseln, »kann der Präsident behaupten, er habe die Sondereinheit gebildet, um den Schaden zu begrenzen.«

»Und das Organisatorische?«, frage ich ihn. »Ich habe eine Tochter und einen Verlobten. Ich habe mein Team.«

»Wir können Sie vorerst in Los Angeles lassen. Außer dass Ihr Name möglichst oft in den Nachrichten auftauchen sollte, haben Sie keine politische Bedeutung. Sie wären mir direkt unterstellt.«

»Und später?«

»Ich kann nichts versprechen. Im Idealfall landen Sie in Quantico, aber das müssen wir abwarten.«

»Und mein Team?«

»Das müsste mit Ihnen umziehen. Sie alle bilden die neue Sondereinheit.« Er deutet mit dem Kopf auf Rachel Hinson. »Mrs. Hinson hat intensiv herausgearbeitet, was die Gründe für Ihre Erfolge sind. Sie ist zu dem Ergebnis gekommen, dass Ihr jetziges Team für zukünftige Erfolge genauso wichtig ist wie Sie selbst.«

»Da hat sie vollkommen recht«, sage ich und betrachte Rachel mit neuem Respekt. »Und warum wollen Sie meinen Namen so oft wie möglich in die Nachrichten bringen, Sir?«

»Es gibt drei Aspekte, die wir berücksichtigen müssen. Der erste ist pragmatischer Natur: Wenn Ihre Zusammenarbeit mit den Polizeibehörden gekappt wird, haben wir durch die Sondereinheit immer noch die Möglichkeit, vor Ort tätig zu werden. Der zweite Punkt ist, die allgemeine Aufmerksamkeit darauf zu lenken, wie wichtig eine solche Einheit für das FBI ist. Drittens geht es darum, die Basis für eine spätere Wiederaufnahme einer intensiven Zusammenarbeit mit den Polizeibehörden zu schaffen.« Rathbun lächelt, doch er sieht mit einem Mal müde aus. »Aber wie gesagt, vielleicht haben wir Glück, und es kommt gar nicht erst so weit.«

»Wenn nicht, was wird dann aus der Sondereinheit?«

»Darüber machen wir uns Gedanken, wenn es so weit ist.«

»Wann erwarten Sie eine Antwort von mir?«

»In spätestens zweiundsiebzig Stunden.«

Ich reiße die Augen auf. »Bei allem Respekt, Sir, das ist Wahnsinn!«

Er nickt. »Stimmt. Aber so ist nun mal die Lage.«

»Warum diese Eile?«

»Weil in dieser Stadt alles zu viel Zeit braucht, Agent Barrett. Weil nicht nur der Präsident, sondern auch ich mit einer Heerschar politischer Feinde gesegnet bin, sodass wir einen möglichst großen Vorsprung brauchen. Und weil ich es so *will*, verdammt.«

Seine Gutmütigkeit ist offensichtlich aufgebraucht. Manchmal kann man seinen Chef herausfordern, aber manchmal ist es besser, den Mund zu halten.

»Ich werde Ihnen meine Entscheidung mitteilen, Sir.«

KAPITEL 6

Ich fahre mit dem Aufzug hinunter zu meinem Büro und treffe dort auf Callie, James und Alan. Callie ist aus dem Hochzeitskleid raus, doch James und Alan tragen noch ihre Smokings.

»Wo bist du gewesen?«, fragt Callie.

»Bei AD Jones.«

»Schwieriges Thema?«, erkundigt sich Alan.

»Das Schwierigste überhaupt. Wie weit sind wir mit unserer Unbekannten?« Ich bin noch nicht bereit, diese Dose Würmer mit meinen Freunden und Kollegen zu öffnen. Ich brauche ein paar Minuten, um mich vom Schock zu erholen, bevor ich ihnen einen Schock versetze.

»Ich habe ihre Fingerabdrücke abgenommen«, sagt Callie. »Ich wollte gerade ins Labor, um Digitalaufnahmen davon zu machen und sie ins System einzugeben.«

»Wie lange wirst du brauchen?«

»Ungefähr eine Stunde. Anschließend würde ich gerne nach Hause fahren – vorausgesetzt, das ist okay.«

»Geht in Ordnung. Alan?«

»Ich habe mit dem Arzt gesprochen. Die Frau zeigt Anzeichen von Vitamin-D-Mangel und Kalziumverlust. Wahrscheinlich ist es auf den langen Entzug von Sonnenlicht und einseitige

Ernährung zurückzuführen. Der Arzt sagt, die Frau hat Schorf an Armen, Beinen und am Kopf, weil sie sich ständig gekratzt hat – eine Angewohnheit, wie man sie beispielsweise bei Amphetaminsüchtigen beobachten kann. Außerdem fehlen ihr ein paar Zähne, und die restlichen sind locker.«

»Woher kommt das?«

»Der Arzt tippt auf Knochenschwund.« Alan blickt auf seinen Notizblock. »Das mit den Peitschenschlägen wissen wir ja schon. Die Brandwunden sind vermutlich auf Stromschläge zurückzuführen. Der Täter hat wahrscheinlich eine Autobatterie oder etwas Ähnliches benutzt, wobei er Körperstellen ausgesucht hat, die besonders schmerzempfindlich sind.«

»Bestrafung«, murmele ich. »Sonst noch was?«

Wieder blickt Alan in seinen Notizblock. »Drogen konnten nicht nachgewiesen werden. Die Frau hat keine Muttermale und keine Tätowierungen. Der Arzt schätzt ihr Alter auf Anfang bis Mitte vierzig. Keine Knochenbrüche, aber ein paar alte Verkalkungen am linken Handgelenk und zwei am linken Brustkorb. Vermutlich Brüche, die sie sich in der Kindheit zugezogen hat.«

»Das könnte bei der Identifizierung helfen«, meint Callie.

»Hoffen wir's.« Alan klappt den Notizblock zu. »Da ist noch eine Sache.«

»Und welche?«, frage ich.

»Die Frau hat gut entwickelte Muskeln.«

»Und das bedeutet?«

»Dass ihr Entführer sie wahrscheinlich Gymnastik machen ließ.«

»Das ist verrückt.» Was Alan sagt, stellt mich vor ein Rätsel. »Keine Hinweise auf sexuelle Misshandlung. Folter, aber nicht exzessiv. Außerdem hat er sie ernährt und am Leben gehalten.«

»Was die Frage erlaubt, warum er sie jetzt freigelassen hat«, sagt Alan. »Und warum vor unserer Nase?«

Wir alle schweigen. Keiner hat eine Antwort.

»Okay«, sage ich schließlich. »Das Wichtigste ist erst einmal, die Identität der Frau festzustellen. Wenn wir wissen, wer sie ist, können wir vielleicht auf den Grund für die Entführung schließen.« Ich hole tief Luft. »Und jetzt werde ich euch von meinem Gespräch mit AD Jones und Director Rathbun erzählen.«

Ich berichte haarklein und lasse nichts aus. Alle hören erst einmal zu. Als ich fertig bin, hat nur Callie einen spontanen Kommentar parat:

»Eins steht fest. Ich werde keine Schwierigkeiten haben, mich an meinen Hochzeitstag zu erinnern.«

Alan seufzt. »Also, wenn ich das richtig verstanden habe«, sagt er, »haben die Mächtigen in ihrer unermesslichen Weisheit befunden, dass wir zu viel Geld und Personal verbrauchen, weil wir Kriminelle fangen anstatt Terroristen?«

»So ungefähr«, antworte ich. »Durch die Gründung der Sondereinheit versucht Rathbun, wenigstens ein bisschen von dem zu erhalten, was bisher unser Aufgabenbereich gewesen ist. Ohne die neue Sondereinheit gäbe es wahrscheinlich überhaupt keine Vor-Ort-Beteiligung des FBI mehr an polizeilichen Ermittlungen. Wir würden der Polizei nur noch Täterprofile faxen und VICAP-Anfragen bearbeiten.«

James erhebt sich. »Dann sind Rathbuns Überlegungen mehr als vernünftig«, sagt er. »Gib mir Bescheid, wie du dich entscheidest.« Er geht zur Tür.

»Hast du noch einen Moment Zeit, James?«, halte ich ihn auf. »Ich möchte einige Fragen mit dir durchgehen und versuchen, die Person des Entführers zu beleuchten.«

»Tut mir leid. Ruf mich an, oder warte bis morgen. Ich hab was Wichtiges vor und bin spät dran.« Er geht, ohne sich umzudrehen oder noch etwas zu sagen.

Ich blicke ihm wütend hinterher. »Charmant. Was ist mit dir, Callie?«

»Tut mir leid, ich bin jetzt eine verheiratete Frau. Ich muss das erst mit meinem Mann besprechen.« Sie lächelt lasziv. »Vorzugsweise nach ausgedehntem Geschlechtsverkehr.«

»Viel Spaß«, sage ich säuerlich.

Alan legt den Kopf schief und mustert mich. »Was ist mir dir, Smoky? Was wirst du tun?«

»Ich weiß es nicht.« Ich setze mich auf einen Stuhl. Mein Kleid bauscht sich ringsherum, und ich fühle mich albern und völlig erschöpft. »Ich muss mit Bonnie und Tommy darüber reden und nachdenken …« Ich seufze. »Ich weiß es wirklich nicht. James hat recht. AD Jones' Begründung ist vernünftig, aber …«

»Vernunft ist nicht alles.«

»Genau.«

Er zupft sich nachdenklich an der Unterlippe. »Ich bin nicht mehr der Jüngste, Smoky. Elaina auch nicht. Wenn es dazu kommt, dass wir nach Quantico müssen … ich weiß nicht. Ich glaube nicht, dass wir dazu bereit sind.«

Callie tätschelt ihm die Schulter. »Pah! Alter ist ein Geisteszustand.«

»Und meiner ist miserabel.« Das war als Witz gemeint, aber es steckt noch etwas anderes dahinter.

»Callie, geh doch inzwischen ins Labor und erledige das. Wir sehen uns dann morgen früh. Ruf mich an, wenn sich bei den Fingerabdrücken irgendwas ergibt.«

Ihr Blick huscht zwischen Alan und mir hin und her. Sie merkt, dass ich mit ihm allein sein will.

»Das brauchst du mir nicht zweimal zu sagen«, sagt sie naserümpfend.

»He, Callie«, ruft Alan.

»Was?«

Er lächelt sie an, ein dickes, warmes Alan-Lächeln. »Herzlichen Glückwunsch.«

Sie macht einen Knicks. »Vielen Dank, Sir.« Dann dreht sie sich um und geht zur Tür hinaus.

»Sie ist glücklich«, sagt Alan, als Callie fort ist.

»Ja, das glaube ich auch. Du aber nicht. Was ist los?«

Er sieht weg. Trommelt mit den Fingern auf den Schreibtisch. Seufzt. »Das ist eine große Veränderung für mich, Smoky. Wie gesagt, ich bin nicht mehr der Jüngste. Ich habe dir schon vor ein paar Jahren gesagt, dass ich daran denke, den Job an den Nagel zu hängen, damit ich mehr Zeit für Elaina habe.«

»Ich weiß.«

»Ich will nicht sagen, dass ich schon klapprig bin, aber morgens aufzustehen fällt mir schwerer als vor zehn Jahren. Ich bin einigermaßen in Form, aber mein Cholesterinspiegel und mein Blutdruck sind zu hoch. Mein Arzt sagt, ich muss was dagegen tun.«

»Willst du wirklich aufhören?«

Er zuckt die Achseln. »Ich bin mir nicht sicher. Da liegt das Problem. Dass ich nie so recht weiß, was ich will. Das war immer schon so. Ich habe stets für den Job gelebt, weißt du.« Er grinst mich freudlos an. »Nicht dass ich ihn mir wegen der großartigen Erfolgserlebnisse und der üppigen Bezahlung ausgesucht hätte. Okay, es gab Zeiten, da hatte ich schon mal daran gedacht, aufzuhören. Es gab da ein paar ungelöste Fälle mit ermordeten Kindern, die ich einfach nicht aus dem Kopf bekomme. Aber solche Tiefs gehören dazu. Bis jetzt hat mich noch jedes Mal irgendwas wieder aufgerichtet, und ich habe wieder Witterung aufgenommen. Du weißt, was ich meine.«

»Klar.«

»Aber in letzter Zeit fällt es mir immer schwerer, mich zu begeistern. Nicht dass ich niedergeschlagen wäre, und gelangweilt ist auch nicht das richtige Wort. Ich bin eher … gesättigt.« Er nickt. »Ja, das ist es. Vielleicht habe ich genug von den Psychopathen, und die Welt muss sich jetzt ohne meine Hilfe drehen.«

Irgendwie beneide ich ihn. Ich habe auch schon daran gedacht aufzuhören, aber dieser Wunsch war immer auf Verzweiflung gegründet. Sich eine Zukunft vorzustellen, in der man glaubt, man habe genug getan? Unmöglich. Ich sehne mich zwar danach, kann es mir aber nicht ausmalen.

»Na ja«, sage ich langsam. »Du weißt, dass du meine Unterstützung hast, egal, wie du dich entscheidest.«

»Ja.«

»Aber ich möchte dich um einen Gefallen bitten.«

»Nur zu.«

»Wenn ich beschließe, bei der Sache mitzumachen – was noch nicht raus ist –, kannst du dann noch so lange im Team bleiben, wie wir in Los Angeles sind? Ich verstehe deine Bedenken, was einen Umzug nach Quantico angeht. Das ist auch für mich heftig, aber erst einmal wären wir noch hier.« Ich deute auf die kargen Möbel und verdrehe die Augen. »In all der Pracht und dem Luxus. Ich brauche dich vorerst noch, Alan. Ich könnte es nicht ohne dich schaffen. Nicht zu Anfang.«

Er sagt nichts, betrachtet mich nur. Ich warte. Es ist ein angenehmes Schweigen, wie fast immer zwischen uns. Mit diesem Mann arbeite ich schon seit Jahren zusammen. Wir haben im Angesicht verstümmelter Leichen unsere Empfindungen geteilt. Alan hat mich gehalten, wenn ich geweint habe. Er kannte Matt und Alexa und mochte beide sehr. Er war bei ihrer Beerdigung an meiner Seite, ganz in Schwarz, und hat ohne Scham Tränen vergossen. Er kann Tommy gut leiden, und Bonnie liebt er. Alan ist eines der seltenen Bindeglieder zwischen meiner Vergangenheit und der Gegenwart. Der Gedanke, dass er aufhören könnte, dass ich ihm hinterherschauen muss, wie er sich in ein Leben zurückzieht, mit dem ich kaum noch zu tun habe, macht mich traurig und flößt mir Angst ein. Nach zwölf Jahren kennt man einen Menschen sehr gut. Und bei allem, was Alan und ich zusammen erlebt haben, sind zwölf Jahre fast ein ganzes Leben.

Er lächelt mich an, und ich weiß, was er sagen wird.

»Es geht nicht ohne mich? Na, wenn das kein Grund ist, 'ne Zeit lang weiterzumachen, dann weiß ich auch nicht.«

KAPITEL 7 Ich bin fast zu Hause, und wie immer ist es eine Erleichterung für mich. Das Zuhause war stets meine Zuflucht – der Ort, den das Dunkle nicht erreichen konnte.

Natürlich ist es inzwischen ein anderes Zuhause. Tommy und Bonnie sind nicht unschuldig wie Matt und Alexa. Sie haben Morde mit angesehen, und Tommy hat Menschen getötet. Doch ich schiebe die Gedanken an die Vergangenheit beiseite, denn ich habe schon in der Gegenwart Sorgen genug.

Wie soll ich mich in Sachen Sondereinheit entscheiden?

Was ist mit dem Geheimnis zwischen Tommy und mir?

Und was ist mit dem Geheimnis, von dem nur ich alleine weiß?

Ich höre die Reifen meines Wagens auf dem Pflaster scharren, höre das leise Geplärre aus dem Funkgerät. Als ich in die Einfahrt zu meinem Haus einbiege, schiebe ich alle diese unbeantworteten Fragen beiseite.

Was bleibt mir auch anderes übrig?

»Willkommen zu Hause«, sagt Tommy. Sein Blick ist bedrückt, sein Kuss flüchtig.

»Was ist los?« Ich schaue mich um. »Wo ist Bonnie?«

»Es ist etwas passiert«, sagt er. »Komm, setzen wir uns.«

Angst erfasst mich. Meine rechte Hand zuckt zur Waffe, eine unwillkürliche Bewegung. »Bonnie? Ist ihr etwas zugestoßen?«

Tommy greift beruhigend nach meiner Waffenhand. Seine Berührung ist sanft. »Nein. Komm, setzen wir uns.«

Ich lasse mich zum Sofa führen. Ich bin aufgeregt. Die kleinen Alltagsschwierigkeiten sorgen sonst nur bei mir für Gereiztheit, egal ob lauwarmer Kaffee, ein überzogenes Konto oder ein rücksichtsloser Fahrstil. Tommy bringt so etwas gar nicht aus der Ruhe. Doch jetzt ist auch er nervös und bedrückt, und das erschreckt mich umso mehr.

»Bonnie hat vor ein paar Tagen etwas Dummes getan«, sagt er. »Sie fühlt sich schrecklich deswegen, deshalb hat sie es mir gestanden. Sie hatte es in sich hineingefressen. Aber als wir vorhin nach Hause kamen, hat sie sich mir anvertraut.«

Ich schließe die Augen und atme ein wenig auf. Das ist vertrautes Terrain. Kinder stellen manchmal etwas an. Damit umzugehen gehört zum Elterndasein. Tommy aber hat keine Kinder; deshalb trifft es ihn so unvorbereitet.

Ich mache die Augen auf und lege ihm eine Hand aufs Knie.

»Was hat sie angestellt? Ladendiebstahl? Oder hat sie ein anderes Kind verprügelt?«

Tommys Blick wandert zögernd zu meinen Augen. »Sie hat eine Katze getötet.«

Ich starre ihn an. »Was?«

Ich muss mich verhört haben.

»Sie hat eine streunende Katze getötet. Vor zwei Tagen. Sie hat sie in den Garten gebracht und ihr mit der Sportpistole aus dem Waffensafe in den Kopf geschossen.«

Ich kann es nicht fassen. »Aber … wie ist sie an die Safekombination gekommen?«

»Sie hat sie erraten: Alexas Geburtsdatum.«

Dumm von mir, wirklich dumm.

»Hat sie gesagt, warum sie das getan hat?«

Ich wundere mich, wie ruhig meine Stimme sich anhört. Wir könnten ebenso gut über einen Auflauf reden.

»Ja. Aber ich will, dass sie es dir selbst sagt.«

Er schaut weg, kann mir nicht mehr in die Augen blicken. In meinem Magen regen sich Angst und düstere Vorahnungen. »Sag du es mir, Tommy.«

Er schüttelt den Kopf. »Nein. Du musst es von ihr selbst hören. Du solltest sie sehen, wenn sie es sagt.«

»Warum?« Jetzt höre ich Angst in meiner Stimme. Sie hat den Weg in meine Stimmbänder gefunden.

Tommy nimmt meine Hände. »Weil ich ihr glaube. Du sicher auch … aber nur, wenn du ihr dabei in die Augen siehst.«

Ich reiße meine Hände los. Sie zittern.

»Geh zu ihr«, sagt Tommy. »Sie wartet in ihrem Zimmer auf dich.«

Ich stehe vor Bonnies Tür. Ich habe die Hand zum Anklopfen erhoben, lasse sie dann aber sinken und greife stattdessen an den Türknauf.

Bonnie hat eine Katze getötet. In den Kopf geschossen. Egal, warum sie das getan hat, sie hat ihr Recht auf Privatsphäre verloren.

Ich gebe mir einen Ruck und öffne die Tür.

Bonnie liegt auf dem Bett. Sie starrt an die Decke. Ihr Gesicht ist ausdruckslos, aber sie weint. Sie dreht nicht den Kopf, als ich hereinkomme.

»Bonnie.«

»Es tut mir leid …«, schluchzt sie.

»Das schafft es nicht aus der Welt. Ich möchte, dass du es mir erklärst.«

Sie wischt sich mit dem Handrücken die Tränen weg. Ihr Seufzer klingt so müde, so resigniert, dass es mir ins Herz schneidet. Ich möchte sie in die Arme nehmen, bezwinge mich aber. Jetzt ist nicht der Augenblick, ihr Trost zu spenden.

Bonnie rafft sich mühsam auf. Ihre Beine hängen über die Bettkante, und ihr Blick bleibt von mir abgewandt.

»Was ist passiert?«, frage ich. Ich fürchte mich vor der Antwort, aber ich muss alles erfahren.

Bonnie hebt den Kopf, schaut mit ihren blauen Augen in meine braunen.

»Ich wollte wissen, wie es sich anfühlt.«

»Eine Katze zu töten?«

Sie schlägt den Blick nieder. Nickt.

»Wozu?«

»Weil …« Sie zögert. »Weil es so bei ihnen losgeht.«

»Bei wem?«

Sie schaut mich an, und die Trostlosigkeit in ihren Augen erschüttert mich. Jedes Auge ist eine Wüste aus Fels, Sand und Wind.

»Du weißt schon. Bei Serienmördern.« Beschämt sieht sie zu Boden.

Ich bin still. Mir fällt das Denken schwer, mehr noch als das Sprechen. Bonnie hätte mir ebenso gut ins Gesicht schlagen können.

»Und?« Ich komme mir vor wie in einem Alptraum, wo ich mich durch zähen Morast wühle. »Du hast einer Katze in den Kopf geschossen, weil Serienmörder anfangs kleine Tiere umbringen?«

»Ja.«

Ich versuche gar nicht erst, meine Bestürzung zu verbergen. »Aber warum? Warum wolltest du tun, was diese Leute tun?«

»Um sie zu verstehen. Damit ich sie später schnappen kann«, flüstert sie, und ihre Stimme klingt verzweifelt.

Der Morast, durch den ich mich gewühlt habe, verschwindet. Ich kann das Metronom meines Herzens wieder spüren. Aus irgendeinem Grund denke ich an Hawaii, wo ich gedacht habe, am Strand den Herzschlag Gottes zu hören.

»Sieh mich an, Bonnie.« Es dauert einen Moment, aber sie tut es. »Und? Wie denkst du jetzt darüber? Hat es dir geholfen?«

»Nein«, flüstert sie. In ihren Augen schimmern Tränen. »Nein, es hat nicht geholfen.«

Ich lasse nicht nach. »Wie denkst du jetzt darüber?«

Was ich als Nächstes sehe, ist keine Trostlosigkeit, keine Trauer, sondern Verzweiflung. Bonnie lässt ihren Tränen nun wieder freien Lauf. Sie kullern ihr über die Wangen, tropfen vom Kinn auf Ärmel und Jeans. »Ich fühle mich mies«, sagt sie schluchzend.

»Ich fühle mich wie …« Sie schließt die Augen, und Selbsthass verzerrt ihr Gesicht. »Wie der Mann, der meine Mom getötet hat.«

Ich will sie an mich ziehen, ihr Geborgenheit geben. Ich will ihr sagen, dass alles gut ist, dass sie nicht böse ist, dass sie sich selbst verzeihen soll, was sie getan hat. Doch irgendetwas hält mich davon ab.

Das reicht nicht.

Ich weiß nicht genau, woher der Gedanke kommt, aber ich stelle ihn nicht infrage, weil die Stimme, die diesen Gedanken in Worte fasst, meine eigene Stimme ist und weil ich das Gefühl kenne, das mich nun erfüllt: Es ist dasselbe Gefühl, das ich habe, wenn ich an einem Fall arbeite und wenn Dinge, die zuvor nichts miteinander zu tun hatten, plötzlich zusammengehören.

Bonnie hat ihre Mutter durch einen Verrückten verloren. Sie musste zusehen, wie er Annie überwältigt, vergewaltigt und aufgeschlitzt hat. Dann nahm er Bonnie mit sanfter, aber unerbittlicher Hand und fesselte sie an die Leiche. Ich habe mir nie vorstellen können, wie jemand drei solche Tage erlebt, schon gar nicht ein zehnjähriges Mädchen.

Bonnie hat oft zu mir gesagt, dass sie später dasselbe machen möchte wie ich. Sie will Bestien in Menschengestalt jagen. Manchmal ist in ihren viel zu alten Augen eine seltsame Starre, eine bohrende Traurigkeit. Ab und zu treffe ich sie dabei an, wie sie den Sonnenaufgang beobachtet, und mache mir Sorgen um sie. Doch bisher verschwand das alles immer wieder, und die unverwüstliche Dreizehnjährige kam wieder zum Vorschein.

Aber diesmal ist es anders. Wir stehen an einem Scheideweg. Ich kann nicht sagen, woher ich das weiß, aber es ist so. Entweder rette ich Bonnie hier und jetzt, oder sie wird mir entgleiten, immer weiter, bis sie eines Tages an einem Ort ist, an dem ich sie nicht mehr erreichen kann.

Bonnie ist kein schlechter Mensch, aber …

Sie könnte einer werden, beendet meine innere Stimme den Satz.

Ich weiß das, weil ich selbst an diesem Punkt gewesen bin. Es gibt eine Trennlinie, an der das Verstehenwollen zu viel wird, sodass man an seinem Wissen zu ersticken droht. Ich war zwanzig, als ich diese Grenzlinie erreichte. Bonnie aber ist erst dreizehn. Sie ist noch in der Entwicklung. Da sind sieben Jahre wie eine ganze Lebensspanne.

Bonnie hat eine Katze gefangen und ihr in den Kopf geschossen, weil sie nachempfinden wollte, was die Bösen empfinden. Nun weint sie und ist verzweifelt, aber das reicht nicht. Es ist keine Garantie, dass Bonnie sie selbst bleibt.

Ich versuche, meinen Beschützerwillen zurückzudrängen, den Wunsch, ihr die Tränen abzuwischen. Es fällt mir nicht leicht, aber auch nicht so schwer wie manch anderen vielleicht. Wenn man Verdächtige befragt, muss man lernen, jedes Mitgefühl beiseitezuschieben. Der brutalste Vergewaltiger und der schlimmste Mörder sind auch nur Menschen. Einmal geschnappt, klappen die meisten früher oder später zusammen und treten den inneren Rückzug an. Was sie so furchterregend macht, ist vor allem das Rätsel, wer sie wirklich sind. Was dann noch von ihnen übrig bleibt, ist meistens jämmerlich.

Es ist ganz natürlich, Mitgefühl zu entwickeln, aber man muss es überwinden. »Wir alle haben ein Stück kalten Granit in uns«, hat Alan einmal zu mir gesagt. »Der eine mehr, der andere weniger. Ein guter Vernehmungsbeamter lernt, hin und her zu springen. Er kann liebevoll sein wie eine Mutter und gnadenlos wie ein Henker. Das kann ziemlich hart sein, darum muss man das Stück Granit in sich finden und darauf beißen. Sollen die Zähne ruhig weh tun.«

Ich finde das Stück Granit und beiße fest zu.

»Weißt du noch, wie deine Mutter aussah, als der Mann sie geschnitten hat?«, frage ich Bonnie und bin bestürzt darüber, welche Distanz ich geschafft habe. Meine Stimme hat nichts Tröstendes mehr. Ich klinge wie ein Gefängniswärter.

Bonnies Augen weiten sich. Sie gibt keine Antwort.

»Ich habe dich was gefragt. Ehe deine Mutter starb und du an sie gefesselt wurdest, wie sah sie da aus? Weißt du das noch?«

»Ja«, flüstert Bonnie. Sie starrt mich an, kann gar nicht mehr wegsehen, wie ein Kaninchen vor der Schlange.

»Dann sag es mir. Wie sah sie aus?«

Sie braucht eine ganze Weile. »Sie sah aus wie …« Sie schluckt. »Eines habe ich dir nie erzählt, Smoky. Etwas, das der Mann zu Mom gesagt hat, als er anfing, sie mit dem Messer zu zerschneiden. Er hat zu ihr gesagt, dass sie wählen kann.«

»Wählen?«

»Ja. Sie könne ihm jederzeit sagen, dass er mich nehmen soll, dann würde er sofort aufhören, ihr wehzutun.«

In meiner Seele tut sich ein Abgrund auf.

»Mom hat furchtbar geschrien. Er hatte sie geknebelt, aber die Schmerzen waren zu schlimm. Sie zerrte an den Fesseln, dass ihre Gelenke geblutet haben, ganz schrecklich geblutet. Der Mann tanzte zu der Musik, die er laufen ließ, und hat gelacht.« Wieder schluckt sie. Ihr Blick klebt an mir. »Und einmal, da habe ich es in Moms Augen gesehen. Es war nur eine Sekunde, aber ich hab's gesehen …«

»Was hast du gesehen?«, frage ich, die Zähne auf dem kalten Granit.

»Sie wollte mich dem Mann überlassen. Nur eine Sekunde lang. Sie wollte mich ihm geben, und sie hat sich dafür gehasst.« Der Schmerz in ihrer Stimme bricht mir beinahe das Herz. Bonnie schüttelt den Kopf, sieht das Erlebte vor sich und kann es kaum glauben, weiß aber, dass es so gewesen ist. »Mit diesem Hass auf sich selbst ist Mom gestorben.« Bonnie schlingt die Arme um sich, wiegt sich vor und zurück, und die Tränen strömen heftiger als zuvor.

Nein, nein, nein, will ich ihr zurufen. Sie ist nicht in Selbsthass gestorben. Sie starb voller Liebe zu dir.

Doch ich widerstehe dem Verlangen. Wir sind noch nicht durch. Ich weiß nicht, was »durch« heißt, aber ich werde es wissen, wenn es so weit ist.

»Du musst etwas Wichtiges begreifen, Bonnie«, sage ich, und wieder staune ich über meinen kühlen Tonfall. »Hör gut zu. Du musst den Unterschied begreifen zwischen dem, was du getan hast, und dem, was du bist. Du bist nicht böse. Du bist nicht wie der Mann, der deiner Mutter die schrecklichen Dinge angetan hat.« Ich beuge mich nach vorn, fixiere sie mit festem Blick. »Aber als du die hilflose Katze getötet hast, als du sie gejagt, gefangen, in unseren Garten gebracht und ihr eine Kugel in den Kopf geschossen hast – in dem Moment warst du nicht anders als der Mann, der deine Mom gequält hat. Du sagst, du willst zum Gedenken an sie in meine Fußstapfen treten?« Ich lächle höhnisch und verabscheue mich dafür, denn Bonnie zuckt heftig zusammen. Ich rücke mit dem Gesicht dicht an sie heran, so nahe, dass sie die Wärme meines Atems spüren kann. »Sie hat die Qualen ertragen, um dich zu retten, Bonnie. Als du die Katze getötet hast, hast du deiner Mutter ins Gesicht gespuckt.«

Ihre Augen werden größer, als ich es je für möglich gehalten hätte, und ihr Gesicht wird weiß wie Papier. Nach ein paar Sekunden entsetzter Stille stößt sie so heftig den Atem aus, als hätte sie einen Schlag in den Magen bekommen. Dann stöhnt sie dumpf. Es ist ein kläglicher Laut, ein Laut des Jammers.

Jetzt sind wir »durch«.

Bonnie kriecht auf ihr Bett. Die Fäuste auf den Mund gepresst, schüttelt sie den Kopf, unaufhörlich, entsetzt über sich selbst, über ihre Tat und über die Wahrheit.

Ich setze mich zu ihr. Sie wehrt mich ab, doch ich packe sie, drücke sie an mich und lasse sie nicht mehr los, egal was sie versucht und wie sehr sie nach mir schlägt. Irgendwann gibt sie den

Widerstand auf und klammert sich an mich. Sie schluchzt und schluchzt. Ich weine jetzt ebenfalls. Schließlich beuge ich mich zu ihr und sage ihr, was ich bis jetzt zurückgehalten habe:

»Als deine Mom starb«, flüstere ich ihr ins Haar, »hat sie sich nicht gehasst. Sie hat dich geliebt. Lass dir das nicht von diesem Mann wegnehmen.«

Irgendwann schaue ich auf und sehe Tommy in der Tür stehen. Ich frage mich, wie viel er mitbekommen hat. Er betrachtet uns noch ein paar Sekunden lang mit unergründlichem Blick; dann zieht er behutsam die Tür hinter sich zu und lässt uns allein.

Bonnie hat bis zur Erschöpfung geweint. Sie liegt in meinem Schoß. Sie ist zu groß, um es dort bequem zu haben, will mich aber nicht loslassen.

»Es tut mir so leid …«, flüstert sie.

Ich streiche ihr übers Haar. »Ich weiß, Schatz, glaub mir.«

Wieder verfallen wir in Schweigen. Bonnie seufzt, und ich streiche ihr weiter übers Haar. Ich schaue aus dem Fenster, und da steht mein alter Widersacher am Himmel, der Mond.

So sieht man sich wieder.

»Hör zu, Schatz«, sage ich zu Bonnie, nachdem einige Zeit verstrichen ist. »Es ist nichts Verkehrtes, wenn du dir vornimmst, meinen Beruf zu ergreifen. Das ist nicht der Job, den ich mir für dich wünschen würde, aber wenn du es in ein paar Jahren immer noch willst, werde ich dich unterstützen.«

»Ich will es ganz bestimmt«, sagt sie.

»Aber es muss Grenzen geben, Bonnie. Es gibt einen großen Unterschied zwischen uns und den Leuten, die ich jage. Wir können sie verstehen, aber wir werden niemals sein wie sie, begreifst du das?«

»Ich glaub schon.«

Ich suche nach einem Vergleich. »Stell dir vor, du bist ein Leuchtturm. Egal wie neblig es ist oder wie stürmisch die See ist, der Leuchtturm führt dich nach Hause. Aber wenn du diesen

Leuten zu nahe kommst, wenn du zu weit gehst, kann das Licht verlöschen. Du wirst dann zwar nicht so, wie sie sind, aber du verlierst dich.«

Eine Zeit lang sagt sie nichts und denkt darüber nach. Schließlich fragt sie: »Wenn das Licht ausgeht, kann es auch wieder angehen?«

»Fast nie.«

»Was ist das für ein Licht?« Bonnie kuschelt sich in meinen Arm.

»Die Liebe. Unser größter Vorteil gegenüber bösen Menschen ist, dass sie nicht verstehen, wie wir denken. Sie können einfach nicht verstehen, wie wir uns so sehr lieben können. Das ist der Hauptgrund, warum sie uns so hassen. Die Liebe ist das Licht.«

Bonnie schläft endlich. Ich habe mich zu ihr gelegt, solange sie versucht hat, Schlaf zu finden. Immer wieder ist sie aufgewacht und hat sich vergewissert, ob ich noch da bin. Ich habe gewartet, bis sie fest schlief. Dann habe ich mich von ihr gelöst und bin ins Schlafzimmer gegangen.

Ich ziehe mich aus. Meine Kleidung riecht nach dem Salz von Bonnies schweißnasser Stirn und ihren Tränen. Nackt krieche ich neben Tommy ins Bett und strecke die Hände nach ihm aus.

»Wie geht es ihr?«, fragt er.

»Es wird schon wieder.«

»Und bei dir?«

Ich schüttle den Kopf; dann erst wird mir klar, dass Tommy es im Dunkeln nicht sehen kann. »Nicht so richtig. Kannst du das ändern?«

Er zieht mich an sich und küsst mir die Tränen weg; dann sucht er meine Lippen, eher wir auf die süßeste Art zusammenkommen. Hinterher liege ich neben ihm, den Kopf auf seiner Brust, und lausche dem Pochen seines Herzens und seinem langsamen, regelmäßigen Atmen. Er ist nach dem Sex eingeschlafen, und auch ich bin jetzt todmüde, mache aber noch einmal die Augen auf, um den Mond zu betrachten und ein paar Worte zum Gott zu flüstern, auch wenn ich meine Probleme mit ihm habe.

Danke, dass du mir gezeigt hast, wie ich zu Bonnie durchdringen kann, sage ich zu ihm. *Mach weiter so, dann gibt es vielleicht Waffenruhe zwischen uns.*

Wahrscheinlich hat es nichts zu sagen, aber genau in diesem Moment verschwindet der Mond hinter einer Wolke, und ich stelle mir vor, dass Er es ist – der, an dem ich mehr zweifle, als dass ich an ihn glaube – und dass Er zu mir sagt: *Gern geschehen.*

KAPITEL 8 Einmal setzte sein Vater sich auf die Couch im Wohnzimmer. Er klopfte auf den Platz neben sich.

»Komm näher, Sohn. Ich möchte dir etwas zeigen.«

Der Junge gehorchte und ließ sich auf das alte Möbelstück mit dem verblassten Karomuster nieder. So war alles in ihrem Haus: zweckdienlich, aber durch Gebrauch und Alter verschlissen. Sie waren weder reich noch arm, doch sein Vater hatte die bitterste Armut erlebt, die man sich vorstellen kann; deshalb behielten sie die Möbel und andere Dinge, bis sie nicht mehr zu gebrauchen waren.

Sein Vater nahm ein großes Buch vom Couchtisch und legte es sich auf die Knie. Auf dem Einband war ein Foto, das einen Berg schmelzender Zifferblätter zeigt.

»Lies laut, was da steht«, verlangte sein Vater.

»Leben und Werk von Salvador Dalí«, sagte der Junge und sprach den Namen »Dalei« aus. Sein Vater verbesserte ihn und ließ es ihn noch einmal sagen.

»Dalí war ein Maler. Manche meinen, dass er verrückt war, andere halten ihn für ein Genie. Ich zum Beispiel.«

Der Junge kniff die Augenbrauen zusammen und suchte nach dem Sinn dieser Lektion.

»Du meinst, er war schlau?«

»Schlau ist man, wenn man das Einmaleins beherrscht. Genial sein heißt, ein anderes Licht auf die Welt zu werfen.«

Der Junge runzelte die Stirn; er hatte Mühe mit diesen Gedankengängen. »Ich verstehe nicht«, gab er zu.

»Manche Menschen blicken auf die Welt und sehen sie anders als andere Leute, Sohn. Sie versuchen, uns ihre Sicht der Welt durch Gemälde oder Gedichte mitzuteilen oder durch die klassische Musik, die wir manchmal hören.«

»Wie Beethoven? Die Neunte?«

Der Junge mochte die neunte Symphonie sehr. In seinem mühseligen, eingleisigen Leben war sie das Licht, das durch das Kerkerfenster schien. Wenn er diese Musik hörte, strömte das Blut schneller durch seine Adern.

»Ja, wie Beethovens Neunte.«

Der Junge schaute mit neuem Interesse auf das Dalí-Buch.

»Und du meinst, dieser Maler tut dasselbe mit seinen Bildern?«

»Für mich schon. Du siehst es vielleicht anders.«

Eine heftige Verwirrung erfasste den Jungen. In seiner Welt hatte sein Vater immer recht.

»Das begreife ich nicht. Wie kann ich etwas anders empfinden als du?«

»Ich erziehe dich zur Stärke, Sohn, denn die Welt da draußen ist voller Schwäche. Verstehst du?«

»Ja.«

»Doch hierbei«, sein Vater deutete auf das Buch, »oder bei der Musik oder der Poesie sind die Dinge nicht so klar. Aber das ist in Ordnung.« Sein Vater strich mit der Hand über das Buch, eine zärtliche Geste, die der Junge noch nie bei ihm gesehen und nur selten gespürt hatte. »Dalís Gemälde sprechen mich an. Dich vielleicht nicht. Deshalb musst du selbst herausfinden, was dich anspricht.«

Der Junge dachte darüber nach, mühte sich mit der Vorstellung ab und fand nur zu einer einzigen Frage:

»Warum?«

Sein Vater musterte ihn mit ernstem Blick. »Der Schlüssel zum Überleben ist nicht Zähigkeit, sondern Schnelligkeit. Man muss schneller als die anderen denken, handeln und notfalls töten. Du wirst nie so schnell sein, wie du sein könntest, wenn du das, was dich anspricht, nicht findest. Ich weiß nicht, warum das so ist, aber es ist so.«

Warum hast du das nicht gleich gesagt, ging es dem Jungen durch den Kopf, doch er sprach es nicht aus.

»Finde etwas, das dich anspricht, Sohn, weil es dich schneller machen wird. Es ist wie ein Zauber, der wirkt, ohne dass wir den Grund dafür wissen. Wir lesen Gedichte, wir hören Musik, und es macht uns schneller und stärker.«

»Den Körper und die Seele?«, fragte der Junge.

Der Vater beugte sich vor, ragte wie ein düsterer Turm über seinem Sohn auf und erdrückte ihn mit seiner finsteren Präsenz. »Es gibt keine Seele, Sohn. Es gibt nur Fleisch und Blut. Vergiss das nie.«

»Jawohl, Sir.«

Und er vergaß es nie.

KAPITEL 9 Als ich aufwache, bin ich erschöpft, aber nicht unglücklich. Ich empfinde die träge, wohlige Mattheit, die sich einstellt, wenn man gute Arbeit geleistet hat.

Im tiefsten Innern habe ich es wahrscheinlich schon gewusst. Ich habe gewisse Dinge schleifen lassen, was Bonnie betrifft, wegen ihrer Vergangenheit, und das war ein Fehler. Ich finde, jetzt bin ich auf dem richtigen Weg, diesen Fehler zu korrigieren.

Tommy ist längst aufgestanden. Er gehört zu diesen infernalischen Morgenmenschen, die um sechs Uhr oder früher aufwachen und sofort aus dem Bett springen. Er geht morgens gerne joggen, was für mich eine Albtraumvorstellung ist. Manchmal werde ich wach, wenn er seine Sportsachen anzieht, und schaue ihm mit einem trüben, aber anerkennenden Auge zu.

Ich horche mit einem Ohr, schnuppere. Ich höre Stimmengemurmel von unten und rieche den köstlichen Duft von brutzelndem Speck. Das reicht, um mich aus dem Bett zu treiben. Tommy macht immer ein großartiges Frühstück.

Ich wanke in die Dusche und drehe sie heiß auf. Die Dusche ist mein Wonneplatz. Vor sechs Jahren hat Matt mir eine Superdusche zum Geburtstag geschenkt. Eine Firma hat die alte Kabine aus PVC herausgerissen und ein thermostatgesteuertes, doppelköpfiges Marmor-Glas-Wunderding installiert. Die Dusche hat sogar einen Sitz, auf den ich mich niederlassen und beobachten kann, wie der Dampf aufwölkt, während ich allmählich wach werde oder mir die Beine rasiere. Ich finde es jeden Morgen großartig, und heute ist es nicht anders.

An beiden Duschköpfen lässt sich die Brausestärke unabhängig einstellen. Ich drehe den Regler so, dass sie einen wunderbar leichten Prasselstrahl abgeben. Selig lächelnd stehe ich da und wiege mich leicht, während die Wassertropfen auf meine Haut regnen. Wenn wir wirklich nach Virginia umziehen, muss dort die gleiche Dusche installiert werden, sonst geht gar nichts.

Allmählich wird mein Kopf klar. Im Allgemeinen brauche ich eine halbe Stunde, um in der Gegenwart anzukommen. Die Dusche setzt diesen Prozess in Gang, der Kaffee schließt ihn ab.

Ich wasche mir die Haare und drehe einen der Duschköpfe auf »Strahl«, sodass mir das Wasser hart auf die Kopfhaut schießt. Es ist so heiß, wie ich es gerade noch aushalten kann. Kalt duschen ist in meinen Augen etwas für Verrückte.

Ich drehe widerstrebend den Hahn zu und mache mich ans Abtrocknen und Anziehen. Schwarze Hose, weißes Hemd. Dann tappe ich noch einmal ins Bad, um mich zurechtzumachen – mit dem Bisschen, zu dem ich mich entschließen kann. Ich war schon früher nicht der Schmink-Typ, und seit der Narbe bin ich es erst recht nicht mehr. Ich kämme die Haare nach hinten und binde sie zusammen. Zurück ins Zimmer. Schwarze Jacke, flache Pumps. Schulterholster. Ich öffne den Waffensafe (muss heute Abend daran denken, die Kombination zu ändern), nehme meine Glock, betätige den Verschluss, schiebe das Magazin ein. Dreimal prüfe ich, ob die Waffe gesichert ist. Was das angeht, bin ich übervorsichtig, seit ich gehört habe, dass ein Kollege sich zwei Zehen abgeschossen hat. Ich ziehe das Ladekabel aus dem Handy und klippe es am Gürtel fest. Mein Dienstausweis kommt in die Innentasche der Jacke. Ein letzter Blick in den Spiegel: Ich befinde, dass ich der Welt entgegentreten kann.

Ich nehme meine Handtasche und gehe die Treppe hinunter. Die Frühstücksgerüche werden kräftiger, und mir knurrt der Magen. Bonnie hat mich kommen hören. Sie passt mich am Fuß der Treppe mit einer Tasse Kaffee ab, was sie längere Zeit nicht getan hat. Schuldgefühle haben auch ihr Gutes.

»Danke, Kleines.«

»Gern geschehen.« Bonnie sieht ein bisschen mitgenommen aus. Kann sein, dass sie das gleiche Gefühl der Erschöpfung hat wie ich: matt, aber zufrieden.

Ich trinke den Kaffee und lächle anerkennend. »Hmmm, lecker.«

Das bringt mir ein Lächeln ein. Bonnie verschwindet in der Küche, nimmt drei Teller, Gläser und Besteck aus dem Schrank und deckt den Tisch.

Tommy steht am Herd. Er trägt eine rotkarierte Schürze von der Art, die mich an Fotos in alten Kochbüchern erinnert. Zum ersten Mal habe ich ihn damit in seiner Wohnung gesehen. Mehr hatte er damals nicht an, und wir haben es so gerade eben bis nach dem Frühstück ausgehalten, dann bin ich über ihn hergefallen.

Ich gehe zu ihm, lege eine Hand auf eine seiner breiten Schultern. Er hebt den Speck auf ein Küchenpapier, um das Fett abtropfen zu lassen. Der Speck brutzelt und riecht köstlich. »Wie möchtest du die Eier?«, fragt er. »Spiegelei oder Rührei?«

»Heute mal Spiegelei.«

»Dein Wunsch ist mir Befehl.« Er deutet auf den Kühlschrank. »Bonnie hat heute Orangen ausgepresst.«

»Mein Lieblingssaft, wow!«

»Bonnie ist im Moment sehr zuvorkommend.«

»Habt ihr schon über gestern Abend gesprochen?«, frage ich leise, damit Bonnie es nicht hört.

»Nein. Werden wir wohl auch nicht. Aber ich denke, fürs Erste ist es okay.«

Ich lehne mich an den Schrank, trinke meinen Kaffee und schaue Bonnie beim Tischdecken zu. Sie merkt, dass ich sie beobachte, und schenkt mir ein zaghaftes Lächeln.

»Ja«, sage ich zu Tommy. »Ich glaube, du hast recht.«

»Fürs Erste« ist natürlich Auslegungssache, aber so ist das Leben.

»Alles fertig«, ruft Tommy und bugsiert die Eier auf einen Servierteller. »Kannst du den Speck mitbringen?«

Ich befördere den abgetropften Speck vom Küchenpapier auf den richtigen Teller und trage ihn zum Esstisch. Bonnie holt den Krug O-Saft aus dem Kühlschrank. Tommy stellt eine Platte mit Toast hin, schaut prüfend über den Tisch und nickt zufrieden. »Okay, lasst uns essen.«

Das Zimmer füllt sich mit den Geräuschen dreier Menschen, die zu sehr mit Essen beschäftigt sind, um sich zu unterhalten: Besteck klappert gegen Porzellan; der knusprige Speck knackt beim Hineinbeißen; leises Schlürfen und Schlucken, als Orangensaft und Kaffee im Magen verschwinden.

Ich bin bei meiner zweiten Tasse Kaffee, und nach der Dusche, dem Frühstück und der relativen Harmonie in der Familie fühle ich mich munter und erfrischt. Ich esse den letzten Bissen Ei, schiebe meinen Teller von mir weg und reibe mir über den Bauch, während ich den Blick zur Decke richte und mit einem Seufzer »Wunderbar!« sage.

»Finde ich auch«, sagt Bonnie. »Dein Frühstück ist immer super, Tommy.«

»Meine Mutter hat immer gesagt, ein Mann, der kochen kann, macht Eindruck bei den Frauen. Ich nehme an, sie hat recht gehabt.«

Ich schaue auf die Uhr. Bonnie hat noch eine halbe Stunde, bevor sie zum Schulbus gehen muss. Zeit genug, um den beiden von Rathbuns Angebot zu erzählen. Das ist zwar ein bisschen zwischen Tür und Angel, aber bei dieser Familie ist Zeitplanung so eine Sache.

»Ich muss euch etwas erzählen«, sage ich. »Mir wurde ein Angebot gemacht.« Ich lasse nichts aus. Als ich fertig bin, sind beide still. Ich schaue nervös in die Gesichter, ob einer von ihnen erschrocken ist.

»Und?«, frage ich. »Was haltet ihr davon?«

Tommy wischt sich den Mund mit der Papierserviette ab. »Bonnie muss als Erste weg«, sagt er. »Wir beide können dann noch reden.«

Ich schaue Bonnie an. »Und?«

»Was würde sich denn ändern?«, fragt sie.

Das ist die entscheidende Frage. Die Schlüsselfrage.

»Na ja, zu Anfang wohl nicht viel. Wir würden hier wohnen bleiben …« Ich schüttle den Kopf. »Nein, das stimmt so nicht. Das Team würde durchs ganze Land reisen. Ich wäre mehr unterwegs als jetzt. Es wäre ungefähr so wie im vorigen Jahr, als ich nach Virginia musste. Übrigens müssten wir später dorthin ziehen, wenn es bei der Änderung bleibt.«

Bonnie knabbert an ihrem Toast. »Wie ist es in Virginia?«

Dazu kann ich nichts Genaues sagen. Ich habe während

meiner Ausbildung 21 Wochen in Quantico verbracht, aber ich glaube nicht, dass Quantico repräsentativ ist. Es liegt inmitten von 285 Morgen Waldland, und die Sommer dort sind überraschend mild. Zumindest war es so, als ich dort gewesen bin. Die Luftfeuchtigkeit ist höher als in Kalifornien, und ab und zu regnet es. Im Herbst ist es dort atemberaubend schön. Im Frühjahr und im Winter vermutlich auch, obwohl ich die beiden Jahreszeiten dort noch nie erlebt habe.

»Die Laubfärbung im Herbst ist wunderschön, und die Sommer sind nicht so heiß«, sage ich. »Wahrscheinlich gibt es dort Schnee im Winter und einen milden Frühling.« Es fällt mir schwer, meine blassen Erinnerungen in Worte zu fassen. »Alles ist ein bisschen altmodisch im Vergleich zu Kalifornien. An der Ostküste … ich weiß nicht, wie ich es sagen soll … alles hat irgendwie mehr Bedeutung.«

»Ich würde es gern mal sehen«, sagt Bonnie.

»Klar, Schatz. Ich verspreche, dass wir hinfahren, falls es so weit kommt.«

Sie klopft sich über ihrem Teller die Hände ab. »In Ordnung.«

»Was heißt in Ordnung?«

»Ich bin mit dem Umzug einverstanden. Ich finde, du solltest den Job annehmen.«

»Warum?«

»Was du tust, ist wichtig.« Sie meint es ernst, vielleicht ernster, als für eine Dreizehnjährige gut ist. »Dein Chef hat recht. Du bist die Beste, also musst du die Stelle annehmen. Das ist deine Pflicht. Und es ist meine Pflicht, dir ein gutes Gefühl dabei zu geben.«

Darauf fällt mir nichts mehr ein. Pflicht? Ich staune, mit welcher Bestimmtheit sie dieses Wort benutzt.

»Um ehrlich zu sein, ich habe mich noch nicht entschieden, aber ich sag dir Bescheid.« Ich schaue auf die Uhr. »Du musst los.«

Bonnie nimmt ihren Rucksack, und ich bringe sie zur Tür. Die Bushaltestelle ist nur eine Querstraße entfernt. Bonnie umarmt mich noch einmal, bevor sie geht. »Ich hab dich lieb, Smoky«, sagt sie.

Ich drücke sie an mich. »Ich dich auch, Kleines.«

Dann ist sie zur Tür raus, und ich sehe ihr nach, bis sie um die Straßenbiegung verschwindet. Ich schließe die Tür und setze mich wieder an den Tisch. Tommy hat mir noch einen Kaffee eingegossen. Er hält sich an seiner Tasse fest und schmunzelt.

»Das ist ja toll«, sagt er. »Woher auf einmal dieses ganze ›meine Pflicht‹ und ›deine Pflicht‹?«

»Manchmal denke ich, es wäre besser, wenn ich zu Hause bliebe«, antworte ich, »wenn ich das FBI sausen ließe und mich nur noch um Bonnie kümmern würde.«

Tommy betrachtet das Innere seiner Tasse, trinkt einen Schluck und blickt mich forschend an. »Ich gebe dir Rückendeckung, egal, wie du dich entscheidest, Smoky. Wenn du beim FBI aufhören und nur noch Mutter sein willst, hast du meine Unterstützung. Wenn du diese Sondereinheit leiten willst, stehe ich genauso hinter dir. Wenn du nicht mehr arbeiten willst – wir sind auf dein Einkommen nicht angewiesen. Und auch wenn wir umziehen, ist Geld kein Problem.«

Tommy ist nicht reich, aber finanziell unabhängig. Seit seinem Ausstieg beim Secret Service arbeitet er als selbstständiger Sicherheitsberater. Er verdient gut. Wir können uns zwar kein Flugzeug für Wochenendtrips nach Las Vegas mieten, haben aber keine Geldsorgen, zumal das Haus dank Matts Lebensversicherung schuldenfrei ist. Und es ist heute viel mehr wert, als wir dafür bezahlt haben, selbst bei der gegenwärtigen Immobilienkrise.

»Was meinst du denn, was ich tun soll, Tommy?«, frage ich.

Er lächelt mich an und streicht mir über die Wange. »Ich glaube, wenn du mit der Arbeit aufhörst, kriegst du einen Koller.

Dein Job liegt dir im Blut. Eines Tages vielleicht nicht mehr, aber jetzt noch. Als ich beim Secret Service war, habe ich genauso empfunden, nur im letzten Jahr nicht mehr. Also war es besser für mich auszusteigen. Du aber bist noch nicht so weit.«

»Und Bonnie?«

Tommy trinkt einen Schluck und blickt in die Ferne. »Menschen kommen nicht in Schachteln mit Zutatenliste zur Welt, Smoky. Wir können nicht wissen, wie Bonnie sich entwickelt. So ist das Leben. Aber wo wir gerade von Bonnie reden … ich habe mir Gedanken gemacht. Meiner Ansicht nach braucht sie eine Therapie. Ich kann verstehen, dass du bis jetzt darauf verzichtet hast, aber ich finde, nun wird es Zeit.«

»Du hast recht«, pflichte ich ihm bei. »Es fällt mir nur schwer, sie jemand anderem anzuvertrauen.«

»Ich weiß.« Er schaut mich ernst an. »Okay, Smoky. Wie du dich auch entscheidest, ich werde dich unterstützen – unter einer Bedingung.«

»Und welche wäre das?«, frage ich, obwohl ich es schon weiß.

»Wenn du dich entschließt, die neue Stelle anzunehmen, wirst du ihnen alles sagen.«

Du ahnst nicht mal, was das alles heißt, geht es mir durch den Kopf, doch ich behalte es für mich. Seine Bitte ist fair.

»Ist gut.«

Er schüttelt den Kopf. »Ich will deine Hand darauf. Dein Ehrenwort.«

Tommy verspottet normalerweise jedes Machoverhalten, doch ab und zu kommt es bei ihm selbst durch, so wie jetzt. Wenn er nicht so todernst wäre, würde ich mich darüber lustig machen.

Ich greife über den Tisch und nehme seine Hand. Unsere Hände sind warm von den Kaffeebechern.

»Ich verspreche es.«

KAPITEL 10 »Wir haben einen Treffer bei den Fingerabdrücken«, sagt Callie, als ich ins Büro komme. Dieser Morgen gehört zu den angenehmen. Ich fühle mich frisch und munter.

»Lass hören«, sage ich.

Alan und ich sind uns auf dem Parkplatz begegnet und zusammen im Aufzug gefahren. James und Callie sind schon vor uns gekommen. Alan schraubt seine Thermosflasche auf und gießt sich Kaffee ein.

»Sie heißt Heather Hollister«, sagt Callie.

Ich runzle die Stirn. »Warum kommt mir der Name bekannt vor?«

»Wahrscheinlich, weil sie mal beim Morddezernat hier in Los Angeles gearbeitet hat«, erwidert Callie. »Vor acht Jahren ist sie spurlos verschwunden.«

»Ich kann mich an den Fall erinnern«, sagt Alan und nickt. »Ist das schon acht Jahre her? Du meine Güte.«

Ich erinnere mich jetzt auch. »Das hat damals einen Riesenwirbel verursacht. Sie war verheiratet, nicht wahr?«

»Ja«, sagt James. »Ihr Mann war bei einem Internetanbieter tätig. Er heißt …«, James schaut auf seine Notizen, »Douglas Hollister. Sie hatten Zwillinge, Avery und Dylan, damals zwei Jahre alt.« Er blickt auf. »Jetzt sind sie zehn.«

Eine unnötige Bemerkung, aber ich weiß, warum er das sagt. James ist ein mitfühlender Mensch, egal wie sehr er es zu verbergen versucht. Dass diese Frau acht Jahre lang gefangen gehalten wurde, kann ein normaler Verstand kaum fassen. Erst das Alter ihrer Kinder führt es einem richtig vor Augen: Avery und Dylan fuhren damals Dreirad, redeten in Zwei-Wort-Sätzen und tollten herum wie alle Zweijährigen. Sie waren noch drei Jahre von der Vorschule entfernt. Jetzt kommen sie in die fünfte Klasse oder besuchen sie bereits.

Ich habe Mühe, mich zu konzentrieren. »Was wissen wir über die damaligen Ermittlungen?«

»Nicht viel, fürchte ich«, sagt Callie. »Das FBI war beteiligt, versteht sich, aber hauptsächlich hat sich das LAPD um den Fall gekümmert.«

Natürlich. Heather war eine von ihnen. Die Cops hätten den Fall niemals an andere abgetreten.

»Gibt es Neuigkeiten über ihren jetzigen Zustand?«, frage ich.

»Ich habe von zu Hause in der Klinik angerufen«, sagt Alan. »Ihr Zustand ist stabil. Gesprochen hat sie allerdings noch nicht.«

Ich kaue am Daumennagel, eine schlechte Angewohnheit, die jedoch das Rauchen ersetzt. Ich finde, das ist ein guter Tausch.

»Callie, James – ihr besorgt sämtliche alten Akten über den Fall. Sagt niemandem, warum wir sie brauchen, unter gar keinen Umständen, und erwähnt auch Heathers Namen nicht. Die Familie soll noch nichts erfahren.«

»Wieso?«, fragt Callie.

James, der begriffen hat, worauf ich hinauswill, antwortet ihr: »Weil alles auf jemanden hindeutet, der sie kannte, oder auf eine geheime Absprache zwischen jemandem aus ihrem Umfeld und einem Fremden. Wie sonst könnte man einen ausgebildeten Detective wie Heather Hollister entführen, ohne eine Spur zu hinterlassen?«

»Das leuchtet ein, Süßer«, sagte Callie. »Was werdet ihr tun, du und Alan?«

»Wir fahren zu Heather ins Krankenhaus. Wenn wir sie mit Namen ansprechen, dringen wir vielleicht zu ihr durch. Sie ist die beste Zeugin, die wir haben.«

James steht auf und geht zur Tür.

»Wartet!«, ruft Callie.

Alle halten inne.

Callie lächelt schief. »Will mich denn keiner fragen, wie meine Hochzeitsnacht gewesen ist?«

James wirft ihr einen finsteren Blick zu. »Verschwende nicht unsere Zeit, Weib.«

»Fertig?«, frage ich Alan.

Mit einem Blick zum Himmel und einem kurzen Dankgebet kippt er den letzten Schluck Kaffee hinunter, schraubt den Deckel auf die Thermosflasche und steht auf. »Fertig«, sagt er.

Callie schmollt. Ich tätschle ihr die Wange. »Wir fragen deshalb nicht, weil wir uns denken können, wie großartig es war.«

Sie schnieft, scheint aber besänftigt zu sein und folgt James durch die Tür.

Alan und ich fahren zur Klinik. Jeder ist mit seinen Gedanken beschäftigt.

Wir kennen die genaue Dauer von Heather Hollisters Gefangenschaft. Acht Jahre. Es ist unfassbar. Ich denke an die vielen Veränderungen, die während dieser Zeit in meinem Leben und auf der Welt stattgefunden haben, und bin bestürzt.

Ich stelle mir vor, dass es auf irgendeinem Friedhof einen Sarg ohne Leiche gibt, der vielleicht mit Andenken von Heathers Familie, Freunden und Kollegen gefüllt ist. Und wenn es auch einen Grabstein gäbe, was würde darauf stehen? Heather Hollister, geliebte Ehefrau und Mutter? Mutter und Ehefrau? Der ewige Streit: Was kommt zuerst?

»Willst du mit ihr reden, oder soll ich?«, fragt Alan.

»Warten wir ab, auf wen sie reagiert.«

»Falls sie reagiert.«

»Stimmt.«

Acht Jahre. Das erklärt die tiefen, mehrmals verheilten und wieder aufgerissenen Narben an den Gelenken. Der Arzt hat gesagt, Heather habe vermutlich keine Sonne gesehen. Heißt das, sie hat die ganze Zeit im Dunkeln verbracht? Acht Jahre?

Mich schaudert.

Wie würde ich damit zurechtkommen? Acht Jahre im Dunkeln gefesselt …

»Grauenhaft«, murmele ich und merke erst jetzt, dass ich laut geredet habe.

»Was ist grauenhaft?«, fragt Alan.

»Ich habe mich gerade gefragt, wie ich mit acht Jahren Gefangenschaft ohne Sonne klarkommen würde.«

»Hmmm.«

Die Sonne an diesem Tag ist blass und erinnert mich an Heathers Alabasterhaut. Ich beschließe, das Thema zu wechseln. »Hast du noch mal über die Sondereinheit nachgedacht, Alan?«, frage ich.

»Natürlich. Ich habe auch mit Elaina darüber gesprochen.«

»Und?«

»Sie ist einverstanden. Ich würde anfangs bei euch bleiben. Alles Weitere werden wir dann sehen. Ich verspreche nichts.«

»Danke, Alan.«

Er schaut mich von der Seite an. »Hast du dich schon entschieden?«

»Nicht offiziell.«

Er schmunzelt. »Also ist es ein Ja?«

»Ein Wahrscheinlich.«

»Wenn du es sagst.«

»Weißt du, es ist komisch, aber ich muss immer wieder an die ersten Frauen im FBI denken.«

»Duckstein und Davidson«, sagt Alan.

Ich bin verblüfft. »Du kennst sie?«

Er tut beleidigt. »He, ich hab auch Niveau.«

»Und Lenore Houston.«

»Richtig.«

Alaska Davidson, Jessie Duckstein und Lenore Houston dienten im »Bureau of Investigation«, bevor es zum FBI wurde. J. Edgar Hoover übernahm das FBI 1924. Bis 1928 waren die drei

Frauen auf Hoovers Anweisung entlassen. Bis 1972, Hoovers Todesjahr, gab es keine weiblichen Ermittler mehr. Das ist jetzt anders. Mehr als zweitausend Frauen ermitteln zurzeit, und die Resultate zeigen am deutlichsten, was diese Frauen leisten.

Als Alan auf den Parkplatz des Krankenhauses einbiegt, wische ich diese Gedanken beiseite und stelle mich auf Heather Hollister ein.

Wir müssen sehen, ob wir sie zum Sprechen bewegen können.

Dann stehen wir im Krankenzimmer an ihrem Bett, ich ein bisschen näher als Alan. Wahrscheinlich ist der Täter ein Mann; da wird Heather sich bei einer Frau sicherer fühlen.

Ihre Augen sind offen, aber ich bin mir nicht sicher, ob sie etwas sieht. Ihr Blick huscht nervös hin und her, zu meinem Gesicht, zu den Deckenlampen, zum vergitterten Fenster, durch das Licht ins Zimmer fällt. Dorthin schaut sie am häufigsten, fällt mir auf.

Ich spreche sie an: »Heather? Heather Hollister?«

Sie sieht mich kurz an, antwortet aber nicht und lässt auch sonst nicht erkennen, ob sie mich wahrgenommen hat. Ihre Blässe ist geisterhaft, aber nicht weiß wie frische Milch; dafür hat sie zu viele Narben. Auf dem kahlen Kopf und den Unterarmen sind neue verschorfte Stellen, die abheilen und Narben bilden werden.

Sie kaut auf der Unterlippe und beißt so fest zu, dass plötzlich Blut kommt. Sie zuckt zusammen, hört auf zu kauen. Sekunden später wiederholt sich das Ganze. Sie atmet mit offenem Mund. Schnelle, flache Atemzüge.

Ich versuche es noch einmal. »Mrs. Hollister?«

Plötzlich lacht sie. Es ist ein wieherndes Lachen, das grässlich klingt. Ich weiche erschrocken zurück. Genauso plötzlich endet das Lachen, und ihr Blick huscht wieder durchs Zimmer. Sie fasst sich an den Unterarm, zupft und zerrt an der Haut.

»Nein, nein«, sage ich beruhigend und will ihre Hand wegziehen.

»Neiiiin!«, kreischt sie und zuckt vor mir zurück. Sie öffnet ein wenig den Mund und schiebt in einer trotzigen Geste das Kinn vor. Es macht ihr Gesicht hässlich, beinahe primitiv. Ich ziehe die Hand zurück.

»Verzeihung«, sage ich.

Sie zupft und zerrt weiter. Wieder huscht ihr Blick durchs Zimmer.

»Sie ist noch nicht so weit«, sagt Alan.

Leider hat er recht. Ich spüre den egoistischen Impuls, die Frau zu schütteln und ihr ins Gesicht zu schreien, dass es jetzt genug sei. Doch der Augenblick verstreicht.

Ich greife in die Handtasche, ziehe eine Visitenkarte heraus und zeige sie ihr. »Das ist meine Karte, Mrs. Hollister, mit meinem Namen und meiner Telefonnummer. Ich bin vom FBI und möchte den Mann finden, der Ihnen das angetan hat. Wenn Sie reden möchten, rufen Sie mich an.« Ich lege die Karte auf ihren Nachttisch an die große Lampe. »Gehen wir«, sage ich zu Alan.

Wahrscheinlich bemerkt Heather Hollister nicht einmal, dass wir das Zimmer verlassen.

»Was gibt es Neues, Doc?«, frage ich.

Dr. Mills scheint ein anständiger Kerl zu sein. Er ist Mitte bis Ende dreißig, wird bereits kahl und sieht aus, als wäre er stets müde, doch ich spüre aufrichtige Fürsorge bei ihm. Für so etwas habe ich feine Antennen.

»Sie leidet an Vitamin- und Kalziummangel. Wir behandeln das bereits. Außerdem muss sie zunehmen. Ansonsten hat sie keine physischen Schäden. Ich bin zuversichtlich, dass sie sich körperlich erholt.« Er seufzt. »Aber was ihren Geisteszustand angeht, sieht es ganz anders aus. Sie leidet offenbar an einer schweren psychischen Störung. Ich habe ein psychiatrisches Gutachten in Auftrag gegeben. Die Untersuchung wird heute Nachmittag vorgenommen. Ich habe nichts dagegen, sie vorübergehend hierzubehalten, aber sie braucht psychiatrische Behandlung.«

»Was hat es zu bedeuten, dass sie sich ständig kratzt und sich die Lippen blutig beißt?«, frage ich.

»Das gibt Anlass zur Hoffnung.«

Alan sieht ihn stirnrunzelnd an. »Wie bitte?«

»Sie hört auf, sobald es wehtut. Ich hatte schon Patienten, die sich die Nase abgetrennt hatten, und einen Mann, der sich für den wiedergeborenen van Gogh hielt. Er hatte sich mit einer Gartenschere beide Ohren abgeschnitten und sie an das Objekt seiner Begierde geschickt. Mrs. Hollister weiß, wann sie aufhören muss. Das ist ein gutes Zeichen.«

»Würden Sie uns Bescheid geben, wenn sich eine Veränderung zeigt? Ich habe meine Karte auf den Nachttisch gelegt.«

»Natürlich. Könnten Sie feststellen, ob sie einen Hausarzt hatte? Wenn ich ihre alten Patientenakten bekäme, wäre das sehr hilfreich.«

Als wir gehen, bleibt Alan nach ein paar Schritten stehen und dreht sich noch einmal zu dem Arzt um. »Beide Ohren? Ich dachte, van Gogh hatte sich nur ein Ohr abgeschnitten.«

Dr. Mills zuckt die Achseln. Es ist eine müde Geste, die zu seinem müden Gesicht passt. »Der Mann sagte, eines habe beim vorigen Mal nicht gereicht.«

Als wir auf den Freeway auffahren, ruft Callie an. Sie redet, während ich beobachte, wie draußen die Hügelhänge vorüberziehen, die mit verbranntem Gras und verkohlten Bäumen bedeckt sind, denn in den letzten Jahren waren die Waldbrände besonders heftig.

»Heather Hollisters Partner ist voriges Jahr an einem Herzinfarkt gestorben«, berichtet sie, »aber ich habe die alten Akten.«

»Was habt ihr der Polizei gesagt?«

»Dass Profiling eine Wissenschaft ist, die sich ständig weiterentwickelt, und dass wir aufgrund neuer Erkenntnisse alte Fälle durchgehen in der Hoffnung, etwas zu finden, was bisher übersehen wurde.«

»Wo seid ihr jetzt?«

»Zwanzig Minuten vom Büro entfernt.«

Ich schaue nach den Ausfahrtschildern, um festzustellen, wo wir uns befinden. »Wir sind in einer halben Stunde da.« Ich lege auf. »Callie hat die Akten«, sage ich zu Alan.

Er nickt. »Gut. Wir brauchen etwas Konkretes. Wir hängen völlig in der Luft.«

KAPITEL 11

Callie sitzt mit einer Akte auf dem Schoß an ihrem Schreibtisch. Alan hält sich an seinen Kaffee, während James die Unterarme auf die Schreibtischplatte stützt und die Hände wie ein Schuljunge gefaltet hat. Ich stehe mit dem Marker in der Hand an der Weißwandtafel. Einen Fall wie diesen anschaulich auszubreiten, schafft einen guten Überblick. Man findet uns häufig in diesem Büro, wie wir alle zusammensitzen und auf die Weißwandtafel starren, als wäre ein Kunstwerk darauf zu sehen.

Dieses Vorgehen haben wir bereits am ersten Tag unserer Zusammenarbeit bei unserem ersten Fall eingesetzt. Ich erinnere mich noch genau. Ich war damals noch nicht ganz dreißig und sehr unsicher. Zwar hatte ich schon ein paar Jahre beim FBI gearbeitet, und mein Verantwortungsbereich war ständig gewachsen, aber es war ein Quantensprung. Ich war jetzt Vorgesetzte, verantwortlich für die Verhaftung von Personen, die mehr am Tod als am Leben interessiert waren. Ich fühlte mich verwundbar und hatte Angst.

Ich war overdressed und trug einen teuren, maßgeschneiderten dunkelblauen Hosenanzug, den ich später nie wieder getragen habe. James schockte mich mit einer spöttischen Bemerkung über mein Outfit. Alan, als Hüne schon beeindruckend genug, war ziemlich unfreundlich, weil er mich erst einmal beobachten wollte, um dann zu entscheiden, ob er von einer Agentin Befehle entgegennehmen wollte, die weniger Erfahrung hatte als er selbst. Und Callie war mit der Schnauze vorneweg und schöner, als ich je sein würde.

Unser Start als Team war langsam und stockend. Es krachte im Getriebe wie bei einem Anfänger während der ersten Fahrstunde. Es dauerte seine Zeit, bis wir zu einem reibungslosen Ablauf fanden. Die Tafel dient uns seit damals als eine Art Gruppenhirn.

»Erzähl uns von Heather«, fordere ich Callie auf. »Was für eine Polizistin war sie?«

»Heather Hollister«, liest Callie ab, »machte ihren BA in Kriminologie, ging anschließend auf die Polizeiakademie und schloss sie eine Woche nach ihrem dreiundzwanzigsten Geburtstag ab.«

»Der BA in Kriminologie war vorausschauend«, meint Alan. »Er war ihr später von Nutzen, als sie sich als Ermittlerin beworben hat. Klug.«

»Oder ehrgeizig«, sage ich. »Sie wusste schon auf der Highschool, dass sie Cop werden wollte. Aus bürgerlicher Verantwortung oder aus anderen Gründen?« Ich schaue Callie an. »Steht was in der Akte?«

Callie blättert durch die Seiten; dann nickt sie. »Hier steht etwas in ihrer psychischen Beurteilung. Ihr Vater hatte ein Reifengeschäft in Hollywood. Er wurde bei einem Raubüberfall getötet, als Heather zwölf war.« Callie seufzt. »Mannomann. Die Mutter, Margaret, löste das Einkommensproblem, indem sie einen gewalttätigen Typen heiratete. Der Kerl schlug sie regelmäßig, bis Heather sechzehn war. Sie hatte heimlich gefilmt, wie der Stiefvater ihre Mutter verprügelte, und brachte das Band zu dem Detective, der den Mord an ihrem Vater untersucht hatte …« Sie liest stumm weiter.

»Und?«, fragt James ungeduldig.

»Nicht so stürmisch. Hier werden die Dinge undurchsichtig. Da steht was von … offenbar wurde die Rechtsgültigkeit des Videos beim Prozess verworfen, und Margaret wollte nicht gegen ihren Peiniger aussagen …« Callie runzelt die Stirn und liest weiter; dann hellt sich ihr Gesicht auf. »Ah. Hier ist ein Vermerk des Gutachters, die Mitschrift eines Gesprächs. ›Was wurde aus deinem Stiefvater? – ›Der hat sich aus dem Staub gemacht.‹ – ›Er ist gestorben?‹ – Die Befragte lächelt. – ›Nein. Detective Burns hat mit ihm geredet. Dann hat er beschlossen, uns in Ruhe zu lassen.‹« Callie sieht von der Akte auf.

»Ich weiß, was zwischen den Zeilen steht«, sagt Alan. »Burns – und vielleicht ein paar von seinen Freunden – führen eine Unterhaltung mit dem Stiefvater, bei der er Schläge einsteckt. Sie drohen, ihm das Leben zur Hölle zu machen, wenn er sich nicht verzieht. Die Gerechtigkeit der Straße.«

Ich schreibe zwei Dinge an die Tafel: *Wurde Cop wegen Mord an Vater.* Und: *Verbindung Detective Burns.*

»Wir müssen Burns ausfindig machen«, sage ich. »Er hat sich für die Familie interessiert, besonders für Heather. Er dürfte Einblick haben.« Mir fällt noch etwas ein. »Hat der Psychologe Heather gefragt, ob der Stiefvater sie missbraucht hat?«

Callie legt den Finger auf die Seite und blättert. Hält inne. »Ja, hat er. Sie sagte nein. Er habe ihr meist gar keine Beachtung geschenkt. Mommy hat seine ganze Liebe abbekommen.«

»Glück gehabt«, sagt James. »Statistisch gesehen war Heather in großer Gefahr, missbraucht zu werden.«

Lassen wir alle Vorurteile einmal beiseite – es ist tatsächlich so, dass Stiefkinder häufiger sexuell missbraucht werden als leibliche Kinder. Man nennt es den »Cinderella-Effekt«, und auch wenn viele entrüstet widersprechen werden, so kann ich es aus meiner Erfahrung bestätigen. Die jüngeren Kinder müssen meist körperliche Gewalt hinnehmen, während die älteren Opfer sexuellen Missbrauchs werden.

»Wurde der Mord am Vater je aufgeklärt?«, erkundigt sich Alan.

Callie blättert zurück. »Nein.«

»Hat der Gutachter das aufgegriffen?«, frage ich.

»Oh ja. Das hat ihn sehr beschäftigt.« Callie blättert um, dann noch einmal. »Er hat viel Zeit darauf verwendet.«

»Zu welchem Schluss ist er gekommen?«

»Dass der Tod ihres Vaters Heather dazu getrieben hat, Polizistin zu werden. Der Gutachter war allerdings überzeugt davon, dass es keine Obsession war … Dann kommt das übliche Blabla, dass die Polizei als Gruppe zur Vaterfigur wurde und dass die Mutter sie betrogen hat, sodass Heather sich hauptsächlich mit patriarchalischen Gruppen identifizieren konnte …«

»Toll«, sagt James.

»Sie war getrieben, aber nicht obsessiv«, sage ich. »Getrieben zu was?«

James überlegt. »Kompetenz«, sagt er dann. »Kompetenz als Gesetzeshüterin. Heather fühlt mit den Opfern. Schlampige Arbeit wäre ihr ein Gräuel.«

»Stimmt, ihr Gerechtigkeitsgefühl dürfte stark ausgeprägt sein«, nehme ich den Faden auf. »Ungelöste Verbrechen sind eine schwere Last für sie. Wahrscheinlich ist sie die Art Cop, die Akten mit nach Hause nimmt, um nach Feierabend weiter daran zu arbeiten.«

»Stimmt, das wird durch ihre Personalakte bestätigt«, sagt Callie. »Sie war die vorgeschriebenen vier Jahre auf Streife und hat offenbar einen guten Job gemacht. Zahlreiche lobende Erwähnungen, fast alle unverlangt und von Bürgern. Die einzigen Beschwerden aus dieser Zeit stammen von Kollegen.«

»Von Detectives, stimmt's?«, meint Alan.

Callie hebt erstaunt den Blick. »Ja. Woher weißt du das?«

»Ich kenne die Sorte. Die Streifenpolizisten sind meist als Erste am Tatort, doch sie dürfen nicht ermitteln. Ihre Aufgabe ist es, den Tatort zu sichern und an die Ermittler zu übergeben.

Die Streife macht die Dreckarbeit.« Er zuckt die Achseln. »Ein Cop wie Heather Hollister ist wie ein Pitbull. Sie verbeißt sich in den Fall. Sie findet, dass die Ermittler nicht gründlich genug vorgehen, und nervt sie damit. Vielleicht geht sie sogar hin, stellt auf eigene Faust Nachforschungen an und beschafft neue Beweismittel. Manche Ermittler sind dankbar dafür. Denen geht es um die Aufklärung der Tat, um das Opfer. Sie haben kein Problem mit Dienstgraden und Kompetenzen. Aber«, er zieht ein angewidertes Gesicht, »es gibt auch ein paar Blödmänner, die dem Kastendenken verhaftet sind. Denen geht es um Status und die Sicherung ihres Territoriums. Sie wissen es nicht zu schätzen, wenn ein Streifenpolizist mehr tut, als er tun soll, ungeachtet der Ergebnisse.« Er lächelt. »Solche Typen steigen meistens zum Polizeipräsidenten auf.«

»Was kam nach den vier Jahren Streifendienst?«, frage ich Callie.

»Sie wurde zum Detective befördert, begann beim Jugenddezernat und blieb dort fast zwei Jahre. Von da ging sie zur Sitte.«

»Von der Mutter zur Hure«, meint Alan. »Manche Dinge ändern sich nie.«

»Was meinst du damit?«, frage ich.

»Zum Jugenddezernat kam sie, weil sie eine Frau war, denn Frauen finden oft besseren Zugang zu Jugendlichen. Dann wurde sie aus dem gleichen Grund – weil sie eine Frau war – zur Sitte versetzt. Ich garantiere euch, dass sie nicht auf der Schokoladenseite anfing. Man wird sie in einen Minirock und kniehohe Stiefel gesteckt haben, damit sie Freier anbaggert.«

»Stimmt«, bestätigt Callie. »Aber unser Pitbull ließ sich dadurch nicht aufhalten. Sie knüpfte ein Jahr lang Beziehungen zu Prostituierten und baute sie so weit aus, dass sie einen mittelgroßen Menschenhändlerring sprengen konnte. Man wurde auf sie aufmerksam, und sie landete beim Morddezernat.«

»Burns«, sagt Alan.

»Du meinst, durch ihn?«, frage ich.

Er nickt. »Wahrscheinlich war er Heathers Mentor. Sie hatte zwar die erforderlichen Referenzen, aber das reicht fast nie. Man braucht jemanden, der auf einen aufpasst. Der ein gutes Wort einlegt. Jede Wette, dass Burns derjenige war.«

»Wie dem auch sei«, fährt Callie fort, »im Morddezernat läuft Heather zu großer Form auf. Sie hatte eine hervorragende Aufklärungsrate.« Anerkennend zieht sie die Brauen hoch. »Innerhalb von sechs Jahren wurde sie wegen ihrer Leistungen zum Detective Second Grade befördert.« Sie blickt auf. »Kurz bevor sie entführt wurde.«

»Wie alt ist sie jetzt?«, frage ich und wundere mich, warum mir das jetzt erst einfällt.

Callie schaut in die Akte. »Vierundvierzig.«

»Wenn sie acht Jahre lang verschwunden war«, sagt James, »war sie bei der Entführung sechsunddreißig. Ihre Söhne waren zwei, das heißt, sie hat mit dem Kinderkriegen gewartet, bis sie vierunddreißig war.«

»Das ist nicht so alt«, bemerke ich.

»Nein«, räumt er ein, »aber es bestätigt, dass die Karriere für sie an erster Stelle kam. Sie wartete noch die ersten vier Jahre im Morddezernat ab, bis ihre Position gesichert war.«

»Was weiß man über ihre Ehe?«, frage ich.

Callie wendet sich wieder der Akte zu. »Ihr Mann heißt Douglas Hollister. Systemadministrator bei einem landesweiten Internetanbieter. Ein Jahr älter als Heather. Sie lernten sich kennen, als Heather sechsundzwanzig war, also noch in Uniform. Sein Wagen war gestohlen worden, und sie war es, die die Meldung aufnahm. Zwei Jahre später haben sie geheiratet.«

»Wurde Douglas Hollister bei den Ermittlungen überprüft?«, fragt James. »Das wäre wichtig.«

Bei allen Verbrechen gegen Personen ermittelt man zuerst innerhalb der Familie. Aus gutem Grund. Traurig, aber wahr.

Callie legt Heathers Personalakte beiseite und nimmt eine von fünf dicken Mappen zur Hand.

»Sind das alles Fallakten?«, fragt Alan.

»Ja«, antwortet Callie.

Er stößt einen leisen Pfiff aus. »Die haben wirklich alle Hebel in Bewegung gesetzt.«

Callie schlägt die Mappe auf und blättert sie durch. Plötzlich stößt sie auf irgendetwas. »Der Ermittler war …«, sie stockt überrascht. »Sieh mal einer an. Der Ermittler war kein anderer als Detective Daryl Burns.« Sie liest weiter. »Ja, es scheint, dass er sich auf den Ehemann eingeschossen hat … Hollister hat deswegen sogar Beschwerde eingereicht.«

»Warum?«, fragt Alan. »Abgesehen von den offensichtlichen Gründen.«

»Offenbar gab es Ärger an der Heimatfront. Bei seiner ersten Vernehmung sagte Douglas Hollister aus, in ihrer Ehe sei alles bestens. Aber das war gelogen. Burns fand heraus, dass er einen Scheidungsanwalt konsultiert hatte. Und Heather hatte einen Privatdetektiv engagiert.«

»Und? Hat er irgendetwas herausgefunden?«, fragt Alan.

Callie zieht einen großen braunen Umschlag aus der Mappe und breitet den Inhalt auf dem Schreibtisch aus. Wir scharen uns darum. Es sind Schwarz-Weiß-Fotos im Format 20x25 cm, fünf insgesamt. Auf den Fotos sieht man einen Mann und eine Frau ein Hotelzimmer betreten. Als sie hineingehen, trägt der Mann eine Krawatte und wirkt verstohlen. Als sie herauskommen, lacht er mit der Frau, und der Schlips steckt in der Jacketttasche.

»Douglas Hollister, nehme ich an«, murmelt Callie.

Ich schaue mir ein Foto an, das ihn von vorne zeigt. Hollister sieht ziemlich gut aus, wenn auch auf unscheinbare Art. Kurzes Haar, gut sitzender Anzug, sportliche Figur. Er hat ein freundliches, ungezwungenes Lächeln. Frauen mögen das, weil es auf einen soliden und vertrauenswürdigen Mann hindeutet.

Die Frau ist ebenfalls attraktiv, aber mehr auch nicht. Ich schätze, sie ist in demselben Alter wie Hollister, ein bisschen pummelig, und die Frisur macht sie fünf Jahre älter. Sie schaut ihn an, während er lacht.

»Sie bewundert ihn«, sage ich. Ich zeige James das Foto. Er nickt.

»Das war eine Liebesgeschichte, keine Affäre«, meint Callie, nachdem auch sie sich das Bild angeschaut hat. »Diese Frau springt nicht in jedes Bett. Eindeutig Hausfrau, keine Studentin.«

Ich drehe das Foto um und finde einen Datumsstempel. »Wann wurde Heather entführt?«

»Am zwanzigsten April.«

»Einen Monat, nachdem die Fotos gemacht wurden«, sage ich. »Ich verstehe, warum Burns misstrauisch war.«

Ich gehe zur Weißwandtafel und schreibe: *Ehemann/Affäre PD-Fotos einen Monat vor Entführung.* Dann: *Ehemann erwägt Scheidung, sucht Anwalt auf.*

»Noch einmal zu Heather. Ich möchte etwas über die Entführung hören.«

»Der Wagen des Opfers wurde um dreiundzwanzig Uhr dreiundfünfzig auf dem Parkplatz des Fitnessstudios gefunden. Die Wagenschlüssel lagen neben der Tür auf dem Pflaster. Keine Spuren eines Kampfes. Keine Zeugen.«

»Sie hatte den Schlüssel in der Hand und wollte aufschließen, als der Täter sie in seine Gewalt brachte«, folgert James. »Er hat sie überrascht.«

»Was hat sie dort gemacht?«, frage ich Callie.

»Sie ging einmal die Woche zum Fitness-Kickboxen.«

»Wann war der Kurs zu Ende? Steht das da?«

»Klar doch. Die haben die gleichen Überlegungen angestellt wie du. Der Kurs fing um neunzehn Uhr an und endete um zwanzig Uhr. Das Fitnessstudio war nur zehn Minuten entfernt, und Hollister zufolge kam Heather immer sofort nach Hause. Als sie um elf noch nicht gekommen und auch nicht ans Handy gegangen war, rief er ihre Dienststelle an.«

Ich ziehe eine Augenbraue hoch. »Nach drei Stunden? Warum hat er so lange gewartet?«

»Ich wette, er hat gesagt, dass er sich keine Sorgen gemacht hat, weil sie ja Polizistin ist«, meint Callie.

»Punkt für dich«, sage ich. »Wo hatte sie geparkt?«

»Das steht hier nicht.«

»Und niemand hat etwas bemerkt?«

»Nein. Waren wahrscheinlich alle zu sehr mit ihrem Muskelkater beschäftigt.«

Ich schüttle den Kopf. »Der Täter war selbstsicher, vielleicht ein bisschen zu sehr. Und er war risikofreudig. Ein gut beleuchteter Parkplatz kurz nach Ende eines Kurses. Ganz schön gewagt.«

»Streich das ›gut beleuchtet‹«, sagt Callie. »Es wurde festgestellt, dass dort, wo Heathers Wagen stand, drei Laternen ausgefallen waren. Sie waren fachmännisch zerstört worden.«

Ich wende mich an Alan. »Heather ist Polizistin. Wie hättest du dich als Entführer verhalten?«

Alan überlegt. »Sie war beim Morddezernat. Sie wusste also, dass in dem Moment, wenn sie zu ihm ins Auto steigt, ihre Überlebenschancen sinken. Ich an seiner Stelle hätte ihr die Pistole an den Kopf gehalten und ihr gesagt, sie soll keinen Mucks von sich geben. Cops wissen besser als jeder andere, dass man auf einen Bewaffneten hören sollte. Man kooperiert und wartet auf eine günstige Gelegenheit.«

»Er hat offenbar ihren Alltag ausgekundschaftet oder die Einzelheiten vom Ehemann erfahren«, sagt James. »Und das wiederum könnte er als zusätzliches Druckmittel verwendet haben: ›Mein Komplize ist bei deinem Mann und den Kindern. Wenn du nicht tust, was ich sage, stirbt deine Familie.‹ Ist bloß eine Vermutung, aber fest steht, es gibt Mittel.«

»Es ist trotzdem noch riskant«, sage ich.

»Ja und nein«, meint James. »Im April geht die Sonne ungefähr zwischen viertel nach sieben und halb acht abends unter. Es war also dunkel, und der Kerl hatte die Straßenlaternen zerstört. Die Frauen kommen aus dem Fitnessstudio, sind erschöpft, denken nur daran, in ihre Fahrzeuge zu kommen und nach Hause zu fahren. Wie viele Vergewaltigungen passieren nach Einbruch der Dunkelheit auf den Parkplätzen von Einkaufszentren?«

»Tausende«, gebe ich zu.

»Die Frauen achten nicht auf die Umgebung und gehen geradewegs zu ihren Wagen. Der Kerl nähert sich Heather, drückt ihr den Lauf einer Waffe in den Rücken und flüstert ihr Drohungen ins Ohr, um sie in sein Auto zu kriegen. Er verlangt, dass sie sich ganz normal verhält und keinen Mucks von sich gibt.« Er zuckt die Achseln. »Riskant, ja, aber nicht allzu sehr, wenn der Kerl selbstsicher und aggressiv genug auftritt.«

»Heather hat dabei wahrscheinlich den Schlüssel fallen lassen, als Hinweis, dass sie entführt wurde«, sage ich. »Ihr ist klar, dass man ihren Wagen finden wird.« Ich schreibe die entsprechende Information an die Tafel. »Was passiert als Nächstes?«, frage ich Callie.

»Zwei Prozent von null, fürchte ich. Es ist, als hätte Heather sich in Luft aufgelöst.« Sie blättert eine Seite um. »Offenbar hat der Ermittler den Gedanken, dass das Opfer zufällig ausgewählt wurde, ziemlich schnell fallen lassen.«

»Warum?«, frage ich.

»Ich bin mir nicht sicher, aber«, Callie deutet auf den Aktenstapel, »da ist noch eine Menge zu lesen. Gegen Hollister wurde gründlich ermittelt, aber man konnte ihm nichts anhängen. Keine verdächtigen Überweisungen, keine geheimen Konten auf seinen Namen, nichts. Auch nichts Belastendes auf seinem Computer oder Laptop, weder zu Hause noch in der Firma. Beide hatten eine hohe Lebensversicherung, aber keine war erst kurz zuvor abgeschlossen worden.«

»Wurde Heather für tot erklärt?«, fragt James.

Callie blättert. Sie findet nichts in der ersten und zweiten Mappe, aber am Ende der dritten. »Hier ist eine Aktennotiz aus dem vorigen Jahr. Hollister ließ sie nach sieben Jahren für tot erklären. Und jetzt kommt's: Er hat erst vor zwei Monaten die Lebensversicherung kassiert. Mehr als siebenhunderttausend Dollar.«

»Und dann taucht Heather wieder auf? Ein seltsamer Zufall.«

Was natürlich keiner ist. Ich gehe an die Tafel und schreibe: *Frau gefangen gehalten bis Auszahlung Lebensversicherung, dann Wiederauftauchen.* Ich kringle das ein. Doppelt.

»Hat Hollister wieder geheiratet?«, frage ich.

»Allerdings«, sagt Callie mit einem Haifischlächeln. »Die Dame auf dem Hotelzimmerfoto. Drei Jahre nach dem Verschwinden seiner Frau.«

Ehemann heiratet Geliebte, schreibe ich, und: *Geduldig*, in Großbuchstaben. Wieder kreise ich es doppelt ein.

»Er selbst hat es getan«, sage ich. »Oder er hat jemanden beauftragt.«

»So sicher wie das Amen in der Kirche«, sagt Alan.

Folgen Sie den üblichen Ermittlungsschritten, hatte der Entführer mir per SMS geschrieben. Allmählich wird der Satz verständlich.

»James, Callie – ich möchte, dass ihr die Akten sorgfältig durchkämmt. Stellt eine genaue Zeittafel auf und macht eine Zusammenfassung der relevanten Informationen. Ich brauche einen Grund für die Ausstellung eines neuen Haftbefehls.«

»Das ist viel spannender als Bora Bora«, murmelt Callie.

»Alan, du fährst mit mir zu Douglas Hollister. Irgendwie glaube ich nicht, dass Heathers Auftauchen Teil seines Plans war. Lassen wir die Bombe platzen und schauen mal, wie hoch er springt.«

»Gute Idee.«

Mein Handy klingelt. »Barrett.«

»Smoky.« Es ist AD Jones. »Ich brauche Sie in meinem Büro. Pronto.«

»Ja, Sir.« Ich lege auf. »Okay«, sage ich zu meinen Leuten. »Wer kann mir jetzt schon eine Antwort geben, ob er bei der neuen Sondereinheit dabei ist? Alan, wir haben schon darüber gesprochen. James?«

Er wirft mir einen finsteren Blick zu. »Warst du taub gestern Abend? Ich hatte dir doch schon gesagt, dass ich die Gründe für vernünftig halte, und egal wie du dich entscheidest, ich bin dabei.« Er vergräbt sich wieder in der Akte, mit der er sich beschäftigt hatte.

Ich drehe ihm in Gedanken den Hals um. »Callie?«

»Ich habe mit meinem Mann geredet. Nachdem ich ihn eingewickelt hatte mit meinen …«

»Hey, hey«, warnt Alan.

»… Kochkünsten«, sagt Callie augenzwinkernd. »Was dachtest du denn, was ich sagen würde? Jedenfalls sind wir beide einverstanden. Zumindest zu Anfang bin ich dabei. Wenn der Umzug nach Quantico ansteht, müssen wir noch mal darüber nachdenken.« Sie neigt den Kopf zur Seite und sieht mich erwartungsvoll an. »Wie hast du dich denn entschieden?«

»Ich weiß noch nicht, was ich tun werde. Aber ich danke euch allen.«

»Als ob wir zulassen würden, dass du dich allein abstrampelst«, sagt Callie tadelnd. »Du solltest uns besser kennen.«

Ich lächle den anderen zu und gehe zur Tür.

»Kochkünste?«, höre ich Alan sagen. »Dass ich nicht lache.«

»Na ja«, sagt Callie. »Der Nachtisch war ich.«

KAPITEL 12 »Setzen Sie sich«, fordert AD Jones mich auf.

Er sitzt in dem abgenutzten Ledersessel, der bereits in seinem Büro stand, als ich ihm das erste Mal vorgestellt wurde. Dieser Sessel passt zu ihm. Wenn ich meinen Chef mit einem Wort beschreiben sollte, würde ich sagen, er ist ein Arbeitstier. Der Job bedeutet ihm alles. Er lebt dafür, sein Feld zu beackern. Nicht des Ruhmes wegen, sondern wegen der Freude an einer gut gezogenen, geraden Furche.

»Ich dachte, ich hätte achtundvierzig Stunden Zeit, Sir«, sage ich, nachdem ich Platz genommen habe.

Er macht eine wegwerfende Handbewegung. »Ich wollte selbst mit Ihnen reden, ohne den Direktor. Tut mir leid, dass Sie so unvorbereitet mit der Sache überfallen wurden.«

»Ich könnte mir vorstellen, dass Sie genauso überrascht waren wie ich, Sir.«

Er nickt. »Oh ja. Der Direktor kreuzte auf, allein und mit ernstem Gesicht, ohne diesen finsteren Sensenmann, den er seine Assistentin nennt.« Er zögert. »Ich habe ihm die Daumenschrauben angesetzt, Smoky. Ich wollte sicherstellen, dass die Angelegenheit im Aufwind ist und nicht bloß ein politisches Machtspiel von seiner Seite.«

»Und?«

»In seiner Position ist alles Politik, zumindest in gewissem Maße. Aber ich bin überzeugt, dass er seine Beweggründe ehrlich benannt hat. Er versucht, das Netz des NCAVC so gut wie möglich zu erhalten. Das können Sie mir unbesehen glauben.«

»Okay.«

»Gut. Ich wollte Sie sprechen, weil ich Ihnen einen kleinen Leitfaden an die Hand geben möchte. Falls Sie auf Rathbuns Angebot eingehen – und ich finde, das sollten Sie –, wird er Sie persönlich führen. Das ist teils gut, teils schlecht. Und es gibt ein paar Dinge, auf die Sie achten müssen.«

»Lassen Sie uns mit dem Guten anfangen, Sir.«

Sein Lächeln macht Jones mindestens zehn Jahre jünger. »Erstens, niemand will Ihnen das Leben schwer machen. Die finanziellen, personellen und logistischen Mittel des FBI werden Ihnen besser zugänglich sein als jetzt. Der Direktor wird persönliches Interesse am Erfolg Ihres Teams haben, und ich kann Ihnen garantieren, dass das gesamte FBI dies im Voraus erfährt. Sie können mit einem roten Teppich rechnen und mit einem besseren Budget als bisher.«

»Hört sich so weit ganz gut an.«

»Zweitens werden Sie in der Hierarchie erheblich weiter oben stehen. Das zahlt sich in vieler Hinsicht aus. Macht ist Macht. Und das führt uns zu den Nachteilen.«

»Das dachte ich mir.«

»Erfolg und Macht wecken Neid. Es wird Leute geben, die Ihnen und Ihrem Team beides missgönnen und Ihnen unterstellen werden, Sie hätten die Beförderung als Lohn für politische Unterstützung bekommen. Ihre Gegner werden auf Fehler lauern und Sie ganz genau beobachten. Ein Fehltritt, und ich verspreche Ihnen, dass sofort jemand zur Stelle ist, um es auszuposaunen. Außerdem müssen Sie ständig darauf achten, ob jemand Ihre Arbeit sabotiert – nicht durch spektakuläre Dinge, sondern indem er die Strategie der Nadelstiche anwendet. Kleine Hürden und Schlaglöcher bei der Koordination, durch die Sie schlecht dastehen.«

»Ernsthaft?«

»Ja. Sie haben bisher Glück gehabt, dass Sie in einem guten Umfeld arbeiten konnten, mit einem erstklassigen Team und einem fähigen Chef. Sie haben sich nicht mit Feinden herumschlagen müssen. Das wird sich ändern. Wenn Sie das nicht akzeptieren und nicht höllisch auf sich aufpassen, werden Sie untergehen.«

Ich lehne mich zurück und denke darüber nach. Das ist starker Tobak, aber ich werde es bestimmt nicht in den Wind schlagen.

AD Jones hat mir, wenn überhaupt, nur selten einen schlechten Rat gegeben.

»Was noch?«, frage ich.

»Rathbun ist der rabiateste Mann, den ich kenne. Er ist durch und durch Politiker, aber damit kann ich leben, weil er Cop ist, genau wie Sie und ich. Er kennt unsere Arbeit, und ich bewundere ihn dafür, was er hier auf die Beine stellen will. Aber Sie müssen eines bedenken, Smoky. Wenn es jemals heißen sollte, er oder Sie, wird er Sie fallen lassen. Erschießung bei Morgengrauen, und nicht mal eine letzte Zigarette.« Er lehnt sich zurück. »Deshalb müssen Sie auch Rathbun im Auge behalten und ein kleines Druckmittel in petto halten, falls sich eins findet.«

»Druckmittel? Sie meinen Erpressung?«

»Nein, ich meine ein Druckmittel. Wir sind beim FBI, Smoky. Wir erpressen niemanden.« Er zwinkert mir zu. »Sagen wir einfach ... wenn Sie das Glück haben, ihn dabei zu erwischen, wie er das Gesetz beugt oder sich daran vorbeimogelt, egal wie leichtfertig, sollten Sie das schriftlich festhalten und in einen geheimen Safe legen.«

Ich starre ihn an. »Du lieber Himmel, Sir. In welcher Welt leben Sie?«

Er seufzt, reibt sich mit beiden Händen das Gesicht. »Nicht alle Soziopathen sind Serienmörder. Einige sind Politiker und Verwaltungsspezialisten. Ich gebe zu, Rathbun fällt nicht in diese Kategorie, dafür aber viele Leute in seinem Umfeld.«

Vom psychologischen Standpunkt aus klingt das einleuchtend. Narzissten werden von Positionen mit Macht und Einfluss angezogen.

»Das ist ja alles sehr beruhigend, Sir«, sage ich ironisch.

Das sympathische Lächeln kehrt zurück. »Sie schaffen das schon. Sie sind zäh und intelligent. Außerdem habe ich nicht erwartet, dass Sie ewig bei mir bleiben. Eine Beförderung ist längst überfällig.«

»Wissen Sie, Sir, da wäre nur eine Sache …«

Er hebt die Brauen. »Und welche?«

»Ich habe mich noch nicht entschieden.«

Er sieht mich mit schmalen Augen an. »Sparen Sie den Quatsch für andere auf.« Er zückt seine Brieftasche und zieht eine Banknote heraus. »Ich wette einen Hunderter, dass Sie den Job annehmen. Wenn nicht, gehört der Schein Ihnen.«

Ich blicke auf den Hunderter, den er mir hinhält. Dann schaue ich weg. »Nein, danke«, sage ich.

Er hält eine Hand ans Ohr. »Ich habe nicht verstanden. Was haben Sie gesagt?«

»Verschonen Sie mich, Sir.«

Er schiebt den Schein in die Brieftasche und steckt sie wieder weg.

»Noch eine Sache, bevor wir zum Tagesgeschäft kommen.« Seine Haltung ändert sich ein wenig, wirkt milder, wie man es bei ihm selten erlebt. AD Jones ist ein Mann der alten Schule, zielstrebig und streng, dessen Gefühle nur der Spiegel zu sehen bekommt und sonst niemand. »Wenn Sie etwas brauchen – einen Rat oder jemanden zum Reden –, kommen Sie zu mir.«

»Danke, Sir. Das bedeutet mir viel.«

»Und wenn Sie Ihren neuen Job erst angetreten haben, müssen Sie natürlich aufhören, mich Sir zu nennen, und mich mit Vornamen ansprechen.«

»Das wird mir schwerfallen.«

»Dann sollten Sie langsam mit dem Üben anfangen. Okay, und jetzt bringen Sie mich auf den neusten Stand, was die Frau angeht, die in Callies Hochzeit geplatzt ist.«

Ich erzähle ihm alles. Er schweigt dabei wie immer, hört sich erst alles an, bevor er Fragen stellt.

»Sie haben noch niemandem gesagt, wer die Frau ist?«

»Nein, Sir. Alan und ich wollen heute Nachmittag zu ihrem Ehemann und die Bombe platzen lassen.«

»Daraus wird nichts. Sie werden zu diesem Detective fahren und ihn einweisen. Wie hieß er noch?«

»Burns.«

»Burns, richtig. Er hat eine persönliche Verbindung zum Opfer und zum Verdächtigen. Er könnte Ihnen helfen, beide zum Reden zu bringen.«

Gut überlegt. »Ja, Sir.«

»Halten Sie mich auf dem Laufenden. Und sagen Sie mir, wenn Sie dem Direktor Ihre Entscheidung mitteilen wollen.«

Callie und James haben sich in den Akten vergraben, als ich wieder ins Büro komme. James sitzt am Computer, während Callie ihm die Zeittafel diktiert.

»Können wir fahren?«, fragt Alan.

»Ja, aber nicht zu Hollister.« Ich erkläre es ihm.

Alan nickt. »Der AD hat recht. Es ist klüger, zuerst mit Burns zu reden.«

»Ja. Aber ich würde mich lieber außerhalb mit ihm treffen. Heathers Leidensgeschichte wird eine Riesensache, und ein Rudel sensationsgeiler Journalisten, das ihr Krankenzimmer belagert, kann sie jetzt am wenigsten gebrauchen.«

»Stimmt. Ich rufe Burns an. Vielleicht geht er mit uns Waffeln essen.«

Alans Liebe zu Waffeln ist so rein und ewig wie Callies Liebe zu Mini-Schokodonuts.

Während Alan den Anruf macht, gehe ich zur Weißwandtafel und schaue mir die Fakten an, die wir bis jetzt haben. Heather Hollister hat alles verloren. Acht Jahre sind vergangen. Ihr Mann ist wieder verheiratet, ihre Söhne kommen bald ins Teenageralter. Die Welt hat sich verändert. Als sie entführt wurde, hatte der 11. September noch nicht stattgefunden. Wir waren nicht im Krieg mit dem Irak. Es fuhren noch keine Hybridautos auf den Straßen. Die meisten Leute gingen noch via ISDN ins Internet.

Was wäre mir lieber? Acht Jahre im Dunkeln eingesperrt sein und dann freikommen, um dann festzustellen, dass Matt wieder geheiratet hat und Alexa aufs College geht?

Oder das, was ich jetzt habe?

Ich trete von einem Bein aufs andere. Es bedrückt mich, dass ich nicht spontan auf diese Frage antworten kann. Sollte ich mir als selbstlose Mutter nicht unter allen Umständen wünschen, Alexa wäre noch am Leben?

Ihr Gesicht taucht vor mir auf, der Morgen ihres Todestages. Ich sehe sie beim Frühstück. Sie aß Cornflakes. Matt hatte verschlafen und stand noch unter der Dusche.

»Daddy ist faul heute Morgen«, sagte Alexa.

»Spät dran sein ist nicht das Gleiche wie faul sein, Schatz. Und sprich nicht mit vollem Mund.«

Sie bekam einen schelmischen Blick und grinste plötzlich, sodass Milch mit Cornflakeskrümeln aus ihren Mundwinkeln rann. »Grrr!«, machte sie.

»Ekelhaft!«, sagte ich und musste gegen meinen Willen lachen.

Sie bekam einen Lachanfall, worauf ihr die Milch aus der Nase kam, was zu heulendem Gelächter führte. Wir prusteten noch, als Matt die Treppe herunterkam.

»Was ist denn hier los?«, fragte er.

»Ach, nichts«, sagte ich. »Wir haben uns nur darüber unterhalten, wie faul du bist.«

»Stiiinkfaul«, sagte Alexa kichernd.

Kurz darauf gewann der Alltagsablauf die Oberhand. Matt und ich mussten zur Arbeit, Alexa zur Schule. Es schien ein Tag wie jeder andere zu werden …

Alan legt den Hörer auf und reißt mich aus meinen Erinnerungen. »Er trifft uns in einer Stunde am Missionszentrum in Hollywood.«

Ich gehe mit ihm zur Tür und blicke noch einmal zur Tafel.

Ja, denke ich, froh über meine innere Gewissheit. Ich würde acht Jahre Isolationshaft ertragen, wenn das bedeuten würde, dass ich Alexa noch hätte.

Ich kann nur hoffen, dass Heather Hollister Trost darin findet.

KAPITEL 13 »Sie ist wirklich am Leben?«

Daryl Burns ist sechzig Jahre alt und sieht keine Sekunde jünger aus. Er hat kurze, schüttere weiße Haare und ein Hängebackengesicht, das einem Bluthund zur Ehre gereichen würde, dazu jede Menge Aknenarben. Die Natur hat ihm ein leicht verlottertes Aussehen verliehen, das er mit tadelloser Kleidung wettmacht. Der Anzug ist zwar von der Stange – bei einem Polizistengehalt nicht verwunderlich –, aber er hat ihn offensichtlich von einem Schneider ändern lassen. Sein Hemd ist gebügelt, und seine Schuhe glänzen. Er ist ungefähr eins fünfundsiebzig groß und hat sich in Form gehalten. Ich halte nach einem Ehering Ausschau, aber er trägt keinen.

»Wir haben ihre Fingerabdrücke durchlaufen lassen, Detective«, versichere ich ihm. »Sie ist es.«

Er fährt sich durchs Haar. »Gütiger Himmel«, sagt er und trinkt einen Schluck Kaffee. Alan hat einen Viererstapel Waffeln vor sich stehen und verschlingt sie, während er Burns beobachtet.

»Ich muss Sie allerdings warnen, Detective«, fahre ich fort. »Die Frau hat eine schwere Psychose. Sie ist wach, spricht aber kein Wort. Wir sind nicht mal sicher, ob sie ihre Umgebung wahrnimmt. Agent Washington und ich wollten mit ihr reden, hatten aber keinen Erfolg. Deshalb könnten wir Ihre Hilfe gebrauchen.«

»Was meinen Sie?«

»Sie kennen Heather persönlich.«

Er sieht mich prüfend an. »Warum gerade ich? Warum nicht der Ehemann?«

»Weil wir genau wie Sie vermuten, dass der Ehemann an der Tat beteiligt war. Es kann kein Zufall sein, dass Heather zwei Monate, nachdem ihr Mann die Lebensversicherungssumme kassiert hat, plötzlich wieder auftaucht.«

»Es ist auch kein Zufall«, sagt Burns. Es klingt wie eine nüchterne Feststellung. »Ihr Mann hat die Tat verübt oder in Auftrag gegeben. Davon war ich von Anfang an überzeugt.«

»Wir werden ihm Angst einjagen«, sagt Alan, nachdem er einen weiteren Bissen sirupgetränkter Waffeln hinuntergeschluckt hat.

Burns grinst. »Das würde ich zu gerne sehen.«

»Dann kommen Sie mit«, entgegne ich. »Aber vorläufig möchte ich jedes Aufsehen vermeiden.«

»Da bin ich ganz Ihrer Meinung. Bloß keine Kamerafuzzis.«

Ein bisschen wehmütig schiebt Alan den leeren Teller von sich. »Ich habe bei der Polizei gearbeitet«, sagt er zu Burns. »Zehn Jahre.«

Burns nickt. »Ich habe von Ihnen gehört.«

»Gut. Wenn es Ihnen nichts ausmacht, würde ich gerne die Führung bei Hollisters Befragung übernehmen.«

Eigentlich bräuchten wir die Polizei noch gar nicht in die Ermittlungen mit einzubeziehen. AD Jones hat meiner ursprünglichen Beurteilung zugestimmt – Heather ist ein ungelöster Entführungsfall und fällt damit in die Zuständigkeit des FBI. Und dass sie vor den Augen Callies und ihrer Hochzeitsgäste aus einem Wagen geworfen wurde, kann man als Drohung gegenüber FBI-Mitarbeitern betrachten. Doch mein Team hat gegenüber dem LAPD und anderen Polizeibehörden schon immer eine kooperative Haltung eingenommen.

»Okay«, sagt Burns. »Solange ich dabei zuschauen kann, wie der Kerl schwitzt, bin ich zufrieden.«

Währenddessen tupft Alan sich die Lippen mit der Serviette ab, knüllt sie zusammen und wirft die Papierkugel auf seinen Teller. »Was können Sie uns über die ganze Sache sagen?«

»Die ganze Sache?«, fragt Burns.

»Sie kennen Heather Hollister und ihre Familie, seit Heather zwölf gewesen ist«, entgegne ich. »Sie haben die Ermittlungen geleitet, als sie mit sechsunddreißig entführt wurde. Wahrscheinlich hat niemand eine längere persönliche Beziehung zu Heather als Sie, von ihrer Mutter abgesehen.«

»Sogar länger als ihre Mutter. Sie starb vor drei Jahren.«

»Noch etwas«, fährt Alan an meiner Stelle fort. »Wir wissen nicht, was letzten Endes wichtig ist. Wir nehmen alles, was wir kriegen können, und sortieren es dann aus.«

»Ich verstehe«, sagt Burns und trinkt einen Schluck Kaffee. Sein Blick ist mit einem Mal nach innen gerichtet. »Ich habe Heather kennengelernt, als sie zwölf war. Ich war damals achtundzwanzig und seit acht Jahren bei der Polizei, davon zwei Jahre beim Morddezernat.«

»Schneller Aufstieg«, bemerkt Alan.

»Es gab jemanden, der mir geholfen hat«, erklärt Burns. »Mein Vater war Cop. Sein Expartner war Chef des Raubdezernats.« Noch ein Schluck Kaffee. »Heather war ganz anders als ihre Mutter. Ich rede nicht gerne schlecht über Verstorbene, aber ihre Mom war immer ein schwacher Mensch gewesen. Heather dagegen war stark. Sie trauerte, aber sie war auch zornig. Sie hat mich von Anfang an belagert. Sie wollte nicht wissen, *ob* ich den Kerl schnappen würde, der ihren Vater erschossen hatte, sondern *wann*. Sie wollte meine Karte haben und meine Telefonnummer und sagte, sie werde mich regelmäßig anrufen – was sie dann auch getan hat.«

»Was haben Sie ihr erzählt, wenn sie angerufen hat?«, fragt Alan.

Burns seufzt. »So gut wie nichts. Wir hatten keine Spur. Ihrem Vater gehörte ein Laden, und er arbeitete allein. Es war ein Raubüberfall, der aus dem Ruder lief. Wahrscheinlich war der Täter ein Anfänger. Aber es gab keine Zeugen, und es kamen keine Hinweise. Keiner von meinen Informanten, keiner von den Schnorrern und Taschendieben wusste etwas.«

»Ungewöhnlich«, sagt Alan.

»Ja. Deshalb vermute ich, es könnte jemand von auswärts gewesen sein. Ich habe nie aufgegeben. Herausgekommen ist allerdings nichts. Ungefähr zwei Jahre später ruft Heather mich an. Sie fragt, ob wir uns treffen können. Na klar, sage ich. Ich lasse sie zum Bahnhof kommen und nehme sie mit zu Pink's Hot Dogs. Sie war noch nie da gewesen. Okay, sagte ich mir, wenn du schon keine guten Neuigkeiten für sie hast, kannst du ihr wenigstens in einem berühmten Lokal einen legendären Hotdog spendieren.«

Das Pink's ist eine Institution in L. A., ein Stück Geschichte. Paul Pink eröffnete 1939 an der Ecke La Brea und Melrose einen Hotdog-Stand. Damals gehörte die Straßenecke noch nicht zur Innenstadt. 1946 baute er sich an derselben Stelle ein Häuschen, und da steht es noch heute. Die Wände hängen voller Fotos von Filmstars und anderen Berühmtheiten, die im Pink's gegessen haben.

»Heather ist immer zielstrebig gewesen. Ich glaube, so war sie schon vor der Ermordung ihres Vaters. Viele andere kapseln sich nach einem solchen Erlebnis ab, oder sie werden feindselig, oder sie haben keine Zeit mehr für scheinbar unwichtige Dinge. Heather war anders. Sie schaute sich die Fotos im Pink's an und fragte mich nach der Geschichte des Lokals. Ich war erstaunt. Schließlich war sie erst vierzehn. Nachdem sie den Hotdog gegessen hatte, rückte sie mit der Sprache raus. ›Sie müssen jetzt ganz ehrlich zu mir sein, Mr. Burns‹, sagte sie. ›Glauben Sie, Sie werden den Mörder jemals finden?‹«

Burns verstummt und starrt düster in seinen Kaffee. Dann fährt er fort: »Ich dachte daran, sie zu belügen, entschied mich aber dagegen. Eine Lüge hatte sie nicht verdient. ›Es ist immer möglich, dass sich eines Tages etwas ergibt‹, antwortete ich ihr. ›Die Leute werden älter und fangen an zu reden, weil sie glauben, davongekommen zu sein. Jemand hört, was sie sagen, und gibt es an einen Cop weiter. Das ist schon vorgekommen. Aber ich glaube nicht, dass ich ihn schnappe, bloß weil ich ein guter Detective bin.‹«

»Wie hat sie darauf reagiert?«, frage ich.

»Besser, als ich selbst reagiert hätte.« In seiner Stimme liegt Bewunderung. »Sie sagte, sie verstünde das, und dankte mir für meine Ehrlichkeit. Ich war froh, dass ich nicht gelogen hatte, denn offenbar hatte sie die Wahrheit vorher schon gekannt. Sie schwieg eine Zeit lang und bat mich dann um einen zweiten Hotdog. Ich konnte ihr ansehen, dass noch etwas kommen würde und dass ich ihr Zeit lassen musste.« Er lächelt. »Der zweite Hotdog schien ihr genauso gut zu schmecken wie der erste. Wir redeten nicht, aber das war keinem von uns beiden unangenehm, im Gegenteil. Dieses Schweigen machte uns zu Freunden.« Er wirft einen schnellen, abwägenden Blick auf uns. »Mancher würde es verdächtig finden, dass ein Cop sich mit einer Vierzehnjährigen anfreundet …«

»Der Gedanke ist mir allerdings gekommen«, sagt Alan.

Ich schaue ihn überrascht an, denn er hat ein besseres Gespür für Menschen als ich. Ich selbst hatte nicht an so etwas gedacht. Es steht Burns ins Gesicht geschrieben, dass seine Beziehung zu Heather rein väterlicher Natur gewesen ist. Ich sah es auch an seinem hilflosen Zorn, als er uns sagte, dass er den Mord an ihrem Vater nicht hatte aufklären können, und ich hörte es an seiner Stimme, die wie die eines großen Bruders klang.

Burns scheint Alans Bemerkung gelassen hinzunehmen. »Ich will ehrlich sein und Ihnen sagen, welche Probleme ich habe, damit Sie sehen können, welche ich *nicht* habe. Ich hatte eine Schwester. Sie starb mit zwölf an Leukämie. Ich war damals neun.« Bei der Erinnerung presst er die Lippen zusammen, selbst nach so vielen Jahren. »Deshalb bekam ich einen guten Draht zu Heather. Zweitens hatte ich ein kleines Spielproblem. Poker, um genau zu sein. Manchmal habe ich achtundvierzig Stunden am Stück gespielt und bin dann zur Arbeit gegangen, aufgedreht und übermüdet.« Er lächelt, als wäre das gar keine so schlechte Erinnerung. »Wäre schön und gut gewesen, wenn ich meinen Lebensunterhalt damit verdient hätte, aber so war es nicht. Ich ruinierte mein häusliches Leben und bekam Schwierigkeiten im Job.« Er zuckt die Achseln. »Aber ich bekam es in den Griff, ein für alle Mal. Haben wir uns verstanden?« Er sieht Alan an, nicht mich.

»Haben wir«, sagt Alan.

»Gut. Es war nie etwas Schlechtes an meiner Beziehung zu Heather Hollister. Niemals. Sie wollte Polizistin werden, sagte sie zu mir, und ob ich ihr helfen könne.« Er leert seine Tasse und stellt sie beiseite.

»Was haben Sie geantwortet?«, fragt Alan.

»Ich habe versucht, es ihr auszureden. Ich habe ihr gesagt, sie müsse zuerst einen guten Highschoolabschluss machen und dann auf dem College Kriminologie studieren. Ich wollte sie entmutigen. Du meine Güte, sie war erst vierzehn. Ich konnte sie mir nicht in blauer Uniform auf der Straße vorstellen und wollte es auch gar nicht.« Er schüttelt den Kopf. »Aber ich habe sie unterschätzt. Sie tat genau das, was ich ihr gesagt hatte: Sie machte einen erstklassigen Abschluss an der Highschool und studierte dann Kriminologie. Als sie zweiundzwanzig war, kreuzte sie bei mir auf und sagte, ich solle ihr helfen. Sie wollte sich bei der Polizeiakademie einschreiben.«

»Was ist mit ihrem Stiefvater?«, fragt Alan.

Ich beobachte Burns genau. Sein Gesicht verfinstert sich nicht. Es wird milde, und ein Lächeln streift die Mundwinkel. Wie die meisten Cops ist er ein vollendeter Lügner. Hätte er noch Kaffee in der Tasse, würde er jetzt bedächtig einen Schluck nehmen, um uns zu zeigen, dass die Frage ihn nicht im Geringsten berührt. »Pete? Was soll mit ihm sein?«

Ich berühre unter dem Tisch Alans Bein, und er überlässt mir die Gesprächsführung. »Hören Sie, Burns, unser Interesse gilt ausschließlich Heather. Wir können uns denken, was mit dem Stiefvater passiert ist, und es könnte uns gleichgültiger nicht sein. Aber haben Sie mal in Betracht gezogen, dass er bei der Entführung die Hand im Spiel gehabt haben könnte? Letzten Endes hat Heather dafür gesorgt, dass er vor Gericht kam und von hier verschwinden musste.«

»Ich weiß.«

»Und? Erzählen Sie uns von ihm.«

Burns hält sein Wasserglas auf eine Art, dass ich den Eindruck habe, er würde lieber an einer Kneipentheke sitzen. Er macht ein geringschätziges Gesicht. »Pete entsprach sämtlichen Klischees, die Sie sich vorstellen können. Ein kleiner, nervöser Typ, dem es einen Kick verschafft hat, Frauen zu schlagen, weil er bei Männern zu feige war. Er war ein paar Jahre zuvor in die Stadt geschneit und hat Gelegenheitsjobs angenommen. Ich weiß nicht mehr, wo Margaret ihn kennengelernt hat, aber er schätzte sie gleich richtig ein, wie solche Kerle es immer tun. Er konnte es wittern.« Wieder trinkt er einen Schluck Wasser, dass ich an Whiskey denken muss. »Gott sei Dank war Heather nicht schwach. Und er war kein Kleiderschrank.«

Ich weiß, was er meint. Die Ansicht, dass alle Schläger Feiglinge sind, ist Wunschdenken. Manche sind keineswegs feige; es macht ihnen Spaß, anderen mit ihrer bedrohlichen Größe ihren Willen aufzuzwingen.

»Wie alt war Heather, als Margaret und Pete geheiratet haben?«, frage ich.

»Knapp fünfzehn. Ich wusste nichts über Pete oder was er tat, bis Heather zu mir kam. Ich war ziemlich aufgebracht, denn ich hatte an dieser Familie persönlichen Anteil genommen. Sie hatten Schlimmes durchgestanden, und dann kommt dieses Stück Scheiße und stürzt sich auf sie wie ein Geier, der ein leichtes Fressen wittert.«

»Heather hatte ein Videoband?«, frage ich.

Er nickt. Wieder wischt ein bewunderndes Lächeln die zornige Verachtung weg. »Kluges Mädchen. Sie brachte es zu mir, und ich tat das einzig Richtige und ließ das Arschloch verhaften. Aber er hatte einen guten Anwalt, der dafür gesorgt hat, dass dem Video vor Gericht keine Beweiskraft beigemessen wurde.« Bei dem »guten Anwalt« bekommt seine Stimme einen sarkastischen Tonfall.

»Was haben Sie unternommen?«, frage ich.

»Ich habe mir einen Bekannten geschnappt, einen Ehemaligen, der ungenannt bleiben soll und der … sagen wir mal, sehr flexibel ist in der Wahl seiner Verhörmethoden. Mit diesem Bekannten ging ich den guten alten Pete besuchen. Margaret war mit Heather ins Kino gegangen.« Er stockt, und ich sehe zum ersten Mal einen Anflug von Scham auf seinem Gesicht.

»Heather hat es gewusst?«, frage ich. »Sie wusste, was geschehen würde?«

»Wie gesagt, sie war ein kluges Mädchen.« Noch ein Whiskey-Schluck von seinem Eiswasser. »Wir haben nicht geklopft. Wir warteten zehn Minuten, nachdem wir Margaret und Heather hatten wegfahren sehen, und gingen direkt ins Haus. Heather hatte die Tür für uns offen gelassen. Pete saß im Unterhemd in seinem Sessel, eine Flasche Bier im Schoß.« Er schüttelt den Kopf. »Dieser Kerl war die reinste Karikatur. Vielleicht schaute er sich Talkshows mit gewalttätigen Familienvätern an und ahmte die Typen dann nach. Ich weiß es nicht. Jedenfalls ging mein namenloser Freund hin, packte Pete an den Haaren und riss ihn nach hinten. Der Sessel kippte um, und wir machten uns an die Arbeit.« Unwillkürlich ballt er eine Hand zur Faust. Die Macht der Erinnerung.

»Zehn Minuten lang haben wir kein Wort geredet. Er muss mich erkannt haben, aber ich schätze, das hat ihm nur noch mehr Angst gemacht. Wir haben ihn tüchtig bearbeitet. Nicht so gründlich, dass er nachher nicht mehr laufen konnte, aber es hat wehgetan.

Als die zehn Minuten um waren und er zusammengekrümmt dalag, sich bepisst hatte und wimmerte wie ein Baby, redete ich mit ihm. Ich sagte ihm, er solle aus der Stadt verschwinden, noch diesen Abend. Wenn er Margaret je wieder anfasste oder sich noch einmal hier blicken ließe oder wenn er Beschwerde über mich einreichte, würde ich ihn umbringen. Und wenn er Heather je anfasste, würde ich ihn zu Tode foltern, und zwar ganz, ganz langsam.« Er zuckte die Achseln. »Er hat es kapiert.«

»Ist er abgehauen?«, frage ich.

»Oh ja. Er konnte gar nicht schnell genug wegkommen. Ich gab ihm sogar Geld, zweitausend Dollar aus einem Pokergewinn. Ich habe ab und zu nach ihm Ausschau gehalten, aber er ist nie wieder aufgekreuzt.« Er sieht mich an. Sein Blick ist nun wieder bekümmert. »Meinen Sie, er könnte etwas mit Heathers Entführung zu tun haben? Ich habe in diese Richtung ermittelt, aber nichts entdeckt. Und ich habe auch Pete nicht gefunden. Es gibt keinen Hinweis, dass er zu der Zeit oder später nach L. A. zurückgekehrt ist. Wo er sich früher immer aufgehalten hat, wurde er nicht mehr gesehen.«

Ich denke darüber nach. Die ganze Geschichte ist faszinierend und schrecklich zugleich. Heathers Komplizenschaft ist natürlich beunruhigend. Und von diesem Pete habe ich nur einen ungefähren Eindruck, der zudem von einem Mann vermittelt wurde, der ihn verabscheut. Aber trotzdem …

»Das bezweifle ich«, antworte ich schließlich. »Ich kann es nicht hundertprozentig ausschließen, aber dieser Pete scheint mir kein Mann zu sein, der sich einen klugen Plan zurechtlegt. Diese Tat ist zu ausgeklügelt für einen wie ihn.«

Burns starrt in sein Whiskey-Wasser. »Da bin ich erleichtert.«

»Ich verstehe, warum Sie sich auf den Ehemann und Pete konzentriert haben«, sage ich, um wieder auf die laufende Ermittlung zurückzukommen. »Gab es noch andere Verdächtige?«

»Einen«, antwortet er zögernd. »Heathers Freund.«

»Sie hatte eine Affäre?«

Er seufzt. »Ja. Ein netter Kerl namens Jeremy Abbott. Immobilienmakler, geschieden, ungefähr im selben Alter wie sie. Sie haben sich ein halbes Jahr lang getroffen.«

»Bevor oder nachdem Heather auf den Verdacht kam, dass ihr Mann fremdgeht?«

»Keine Ahnung. Ich habe durch eine E-Mail von ihm erfahren.«

»Warum wurde er als Verdächtiger fallen gelassen?«

Burns macht ein verwirrtes Gesicht. »Haben Sie es denn nicht gelesen? In den Akten?«

»Wir sind noch nicht ganz durch.«

»Jeremy Abbott verschwand in derselben Nacht wie Heather. Sein Wagen wurde mit laufendem Motor in seiner Einfahrt gefunden. Die Fahrertür stand offen, und einer seiner Schuhe lag neben dem Auto.«

»Man hat nie wieder etwas von ihm gehört?«, fragt Alan.

Burns schüttelt den Kopf. »Nichts. Genau wie bei Heather. Wie vom Erdboden verschluckt.«

Ich schaue Alan an. Er nickt.

»Was ist?«, fragt Burns.

»Wir überlegen gerade«, antworte ich, »ob Jeremy vielleicht auch in Kürze irgendwo aus einem Wagen geworfen wird.«

KAPITEL 14 Der Tag ist makellos. Der Himmel über Kalifornien ist blau von einem Horizont zum anderen, und die Sonne scheint mit sanfter Wärme. Ein Tag für T-Shirts und Jeans und auch für Sonnenbrillen, wenn man will. Eltern und Surfer schauen sich das Wetter an und denken an das Wochenende in der Hoffnung, dass diese unverhoffte Belohnung anhält.

Wir sind unterwegs zu Douglas Hollister, und ich bin aufgeregt. Nicht wie ein Kind, das in den Comic-Laden darf, sondern wie ein Raubtier, bevor es seine Beute reißt.

Ich habe mir von Heather Hollister ein Bild gemacht. Genau wie ich hat sie in jungen Jahren ein Elternteil verloren. Wie ich hat sie ihre Lebensaufgabe in der Arbeit eines Cops gesehen. Doch unsere Beweggründe waren verschieden: Sie wollte Gerechtigkeit für die Welt als Ausgleich für den Mangel an Gerechtigkeit, die ihrem Vater zuteil geworden war, während ich durch einen inneren Sirenengesang dazu verlockt wurde, Polizistin zu werden.

Nach allem, was man hört, hat Heather einen guten Job gemacht. Sie hat sich von ihrer Besessenheit nicht kaputt machen lassen. Sie hat sich für die Opfer interessiert, denen sie als Ermittlerin über den Weg lief. Und sie hat Zeit gefunden, zu heiraten und Kinder zu bekommen.

Jetzt hat sie ihren Mann und ihre Kinder verloren. Das Leben, das sie kannte, gibt es nicht mehr. Unsere Lebensgeschichten sind sehr verschieden und doch ähnlich.

Ich fühle mich ihr so verwandt, dass es eine schmerzliche Sehnsucht auslöst. Ich fühle mit jedem Toten, der in meine Zuständigkeit fällt. Jeder hatte ein Leben mit Hoffnungen und Träumen, mit Langeweile, Lachen, Tränen und täglichem Einerlei. Das gilt für alle, doch bei einigen kann ich es so deutlich sehen wie jetzt die Hügel neben dem Highway durchs Wagenfenster.

David Rhodes ist ein Schriftsteller, den ich sehr schätze, auch wenn er manchmal ein bisschen unzugänglich sein kann. In einem seiner Bücher gibt es einen Abschnitt, der einen Gedanken ausdrückt, der eine große Rolle für mich spielt: das Abgekapseltsein, das Leben als Insel, das jeder von uns führt.

Jeder Mensch denkt, dass sein Traum Verehrung verdient. Er kam von ihm, es gibt ihn nicht zweimal, also muss er einzigartig sein.

Gott sagt (mit donnernder, zorniger Surroundanlagen-Stimme, die das Gebälk der Welt zum Zittern bringt): TORHEIT!

Und der Mensch zittert.

Gott kauert sich in seinen weißen Gewändern hin und legt dem Menschen den Arm um die Schultern. Es ist eine erhabene Umarmung, Muttermilch, Vaterzorn, Freude am Erschaffen der Welt.

Gott sagt (nicht unfreundlich): Nun, da ich deine Aufmerksamkeit habe, hör mir zu: Jeder Traum ist schon einmal geträumt worden, tausend Mal, zehntausend Mal. Die Wünsche, die du für einzigartig hältst, hatten schon Millionen Träumer vor dir. Sie wachen jeden Tag auf, um den Lohnkrieg zu führen. Um für das Überleben ihrer selbst und derer zu kämpfen, die sie lieben. Um einen ordentlichen Anzug tragen zu können. Um kräftigen Wein trinken zu können. Um am Abend in den Armen eines geliebten Menschen zu liegen. Der Traum ist nie neu, mein Sohn. Nur der Träumer.

Gott lächelt den Sonnenuntergang.

O Mensch, liebliches Kind, wie ich deine Torheit liebe.

Man sagt, jeder Trottel kann ein Kind haben, und das stimmt. Äußerlich sind sie gleich. Die Lebensgeschichte ist in den Umrissen gleich. Aber die eigentliche Wahrheit lautet, dass keiner von ihnen gleich ist. Bei jedem verläuft das Leben anders. Nur die Weltverdrossenen glauben das nicht.

Tommy und Bonnie sind bestimmt nicht wie Matt und Alexa. Das ist in Ordnung. Sie sind sie selbst. Von Ferne besehen, mögen sie sich ähneln, aber bei näherer Betrachtung stellt man fest, dass beide Lieder zwar schön und harmonisch sind, aber einen unterschiedlichen Klang haben.

So sehe ich jetzt Heather. Ich begreife sie nicht mehr als Opfer, mit dem mich bestimmte Dinge verbinden, die wir gemeinsam haben, sondern als Individuum, das der Welt mehr gegeben hat, als es von ihr bekam. Ihr Ehemann, Douglas Hollister, hat zwar nicht ihren Körper, aber ihr Leben zerstört.

Nun sind wir unterwegs zu diesem Mann, und ich hoffe, unser Besuch macht ihn fertig.

»Meinst du, Burns bleibt cool?«, fragt Alan.

Ich wende den Blick von den vorbeiziehenden Hügeln und meine Gedanken von Douglas Hollisters Untergang ab.

»Was hast du gesagt?«

»Burns. Er war mir ein bisschen zu heiß auf die Sache. Ich mache mir Sorgen.«

Er hat recht. Burns geiferte schon, wenn er nur daran dachte, ein großes saftiges Stück aus Hollister herauszubeißen.

»Ich glaube, er wird sich zusammenreißen. Er ist schon zu lange Cop. Er wird den Kerl nicht gleich umbringen.«

Alan sieht mich von der Seite an, schaut dann wieder auf die Straße. »Hoffst du.«

Oder vielleicht auch nicht, denke ich, sage es aber nicht laut.

Douglas Hollister wohnt in Woodland Hills in einem hübschen, zweigeschossigen Haus. Es ist weiß verklinkert und hat Kassettenfenster, und im Vorgarten steht ein einzelner, ausgewachsener Baum. Der Rest ist grüner Rasen, kurz geschnitten. Reizvoll, hübsch, aber einfallslos. So sehen Tausende von Häusern aus, die während des Baubooms in die Höhe gezogen wurden. Hollister lebt hier seit drei Jahren mit seiner neuen Frau Dana; daher vermute ich, dass sie das Haus gekauft haben, als die Immobilienpreise auf dem Höchststand waren.

»Was halten Sie von Dana Hollister?«, habe ich Burns gefragt.

»Ich glaube, sie ahnt nichts und liebt diesen Kerl«, hat er geantwortet, was unseren Vermutungen auf der Grundlage des Schwarz-Weiß-Fotos entspricht, das die beiden zeigt, wie sie aus dem Hotelzimmer kommen. »Dana betrügt seine Frau mit ihm, und das spricht natürlich gegen sie, aber sie schien mir nie eine große Leuchte zu sein. Eher dumm als bösartig.«

Er zählte die übrigen Fakten auf. Dana Hollister arbeitet seit ein paar Jahren im Immobiliengeschäft; sie hat damit angefangen, kurz bevor sie Douglas kennenlernte. Sie machte ihren Job ordentlich, kündigte aber vor einem Jahr nach dem Platzen der Immobilienblase. Jetzt versucht sie, sich selbstständig zu machen.

»Mit einem Andenkenladen oder etwas in der Art«, sagte Burns und schaute auf die Uhr. »Sie müsste jetzt dort sein. Der Laden hat jeden Tag geöffnet. Sie arbeitet hart, das muss ich ihr lassen.«

»Dann beobachten Sie die Familie noch immer?«, fragte Alan.

»Ja. Bis der Kerl im Knast sitzt«, hat Burns geantwortet, und seine Stimme war ausdruckslos.

Nun parkt Alan am Bordstein vor dem Haus und zieht so weit vor, dass Burns' Wagen bequem hinter unseren passt. In der Auffahrt steht ein weißer Honda Accord. Wir steigen aus. Ich muss mich schütteln, so kalt ist es während der kurzen Fahrt geworden. Der Februar in Südkalifornien ist launisch wie immer.

»Wie wollen Sie die Sache angehen?«, fragt Burns.

»Er wird gewarnt sein, wenn er Sie sieht«, antworte ich. »Und das ist gut. Ich werde uns vorstellen, und wir zeigen ihm unsere Dienstausweise. Das wird ihn noch nervöser machen. Danach überlassen wir Alan das Reden.«

Burns mustert Alan prüfend. »Ich habe Gerüchte über Sie gehört. Sie sollen bei Befragungen ziemlich scharf rangehen.«

Alan zuckt die Achseln. »Ist alles bloß Methode. Körpersprache, Augenbewegungen. Das kann jeder lernen.«

»Es kann auch jeder Golf spielen«, wendet Burns ein, »aber es gibt nur einen Tiger Woods.«

»Wir müssen ihn in die Defensive drängen«, sagt Alan, »aber wir dürfen dabei nicht aggressiv erscheinen. Es muss eher so sein, als kämen wir, um ihm eine schlimme Nachricht zu überbringen, und nicht, als würden wir ihn verdächtigen.« Er mustert Burns. »Meinen Sie, Sie kriegen das hin?«

»Keine Bange. Ich werde zerknirscht aus der Wäsche gucken.«

»Gut. Wir bringen ihn dazu, uns ins Haus zu lassen. Das Reden übernehme ich. Lassen Sie mich direkt neben ihm sitzen. Ich muss ihn genau beobachten können, wenn ich ihm sage, dass seine Frau am Leben ist. Die erste Reaktion ist die wichtigste.«

Wir gehen über einen tristen grauen Betonweg zur Haustür. Mir fällt auf, dass die Auffahrt neu gemacht worden ist. Mit Ziegeln gepflastert. Bei ein paar Nachbarhäusern ist es genauso. Ich kann es nicht leiden. Man sollte sein Haus anstreichen, einen Baum pflanzen, einen Garten anlegen, wenn möglich. Aber Auffahrten? Die sind dazu da, mit dem Wagen aus der Garage auf die Straße zu fahren.

Alan hebt seine riesige Faust und schlägt so fest gegen die Tür, dass ich erschrecke. Er wartet einen Moment, zwinkert uns zu und klopft erneut so fest, dass ich zu sehen glaube, wie die Tür sich nach innen biegt.

Nichts tut sich. Ich beobachte die Vorderfenster, doch niemand zieht einen Vorhang zurück, um zu sehen, wer da klopft. Ich habe auch nicht das Gefühl, dass jemand durch den Türspion späht.

Alan zuckt die Achseln. »Aller guten Dinge sind drei.«

Ich wappne mich, als ich sehe, wie er ausholt. Er hämmert die

Faust gegen das Holz, dass ich beinahe laut auflache, nur dass die Situation überhaupt nicht komisch ist.

Alan setzt zum nächsten Schlag an, als Burns die Hand hebt. »Warten Sie. Hören Sie das?«

Ich höre gar nichts, aber vielleicht hat Burns ja Fledermausohren. Dann aber höre ich es auch: das Flüstern von Socken, die über Holzdielen gleiten. Wir straffen die Schultern. Das Geräusch verstummt, und der Türspion verdunkelt sich.

»Ja?« Es ist eine Männerstimme.

Alan sieht mich an. Wir wollen Hollister nervös machen, aber erst später, nachdem er uns hereingelassen hat. Eine Frauenstimme ist jetzt erst einmal besser.

»Mr. Hollister?«, frage ich.

»Ja?«

»Ich bin Special Agent Smoky Barrett, FBI. Wir müssen Sie sprechen, Sir.«

Eine lange Pause.

»Sir?«, frage ich nach.

Stille. Dann:

»Einen Augenblick.«

Wir hören den Schlüssel im Schloss. Die Tür öffnet sich, und Douglas Hollister steht vor uns. Er hat inzwischen ein wenig Grau im Haar und ist ein bisschen fülliger geworden, aber nicht viel. Er sieht fast so gut aus wie auf den Hotelfotos.

Nur nicht so glücklich.

Im Augenblick erinnert er mich an Al Pacino in *Scarface*. Er sieht aus, als hätte er den Kopf gerade in einen Haufen Kokain gesteckt und tief Luft geholt, sodass er jetzt auf dem Trip des Jahrhunderts ist. Sein Blick huscht von mir zu Alan zu Burns, dann wieder zu mir. Er hat Tränensäcke unter den Augen, ist unrasiert und vermutlich auch ungeduscht, dem Geruch nach zu urteilen. Ich blickte an ihm hinunter und entdecke etwas Eigentümliches: Er hat nur eine Socke an.

Er lächelt. Es sieht verzerrt aus, wie auf Befehl mit vorgehaltener Waffe.

»Kann ich etwas für Sie tun?«, fragt er. Seine Stimme kiekst ein bisschen, und er räuspert sich und grinst noch einmal. »Verzeihung. Kann ich etwas für Sie tun?« Ein bisschen besser diesmal, aber jetzt fängt er an zu schwitzen. Am Haaransatz bilden sich feine Perlen.

Ich zeige ihm meinen Ausweis, Alan ebenfalls. »Mein Partner Alan Washington«, stelle ich ihn vor. »Detective Burns kennen Sie ja schon.«

Hollister reagiert mit mühsam zurückgehaltenem Erschrecken, das für einen Augenblick von Zorn verdrängt wird; dann hat er sich wieder unter Kontrolle.

»Worum geht's?«, fragt er an mich gerichtet.

»Wir haben eine wichtige Nachricht für Sie. Dürfen wir hereinkommen? Mir wäre es lieber, wenn Sie sitzen.«

Er reißt die Augen auf und ringt die Hände. Es wirkt gekünstelt. »Ist es Dana? Ist ihr was passiert?«

»Nein, Sir«, beruhige ich ihn. »Dürfen wir hereinkommen?«

Die ruhige, respektvolle Art meines Auftretens scheint zu wirken. Hollister entspannt sich ein wenig und fährt sich mit der Hand durch die Haare, die wahrscheinlich seit Tagen nicht gewaschen wurden. »Klar. Entschuldigen Sie. Natürlich.« Er tritt zur Seite, sodass wir ins Haus können. »Ich bin ein bisschen neben der Spur. Ich war krank und hatte gerade ein Nickerchen gemacht. Ich dachte, ich träume, als ich das laute Klopfen hörte.«

»Tut mir leid, Sir.« Er bekommt mein Entschuldigungslächeln, gewissermaßen ein stummes »Was soll man machen?«. »Ist eine Angewohnheit von uns. Wenn wir laut klopfen und niemand kommt, besteht Grund zu der Annahme, dass die Bewohner verletzt, bewusstlos oder tot sind.« Das habe ich aus dem Stegreif erfunden, aber jetzt kommt es darauf an, Alans Beurteilungsmaschine mit Eindrücken und Informationen zu füttern. Ich weiß, dass er jedes Zucken, jede Veränderung in Hollisters Augen in sich aufnimmt.

Hollister starrt mich an. Offenbar verarbeitet er den Gedanken, dass jemand lernen muss, so laut zu klopfen, dass er beurteilen kann, ob jemand tot ist oder nur schläft. »Wow«, sagt er schließlich.

»Wo können wir uns unterhalten, Sir?«

»Hier entlang.« Er dreht sich um und geht voraus.

Während wir ihm folgen, schaue ich mich um. Eine hübsche Einrichtung im südkalifornischen Stil: blitzblanke, helle Hartholzböden, gewölbte Decken mit glattem Putz, indirekte Beleuchtung. Eine Treppe mit Holzgeländer und beigefarbenem Teppich führt ins Obergeschoss. Das Haus ist groß. Ich tippe auf fünf Schlafzimmer. Wahrscheinlich drei oben, einschließlich des Zimmers der Eltern, und zwei unten. Nett.

Wir kommen an der Küche vorbei, die geräumig und schick ist, mit Granitarbeitsplatte und Edelstahlgeräten, ohne dabei kalt zu wirken. Schnickschnack und Topfpflanzen stehen auf Zierdeckchen, die ein Stilbruch sind. Das ist nicht die Küche eines Puristen. Die Kühlschranktür ist unter Zetteln und Magneten verschwunden. An der Wand hängt ein Emailschild mit dem Spruch »Gott segne dieses Heim«.

Wir gelangen ins Wohnzimmer, in dem es nicht viel anders aussieht. Ein Fünfzig-Zoll-Plasmafernseher steht gegenüber einer langen Couch. Ich sehe eine Xbox und einen Stapel Spiele. Ein gefülltes DVD-Regal in gefälliger Unordnung. Auf dem Sofatisch liegt eine feine Staubschicht, schätzungsweise drei oder vier Tage alt.

Das kommt mir bekannt vor. Es ist das Zuhause eines berufstätigen Paares, das sich Mühe gibt, den Zeitmangel aufzufangen, und das seine Sache ganz gut macht. Überall sieht man Nachlässigkeit, aber sie ist nicht störend, und es ist nirgendwo schmutzig. Dasselbe finde ich jeden Abend vor, wenn ich nach Hause komme.

Hollister bittet uns mit einer Geste, auf dem Sofa Platz zu nehmen. Alan setzt sich neben ihn, Burns nimmt auf der anderen Seite Platz. Ich bleibe stehen. Es geht nichts über eine kleine Abweichung, wenn man für Unbehagen sorgen will.

Ich schaue in den Garten, als Alan zu reden anfängt. Es ist ein großer Garten ohne Bäume, aber mit saftigem grünem Gras.

»Gestern hat sich etwas ereignet, Mr. Hollister«, sagt Alan. »Wissen Sie noch, an welchem Tag Ihre erste Frau entführt wurde?«

»Heather?«

»Ja.«

Hollister denkt darüber nach und schwitzt. »Äh … warten Sie. Es war nach ihrer Fitnessstunde. Mitte der Woche. Mittwoch. Ja. An einem Mittwoch. Warum?«

»Wo waren Sie zu der Zeit?«

Verärgerung huscht über sein Gesicht, doch er antwortet ohne Zögern. Hier bewegt er sich auf sicherem Boden. »Ich war zu Hause.«

»Was haben Sie getan?«

Hollister gräbt in seinem Gedächtnis. »Ich habe mir einen Film angesehen. Meine Söhne haben schon geschlafen. Der Film war, äh … *Dirty Harry*.«

Alan schmunzelt. »Clint. Ein Mann nach meinem Herzen. Was halten Sie von ihm? Ist er als Schauspieler oder als Regisseur besser?«

Burns wirft mir einen Blick von der Seite zu. Ich ignoriere ihn. Er weiß nicht, worauf es Alan ankommt, aber ich weiß es.

Hollister findet die Frage genauso rätselhaft. Dennoch antwortet er. »Ich finde ihn als Regisseur besser. Ich mag die Dirty-Harry-Filme und die Western, aber erst als Regisseur konnte er zeigen, was wirklich in ihm steckt.«

»Ganz meine Meinung. Welchen Film halten Sie für seinen besten? Filme, bei denen er Regie geführt hat, meine ich.«

Hollister überlegt. Dass er überhaupt auf diese Fragen antwortet, stärkt meinen Verdacht, dass er schuldig ist. Bei einer Vernehmung stürzt ein Schuldiger sich auf jede Möglichkeit, sich beliebt zu machen, weil er meint, dass wir ihm wegen seiner Freundlichkeit mehr trauen. Hollister jedoch bemüht sich so verzweifelt um Alans Sympathie, dass er sich nicht einmal zu wundern scheint, warum Clint Eastwood das Gesprächsthema ist.

»*Mystic River*, würde ich sagen.«

»Ihre Frau Heather wurde lebend aufgefunden.« Alan wechselt den Gang, ohne auf Hollisters Antwort einzugehen.

Man könnte eine Stecknadel fallen hören. Hollister starrt Alan an. Er macht eine Schluckbewegung wie ein Fisch, der einen Köder herunterwürgt. »Heather wurde gefunden?«, sagt er schließlich. »Wo?«

Ich runzle die Stirn. *Gefunden?* Nicht: *Sie lebt?* Eine seltsame Rückfrage.

»Sie wurde auf einem Hotelparkplatz aus einem Auto geworfen. Meine Kollegen und ich haben dort an einer Hochzeitsfeier teilgenommen. Wir vermuten, der Täter hat den Ort wegen der vielen Polizisten ausgesucht.«

»Viele Polizisten? Was meinen Sie damit?«

Wieder eine seltsame Rückfrage.

»Fast jeder Hochzeitsgast gehörte zum FBI oder zum LAPD.«

Hollister sieht weg. Sein Blick streift mich und huscht sofort in eine andere Richtung. Er schwitzt jetzt noch heftiger, hat bereits nasse Flecke unter den Achseln.

»Wow«, bringt er hervor. »Ich weiß nicht, was ich sagen soll. Das ist ein bisschen … erschütternd.«

Ein bisschen?

Er zeigt mit dem Finger auf Burns und legt selbstgerechte Empörung an den Tag. »Sehen Sie! Ich habe Ihnen ja gesagt, dass ich Heather nicht umgebracht habe. Sie haben mich verfolgt, haben mir keine Ruhe gelassen, aber Heather lebt! Es geht ihr gut!«

Mir fällt beinahe die Kinnlade herunter. »Das würde ich nicht gerade behaupten, Sir. Wir vermuten, dass sie acht Jahre lang von der Außenwelt abgeschnitten war. Sie hat eine schwere Psychose. Da kann man wohl kaum von ›gutgehen‹ sprechen.«

Ich spüre Alans warnenden Blick und zügle mich.

»Sie haben recht«, sagt Hollister kleinlaut. »Es ist nur … ich fühle mich wie eine Kugel im Flipperautomaten. Es ist einfach …« Er klemmt die Hände zwischen die Knie und senkt den Blick. »Acht Jahre sind eine lange Zeit. Als Heather spurlos verschwand, hätte ich mich beinahe umgebracht. Dann wurde mir vorgeworfen, an ihrem Verschwinden schuld zu sein, sie sogar getötet zu haben.« Er schaut zu Burns hinüber. »Ich weiß, Sie haben nur Ihre Arbeit gemacht. Ich entschuldige mich für meinen Ausbruch.«

»Kein Problem«, sagt Burns entsprechend der Regieanweisung, aber ich kann seine Anspannung spüren.

»Wo ist Heather jetzt?«, fragt Hollister. »Ist sie verletzt? Kann ich zu ihr?«

Das sind die Fragen, die er *sofort* hätte stellen müssen.

»Sie wird noch ärztlich untersucht«, sagt Alan. »Bisher fanden sich keine Anzeichen auf bleibende körperliche Schäden, aber ihr psychischer Zustand gibt Grund zur Sorge. Die Ärzte würden es begrüßen, wenn sie im Augenblick noch keinen Besuch bekäme.«

Ich bewundere immer wieder, wie mühelos Alan seine Ausdrucksweise wechseln kann. In normalen Situationen redet er unbekümmert drauflos; jetzt klingt er förmlich, beinahe gespreizt.

»Ich verstehe«, sagt Hollister und gibt für meinen Geschmack ein bisschen zu schnell auf. »Haben Sie schon eine Idee? Ich meine, wer ihr das angetan haben könnte?«

Das ist die Frage, die ihn wirklich interessiert. Alan wartet, lässt Hollister ein bisschen zappeln, wobei er ihn anschaut. »Nein«, antwortet er schließlich. »Ich fürchte, nein. Wir hoffen, dass Mrs. Hollister Licht in die Sache bringen kann, wenn sie wieder zu sprechen anfängt.«

Hollister beugt sich leicht vor. Mit einem Mal ist ihm gespannte Neugier anzumerken. »Glauben Sie denn, Heather findet die Sprache wieder?«

Ich staune. Entweder ist der Kerl der beste Lügner der Welt, oder der Schock hat ihn tatsächlich ein bisschen aus der Bahn geworfen.

Wieder macht Alan eine ausgedehnte Pause. Er zieht sie so sehr in die Länge, dass Hollisters Gesicht vor Anspannung zuckt.

»Das ist zurzeit ebenso ungewiss, fürchte ich«, antwortet Alan schließlich.

»Ich verstehe«, sagt Hollister. Er lächelt nun wieder. »Möchte jemand ein Bier? Ich kann jedenfalls eins gebrauchen.«

Wieder eine völlig unpassende Reaktion. Alan zuckt nicht mit der Wimper.

»Danke, Sir, aber wir dürfen nicht. Wir haben fast alles erfahren … ich meine, besprochen, weshalb wir hergekommen sind.«

Alans Versprecher war keiner. Hollisters Auge zuckt bei dem Wort »erfahren«.

»Äh … in Ordnung«, sagt er heiser und starrt Alan an. Er klingt, als wäre sein Mund staubtrocken.

»Fällt Ihnen noch etwas ein, das uns weiterhelfen könnte, Sir? Ist bei Ihnen kürzlich etwas vorgefallen, das mit dem Auftauchen Ihrer Frau zu tun haben könnte? Hat jemand Kontakt mit Ihnen aufgenommen? Eine seltsame Nachricht hinterlassen? Per E-Mail zum Beispiel?«

»Nein, nichts dergleichen«, sagt Hollister.

»Irgendetwas anderes?«

»Nichts. Das ist ja das Seltsame. Bis vor drei Tagen war alles wie immer, und jetzt auf einmal ist alles anders geworden.«

Er lügt nicht, ich höre es an seinem Tonfall. Das Problem liegt wieder in seiner Wortwahl: Heather ist gestern aufgetaucht, nicht schon vor drei Tagen.

Alan nickt mitfühlend. »So kann es kommen. Manchmal sind wir schon sicher, die Schäfchen auf dem Trockenen zu haben, und plötzlich unterläuft uns ein Fehler.«

»Ja.« Hollister starrt ihn mit banger Faszination an.

»Sie haben zwei Söhne, nicht wahr?«, fragt Alan.

»Ja. Avery und Dylan.«

»Was glauben Sie, wie sie auf die Nachricht reagieren werden?«

»Ich habe keine Ahnung.«

Hollisters Blick ist mit einem Mal kühler geworden, seine Stimme ausdruckslos. Alan hat es ebenfalls wahrgenommen. »Wo sind Ihre Söhne jetzt?«

»Bei einem Freund.«

Zum ersten Mal unterbricht Alan den Blickkontakt mit dem Verdächtigen und schaut mich an. Ich sehe, dass er sehr besorgt ist. Er wendet sich wieder an Hollister. »Lassen Sie mich einen Augenblick mit meiner Vorgesetzten reden, Sir, danach sind Sie uns los. Sie und Detective Burns können sich ja in der Zwischenzeit ein bisschen unterhalten.«

Hollister beäugt den Polizisten skeptisch. »Ja, sicher.«

Alan steht auf und drängt mich in die Küche. »Wir haben ein Problem«, sagt er.

»Welches?«

»Er lügt. Die Söhne sind nicht bei einem Freund. Warum sagt er es dann? Wieso lügt er bei einer solch relativ harmlosen Frage?«

Es durchfährt mich eiskalt. »Du meinst, sie sind hier?«

Alan nickt. »Möglich. Irgendetwas – oder jemand – hat

Hollister furchtbar erschreckt. Als ich das letzte Mal bei einem Verdächtigen, der zu Hause befragt wurde, ein solches Verhalten beobachtet habe, stellte sich heraus, dass er seine Frau umgebracht hatte, kurz bevor wir gekommen waren. Es hat lange gedauert, bis er an die Tür kam, genau wie bei Hollister. Weißt du warum?«

»Er hat die Leiche versteckt?«

»Nahe dran. Er hat sich das Blut von den Händen gewaschen. Die Leiche lag hinter der Couch, während wir mit dem Mann gesprochen haben.«

»O Gott.« Allein bei der Vorstellung bekomme ich eine Gänsehaut.

»Was hast du jetzt vor?«

Ich schaue zu Hollister hinüber, der mit Burns eine schleppende Unterhaltung führt. Hollister hat uns hereingelassen, aber wir haben keinen Durchsuchungsbeschluss. Deshalb sind wir bei der Ermittlung auf das beschränkt, was sich in unserem unmittelbaren Blickfeld befindet.

»Wir müssen den Druck erhöhen«, sage ich. »Wir haben nichts in der Hand, um sein Haus zu durchsuchen. Tun wir es trotzdem, besteht die Gefahr, dass Beweisstücke, die wir möglicherweise entdecken, als unzulässig abgewiesen werden. Wir müssen ihn hier und jetzt zum Reden bringen.«

»Und wenn das nicht klappt?«

Ich blicke Alan forschend an. »Was sagt dir dein Gefühl? Sind die Jungen am Leben, oder sind sie tot?«

»Tot.« Er sagt es ohne Zögern. »Hollister wurde eiskalt, als ich ihn auf die Jungen ansprach.«

»Hast du eine Idee?«

Alan lässt die Fingerknöchel knacken und beobachtet Hollister. »Ich sollte es ihm auf den Kopf zusagen«, antwortet er schließlich. »Ich werde ihm zuerst ein bisschen von Neurolinguistik erzählen, dann sehen wir weiter.«

Wir gehen zurück ins Wohnzimmer. Alan setzt sich auf seinen alten Platz. Ich bleibe stehen.

»Entschuldigen Sie«, sagt Alan.

»Kein Problem«, meint Hollister. Er ist merklich erleichtert, das Gespräch mit Burns nicht fortsetzen zu müssen.

»Ich möchte Ihnen etwas über die neurolinguistische Befragungsmethode erzählen, Mr. Hollister.«

»Neuro... was?« Hollister runzelt verwirrt die Stirn.

»Die neurolinguistische Befragungsmethode. Sie hilft einem Ermittler zu erkennen, ob bei einem Befragten gerade ein Denk- oder ein Erinnerungsprozess abläuft. Ein Denkprozess liegt dann vor, wenn der Befragte sich die Antwort überlegen muss. Als ich vorhin nach Clint Eastwoods bester Regie gefragt habe, mussten Sie sich die Filme, die Sie gesehen haben, erst ins Gedächtnis rufen, um sich auf dieser Grundlage entscheiden zu können. Können Sie mir so weit folgen?«

»Ich glaube schon«, antwortet Hollister verwirrt.

»Geht es um eine Erinnerung, ist kein Denkprozess erforderlich. Man braucht nur sein Gedächtnis und muss die Erinnerung lokalisieren. In beiden Fällen nutzen wir unterschiedliche Teile des Gehirns, und die Vorgänge werden von spezifischen körperlichen Reaktionen begleitet.« Alan beugt sich vor. »Diese Reaktionen lassen sich in den Augen ablesen.«

Wieder zuckt es in Hollisters Gesicht. »In den Augen?«, wiederholt er ein bisschen debil.

Alan nickt. »Die meisten Menschen blicken nach rechts oben, wenn sie sich erinnern. Wenn sie ein Problem lösen, blicken sie meistens nach links unten. Das variiert, aber nach einer bestimmten Anzahl Fragen erhält man dieses Reaktionsmuster. Wissen Sie, warum es so bedeutsam ist?«

»Weil man erkennen kann, wann jemand lügt«, sagt Hollister.

»So ist es. Wenn man nach einer Erinnerung fragt und bei dem Befragten setzt ein Denkprozess ein, weiß man, dass er lügt.

Als ich Sie gebeten habe, sich zu erinnern, an welchem Tag Ihre Frau entführt wurde, haben Sie nicht gelogen. Sie haben sich erinnert.« Alan zuckt die Achseln. »Natürlich gibt es noch andere Anzeichen. Nervosität zum Beispiel. Sie waren bereits nervös und haben geschwitzt wie ein Schwein, als wir hereinkamen. Sie sagten, Sie seien krank und hätten geschlafen, aber ich glaube Ihnen nicht.«

Hollister schweigt. Er hat sich in den Vogel verwandelt. Alan ist die Kobra.

»Was mich ernsthaft beunruhigt, ist Folgendes.« Alan rückt näher heran, schiebt ein Knie zwischen Hollisters Beine und erzeugt eine unterschwellige Bedrohung seiner Männlichkeit. »Als ich Sie gefragt habe, wo Ihre Söhne sich aufhalten, haben Sie gelogen. Und das macht mir Sorgen, Mr. Hollister. Was könnte Sie bei der harmlosen Frage, wo Ihre Jungs sind, zu einer Lüge veranlassen?«

Hollisters Augen sind immer größer geworden, und sein Mund steht offen, doch ich bezweifle, dass es ihm bewusst ist. Er zerbricht vor unseren Augen.

»Außerdem achten wir auf die sogenannten Affekte«, fährt Alan fort. »Vereinfacht gesagt handelt es sich dabei um die sichtbaren Wirkungen bestimmter Emotionen, die jemand erlebt – ein gelangweilter Affekt, ein trauriger Affekt und so weiter.« Er rückt noch näher und schiebt das Knie noch weiter vor. Es ist nur noch eine Handbreit von Hollisters Schritt entfernt.

Hollister furzt, ohne es zu merken, doch für uns ist es verräterisch genug. Man erlebt so etwas manchmal bei Vernehmungen. Furzen oder Rülpsen sind unwillkürliche Angstreaktionen, unabhängig von Schuld oder Unschuld eines Befragten.

»Ihr Affekt, als ich nach Ihren Söhnen fragte, wechselte von ängstlich bis zu gefühllos. Wissen Sie, bei wem ich diese Reaktion meistens erlebe?« Alan reckt den Kopf nach vorn. »Bei Mördern.«

Hollister schluckt. Er zittert jetzt am ganzen Körper. Die meisten Leute haben keine Ahnung, wie vernichtend ein Verhör sein kann.

»O Mann, er macht sich nass«, murmelt Burns.

Ich sehe, wie der Fleck sich ausbreitet, noch ehe ich es rieche.

»Wo sind die Leichen Ihrer Söhne?«, fragt Alan.

Hollister bleibt stumm. Er kann nicht mehr sprechen. Stattdessen streckt er den Arm aus und zeigt zur Treppe.

Ich verliere keine Zeit. Ich überlasse Hollister meinen Kollegen und stürme die teppichverkleideten Stufen hinauf. Im Flur brennt Licht. An den weißen Wänden hängen dicht an dicht gerahmte Fotos. Was die Schlafzimmer angeht, habe ich falsch gelegen: Es sind nur zwei. Die Flügeltür führt ins Elternschlafzimmer, während eine andere, schlichte Tür am rechten Ende des Flurs in das andere Schlafzimmer führt. Die dritte Tür gehört zum Bad; ich sehe es, weil sie offen steht.

Ich nehme mir das Elternschlafzimmer zuerst vor. Als ich die Tür aufdrücke, schlägt mir Fäkaliengeruch entgegen. Ich ziehe die Nase kraus und gehe mit gezogener Waffe weiter. Das Zimmer ist erstaunlich schmucklos. Über dem Ehebett hängt ein Ventilator. Eine Wand ist dunkelblau gestrichen, die anderen weiß. Die Möbel sind aus Holz und weder alt noch neu.

Von jetzt an werde ich Beige mit ganz anderen Augen sehen.

Die Witzelei verjagt die Angst nicht, und beinahe drücke ich ab, als ich das Geräusch höre: ein Schnauben, dann ein nasses Schmatzen. Es kommt aus dem Bad.

Ich atme tief durch, konzentriere mich und bewege mich zur Tür. Sie ist nur angelehnt, und ich schiebe sie auf.

Ich sehe Avery und Dylan Hollister sofort. Ich habe nichts anderes erwartet, dennoch werden mir vom Schock die Knie weich. Auf dem Boden liegt ein dicker Badezimmerteppich, der bis zur Wanne und zur Dusche reicht. Einer der Jungen liegt auf der Seite, das Gesicht zum Teppich gedreht, sodass sein Hinterkopf und die Ohren zu sehen sind. Er hat Blutergüsse am Hals. Der andere Junge liegt auf dem Rücken, mit dem Gesicht nach oben; die Augen sind geschlossen, der Mund steht offen. Ich knie mich hin, taste bei dem ersten Jungen nach dem Puls, hoffe ihn zu spüren, rechne aber nicht damit.

Nichts.

In diesem Moment höre ich wieder das Schmatzen.

Ich springe auf, die Waffe erhoben. Das Geräusch kommt aus der Wanne, die sich als tiefer Whirlpool entpuppt. Langsam bewege ich mich darauf zu. Ich kann einen Leichensack darin liegen sehen. Ein weißes Plastikrohr lugt heraus. Plötzlich bewegt sich der Sack, und ein nasses Gurgeln dringt daraus hervor.

Ich stecke die Waffe weg und steige in den Whirlpool, ohne nachzudenken. Mir zittern die Hände, als ich den Reißverschluss aufziehe. Der Fäkaliengestank ist übelkeiterregend, doch ich beachte ihn nicht. Ich kann nur eines denken: In dem Sack steckt jemand, der noch lebt, der möglicherweise verletzt ist, und die Zeit arbeitet gegen ihn. Ich schlage die Seitenbahnen auseinander, und ein furchtbarer Gestank steigt empor. Ich blicke auf die Frau, die in dem Sack steckt. Ich kann spüren, wie mir das Blut aus dem Gesicht weicht. Einen Moment ist mir schwindelig.

Ich setze mich auf den Wannenrand. Ich will Alan rufen, bekomme aber kein Wort heraus. Ich kann nur noch starren.

Die Frau ist Dana Hollister. Ich erkenne sie wieder. Sie ist nackt. Ihr Blick ist leer, und der schlaffe Mund steht offen und bewegt sich hungrig in einem Kaureflex, nur noch auf der Ebene primitiver Instinkte. Sie sabbert. Speichel läuft ihr übers Kinn. Das Plastikrohr, das aus dem Sack ragte, ist weggerutscht.

»Dana?«, flüstere ich.

Keine Antwort. Sie starrt ins Leere, ohne etwas zu sehen. Immer noch läuft ihr Speichel aus dem Mund. Sie wirkt völlig unbeteiligt, willenlos, hirnlos. Die verschiedensten Gefühle überkommen mich: Trauer, Wut, Entsetzen. Ich knie mich neben sie und öffne den Sack noch weiter. Der Gestank ist mir egal. Ich möchte sie anfassen, damit sie weiß, dass sie nicht allein ist. Ich hoffe nur, sie ist zu solcher Wahrnehmung überhaupt noch imstande. Ich nehme ihre Hand und streiche ihr über die Stirn. Sie reagiert nicht, öffnet und schließt bloß den Mund, wobei sie dieses furchtbare Schmatzgeräusch macht.

Erst jetzt entdecke ich über einem Auge, innerhalb der Augenhöhle, ein Loch. Ein eisiger Schauder läuft mir über den Rücken.

Vermute ich richtig? So etwas habe ich schon einmal gesehen.

In diesem Moment höre ich einen leisen Aufschrei hinter mir und fahre so heftig herum, dass ich beinahe über den Wannenrand gekippt wäre. Ich reiße mich zusammen und krieche zu dem Jungen, bei dem ich noch nicht nach dem Puls gefühlt habe, weil Dana meine Aufmerksamkeit auf sich gezogen hatte. Kaum habe ich die Hand nach dem Jungen ausgestreckt, hustet er, und seine Lider flattern.

»Alan!«, schreie ich. »Komm her! Schnell!«

Ich warte, bis ich seine schweren Schritte auf der Treppe höre, ehe ich mir ein paar Tränen gestatte. Trauer, Beklemmung, Angst. Ich nehme den Jungen in die Arme und danke Gott für sein Stöhnen, denn es bedeutet, dass er lebt. Dana Hollister grunzt und sabbert, während der andere Junge mit toten Augen auf den Teppich starrt.

KAPITEL 15

Dana und Dylan Hollister sind vom Rettungswagen weggebracht worden. Ich habe dafür gesorgt, dass sie in die Klinik kommen, in der auch Heather liegt. Bei Avery Hollister wurde der Tod festgestellt.

Heißer Zorn hat meine Trauer weggefegt. Ich möchte Douglas Hollister die Arme und Beine abreißen, ihm die Augen auskratzen, die Zunge rausreißen …

Ich spüre eine große Hand auf der Schulter. »Wir können Hollister jetzt verhören«, sagt Alan. »Ihm wurden seine Rechte vorgelesen, und er verlangt keinen Anwalt. Falls es aus ihm rauszukriegen ist, sollten wir es jetzt tun, solange das Eisen noch glüht.«

Wenn ich die Augen schließe und lausche, kann ich das Martinshorn des Rettungswagens in der Ferne hören. »Willst du ihn vorher wegbringen?«

»Nein. Je mehr Zeit wir ihm zum Nachdenken lassen, desto wahrscheinlicher fragt er nach einem Anwalt. Er ist bereit, sich hier und jetzt verhören zu lassen. Er hat uns sogar eine Videokamera und ein unbespieltes Band gegeben.«

»Warum ist er so kooperativ?«

»Er hat Angst, dass ihm das Gleiche passiert wie Dana. Schließlich hat er ihr das nicht angetan, sondern jemand anders.«

Ich wälze die Bedeutung dieser Information in meinem Kopf. »Lass mich nur eben einen Anruf erledigen, dann können wir anfangen.«

Callie ist still. Sie verarbeitet, was ich ihr über Dana und die Hollister-Jungen berichte.

»Du meine Güte«, sagt sie schließlich leise. »Was können wir für dich tun, Smoky?« Die gewohnte Flapsigkeit ist von ihr abgefallen.

»James soll die Fallakte weiter durchkämmen. Und du startest eine VICAP-Suche, okay? Wir müssen wissen, ob es schon mal ein ähnliches Verbrechen wie das an Dana Hollister gegeben hat.«

»Du meinst, der Kerl hat das schon einmal getan?«

»Ich weiß es nicht. Es ist jedenfalls ein sehr exotisches Verbrechen. Wenn er es schon mal getan hat, ist es ganz bestimmt in VICAP zu finden, und es wird derselbe Täter sein.«

VICAP wurde 1985 vom FBI eingeführt. Es war ein Geniestreich: Man braucht nur ein Formular auszufüllen und bekommt landesweite polizeiliche Ermittlungsergebnisse zur Verfügung gestellt. Mich verblüfft immer wieder der Kontrast zwischen der Nüchternheit der Formularfragen und der oft grauenhaften Wirklichkeit, die dadurch erfasst wird. Ständig heißt es: »Falls ja, weiter bei Punkt soundso«, wie bei einem Pflanzenbestimmungsbuch. »Gab es Elemente ungewöhnlichen oder zusätzlichen Missbrauchs/Gewalteinwirkung/Folter beim Opfer? Ja/Nein/Unbekannt.« Wenn man »Ja« ankreuzt, folgt Frage 88b, eine Auflistung möglicher Misshandlungen: »Geben Sie an, welche Elemente auftraten (kreuzen Sie alle an und beschreiben Sie sie).« Dann folgt die Auflistung: »Schläge mit Händen/Fäusten/Gegenständen auf Schamgegend. Eindringen in Körperöffnungen/Wunden. Kannibalismus. Scheidendusche/Einlauf beim Opfer. Verbrennungen. Häutungen.« Mein persönlicher Favorit am Ende der unglaublich langen Liste von Abscheulichkeiten ist: »Andere.«

Als ich das Formular zum ersten Mal las, habe ich mich gefragt, was das für Leute sind, die solche Aufstellungen machen können, als wäre es ein Einkaufszettel. Was müssen sie schon alles gesehen haben? Was müssen sie alles wissen, um eine vollständige Liste erstellen zu können? Anfangs habe ich mich noch gewundert, heute nicht mehr, denn ich könnte das meiste davon auswendig herunterrasseln, weil ich den Anblick inzwischen selbst kenne.

Wenn das Formular ausgefüllt ist, schickt man es nach Quantico. Die Informationen werden in die Datenbank eingegeben und mit den vorhandenen Fällen verglichen.

»Gib mir nur die rein sachlichen Informationen«, sagt Callie.

Ich zwinge mich, alles so nüchtern und emotionslos zu schildern, wie es nur geht, damit Callie das Formular möglichst präzise ausfüllen kann. Ich gebe ihr keine vollständige Aufzählung, aber das ist im Augenblick auch nicht nötig.

Dann sage ich Callie, wonach sie suchen soll – was noch kein Arzt bestätigt hat, wovon ich im Grunde aber überzeugt bin.

Einen Moment ist sie still. »Bist du sicher?«, fragt sie dann.

»Nein, aber ich würde mein Haus darauf wetten.«

»Ich mache mich sofort an die Arbeit.«

Douglas Hollister wirkt jetzt ruhiger als vorhin, als wir an seine Tür geklopft haben. Im Grunde überrascht es mich nicht. Das ist bei geständigen Tätern häufig so. Das Verbergen der Tat ist purer Stress. Jemand beschrieb es einmal als riesigen Druck, der sich aufbaut und nicht entweichen kann. Viele Täter sind erleichtert, wenn sie diesen Druck nicht mehr ertragen müssen. Nach meiner Erfahrung ist die häufigste Bitte nach dem Geständnis die, schlafen zu dürfen. Sie können sich endlich wieder entspannen.

Hollister sitzt auf der Couch. Alan hat den Tisch so hingestellt, dass die Videokamera sein Gesicht erfasst. Alan sitzt neben ihm, Burns an seiner Seite, wie gehabt. Ich beschließe, stehen zu bleiben. Ich gehe lieber nicht zu nahe an Hollister heran, denn ich weiß nicht, ob ich mich beherrschen kann.

Die Glasschiebetür, die in den Garten führt, lässt das strahlende Licht herein. Ich finde, dass es hier fehl am Platze ist, aber die Sonne scheint nun mal auf Sünder und Gerechte.

»Könnte ich eine Zigarette haben?«, fragt Hollister. »Sie haben doch nichts dagegen? Dana wollte nie, dass ich hier rauche, aber das spielt jetzt wohl keine Rolle mehr.«

»Es ist Ihr Haus, Sir«, sagt Alan sachlich, ohne kalt zu erscheinen. Das gehört zur Abmachung: Wer kooperiert, wird mit Respekt behandelt. Warum? Weil wir Pragmatiker sind. Wir wollen Verdächtige, die reden. Wenn sie verstockt sind, nützen sie uns nichts. Auch wenn wir sie persönlich am liebsten vierteilen möchten – solange sie vor der Kamera sitzen bleiben, zünden wir ihnen die Zigaretten an und bringen ihnen Mineralwasser.

»Wo sind die Zigaretten, Sir?«, fragt Burns. Auch er ist höflich. Ich bin sicher, er würde den Kerl am liebsten erwürgen, aber er weiß, nach welcher Melodie wir tanzen.

»In der Küche. In der Schublade links vom Herd.«

Burns steht auf und kehrt kurz darauf mit einer Packung Marlboro Reds und einem grünen Feuerzeug zurück. Ich bekomme plötzlich Lust zu rauchen. Ich habe es vor fast vier Jahren aufgegeben, aber bei Stress kommt manchmal das alte Verlangen wieder hoch. Marlboro Reds war auch meine Marke. Ich beobachte, wie Hollister sich eine Zigarette anzündet, und mein Hass auf ihn lässt meinen Neid noch größer werden. Hollister inhaliert tief und schließt die Augen vor Wonne.

Alan drückt die Aufnahmetaste.

»FBI Special Agent Alan Washington beim Verhör mit Douglas Hollister in dessen Haus auf der …« Er nennt Adresse, Datum und Uhrzeit, die übrigen Anwesenden und den Grund unseres Hierseins. Hollister raucht und hört zu; sein Blick ist in die Ferne gerichtet.

»Mr. Hollister, können Sie vor der Kamera bestätigen, dass ich Ihnen Ihre Rechte vorgelesen habe?«

»Ja, haben Sie. Ich bestätige es.«

»Und können Sie vor der Kamera bestätigen, dass Sie auf Ihr Recht verzichtet haben, bei diesem Verhör und Geständnis einen Anwalt bei sich zu haben?«

»Ja.«

»Und Sie bestätigen, dass Sie diesen Entschluss aus freien Stücken und nicht aufgrund von Nötigung oder unter Zwang getroffen haben?«

»Ja.«

»Können Sie uns sagen, warum Sie sich zu diesem Verhör und Geständnis vor laufender Kamera bereiterklärt haben?«

Hollister denkt nach und nutzt den Moment, um an der Zigarette zu ziehen. Es gibt keinen Aschenbecher, aber darüber ist er hinaus. Er schnippt die Asche auf den Tisch.

»Ich habe Angst. Der Kerl, der Dana das angetan hat … Er hat es auch auf mich abgesehen. Ich bin zu dem Schluss gekommen, dass meine Überlebenschancen am größten sind, wenn ich von der Polizei geschützt werde.«

»Danke, Sir. Eins noch. Sie haben uns diese Videokamera zur Verfügung gestellt?«

»Ja.«

»Und auch die Kassette, auf die das Verhör aufgenommen wird?«

»Richtig.«

»Sie bestätigen, dass wir weder die Kamera noch die Kassette manipuliert haben?«

»Ich schwöre«, sagt Hollister und kichert.

»Würden Sie mir das mit ernsthaften Worten bestätigen, Sir?« Alans Geduld ist unerschöpflich.

Hollister drückt die Zigarette auf der Tischplatte aus und zündet sich die nächste an. »Verzeihung. Ja, ich bestätige, dass es keine Manipulationen gegeben hat.«

»Danke. Sprechen wir über Avery, Sir.«

Hollister scheint in sich zusammenzusinken. Sein Blick bekommt etwas Verstohlenes. »Avery.«

»Avery war Ihr Sohn?«

»Ja.«

»Wir haben ihn tot im Badezimmer dieses Hauses gefunden, Sir. Er wurde erwürgt. Haben Sie ihn getötet?«

»Ja. Ja, ich habe es getan.« Er klingt verwundert.

»Wann haben Sie ihn getötet, Sir?«

»In der Nacht.«

»Um welche Zeit etwa?«

»Dürfte so gegen drei gewesen sein.«

»Wie haben Sie ihn getötet, Sir?«

Hollister verdeckt die Augen mit der Hand, als er zu erzählen anfängt. Wir sollen ihn nicht dabei sehen. »Ich habe beiden

Jungen Schlaftabletten gegeben. Ich habe ihnen gesagt, es sei Medizin. Ich wollte nicht, dass sie wach sind und Angst haben, wenn ich es tue. Ich ging zuerst in Averys Zimmer. Ich wollte ihn nicht mit einem Kissen ersticken. Es war mir nicht sicher genug. Ich hatte Angst, es könnte zu lange dauern. Ich habe gestern im Internet etwas über die Halsschlagader gelesen und wie man jemanden schnell bewusstlos machen kann. Ich dachte, das mache ich als Erstes, für den Fall, dass die Tabletten nicht richtig gewirkt haben, nur damit er wirklich nichts mitkriegt.«

Burns schreibt etwas in sein Notizbuch. Wahrscheinlich eine Merkhilfe, um später den Verlauf im Internetbrowser auf Hollisters Computer zu überprüfen.

»Ich ging zu Avery, richtete ihn auf und setzte mich hinter ihn. Er wurde wach, als ich ihm die Hände um den Hals legte. Ich weiß auch nicht, was passiert ist. Ich dachte, ich hätte ihm genug Tabletten gegeben, aber vielleicht hat er welche weggelassen, als ich nicht hinschaute. Avery war immer schon clever.« Er schluckt; sein Adamsapfel hüpft. »Er wehrte sich wie ein Verrückter. Ich bekam ihn einfach nicht bewusstlos …« Die Hand bleibt über den Augen. Die andere, in der er die Zigarette hält, liegt auf den Knien. Die Zigarette brennt vergessen vor sich hin. »Deshalb musste ich es auf die altmodische Art und Weise tun, mit einem Strick. Als ich den Jungen losließ, ist er ausgerastet. Ich schlug ihm ein paar Mal ins Gesicht, mit voller Wucht.«

»Mit der Faust?« Alan beginnt nach Details zu fragen, um ihn langsam auf das Seil hinzulenken.

»Ja.« Hollister atmet stockend. »Er bekam ein halbes Wort heraus. Wissen Sie, welches? ›Da…‹, sagte er. Ehe er ›Daddy‹ sagen konnte, bekam er den Schlag ab. O Gott. Er war nicht einmal ganz wach.«

»Was geschah dann?«

»Ich habe ihn mit dem Strick gewürgt. Mit aller Kraft. Ich habe noch nie im Leben etwas so fest gepackt wie diesen beschissenen

Strick. Ich weiß noch, dass ich die Zähne fletschte, verstehen Sie? So.« Er zeigt uns ein barbarisches Grinsen, ohne die Hand von den Augen zu nehmen. »Ich muss für ihn ausgesehen haben wie ein Ungeheuer. Aber es war die Anstrengung. Ich wollte, dass er es schnell hinter sich hat. Ich habe so fest zugezogen, dass mir die Hände wehtaten und die Adern an den Armen hervortraten.« Die Verwunderung ist wieder da und verdrängt das Elend in seiner Stimme. »Sein Gesicht wurde ganz rot. Dunkelrot, schwarzrot. Seine Augen quollen aus den Höhlen, die Zunge kam raus, und er hat sich vollgepinkelt. O Gott, es war furchtbar. Ich hatte seine Hände unter meinen Knien eingeklemmt und spürte, wie er die Brust gegen mich stemmte. Dann ... hörte es auf. Es hörte auf. Alles hörte auf. Er war tot.« Er nimmt die Hand von den Augen, zieht an seiner Zigarette.

Ich möchte ihn umbringen. Wenigstens flennt er nicht. Ich weiß nicht, was ich tun werde, wenn er Krokodilstränen vergießt.

»Wann haben Sie ihn ins Badezimmer gebracht?«, fragt Alan.

Hollister drückt die zweite Zigarette aus und zündet sich gleich die dritte an. »Sofort danach. Ich habe gestaunt, wie schwer er war. Totes Gewicht, sagt man ja. Jetzt verstehe ich es. Er war unglaublich schwer. Ich kam richtig ins Schwitzen, und ich hatte den Eindruck, als sähe ich alles viel schärfer als sonst. Wissen Sie, was ich meine?«

»Ich glaube schon.«

»Ich habe Avery ins Bad gebracht und ihn auf den Boden gelegt. Zuerst lag er auf dem Rücken, aber dann habe ich sein Gesicht gegen den Teppich gedreht, weil seine Augen offen standen. Ich glaube, es bringt Unglück, wenn man einen Toten ins Leere starren lässt. Verstehen Sie? Ich wollte ihm Achtung erweisen. Verstehen Sie?« Er grinst wie ein Wahnsinniger. »Es war zu viel. Ich hätte sofort zu Dylan gehen sollen, hätte ihn erledigen sollen wie seinen Bruder, aber ich konnte nicht. Ich trug ihn ins Badezimmer, war aber noch zu fertig wegen Avery, um ihn zu töten.

Ich brauchte Zeit.« Er nickt, in Gedanken versunken. »Ja. Ich brauchte Zeit.«

Alan nimmt es ungerührt auf. »Mr. Hollister, warum haben Sie Avery getötet?«

Hollister sieht weg und denkt nach. Mir kommt der Gedanke, dass er jetzt, bei Licht besehen, seine Gründe anzweifelt.

»Sir?«

»Ich musste fliehen. Ich wollte mein Konto leerräumen und abhauen. Von Bargeld zehren. Das wäre für die Jungen kein Leben gewesen.«

Solche Begründungen habe ich schon viel zu oft gehört. Sie sind der Inbegriff des bösartigen Narzissmus. Ein Vater oder Ehemann will fliehen oder sich das Leben nehmen und hält es für grausam, seine Familie ohne ihn weiterleben zu lassen, also bringt er sie um. In Wirklichkeit kann er die Vorstellung nicht ertragen, dass sie ihn hinterher verachten.

»Warum mussten Sie fliehen?«, fragt Alan.

»Ich habe die Sache verbockt. Ich hätte ihn bezahlen sollen und habe es nicht getan. Darum hat er Dana entführt und … ihr das angetan.« Bei der Erinnerung zieht er eine Grimasse. »Er hat angekündigt, Heather freizulassen. Dann hat er mir gedroht, dass er mir dasselbe antut wie Dana.«

»Wer ist er, Sir?«

Hollister wird ganz ruhig. »Man kann mit fast allem leben«, sagt er. »Solange man es nicht jeden Tag aushalten muss, ist es nicht so schlimm. Die ersten paar Wochen und Monate sind vielleicht schwierig, aber die Zeit … nun ja, sie bedeckt alles mit Staub. Wie bei allem anderen auch. Die Jahre vergehen, und über alles legt sich Staub, und der Staub wird zu Erde, und dann wachsen Bäume darauf. Irgendwann werden dann Häuser errichtet, und niemand weiß, dass das schöne neue Haus auf einem Grab steht.«

Er inhaliert so tief, dass er zusammenzuckt und hustet. »Heather und ich waren anfangs ineinander verliebt«, sagte er dann mit rauer Stimme. »Ich habe sie wirklich geliebt. Sie war klug, sie war freundlich, sie war gut im Bett und eine großartige Mutter. Sie war mehr auf ihre Karriere aus, als mir lieb war, aber das war zu Anfang kein Problem zwischen uns. Zumindest dachte ich das. Ein Fehler.

Die Zeit verging. Sie änderte sich, ich änderte mich, und mir wurde klar, dass sie nicht die Frau war, nach der ich gesucht hatte. Ich brauchte jemanden, der mir mehr Aufmerksamkeit schenkte, mir und meinen Bedürfnissen. Und Heather brauchte jemanden, der nichts dagegen hatte, dass sie im Grunde mit ihrer Arbeit verheiratet war. Dann fing sie an, sich mit diesem schwuchteligen Immobilienheini zu treffen, diesem Abbott …«

Auch hier Narzissmus: Hollister hatte befunden, seine Frau nicht mehr zu lieben, und sich nach Ersatz umgeschaut, doch er war schockiert und wütend, dass Heather das Gleiche tat wie er.

»Ich hatte Glück und lernte Dana kennen. Sie war keine so heiße Nummer wie Heather, aber sie gab sich viel mehr Mühe bei allem, was mich betraf, ihren Gatten.« Er schaut Alan an und grinst widerwärtig. »So hat sie mich immer genannt: mein Gatte. Sie war immer ein bisschen schwerer, als sie gern gewesen wäre, aber sie ging jeden Tag, außer sonntags, eine Stunde ins Fitnessstudio, weil sie für ihren Gatten gut aussehen wollte. Sie kochte für mich. Sie verweigerte nie den Sex und benutzte ihn auch nicht als Waffe. So wollte ich meine Frau haben.«

Ich frage mich, was er bei seinem Bericht alles ausgelassen hat. Heather war eine starke Frau gewesen. Hätte sie wissentlich einen Macho wie Hollister geheiratet? Hatte sie es nicht wahrhaben wollen? Oder war es eine Absonderlichkeit, wie man sie bei Paaren manchmal antrifft? Menschen sind kompliziert und werden meistens von Dingen getrieben, die unter der Oberfläche schlummern.

Hollister ist still geworden, verliert sich in Erinnerungen. Alan stupst ihn schließlich weiter. »Was geschah dann?«

»Ich hatte ein Problem. Heather war ein raffiniertes Miststück, und sie war bewaffnet. Bei einer Scheidung hätte sie mir meine Söhne und das Haus weggenommen. Dana sagte, sie werde zu mir halten, aber welche Frau möchte einen Verlierer mit einer Zweizimmerwohnung? Das machte mir Sorgen. Ich konnte nachts nicht mehr schlafen.« Er schießt mir einen feindseligen Blick zu. Wahrscheinlich, weil auch ich ein raffiniertes, bewaffnetes Miststück bin. »Ich bekam sogar im Bett nichts mehr zustande. Stellen Sie sich das vor! Heather, diese dreckige Nutte, nimmt mir die Söhne, mein Zuhause und meinen Schwanz!«

»Haben Sie mit ihr mal über eine Scheidung geredet?«, frage ich. Ich sollte den Mund halten und die Sache Alan überlassen, aber ich kann nicht widerstehen, denn ich bin mir fast sicher, wie die Antwort lautet.

»Geredet?« Hollister lacht und macht eine wegwerfende Handbewegung. »Das war nicht nötig. Ich wusste auch so, wie es laufen würde.«

Ich verkneife mir, was mir auf der Zunge liegt. Er hat sich nicht einmal die Mühe gemacht, mit Heather zu sprechen. Für ihn stand bereits fest, was für ein Mensch sie war und wie sie reagieren würde. Seine Entscheidungen beruhten nicht auf seinen Erfahrungen mit ihr, sondern entsprangen seinem Narzissmus.

Vielleicht hätte sie ihm das Haus gelassen.

»Was haben Sie dann getan?«, fragt Alan, um das Verhör wieder in die gewünschte Richtung zu lenken.

Hollister wirft mir einen weiteren argwöhnischen Blick zu, ehe er seine Aufmerksamkeit wieder auf Alan richtet. »Ich bin oft lange aufgeblieben. Habe meine Zeit im Internet verbracht. Um mich bei Laune zu halten. Ich stieß auf eine neue Webseite. Da ging es um Männer wie mich, die eine Frau am Hals hatten, die sie nicht liebten. Eine Frau, die ihrem Mann nur zu gerne die Eier abgeschnitten hätte. Zu der Webseite gehörten ein Forum und ein Chatroom, und da habe ich viel Zeit verbracht. Da konnte man sich gefahrlos über seine Probleme auslassen und sich Rat holen. Ab und zu drängte sich mal eine Feministin rein. Wir sagten immer ›Feministenkuh‹.« Er lächelt erinnerungsselig. »Der Moderator kickte sie immer ziemlich schnell raus. Das Ganze brachte mich nicht wesentlich weiter, aber ich fühlte mich schon viel wohler in meiner Haut.

Manche Chatter hatten die Scheidung schon hinter sich und blieben in dem Forum, um den anderen unter die Arme zu greifen. Andere hatten wieder geheiratet, aber bessere Frauen, die mehr den Traditionen verhaftet waren. Meistens Russinnen oder Südafrikanerinnen. Auch Thais. Auf jeden Fall keine Amerikanerin.« Er verzieht das Gesicht. »Gott schütze uns vor diesen Feministenkühen und ihren Allüren. Einer der Chatter sagte immer: ›Wenn ich im Supermarkt noch mal einen fetten Arsch in Trainingshosen sehe, muss ich kotzen.‹« Er beugt sich vor, um mit dem Finger auf Alan zu zeigen und sich weiter in seinen Sermon hineinzusteigern.

»Haben Sie schon mal eine Russin beim Einkaufen gesehen? Die würden Sie nie in Trainingshosen antreffen. Sie legt Make-up auf, kaum dass sie morgens aus dem Bett steigt.« Er schießt mir einen vernichtenden Blick zu. »Aber egal. Wo war ich stehen geblieben?« Er zieht an der Zigarette. »Ach ja, ich hatte Ihnen erzählt, worüber die meisten Männer sich ausließen. Tja, Sie können sich vorstellen, wie neidisch die Kerle waren, als ich ihnen widersprach ›Nein, ich habe die perfekte Frau, und sie ist sogar Amerikanerin!‹ Einige konnten es gar nicht glauben. Ich sagte: ›Ja, ich weiß, das ist wie das große Los, aber Dana ist das wahre Echte.‹« Er grinst. »Aber sie haben mich drangekriegt. Einer, der schon länger dabei war, riet mir, Erkundigungen über Danas Mutter einzuziehen, also habe ich nachgefragt. Und wissen Sie was? Dana ist zwar bei uns geboren, aber ihre Eltern sind aus Polen eingewandert. Heilige Scheiße, was hatten die anderen einen Spaß! Aber ich hab's ihnen nicht übel genommen.« Er gluckst. »›Siehst du?‹, hieß es. ›Ihre Mutter weiß, wie man mit Männern umgeht.‹ Und das stimmt. Ich habe Danas Eltern seitdem ein paar Mal getroffen. Dana ist genau wie ihre Mutter.«

Falls Alan die Hetzrede langweilig oder widerlich findet, merkt man es ihm nicht an. »Sie waren also regelmäßig in dem Forum und dem Chatroom zu Gast?«, fragt er.

»Ja. Eines Tages bekam ich dann eine Anfrage zu einem privaten Chat.«

»Was bedeutet das?«

»Der reguläre Chatroom ist öffentlich, für alle zugänglich. Jeder kann sehen, was jeder schreibt. Beim privaten Chat öffnet sich ein separates Fenster, das nur für die beiden Teilnehmer sichtbar ist.«

»Ich verstehe. Fahren Sie fort.«

»Der Deckname des Typen war Dalí. Das fand ich ein bisschen seltsam.«

»Welchen Decknamen hatten Sie?«, frage ich.

»TruLove«, antwortet er herausfordernd.

Ich möchte kotzen, sage aber nichts.

»Ich kannte ihn nicht, aber es tauchten ständig neue Mitglieder auf. Neue Opfer von Feministenkühen. Wir nannten sie die gehfähigen Schwanzlosen.« Er grinst Alan an. »Kapieren Sie? Gehfähige Verwundete, aber ohne Schwanz.«

Alan ringt sich ein Lächeln ab. »Sehr geistreich. Was hat Dalí zu Ihnen gesagt?«

»Dass er mein Problem lösen kann. Er würde meine Frau verschwinden lassen. Die Leiche würde nicht gefunden werden, es sei denn, ich wollte es so. Ich war natürlich misstrauisch. ›Du könntest ein Bulle sein‹, sagte ich. ›Ich kann beweisen, dass ich keiner bin‹, erwiderte er. ›Gibt es jemanden, mit dem du zusammenarbeiten musst – Mann oder Frau –, der dir auf den Senkel geht? Den du nicht besonders leiden kannst?‹

Das war einfach. Jeder hat so jemanden auf der Arbeit. Bei

mir war eine Frau. Nicht meine Vorgesetzte, aber die Leiterin einer Abteilung, die ziemlich viel mit mir und meinen Leuten zu tun hatte. Sie hieß Piper Styles – ein bescheuerter Name, nicht wahr? – und war eine Vollblutzicke. Einmal warf sie mir vor, ich hätte ihren Hintern angestarrt, und drohte mir, mich wegen sexueller Belästigung anzuzeigen.« Er macht ein angewidertes Gesicht. »Sie trug diese engen Hosen. Natürlich habe ich da auf ihren Hintern geguckt. Also dachte ich an sie, als Dalí mich fragte, und erzählte ihm von ihr. Er fragte mich nach der genauen Schreibweise des Namens und einer Personenbeschreibung und ob ich wüsste, was für einen Wagen sie fährt. Das wusste ich – einen smaragdgrünen Mazda Miata.

Dalí sagte, der Frau werde in den nächsten Tagen etwas zustoßen, und ich würde garantiert davon erfahren. ›Das wird dir zeigen, dass ich kein Bulle bin und dass es mir ernst ist‹, sagte er. ›Na klar‹, erwiderte ich, oder etwas in der Art. Ich dachte, der Kerl redet Blödsinn. Dann sagte er noch: ›Wenn du jemandem auch nur ein Wort von unserer Unterhaltung erzählst, töte ich Avery und Dylan.‹ Und weg war er. Ich habe mich gewundert, was das für einer Irrer war, mit dem ich da geredet hatte.« Er dreht die Zigarette zwischen Zeigefinger und Daumen und betrachtet sie. »Ich beschloss, erst einmal abzuwarten, ob Piper etwas passierte. Bis dahin würde ich den Mund halten, um meiner Jungs willen. Nur für den Fall. Wahrscheinlich war der Typ bloß ein Verrückter. Oder er war einer von den Mitgliedern, die ich kannte, und wollte mich hochnehmen.« Er zuckt die Achseln. »Lieber auf Nummer sicher gehen. Avery und Dylan waren schließlich meine Söhne. Ich hatte nicht vor, sie in Gefahr zu bringen.«

Dass einer der Jungen jetzt tot im Badezimmer liegt, weil Hollister ihn erwürgt hat, macht die Behauptung lächerlich, aber es ist offensichtlich, dass er dafür genauso blind ist wie für die tausend anderen Löcher in seiner Logik. Seine Erklärungen sollen nur ihn zufriedenstellen, nicht uns.

»Ist Mrs. Styles etwas passiert?«, fragt Alan.

»Oh ja.« Zum ersten Mal, seit wir hier sind, sehe ich bei Hollister ein echtes Lächeln, und es ist niederträchtig. »Jemand ist in ihr Haus eingebrochen und hat ihr Gesicht mit dem Messer bearbeitet. Nicht nur auf einer Seite wie bei Ihnen«, sagt er und sieht mich an, »sondern die ganze Visage. Es stand in einigen Zeitungen. Er hat sie fürs ganze Leben entstellt.« Er grinst höhnisch. »Sie ist danach nie mehr zur Arbeit gekommen.«

Es ist erstaunlich, wie schnell er sein wahres Gesicht zeigt, weil er sich dank Alans Verhalten sicher fühlt und keine Maske mehr tragen muss. Was wir jetzt sehen, ist nicht der Douglas Hollister, wie er geworden ist, sondern wie er immer schon war. Er hat Heather nie geliebt. Er ist zur Liebe gar nicht fähig. Wahrscheinlich hat er Heather geheiratet, weil er hoffte, ihre Stärke bezwingen zu können. Als das nicht klappte, hat er sich eine unterwürfige Frau gesucht.

»Da haben Sie ihn dann ernst genommen?«, fragt Alan.

»Ja. Hätten Sie das nicht getan?«

»Doch, vermutlich.«

»Ein paar Tage später, als ich wieder im Chatroom war, meldete er sich bei mir. ›Hast du meinen Beweis erhalten?‹, fragte er. Ich bejahte.« Er stockt, zieht an der Zigarette. Sein Blick ist nicht mehr höhnisch oder gemein. »Haben Sie mal Faust gelesen? Den Handel mit Mephisto?«

»Sicher.«

Hollister erzählt uns die Geschichte trotzdem. »Da ist dieser Kerl, Faust, ein Alchemist oder Naturwissenschaftler, etwas in der Richtung. Ein Wahrheitssucher. Er ist verzweifelt, weil er an seine Grenzen gestoßen ist und nichts mehr über das Leben, das Universum und das alles herausfinden kann. Der Teufel sieht das und bietet Faust einen Handel an. Er will ihm dienen, bis er das größtmögliche Glücksgefühl erlebt. Als Gegenleistung bekommt er Fausts Seele. Faust sagt: ›Klar, warum nicht.‹ Denn er ist sicher, dass solch ein Augenblick niemals kommt. Er will die Hilfe des Teufels, um die Geheimnisse des Universums zu ergründen, und glaubt, die Zeche nie bezahlen zu müssen. Das Problem ist, er muss es doch.« Er seufzt. »Dalí ließ mich wählen, aber er zwang mich nicht zu dieser Entscheidung. Die habe ich allein getroffen.«

Aber Gott rettet Faust am Ende, denke ich, weil er den Wert in seinem Bemühen sieht. Faust ist den Handel wegen eines guten und lobenswerten Bestrebens eingegangen: der Erlangung von Wissen. Hollister hingegen hat seine Seele für etwas viel Geringeres verkauft.

»Er sagte, er lässt mir einen Tag Zeit, um über alles nachzudenken«, berichtet Hollister weiter. »›Wenn du dich erst einmal dazu entschieden hast, gibt es kein Zurück mehr. Wir werden zu einer Abmachung kommen. Du wirst mir gewisse Dinge versprechen. Wenn du dieses Versprechen brichst, hat das Konsequenzen.‹ Dann meldete er sich ab.«

»Haben Sie darüber nachgedacht?«, frage ich mit ehrlicher Neugier.

Er betrachtet mich, aber diesmal liegt keine Verachtung in seinem Blick. »Nicht viel«, gesteht er. »Ich wollte sie nur weg haben. Wahrscheinlich hat er das längst gewusst. Er wusste, er hatte mich in dem Moment am Haken, als er mir das Angebot machte. Alles andere diente nur dazu, den Fisch einzuholen.«

Da hat er vermutlich recht. Manche Psychopathen durchschauen ihr Gegenüber sofort, erst recht ihresgleichen.

»Was hat er Ihnen angeboten?«, fragt Alan.

Hollister wird allmählich müde. Die Aufgedrehtheit der letzten Tage fordert ihren Tribut. Er blickt jetzt in die Zukunft, stelle ich mir vor. Auf Jahre in einer Gefängniszelle mit Erinnerungen an die Augen seines sterbenden Sohnes, der um sein Leben fleht. Er zieht noch einmal an seiner vierten Zigarette; dann drückt er sie auf dem Sofatisch aus. Er zündet keine neue an.

»Er wollte Heather und ihren Freund verschwinden lassen. Sie entführen. Er hat nicht gesagt, ob er sie umbringen wird oder nicht, nur dass niemand sie je finden wird.«

»Ich nehme an, Sie sollten ihn dafür bezahlen?«

»Das war das Geniale an der Sache. Ich sollte sieben Jahre warten und Heather dann für tot erklären lassen, ohne Leiche. Dann sollte ich die Lebensversicherung kassieren, und er würde Verbindung zu mir aufnehmen, um seinen Anteil zu holen – die Hälfte der Versicherungssumme in bar. Sieben Jahre ist eine lange Zeit. Heather wäre dann fast schon in Vergessenheit geraten.

›Du brauchst nur drei Dinge zu tun‹, sagte er zu mir. ›Du musst mir garantieren, dass du dein Leben sieben Jahre lang normal weiterführst und mir dann die Hälfte der Versicherungssumme gibst.‹« Hollisters Lächeln ist ekelhaft, seine Blässe erschreckend. Er sieht beinahe blutleer aus. »Also sagte ich Ja. Eine Woche später waren Heather und ihr Lustknabe verschwunden. Dalí nahm nur noch einmal Kontakt zu mir auf, um mich zu warnen. ›Denk an die Konsequenzen. Wenn du dich gegen mich wendest, egal auf welche Weise, werden dir und deinen Angehörigen schreckliche Dinge passieren.‹«

Jetzt ist mir die Sache klar. »Sie haben ihn nicht bezahlt«, sage ich. »So ist es doch, nicht wahr? Das Geld kam auf Ihr Konto, und er hat seinen Anteil nicht bekommen.«

»Es waren sieben Jahre vergangen!« Er spricht jetzt weinerlich wie ein kleiner Junge, der sich rechtfertigen will. »Unser Leben ging weiter. Wir waren glücklich. Ich hatte dieses Arschloch fast schon vergessen! Na ja, nicht vergessen, aber …« Er sucht nach Worten. »Es war, als wäre das alles gar nicht passiert. Als hätte ich es nur geträumt. Verstehen Sie? Ich meine, die ganze Zeit habe ich nichts von ihm gehört, gar nichts, und ich konnte keinen Kontakt mit ihm aufnehmen.

Dann, eines Tages, schickte er mir eine E-Mail mit der Nachricht, dass die Zeit gekommen sei, ihn zu bezahlen. Aus heiterem

Himmel.« Er zuckt die Achseln in einer Geste der Verwunderung. »Ich habe die Mail gelöscht. Ein Tastendruck, und weg war sie. Das hat mir einen verdammten Schreck eingejagt, gab mir aber auch das Gefühl, stark zu sein.« An seiner Wange zuckt ein Muskel. »Außerdem, woher sollte ich wissen, ob er Heather noch hat? Vielleicht hatte er sie ja auf der Stelle umgebracht, vor acht Jahren schon.« Sein Blick huscht zwischen Alan und mir hin und her. Er wirkt gereizt und selbstgerecht zugleich. »Es war also gut möglich, dass er gar nichts gegen mich in der Hand hatte. Ich hatte ein neues Leben. Das Geld gehörte *uns!*«

Ich kann nicht mehr an mich halten. Ich sollte, aber ich kann nicht. Ich gehe von hinten an die Videokamera, drücke den Pausenknopf und blicke mit der ganzen Verachtung auf Hollister hinunter, die ich aufbringen kann, und das ist in seinem Fall eine Menge.

»Sie sind ein ganz beschissenes Exemplar der Gattung Mensch, Hollister. Sie haben Ihr Leben weitergelebt. Sie waren glücklich. Wissen Sie, was in der ganzen Zeit mit Heather war? Sie saß angekettet im Dunkeln, ganz allein, acht Jahre lang, während Sie fröhlich Ihre neue Frau gevögelt haben und mit Ihren Söhnen zum Football gegangen sind. Sie haben ihr alles genommen. Und warum? Nur weil Sie nicht mehr mit ihr verheiratet sein wollten?« Ich bin nahe daran, die Fassung zu verlieren, reiße mich aber zusammen. »Ich verschwende wahrscheinlich nur meinen Atem, Hollister, aber ich möchte, dass Sie über etwas nachdenken. Denken Sie an die Tage, Wochen, Monate, Jahre, wo Sie in Ihrem hübschen Haus saßen und gemütlich zu Abend gegessen haben. Zur selben Zeit lag Heather nackt im Dunkeln und hat geweint. Wahrscheinlich wusste sie nicht einmal, warum ihr das angetan wurde oder ob ihre Söhne noch lebten oder vielleicht im Raum neben ihr gefangen waren.«

Hollister grinst verzerrt, eine letzte Trotzreaktion. Vielleicht gewinnt er so noch ein bisschen Kraft, weil ich alles verkörpere, was er verabscheut. »Sie hat jede Minute Leid verdient. Wäre sie nicht gewesen, würde es Dana jetzt gut gehen, und Avery würde noch leben.«

Ich blicke ihn sprachlos an, obwohl ich diese unglaubliche Verdrängung von Schuld nicht zum ersten Mal erlebe. Ein Pädophiler hat einmal allen Ernstes zu mir gesagt: »Aber sie wollen doch, dass ich sie anfasse, und wenn sie es wollen, ist es ganz natürlich, und gegen die Natur kann man nicht ankämpfen, oder?«

Jetzt bin ich es, die innerlich zusammensinkt, sich blutleer fühlt. Ich drücke auf den Aufnahmeknopf. »Mach weiter mit ihm, Alan. Du kannst mir später alles Nötige berichten.«

»Ist das schon zu viel für Sie?«, höhnt Hollister. »Genau wie die anderen Feministenkühe! Ihr wollt denselben Job wie ein Mann, doch kaum wird der Druck zu groß, macht ihr schlapp!«

Ich kann keine Wut mehr aufbringen. Aber das ist in Ordnung. Erschöpfung passt sowieso viel besser zu meiner Antwort.

»Mein Problem ist nicht, dass es zu schwierig ist. Mein Problem ist, dass Sie so …«, ich suche nach dem richtigen Ausdruck, »so farblos sind, so öde, so todlangweilig. Sie haben unvorstellbares Leid verursacht, aber letztendlich sind Sie bloß ein jämmerliches Stück Dreck. Ich finde Sie nicht erschreckend, ich finde Sie ermüdend.«

Dem hat er nichts entgegenzusetzen außer seinem Hass.

Ich drehe mich um und gehe zur Terrassentür, schiebe sie auf und trete hinaus in die wohltuende Freiheit des Gartens.

KAPITEL 16

»Burns hat eine Streife hergerufen, die Hollister einkassiert«, sagt Alan.

Ich stehe im großen Garten hinter dem Haus, der genau wie der Vorgarten aussieht: ein einzelner Baum, leuchtend grüner Rasen und sonst nichts. Ich versuche, mir über das Gehörte klar zu werden. »Hatte er wirklich keine Möglichkeit, zu Dalí Kontakt aufzunehmen?«, frage ich.

»Nein. Hollister hat kein einziges Mal den Kontakt hergestellt. Der ging immer vom Täter aus, entweder per E-Mail oder per Handy. Die E-Mails kamen von einem freien Internetanbieter wie Yahoo oder Gmail. Einmal hat Hollister versucht, auf einer der Handynummern zurückzurufen, als es für ihn kritisch wurde, aber keine der Nummern war gültig.«

»Vermutlich Prepaid-Handys«, erwidere ich. »Der Kerl ist gerissen. Wenn nur er selbst den Kontakt herstellen kann, kann er nicht so schnell enttarnt werden.« Ich sehe Alan an. »Ich nehme an, er und Hollister sind sich noch nie begegnet.«

»Nicht persönlich.«

Ich nicke. »Clever.«

»Clever ist auch, sieben Jahre zu warten. In dieser Zeit verändert sich sehr viel bei einer so großen Polizeibehörde wie dem LAPD. Leute ziehen um, werden gefeuert, gehen in Rente, Chefs kommen und gehen … ganz zu schweigen von den neuen Verbrechen, die begangen werden. Es ist ziemlich unwahrscheinlich, dass ein sieben Jahre alter Fall wieder hervorgeholt wird, es sei denn, er war besonders spektakulär.«

Das ist wahr. Die Unerbittlichkeit ist erschreckend. Sieben Jahre Aufschub bis zum Zahltag?

»Das wirft auch Licht auf Heathers Schicksal«, sage ich. »Es erklärt das Fehlen exzessiver Misshandlungen. Vielleicht war das für den Täter wirklich nur ein finanzielles Geschäft.«

»Du meinst, er hat sie entführt, sie weggesperrt und ihr regelmäßig Essen in die Zelle geschoben?«

»Möglich.«

»Was ist mit den Narben auf ihrem Rücken?«

Ich überlege. »Das war vielleicht nur eine Bestrafung. Heathers Narben beweisen jedenfalls nicht, dass der Täter sie regelmäßig misshandelt hat. Acht Jahre sind eine lange Zeit. Vielleicht hat sie ab und zu rebelliert, und er musste ihr zeigen, wer der Boss ist.«

»Wie bei einem Hund.« Alan verzieht angewidert das Gesicht.

»Er ist eiskalt«, überlege ich. »Sein Verhalten ist pathologisch, aber nicht leidenschaftlich. Irgendwas an der Sache ist seltsam.«

Es fällt mir schwer, Geld als einziges Motiv zu akzeptieren. Sieben Jahre Wartezeit sind ein enormer persönlicher Einsatz, wenn es am Ende bloß Geld gibt.

Mein Handy klingelt, und ich melde mich. »Barrett.«

»Wir haben ein weiteres Opfer«, sagt Callie. »Ein Mann, der im gleichen Zustand wie Dana Hollister aufgefunden wurde.«

Mir dreht sich der Magen um. »Wo?«

»Er wurde auf dem Parkplatz eines Krankenhauses in Simi Valley abgelegt, in einem Leichensack mit Atmungsröhrchen. Eine bedauernswerte Oma auf dem Weg zur Kontrolluntersuchung ihrer künstlichen Hüfte hat Geräusche gehört und sich die Sache näher angesehen.«

»Weiß man schon, wer der Mann ist?«

»Noch nicht, aber es ist erst zwei, drei Stunden her, dass er gefunden wurde. Was soll ich tun?«

Ich kann es kaum fassen. Es passiert einfach zu viel auf einmal. Dana Hollister im Whirlpool, Heather Hollister in der Klinik, Douglas Hollister im Knast, Dylan in der Schwebe zwischen Leben und Tod … von dem armen Avery ganz zu schweigen. Auf ihn warten nur noch Autopsie und Begräbnis. »Was ist mit der VICAP-Suche?«

»Ist abgeschlossen. In den vergangenen sieben oder acht Jahren hat es drei ähnliche Verbrechen gegeben, eins in der Nähe von Las Vegas, eins in Portland und eins in Los Angeles. Alle Opfer hatten die gleiche Wunde am Rand der Augenhöhle und waren im gleichen mentalen Zustand.« Sie hält kurz inne. »Wie du vermutet hast, wurden sie vom Täter lobotomiert.«

Wir haben noch keine ärztliche Bestätigung für Dana und das neue Opfer, aber ich bin sicher, dass es diese Bestätigung geben wird. Unser Täter ist clever, aber nicht fehlerfrei. Fehlerfrei hieße, er wäre unbemerkt geblieben. Seine Opfer sind für uns wie eine Spur aus Brotkrumen, hoffe ich jedenfalls.

»Was soll ich für dich tun?«, fragt Callie.

»Ich bin ziemlich sicher, wer der Mann ist, Callie. Heather hatte einen Freund.« Ich berichte ihr von Jeremy Abbott.

»Das leuchtet ein.«

»Das Timing ist zwingend. Stell fest, ob ich recht habe.«

»Und was soll James tun?«

»Er soll sich weiter mit den Fallmerkmalen befassen. Der Täter ist gerissen. Wir müssen bis ins kleinste Detail informiert sein, wenn wir finden wollen, was er übersehen hat.«

»Wenn man vom Teufel spricht – ich soll dich an James weiterreichen.«

»Okay.«

»Ich bin auf etwas Interessantes gestoßen«, sagt James ohne Umschweife. »In der Nacht, in der Heather entführt wurde, gab es eine Besonderheit, die den Ermittlern aufgefallen ist. Es wurden vier Autounfälle gemeldet – alles Fahrzeuge, die auf dem Parkplatz vor dem Fitnessstudio gestanden haben.«

Ich weiß nicht, was er meint. »Gab es einen Auffahrunfall?«

»Nein, vier einzelne Unfälle, die nichts miteinander zu tun hatten.«

»Eigenartig.«

»Zu eigenartig«, sagt James. »Ich halte das nicht für einen Zufall. Mal sehen, ob ich mehr darüber herausfinde.«

Dann ist er weg, ehe ich antworten kann, und Callie ist wieder am Apparat.

»Weißt du über diese Unfälle Bescheid, die er gerade erwähnt hat?«, frage ich sie.

»Dazu müsste er mit mir reden. Ich mache mich jetzt auf den

Weg zu dem Mann, den du für Jeremy Abbott hältst.« Sie stockt. »Erwartet mich da Schlimmes?«

Ich denke an Dana Hollister und blicke ins Leere. »Für mich war es das Schlimmste, was ich je gesehen habe.«

»Das wird ja immer verrückter«, sagt Alan, nachdem ich ihm von dem Telefonat berichtet habe. »Wie sieht der Schlachtplan aus?«

Ich schaue auf die Uhr. Es ist kurz vor vier. Das Tag ist uns davongerannt. Die Sonne ist ein fliehendes Pferd. »Wir könnten in die Klinik fahren«, schlage ich vor, »und versuchen, mit Heather zu sprechen.«

Er schüttelt den Kopf. »Davon rate ich ab. Geben wir ihr noch eine Nacht, dann fährst du mit Burns hin. Nur du und er.«

Die Spurensicherung ist eingetroffen. Douglas Hollister wurde bereits weggebracht, schluchzend und in Handschellen. Averys Leiche verwest weiter im Badezimmer und wartet auf den Leichenbeschauer. Dylan liegt im Krankenhaus; ihm wird der Magen ausgepumpt. Ich denke an Kühlschrankmagnete und verspüre plötzlich den übermächtigen Wunsch, Bonnie zu sehen.

»Ich möchte nach Hause«, sage ich. »Ist das nicht seltsam? Ich bin gerade erst in Urlaub gewesen und müsste eigentlich ranklotzen können, aber ich fühle mich überhaupt nicht danach.«

»Das ist überhaupt nicht seltsam«, sagt Alan. »Es ist eine innere Stimme, auf die du hören solltest, weil sie dir sagt, wo deine Grenzen liegen.«

Alan hat recht. Hinter mir liegen ein paar aufreibende Tage.

Ich ergebe mich meiner Schwäche. »Ich fahre nach Hause«, sage ich zu Burns. »Ich kann nicht mehr.«

»In Ordnung. Dann halte ich hier die Stellung«, erwidert er. »Die Spurensicherung wird mir jede neue Erkenntnis sofort mitteilen, und ich leite sie dann an Sie weiter. Ich darf doch annehmen, dass Sie das umgekehrt auch tun?«

»Großes Ehrenwort«, sage ich.

»Okay.« Er fährt sich mit den Fingern durch sein dünnes Haar. »Hätten Sie etwas dagegen, wenn unsere Computerexperten sich seinen PC vornehmen?«

»Ich nicht, aber vielleicht die Kollegen von der Digitalen Beweissicherung.«

»Wie wär's mit einem Kompromiss? Ich schicke meine Techniker rüber. Dann können unsere Leute sich gemeinsam damit befassen, und es gibt keine Revierkämpfe.«

»Gute Idee.«

»Noch etwas. Ihre Spurensicherung sollte den Leichensack auf Fingerabdrücke untersuchen.«

Der Leichensack ist in der Wanne liegen geblieben, nachdem die Sanitäter die willenlose Dana herausgehoben hatten.

»Halten Sie den Täter für unaufmerksam?«

Ich zucke die Achseln. »Der Teufel steckt im Detail.«

»Wann sollen wir es noch mal bei Heather versuchen, was meinen Sie?«

»Morgen Vormittag«, antworte ich. »Wie wär's um zehn Uhr?«

»Sagen wir, um halb elf. Ich werde noch bis spät in die Nacht beschäftigt sein. Mein Captain will um halb zehn einen Bericht von mir.«

Wir schütteln uns die Hand.

Alan setzt mich bei meinem Wagen ab. Der Parkplatz leert sich, wenn die Sonne dem Horizont entgegensinkt und den Himmel bluten lässt.

»Ich gehe noch rauf und rüttle ein bisschen an James' Gitterstäben«, sagt Alan. »Du weißt ja, wie du mich erreichen kannst.«

»Ja. Danke, Alan.« Alan ist so etwas wie mein Stellvertreter. Ein Grund mehr, ihn zu vermissen, wenn er in den Ruhestand geht.

»Noch etwas, Smoky«, sagt Alan. »Bei Hollisters Geständnis hatte ich das Gefühl, dass er mit irgendwas hinter dem Berg hält.«

»Du meinst, er hat gelogen?«

Er kneift die Augen zusammen und denkt nach. »Das nicht, aber vielleicht hat er irgendwas ausgelassen. Ich weiß es nicht. Ist nur so ein Bauchgefühl.«

»Ich vertraue deinem Bauch.«

Alan grinst. Ich beneide ihn einmal mehr um seine makellosen weißen Zähne. Mit fünfzehn hatte ich auch noch solche Zähne. Dann fing ich mit dem Rauchen an, und aus dem Schneeweiß wurde ein »Cremeweiß«, wie ich es nenne.

»Gute Nacht, Smoky«, sagt Alan.

Es ist noch ein bisschen Licht am Himmel, als ich in die Auffahrt einbiege – ein kleines Wunder. Sonst ist es fast immer der Mond, der mich zu meiner Haustür geleitet. Ich steige aus dem Wagen und versuche, nicht an den Tag zu denken, der hinter mir liegt. Noch vor fünf Jahren wäre ich bei so einem Fall bestimmt nicht so früh nach Hause gekommen.

Seltsamerweise verspüre ich Schuldgefühle. Ich werde durch die Tür in mein Haus gehen, in dem die Menschen wohnen, die mich lieben. Ich werde ein schönes warmes Abendessen bekommen und eine heiße Tasse Kaffee, und dann gibt es ein bisschen Unterhaltung, Lachen, Fernsehen und vielleicht entspannenden Sex.

In der Zwischenzeit wird Avery Hollister ins Leichenschauhaus gebracht. Heather wird sich die Haut aufkratzen und sich Haare ausreißen. Dylan wird in einer Welt aufwachen, in der sein Vater seinen Bruder erwürgt hat und auch ihn umbringen wollte. Dana Hollister wird in ihrer dunklen, geräuschlosen Welt eingeschlossen sein, ebenso der Mann, bei dem es sich vermutlich um Jeremy Abbott handelt.

Aber Douglas Hollister wandert in den Knast.

Ich nicke mir selbst zu. Damit habe ich mir einen angenehmen Abend verdient.

Als ich zum Eingang gehe, fällt mir ein weißer Briefumschlag auf, der gegen die Tür gelehnt ist. »Smoky« steht in Großbuchstaben darauf. Stirnrunzelnd schaue ich mich um. Dann hebe ich den Umschlag auf und öffne ihn.

In dem Umschlag steckt eine Blankobriefkarte. Ich klappe sie auf.

LETZTE WARNUNG. SUCHEN SIE MICH NICHT, SONST HAT ES KONSEQUENZEN. LASSEN SIE DEN FALL RUHEN.

Mir stockt das Herz. Ich greife unwillkürlich zur Waffe und lasse den Blick über den Vorgarten schweifen. Es ist still; nur das Summen der Straßenlaternen ist zu vernehmen. Ich schlucke nervös. Meine Kehle ist staubtrocken.

Er ist hier gewesen.

An meinem Haus.

Die Schlüssel klimpern in meiner zitternden Hand, als ich aufschließe und den Türknauf drehe. Ich kann nichts dagegen tun.

Reiß dich zusammen. Ich muss es Tommy sagen, aber Bonnie braucht nichts davon zu wissen.

Ich schließe die Augen, hole tief Luft und atme langsam aus. Und noch einmal. Ich mache die Augen auf. Schon besser. Ich zwinge ein Lächeln auf mein Gesicht und betrete mein Zuhause.

Auf dem Weg ins Wohnzimmer kommt Tommy mir entgegen. Er nimmt mich in die Arme und küsst mich auf die Wange. Bonnie drückt mich lächelnd. Alles ist heile Welt und zugleich surreal: Wir verwandeln uns in eine Familie, die jene Irren, die ich jage, mit besonderer Vorliebe auslöschen.

»Hunger?«, fragt Tommy.

Ich schnuppere und merke erst jetzt, dass ich tatsächlich Hunger habe. »Das riecht großartig. Was ist das?«

»Spaghetti. Das Geheimnis liegt in der Soße.«

»Scheint mir auch so.«

»Diesmal bekommst du sie frisch vom Herd, keine aufgewärmten Reste wie sonst. Wir essen in zwanzig Minuten.«

Ich schaue zu Bonnie. Sie hat sich an den Couchtisch gesetzt und macht Hausaufgaben, wie es aussieht.

Ich gehe nach oben und ziehe mir bequeme Sachen an, was je nach Wetter eine Trainingshose oder Shorts sein können, dazu Socken, aber keine Hausschuhe. Heute ist es eine Trainingshose. Zuletzt versuche ich, das Band aus meinem Haar zu ziehen. Ich trage es nur während der Arbeit; zu Hause bekomme ich manchmal Kopfschmerzen davon.

Okay, sage ich mir dann, *du musst es ihm erzählen.*

»Tommy!«, rufe ich. »Kannst du mal nach oben kommen?«

»Klar.«

Ich höre Schritte auf der Treppe. Dann kommt er ins Zimmer und schließt die Tür hinter sich.

»Du willst mir also sagen, was dich beschäftigt, seit du hereingekommen bist?«, fragte er.

Ich sperre den Mund auf. »Du hast es gemerkt?«

Er spielt mit meinen Haaren. Es gefällt ihm, wenn ich sie offen trage. »Als ich beim Secret Service war, habe ich oft stundenlang fünfhundert und mehr Leute beobachtet und auf den kleinsten Hinweis gelauert, dass es Ärger geben könnte. Glaubst du, da entgeht es mir, wenn dir etwas zu schaffen macht?«

Ich bin ein bisschen verärgert, weil er mich so leicht durchschaut. »Warum hast du mich dann nicht gleich danach gefragt?«

Er zuckt die Achseln. »Weil ich dir vertraue. Ich wusste, du würdest es mir sagen, wenn du es für richtig hältst.«

»So einfach ist das?«

Er betrachtet mich liebevoll. »Ja. Viele Leute denken, Zusammensein heißt, dass man immer alles wissen muss, was im Partner vorgeht. Als wäre es ein Versagen, wenn man kein Hellseher ist. Ich finde, nur die wichtigen Dinge muss man wissen, und man sollte da sein, wenn man gebraucht wird. Alles andere ist Vertrauenssache.«

Ich runzle die Stirn. »Soll das heißen, du hast noch Geheimnisse, von denen ich nichts weiß?«

»Klar.«

»Und du meinst, das schadet unserer Beziehung nicht?«

»Vertrauen und Privatsphäre schließen sich nicht aus. Wir haben uns ineinander verliebt, weil wir so sind, wie wir sind. Welchen Zweck hätte es da, unsere Besonderheiten aufzugeben?«

Mein erster Impuls ist, ihm zu widersprechen; dann wird mir klar, dass er recht hat. Ich vertraue ihm. Seine Geheimnisse, von denen er meint, sie mir nicht erzählen zu müssen, beunruhigen mich nicht.

Ich erzähle ihm von der SMS, die ich auf Callies Hochzeit bekommen habe, und ziehe die Briefkarte aus meiner Handtasche. Tommy liest sie und gibt sie mir zurück.

»Was willst du tun?«, fragt er.

Das ist alles. Kein Wutanfall, keine geballten Fäuste, keine Schwüre, den Kerl zu stellen und umzubringen. Nur ein ruhiger Blick und eine schlichte Frage.

»Ich möchte, dass Kirby auf Bonnie aufpasst. Rund um die Uhr. Bonnie ist meine größte Sorge. Solange es nur die SMS war, ging es um mich, aber jetzt …« Ich schüttle den Kopf. »Das hier ist etwas anderes. Er war hier, vor unserem Haus. Wenn ich nicht alles tue, dass Bonnie in Sicherheit ist, habe ich keine ruhige Minute mehr.«

Tommy denkt nach; dann nickt er. »Kirby ist die Richtige.«

»Wir werden ihr etwas bezahlen müssen. Ich kann sie nicht bitten, umsonst Vollzeit zu arbeiten.«

»Das ist kein Problem. Sprich mit ihr. Sag ihr, wegen der Bezahlung soll sie mich anrufen.«

»Und was ist mit dir?«, frage ich.

»Ich passe selbst auf mich auf.« Sein Tonfall lässt mich erkennen, dass er diese Diskussion als beendet betrachtet. »Außerdem werde ich das Haus sicherheitstechnisch auf den neuesten Stand bringen.«

Ich habe an sämtlichen Türen ein zweites Schloss anbringen lassen. Damals habe ich mich danach besser gefühlt, aber da ging es noch um mich allein. Jetzt habe ich Familie.

»Ich habe Angst, Tommy. Um dich und Bonnie.«

Er streicht mir über die Wange, nimmt meine Hand und zieht mich mit sich zur Tür. »Wein und Pasta sind gute Beruhigungsmittel«, sagt er. »Zufriedener Magen, zufriedener Mensch.«

»Von wem ist das?«

»Von meinem Vater.«

Ich lasse mich von ihm zu dem verheißenen Frieden führen.

Tommy hatte recht. Das Essen nimmt zwar nicht die Angst, aber ich fühle mich wieder wie ein Mensch.

Bonnie ist gesprächig und lebhaft und erzählt, dass sie einen Kurs in Leichtathletik belegt hat. Nach dem Essen hilft sie Tommy beim Abräumen.

Ich schaue den beiden eine Weile zu. Dann gehe ich hinauf in unser Schlafzimmer, schließe die Tür und nehme mein Handy vom Bett, wo Tommy es hingeworfen hatte. Ich wähle Kirbys Nummer. Nach zweimaligem Klingeln nimmt sie ab.

»Hi, Smoky«, sagte sie. Kirby ist fast immer vergnügt, außer wenn sie jemanden tötet, und manchmal sogar dann.

»Es war eine schöne Hochzeit, Kirby«, sage ich anerkennend. »Schade, dass sie so unschön unterbrochen wurde.«

»Ja. Das arme Mädel, das dieses Schwein aus dem Wagen geworfen hat, war bestimmt schlechter drauf als ich.«

»Das kann ich bestätigen.«

»Ich bin eigentlich nur wegen der Torte sauer. Na ja, wenigstens habe ich sie zu einem Sonderpreis bekommen.«

Wahrscheinlich mit vorgehaltener Waffe und deinem Tausend-Watt-Lächeln, geht es mir durch den Kopf. »Was hat Callie mit der Torte gemacht?«

»Sie hat nur zwei Stücke mit nach Hause genommen, mehr nicht. Kapierst du das?«

»Was ist aus dem Rest geworden?«

Kirby lacht. »Sagen wir … er wurde einem guten Zweck zugeführt und hat am Strand bei einem Lagerfeuer unseren Fresskick befriedigt.«

»Heißt das, ein Mann war daran beteiligt?«

»Was denkst du? Also, Boss, um was geht's? Soll ich irgendeinen Typen in den siebten Himmel vögeln, bis er in Ekstase Staatsgeheimnisse ausplaudert? Oder soll jemand super-hyperstill werden?«

Das ist nur halb im Scherz gemeint. Ich glaube, wenn ich Kirby bitten würde, für mich zu töten, würde sie es tun, ohne mit der Wimper zu zucken. Sie würde den Betreffenden umbringen und dann zum Strand zurückfahren, um in Kicherlaune Marihuana, Hochzeitstorte und Männer zu vernaschen. Kirby ist ein Geschöpf des Augenblicks und stellt ihre Lebensfreude nicht infrage. Manchmal beneide ich sie, aber nur manchmal. Ich bin mit meinen derzeitigen moralischen Prinzipien ganz zufrieden.

»Ich möchte, dass du auf Bonnie aufpasst, und zwar rund um die Uhr, was vermutlich heißt, dass du jemanden hinzuziehen musst. Ich werde es ihr sagen. Sie würde es sowieso merken.«

Das kurze Schweigen verrät ihr Erstaunen. Kirby ist der einzige Mensch, den ich kenne, der noch unergründlicher ist als Callie.

»Jemand hat sie bedroht?« Ihre Stimme klingt gelassen, beinahe sanft.

»Nein. Man hat mich bedroht.« Ich erzähle ihr alles.

»Hmmm …«, sagt sie. »Okay, ich bin dabei. Das beeinträchtigt zwar mein Sexualleben, aber Geschäft ist Geschäft.«

»Wir werden dich natürlich bezahlen. Ruf Tommy an. Er regelt das mit dir.«

»Quatsch. Was soll ich mit euren Mäusen? Ihr werdet meinem Helfer etwas geben müssen, aber ich selbst will keinen müden Dollar.«

»Kirby«, wende ich ein. »Das wird dich eine Menge Zeit kosten …«

»Du weißt, dass ich reich bin, oder?«, fällt sie mir ins Wort.

»Ach ja?« Der Gedanke ist mir nie gekommen.

Ich kann beinahe hören, wie sie die Augen verdreht. »Du denkst wohl, blond heißt blöd? Wenn man gewisse Probleme bei Drogenkartellen in Südamerika löst, so wie ich es getan habe, hat man Geld satt.« Wenn sie hier wäre, würde sie mir jetzt zuzwinkern. »Wie du weißt, war ich jahrelang freiberuflich tätig. Die Leute zahlen viel Geld für meine Arbeit. Ich habe Investmentfonds, Gold, Schweizer Bankkonten … Ganz zu schweigen von dem Erpressungsgeld, das ich zur Seite gelegt habe, falls ich mal richtig viel Bargeld brauche.«

»Danke, Kirby.«

»Nicht der Rede wert. Aber jetzt eine Frage. Sie ist nicht angenehm, muss aber sein. Wenn es hart auf hart kommt, wie soll ich das Problem lösen?«

»Endgültig«, antworte ich ohne Zögern.

Die Strafe für einen Angriff auf meine Familie ist der Tod. Das ist ein Grundsatz, von dem ich keinen Millimeter abrücken werde und der mir keine schlaflose Minute bereitet.

Kirbys Stimme ist völlig unverändert. »Okay, hab verstanden. Wann soll ich anfangen?«

»Morgen früh, wenn du kannst.«

»Kann ich. Dann rufe ich jetzt Tommy an, kläre die Details

mit ihm ab, fahre zum Strand und genieße den letzten Abend, an dem ich Hochzeitskuchenbuttercreme von meinem derzeitigen Adonis lecken kann, bevor ich in die Salzminen muss.«

Nachdem wir aufgelegt haben, bin ich besorgt und belustigt zugleich, wie es bei Gesprächen mit Kirby nicht anders zu erwarten ist. Sie vermischt Geschichten über sorglosen Sex mit heiteren Anekdoten über Auftragsmorde auf eine Art, dass man sich fragt, wie viel davon wahr ist und ob man sich über den Zustand ihrer Seele Sorgen machen muss.

Ein Sprichwort meines Vaters fällt mir ein: »Wer den Wind zähmen will, rennt ewig«.

Das passt auf Kirby. Man kann sie entweder aus seinem Leben aussperren oder sie so akzeptieren, wie sie ist. Zähmen kann man sie jedenfalls nicht.

KAPITEL 17

»Einen Menschen zu töten, ob Mann oder Frau, ist wie Beton und Erde«, sagte der Vater, als der Junge sechzehn war.

Bei allem, was der Vater sagte, hörte der Junge immer ganz genau zu, doch dieser Ausspruch erregte sein besonderes Interesse – nicht des Themas wegen, sondern wegen der poetischen Ausdrucksweise. Dad war nicht poetisch veranlagt. Er freute sich an seinem Dalí und dem Violinenrausch in der klassischen Musik, aber das waren Abweichungen als Mittel zum Zweck.

»Es gibt Spinner, die erzählen vom Wind und dem Himmel, vom Gefühl der Freiheit und solchem Scheiß. Vielleicht gibt es das, vielleicht auch nicht. Ich weiß nur, dass man den Himmel nicht anfassen und den Wind nicht sehen kann. Aber wohin man auch blickt, findet man Beton und Erde, so weit das Auge reicht. Sie sind Wirklichkeit. Man fühlt sie unter den Fußsohlen und unter den Autoreifen. Menschen sterben auf Beton und Erde. Ihr

Blut fließt darüber, und ihre Leichen verwesen darauf. Auch du wirst einmal darauf enden.«

Der Vater schaute weg, als er das sagte. Sie saßen im Garten beim Barbecue, nur er und sein Sohn. Es war der vierte Juli, der Nationalfeiertag, und die Sonne ging an einem flammenden Horizont unter. Der Vater hielt einen langen Spatel in der Hand, mit dem er die Burger wendete, während er sich über das Thema des Tötens verbreitete.

»Aber das Meer …«, begann der Junge, verstummte und wurde rot bis über beide Ohren.

»Was ist mit dem Meer?«, fragte sein Vater. »Raus mit der Sprache, Sohn.«

Der Junge räusperte sich und straffte die Schultern. »Verzeihung, Sir, es war nur ein Gedanke. Du hast gesagt, Beton und Erde sind überall, so weit das Auge reicht. Aber das stimmt nicht. Wo das Meer ist, da ist Wasser.«

Dad wendete einen Burger und nickte. »Das ist wahr. Aber denk genauer nach, Sohn. Worauf schwimmt das Wasser?« Er wartete gar nicht erst auf eine Antwort. »Auf Erde. Wirf eine Leiche ins Meer, und sie sinkt zum Grund, wo Sand und Steine sind. Selbst wenn die Leiche auf dem Weg nach unten gefressen wird – wer sie auch frisst, wird irgendwann sterben und am Grund des Meeres enden.« Wieder wendete er einen Burger. Irgendwo explodierten Feuerwerkskörper. »Du kannst dem Wasser entkommen, Sohn, aber nicht der Erde.«

Dad hatte recht, wie immer. Stolz überkam den Jungen. Er war froh, dass er einen solchen Vater hatte.

»Danke, Sir. Ich werde es mir merken.«

»Guter Junge.« Der Vater drehte den nächsten Burger um. »Eines Tages«, sagte er und wechselte unvermittelt das Thema, wie es seine Art war, »wirst du auf dich allein gestellt sein und alles, was ich dir beigebracht habe, mit kritischen Augen sehen.«

»Ich werde deine Lehren nie infrage stellen.«

»Das glaube ich dir jetzt. Aber die Dinge ändern sich, Sohn, vor allem die Menschen. Jetzt stehst du noch unter meiner Fuchtel, aber eines Tages nicht mehr. Damit ist es irgendwann vorbei, und dann wird sich dir die Schlüsselfrage stellen.«

Der Junge wartete auf die Erläuterung. Als sie nicht kam, wurde ihm klar, dass sein Vater auf ein Stichwort wartete. »Und was ist die Schlüsselfrage, Sir?«

Sein Vater wendete einen Burger. »Die Schlüsselfrage ist die, Sohn: Was macht einen Menschen zu einer Autorität? Warum hörst du auf mich?«

Sein Vater richtete sich vom Grill auf und schaute in den Himmel. Der Junge beobachtete ihn grübelnd. Er wusste nicht, worauf sein Vater hinauswollte. Sollte er seine Autorität anzweifeln? Das war doch verrückt. Er war eine Autorität, weil er Vater war. Was sollte man sonst davon halten?

»Du hörst auf mich, weil ich von uns beiden das größere Stück Fleisch bin«, sagte Dad. »Jungen wachsen, Sohn. Wahrscheinlich wirst du nie größer sein als ich, aber eines Tages wirst du stärker sein. Womit willst du dann meine Autorität erklären?«

»Sir, ich ...«

»Mach dir keine Sorgen, Sohn. Ich will dich nicht zwingen, meiner Meinung zu sein. Hör gut zu, und du wirst erkennen, worauf ich hinauswill.«

»Ja, Sir.«

Dad nahm die fertigen Burger vom Rost und legte rohe darauf. »Als ich ein Junge war, waren wir arm. Ich meine damit nicht, dass uns ein Radio fehlte oder eine neue Jeans. Wir hatten selbst gezimmerte Möbel und ein Plumpsklo und wussten nicht immer, wie wir die nächste Mahlzeit beschaffen sollten. Mutter ging auf den Strich, damit wir einigermaßen über die Runden kamen. Vater war ein Nichtsnutz, der jeden Cent versoffen hatte, den Mutter nicht vor ihm verstecken konnte.

Daddy war nicht besonders wählerisch bei der Frage, wen er

fickte, wenn er betrunken war. Ich hatte einen Bruder und eine Schwester, und wir drei bekamen das hin und wieder zu spüren.«

Er wendete einen weiteren Burger. Der Junge war fasziniert. Sein Vater hatte noch nie über seine Vergangenheit gesprochen. Kein einziges Mal.

»Mutter starb, als ich vierzehn war. Ich war nicht viel älter als meine Geschwister, aber ich war nun mal der Älteste. Sissy war dreizehn und Luke zwölf. Dad hatte nicht vor, sich einen Job zu suchen oder das Saufen aufzugeben, darum mussten wir drei Kinder uns für Geld ficken lassen. Sissy war die schwächste von uns. Das war sie immer schon gewesen. Sie hielt zwei Jahre durch, dann nahm sie Daddys Schrotflinte und pustete sich den Kopf weg.«

Vater schwieg einen Moment und starrte vor sich hin. »Ich rannte sofort nach dem Knall ins Zimmer. Blut schwebte in der Luft wie ein dünner roter Nebel und sank herab wie Staub, nur dass es feucht war.« Er starrte noch einmal vor sich hin; dann schien er in die Wirklichkeit zurückzukehren und drehte wieder einen Burger um, als wäre er soeben nicht durch die Zeit gereist.

»Dad befahl uns, Sissy im Wald zu vergraben. Er schlug uns und sagte, wir müssten von jetzt an ihre Arbeit mit erledigen. Und das taten wir.«

Der Junge bemerkte, dass sein Vater sich auf einmal anders anhörte. Ein starker Akzent kam zum Vorschein, dazu eine Satzmelodie, die vorher nur in Anklängen zu hören gewesen war. Der Junge wusste nicht, woher sein Vater stammte. Er kannte nur seinen eigenen Wohnort.

»Luke musste als Nächster dran glauben. Ein Irrer würgte ihn beim Ficken zu Tode. Daddy befahl mir, den Kerl umzubringen und neben Luke im Wald zu vergraben. Danach wollte er mich wieder schlagen. Da sagte ich mir, Schluss, aus, das reicht jetzt, du hast genug von all diesem Scheiß.« Vater besah sich einen Burger und erzählte dann mit ruhiger Stimme seine Horrorgeschichte weiter. »Ich tötete unseren Alten und verscharrte ihn ebenfalls im Wald.« Er hielt inne, schaute zur Seite. »Das war der Tag, als ich eines begriff, Sohn. Dass es so etwas wie eine Seele nicht gibt. Ich hatte versucht, so zu tun, als wäre es anders, weil Mutter das immer gesagt hatte. Aber weißt du, wohin dieser Versuch mich gebracht hatte?«

»Nein, Sir.«

»Es war jämmerlich, Junge. Es trieb mich dazu, diesen Mann zu lieben, trotz allem, was er mir angetan hatte. Es machte mich glücklich, wenn er mich anlächelte. Es brachte mich manchmal sogar zum Weinen, wenn er meine Liebe nicht erwiderte. Ich war wie ein Welpe, der an seinen Füßen um Brocken bettelte. Um ein Tätscheln oder ein Lächeln oder ein freundliches Wort. Die ganze Zeit dachte ich, ich bräuchte das, weil ich an die Seele glaubte.« Sein Vater beugte sich vor und spuckte aus. »Ich erkannte die Wahrheit und wich nie wieder davon ab. Ich schwor, meinen eigenen Sohn die Wahrheit zu lehren, sollte ich je einen Sohn haben, damit er nicht denselben Fehler begeht wie ich damals.«

Feuerwerkskörper knallten, aber der Junge hörte sie kaum.

»Jedenfalls, ich verscharrte den Alten. Dann bin ich abgehauen und habe mich zur Army gemeldet, obwohl ich noch nicht alt genug war, aber ich konnte alle täuschen. Sie schickten mich nach Korea. Ich kam dorthin, wo am härtesten gekämpft wurde.« Vater richtete seinen Blick in die Vergangenheit. »Ich habe Dinge gesehen, Junge, die du dir nicht einmal vorstellen kannst. Männer, denen die Därme bis an die Füße hingen und die immer noch schossen. Kannibalismus im Schnee. Einen Mann, der eine Tote vögelte, weil er nicht gemerkt hat, dass die Frau während der Vergewaltigung gestorben war.« Mit großen, verwunderten Augen starrte Vater vor sich hin. »Die Leute denken, wir wären rechtschaffen gewesen damals, und die meisten von uns waren es vielleicht auch. Aber es gab auch Verrückte, die nur für den Krieg und das Töten lebten. Ich war nicht ganz so schlimm, aber mir war Grausamkeit nicht fremd.«

Der Vater drehte sich zu dem Jungen um und starrte ihm düster ins Gesicht. Es war ein Blick aus dem Abgrund der Hölle, und der Junge sah für einen kurzen Augenblick einen Menschen, der zu einem Ungeheuer geworden war, das andere Menschen aß, seine Kinder verkaufte und Sex mit Toten hatte.

»Wenn also die Zeit kommt und du infrage stellst, was ich dir beigebracht habe und was mich zu dem macht, der das Sagen hat, dann denk daran, was ich dir heute gesagt habe. Wegen dem, was ich gewesen bin und was ich getan und erfahren habe. Es gibt keinen Gott. Ich habe diese Wahrheit erkannt, habe durch sie hindurchgeschaut bis auf den Grund, auf dem wir stehen. Entweder du frisst, oder du wirst gefressen.«

Der Blick hielt an, bis dem Jungen der Schweiß ausbrach, weil der Vater nicht mehr da zu sein schien, obwohl er leibhaftig vor ihm stand. Der Junge glaubte in den Abgrund zu stürzen, der sich in den Augen seines Vaters aufgetan hatte.

Dann sprach seine eigene Stimme zu ihm, als wäre sie die Stimme jenes Gottes, den es nicht gab, gewaltig und dröhnend, voller Autorität und Kraft.

Ich bin meines Vaters Sohn.

Ein plötzlicher Gedanke, so unvermittelt wie ein Blitz und genauso machtvoll. Er leuchtete auf, erhellte die dunkle Landschaft in seinem Innern und brachte ihm ein Gefühl von Stolz, das er verstand, und einen Kummer, den er nicht begriff.

Der Junge blinzelte, und es war vorbei. Sein Vater hatte sich abgewandt und beugte sich über den Grill, wo ein Burger schwarz geworden war. Irgendwo knallten Feuerwerkskörper.

»Die Burger sind fertig«, sagte Vater, nun wieder in normalem Tonfall. »Lass uns essen.«

Es war nicht das erste Mal gewesen, dass sie über das Töten sprachen, und auch nicht das letzte Mal, aber nie war es denkwürdiger gewesen. Seit jenem Tag brachte der Junge die Kälte des Todes mit dem köstlichen Geschmack von gegrilltem Fleisch in Verbindung. Nicht im Sinne einer geschmacklichen Wahrnehmung, sondern im Sinne eines Déjà-vu-Erlebnisses.

Oft dachte er auch an Feuerwerkskörper, wenn er tötete.

KAPITEL 18

»Es ist Zeit für eine Antwort, Agentin Barrett.«

Kurz nach meiner ersten Tasse Kaffee rief Direktor Rathbun mich auf dem Handy an und kam ohne Umschweife zur Sache.

»Ich bin noch nicht richtig wach, Sir.«

Rathbun lacht leise. Es hört sich so herablassend an, dass es mir auf die Nerven geht. »Nun kommen Sie schon, Agentin Barrett, Sie haben sich doch längst entschieden. Sie brauchen mir nur zu sagen, wie die Entscheidung ausgefallen ist.«

Seine Selbstsicherheit reizt mich, aber das ist vor allem darauf zurückzuführen, dass ich ein Morgenmuffel bin. Bonnie hat einen hellsichtigen Moment und bringt mir eine zweite Tasse Kaffee. Ich werfe ihr einen dankbaren Blick zu. Sie lächelt und geht wieder zu Tommy, um ihm bei der Zubereitung des Frühstücks zu helfen.

»Also gut, Sir. Meine Antwort ist Ja. Mein Team und meine Familie sind einverstanden. Aber ihre Meinung ändert sich vielleicht, wenn ein Umzug nach Quantico bevorsteht.«

»Das ist bei jedem Standortwechsel so. Man verliert Freunde und Vertraute, daran führt nun mal kein Weg vorbei.«

»Ja. Und was jetzt, Sir?«

»Jetzt gehe ich an die Arbeit. Ich muss hinter den Kulissen einiges einfädeln, zum Beispiel die Genehmigung und Finanzierung des Projekts. Das alles dauert noch ein paar Monate. Wir bleiben in Verbindung.«

Er legt auf, ohne auf Wiedersehen oder danke zu sagen, was

mich zusätzlich ärgert. Ich blicke finster in meinen Kaffee und stürze ihn hinunter, anstatt daran zu nippen wie sonst. Der Geschmack und das Koffein besänftigen mich ein bisschen, wie immer.

Es klopft an der Haustür, und ich stöhne auf. »Was soll das?«, beschwere ich mich und gehe zur Tür, um aufzumachen und demjenigen die Stirn zu bieten, der es wagt, so früh bei mir zu klopfen und beim Anblick meiner Sturmfrisur und des ausgefransten Bademantels womöglich die Nase zu rümpfen.

Ich reiße die Tür auf, und vor mir steht eine Frau Anfang vierzig. Ihr Alter und ihr Äußeres siedeln sie irgendwo zwischen hübsch und matronenhaft an. Sie ist perfekt zurechtgemacht: geschminkt, frisiert, Hose, Bluse, Feinstrickpulli. Die Hose würde ich vielleicht auch noch tragen, aber der Pullover erinnert mich an meine Großmutter. Die Szenerie ist beinahe surreal, das Lächeln der Frau heiter und beschwingt.

Morgenmenschen sollte man umbringen. Außer Tommy und Bonnie natürlich.

»Ja?«, frage ich.

»Guten Morgen«, sagt sie mit dem lang gezogenen O, das ich nicht ausstehen kann – guten Mooorgen. Das scheinen hauptsächlich Leute draufzuhaben, die einem mit penetranter Fröhlichkeit irgendwelche Abos an der Haustür andrehen wollen. »Mein Name ist Darleen Hanson? Ich bin im Vorstand des Hausbesitzervereins?«

Noch etwas, das ich nicht leiden kann: Leute, bei denen jeder Satz wie eine Frage klingt.

»Ach ja?«

Unbeeindruckt von meiner Unfreundlichkeit redet sie weiter. »Wir sind ein neuer Vorstand und wollen gleich mit einem guten Start beginnen, wissen Sie? Ich denke, Sie werden mir zustimmen, dass der letzte Vorstand ein bisschen lax gewesen ist? Er hat nichts dagegen unternommen, dass die Leute ihre Mülltonnen eine Stunde länger als erlaubt auf der Straßen stehen ließen und solche Dinge.«

»Aha.«

Die Einsilbigkeit meiner Antworten scheint nicht zu ihr durchzudringen. »Jedenfalls tut es mir leid, Sie so früh behelligen zu müssen, aber ich muss gleich zur Arbeit, wie Sie sicherlich auch, und ich komme nur, weil ich Sie um einen kleinen Gefallen bitten wollte.« Ein Lächeln blitzt auf, das so viel heißt wie: Wir haben doch alle Verständnis füreinander, nicht wahr?

»Und was kann ich für Sie tun?«

»Nun, in der Gemeindeverordnung steht, dass Fahrzeuge in der Garage geparkt werden müssen. Wenn sie überall draußen stehen, ist das schrecklich unansehnlich, finden Sie nicht? Wenn Sie also Ihren Wagen von jetzt an einfach jeden Abend in die Garage fahren, wären wir Ihnen sehr dankbar. Einverstanden?« Sie schließt mit ihrem breitesten Lächeln.

Ich beuge mich zur Tür hinaus und blicke zu meiner Auffahrt. Ja, da steht mein Wagen. Ich richte mich wieder auf und trinke einen Schluck Kaffee, während ich Darleen anstarre, die auf eine Antwort wartet.

Ich beschließe, höflich zu sein. Diese Frau will mir wahrscheinlich gar nichts. Sie hat einigermaßen nett gefragt, hat nicht mal die Augen aufgerissen angesichts meiner Narbe.

»Hören Sie, Darleen. Ich arbeite für das FBI. Es gibt Zeiten, wo ich überstürzt das Haus verlassen muss, weil es buchstäblich auf Sekunden ankommt. Darum ist es mir lieber, wenn mein Wagen in der Auffahrt steht. Ich bin sicher, Sie haben Verständnis dafür.«

Sie nickt lächelnd. »Natürlich. Also, das ist ja interessant! Unsere eigene FBI-Beamtin! Aber ich fürchte, die Gemeindeverordnung hat Vorrang, und Sie werden in der Garage parken müssen. Ich weiß Ihr Entgegenkommen zu schätzen, wirklich.«

Das Lächeln bleibt, aber es hat sich verändert. Ich habe die Frau falsch eingeschätzt. Hinter diesem Lächeln ist Stahl, dazu noch ein Hauch gemeiner Umtriebigkeit.

Klasse. Dieses Spiel beherrsche ich auch.

Ich lächle sie freundlich an, trinke einen Schluck Kaffee und sage augenzwinkernd: »Ich denke gar nicht daran.« Dann schlage ich ihr die Tür vor der Nase zu.

Ich gehe an den gedeckten Tisch, wo Tommy und Bonnie Teller mit Waffeln, Eiern und gebratenem Speck hinstellen. Ich habe ein warmes Glücksgefühl im Bauch.

»Ich kann nicht behaupten, dass das eine geschickte Handhabung war«, bemerkt Tommy.

»Vielleicht. Aber überleg doch mal. Da will mir jemand vorschreiben, dass ich mein Auto in der Garage zu parken habe.« Ich schüttle den Kopf. »Kommt gar nicht infrage.«

»Ich bin zufällig deiner Meinung«, sagt Tommy schmunzelnd, »aber ich kenne solche Leute. Du hast gerade einen Krieg angefangen.«

Ich nehme mir eine Scheibe Speck und beiße ein Stück ab. »Tja, dann werden zwei Dinge passieren. Entweder ich prügle sie, bis sie klein beigibt, oder du gehst zum Hausbesitzerverein und glättest für mich die Wogen. Wenn im Vorstand nur Frauen sitzen, werden sie dir in Nullkommanichts aus der Hand fressen.«

Bonnie kichert. Tommy schüttelt seufzend den Kopf, aber ich weiß, er ist glücklich. Angesichts solcher Wohnviertelintrigen fühlen wir uns alle so richtig schön normal. Und Normalsein ist schwierig für diese Familie.

»Kommt Kirby heute?«, fragt Bonnie.

Gestern Abend haben wir alles besprochen. Ich habe mich mit der Überlegung gequält, was ich ihr sagen soll, und am Ende entschieden, nichts wegzulassen. Bonnie wird schon damit klarkommen, hatte ich mir gesagt – und ich hatte recht. Sie nahm es gelassen auf, stellte ein paar Fragen und fand es dann ebenfalls notwendig und klug, einen Leibwächter zu engagieren.

»Du wirst sie anrufen und ihr sagen, wo sie dich treffen soll«, sagt Tommy zu mir. »Sobald du alles mit ihr besprochen hast, postiert sie sich an Bonnies Schule.«

»Du bist also einverstanden, Schatz?«, sage ich zu Bonnie. »Kommst du damit klar?«

Sie zuckt die Achseln. »Kirby ist cool. Und ich schätze, sie wird außer Sicht bleiben, oder?«

»Möchtest du das denn?«

Sie zögert. »Ich mag Kirby, aber es fällt mir manchmal schon schwer, mich in der Schule einzufügen. Wenn Kirby sich ein bisschen zurückhalten könnte, wäre das super.«

Ich gebe ihr einen Kuss auf den Scheitel, traurig über ihre Anpassungsprobleme und froh, weil sie sich daran stört. »Ich werde es ihr sagen.«

»Keine Sorge«, meint Tommy. »Kirby kommt nur in deine Nähe, wenn Gefahr droht.«

»Hast du nicht gesagt, dass noch jemand dabei ist?«, fragt Bonnie.

Ich nicke. »Kirby kann nicht rund um die Uhr persönlich auf dich aufpassen.« Ich blicke Tommy an. »Weißt du, wer Kirbys Helfer ist?«

»Nein. Sie hat nur gesagt, dass er ein Ass ist.«

»Ich sorge dafür, dass sie ihn dir vorstellt«, sage ich zu Bonnie. Nachdem sie ihn mir vorgestellt hat. »Und jetzt musst du los, sonst verpasst du deinen Bus.«

Sie verdreht die Augen. »Ich verpasse nie meinen Bus.« Sie drückt mich, geht zu Tommy und drückt ihn ebenfalls; dann nimmt sie ihren Rucksack und verlässt mit einem »Bye!« das Haus.

Ich blicke auf die geschlossene Tür und seufze. »Du weißt, dass es mit den Umarmungen bald vorbei sein wird, oder?«, frage ich Tommy ein bisschen wehmütig.

»Es überrascht mich, dass es nicht jetzt schon so ist.«

Ich blicke finster auf seinen Rücken. »Das war nicht hilfreich.« Er sagt nichts, aber irgendwie habe ich das Gefühl, dass er grinst. Keiner nimmt mich ernst. »Ich gehe jetzt duschen«, sage ich und rausche wütend davon.

Manchmal tut es gut, die Prinzessin zu spielen. Es ist irgendwie tröstlich.

Mit geschlossenen Augen genieße ich den Brausestrahl, als Tommy die Tür aufzieht und nackt in den aufsteigenden Dampf tritt. Er schlingt die Arme um mich und zieht mich an sich. Die Berührung ist köstlich. In der Luft hängt der Duft von Aprikosenseife.

»Haben wir Zeit?«, fragt er mit tiefer Stimme so nahe an meinem Ohr, dass ich wohlig schaudere.

Ich drehe mich um und bringe ihn mit einer Berührung ebenfalls zum Schaudern.

»Beantwortet das deine Frage?«

Er hebt mich hoch, was ich immer unglaublich erregend finde. Er umfasst stützend meinen Hintern. Ich schlinge die Beine um seine Taille, und wir küssen uns, während uns das Wasser übers Gesicht läuft.

»Ob wir das wohl noch tun, wenn wir sechzig sind?«, frage ich ihn.

»Solange mein Rücken mitmacht«, murmelt er und bedeckt meinen Hals mit Küssen.

Ich kichere über seine Antwort, aber nur kurz. Verlangen und Lachen sind nahe Verwandte, aber sie halten es nicht im selben Zimmer miteinander aus.

KAPITEL 19 Erfrischt betrete ich das Krankenhaus. Mit dem Anruf von Direktor Rathbun und Vorstands-Darleen war es ein anstrengender Morgen, doch der Kaffee, die Umarmungen meiner Tochter und der Quickie unter der Dusche konnten meine Laune beträchtlich heben.

Alan und Burns warten an der Rezeption. Alan plaudert mit Kirby, die ich angerufen und gebeten habe, sich hier mit mir zu treffen. Ein wenig abseits steht noch ein Mann. Er ist dünn, kahl und wachsam. Er hört ihnen zu, ohne Anteilnahme erkennen zu lassen. Ich habe das starke Gefühl, dass er Kirbys Kollege ist. Äußerlich wirkt er zahm, aber ich kann das Raubtier wittern.

Kirby sieht mich zuerst und schenkt mir ein strahlendes Lächeln. »Hi, Boss.«

Ich gehe zu ihr. »Guten Morgen, Kirby. Alan, Detective Burns …«

Kirby runzelt die Stirn, legt den Kopf schief und mustert mich. »Hmmm«, sagt sie.

»Was?«

»Du siehst wie frisch gevögelt aus.« Sie kommt neben mich und stößt mich mit der Hüfte an. »Heute Morgen schon jemanden glücklich gemacht?«

Ich spüre, wie ich rot werde. Alan schmunzelt. Burns beobachtet uns fasziniert. »Das geht dich einen feuchten Kehricht an. Können wir draußen reden?«

Sie zwinkert. »Klaro. Komm, Raymond«, sagt sie zu dem dünnen Kahlkopf. »An die Arbeit.«

Raymond antwortet nicht, folgt uns stumm.

»Ich bin gleich wieder da«, sage ich zu Alan und Burns.

Wir gehen durch die automatischen Türen ins Freie. Der Himmel ist voller Wolken. Es ist ein düsterer Morgen, aber das kann sich bis Mittag ändern.

»Smoky, das ist Raymond«, sagt Kirby.

»Freut mich, Sie kennenzulernen«, lüge ich höflich.

Raymond sagt nichts, nickt bloß. Er hat grüne Augen und einen Blick, der ins Nicht gerichtet ist und der mir nicht gefällt.

»Raymond und ich haben in Mittelamerika zusammengearbeitet«, erklärt Kirby. »Er hat einen erstklassigen Instinkt, und ich vertraue ihm.«

Ich nicht, doch ich belasse es dabei.

»Bonnie hat ein Problem.« Ich berichte Kirby von unserem Gespräch beim Frühstück.

»Du lieber Himmel«, sagt sie und verdreht die Augen. »Man sollte doch meinen, dass ein Bodyguard für jedes Kind ein Statussymbol ist. Aber das ist kein Problem. Wir werden uns zurückhalten. Es sei denn, wir müssen jemanden töten. Stimmt's, Raymond?«

Raymond nickt bloß.

Ich habe genug von seinem einschüchternden Schweigen. »Ich muss Ihre Stimme hören«, sage ich. »Wenn Sie meine Tochter beschützen wollen, muss ich wissen, wie Ihre Stimme klingt.«

Er antwortet nicht. Er sieht Kirby an und zieht die Brauen hoch.

»Ach, wie unangenehm!«, sagt Kirby. »Raymond kann nicht sprechen, Smoky-Boss. Vor ein paar Jahren hat jemand versucht, ihm die Kehle durchzuschneiden, und dabei seine Stimmbänder erwischt.«

»Oh, ich … entschuldigen Sie bitte, Raymond«, stottere ich. »Ich komme mir vor wie ein Idiot.«

Raymond greift in seine Jacke, holt einen Notizblock hervor und schreibt. Dann hält er ihn mir hin.

Ich lese: *Schon gut.*

Dann: *Wer dem Mädchen etwas tun will, ist tot. Mein Wort darauf.*

Ich gebe ihm den Notizblock zurück. Befremdlich, dieses Versprechen zu töten – und erschreckend tröstlich.

»In Ordnung«, sage ich.

Was soll ich sonst sagen?

»Alles kein Problem«, sagt Kirby. »Wo ist die Schule?«

Ich gebe ihr den Zettel, auf den ich heute Morgen die Adresse geschrieben habe.

»Raymond und ich werden jetzt hinfahren. Heute arbeiten wir zusammen und erkunden die Lage. Dann teilen wir uns die Zeit auf.« Sie strahlt mich an. »Klaro?«

»Hört sich gut an.«

»Showtime, Raymond«, ruft Kirby und stößt einen Arm in die Höhe. »Let's Rock!«

Dann geht das ungleiche Paar – ein Killer, der nicht reden kann, und eine Killerin, die zu viel redet. Ich sehe ihnen hinterher, bevor ich wieder zu Alan und Burns gehe.

»Interessanten Bekanntenkreis haben Sie«, bemerkt Burns. »Das Mädel macht mir Angst, aber sie ist wenigstens hübsch. Der Leichenbestattertyp macht mir eine Gänsehaut.«

»Mir auch«, gebe ich zu.

Hoffentlich wirken sie auf den Täter genauso.

Heather Hollisters Augenbewegungen haben sich beruhigt. Ihr Blick springt nicht mehr hin und her wie eine vollgekokste Ballerina. Stattdessen starrt sie vor sich hin. Die Arme verschränkt, liegt sie auf dem Rücken und starrt an die weiße Decke. Ihr Mund ist geschlossen. Nur am Heben und Senken der Brust und dem gelegentlichen Blinzeln sieht man, dass sie am Leben ist.

Burns steht mitten im Zimmer und betrachtet sie mit offenem Mund und einer Mischung aus Schmerz und Erschöpfung. Ich glaube, er denkt an sie, wie sie mit zwölf gewesen ist, wie sie ihn mit ernsten Augen angeschaut und ihm gesagt hat, er soll den Mann fangen, der ihren Daddy erschossen hat. Er hat ein Versprechen gegeben, das er nicht halten konnte, und alles ist noch viel schlimmer geworden.

Er geht an ihr Bett, zieht sich einen Stuhl heran und setzt sich, alles mit den Bewegungen eines Greises. Er nimmt ihre Hand in seine. Alan und ich bleiben abseits stehen, sehen zu, fühlen uns wie Fremde auf einer Beerdigung.

»Heather, Liebes, ich bin's, Daryl Burns.« Er drückt ihre Hand. »Kannst du mich hören?«

Ich glaube zu sehen, dass ihre Augen reagieren.

Burns seufzt. »Ich fürchte, ich habe dich im Stich gelassen, Liebes. Das macht mir sehr zu schaffen, glaub mir. Aber eines kann ich dir wenigstens sagen: Wir haben den Hurensohn geschnappt, der sich als dein Mann bezeichnet hat. Douglas hat bis zu den Ohren dringesteckt.«

Diesmal bin ich sicher: Ich sehe ein leises Zittern auf dem tiefen, stillen See, in den Heather sich verwandelt hat. Auch Burns entgeht es nicht. Er beugt sich vor.

»Du hast verstanden, was ich gesagt habe, nicht wahr? Komm schon, Heather. Ich weiß, du hast Schlimmes durchgemacht, weiß Gott mehr, als andere ertragen könnten, aber du darfst dich nicht verschließen. Wir brauchen deine Hilfe, wenn wir den Kerl schnappen wollen, der dir das angetan hat.« Er drückt ihre Hand, streichelt sie und erscheint mir väterlicher denn je. »Wir müssen den Scheißkerl erwischen, der dir die schönen Haare abgeschnitten hat, Liebes. Weißt du noch, wie du zu mir gesagt hast, du hättest die Haare deines Vaters?« Seine Stimme bricht. Ich halte Burns für einen Mann der alten Schule, dem anerzogen wurde, seine Tränen zurückzuhalten, doch er wirft nicht mal einen verlegenen Blick in unsere Richtung. Sein Kummer macht ihm viel zu sehr zu schaffen.

Das leise Zittern hört jetzt nicht mehr auf. Es ist wie das Flimmern der Pappeln im Wind, ziellos, aber kräftig und auf seine Art schön. Es ist ein Zeichen von Leben, wie deformiert es auch sein mag, und Burns greift verzweifelt danach.

»Heather? Bitte, Heather, komm zurück. Ich bin hier. Hier ist es sicher.«

Sie blinzelt ein paar Mal. Ihre Wangen zucken. Sie dreht den Kopf zu Burns. Es ist die Bewegung eines Totenschädels auf staubtrockenen Halswirbeln, bei der man damit rechnet, ein Geräusch wie bei einer knarrenden Tür zu hören. Unvermittelt öffnet sie den Mund und lacht. Es ist ein schrilles, entsetzliches Keckern. Es jagt mir Schauder über den Rücken.

»Sicher?«, krächzt sie. Dann lacht sie wieder. Doch gleich darauf folgen Tränen, laufen ihr in Strömen über die Wangen. Unwillkürlich frage ich mich, wie aus diesem pulvertrockenen Mumienschädel Tränen kommen können. Ihr Gesicht glänzt, verzerrt von Gelächter, das nur eine andere Form des Weinens ist.

Burns starrt sie sprachlos an. Er weiß nicht mehr, was er tun soll, fasst sich aber rasch. Er macht ein grimmiges Gesicht, doch es wirkt gekünstelt – ein Mann, der eine Maske aufsetzt.

»Lassen Sie den Unsinn, Detective Hollister!«, schnauzt er sie an. »Sie sind nicht mehr dort, sondern hier, und wir brauchen Ihre Hilfe, um den Kerl zu fassen, der Sie festgehalten hat. Reißen Sie sich zusammen!«

Ich kann es kaum glauben, aber es hat die gewünschte Wirkung. Das schreckliche Lachen verstummt. Die Tränen strömen weiter, hinterlassen wässerige Spuren auf der Bettdecke. »Daryl …«, bringt sie mühsam hervor. »Mir geht es so beschissen … so, so, so beschissen.« Sie packt seine Handgelenke mit verzweifeltem Griff, und mit einem Mal ist ihre Stimme fester. »Kannst du mir helfen? Ich kann mich nicht davon lösen. Kannst du mir helfen? Bitte …«

Burns' wahres Gesicht kehrt zurück, eine eisige, erstarrte Grimasse des Kummers. Er setzt sich auf die Bettkante, hebt Heathers federleichten Oberkörper hoch und nimmt sie in die Arme.

Heather windet sich vor Qual, ist abwechselnd kraftlos und verkrampft. Offenbar ruft eines der Geräte, an die Heather angeschlossen ist, die Krankenschwester herbei. Sie erbleicht, als sie das Gewimmer hört, und flieht. Ich kann sie gut verstehen.

Alan und ich schweigen. Wir warten und sehen zu, ohne hinzuschauen. Es ist ein Trick, um respektvolle Distanz zu wahren. Man hat ihn nach dem vierten oder fünften Mal drauf, wenn man die Nachricht vom Tod eines Familienangehörigen überbringt. Die Angehörigen brechen zusammen, und man wird zum Eindringling. Man kann aber nicht gehen, und so wird man stattdessen zu einem Gespenst. Es ist eine schreckliche Fähigkeit, aber sie hilft einem sehr.

Nach einiger Zeit lässt das Stöhnen und Jammern nach. Burns hält Heather fest, während sie sich beruhigt, und lässt die sporadischen Leidensausbrüche, die unvermittelt kommen, über sich ergehen. Doch auch sie gehen bald in Zittern über, das schließlich zu einem Seufzen wird, bis auch das verstummt.

Wir warten in der Stille. Trost wirkt am besten in der Stille, in der schweigenden Nähe eines anderen Menschen.

Schließlich legt Heather sich wieder hin, und Burns setzt sich in seinen Stuhl.

»Besser?«, fragt er.

Sie nickt. Dann zuckt sie die Achseln, kratzt sich am Arm. Dann am Kopf, dann wieder am Arm. Sie ist ständig in Bewegung. »Scheint so. Vielleicht. Ich weiß nicht.«

»Wenigstens redest du wieder. Das ist ein guter Anfang. Kannst du schon darüber sprechen, was passiert ist?«

Ihre Augen weiten sich. »Ich glaube«, sagt sie. Ihre rechte Wange zuckt dreimal. »Ich habe Angst, Daryl. Aber vielleicht hilft das ja … ich weiß nicht … vielleicht.«

Wenn ich ihr zuhöre, erinnert sie mich unwillkürlich an Gespräche mit Ecstasy-Süchtigen, nur dass Heather eine Überdosis Schrecken abbekommen hat. Ihr Flucht-Kampf-Mechanismus ist aktiviert, doch der Schalter ist außer Reichweite.

Ich kenne mich mit diesem Zustand aus. Ich kenne den Verlauf. Nach meiner Vergewaltigung, als ich vom Krankenhaus nach Hause kam, konnte ich wochenlang nicht schlafen. Nicht nur, weil ich um Matt und Alexa trauerte, sondern vor Angst. Jedes Knarren, jedes Säuseln des Windes brachte mein Herz zum Rasen. Wenn ich in der Ferne die Sirene eines Rettungswagens hörte, schoss mir das Adrenalin durch die Adern. Ich wollte aus meiner Haut kriechen, weil sie in Flammen stand, und schrie innerlich, als wäre ich in einem brennenden Haus eingeschlossen.

Ich gehe zu Burns, lege ihm eine Hand auf die Schulter, stelle mich so, dass Heather mein vernarbtes Gesicht sehen kann.

»Hallo, Mrs. Hollister. Ich bin Special Agent Smoky Barrett vom FBI.«

Ihr Blick flattert zu mir herüber. Ihre Augen weiten sich ein wenig, als sie meine Narben sieht.

»Was ist mit Ihnen passiert?«, fragt sie in einem drängenden Tonfall, den ich verstehe: Bitte sagen Sie mir, dass es etwas Schlimmeres war, als mir selbst passiert ist.

»Ein Serienmörder ist in mein Haus eingedrungen. Er hat mich vergewaltigt und mit dem Messer entstellt. Er hat meinen Mann und meine Tochter vor meinen Augen gefoltert und getötet.«

Ich weiß nicht, ob es schlimmer ist als das, was Heather erlebt hat. Wahrscheinlich kann man die Qualen, die manche Menschen durchmachen müssen, ab einem bestimmten Level nicht mehr miteinander vergleichen.

»Was wurde aus dem Mann, der Ihnen das angetan hat?« Diesmal färbt ein anderes Verlangen ihre Stimme: Rachsucht.

»Ich habe ihn erschossen.«

Heather johlt vor Befriedigung. »Gut, gut!« Sie leckt sich über die Lippen und wiederholt mit festerer Stimme: »Guuut.« Dann reißt sie die Augen auf. »Avery, Dylan … was ist mit meinen Jungen? Kann ich sie sehen?«

»Darum kümmern wir uns später, versprochen«, antworte ich,

so ruhig ich kann, und fühle mich wie eine Verräterin. »Zuerst würde ich gerne von Ihnen hören, was passiert ist, falls Sie es mir schon erzählen können. Ich möchte alles über den Täter erfahren. Schaffen Sie das, Heather?«

Wieder das Zucken – einmal, zweimal, dreimal. »Ich glaube schon. Wo soll ich anfangen?« Sie kratzt sich ein bisschen zu stark am Kopf und hinterlässt einen roten Striemen.

»Wie wäre es mit dem Abend, an dem Sie entführt wurden? Woran können Sie sich erinnern?«

Sie kneift die Augen zusammen. »Das ist so lange her, eine Ewigkeit. Ich habe versucht, die Tage zu zählen … ja, wirklich. Aber das war schwer, weil es kein Licht gab.« Sie wiederholt, was er ihr verweigert hat. »Gar kein Licht.«

»Auf dem Parkplatz, wo er Ihnen aufgelauert hat, waren die Laternen ausgefallen, nicht wahr?«, versuche ich ihr einen Weg aus dem gedanklichen Chaos zu weisen.

Sie runzelt die Stirn. »Wirklich? Ja … ja, ich glaube. Oh, er ist gerissen. Sehr gerissen. Und kalt.« Sie schaudert, zupft an der Haut am linken Arm, bis es blutet. »Zu kalt.«

»Sie kamen gerade vom Fitnesstraining«, sage ich so beiläufig ich kann. Ich möchte sie in den Augenblick der Entführung zurückversetzen und die Gegenwart so unbedrohlich wie möglich gestalten. »Die Polizei hat Ihre Schlüssel auf dem Boden neben Ihrem Wagen gefunden. Was ist passiert?«

Sie keckert wieder. »Da war endlich einmal *ich* gerissen. Die meiste Zeit war er der Gerissene, aber in dem Moment war ich es. Ich habe die Schlüssel fallen lassen, damit alle wissen, dass ich entführt worden war und nicht abgehauen bin.« Sie sagt es mit beinahe kindlichem Stolz.

»Das war wirklich gerissen, Heather«, pflichte ich ihr bei. »Da waren Sie cleverer als er, und es hat geklappt. Alle wussten, dass Sie entführt worden sind.«

Sie nickt wiederholt. »Ja, ich war clever. Er hat mich mitgenommen, aber ich war clever. Er hat mich mitgenommen …« Der Satz verebbt, und das Zucken am Auge setzt wieder ein.

»Wie hat er das angestellt, Heather? Wissen Sie das noch? Können Sie es mir erzählen?«

Sie dreht den Kopf, schaut mich an, Augen und Mund weit geöffnet, sodass sie wie ein verängstigtes kleines Mädchen aussieht. »Es war das Flüstern«, sagt sie und flüstert nun selbst. »Was er geflüstert hat. Er hat mir eine Pistole an den Rücken gedrückt und mir ins Ohr geflüstert.«

»Was hat er gesagt?«

»Dass ich mitkommen muss. Sofort. Oder er bringt erst mich und dann Douglas und die Kinder um. Er hat mir Dinge über sie erzählt … wo Douglas arbeitet und zu welchem Arzt die Kinder gehen. Ich habe ihm geglaubt.«

»Haben Sie sich gewehrt?«

Sie dreht den Kopf zur Seite und seufzt. »Es hätte nichts genützt. Das war mein Plan, wissen Sie?« Sie nickt eifrig. »Ja, das war mein Plan. Ein guter Plan. Ich wollte so tun als ob und auf eine Chance lauern.« Sie kaut auf der Unterlippe. Bei jedem anderen würde es nachdenklich aussehen – und vielleicht denkt sie tatsächlich nach –, aber sie hört nicht auf zu kauen, bis es blutet. Eine feine roten Linie zieht sich über ihr Kinn.

»Heather.« Ich strecke die Hand aus.

Sie sieht mich nicht an, doch meine Bewegung reißt sie aus ihren Gedanken. »Was?«, fragt sie.

»Wir sprechen über Gegenwehr.«

Sie schüttelt den Kopf. »Es ging nicht.«

»Was ging nicht?«

»Wehren. Er hat mich in den Kofferraum gesteckt, mich aber nicht gefesselt oder so. Als er anhielt, war ich bereit. Der Kofferraumdeckel ging auf, und ich wollte ihm kung-fu-mäßig eins verpassen, aber …« Sie schüttelt den Kopf. Seufzt. »Er hatte damit gerechnet. Sprühte mir Pfefferspray ins Gesicht und betäubte mich mit einem Elektroschocker.« Das kleine Mädchen zeigt sich wieder in ihrem Gesicht, und der kahle Kopf trägt dazu bei, dass sie so verletzlich wirkt. »Wissen Sie, was dabei am schrecklichsten ist? Dass er kein Wort gesagt hat. Er war totenstill. Er sprühte mich an, betäubte mich, schleppte mich dorthin und ...« Sie schluckt hörbar und flüstert: »Und warf mich ins Dunkel.«

Ich will ihr eine Frage stellen, doch sie ist in diesem grauenhaften Augenblick versunken, in der Zelle, in der sie acht Jahre verbracht hat. Sie ist nicht hier, sondern dort. Ich schweige und warte, dass sie von selbst fortfährt.

»Haben Sie jemals vollkommene Dunkelheit erlebt?«, flüstert sie schließlich. »Ich hatte sie vorher nie gesehen. Douglas und ich sind mal auf einer Reise in den Carlsbad Caverns gewesen, den berühmten Höhlen in New Mexico. Man wird tief unter die Erde geführt. An einer Stelle des Rundgangs spricht der Fremdenführer über völlige Dunkelheit ... und dann schaltet er das Licht aus. Es ist unglaublich.« Sie staunt bei der Erinnerung. »Sie sehen *nichts*. Es gibt nichts, woran Ihre Augen sich gewöhnen könnten. Nur Schwärze.« Wieder ein krampfartiges Schlucken. »Die Dunkelheit in meiner Zelle war genauso ... sie war *schwer*. Ja, sie hat Gewicht, wussten Sie das schon?« Sie nickt. Sie spricht nun mehr mit sich selbst, als dass sie mit mir redet. »Ja, so ist es wirklich. Man kann die Dunkelheit fühlen. Sie gleitet einem über die Haut ... kriecht einem in den Mund, in die Nase, in die Ohren. Man spuckt und würgt, um diese Schwärze loszuwerden, aber irgendwann wird es zu viel. Ein großer Schluck Dunkelheit, und man ertrinkt.« Sie zuckt und zuckt und zuckt. »Nur dass man nicht daran stirbt. Man ertrinkt immer weiter, immer weiter. Es ist, als ob man jahrelang in einen Abgrund stürzt.«

Sie hält inne. Ihr Brustkorb hebt und senkt sich unter schweren Atemzügen.

»Nachdem er mich entführt hatte«, fährt sie schließlich fort, »hat er einen Tag lang überhaupt nichts gemacht. Er hat mich bloß im Dunkeln sitzen lassen. Dann, auf einmal, drehte er das Licht an. Es war so grell … unheimlich grell. Und es hat so wehgetan, als hätte er mir Messer in die Auge gestochen. Ich konnte nichts mehr sehen, bin gegen die Wand gelaufen. Wie die drei blinden Mäuse in dem Kinderlied.« Sie kichert, zupft und zerrt sich die Arme blutig. »Ich bin umhergetaumelt. Irgendwann hörte ich die Tür gehen, und er kam zu mir rein und benutzte wieder den Elektroschocker. Ich spürte ein Stechen im Arm, und weg war ich.

Als ich zu mir kam, war ich nackt und trug Handschellen. Es war wieder stockdunkel. An den Handschellen hing eine Kette, die an der Wand festgemacht war. Ich hatte zwei an den Füßen und zwei an den Handgelenken, vier insgesamt, ein-zwei-dreivier, und konnte damit ein paar Schritte gehen. Irgendwo in der Zelle war ein Lautsprecher. Über diesen Lautsprecher redete er manchmal mit mir. ›Es gibt Regeln‹, sagte er mir am ersten Tag. ›Du isst jede Mahlzeit, außer du bist krank. Du machst jeden Tag Gymnastik, ohne Ausnahme. Fang mit Liegestützen und Auf-der-Stelle-Rennen an. Wenn du eine der Regeln nicht einhältst, wirst du bestraft.‹«

Sie sieht mich an, mit einem listigen, wissenden Blick. »Natürlich habe ich anfangs nicht gehorcht. Er brachte mir trotzdem etwas zu essen, das er durch eine kleine Öffnung am unteren Ende der Tür zu mir reinschob, wie in manchen Gefängnisfilmen.« Sie hält inne, starrt vor sich hin. Minuten vergehen.

»Heather?«

Sie zuckt zusammen und redet weiter, als wäre nichts geschehen. Wie eine Plattennadel, die eine Rille weiter springt. »Ich habe nur dann Licht gesehen, wenn er mir das Essen brachte. Er öffnete die Klappe und schob das Tablett hindurch. Ich legte mich beim Essen jedes Mal auf den Bauch, so sehr habe ich dieses Licht geliebt. Es war nett von ihm, mir dieses Licht zu lassen, finden Sie nicht auch?«

Mir dreht sich der Magen um.

Sie erzählt weiter: »Beim ersten Mal habe ich das Essen umgeworfen, und er schloss die Klappe. Ich saß lange, lange Zeit im Dunkeln. Später, ich weiß nicht wann, ging das blendende Licht wieder an. Ich sah nichts außer Weiß. Er kam wieder mit dem Elektroschocker und hatte diesmal auch eine Spritze dabei. Als ich wach wurde, lag ich auf dem Bauch an einen Tisch gefesselt.« Sie krümmt sich zusammen wie ein misshandeltes Kind, um möglichst wenig Körperfläche zu bieten.

»›Du hast gegen die Regeln verstoßen‹, sagte er. ›Du musst bestraft werden.‹ Er klang nicht wütend, jedenfalls hatte ich nicht den Eindruck. Er hörte sich eher wie jemand an, der eine Aufgabe zu erledigen hat. Ja.« Eifriges Nicken. Sie freut sich, die richtigen Worte gefunden zu haben. »Er hatte eine Aufgabe zu erledigen.« Sie hält inne. »Er nahm eine Peitsche. Es fühlte sich an wie weißes Feuer, als hätte jemand streifenweise Benzin auf meine Haut gegossen und angezündet. Als er mit mir fertig war, schmierte er mir irgendein fettiges Zeug auf die Wunden. ›Nächstes Mal wird die Strafe um ein Drittel erhöht. Beim übernächsten Mal dann wieder um ein Drittel. Und bevor du auf dumme Gedanken kommst: Es wird nie so schlimm werden, dass du daran stirbst.‹

Ich habe versucht, ihm Fragen zu stellen. Warum ich? Warum tun Sie mir das an? Und so weiter.« Sie schmollt und pult wieder an einer verschorften Stelle am Arm. »Er wollte mir nicht antworten … nein, wollte er nicht. Er warf mich einfach wieder in die dunkle Zelle.«

Ihr Blick huscht zu mir herüber, und ein verschlagenes Lächeln erscheint. »Ich wurde noch fünfmal bestraft, bevor ich ihm glaubte.« Das Lächeln löst sich in das großäugige Staunen eines Kindes auf. »Danach war ich ein braves Mädchen. Er hat mir nie etwas getan, wenn ich ein braves Mädchen war …«

Sie verstummt. Ich warte, aber es kommt nichts mehr.

»Waren Sie die ganze Zeit im Dunkeln, Heather?«, frage ich sie.

Sie starrt vor sich hin.

»Heather?«

Sie zuckt zusammen. »Was? Oh ja. Eigentlich ... ja, die ganze Zeit. Es gab eine Toilette. Die musste ich im Dunkeln finden und im Dunkeln benutzen. Die Tage konnte ich nur anhand der Mahlzeiten zählen. Drei Mahlzeiten waren ein Tag, und so zählte ich. Das Problem war nur, dass es Zeiten gab, da ist er nicht gekommen. Dann ließ er mir Trockenfutter da, aufgeteilt in Portionen.« Sie runzelt die Stirn. »Ich habe versucht, die Portionen zu zählen und durch drei zu teilen, aber ...« Sie seufzt und lässt zum Zeichen der Nutzlosigkeit den Kopf hängen. »Ich habe den Anschluss verloren. Besonders als ich anfing, mit mir selbst zu reden ... zuerst mit mir selbst und dann mit ihnen ...«

»Mit wem?«, frage ich.

Sie lächelt glückselig, und dieses Lächeln wischt die Verstörtheit und das Leid aus ihrem Gesicht. In ihrer Stimme schwingt Freude mit. »Mit meinen Jungen«, sagt sie. »Mit den Stimmen im Licht, die mich trösteten. Ohne sie ... ich weiß nicht.« Wieder pult sie am Schorf, bis es blutet. »Ich wäre vielleicht verrückt geworden.«

Mein Magen rebelliert, nicht vor Abscheu, sondern vor Entsetzen. Seit ich klein war, war es immer meine größte Angst, verrückt zu werden, ohne dass ich es merke. Wie in dem Film über John Nash, *A Beautiful Mind*. Nachdem ich ihn gesehen hatte, konnte ich tagelang nicht schlafen.

»Haben Sie den Mann gesehen, Heather? Haben Sie sein Gesicht gesehen? Oder etwas anderes, das uns helfen könnte, ihn zu identifizieren?«

Wieder zuckt ihre Wange. Einmal, zweimal, dreimal. Sie schüttelt den Kopf. »Nein ... ich habe immer nur Dunkelheit gesehen und das Licht in der Türöffnung.« Sie verzieht das Gesicht. »Man kann die Dunkelheit sehen, genau wie man sie fühlen kann. Alles wird viel schärfer. Ich habe jetzt Ohren wie eine Fledermaus, wussten Sie das?« Sie erschrickt mich mit einem schrillen Quieken, mit dem sie offenbar eine Fledermaus nachzuahmen versucht. »Und meine Haut …«, sagt sie dann und streicht sich über die Arme. Ich sehe, wie sie eine Gänsehaut bekommt. »Meine Haut ist auch viel empfindlicher geworden.« Sie blickt mich angestrengt an. »Aber jetzt sehe ich. Ich sehe wirklich, oder? Es ist doch nicht bloß wieder ein Traum?« Sie kratzt sich an einer blutigen Stelle am Arm.

»Nein, das ist wirklich«, versichere ich ihr.

Sie lässt den Blick durchs Zimmer schweifen und besieht sich alles; dann zuckt sie die Achseln. »Es kommt mir nicht so vor.« Seufzend lehnt sie sich ins Kissen. »Ich bin müde. Schlafenszeit.« Dann, mit einem Ruck, setzt sie sich ängstlich auf. »Oder ist Essenszeit?« Sie streckt die zitternde Hand nach mir aus. »Tut mir leid, wenn ich die Essenszeit verpasst habe, ehrlich. Es soll nicht wieder vorkommen.« Ihre Stimme wird schrill. »Ich wusste es nicht! Sie werden mich doch nicht schlagen?«

Ich kämpfe die aufsteigenden Tränen nieder und nehme ihre Hand. »Niemand wird Sie mehr schlagen, Heather. Das verspreche ich Ihnen.«

Sie beruhigt sich, aber ich sehe ihr an, dass sie mir nicht glaubt.

»In ihrem jetzigen Zustand kann sie nicht mehr für uns tun«, sagt Alan.

Wir stehen vor Heathers Zimmer. Burns ist still; er sieht mitgenommen aus. Ich bin jetzt schon müde. Der Tag ist noch jung, und wir haben gerade erst angefangen, uns durch den klebrigen Schlachthauskühlraum zu wühlen, den dieser Täter uns beschert hat und in dem Heather Hollister vielleicht das geringste Problem ist.

»Mag sein, dass sie nicht viel für uns tun kann«, pflichte ich Alan bei, »aber sie hat uns einiges erzählt. Wir wissen jetzt, wie der Täter sie entführt und wie er sie behandelt hat. Das wird uns bei der Erstellung des Täterprofils nützen.«

»Profil?« Burns schüttelt den Kopf. »Ich sage Ihnen sein Profil: Er ist ein toter Mann.«

Weder Alan noch ich erwidern etwas. Vielleicht weiß Burns nicht, welche Folgen es haben könnte, in unserem Beisein Morddrohungen auszustoßen, aber wir halten den Mund. Wir können seine Wut verstehen.

»Was nun?«, fragt Alan.

»Ich werde Callie anrufen. Mal sehen, ob sich bestätigt hat, dass das jüngste Opfer Jeremy Abbott ist. Dann gehen wir zu ihm und zu Dana.«

»Ich bleibe hier«, sagt Burns. »Ich will Heather noch eine Weile Gesellschaft leisten. Rufen Sie mich an, wenn Sie etwas brauchen.«

Er sieht alt aus, müde und gebeugt. Burns gehört noch zur alten Garde, die allmählich ausstirbt: Nicht aus Stereotypen gemacht, sondern aus Stein – schwer, stark und unverrückbar wie ein Berg. Alan, Tommy und AD Jones sind genauso. Doch Burns, diese menschliche Festung, bekommt Risse, und ihr Fundament bröckelt.

»Rufen Sie uns an, wenn sich bei ihr etwas ändert«, sage ich zu ihm.

Er nickt und geht zurück in Heathers Zimmer.

»Ich glaube nicht, dass sie gute Aussichten hat«, sagt Alan. »Ich möchte gar nicht daran denken, was in dieser armen Frau vor sich geht, wenn sie erfährt, dass einer ihrer Söhne tot ist.« Er schüttelt den Kopf.

Ich frage mich, wie ich damit fertig würde. Acht Jahre lang angekettet und im Dunkeln eingesperrt, ohne Zeitgefühl, ohne menschlichen Kontakt, in ständiger Angst … um dann zu erfahren, dass die eigene Familie zerstört, der eigene Sohn vom Ehemann und Vater getötet wurde.

»Man weiß nie, Alan. Vielleicht erholt sie sich wieder.«

Ich klinge nicht überzeugend.

»Es hat sich bestätigt«, sagt Callie. »Der Mann im Krankenhaus ist Jeremy Abbott.«

Das ist niederschmetternd. Noch eine schlimme Nachricht für Heather.

»Gute Arbeit, Callie. Ich fahre jetzt mit Alan zu Dana Hollister und Abbott. Was gibt es sonst noch?«

»James ist mit der Zeittafel und der Zusammenfassung der Fallakten so gut wie fertig. Außerdem hat er ein paar interessante Dinge über die Autounfälle herausgefunden.«

»Er kann es uns erzählen, wenn wir zurück sind. Ruf die Spurensicherung des LAPD an, Callie. Sie sollen dir sagen, was sie bei der Durchsuchung von Hollisters Haus gefunden haben. Ach ja – und sieh zu, dass du Leo Carnes erwischst. Wir brauchen ihn bei diesem Fall.«

»Sonst noch etwas, das du auf die Liste setzen möchtest?«, beschwert sie sich. »Wenn ich sage, der Dienst geht mir über alles, dann meine ich den Dienst an mir.«

Jetzt muss ich doch die Mundwinkel heben. »Bis später, Süße.«

Der Arzt, der Dana Hollister und Jeremy Abbott behandelt, ist ein blondhaariger junger Mann mit den Augen eines Veteranen.

»Bei beiden Patienten liegt eine extreme Schädigung des vorderen Hirnlappens vor«, sagt er und bestätigt damit meinen Verdacht.

»Eine hausgemachte Lobotomie.«

»Sozusagen.«

Alan schaudert. »Ihnen wurde der Schädel geöffnet? Mein Gott.«

»So einen Fall hatte ich schon einmal«, sage ich. »Ein Arzt hatte das seiner Frau angetan.«

»Dann ist Ihnen vermutlich die Prognose bekannt«, fährt der Doktor fort. »Der Schaden ist irreparabel, sowohl bei Mrs. Hollister als auch bei Mr. Abbott, nur dass Mrs. Hollister schlimmer dran ist. Sie befindet sich im vegetativen Zustand.«

»Einer flog über das Kuckucksnest«, murmelt Alan.

Der junge Arzt nickt. »Sie muss versorgt werden wie ein Komapatient. Sie kann nicht selbstständig essen, nicht sprechen, hat keine Kontrolle über Harn- und Stuhldrang. Es ist unwahrscheinlich, dass sie ihre Umgebung wahrnimmt.«

»Und Jeremy Abbott?«, frage ich.

»Er befindet sich jetzt wieder auf der Entwicklungsstufe eines Kleinkindes. Er kann kleine Wörter bilden und trägt Windeln. Er kann essen und krabbeln. Seine körperliche Prognose ist also etwas besser als bei Dana Hollister … wenn man das so nennen kann.«

»Was glauben Sie, womit der Täter den Eingriff vorgenommen hat?«

»Ich könnte mir vorstellen, dass er ein klassisches Leukotom benutzt hat, ein chirurgisches Instrument, das einem Eispick ähnelt. Der Durchmesser des Einstichs passt dazu. Außerdem dürfte ein solches Instrument nicht allzu schwer zu beschaffen sein.«

»Und der Eingriff selbst?«, fragt Alan.

»Die Prozedur ist ziemlich einfach, auch wenn sie ein bisschen Übung verlangt. Der erste Arzt, der eine Lobotomie vorgenommen hat, übte an Leichen, und zwar mit einem Bar-Eispickel.«

Ich schaue auf Dana Hollister, die reglos im Bett liegt.

»Sie nimmt überhaupt nichts wahr?«

»Wahrscheinlich nicht, auch wenn man es nicht mit Sicherheit ausschließen kann. Es gibt Berichte von Komapatienten, die nach sehr langer Zeit erwacht sind und die sich an Gespräche erinnern konnten, die während ihrer Bewusstlosigkeit an ihrem Bett geführt worden waren. Was das Wissen über das menschliche Hirn und das Bewusstsein angeht, stecken wir noch in den Anfängen.«

Ich hoffe, er hat recht, und Dana lebt in einer Welt des Nichts, anstatt in einsamer Dunkelheit zu schweben.

KAPITEL 20 »Erzählt mir irgendetwas, mit dem ich was anfangen kann«, sage ich. »Bitte. Sonst drehe ich noch durch.«

Es ist später Vormittag, und wir sind wieder im Büro versammelt. Callie und James sind über das Verhör von Douglas Hollister, die Befragung von Heather und alles andere unterrichtet.

Auf dem Rückweg habe ich an Avery Hollister gedacht, wie er auf dem flauschigen Badezimmerteppich lag, und an Jeremy Abbott, der wie ein Säugling nach der nächsten Mahlzeit schreit, und an Dana, wie sie mit den Fäusten gegen die dunklen Wände ihres Bewusstseins schlägt, gefangen in einem immerwährenden Alptraum.

Natürlich habe ich auch an Heather gedacht. Der Täter hat sie freigelassen, und trotzdem ist auch sie noch gefangen, liegt in einem Krankenzimmer und kratzt sich die Haut blutig, umgeben von einem Licht, das ihr unwirklich erscheint.

Ein Mord ist eine entsetzliche, unmenschliche Tat, doch die Verrückten, die ich und meine Leute jagen, sind weniger am Tod ihrer Opfer interessiert als an ihrem seelischen und körperlichen Leid. Und dass sie in dieser Hinsicht so erfolgreich sind, verfolgt mich am meisten. Avery Hollisters Schicksal wird mich in zehn Jahren weniger berühren als das von Jeremy Abbott. Ich werde den Jungen zwar nicht vergessen, aber er hat nicht genug gelitten, um in mein persönliches Pantheon der Leiden aufzusteigen.

»Ich habe etwas über die Autounfälle«, sagt James.

»Lass hören.«

»Es waren insgesamt vier Fahrzeuge. Ich habe die Unfallberichte ausfindig gemacht. In allen vier Fällen haben die Bremsen versagt. Die Wagen waren älteren Baujahres, zwischen zehn und fünfzehn Jahre alt.«

»Vier Wagen? Das ist ein ziemlich hoher Prozentsatz für ein und denselben Parkplatz«, meint Alan.

»Ja, eine unwahrscheinliche statistische Abweichung«, bekräftigt James. »Zwei Fahrzeuge wurden auf Betreiben der Versicherungen genau untersucht. Es hat sich herausgestellt, dass beide Wagen manipuliert wurden.«

»Und du glaubst, unser Täter hat das getan?«, frage ich. »Aber warum? Als Ablenkungsmanöver?«

»Es ist noch zu früh, um meine Hypothese darzulegen. Lass mich fortfahren. Wie gesagt, hat die VICAP-Suche drei weitere solcher Verbrechen zutage gefördert, bei denen Menschen mit beschädigtem vorderen Hirnlappen in Leichensäcken abgelegt wurden. Zwei Fällen bin ich heute Morgen nachgegangen. Einer hat hier in Los Angeles stattgefunden, der andere in Portland. Beide Opfer wurden identifiziert, und beide waren lange Zeit als vermisst gemeldet.«

»Die gleiche Methode. Das lässt auf denselben Täter schließen«, sage ich.

»Beide Opfer waren Frauen. Sie wurden bei Nacht auf einem Parkplatz entführt – eine vor einem Supermarkt, die andere vor einer Bowlingbahn.« Er blickt auf. »Ich habe weiter ermittelt und festgestellt, dass sich in der jeweiligen Tatnacht mehrere Autounfälle ereignet haben. Einzelheiten weiß ich noch nicht, aber ich bin sicher, dass wir auch da auf Sabotage stoßen werden.«

»Seltsam«, sage ich. »Das ist nicht gerade ein idiotensicheres Ablenkungsmanöver. Wie will er wissen, wann oder ob dieser Wagen wieder gefahren wird?«

»Das ist ja das Verrückte«, sagt James. »Es gibt keinen vernünftigen Grund. Unser Täter geht mit großer Sorgfalt vor und plant alles ganz genau, aber die Unfälle sind völlig unlogisch. Sie sind für die Durchführung der Tat nicht nötig, und sie taugen auch nicht zur Ablenkung. Eine Entführung von einem öffentlichen Parkplatz ist ähnlich riskant. Warum geht er dieses Risiko ein?«

»Weil er es braucht«, sage ich. »Nicht für die Tat, sondern für sein Wohlbefinden.«

Das ist die einzig passende Antwort, denn ein solches Verhalten können wir bei Serientätern immer wieder beobachten. Serientäter sammeln Trophäen, obwohl sie wissen, dass sie sich dadurch selbst belasten, wenn man sie fasst. Aber sie können nicht anders. Sie brauchen die Barbiepuppe des kleinen Mädchens (mit Blutspritzern darauf) oder Omas Ehering (den sie seit dem Tod ihres Mannes an einer Kette um den Hals getragen hat, bis der Mörder ihn abriss).

»Er braucht *Autounfälle?*«, fragt Alan.

»Man nennt diese Störung Symphorophilie«, schaltet sich Callie ein. »Sie liegt vor, wenn ein Mensch durch Unfälle, Katastrophen und dergleichen sexuell erregt wird.«

»Im Ernst? Es gibt Leute, die auf so etwas abfahren?«

»Es ist faktisch eine sexuelle Perversion«, erklärt James. »Natürlich ist es nur eine Hypothese, aber in unserem Fall ist es meines Erachtens eine nähere Betrachtung wert. Bei allem anderen scheint der Täter mit akribischer Sorgfalt vorzugehen. Warum etwas so Unlogisches tun? Die einzige Erklärung ist das Vorliegen einer Persönlichkeitsstörung.«

Das leuchtet mir ein. »Also gut. Wir berücksichtigen das. Fassen wir zusammen, was wir bisher über unseren Freund wissen.« Ich zähle an den Fingern ab. »Erstens: Er ist diszipliniert und effektiv. Abgesehen von einer möglichen … wie hieß es gleich?«

»Symphorophilie«, wiederholt James.

»Richtig. Zweitens: Sein Motiv scheint nach Hollisters Aussagen finanzieller Natur zu sein.«

»Und in Hollisters Fall hat nicht der Täter das Opfer ausgesucht«, sagt James, »sondern der Ehemann. Es gibt keine Hinweise auf eine persönliche Verbindung, und ich bezweifle, dass wir eine finden werden.«

»Das Fehlen einer persönlichen Verbindung passt auch dazu, wie er die Opfer behandelt«, sagt Alan. »Zugegeben, wir haben bisher nur Heathers Aussage, was das angeht, aber ich denke, wir können ihr glauben. Was sie über seine Bestrafungsmethoden sagt, hört sich nicht danach an, als hätte er sich daran aufgegeilt.«

»Er ist fachmännisch vorgegangen«, wirft Callie ein.

Ich nicke. »Das ist ein gutes Etikett dafür.« Ich gehe zur Weißwandtafel und schreibe. »Diszipliniert, methodisch, zweckgerichtet. Das ist unsere derzeitige Theorie. Der vorrangige Zweck scheint Geld zu sein. Aber ist das Geld vielleicht nur ein Vorwand für ihn?« Ich schüttle den Kopf. »Warum hält er seine Opfer bei Dunkelheit fest, und warum mindestens sieben Jahre lang? Sadismus?«

»Das glaube ich nicht«, meint James. »Ich ...« Er hält inne, überlegt. »Ich glaube, das war wirklich treffend ausgedrückt«, sagt er dann mit Blick auf die Tafel. »Pragmatismus. Vielleicht ist ihm das am wichtigsten. Nur, was nötig ist. Verschwendung ist unverzeihlich.« Er sieht mich an. »Dunkelheit führt zu Willfährigkeit und mit der Zeit zum Wahnsinn. Das ist höchst effizient. Es ist billig, führt todsicher zum Erfolg und macht die Hilfe Dritter überflüssig, denn früher oder später wird jeder Widerstand gebrochen. Heather Hollister hat ausgesagt, der Entführer habe sie angewiesen, täglich Gymnastik zu machen. Warum? Weil er wusste, dass er sie am Leben erhalten muss. Warum musste er das? Für den Fall, dass Douglas Hollister sich nicht an die Abmachung hält.« Er schüttelt den Kopf. »Ich glaube nicht, dass der Täter ein Sadist ist. Ich glaube, es geht ihm um optimale Ergebnisse bei minimaler Anstrengung.«

»Heather sagte, er habe nicht einmal mit ihr gesprochen, während er sie bestraft hat«, räume ich ein, obwohl ich noch nicht ganz überzeugt bin. »Er hat sie aus der Zelle geholt, peitschte sie aus, sagte ihr, beim nächsten Mal würde es noch schlimmer, und steckte sie wieder in die Zelle. Wo bleibt da das Vergnügen?«

»Es gibt keins«, sagt James. »Weil es für ihn bloß ein Geschäft ist und seine Opfer nur eine Ware.«

»Vielleicht.« Mir kommt noch ein anderer Gedanke. »Aber warum muss er sie als Versicherung gegen den Ehemann am Leben erhalten? Wenn es nur um Effektivität geht, wäre es da nicht logischer, sie umzubringen, als sich diese Mühe zu machen?«

»Das habe ich auch überlegt«, sagt James. »Ich finde trotzdem, es passt. Der Zweck bei der Freilassung des Opfers – wenn wir nach dem Geldmotiv gehen – ist die Bestrafung des Ehemanns. Ihn zu belasten, wie es Douglas Hollister passiert ist. Mit dem lebenden Opfer hat der Entführer ein überzeugendes Druckmittel, bis er sein Geld bekommen hat. Das hält ihm einige Möglichkeiten offen. Doch wenn er sie tötet, kann er den Ehemann weder bloßstellen, noch kann er ihm drohen.«

»Klingt einleuchtend«, pflichtet Alan ihm bei. »Wenn man darüber nachdenkt, nimmt man gewöhnlich an, dass das Opfer schon tot ist, richtig?«

»Richtig«, sage ich.

Wenn eine Frau entführt wird und man nichts mehr von ihr hört, muss man davon ausgehen, dass der Täter sie umgebracht hat. So jedenfalls verlaufen die meisten Fälle.

»Wenn also sieben oder acht Jahre später ihre Leiche auftaucht«, fährt Alan fort, »ist das zwar eine Überraschung und wirft den Ermittlungsmotor wieder an, aber es entspricht den Erwartungen. Taucht das Opfer jedoch lebendig auf, bekommt der Fall eine immense Beachtung.«

»Das passt«, sage ich, »aber hier liegt noch etwas anderes vor. Bloßstellung des Ehemanns mag einer der Gründe sein, weshalb er die Frau am Leben erhält, aber es erscheint mir irgendwie unvollständig. Ich weiß nur nicht, warum.«

James nickt. »Ich stimme dir zu.«

Ich schreibe alles in verknappter Form an die Tafel, einschließlich des Fragezeichens, das für James' und meine Ahnung steht. Es sind Vermutungen, keine Gewissheiten, aber damit müssen wir leben.

»Warum lobotomiert er seine Opfer?«, fragt Callie.

Ich lege den Kopf schief und denke nach. »Vielleicht aus praktischen Erwägungen, wie James es in seiner Tätertheorie umrissen hat.« Ich bin noch nicht restlos überzeugt, kann aber nicht abstreiten, dass diese Theorie mir zunehmend einleuchtet. »Ein lobotomiertes Opfer kann nichts bezeugen.«

Alan reibt sich das Kinn. »Aber wie soll das zur Bestrafung des Ehemanns führen? Das Opfer kann zwar nichts über den Entführer sagen, es kann aber auch nicht mit dem Finger auf den Ehemann zeigen. Das widerspricht doch der These, dass er sich Möglichkeiten offenhalten will.«

»Stimmt. Und was ist mit Heather?«, frage ich. »Wenn er die Opfer lobotomiert, um keine Zeugen zu haben, warum hat er Heather dann verschont? Und es stattdessen mit Dana gemacht? Bisher hat er keine Unbeteiligten geschädigt, soweit wir wissen.«

»›Soweit wir wissen‹ ist hier der Schlüsselsatz«, stellt Alan heraus. »Vielleicht war Dana keine Unbeteiligte, sondern steckte in der Sache mit drin.«

Ich denke kurz darüber nach. »Möglich«, räume ich ein.

»Er könnte glauben, dass er nichts zu befürchten hat«, fährt Alan fort. »Überleg mal: Er hat Heather acht Jahre lang festgehalten, und was weiß sie von ihm? Nichts. Das könnte sich ändern, sobald sie wieder bei normalem Verstand ist. Allerdings bezweifle ich, dass es dazu kommt.«

»Fest steht es aber noch lange nicht«, merkt James an, »und es passt auch nicht zu dem Profil, von dem wir bislang ausgehen. Diese Art von Pragmatismus würde das Risiko einer Entdeckung gar nicht erst in Betracht ziehen.«

»Vielleicht doch«, sagt Callie. »Angenommen, das Motiv ist Geld, dann würde unser Freund permanent sein derzeitiges Paradigma prüfen, besonders im Hinblick auf Risiko und Nutzen.«

»Und?«

»Sich von jemandem abzocken zu lassen ist ein Unterfangen mit hohem Risiko und null Nutzen. Damit ermutigt man andere, sich ebenfalls zu widersetzen, und senkt folglich sein Einkommen. Unser Freund hat mit solchem Widerstand offenbar schon zu tun gehabt, und nun ist er in Gestalt von Douglas Hollister wieder aufgetaucht. Der Täter hätte beschließen können, dass eine andere Vorgehensweise nötig ist.«

»Zum Beispiel?«

»Heather ist frei. Von ihrem Zustand abgesehen ist sie keine Gefangene mehr. Douglas dagegen ist auf dem Weg ins Gefängnis. Überleg mal. Diese Männer werden vom Hass auf ihre Frauen angetrieben. Wie könnte man sie besser bestrafen, als wenn man sie die Plätze tauschen lässt?« Sie schaut zur Tafel. »Was würdest du darauf wetten, dass die derzeitigen Kunden eine E-Mail, einen Anruf oder eine SMS bekommen haben mit dem Inhalt, sie sollen in den Nachrichten auf den Fall Douglas Hollister achten? Das Risiko ist erhöht, aber auch der Nutzen.«

»Eine interessante Theorie«, räumt James ein. »Wir haben allerdings noch nicht über die größte Anomalie gesprochen.«

Ich ziehe die Brauen hoch. »Und die wäre?«

»Warum bestätigt er seine Existenz, indem er eine SMS schickt, einen Zettel in Heathers Tasche hinterlässt und dir eine Karte vor die Haustür legt? Wenn er nur Douglas schädigen will – warum tritt er dann selbst aus dem Schatten hervor?«

Eine gute Frage. Vielleicht sogar die beste.

»Möglich, dass wir es besser verstehen, wenn wir mehr über die früheren Opfer wissen«, sage ich. »Callie, ich möchte, dass du das übernimmst. Ruf die entsprechenden Stellen an und sieh zu, dass sie dir die Akten schicken.«

»Mit Vergnügen.«

»Der schnellste Weg zu einem undisziplinierten Täter führt über das, was ihn antreibt«, sagt James. »Viktimologie. Der schnellste Weg zu *unserem* Täter führt über methodisches Vorgehen.«

»Stimmt«, pflichte ich ihm bei. »Dann lasst uns die Voraussetzungen untersuchen.« Ich gehe zur Tafel und finde noch einen freien Bereich.

METHODE/ERFORDERLICH, schreibe ich hin.

»Bleiben wir bei dem Geldmotiv und schauen uns die grundlegenden Faktoren an. Was braucht der Täter, um das zu tun, was er tut? Was ist der Grundstein?«

»Ein Kunde«, sagt James.

»Gut.« Ich schreibe KUNDE unter METHODE/ERFORDERLICH. »Wie kommt er an Kunden?«

Alan kratzt sich am Kopf. »Douglas Hollister hat er in einem Chatroom aufgetrieben. Also findet er sie im Internet, würde ich sagen.«

»Das ist heutzutage das Nächstliegende.« Ich schreibe es hin. »Aber das Internet ist gigantisch. Wo fängt er an?«

»Da gibt es viele Möglichkeiten«, sagt eine Stimme von der Tür her. Sie gehört Leo Carnes.

»Leo!« Ich gehe zu ihm und schließe ihn in die Arme. Leo Carnes ist der beste Spezialist für Computerverbrechen, den wir haben, obwohl er erst Ende zwanzig ist. Er hatte uns damals bei der Aufklärung des Mordes an Bonnies Mutter geholfen. Seitdem hat er sich sehr verändert. Er trägt jetzt Schlips, und seine dunklen Haare sind kürzer geschnitten als damals.

»Du hast dich von dem Ohrring verabschiedet, wie ich sehe«, sagt Callie.

Leo zieht sich verlegen am linken Ohrläppchen. »Die sind nicht mehr so cool, außer man ist Tommy Lee oder so jemand.«

»Steht dir gut«, meint Alan. »Schön, dass du wieder hier bist.«

»Danke«, erwidert Leo verlegen. »Okay, ihr wolltet wissen, wie der Typ vorgehen könnte, um im Internet Kunden zu fangen. Nun, das ist nicht weiter schwer, wenn man Zeit und Geduld hat.«

»Davon hat dieser Hurensohn jede Menge«, sagt Alan.

»Wenn ich eine Suche starte, sagen wir …« Leo setzt sich an einen Computer, und seine Finger huschen über die Tastatur. Er stellt eine Internetverbindung her und öffnet einen Browser. »Suchen wir nach ›Antifeminismus-Forum‹.« Er tippt die Wörter ein, und die Seite wird geladen. »Seht ihr? Achtzehntausendvierhundert Möglichkeiten. Gehen wir die mal durch … hier ist eine: fightmisandry.com.«

»Misandrie?«, frage ich.

»Männerhass«, antwortet James. »Die Idee hinter einer Seite wie fightmisandry.com beruht wahrscheinlich auf dem Gedanken, dass es dem Feminismus gar nicht mehr um Chancengleichheit geht, sondern dass er zu einer breiten Anti-Männer-Bewegung geworden ist.«

»Woher kennst du dich so gut damit aus, wo du doch von der anderen Fraktion bist?«, fragt Callie.

James hat sich uns gegenüber erst kürzlich als schwul geoutet, und wäre diese Frage nicht von Callie gekommen, wäre ich wegen der möglichen Folgen erschrocken.

»Im Gegensatz zu manchen anderen tue ich etwas für meine Bildung«, erwidert James gereizt. »Intellektuelle Stagnation zeugt nicht nur von Trägheit, sie ist unattraktiv.«

Callie lacht. »Der ist gut.«

»Sieh mal einer an«, murmele ich, als ich das Menü der aufgerufenen Seite überfliege. »Hier gibt es Chats, Foren, Buddy-Listen. Das Thema zieht eine Menge Leute an. Leo, du sagst, dass er etliche Möglichkeiten hat, nach Kunden zu suchen.«

»Ja.« Er nickt eifrig und sieht trotz Anzug und Schlips mit einem Mal jünger aus. »Im Internet geht es um Information,

Kommunikation und Gemeinschaft. Man findet alles, wenn man geduldig ist und weiß, wie man danach suchen muss.«

»Es besteht ein großer Unterschied zwischen Reden und Tun«, sagt James. »Die meisten Männer in diesen Foren quatschen bloß und tun nichts.«

Leo überlegt. »Er könnte ein Programm schreiben, das im Chat nach Schlüsselwörtern sucht. Zum Beispiel ›Schlampe‹, ›tot‹, ›Hass‹, ›loswerden‹, ›umbringen‹ und dergleichen. Er könnte auch Köder auslegen, Posts, also Beiträge in den Foren oder im Live-Chat … Andeutungen, dass er sich wünscht, seine Frau loszuwerden, und dann auf Antworten Gleichgesinnter warten.«

»Möglich, aber unwahrscheinlich«, sage ich. »Dabei würde er zu viele Spuren hinterlassen.«

»Dann würde ich mich auf einen Bot verlegen«, sagt Leo.

»Einen was?«

»Bot. Abkürzung für Robot. Damit ist ein automatisch arbeitendes Programm gemeint. Es läuft eigenständig, entweder mit einem Timer, wobei ihm befohlen wird, in bestimmten Zeitabständen eine bestimmte Funktion auszuführen, oder es reagiert auf Eingaben. Man kann einen Bot zum Beispiel in einen Chatroom einschleusen. Der verhält sich wie ein normaler Teilnehmer, ist aber keiner. Es ist nur ein Programm. Es kann so eingerichtet werden, dass es auf Fragen antwortet, und wenn jemand Kontakt aufnimmt, hat der Bot eine geschickte Antwort parat.«

»Zum Beispiel?«

»Das ist auf Pornoseiten beliebt. Man schafft ein Profil für eine heiße Zwanzigjährige mit Riesenmöpsen.« Er wird rot. »Verzeihung.«

»Nein, nein, ›Riesenmöpse‹ ist sozusagen der Fachausdruck«, sagt Callie. »Erzähl weiter.«

Er räuspert sich. »Man schafft ein Profil für eine attraktive junge Frau, die es nicht gibt. Sie ist eine Fiktion. Der Bot bekommt dieses Profil und wird in einen Chatroom voller alleinstehender Typen eingeschleust, die nach einer Frau suchen.«

»Und alle denken, das Programm ist eine leibhaftige Frau«, sagt Alan.

»So ist es. Also schicken alle achtzig Kerle ihr eine Nachricht im Stil von ›Hi, bist du öfter hier?‹. Der Bot ist programmiert zu antworten mit: ›Hallo, tut mir leid, ich bin für einen Moment von meinem Computer weg, aber du kannst meine Nacktaufnahmen sehen und live mit mir chatten.‹ Versteht ihr?«

»Wie würde sich diese Methode für unseren Täter auszahlen?«, fragt Alan.

»Eigentlich gar nicht«, räumt Leo ein, »aber so ein Bot kann im Chatroom noch andere Dinge tun.«

»Suchen, nehme ich an«, sagt James.

»Genau. Zurück zur Timer-Variante. Der Bot wird im Chatroom eingeschleust und erhält den Befehl, alle fünf Millisekunden nach einem der folgenden Worte zu suchen: Schlampe, Nutte, Killer, Mord, Tod. Wenn eines davon im Chat benutzt wird, informiert der Bot seinen Besitzer. Wenn der wirklich gerissen sein will, lässt er den Bot eine allgemeine Antwort an den Verwender des Schlüsselworts senden. Zum Beispiel: ›Bin ganz deiner Meinung.‹ Das ist gar nicht schwierig.«

»Wie sicher wäre das für ihn?«, frage ich.

»Wenn man es richtig macht, sehr sicher. Wenn wir beobachten und abwarten, und der Betreiber der Site ist kooperativ, könnten wir die Spur vielleicht zurückverfolgen. Aber ihr müsst wissen, dass die meisten Betreiber Chats nicht protokollieren. Privatsphäre wird sehr geschätzt. Wenn man die nicht gewährleistet, ist man nicht konkurrenzfähig. Bei vielen Betreibern, die zum Beispiel Instant Messaging anbieten, kann man eine vollständige Verschlüsselung wählen, und vollständig heißt heutzutage fast schon auf Geheimdienstniveau.«

»Aber wir können ihn abhören?«, fragt Alan.

»Nicht unbedingt. Es gibt zwei verschiedene Dienste in der Instant-Messaging-Arena, die man im Grunde gar nicht ›abhören‹ kann, wie du dich ausdrückst. Sie benutzen eine Kombination aus Verschlüsselung und Peer-to-Peer-Architektur.« Er zuckt die Schultern. »Tut mir leid, ich sollte nicht zu sehr in Fachjargon verfallen. Es genügt, wenn ich sage, dass in diesen beiden Fällen der Betreiber gar nicht mit uns kooperieren könnte, selbst wenn er wollte.«

»Lass mich raten«, sage ich. »Diese beiden Varianten sind die beliebtesten.«

Leo nickt. »Anonymität ist alles. Das meiste ist ja auch gar nicht illegal. Die Leute werden nur nicht gerne bespitzelt. Sie wollen sich unterhalten und sich keine Gedanken machen müssen, ob der Große Bruder sie belauscht. Das Problem ist, Pädophile und Terroristen werden dadurch unterstützt.«

»Wie war das in der Zeit vor dem Internet?«, fragt James.

Leo zuckt die Achseln. »Nicht mein Gebiet, tut mir leid. Aber euer Täter könnte das Netz schon seit Langem benutzen. Chatrooms gibt es schon eine ganze Weile, und die Mailbox war bereits in den Siebzigerjahren populär. Mit einer primitiven Version eines Bot-Programms könnte er schon seit fünfundzwanzig Jahren operiert haben, wenn er den Durchblick hat. Sogar ein bisschen länger.«

Diese Monster werfen ihr Netz ins Meer der Information, geht es mir durch den Kopf, und ziehen es prall gefüllt mit einem Fang aus Hasserfüllten und Hungrigen wieder heraus.

»Okay, Leo«, sage ich. »Ich möchte, dass du deiner Hypothese nachgehst.«

»Schieß los.«

»Die Abteilung für Computerverbrechen des LAPD hat Douglas Hollisters PC mitgenommen. Ich möchte, dass du zu den Leuten gehst und ihnen über die Schulter schaust. Leg ihnen deine Theorie dar und durchsuche den PC nach stützenden

Beweisen. Ich will den Namen der Websites, die unser Freund besucht hat.«

»Das dürfte kein Problem sein. Die Kollegen dort wissen, was sie tun, und ich komme gut mit ihnen klar. Computerfreaks sind zwar konkurrenzbewusst, aber nicht im Hinblick auf Zuständigkeiten.«

»Wir haben noch drei andere Opfer, die ... nun ja, freigelassen wurden. Wir sind ziemlich sicher, dass es derselbe Täter ist. Wir werden mit den beteiligten Dezernaten zusammenarbeiten, sodass es uns möglicherweise zu anderen Douglas Hollisters führt. Falls ja, müssen wir deren Computer ebenfalls durchforsten.«

»Gebt mir einfach Bescheid«, sagt Leo. »War's das schon?«

»Schon? Wir arbeiten hier«, schimpft Callie. »Wir schuften uns einen ab. Wir können nicht den ganzen Tag auf unserem Allerwertesten sitzen, Kaffee schlürfen und Internetpornos gucken. Hopp, hopp!«

Leo lächelt sie mitleidig an. »Neid ist hart.«

»So habe ich mir das gedacht«, sagt Alan.

Leo ist gegangen, und wir sitzen wieder vor der Tafel und unseren Stichwörtern, die mit schwarzem und blauem Marker geschrieben sind und zusammenhanglos aussehen, sogar ein bisschen durcheinander wie Puzzlestücke, die auf den Sofatisch gekippt wurden. Wir starren darauf und reden darüber und kramen nach passenden Teilen. Das fertige Puzzle sieht immer gleich aus: ein Gesicht mit einem Namen darunter.

»Unser Täter gestaltet die Dinge einfach. Er sucht nach Männern, die ihre bessere Hälfte aus dem Weg haben wollen«, sagt Alan.

»Und wie steht's mit unzufriedenen Frauen, die ihren Mann loswerden wollen?«, wirft Callie ein.

»Möglich«, räume ich ein, »aber nicht praktikabel. Ungefähr sechzig Prozent alle Ehemorde werden von Männern begangen, sie sind also die größere demografische Gruppe.« Ich lächle Alan an. »Zugegeben, eine schiefe Aufteilung der Zielgruppe … das meine ich ganz ohne Männerhass.«

»Schon gut. Zurück zum Thema. Unser Täter findet Männer, die diesen zusätzlichen Schritt gehen wollen. Eine Scheidung genügt nicht, weil sie ihr Geld oder die Kinder nicht teilen wollen oder weil sie die Frau zu sehr hassen. Er trifft eine Abmachung mit dem Ehemann: Schließ eine Lebensversicherung auf deine Frau ab, falls es noch keine gibt, und ich entführe sie und halte sie fest. Niemand wird je eine Leiche finden, weil es keine gibt. Sieben Jahre später lässt du sie für tot erklären, kassierst die Versicherungssumme und gibst mir meinen Anteil.«

»Hört sich schlüssig an«, sage ich.

»Was also macht er mit den Frauen, wenn die sieben Jahre um sind?«

James' Seufzer klingt spöttisch. »Er bringt sie um, was denn sonst? Er tötet sie und lässt die Leichen so verschwinden, dass sie nicht gefunden werden. Vielleicht verbrennt er sie oder zerstückelt sie, aber wie er es anstellt, ist jetzt erst einmal unwichtig.«

»Und was ist wichtig?«

»Dasselbe wie bisher: Methodik. Wir haben jetzt eine Ahnung, wie unser Täter seine Opfer ausgewählt hat. Und wir wissen von Heather Hollister, wie er die Opfer behandelt. Die nächste logische Frage ist: Wo hält er sie gefangen?«

»Tja«, sage ich nachdenklich. »Wir haben drei lobotomierte Opfer in drei Staaten: Kalifornien, Nevada und Oregon. Ob er in jedem Staat ein Versteck hat?«

»Da bin ich ziemlich sicher«, sagt James.

»Warum?«

»Weil es die vernünftigste Lösung ist. Je länger er mit einem Opfer durch die Gegend reist, desto größer das Risiko, geschnappt zu werden. Es ist viel einfacher und sicherer, die Opfer an Ort und Stelle gefangen zu halten.«

»Das müssten dann Häuser sein, die ihm gehören«, folgere ich. »Gemietete Häuser wären ebenfalls zu riskant. Es wäre nicht so günstig, den Vermieter mit der Axt erschlagen zu müssen, nur weil er auf eine Tasse Kaffee reinschneit.«

»Da sind wir uns einig«, sagt James.

»Über welche Art von Häusern reden wir also?«, frage ich.

»Über abgelegene Häuser«, sagt Alan. »Entweder im Hinterland oder dort, wo keine Wohnhäuser in der Nähe sind oder wo es niemanden interessiert, was geschieht.«

»Lagerhäuser?«

»Glaube ich nicht«, meint Callie. »In Lagerhausvierteln gibt es zu viel Unvorhergesehenes: heimliche Hausbesetzer, Feuer, Drogenrazzien, weil wieder mal jemand die falsche Sorte Basilikum gezogen hat. Unser Täter braucht eine Bleibe, wo niemand ihn stört. Leise, abgeschieden und sicher. Am besten ein Betongebäude auf einem Privatgrundstück. Besonderheiten wie Stahlpritsche und Ringe an der Wand kann er dann selbst anbringen.«

»Wie würde er seine Opfer im Auge behalten, während er reist?«, frage ich.

»Mittels Videoüberwachung. Das geht inzwischen auch übers Internet«, sagt Callie. »Ich weiß das, weil mein frisch Angetrauter mehrere Kameras in unserem Haus installiert hat. Sie übertragen das Bild auf den Computer, und man kann von überall auf der Welt darauf zugreifen, solange man ins Web kommt.«

»Sam ist ein bisschen ängstlich, was?«, spöttelt Alan.

»Er ist bloß vorsichtig, Moppelchen.«

»Wir schlagen eine zu breite Schneise«, sage ich. »Selbst wenn Callie recht hat, was dann? Wie sollen wir eine bundesweite Suche nach dem Betongebäude eines Privatmannes durchführen? Was soll uns das einbringen?«

»Geografisches Profiling könnte hilfreich sein«, schlägt James vor. »Unser Täter ist zwar ein Pendler, aber es kann nicht schaden.«

Geografisches Profiling ist eine im Grunde mathematische Vorgehensweise, mit der man versucht, den wahrscheinlichsten Aufenthaltsort eines Täters zu bestimmen, wobei die Analyse sich auf dieselbe Grundlage stützt wie unsere übrige Arbeit: auf das Täterverhalten.

Man nimmt an, dass es grundsätzlich zwei Tätertypen gibt, den »Pendler« und den »Plünderer«. Der Plünderer ist ortsgebunden. Er begeht seine Taten in einem fest abgesteckten Gebiet. Er ist der beste Kandidat für geografisches Profiling.

Der Pendler ist mobil und legt zwischen den einzelnen Verbrechen große Distanzen zurück. Er ist häufig ein intelligenter Jäger, der kulturelle und psychische Barrieren überwinden kann. Mit geografischem Profiling ist er nur schwer festzunageln. »Son of Sam« war ein Plünderer; er wurde aufgrund eines Parkknöllchens geschnappt. Ted Bundy war ein Pendler; er wurde gefasst, weil er einfach nicht mit dem Töten aufhören wollte und schließlich zu viele Spuren hinterließ.

Geografisches Profiling ist relativ neu, hat aber einen ständig wachsenden Datenbestand an interessanten Verhaltensbeobachtungen. Ein Beispiel: Wenn Menschen sich verlaufen, gehen Männer meist bergab, Frauen bergauf. Ich habe das nicht geglaubt, als ich davon hörte, aber es wurde mir bestätigt. Ein anderes Beispiel: ein rechtshändiger Verbrecher, der Hals über Kopf verschwinden muss, rennt nach rechts und wirft seine Waffe nach links. Geografisches Profiling ist umstritten und kompliziert, aber auch nützlich.

»Ich weiß nicht recht, was das in unserem Fall bringen soll«, wende ich ein. »Vier Opfer in drei verschiedenen Staaten? Das sind nicht allzu viele Variablen, die wir benutzen können.«

James zuckt die Achseln. »Wir sollten es trotzdem versuchen.«

»Denkst du an jemand Bestimmtes?«, frage ich.

»Professor Earl Cooper. Er ist ein bisschen nervtötend, versteht aber sein Handwerk.«

Ich blicke auf die Weißwandtafel. Sie starrt zurück, verhöhnt mich mit Schweigen und Unvollständigkeit. Ich denke an die anderen Heathers, die irgendwo im Dunkeln festgehalten werden.

Ich stehe auf und nehme meine Handtasche. »Gehen wir zu ihm.«

Bewegung ist Bewegung. Stillstand ist Tod.

KAPITEL 21 Dana Hollister lauscht einem lauten, gleichbleibenden Summen. Es ist wie ein einzelner Ton aus vierzig Mündern. Es hat sich über ihre Welt gelegt, dieses Summen.

Meistens fließt es über sie hinweg wie Wasser, und sie ist untergetaucht. Da ist Licht, und da ist das Summen und kein Gedanke.

Doch ab und zu stockt das Summen, und dann gibt es winzige Lichtblicke. Einmal, als das Summen verstummte, dachte Dana ein einzelnes Wort:

Ich.

Dann setzte das Geräusch wieder ein und erstickte alles andere.

Soeben stockt das Summen wieder, diesmal länger als je zuvor. Vom Grunde eines Sees aus Sirup schwimmt Dana an die Oberfläche.

Der Mann, denkt sie.

Der Mann beugt sich vornüber, eine Nadel in meinem Auge. Da ist etwas zu sehen.

Das Summen kommt, ein Brausen in der Ferne.

Da ist etwas zu sehen, das wichtig ist. Etwas an dem Mann.

Ich sollte es ihnen sagen.

Wer sind die?

Wer bin ich?

Ich …

Das Summen deckt sie zu, und sie sinkt ins Nichts.

Wie sich herausstellte, war Earl Cooper bereits unterwegs zu uns. Jetzt steht er in unserem Büro wie ein Mann aus einer anderen Zeit.

Er trägt Hut und Stiefel eines Cowboys, ein Flanellhemd und ausgebleichte Jeans. Er ist nicht sehr groß, knapp eins siebzig, und breit in den Schultern, aber schmal in den Hüften. Jedes seiner zweiundsechzig Jahre sieht man ihm an. Er hat ein faltiges Gesicht, eine große Nase und einen Schnurrbart, der an den Enden gewachst ist. Es ist ein unverwechselbares Gesicht, geformt von seinem Träger, nicht andersherum.

Die Augen funkeln vor Klugheit und haben eine Tiefe, die mich erkennen lässt, dass Cooper in seinem Leben schon viel gesehen und getan und sich dabei die Finger schmutzig gemacht hat. Doch ich sehe auch einen Hauch von Traurigkeit in seinem Gesicht.

»Freut mich, Sie kennenzulernen«, begrüßt er mich und schüttelt mir lächelnd die Hand. »Ich habe von Ihrer Arbeit gehört. Tut mir leid, das mit Ihrer Familie und Ihren Narben.«

Er sagt es so geradeheraus, dass ich keine Kränkung empfinden kann. »Danke, Sir.«

Ich wähle ganz bewusst diese respektvolle Anrede, denn Cooper strahlt eine ruhige Autorität aus, die aus Alter und Erfahrung erwächst. Er wirkt wie ein Lehrer, dem man zuhören sollte. Diese Aura umgibt ihn wie ein Mantel aus stiller Gewissheit.

»Woher kommen Sie?«, fragt Alan.

»Aus Texas. In bin in der Nähe von Dallas zu Hause. Aber ich komme jedes Jahr für drei Monate hierher. Beratertätigkeit und Vorträge. Das hält mich ganz schön auf Trab.«

»Sind Sie Cowboy, Earl?«, fragt Callie neckend.

Er lächelt sie an, und sein Gesicht hellt sich auf. »Nein. Ich bin bloß ein Akademiker in Cowboystiefeln. Aber Schießen ist eines meiner Hobbys.«

»Mit welcher Waffe schießen Sie?«, frage ich.

»Am liebsten mit einer Neunmillimeter«, sagt er. »Einige meiner Zeitgenossen halten das für ein Sakrileg, aber das ist mir egal. Ich wollte eine Waffe, die mir gefällt, und das war nun mal die Neunmillimeter.«

»Ich habe eine Glock.« Ich ziehe meine Jacke zur Seite, damit er sie sieht.

Er blickt mich neugierig an. »Sind Sie eine gute Schützin?«

»Gut?«, sagt Callie. »Sie ist ein Naturtalent.«

»Tatsache?«

»Tatsache.« Wenn es um das Schießen geht, kenne ich keine falsche Bescheidenheit. »Ich habe auf der Grundlage meiner Trefferquote am Schießstand Vergleiche angestellt. Ich würde bei einem Wettbewerb wahrscheinlich unter die besten hundert FBI-Leute kommen.«

»Der Frauen?«, fragt er.

»Männer *und* Frauen.«

Er lächelt. »Das würde ich gerne mal sehen. Die meisten Jungs würden sich schwarzärgern, wenn eine Frau sie schlägt. Sie sollten irgendwann gegen diese Machos antreten.«

Ich erwidere sein Lächeln. Ich finde ihn sympathisch. »Vielleicht tue ich das.«

»Haben wir uns jetzt genug verbrüdert?«, fragt James, unser aller Gewissen, giftig und ungeduldig wie immer. »Können wir uns jetzt endlich der vorliegenden Aufgabe zuwenden?«

Earl zieht die Mundwinkel nach unten. »Zügeln Sie sich, mein Freund.«

»Ich bin nicht Ihr Freund«, erwidert James kühl. »Und da sind noch andere Frauen im Dunkeln eingesperrt, wie kürzlich Heather Hollister.«

Earl nickt. »Der ungeduldige Jäger, der nie die Flinte weglegt oder die Stiefel auszieht. Ich war mal genauso wie Sie, mein Freund. Besser man lernt abzuschalten, sonst ist man eines Tages ausgebrannt.«

»Wir sollten jetzt endlich zur Sache kommen«, sagt James zähneknirschend.

»Geben Sie's auf, Earl«, rät Callie. »So ist James immer. Traurig, aber wahr.«

»Ich weiß. Gut, kommen wir zur Sache. Was kann ich für Sie tun?«

Ich schildere ihm den Fall in allen Einzelheiten. Er hört aufmerksam zu, zwirbelt seine Schnurrbartenden und hakt hin und wieder mit einer knappen Frage nach. Als ich fertig bin, ist er eine Zeit lang still und blickt auf unsere Hieroglyphen an der Tafel.

»Ich weiß nicht, ob ich Ihnen eine große Hilfe sein kann«, beginnt er schließlich, »aber ich sage mal, was ich sehe.«

»Mehr wollen wir auch gar nicht«, entgegne ich.

»Was wissen Sie eigentlich über meine Arbeit?«

»Nur das Gröbste. Callie ist unsere Kriminologin. Sie ist in der Forensik bewandert, aber für Spezialgebiete ziehen wir immer Experten wie Sie hinzu.«

»Verstehe. Geografisches Profiling ist das uneheliche Stiefkind der Disziplin«, erklärt Cooper. »Mit anderen Worten, es ist noch nicht das letzte Wort darüber gesprochen. Aus gutem Grund. Es gibt viele Dinge, über die man stolpern kann. Das größte Problem ist ein Mangel an Informationen, wie in Ihrem aktuellen Fall. Geografisches Profiling steht und fällt mit Daten. Es geht um Zahlenverarbeitung und Variablen. Ihr Täter hat vier Personen in drei verschiedenen Staaten nach langer Entführungszeit freigegeben. Er wählt seine Opfer übers Internet aus. Das macht es uns nicht einfacher.

Wir gehen bei den Tätern von vier Grundtypen aus. Es gibt den Jäger, der die Opfer in seinem Heimatterritorium aussucht. Bei diesem Tätertyp funktioniert mein Profiling am besten. Es gibt den Wilderer, der von zu Hause wegreist. Er ist gerissener. Er weiß, dass man nicht in den eigenen Garten scheißt. Dann gibt es den Angler. Er ist Opportunist und wahrscheinlich sehr undiszipliniert. Er sieht etwas, das ihm gefällt, während er mit anderen Dingen beschäftigt ist, und handelt aus dem Impuls heraus. Und schließlich gibt es noch den Fallensteller, der das Opfer zu sich lockt, um die Situation unter Kontrolle zu haben.«

»Da überschneiden sich viele Dinge«, bemerke ich.

Er nickt. »So ist es, Agentin Barrett. Der Angler kann in seinem Heimatgebiet vorgehen wie der Jäger, aber auch weit weg von zu Hause. Der Vergewaltiger als Handelsreisender. Der Wilderer kann sich ein neues Heimatterritorium schaffen. Er hält sich für gerissen, weil er seine Opfer jedes Mal woanders aussucht, aber dann gefällt es ihm in der neuen Gegend, und er zieht immer wieder dorthin. Es kann auch sein, dass ihm diese Entscheidung gar nicht bewusst ist.

Das ist einer der Grundsätze, die das geografische Profiling stützen: Wir operieren häufig in unseren Komfortzonen, bewusst oder unbewusst. Die Theorie besagt, dass der Ort sowohl der Entführung als auch der Freilassung des Entführten oder des Ablegens seiner Leiche uns wichtige Hinweise auf den Wohnort des Täters gibt. Ein bekanntes und simples Beispiel ist ein Fall, in dem Leichen immer bei einer Eisenbahntrasse gefunden wurden. Dies deutete auf einen Täter hin, der ziellos und ständig auf Achse war. So konnte die Suche eingeengt und der Mann schließlich gefasst werden. Er war ein illegaler Einwanderer, der bereits mehrmals ausgewiesen worden war.«

Wenn ich Cooper so zuhöre, kann ich mir vorstellen, dass er ein gefragter Redner ist. Er hat eine lockere, jedoch engagierte Art zu sprechen, bei der man sich fühlt, als säße man im Wohnzimmer mit den Füßen auf dem Sofatisch und unterhielte sich mit ihm.

»Das Entscheidende ist die Entfernung«, fährt er fort. »Es gibt einen Unterschied zwischen wahrgenommener und tatsächlicher Entfernung. Wenn jemand von Ihnen schon mal auf ein Gebirge am Horizont zugewandert ist oder versucht hat, durch einen See zu schwimmen, werden Sie wissen, was ich meine. Es sieht zum Greifen nah aus, aber man kann tagelang wandern, bis man das Gebirge erreicht, oder so lange schwimmen, bis man ertrinkt, ohne an das andere Ufer zu gelangen. Dieses Phänomen gibt es auch umgekehrt. Ein Mörder glaubt möglicherweise, dass etwas noch weit weg ist, dabei ist es in Wirklichkeit schon ganz nah. Das hilft uns, das Transportmittel zu ergründen – in diesem Fall ein Auto –, da es uns eine Vorstellung von der mobilen Reichweite eines Täters gibt.«

»Das hört sich so an, als wäre ein zielloser Mensch mittels geografischem Profiling leichter zu schnappen als ein Mann mit einem Wagen«, sagt Alan.

»So ist es«, bestätigt Cooper. »Es hilft uns nicht, dass dieser Kerl hier in verschiedenen Staaten operiert. Doch der Distanzfaktor könnte etwas hergeben. In Bezug auf die Entführungen, meine ich.«

»Wie das?«, fragt Alan.

»Von wo und wie er seine Opfer entführt. Er ist pragmatisch. Was verrät Ihnen das?«

»Dass er nicht Hunderte Meilen weit weggeht«, melde ich mich zu Wort.

Cooper lächelt. »Korrekt.«

»Aber darauf hat er nicht immer Einfluss«, gibt Callie zu bedenken. »Die Wahl seiner Opfer ergibt sich aus dem Bedürfnis seiner Kunden. Er kann vorher nicht wissen, wo sie wohnen.«

»Ein guter Gedanke, aber nicht zutreffend«, sagt Cooper. »Portland zum Beispiel ist nur dreihundertsiebenundsiebzig Quadratkilometer groß, Los Angeles dagegen tausendzweihundert, und kurz hinter der Stadtgrenze kann man schon mitten im Wald sein.«

Er wendet sich der Tafel zu.

»Die Parkplatz-Masche ist gut. Ich glaube, Sie haben recht. Er entführt seine Opfer von dort, weil er seine sexuelle Begierde stillen muss, indem er Autounfälle herbeiführt. Das ist ein Verhaltensmuster. In Verbindung mit der Geografie verrät es uns etwas. Na, wer kann mir sagen, was es ist? Was fehlt noch?«

Es ist das sanfte Drängen eines Lehrers, genauer hinzuschauen. Wir alle blicken an die Tafel. Ich begreife zuerst – ein Aha-Erlebnis.

»Auf welche Weise er die Unfälle sieht«, sage ich.

Cooper lächelt und nickte.

»Ja«, sagt James. »Er hat ein Opfer. Er kann nicht gut dort sitzen bleiben und warten, dass es passiert. Auf die Medien kann er sich nicht verlassen – zu viele Unwägbarkeiten. Vielleicht kommt es gar nicht in die Nachrichten.«

»Also?«, fragt Callie.

»Also muss er sie irgendwie aufzeichnen«, antworte ich.

Cooper neigt anerkennend den Kopf. »Ich kenne mich mit technischen Spielereien nicht aus«, sagt er, »aber ich denke, seine Möglichkeiten sind begrenzt. Wie lange würde ein batteriebetriebenes Gerät funktionieren? Wenn kein Internetzugang zur Verfügung steht, der die Kamera mit seinem Computer verbindet – wie viele Stunden kann ein unabhängiges Gerät aufnehmen? Ich würde bei den jüngsten Fällen nach örtlichen Hotels und Wohnvierteln in der Nähe suchen, wo es WLAN gibt. Bei den älteren …« Er zuckt die Achseln. »Kann ich nicht sagen. Sie werden einen der Techniker fragen müssen, die Sie vermutlich auf der Gehaltsliste haben.

Ich für meinen Teil benötige Kopien von allem, auch von der Oregon- und der Nevada-Akte. Von Ihren Notizen ebenfalls. Alles, was relevant sein könnte. Dann verrühre ich das alles miteinander, gebe eine Prise Molchauge dazu und kreuze die Finger. Dann werden wir ja sehen, was dabei herauskommt.«

»Sie bekommen noch heute alles, was Sie benötigen«, verspreche ich ihm. »Wir sind Ihnen wirklich dankbar.«

Er tippt grüßend an seinen Hut. »Ich kann Ihnen nichts versprechen.«

»Sie haben uns schon geholfen«, versichere ich ihm. »Sie haben uns auf ein paar neue Gesichtspunkte aufmerksam gemacht.«

Nachdem Cooper gegangen ist, drücke ich James das Kopieren aufs Auge. Für seine Verhältnisse akzeptiert er es bewundernswert gelassen.

»Der Entfernungstrick ist interessant«, sagt er, bevor er sich an die Arbeit macht. »Auch die Verbindung mit der Theorie der Symphorophilie, der sexuellen Erregung durch Verkehrsunfälle.«

»Ja«, pflichte ich ihm bei. »Okay, dann lasst uns jetzt etwas Verwertbares daraus machen. Callie, du hilfst James bei den Kopien. Alan, ruf Leo an und frag nach, wie es beim LAPD läuft.« Ich schaue auf die Uhr. »Ich werde den AD auf den neuesten Stand bringen.«

Und nicht nur, was den Fall angeht. Ich muss auch über etwas anderes mit ihm reden. Jetzt, wo ich weiß, welche Veränderungen die Zukunft bringt, ist es Zeit, jemanden in mein privates Geheimnis einzuweihen.

KAPITEL 22

AD Jones starrt an die Decke seines Büros, als er überdenkt, was ich ihm soeben berichtet habe.

»Sie glauben also, er hat die Wahrheit gesagt?«, fragt er dann. »Sie glauben, er hat noch mehr Opfer versteckt?«

»Ich halte es für wahrscheinlich, Sir, wenn wir von einem finanziellen Motiv ausgehen. Kein Opfer, kein Geld. Außerdem scheint es so etwas wie einen beiderseitigen Schweigekodex zu geben. Wahrscheinlich nimmt er alles auf Band auf, was er mit seinen Kunden verhandelt – für den Fall, dass etwas schiefgeht.«

»Eine Totmannschaltung.«

»Ja. Das und die Drohung, das Leben des Kunden zu ruinieren. Douglas Hollister hat versucht, unseren Täter übers Ohr zu hauen, also wurde er fertiggemacht. Das ist eine ziemlich überzeugende Abschreckung.«

»Wie geht es Heather Hollister?«

»Nicht gut. Auf der einen Seite würde ich sagen, sie ist besser dran als Dana oder Jeremy Abbott, auf der anderen Seite bin ich mir da nicht so sicher.«

»Sie ist besser dran.« Er sagt es kategorisch. »Das sollten Sie besser wissen als andere. Wenn sie zäh ist, wird sie es schaffen. Wenn nicht, dann nicht. Wenigstens hat sie eine Chance.«

»Sie haben recht«, sage ich. »Ich schätze, es hat mir Angst gemacht. Meine beiden größten Ängste in meiner Kindheit waren, für immer im Dunkeln eingeschlossen zu sein und verrückt zu werden, ohne es zu merken.«

Er lächelt. »Vielleicht sind Sie schon verrückt und wissen es nur nicht.« Er macht eine ausgreifende Armbewegung. »Vielleicht existiert das alles gar nicht, und Sie sitzen in einer Zwangsjacke in der Gummizelle und bilden sich das alles nur ein.«

Ich bedenke ihn mit einem vernichtenden Blick. »Das ist nicht komisch, Sir.«

Sein Lächeln zeigt mir, dass er anderer Meinung ist. »Und der zweite Sohn?«

»Er lebt und wird wahrscheinlich an eine soziale Einrichtung übergeben, bis Heather Hollister aus ihrer Trübsal erwacht und nach ihm fragt.«

»Okay. Und wie sieht der Angriffsplan aus?«, fragt AD Jones.

»Vielleicht kann Earl Cooper uns helfen, aber im Moment halte ich die Internetkontakte und die Sache mit den Autounfällen für die besten Spuren.«

»Ich nehme an, Sie planen eine Operation in dieser Internetsache?«

»Ich erwäge es, Sir. Wenn Leo Carnes zurückkommt, werde ich mehr wissen.«

»Und die Unfälle?«

»Sollte James recht haben und es handelt sich tatsächlich um einen sexuellen Trieb, wird der Täter sich vermutlich nicht darauf beschränken, diesen Trieb nur im Zusammenhang mit einer Entführung zu befriedigen. Er wird für andere Gelegenheiten sorgen. Im Großen und Ganzen wirkt der Täter diszipliniert und umsichtig. Die sexuelle Perversion stellt eine Gefahr für ihn dar. Das könnte der Punkt sein, an dem er Fehler begeht.« Ich zucke die Achseln. »Ich weiß, das ist nicht viel, aber es ist alles, was wir haben.«

Jones denkt darüber nach. »Gut«, sagt er dann. »Sie sollten auch nach Internetgruppen suchen, die auf diese Unfallmasche aus sind.«

»Was meinen Sie?«

»Es dürfte für jede Perversion die passende Internetgruppe geben. Für Pädophile zum Beispiel. Sie tauschen ihre Fotos und Erfahrungen im Internet aus. Wenn Cooper recht hat und der Täter nimmt auf Band auf, was er treibt, teilt er sich vielleicht anderen mit.«

Ich reiße überrascht die Augen auf. »Das ist eine gute Idee.«

»Ab und zu habe auch ich lichte Momente. Okay, Ihr Angriffsplan hört sich gut an. Ich glaube auch, dass sein Motiv das Geld ist. Es braucht zwar nicht das einzige Motiv zu sein, aber Hollisters Aussage und alles, was wir sonst noch wissen, stützt diese Theorie. Machen Sie so weiter.« Er lehnt sich zurück, verschränkt die Finger über dem Bauch und sieht mich an. »Und jetzt sagen Sie mir, warum Sie wirklich hier sind.«

»Wie bitte?« Er hat recht, aber ich weigere mich instinktiv, so leicht durchschaut zu werden.

»Kommen Sie, Smoky. Ich kenne Sie. Ich merke es Ihnen an, wenn Sie mit den Gedanken woanders sind. Ihnen geht schon die ganze Zeit etwas durch den Kopf.«

Mit leisem Trotz stelle ich mich seinem Blick; dann schaue ich seufzend zur Seite. »Ich habe Direktor Rathbun gesagt, dass ich den Job übernehme.«

»Ich weiß. Ich halte das für eine gute Entscheidung.«

Ich schaue ihn immer noch nicht an. »Das denke ich auch. Aber es gibt da eine … Komplikation. Nun ja, ich weiß nicht, ob das der richtige Ausdruck ist. Nennen wir es eine Unbekannte. Ich brauche Ihre Hilfe. Ihren Rat, was ich damit tun soll.«

»Wenn ich Ihnen helfen kann, werde ich es tun. Welche Art Unbekannte?«

Ich durchlebe eine Mischung aus Unruhe, Angst und Sehnsucht. Es ist ein Geheimnis, so habe ich es von Anfang an empfunden. Ich weiß nicht warum, aber das Gefühl saß zu tief, als dass ich es ignorieren konnte.

Ich zwinge mich, Jones in die Augen zu schauen und die Worte auszusprechen, die ich noch niemandem gesagt habe, nicht einmal Tommy.

»Ich bin im zweiten Monat schwanger, Sir.«

Er starrt mich an. Eine halbe Minute lang sagt er nichts. Ich kann nicht erkennen, ob er bestürzt ist oder bloß nachdenkt. Seine Finger bleiben verschränkt, seine Hände ruhig.

»Dann darf man gratulieren?«, fragt er schließlich und lächelt mich an.

Das ist die Frage, die ich mir seit dem mitternächtlichen Pinkeltest und erst recht nach der Bestätigung durch die Blutuntersuchung gestellt habe.

Ist es eine gute Sache? Bin ich glücklich darüber?

»Ich bin mir nicht sicher, Sir.«

»Warum nicht?«

Ich mustere meinen Mentor und überlege, was ich erwidern

soll. AD Jones kennt mich länger als jeder andere im FBI-Universum. Er hat mich aufsteigen sehen, und er war da, als mein Leben in Schutt und Asche gelegt wurde. Er hat viel von mir gesehen, doch es gibt Dinge, die auch er nicht weiß.

AD Jones hat mich noch nie weinen sehen. Er hat mich nicht halten müssen, während ich Tränen vergoss. Seine Unterstützung war umfassend, doch er gab sie entweder schweigend oder mit schroffen Worten. Und das wusste ich immer zu schätzen.

»Ich war schon einmal schwanger«, vertraue ich ihm an. »Bevor Matt und Alexa getötet wurden.«

»Okay«, sagt er.

Kein »wirklich?«, kein »o Gott!«. Nur ein »Okay« und ruhiges Abwarten. Das ermutigt mich.

»Niemand hat es gewusst. Ich habe selbst noch darüber nachgedacht, wissen Sie. Ich wollte zuerst Klarheit, wie ich darüber denke, bevor ich es Matt sage. Dann aber … dann ist das Schreckliche passiert, das damals passiert ist. Als ich im Krankenhaus lag, habe ich beschlossen, nach Hause zu gehen, meine Angelegenheiten zu ordnen und mich umzubringen. Die Sache war nur die: Ich wusste, ich kann nicht abdrücken, solange ich das Kind im Leib trage. Das ist ganz schön verdreht, ich weiß.« Ich schlucke beschämt. »Also habe ich das Baby abgetrieben.« Ich wage einen Blick in sein Gesicht, fürchte mich vor dem, was ich sehen werde, doch ich sehe nur Geduld. »Später, nachdem ich beschlossen hatte weiterzuleben, habe ich es bereut. So sehr, dass … ich kann es gar nicht sagen …« Ich gebe achselzuckend auf. Es gibt keinen angemessenen Ausdruck für meinen Ekel vor mir selbst und meinen Schmerz. »Ich habe es unterdrückt, habe es verschwiegen und weitergelebt.«

Ich blicke auf meinen Bauch und streiche darüber. Ich stelle mir vor, wie das Kind wächst, so wie damals Alexa. Ich weiß noch, wie sie sich angefühlt haben, diese Regungen von Leben: erstaunlich und erschreckend zugleich. »Jetzt ist es wieder so weit.

Ich bekomme eine zweite Chance. Eine Abtreibung kommt für mich nicht infrage, das steht fest. Aber es wäre gelogen, wenn ich behaupten würde, ich hätte keine Angst, Sir.«

»Ich verstehe das, Smoky«, sagt er. »Wirklich. Sie haben viel verloren. Ihre Angst ist ganz normal.« Er grinst schief. »Wie lautet das alte Sprichwort über Paranoia?«

»›Du bist nicht paranoid, solange es jemand auf dich abgesehen hat.‹«

»Ja.« Er nickt. »Da draußen hat es jemand auf Sie abgesehen. Vielleicht ist er in diesem Moment nicht hinter Ihnen her, aber irgendwann wird er darüber nachdenken. Und die Schwangerschaft macht Sie besonders verletzlich.« Er schüttelt den Kopf. »Ich beneide jeden, der den Mut hat, Kinder zu bekommen. Ich bin froh, dass ich selbst keine Kinder habe und mir deshalb keine Sorgen zu machen brauche, jemand könnte sie als Waffe gegen mich verwenden.«

»Ich verstehe, Sir. Aber es gehört zu unserem Beruf.«

»Haben Sie das schon mit Tommy besprochen?«, fragt er; dann zuckt er zusammen. Zu meinem Erstaunen wird er ein bisschen rot und räuspert sich. »Verzeihung, das war eine Unterstellung. Ist Tommy der Vater?«

Mir bleibt der Mund offen stehen. »Sir!«

Er macht ein verlegenes Gesicht. »Ich werte das als Ja.«

»Meine Güte. Was denken Sie von mir?«

»Nun?«

Ich lasse mich gegen die Lehne sinken. Ich komme mir vor wie ein Kind im Büro des Schuldirektors. »Er weiß es nicht. Ich hab's ihm noch nicht gesagt.«

Bei dieser Antwort schaut er mich prüfend an und kratzt sich am Unterarm. »Nun ja«, sagt er, »eigentlich geht es mich ja nichts an. Und schließlich sind Sie nicht verheiratet.«

Wer A sagt, muss auch B sagen, überlege ich und platze damit heraus, bevor ich mich zurückhalten kann.

»Doch, sind wir.«

Jetzt bleibt ihm der Mund offen stehen; dann aber bekomme ich ein ehrliches, freudiges Lächeln zu sehen. »Tatsache?«

»Wirklich und wahrhaftig. Hawaii war nicht nur ein Urlaub, es waren unsere Flitterwochen.«

»Gratuliere! Warum haben Sie mir das nicht gleich gesagt?«

»Ich habe es noch keinem erzählt, Sir. Sie sind der Erste. Um ehrlich zu sein, haben Tommy und ich deswegen einen kleinen Streit gehabt.«

»Er wollte es ausplaudern und Sie nicht?«

»So ungefähr.«

»Ich kann Ihre Skrupel verstehen. Ich habe meine zweite Heirat für drei Monate geheim gehalten. Ich wollte nicht, dass es Unglück bringt.«

»So geht es mir auch, Sir.«

Diesmal ist sein Lächeln voller Zuneigung, aber auch ein bisschen traurig. »Das ist Humbug, Smoky. Die zweite Ehe ist genauso gescheitert wie die andere, und nicht weil ich darüber gesprochen oder geschwiegen habe. Das ist dummer Aberglaube. Im Endeffekt war ich einfach nicht bereit, meiner Ehe den gleichen Rang einzuräumen wie meiner Arbeit. Sie und Tommy passen in dieser Hinsicht gut zusammen.«

»Oh ja, Sir. Deshalb habe ich Angst, dass wieder alles zerstört wird. Ich habe mein Glück einmal als selbstverständlich genommen. Alexa würde groß werden, dachte ich, und mich zur Großmutter machen. Ich dachte, Matt und ich würden gemeinsam alt und grau werden. Das alles zerschellte in einem einzigen Augenblick.«

»Wollen Sie meinen Rat?«

»Ich hätte nichts dagegen.«

»Das Leben hat Ihnen einmal ein Bein gestellt, Smoky, und um ein Haar wäre es für immer gewesen. Sie haben überlebt, und nun haben Sie wieder einen Ehemann und ein Kind … und die

Chance auf ein zweites. Also posaunen Sie es heraus. Seien Sie stolz. Fordern Sie das Schicksal heraus und lassen Sie eine Taube in den Himmel steigen. Halten Sie fest, was Sie haben, und sagen Sie der Welt, dass es Ihnen gehört. Was immer Sie beschließen, scheuen Sie nicht davor zurück. Das passt nicht zu Ihnen.«

Ich lächle meinen Mentor an. »Das war ziemlich aufmunternd, Sir.«

»Sie fragen sich bestimmt, wie das alles bei Rathbun ankommen wird, nicht wahr?«

»Ja. Ich glaube nicht, dass er sich für sein Werbeplakat eine schwangere Agentin mit dickem Bauch vorgestellt hat.«

»Vermutlich nicht. Deshalb rate ich Ihnen, es ihm vorläufig nicht zu sagen. Er wird jetzt erst mal damit beschäftigt sein, seine Idee dem Präsidenten und diversen Haushaltsausschüssen zu verkaufen. Er wird Sie als das Hauptargument benutzen. Bis er merkt, dass Sie schwanger sind, ist die Sache hoffentlich schon zu weit fortgeschritten, als dass er die Pferde noch wechseln könnte.«

»Ziemlich hinterhältig, Sir.«

»Genau wie die Welt, in der Rathbun sich bewegt. Gewöhnen Sie sich besser daran. Gibt es sonst noch etwas zu bereden?«

»Ich glaube nicht.«

Er entlässt mich mit einer Handbewegung. Sein Tonfall ist wieder schroff und ungeduldig – nicht um mich zu kränken, sondern um mir zu zeigen, dass sich zwischen uns nichts geändert hat, dass ich trotz aller Geständnisse nicht anders behandelt werde als vorher. »Dann an die Arbeit. Schnappen Sie diesen Irren.«

»Ich werde mir Mühe geben, Sir.«

»Ich weiß. War mir ein Vergnügen, Smoky. Und so wird es auch in Zukunft bleiben, auch wenn ich dann nicht mehr Ihr Chef bin. Vielleicht gerade dann.«

Ich steige in den Aufzug und fühle mich befreit. In mir hatte sich Druck aufgebaut. Wie groß dieser Druck gewesen ist, war mir erst bewusst geworden, als ich ihn vor AD Jones mit emotionalen Handgranaten abließ, die er zum Glück souverän abfing.

Vielleicht werden wir wirklich Freunde, wenn er nicht mehr mein Chef ist.

Ich fasse an meinen Bauch. Die Vorstellung gefällt mir.

Sehr sogar.

KAPITEL 23

»Alle mal herhören«, sage ich. »Bevor wir weitermachen, muss ich etwas bekannt geben.«

»Erzähl«, sagt Callie.

Alan legt seinen Stift weg und wartet. James schießt mir einen mürrischen Blick zu und arbeitet weiter.

»Tommy und ich haben geheiratet.«

Alan reißt die Augen auf. »Hey!«, ruft er. »Das ist ja großartig! Wann?«

»Als wir auf Hawaii waren.«

»Und wie lange wolltest du uns das verheimlichen?«, fragt Callie streng.

»Bis jetzt.«

»Ich bin ungehalten«, sagt sie. »Sehr ungehalten. Du hast mich betrogen. Uns alle.«

»Wie sollte ich dich betrogen haben?«

Mit einem Blick zum Himmel fleht sie um Geduld mit den geistig Armen. »Erinnerst du dich nicht an meine Hochzeit?«, fragt sie. »Kleider, Blumen, die Torte aussuchen, die Zeremonie festlegen? Meinst du nicht, wir würden das auch gerne für dich tun?«

»Kann sein. Ja, wahrscheinlich.«

»Nein, nicht wahrscheinlich.« Sie droht mir mit dem Finger. »Ganz bestimmt!«

»Aber du siehst ja, wie toll deine Feier geworden ist«, schnaubt Alan.

»Sei still«, befiehlt Callie und dreht sich wieder zu mir. »Du brauchst eine richtige Hochzeit.«

Ich lasse bestürzt die Schultern sinken. »Wieso denn?«

»Weil man das eben so macht, Süße«, sagt sie. »Wir treiben uns nicht irgendwo herum, stecken uns die Ringe an den Finger, lassen von einem Staatsdiener ein Papier unterschreiben und nennen das dann Heirat. Das ist nicht richtig.«

»Liebe ist bloß ein chemischer Vorgang, die die Spezies zur Fortpflanzung ermuntern soll«, erklärt James, ohne von seiner Arbeit aufzublicken. »Hochzeiten sind eine kolossale Geldverschwendung.«

»Ach, wirklich?«, erwidert Callie. »Wenn es nur um Fortpflanzung geht, Süßer, wie erklärst du dann die Homosexualität?«

Er zuckt die Achseln. »Ich weiß nicht. Nach meiner Theorie ist ein physiologisches Ungleichgewicht oder eine genetische Abweichung die Ursache.«

Callie schweigt. Alan und ich starren ihn verwirrt an.

James spürt unsere Blicke. »Oh, habt ihr jetzt Mitleid mit mir? Macht ihr euch Sorgen wegen meines Selbstbildes? Ist nicht nötig. Ich habe eine Menge Wertschätzung für die menschliche Spezies. Sie liegt nur nicht im Bereich der Säuglingsproduktion.«

»Das ist ja alles sehr erhebend«, sage ich und wende mich wieder Callie zu, »und ich weiß das Angebot zu schätzen, Callie, aber das wird warten müssen.«

Sie macht ein ernstes Gesicht und zeigt auf mich. »Das ist noch nicht erledigt.« Dann lächelt sie. »Okay, da nun alles gesagt ist und du ordentlich ausgeschimpft wurdest: Herzlichen Glückwunsch. Es wurde auch Zeit, dass Tommy eine anständige Frau aus dir macht.«

»Ich gratuliere dir ebenfalls, Smoky«, sagt Alan.

»Ja, klar, wundervoll«, sagt James gereizt. »Los, an die Arbeit.«

Ausnahmsweise sind er und ich einer Meinung.

»Hast du schon mit Leo gesprochen, Alan?«, erkundige ich mich.

Ehe er antworten kann, geht die Tür auf, und Leo kommt herein.

»Wenn man vom Teufel spricht …«, sagt Alan. »Leo wird dir berichten, dass er sämtliche Informationen hat, die auf Hollisters Computer waren.«

»Ja, die Spurensicherung hat gute Arbeit geleistet«, bestätigt Leo. »Sie haben die Festplatte durchsucht und konnten eine Menge Dateien wiederherstellen. Die Leute irren sich, wenn sie glauben, einmal auf die Entfernen-Taste zu tippen, würde eine Datei endgültig verschwinden lassen.«

»Und was habt ihr gefunden?«, erkundige ich mich.

Leo zeigt auf den Computer, der auf Alans Schreibtisch steht. »Darf ich?«

»Nur zu.«

Er setzt sich und öffnet einen Internetbrowser, um eine Adresse einzutippen: http://www.beamanagain.com.

»Das ist die Website, auf der Douglas Hollister die meiste Zeit verbracht hat.«

»Beamanagain?«, sagt Alan verständnislos. »Was soll das heißen?«

»Du musst die Wörter getrennt lesen«, erklärt Leo. »Be a man again – sei wieder ein Mann.«

Das Layout der Seite ist schlicht, ohne viel Grafik. Ein Menü listet die Optionen auf. Ich lese sie laut vor.

»Forum, Schlampen-Storys, Bruder-Storys, Schlampenfotos, Schlampenchat, Bruderchat, Bücher …«

»Ich habe schon eine Weile darin gelesen«, sagt Leo. »Diese Leute vertreten eine ziemlich schlichte Auffassung: Amerikanische Männer werden von den amerikanischen Frauen und dem radikalen Feminismus in ihrer Männlichkeit geschmälert. Die Amerikanerinnen haben sich durch die feministische Bewegung mit der Zeit zu Narzissten und Hausdrachen entwickelt – das sind nicht meine Worte –, und die Männer haben die Vorstellung akzeptiert, dass sie von Grund auf schlecht sind. Sie nennen es das Brutalo-Paradigma.«

»Das da lautet?«, frage ich.

»Alle Männer sind brutal, weil sie genetisch entsprechend veranlagt sind, was sich besonders bei maskulinen Männern in Vergewaltigung und Unterdrückung der Frauen äußert.«

Ich überfliege das Menü. »Schauen wir uns zuerst die Fotos an.«

Er klickt auf die Schaltfläche. Eine Seite baut sich auf, die nur aus Porträtfotos besteht.

»Soweit ich sehen konnte, werden die Fotos aus zwei Gründen ins Netz gestellt«, erklärt Leo. »Erstens, um der Geschichte ein Gesicht zu geben.«

»Seht sie euch an, Freunde. Das ist sie, die Schlampe, die mein Leben ruiniert hat«, sagt Callie.

»Genau. Doch es gibt noch andere Fotos, die eine Auffassung veranschaulichen sollen, die hier ebenfalls vertreten wird: Amerikanische Frauen lassen sich gehen.«

»Inwiefern?«, frage ich. »Sie werden fett?«

»Sie werden fett, gehen in Trainingshosen zum Einkaufen und so weiter. Hier geht es hauptsächlich um das Image. Daran knüpfen auch die Beschwerden an, dass Frauen Sex als Waffe einsetzen.«

»Du bist gut informiert für jemanden, der sich erst einen Vormittag lang mit dem Thema befasst hat«, bemerkt Callie.

»Ich habe eine gute Auffassungsgabe«, antwortet Leo unbeeindruckt.

»Und was hältst du von alledem?«, hakt Callie nach.

»Die Meinungen, die auf dieser Website vertreten werden, verlieren schnell ihre Glaubwürdigkeit.«

»Wodurch?«

Leo zuckt die Achseln. »Zu viel Wut, die sich häufig zu Hass steigert. Wenn man eine Behauptung aufstellt, sollte sie aus sich selbst heraus überzeugen. Aber die Leute, die hier schreiben, führen genau die Stereotypen an, gegen die sie sich verwahren.«

»Kannst du uns bei den Fotos ein paar Beispiele dafür zeigen?«, frage ich.

»Klar. Hier zum Beispiel.«

Er klickt auf das Foto einer Frau mit großem, rundem Gesicht. Eine Seite wird geladen, die drei weitere Fotos dieser Frau zeigt. Auf einem steht sie in einem Lebensmittelladen. Sie sieht aus, als hätte sie einen anstrengenden Tag hinter sich. Sie trägt eine Jogginghose, ist kaum gekämmt und sieht müde aus. Sie hat Übergewicht, ist aber nicht fettleibig. Das nächste Foto ist professionell. Die Frau lächelt, ist zurechtgemacht und frisiert. Das letzte Bild ist am unvorteilhaftesten: Die Frau liegt rücklings im Bett und schläft mit offenem Mund. Der rechte Arm ist zur Seite gestreckt.

Unter dem Foto steht ein Text: Als ich diese Schlampe vor zwölf Jahren geheiratet habe, war sie ein heißer Feger, schlank und gepflegt, und hat im Bett alles mitgemacht. In manchen Nächten haben wir bis zum Sonnenaufgang gevögelt. Drei Jahre später hatten wir einen Sohn, und das war das Ende der Glückseligkeit. Sie wurde dick und hörte auf zu arbeiten, um für das Kind da zu sein. Und am schlimmsten von allem: Sie wurde eine weinerliche Narzisstin. Manchmal, wenn ich sie schlafen oder essen sehe, muss ich an mich halten, um mich nicht zu übergeben. Ich habe sie um die Scheidung gebeten, und sie hat mir in echter Schlampenmanier geantwortet, dass sie mich dann bis aufs Hemd ausziehen wird.

»Ganz schön wütend«, murmelt Alan. »Zeig uns ein anderes Bild.«

Leo klickt auf das Foto einer lächelnden Blondine, die im Bikini am Strand steht. Die Sonne scheint, und die Frau lacht. Sie ist Anfang zwanzig, auf natürliche Art schön und offenbar sehr glücklich.

In jeder scharfen Amerikanerin steckt eine Harpyie, die irgendwann zum Vorschein kommt, heißt es im ersten Satz unter dem Foto. Sally und ich waren fünfzehn Jahre lang zusammen, zehn davon verheiratet. Anfangs hatten wir eine schöne Zeit miteinander. Ich würde sogar sagen, es war perfekt. Wir sind durch die Welt gereist, mit dem Rucksack durch Europa, haben in Amsterdam Hasch geraucht. Sally war zu jedem Abenteuer bereit, und unser Sex war göttlich. Mit zwanzig sah sie absolut scharf aus und war supergeil. Dann machten wir den Collegeabschluss, haben geheiratet und richteten uns häuslich ein. Sie fing an, feministische Sitcoms zu gucken, in denen die Männer herabgewürdigt werden und die »Frauenpower«, wie diese Schlampen es nennen, gestärkt wird (dieser ganze Quatsch von wegen »du hast dir genug gefallen lassen, Schwester!«). Sally hat sich peu à peu verändert. Zum Schluss hat sie mich wie einen Feind behandelt. Inzwischen streiten wir uns nur noch und haben seit Jahren nicht miteinander geschlafen. Sie beschuldigt mich andauernd, ich würde sie betrügen, obwohl das gar nicht stimmt. Wenn ich mich verteidigen will, greift sie mich an und sagt, ich hätte nur Scheiße im Kopf und alle Männer seien Drecksäcke, die ihre Frauen betrügen usw. Manchmal weint sie ohne Grund und hört tagelang nicht auf. An anderen Tagen wird sie so wütend, dass es mir Angst macht. Einmal hat sie sogar zum Messer gegriffen, als wir uns gestritten haben. Ich habe versucht, ein guter Kerl zu sein. Ich habe versucht, mit ihr zu reden, aber wenn ich frage, was eigentlich los ist, sagt sie nur, dass ich ein Scheißkerl bin und nie verstehen werde, was in ihr vorgeht. Ich habe die Schnauze voll und werde die Scheidung einreichen.

»Eine traurige Geschichte«, sagt Callie. »Schade, dass er keine professionelle Hilfe in Anspruch genommen hat.«

Starke Persönlichkeitsveränderungen haben immer tief sitzende Ursachen. Die Frau, von der hier erzählt wird, könnte manisch-depressiv sein, und die Krankheit offenbart sich gerade erst, oder sie hatte ein traumatisches Erlebnis, das sie dem Mann verschwiegen hat, beispielsweise eine Vergewaltigung oder eine Fehlgeburt oder einen großen persönlichen Verlust. Oder ihr ist etwas längst Vergessenes wieder eingefallen, und diese Erinnerung quält sie nun.

Natürlich besteht auch die Möglichkeit, dass der Schreiber etwas Entscheidendes auslässt und selbst die Ursache ihres Traumas ist. Doch wenn sein Bericht den Tatsachen entspricht, handelt es sich um eine Frau, die in einer tiefen persönlichen Krise steckt. Das alles hat nichts mit dem Wunsch zu tun, die Männer zu vernichten. Callie hat recht: Es ist eine tragische Sache.

»Aber das ist eine von den netteren Geschichten«, sagt Leo. »Die meisten sind wie die vorherigen: Schlampe hier, Schlampe da, sie wurde fett, sie schläft nicht mehr mit ihm und so weiter. Unter ›Schlampen-Storys‹ bekommt man längere Versionen zu lesen.«

»Wir können uns ungefähr denken, was da steht«, sage ich. »Schauen wir lieber mal ins Forum.«

Leo navigiert auf die Indexseite, auf der drei verschiedene Foren angeboten werden: »Allgemeine Diskussion«, »Von Mann zu Mann«, »Schlampen-Talk«.

»Was bei ›Schlampen-Talk‹ los ist, können wir erahnen«, sage ich. »Öffne mal ›Von Mann zu Mann‹.«

Leo klickt, und das Forum öffnet sich. Eine Liste von Themen erscheint. Eines lautet: »Für das Recht, ein Mann zu sein.«

»Das da«, sage ich.

Die Seite wird geladen.

Heutzutage werden die Männer an den Rand gedrängt, ohne es zu merken. Sie haben die Vorstellung übernommen, Schläger und Vergewaltiger zu sein. Und was noch schlimmer ist: Viele Männer glauben, diese Eigenschaften seien unvermeidlich und könnten nur von einer Frau aufgehoben werden. Sie glauben, dass nicht sie selbst den Schlüssel zu ihrem Innern besitzen, sondern ihre Frau oder Freundin, sodass sie deshalb auf sie hören müssen.

Dass Männer in der Vergangenheit brutal gewesen sind, lässt sich nicht bestreiten. Dass Frauen schändlich behandelt und unterdrückt wurden, ist ebenso unbestreitbar. Inzwischen aber sind wir über einen Dialog über irrtümliches Verhalten hinaus. Die Diskussion ist stattdessen zu einer allgemein akzeptierten Anklage aller Männer verkommen. John Bobbitt wird als Bild hochgehalten, nicht Leonardo da Vinci. Ted Bundy ist ein Beispiel dafür, wie tief ein Mann sinken kann, doch ein Beethoven wird nicht als Beispiel dafür angeführt, in welche Höhen ein Mann aufzusteigen vermag.

Weil wir unsere Mütter lieben, haben wir dieses Image akzeptiert, samt dem Schuldgefühl, das damit einhergeht. Es gibt Männer, die noch nie ihren Zorn an einer Frau ausgelassen haben, aber ständig in der Angst leben, sie könnten es tun.

Deshalb lasst uns überlegen, wie wir diese Entwicklung umkehren können. Wie können wir unsere Männlichkeit zurückgewinnen, die – entgegen landläufiger Meinung – mit angeborener Brutalität nichts zu tun hat?

»Das ist eine lange Diskussion«, meint Leo. »Der Text, mit dem sie eröffnet wurde, ist zwei Jahre alt. Dann folgen ungefähr zweihundert Seiten Erwiderungen.«

Ich überfliege die unmittelbar folgenden Beiträge. In einem steht: Ich gebe es ungern zu, aber ich habe deinen Beitrag gelesen und geweint. Das kam ziemlich überraschend für mich. Wisst ihr, ich bin ein anständiger Kerl. Ich war zehn Jahre verheiratet und habe zwei Kinder, einen Jungen und ein Mädchen. Ich liebe sie und gebe mir Mühe, ein guter Vater zu sein. Ich bin nie fremdgegangen. Ja, ich weiß, das sagen alle, aber bei mir stimmt es. Ich bin zwar auch in Versuchung geraten, aber mein Verlangen war nicht so groß, dass ich ihm nachgegeben hätte.

Vor zwei Jahren ist meine Ehe in die Brüche gegangen. Wie ich sehe, sind auf dieser Webseite ziemlich viele von euch sehr wütend, aber bei mir ist es anders. Wir haben unsere Ehe gemeinsam zerstört. Und der wahre Grund dafür ist, wir hätten gar nicht erst heiraten dürfen. Wir haben nicht geheiratet, weil wir es unbedingt wollten, sondern weil wir zueinander zu passen schienen.

Um es kurz zu machen, ich habe deinen Beitrag gelesen und geweint, weil mir klar geworden ist, dass die Grundlage dieser Entscheidung genau das war, was du geschrieben hast. Cheryl war eine gute Frau, und ich brauchte eine gute Frau, um ein guter Mann zu sein. Mein Gott, wie viel Kopfschmerzen hätte ich uns beiden ersparen können!

»So langsam begreife ich, was hier abgeht«, sagt James. »Diese Seite basiert auf Dichotomien. ›Von Mann zu Mann‹ ist eher philosophisch orientiert, während ›Schlampen-Talk‹ Frontalangriffe gegen Frauen und den Feminismus im Allgemeinen führt.«

»Ja, das trifft es«, pflichtet Leo ihm bei.

»Und ich verstehe jetzt, wie das unserem Täter nützt«, werfe ich ein. »Er ist an Diskussionen gar nicht interessiert. Er sucht nur nach den Hassbeiträgen.«

Wenn es um die Beziehung zwischen Mann und Frau geht, scheinen immer Extreme zu herrschen – Liebe oder Hass, aber nichts dazwischen.

Ich hatte fast mein Leben lang ein kompliziertes Verhältnis

zum Kampf der Geschlechter. Ich wurde von einem Vater erzogen, der mich weniger als weibliches denn als menschliches Wesen behandelt hat. Er war ein Träumer, der den Kopf in den Nacken legte und bewundernd zum blauen Himmel aufschaute, der durch die Baumkronen zu sehen war. Er liebte die Einfachheit, die kleinen Dinge des Lebens, und er hat versucht, diese Haltung an mich weiterzugeben.

Meine Mutter liebte diesen Träumer, hielt aber den Kopf aus den Wolken. Mal liebend, mal wütend verankerte sie meinen Vater am Boden, damit er nicht völlig abdriftete. Solche Ikarus-Männer vergessen gerne, dass die Sonne glühend heiß brennt und dass der Weltraum dunkel, kalt und tödlich ist, selbst wenn sie der Erdatmosphäre entkommen könnten.

Von meiner Mutter habe ich die Zähigkeit und den Zorn, von meinem Vater die Neugier und das kindliche Staunen. Wenn ich an meine Eltern zurückdenke, sehe ich mich selbst mehr mit den Augen meines Vaters als mit denen meiner Mutter, denn Dads Augen sagten mir stets: »Du kannst sein, was du willst, ich werde dich immer lieben.«

Er ließ mich Schießübungen machen, als ich acht war, obwohl er Schusswaffen verabscheute. Er zuckte nicht mit der Wimper, als ich ihm während der Highschoolzeit sagte, ich wolle zur Polizei.

Die Männer in meinem Leben, also die Nachfolger meines Vaters, sind gute Männer gewesen, die vor meinen Träumen nicht zurückschreckten und mich trotzdem liebten. Wir haben unsere Stärken benutzt, um die Schwächen des anderen auszugleichen, und nicht, weil wir etwas beweisen wollten. Ich koche nicht, weil ich es nicht gelernt habe. Es geht mir also keineswegs darum, durch meine Weigerung meine Haltung zu weiblichen Pflichten im Haushalt zu verdeutlichen. Nachdem Matt und ich geheiratet hatten, habe ich das Klo geputzt, aber nicht, weil es meine Aufgabe war, sondern weil Matt mich darum gebeten hatte. Toiletten schrubben ekelte ihn zu sehr. Ich dagegen hatte kein Problem damit. Es war eine Lösung aus Liebe, kein Mann-Frau-Problem.

Aber auch ich war nicht immun dagegen. Als ich beim FBI anfing, war ich eine Kindfrau und zu klein geraten. Das machte mich für manche Leute zur Zielscheibe. Den denkwürdigsten Zusammenstoß hatte ich mit einem alten Hasen namens Frank Robinson. Er war über fünfzig und schon beim FBI gewesen, als er so alt gewesen war wie ich. Ich assistierte bei einem Fall in administrativer Funktion, und Robinson war stellvertretender Ermittlungsleiter.

Einmal, nach einer Besprechung, war ich mit ihm allein im Konferenzraum. Ich sammelte Unterlagen ein und steckte sie in Aktenmappen. Robinson saß auf einem Stuhl und kaute auf seiner Füllerkappe, wobei er mich begaffte.

Ich versuchte, seine Blicke zu ignorieren, doch er starrte mich weiter an; deshalb fragte ich: »Benötigen Sie etwas, Sir?«

Er lächelte, und ich sah den Anflug von Gemeinheit, den Beginn eines höhnischen Grinsens.

»Mir ist gerade wieder eingefallen, warum ich immer schon gegen junge weibliche Kollegen beim FBI gewesen bin.«

»Und warum?«

Er stand auf, kippte seinen letzten Schluck Kaffee aus dem Styroporbecher herunter und ließ seinem höhnischen Grinsen freien Lauf. »Wegen der Ablenkung. Man stellt sich immerzu die Frage: Seide oder Spitze? Rasiert oder unrasiert? Große oder kleine Perle?« Er leckte sich über die Lippen, und den nächsten Satz schnurrte er förmlich. »Und die wichtigste Frage von allen: Lutscht sie oder nicht?«

Ich weiß noch, wie geschockt ich im ersten Moment war. Wie verletzt. Er hatte mich nicht angerührt und mich trotzdem betatscht. Ich spürte seine Hände überall, obwohl er sie gar nicht bewegte. Ich wurde rot und hasste mein Gesicht für diesen Verrat, und bei alledem sah ich seine Augen, wie sie meine Reaktionen förmlich aufsaugten.

Was ich bis dahin erlebt hatte, war im Grunde harmlos gewesen. Weniger sexuelle Belästigung als Schikane, um zu testen, aus welchem Holz ich geschnitzt war. Ich habe immer entsprechend zurückgeschlagen, habe nur so viel ausgeteilt, wie ich eingesteckt habe, mehr nicht. Diesmal war es anders. Es war ein direkter Übergriff, der auf ungleichen Kräfteverhältnissen beruhte und ungeniert auf sexuelle Demütigung zielte.

Ich war damals jung und noch ohne Narben. Ich hatte noch niemanden getötet, und an die Nähe zu den Ungeheuern, auf die ich später Jagd machen würde, war noch nicht zu denken. Meine Gabe, andere zu durchschauen, war noch ein Saatkorn, das aber schon die Keimblätter ans Licht schob. Es trieb tiefe Wurzeln in mein dunkles Inneres, und an diesem Tag meldete es sich zu Wort.

Robinson hat beim FBI gute Arbeit geleistet, flüsterte es mir zu. Er war viele Jahre im Dezernat Wirtschaftskriminalität gewesen und hatte große Erfolge erzielt, hatte sich aber intensiv bemüht, zur BAU versetzt zu werden, der FBI-Abteilung für Verhaltensanalyse. Dort tat er sich dann weniger hervor. Seine Leistungen waren ausreichend, aber nicht herausragend.

Die Leistung eines Mannes, der nicht ganz bei der Sache ist.

Das Flüstern ging wie ein Streicheln durch meinen Kopf, und in diesem Moment wusste ich, was Frank Robinson für einer war. Sein Verhalten hatte ein Bedürfnis offengelegt. Die Gabe in mir erkannte das; sie wuchs daran und lieferte mir den Mann aus.

»Jetzt weiß ich, warum Sie unbedingt zur BAU wollten«, sagte ich zu ihm, »und warum Sie seitdem bloß die zweite Geige spielen.«

Er machte schmale Augen. Ich trat so nahe an ihn heran, dass ich den Kopf in den Nacken legen musste, um ihm ins Gesicht sehen zu können. Ich war völlig furchtlos.

»Ach ja?«, fragte er. »Und warum?«

Ich weiß noch, wie ich ihn anlächelte. Ich wusste, es war ein grausames Lächeln, unerschrocken und voller Befriedigung, die sich aus Gewissheit speiste.

»Sie sind ein Voyeur, Frank. Sie geilen sich auf an dem, was Sie sehen. Und dann gehen Sie abends nach Hause und holen sich einen runter, wobei Sie sich vor Augen rufen, was Sie gesehen haben oder sich gewünscht haben zu sehen.« Ich beugte mich noch näher an ihn heran und hätte mich nicht bremsen können, selbst wenn ich es gewollt hätte. »Haben Sie auch schon mal eine Akte mit nach Hause genommen, Frank? Abzüge von Fotos vielleicht? Ich wette darauf. Ich wette, Sie haben zu Hause irgendwo eine Mappe versteckt mit Fotos von den Opfern, die Sie sich im Laufe der Zeit wie Rosinen herausgepickt haben.«

Er wurde aschfahl vor Wut, aber ich sah auch Angst in seinem Gesicht. Ich war jetzt wie ein Hai, der Blut witterte und wie rasend war vor Hunger. Der Kerl hatte mich verbal vergewaltigt. Das zahlte ich ihm nun heim, und eine Ohrfeige war nicht genug. Ich wollte ihn ungespitzt in den Boden hauen.

»Sie sind kein Unmensch, Frank, das weiß ich. Ich glaube nicht, dass Sie jemals eine Frau vergewaltigt haben. Aber Sie spüren das Verlangen, nicht wahr?« Ich nickte zu meinen eigenen Worten. »Darum haben Sie das eben zu mir gesagt. Sie haben sich ausgemalt, wie es wäre, mich zu vögeln.«

»Du blöde Fotze!« Es klang, als hätte er einen Schlag in den Magen bekommen.

Ich wette, dein Schwanz ist jetzt schlaff, dachte ich voller Genugtuung.

Er wich zurück und ging zur Tür. Ich sah ihm die ganze Zeit hinterher, grinsend wie ein Halloweenkürbis. Dann drehte er sich noch einmal zu mir um, und plötzlich sah ich einen neuen Ausdruck auf seinem Gesicht. Es war ein kompliziertes Geflecht aus den verschiedensten Gefühlen: Respekt und Wut, Scham und Angst und eine gewisse Nachdenklichkeit, dazu Müdigkeit und

Überdruss. Dahinter lugte wie ein Kind um den Türrahmen ein jüngerer Frank hervor, aus einer Zeit, als er noch sauber war. Ich sah, dass er sich an diese Zeit erinnern konnte und dass er sich danach sehnte. Ich hatte ihn daran erinnert, dass er eine Mutter hatte.

Es war das erste Mal, dass ich den Unterschied zwischen einem lasterhaften und einem boshaften Mann erfasste.

Eine Woche später ließ Robinson sich in den Ruhestand versetzen.

Ich kann tief in das Wesen eines Menschen blicken. Das ist meine Gabe und mein Fluch, je nach Blickwinkel und Umständen. Ich bin von einem Mann vergewaltigt worden, aber ich habe die Videoaufnahme des kleinen Mädchens gesehen, das lächelnd eine Katze strangulierte und im Garten vergrub. Die überwältigende Mehrheit der Menschen, die ich verfolge, sind Männer, aber ich habe einmal eine Frau festgenommen, die ihr sechs Monate altes Kind im Backofen gebraten hatte, weil es ihr zu viel schrie.

Ich sehe sehr wohl die Unterschiede zwischen Männern und Frauen, aber ich weiß, dass wir alle die Anlage zur Gewalttätigkeit haben. Doch zwischen einem fehlerhaften und einem bösen Menschen besteht ein himmelweiter Unterschied.

Dank dieses Wissens konnte ich auch nach Sands' Überfall auf mich und meine Familie meine Arbeit weiter tun. Ich hatte befürchtet, dass ich nur noch von blindem Zorn getrieben würde oder von einem unstillbaren Verlangen nach Rache und dass dies mein Urteilsvermögen trübte. Doch ich stellte erleichtert fest, dass mich stattdessen der Wunsch antrieb, die Fehlerhaften zu retten, und nicht das Verlangen, die Bösen zu vernichten. Das sagt sich so leicht, aber der emotionale Unterschied ist gewaltig.

»Gehen wir mal in den Chat«, sage ich.

»In welchen?«, fragt Leo.

»Schlampen-Talk. Ich denke, da finden wir Douglas Hollister. Er schien mir kein Mann der philosophischen Sorte zu sein.«

Leo klickt auf das Menüfeld, und eine lange Namensliste erscheint.

»Da ist ja mächtig was los«, meint Alan.

Callie beugt sich vor. »Seht euch die Namen an. ›USAWomenSuck‹, ›Single4life‹, ›NotYrBalls‹. Ich erkenne ein Leitmotiv.«

»Bei manchen Chats muss man sich einloggen, um die Unterhaltung verfolgen zu können. Bei dem hier nicht. Man kann also mitlesen, ohne sich zu beteiligen«, erklärt Leo.

Ich lese verschiedene Erwiderungen, fasziniert von dieser Subkultur gekränkter großer Jungen.

Die Ehe ist nur eine andere Form der Prostitution.

Das hast du richtig erkannt, Kumpel. Meine Frau hatte so was wie ein System. Immer wenn ich etwas von der »Liebling-würdest-du-mal?«-Liste erledigt hatte, rückte Ficken in den Bereich des Möglichen. Aber wenn ich mich hinsetzte und mir ein Spiel ansah, tat sich gar nichts.

Was musstest du denn tun, um einen geblasen zu kriegen?

Eine andere Frau finden!

LOL!

»Charmant«, bemerke ich.

Der Dialog geht woanders weiter.

Ich hoffe noch immer, eine anständige Frau zu finden, mit der ich zusammenleben kann. Heißt das, ich bin ein Weichei?

Die Antworten kommen schnell.

Ja!

Weichei!

Also, ich finde das nicht. In gewissem Maße hoffen wir alle auf eine solche Frau. Wer etwas anderes behauptet, lügt. Aber die Chancen stehen schlecht, eine Amerikanerin zu finden, die keine Megaschlampe ist. Du solltest dich im Ausland umsehen, Kumpel, wenn du wieder zu einer Beziehung bereit bist.

Eine Braut aus dem Versandkatalog? Ich weiß nicht.

Russinnen, Rumäninnen, Thailänderinnen. Die wissen, wie man mit einem Mann umgeht. Und die wollen einen amerikanischen Kerl. Angebot und Nachfrage sind hier umgedreht.

Das ist nur eine von drei oder vier Unterhaltungen, die gerade im Chat laufen.

»Warum bleiben manche stumm?«, frage ich Leo. »Ich sehe Teilnehmer, die nichts eintippen.«

»Das sind vermutlich abgeschottete Gespräche. Man kann den Namen von jemandem doppelt anklicken, dann öffnet sich ein separates Chat-Fenster, wo man sich unbelauscht unterhalten kann. Kein anderer bekommt etwas mit.«

Ich überfliege die Namen und ihre Aktivität. »Das sind nicht gerade wenige.«

»Über wirklich Persönliches wird im Allgemeinen nur auf diese Art gesprochen«, sagt Leo. »Sonst kann das wirklich jeder lesen, einschließlich der Polizeibehörden. In Chatrooms, in denen es sich um Sex dreht, geht es im öffentlichen Bereich selten richtig zur Sache. Da wird nur geflirtet. Alles andere findet gewissermaßen hinter verschlossenen Türen statt. Ihr wisst schon, was ich meine.«

»Das Wort, das du suchst, heißt ›Ficken‹, Schnuckelmaus«, sagt Callie kichernd.

»Stimmt.« Leo wird ein bisschen rot. »Und so ist es auch hier. Wenn jemand nicht in der Öffentlichkeit über etwas reden will, bittet er um ein privates Gespräch.«

»Du hast vorhin die Bots erwähnt«, sage ich, »die man so programmieren kann, dass sie auf eine private Nachricht antworten.«

»Unauffällig antworten, ja.«

»Warum klicken wir uns nicht einfach durch die Namen? Wir sollten doch unterscheiden können, wer ein Bot ist, oder?«

»Wenn ich an seiner Stelle wäre, hätte ich genau aus diesem Grund keine solche Antwort einprogrammiert.«

Ich runzle die Stirn. »Aber würde eine ausbleibende Antwort denn nicht misstrauisch machen?«

»Eigentlich nicht. Wenn jemand auf die Bitte um ein privates Gespräch nicht antwortet, geht man im Allgemeinen davon aus, dass der Betreffende nicht interessiert oder gerade woanders beschäftigt ist.«

»Dann wird es nicht leicht für uns«, meint Alan. »Wenn wir ihn im Netz finden wollen, müssen wir eine Tarngeschichte erfinden, mit allem Drum und Dran.«

»Und was heißt das konkret?«, fragt Leo.

»Einer von uns muss sich als Lockvogel hergeben«, antwortet Alan. »Das bedeutet, er muss eine Identität annehmen, die misstrauischer Betrachtung standhält. Er braucht einen Namen, der mit nachprüfbaren Informationen unterfüttert wird, ein Handy, das man anrufen kann und das zu seiner Identität führt, und so weiter.«

»Nicht zu vergessen eine Wohnadresse«, schaltet Callie sich ein. »Für den Fall, dass der Täter die Möglichkeit hat, deinen Internetprovider nachzuverfolgen. Das bedeutet vor allem eine Menge Recherche. Man muss das ganze Gelaber dieser wunderbaren Männer auf dieser Website lesen, sich durch Hunderte Forenposts kämpfen und so weiter.«

»Ich verstehe das mit dem Haus und dem Handy, aber nicht die Recherche. Die Dinge liegen hier doch ziemlich einfach.« Leo grinst. »Man zieht einfach sein Muskelshirt an, trinkt Bier und sagt ein paar Mal ›Schlampe‹, oder?«

Ich schüttle den Kopf. »Nein. Das sind Klischees, und es ist ein beliebter und mitunter leider tödlicher Fehler, den verdeckte Ermittler begehen. Wenn man eine falsche Identität annimmt, muss man sie wirklich leben.«

»Nehmen wir zum Beispiel dich, Leo«, sagt Callie. »Du bist ein Computer-Nerd, stimmt's?«

»Ich glaub schon.«

»Tja, dann brauche ich mir nur eine Hornbrille aufzusetzen,

mir ein paar Pickel sprießen zu lassen und den Unterschied zwischen einer IP-Adresse und einem DNS-Server zu kennen.«

»Ich verstehe.«

»Wer soll die Rolle übernehmen, Smoky?«, fragt Alan.

»Du und Leo. Es müssen Männer sein. Ich als Frau könnte mich verplappern. Du wirst als Verstärkung gebraucht. Leo ist zu unerfahren. Ist nicht böse gemeint, Leo.«

»Nein, nein, du hast recht. Mir ist wohler dabei, wenn Alan mitmacht.«

»Scheiße«, brummt Alan. »Dann sitze ich in der Klemme.«

»Wieso?«, fragt Leo.

»Der Bursche könnte mich bei der Hochzeit gesehen haben, als er Heather Hollister aus dem Auto gestoßen hat. Wenn er das Haus beobachtet und mich sieht, ist das Spiel aus. Also musst du ins Rampenlicht, Kollege.«

»Moment mal«, sagt Leo. »Du meinst, ich muss da leben? Die ganze Zeit?«

»Klar.«

»Aber wie soll ich das meiner Freundin erklären?«

»Du lügst sie an.«

»Ich soll lügen?«

Callie tätschelt ihm den Kopf. »Ach, ich war auch mal jung und naiv. Ja, Süßer, du wirst sie belügen. Erzähl ihr etwas Aufregendes. Du musst zu einem topgeheimen Auftrag ausrücken, von dem du vielleicht nicht lebend zurückkommst. Damit bist du gedeckt und kriegst vielleicht noch heißen Abschiedssex.« Sie zwinkert ihm zu. »Frauen stehen auf Geheimagenten.«

»Scheiße«, murmelt Leo.

Alan klopft ihm auf die Schulter. »Betrachte es als Abenteuer.«

Leo nickt niedergeschlagen. »Was wird dann mit den anderen Aufgaben?«, fragt er mich. »Den älteren Fällen und der Zusammenarbeit mit den Computerkriminalisten?«

»Das stellen wir erst mal zurück. Du hast gesagt, die Kollegen dort wissen, was sie tun.«

»Ja.« Er ergibt sich seufzend in sein Schicksal.

»Aufteilung der Pflichten«, sage ich. »James, du bleibst dabei, die Akten für Cooper zusammenzustellen.«

»Bis heute Abend bin ich damit fertig.«

»Gut. Callie, du erledigst sämtliche Lauferei bei der Erstellung der Identität. Du weißt, mit wem du Kontakt aufnehmen musst. Ich hätte gerne bis morgen alles parat.«

»Sollte nicht allzu schwierig sein. Wir brauchen nichts Ausgefallenes. Er kann von Zuhause arbeiten, dann brauchen wir keinen Firmenjob zu fingieren. Ich muss ihm allerdings eine Exfrau besorgen. Das könnte ein bisschen länger dauern.«

»Nimm jemanden, der noch nicht auf dem Radar ist.«

»Zum Beispiel eine vielversprechende, frisch gebackene Absolventin unserer ruhmreichen FBI-Akademie. Geht klar.«

»Was tun wir in der Zwischenzeit?«, fragt Leo.

»Recherche«, sage ich. »Recherche und noch mal Recherche.«

»Da gibt es verschiedene Herangehensweisen«, sagt Alan. »Meiner Meinung nach ist es am besten, nach den Dingen zu suchen, mit denen man übereinstimmt und wo man sich einfühlen kann.« Er zeigt auf die Website, die noch auf dem Bildschirm ist. »Such dir dort irgendetwas halbwegs Vernünftiges. Richte das Übrige danach aus. Das würde ein Kerl tun, der neu zu der Seite stößt. Er wird sich nicht gleich mit allem und jedem befassen.«

»Sondern er will die Lösung für seine Probleme finden«, schließt Leo.

»Genau.«

»Weiß jeder, was er zu tun hat?«, frage ich.

Schweigende Zustimmung.

»Dann an die Arbeit.«

Wir arbeiten bis spät in den Nachmittag, jeder vor seinem Computer, und lesen uns durch das Forum, blicken in die Chatrooms, schauen uns Fotos an.

Da geht es um Sex und deshalb auch um Wut und vor allem um Schmerz, unterschwellig wie bei einer schleichenden Vergiftung. Die Wut steht an oberster Stelle; sie schreit am lautesten und ist am deutlichsten erkennbar, aber der Schmerz ist der Treibstoff, der den Motor am Laufen hält.

Wenn die Wut den Schmerz übersteigt, kommt es zum Mord, und genau danach suche ich auf der Website. Da sind Männer, einige wenige, die den Punkt, an dem sie ihren Schmerz spüren, längst hinter sich gelassen haben. Nur ihre Wut, die sich zu Raserei gesteigert hat, treibt sie noch an.

Ein Mann schreibt: Gott, manchmal hasse ich meine Ex. Ich wünschte, sie würde sich endlich verpissen und krepieren. Der Zorn ist präsent bei diesem Mann, hat ihn aber noch nicht übernommen. Er trauert noch, ohne zu wüten.

Ein anderer schreibt: Die Feministinnen haben die Kultur der Männlichkeit so gut wie zerstört. Wir müssen unser Recht, Männer zu sein, wieder in Anspruch nehmen, und die Frauen, die anderer Ansicht sind, mal richtig durchficken. Noch ein zorniger Mann, doch seine Wut richtet sich gegen ein Prinzip, nicht gegen eine Person.

Und dann gibt es noch die, die ich in Gedanken die »dunklen Männer« nenne.

Manchmal liege ich nachts im Bett und denke an sie. An das, was sie mir angetan hat. Sie hat mit meinem besten Freund gefickt. Sie hat die Scheidung eingereicht und das Sorgerecht für meine Kinder bekommen. Sie hat mir mein Haus weggenommen und kriegt mein halbes Gehalt. Ich lebe jetzt in einer kleinen Wohnung, gehe jeden Tag arbeiten und bin stinksauer. Wenn ich nach Hause komme und allein essen muss, ersticke ich beinahe an meiner Wut. Aber nachts?

Wenn ich im Bett liege und an sie denke? Manchmal schließe ich die Augen und bete zu Gott oder sonst wem, dass sie einen Schlaganfall bekommt oder dass sie in die Wanne steigt und sich die Pulsadern aufschlitzt oder dass ihr einfach das Herz stehen bleibt. Ich wünsche mir, dass sie tot ist. Ich versuche mit schierer Willenskraft zu erzwingen, dass dieses Miststück abkratzt.

Das ist ein offensichtlicher Fall. Es gibt subtilere, sogar noch dunklere Beispiel. Wie etwa:

Gott ging scheißen, und da lag eine Frau. Säue, jede Einzelne von ihnen. Das Miststück, das mir meinen Sohn genommen hat, beobachte ich jeden Abend nach der Arbeit aus meinem Auto. Ich parke irgendwo am Haus und beobachte das Flittchen.

»Mann, ist das ermüdend«, beklagt sich Alan, steht auf und reckt sich ächzend. »In meinem ganzen Leben habe ich noch keine solche Ansammlung von Jammerlappen gesehen. Was haben die für ein Problem? Du willst ein Mann sein? Dann sei ein Mann! Du willst anders denken als Anführungszeichen unten Feministinnen Anführungszeichen oben? Dann denk anders! Niemand hält dir eine Kanone an den Kopf.«

»Was ist mit denen, die ihre Kinder verlieren? Meinst du nicht, dass unser System die Mütter bevorzugt, wenn es um das Sorgerecht geht?«, fragt Leo. »Ich meine das rein akademisch, wohlgemerkt.«

»Es gibt Länder, da geht das Kind automatisch zum Vater. Hältst du das für gerecht?«

»Nein. Ich finde, das Sorgerecht sollte an den gehen, der für die Erziehung am besten geeignet ist, ohne das Geschlecht zu berücksichtigen. Frauen werden als zuverlässiger bei der Erziehung angesehen. Wieso?«

»Das ist gut, Leo«, sage ich. »Hört sich ganz so an, als hättest du Gesinnungsgenossen gefunden.«

Mit seinem Lächeln zeigt er mir, dass seine Kommentare mehr intellektuell als leidenschaftlich gewesen sind. »Ich habe ihre Sichtweise begriffen, aber entschieden ist noch nichts.«

»Wer hat dich großgezogen?«, fragt Alan.

»Hauptsächlich mein Vater.« Er wirkt verlegen. »Meine Mutter hat getrunken.«

»Was hältst du davon, das in deine Legende einzubauen?«, fragt Alan.

»Von mir aus. Ich bin nicht gerade begeistert, aber es ist okay.«

»Eine gute Legende muss Wahrheit enthalten, um glaubwürdig zu sein. Wenn du etwas einbauen kannst, auf das du eine emotional unverfälschte Reaktion zeigst, eine Reaktion, die du nicht zu spielen brauchst, ist es umso besser.«

»Sind wir dann so weit?«, frage ich Alan. »Die Legende aufzubauen?«

»Ich glaube schon. Ich habe viel gelesen. Leo?«

»Ich habe jetzt einen ziemlich guten Überblick.«

»Du scheinst heftig auf den Aspekt des Kindersorgerechts zu reagieren«, sage ich. »Tut mir leid, wenn ich persönlich werde, aber im Interesse der Motivation in deiner Legende … Ich glaube, du wehrst dich gegen die Bevorzugung der Mutter wegen deiner eigenen Erlebnisse als Kind.«

»Könnte sein. Es war immer Dad, der die Familie zusammengehalten hat, der uns zu essen machte, der uns Kleidung kaufte und dafür sorgte, dass wir zur Schule gingen und unsere Hausaufgaben machten.«

»Gut. Das ist sehr gut«, sagt Alan. »Genau das, was du für deine Legende benutzen wirst. Du bist ein gerade erst geschiedener, desillusionierter Achtundzwanzigjähriger.«

»Neunundzwanzig.«

»Richtig, neunundzwanzig mit einem Babyface«, sagt Alan. »Du bist von einem soliden, verlässlichen Vater und einer alkoholsüchtigen Mutter aufgezogen worden.«

»Die dich misshandelt hat«, werfe ich ein.

»Meine Mutter hat mich nie misshandelt.«

»Das freut mich, aber hier weicht unsere Erzählung von der Wahrheit ab und mündet in das Profil, das wir brauchen. Deine Mutter hat dich misshandelt, wenn dein Vater nicht da war, und du hast es vor deinem Vater verheimlicht.«

»Warum?«

»Weil du versucht hast, die Familie zusammenzuhalten. Du hast deine Mutter trotz allem geliebt, dein Vater hat oft gesagt, dass er sich von deiner Mutter scheiden lässt, sollte es noch schlimmer werden.«

Leo wird rot und sieht weg.

»Das hat wohl einen Nerv getroffen, was?«, fragt Alan.

Leo reißt sich zusammen. »Mein Vater hat Mom immer ›eine Frau aus Kummer und Feuer‹ genannt.«

»Was hat er damit gemeint?«, frage ich.

»Dass sie voller Leben war und zugleich voller Qual.« Er beißt sich auf die Unterlippe. »Ich erinnere mich an einen Samstag. Ich bin aufgewacht, und Mom war nüchtern. Ich muss so um die zwölf Jahre alt gewesen sein. Ich ging in die Küche, und sie war wach. Sie hatte keinen Kater, hatte sogar Frühstück gemacht. Pfannkuchen und Speck und frisch gepressten Orangensaft. Bis zu diesem Morgen hatte ich noch nie frisch gepressten Orangensaft bekommen. Ich hatte noch nie etwas so Leckeres getrunken. Nach dem Frühstück fragte Mom mich unvermittelt: ›Kannst du tanzen?‹ Das konnte ich natürlich nicht. Ich war ziemlich ungelenk, und das sagte ich ihr auch. Sie nahm meine Hand und führte mich ins Wohnzimmer. ›Zum Lernen ist es nie zu spät!‹, rief sie lachend.«

Er schweigt kurz, ganz in die Erinnerung versunken. »Mom hatte eine Menge Spaß. Jedenfalls, sie legte eine meiner CDs ein, und wir tanzten bis in den Nachmittag. Dad machte eine Doppelschicht, also waren wir allein.« Er zupft mit düsterem Gesicht am Knie seiner Hose. »Als es Abendessenszeit war, fing Mom wieder zu trinken an. Um sechs Uhr war sie aggressiv, um sieben Uhr hat sie geweint, um acht Uhr war sie besinnungslos. Frisch gepresster Orangensaft und Tanzstunden, gefolgt von Wodka, Kotze und Tränen, und das an einem Tag. Kummer und Feuer.«

»Genau die Geschichte musst du erzählen, wenn du auf diese Site gehst«, sagt Alan. »Sie ist wahr, und dann klingt sie auch wahr.«

»Verstehe.«

»Problematischer ist die Sache mit dem Kind«, sage ich. »Wir können kein Kind in die Operation hineinziehen.«

»Da hätte ich eine Idee«, sagt Leo.

»Lass hören.«

»Was, wenn meine Exfrau das Kind abtreiben ließ?«

Ich widerstehe dem instinktiven Verlangen, mir die Hand auf den Bauch zu legen. »Und weiter?«

»Was, wenn sie das Kind vor der Scheidung abtreiben ließ, um Auseinandersetzungen über das Sorgerecht aus dem Weg zu gehen?«

Alan pfeift leise. »Ja, so was könnte einigen Hass wecken.«

»Es würde zum Rest meiner Geschichte passen«, fährt Leo fort und nimmt Fahrt auf, als er immer sicherer wird. »Es war mein Traum, eigene Kinder in einem guten Elternhaus großzuziehen, mit einem verlässlichen Vater und einer verlässlichen Mutter. Meine Ex hat das alles zerstört.«

»Ein guter Stressfaktor«, gebe ich zu.

»Genau das, was einen jungen Mann aus der Verzweiflung reißt und in lodernde Wut stürzt«, sagt Alan. Wieder klopft er Leo auf die Schulter. »Gute Arbeit. Du bist ein Naturtalent.«

Wir verbringen eine weitere Stunde mit dem Ausarbeiten der Einzelheiten. Bei einer guten Legende geht es nicht so sehr um das große Panorama, sondern um etwas, das einer meiner Ausbilder in Quantico als »Augenblicke unbestreitbarer Menschlichkeit« zu bezeichnen pflegte.

»Bei manchen Dingen, die man hört«, hatte er gesagt, »weiß man einfach, dass sie wahr sind. Das sind die Augenblicke unbestreitbarer Menschlichkeit. Zum Beispiel, wenn eine Figur in einem Buch uns gesteht, dass sie ihre Popel isst, ein Ehemann einen Orgasmus vortäuscht oder eine Frau ihrem ehebrecherischen Mann ein Sandwich macht und reinspuckt. Wir fühlen uns Menschen verbunden, die auch ihre Fehler haben. Es ist tröstlich für uns, dass auch andere ihrer Mutter einen Dollar aus dem Portemonnaie geklaut haben.«

»Ein anderer wichtiger Aspekt der Undercoverarbeit«, sagt Alan, »vielleicht sogar der wichtigste, ist Geduld. Verbrecher sind misstrauisch. Ihre erste Annahme wird sein, dass man dir nicht trauen kann. Du beweist ihnen das Gegenteil, indem du dich nicht zu eifrig gibst, sondern einfach nur deine Rolle spielst. Du tust nichts Außergewöhnliches, bis du es tust.«

»Was soll das heißen?«

»Menschen sind unberechenbar. Wer zu berechenbar ist, weckt Misstrauen. Der Bankangestellte, der sich auf die Toilette verdrückt, um sich ein Frauenhöschen anzuziehen, ist glaubhafter als der Bankangestellte mit einem Alkoholproblem.«

»Warum?«

»Die Leute mögen das Dramatische. Jedenfalls machst du hin und wieder etwas Unerwartetes. Nichts Großes, nur so viel, dass ihnen klar wird: Der Typ ist auch nur ein Mensch. Sehr gut wäre es, eine Verabredung nicht einzuhalten. Wenn er sagt: ›Wir treffen uns morgen um vierzehn Uhr im Chat‹, stimmst du zu, zeigst dich aber erst um sechzehn Uhr oder vielleicht erst am nächsten Tag. Wenn er fragt, was das soll, sagst du, du wärst eingeschlafen oder zu deprimiert gewesen oder ins Kino gegangen. Es verärgert ihn, und das macht dich real, verstehst du?«

»Ja, so langsam begreife ich.«

Callie platzt ins Büro. Sie bringt einen Stapel Unterlagen und hat eine junge Frau im Schlepptau. Die Frau ist im gleichen Alter wie Leo. Sie ist ungefähr eins sechzig groß, schlank und hat schulterlanges, dunkelblondes Haar.

»Ich habe alles, was wir brauchen«, verkündet Callie. »Wir können loslegen.«

Ich ziehe eine Braue hoch. »Das ging aber schnell.«

»Unterschätze niemals die Macht meines Charmes.« Sie lässt die Unterlagen vor mir auf den Schreibtisch fallen, ohne auf Alans Schnauben zu achten. »Führerschein, Sozialversicherungsnummer, Bankkonten mit einem Minimum an Geld darauf – du bist leider kein reicher Junge, Leo.«

»Das ist auch gut so, dann kann ich mich leichter auf die Rolle einstimmen.«

»Du heißt Robert Long. Du verdienst dein Geld als freiberuflicher IT-Berater und versuchst, ins Daytrading hineinzukommen, bisher ohne Erfolg.«

»Also bin ich ein Verlierer?«

»Ein Träumer. Jemand, der den nicht ausgetretenen Pfaden folgt. Immer positiv denken.« Callie zieht die junge Frau zu sich heran. »Diese Maus hier ist deine Exfrau, die ehemalige Mrs. Robert Long. In Wirklichkeit heißt sie Marjorie Green und hat vor Kurzem in der Abteilung für Finanzdelikte angefangen. Ihr Deckname ist Cynthia Long, geborene Roberts. Klug, wie ich nun mal bin, dachte ich mir, du könntest dir sicher eine hübsche Geschichte um den glücklichen Zufall einfallen lassen, dass ihr Mädchenname Roberts ist, während du Robert mit Vornamen heißt.«

»Freut mich, Sie kennenzulernen, Marjorie«, sage ich und halte ihr die Hand hin.

»Vielen Dank, Agentin Barrett«, sagt sie, schüttelt mir die Hand und schaut mich ein bisschen befangen an. Meine Narben sehen nun mal nicht besonders schön aus. »Ich weiß, es ist nicht professionell, aber ich wollte Ihnen sagen, dass ich eine große Bewunderin von Ihnen bin.«

»Vielen Dank, Marjorie. Ich freue mich, dass Sie bei uns mitmachen. Hat Callie Sie schon eingewiesen?«

»Mehr oder weniger.«

»Wir werden die Lücken schon füllen. Ich möchte Sie den anderen vorstellen.«

Alle sind freundlich zu Marjorie, nur James nicht.

»Ihr habt ein nettes Haus«, fährt Callie fort, als wir uns wieder unserer Aufgabe zuwenden. »Sowohl Grundbrief als auch Hypothek werden morgen früh da sein, ausgestellt auf Robert und Cynthia Long. Ich habe eine hübsche Summe als Wert nach Abzug aller Belastungen eintragen lassen.«

»Wie viel?«, fragt Alan.

»Mehr als hunderttausend Dollar.«

»Gut. Das verleiht Robert Longs Bedürfnis, seine Frau aus dem Weg zu räumen, einige Glaubwürdigkeit.«

»Wenn es um ein Mordmotiv geht, ist nichts so stichhaltig wie Geld«, pflichtet Callie mir bei. »Für beide ist mit der Sozialversicherungsnummer eine gute Kreditwürdigkeit verbunden, und beide haben Kreditkarten mit einem geringen Guthaben. Benutzt sie sparsam und bewahrt unbedingt die Quittungen auf.«

»Ich nehme an, du hast eine Wohnung für Leo?«, frage ich.

»Ja. Der verlassene junge Mann wohnt in einer Zweizimmerwohnung. Strom, Wasser und so weiter kommen morgen. Ach ja, und es gibt eine gemeinsame Lebensversicherung. Fünfhunderttausend Dollar für jeden von euch.«

Ich schüttle den Kopf. »Meine Güte, Callie. Wie hast du das nur so schnell geschafft? Normalerweise braucht man dazu eine Woche. Mindestens.«

»Mir schulden viele Leute viele Gefallen. Und ich habe natürlich meine zahllosen männlichen Fans.«

»Also wirklich.« Alan verdreht die Augen. Marjorie beobachtet alles amüsiert.

»Außerdem«, sagt Callie und durchbohrt Alan mit Blicken,

»habe ich ihnen gesagt, dass es als verspätetes Hochzeitsgeschenk gezählt werden könnte. So etwas nennt man Anreiz.«

»Wie immer du es gemacht hast, es war gute Arbeit.«

»Danke sehr.«

»Wann fangen wir an?«, fragt Marjorie.

Das ist eine gute Frage, und ich denke sorgfältig darüber nach. Wie Alan sagte, ist Mangel an Geduld bei Undercover-Operationen das große Problem. Wahrscheinlich gibt es irgendwo mehrere Frauen, die in dunkle Zellen gesperrt sind, wo sie allmählich den Verstand verlieren und sich die Haut aufkratzen, bis Blut kommt. Dalí hat uns davor gewarnt, ihm nachzuspüren, und wir müssen sicherstellen, dass unsere Maßnahmen keine noch lebenden Opfer gefährden.

»Morgen«, entscheide ich. Ich sehe Alan, Leo und Marjorie an. »Wir fangen morgen an. Passt euch das?«

»Mir passt es sehr gut«, sagt Marjorie. Sie ist offensichtlich aufgeregt, das erste Mal verdeckt zu arbeiten.

Leo und Alan nicken schicksalsergeben.

Ich richte meine Aufmerksamkeit auf Leo und Marjorie. »Ihr müsst von nun an ständig davon ausgehen, dass ihr überwacht werdet, jeden Tag. Solange ihr an dieser Operation teilnehmt, dürft ihr keine Familienangehörigen anrufen – nicht die Ehefrau, nicht den Ehemann, nicht die Freundin und nicht den Freund. Niemanden, den ihr kennt. Der Erfolg hängt davon ab, dass ihr die Identität annehmt, die wir uns für euch ausdenken.« Ich schweige kurz, um dem, was ich als Nächstes sage, mehr Nachdruck zu verleihen. »Wenn ihr auffliegt, können die Konsequenzen nicht nur eure eigene Sicherheit betreffen. Wir gehen von der Voraussetzung aus, dass der Täter seine Drohung ernst meint und andere Gefangene hat. Wenn er glaubt, dass wir ihm zu dicht auf den Pelz rücken, könnte er beschließen, sie zu töten. Habt ihr verstanden?«

»Habe ich«, sagt Leo.

»Ja«, antwortet Marjorie.

»Gut. Dann lasst uns Marjorie auf den aktuellen Stand der Dinge bringen, und dann basteln wir eure Legenden fertig.«

KAPITEL 24 Ich bin im Gefängnis und beobachte Douglas Hollister, als er vor mir Platz nimmt. Der Rest meines Teams ist mit seinen jeweiligen Aufgaben beschäftigt. Ich selbst möchte mich mit Hollister befassen, um mein Bild von dem Unbekannten auszuweiten, der hinter alledem steckt.

Noch immer wissen wir bemerkenswert wenig über unseren Täter. Auch wenn es in dieser Hinsicht einige Anomalien gibt, hat Dalí es ausgezeichnet verstanden, unsichtbar zu bleiben. Er hat sämtliche Kontakte auf das Nötigste beschränkt und die Kommunikation niemals aus der Hand gegeben. Die meisten unserer wertvollsten Zeuginnen hat er lobotomiert und geistig verkrüppelt, und Heather steht noch zu sehr unter Schock, als dass sie eine große Hilfe wäre. Also ist Douglas Hollister die greifbarste Verbindung zu Dalí, die wir haben.

Ich nehme mir Zeit, um Hollister zu mustern, ehe ich spreche. Er ist ein gebrochener Mann. Ich merke es allein schon an seiner Körpersprache und seinem Schweigen. Er starrt auf seine Hände und ist meinem Blick nur einmal begegnet, als er in den Verhörraum kam. Er ist über Nacht gealtert: Seine Haut ist fahl, sein Gesicht schlaff vor Erschöpfung und Niedergeschlagenheit.

»Wieso sind Sie hier?«, fragt er teilnahmslos.

»Aus zwei Gründen. Ich möchte mich noch einmal über den Mann unterhalten, mit dem Sie zu tun hatten. Und ich wollte sehen, wie Sie sich an das Gefängnisleben anpassen.«

Endlich hebt er den Kopf. »Wie ich mich anpasse? Soll das ein Witz sein?«

»Ganz und gar nicht.«

Er schnaubt. »Ich sitze in einem Gebäude voller Vergewaltiger, Mörder und Straßenräuber. Fast alle sind größer und stärker als ich und gewalttätig. Was glauben Sie wohl, wie es mir da geht?«

»Wurden Sie bedroht?«

»Nicht offen. Aber das wird noch kommen. Das spüre ich.«

»Sie können um Schutzhaft ersuchen.«

»Na klar«, sagt er verächtlich. »Davon hat mir schon jemand erzählt. Man wird in ein anderes Gebäude mit anderen Vergewaltigern, Mördern und Straßenräubern gesperrt, nur dass man jetzt für immer eine Zielscheibe auf dem Rücken trägt, weil jeder glaubt, man wäre ein Spitzel. Nein danke.«

»Ich rate Ihnen dringend, sich für die Schutzhaft zu entscheiden, Douglas.«

Er seufzt und reibt sich rasch mit beiden Händen das Gesicht, als versuchte er, einen Kater zu vertreiben oder einen Albtraum. Seine Haut ist bereits rot vom Reiben. »Leben oder Sterben, darüber mache ich mir im Augenblick keine großen Gedanken. Wozu auch? Einen meiner Söhne habe ich getötet, und der andere wird es am Ende erfahren und hat sein Leben lang daran zu tragen. Und Dana … sie vegetiert nur noch vor sich hin. Heather gewinnt am Ende doch. Sterben? Ist mir scheißegal.«

Heather gewinnt?

Ich kämpfe meine instinktive Wut nieder. Ganz gleich, wie viele Jahre ich schon mit Soziopathen zugebracht habe, mit ihrem boshaften Narzissmus, sie können mich immer noch überraschen. Ihr Denken ist auf eine Art und Weise verdreht, die ich einfach nicht begreifen kann.

»Das ändert sich«, entgegne ich. »Im Moment kommt es Ihnen noch so vor, aber das geht vorbei.«

»Woher wollen Sie das wissen?«

Weil ich dich kenne. Weil du selbst dir wichtiger bist als jeder andere Mensch auf Erden. Weil du pathologisch bist. Du könntest genauso wenig anders sein, wie du mit dem Atmen aufhören kannst.

»Weil ich mit dem Phänomen des Schocks vertraut bin«, sage ich stattdessen. »Ich habe schon mit Männern und Frauen zu tun gehabt, die in einer ähnlichen Lage gewesen sind. Selbstmord oder Todessehnsucht ist im ersten Stadium sehr verbreitet. Doch der Überlebensdrang gewinnt am Ende die Oberhand.«

»Wirklich?«

Sein selbstmitleidiger Tonfall weckt in mir den Wunsch, ihm hässliche Bemerkungen an den Kopf zu werfen und ihn in seiner Schwäche zu verletzen.

Du armer Kleiner, möchte ich zu ihm sagen. *Ist das Leben so unfair zu unserem armen kleinen Baby?*

»Lassen Sie sich nicht hängen. Und schließen Sie keine Tür, die Sie später vielleicht wieder öffnen müssen, okay?«

»Ja«, sagt er. »Danke.« Er hebt den Blick, und ich sehe Dankbarkeit in seinen Augen. Doch wer kann sagen, ob sie aufrichtig ist oder nur Berechnung?

»Keine Ursache. Reden wir über diesen Mann, diesen Dalí. Sind Sie dazu bereit?«

»Wieso nicht? Seinetwegen bin ich hier.«

»Genau«, sage ich. »Sie schulden ihm gar nichts.«

Diese Vorstellung scheint ihm Mut zu machen. Er setzt sich gerade hin und nickt. »Ja. Scheiß auf ihn. Was wollen Sie wissen?«

»Als Sie miteinander gesprochen haben, hat er da je gesagt, was sein Name bedeutet?«

»Dalí?«

»Ja.«

»Danach habe ich ihn nie gefragt. Er war nicht der Mann, dem man viele Fragen stellt.«

»Was können Sie mir über ihn sagen?«

Hollister runzelt nachdenklich die Stirn. »Er war sehr vorsichtig mit Details. Ich bin ihm nie persönlich begegnet, habe nur über Handy und E-Mail Kontakt zu ihm gehabt. Die Nummer und die Adressen hat er regelmäßig geändert. Der Kontakt ging immer von ihm aus. Ich selbst hatte keine Möglichkeit, ihn zu erreichen.«

»Was ist mit seiner Stimme? War daran etwas Auffälliges? War sie hoch, tief, rau, glatt?«

»Tut mir leid. Er hat so einen Sprachverzerrer benutzt. Dadurch klang er wie ein Roboter.«

Ich beiße mir auf die Lippe. »Wie lange hatten Sie schon auf dieser Website gepostet und gechattet, ehe er sich zum ersten Mal mit Ihnen in Verbindung gesetzt hat?«

»Auf Beamanagain.com?«

»Ja.«

Er überlegt. »Nicht lange. Anderthalb Wochen vielleicht. Ja, so ungefähr.«

»Was haben Sie denn geschrieben, bevor er Sie kontaktiert hat?«

Hollister taxiert mich. Ich sehe, wie seine Gerissenheit zurückkehrt. »Wieso?«

»Ich versuche nur, ein vollständiges Bild zu bekommen.«

Ein leises, höhnisches Lächeln huscht über seine Lippen. Der niedergeschlagene Hollister war mir lieber als der Mann, den ich nun zurückkehren sehe. Manchmal verrutscht die Maske eben ein wenig. »Bevor er mich kontaktiert hat, hatte ich sinngemäß geschrieben: ›Ich wollte, ich hätte den Mumm, meine Alte einfach verschwinden zu lassen.‹«

»Das haben Sie offen gesagt?«

»Klar. Ich war ja nur einer von vielen Typen, die ihrer Wut Luft gemacht haben. Ich hatte nicht den Eindruck, dass ich dabei irgendwas riskiere.«

»Und dann hat er Sie zum Privatchat aufgefordert?«

»Richtig.«

Das ergibt Sinn. Wozu wie die Katze um den heißen Brei herumschleichen? Wenn man mit Entführung, Folter und Mord handelt, muss man aggressiv vorgehen: Dalí hält nach Anzeichen einer Wut Ausschau, die über bloße Unzufriedenheit hinausgeht, und dann spricht er es unverhohlen an. Aber ich gehe jede Wette ein, dass er in den meisten Fällen abgewiesen wird. Es ist eine Sache, zu seiner Frau zu sagen: »Ich wollte, du wärst tot«, doch es ist etwas völlig anderes, ihr mit einer Axt den Schädel zu spalten und ihre Leiche in einem See zu versenken. Für den Uneingeweihten bedeutet dieser Schritt vielleicht nur einen Katzensprung, aber in Wirklichkeit ist er so weit wie der Abstand von hier zur Sonne.

»Und was ist dann passiert?«

»Genau das, was ich gesagt habe, als der Schwarze mich vernommen hat. Dalí sagte mir, er könnte mein Problem verschwinden lassen. Er lieferte einen Beweis und drohte mir, Avery und Dylan zu töten, wenn ich auch nur ein Wort ausplauderte.«

»Warum haben Sie eingewilligt? Was hat Sie dazu bewogen?« Ich stelle die Frage, ohne wirklich darüber nachzudenken. Sie rührt von dem verbreiteten Bedürfnis her, das tief aus dem Bauch kommt: dem Wunsch, das Warum zu verstehen. Wir müssen es kennen, dann schlafen wir nachts besser. Doch allzu oft gibt es kein Warum, weil einfach nur Wahnsinn dahintersteckt.

Hollister scheint selbst das Bedürfnis zu haben, es zu begreifen, oder vielleicht auch, es mir begreiflich zu machen. Er lehnt sich zurück und denkt über meine Frage nach. Stille senkt sich über den Verhörraum. Ich beobachte Hollister, wie er sich bemüht, seinen eigenen Gedankengang zu entwirren.

»Ich habe einfach keinen anderen Ausweg gesehen«, sagt er schließlich. »Bei einer Scheidung hätte sie mein Haus und meine Söhne und für Gott weiß wie lange die Hälfte meines Geldes erhalten. Ich aber wollte das Glück, das ich verdient hatte, für mich haben.« Er tippt sich auf die Brust. Seine Miene ist verletzt, bestürzt, bockig. »Ich habe es schließlich verdient, glücklich zu sein!«

Ich glaube, seinesgleichen verabscheue ich am meisten. Ein Serienmörder ist auf seine Weise ein simpleres, ehrlicheres Ungeheuer. Wenn man einen Serienmörder fragt, warum er dies und das getan hat, lässt seine Antwort sich letzten Endes immer auf eine einzige scheußliche Wahrheit reduzieren: *Weil ich mich dabei so gut fühle.*

Douglas Hollister und seinesgleichen leben in einer Welt aus Spiegeln, die ihre Rechtfertigungen auf sie zurückwerfen. In mancher Hinsicht erscheinen sie schlimmer als Serienmörder, weil sie uns selbst zu ähnlich sind. Ihnen fehlt die Eleganz, die sich im Motiv des Serienmörders findet. Warum hat er es getan? Wegen Geld. Für ein Haus. Weil er ein verwöhntes, verzogenes psychotisches Kind ist.

»Hat Dana es gewusst, Douglas? Hat sie mit Ihnen unter einer Decke gesteckt?«

Sein Blick wird feindselig. »Nein. Zur Hölle mit Ihnen, dass Sie das fragen!«

Also war sie am Ende ein Opfer deines Narzissmus.

»Danke, dass Sie sich die Zeit genommen haben.« Ich stehe auf und gehe zur Tür.

»Das war alles?«

Ich drehe mich zu ihm um. »Nur noch eine Frage, Douglas. Sind Sie jetzt glücklich?«

Ich freue mich über die Zornesröte, die ihm ins Gesicht schießt. Ich bin grausamer geworden, und ich stelle es immer weniger infrage.

Sollte ich mir Sorgen darüber machen?

Als ich meinen Wagen erreiche, habe ich noch keine Antwort auf diese Frage. Und bis ich auf dem Highway bin, habe ich sie vergessen.

KAPITEL 25 »Das habe ich schon gewusst«, sagt Bonnie zu mir.

Tommy und ich schauen sie an; dann tauschen wir einen Blick.

»Du hast es gewusst?«, frage ich.

Wir sitzen am Esstisch. Das Geschirr vom Abendessen ist gespült und weggeräumt. Als ich nach Hause gekommen bin, habe ich Tommy erzählt, dass ich unsere Ehe bekannt gegeben habe, und seine freudige Reaktion hat mir gezeigt, dass ich das Richtige getan habe. Er hat mich in die Arme genommen und mich festgehalten.

»Sehr gut«, hat er gesagt. »Mir liegt es nicht, etwas zu verbergen, worauf ich stolz bin.«

Die Bombe mit der Schwangerschaft habe ich noch nicht platzen lassen. Das halte ich zurück für … na ja, jetzt. Oder bald. Zuerst müssen wir unser Geständnis Bonnie gegenüber beenden.

Sie lächelt, nimmt meine Hand und Tommys. »Natürlich habe ich es gewusst. Ihr könnt euch nicht gut verstellen, wenn ihr glücklich seid. Ich habe über die Reise nach Hawaii nachgedacht und mir alles zusammengereimt.«

»Kluges Kind«, sage ich. »Und?«

»Und was?«

»Was denkst du jetzt?«

»Ich finde, es wurde Zeit.«

So einfach kann es manchmal sein.

Ich ziehe meine Hand zurück und räuspere mich. »Nun, ich … ich habe noch eine Neuigkeit.«

Plötzlich fühle ich mich, als würde ich nackt auf einer Bühne stehen, geblendet vom Rampenlicht. Meine Kehle fühlt sich rau an, und mein Puls geht schneller.

»Smoky?«, fragt Tommy verwirrt. »Was hast du?«

»Weißt du, ich …« Wieder muss ich mich räuspern, und ich werde wütend auf mich selbst. »Ach, verdammt noch mal, ich sag es jetzt einfach.« Ich atme tief ein. »Ich bin schwanger.«

Keiner von beiden reagiert, jedenfalls nicht sofort.

»Wie bitte?«, fragt Tommy dann. Er ist wie vor den Kopf geschlagen.

»Ich bin schwanger. Wir bekommen ein Baby. Dein Baby.« Ich klinge abwehrend. Ich hasse es, wenn ich abwehrend klinge. Das ist Angst, kein Kampf. Kampf ist besser.

Beide schweigen. Ich beiße die Zähne zusammen. Ich werde wütend. Gleichzeitig wächst meine Angst.

»Was ist? Hat keiner von euch etwas zu sagen?«

Tommy lehnt sich zurück. Ihm steht der Mund offen. »Ich werde Vater?«

Aus seiner Stimme höre ich Staunen, tiefes Staunen, und in diesem Moment weiß ich, dass alles gut sein wird. Die Angst fällt von mir ab und weicht der Erleichterung. Bonnie steht auf, kommt zu mir und umarmt mich, klammert sich an mich, lässt nicht los, und ich frage mich einen Augenblick lang, was das zu bedeuten hat. Hat sie Angst? Ist sie eifersüchtig? Traurig?

Dann löst sie sich von mir und wischt sich die Tränen ab.

»Was ist denn, Schatz?«, frage ich.

»Das ist so *cool*«, sagt sie bloß.

Ich muss lachen, worauf auch Bonnie lacht, und dann stehen wir kichernd da, während Tommy zusieht.

Plötzlich sagt er: »Ich werde Vater? Heilige Scheiße.«

Wir starren ihn an.

»Tommy«, sage ich, »hast du da gerade ein Schimpfwort benutzt?«

Er steht auf. Sein Stuhl scharrt über den Holzfußboden. Er kommt zu uns und nimmt uns beide in die Arme.

»Ich liebe euch sehr.« Seine Stimme ist rau, seine Umarmung voller Zärtlichkeit. »Das ist eine wundervolle Neuigkeit.«

Tommy, der Mann der wenigen Worte. Manchmal ist kürzer nicht nur einfach besser. Manchmal ist es das Beste überhaupt.

»Hör mir gut zu, Schatz«, sage ich zu Bonnie. »Was ich jetzt sage, ist wichtig.«

»Okay.«

»Als Erstes musst du eines wissen: Sobald du mir nicht mehr richtig zuhörst, sobald du die Ohren auf Automatik stellst oder dich aufführst, als wüsstest du schon alles, packen wir zusammen und fahren. Hast du verstanden?«

»Ja.«

Bonnie und ich sind am Schießstand, wie ich es ihr versprochen hatte. Raymond der Bestatter, Kirbys Freund, sitzt draußen auf dem Parkplatz, wacht und wartet. Mich erinnert er an einen Frosch. Er hockt da, still und harmlos, bis eine Fliege vorbeisummt, und im nächsten Augenblick ist die Fliege in seinem Maul, und die stille Harmlosigkeit geht weiter.

Wir sind über unsere Tränen und unsere Freude hinausgekommen. Nun ja, über die Freude vielleicht nicht, aber wenigstens über den Freudentaumel. Tommy ist zu Hause geblieben und sucht im Internet nach Büchern über Schwangerschaft. Ich habe überlegt, ihn davon abzubringen, ließ es aber bleiben, weil es mir im Grunde gefällt. Diesmal wird es nicht der Spaziergang wie damals, als ich noch Mitte zwanzig war. Der Gedanke, dass Tommy sich in das Thema einliest, macht mir Mut.

Bonnie und ich hatten bereits verabredet, dass wir am Abend zum Schießstand fahren, und ich wollte, dass es dabei bleibt. An diesem Schießstand im Valley übe ich, solange ich zurückdenken kann. Sein Besitzer, Jazz, war früher Scharfschütze beim Marine Corps. Er muss mir zwar nicht erlauben, Bonnie mit hierherzubringen, aber er hat keine Einwände gemacht. Ich nehme an, er hält es für richtig, dass sie mal eine Waffe in die Hände bekommt.

Bonnie hat für ihr Alter kräftige Hände. Deshalb habe ich beschlossen, mit einer Neunmillimeter anzufangen. Jazz vermietet Waffen an seinem Schießstand, und ich entscheide mich für die SIG Sauer P226, die ich immer als leicht und bequem empfunden habe, und es ist eine präzise Waffe. Ich ziehe die Glock vor, aber hauptsächlich deshalb, weil diese Waffe mir so vertraut ist – eine Weggefährtin, sozusagen. Jazz hat uns ein Zehnschussmagazin gegeben, einhundert Patronen, mehrere Papierzielscheiben und unsere Schutzbrillen sowie Ohrenschützer.

»Die Ohrenschützer legen wir an, ehe wir den Schießstand betreten«, sage ich. »Solange wir im Schießstand sind, nehmen wir sie keine Sekunde ab, sonst kann man taub werden. Auch die Schutzbrille lässt du auf, solange du im Stand bist, okay?«

Bonnie nickt. Ich nehme die Pistole in die Hand.

»Das ist eine Double-Action-Waffe. Das heißt, du brauchst sie nicht zu spannen, ehe du schießt. Du brauchst nur den Abzug zu drücken. Deshalb darfst du die Waffe, sobald sie geladen ist, nur in die Schießbahn richten. Hast du verstanden?«

»Ja.«

»Du musst das Magazin rausnehmen und die Waffe jedes Mal ablegen, wenn du mit dem Schießen fertig bist.«

»Wie setze ich das Magazin ein, und wie nehme ich es raus?«

Ich bitte Jazz um Erlaubnis, indem ich ihn ansehe und die Brauen hochziehe. Eigentlich gilt die unumstößliche Regel, dass man niemals den Schießstand mit einem Magazin in der Waffe verlässt. Ich habe einmal miterlebt, wie jemand diese Regel vergessen hat, und gesehen, wie Jazz eine .357 auf ihn richtete und ihn aufforderte, sich auf den Boden zu legen. Niemand wurde dabei angeschossen, aber es hat einen nachhaltigen Eindruck auf mich gemacht.

»Nur zu«, sagt er nun und beobachtet alles mit passivem Interesse.

Ich zeige Bonnie, wie es geht, indem ich das leere Magazin in den Griff schiebe und es dann wieder herausgleiten lasse.

»Und jetzt du«, fordere ich sie auf.

Sie braucht einen Augenblick, weil sie es langsam macht und sorgfältig auf jeden Handgriff achtet.

»Gut. Jetzt nimmst du den Daumen und drückst den Verschlussfanghebel. Hier«, sage ich und zeige ihn ihr.

Sie gehorcht, und der Verschluss schnellt in die verriegelte Stellung vor. »So?«

»Genau. Wenn das Magazin voll wäre, dann wäre deine Pistole jetzt durchgeladen und schussbereit.«

Bonnie drückt den Abzug. Ich höre das Klicken, mit dem der Schlaghebel auftrifft, und entreiße ihr die Pistole.

»Du feuerst niemals eine Waffe außerhalb des Schießstands ab, ob sie geladen ist oder nicht!«, fahre ich sie an.

Sie ist erstaunt über meinen Zorn, aber nicht so zerknirscht, wie ich es mir wünsche. Jazz bemerkt es und kommt hinter der Theke hervor. Er geht zu Bonnie, baut sich vor ihr auf und blickt auf sie hinunter. Jazz ist kein großer Mann, aber er ist die personifizierte Einschüchterung. Eine stille Kälte umgibt ihn. Bonnie ist sichtlich eingeschüchtert, als sie in seine toten Fischaugen blickt.

»Mach das noch einmal, und du bekommst eine Menge Ärger«, sagt er. »Kapiert?«

Sie schluckt heftig. »Ja«, bringt sie hervor.

»Ja, was?«, fragt er.

»Ja, Sir.«

Jazz nickt. »Gut.« Er schlendert hinter die Theke zurück. »Jetzt geht in den Schießstand und lasst mich in Ruhe.«

Bonnie und ich setzen die Schutzbrillen auf und gehen zur Doppeltür, die zur Schießhalle führt.

»Setz die Ohrenschützer auf«, sage ich, ehe ich die erste Tür öffne.

»Der Typ ist gruselig.« Sie wirft einen Blick auf Jazz, der irgendetwas auf einen Stapel Quittungen schreibt. »Er hat Menschen getötet, nicht wahr? Das merkt man ihm an.« Sie setzt die Ohrenschützer auf und schaut mich an, ehe mir eine Erwiderung einfällt. »Können wir jetzt schießen gehen?«

In der Dunkelheit, die in Los Angeles nie wirklich echt ist, fahren wir nach Hause. Für echte Dunkelheit gibt es zu viel Streulicht von den vielen Megawatt, mit denen die Stadt um sich wirft. Die Dunkelheit existiert hier in kleinen Inseln aus Schwärze, in denen sich die Monster verstecken und wo alles Schlimme geschieht. Frauen werden an Stellen vergewaltigt, die das Licht der Straßenlaternen nicht erreicht; ihre Leichen werden in den tiefen Schatten der Bäume zurückgelassen, und nur ein nackter Fuß ragt hervor, vielleicht vom Mondlicht versilbert.

Bonnie ist kein Naturtalent, aber sie hat sich wacker geschlagen. Zuerst war sie überrascht, wie laut das Schussgeräusch einer Pistole ist, aber das ist bei den meisten Anfängern so. Sie riss die Augen auf und hätte die Waffe beinahe fallen lassen. Hundert Schuss später hatte sie sich eingewöhnt. Ihre Finger sind noch nicht kräftig genug, um ein Magazin zu laden, aber das kommt mit der Zeit. Ihre Treffergenauigkeit war ganz ordentlich.

Sie bat mich, auch einmal zu schießen, bevor wir gingen. Ich hatte meine Glock dabei und nahm sie aus dem Koffer. Bonnie beobachtete, wie die Zielscheibe ans Ende der Schießbahn fuhr, und fragte mich verwundert: »Kannst du auf so große Entfernung treffen?«

»Ja. Pass auf.«

Ich stellte mich auf, das Gesicht zur Zielscheibe. Die Finger meiner Rechten tanzten, machten sich bereit. Dann zog ich die Waffe und feuerte im Schnellfeuer.

»Ein Schuss pro Sekunde im Schießstand, bitte«, sagte Jazz über den Lautsprecher.

Ich zwinkerte Bonnie zu und grinste. Dann drückte ich den Knopf, der die Zielscheibe nach vorn holte, und war zufrieden, wie dicht die Einschüsse zusammenlagen.

»Wow!«, rief Bonnie mit großen Augen. »Glaubst du, ich werde jemals so gut?«

»Möglich. Aber dann musst du sehr viel üben.«

Nun sagt Bonnie zu mir: »Danke, dass du mich mitgenommen hast, wo du gerade so viel zu tun hast.«

»Wenn ich Zeit habe, gehört sie immer dir. Auch wenn das Baby kommt.«

»Da mache ich mir keine Sorgen.«

»Du darfst nie glauben, dass du nur zweite Geige spielst, Bonnie, hörst du?«

»Ich freue mich auf das Baby. Ich wollte immer einen kleinen Bruder oder eine kleine Schwester.«

»Was wäre dir denn lieber?«

»Ein Bruder«, antwortet sie, ohne zu zögern.

»Mir auch.« Ich lache. »Ich weiß selbst nicht, warum.«

»Weil kleine Jungen süß sind.«

»Hoffen wir's.«

Sie zupft an der Unterlippe und denkt nach. »Jetzt werden wir eine richtige Familie, oder? Du und Tommy seid verheiratet, und ein Baby ist unterwegs. Wow.«

Allerdings – wow. Ich halte es für an der Zeit, ihr meine andere Überraschung zu präsentieren. »Tommy hat mich gebeten, dich etwas zu fragen.«

»Was denn?«

»Er möchte dich gerne formell adoptieren, nach Recht und Gesetz. Er denkt schon länger darüber nach, aber zuerst mussten wir heiraten.«

Sie blickt mich an, blinzelt. »Er will mein Vater sein?«

»Ja. Aber nur, wenn es dir recht ist.«

»Wenn es mir recht ist? Macht er Witze? Das wäre fantastisch! Ich hatte nie einen Dad.«

Bonnies Vater war ein Versager, der Annie im Stich gelassen hatte. Er kam bei einem Autounfall ums Leben.

»Dann sag es Tommy, wenn wir nach Hause kommen. Das wird ihn sehr glücklich machen.«

»Meinst du wirklich?«

Ich strecke die Hand aus und streichle ihr über die Wange. »Na klar.«

KAPITEL 26 »Ich habe ein Programm eingerichtet, mit dem du dich in unseren Computer einloggen kannst«, sagt Leo. »Dann kannst du uns zuschauen, als wärst du der User. Auf diese Weise kannst du die Chats verfolgen. Ich habe auch eine Webcam, und wir können über das Mikrofon miteinander sprechen.«

Leo und Alan haben ihre Plätze in »Robert Longs« Wohnung eingenommen. Marjorie hat sich im Haus als »Cynthia« eingerichtet.

»Cynthia arbeitet noch nicht«, hat Callie uns eingewiesen. »Da es schnell gehen musste mit der Legende, habe ich beschlossen, dass wir mit der ehemaligen Mrs. Long eine ähnliche Richtung einschlagen wie bei Robert. Sie versucht zu entscheiden, was sie mit ihrem Leben anfangen will. Bis dahin geht sie ins Fitnessstudio, lässt sich das Haar machen, liest viel … das Übliche für eine Frau, die von Unterhaltszahlungen lebt.«

Ich blickte auf den Monitor. »Es ist wirklich so, als wäre ich dort«, sage ich beeindruckt.

»Diese Technik ist schon ziemlich weit«, sagt Leo. »Ich werde zusätzlich Logs anlegen. Dann kannst du dir alles anschauen, was du verpasst hast, falls du es brauchst.«

»Hast du dich schon registriert?«, frage ich.

Alans Stimme kommt aus dem Kopfhörer. »Ja. Als ›Hurting2105‹.«

»Dann los.«

Undercoverarbeit ist nicht besonders aufregend, es sei denn, man ist beim Rauschgiftdezernat. Meist geht es nicht um den Augenblick, in dem das Verbrechen begangen wird, sondern um das Alltagsleben, das eine Tarnexistenz umgibt. Man muss essen und schlafen, Überweisungen abgeben und Rechnungen bezahlen. Man muss sich Filme anschauen und sich zwischen Popcorn und Lakritz entscheiden. Man muss Toilettenpapier kaufen. Alles wird unter der Voraussetzung getan, dass man bei jeder Bewegung beobachtet wird. Man spielt seine Rolle und hofft auf den Augenblick zum Losschlagen.

Ich beobachte, wie Leo auf die Be-A-Man-Again-Site surft.

»Soll ich mich beim Chat einloggen?«, fragt er.

»Geh es langsam an«, rät ihm Alan. »Sehen wir erst mal nach, was im Forum los ist. Was ist heute Thema Nummer eins?«

Leo surft zum Teil für »Allgemeine Diskussionen« des Forums. »Da ist etwas Neues«, sagt er.

Ich beuge mich vor, um lesen zu können, wovon er spricht.

»Du musst das Verbindungsprogramm benutzen, wenn du den Chat verfolgen möchtest«, sagt Leo. »Aber das Forum solltest du alleine lesen, mit deinem eigenen Browser, denn jeder liest mit einer anderen Geschwindigkeit.«

»In Ordnung.«

Ich öffne ein neues Browserfenster, gehe auf die Website und navigiere zum Forum. Der oberste Post, den Leo meinte, heißt: »Mehr Hausarbeit, besserer Sex?«

»Hört sich interessant an«, murmele ich.

Ich klicke auf das Thema und beginne zu lesen.

Eine neue Studie kam zu dem Schluss, dass Mann und Frau ein besseres Sexualleben haben, wenn das Paar der Meinung ist, die Hausarbeit wäre gleichmäßig aufgeteilt. In der Studie wird darauf hingewiesen, dass es nicht wichtig ist, ob die Hausarbeit tatsächlich gleichmäßig aufgeteilt ist. Es kommt nur darauf an, dass die Beteiligten das Gefühl hatten, es wäre so. Was meint ihr dazu?

Der nächste Post:

Also wirklich! Wer hat die Studie gemacht? Eine Frau, nicht wahr?

LOL.

Der nächste Eintrag stammte wieder von dem Poster, der den Thread begonnen hatte:

Haha. Ich dachte das Gleiche, aber wie sich herausstellt, hat ein Mann die Studie gemacht.

Die Antworten gehen weiter.

Na, was soll's, ich schwinge den Staubsauger, wenn ich dafür einen geblasen bekomme. Ist doch kein hoher Preis.

Schön, witzelt einer, aber wenn ich Fenster putzen soll, muss sie mir die Rosette polieren.

Igitt. Such dir ein Tuntenforum, Kumpel.

Der Originalposter mischt sich wieder ein und versucht zu vermitteln.

Jungs, wir sollten diese Site nicht benutzen, um miteinander zu streiten. Zurück zum Thema.

Ich lese den Thread von Anfang bis Ende. Vieles sind harmlose Frotzeleien, anderes ist tiefgründiger. Nur gelegentlich findet man eine giftige Bemerkung.

Die Nutte, mit der ich zusammenlebe, würde mich nicht mal vögeln, wenn ich ein Hausmädchen anstelle, das Tag und Nacht bei uns wohnt.

Und vielleicht am bestürzendsten:

Ich weiß nur, dass sie keinen Sex mit mir haben will, und das geht schon vier Jahre so. Ich habe alles probiert. Am Ende hatte ich genug von ihrem Blödsinn. Neulich habe ich in ihre Shampooflasche gewichst. Dann habe ich ihr einen Hamburger geholt und ein bisschen eigene Mayonnaise draufgetan. Ich hätte mich fast kaputtgelacht, als ich sie fragte, wie er war, und sie sagte: »Lecker.« Sie wird meinen Saft schlucken und ihn sich übers Gesicht laufen lassen, ob sie will oder nicht.

»Ich werde eine Antwort posten«, sagt Leo. »Gestern habe ich etwas gelesen, das hierher passt, und ich kann damit mein Profil verbessern und mir bei den anderen Mitgliedern der Site ein bisschen Glaubwürdigkeit verschaffen.«

»Mach nur«, sagt Alan, »aber lass es mich lesen, ehe du es postest.«

Ich sehe andere Threads durch, während er tippt. Ein paar Minuten vergehen.

»Fertig«, sagt Leo schließlich.

»Zeig her«, sagt Alan. Ich warte, während er liest. »Das ist ziemlich gut, Leo. Woher hast du das?«

»Ich habe mir ein paar Bücher besorgt. Ich habe auch welche über den Online-Shop der Site gekauft, für den Fall, dass der Täter eine Möglichkeit hat, das zu überwachen.«

»Gute Idee«, lobe ich ihn.

»Dann poste es jetzt.«

Eine Pause. »Fertig«, sagt Leo dann. »Smoky, wenn du die letzte Seite des Threads neu lädst, sollte mein Post jetzt sichtbar sein.«

Ich klicke auf den Refresh-Knopf und beobachte den Bildschirm, während die Seite neu lädt. Ich scrolle ans untere Ende und entdecke einen Post von »hurting2105«:

Ich habe gerade ein Buch gelesen, in dem es um die Unterschiede zwischen Männern und Frauen bei ihrem Verlangen nach Sex ging. Da stand, dass es im Großen und Ganzen stimmt, wenn behauptet wird, dass Männer öfter Sex wollen als Frauen. Ich weiß, das ist nichts Neues. Aber da war eine Sache, die der Autor schrieb, eine Beobachtung, die ich für wirklich klarsichtig hielt. Er schrieb: Männer wollen Sex, wenn sie Stress haben, während Frauen unter Stress das Interesse an Sex eher verlieren.

Ich glaube, das ist wahr, und es könnte einiges von dem erklären, was diese Studie herausgefunden hat.

Aber soll das jetzt ein Scherz Gottes sein, oder was?

»Sehr gut, Leo«, sage ich.

»Danke.«

»Ich muss dem Autor des Buches zustimmen«, sagt Alan. »Das ist ziemlich klarsichtig.«

»Sprichst du aus persönlicher Erfahrung, Alan?«, necke ich ihn.

»Kein Kommentar.«

Ich lade die Seite neu. »He, du hast schon eine Antwort.«

Guter Beitrag, Newbie, lese ich. Ich habe das gleiche Buch gelesen, und ich stimme dir zu, das ist eine ausgezeichnete Beobachtung.

»Woher weiß er, dass du neu bist?«, fragt Alan.

»Guck dir mal die Zeile unter meinem Namen an. Siehst du es?«

Ich suche und finde, wovon er redet.

»Posts«, sage ich: »Einer.«

»Der Kerl, der geantwortet hat – IronJohn2220 – hat über fünftausend Posts«, sagt Alan und pfeift leise. »Da hat aber jemand ein bisschen zu viel Zeit.«

»Was kommt als Nächstes?«, fragt Leo.

»Posten wir deine Geschichte«, antwortet Alan. »Smoky, wir bleiben im ›Bruder‹-Teil der Website und halten uns von den ›Schlampen‹-Teilen erst einmal fern. Leo wird ein widerstrebender Frauenhasser sein, dessen Zorn leise vor sich hin köchelt.«

»Eher traurig als wütend«, fügt Leo hinzu.

»Ich nehme an, du hast die Geschichte schon vorgeschrieben?«

»Ich muss sie nur ausschneiden und einfügen«, antwortet Leo.

»Dann los.«

Augenblicks später ist die Geschichte online.

Ich will euch meinen Namen noch nicht nennen, vorerst jedenfalls. Nennt mich John oder Jim oder Joe. Ich bin niemand Besonderes, und genau das ist der Punkt. Ich habe alle eure Geschichten gelesen und sehe das jetzt ein.

Ich hatte ein Mädchen kennengelernt, von dem ich glaubte, sie würde immer mir gehören. Ich bin neunundzwanzig, und als ich sie kennenlernte, war ich zweiundzwanzig. Junge Liebe. Ich dachte, sie wäre alles, was man sich an einer Frau wünschen kann. Sie war attraktiv, ohne so hübsch zu sein wie ein Model, sie war still, aber nicht schwach, sie hatte ihren eigenen Kopf, aber sie interessierte sich auch für das, was ich dachte.

Wir haben nicht Hals über Kopf geheiratet. Wir haben uns Zeit gelassen. Behielten zuerst sogar unsere eigenen Wohnungen bei. Wir vergewisserten uns, dass wir sexuell zueinander passten – und so war es damals. Sie war nicht nuttig, aber sie war bereit, alles auszuprobieren. Sie ließ mich zum Beispiel nicht in ihrem Mund kommen, aber sie benutzte ihren Mund, um mich dahin zu bringen. Ein Kompromiss, mit dem man leben kann.

Schließlich zogen wir zusammen, und wieder gingen wir es langsam an. Wir kannten beide die statistische Wahrscheinlichkeit für eine Scheidung. Sie ist praktisch mit einer alleinerziehenden Mutter aufgewachsen, weil ihr Dad ein Loser war, der seine Familie ständig allein ließ. Ich bin mit beiden Eltern aufgewachsen, aber auch nur pro forma. Meine Mom war Alkoholikerin und hat mich geprügelt, wenn Dad nicht zu Hause war. Wir hatten es also nicht eilig, alles zu vermasseln, indem wir heirateten. Wir ließen uns Zeit.

Wir wohnten fast ein Jahr zusammen, ehe ich ihr einen Antrag machte, und sie stimmte zu. Ich dachte: »Wieso nicht?« Wir passten wirklich zusammen. Wir teilten die Hausarbeit, wir legten unser Geld zusammen und zahlten unsere Rechnungen, wir hatten den gleichen Geschmack bei Möbeln und Vorhängen – was heißt, dass es mir egal war und ihr nicht. Wir waren glücklich. Und wir waren froh, dass wir nichts überstürzt hatten.

Sogar bei unserer Hochzeit waren wir vorsichtig. Wir hielten sie einfach und preiswert, machten aber trotzdem etwas Besonderes daraus. Wir wurden am Meer getraut, an einem Frühlingstag. Sie war wunderschön, und ich sah auch nicht übel aus. Ihre Mom kam und mein Dad auch. Meine Mutter tat mir den Gefallen und blieb weg. Wir scherzten, dass sich nicht viel geändert hätte, außer dass wir jetzt Ringe trugen. Wir hatten keine Flitterwochen. Wir waren beide ein bisschen abergläubisch und wollten nichts beschreien. Wir heirateten, verbrachten das Wochenende zu Hause, vögelten uns die Seele aus dem Leib und gingen am Montag wieder zur Arbeit.

Eine Szene aus diesem Wochenende will ich euch schildern. Ich weiß, dass viele auf dieser Site voller Wut sind, und ich lese viel über Frauen, die »Miststücke« und »Fotzen« sind und so was. Und das kann ich verstehen, wirklich. Aber da bin ich nicht, im Augenblick. Ich kann diese Wut spüren, tief in mir (vielleicht nicht ganz so tief), aber mir ist immer noch unbehaglich bei dem Gedanken, sie so zu nennen, trotz allem, was sie mir angetan hat.

Es ist noch zu frisch, wisst ihr? Es tut noch zu sehr weh. Jedenfalls, die Szene, von der ich sprach, wird es vielleicht ein wenig erklären.

Es war Sonntag, gegen fünf oder sechs Uhr morgens. Aus irgendeinem Grund wachte ich auf. Warum, weiß ich nicht. Der Fernseher im Schlafzimmer war an, und das ganze Zimmer roch nach Sex und Schweiß. Ich weiß noch, wie ich aus meinem Nebel herauskam und eine Dauerwerbesendung hörte, die im Hintergrund lief. Irgendwas, wie man mit Immobilien reich wird. Ich schlug die Augen auf, drehte den Kopf und sah, dass sie neben mir lag und mich beobachtete.

Ich erinnere mich, wie ich ihr in die Augen schaute und sah, wirklich sah, dass sie mich liebte. Es stand dort, genauso nackt, wie wir es waren. Es verschlug mir den Atem.

»Was ist?«, brachte ich hervor.

Sie streckte die Hand aus und streichelte meine Wange. Ein paar Augenblicke lang sagte sie nichts. »Ich habe an uns gedacht, wie es in fünfzig Jahren mit uns ist«, sagte sie. »Ich habe an dich gedacht mit weißem Haar und Runzeln.«

»Wie schön«, sagte ich im Scherz.

»Nein«, sagte sie, »es ist mein Ernst. Das Leben ist lang und kurz, beides gleichzeitig. Wir haben eine Entscheidung getroffen, von der Hoffnung getrieben, dass wir es besser hinbekommen als unsere Eltern. Wir haben uns aufeinander eingelassen. Ich bin neben dir aufgewacht und habe dich angesehen und wusste, ja, ich habe die richtige Wahl getroffen. Wir werden es schaffen.« Sie kam zu mir, schmiegte sich an mich und legte mir den Kopf auf die Brust. »Ich bin so glücklich«, sagte sie.

Wir redeten nicht weiter, aber ich erinnere mich, wie gut ich mich in dem Moment fühlte. Sie dämmerte ein, während ich dalag und mir das Herz in der Brust bersten wollte. Ich war fünfundzwanzig, und mein Leben hatte begonnen. Kitschig, ich weiß, aber so habe ich es empfunden. Es war, als könnte ich die Zukunft sehen, versteht ihr? Tausend Augenblicke wie dieser, Jahre und Jahre im gleichen Bett aufwachen und Dinge zueinander sagen, die niemand sonst je hören würde. Ich hatte eine Partnerin, ein zweites Ich, jemanden, der immer an meiner Seite sein würde.

Soweit ich mich zurückerinnern kann, war es das erste Mal in meinem Leben, dass ich mich nicht allein fühlte. Das hat sie mir geschenkt. Sie nahm es mir später wieder weg, das und eine ganze Menge mehr, aber zuerst hat sie es mir geschenkt.

Die ersten beiden Jahre waren wahrscheinlich die beste Zeit meines Lebens. Wir stritten uns manchmal, aber das war zu erwarten. Wir stritten über Geld und über Hausarbeit, und manchmal stritten wir uns einfach nur deshalb, weil wir uns aneinander rieben, und dann schreit man eben los. Ich weiß noch, wie ich einmal neue Wassergläser gekauft habe. Wir hatten sie im Geschäft gesehen, und mir hatten sie gut gefallen, ihr aber nicht. Ich fuhr noch mal hin und kaufte sie trotzdem. Du meine Güte, war sie sauer! Wir brüllten uns an, und am Ende warf sie eines der Gläser in die Spüle, also nahm ich ihre Lieblingskaffeetasse und zerschlug sie an der Wand. Wir waren beide entsetzt und standen da, die Hände vor den Mund geschlagen, und sagten: »Ach du lieber Gott ...«, und dann lachten wir, bis wir über unsere Albernheit weinten.

Wir vertrugen uns immer, liebten uns und lernten aus unserem Streit. Ja, wirklich. Wir haben uns zusammengesetzt und darüber gesprochen, sobald wir wieder ruhig waren, und versuchten, den Standpunkt des anderen zu verstehen. Wir gaben zu, wenn wir uns geirrt hatten und der andere recht hatte, und fanden zu einem Kompromiss.

Wir hatten beide keinen tollen Job, aber wir verdienten zusammen genug, um uns ein Haus kaufen zu können. Bei dem Kauf hatten wir sogar Glück. Heute ist das Haus mehr wert, als wir damals gezahlt haben, und das trotz der Wirtschaftskrise. Wir haben das Haus zusammen eingerichtet. Wir hatten beide keine großen Ansprüche, und das machte einen Teil vom Spaß aus, den wir dabei hatten. Wir gingen zu Gebrauchtwarenläden und zu Flohmärkten, und wir kauften Bücherregale, die nicht zum Couchtisch passten, den wir anderswoher hatten. Wir hatten drei oder vier verschiedene Esservices, aber keines war vollständig. Manchmal machten wir daraus ein Wochenendvergnügen. Wir nahmen Sandwiches mit und eine Thermoskanne Kaffee, fuhren zwei Tage durch das San Fernando Valley und suchten in den ausrangierten Sachen anderer Leute nach Schätzen. Wenn wir einen Park fanden und Hunger hatten, breiteten wir eine Decke aus und machten einfach Pause, sahen uns um, genossen die Sonne, den Himmel und das Gras. Manchmal redeten wir über die Zukunft, über die Kinder, die wir haben wollten. Wir waren uns einig, dass ein Sohn und zwei Töchter ideal wären, aber ein Sohn musste unbedingt sein, Punkt. An anderen Tagen sprachen wir über Enkel, oder ob wir lieber einen Labrador oder einen Collie hätten, und über unsere anderen tausend Pläne. Es dauerte seine Zeit, aber wir richteten das Haus ein. Wir machten es zu einem richtigen Zuhause. Es war nicht das schönste Heim der Welt, und nichts passte zusammen, aber es gehörte uns.

Es war ein Abenteuer. Es war wunderbar. Ich hatte den Eindruck, dass ich meinen Platz im Leben gefunden hatte. Ich war zufrieden.

Eines Tages, ohne jede Warnung, änderte sich alles.

Ich kam nach Hause, und sie sagte, wir müssten reden. Sie war so ruhig, so beherrscht, daran erinnere ich mich noch ganz genau. Kein Zeichen von Kummer. Sie redete mit mir, wie ein Erwachsener zu einem schwierigen Kind spricht, und zerstörte mit fast tonloser Stimme mein Leben. Sie liebe mich nicht mehr, sagte sie. Es sei nicht meine Schuld, sagte sie. Es sei allmählich so gekommen, aber sie sei sich jetzt sicher, sagte sie. Sie wollte die Scheidung. Sie wollte das Haus. Außerdem sagte sie, und das war das Schlimmste von allem, dass sie vor einigen Monaten schwanger geworden sei und das Baby abgetrieben habe, weil sie es für keine »gute Idee« hielt, ein gemeinsames Kind zu haben, wenn wir nicht mehr zusammen sind. Das alles sagte sie, eins nach dem anderen, in aller Seelenruhe, hielt sich nur an die Tatsachen, ohne jeden Schnickschnack. Es war, als würde sie von einer Liste ablesen, auf der sie jeden einzelnen Punkt abhakte.

Ich hätte damals etwas sagen sollen. Etwas Gescheites, etwas Bissiges, etwas Tiefgründiges. Aber ich konnte nicht sprechen. Nicht dass mir nichts einfiel – es hatte mir die Sprache verschlagen. Die Verbindung von meinem Gehirn zu meinen Stimmbändern hatte einen Kurzschluss.

Als ich sie anschaute, kam es mir vor, als starrte ich ein Ungeheuer an. Das war Teil des Problems, denn sie konnte unmöglich ein Ungeheuer sein. Schließlich war sie die Frau, die ich liebte und die mir bei einem Sonnenaufgang gesagt hatte, dass wir es schaffen würden. Sie war die Frau, mit der ich ein Zuhause aufgebaut hatte. Ich hatte ihr völlig vertraut, ohne jeden Vorbehalt. Und jetzt saß sie mir gegenüber, ruhig, gelassen, fast mechanisch kalt, und sagte mir, dass es vorbei war.

Als ich endlich etwas hervorbrachte, sagte ich nichts, woran man sich erinnern muss. Es war erbärmlich. Wenn ich heute daran denke, krümme ich mich innerlich vor Scham. Wie jämmerlich und verzweifelt meine Stimme geklungen hat. Ich fragte sie, ob es jemand anderen gab, und sie versicherte mir, dass dem nicht so sei. Ich fragte sie, wieso und was ich getan hätte, und ich erinnere mich genau, was sie sagte, weil ich ihr anmerkte, dass sie es so meinte, wie sie es sagte. Ich wusste es, obwohl sie gerade zu einer Fremden geworden war, obwohl sie mich hintergangen hatte.

»Eines Tages wachte ich auf, und was ich für dich empfunden hatte, war schal geworden. Ich wartete darauf, dass es sich wieder ändert.« Sie zuckte mit den Schultern. »Es änderte sich aber nicht. Mir wurde klar, dass es sich nie wieder ändern würde. Ich kann nicht den Rest meines Lebens mit diesem Gefühl verbringen, und du solltest es auch nicht tun.«

Auf den Knien habe ich sie angefleht, mit mir zur Eheberatung zu gehen. Sie hat sich geweigert. Nichts, was ich sagte oder was ich tat, drang zu ihr durch. Sie hatte sich von mir abgeschottet. Ich schätze, das ist es, worauf alles hinausläuft und weshalb es uns allen so wehtut: Wenn eine Frau sich uns vollkommen gibt, wenn sie uns in sich hineinlässt, dann bringt es uns zum Leben wie sonst nichts. Aber wenn uns das weggenommen wird, sind wir einsamer als je zuvor.

Ich bin auf diese Seite gekommen, weil ich ein Wrack bin. Ich schlafe schlecht. Bei mir wechselt es sich ab, dass ich sie vermisse und dass ich mir wünsche, sie wäre tot. Ich habe Wutanfälle, die mir Angst machen. Richtig oder falsch, ist mir egal. Ich bin noch nicht so weit, dass ich sie ein Dreckstück nennen könnte, aber ich bin auf dem Weg dahin.

Das wär's. Tut mir leid, wenn es so lang geworden ist, aber ich fühle mich hier sicher, und ich musste das alles mal loswerden.

Ich lehne mich auf dem Stuhl zurück. »Wow«, sage ich. »Ich bin beeindruckt. Das wird Wellen schlagen.«

»Wir haben viel Zeit darauf verwendet, das alles auszuarbeiten«, sagt Leo. »Es ist ein bisschen lang, aber wir wollten etwas, in dem die Männer auf dieser Site sich wiederfinden und das Aufmerksamkeit erregt. Jetzt wird darüber diskutiert.«

»Wo?«

»Unter jeder Geschichte können die Mitglieder ihre Kommentare posten. Lade die Seite neu, und du siehst, was bis jetzt gepostet wurde.«

Ich klicke wieder auf Refresh und sehe vier Kommentare.

Tolle erste Story, lautet der oberste. Du hast mich damit wirklich angesprochen, mein Freund. Wirklich und ehrlich. Ich habe meine Frau auch geliebt, bevor sie mir in die Eier trat. Von einem Fremden verletzt zu werden, ist immer leichter zu ertragen. Lass dich nicht unterkriegen. Es wird wieder besser.

Dann:

Lass dich von niemandem dazu verleiten, das Wort »Dreckstück« zu benutzen, ehe du so weit bist, Kumpel. Es geht um dich, nicht um andere. Du kämpfst dich da durch, wie es für dich am besten ist. Punkt.

Der nächste Eintrag:

Guter erster Post. Stark.

Und schließlich:

Du willst es nicht sagen, also sage ich es für dich, Bruder. Sie ist ein Dreckstück. Eine miese Fotze. Tut mir leid, wenn dich das beleidigt. Das ist nicht meine Absicht. Aber noch mehr tut mir leid, dass du das durchmachen musstest. Ständig heißt es, Männer hätten Bindungsprobleme, das wäre typisch für Männer. Blödsinn. Frauen können genauso verkorkst sein wie wir. Das ist nichts »typisch Männliches«. Das ist etwas typisch Menschliches. Einen Mann, der einer Frau angetan hat, was deine Frau dir angetan hat, würde man einen Dreckskerl nennen, einen Scheißkerl. Also sage ich es noch einmal: Sie ist ein Dreckstück. Eine kaltblütige miese Nutte.

»Ich denke, wir haben Eindruck gemacht«, stellt Alan fest.

»Ja. Gute Arbeit. Und jetzt?«

»Chatroom?«, fragt Leo.

»Los«, antwortet Alan.

Ich schalte die Ansicht um und beobachte in Echtzeit, wie Leo den »Bruderchat« anklickt und sich einloggt.

»Erst einmal lurken wir nur«, sagt Leo.

»Lurken?«, frage ich.

»Wir schauen zu, nehmen aber nicht teil. Das ist für Neulinge üblich. Zeigt sogar gute Manieren. Du lehnst dich zurück, beobachtest und versuchst dabei, die Regeln zu lernen. Jede Gruppe hat eigene Standards, nach denen du beurteilt wirst, und ihre eigene Etikette. Wenn du die Standards verletzt, nimmt dich keiner ernst. Wenn du gegen die Etikette verstößt, wird niemand mit dir reden. Ich erkenne bereits eine Regel für diesen Chatroom, die ziemlich ungewöhnlich ist.«

»Und zwar?«

»In den meisten Chatrooms geht es schnell hin und her, wie bei einem echten Gespräch. In diesem Chatroom gibt es viele

Vorträge. Das ist für sich genommen schon eigenartig, aber besonders erstaunlich ist, dass die anderen Chatter dabei still bleiben. Es gibt keine Zwischenrufe, niemand schneidet dem anderen das Wort ab.«

Ich schau auf den Bildschirm. Es dauert einen Augenblick, aber ich sehe, wovon er redet. Im Augenblick predigt jemand, der sich KingEnergy12 nennt.

Männerhass wird nicht nur psychologisch legitimiert. Er wird zum Gesetz gemacht. Ursprünglich lag den Gesetzen zum Schutz der Frauen, wie schon gesagt wurde, die Absicht zugrunde, den Frauen mehr Rechte zuzubilligen, und nicht, den Männern Rechte zu nehmen. Doch in der Praxis ist es genau dazu gekommen. Wir haben eine Gesellschaft geschaffen, der Glaubensvorstellungen über Männer eingeprägt wurden, die eine Sammlung falscher Behauptungen sind. Beispiele dafür sieht man jeden Tag. Ihr braucht nur den Fernseher einzuschalten. Was für Männer seht ihr da? Schauen wir mal. Da gibt es den dummen Daddy, einen freundlichen Trottel mit besten Absichten, dem leider ein paar Hirnzellen fehlen. Vor den Folgen seiner Dummheit bewahrt ihn seine klügere Frau, die endlose Geduld mit seinen genetisch vorprogrammierten Defiziten an den Tag legt. Dann gibt es den Machomann: Er guckt nur Sportsendungen, furzt und lacht darüber, und sein Leben besteht darin, die Fernbedienung zu umklammern und die Bierchen wegzukippen, Baby! Er hat schon früh alle Methoden gelernt, um Stripper-Glitzer von der Kleidung zu bekommen, und lebt nach der Regel »hinsehen erlaubt, anfassen verboten«, oder »anfassen beim Lapdance erlaubt, ficken verboten«. Seine (auch hier) klügere Frau erträgt ihren Neandertaler, weil sie bei der Heirat schon wusste, was sie bekommt, und außerdem bringt er's im Bett. Andere Glanzlichter schließen den Frauenverprügler ein (guckt jemand Lifetime Movie?) und den Pädophilen.

Wir werden überschwemmt von Geschichten über den unfähigen Dad, den Ehemann, der seine Frau vergewaltigt, den Stiefvater, der seine Stiefkinder sexuell missbraucht. Frauen hingegen werden überall gefeiert. Die Frau als Boss, die eine Fotze auf Stöckelschuhen ist, wird mit der Behauptung verteidigt, eine anspruchsvolle Frau mit Antrieb werde ein Miststück genannt, während man einen anspruchsvollen Mann mit Antrieb als Beispiel in den Himmel hebe. Na, tut mir leid, meine Damen, aber ein Mistkerl bleibt ein Mistkerl, und ein Miststück bleibt ein Miststück. Niemand mag es, mies behandelt zu werden, und das Geschlecht spielt dabei keine Rolle.

Ein paar Sekunden vergehen, ohne dass er weiterschreibt.

»Ich glaube, er ist fertig«, sagte Leo. »Ich werde etwas schreiben.«

»Überstürz es nicht«, rät Alan.

Hallo, beginnt Leo. Bin neu hier. Ich habe noch nicht wirklich viel zu sagen, aber ich musste mich kurz melden. Ich lese viel auf dieser Seite und habe diesen Chat beobachtet. Es ist ein merkwürdiges Gefühl. Ich fühle mich einerseits befreit, andererseits schuldig. Trotzdem bin ich froh, hier zu sein. Mehr wollte ich gar nicht sagen.

Willkommen, Bruder, antwortet KingEnergy12. Dein Schuldgefühl ist dir anerzogen worden. Männern wird eingetrichtert, sich schlecht zu fühlen, wenn sie sich ihrer Männlichkeit versichern. Wenn wir es tun, werden wir verhöhnt, man nennt uns altmodisch oder Frauenfeinde. Ein Mann, der seine Männlichkeit beansprucht, gilt von vornherein als unfähig für den aufrechten Gang. Aber das ist alles Blendwerk, Bruder. Konditionierung, nicht mehr und nicht weniger, und das lässt mit der Zeit nach.

Ich will es hoffen, schreibt Leo. Ich könnte es gut gebrauchen, mich selbst mal wieder toll zu finden.

He, ich habe deine Geschichte gelesen, schreibt ein anderes Mitglied. Du hast sie erst heute gepostet, richtig?

Ja.

Wow, Mann. Das war eine tolle Story. Ich fand deine Ehrlichkeit wirklich stark, und ich habe deinen Schmerz mitgefühlt.

Danke. Es war hart, das alles zu schreiben, aber ich habe mich danach besser gefühlt. Nicht toll, aber besser. Ich muss jetzt aufhören, aber ich wollte noch sagen, dass ich wirklich froh bin, dass es euch gibt, und diese Site, und was ihr zu sagen habt.

Du kannst jederzeit wiederkommen, Bruder, schreibt KingEnergy12. Du bist hier willkommen, und niemand wird dich verurteilen.

Leo verlässt den Chat, ohne zu antworten.

»Gut gemacht«, lobt Alan.

»Nun ja, es ist nicht so, dass ich völlig ahnungslos bin, was Online-Undercoverarbeit angeht«, sagt Leo. »Ich habe schon mal einen Pädophilen gespielt. Das hier ist allerdings schwieriger.«

»Wieso?«, frage ich.

»Einen Pädophilen darzustellen hatte nichts mit mir zu tun. Das war von Anfang bis Ende gespielt.«

»Und das hier?«

»Ich sehe die Dinge nicht wie diese Typen, das will ich nicht sagen. Aber … es ist ein bisschen zu einfach, in diese Rolle zu schlüpfen.«

»Ein Tanz mit dem Teufel«, sagt Alan.

»Ja.« Leo seufzt. »Mir ist Computerarbeit lieber.«

»Du machst dich gut«, sage ich. »Wie geht es jetzt weiter?«

»Er muss sich jetzt fernhalten, als hätte er eine normale Beschäftigung«, sagt Alan. »Immer langsam und vorsichtig.«

»Ruf mich an, wenn du wieder in den Chatroom gehst.«

»Wird gemacht. Bis dann.«

Der Lautsprecher klickt. Im nächsten Augenblick ist die Verbindung zu Leos PC getrennt.

Ich denke nach über das, was ich gelesen habe, was ich im Chatroom beobachtet habe und wie es geschrieben wurde. Ein wenig empfinde ich Mitleid für diese Männer. Ich spüre nicht bei allen Hass. Einige scheinen nur erschüttert zu sein und verletzt. Meine Hand findet meinen Bauch, und ich frage mich: Was, wenn ich einen Sohn bekomme? Muss ich dann an diese Männer denken?

Die einzige Antwort, die ich finde, lautet Tommy. Tommy muss sich nicht versichern, dass er ein Mann ist. Er ist einer. Seine Männlichkeit gehört zu ihm; sie ist bei ihm so natürlich wie das Atmen. Ich könnte Schlimmeres tun, als einen Sohn großzuziehen, der solch einem Mann nachschlägt.

Mein Handy klingelt.

»Barrett«, sage ich.

»Hallo, Boss-Lady.« Ich höre Kirbys fröhliche Stimme, die sich nicht sehr von ihrer Killerstimme unterscheidet, aber dennoch beruhigend wirkt. »Ich dachte mir, ich erstatte mal Bericht und gebe dir ein kleines Update, wohin dein Geld geht.«

»Tommys Geld, meinst du.«

»Jetzt, wo ihr verheiratet seid, ist es doch alles ein großer Topf, oder?«

Ich frage sie gar nicht, woher sie von der Heirat weiß. »Wie ist die Lage, Kirby?«

»Nichts passiert. Keine Anzeichen, dass jemand ihr folgt oder sie auch nur beobachtet.«

»Das ist eine gute Nachricht.«

»Aber eigentlich doch nicht, oder?«

Wenn es eine Bedrohung gibt und wir von ihr wissen, ist es uns lieber, sie zeigt sich, anstatt sich zu verstecken. Einen Kampf können wir gewinnen, im anderen Fall können wir uns nur Sorgen machen.

»Nein, eigentlich nicht.«

»Mach dir keine Gedanken, Smoky. Wir sind an der Sache dran. Raymond ist keine besonders unterhaltsame Gesellschaft, aber ein guter Zuhörer.«

»Ihr wechselt euch nicht ab?«

»Ich habe noch einige Freunde dazugeholt. Raymond und ich haben die Nachtwache, und ein paar andere sind während des Tages hier. Die Nacht ist die beste Zeit, um Leute zu töten, findest du nicht auch?«

»Könnte sein.« Ich überlege, ob ich sie fragen soll, wer diese »Freunde« sind, doch mir wird klar, dass ich es vielleicht gar nicht wissen will. Raymond war schon unheimlich genug. »Danke, dass du die Nachtschicht übernimmst, Kirby. Du hast recht – nachts ist die Gefahr am größten.«

Und ich kann besser schlafen, wenn ich weiß, dass du uns bewachst.

»Kein Problem. Das heißt … wenn ich ehrlich bin, wird mein Sexualleben beeinträchtigt, aber wozu hat man Freunde, stimmt's? Die Jungs müssen dann eben am Tag kommen und sich mit mir einen schönen Nachmittag machen. Das Gesetz von Angebot und Nachfrage.«

»Und du bist das Angebot.«

»Na klar. He, hast du es bemerkt, mein kleines Wortspiel? ›Am Tag kommen‹?« Sie kichert.

»Bis bald, Kirby.«

»See you later, alligator.«

Ich lege kopfschüttelnd auf.

»Haben wir schon etwas von Earl Cooper gehört?«, frage ich James.

»Er sagte, er wird am späten Nachmittag etwas für uns haben. Aber wir sollen nicht zu viel erwarten.«

»Beruhigend.«

»Stimmt«, erwidert er. Entweder hat er meine leise Ironie nicht bemerkt, oder er ignoriert sie.

»Wo wir gerade dabei sind, Leute, erzählt mir etwas über die anderen Opfer.«

»Alles Frauen«, sagt Callie, nimmt eine Akte von ihrem Schreibtisch und schlägt sie auf. »Vor acht Jahren, am dreizehnten Juni, wurde Elizabeth Harris auf den Stufen des Polizeireviers Chatsworth aufgefunden. Der präfrontale Cortex war auf die gleiche Art und Weise verstümmelt wie bei den jetzigen Opfern. Sie war etwas mehr als sieben Jahre zuvor entführt worden, und ihr Ehemann war der Hauptverdächtige.«

»Aber die Ermittlung wurde auf Eis gelegt, weil nie eine Leiche auftauchte.« Ich spreche es als Feststellung aus.

»Genau. Ihr Mann, Marcus Harris, hat ein paar Tage nach Elizabeths Entdeckung Selbstmord begangen. In seinem Abschiedsbrief schrieb er, dass es ihm leidtue. Man nahm an, dass er für die Lobotomie genauso verantwortlich war wie für die Entführung, und die Akte wurde geschlossen.«

»Eigenartig.« Ich runzle die Stirn. Wenn der Mann bereit war, Selbstmord zu begehen, wieso hat er dann nichts von Dalí gesagt? Was hatte er zu verlieren?

»Er hatte eine Tochter. Sie war damals zwanzig. Einen Tag, nachdem man ihre Mutter aufgefunden hatte, ist sie verschwunden.«

Irgendetwas in meinem Magen stürzt in einen eisigen Abgrund. »Wurde sie wiedergefunden?«

Callie sieht in die Akte. »Nein.«

»Dalí hat ihm wahrscheinlich die Wahl gelassen«, sagt James. »Entweder du hältst den Mund und nimmst die Schuld auf dich, oder deiner Tochter passiert das Gleiche wie deiner Exfrau.«

»Und nach Harris' Selbstmord hat er sie getötet«, entgegne ich. »Er brauchte sie nicht mehr.« Ich atme aus. »Was ist aus Elizabeth geworden?«

»Sie ist nie wieder zu sich gekommen. Vor drei Jahren starb sie an einem Blutgerinnsel im Gehirn.«

»Und als sie gefunden wurde, kam nichts von Dalí? Er hat den Cops keine Nachricht geschickt oder eine Grußkarte abgelegt?«

»Kein Wort. Die Polizei nahm verständlicherweise an, dass Harris selbst sie die ganze Zeit irgendwo festgehalten hatte. Die Verstümmelung und den Selbstmord schrieben sie einer Geistesverwirrung zu. Das Verschwinden der Tochter bestätigte es mehr, als es zu widerlegen.«

»Ich nehme an, er war versichert, oder?«

»Vierhunderttausend Dollar. Sie waren kürzlich ausgezahlt worden, und das ganze Geld war noch da.«

»Keine Nachrichten«, sinniert James. »Dalí hat sich große Mühe gegeben, unbemerkt zu bleiben. Die gegenwärtigen Umstände sind eine auffallende Anomalität.«

»Erzähl mir vom nächsten Opfer.«

»Oregon, vor vier Jahren. Am zwölften November. Zwei Streifenpolizisten machten Kaffeepause. Als sie zurückkamen, fanden sie Kimberley Jensen in einem Leichensack, der vor ihrem Streifenwagen lag.«

»Dreist«, sagt James.

»Kimberley war auf einem Supermarktparkplatz entführt worden, und zwar – ihr erratet es schon – mehr als sieben Jahre zuvor. Sie war damals fünfunddreißig. Ihr Ehemann Andrew war – Überraschung! – der Hauptverdächtige. Sie hatte eine Affäre und ging zu einem Scheidungsanwalt.«

»Ich nehme an, er hat eine Lebensversicherung kassiert und die Beute behalten?«

»So ist das mit der Gier.«

»Kimberley?«

»Hat ihren eigenen Speichel eingeatmet und eine Lungenentzündung bekommen. Sie ist tot.«

»Was ist mit dem Ehemann?«

»Das Beweismaterial fiel vom Himmel. Sehr zufällig.«

»Was war es?«

»Ein elektronisches Tagebuch auf seinem Computer mit monatlichen Einträgen für alle sieben Jahre. Über Kimberley und wie er sie gefangen hielt. Ihm gehörte ein Lagerraum mit im Boden verankerten Ketten, in dem sich Kimberleys DNA fand. Dergleichen.« Sie lächelt. »Andrew hat sich umgebracht, ehe die Cops ihn besucht haben.«

»Bei den Selbstmorden zeichnet sich ein Muster ab.«

Sie zuckt die Schultern. »Feiglinge sind Feiglinge, den ganzen Tag.«

»Kein Abschiedsbrief, nehme ich an?«, fragt James.

»Kein Abschiedsbrief.«

Ich seufze. »Zwei Versuche, zwei Erfolge für Dalí beim Vom-Radarschirm-Bleiben. Der nächste Fall?«

»Hillary Weber, fünfundvierzig, vor drei Jahren von Touristen in einer Seitenstraße des Strip in Vegas aufgefunden. Hillary war entführt worden, genau wie die anderen. Ihr Mann, Donald, stand im Visier der Ermittlungsbehörden. Er steckte mitten in einer umstrittenen Scheidung und hatte einen sehr beschäftigten kleinen Penis.«

»Sag mir bitte, dass einer von ihnen noch lebt. Oder beide.«

»Tja, das geht leider nicht. Donald schlich sich drei Tage, nachdem sie gefunden worden war, ins Krankenhaus und gab Hillary mit einem Kopfkissen den Rest. Dann sprang er in ein Auto und fuhr über die Grenze nach Mexiko. Bis letztes Jahr war nichts von ihm zu hören.«

»Und dann?«

»Was von Donald übrig war, wurde in der Wüste gefunden. Man hatte ihm die Augenlider abgeschnitten und ihn mitten im mexikanischen Sommer nackt ausgesetzt. Vom Geld keine Spur.«

»Also«, murmelt James, »bring dich um oder geh ins Gefängnis, aber wenn du fliehst, findet er dich.«

»Hat Dalí irgendwelche Beweise platziert?«, frage ich.

»Anscheinend nicht. Andererseits war Donald sehr schnell, nicht wahr? Ich nehme an, er hat Dalí die Mühe erspart. Und ehe du fragst – nein, Dalí hat auch diesmal keinen Hinweis auf seine Existenz zurückgelassen.«

James schüttelt den Kopf. »Seltsam. Er hatte bislang dank der schlichten Eleganz seines Vorgehens Erfolg. Warum verändert er es jetzt?«

»Du redest, als würdest du ihn bewundern.« Callie klingt missbilligend.

»Tatsachen sind Tatsachen, das hat mit Bewunderung nichts zu tun. Dalís Brillanz liegt in der Einfachheit seines Plans und seiner Schritte.« Er zählt es sich an den Fingern ab. »Seine Klienten lernen ihn niemals kennen. Er macht sie zu Mitverschwörern. Er bietet finanzielle Anreize. Er begrenzt seinen Kontakt mit den Opfern, damit sie ihn nicht beschreiben könnten, selbst wenn sie entkämen. Seht euch Heather Hollister an. Er hat sie gehen lassen, aber sie ist nicht in der Lage, uns irgendetwas wirklich Beweiskräftiges zu sagen.

Das zeitliche Element ist ebenfalls brillant. In sieben Jahren ändern sich sehr viele Dinge. Menschen ziehen um, Menschen sterben. Cops gehen in Pension, suchen sich eine andere Arbeit, was weiß ich. Wer wird sie noch beobachten, wenn die Versicherungssumme ausgezahlt wird? Selbst in den Fällen, in denen Dalí gezwungen gewesen ist, jemanden wegen Nichtzahlung zu bestrafen, ist das Risiko gering und der Profit hoch. Und wie du sagtest, können wir davon ausgehen, dass er seine Kundschaft wissen lässt, was geschehen ist, als Rückversicherung gegen ein ähnliches Verhalten ihrerseits. Simpel und brillant. Warum etwas daran ändern?«

»Das würde keinen Sinn ergeben«, pflichte ich James bei. »Verdammt, was übersehen wir?«

»Ich weiß es auch nicht«, sagt er. »Ich habe übrigens noch eine weitere Anomalie entdeckt. Ich habe mich im Internet umgesehen und nach Sites gesucht, die Symphorophile bedienen, also sexuelle Erregung durch Katastrophen und Unfälle. Allzu viele Sites gibt es nicht, deshalb habe ich einige Zeit gebraucht. Nur habe ich leider nichts gefunden. Keine Standfotos, keine Videoaufnahmen von irgendeinem Ort, an dem er Autounfälle inszeniert haben könnte. Nichts.«

»Vielleicht perverst er lieber für sich alleine«, sagt Callie.

»Vielleicht«, räumt James ein, »aber es wäre ungewöhnlich. Eine Paraphilie wie diese – Lustgewinn durch Schmerz und Leid anderer – erfordert regelmäßige Erfüllung. Es anderen mitzuteilen ist eine Möglichkeit, es nachzuleben. Wie also befriedigt dieser Kerl seine Lust?«

»Also auch hier keine guten Neuigkeiten«, murmele ich.

»Das stimmt nicht ganz. Ich habe nach Hotels in der Nähe der Unfallorte gesucht. Leider fand sich nur eines. Allerdings wurde dort unter dem Namen Heather Hollister ein Zimmer gemietet – in der Nacht ihrer Entführung.«

Ein Prickeln durchläuft mich, flaut aber rasch wieder ab. »Vor sieben Jahren in einem Hotelzimmer? Da lässt sich kein Beweismaterial mehr finden. Und wenn doch, wäre es kontaminiert.«

»Trotzdem«, beharrt James, »bestätigt es das Profil. Es bestand kein Grund für ihn, dieses Zimmer zu mieten und vor allem Heathers Namen zu benutzen, es sei denn, er hat damit ein Bedürfnis befriedigt.«

»Inwieweit hilft uns das weiter?«, fragt Callie.

»Wenn wir ihn fassen, hilft es bei der Anklage. Wenn sein Bedürfnis so stark ist, wird er auf keinen Fall sämtliche Beweise loswerden. Das kann er nicht. Wenn wir ihn finden, dann finden wir auch die Fotos und Videoaufnahmen. Es ist eine ziemlich einzigartige Paraphilie, die man nicht im Durchschnittshaushalt findet. Es wird ihn mit dem Unfallort in Verbindung bringen und damit auch mit Heather Hollister.«

Es ist nur ein Hauch von Optimismus und im Augenblick kaum hilfreich, aber wahr ist es dennoch. Wie ein Staatsanwalt einmal zu mir gesagt hat: »Den Täter zu fassen ist nur der halbe Kampf. Die andere Hälfte besteht darin, ihn in Haft zu behalten.«

»Ich habe auch ein paar Neuigkeiten«, sagt Callie. »Wir haben einen Fingerabdruck an Dana Hollisters Leichensack gefunden, an der Innenseite. Ich habe ihn durch AFIS laufen lassen.«

AFIS ist ein automatisches Fingerabdruck-Identifizierungssystem, das einen digitalen Vergleich mehrerer Millionen elektronisch gespeicherter Fingerabdrücke ermöglicht.

»Und?«, frage ich.

Callie verzieht das Gesicht. »Leider gibt's den Abdruck nicht in der Datenbank.«

KAPITEL 27 Mach schon, erscheint auf dem Bildschirm. Sag es. Du wirst dich dann besser fühlen, das verspreche ich dir. Es ist befreiend.

Ich weiß nicht, tippt Leo als Robert Long. Mir kommt es einfach nicht richtig vor, sie so zu nennen – oder irgendeine andere Frau.

Das ist nur Programmierung, Bruder. Die radikalfeministische Bewegung hat die Männer konditioniert, Angst zu haben. Ich will dir ein Beispiel geben. Wir alle kennen das eine Wort, das kein Mann zu einer Frau sagen darf, richtig?

Fotze, tippt jemand anderer. Das Wort des Todes.

Genau. Nenn mir ein Wort, das sich in ähnlicher Weise auf Männer bezieht.

Niemand tippt etwas, im Cyberspace das Äquivalent von Totenstille.

Siehst du, schreibt er. Das meine ich. Wie ist das möglich?

Es gibt wahrscheinlich zehnmal so viele Schimpfwörter

für Frauen wie für Männer, schreibt Leo. Wir haben viel länger Zeit gehabt, Frauen herabzusetzen.

Himmel, antwortet einer der Männer. Du hast aber eine gründliche Gehirnwäsche hinter dir, was?

Leck mich.

Nur ruhig, Jungs, besänftigt der erste Schreiber. Wir sind alle an dem Punkt gewesen, wo er jetzt ist, oder wenigstens die meisten von uns. Lasst mich reden. Bist du noch da, Hurting?

Ich bin da.

Weißt du, ich habe deine Story gelesen. Lass mich dich etwas fragen: Bist du wütend auf sie? Bitte denk darüber nach, ehe du antwortest. Lass es dir richtig durch den Kopf gehen, und dann sei ehrlich. Welches Wort beschreibt das, was du empfindest, am besten?

Leo lässt sich Zeit.

Hass, schreibt er schließlich.

Gut. Na ja, nicht gut natürlich, aber ehrlich. Also, warum hasst du sie?

Darum. Sie hat ohne Grund aufgehört, mich zu lieben. Sie hat mein Kind abgetrieben, ohne mich auch nur zu fragen. Und sie ist mühelos zu einer emotional Fremden geworden.

Okay, Hurting. Ich werde dir jetzt noch eine Frage stellen, und wieder solltest du gründlich darüber nachdenken. Bist du so weit?

Ich bin so weit.

Hier kommt sie: Was für eine Frau tut so etwas?

Erneutes Schweigen. Der Cursor blinkt auf dem Bildschirm, und vor meine Augen tritt das Bild einer Gruppe von Männern in einem mittelgroßen Raum, die mich beobachten und gespannt warten.

»Mach weiter, Leo«, sagt Alan. »Deshalb sind wir hier. Es wird Zeit, die Grenze zu überschreiten.«

Sie sind im »Schlampenchat«. Alan hat sich mit mir beraten, ob es zu früh ist, aber ich habe seine Bedenken zurückgewiesen. »Neugier ist normal.«

Ich würde sagen, tippt Leo, indem er sein Widerstreben weiterspielt, nur ein Miststück würde so etwas tun.

Gut! Du bist fast da, Bruder. Atme tief durch und tritt einen Schritt zurück. Sieh dir an, was es bedeutet, was du gerade gesagt hast. Wenn eine Frau, die so etwas tut, ein Miststück ist, und das ist wahr – warum um alles in der Welt solltest du irgendwelche Bedenken oder Skrupel haben, sie auch so zu nennen?

Schweigend blinkt der Cursor.

Ich begreife allmählich, was du meinst.

Natürlich, Bruder. Man nennt es Wahrheit. Und?

Und was?

Also SAG es. Was ist deine Exfrau, Bruder? Nicht »welche Frau würde das tun«, sondern was für eine Frau ist sie? WAS ist sie?

Sie ist ein Miststück.

Sag es noch mal!

Ein Miststück. Ein verfluchtes Miststück.

Und was noch?

Eine Fotze. Eines verlogenes, kaltherziges, babymordendes Miststück.

Verschiedene Chatteilnehmer rufen Ermutigendes; wenigstens stelle ich es mir als Rufe vor. Vor meinem geistigen Auge sehe ich wieder die Männergruppe in dem mittelgroßen Raum. Einige haben wutverzerrte Gesichter, andere weinen. Alle schütteln die Fäuste und rufen immer wieder die Wörter: Miststück! Dreckstück! Fotze!

Wo bleibt denn mein persönlicher Liebling?, denke ich.

Ich suche und werde fündig.

Nutte, hat jemand getippt. Scheißnutte.

Ich habe dieses Wort immer gehasst, mehr noch als das frevlerische »Fotze«. Ich bin mir nicht sicher, wieso.

Gott, ich hasse sie, tippt Leo. ICH HASSE SIE SO GOTTVERDAMMT! Ich wünschte

Er hört auf zu tippen und wartet.

Was wünschst du dir, Bruder?

»Warte noch ein bisschen«, rät ihm Alan. »Er soll es aus dir herausholen. Sei nicht zu eifrig.«

Rede weiter, Bruder. Wir sind hier unter uns. Niemand kennt dein Gesicht oder deinen richtigen Namen. Halt dich nicht zurück. Was wünschst du dir?

Ich wünschte, sie wäre tot, schreibt Leo hastig.

Stille. Dann:

So weit waren wir alle schon mal. Du brauchst dich nicht zu schämen. Der erste Schritt zur Wiederinbesitznahme deiner Männlichkeit besteht darin, dass du ehrlich bist, was deine Gefühle Frauen gegenüber angeht. Du weißt, was du empfindest, sie nicht. Lass dir von ihnen nicht vorschreiben, was du empfinden darfst, okay?

Ich muss weg. Danke.

Leo loggt sich aus.

»Das war gut«, lobe ich ihn. »Ein toller Auftritt. Das rasche Verschwinden am Ende war das Sahnehäubchen.«

»Unschlüssig und hasserfüllt«, stimmt Alan zu. »Genau die richtigen Zutaten für einen psychotischen Zusammenbruch. Hoffentlich erregst du damit Dalís Aufmerksamkeit.«

James gibt mir ein Zeichen.

»Ich muss gehen, Leute. Benachrichtigt mich, wenn ihr euch entschließt, wieder in den Chat zu gehen.«

»Machen wir.«

Die Verbindung wird getrennt. »Was ist los?«, frage ich James.

»Earl Cooper ist unterwegs. Er will uns sprechen.«

Ich strecke mich aus und versuche, mich von dem giftigen Gemisch aus Aufregung und Frust zu reinigen. »Hoffen wir, dass er etwas Nützliches zu sagen hat.«

»Ich habe ein paar Beobachtungen gemacht, bin mir aber nicht sicher, wie hilfreich sie sein werden.«

Cooper sitzt auf einem unserer Bürosessel, entspannt, aber wachsam, und zwirbelt ein Ende seines Schnauzbarts.

»Wir nehmen alles, was Sie haben«, versichere ich ihm.

»Prima.« Er lehnt sich zurück und scheint sich zu sammeln. »Ein Kernkonzept des geografischen Profilings ist die ›mentale Karte‹, das kognitive Bild unserer Umgebung, das wir entwickeln. Die ›Karte‹ entsteht aus Erfahrung, Reisen, Bezugspunkten und so weiter. Wir alle haben sichere Zonen, in denen wir am entspanntesten oder zuversichtlichsten sind. Diese Zonen befinden sich in der Regel nahe an unserem Zuhause, allerdings nicht immer. Können Sie mir folgen?«

»Ich glaube schon«, sage ich.

»Beim geografischen Profiling ist der erste Mord normalerweise der nützlichste. Ich habe einige Mörder interviewt, die durch das, was ich tue, gefasst worden sind, und habe ihnen erklärt, wie wir sie gefunden hatten. Sie töteten unweit von ihrem Zuhause und entledigten sich der Leichen in Gebieten, die sie kannten. Alle hielten sie sich für clever, doch als ich ihnen die Fakten vorlegte, begriffen sie, dass sie unbewusst innerhalb einer sehr eng umrissenen Zone agiert hatten, in der sie sich wohlgefühlt haben – ein Bereich, den wir als ›Komfortzone‹ bezeichnen.«

»Das ergibt Sinn«, sage ich. »Wer zum ersten Mal mordet, ist noch nicht vom Erfolg ermutigt. Er ist sehr erregt, hat aber auch große Angst. Relativ nahe bei seinem Zuhause zu bleiben müsste ihn beruhigen.«

»Richtig. Reisen Sie in ein fremdes Land, und Sie begreifen das Konzept sehr rasch: In vertrauter Umgebung sind wir am entspanntesten. Wir alle entwickeln Komfortzonen, bewusst oder unbewusst. Sie sind räumlich begrenzt und abgestuft. Am entspanntesten sind Sie in Ihrem Wohnzimmer. Im Garten hinter dem Haus sind Sie entspannter als im Vorgarten. Im örtlichen Lebensmittelgeschäft? Weniger entspannt als im Wohnzimmer, aber Sie haben dort schon oft eingekauft, also ist es okay. An Ihrem Arbeitsplatz fühlen Sie sich wahrscheinlich ziemlich sicher. Sie bilden eine mentale Karte, und wenn es Zeit wird, eine Straftat zu verüben, kommt diese Karte ins Spiel. Sie überdenken die Faktoren, schauen, was Sie wissen: Fluchtwege, welche Stellen am einsamsten sind, wo das Licht der Straßenlaternen nicht hinkommt.

Gestalten wir die Sache einfacher, indem wir ein Beispiel wählen. Sagen wir, wir haben zwei benachbarte Wohngegenden. Die eine ist weiß, untere Mittelschicht. Die andere ist vorwiegend schwarz und arm, mit einer höheren Verbrechensrate. Ein Weißer wird in der weißen Wohngegend getötet, liegt erschossen auf seinem grünen Rasen hinter seinem weißen Gartenzaun. Was ist die erste Vermutung?«

»Dass einer der bedrohlichen Schwarzen herübergekommen ist und den armen weißen Mann erschossen hat«, sagt Callie.

»So ist es. Was aber ist auf der Grundlage dessen, was ich eben gesagt habe, die wahrscheinlichste Wahrheit?«

»Dass der Weiße von jemandem aus seiner eigenen Umgebung erschossen wurde«, sage ich.

»Genau. Komfortzonen.«

»Das ist ja alles sehr interessant«, sagt James und offenbart durch seinen Tonfall, dass er das genaue Gegenteil denkt. »Aber wie hilft uns das weiter?«

»Nur Geduld«, sagt Earl, von James' Feindseligkeit anscheinend unbeeindruckt. Vielleicht ist er schwierige Studenten gewöhnt. »Wir ziehen noch andere Faktoren in Betracht. Wir sehen uns den Schauplatz der Entführung und den Leichenfundort an.

Wir suchen nach möglichen Fluchtwegen und fragen uns, was es uns über den Täter verrät.«

Ich verziehe das Gesicht. »Ich verstehe allmählich, weshalb Sie gesagt haben, dass Sie uns möglicherweise nicht viel helfen können. Wir wissen nicht, wer sein erstes Opfer war. Die Schauplätze der Entführungen sind auf das Opfer ausgerichtet, nicht auf den Täter. Und die Orte, an denen er die Frauen ablegte, wurden nach Wirkung ausgesucht, nicht nach Bequemlichkeit.«

Earl tippt anerkennend an einen nicht vorhandenen Hut. »Korrekt, Agentin Barrett. Berücksichtigen Sie noch, dass er unseres Wissens in drei unterschiedlichen Staaten operiert.« Er zuckt mit den Schultern. »Das macht die Dinge ein bisschen schwierig.«

»Was können Sie uns sagen?«, frage ich.

»Erstens: Er stammt wahrscheinlich von der Westküste. Ich vermute, aus Südkalifornien.«

»Wieso?«

»Die Opfer, von denen wir wissen, kommen aus Los Angeles, Oregon und Nevada. Das ist ein weites Gebiet, aber in gewisser Weise noch immer eine Komfortzone. Deshalb sage ich Westküste. An Südkalifornien denke ich wegen des Opfers in Nevada. Ein Täter, der in Oregon lebt, wird weniger wahrscheinlich bis nach Vegas auf die Jagd gehen, als jemand, der entweder in Los Angeles wohnt oder dort aufgewachsen ist.«

»Das leuchtet ein«, gibt James zu.

Cooper ignoriert ihn. »Sie sagten, das Hauptmotiv des Täters sei vermutlich finanzieller Natur. Da stimme ich Ihnen zu. Warum aber dann hier wohnen, wo Immobilien so teuer sind? Billiger wohnt man im mittleren Westen, in den Südstaaten oder in einigen Gegenden im Osten. Er sagt sich wahrscheinlich, dass er hier bleibt, weil er hier viele mögliche Opfer vorfindet – und das stimmt. Aber ich glaube, er ist deshalb noch hier, weil ihm die Gegend vertraut ist.«

»Das verstehe ich«, sage ich. Allmählich erwärme ich mich für seine Argumentation.

»Aus den Fundorten der Opfer können wir weitere Schlüsse ziehen. Sowohl hier als auch in Oregon hat er die Opfer in der Nähe der Polizei abgesetzt. Eines sogar auf den Stufen eines Polizeireviers. In Vegas hat er das Opfer in einer Nebenstraße versteckt. Das deutet darauf hin, dass er sich in Kalifornien und Oregon wohler fühlt als in Nevada.«

»Was bedeutet, dass er dort mehr Zeit verbringt. Wir sollten unsere Bemühungen also auf diese beiden Staaten konzentrieren, richtig?«, frage ich.

Cooper nickt. »Allerdings. Dort wird er am berechenbarsten sein. In Gegenden außerhalb seiner Komfortzone muss er sich stärker vom Profil entfernen.«

»Aber wenn das so ist«, fragt Callie, »ist es nicht auch am wahrscheinlichsten, dass er dann einen Fehler begeht?«

»Das sollte man meinen, aber es stimmt nicht. In unvertrauter Umgebung wird er vorsichtiger sein, während er in den Komfortzonen entspannter ist, wenn auch nur um eine Winzigkeit.«

»Was noch?«, fragt James. Sein Interesse ist geweckt.

»Allem, was nun kommt, möchte ich selbstverständlich ein ›meiner Meinung nach‹ voranstellen. Ich würde sagen, dass Sie Wohngebiete in der Vorstadt außer Acht lassen können. Sie sind zu klein, die Leute leben zu dicht gedrängt. Die Nachbarn wollen einen kennen und wissen, was man treibt. Ich habe an die Wälder von Oregon gedacht und an die Wüste von Nevada, aber beides verworfen. Ich stimme dem Gedanken zu, dass er seine Opfer im Auge behalten möchte, wenn er unterwegs ist, und das erfordert, dass er zumindest am Stadtrand lebt, wo eine Breitband-Internetverbindung zur Verfügung steht.« Er wirft einen kurzen Blick in seine Notizen. »Industriegebiete wären eine gute Möglichkeit, weil die Leute dort meist nicht so genau hinschauen. Man ist schließlich nicht Eigentümer eines Industriegrundstücks, wie man Eigentümer seines Wohnhauses ist, und deshalb ist man weniger aufmerksam. Außerdem könnte der Gesuchte alles, was er braucht, im Namen einer Firma mieten oder kaufen, was seine persönlichen Daten hinter einer weiteren Schutzschicht verbirgt. Ich habe auch an Lagerhäuser gedacht, glaube letztlich aber doch nicht, dass er sich dafür entscheiden würde. Lagerhäuser befinden sich zwar an relativ abgelegenen Stellen, was ihm entgegenkäme, andererseits kann es gut sein, dass Lagerhäuser Einbrecher anziehen oder Obdachlose, die einen Unterschlupf suchen.«

»Also irgendetwas dazwischen«, sagt James.

Cooper nickt. »Genau. Diese Nebenstraßen abseits der Einkaufsmeilen und Hauptschlagadern der Städte, wo die Gewerbeparks stehen und dergleichen, würden ihm die benötigte Abgeschiedenheit verschaffen – und er wäre dennoch in Rufweite der Straßen und Freeways, die er seinem Entführungsmuster zufolge braucht. Die Opfer, von denen wir wissen, hat er aus städtischen Umgebungen entführt. So etwas ist eine unsichere Sache; deshalb wird er die Opfer so schnell wie möglich in sein Versteck bringen wollen.«

»Städtische Umgebungen erscheinen mir riskant«, sage ich.

»Ja und nein. In Wohngebieten neigen die Menschen zu größerer Aufmerksamkeit. Wenn er entschieden genug vorgeht – und das tut er offenbar –, sind städtische Umgebungen in vieler Hinsicht sogar besser. Man hat Highways, man hat Straßen. Zur richtigen Tageszeit kann man binnen einer Dreiviertelstunde jeden Punkt innerhalb von Los Angeles erreichen.«

»Das stimmt«, sagt James. »Die Entführungen fanden am frühen Abend statt, nach Ende der Stoßzeiten.«

»So ist es«, sagt Cooper. Er blättert in seinen Papieren, scheint für einen Moment den Faden verloren zu haben. »Da haben wir es ja«, fährt er fort. »Er dürfte Eigentümer der Grundstücke sein, die er benutzt. Auf keinen Fall will er sich mit einem neugierigen

Vermieter herumschlagen. Das Opfer, diese Frau, sprach von Betonwänden. Das deutet nicht auf Büroräume hin, obwohl er das Gebäude gekauft und nachträgliche Änderungen vorgenommen haben könnte.«

»Und damit hätte er eine Spur hinterlassen«, sagt James.

»Das habe ich mir auch gesagt. Wenn ich so etwas tun wollte – und vergessen Sie nicht, dass wir nun das Gebiet der reinen Spekulation betreten –, würde ich ein Stück Land kaufen und mir mein eigenes kleines Lagergebäude bauen.«

»Eine private Einlagerungsfirma?«, frage ich.

»Ja. Man baut so ein Gebäude, macht aber keine Werbung, und das Büro vorn im Gebäude hat immer geschlossen. Niemand macht sich Gedanken, wenn solch ein Gebäude selten aufgesucht wird oder wenn zu ungewöhnlichen Tages- und Nachtzeiten Besucher kommen. Gebäude dieser Art sind meist umzäunt, und man kommt mit einem Auto auf das Grundstück, ohne dass jemand einen beobachten kann. Überwachungskameras sind dort nichts Ungewöhnliches.«

»Oder Klimakontrollen«, fügt James hinzu. »Die teureren Hersteller bieten sie optional an, für Leute, die klimaempfindliche Besitztümer unterbringen wollen. Gemälde zum Beispiel, oder Bücher.«

»Das ergibt Sinn«, gestehe ich.

Cooper zuckt mit den Schultern. »Aber ich fürchte, hier endet meine Weisheit. Ich bin mir nicht sicher, ob ich Ihnen weiterhelfen konnte, und letzten Endes habe ich mehr Spekulationen als bestätigte Tatsachen geliefert, aber Sie haben gefragt, ich habe geantwortet.«

Ich schaue auf die Weißwandtafel, ohne sie zu sehen. Mein Blick geht in die Ferne. *Fachmännisch*, lese ich. *Folter*, denke ich. *Entschieden.*

Irgendetwas klopft in meinem Innern an, möchte zum Vorschein kommen.

»Ich kenne diesen Blick«, sagt Earl. »Was geht Ihnen durch den Kopf, Agentin Barrett?«

»Ich denke an einen Mann, der eine hundertprozentige Erfolgsquote bei seinen Entführungen hat. Er folgt seiner Beute und lernt ihren Tagesablauf kennen, und dann schnappt er sie sich. Mir geht etwas durch den Kopf, das Sie sagten. Dass er entschieden vorgeht. Selbstsicher.« Ich sehe Cooper an. »Ausgebildet?«

James antwortet als Erster. »Möglich. Diese Entführungen sind präzise ausgeführt. Ein solches Können hat man nicht von Natur aus.«

Earl zwirbelt seinen Schnauzbart. »Militär? Polizei?«

»Möglich«, sagt James. »Eine gute Vermutung.«

»Wir werden sehen.« Ich reiche Cooper zum Abschied die Hand, und er schüttelt sie. »Vielen Dank, Sir.«

»War mir ein Vergnügen. Was tun Sie als Nächstes, wenn Sie mir die Frage gestatten?«

»Ich werde mit jemandem sprechen, der genau das tun könnte, was unser Täter tut, ohne ins Schwitzen zu kommen.«

»Ist er Exsoldat?«

»Sie ist eine Ex-Ich-weiß-nicht-was.«

KAPITEL 28

Kirby kommt in mein Büro und setzt sich, ohne dass ich ihr einen Stuhl angeboten hätte. Sie trägt Jeans, ein weißes Button-down-Hemd und Tennisschuhe. Sie legt die Füße auf den Schreibtisch und kaut lächelnd ihr Kaugummi.

»Ich brauche die Perspektive eines Profis«, sage ich.

»Eines Profis für was?«, fragt sie.

Ich kann nicht sagen, ob sie mich veräppelt. Kirby lebt in ständiger Unbekümmertheit, und wie gewöhnlich schimmert der einzige Hinweis auf das, was in ihr vorgeht, nur ganz kurz in ihren Augen. Eine gewisse Wachsamkeit. Eine gewisse Leere.

»Privatdetektivin«, antworte ich. »Killerin. Egal.«

Sie grinst. »Ach so. Na dann, schieß schon los.«

»Wir jagen jemanden, der militärisch ausgebildet sein könnte. Es ist nur eine Theorie, aber ich würde gerne wissen, was du davon hältst.«

Ein Hauch von Interesse. »Erzähl mir von ihm.«

Ich berichte ihr, was wir über Dalí wissen. Kirby gehört keiner Polizeiorganisation an und keinem Geheimdienst, aber ich könnte mir vorstellen, dass sie in ihrer Vergangenheit eine Sicherheitsstufe besessen hat, von der ich nicht einmal ahne, dass es sie überhaupt gibt. Sie stellt keine Zwischenfragen, hört nur aufmerksam zu. Als ich fertig bin, legt sie den Kopf in den Nacken und starrt Kaugummi kauend an die Decke.

»Na ja«, sagt sie schließlich, »ich würde dir recht geben, dass er ausgebildet sein könnte. Entführungen aus städtischer Umgebung – so schnell und gekonnt, dass er nie gefasst oder auch nur bemerkt wird?« Sie nickt. »Da ist jemand sehr tüchtig. So etwas könnte man bei den Special Forces lernen, auch wenn die Möglichkeit besteht, dass er direkt in den privaten Sektor gegangen ist, so wie ich.«

»Wie meinst du das?«

»In diesen Bereichen des Militärs sind die Leute komisch, was Frauen angeht. Es steht so im Gesetz. Keine Weibchen erlaubt. Aber ich wusste schon in meiner frühen Kindheit, was ich tun wollte. Und wenn man besonders motiviert ist, so eine Ausbildung zu bekommen – die Ausbildung zum Kidnappen, Verhören und Töten –, kriegt man sie auch, sofern man bereit ist, dafür zu zahlen.«

»Und wo erhält man diese Ausbildung?«

»Zentral- und Südamerika. Nahost. Israel. Mann, sogar hier in den guten alten USA. Die CIA hat dafür das eine oder andere Programm, aber dazu muss man für meinen Geschmack ein bisschen zu stramm konservativ sein.«

»Nehmen wir an, unser Täter hatte den militärischen Weg eingeschlagen. Wie lange dauert so etwas?«

Kirby denkt darüber nach. »Wenigstens vier Jahre nach Eintritt in die Army. Du müsstest der perfekte Soldat sein, tipptopp in Form, und diverse körperliche und psychologische Tests bestehen. Und selbst wenn dir das gelingt, hast du noch nicht die Garantie, dass sie dich nehmen.«

»Und wo würde man am ehesten für Entführungen ausgebildet?«

»Wer weiß? Die Wahrheit ist, es könnte jeder sein, je nachdem, wofür du eingesetzt wirst. Ganz zu schweigen davon, dass jemand bei den Green Berets zum Beispiel immer von der CIA ausgesucht werden könnte.« Sie grinst. »Am Ende sind sie alle eine einzige große, glückliche Familie. Gemeinsame Ziele und der ganze Scheiß.«

Ich überdenke, was sie gesagt hat, und füge es in mein derzeitiges Bild von Dalí ein.

»Wir wissen, dass er seit wenigstens fünfzehn Jahren aktiv ist, wahrscheinlich länger«, überlege ich laut. »Wenn er ins Militär eingetreten ist, ehe er seine gegenwärtige Karriere als Entführer begonnen hat, müsste er … wie alt sein? Fünfundvierzig?«

»Wenn er Glück hatte.«

»Die Frage ist, hat er beschlossen, sich ausbilden zu lassen, damit er seinen derzeitigen Job ausüben kann? Oder kam ihm diese Idee erst nach der Ausbildung?«

»Meiner persönlichen Erfahrung nach wissen Leute wie Mr. Superspinner und ich schon in zartem Alter, was wir sind.«

Ich neige den Kopf zur Seite. »Du meinst, ihr seid euch ähnlich?«

»Pah! Auf keinen Fall ist er so gut wie ich.«

Ich lächle. »Es muss noch mehr Unterschiede geben.«

»Vielleicht, vielleicht auch nicht. Wieso bist du so sicher?«

»Aus zwei Gründen. Erstens, ich vertraue dir meine Tochter

an. Zweitens, du würdest nie Dinge tun, wie sie Heather Hollister angetan wurden, einer Unschuldigen, einer Mutter. Du hast Grenzen, Kirby.«

Sie mustert mich mit ihren blauen Augen, die so oft tot und kalt sind. »Einmal, in Südamerika«, sagt sie dann in einem Tonfall, in dem man über das Wetter spricht, »wurde das Team, zu dem ich gehörte, von einer paramilitärischen Einheit gefangen genommen. Ich war vor dem Überfall auf Spähtrupp gewesen, deshalb erwischten sie mich nicht. Einer von ihnen blieb zurück, um seinen Kumpels den Rücken zu decken.« Sie blinzelt. »Sein Fehler. Ich habe ihn mir geschnappt. Ich musste von ihm wissen, wo seine Freunde waren, aber ihm gefiel die Idee nicht, also habe ich ihm mit einer Kneifzange die Zähne gezogen, bis er es sich anders überlegt hat.« Sie grinst, und ich zwinge mich, nicht zusammenzuzucken. Mich bestürzt weniger, was sie sagt, als vielmehr der Mangel an Irrsinn in ihren Augen. Kirby ist bei allem, was sie tut, immer voll da.

»Er war zäh. Er hielt zehn Zähne lang durch. Der Marathon-Mann ist ein Wicht dagegen. Dann sagte er mir, was ich wissen wollte, und ich jagte ihm eine Kugel in den Kopf.« Ihr Blick geht in die Ferne. »Ich fand seine Kumpels und stellte fest, dass sie mein Team hingerichtet hatten.« Sie zuckt mit den Schultern. »Also habe ich sie ebenfalls hingerichtet. Alle zehn. Ich brauchte fünf Tage, um sie durch den Dschungel zu verfolgen. Sie nachts auszuschalten, einen zu erwischen, während er Pipi machte, andere, wenn sie schliefen. Einer von ihnen schrubbte sich seine kleine Nudel, als ich mich von hinten an ihn heranschlich. Er konnte höchstens sechzehn sein. Ich ließ ihn fertigschrubben und sah dann zu, wie er bettelte und weinte wie ein Baby, bevor ich ihm das Hirn rausgepustet habe.«

Sie grinst, und es ist wieder ein normales Kirby-Lächeln. In den blauen Augen, die noch vor einer Sekunde so tot und leer gewesen sind, funkelt der Schalk.

Ich habe in schlecht beleuchteten Räumen gesessen und über den Tisch einem Mann in die Augen geblickt, der Kinder erdrosselt hatte, während ihre Mütter zuschauen mussten. Ich habe zugesehen, wie Psychos unwillkürliche Orgasmen hatten, während sie mir die widerlichsten Einzelheiten über Vergewaltigungen und Morde erzählten. Diese Menschen haben eine kalte Finsternis in sich, einen schrecklichen Ernst, der nicht gespielt werden kann. Kirby ist Kirby, und ich mache mir keine Illusionen, was sie ist, aber ich weiß auch, was sie nicht ist.

Ich strecke die Hand vor und tätschle ihr die Wange. »Du magst verkorkst sein, Strandhase, aber du bist kein schlechter Mensch.«

Ein Moment der Stille folgt, ein Tropfen Zeit, in dem ich einen Sekundenbruchteil lang glaube, so etwas wie Dankbarkeit in ihren Augen aufblitzen zu sehen. Dann grinst sie mich an und tut so, als müsste sie sich Schweiß von der Stirn wischen. »Das nimmt mir eine große Last von den Schultern.« Sie steht auf. »Sind wir fertig, Boss-Lady?«

»Wir sind fertig.«

»Wir sehen uns auf der B-Seite.« Damit geht sie und lässt etwas Merkwürdiges zurück, das zwar nicht böse, aber furchteinflößend ist.

Mein Handy klingelt.

»Barrett.«

Es ist Alan. »Einer hat angebissen.«

»Der Typ nennt sich Dalí«, sagt Alan. »Er hat Leo eine Privatmitteilung geschickt.«

Hasst du deine Exfrau?, tippt Dalí.

Er fragt es ohne Einleitung oder Vorstellung.

»Was soll ich antworten?«, fragt Leo. Er spricht leise, im Flüsterton. Ich verstehe es. Dalí kann uns nicht hören, aber dieses Verhalten sitzt zu tief.

»Ich weiß nicht«, sagt Alan. »Da stimmt was nicht. Es geht zu schnell. Smoky?«

Alan hat recht. Alles, was wir über Dalí erfahren haben, sagt uns, dass er vorsichtig ist, ein Planer, getrieben von kühler Vernunft, nicht von heißem Verlangen. Leo ist noch keine vierundzwanzig Stunden auf dieser Site angemeldet. Weshalb die Eile?

»Vielleicht liegt es an deiner Geschichte«, sage ich. »Mist. Ich weiß es auch nicht. Mach langsam. Antworte ihm mit einer Frage.«

»Welcher denn?«

»Vertraue deinem Instinkt«, sagt Alan. »Nur keine Bange, Leo, ich sag dir schon Bescheid, wenn du Gefahr läufst, die Sache zu vermasseln.«

Einen Herzschlag lang herrscht Stille. Dann höre ich, wie Leo tippt.

Warum willst du das wissen?

Gut gemacht, Leo, geht es mir durch den Kopf.

Ich befreie Männer aus den Kerkern der Frauen. Ich versuche herauszufinden, ob du ein Mann bist, der befreit werden will.

Woher willst du wissen, dass ich befreit werden muss?

Ich habe deine Geschichte gelesen. Sehr bewegend. Aber zwischen Gefangensein und dem Wunsch, befreit zu werden, besteht ein gewaltiger Unterschied. Dazu braucht es eine Entscheidung.

Was soll das sein? Ein Selbsthilfeangebot? Willst du mir erklären, wie ich mein inneres Glück finde oder so etwas?

Ich bin nur ein Problemlöser. Na komm schon, beantworte die Frage: Hasst du deine Exfrau?

»Spiel mit«, sagt Alan. »Aber warte noch kurz. Zögere, bevor du dich darauf einlässt.«

Drei oder vier Sekunden vergehen; dann tippt Leo seine Antwort.

Ja.

Ja was?

Ja, ich hasse sie.

Warum?

Du hast meine Geschichte doch gelesen. Ich dachte, das wäre offensichtlich.

Für die Geschichte hast du dir Zeit genommen, hast darüber nachgedacht, ehe du sie geschrieben hast. Ich möchte etwas Unmittelbares. Das ist der schnellste Weg zur Wahrheit, habe ich herausgefunden. Ich frage noch einmal, und diesmal antworte, ohne lange darüber nachzudenken. Wieso hasst du deine Exfrau?

Leo wartet. Dann schreibt er:

Weil sie mich kaputt gemacht hat.

»Gut«, ermutigt Alan ihn.

Wie hat sie das angestellt? Erklär mir, was du mit »kaputt« meinst.

»Das ist nicht so einfach, wie ich dachte«, sagt Leo.

»Du schlägst dich großartig«, ermuntere ich ihn. »Lass dich auf das Spiel ein. Antworte ihm als Robert Long.«

Ehe sie mich sitzen ließ und mein Kind ermordete, beginnt er, habe ich an die Liebe geglaubt. Jetzt ist es anders. Ich werde nie wieder einfach so lieben können. Ich werde immer misstrauisch sein. Ich werde immer Angst haben, jemandem zu vertrauen.

Was war schlimmer? Dass sie ihre Liebe ohne Warnung widerrufen hat oder dass sie dein ungeborenes Kind abgetrieben hat?

Leo zögert nicht.

Hätte sie mich wirklich geliebt, hätte sie unmöglich tun können, was sie getan hat. Verstehst du, was ich meine? Das bedeutet, dass alles eine Lüge war. Unsere Liebe war eine Lüge. Das tut am meisten weh.

Danke.

Wofür?

Dass du ehrlich bist. Das ist der Grund, weshalb ich dich überhaupt kontaktiert habe. Diese Ehrlichkeit. Sie war der Geschichte anzumerken, die du gepostet hast.

Ich habe nur geschrieben, was ich empfunden habe.

Ich will dir noch eine Frage stellen. Sie ist rein hypothetisch.

In Ordnung.

Was würde es dir einbringen, wenn deine Exfrau weg wäre?

Weg wäre? Du meist, wenn sie tot wäre?

Nein, nein. Ich meine es wörtlich. WEG. VERSCHWUNDEN. Wenn Aliens landen und sie in ihrem Raumschiff mitnehmen würden. Was würde es dir einbringen, emotional oder sonst wie?

Na ja, ich denke, ich würde unser Haus bekommen. Wir stehen beide noch auf der Hypothek und im Grundbuch. Das wäre was.

Was noch?

»Geh es jetzt ganz langsam an«, warnt Alan. »Schreib nichts von der Lebensversicherung. Schreib etwas über die emotionale Seite.«

Irgendwie glaube ich

Leo wartet ein wenig und lässt sich von Dalí zu einer Antwort drängen.

Was?

Dass ich erleichtert wäre, wenn sie weg wäre, unglaublich erleichtert. Wir sind nicht zusammen, aber ich weiß, dass sie noch hier ist, in der gleichen Stadt. So unwahrscheinlich es ist, es ist möglich, dass ich ihr in einem Geschäft begegne oder auf dem Freeway an ihr vorbeifahre. Wir sind nicht zusammen, aber ich spüre ihre Gegenwart. Würde sie verschwinden, würde mir eine Last abgenommen.

Das verstehe ich.

Toll. Nur kann ich mir nichts dafür kaufen.

Du wärst vielleicht überrascht.

Wovon?

Über die Lösungen, die ich dir anbieten kann. Aber darüber reden wir jetzt noch nicht. Dazu ist es zu früh. Ich will dir eine Kleinigkeit dalassen, etwas, das dir zeigt, dass ich es ernst meine und nicht bloß irgendein Irrer im Internet bin.

Na los.

Fühle dich nicht bedroht von dem, was ich als Nächstes sage. Ich bin ein Freund, kein Feind,.

Was immer du meinst, »Freund«. LOL.

Ich weiß, wer du bist, Robert Long.

»Heilige Scheiße, das ging aber schnell«, wundert sich Leo. »Wie hat er das geschafft?«

»Setz deinen Schock in Worte um und schau dir an, was sich tut.«

Was ist denn das jetzt?, tippt Leo. Woher weißt du, wer ich bin? Ich dachte, das ist alles anonym hier!

Ist es auch, Robert, ist es auch. Niemand sonst, mit dem du hier geredet hast, kennt deinen Namen. Ich kenne ihn, weil ich bin, wer ich bin, und weil ich tue, was ich tue. Vergiss nicht, was ich vorhin gesagt habe: Ich habe es dir nicht gezeigt, um dich einzuschüchtern. Ich zeige es dir als Beweis.

Beweis wofür?

Als Beweis dafür, dass ich von der wirklichen Welt spreche, wenn ich mit dir rede. Wir lernen uns online kennen. Aber wenn wir in Zukunft reden

Plötzlich hört er auf zu schreiben.

Dalí?

»Was ist da los?«, murmelt Alan.

»Vielleicht muss er ans Telefon oder so etwas«, sagt Leo.

Ich muss weg, tippt Dalí schließlich. Wiedersehen.

Können wir wieder reden?

Keine Antwort.

Dalí?

Dalís Name verschwindet vom Bildschirm.

»Verdammt«, sagt Leo. »Er hat sich ausgeloggt.«

»Seltsam, dass er ausgerechnet in dem Augenblick abbricht, in dem du angebissen hast«, sage ich.

»Interessanter Einblick, wie er seine Kunden pflegt«, murmelt James hinter mir. Erschrocken zucke ich auf dem Stuhl zusammen.

»Himmel, James! Wie lange schaust du schon zu?«

»Ich habe alles gesehen. Er ist sehr geschickt und sehr klug. Hast du bemerkt, was er da macht? Er horcht den potenziellen Kunden aus. Er achtet sehr darauf, nicht von Tod oder Mord zu sprechen. Alles ist nur ein Traum, ein Was-wäre-wenn.«

»Auf diese Weise erfährt er von ihren Wünschen, ohne sie zu beunruhigen.«

»Da steckt noch mehr dahinter. Er nimmt in der Beziehung sofort den Platz der dominanten Persönlichkeit ein, aber er gibt sich den Anstrich eines Vertrauten. Du kannst ihm vertrauen, und er weiß die Antworten. Damit erleichtert er es sich, sie später zu manipulieren.«

»Geschickt«, stimmt Alan zu. »Der Kerl kann andere wahrscheinlich großartig aushorchen.«

»Müssen wir uns Sorgen machen, weil er mich so schnell kontaktiert hat?«, fragt Leo.

»Ich weiß es nicht«, sagt Alan. »Vielleicht versucht er nur, eine Quote zu erfüllen. Er hat Heather Hollister verloren, also braucht er neues Fleisch.«

»Vielleicht«, räume ich ein. »Aber seid trotzdem vorsichtig. Benachrichtigt mich, sobald er den Kontakt wieder aufnimmt.«

»Wird gemacht«, sagt Alan und beendet die Verbindung.

Ich drehe mich mit dem Sessel zu James herum. »Was meinst du?«

»Das Profil ist widersprüchlich. Ein vorsichtiger Pragmatiker, der plötzlich ändert, was ein perfekter Modus Operandi gewesen ist. Er hinterlässt uns Nachrichten, die uns verraten, dass er existiert – eine Premiere. Er lässt Heather Hollister gehen, obwohl sie noch halbwegs bei Verstand ist. Er hinterlässt möglicherweise einen Fingerabdruck in Dana Hollisters Leichensack. Und jetzt dieses überstürzte Vorgehen bei Leo.« Er schüttelt den Kopf. »Merkwürdig. Es könnte natürlich der Wahnsinnsfaktor sein, aber es ist trotzdem beunruhigend.«

»Wahnsinnsfaktor« ist ein Begriff, den wir hier geprägt haben. Er bezeichnet die unerklärlichen Fehler und Abweichungen von der erwarteten Norm, die wir bei Serientätern oft beobachten. Da gibt es den Vergewaltiger, der stets ein Kondom benutzt, bis er es eines Tages doch nicht tut, oder den Mörder, der stets Latexhandschuhe trägt, es sich aber nicht verkneifen kann, den Schenkel eines Opfers zu lecken. Wenn man sie fragt, warum sie diesen Fehler begangen haben, begründen sie es mit unvernünftigen Argumenten. Der Vergewaltiger sagt beispielsweise: »Sie war meine erste Rothaarige. All das rote Haar, ich musste es spüren.« Der Mörder antwortet vielleicht noch etwas Seltsameres: »Ich musste sie kosten, um es ganz zu erleben. Wenn ich sie nur rieche, hätte ich nicht genug von ihrer Lebensessenz bekommen, verstehen Sie?« Wir verstehen es nicht; niemand versteht es. Und das ist der Wahnsinnsfaktor.

»Ich muss dein Unbehagen noch vergrößern, Schnuckelmaus«, sagt Callie von ihrem Schreibtisch aus.

»Und wie?«

»Ich habe die Fingerabdrücke, die wir bei den Fällen in Los Angeles, Oregon und Nevada gefunden haben, mit den unbekannten Abdrücken an Dana Hollisters Leichensack verglichen.«

»Und?«

»Sie stammen alle von ein und derselben Person.«

»Alle vier?«

»Ja. Der gleiche Unbekannte war bei jedem Fall zugegen.«

Ich starre James an, und er wirft mein eigenes Erstaunen auf mich zurück.

Was ist da los?

Ich werfe die Hände hoch. »Schön, dann behandeln wir das wie ein Geschenk. Weite die Suche aus. Schalte Interpol ein. Durchstöbere sämtliche Datenbanken, die eine Hilfe sein könnten. Ich habe Gerüchte gehört, die NSA hätte eine eigene geheime Datenbank aufgebaut. Agenten in diversen Ländern.«

»Ein Schuss ins Dunkel.«

Die Datenbank der Interpol ist so klein, dass achtzig Prozent der Anfragen negative Ergebnisse bringen, und die NSA benimmt sich uns gegenüber reichlich herablassend, trotz aller Ersuchen um Zusammenarbeit nach dem 11. September.

»Trotzdem, versuch es.«

»Okay.« Callie schnieft. »Aber das wird dauern. Ich habe keine Freunde dort.«

»Man stelle sich vor«, spottet James.

»Wo wir vom Wahnsinnsfaktor sprechen«, sage ich und schneide Callie die geplante Retourkutsche ab, »lass uns eine Suche nach Grundbesitz in Los Angeles, Portland und Las Vegas machen, James. Beschränkt auf Gewerbegrundstücke. Such nach allem mit ›Dalí‹ im Namen.«

James zupft sich nachdenklich mit dem Finger an der Unterlippe. »Okay. Ich werde auch eine Suche nach Salvador Dalí beginnen und nach allen Permutationen Ausschau halten … Namen von Gemälden und dergleichen.« Er runzelt die Stirn. »Das wird ein bisschen Zeit kosten, und wahrscheinlich wird es ziemlich ungenau sein. Nicht alle Grundbücher sind digital erfasst. Oder sie geben nichts her. Vielleicht finden wir gar nichts.«

»Oder wir finden doch etwas.«

Die Bürotür öffnet sich, und AD Jones tritt ein.

»Nach oben, Smoky«, sagt er. »Sofort.«

KAPITEL 29 »Bin ich in Schwierigkeiten, Sir?«, frage ich, als wir im Aufzug stehen.

Er lächelt. »Nein. Der Direktor möchte Sie sprechen, und er hat es eilig.«

»Er ist oben?«

»Er wartet in meinem Büro.«

Wir verlassen den Aufzug und gehen an Shirley vorbei in AD Jones' Büro. Direktor Rathbun erhebt sich, als wir eintreten, kommt zu mir und schüttelt mir die Hand. »Tut mir leid, dass ich Sie weghole, Smoky. Wie ich höre, sitzen Sie gerade an einem schwierigen Fall.«

»So ist es, Sir.«

»Ich werde es kurz machen. Es ist noch nicht offiziell, aber ich habe die grundsätzliche Einwilligung, die neue Sondereinheit zu bilden. Vom Präsidenten persönlich.«

»Wow«, bringe ich hervor.

»Da müssen Sie sich aber etwas Besseres einfallen lassen, ehe ich Sie vor die Presse lasse«, scherzt er.

»Oder wir lassen es ganz bleiben, Sir. Ich rede nicht gerne mit Reportern.«

»Und meistens werden Sie das auch nicht tun müssen. Ich verspreche es Ihnen. Zu Anfang allerdings, sobald alles getan und der Etat genehmigt ist, muss ich von Ihnen ein bisschen PR-Arbeit verlangen. Das ist Teil der Abmachung. Senatoren und Kongressabgeordnete werden sich mit Ihnen sehen lassen wollen. Auch der Präsident.«

»Wirklich?«

»Natürlich. Meine Lösung verschafft ihnen Aufschub, Smoky. Irgendwann wird ein unternehmungslustiger Reporter herausfinden, dass dem FBI bundesweit die Geld- und Personalmittel für Aktivitäten gekürzt worden sind, die nichts mit Terrorabwehr zu tun haben. Das wird ziemliche Unruhe hervorrufen, aber …«

»Zu Recht«, sage ich.

»Aber der Präsident und andere können auf die neue Sondereinheit hinweisen, um die Unruhe zu beschwichtigen. Wir bauen die Aktivitäten des NCAVC nicht ab, wir lagern sie nur um.«

»Darf ich eine Frage stellen?«

»Nur zu.«

»Was halten Sie persönlich von diesem Abbau? Inoffiziell, versteht sich.«

»Ich habe es schon einmal gesagt, ich bin damit nicht einverstanden. Die Sondereinheit ist der Versuch zu retten, was ich retten kann.«

»Warum sind Sie nicht einverstanden?«

Jeder kann ein Prinzip vorschützen. Aber kann Rathbun es auch verteidigen? Ich stelle eine ernsthafte Frage und möchte sehen, ob er mir eine ernsthafte Antwort geben kann.

»Es gibt Stimmen, die überzeugt sind, dass der technische Fortschritt die Ausfälle auffangen wird. Sie sind der Ansicht, dass die örtliche Polizei die nötige Beinarbeit leisten und unsere Rolle zugleich zentralisierter und automatisierter werden kann. Ich halte das für eine schwere Fehleinschätzung.«

»Wieso?«, hake ich nach.

»Aus den gleichen Gründen wie Sie, Smoky.« Ein mattes Lächeln. »Ich bin vielleicht nur noch ein Anzugträger, aber ich habe meine Finger nach wie vor am Puls. Ich bin über die Arbeit informiert, die Sie und Ihr Team und andere Teams leisten. Forensik ist und wird immer unverzichtbar sein. Doch eine Gruppe von Agenten, die dazu ausgebildet sind, Serientäter zu begreifen, und die damit Erfahrung haben, wird sich nie ersetzen lassen. Leider trifft es auf zunehmend taubere Ohren, was ich denke und sage.« Er breitet die Arme aus, eine Gebärde der Hilflosigkeit. »Es ist unausweichlich. Ein Sturm zieht herauf, und ich will retten, was zu retten ist.«

Ich suche in Rathbuns Augen nach Anzeichen für eine Lüge, finde aber nichts. Ich sehe nur Erschöpfung, die daher rührt, dass er sich auf das Spiel der Politiker einlassen muss, und ein Aufflackern von Verwundbarkeit, das im nächsten Moment verschwindet, als er die Schultern strafft und sein typisches Lächeln aufsetzt.

»Habe ich Ihre Frage zufriedenstellend beantwortet, Agentin Barrett?«

»Jawohl, Sir. Vielen Dank.«

»Wie lange wird es noch dauern, bis wir etwas wissen?«, fragt AD Jones den Direktor.

»Einen Monat. Höchstens sechs Wochen.«

»So schnell?«, wundere ich mich.

»Washington hat ein kurzes Gedächtnis. Im Augenblick ist der Präsident begeistert. Das müssen wir ausnutzen, solange es anhält.« Sein Blick wird ernst. »Jetzt frage ich noch, ehe ich die Hunde wirklich loslasse: Gibt es irgendwelche Stolpersteine, von denen ich wissen sollte? Gibt es jemand, der nicht mit an Bord ist?«

»Nein, Sir«, lüge ich lächelnd. »Ich glaube, wir sind bereit zum Abmarsch.«

»Freut mich zu hören.« Er schaut auf die Uhr und nickt. »Gutes Timing. Ich muss los. Ich lasse Sie beide wissen, wie die Dinge sich entwickeln.« Er schüttelt AD Jones und mir die Hand und geht zur Tür hinaus.

»Sie bekommen das Lügen immer besser hin«, sagt AD Jones, als Rathbun fort ist.

»Lügen und Ausflüchte sind nicht das Gleiche«, erwidere ich. »Fragen Sie meinen Anwalt.«

»Das ist keine Kritik. Lügen ist eine Fertigkeit, die Sie in Ihrem neuen Aufgabenbereich brauchen werden. Aber im Moment sind wir alle noch hier, also bringen Sie mich auf den aktuellen Stand, was diesen Fall betrifft.«

Ich sage ihm alles, was wir wissen. Er stellt ein paar Fragen, schweigt aber größtenteils.

»Warum hat er Heather Hollister gehen lassen, ohne sie zu lobotomieren, was meinen Sie?«, fragt er, als ich fertig bin.

»Das weiß ich nicht. Vielleicht hat sie es irgendwie geschafft, von Dalí als Mensch wahrgenommen zu werden. Vielleicht sieht sie wie seine Mutter aus. Keine Ahnung.«

»Was sagt Ihr Gefühl?«

So ist es richtig. Er fragt nach unseren Instinkten, weil auch ihn seine Intuition dorthin gebracht hat, wo er heute ist. AD Jones vertraut seinen Leuten.

»Wie ich ihn bisher einschätze, tut er alles mit Vorsatz. Sein Handeln ist von Überlegungen bestimmt, die sich auf Selbsterhalt gründen, nicht auf Gefühle. Heather Hollister scheint nicht ins Bild zu passen, aber nur, weil wir noch nicht wissen, wie und wo sie in dieses Bild eingefügt werden muss.«

»Und die Fingerabdrücke?«

»Das weiß ich ebenfalls nicht. Wenn er sie absichtlich hinterlassen hat, habe ich keine Erklärung dafür. Es könnte aber auch ganz einfach so sein, dass er glaubt, der Kunststoff der Leichensäcke nimmt keine Fingerabdrücke an.«

AD Jones blickt in die Ferne. Ich weiß, dass er alle Fakten abwägt, die ich ihm gegeben habe. »Okay«, sagt er schließlich. »Hört sich so an, als wären Sie auf der richtigen Spur. Ich stimme Ihnen zu. Eine Undercover-Operation ist die beste Möglichkeit, die Sie im Augenblick haben. Halten Sie mich auf dem Laufenden.«

»Jawohl, Sir.« Ich stehe auf, um zu gehen. »Noch eine Sache, Sir …«

»Ja?«

»Ich muss heute eine Stunde früher gehen«, sage ich und blicke verlegen auf meine Schuhe.

»Wieso?«

»Arzttermin.«

Er lehnt sich zurück und dreht in der rechten Hand einen Stift. »Wegen des Babys?«

»Ja. Erste Vorsorgeuntersuchung.«

Seine Augen fixieren mich einen Augenblick lang; dann beugt er sich wieder über den Schreibtisch und beginnt, an seinen Unterlagen zu arbeiten. »Genehmigt.«

Ich ziehe mich rasch zurück und wundere mich über mein Unbehagen, als ich mit dem Aufzug hinunterfahre. Wieso setzt mir das so zu? Welchen Unterschied macht es, ob ich zu einer Gynäkologin gehe, weil ich schwanger bin, oder wegen etwas Alltäglicherem zu einer Allgemeinmedizinerin?

Die Antwort kommt sofort: *Weil es mich zu einer Frau macht.*

Nichts macht einen mehr zur Frau als eine Schwangerschaft. Man kann ruhig so daherreden wie die Jungs, eine Waffe tragen wie die Jungs und sogar ein Boss sein wie die Jungs, aber sobald sich der Bauch zeigt, weiß jeder: Man ist keiner von den Jungs und wird es niemals sein.

Warum spielt das eine Rolle?, frage ich mich wieder, und erneut kommt die Antwort: *Wegen denen, denen wir uns entgegenstellen.* Unsere Kraft, unsere Waffen, die Macht unserer Organisation – das sind die Dinge, die die Verbrecher im Zaum halten. Ich schäme mich nicht, eine Frau zu sein, aber die Frage lässt mir keine Ruhe, ob Sands sich in mein Haus geschlichen hätte, wenn ich ein männlicher Agent gewesen wäre.

Tief in meinem Inneren glaube ich es nicht.

Ich berühre meinen Bauch. Es ist ein Baby, es ist Hoffnung, es ist ein zukünftiges Leben, aber im Augenblick fühlt es sich an wie eine Zielscheibe in Neonfarben mit einem Megafon, in das es laut brüllt, sodass die ganze Welt es hören kann: *Hier ist meine Schwachstelle! Hier ist meine Schwachstelle! Hier kannst du mich am meisten verletzen. Wenn du mich hier triffst, dann triffst du mich in die Seele.*

KAPITEL 30 Die Ärztin, die ich aufsuche, ist eine ernste Frau – nicht ernst auf die Art, die jemanden unnahbar macht, sondern auf eine Weise, die einem sagt, dass man ihre ganze Aufmerksamkeit hat und dass man ihr wichtig ist.

Einen neuen Arzt kennenzulernen ist leichter, als normale neue Bekanntschaften zu schließen. Wenn ein Arzt mein Narbengewebe untersucht, tut er es normalerweise frei heraus und offen, und ich kann relativ sicher sein, dass seine Neugier beruflicher Natur ist. Diese Ärztin ist keine Ausnahme. Sie heißt Sierra Rand.

»Warum haben Ihre Eltern Sie Sierra genannt?«, frage ich.

Ich spiele auf Zeit. Jetzt, wo ich da bin, in diesem Sprechzimmer Platz genommen habe und sie mir in ihrem weißen Kittel mit Patientenakte und Kugelschreiber gegenübersitzt, stelle ich fest, dass ich Angst habe. Eine Gynäkologin als Schwangere aufzusuchen, macht alles plötzlich ein bisschen zu wirklich für mich.

Mit der Frage scheint die Ärztin gut fertig zu werden. »Meine Eltern waren begeisterte Wanderer und Camper. Wie es heißt, wurde ich in einem Zelt auf dem Mount Whitney gezeugt, der zur Sierra Nevada gehört.«

»Sierra. Ein hübscher Name.«

»Danke. Meine Eltern hatten gerade ihre Hippiephase hinter sich, als ich geboren wurde. Ich hätte also auch ›America‹ oder ›Freedom‹ heißen können. Deshalb beschwere ich mich nicht.« Sie lächelt. »Nun, was kann ich für Sie tun, Mrs. Barrett?«

Sie hat das Geplänkel abgewürgt, und das bringt mich beinahe aus der Fassung.

Jetzt ist es so weit.

»Ich bin schwanger.«

Sie lächelt nicht, noch gratuliert sie mir. Sie runzelt auch nicht die Stirn. Ihr Gesichtsausdruck ist eine Studie an Unverbindlichkeit, für die man einen Doktortitel bekommen würde. »Woher wissen Sie das?«

»Das Übliche. Vor etwas über zwei Monaten hat meine Periode ausgesetzt, und meine Brüste wurden empfindlich, also habe ich mir einen Schwangerschaftstest gekauft, und er war positiv. Zur Bestätigung habe ich noch einen Bluttest gemacht.«

Sie sieht in meine Akte. »Auf Ihrem Eingangsformular schreiben Sie, dass Sie schon eine Tochter haben.«

»Ja.«

»Und ist sie gesund?«

»Sie war gesund.«

Sie runzelt die Stirn und legt die Patientenakte wieder in den Schoß. »War?«

»Sie wurde von dem Mann ermordet, der das hier mit meinem Gesicht angestellt hat.«

Nun sehe ich den Ausdruck des Erkennens, den ich schon so oft gesehen habe. Meine Geschichte war in allen Zeitungen und in den Fernsehnachrichten. Doch statt große Augen zu machen oder – was ich noch mehr hasse – »nach den der Situation angemessenen Worten« zu suchen, schüttelt sie den Kopf. »Tut mir leid, Mrs. Barrett. Ich habe nicht zwei plus zwei zusammengezählt.«

»Schon gut. Und nennen Sie mich Smoky, Dr. Rand.«

»Smoky.« Wieder das Lächeln. Ihr Lächeln ist nett. »Sie dürfen mich gerne Sierra nennen, aber wahrscheinlich wäre es besser, wenn Sie mich weiter mit Dr. Rand anreden. Studien haben gezeigt, dass Patienten ihren Ärzten eher trauen, wenn sie das Kostüm anbehalten. Ohne den weißen Kittel glaubt mir niemand, dass ich Ärztin bin.«

Ich öffne meine Jacke ein wenig und lasse sie meine Pistole sehen. »Bei mir ist es ähnlich. Ich kann meine Dienstmarke so oft zeigen, wie ich will – wenn ich unbewaffnet bin, glauben die Leute mir einfach nicht, dass ich eine echte FBI-Agentin bin.«

»Ich nehme an, Sie hatten schon früher einen Gynäkologen. Darf ich fragen, weshalb Sie meine Kollegin – oder Kollegen – nicht erneut konsultieren?«

»Aberglaube, nehme ich an. Die Tochter, die er zur Welt brachte, ist tot. Ich möchte nicht, dass er irgendetwas mit diesem Baby zu tun hat.« Ich senke den Blick, ein wenig verlegen, und womöglich schäme ich mich auch ein bisschen. »Ich weiß, das ist unfair, und ich gebe ihm wirklich keine Schuld an ihrem Tod, aber …«

»Sie möchten in jeder Hinsicht einen Neuanfang.«

Ich blicke sie erstaunt an. »Stimmt.«

Sie lächelt beruhigend. »Daran ist nichts Verkehrtes, Smoky. Stress kann eine werdende Mutter am wenigsten gebrauchen. Da ist es natürlich sinnvoll, wenn Ihr Arzt keine Belastung für Sie darstellt, aus welchem Grund auch immer.«

»Danke.«

»Nun zurück zu Ihrer Tochter. War sie gesund? Gab es Komplikationen während der Schwangerschaft oder bei der Entbindung?«

»Nein, bei Alexa war alles einfach. Ich hatte kaum morgendliche Übelkeit und nur vier Stunden Wehen. Sie war ein gesundes Baby und ein gesundes Kind. Als sie sechs Monate alt war, hat sie mal hohes Fieber bekommen, und sie hat sich den Unterarm gebrochen, als sie von einem Klettergerüst fiel. Davon abgesehen ging es ihr immer gut.«

»Und bei Ihnen? Haben Sie seitdem irgendwelche gesundheitlichen Probleme entwickelt?«

Ich atme tief durch und sage ihr etwas, das nur eine Handvoll Menschen weiß. »Nicht lange nach meiner Vergewaltigung hatte ich eine Abtreibung.«

Sie nimmt auch das ohne sichtliche Regung auf und sieht nicht einmal von meiner Patientenakte hoch. »Irgendwelche Komplikationen dabei? Eine Infektion, stärkere Blutungen als üblich?«

»Nein.«

»Sind Sie regelmäßig zu Ihrem Frauenarzt gegangen?«

»Jährlicher Pap-Test.«

»Ausgezeichnet.« Sie schaut mir nun direkt in die Augen. »Gab es körperliche Komplikationen durch den Angriff auf Sie? Irgendetwas, von dem ich wissen sollte?«

»Nur die Narben sind geblieben. Äußerlich und innerlich.«

»Okay. Hier steht, dass Sie keine Medikamente nehmen, aber ich frage trotzdem lieber nach, denn einige Patientinnen betrachten so etwas als Privatsache. Nehmen Sie Antidepressiva?«

»Nein. Ich habe daran gedacht, aber ich nehme keine.«

»Was ist mit Empfängnisverhütung?«

»Wir haben den Vaginalschwamm benutzt. Empfehlen kann ich das jetzt wohl nicht mehr.«

»Also nehmen Sie nicht die Pille?«

»Nein.«

»Gab es Krankheiten in Ihrer Familie?«

»Meine Mutter und mein Vater sind beide an Krebs gestorben.«

»Fehlgeburten? Komplizierte Entbindungen? Erbkrankheiten?«

»Ich habe von einer Großtante gehört, die einen Sohn mit Wolfsrachen geboren hat. Davon abgesehen nicht.«

Sie macht sich Notizen und legt die Patientenakte beiseite.

»Sie scheinen mir eine Kandidatin für eine gesunde Entbindung zu sein, Smoky. Sie sind gut in Form, haben ein gutes Gewicht, keine Probleme mit dem Blutdruck oder dem Herzen, Sie rauchen nicht, und Ihre erste Geburt verlief ohne Eklampsie, Diabetes oder Gerinnungsproblemen.« Sie lächelt. »Es besteht also kein Grund, bei dieser Schwangerschaft mit Komplikationen zu rechnen. Wegen Ihres Alters werden wir alles zwar sehr genau im Auge behalten, aber ich mache mir keine Sorgen.«

»Welche Risiken entstehen durch mein Alter?«

»Je älter die Mutter ist, desto größer ist das Risiko einer Genommutation. Die Statistiken werden noch diskutiert. Im schlimmsten Fall, von dem ich weiß, stellt es sich so dar: Bei einer Frau im Alter von fünfundzwanzig Jahren besteht eine Wahrscheinlichkeit von grob eins zu eintausendzweihundertfünfzig, ein Baby mit Down-Syndrom zu bekommen. Mit dreißig steigt die Wahrscheinlichkeit auf eins zu tausend. Für eine Vierzigjährige ist sie eins zu hundert, und über fünfundvierzig steigt sie auf eins zu dreißig.«

»Meine Güte.«

»Ich sage Ihnen das ganz offen. Andererseits sollten Sie nicht vergessen, dass fünfundsiebzig Prozent aller Kinder mit Trisomie 21 von Müttern unter fünfunddreißig geboren werden. Wenn Sie möchten, mache ich eine Blutuntersuchung, bei der wir nach Markern suchen, wie sie bei einem Kind mit Down-Syndrom auftreten.«

»Okay. Wann?«

»Das hängt ganz von Ihnen ab. Der Test ist zwischen der sechzehnten und der achtzehnten Woche am genausten, aber es besteht kein Grund, so lange zu warten. Die Befunde von Untersuchungen innerhalb der ersten drei Schwangerschaftsmonate sind fünfundneunzig Prozent zutreffend.«

»Also habe ich genug Zeit, um darüber zu entscheiden, ob ich das Kind behalten will, wenn es am Down-Syndrom leidet.« Ich seufze. »Toll.«

Sie streckt die Hand aus und berührt mich kurz am Arm. »Smoky, für Sie besteht kein Grund anzunehmen, dass Ihr Baby nicht gesund ist. Ich habe schon etliche gesunde Kinder von Frauen über vierzig entbunden.«

»Aber einige waren nicht gesund, stimmt's?«

»Leider. Aber jedes dieser wenigen Frauen war untersucht worden und wusste, dass sie ein Kind mit Down-Syndrom zur Welt bringen würde. Es war ihre eigene Entscheidung, und sie waren mit ihrem Kind nicht weniger glücklich als eine Frau mit gesundem Baby.«

»Wirklich?«

»Denken Sie …« Sie zögert. »Denken Sie an Ihre Tochter. Hätten Sie es bereut, sie auf die Welt gebracht zu haben, wenn sie einen Geburtsfehler wie das Down-Syndrom gehabt hätte?«

Die Frage soll mich nicht bestürzen, aber sie tut es. Ich denke über sie nach, über Alexa, meine süße Kleine. Wäre sie noch immer sie selbst gewesen, wenn sie mit einer Behinderung auf die Welt gekommen wäre? Ich schließe für einen Moment die Augen, und ihr Gesicht steht vor mir, wie ich es an jenem letzten Morgen gesehen habe. Ich sehe ihr Lächeln, höre ihr Lachen und sehe in ihren Augen schimmern, was ihr ganzes Wesen ausgemacht hat.

Ja. Alexa wäre immer Alexa gewesen, in welcher Gestalt auch immer.

Ich öffne die Augen wieder. »Nein, ich hätte es nicht bereut«, sage ich zu der Ärztin. »Sie wäre mein Kind gewesen, und ich hätte sie nicht weniger lieb gehabt.«

»Na, sehen Sie.«

Ich habe eine Frau vor mir, die ihren Beruf nicht gewählt hat, weil sie damit am meisten Geld verdienen oder dem Druck anderer medizinischer Fachgebiete ausweichen konnte, sondern weil er ihre Berufung war. Sie liebt, was sie tut, und es ist ihre Bestimmung, neues Leben auf die Welt zu bringen.

Ich denke an Douglas Hollister, der seinen eigenen Sohn erdrosselt hat, und nie ist mir ein Mensch, der sein eigenes Kind tötet, fremder erschienen als in diesem Moment im Sprechzimmer. Ich berühre meinen Bauch und suche nach Begreifen, doch es ist unfassbar. Wie könnte ich dieses Kind je töten?

Ich bin erstaunt und entsetzt zugleich, als ich merke, dass ich weine. Ich dachte, ich hätte alle Tränen hinter mir gelassen. Ich habe mich in einem neuen Leben eingerichtet, in einer neuen Liebe, einer neuen Ehe. Ich habe meine Fähigkeit wiederentdeckt, fröhlich zu sein, zu lachen und nicht immer nur Finsternis zu sehen und Kälte zu spüren. Der Fluss der Trauer, in dem ich so lange getrieben bin, war erst zu einem Rinnsal geworden und schließlich zu einer Pfütze ausgetrocknet.

Offenbar bringen einige Dinge immer noch Regen.

Ich dachte, ich bekäme diese Chance nie wieder, aber jetzt habe ich sie, und ich habe gerade erst begriffen, wie sehr ich sie mir wünsche, wie sehr ich sie brauche und wie groß die Sehnsucht ist.

»Tut mir leid«, sage ich mit belegter Stimme, ohne die Tränen eindämmen zu können.

»Schon gut, Smoky.«

Ich lasse meinen Tränen freien Lauf.

Auf der Fahrt nach Hause denke ich über meine Suche nach – die Suche nach der Seele. Jeder hat seine eigene Antwort. Pater Yates, der Priester bei Callies Hochzeit, hatte seine. Die Buddhisten haben ihre eigene. Als ich noch ein kleines Mädchen war, hatte ich meine. Ich besaß diese Antwort mit einer Sicherheit und Unschuld, die zu mächtig und rein waren, als dass ich sie als pure Naivität abtun könnte. Gibt es Dinge, die wir nur wissen, solange wir klein sind? Die wir vergessen, wenn wir älter werden? Oder liegt es nur daran, dass man immer mehr hinter die Kulissen blickt und etwas entwickelt, das die Jungen Zynismus und die Alten Realitätssinn nennen?

Die Frage, die ich mir am meisten gestellt habe, lautet: Warum ist mir das wichtig?

Ich reibe meinen Bauch, versuche das Leben zu spüren, das darin wächst, und mich mit ihm zu verständigen.

Wichtig ist es mir deinetwegen.

Wichtig ist es mir wegen der Wahrheit, die ich in Dr. Rands Praxis gesehen habe – dass Alexa in jeder Gestalt Alexa wäre.

Ist das ein Beweis für die Existenz der Seele?

Nichts antwortet mir, aber ich bin zufrieden, dass ich näher herankomme.

Ich überlege, ins Büro zu fahren, entscheide mich dann aber dagegen. Alan wird mich anrufen, wenn Dalí sie wieder kontaktiert. James und Callie rufen mich an, wenn sich etwas anderes ergibt.

»Zum Teufel damit!«, sage ich laut und lache. Ich fühle mich ein wenig ausgelassen. Wieder findet meine Hand die Stelle an meinem Bauch. »Ich werde wieder Mutter, Baby. Wieder jung mit über vierzig. Kannst du das glauben?«

Wir brauchen Milch, und während ich auf den Parkplatz des Supermarkts einbiege, summe ich »Blackbird« von den Beatles. Mom hat das Lied immer geliebt. Sie konnte es sogar singen, mit hoher, ergreifender Stimme. Ich starre durch die Windschutzscheibe und muss daran denken, wie sie zu Dads Füßen saß, lächelte und sang, während er die Gitarre spielte.

Es wäre schön gewesen, wenn sie ihre Enkel kennengelernt hätte.

Ich weiß nicht, was mich gerade an Mom denken lässt und nicht an Dad. Vielleicht liegt es daran, dass es für Mom immer ein bisschen schwieriger war, glücklich zu sein. Und als sie ihr Glück fand, fand sie es in ihrer Familie.

Ich pfeife weiter, als ich die Autotür schließe.

Etwas Hartes berührt mich im Kreuz, und eine Stimme flüstert mir ins Ohr:

»Eine falsche Bewegung, Special Agent Barrett, und Sie sind tot. Sie sterben, ich lebe. Sie wissen, wer ich bin, also wissen Sie auch, dass es keine leere Drohung ist.«

Ich erstarre. Mein Herz beginnt so stark zu hämmern, dass ich glaube, es platzt mir aus der Brust. Mir ist leicht übel.

»Dalí?«, krächze ich.

Wie ist meine Kehle so schnell so trocken geworden?

»Wir gehen jetzt zu meinem Wagen, Agentin Barrett. Legen Sie sich in den Kofferraum. Wenn Sie sich wehren, erschieße ich Sie. Anschließend fahre ich zu Ihnen nach Hause und töte Ihre Adoptivtochter und Ihren Freund. Haben Sie verstanden?«

Eine Million Gedanken wirbeln mir durch den Kopf, Dinge, die ich sagen, Abmachungen, die ich anbieten könnte. Doch die Waffe drückt das alles beiseite. »Ja«, flüstere ich.

Er greift unter meine Jacke und nimmt mir die Waffe ab. Dann löst er das Handy von meinem Gürtel.

»Vorwärts.«

Nach höchstens drei Metern kommen wir zu einem blauen Toyota Camry. Der Kofferraum ist bereits aufgeschlossen.

Woher wusste er, dass ich hierherkomme?

Er wusste es gar nicht. Er ist mir gefolgt.

Warum?

»Mach auf«, befiehlt er.

Ich gehorche.

»Wie lange sind Sie mir schon gefolgt?« Die Frage ist sinnlos, doch während ich in die Dunkelheit des Kofferraums schaue, muss ich an Heather Hollister denken, die acht Jahre in der Dunkelheit zubrachte, und eisiges Entsetzen packt mich.

»Steig ein, oder du stirbst. Und deine Familie auch.«

Seine Stimme ist ausdruckslos, ohne jedes Gefühl, beinahe gelangweilt. Und dieses Unbeteiligtsein überzeugt mehr als alles andere. Mein Blick huscht über den Parkplatz. Ein Mann geht zu seinem Wagen, in der Hand eine Tüte mit Einkäufen. Er spricht in sein Handy und achtet nicht auf uns.

Ich steige in den Kofferraum und drehte mich herum, um einen Blick auf Dalí zu erhaschen. Sein Gesicht ist mit Verbandmull umwickelt. Er hält einen Augenblick inne und sieht zu mir herunter.

»Die Menschen blicken einem Brandopfer nicht ins Gesicht«, sagt er. Dann knallt er den Kofferraumdeckel zu.

Ich höre zuerst nichts. Dann kann ich eine gedämpfte Stimme vernehmen, gefolgt von zwei fauchenden Geräuschen, die ich als schallgedämpfte Schüsse erkenne. Wieder Stille. Dann ein schlurfendes Geräusch, und dann knallt die Tür zu.

Der Motor springt an.

Wir bewegen uns.

Es muss der Mann mit dem Handy gewesen sein. Er muss gesehen haben, wie jemand mit verbundenem Kopf eine Frau in den Kofferraum geladen hat. Der Mann hat irgendetwas gesagt, und Dalí hat ihm ohne Zögern eine Kugel in den Kopf gejagt. Ich habe wenig Zweifel, dass der Mann tot ist. Dalí ist ein Geschöpf der Präzision und der Pragmatik, und es ist nur praktisch, wenn man immer mal wieder mit der Waffe übt.

Ich bete, dass jemand alles gesehen hat, dass ein Streifenwagen vorbeikam und das Geschehen beobachtet hat, irgendetwas, ganz egal was. Ich lege die Hand auf meinen Bauch und bete zu dem Gott, an den ich nicht glaube.

Ich weiß nicht, ob du da bist, aber wenn, dann tu etwas. Ich bitte dich ja nicht, das Rote Meer zu teilen. Er hat auf einem öffentlichen Parkplatz einen Mann erschossen. Gib mir nur einen Polizisten oder einen besorgten Bürger mit einem Handy. Bitte.

Zeit vergeht, und ich begreife, wie weit wir vom Parkplatz entfernt sein müssen. Ich höre nichts von einer Verfolgung.

Ich werde ein bisschen ruhiger, rieche schwach Benzin und versuche mich auf den Augenblick vorzubereiten, wenn er den Kofferraum öffnet.

KAPITEL 31

Der Wagen wird langsamer und hält schließlich. Der Motor flüstert im Leerlauf. Ich höre, wie sich etwas bewegt, etwas Mechanisches. Ein Tor?

Ich habe abzuschätzen versucht, wie lange wir gefahren sind. Ich war überrascht, wie schwierig das ist, im Dunkeln, ohne Uhr. Man hat kein Gefühl für Entfernungen. Ich habe versucht, die Sekunden zu zählen, aber ich habe mich immer in meiner eigenen Angst verloren.

Die Panik lähmt mich. Ich weiß nicht, ob es für mich besser oder schlimmer ist als für Heather Hollister. Ich habe mehr Erfahrung als sie, eine bessere Ausbildung für Fälle wie diesen. Ich weiß, womit ich es zu tun habe. Ich bin schon beschossen worden, und ich habe mehr als einen Angriff überlebt.

Aber nichts davon scheint mir zu helfen. Bilder von meiner Vergewaltigung und der Folter durch Joseph Sands steigen vor meinem inneren Auge auf. Es sind Bilder, von denen ich geglaubt habe, ich hätte sie längst zur Ruhe gebettet. Mein Herzschlag ist jetzt außer Kontrolle. Es fehlt nicht viel, und ich hyperventiliere.

Ich habe mal eine Tagung des FBI besucht, bei der es um das Thema Angst ging. Einer der Vorträge, die ich mir anhörte, hieß: *Die Psychologie der Angst: Wie man den Fluchtreflex in Kampfsituationen überwindet.*

Der Vortragende war ein Mann namens Barnaby Wallace, ein ehemaliger Elitesoldat, der erst zum Special-Forces-Ausbilder und dann zum privaten Sicherheitsberater umgesattelt hatte.

»In den meisten Situationen, in denen die Angst das Regiment übernimmt, ist das Problem ein Mangel an Ausbildung bei der betreffenden Person. In unserer Gesellschaft ist die Vorstellung verbreitet, dass nur Feiglinge Angst haben – Männer, die es nicht wert sind, Männer genannt zu werden. Wir haben dafür gesorgt, dass man sich seiner Furcht schämt. Im Zweiten Weltkrieg haben die Russen das Problem auf ziemlich pragmatische Art gelöst: Man konnte zwischen den Gewehren der Soldaten hinter einem wählen, die einen mit Sicherheit getötet haben, wenn man davonlief, oder den Gewehren des Feindes vor einem, die man vielleicht überlebte.

Die Geschichte des Militärs ist die Geschichte des Umgangs mit der Angst. Wir drillen Soldaten, Befehle zu befolgen, egal was geschieht. Desertion ist in der Regel ein Schwerverbrechen, für das man vor ein Erschießungskommando gestellt wird. Was aber zeigt uns das alles?«

Er beugte sich leicht vor, um sein Argument zu unterstreichen. »Offensichtlich, dass Angst eine natürliche Reaktion ist. In den Jahren, in denen ich Männer befehligt habe, waren es immer die Furchtlosen, die mir am meisten Ärger gemacht haben. Sie hatten nämlich meistens eine Schraube locker.«

Das Publikum lachte. Man hörte Erleichterung in diesem Lachen, denn die allermeisten Zuhörer gehörten nicht zur Kategorie der Furchtlosen, die Wallace soeben zu Halbverrückten erklärt hatte.

»Angst ist wahrscheinlich einer der ältesten biologischen Befehle«, fuhr Wallace fort. »Sie hat sich entwickelt, um einen Organismus am Leben zu erhalten. Angst befiehlt die Flucht vor dem stärkeren Gegner, weil Macht in der Regel gleich Recht ist. In der Tierwelt ist der größere Gegner im Allgemeinen auch der siegreiche Gegner.

Die Dinge haben sich geändert. Wir können denken, und weil wir denken können, sind wir in der Lage, uns Vorteile zu schaffen und die Größe oder überlegene Bewaffnung des Gegners zumindest auszugleichen. Auf diesem Niveau dient die Angst nach wie vor einem Zweck, aber nur, wenn wir lernen, sie für unsere eigenen Zwecke zu nutzen.« Er lächelte. »Kampf oder Flucht, jeder kennt diese Entscheidung. Die Angst ist entstanden, um uns zum Fliehen zu bewegen, aber sie brachte eine Absicherung mit: Wenn eine Flucht unmöglich war, hat die Angst uns das Adrenalin geliefert, das wir benötigt haben, um es dem Gegner möglichst schwer zu machen. Daher hat Angst durchaus ihre guten Seiten. Sie sagt Ihnen, dass Sie in Gefahr sind und sich darauf einstellen müssen und dass Sie sich entweder zurückziehen oder kämpfen oder sterben.

Deshalb besteht der erste Schritt, seine Angst zu bezwingen, darin, sie anzunehmen. Die Angst sagt Ihnen etwas. Hören Sie ihr zu. Wehren Sie sich nicht dagegen. Das ist der erste Fehler – und zwar der Fehler, der Sie umbringt. Sie sind so sehr davon abgelenkt, Ihre Angst beiseitezuschieben, dass Sie den Kerl mit der Pistole erst bemerken, wenn er vor Ihnen steht. ›Vor Angst zu erstarren‹, wie es zutreffend heißt, ist in einer Kampfsituation so ziemlich das Schlimmste, was einem passieren kann.

Sie müssen die Angst auf der Ebene des Instinkts ausschalten. Sie ist nur eine Anzeige, so wie ein Tachometer oder Ihr Blutdruck. Wenden Sie Ihren Intellekt auf diese Anzeige an. Beobachten Sie sie. Was verrät sie Ihnen? Ist Flucht die richtige Antwort? Kann sein. Wie sieht es mit Kampf aus? Vielleicht. Beobachten Sie die Anzeige, analysieren Sie sie. Wenn Sie das tun, wird Angst zu einem Werkzeug, nicht mehr und nicht weniger, und Sie verlieren keinerlei Bewegungsmoment. Sie sollten die Angst nicht mehr als Defizit betrachten oder als etwas Fremdes. Angst ist wahrscheinlich der älteste Bestandteil unseres Wesens.«

Ich schließe die Augen, atme zitternd durch und versuche dann, meine Angst zu betrachten.

Wieso habe ich Angst?

Punkt eins ist eine Antwort aus dem Bauch: Wegen dem, was Sands mir angetan hat. Ich bin schon einmal in der Gewalt eines Irren gewesen, und es hätte mich beinahe vernichtet. Nun geschieht es wieder, hier und jetzt.

Der bloße Gedanke erfüllt mich mit Entsetzen, doch er gehört nicht zur Sache, noch ist er von Nutzen. Dalí ist kein Sands. Es gibt keinerlei Anzeichen dafür, dass er ein Vergewaltiger wäre. Seine Haltung gegenüber Heather Hollister erinnert eher an die eines Zoowärters gegenüber einem Tier. Mag sein, dass er mich schlägt, aber er wird sich wahrscheinlich nicht an mir vergehen.

Mein Puls beruhigt sich ein wenig.

Punkt zwei: Heather Hollister selbst. Sie war eine starke Frau, doch acht Jahre allein in der Dunkelheit haben ihr den Verstand geraubt. Sie war eine tüchtige, selbstsichere Polizistin; jetzt pult sie Löcher in die eigene Haut und plappert wie ein Kind.

Punkt drei: Was, wenn er beschließt, mich zu lobotomieren

wie die arme Dana Hollister? Was, wenn er die Dunkelheit für immer anhalten lässt? Oder wenn er mich tötet?

Ich beherzige den Rat von Barnaby Wallace und nehme diese Dinge in mich auf. Sie sind echt. Sie ergeben Sinn. Diese Dinge können wirklich geschehen, und deshalb sind sie Probleme, die es zu lösen gilt.

Mein Herzschlag und meine Atmung sind wieder normal.

Danke, Barnaby. Du kommt auf die Weihnachtskartenliste, wenn ich mit heilem Verstand hier rauskomme.

Also, Kampf oder Flucht? Was ist in dieser Situation am sinnvollsten? Ich hake innerlich die Punkte ab: Er hat die Waffen, was ihm einen deutlichen Vorteil verleiht. Wenn er militärisch ausgebildet ist, kennt er sich mit Nahkampf aus. Das Beunruhigendste aber ist seine Erfahrung. Was er hier tut, das tut er seit Jahren. Er weiß, was er zu erwarten hat, wenn er den Kofferraumdeckel öffnet.

Also Flucht. Aber wie?

Mir fällt etwas ein, was Heather Hollister gesagt hat. Sie war bereit, den Gegner anzugreifen, als der Kofferraumdeckel sich öffnete. Dafür hat sie sich eine Ladung Pfefferspray in die Augen und einen Schuss mit einer Schockwaffe eingehandelt. Weil es die offensichtlichste Taktik war und weil er damit rechnen musste und weil …

Aussetzer.

Das Wort stammt von Kirby. An einem Wochenende hat sie mich einmal zu einem kleinen Kampf mit bloßen Händen herausgefordert, und ich habe die Herausforderung angenommen. Ich ziehe zwar meine Pistole vor, aber die kann ich nicht immer benutzen. Außerdem musste mein Jiu-Jitsu einmal gründlich aufpoliert werden.

Wir hatten Spaß, und Kirby erwies sich als gute Lehrerin. Sie war geschmeidig, kräftig und geschickt, aber nie brutal. Einmal glaubte ich, ich hätte sie erwischt. Ich hatte sie von hinten gepackt, in einer Kopfzange, und sie versuchte angestrengt, sich zu befreien. Plötzlich entspannte sie sich, sank zusammen, spannte sich wieder an, sank noch mehr zusammen, spannte sich wieder an. Es war verwirrend, und ich fand mich aus dem Gleichgewicht gebracht und versuchte vorherzusehen, was sie als Nächstes tun würde, um entsprechend reagieren zu können. Und noch während ich fieberhaft nachdachte, verlegte Kirby sich von leichter Anspannung auf einen gewaltigen Ausbruch explosiver Kraft, der mich völlig unvorbereitet traf. Sie schoss vor und schleuderte mich über ihre Schulter. Ich schlug sehr unsanft mit dem Rücken auf.

Kirby grinste mich an, als ich um Atem rang. »Der Aussetzer, Smoky-Baby. Einen Schritt hoch, einen Schritt runter, einen Schritt hoch, einen Schritt runter – und dann, wenn dein Gegner glaubt, er kennt deinen Rhythmus, machst du *zwei* Schritte, verstehst du?«

Der Wagen fährt wieder an.

Ich werde ihn angreifen, während ich aus dem Kofferraum steige und ihm den Rücken zuwende. Wenn ich am verletzlichsten erscheine. Ich werde so tun, als käme ich nicht aus dem Kofferraum heraus, als wäre mir schwindlig oder übel. Ich werde es einmal versuchen, scheitern, ein zweites Mal versuchen, wieder scheitern und beim dritten Mal eben nicht scheitern, sondern nach hinten treten, ihn mit dem Fuß erwischen und losrennen.

Hoffentlich.

Die Art der Geräusche ändert sich abrupt. Sie klingen nun tiefer, dumpfer.

Eine Garage. Wir sind in eine Garage gefahren.

Ich atme mehrmals tief durch, um mich zu beruhigen, und wiederhole immer wieder einen Spruch, den Barnaby im weiteren Verlauf seines Vortrags zitiert hatte. Damals war dieser Spruch mir ziemlich blöd vorgekommen, aber jetzt hilft er mir.

Du darfst nicht der Angst dienen, sondern die Angst muss dir dienen.

Der Motor wird abgestellt. Stille. Ich höre, wie sich eine Tür öffnet. Dann gedämpfte Schritte auf einem harten, glatten Untergrund.

Der Kofferraum öffnet sich ganz wenig. Ein Lichtspalt ist zu sehen. Er hat keinen Schlüssel ins Schloss geschoben, also hat er ihn per Fernbedienung geöffnet. Schlau.

»Ich werde den Kofferraumdeckel halb öffnen und werfe Handschellen zu dir rein. Du legst sie an. Wenn du nur eine einzige Bewegung machst, die mir nicht gefällt, tue ich dir weh. Hast du verstanden?«

»Ja.«

Der Deckel öffnet sich ein Stückchen mehr, aber nicht vollständig. Die Handschellen fliegen herein.

»Keine Tricks. Leg die Handschellen fest an, oder ich tue dir weh. Kapiert?«

»Ja.«

Er klingt gelangweilt, als arbeite er eine Liste ab. Nur ein Job. Er hat ihn schon hundertmal gemacht, und es ist immer dasselbe.

Ich lasse die Handschellen an den Handgelenken einrasten und vergewissere mich, dass sie fest sitzen.

»Okay, sind angelegt.«

Der Kofferraum öffnet sich ganz. Er steht hinter dem Wagen, entspannt, aber aufmerksam. In einer Hand hält er meine Pistole auf mich gerichtet. In der anderen hält er eine Dose, in der wahrscheinlich Pfefferspray ist. Die Düse zeigt auf mich.

Wir sind in einem Betongebäude mit Rolltor. Die Tür steht offen, und ich sehe den Nachthimmel und einen Zaun. Freiheit.

»Du steigst jetzt aus dem Kofferraum und stellst dich mit dem Rücken zu mir. Ich führe dich von hinten. Du wirst dorthin gehen, wohin ich dich lenke. Bei der ersten hastigen Bewegung schieße ich. Ich werde versuchen, dich nur zu verletzen, aber wenn es sein muss, töte ich dich. Hast du verstanden?«

»Ja.«

»Klettere jetzt raus.«

Jetzt oder nie. Das ist die Gelegenheit. Aussetzer.

Ich versuche herauszukommen und schaffe es nicht.

Einmal.

Ich hole Luft und mache mich bereit, es noch einmal zu versuchen und es wieder nicht zu schaffen.

Bevor ich zu einer Bewegung ansetzen kann, verpasst er mir eine Ladung Pfefferspray. Es trifft mich so übel, wie es nur geht: direkt in die offenen Augen und in den Hals. Der Schmerz kommt sofort und ist unerträglich. Meine Augen brennen, und ich schreie und schreie, bis ein Hustenanfall die Schreie erstickt. Er sprüht weiter, hört nicht auf, und ich achte nicht mehr auf ihn, auf den Wagen, auf die Angst, weil nur noch die Höllenqualen existieren.

Er tritt mich in den Kofferraum und knallt den Deckel zu.

Ich huste und würge im Dunkeln. Wenn ich kann, schreie ich. Meine Haut brennt überall, wo das Spray sie erwischt hat. Ich reibe mir die Augen, aber das macht es nur noch schlimmer. Der Schmerz ist schlimmer als alles, was ich je erlebt habe – nicht in Bezug auf seine Intensität, sondern auf seine Unentrinnbarkeit. Nichts, was ich tue, lindert diesen Schmerz, nichts lässt ihn aufhören.

Ich brenne im Dunkeln.

Ich weiß nicht, wie viel Zeit vergeht. Zeit wird in Qualen gemessen, in ihrem Nachlassen und ihrem Ende. Ich bin von Schweiß bedeckt, und mein Gesicht trieft vor Tränen und Rotz. Ich habe mich erbrochen, habe mich von oben bis unten vollgekotzt. Meine Muskeln sind schwach und zittrig, und eine lähmende Mischung aus Erschöpfung und Verzweiflung erfüllt mich.

Eine Hand schlägt zweimal auf den Kofferraumdeckel.

»Wir versuchen es jetzt noch mal. Tu, was ich gesagt habe.

Wenn du eine Dummheit versuchst, bekommst du wieder eine Ladung Spray verpasst. Hast du verstanden?«

»Ja«, flüstere ich. Meine Stimme bebt vor Angst und Hass.

»Hast du verstanden?«

Er hat mich nicht gehört. Der Hass nimmt zu.

»Ja«, sage ich lauter. »Ich habe verstanden.«

Was sonst kann ich sagen?

Der Kofferraumdeckel hebt sich. Ich sehe das Gleiche wie beim ersten Mal. Der Nachthimmel hinter ihm, die Waffe vor meinem Gesicht. Tief sauge ich die kühle Nachtluft ein. Ich zittere, und ich hasse es.

»Los«, sagt er. »Aussteigen.«

Ich bebe am ganzen Körper, als ich aussteige. Diesmal versuche ich nichts, gar nichts. Ich stelle mich mit dem Rücken zu ihm vor den Wagen. Er legt mir eine Hand auf die Schulter und drückt mir die Waffe ins Kreuz.

»Los.«

Ich gehe los und bin mir bewusst, wie der Nachthimmel hinter mir zurückbleibt. Ist es den anderen auch so ergangen? Ist es immer das Gleiche? Die gelangweilte Stimme, die Anweisungen, die verblassenden Sterne? Wahrscheinlich. Dalí ist pragmatisch, seelenlos. Er weicht nicht vom Bewährten ab.

Meine Augen brennen noch immer, aber mittlerweile ist es erträglich. Ich versuche, mir meine Umgebung einzuprägen, während wir auf eine Tür zugehen, nur dass es nicht viel einzuprägen gibt. Ich sehe Wände, Fußboden und Decke aus grauem Beton. Die Garage, in die wir gefahren sind, ist ziemlich klein. Die Decke kann nicht höher sein als zweieinhalb Meter. Unter der Decke brennt eine Neonröhre. Die Tür, zu der er mich führt, ist fensterlos und aus mattgrauem Stahl. Ein Zweckbau. In der rechten oberen Ecke bemerke ich eine Kamera.

Wie es aussieht, hat Earl richtig gelegen, geht es mir durch den Kopf. *Zumindest war er dicht dran.*

Wir erreichen die Tür.

»Mach auf«, befiehlt er mir.

Ich drehe den Knauf, ziehe die Tür auf. Dahinter ist ein Flur, vielleicht zehn Meter lang, aus nacktem Beton. Am Ende biegt er nach rechts ab. In der linken Wand sind drei Türen. Alles ist so nüchtern beleuchtet wie die Garage, die wir verlassen.

»Geh weiter«, sagt er, noch immer gelangweilt.

Ich gehorche. Ich höre, wie die Tür sich hinter uns schließt. Jetzt bin ich in einem Grab. Hier gibt es keine Geräusche, nur Stille und Kühle. Wir erreichen das Ende des Gangs, wenden uns nach rechts und stehen vor einer Stahltreppe.

»Nach oben«, befiehlt er.

Wir steigen die Treppe hinauf. Sie endet im ersten Stock.

»Mach die Tür auf.«

Ich drehe wieder einen Knauf und drücke wieder eine Tür auf, und wir befinden uns in einem weiteren Korridor, der viel furchteinflößender wirkt als der Flur eine Etage tiefer. Hier sind zu beiden Seiten je zehn Türen. Sie sind aus Stahl, und sie haben keine Knäufe. Ich muss schlucken, als ich die verriegelten Öffnungen am unteren Ende jeder Tür bemerke.

Da schiebt er das Essen durch.

»Geh rein da«, sagt er.

Ich gehorche, unfähig, etwas anderes zu tun.

Wir erreichen das Ende des Korridors. Während wir an den Türen vorbeigehen, muss ich mich fragen: Ist hinter jeder Tür eine Frau?

Die letzte Tür steht offen, wartet auf mich.

»Geh da rein«, befiehlt er.

Ich sträube mich, und die Waffe drückt gegen mein Rückgrat, erinnert mich an mein Versprechen. Ich habe keinen Grund, an seinen Worten zu zweifeln.

»Geh da rein«, sagt er wieder mit dieser endlosen, gelangweilten Geduld.

Ich gehe weiter. Als ich die Schwelle erreiche, versetzt er mir einen harten Stoß, und ich taumele in den Raum dahinter. Die Tür schließt sich langsam. So schnell ich kann, betrachte ich meine Umgebung, nehme auf, so viel ich kann, ehe es dunkel wird. Ich sehe eine an der Wand befestigte Pritsche, eine Toilette. Sonst nichts.

Die Tür schließt sich.

Ich werfe mich dagegen.

»Lass mich raus, du verdammtes Stück Scheiße! Ich bin beim FBI!«

Ich will wütend klingen, doch es ist das nackte Entsetzen. Er gibt keine Antwort. Ich höre, wie die Schlösser in die Haken gehängt werden.

»Dalí!«, schreie ich.

Ich höre, wie er davongeht.

Dann nichts mehr.

KAPITEL 32 Die Dunkelheit ist undurchdringlich, so wie Heather Hollister gesagt hat. Ich hatte die stille Hoffnung, dass vielleicht ein bisschen Licht durch Türritzen scheint, aber Dalí hat sie abgedichtet, und es fällt nicht der geringste Schimmer hindurch. Ich halte mir die Hände vors Gesicht und starre darauf. Mein Dad hat es mir beigebracht, als ich noch klein war und er mir mein Nachtlicht abgewöhnen wollte.

»Aber es ist dunkel, Daddy«, habe ich protestiert, acht Jahre alt, mit meiner besten Kleines-Mädchen-in-Not-Stimme, mit der ich fast immer meinen Willen durchsetzen konnte.

Diesmal nicht. Meine Mutter musste dahinterstecken.

»Es ist nie völlig dunkel, Schatz«, sagte er. »Pass auf, ich zeig's dir. Ich schalte alle Lichter aus, bleibe aber hier bei dir, okay?«

»Okay«, stimmte ich zu, ein bisschen bang ums Herz.

Er legte den Schalter um, und alles wurde schwarz. Ich spürte, wie die altbekannte Panik in mir aufstieg, die gleiche Panik, die mir sagte, ich solle mich vorsehen, unter meinem Bett sei irgendwas, etwas mit der Stimme einer Schlange und den Klauen einer Bestie, das darauf lauerte, mich bei den Beinen zu packen, sobald ich die Füße auf den Boden setzte.

»Daddy?«, flüsterte ich.

»Ich bin hier, Kleines, keine Angst. So, jetzt möchte ich, dass du etwas tust. Halt die Hand vors Gesicht und schaue sie an.«

»Warum?«

»Vertrau mir, Schatz.«

Ich hatte keine Angst mehr, natürlich nicht. Mein Vater war bei mir, also würden die Monster sich von mir fernhalten. Ich hob in der Dunkelheit die Hand und starrte darauf.

Zuerst sah ich gar nichts, doch als ein wenig Zeit vergangen war, wurde mir klar, dass Dad recht hatte: Die Finsternis war nicht vollkommen. Obwohl der Mond nur ein Viertel voll und hinter einer Wolkenbank versteckt war, warf er einen ganz schwachen Lichtschimmer durch die Vorhänge. Und die Wolken warfen den Schein der fernen Straßenlaternen zurück und sandten mir ebenfalls mattes Licht. Geisterhaft war meine Hand zu sehen. Nur als Umriss, aber sie war da.

»Ich kann sie sehen, Dad!«

Und jetzt versuche ich es wieder. Ich starre und starre und starre. Zeit vergeht. Ich sehe nichts. Nichts als Schwärze.

»Scheiße«, fluche ich, bestürzt, wie zittrig meine Stimme schon klingt. Ich senke die Hände. Das Klicken der Handschellen hört sich in der völligen Stille seltsam tröstend an.

»Mach dich mit der Umgebung vertraut«, sage ich laut.

Ich rufe mir in Erinnerung, was ich von dem Raum gesehen habe, ehe die Tür sich schloss.

»Das Bett müsste links von mir sein.«

Langsam gehe ich nach links, bis ich den Metallrand der Pritsche spüre. Ich taste nach unten und fahre mit den Händen über den kühlen Rahmen. Ich finde die Decken, dünn und rau. Ein Laken bedeckt eine dünne Matratze, und am Kopfende liegt ein klumpiges Kissen. Ich suche weiter und finde die Schrauben, mit denen die Pritsche an der Wand befestigt ist.

»Wie ein Gefängnisbett«, murmele ich.

Wie treffend. Schließlich bin ich in einer Zelle, oder?

Ich richte mich auf und drehe mich um, sodass das Bett hinter mir ist.

»Die Toilette müsste rechts von mir sein, in der Mitte der Wand.«

Ich gehe in die Richtung, in der ich die Mitte des Raumes vermute; dann drehe ich mich nach rechts und gehe vorwärts. Die Hände halte ich vor mir ausgestreckt. Augenblicke später berühren sie kühlen Beton. Ich beuge mich vor und suche.

Keine Toilette.

Ich bleibe vornübergebeugt und gehe seitlich, wie eine Krabbe, nach links. Einen Augenblick später ertaste ich die Toilette, die aus Stahl ist, nicht aus Porzellan. Erneut wie in einer Zelle. Porzellan ist zerbrechlich, und aus den Scherben kann man Messer fertigen.

»Es soll sich ja niemand die Pulsadern aufschneiden, nicht wahr?«

Mir wird bewusst, dass die Dunkelheit mein räumliches Empfinden beinahe vollständig ausgeschaltet hat. Ich war sicher, dass ich in die Mitte der Zelle gegangen war, doch ich habe mich um fast einen Meter geirrt. Mein Respekt vor den Blinden steigt mit jeder Minute.

Ich beschließe, meine Zelle abzuschreiten. Ich folge der Stirnwand, bis ich die Seitenwand erreiche, an der die Pritsche angeschraubt ist. Ich wende ihr den Rücken zu und gehe langsam vorwärts. Dabei zähle ich. Mit jedem Schritt versuche ich nur einen Fuß weit voranzukommen. Als meine Zehen an die gegenüberliegende Wand stoßen, bin ich bei zwölf.

»Drei Meter sechzig. Okay.«

Ich gehe die Entfernung zwischen Pritsche und Toilette ab. Keine zwei Meter.

»Zwölf zu fünf. Kapiert. Bett, Toilette. Decke, Kissen.«

Ich bewege mich zurück zum Bett und setze mich darauf. Starre ins Nichts. Die Schwärze ist in ihrer Vollkommenheit bedrückend. Als ich die Ohren spitze, höre ich das leise *Pfft-pfft-pfft*, mit dem Luft in den Raum gepumpt wird. Sonst gibt es nichts. Ich lege mich wieder aufs Bett und starre in die Schwärze unter der Decke.

»Himmel«, flüstere ich, und es ist beinahe ein Schluchzer.

Ich habe mich über Heather Hollister erhaben gefühlt. Das ist eine natürliche Reaktion. Wir sehen jemanden, der kränker oder schwächer ist als wir, und schon nehmen wir auf unbewusster Ebene an, dass irgendein grundlegender Unterschied zwischen uns besteht. Sei es Karma oder innere Stärke, wir müssen irgendwie überlegen sein, sonst wären wir ja gleich.

Jetzt sitze ich in der Dunkelheit und Stille mit dem Pfft-pfft-pfft und begreife. Acht Jahre hier drin würden jeden zerstören, einfach jeden. Dass Heather Hollister noch Wörter zu Sätzen zusammenfügen konnte, war ein Zeichen gewaltiger Stärke.

»Es tut mir leid, Heather«, sage ich laut.

Ich habe kein Problem damit, mit mir selbst zu reden. Ich habe es hin und wieder getan, seit ich mein früheres Leben verloren habe. Es war mein erster Waffenstillstand mit dem Wahnsinn. Bisher hat es gut funktioniert, mit sich selbst zu reden.

»Wir werden ausgiebige Gespräche führen, Alexa, wenn ich lange genug hier bin.«

Das Entsetzen durchzuckt mich wie ein Elektroschock, so stark, dass mir schwindelig wird. Ich habe daran gedacht, mich mit einem toten Kind zu unterhalten. Was ist mit den Lebenden?

Bonnie darf nicht noch eine Mutter verlieren. Ich senke meine gefesselten Hände und berühre meinen Bauch.

Was wird aus diesem Kind?

Die Erinnerung an die Kamera im ersten Raum kommt mir in den Sinn, und ich reiße die Hände vom Unterleib weg.

Was, wenn er in diesem Raum eine Infrarotkamera laufen lässt?

Ich beschließe, meine Schwangerschaft zu verbergen, solange es geht.

Wir müssen stumm miteinander reden, Baby. Ich kann nicht riskieren, dass er lauscht.

Die Stille und die Schwärze wirken betäubend. Ich hatte nicht bemerkt, wie viel von meinem Selbstgefühl auf der visuellen Wahrnehmung meines Körpers beruht. Man geht und sieht aus den Augenwinkeln die eigenen Arme schwingen. Man geht an einem Fenster vorbei und sieht auf der Scheibe sein schattenhaftes Spiegelbild. Man *existiert*. In der Finsternis gibt es nur Gedanken, Berührung, Geruch. Das erscheint mir nicht genug.

»Dann sorge dafür, dass es genug ist.« Ich spreche den Satz laut aus, aber der Beton saugt ihn auf, konserviert die Stille.

Ich beschließe, mich darauf zu konzentrieren, wieso ich hier bin. Warum hat er mich entführt? Ich bin nicht besonders überrascht, dass er weiß, wer ich bin, aber warum entführt er mich gerade jetzt? Welchem Zweck soll das Ganze dienen?

Ich höre ein schwaches Geräusch im Korridor. Das Licht im Raum geht an, und ich schreie erschrocken auf, als die Welt in Weiße verschwindet. Ich bin wieder blind, diesmal vom Licht geblendet statt von der Dunkelheit. Ich drücke mir die Handballen auf die Augen, sehe aber nur Flecken. Ich höre, wie die Tür sich öffnet. Dann wird mir etwas gegen den Hals gedrückt. Im nächsten Augenblick durchzuckt mich ein Elektroschock. Meine Muskeln verkrampfen, und ich schreie vor Schmerz auf. Er lässt nicht nach, der Hurensohn. Ich spüre, wie meine Blase sich entleert, dann verliere ich das Bewusstsein.

Sekunden später komme ich zu mir. Ich liege mit dem Gesicht nach unten auf dem Boden. Ich versuche etwas zu sagen, bringe aber nur ein heiseres Stöhnen hervor. Ich spüre, wie mir eine Kanüle in die Armbeuge gestochen wird. Dann strömt etwas in meine Adern. Ein heftiges Schwindelgefühl überfällt mich, dann bin ich wieder blind, überwältigt von einem Strudel aus Wärme und Weiß.

Als ich wieder zu mir komme, bin ich nackt und mit dem Gesicht nach unten an einen Stahltisch gefesselt. Ich trage eine Augenbinde. Mein Kopf wird schnell klar. Was immer er mir gespritzt hat, baut sich rasch ab.

Ich krümme mich innerlich zusammen vor Scham wegen meiner Verletzlichkeit und Nacktheit, die mir nur zu vertraut ist. Obwohl ich weiß, dass er nicht auf Vergewaltigung aus ist, kann ich nur daran denken, dass ich wieder in genau der Situation bin, in die ich nie mehr geraten wollte. Ich hatte es mir geschworen. Doch nun ist es wieder so weit: Ein Mann, der nicht mein Mann ist, betrachtet meinen Körper, sieht seine Schönheit und seine Makel.

Ich möchte mich übergeben vor Verzweiflung.

Überall tut es mir weh. Meine Augen und meine Kehle fühlen sich vom Pfefferspray geschwollen an. Meine Handgelenke sind von den Handschellen wund gerieben. Schmerzhafte Stiche, die sich schon bald in wirklich üble Kopfschmerzen verwandeln werden, schießen mir durch den Hinterkopf.

»Das ist nur eine Demonstration«, sagt Dalí.

Er klingt jetzt nicht mehr gelangweilt. Sein Tonfall hat sich ein wenig verändert. Er hört sich zwar nicht erregt an, aber aufmerksam, gespannt. Was immer er vorhat, ist von Wichtigkeit für ihn. Es verdient seine Konzentration.

Mir bricht der Schweiß aus.

»Wir alle sind nur Fleisch und Blut, verstehst du? Wir sind

Kreaturen. Tiere. Wir können uns selbst etwas vormachen, aber letzten Endes lebt Pawlows Hund in jedem von uns. Wenn du willst, dass jemand dir gehorcht, brauchst du nur die Fähigkeit und die Möglichkeit, ihm mehr Schmerz zuzufügen, als er ertragen kann. Es genügt aber nicht, davon zu sprechen. Du musst es ihm beweisen. Wenn du es oft genug beweist, wird er folgsam. Appelliere an seine Angst, nicht an seinen Intellekt. Furcht ist weitaus verlässlicher.«

Ich rieche etwas. Der Geruch ist nicht unangenehm – der Duft eines Rasierwassers, schwach, aber erkennbar.

»Das Wichtigste ist, dein Versprechen zu halten. Wenn du sagst: ›Tu das nicht‹, und jemand tut es doch, muss die Strafe folgen. In deinem Fall habe ich dir befohlen, dich von mir fernzuhalten. Stattdessen hast du beschlossen, mich zu jagen. Deshalb musst du bestraft werden, und deine Bestrafung wird für andere eine Abschreckung sein.«

»Das ist Irrsinn, Dalí. Machen Sie sich eine Vorstellung, wer ich bin? Der Direktor des FBI hat mich gerade erst dazu bestimmt, eine nationale Sondereinheit zu leiten, die gegen Serientäter ermittelt. Ich bin eine Bundesagentin, die dem Präsidenten persönlich bekannt ist. Man wird nach mir suchen, mit allen Mitteln.«

Plötzlich verlässt mich der Mut. Ich kann das ängstliche Schwanken meiner Stimme hören, und ich verabscheue mich für meine Schwäche. Später, falls ich entkomme, werden andere mir in beschwichtigendem Tonfall sagen, dass es nicht meine Schuld war, aber das wird keine Rolle spielen.

»Sie können ruhig suchen, sie werden dich nicht finden. Wenn mein Name das nächste Mal auftaucht, werden sie sich erinnern, was mit einer ihrer Besten passiert ist, und werden es sich zweimal überlegen.«

Er klingt gelassen und vernünftig.

»Glauben Sie wirklich?«

»Es ist ein allgemeingültiges Gesetz. Die Gewissheit von Angst und Schmerz ist die beste Garantie für Gehorsam.«

»Sie irren sich. Man wird die Suche nach mir niemals aufgeben.«

»Ein Tier mit einer Dienstmarke ist immer noch ein Tier. Schmerz und Angst verdrängen stets den Glauben. Man muss beides nur in angemessenen Dosen austeilen und zu einer Gewissheit machen. Das FBI wird nach dir suchen, aber sie werden dich nicht finden. Man wird darüber nachdenken, was es für dich bedeutet, was du durchmachst, und die Wahrheit begreifen.«

»Welche Wahrheit?«

»Dass es genauso gut sie selbst treffen könnte.«

In dem Raum ist es viel zu warm. Ich spüre, wie sich in der Rundung meines Rückens Schweißtropfen zu einer Pfütze sammeln. Das Gefühl meiner nackten Haut auf dem Metall des Tisches ist irgendwie grotesk. Ich schwitze am Haaransatz und unter den Brüsten.

»Angesichts der nackten Wirklichkeit ist eine Debatte niemals erfolgreich. Schlag jemandem mit der Faust ins Gesicht, schmettere ihm deine Knöchel in den Mund, brich ihm die Zähne ab, lass seine Lippen aufplatzen. Und dann fordere ihn auf zu wiederholen, was er gesagt hat. Was wird er tun? Was meinst du?«

»Er wird Ihnen sagen, Sie sollen sich zum Teufel scheren.«

»Du kannst sagen, was du willst, ich werde dir trotzdem meine Lehre demonstrieren. Über ihre Wirksamkeit kannst du dir ja selbst ein Urteil bilden.«

»Warten Sie …«

Er beachtet mich nicht und fährt fort, als hätte ich nichts gesagt. Er ist gemächlich, geduldig, wie ein Golem oder ein Roboter.

»Ich werde dich auspeitschen. Es wird wehtun, allein durch den Schweiß, der deinen ganzen Körper bedeckt. Du wirst schreien, kreischen und betteln, aber ich höre nicht auf. Ich höre nie auf. Es macht mir keine Freude. Ich tue es nur, um dir zu zeigen, was dich erwartet, wenn du mir wieder nicht gehorchst. Hast du verstanden?«

Der gelangweilte Tonfall ist wieder da, und das macht mir am meisten Angst.

»Warten Sie!«, rufe ich.

Etwas Dünnes, Ledriges trifft mich und lässt meinen Rücken glühen, als würde er in Flammen stehen. Dass ich nicht damit gerechnet habe, macht es noch viel schlimmer. Augenblicke später folgt ein Gefühl der Taubheit, wiederum gefolgt von unerträglichem Brennen. Ich schreie auf, kann es aber sofort unterdrücken.

»Du solltest lieber schreien«, sagt er. »Das wirst du sowieso noch.«

Es endet in Stille. Ich bin von Nebel umfangen, einem Miasma aus Schmerz und grellen Lichtern wie Blitzen, die in einer Gewitterwolke gefangen sind. Ich habe geschrien, bis die Schreie mir zu anstrengend wurden, das Gehirn abschaltete und ich nichts anderes mehr tun konnte, als mich vor Schmerz zu krümmen.

Es endet, wie es begann: ohne Warnung. Ich warte auf den nächsten Hieb, doch er kommt nicht. Ich krümme mich trotzdem – eine reflexartige Reaktion auf den Rhythmus, den mein Peiniger vorgegeben hat. Dann erst bemerke ich, dass es vorbei ist, und lasse den Tränen freien Lauf. Ich hasse es, kann aber nichts dagegen tun.

Mein ganzer Körper schmerzt. Die Striemen auf meinem Rücken, meinen Hinterbacken und den Rückseiten meiner Beine brennen, wenn mein eigener Schweiß sie berührt. Es ist, als wäre ich von bissigen Ameisen bedeckt oder bekäme immer wieder einen Klaps auf einen üblen Sonnenbrand.

Trotz meiner Scham und meiner Schmerzen bin ich dankbar, dass er sich mit der Rückseite meines Körpers zufriedengibt. Meinen Bauch hat er in Ruhe gelassen.

»Du hast eine der Strafen für Ungehorsam erhalten«, sagt er. »Du wirst zugeben, dass sie angemessen war. Ich werde darauf achten, dich nicht völlig zu entkräften. Deine tieferen Wunden werde ich mit einem antibiotischen Balsam behandeln. Es wird dir ein paar Tage lang sehr, sehr schlecht gehen, aber du wirst keinen dauerhaften Schaden davontragen. Und es ist unwahrscheinlich, dass Narben zurückbleiben, es sei denn, du zwingst mich, die Strafe mehrmals zu wiederholen.«

Meine hilflose Dankbarkeit erfüllt mich mit Ekel vor mir selbst.

Ja, bitte, bitte. Nicht noch mehr Narben. Gott sei Dank.

»Es sind simple Regeln und ein simples Leben. Befolge sie, und ich lasse dich in Ruhe. Verstoße gegen die Regeln, und du findest dich in diesem Raum wieder. Du musst wissen, dass ich dich diesmal glimpflich davonkommen ließ, weil die Bestrafung nur dem Zweck der Demonstration diente. Es kann sehr viel schlimmer werden. Ich kann es doppelt so lange tun, dreimal so lange, den ganzen Tag, wenn ich will. Ich kann dir Abflussreiniger in die Wunden gießen. Ich kann eine brennende Zigarette auf deiner Haut ausdrücken. Und das ist noch gar nichts.«

Ich sage nichts, aber mir schaudert.

»Nun zu den Regeln. Du bekommst drei Mahlzeiten am Tag. Du wirst essen, was ich dir gebe. Du wirst täglich mindestens eine halbe Stunde trainieren. Liegestütze, Crunches, Rennen auf der Stelle. Du wirst die Toilette benutzen, um dich zu erleichtern. Einmal die Woche – vorausgesetzt, ich bin hier – bringe ich dir Zahnseide, eine Zahnbürste und Zahncreme. Ich werde mich vergewissern, dass du deine Zähne gründlich reinigst. Der Versuch, mich anzugreifen oder dich selbst zu verletzen, wird schwer bestraft. Mehr verlange ich nicht. Hast du so weit alles verstanden?«

Mein Mund will mir nicht gehorchen. Dalí schlägt mir mit der flachen Hand auf den Rücken, und ich schreie gellend, so schneidend ist der Schmerz.

»Hast du verstanden?«, fragt er noch einmal, ruhig und geduldig wie immer.

»Ja …«, stöhne ich.

»Sehr gut. Wenn du die Regeln befolgst, wirst du in deinem Zimmer nicht angekettet. Verstößt du gegen die Regeln, wirst du nicht nur bestraft, sondern auch angekettet. Bevor ich nun deine Wunden versorge und dich zurückbringe, möchte ich dir etwas zeigen. Ich werde jetzt deine Augenbinde anheben und deinen Kopf nach links drehen.«

Er hebt das Tuch und dreht meinen Kopf. Ich blinzle ins Licht. Der Raum ist trist und kahl: Beton und Leuchtstoffröhren, wie überall hier. Ungefähr anderthalb Meter entfernt steht ein weiterer Tisch mit einem weiteren nackten Menschen darauf, der ebenfalls eine Augenbinde trägt und mit dem Gesicht nach unten liegt. Ich schließe die Augen und öffne sie wieder, um scharf sehen zu können. Was ich dann sehe, lässt mich frösteln bis ins Mark.

»Leo«, flüstere ich.

Auf dem Tisch liegt Leo Carnes. Er zittert unkontrolliert. Für ihn muss es noch schlimmer sein als für mich; er ist die ganze Zeit hier gewesen und musste sich anhören, was Dalí mir angetan hat.

»Leo, ich bin hier«, sage ich.

»Smoky? Bist du das? Er hat Alan niedergeschossen! O Gott, was geht hier vor?«

»Ruhe«, verlangt Dalí, doch in seiner Stimme liegt kein Zorn, eher Belustigung.

»Halt durch, Leo«, sage ich. »Tu, was er verlangt.«

Dalí schiebt meine Augenbinde wieder herunter und schlägt mich auf den Rücken, härter als beim ersten Mal. Ich bäume mich in meinen Fesseln auf, verbeiße mir jedoch die Schreie.

»Ruhe, habe ich gesagt.«

»Sie haben Alan ermordet?«

»Den Schwarzen? Ich weiß nicht, ob er tot ist oder nicht. Ich habe ihn zweimal getroffen. Sei jetzt still, oder es gibt noch mal zehn Minuten mit der Peitsche.«

Damit bringt er mich zum Schweigen. Er reibt mir Balsam auf den Rücken. Es ist schmerzhaft, aber ich ertrage es. Als er fertig ist, löst er meine Handschellen und die anderen Fesseln.

»Von nun an wirst du nackt sein. In deinem Zimmer brauchst du keine Kleidung. Außerdem musst du keine Handschellen mehr tragen. Ist das nicht wunderbar?«

Ich antworte nicht, was mir einen weiteren Hieb einbringt. Er schlägt so fest zu, dass ich aufschreie. Dann beiße ich die Zähne zusammen und dränge meine Wut zurück. »Ja«, sage ich. »Das ist wunderbar.«

Er richtet mich in eine sitzende Haltung auf.

»Steh langsam auf. Du wirst ein bisschen unsicher auf den Beinen sein, aber das gibt sich.«

Er hat recht. Ich lasse mich vom Tisch gleiten. Als ich zu stehen versuche, knicken mir beinahe die Knie ein. Dalí bewahrt mich vor einem Sturz.

»Geh vorwärts, wie ich es dir sage. Hast du verstanden?«

Zurück zum Mechanisch-Gelangweilten.

»Ja.«

Er führt mich weiter. Ich spüre eine Temperaturänderung und nehme an, dass wir eine Tür durchschreiten. Wir gehen einen langen Flur entlang, biegen zweimal ab und bleiben stehen.

»Warum haben Sie mich für den Rückweg in meine Zelle nicht wieder betäubt?«, frage ich.

»Zimmer«, verbessert er mich. »Es ist besser, wenn du es als Zimmer betrachtest, glaub mir. Nach allem, was du hinter dir hast, müsstest du zu schwach sein, um Widerstand zu leisten. Wenn nicht, möchte ich das wissen.«

Ich bin überrascht, dass er geantwortet hat, daher gehe ich ein letztes Risiko ein, als ich höre, dass die Tür sich öffnet.

»Warum tun Sie uns das an, Dalí?«

Ein winziges Zögern. Dann erwidert er:

»Antue? Ich tue niemandem etwas an. Ich lagere nur Fleisch.«

Er reißt mir die Augenbinde herunter und stößt mich in die Dunkelheit.

TEIL 2

DER MOND

KAPITEL 33 Hinter meinen Augen reise ich, in meinem Kopf, und ich spreche sowohl zu den Lebenden als auch zu den Toten. Matt ist dort, Alexa ist dort, mein gesichtsloses ungeborenes Kind ist dort. Auch Bonnie ist dort, doch sie ist wieder stumm, und ihre Augen sind voller Traurigkeit.

Es war dunkel, als ich meine Augen schloss. Es ist immer dunkel. Dreimal am Tag erscheint ein Rechteck aus Licht am Fuße meiner Zellentür, und Essen wird hereingeschoben, jedes Mal das Gleiche: Hafergrütze mit Orangen am Morgen, mittags ein Schinken- oder Roastbeefsandwich mit einem Apfel, Hot Dogs und grüner Salat am Abend. Zu jedem Abendessen bekomme ich Vitamintabletten. Und Wasser. Wasser gibt es immer genug.

»Iss alles auf«, hat Dalí mir befohlen. »Wenn du nicht isst, wirst du bestraft. Du bekommst von mir alles, was du zum Überleben brauchst: tierisches Eiweiß, Obst und Gemüse gegen den Skorbut. Dazu Vitamine, denn ich muss eine Möglichkeit finden, den durch Kalziummangel bedingten Zahnausfall zu verhindern, ohne dass es mich zu teuer kommt. Milch verdirbt zu schnell. Wir werden sehen, wie es funktioniert.«

Ich habe keine weiteren Erlebnisse im Bestrafungszimmer gehabt. Alles in mir schreit danach, Dalí Widerstand zu leisten, aber das darf ich nicht riskieren, sonst gefährde ich das Baby, das mir Halt gibt und zu meiner Rettungsleine geworden ist, zusammen mit dem Licht hinter meinen Augen.

Drei Wochen sind vergangen. Drei Wochen Dunkelheit und quälendes Nichtstun. Es gibt keine Bücher, kein Fernsehen, kein Radio. Ich habe nichts zu tun außer zu denken, zu essen, zu trainieren, von einem Ende der Zelle zum anderen zu gehen, die Toilette zu benutzen und zu schlafen. Einmal habe ich angefangen, mich selbst zu befriedigen, nur um die entsetzliche Leere zu vertreiben, doch dann kam mir der Gedanke, dass er mich mittels einer Infrarotkamera beobachten könnte, und ich ließ es bleiben.

Einmal die Woche besucht er mich, wie versprochen, damit ich mir die Zähne putze und sie mit Zahnseide reinige. Wie alles andere laufen auch diese Besuche immer gleich ab. Ohne Warnung flammt das Licht auf und blendet mich. Die Tür öffnet sich, und er lähmt mich mit der Elektrowaffe. Dann legt er mir die Augenbinde an. Wenn ich wieder stehen kann, führt er mich zu der Wasserschüssel, die er mitgebracht hat. Er gibt mir Zahnseide, und ich benutze sie. Er gibt mir eine Zahnbürste, auf der die Zahnpasta schon aufgetragen ist, und ich putze mir die Zähne und spüle mir den Mund aus. Dann lähmt er mich wieder mit dem Elektroschocker. Er dreht mich aufs Gesicht, noch während ich zucke, nimmt mir die Augenbinde ab und verlässt die Zelle. Ich bleibe einsam, wimmernd und von Schmerzen geplagt in der Dunkelheit zurück.

Beim ersten Mal hat er etwas Seltsames gesagt: »Großartig, Nummer fünfunddreißig.« So nennt er mich. Nummer 35. Ich speichere es ab in der Betäubung, die mich erfüllt.

Bei seinen letzten beiden Besuchen hat er nichts gesagt. Ich saß auf dem Fußboden, während er geduldig darauf wartete, dass ich fertig wurde. Diese Geduld hasse ich inzwischen mehr als alles andere, denn sie ist Gleichgültigkeit, und hier, wo ich bin, ist Gleichgültigkeit ein ganz besonderes Gift.

Nur drei Wochen sind vergangen, und ich spüre bereits, dass ich unter dem Druck zu zerbrechen drohe. Ich sehne mich danach, dass er etwas zu mir sagt. Ich verabscheue ihn, aber ich wünsche mir so sehr, dass er spricht oder mich anbrüllt oder schlägt ... irgendetwas, das mir den Kontakt mit einem anderen Menschen vermittelt, ganz gleich, wie abartig er sein mag.

Ist es die gleiche Einsamkeit, die geprügelte Frauen bei den Männern hält, die sie misshandeln? Empfinden diese Frauen es genauso? Eine kalte, dunkle, trostlose Einsamkeit in der Stille, in der das Schweigen und der Mangel an Zuwendung zum lodernden Schmerz geworden sind?

Ich sehne mich nach allem, was mir die eigene Existenz bestätigt. Es müsste nicht mal ein Mensch sein. Einmal habe ich einen Film gesehen, in dem ein Kriegsgefangener sich mit einer Ratte anfreundet. Damals hat diese Szene, hat der Mann mich abgestoßen. Heute beneide ich ihn.

Die Dunkelheit, die Stille und Einsamkeit foltern meine schutzlose Seele.

Stimmt genau, habe ich zu mir gesagt (am Tag? Oder in der Nacht?). *Die Seele.*

Sobald man alle Lichter ausgeschaltet hat, der Körper nicht mehr zu sehen ist und man mit sich allein ist – was bleibt dann? Das Selbst-Bewusstsein, das »Ich«, das »Das, was ich bin«.

Wenn das nicht die Seele ist, was dann?

Ich möchte die Antwort gar nicht hören.

Hier und an ähnlichen Orten wie diesen kommt der Wahnsinn, weil man zu viel nachdenkt. Aber Nachdenken ist alles, was man tun kann. Es ist das Einzige, was einem nicht genommen werden kann. Das Problem ist nur: Wenn man erst einmal angefangen hat, ist es schwer, wieder damit aufzuhören. Wie eine Melodie, die einem nicht aus dem Kopf geht, können die Gedanken dahinrollen, sich auf alten Bahnen bewegen, immer der Straße folgen, und man sieht, wie die Sonne aufgeht und die Bäume vorüberziehen. Doch wenn die Sonne untergeht, stellt man fest, dass die Bremsen versagen. Die Gedanken kommen nicht zum

Stehen, und man windet sich auf der Pritsche und flucht, wütet oder weint.

Von Anfang an habe ich mir Gedanken um Leo und Alan gemacht. Als dann die Minuten, Stunden, Tage vergingen und mein Zeitgefühl zu einem treibenden Etwas wurde, verspürte ich immer weniger den Wunsch, über einen von ihnen nachzusinnen.

Nur drei Wochen, und ich stehe bereits eine Hölle auf Erden durch, von der ich mir nie hätte träumen lassen, dass sie existiert.

Bei Verstand bleibe ich durch Tricks, die mir Barnaby Wallace beigebracht hat. Immer deutlicher erweist sich, dass das Geld für sein Seminar eine verdammt gute Investition gewesen ist.

»Angst entsteht aus zu wenig oder zu viel Gewissheit«, hatte Wallace gesagt. »Folter dient dazu, einem das eine oder andere vorzuenthalten oder auch beides. Der Folterer nimmt Ihnen die Gewissheit, indem er verschiedene Methoden anwendet. Schlafentzug. Reizentzug. Sie haben weder Uhr noch Fenster und verlieren das Zeitgefühl. Er gibt Ihnen zu viel Gewissheit, indem er Ihnen ankündigt, Ihnen höllischen Schmerz zuzufügen, und dann hält er dieses Versprechen. Wie also begegnen Sie dieser Angst?« Er hielt inne und fuhr sich geistesabwesend mit der Hand über eine Narbe seitlich an seinem Hals. »Was die Wirkung der Folter angeht, müssen Sie eines begreifen: Irgendwann zerbricht jeder. Es gibt keine narrensichere Methode, für niemanden. Geben Sie einem Folterer genügend Zeit, und er zerbricht auch den Härtesten. Deshalb kann ich Ihnen nur beibringen, wie man diesen Punkt hinauszögert. Wie man ihn nach hinten verschiebt. Ob es bei Ihnen funktioniert?« Er zuckte mit den Schultern. »Jeder Mensch ist anders.«

Eine der Methoden, von denen er sprach, hatte mit einer Art Selbsthypnose zu tun. Er nannte es »eine Welt hinter den eigenen Augen erschaffen«. Er zeigte uns ein Video von einem Japaner, der tief in Meditation versunken war. Verschiedene Personen versuchten, ihn abzulenken, zuerst, indem sie ihm ins Ohr brüllten, dann schlugen sie ihm mit Brettern und Stangen auf den Rücken. Er blieb die ganze Zeit völlig ruhig, selbst dann noch, als Blut zu fließen begann.

»Das ist ein Extrembeispiel«, gab Wallace zu. »Dieser Mann hat in der Lotushaltung gesessen, seit er vier Jahre alt war. Aber das Prinzip bleibt. Damit lässt sich arbeiten.« Er lächelte dünn und schief. »Wir mögen Dinge, mit denen sich arbeiten lässt.«

Ich verdanke es Barnabys Lektionen, dass ich in der Dunkelheit nicht in eine endlose Leere treibe, aus der es kein Zurück gibt.

Alles ist schwarz, bis ich die Augen schließe, doch sobald sie geschlossen sind, geht das Licht an, oder die Sonne geht auf, oder der Mond steht am Himmel.

Manchmal werde ich mit Bildern und Eindrücken überschüttet, die seltsam und schön sind, aber keinen Sinn enthalten: ein Silo voller Sägemehl, das stark duftet; Äpfel mit süßen Druckstellen; frisch gemähter Weizen; ein blauer Frühlingshimmel.

Diesmal stehe ich auf einer Wiese. Es ist Mittag. Die Wiese ist voller Blumen. Sie stehen so hoch und dicht wie Weizen auf einem Acker und leuchten in allen Regenbogenfarben. Sie sind wunderschön. Mitten auf der Blumenwiese ist ein großer Kreis aus dem grünsten Gras, das ich je gesehen habe. Leiser Vogelgesang und das Säuseln von Wind sind die vorherrschenden Geräusche. Ich sitze im tiefen, duftigen Gras und spreche mit meinem ungeborenen Kind. Es ist weder ein Er noch eine Sie, nur ein kleiner verschwommener Lichtfleck, annähernd wie ein Mensch geformt. Ich spreche laut zu ihm, doch es antwortet mir mit seinem Geist.

»Was wird, wenn er von dir erfährt?«, frage ich. »Was soll ich dann tun?«

Du wartest, Mutter. Und du hoffst. Wenn du willst, kannst du beten, aber nur, wenn du möchtest. Der Glaube, den du hier brauchst, ist in dir und in mir. Gott braucht keinen Glauben, um zu überleben. Er ist hier, in diesem Moment, neben dir, egal, was du von ihm hältst.

Baby ist sehr fromm, was mich gleichzeitig tröstet und wütend macht.

»Gott ist hier? Unsinn.«

Er ist hier.

»Und von was für einem Gott sprechen wir? Dem ernst dreinblickenden alten Knaben mit dem langen weißen Bart? Dem indischen Gott mit acht Armen und dem geheimnisvollen, wissenden Lächeln? Oder sollen wir uns aufs Tierreich verlegen? Ein weißer Büffel in der Ferne vielleicht?«

Gott braucht keine Verkörperung, Mutter. Gott kann Aktivität sein. Oder ein liebender Ehemann, der ein Kind aufzieht. Gott ist, ein gutes Buch zu lesen oder ein Leben zu retten. Gott ist Stolz auf eine gut gemachte Arbeit und Vergebung, die dem gewährt wird, der sie verdient. Du brauchst nicht niederzuknien oder Weihrauch zu verbrennen oder in Angst vor einem Blitzschlag zu leben. Du brauchst nur zu leben und zu lieben und dein Bestes zu geben. Das ist Gott. Das ist der Himmel. Um ihn zu finden, müssen wir nicht warten, bis wir sterben. Er ist hier und jetzt in uns allen.

Baby ist weise, wie alle körperlosen Kinder aus Licht es so an sich haben. Seine Worte hallen in der Luft über der Wiese wider, auch wenn sie nur Gedanke gewesen sind und nicht ausgesprochen wurden. Sie sind melodiös wie Vogelsang und genauso rein und klar.

Ich atme tief durch die Nase ein und rieche den Duft der Blumen. Ich hebe den Kopf zum Himmel, damit die ewige Mittagssonne ungehindert auf mein Gesicht scheinen kann, und auf den Lippen schmecke ich den Sonnenzucker. Hinter meinen Augen schließe ich die Augen, aber hier gibt es keine Dunkelheit, nur reines Licht.

»Die Jury hat noch nichts beschlossen, Baby, aber ich muss schon sagen, mir gefällt diese Version des Himmels besser. Weißt du, welches Problem ich immer mit der Vorstellung vom Himmel hatte? Dass die Leute, die an den Himmel glauben, kein allzu großes Interesse haben, eine bessere Welt zu hinterlassen. Verstehst du, was ich meine? Ich kaufe auch niemandem diese Reinkarnationsgeschichte ab. Aber wenigstens sagt sie einem, dass man auf diese Welt zurückkommt. Deshalb ist es in deinem eigenen Interesse, sie in einem besseren Zustand zurückzulassen als dem, in dem du sie vorgefunden hast.«

Baby leuchtet heller, dann weicher.

Glaube ist nicht wichtig, Mutter. Was du im Augenblick tust, das bist du auch.

Ich rieche den Jasmin, und ich lache. Es gehört nicht hierher, dieses Lachen, dazu ist es hier zu schön. Das Lachen trägt zu viel Verzweiflung in sich.

»Ich entfliehe im Geiste an einen Ort, den es nicht gibt, der für mich aber wirklicher ist als die Wirklichkeit, und ich spreche zu einem leuchtenden Baby Querstrich Theologen, bei dem es sich in Wahrheit um eine Zellansammlung in meinem Leib handelt. Ich glaube, damit qualifiziere ich mich als eine Irre, nicht wahr?«

Es treibt dich nicht in den Wahnsinn, es hält dich bei Verstand.

Ich denke darüber nach.

Das Geräusch von Schritten, die sich draußen auf dem Gang nähern, reißt mich aus dem Licht. Ich mache die Augen auf und befinde mich wieder in der Schwärze.

Nein, nein, nein! Lass die Augen diesmal zu! Das war der Plan!

»Schaffen Sie sich Siege«, hat Barnaby Wallace uns geraten. »Ob sie klein sind, spielt keine Rolle. Wichtig ist nur, dass Sie sie spüren. Folter und Gefangenschaft dienen dazu, Ihnen etwas wegzunehmen. Schaffen Sie sich Dinge, die Sie behalten können.

Durch kleine Ungehorsamkeiten, oder durch Trotz. Solange Sie die Hoffnung auf die Möglichkeit einer Flucht oder einer Rettung nicht aufgeben, werden Sie wahrscheinlich bei Verstand bleiben.«

Die Schritte kommen näher. Ich kneife die Augen so fest zu, wie ich nur kann. Die Schritte verstummen, und das Licht flammt auf. Selbst durch meine Lider hindurch ist es grell. Ich höre das Klirren der Schlösser, die entriegelt werden, und öffne meine Augen ein wenig. Licht dringt ein, doch ich bin nicht so geblendet, dass ich nichts sehen könnte.

Gut!

Ich halte die Augen offen und täusche die übliche Desorientierung und Blindheit vor. Die Tür öffnet sich, und ich versuche den Eindruck zu erwecken, als könnte ich nichts sehen. Zum ersten Mal erblicke ich Dalí. Ich empfinde ein Hochgefühl und zugleich Enttäuschung.

Er ist ein kleiner Mann, trägt ein ausgebeultes Jackett über einem T-Shirt und weite Jeans in Wanderstiefeln. Er hat sich eine Skimaske über den Kopf gezogen, die sein Gesicht verbirgt. Er nähert sich mir mit der Schockpistole. Während ich weiter so tue, als wäre ich geblendet, suche ich nach anderen besonderen Merkmalen. Unmittelbar bevor er mir die Pistole an den Hals drückt, fällt mir etwas auf. Doch es ist nur undeutlich zu sehen, und ich bin mir nicht ganz sicher. Ich habe es noch nicht verarbeitet, als der Stromschlag mich auch schon durchrast. Ich stürze zu Boden, am ganzen Körper zuckend.

Er versetzt mir einen weiteren Elektroschock. Grau dringt in mein Sichtfeld, und jetzt bin ich wirklich blind.

Einen Augenblick später fühle ich einen Nadelstich, und in meinem Kopf explodiert weißes Licht wie eine Bombe. Ich stürze mitten hinein.

Wie letztes Mal liege ich mit dem Gesicht nach unten und bin gefesselt, als ich zu mir komme. Gegen meinen Willen schaudere ich bei dem Gedanken, wieder ausgepeitscht zu werden. Voller Panik frage ich mich, was ich getan haben könnte, dass ich eine Strafe verdient habe.

»Du wunderst dich wahrscheinlich, weshalb du hier bist, Nummer fünfunddreißig«, sagt er. »Keine Sorge. Ich habe dich nicht wegen eines Verstoßes hierhergebracht. Du bist eine Modelleinheit.«

Einheit. Nummer 35. Er lagert nur Fleisch.

»Du bist hier, weil ich dich um eine Entscheidung bitten werde. Du sollst entscheiden, wen ich unschädlich machen und freisetzen werde, dich oder Nummer sechsunddreißig.«

»Wer ist Nummer sechsunddreißig?«

»Der junge Agent, den ich nach dir hierhergebracht habe.«

Mein Herz setzt einen Schlag aus.

Leo?

»Unschädlich machen und freisetzen? Ich verstehe nicht …«

»Du hast gesehen, wovon ich rede. Dana Hollister ist ein Beispiel.«

Lobotomie.

Mein Magen rebelliert.

»Ich will diese Entscheidung nicht treffen.« Mein Mund ist voll Schleim und Galle. Ich zwinge mich, alles herunterzuschlucken.

»Wenn du nicht die Entscheidung triffst, fällt die Wahl automatisch auf dich.«

Ein Augenblick der Schwärze, beinahe wie Bewusstlosigkeit, zieht über mich hinweg. Die Welt besteht aus Watte.

»Wieso?«

»Ich werde noch immer gejagt. Ich muss diesen Leuten eine weitere Botschaft schicken.«

»Das wird nicht funktionieren. Man wird nicht auf Sie hören, begreifen Sie denn nicht? Was Sie mit einem von uns anstellen wollen, nützt Ihnen nichts. Sie können damit nichts ausrichten!«

»Es wird geschehen. Die Frage ist nur: Wer wird es sein?«

»Warum muss ich die Entscheidung treffen?«

»Ich habe eine Münze geworfen. Du hast gewonnen.«

Einen Augenblick lang kann ich nicht sprechen. Ein Schluchzen steigt mir in die Kehle. Ich kämpfe dagegen an.

»Wieso … wieso bin ich hier, in diesem Raum?«

»Ich werde ihn hereinholen, und dann lasse ich euch beide fünf Minuten allein. Du kannst ihm sagen, welche Wahl du treffen wirst, oder auch nicht. Ich überlasse es dir. Über das Thema Flucht zu reden ist dir nicht gestattet. Wenn die fünf Minuten um sind, komme ich zurück. Ich bringe ihn wieder in sein Zimmer, und dann werde ich dich nach deiner Entscheidung fragen. Der Eingriff wird eine Stunde später vorgenommen.«

Ich fühle mich in die Ecke gedrängt und bin der Panik nahe. Ich kann kaum atmen.

Am schlimmsten von allem ist dieses Wort:

Eingriff.

Düster und steril. Ein nüchterner Begriff, der für den Verlust des Ichbewusstseins steht. Ein Wort wie ein Skalpell, hell funkelnd. Metall, geformt aus einem Albtraum.

»Warum lassen Sie uns Zeit miteinander?«

Das ist die eine Waffe, die ich noch habe, ob ich sie später noch einsetzen kann oder nicht: meine Fähigkeit, ihn zu begreifen. Wieso ist Dalí Dalí? Verbirgt sich hinter der Maske des Gewinnstrebens und der Nüchternheit vielleicht doch etwas, das im Dunkeln kichert und dem der Speichel aus dem Mundwinkel läuft? Oder ist es ein primitiveres Mantra: *Ich töte, also bin ich?*

»Weil ich kein grausamer Mensch bin, Nummer fünfunddreißig.«

Es sind stets die Grausamen, die das Bedürfnis haben, das Gegenteil zu beweisen. Ich merke mir seine Antwort trotzdem. Entpersönlichung ist lebenswichtig für ihn. Das zu wissen, könnte nützlich sein.

Oder nur ein Gedanke, der mit dir in der Dunkelheit stirbt.

»Genug Fragen jetzt. Hast du verstanden, was ich dir gesagt habe?«

»Ja.«

»Sehr gut. Ich bringe ihn in Kürze herein. Er bleibt mit dem Gesicht nach unten auf dem Tisch liegen. Ich nehme ihm die Augenbinde ab, damit er dich sehen kann. Dann bringe ich dich zu ihm hinüber, sodass du neben seinem Tisch stehen kannst. Deine Füße werden gefesselt sein, deine Handgelenke an seinen Tisch gekettet. Hast du verstanden?«

Zeit, Zeit, ich brauche mehr Zeit!

»Ja, ich habe verstanden.«

Seine Antwort besteht darin, dass er mich zurücklässt, ohne ein weiteres Wort zu sagen. Er geht, um Leo zu blenden und zu betäuben.

Was soll ich tun?

Die Panik lähmt mich beinahe, doch ich wehre mich dagegen.

Was sind die Faktoren? Zähl sie auf.

»Erstens«, flüstere ich. »Er meint, was er sagt. Zweitens: Ich kann entscheiden, ob es Leo trifft oder mich selbst. Wenn ich keine Entscheidung treffe, erwischt es mich.«

Und das war es auch schon. Weitere Faktoren gibt es nicht.

Was soll ich tun, Baby? Bitte, sag es mir. Hilf mir.

Baby antwortet nicht, und ich kann weder die Blumenwiese noch das Licht bewegen, hinter meinen Augen zu erscheinen. Ich suche nach Worten aus dem Munde von Barnaby Wallace, die zu der Situation passen, doch alles, was ich finde, ist nackte Angst.

Leos Gesicht tritt mir vor Augen, ein Bild, das in schmerzhafter Klarheit erstrahlt. Ich sehe ihn lächeln in dem Flugzeug, in dem wir uns vor ein paar Jahren kennengelernt haben, ein junger Mann mit Ohrring, der darum kämpfte, nicht in dem Establishment aufzugehen, für das er arbeitete, und der erfüllt war von dem Leben, das vor ihm lag. Er kam voller Schwung in unseren Dunstkreis und verließ uns als weiser, ernster Mensch. Was wir ihm enthüllten, ließ ihn reifen, vielleicht zum Besseren, wahrscheinlich zum Schlimmeren.

Er ist hier, weil er mich kennt.

Ich bin schlecht für junge, unschuldige Menschen. Tauben setzen sich auf meinen Finger und fallen tot herunter. Matt und Alexa haben den Preis dafür bezahlt, mich zu lieben. Alan vielleicht ebenfalls. Werde ich mir mit Leo mein Leben erkaufen? Wird er für mein Baby mit seinem Verstand zahlen?

Das Geräusch leiser Schritte, das von der Tür kommt, reißt mich aus meinen Gedanken. Dalí trägt Wanderschuhe, doch er bewegt sich wie eine Katze. Wahrscheinlich ist Leo nackt, und seine bloßen Füße sind auf dem Betonboden nicht zu hören.

»Leg dich auf den Tisch, Nummer sechsunddreißig.«

Leo murmelt etwas und – nehme ich jedenfalls an – gehorcht. Ich frage mich, was Dalí uns da eigentlich injiziert. Ich hatte immer angenommen, er müsse uns hierher tragen.

Ketten klirren. Erneutes Gemurmel. Stille. Dann wieder leise Geräusche auf Stein, die sich mir nähern. Dalí nimmt mir die Augenbinde ab. Ich starre Leo an. Seine Augen sind nur halb geöffnet, der Mund steht weit offen. Speichel rinnt ihm aus dem Mundwinkel.

»Ich bringe dich jetzt zu ihm. Bist du bereit?«

»Ja.«

Er öffnet meine Fußschellen und entfernt die Riemen um meine Taille.

»Ich mache jetzt deine Hände los. Du wirst dich in eine sitzende Haltung aufrichten, während ich hinter dir stehe. Ich halte einen Elektroschocker in der Hand. Wenn du zu fliehen versuchst oder eine Bewegung machst, die mir nicht gefällt, verpasse ich dir eins, kette dich wieder an den Tisch und bestrafe dich eine Stunde lang. Hast du verstanden, Nummer fünfunddreißig?«

»Ja.«

Mir fehlt die Zeit, mich über seine Gleichgültigkeit aufzuregen. Ich kann den Blick nicht von Leo nehmen.

Dalí löst meine Handschellen. »Setz dich auf.«

Ich gehorche. Mir kommt der Gedanke, dass mir meine Nacktheit mittlerweile fast gleichgültig ist.

Er packt mich mit einer Hand im Nacken. »Steh auf.«

Ich erhebe mich und schwanke ein wenig. Mein Kopf ist ganz leicht.

»Geh.«

Ich gehe, bis wir an den Tisch kommen, auf dem der besinnungslose Leo liegt.

»Hände vorstrecken, Handgelenke aneinander.«

Er legt mir die Handschellen wieder an und kettet mich mit einer weiteren an einen Ring am Tisch.

»Ich werde jetzt deine Füße fesseln. Wenn du versuchst, mich zu treten, wirst du bestraft. Hast du verstanden?«

»Ja.«

Ja und ja. Ja, ich habe verstanden, dass du mich in deiner Gewalt hast, dass du ein Ungeheuer bist, und ja, ich habe verstanden, dass die Hoffnung hier einen langen, qualvollen Tod stirbt.

Er legt mir die Schellen um die Fußgelenke.

»Nummer sechsunddreißig wird bald zu sich kommen. Es dauert vielleicht zwanzig Minuten. Ich werde beobachten. Du wirst deine fünf Minuten bekommen, dann komme ich zurück.«

Er geht fort, und ich bleibe stehen und starre auf Leo. Es tut mir weh, ihn so zu sehen. Er ist jung, zu jung. Bin ich je so jung gewesen? Ja. Ich war fast in seinem Alter, als Alexa zur Welt kam. Es kommt mir vor, als wäre es ein Lebensalter her.

Die Zeit vergeht. Leo öffnet die Augen und schließt sie wieder. Einige Minuten später schlägt er die Augen erneut auf und blinzelt, um den Nebel zu vertreiben. Ich wünschte, er könnte ewig schlafen, mit einem friedlichen Babygesicht.

»Es tut mir schrecklich leid, Leo.« Ich fange an zu weinen.

»Hallo …«, sagt er mit schwerer Zunge. Verwirrung spiegelt sich in seinen Augen. »Was … ist hier los?«

Er ist bei Bewusstsein, aber sein Verstand arbeitet noch schwerfällig.

»Ich bin mir nicht sicher. Er gibt uns fünf Minuten zusammen. Keine Ahnung wieso.«

Ich weiß nicht, warum ich lüge. Ich habe noch keine Entscheidung getroffen, doch eine verschlagene Stimme kriecht in meinem Kopf herum, betörend und unrein, flüsternd und raunend: *Du hast dich noch nicht entschieden? Bist du dir sicher? Weißt du nicht längst schon, was du tun wirst?*

»Wie geht es dir?«, frage ich.

»Beschissen. Ich …« Er unterbricht sich, schluckt. »Ich rede viel mit mir selbst. Ich glaube, ich werde verrückt.«

»Ja.« Meine Stimme versagt.

»Hör auf zu weinen, Smoky. Wir haben nur fünf Minuten. Verschwende sie nicht mit Heulen.«

»Du hast recht, Leo. Erzähl mir von deiner Freundin.«

»Christa?« Er lächelt. »Sie hat langes, weiches braunes Haar und grüne Augen. Eine verteufelte Kombination. Sie lacht viel. Und sie findet mich toll. Kluges Mädchen.« Das Lächeln verblasst. »Ich wollte um ihre Hand anhalten. Aber ich sehe sie wohl niemals wieder.« Er seufzt. »Ich hatte mich wirklich auf die Ehe gefreut. Ich wollte wissen, wie das so ist.« Er schaut zu mir hoch. »Wie ist es? Ist es cool?«

Entsetzt verkneife ich mir weitere Tränen. Ein Strom von Antworten jagt mir durch den Kopf. Wie ist es? Eine Sammlung von Augenblicken, die beständig vor mir herunterfallen wie die Blätter im Oktober, helloranges Glück, dunkelrote Wut, braune Normalität. Man teilt ein Bett, tagein, tagaus, bei Tränen und bei Sex, bei Lachen und bei Streit. Dieses Bett wird eine Insel, wo die Nacktheit eher wörtlich gemeint ist als konkret, ein Ort, wo die großen Entscheidungen getroffen werden, wo neues Leben gezeugt und wo man selbst erneuert wird.

Vor allem aber bedeutet Ehe, sofern sie funktioniert, dass man nicht allein ist.

»Ja«, sage ich, unfähig, Leo das alles mitzuteilen, »ja, es ist cool.«

Er nickt, die Wange an den Stahl gedrückt. »Das dachte ich mir.« Er schaut mich wieder an. »Ich muss dich etwas fragen, Smoky, und dann muss ich dir etwas sagen.«

Ich blicke zu der Kamera in der Ecke. »Wir sind nicht allein.«

»Das spielt keine Rolle. Versprich mir, Smoky … wenn du hier herauskommst und ich ende so wie Dana Hollister, dann bring mich um. Ich will das meiner Familie nicht antun, nicht Christa und auch nicht mir selbst.«

»Bitte mich nicht um so etwas, Leo.«

»Wen soll ich denn sonst fragen?« Die Verzweiflung in seiner Stimme entspricht der Angst in seinen Augen.

»Okay«, sage ich, um ihn zu beruhigen. »Ich verspreche es.«

Ich höre die leisen Geräusche, als Dalí näher kommt. Leo hört sie ebenfalls.

»Beug dich vor«, drängt er mich. »Ich will nicht, dass er es hört. Schnell!«

Ich beuge mich zu ihm, sodass mein Ohr direkt vor seinem Mund ist.

»Es war Hollister«, flüstert er. »Hollister muss Dalí etwas gesteckt haben. Sieh dir die Server an, mit denen Hollister gearbeitet hat. Lass …« Seine Stimme bricht. »Lass jemanden, der sehr gut ist, einen Blick darauf werfen. Ich glaube, dort findest du etwas.«

»Aufstehen, Nummer fünfunddreißig«, befiehlt Dalí, als er den Raum betritt.

Ich küsse Leo auf die Wange und lege meine Lippen an sein Ohr. »Es tut mir leid, Leo. Es tut mir furchtbar leid.«

Was tut dir leid?, fragt die verschlagene Stimme.

Es sind nicht die letzten Worte, die ich zu Leo sage.

Aber fast.

KAPITEL 34

»*Comes a Time*, Baby. Das hat Neil Young gesagt. Eine Zeit zu leben, eine Zeit zu sterben. Eine Zeit, um verdammt noch mal den Verstand zu verlieren.«

Baby ist still. Auf dieser Wiese gibt es kein Licht mehr. Die Sonne wird vom Mond verdeckt, an dessen kreisrundem Rand ein Licht hervorschießt und die Welt in sanft erhellte Schatten taucht. Die Bäume haben keine Blätter mehr, und die Äste biegen sich knarrend im rauen, allgegenwärtigen Wind. Die Blumen sind fort. Am Horizont steht eine Staubwolke, Hunderte von Metern hoch, und wälzt sich langsam auf uns zu. Baby bleibt undeutlich und gesichtslos und ist in schummriges Licht getaucht, so wie alles andere. Leo wurde vor einer Woche vernichtet. Ich habe mich ihm vorgezogen, rede mir aber ein, dass ich seine Stelle eingenommen hätte, wäre ich nicht schwanger gewesen. Ich weiß nicht, ob das stimmt, aber es hält mich davon ab, mich umzubringen.

»Entscheide dich«, hatte Dalí gesagt, sonst nichts.

Mit meinem Schweigen zögerte ich es hinaus. Ich wusste, was ich sagen würde, aber ich wollte es nicht sagen.

»Entscheide dich innerhalb von zehn Sekunden, sonst trifft es dich selbst«, drängte er.

»Zwingen Sie mich nicht dazu«, flüsterte ich.

»Fünf Sekunden.«

Vier. Drei. Zwei.

Und dann sagte ich: »Leo! Nehmen Sie Leo, Sie Dreckskerl.«

Ich brach in Tränen aus und hörte auch nicht auf zu weinen, als er meine Handgelenke befreite und mich in die Dunkelheit meiner Zelle schob, die nun mein Zuhause war.

Seither plagen mich furchtbare Schuldgefühle, jede Minute, jede Stunde, jeden Tag. Ich träume von Leo. Von Tommy, Bonnie oder Alan träume ich nicht. Ich träume nur von Leo. Ich träume von seinem Lächeln und muss zusehen, wie es erschlafft, während ihm Speichel vom Kinn zu tropfen beginnt und seine Augen sich mit wogendem Nichts füllen. Ich schlafe auf dem Rücken liegend ein und erwache zusammengekrümmt wie ein Fötus.

Nichts hat sich an meiner Umgebung geändert. Ich atme Dunkelheit. Das Rechteck aus Licht erscheint dreimal am Tag. Ich esse. Ich scheide aus. Ich trainiere. Unter der Sonnenfinsternis und den Sternen bei Tag spreche ich zu Baby, und ich träume von Leo, der vergessen hat, was ihn als Menschen ausmacht. Manchmal taucht in diesen Träumen auch Christa auf, seine Freundin. Sie zeigt anklagend mit dem Finger auf mich und lacht wie eine Hyäne, und dann hebt sie Leo auf wie ein Baby und flüchtet in einen Wald aus toten Bäumen. Ich suche nach den kleinen Siegen, zu denen Barnaby Wallace mir geraten hat, doch in diesen Tagen ist jeder Sieg bitter.

»Wann wirst du dich zeigen, Baby? Und was geschieht dann?«

Bei Alexa sah man mir die Schwangerschaft erst im vierten Monat an. Was wird Dalí mit einer schwangeren Gefangenen anstellen? Hatte er schon damit zu tun? Ich bin mir sicher, und ich will die Antwort gar nicht wissen. Dalí betet den Gott des Pragmatismus an. Er wird tun, was am kostengünstigsten ist.

»Vielleicht darf ich dich behalten.« Mir schaudert bei dem Gedanken, dass Dalí fort ist, wenn bei mir die Wehen einsetzen. In der Dunkelheit zu entbinden, blind nach meinem Kind zu tasten, es an meine Brust zu führen, ohne je sein Gesicht gesehen zu haben.

»Bleibst du deshalb so undeutlich, Baby? Vielleicht kann ich dir keine Gestalt geben, weil ich nicht sicher bin, ob du jemals eine haben wirst.«

Baby schweigt.

In meinem Traum stöhne ich. Ich bin umgeben von Schwärze. Dann reiße ich die Augen auf und erwache, wieder umgeben von Schwärze.

Die Unwirklichkeit ist eine bessere Welt.

Ein weiterer Tag vergeht, ehe Dalí wiederkommt. Das Licht blendet mich ein paar Sekunden lang, ehe er mich mit dem Elektroschocker betäubt. Ich stürze ins Nichts. Als ich aufwache, stehe ich ihm gegenüber. Der Tisch kann offenbar in eine senkrechte Position gekippt werden. Dalí mustert mich. Er trägt seine Skimaske, Jacke und Wanderschuhe.

»Wie es aussieht, hattest du doch recht. Ich werde weiterhin gejagt, Nummer fünfunddreißig. Diese Leute sind hartnäckig.«

Ich sage nichts. Ich habe zu große Angst.

»Du wirst zu einer Belastung für mein Geschäft. Ich muss dich loswerden.«

»Nein, bitte …«, krächze ich. Das Entsetzen schnürt mir die Kehle zu.

»Du meinst, ich werde den Eingriff an dir vornehmen, Nummer fünfunddreißig? Aber nein, das werde ich nicht.«

Die Erleichterung, die mich erfasst, ist so tief, dass ich beinahe die Gewalt über meine Blase verliere. Mir wird klar, dass ich eher sterben würde, als in diesem Zustand mein Baby zur Welt zu bringen. Leo hatte recht.

»Werden Sie mich töten?«, frage ich.

»Nein, ich werde dich freisetzen.«

»Was bedeutet das?«

»Ich werde mir etwas nehmen, was mich an dich erinnert, Nummer fünfunddreißig«, fährt er fort, ohne auf meine Frage einzugehen. »Du wirst weiter deinen Beruf ausüben können, aber was ich tun werde, wird als ein letztes Exempel für dich und andere dienen. Solange man mich jagt, werde ich euch bestrafen.«

Er hatte seine Hände hinter dem Rücken gehalten. Jetzt holt er sie nach vorn, wo ich sie sehen kann. Sie stecken in Handschuhen, und in der Rechten hält er ein Messer. Er sagt nichts weiter. Er geht zur Seite und trennt mir mit einer einzigen Bewegung den kleinen Finger der rechten Hand ab, direkt unter dem ersten Knöchel.

Ich schreie und schreie. Ich kann nicht aufhören. Mein Bewusstsein schwindet. Diesmal brauche ich keine Hilfe.

In diesem Augenblick sehe ich es wieder – Dalís körperliches Merkmal, das ich vor Tagen bemerkt hatte, ohne es fassen zu können. Und ich weiß endlich, was es ist, ehe die Besinnungslosigkeit, diese willkommene Schwester, mich wieder verschlingt.

»Jemand soll einen Rettungswagen rufen!«

»Was ist denn mit ihr?«

»Mein Gott, haben Sie ihr Gesicht gesehen?«

»Vergessen Sie das Gesicht – was ist mit ihrem Finger?«

Die Stimmen schwellen an und ab, so wie die Betäubungsmittel in meinem Blut und der Schmerz in meinem Finger an- und abschwellen.

Unter mir ist Beton. Mein Mund ist so trocken, als wäre er mit Staub gefüllt. Um mich herum stehen Unbekannte mit Handys und mustern mich mit besorgten Blicken.

Ich sehe eine Frau, die wie meine Mutter aussieht, und strecke ihr die Arme entgegen.

»Bitte …« Mehr bringe ich nicht hervor.

Sie zögert. Dann kommt sie zu mir und zieht mich an sich. Sie ist nicht meine Mutter, aber das ist niemand.

KAPITEL 35

Die Tür fliegt auf. Bonnie stürmt ins Krankenzimmer und wirft sich in meine Arme. Sie schluchzt und zittert am ganzen Leib.

»Smoky!«

Ich ziehe sie an mich und nehme den Duft ihres Haares in mich auf, während ich ihr die Lippen auf den Scheitel drücke. »Mit mir ist alles okay, Schatz. Alles okay.«

Soweit man das sagen kann, stimmt es sogar. Dalí hat mich in der Nähe des Hollywood Boulevard nackt auf einen Bürgersteig geworfen. Die Frau, die wie meine Mutter aussah, übergab mich den Rettungssanitätern, und dann hörte ich das Heulen der Sirenen des Rettungswagens, als ich ständig in Bewusstlosigkeit versank, um Augenblicke später wieder daraus zu erwachen. Mein Fingerstumpf musste operiert werden, doch eine Vollnarkose wies ich trotz aller ärztlichen Überredungsversuche wegen meines Babys zurück. Die Behandlung des Knochens war schmerzhaft, aber ich ließ es über mich ergehen. Die Ärzte hielten mich für verrückt, konnten mich aber nicht umstimmen. Als Tommy schließlich einsah, dass ich niemals nachgeben würde, stellte er sich auf meine Seite.

Das Baby, wurde mir versichert, lebe noch. Ich habe mir auch keine Sorgen gemacht, keine wirklichen Sorgen, denn ich hatte es in mir gespürt, dieses schwache Bewusstsein, mit dem ich so oft gesprochen hatte, das nun aber schwieg. Obwohl ich wusste, dass alles nur Selbsttäuschung und Traum gewesen war – ich hätte es gemerkt, wenn mein Baby gestorben wäre.

Eigenartigerweise sind es nicht der Verlust des Fingerglieds oder die neuen Narben auf meinem Rücken, die ich als größte Verletzung empfinde, sondern dass Dalí mir den Kopf kahl rasiert hat, ehe er mich mittags auf den Bürgersteig warf. Das ist das Schlimmste.

Abgesehen von Leo natürlich.

Aber daran kann ich jetzt noch nicht denken. Auf keinen Fall. Das ist ein bodenloser, dunkler Ozean, der nur darauf wartet, mich in seine unergründlichen Tiefen zu ziehen.

»Entschuldige, dass du warten musstest«, flüstere ich Bonnie zu. »Ich war noch nicht so weit, mich sehen zu lassen.«

Sie nickt an meiner Brust. Sie versteht. Natürlich versteht sie. Tommy setzt sich neben das Bett und blickt aus dem Fenster in den Frühaprilhimmel. Seit meiner Rückkehr ist er sehr, sehr still gewesen. Ich finde einfach keine Verbindung zu ihm.

Das FBI und das LAPD haben die Stadt auf den Kopf gestellt, als sie nach mir suchten. Kein Kompetenzgerangel, keine Klagen wegen Überstunden. Jeder hat getan, was er konnte, weil jeder Cop die Wahrheit kennt: Es kann jederzeit einen selbst treffen. In dieser Hinsicht hatte Dalí richtig vermutet, nur die Reaktion hatte er falsch eingeschätzt.

Mein eigenes Team hat kaum geschlafen, angetrieben von einem verbissenen AD Jones, dem immer wieder die Sicherung durchbrannte und der mehr brüllte, als dass er sprach.

Doch sie haben nichts gefunden. Ich mache ihnen deshalb keine Vorwürfe, aber dass es so ist, hilft nicht gerade gegen meine Albträume. Wenn ich allein bin, lässt ein Gedanke mich niemals los: Wenn Dalí mich nicht freigelassen hätte, wäre ich noch immer dort.

Im Dunkeln.

Eine Woche nachdem man mich aufgefunden hatte, verlasse ich das Krankenhaus. Die Ärzte raten mir zwar davon ab, sind aber nicht allzu beharrlich. Ich habe den Eindruck, dass ihre Bedenken nicht so sehr medizinischer Art sind, sondern dass sie sich absichern wollen. Ich bin eine prominente schwangere FBI-Agentin, die ein Opfer von Entführung und Verstümmelung geworden ist. Wahrscheinlich befürchten die Ärzte, gelyncht zu werden, wenn mit mir etwas schiefgeht.

»Bist du dir sicher?«, fragt Tommy, nachdem er mir in den Wagen geholfen hat. Bonnie sitzt hinten, wachsam und still.

»Ich muss endlich wieder etwas tun, Tommy, sonst drehe ich durch. Fahr mich nach Hause, und dann bring mich ins Büro.«

Leo ist der Tropfen gewesen, der das Fass zum Überlaufen gebracht hat. Ich habe ihn gestern besucht. Er lag auf seinem Bett und starrte ins Nichts. Ernährt wurde er über einen Schlauch. Diverse automatisierte Peinlichkeiten kümmerten sich um seine Körperfunktionen. Ich habe seine Freundin kennengelernt.

»Hallo«, sagte sie zu mir. »Ich bin Christa.«

Ich wusste nicht, was ich antworten sollte, aber ich wusste, was sie brauchte. Ich schloss sie in die Arme.

Sie ließ mich eine Zeit lang mit Leo allein. Ich starrte auf ihn, erdrückt von Taubheit und Selbsthass und dem Gefühl, schmutzig zu sein – ein Gefühl, das ich einfach nicht abschütteln konnte. »Es tut mir so leid, Leo«, sagte ich. Mehr fiel mir nicht ein. Was sollte ich auch sagen? Ich hatte ihn für mich und mein Kind geopfert, und er würde es nie erfahren. Wahrscheinlich war er in dem Glauben gewesen, ich wäre eine Freundin, der er vertrauen könne, als Dalí ihn ins ewige Vergessen schickte.

Ich beugte mich vor und küsste ihn auf die Stirn. Sie war warm und trocken, als wäre sie aus lebendigem Papier. »Ich werde ihn finden, Leo, und ich werde ihn töten. Das verspreche ich dir.«

Als ich das Krankenzimmer verließ, dachte ich an das andere Versprechen, das Leo mir abgerungen hatte.

Mein eigenes Zuhause kommt mir surreal vor. Die Zelle ist mir noch immer greifbarer als meine eigenen vier Wände, und das erneuert meinen Hass.

»Möchtest du Kaffee?«, fragt Bonnie. Sie beobachtet mich. Ich kenne dieses Verhaltensmuster aus der Zeit, nachdem Sands mich überfallen hatte. Bonnie macht sich Sorgen, ich könnte vor ihren Augen schlappmachen. Und wer weiß, vielleicht passiert das noch.

»Kaffee wäre großartig, Schatz. Ich habe einen Monat lang keinen Kaffee getrunken.«

Bonnie verschwindet in der Küche. Tommy steht wieder am Fenster und starrt auf irgendetwas, das ich nicht sehen kann. Ich wünschte, ich könnte zu ihm durchdringen. Seine Distanz ist keineswegs kühl, und ich spüre seine Liebe, doch ein Teil von ihm ist woanders.

»Hast du das Ibuprofen bekommen, Tommy?«

Schlagartig findet er ins Hier und Jetzt zurück und ist ein wenig verärgert. »Ja ... tut mir leid. Ich habe es heute Morgen geholt. Ich bin sofort wieder da.« Er eilt die Treppe hinauf.

»Hier ist der Kaffee, Smoky«, sagt Bonnie und bringt ihn mir. Ich nehme die Tasse und nippe daran. »Himmlisch«, sage ich.

Und das ist er wirklich.

Tommy kehrt mit einer Flasche Advil zurück. Die Ärzte haben mir Percocet angeboten, aber ich habe das stärkere Schmerzmittel wegen des Babys abgelehnt. Ich möchte nicht einmal Ibuprofen nehmen, aber die Schmerzen sind zu hartnäckig.

»Wie viele?«, fragt Tommy.

»Zwei.«

Er öffnet die Flasche und gibt mir die Tabletten. »Möchtest du Wasser?«

»Danke, ich nehme den Kaffee.«

Ich spüle die Tabletten mit Kaffee herunter. Sie werden nicht viel helfen, aber das ist in Ordnung. Ein bisschen Schmerz ist mir durchaus willkommen. Er hilft mir, mein Ziel im Auge zu behalten.

Dalí zu töten.

»Hast du Hunger?«, fragt Tommy.

»Nein, ich habe im Krankenhaus gegessen. Die alten Witze über das Krankenhausessen gehören immer mehr ins Reich der Legende. Ich habe ein paar gute Mahlzeiten bekommen.«

Er nickt, sagt aber nichts, sondern blickt wieder zur Seite. Die Distanz zwischen uns wird größer. Ich stehe auf, die Kaffeetasse in der Hand.

»Komm mit mir nach oben, Tommy. Hilf mir, mich anzuziehen.«

»Also, was ist los?«, frage ich ihn, nachdem die Tür zu ist.

»Was meinst du?«

Ich trete zu ihm. Er nimmt mich in die Arme und drückt mich fest an sich, achtet aber auf meinen verletzten Finger. Ich rücke ein Stück von ihm weg und schaue zu ihm hoch. »Du bist hier, aber gleichzeitig bist du woanders.«

Er tritt vorsichtig zurück und versucht, meinem Blick auszuweichen, ehe ich den Widerstreit in seinen Augen entdecke.

»Ich …« Er runzelt die Stirn. »Ich bin es nicht gewöhnt, dass mir die Worte fehlen.«

Ich setze mich aufs Bett und klopfe auf die Stelle neben mir. Tommy kommt meiner Aufforderung nach und setzt sich. Ich betrachte ihn von der Seite, während er an die Wand starrt.

»Ich versuche herauszufinden, wie ich meine Wut loswerde, Smoky«, sagt er. »Wahrscheinlich gibt es nur eine Lösung. Ich muss den Mann töten, der dich mir weggenommen hat … mir und Bonnie. Aber das belastet mich.« Er schüttelt den Kopf. »Ich bin nicht wie Kirby. Wenn ich diese Grenze überschreite, könnte es Folgen für mich haben. Das will mir einfach nicht aus dem Kopf.«

Ich ergreife seine Hand. »Geht mir genauso. Aber ich mache mir deswegen keine Gewissensbisse.«

Er schaut mich an, als sähe er mich zum ersten Mal. »Wieso nicht? Wie kommt das?«

»Weil vor ein paar Jahren ein Mann in mein Haus kam und mir mein Leben und mein Gesicht geraubt hat. Kurze Zeit später hätte ein anderer Mann beinahe Callie ermordet, und er nahm Bonnie als Geisel, während er zusah, wie ich mir auf seine Anweisungen hin das Gesicht zerschnitt.« Ich umklammere seine Hand. »Aber weißt du, was mich trotz allem nachts schlafen lässt? Was mir ein bisschen Trost spendet?«

»Nein.«

»Dass diese beiden Männer tot sind. Dass ich selbst sie getötet habe. Das ist von nun an die Strafe, Tommy. Wer sich an meiner Familie vergreift, muss sterben.«

»Auch wenn es Mord bedeutet?«

»Auch dann.«

Mich beschleicht der Gedanke, dass unsere Wege sich hier und jetzt trennen könnten. Diese moralische Bürde könnte für Tommy zu schwer sein. Und er ist nicht der Mann, der von seinen Prinzipien abrückt.

Er hebt meine Hand an die Lippen und küsst sie. »Damit kann ich leben.«

Was er dann tut, hätte ich als Letztes erwartet: Er weint. Die Tränen, die auf meine Haut tropfen, sind ein lautloser Ausdruck seines Kummers. Ich bin wie versteinert. Mir ist, als wäre ich Zeuge von etwas Unnatürlichem, das nicht sein soll, nicht sein darf, wie eine schwarze Sonne am Himmel oder ein Kind mit einem Messer in den Händen und einem Grinsen im Gesicht.

Es ist so schnell vorüber, wie es begann. Er küsst wieder meine Hand, reibt sich das Gesicht und steht auf.

Dann hilft er mir beim Anziehen, wo ich Hilfe brauche. Er holt meine Ersatzpistole aus dem Waffentresor. Zum Schluss reicht er mir mein Handy.

»Dalí hat es bei dir gelassen, zusammen mit deiner FBI-Dienstmarke. Die Techniker haben es überprüft. Es ist sauber.«

»Danke.«

Ich betrachte mich im Spiegel und verziehe vor Abscheu das Gesicht. »Was bin ich hässlich!«

Tommy steht hinter mir und bedeckt meinen kahlen Schädel mit seinen schwieligen, aber liebevollen Händen. Dann küsst er mich auf den Scheitel. »Du lebst. Das Haar wächst wieder. Und du bist niemals hässlich.« Er tritt zurück und schaut auf die Uhr. »Wir sollten machen, dass wir wegkommen. Ich warte unten auf dich.«

Ich bleibe allein mit meinem Spiegelbild. Tommys Worte sind unzureichend, zugleich aber mehr, als ich brauche. Meine Bestürzung kommt aus dem Bauch; sie wird stets meine erste Empfindung sein, bis mein Haar nachwächst. Aber dann werde ich daran denken, was Tommy gesagt hat, und seine Worte werden mir Trost schenken, so wie die Tränen, die er um mich geweint hat und über die wir nie wieder reden werden, wie ich weiß. Sie waren ein Geschenk, das ich in Ehren halten werde – und für das ich töten würde.

KAPITEL 36

»Schnuckelchen!«

»Boss-Lady!«

»Smoky!«

Nur James schweigt, doch sein Blick haftet länger als gewöhnlich auf mir. Vermutlich ist das seine Art, mich willkommen zu heißen.

Alan trägt den Arm in einer Schlinge. Dalí ist gütig zu ihm gewesen, nur zwei Kugeln: eine in die Schulter, die andere oben in die Brust. Das bringt mich zu der Frage, wieso er gütig zu Alan war, aber nicht zu mir. Warum? Er wusste, dass Alans Wunden nicht tödlich waren. Wieso hat er mich gequält, indem er die Frage offenließ, ob Alan daran gestorben war?

»Ich bin mir ja nicht sicher, ob dir dieser übertrieben breite Mittelscheitel steht, Boss«, sagt Kirby und beäugt mich kritisch. »Zu viel Fischbauchweiß.«

»Kirby«, ermahnt Callie sie. Es ist kaum zu glauben, aber Callie hindert jemanden daran, mich auf den Arm zu nehmen.

»Nur die Ruhe, Callie«, sage ich. »So zerbrechlich bin ich nun auch wieder nicht.«

Jedenfalls nicht, solange das Licht brennt.

»Aha«, sagt Callie.

Kirby schlägt Callie auf den Arm. »Sie hat sich Sorgen um dich gemacht. Eine große alte Softy ist sie, genau wie ich vermutet habe.«

»Schlag mich noch mal, und wir werden schon sehen, wie soft ich bin«, erwidert Callie und wirft das Haar zurück.

Kirby grinst. »Das ist mein Stichwort. Ich musste einfach Hallo sagen und sehen, wie sie ankommt. Jetzt kümmere ich mich erst mal um meine Jungs.« Sie bleibt stehen, als sie an mir vorbeigeht, und stößt mich mit der Hüfte an. »Vielleicht nennen wir dich jetzt ›Neun-Finger-Barrett‹. Was hältst du davon?«

Sie ist zur Tür hinaus, ehe ich etwas erwidern kann.

Ich bin mit meinem Team allein. Nüchternheit setzt ein. Kirby wird gemocht, aber sie ist keine von uns. Zeit, dass wir unser wahres Gesicht zeigen.

»Zu schlimm mit dem Jungen«, sagt Alan.

Callie seufzt. »Leo hatte sich zu einem guten Mann entwickelt.«

»Wir werden ihm nicht gerecht, indem wir darüber reden«, sagt James und schneidet uns mit einer Ungeduld das Wort ab, die ein bisschen zu scharf ist. Als ich ihn anschaue, glaube ich in seinen Augen einen Funken von Trauer zu entdecken, der im nächsten Moment schon wieder verschwunden ist. »Schnappen wir uns den Hurensohn, der Leo das angetan hat. Du bist unsere beste Zeugin, Smoky. Was kannst du uns über ihn sagen?«

Ich werde euch alles sagen bis auf eines: Das, was ich gesehen habe. Wieso? Ich weiß es noch nicht. Es ist ein Gefühl, ein Wispern in meinem Unterbewusstsein.

»Wir übersehen etwas an ihm … an dem, wer er ist«, beginne ich. »Widersprüche. Die Autounfälle. Die Fingerabdrücke. Dass er Heather Hollister und mich gehen ließ. Wenn er tatsächlich so nüchtern und pragmatisch ist, wie wir vermuten, müssen wir davon ausgehen, dass er alles absichtlich getan hat. Dass es irgendeinem höheren Ziel dient. Dem könnte man entgegenhalten, dass wir von Anfang an falsch gelegen haben.«

Ich erzählte ihnen alles über meine Gefangenschaft, woran ich mich erinnern kann. Die sonnige Blumenwiese und die theologischen Diskussionen mit Baby lasse ich aus.

»Wieder dieser Sadismus«, sagt James. »Dass er dir den Finger abtrennt, passt nicht ins Bild.«

Alan zuckt mit den Schultern. »Was er tut, ist reichlich verdreht. Vielleicht ist Sadismus der Altar, an dem er opfert, und das Profitstreben ist nur ein Nebel, in dem er die Wahrheit verbirgt. Sogar vor sich selbst.«

»Viele dieser Psychotiker entwickeln Selbsttäuschung zu einer Kunstform«, sagt Callie.

Außer denen, die sich nicht schämen für das, was sie sind.

Nichts von dem, was ich beobachtet habe, deutet darauf hin, dass Dalí in die Kategorie gehört, die Callie angesprochen hat. Er weiß, was er ist, und er macht sich keine Sorge über das nächste Leben.

»Das alles führt uns im Augenblick nicht weiter«, erkläre ich. »Konzentrieren wir uns auf das, was Leo mir gesagt hat. Er glaubte, Hollister hätte Dalí einen Tipp gegeben.«

»Wie es aussieht, müssen wir mit Hollister mal unter vier Augen reden«, sagt Alan.

»Leo sagte außerdem, dass ein guter Computerfachmann sich die Server ansehen soll, zu denen Hollister an seinem Arbeitplatz Zugang hatte. Er meinte, wir könnten dort vielleicht etwas finden.«

James nickt nachdenklich. »Vielleicht hat Dalí einen Fehler begangen. Im digitalen Zeitalter ist es beinahe unmöglich, keine Spur zu hinterlassen. Vielleicht wusste er das. In dem Fall wusste er dann auch, dass er seine Spuren nur dann gut verwischen kann, wenn er sich der Hilfe von Leuten versichert, die dazu in der Lage sind.«

»Ich kann dir nicht folgen.«

Er winkt ab. »Bloß eine Vermutung. Callie und ich sollten einen Techniker darauf ansetzen. Wir besorgen den Durchsuchungsbeschluss. Du und Alan, ihr solltet Douglas Hollister befragen.«

»Wer ist eigentlich gestorben, dass du jetzt der Chef bist?«, sagt Alan.

»Liege ich denn falsch?«, erwidert James.

»Nein, James«, sage ich. »Die Aufgabenteilung ist korrekt. Fangen wir an.«

Mein Handy klingelt.

»Barrett«, antworte ich.

»Wer zum Teufel hat Sie diensttauglich geschrieben?«, fragt AD Jones.

»Das war ich wohl selber, Sir.«

»Das ist zu früh.«

»Sir …«

»Sie kommen sofort zu mir rauf.«

Ich stecke das Handy in die Hülle zurück und mache mich auf den Weg. »Ich muss den AD sprechen, Alan«, sage sich über die Schulter. »Wir treffen uns im Foyer.«

»Viel Glück!«, ruft er mir nach.

»Herr im Himmel«, sind AD Jones' erste Worte, als er mich sieht.

»Nein, ich bin's nur, Sir«, witzle ich und setze mich auf einen der Ledersessel.

Jones ist aufgestanden, als ich durch die Tür gekommen bin. Nun nimmt er wieder Platz. Er betrachtet mich so lange und eingehend, dass es mir unangenehm ist.

»Machen Sie doch ein Foto, Sir. Davon haben Sie länger etwas.«

Das bringt mir einen mürrischen Blick ein. »Von dummen Bemerkungen abgesehen, Smoky, was machen Sie hier? Ich habe

Ihren Bericht gelesen, wenn man das einen Bericht nennen kann. Sie haben vier Wochen Gefangenschaft und Folter hinter sich. Ihnen wurde ein Fingerglied abgetrennt, und Sie sind kahl wie eine Billardkugel und außerdem noch schwanger.«

»Vielen Dank, dass Sie mich daran erinnern, Sir.« Allmählich verliere ich den Humor, was den Verlust meines Haares angeht.

Er reibt sich mit beiden Händen durchs Gesicht, seufzt tief und schaut mich wieder an. Ich kann sehen, wie er versucht, sich unter Kontrolle zu halten. »Sie haben verbindlichen Genesungsurlaub, Smoky.«

»Davon lasse ich mich nicht abhalten, Sir.«

Wut lodert in seinen Augen auf, doch er zwingt sie nieder. »Warum?«

»Weil ich verrückt werde, wenn ich nicht an seiner Festnahme arbeiten kann. Eine andere Antwort werden Sie nicht bekommen.«

Er versucht es mit einem mitfühlenden Gesichtsausdruck. Er steht ihm nicht gut; Jones ist einfach nicht dafür geschaffen.

»Das verstehe ich, Smoky. Ich verstehe es wirklich. Aber es tut mir leid. Sie sind auf bezahltem Genesungsurlaub, bis ein Seelenklempner Sie wieder dienstfähig schreibt.«

Zorn erfasst mich so unvermittelt und mit solcher Wucht, dass mir ein bisschen schwindlig wird. Ich versuche, mir nichts anmerken zu lassen, doch ein wenig Bitterkeit sickert dennoch in meine Stimme.

»Ich kann den Befehl nicht befolgen, Sir.« Die Wörter klingen wie Fels, der über Fels knirscht.

Jones zeigt mit dem Finger auf mich. »Sie werden verdammt noch mal die Befehle befolgen«, brüllt er mich an, »oder ich lasse Sie aus dem Gebäude entfernen!« So viel zu seinem Mitgefühl.

»Sie können mich mal!«, rufe ich und springe auf. Es drängt mich, ihm noch mehr an den Kopf zu werfen, doch eine innere

Stimme warnt mich: *Halte es zurück, sonst passiert etwas, das du nicht wiedergutmachen kannst.*

AD Jones springt ebenfalls auf. So wütend habe ich ihn noch nie erlebt. »Nennen Sie mir einen einzigen guten Grund, Sie nicht zu feuern!«

»Weil ...« Meine Stimme schwankt. Ich packe die Schreibtischkante und sehe Jones in die Augen. »Weil er in unsere Welt gekommen ist und zwei von uns verschleppt hat und einer davon nicht mehr wiederkommt. Dafür muss er sich verantworten. Nichts und niemand wird mich daran hindern, ihn zur Strecke zu bringen.«

Ich sehe, wie Jones mit sich kämpft. In diesem Augenblick möchte er irgendetwas zerstören, aber nicht mich. Er lässt sich auf den Sessel sinken. »Scheiß drauf«, sagt er, und seine Stimme ist mit einem Mal müde und erschöpft. »Und scheiß auf Sie. Raus mit Ihnen. Schnappen Sie ihn.« Er sieht mich nicht an. »Wenn Sie es versauen, schmeiß ich Sie raus.«

Ich bin so erstaunt, dass es meine Wut für einen Moment erstickt. »Gut«, antworte ich.

Jones scheint es egal zu sein. Es kommt keine weitere Reaktion, also drehe ich mich um und gehe zur Tür. Als ich noch einmal über die Schulter blicke, sehe ich, dass er mir hinterherschaut. Die Traurigkeit in seinen Augen erschreckt mich. Er sieht aus, als betrauerte er jetzt schon meinen Verlust.

Wieso? Weiß er mehr als ich?

KAPITEL 37

»Hartes Gespräch?«, fragt mich Alan, als ich losfahre. Er hat angeboten, sich hinters Lenkrad zu setzen, aber ich brauche das bisschen Ablenkung, das mir das Fahren verschafft.

»Er wollte, dass ich zu Hause bleibe. Er hat es sogar befohlen.«

»Und?«

»Ich habe mich geweigert. Er hat nachgegeben.«

Alan macht ein zweifelndes Gesicht. »Einfach so?«

Meine Hände krampfen sich um das Lenkrad. Mein verstümmelter Finger pocht. »Nein. Er hat gesagt, er feuert mich, wenn ich es vermassle. Könntest du mir zwei Advil aus meiner Handtasche holen?«

Er reicht mir zwei Pillen, nachdem er ein wenig in der Handtasche gewühlt hat. Ratschläge bietet er mir nicht, nur Schweigen. Gemeinsam beobachten wir, wie die Straße unter uns verschwindet. Der Himmel ist so, wie Kalifornien ihn bereitwillig anbietet: hoffnungsvoll, ewig blau, von der Sonne gesegnet.

Wir halten auf dem Gefängnisparkplatz. Er ist nur zur Hälfte gefüllt. Eine Handvoll Frauen, einige mit Kindern an der Hand, kommen aus dem Gebäude oder steigen aus ihren Wagen und gehen zum Eingang. Keine sieht besonders glücklich aus. Der Himmel scheint hier weniger blau zu sein, und die Sonne wirkt düster und leuchtet nicht ganz so hell.

»Lauschiges Plätzchen«, stellt Alan fest. »So einen Knast muss man einfach lieben.«

»Ja. Ein gutes Plätzchen für ihn.«

»Stimmt«, sagt Alan. »Und andere von seiner Sorte. Hör mal, Smoky …«

»Was ist?«

»Wenn wir diesen Fall abgeschlossen haben, höre ich auf. Ich gehe in Pension.«

Ich reiße erschrocken den Kopf zu ihm herum. »In Pension? Warum?«

Alan blickt mich an, mit einer Mischung aus Mitleid und Unglaube. »Warum, fragst du? Ist das dein Ernst?« Er hebt den Arm in der Schlinge. »Es ist schon wieder geschehen, Smoky. Ich bin angeschossen worden. Leo wurde ein Stück von seinem Hirn ausgeschabt. Du hast einen halben Finger verloren und bist gefoltert worden, während du schwanger warst, gottverdammt noch mal.« Er schüttelt mit Nachdruck den Kopf. »Es geht nicht mehr. Der Preis ist zu hoch. Du solltest auch darüber nachdenken.«

»Aufhören? Niemals.«

»Warum? Was ist so wichtig an diesem Job, dass du ihn nicht hinter dir lassen kannst? Du hast mehr als deine Schuldigkeit getan.«

Ich drehe die Hände am Lenkrad und überlege mir meine Antwort genau. »Früher habe ich diesen Job gemacht, weil ich wusste, dass das Böse existiert, verstehst du? Ich spreche hier nicht von Moral oder Religion. Ich spreche von Erkenntnis. Von Gewissheit. Ich weiß, es gibt Menschen auf dieser Welt, die nur existieren, um andere zu verletzen. Ich kann nicht einfach so tun, als wäre es nicht so. Ich muss etwas dagegen tun.« Mein Fingerstumpf beginnt heftig zu pochen. Ich hoffe, das Schmerzmittel wirkt bald. »Ich habe Angst, zu Hause mit mir allein zu sein. Wenn ich diesen Job nicht mehr hätte, müsste ich zu viel Zeit mit mir selbst verbringen.«

»Aber du liebst deinen Mann und deine Tochter und wirst bald dein Baby großziehen. Keine schlechte Sache für den Ruhestand, wenn du mich fragst.«

»Ich weiß, du meinst es gut, Alan, und ich verspreche dir, darüber nachzudenken. Aber jetzt muss ich mich ganz darauf konzentrieren, diese Sache hier zu Ende zu bringen. Kann ich mich auf dich verlassen?«

Er nickt. »Bis die Kühe nach Hause kommen. Machen wir den Hurensohn fertig.«

Hollister hat sich verändert, und nicht zu seinem Vorteil. Wenn sein Zusammenbruch während des Verhörs in seinem Haus begonnen hat, so ist er hier abgeschlossen worden.

Blaue Flecken zieren die rechte Hälfte seines Gesichts. Ihm

fehlen je vier obere und untere Vorderzähne. Seine Haut ist grau, und in seinen Augen stehen Verzweiflung und Irrsinn.

»Gut sehen Sie aus, Hollister«, sage ich. Es ist grausam, aber ich kann nicht anders, und ich will es auch gar nicht. Ich zeige auf die Prellungen. »Hat Ihnen das ein Freund geschenkt?«

Hass verdrängt Hollisters Verzweiflung. »Fick dich, blöde Kuh.«

»Haben Sie schon einen Geliebten hier? Lassen Sie mich raten. Er hat Ihnen die Zähne ausgeschlagen, damit sein Ding besser in Ihren Mund passt.«

Alan blickt mich entsetzt an und legt mir warnend die Hand auf den Arm, doch ich will Hollister verletzen, will ihm wehtun, und sein Gesicht verrät mir, dass ich einen Volltreffer gelandet habe.

»Du Drecksau!«, kreischt er. Tränen laufen ihm über die Wangen. Er will sich auf mich werfen, versucht mich über den Tisch hinweg anzuspringen, doch seine Fesseln reißen ihn so unvermittelt zurück wie einen Hofhund, der das Ende seiner Leine erreicht.

Ich lache ihm ins Gesicht, während Alan entgeistert zuschaut. Hollister sinkt auf seinem Stuhl zusammen. Seine Wut verraucht so schnell, wie sie gekommen ist, und weicht Verzweiflung und Mutlosigkeit.

»Dieser Dreckskerl lässt mich einfach nicht in Ruhe«, sagt er, mehr zu sich als zu uns. »Er ist zu groß … ein Monster. Wenn ich mich wehre, wird es nur schlimmer.«

Mein Hass verfliegt so schnell wie seine Wut. Ich fühle mich nur noch müde und ausgelaugt. »Damit zahlen Sie für Ihre Sünden, Douglas. Sie haben Ihren eigenen Sohn ermordet.«

Zu meiner Überraschung nickt er. »Ja. Da haben Sie recht. Heather hat sich selbst zuzuschreiben, was ihr passiert ist, aber Dana? Und mein Junge? Nein, das geht alles auf meine Kappe. Ich war gierig.«

Alan macht sich die Einstellung unserer Feindseligkeiten zunutze. »Douglas, ich möchte Sie etwas fragen. Es hat keinen Einfluss auf Ihr Strafmaß, wenn Sie ehrlich antworten, aber vielleicht gleicht es einiges von dem aus, was Sie getan haben.«

Er wertet Hollisters Schweigen als Zustimmung.

»Vor ungefähr fünf Wochen hat der Mann, den Sie Dalí nennen, mich angeschossen und Agentin Barrett sowie einen anderen FBI-Beamten entführt, einen Computerfachmann. Er hat zu Agentin Barrett gesagt, er sei überzeugt, dass Dalí von Ihnen einen Tipp bekommen habe.«

Hollister versucht es selbst jetzt noch zu verbergen, aber mir kann er nichts vormachen. Ich sehe Verschlagenheit und Selbstzufriedenheit in seinen Augen.

»Du Stück Scheiße«, flüstere ich. Ich bekomme nur noch mühsam Luft, und meine Hände zittern. Ich begreife in diesem Augenblick, hier und jetzt, weshalb man die Waffe abgeben muss, ehe man einen Verhörraum betritt. Hätte ich meine Waffe dabeigehabt, wäre Douglas Hollister eine Millisekunde, nachdem ich die Häme in seinen Augen habe aufleuchten sehen, ein toter Mann gewesen.

Er grinst. Die Zahnlücken lassen ihn fürchterlich aussehen. Ich kann seine Zunge erkennen.

»Hat Dalí das getan?«, fragt er. »Hat er Ihnen die Haare abgeschnitten?« Er kichert irre. »Was hat er noch getan? Erzählen Sie es mir, Agentin Barrett. Ich habe viel Zeit.«

Sein Grinsen wird breiter. Seine Grausamkeit kehrt zurück. Warnsirenen heulen in meinem Kopf, doch ich bin hilflos. Ich sehe nur Leo und die Wahl, die ich getroffen habe.

Ich lehne mich vor, halte meine Stimme ruhig und lege so viel Gewissheit in meinen Blick, wie ich nur kann.

»Sie sterben hier drin, Hollister. Sie werden zu Tode gefickt oder unter der Dusche abgestochen. Sie kommen hier nicht mehr lebend raus. Das verspreche ich Ihnen.«

Das Grinsen verschwindet langsam. In seinem Gesicht sehe ich zuerst Unsicherheit, dann Furcht.

Ich nicke. »Glauben Sie mir.«

Mit Mühe wendet er den Blick von mir ab. Dann sieht er Alan an. »Ich habe ihm nur eine E-Mail geschickt. Ich habe ihm mitgeteilt, ich wäre ziemlich sicher, dass Sie ihm eine Falle stellen wollen.« Er wirft einen Blick auf mich. »Ich habe ihm von *ihr* erzählt.«

»Wie haben Sie die E-Mail abgeschickt?«

»Aus der Gefängnisbibliothek. Eigentlich dürften wir dort keinen Zugriff auf das Internet haben, aber hier sitzen ein paar kluge Köpfe ein. Sie haben Mittel und Wege.«

Alan verdaut diese Antwort. Mir gelingt es, den Mund zu halten. »Das ist gut, Douglas«, sagt er. »Die Sache ist nur die … Sie haben uns gesagt, Sie hätten keine Möglichkeit, Dalí zu kontaktieren, nicht wahr?«

Hollister schweigt.

»Gibt es etwas auf den Servern, an denen Sie gearbeitet haben, von dem wir wissen sollten?«

Da ist es wieder. Das verschlagene Funkeln. Alan sieht es ebenfalls.

»Douglas?«

»Ich brauche Schutz«, sagt er. »Ich tausche Informationen gegen Einzelhaft.« Er macht fahrige Handbewegungen, wirkt gedemütigt und verängstigt. »Bitte. Ich sage Ihnen, was Sie wissen wollen, aber halten Sie mir diesen Kerl vom Leib.«

Ich will aufspringen und ihm sagen, was er mich kann. Ich will ihn ohrfeigen und ihm ins Gesicht lachen. Doch ich halte mich zurück und warte ab, wie Alan reagiert.

»Ich will Ihnen etwas sagen, Douglas«, erwidert Alan in mildem Tonfall. »Als Erstes lasse ich meine Experten die Server durchkämmen. Wenn sie nichts finden und ich Ihre Informationen benötige, komme ich zurück, und wir reden über ein Geschäft. Wenn sich herausstellt, dass ich Sie nicht brauche …«, er zuckt mit den Schultern, »dann wünsche ich Ihnen viel Spaß als Wanderpokal für notgeile Knackis.« Er beugt sich vor. »Ihretwegen ist Leo Carnes jetzt eine lebendige Leiche. Von mir aus können Sie krepieren.«

Er steht auf und geht zur Tür. Ich folge ihm wie betäubt.

Bevor wir gehen, drehe ich mich um.

»Warum?«, frage ich Hollister.

Er starrt mich an, die Augen voller Tränen und Hass.

»Weil Sie alles verdorben haben.« Er steht auf, stemmt sich gegen seine Ketten und brüllt an die Decke. Die Sehnen an seinem Hals stehen hervor, und an den Schläfen pochen die Adern. »Sie haben alles verdorben!«

Wächter eilen herein, als wir gehen.

Zurück in die Hölle.

Ich schaudere ein wenig über meine Genugtuung. Aber nur ein wenig.

Auf der Fahrt sitzt Alan still brütend neben mir.

»Tut mir leid, was da drin passiert ist«, sage ich. »Ich bin noch immer …« Ich seufze. »Vielleicht hat AD Jones recht, und ich bin noch nicht so weit. Auf jeden Fall tut es mir leid, dass ich die Beherrschung verloren habe.«

Alan winkt ab. »Ich verstehe dich gut. Da liegt ja das Problem. Vor fünf Jahren hätte ich dich vielleicht gemeldet. Aber heute? Ich war genauso schlimm zu dem armen Hurensohn, und es ist mir egal. Schlimmer noch, es hat mir gefallen.«

Der Himmel ist wieder blau, als wir das Gefängnis hinter uns lassen, doch unsichtbarer Regen fällt und schließt uns – und nur uns – in eine Gefängniswelt aus Grau ein.

KAPITEL 38 »Wir haben es gefunden«, sagt James zu mir.

Es ist früher Nachmittag. Alan und ich haben auf der mehr als einstündigen Rückfahrt zum Büro kaum ein Wort gesprochen. Was gab es auch zu sagen? Wir beide haben uns aus Wut über die Vergewaltigung eines Mannes gefreut, haben uns darüber lustig gemacht. Wir fühlen uns beschmutzt und zugleich gerechtfertigt.

»Das ging aber schnell«, sage ich.

»Stimmt, es hat nicht lange gedauert. Aber so gut versteckt war es nun auch wieder nicht. Allerdings hätte es niemand gefunden, der nicht gezielt danach sucht. Es sah unschuldig aus – und das wäre es unter den meisten Umständen auch gewesen –, aber es hat seine Aufgabe verdammt gut erledigt.«

»Und die wäre?«

»Es handelte sich um zwei Programme. Beide waren mit vollen Zugriffsrechten auf den Zentralservern des Internet-Providers installiert, bei dem Hollister gearbeitet hat. Das eine war ein Suchprogramm. Es durchstöberte E-Mails, Chats, Instant Messages und dergleichen nach Kombinationen von Schlüsselwörtern. ›Meine Frau töten‹, ›Scheidung und Hass‹, solche Sachen. Die Suchabfrage war ziemlich ausgeklügelt.«

»Das hört sich für mich umständlich an«, entgegne ich. »Würden dabei nicht Tausende von Treffern ausgeworfen?«

»Schon, aber das Programm war insoweit raffiniert, als es einzeilige Ausschnitte aus jedem solcher ›Gespräche‹ gespeichert hat. Es reicht schon, sie nur zu überfliegen, und man weiß, was man nicht gebrauchen kann und was man sich genauer ansehen sollte. Schau es dir an.«

Er reicht mir ein Blatt mit einem Ausdruck. Jeder Zeile gehen ein Datum, eine Uhrzeit, eine Ziffernfolge und manchmal eine E-Mail-Adresse voraus. »Was sind das für Zahlen? Eine IP-Adresse?«

»Genau.«

Ich überfliege die Seite und sehe, dass James recht hat. Der Weizen ist auf den ersten Blick aus der Spreu herauszulesen: Die Schlüsselwörter sind fett:

Dieser Brillantring, den ich ihr geschenkt habe, hat meine **Frau** echt **umgehauen**, sagt ein Auszug aus einer E-Mail von bob4121.

»Gut gemacht, Bob«, murmele ich.

Ich **hasse meine Frau**, beginnt eine andere. Wir lassen uns **scheiden**, und ich **wünschte, sie wäre tot.**

Ich gebe ihm die Seite zurück. »Ich verstehe. Und wozu diente das andere Programm?«

»Eine Art digitaler toter Briefkasten. Wie ein Massenversender. Sobald er eine Nachricht erhält, leitet er sie an zwei- oder dreihundert unterschiedliche kostenlose E-Mail-Adressen weiter.«

»Kostenlose E-Mail-Adressen sind fast unmöglich nachzuverfolgen«, sagt Alan.

»Das erste Programm interagiert mit dem zweiten. Es stellt eine Zusammenfassung her und sendet sie zu dem digitalen toten Briefkasten. Dieses Programm schickt die Zusammenfassung an jede E-Mail-Adresse auf seiner Liste.«

»Und war bringt das?«

»Eine ganze Menge. Da die Programme volle Zugriffsrechte haben, können sie an alles heran, was sich auf dem Server befindet. Auf diese Weise können sie arbeiten, ohne dass es zu einer Warnung kommt. Sie können E-Mails abrufen, Serverlogdateien – alles, wofür sie das Passwort kennen.«

»Lass mich raten: Hollister hat die Programme mit allen Passwörtern versorgt, die sie gebraucht haben.«

»Wir können zwar nicht sicher sein, aber es ist anzunehmen. Die Programme muss ein Administrator installiert haben. Oder jemand, der die Administratorpasswörter des Servers kannte.«

»Dalí hat ihm vermutlich Preisnachlass angeboten«, sagt Alan.

»Als er herausfand, dass Hollister für einen Internetprovider arbeitete, hat er vermutlich gesagt: ›Spiel diese Programme auf eure Server auf, und ich erlasse dir fünfzig Riesen von dem, was du mir zahlen musst.‹«

»Das wäre wohl zu riskant«, sage ich. »Würde er nicht das Risiko eingehen, eine Spur zu hinterlassen?«

»Ja und nein«, erklärt James. »Die Programme sind sehr gut geschrieben. Sie laufen im Hintergrund und erzeugen keinerlei messbare Prozessorlast auf den Servern. Sie selbst erzeugen keine Protokolldateien, und Hollister wird regelmäßig jeden Hinweis auf die Programme aus den Serverlogs gelöscht haben. Selbst wenn sie entdeckt wurden, wenn Hollister einen Herzanfall hätte oder von einem Auto angefahren würde – na und? Man hätte diese Sache als interessante, aber letztlich irrelevante Großtat irgendeines Hackers abgetan. Selbst wenn man sie nachverfolgt hätte – na, viel Spaß dabei, ihn über Hunderte von E-Mail-Adressen aufzuspüren. Die meisten sind wahrscheinlich unbenutzt, und auch die benutzten werden vielleicht nur verwendet, um die Nachrichten wiederum an andere Adressen weiterzuleiten, die sie dann ihrerseits weiterleiten, und so weiter und so fort, bis in die Unendlichkeit.« Er schüttelt in widerwilliger Bewunderung den Kopf. »Der Kerl ist brillant. Ganz zu schweigen davon, dass er dich vier Wochen lang festgehalten hat. Kannst du uns sagen, wo das Gebäude ist oder wie der Bursche aussieht?«

»Nein.«

»Das ist das gleiche Prinzip. Der Unterschied ist nur, dass Douglas Hollister eine Lebensversicherung abgeschlossen hat.«

»Wie bitte?« In mir steigt Jagdfieber auf.

»Er hat das Programm verändert oder es von jemandem verändern lassen. Es hatte einen eingebauten IP-Logger. Es funktionierte so: Dalí griff gelegentlich direkt auf den Server zu, um Variablen in den Programmen zu ändern, zum Beispiel Schlüsselwortkombinationen hinzuzufügen oder zu löschen, oder E-Mail-Adressen. Hollister ließ von dem Programm jeden Zugriff protokollieren.«

»Warum nicht einfach in die Serverlogdateien sehen?«, frage ich. »Wird nicht jede Anfrage protokolliert?«

»Sicher. Sie gehen in die Millionen. So war es einfacher. Was protokolliert wurde, beschränkte sich auf die Programme an sich, und das bedeutete, dass die geloggten IPs zu Dalí gehören mussten.«

»Verdammt gut«, gebe ich widerwillig zu.

»Und das ist noch nicht alles. Hollister hat eine Liste sämtlicher E-Mail-Adressen angefertigt, die Dalí benutzt hat, und hat sie in ein selbst geschriebenes E-Mail-Programm eingegeben, dem er dann Zugriff aufs Internet gab. Er konnte es aus jedem Webbrowser aufrufen und zwei Dinge damit tun: eine E-Mail an diese Adressen senden oder eine Liste von ihnen an sich selbst schicken. Damit ist es offensichtlich, wie er aus dem Gefängnis die Warnmail an Dalí gesendet hat.«

»Vielleicht kam Hollister deshalb auf den Gedanken, Dalí nicht auszubezahlen«, sagt Alan. »Weil er dachte, er könnte ihn erpressen.«

»Eine Fehlkalkulation«, stellt James fest.

Ich runzle die Stirn. »Es wäre seltsam, wenn Dalí nicht einkalkuliert hätte, dass so etwas geschehen kann.«

Callie sagt zum ersten Mal etwas. Sie ist still geblieben, aber ich habe gespürt, wie ihr Blick auf mir ruhte. »Ich glaube, das hängt damit zusammen, wovon ich schon gesprochen habe: Risikoabwägung. Er könnte die Möglichkeit, erpresst zu werden, gegen die Notwendigkeit abgewogen haben, diese Daten zu erheben, und dann kam er zu dem Schluss, dass das Risiko gerechtfertigt sei.«

»Er hat Vorkehrungen getroffen«, fährt James fort. »Wir haben die benutzten IP-Adressen zu einer Reihe von Internetcafés zurückverfolgt, einmal zu einer Bibliothek – er benutzt allgemein zugängliche Systeme und zahlt höchstwahrscheinlich bar.«

»Scheiße«, sagt Alan.

In meinem Kopf rührt sich etwas. Ich runzle die Stirn, aber ich kann es nicht greifen.

James sieht mir ins Gesicht. »Was ist?«

»Ich weiß es nicht. Es kommt mir so vor, als hättest du mir gerade etwas gesagt, das jetzt versucht, sich mit einer anderen Information aus diesem Fall zu verbinden. Ich komme nur nicht darauf. Sag mir noch mal, von wo er ins Internet gegangen ist.«

Er blickt auf eine Liste. »Internetcafé. Internetcafé. Internetcafé. Bibliothek …«

»Halt.« Ich spüre es. Es schwimmt auf mich zu, wird größer und deutlicher. »Bibliothek. Das ist es.«

»Das ist was?«, fragt Alan. »Ich weiß nicht, was du meinst.«

»Earl Cooper«, sage ich und lächle James an. »Was davon ist nicht wie alles andere?«

»Die Bibliothek«, antwortet er und nickt. »Jetzt kapiere ich.«

»Erkläre es bitte uns schlichteren Gemütern«, sagt Callie.

»Cooper hat von mentalen Karten gesprochen. Wir finden Orte, an denen wir uns behaglich und sicher fühlen, sowohl bewusst als auch unbewusst.«

»Ja, ich erinnere mich.«

»Dalí geht in Internetcafés, weil sie anonymen Internetzugang bieten. Sie sind gesichtslos. Aus den gleichen Gründen geht er in eine Bibliothek, und während sie den anonymen Computerzugang bietet, *ist sie nicht gesichtslos.* Überlegt doch mal. Bibliotheken sind persönliche Orte. Sie werden von Menschen betreut, gehören zu einer Gemeinde. Bibliothekare erinnern sich an Menschen. Sie behalten die Bücher im Auge und achten darauf, dass die Besucher sie nicht verschandeln. In einer Bibliothek gibt es ein Besitzergefühl, wie man es in einem Internetcafé vermutlich nie finden wird.«

»Ganz zu schweigen davon, dass Bibliotheken viel weniger Laufkundschaft haben«, fügt James hinzu.

»Dalí ist vorsichtig, und obwohl ich es nicht gerade als ein hohes Risiko bezeichnen würde, wenn er sich für eine Bibliothek entscheidet, ist es doch eine Verhaltensanomalität. Erinnert euch, was Earl gesagt hat: Mentale Karten werden sowohl bewusst als auch unbewusst gebildet. Sie üben ihren Einfluss ebenfalls in beiden Richtungen aus. Warum also fühlt Dalí sich dieser Bibliothek verbunden? Warum fühlt er sich unbewusst so sicher dort, dass er sie benutzt?«

Alan schnippt mit den Fingern. »Weil sie ihm vertraut ist.«

»Richtig. Und warum ist sie vertraut?«

Diesmal liefert Callie die Antwort. »Weil sie in seiner Gegend liegt.«

James setzt sich an den Computer, sieht die Adresse der Bibliothek nach und gibt sie ein. Im nächsten Moment erscheint sie auf Google Maps. »Im Valley«, sagt er. »In der Nähe von Reseda und Oxnard.«

»Wo sind die Ergebnisse eurer Grundstückssuche?«, frage ich.

»Hier auf dem Computer. Ich habe sie nach Postleitzahlen geordnet. Das hat uns allerdings nicht weitergeführt. Unvollständige Akten.«

»Es ist zwar ein Schuss ins Blaue, aber versuchen wir's. Wir können die Gegend eingrenzen. Nehmen wir nur die Listeneinträge in fünf Meilen Umkreis um die Bibliothek und schauen wir uns an, was auftaucht. Nach allem, woran ich mich erinnere, hat Cooper genau richtig gelegen. Es kam mir vor wie ein Einlagerungsgebäude. Umgeben war es von einem Maschendrahtzaun von ungefähr zwei Metern Höhe.«

»In der Gegend gibt es jede Menge Lagergebäude«, sagt Alan.

»Wir können alle Franchisingbetriebe ausschließen«, sagt

James. »Man muss Lizenzgebühren zahlen und immer mit Kontrollen rechnen.«

Ich nicke. »Gut.«

»Ja. Besser als nichts«, sagt Alan. »Druck es aus, James. Wir teilen es auf und schauen, was wir finden.«

Die Suche in fünf Meilen Umkreis ergibt nichts. Die Erregung möchte abflauen, sich in Entmutigung verwandeln, doch wir sind so etwas gewöhnt. Wenn man das Nutzlose durchsiebt, findet man in neun von zehn Fällen nur noch mehr Nutzloses. Einmal in zehn Fällen stößt man allerdings auf einen Diamanten. Im Laufe der Jahre haben wir genügend Diamanten gefunden, um jetzt weiterzumachen.

Wir weiten den Umkreis auf zehn Meilen aus. Alan dreht an seiner himmlischen Kaffeemühle und brüht uns allen Kaffee auf, nur nicht James, der grünen Tee trinkt. So ist er immer. Ich habe ihn noch nie Whiskey oder Cola trinken oder an Kaffee auch nur nippen sehen. Tee und Wasser, das ist alles.

Als ich es sehe, scheint es mir in Leuchtschrift entgegenzuspringen, und mein Magen verkrampft sich. Es ist zu simpel und viel zu clever, und wieder muss ich mich wundern, was Dalí wirklich zu seinen Taten antreibt.

Meet Storage Solutions, lautet der Eintrag. *Meet* … beinahe wie *meat*, Fleisch.

Ich lagere nur Fleisch. So ähnlich hat er sich ausgedrückt.

Ich schaue auf die Entfernung. Nur acht Meilen von der Bibliothek.

»Ich glaube, ich hab's«, sage ich zu den anderen und erkläre es ihnen.

Callie verzieht das Gesicht. »Er lagert ›Fleisch‹? Widerlich.«

James nimmt sich die Adresse und gibt etwas in seinen Computer ein. Eine Seite erscheint mit einer Liste von Informationen, die über den Betrieb vorliegen. »Seit mehr als zwanzig Jahren im

Geschäft. Das Gebäude steht dort schon länger, aber nicht viel länger.«

»Er könnte eine bereits vorhandene Halle umgebaut haben«, sagt Alan. »So etwas ist in Los Angeles ziemlich billig.«

»Vor zwanzig Jahren wurden Baugenehmigungen eingeholt«, bestätigt James. »Hier steht zwar nicht, wofür genau diese Genehmigungen ausgestellt wurden, aber es waren etliche. Das Gebäude war von Anfang an ein Betonbau.« Er tippt. »Keine Einkommensinformationen. Tja, mehr habe ich nicht. Seien wir ehrlich – das reicht nicht, um sicher zu sein oder um einen Durchsuchungsbeschluss zu erwirken.«

»Werfen wir einen Blick darauf«, sage ich. »Ich werde sofort wissen, ob wir richtig sind, und dann bekommen wir den Beschluss, verlasst euch drauf.«

Wie in jeder großen Stadt ist in Los Angeles Platz Mangelware. Das Beste drängt sich neben das Schlimmste, und alles versucht, in relativer Harmonie zu leben. Die Adresse, an der wir uns wiederfinden, ist ein großes Grundstück in einer Nebenstraße des Victory Boulevard. Neben dem Gebäude steht eine abgezäunte Tankstelle, deren Fenster mit Brettern verrammelt sind. Ein Schild bittet die Kunden um Geduld, bis der Umbau abgeschlossen ist. Das Schild ist von der Sonne ausgeblichen und vom Regen verwittert, als wäre der Umbau der Tankstelle seit langer Zeit vergessen.

Einen halben Häuserblock entfernt befindet sich der Victory Boulevard, Tag und Nacht eine belebte Hauptstraße. Gleich um die Ecke sehen wir einen Sexshop, eine Aquarienhandlung und ein Herrenmodengeschäft, um nur einige zu nennen. Die meisten Schilder sind auf Englisch, einige nicht, doch im Unterschied zur Tankstelle scheint jedes Geschäft genutzt zu werden.

Wir parken in einer Seitenstraße. Ich stehe neben dem Wagen und betrachte das Gebäude aus der Entfernung. Wir haben späten Nachmittag. Die Sonne steht schon tief, und ein kühler Wind streichelt meinen Kahlkopf.

Sind wir richtig? Ist es hier passiert?

Der Zaun sieht genauso aus wie in meiner Erinnerung, doch mir wird immer deutlicher bewusst, wie wenig ich tatsächlich zu Gesicht bekommen habe. Dalís Brillanz, wie James es genannt hat. Ein Vorhängeschloss sichert das Maschendrahttor.

»Und?«, fragt James.

»Ich sehe es nicht aus dem richtigen Winkel, um sicher zu sein.«

»Dann sieh zu, dass du den richtigen Winkel findest.«

Ich ziehe eine Braue hoch. Auf meiner Oberlippe stehen Schweißperlen. Mich beherrschen widersprüchliche Gefühle. Ich bin übermütig-ängstlich. »Hinüberklettern, meinst du? Das ist ein Gesetzesverstoß, James.«

Er schaut weg. »Leo Carnes war ein FBI-Agent. Du bist ebenfalls beim FBI. Wenn wir nicht jemanden dafür zahlen lassen, sind wir alle in Gefahr. Ich bin dafür, uns diesmal Dalís Pragmatismus anzueignen.«

Ich schaue Callie und Alan an. »Was haltet ihr davon?«

»Die Hölle gefriert.« Callie blinzelt. »Ich finde, James hat recht.«

»Du weißt, auf welcher Seite ich bin«, sagt Alan.

Ich betrachte meinen verstümmelten Finger und bewege die Hand. Es tut weh.

»Ich glaube nicht, dass ich rüberklettern kann.«

»Wir können das Schloss aufbrechen«, sagt Alan.

»Nein. Was, wenn er da ist und den Eingang beobachtet? Und selbst wenn er nicht hier ist – angenommen, er kommt zurück, während wir den Beschluss holen, sieht, dass wir das Schloss geknackt haben, und haut ab?«

»Gutes Argument. Was dann?«

Ich schirme meine Augen mit der Hand ab und lasse den Blick über die Umgebung schweifen. Rechts ist die Tankstelle. »Was, wenn wir ein anderes Schloss knacken?«

Eine Querstraße entfernt entdecken wir ein Werkzeuggeschäft und kaufen einen Bolzenschneider. Wir zerschneiden nicht den Bügel des Schlosses, sondern die Kette, sodass wir es aussehen lassen können, als wäre das Tor im Zaun noch immer versperrt.

»Machen wir Nägel mit Köpfen«, sage ich und betrete das Grundstück.

Ich gehe an der Tankstelle vorbei, parallel zum Gebäude von Meet Storage Solutions, bis ich die Rückseite des Grundstücks erreiche. Ich bringe das Gesicht an den Maschendrahtzaun und blicke auf das Betongebäude. Ich sehe ein Rolltor, das groß genug ist, um einen Wagen durchzulassen. Ich drehe mich um, sodass ich dem Tor und dem Zaun den Rücken zuwende. Dann kauere ich mich nieder und versuche, auf die gleiche Höhe zu kommen, die ich eingenommen habe, als ich im Kofferraum von Dalís Wagen lag. Ich starre in den Himmel, suche nach Sicherheit. Ich sehe nichts, das wiederzuerkennen ich unter Eid beschwören könnte. Aber ich weiß, dass wir hier richtig sind.

Also tue auch, was richtig ist.

In den vielen Jahren, die ich nun schon FBI-Agentin bin, war ich immer stolz darauf, kein einziges Mal das Gesetz gebeugt zu haben, um meine Ziele zu erreichen. Durchsuchungen habe ich nur vorgenommen, wenn ich vorher ordnungsgemäß einen Beschluss erwirkt hatte. Bei Verhaftungen habe ich stets die Rechte verlesen und diese Rechte geachtet.

Was bedeutet schon eine kleine Lüge, wenn du ihn sowieso töten willst?

Etwas in mir gibt diese Antwort, aber ich höre nicht hin. Ich gehe wieder zur Vorderseite des Tankstellengrundstücks und verlasse es durch das Tor.

»Hier ist es«, sage ich. »Hierher hat Dalí mich verschleppt.«

»Okay«, sagt Callie. »Dann holen wir uns den Beschluss, das Sondereinsatzkommando meines Göttergatten und ein paar Kanonen.«

Ich will gerade zustimmen, als wir einen lauten Knall hören, als wäre ein Schuss gefallen. Alles greift nach den Waffen.

»Das kam aus dem Meet-Storage-Gebäude«, erklärt Alan.

»Klingt für mich wie Gefahr im Verzug«, sage ich. »James, mach das Tor auf.«

Er zögert nicht. Keiner von ihnen zögert – und genau das lässt mich innehalten. Ich bin die Teamleiterin. Ich sage, wo es langgeht. Wir sollten die Außenstelle verständigen und Verstärkung anfordern. Die Jungs mit den großen Kanonen sollten die Arbeit machen, für die sie ausgebildet sind.

Ein weiterer Schuss fällt und beseitigt meine Zweifel.

Wir ziehen die Waffen.

Wieder ein Schuss.

»Himmel«, murmelt Alan. »Was, wenn er da drin die Gefangenen hinrichtet?«

»Los!«, sage ich.

James drückt das Tor auf, und wir rücken zum Eingang des Gebäudes vor. Ich drehe den Türknauf.

»Abgeschlossen!«, flüstere ich. Ich winke nach rechts. »Gehen wir nach hinten.«

Wir huschen auf die rechte Seite des Gebäudes. Schweiß läuft mir den kahlen Schädel hinunter, und ich fühle mich gleichzeitig heiß und kalt.

Wir erreichen das Rolltor. »Versuch es«, sage ich zu James.

Er bückt sich nach dem Griff, und zu unserer Überraschung öffnet das Tor sich ohne Umstände.

Ich erkenne die Garage dahinter augenblicklich. Mein Herz macht einen Satz.

Hier begann die Dunkelheit.

»Hierher hat er mich gebracht«, sage ich. »Durch die Tür dort kommt man in den Hauptteil des Gebäudes.«

James öffnet auch diese Tür ohne Schwierigkeiten. Mein Fingerstumpf pocht, und einen Augenblick lang wünsche ich mir, ich könnte eine Schmerztablette nehmen. In meinem Kopf schrillen die Alarmglocken.

»Zu leicht«, sage ich zu James und lege ihm meine freie Hand auf den Rücken. »Gehen wir langsam.«

Er sieht mich finster an. Nickt. Er geht als Erster hinein. Ich folge ihm. Callie und Alan kommen hinter mir. Wir gehen den Gang entlang, passieren die drei Türen, an die ich mich erinnere, und wenden uns nach rechts zur Treppe. Wir steigen die Stufen hinauf, bis wir das obere Ende der Treppe erreichen. Rechts ist die Tür zu dem Gang, in dem meine Zelle war. Links befindet sich eine weitere Tür.

»Die linke«, flüstere ich.

James öffnet sie, und wir kommen in einen längeren Gang. Auf beiden Seiten sind Türen. Der Magen dreht sich mir um, als ich die Überfallen und Vorhängeschlösser sehe.

Wie viele? Zehn Türen auf jeder Seite? Sind alle Zellen belegt?

Ich ignoriere meine Übelkeit. Wir bewegen uns den Gang entlang, bis er einen Knick macht. Wir sehen nur zwei Türen, eine am Ende des Gangs, eine andere in der rechten Wand. Diese Tür steht offen. James legt einen Finger auf die Lippen und bewegt sich langsam voran. Ich rieche Blut und Tod, diesen Gestank nach Kot und Kupfer. James betritt den Raum. Die Waffe zittert in seinen Händen. Ich folge ihm. In dem Raum stinkt es noch stärker als draußen auf dem Gang.

Als ich die beiden Tische und die beiden Frauen sehe, durchfährt mich ein solcher Schock, dass ich beinahe ohnmächtig werde.

Hier ist es. Hier hat er mich zu der schrecklichen Entscheidung zwischen Leo und mir selbst gezwungen.

Ich beuge mich vor und übergebe mich. Nicht wegen der Frauen mit den frischen Einschusslöchern in der Stirn, sondern wegen meiner Erinnerungen. Meine Sicht verschwimmt, und ich sinke taumelnd auf ein Knie.

»Geht's?«, flüstert Alan.

Ich kann antworten. Ich zeige auf den Gang. Wir haben noch einen Gang zu sichern.

Ein weiterer Schuss fällt – ein vierter und letzter. Er ist lauter als die anderen. James und Callie eilen aus der Tür und zum nächsten Raum. Ich höre, wie eine Tür geöffnet wird, und dann gar nichts. Ich zwinge mich, die weißen Lichtblitze hinter meinen Augen nicht zu beachten. Die Wiese ruft, und vielleicht wartet Baby dort, aber jetzt ist nicht der passende Moment. Auf unsicheren Beinen verlasse ich den Raum. Die andere Tür ist weit aufgerissen.

»Was ist los?«, rufe ich.

»Komm und sieh selbst«, ruft Callie leise zurück. »Komm und sieh dir das an.«

Als ich den Raum betrete, pochen mein Schädel und mein Fingerstumpf. Der Raum ist groß und als Büro eingerichtet. Er wirkt kahl. Auf dem Boden liegt kein Teppich, die Wände sind nackt und nicht gestrichen. Neben einem billigen Schreibtisch aus Holzimitat steht ein einzelner Aktenschrank. Auf dem Schreibtisch ist ein Computermonitor. Und ein Mann. Sein Gehirn ist an die Wand hinter ihm gespritzt.

»Feigling«, murmelt James. »Er muss gewusst haben, dass wir kommen.« Er klingt enttäuscht. Ich kann ihn gut verstehen. Ich wollte Dalí ebenfalls töten.

»Ist er das?«, fragt Callie. »Erkennst du irgendetwas an ihm wieder?«

Ich beuge mich vor. Ich sehe eine zerplatzte Stirn über zwei erstaunt blickenden Augen und einem schlaffen Mund. Ich schätze den Mann auf Ende vierzig, Anfang fünfzig. Er trug einen Bürstenschnitt. Sein Gesicht war nicht hässlich, aber unauffällig. Alles passt, bis auf das vielleicht Wichtigste – das, was ich gesehen und für mich behalten habe. Ich bin mir bisher nicht sicher gewesen, wieso. Jetzt weiß ich es.

»Ja«, sage ich. »Das ist er. Das ist Dalí.«

Ich lüge, aber das ist okay. Ich glaube, jetzt begreife ich alles.

KAPITEL 39

Tommy, Kirby und ich sitzen in unserem Wohnzimmer. Alan und Elaina werden in den nächsten Tage auf Bonnie aufpassen. Sie wollen mir Zeit geben, mich von allem zu erholen, was geschehen ist. In Wirklichkeit verschaffen sie mir Zeit zu tun, was getan werden muss.

»Er wusste, dass du kamst, weil er den GPS-Chip in deinem Handy verfolgt hat«, erklärt Tommy. »Die Techniker konnten nichts finden, als sie dein Mobiltelefon überprüften, weil es nichts zu finden gab. Er hat sich auf das Signal eingepeilt und die Augen offen gehalten. Durch ein wenig Rückverfolgung haben wir bekommen, was wir brauchen.«

Kirby mustert mich mit einem undeutbaren Blick, während sie ihr Kaugummi kaut. »Und du bist dir ganz sicher, Smoky? Ich habe kein Problem damit, aber für dich ist es Neuland.« Sie macht eine Kopfbewegung zu Tommy. »Und für ihn auch.«

»Ich bin mir sicher«, antworte ich.

Tommy sagt nichts.

»Okey-dokey«, sagt Kirby. »Dann wollen wir mal aufsatteln.«

Eric Kellerman. So hieß der Mann, der sich durch Kopfschuss umgebracht hat. Er war achtundvierzig Jahre alt, ein Waisenkind, das in städtischer Fürsorge aufwuchs und mit achtzehn sich selbst überlassen wurde. Darüber hinaus gibt es nicht viel über diesen Mann, nur einen Überschuss an Beweismaterial.

Die unbekannten Fingerabdrücke an den Leichensäcken stammen von Kellerman. Videos und Fotos der Autounfälle sind in dem Lagerungsgebäude gefunden worden; außerdem ein paar Gedichte darüber, wie viel schöner es sei, einen Autounfall zu beobachten, als Sex mit einer Frau zu haben. In einem Koffer befanden sich mehr als fünfzigtausend Dollar in bar. In einer Schreibtischschublade lag eine Plastiktüte, die mit Kellermans Fingerabdrücken bedeckt war. In der Plastiktüte befand sich das abgetrennte Glied meines Fingers. Alles unbestreitbares Beweismaterial.

»Die Symphorophilie bestätigt es endgültig«, hat James gesagt. »Die statistische Wahrscheinlichkeit, dass sich noch jemand mit dieser speziellen Paraphilie an diesem Ort befindet, ist praktisch gleich null. Dieser Mann war Dalí.«

Am schlimmsten waren die Opfer. Drei Frauen, alle seit etlichen Jahren vermisst, meist in schlechterem Zustand als Heather Hollister. Die Ehemänner dieser Frauen wurden festgenommen. Zwei haben schnell schlappgemacht, einer langsam. Sie waren Feiglinge durch und durch, Narzissten, die am meisten bedauerten, erwischt worden zu sein. Jeder kam uns mit dem gleichen Lied, nur wurde es jedes Mal zu einer anderen Melodie gesungen.

Einen Hinweis auf die Gebäude in Oregon und Nevada fanden wir nicht, aber das ist okay. Tommy, Kirby und ich haben sie allein gefunden. Dazu war einiges an Arbeit nötig, aber wir kennen sie, und wir werden einen anonymen Hinweis geben, sobald wir getan haben, was wir tun müssen.

Ich habe um Urlaub gebeten und ihn ohne jedes Wenn und Aber erhalten. Ich glaube, AD Jones war viel zu erleichtert über mein Ersuchen, um misstrauisch zu werden. Hoffe ich. Direktor Rathbun wollte vorher eine Pressekonferenz abhalten, gab aber nach, als ich darauf beharrte, zurzeit vor keine Kamera treten zu können.

»Also gut«, sagte er. »Gehen Sie nach Hause und erholen Sie

sich. Aber lassen Sie sich vor der Konferenz das Haar nicht zu lang wachsen. Das ist ein tolles Bild. Wir werden es zu unserem Vorteil nutzen.«

Ganz gelogen war die Sache mit dem Urlaub nicht. Ich habe tatsächlich ein, zwei Tage ausgespannt. Dann habe ich Bonnie packen lassen, habe Tommy und Kirby hinzugezogen und ihnen alles erzählt: was ich weiß, was ich vermute, und wo ich mir unsicher bin. Zuerst waren sie skeptisch, bis ich ihnen erzählte, was mir an Dalí aufgefallen ist. Danach hielten sie die Klappe und hörten mir zu.

Tommy war es, der herausfand, dass Dalí den GPS-Chip in meinem Handy überwachte. Deshalb hat Dalí gewusst, dass ich mich seinem Lagerungshaus in L.A. näherte. Wieder einmal hatte seine Brillanz in Einfachheit bestanden. Er wusste, dass die Techniker beim FBI meine Sachen auf Wanzen untersuchen würden; deshalb installierte er keine, sondern machte sich die Wanze zunutze, die bereits vorhanden war.

Tommy hat mithilfe von Technikern, die er kennt, den GPS-Tracker zurückverfolgt. Damit konnten wir Dalí orten. Wir haben darauf gezählt, dass er kein Risiko eingehen würde, und er hat uns nicht enttäuscht. Ob für tot erklärt oder nicht – er ließ den Tracker aktiv; er wollte auf Nummer sicher gehen und stets wissen, wo ich war. Pragmatik war seine große Stärke. Und ich muss zugeben, sie hat ihm gut gedient – bis jetzt.

Er ist beschäftigt gewesen, hat zuerst Zeit in Nevada verbracht und dann in Oregon. Die Adressen der anderen Gebäude herauszufinden war ziemlich einfach. Im Augenblick ist er in Nevada, und wir machen uns bereit, ihn zu besuchen. Um es zu Ende zu bringen.

Um ihn zu töten.

Ich sehne mich danach, ihn zu töten. Ich möchte sehen, wie das Leben in seinen Augen erlischt. Sein Tod wird für mich so erquickend sein wie Wasser für eine ausgedörrte, durstige Kehle.

Wird mein Durst dadurch gelöscht? Ich weiß es nicht. Aber wenn Dalí tot ist, kann er niemandem mehr etwas antun, der mir etwas bedeutet. Das muss reichen.

»Ich werde Raymond dein Handy geben«, sagt Kirby. »Er wird es mit sich tragen, während er Bonnie überwacht. Dadurch sieht es so aus, als wärest du noch hier in L.A.«

»Gut. Sind wir so weit?«

»Ich schon«, sagt Tommy.

»Eine Familie, die gemeinsam tötet, trennt im Leben nichts mehr«, sagt Kirby und lacht.

Tommy und ich lachen nicht.

Wir brechen am Nachmittag auf, sodass wir am Abend ankommen. Für das, was wir vorhaben, ist Dunkelheit besser. Wir reden nicht viel; selbst Kirby bleibt ziemlich still. Ich beobachte, wie Kalifornien der Wüste weicht, und spüre trotz der Klimaanlage die Temperaturänderung. Ich beobachte, wie das Nichts sich in das überwältigende Etwas namens Las Vegas verwandelt. Wie jedes Mal kommt es mir wie ein Fliegender Holländer unter den Städten vor. Mammon stach sich in den Finger und ließ einen Blutstropfen auf den Sand fallen, und dort entsprang Las Vegas.

Wir kennen zwei Örtlichkeiten. Das eine ist das Einlagerungsgebäude, in dem er seine Opfer aus Nevada eingesperrt hält. Das andere ist ein Wohnhaus, eingetragen auf einen Namen, der mich überrascht hat, während er gleichzeitig bestätigte, was ich über Dalí aufgrund dessen, was ich gesehen hatte, vermutet habe. Die Rückwärtsverfolgung bestätigt, dass Dalí zu Hause ist.

Wir nehmen uns kein Hotelzimmer, denn wir wollen keine Spur hinterlassen. Wir brauchen ohnedies kein Zimmer. Wenn man einen Mord verüben will, reist man am besten abends an und verschwindet in der gleichen Nacht wieder. Eine Seite aus Dalís Leitfaden »Wie mache ich es einfach«.

In einem Imbiss am Rand der Vorstadt, in der Dalís Haus

steht, essen wir zu Abend. Ich nehme eine Tasse Kaffee und einen Toast. Tommy nimmt noch weniger; er lässt den Toast aus. Kirby bestellt ein T-Bone-Steak, zwei Spiegeleier, Bratkartoffeln, Toast, Orangensaft und Kaffee.

»Was ist?«, fragt sie, als sie bemerkt, dass ich sie anstarre. »Ich habe Hunger. Wer weiß, wann wir die nächste Gelegenheit bekommen.«

Ich bin mir sicher, dass sie recht hat. In solchen Dingen hat sie bestimmt mehr Erfahrung als ich. Doch mein Magen scheint die letzte Bastion meines Gewissens zu sein. Ich halte mich an meinen Kaffee und meinen Toast.

Als Kirby aufgegessen hat, seufzt sie zufrieden. »Das war gut. Also – alles bereit, jemanden kaltzumachen?«

»Das dritte Haus die Straße runter«, sagt Tommy.

Wir parken in einer Vorstadtstraße, verborgen im Schatten eines Baumes, die hier selten sind. Die Häuser sind Lehmsteinbauten mit Felsen und Kakteen im Vorgarten. Wasser ist in Vegas kostbar.

»Klein«, sagt Kirby. »Gute Tarnung. Es ist nie eine gute Idee, mit den Früchten seiner Übeltaten zu protzen.«

»Dalí wird Kameras haben«, sage ich, »aber nicht viele. Er hat keinen Grund, sich hier unsicher zu fühlen. Und wer zu sehr um seine Sicherheit besorgt ist, sticht auch wieder heraus. Dieses Haus ist ein Rückzugsort und wird wahrscheinlich nur benutzt, wenn Dalí in der Stadt ist. Sein Hauptwohnsitz wird in Los Angeles sein.«

»Wie sollen wir vorgehen?«, wendet Tommy sich an Kirby.

Sie grinst und zwinkert. »Ich wäre für die direkte Methode. Ich klopfe an die Tür. Nicht sehr wahrscheinlich, dass Dalí mich kennt, oder?«

»Dafür würde ich die Hand nicht ins Feuer legen.«

Sie zuckt mit den Schultern und klopft auf die Pistole, die

sie unter ihrer Windjacke verbirgt. »Wenn Dalí nicht an die Tür kommt, muss ich eben Big Red hier ziehen und mich selbst ins Haus lassen.«

»Kirby«, warne ich, »wir dürfen keine Aufmerksamkeit auf uns lenken.«

Sie verdreht die Augen. »Nur Ruhe, Boss-Lady. Ich bin Profi, schon vergessen? Das Auto ist ein Wegwerffahrzeug mit falschen Nummernschildern. Ihr beide zieht euch Strumpfmasken über, dann passiert uns nichts. Vertraut mir.«

Ich vertraue ihr nicht, ich vertraue hier gar nichts, aber mir bleibt keine Wahl. Kirby ist die Profikillerin in unserer Truppe. Sie tötet schon sehr lange und ist allen Aussagen zufolge sehr gut darin.

»In Ordnung«, sage ich seufzend. »Wir tun, was du vorschlägst.«

»Seid ganz ruhig und wartet, bis ihr von mir hört. Entweder, ich klingele euch auf den Handys an, oder ihr seht, wie ich die Tür eintrete. Okay?« Sie zwinkert mir noch einmal zu und steigt aus dem Auto.

»Verrückt«, murmelt Tommy.

»Ja.«

Wir beobachten, wie sie zur Haustür schlendert und anklopft. Augenblicke vergehen. Schweiß tritt mir auf die Stirn. Es ärgert mich.

Die Tür wird geöffnet. Wir können nicht erkennen, wer drin ist, aber wir sehen, wie Kirby in die Jacke greift, sich voranbewegt und im Haus verschwindet.

»Himmel«, hauche ich.

Diese Bedenkenlosigkeit. Wenn man überlegt, wer Kirby ist und womit sie ihr Geld verdient, wirft es ein bestürzendes Schlaglicht darauf, wie rasch ein Mensch sterben kann.

Ungefähr fünf Minuten vergehen, dann klingelt mein Handy.

»Ich habe Dalí gesichert«, sagt Kirby. »Die Haustür ist auf, also parkt in der Einfahrt und kommt rein. Keine Sorge, okay?« Sie legt auf.

Ich starre auf das Haus. Jetzt müssen wir es bis zum Ende durchziehen.

»Also?«, fragt Tommy.

»Gehen wir.«

Das Haus ist anders, als ich erwartet habe. Ich hatte mir eine Art Vorstadt-Gulag vorgestellt: keine Bilder an den Wänden, im Kühlschrank ein einziger Milchkarton, der Schrank voll gefriergetrockneter Mikrowellenmahlzeiten.

Stattdessen sehe ich Gemälde und Fotos in eleganten Rahmen. Das meiste ist geschmackvoll. Einiges ist sogar sehr gut, besonders die Fotografien, die unterschiedliche Motive zeigen, von Menschen bis zu Landschaften. Die Fußböden bestehen aus honigfarbenem Hartholz, das warm und einladend wirkt. Kleine Teppiche liegen dekorativ an sinnvollen Stellen. Das Mobiliar ist sauber und nicht mehr ganz neu.

»Kirby?«, rufe ich.

»Im Wohnzimmer.«

»Ist das Musik?«, fragt Tommy.

Ich lausche. »Klassische Musik. Ich glaube, Beethoven.«

Wir durchqueren den Korridor und das Esszimmer und kommen ins Wohnzimmer. Es liegt neben der Küche, ein weiter, offener Raum in dem Stil, der von Architekten als das »Konzept des großen Raums« bezeichnet wird. Ich mag es nicht. Ich ziehe Räume mit Wänden vor. Im Wohnzimmer stehen ein hübsches Sofa, ein mittelgroßer Flachbildfernseher und ein Couchtisch. Stehlampen spenden Licht. Die Vorhänge vor den Fenstern sind zugezogen. Die Jalousie auf der Glasschiebetür, durch die man in den Garten hinter dem Haus gelangt, ist geschlossen.

Dalí sitzt auf einem Küchenstuhl, an Händen und Füßen mit Handschellen gefesselt, und sieht mich kühl an.

»Hallo, Mercy Lane«, sage ich.

»Hallo, Nummer fünfunddreißig«, antwortet sie.

Ich hatte es bereits vermutet, bevor der Name auf dem Grundbucheintrag des Hauses diese Vermutung bestätigt hat. Dennoch erstaunt es mich maßlos: Dalí ist eine Frau. Was ich in meiner Zelle gesehen und für mich behalten habe, war ein glatter Hals ohne Adamsapfel. An Eric Kellermans Leiche hingegen war er sehr ausgeprägt gewesen.

»Woher wussten Sie Bescheid?«, fragt sie mich.

Ich antworte nicht gleich. Ich lasse mir Zeit. Ich betrachte die Person, die mich in dieses Schattenland geführt hat, in dem ein Mord sowohl akzeptabel als auch wünschenswert ist. Dalí ist eine kleine Frau mit hübschem Gesicht. Sie trägt ihr brünettes Haar kurz, und es steht ihr gut. Ihre Augen sind von einem erstaunlichen Blau. Sie trägt Bluejeans und ein dünnes T-Shirt. Sie sieht bezaubernd und harmlos aus, wie eine Kobra mit eingefaltetem Nackenschild.

»Das war vielleicht ein Plan«, sage ich. »Wie lange hatten Sie diesen Fluchttunnel schon offen?«

Dalí ist in jeder Hinsicht pragmatisch gewesen. Dazu hat auch ein Plan gehört für den Fall, dass wir sie eines Tages finden. Sie hat beschlossen, einen Sündenbock zu präsentieren, der nur auf uns wartet, und hat vor Jahren die notwendigen Spuren gelegt. Sie hat Eric Kellermans Fingerabdrücke in den Leichensäcken platziert. Sie hat den Symphorophilie-Fetisch nachgeahmt. Sie hat ihn ausgesucht, weil er so einmalig ist. Wenn ihr jemand auf die Spur käme, sollte er Eric Kellermans Leiche finden, zusammen mit seiner Sammlung von Autounfallsouvenirs und seinen Fingerabdrücken.

Dalí wäre offiziell tot, und Mercy Lane wäre für immer in Sicherheit. Ich habe die Möglichkeit in Erwägung gezogen, dass sie zusammengearbeitet haben, sie aber verworfen: Dalí arbeitet allein.

Sie zuckt mit den Schultern. »Das letzte Teil kam vor acht oder neun Jahren hinzu. Eric. Aber die Vorarbeiten hatten mich schon viel länger beschäftigt.«

»Die Autounfälle.«

»Ja.«

Ich spreche aus, was ich vermutet habe, nicht so sehr, um es bestätigt zu bekommen, sondern weil ich ihr zeigen will, dass ich es herausgefunden habe – jawohl, du warst nicht schlauer als ich, und am Ende gewinne ich. Ich möchte damit vor ihrem Gesicht wedeln und sie damit verhöhnen.

»Wenn wir Ihnen also auf die Spur kamen – oder sonst jemand –, konnten Sie Ihren Sündenbock Selbstmord begehen lassen und unwiderlegbare Beweise zurücklassen, die ihn mit den Verbrechen in Verbindung brachten: die Videos und Fotos der Autounfälle. Zu ungewöhnlich, zu eindeutig, als dass es ein Zufall sein konnte. Die Fingerabdrücke auf den Leichensäcken würden es bestätigen. So ist es doch, nicht wahr?«

»Im Großen und Ganzen. Es war ein guter Plan. Welchen Fehler habe ich begangen?«

»Sie haben mich entführt.«

Sie schüttelt den Kopf. Nicht aus Rechthaberei, sondern verächtlich. »Das ist Posieren und keine logische Überlegung. Sie unterschieden sich, was das Risiko angeht, nicht von irgendeiner anderen Einheit.«

Einheit. Mein Finger am Abzugbügel zuckt, als sie dieses Wort benutzt.

»Schön. Sagen wir einfach, dass ich besser beobachte als andere Leute. Ich habe etwas von Bedeutung gesehen, und dann haben Sie den entscheidenden Fehler begangen, indem Sie mich gehen ließen.«

»Was haben Sie gesehen?«

Ihre Stimme hat einen merkwürdigen Unterton, als sie diese Frage stellt. Sie ist nicht durch eitle Neugier motiviert. Sie will wissen, wo sie einen Fehler begangen hat. Wo hat ihr Pragmatismus ihr nicht weitergeholfen?

»Genug. Ich habe genug gesehen.« Ich lächle, und ich weiß, dass mein Lächeln grausam ist, noch schlimmer als das, mit dem ich Douglas Hollister bedacht habe.

Mercy runzelt die Stirn. »Sie werden es mir nicht sagen.«

»Nein.«

»Kindisch.«

»Aber befriedigend.«

»Und wie geht es jetzt weiter? Bin ich verhaftet?«

»Ich fürchte, nein.«

Ihr Gesicht glättet sich. »Aha, ich verstehe. Sie werden mich töten.« Sie nickt. »Das ist klug. Praktisch.«

»Wie haben Sie Eric Kellerman dazu gebracht, sich selbst zu erschießen?«, frage ich.

»Ich habe Eric und eine junge Frau vor fast neun Jahren entführt. Ich überzeugte ihn, dass die junge Frau seine illegitime Tochter wäre. Eric war Waise, deshalb hatte es für ihn besondere Bedeutung. Ich folterte beide jahrelang, um Eric zu zeigen, wozu ich fähig war.

Vor einigen Jahren sagte ich Eric, dass ich seine ›Tochter‹ in ein anderes Gebäude verlegt hätte. Ich ließ ihm die Wahl: Wenn er sich erschießt, sobald es so weit ist, würde ich sie freilassen, wenn nicht, würde ich sie im Dunkeln gefangen halten, bis sie alt und grau wäre.« Sie zuckt mit den Schultern. »Er hat seine Wahl getroffen, wie geplant.«

»Und? Haben Sie sie freigelassen?«

»Natürlich nicht. Ich habe sie vor fast zwei Jahren getötet.«

»Warum?«

Mercy wirkt verdutzt. Die Frage kommt ihr offenbar dumm vor. »Eric war ausreichend vorbereitet. Für den unwahrscheinlichen Fall, dass er einen sichtbaren Beweis wollte, dass sie noch lebte, standen mir mehr als einhundert Stunden Videoaufzeichnungen zur Verfügung. Die Frau verbrauchte Platz, Wasser, Essen und Strom. Ich habe sie nicht mehr benötigt.«

Ich merke, wie Tommy sich neben mir regt. Ihn verstört die Antwort genauso wie mich.

»Wieso, Dalí? Wieso haben Sie das getan?«

Mercy, Dalí, ich springe zwischen den Namen hin und her. Sie ist beides und doch keines von beidem.

»Wegen des Geldes natürlich, Nummer fünfunddreißig. Mein Vater hatte eine Tochter, aber er zog mich als Sohn auf. Er hat mir drei grundlegende Dinge beigebracht: Freude ist alles, was nach dem Überleben kommt. Überleben hängt vom Geld ab. Es gibt keine Seele, wir sind alle nur Fleisch. Er hat es mir nicht nur gesagt, er hat es mir bewiesen.« Sie schweigt kurz. »Zum Beispiel nahm er das Frauenfleisch von mir und machte mich zu einem Mann.«

Ich runzle die Stirn und blicke in das hübsche Gesicht. »Sie sehen mir ziemlich weiblich aus.«

»Das ist meine Tarnung, Nummer fünfunddreißig. Die Maske, die ich in der Außenwelt trage. Möchten Sie mein wahres Ich sehen?«

»Ja.«

Die Augen verlieren ihren Glanz. Das Gesicht verändert sich leicht, wirkt mit einem Mal brutaler. Die Schultern sinken herab, und eine schwache Aura der Bedrohlichkeit umgibt sie. »Na los«, sagt sie. Sie spricht zu Kirby, sieht dabei aber mich an. Ihre Stimme ist anders, tiefer, dunkler. Sie ist zu der Stimme geworden, die ich außerhalb des Kofferraums gehört habe. »Machen Sie schon, fühlen Sie meine Brüste.«

»Wie bitte?«, fragt Kirby.

»Fühlen Sie meine Brüste.«

Kirby sieht mich mit erhobener Augenbraue an. »Mach nur«, sage ich.

»Ich bevorzuge zwar Männer, aber wenn du darauf bestehst.«

Sie greift zu, ohne zu zögern, drückt mit der linken Hand Dalís rechte Brust und runzelt die Stirn. »Was ist das …?« Sie greift in Dalís T-Shirt. Ich sehe, wie ihre Hand umhertastet. Ein Ausdruck der Abscheu erscheint auf ihrem Gesicht. Als sie die Hand herauszieht, hält sie etwas Brustgroßes aus Gummi zwischen den Fingern. »Silikon«, sagt sie. »Sonst nichts.«

»Sehen Sie?«, sagt Mercy Lane rau. »Nur Fleisch, das geformt werden muss. Dad hat meine Brüste weggeschnitten, als ich groß genug war. Er sagte, sie machen mich schwach, und das Überleben wäre auf dieser Welt zu schwierig für eine Frau.« Sie lächelt. »Er hat mich stark gemacht.«

Ich suche nach Mitleid, sehe aber nur Leo vor meinem geistigen Auge. Mein Wunsch, den Abzug zu drücken, hat sich in Mattigkeit verwandelt. Der Fingerstumpf pocht.

»Zeit zu sterben, Mercy«, sage ich.

Sie zuckt mit den Schultern. »Fleisch zu Fleisch. Sterben müsste ich sowieso irgendwann. Wir alle kehren in die Erde zurück.«

Ich schraube den Schalldämpfer auf und gehe zu ihr, sodass ich der Kreatur im Sessel ins Gesicht sehe, dieser Frau ohne Brüste und mit der Männerstimme und den verblassten, leeren blauen Augen. Ich hebe die Pistole und richte sie auf ihre Stirn.

Eine letzte Frage.

»Warum haben Sie eine so erfolgreiche Vorgehensweise geändert? Die Aufzeichnungen, die uns verraten haben, dass Sie existieren … Heather ohne Lobotomie gehen zu lassen … mich freizulassen. Warum haben Sie das alles getan, Mercy? Das ergab doch keinen Sinn.«

Sie neigt den Kopf zur Seite und schaut zu mir hoch. Ich merke ihr keine Furcht an, keine Wut, keine Schicksalsergebenheit. Wie ein Tier lebt Mercy Lane im Augenblick. Sie ist überzeugt, keine Seele zu besitzen. Sie hat an den Tod nichts zu verlieren.

»Ich habe mein Geschäftsmodell vor Jahren ausgearbeitet, nach einer sehr umfassenden Analyse. Ich habe versucht, alles einzukalkulieren, auch meinen Rückzug in den Ruhestand. Ganz egal, wie perfekt man etwas ausführt, wenn man das Gleiche zu oft macht, begeht man am Ende Fehler. Erics Beteiligung gehörte zu meinem Pensionsplan. Er war nicht nur ein … wie haben Sie es genannt? Ein Fluchttunnel?«

»Ja.«

»Richtig. Eric war viel mehr. Er war der Grundstein meines Ruhestandsplans. Wenn man ein gesetzwidriges Unternehmen betrieben hat und in den Sonnenuntergang verschwinden möchte, lässt man die Leute am besten in dem Glauben, man wäre tot.«

»Sie beantworten meine Frage nicht.«

Sie fährt ungerührt fort, als hätte ich nichts gesagt und als hielte ich nicht die Pistole in der Hand, die ihr Leben beenden wird.

»Ich brauchte jemanden, der Eric finden würde, nachdem er nach mir suchte, um meinen Plan zum Abschluss zu bringen.« Sie sieht mich wieder an, und ich erkenne eine gewisse Anerkennung in ihrem Blick. »Ich habe unter anderem über Sie nachgeforscht. Sie machen Ihre Arbeit sehr gut, Sie sind sehr tüchtig.

Als Douglas Hollister unsere Vereinbarung verletzte, gab er mir Gelegenheit, die ersten Brotkrumen auszustreuen. Sie waren die logische Wahl als Empfängerin in der Umgebung von Los Angeles. Heather bei der Hochzeit abzusetzen war der erste Schritt. Ich wusste, wenn ich sie bei Verstand ließe, damit sie Ihnen sagt, was sie hinter sich hatte, würde Sie das mehr motivieren, als wenn ich Ihnen Heather als Gemüse serviere.«

Ich starre sie an. In meinem Kopf beginnt sich alles zu drehen.

»Dann … dann *wollten* Sie, dass wir sie finden?«

»Zu meinen Bedingungen zwar, aber ja. Um genauer zu sein, ich wollte, dass Sie Eric Kellerman finden und glauben, dass er ich wäre. Dann hätte ich mich ungestraft in den Ruhestand zurückziehen können.«

Plötzlich fügt sich alles zusammen. Die Unvereinbarkeiten im Profil. Die Aufzeichnungen. Heather bei Verstand zu lassen – mich zu entführen. Das waren keine Fehler; es waren vorsätzliche, zielgerichtete Anomalitäten.

»Sie zu entführen war der Schlüssel«, fährt sie fort, »denn ich wusste, dass es keine bessere Motivation geben konnte.«

Ich presse Mercy den Schalldämpfer auf die Stirn. Meine Hand zittert, mein Puls rast. »Also war alles, was Sie mir angetan haben, nur *Show?*« Meine Stimme ist zu laut, zu laut, ich schreie beinahe.

»Ruhig, Boss«, murmelt Kirby. »Weck nicht die Nachbarn auf.«

Mercy sieht ohne Angst zu mir hoch. »Es musste authentisch wirken.«

»Und Leo?«, frage ich. Die Pistole in meiner Hand zittert. »Wieso er?«

Sie zuckt mit den Schultern. »Ein weiterer Anreiz. Als ich herausfand, wer er war und was er tat, beschloss ich, ihn ebenfalls zu benutzen.«

Mein Magen verkrampft sich, und einen Augenblick wird mir schwarz vor Augen.

Wenn …

Ich versuche, den Gedanken beiseite zu drängen, doch er überwindet meinen Widerstand, unerbittlich und unsagbar hässlich.

Wenn ich Leo nicht in der Undercover-Operation eingesetzt hätte, wäre er noch bei Verstand.

Ich möchte mich erbrechen. Ich bin erfüllt von Abscheu vor mir selbst, von Reue und einer schrecklichen Wut. Ich starre Mercy an und suche nach etwas, nach einem Grund, mit dem Abdrücken zu warten. Ich sehe nichts, gar nichts.

Ich trete einen Schritt zurück und hebe die Waffe. In meinem

Inneren tobt ein Hurrikan aus Hass und Trauer. Ich sehe Leuchtspuren, dunkle Monde und Leos leere Augen.

»Sie verdienen den Tod«, wispere ich, und die Waffe in meiner Hand bebt.

»Niemand verdient den Tod«, sagt Mercy. »Er geschieht einfach.«

Ein Wind durchfährt mich und drückt mich zu einem bodenlosen Abgrund, einem Meer ohne Ufer. Meine Sinne sind auf ein unerträgliches Maß geschärft. Ich rieche Waffenöl und Shampoo. Ich höre, wie Tommy sich anders hinstellt, und spüre seinen Blick auf mir wie die Berührung seiner Hand.

Tu es nicht, Mutter. Ich möchte nicht in Tod geboren werden.

Ich weiß nicht, wem diese Stimme gehört. Ist es Alexa? Ist es das Baby? Bin ich es nur?

Mein Finger drückt auf den Abzug und spürt den Widerstand, der gleichzeitig zu groß und zu gering ist. Auf mich wartet ein Marsch in die Vernichtung, die ich nicht rückgängig machen kann, sobald der letzte Schritt getan ist.

»Worauf warten Sie noch?«, fragt Mercy.

Ein Ausspruch geht mir durch den Kopf. Er klingt wie der Schrei einer Möwe, den der Wind heranträgt.

Der Leuchtturm! Schwimme zu weit hinaus, und das Licht erlischt für immer!

Mein Finger krümmt sich am Abzug.

Ich möchte dich töten, mehr als alles andere auf der Welt. Ich möchte dir in die Augen sehen, wenn ich den Abzug drücke, möchte zusehen, wie sich das Loch in deiner Stirn öffnet und dein Leben herausströmt. Du sollst in dem Bewusstsein sterben, dass ich dich getötet habe, wegen dem, was du Leo angetan hast, denn niemand darf meine Familie anrühren und weiterleben.

Ich senke die Waffe. Schweiß läuft mir die Wange hinunter und nässt meine Narben. Mir ist, als wäre ich eine Meile gerannt und hätte dann zehn Runden geboxt.

Ich will dich töten, aber ich kann es nicht.

»Sie sind verhaftet, Mercy.« Meine Stimme bebt.

Sie schüttelt den Kopf, eine mitleidige Gebärde. »Sie sind schwach.«

Tommy sagt nichts. Er legt mir eine Hand auf die Schulter und drückt sie einmal sanft. Er ist auf meiner Seite.

»Was für ein enttäuschender Abschluss«, murmelt Kirby.

Doch in ihrer Stimme schwingt etwas mit, das mir verrät, dass sie froh ist, dass ich nicht getan habe, was ihr so leichtgefallen wäre.

Ich wate aus der großen, dunklen Tiefe und breche am Ufer zusammen, während der Leuchtturm strahlt und das Nebelhorn dröhnt.

KAPITEL 40 AD Jones sitzt im Wohnzimmer und beobachtet mich. Ich habe ihn angerufen; er ist gekommen. Mercy Lane sitzt in Handschellen da und schweigt. Tommy ist angespannt. Kirby langweilt sich.

»Sir?«, wage ich mich vor.

Ich kann seinen Blick nicht deuten. Er wirkt misstrauisch, verärgert und traurig zugleich. Nur Verwirrung entdecke ich nicht. Es ist, als hätte Jones erwartet, sich hier wiederzufinden. Überrascht ist er nicht, aber er möchte alles wissen, was geschehen ist.

»Ich werde hier etwas tun«, sagt er zu mir, als er schließlich das Wort ergreift. »Nur dieses eine Mal.« Er mustert Dalí/Mercy, die in jeder ihrer Gestalten vollkommen ungerührt ist. »Weil sie Ihnen den Finger und das Haar abgeschnitten hat. Vor allem aber, weil Sie nicht abgedrückt haben, der Grund, weshalb Sie für mich noch ein Mensch sind.«

Ich schlucke und nicke. Ich kann nicht sprechen. Meine Kehle zieht sich mit der Kraft unvergossener Tränen zusammen. Trauer hat meinen Wunsch zu töten verdrängt.

»Das ist alles, Smoky«, fährt er fort. »Mehr bekommen Sie nicht für das, was Sie verloren haben. Einmal sehe ich darüber hinweg. Nur dieses eine Mal. Haben Sie verstanden?«

Ich kann bloß nicken.

»Okay«, sagt er. »Von nun an geht es folgendermaßen weiter.«

Die Lüge war primitiv, und primitive Lügen sind die besten. Angeblich wäre ich zu AD Jones gegangen und hätte ihm von meinem Verdacht erzählt, was die Identität Dalís betraf. Er hätte mir die Erlaubnis erteilt, auf eigene Faust herumzuschnüffeln. Alles andere folgte logisch daraus. Die Rückverfolgung der GPS-Peilung. Die Fahrt nach Vegas. Die Konfrontation aufgrund konstruierter Gefahr im Verzug.

Der AD wird Mercy Lane in Gewahrsam nehmen und an Bord seines Jets nach Los Angeles zurückbringen. Kirby wird im Hintergrund verschwinden. Sie war nie da. Tommy und ich fahren nach Hause, während der AD Callie und die anderen einfliegen lässt, die den Sicherungsangriff leiten sollen.

Die Story ist wacklig, voller Löcher, und sie geht aus dem Leim, aber sie reicht. Mit Gesetzesbrüchen kennen wir uns aus. So etwas tut man heimlich, mit wenigen Zeugen, und nur mit denen, denen man vertraut.

»Von diesem Augenblick an muss Ihre Beteiligung minimal sein«, sagt AD Jones zu mir. »Ich kümmere mich um alles andere.«

»Danke, Sir.«

Er seufzt. Sein Zorn ist verflogen, nur die Traurigkeit bleibt. Ihn traurig zu sehen ist so, als würde man beobachten, wie Regen auf einen Berghang fällt. Es hat etwas Einsames. Nach einer Weile faltet er die Traurigkeit weg, zurück in sich hinein, und es hört zu regnen auf. Nur der Berg bleibt, den solche Momente aushöhlen.

Mercy Lane räuspert sich und erregt unsere Aufmerksamkeit. »Machen wir einen Handel.«

AD Jones sieht sie finster an. »Womit können Sie denn schon handeln?«

»Ich habe alle Variablen abgewogen, und Sie lassen mir keine Wahl. Sie werden den GPS-Tracker hier finden und anderes auch. Ich könnte es mit einer Geschichte versuchen, nach der das FBI mich entführen und ermorden wollte, aber niemand würde mir glauben. Ich kann nur noch meine Haftbedingungen beeinflussen.«

»Einen Scheißdreck können Sie. Die Haft wird die Hölle sein, und dann werden Sie hingerichtet«, sagt Kirby. »Verlassen Sie sich drauf.«

Mercy ignoriert sie. »Am einfachsten lügt man, wenn man gar nicht lügen muss. Wenn Sie mir gewisse Annehmlichkeiten zubilligen und garantieren, dass Sie auf die Todesstrafe verzichten, werde ich alles gestehen und jede Gefängnisstrafe auf mich nehmen, die Sie verhängen wollen. Unsere Geschichten werden übereinstimmen, und niemand wird Ihnen auf die Schliche kommen.«

Sie ist gelassen, vernünftig, kalt. AD Jones starrt sie an. Ich berühre ihn am Arm.

»Sie gestehen hier und jetzt auf Video«, sage ich. »Es muss wasserdicht sein. Und Sie gehen für den Rest Ihres Lebens hinter Gitter.«

Sie neigt den Kopf. »Einverstanden.«

Das ist Dalí, das ist Mercy Lane. Ein Ausbund an Pragmatismus. Überleben ist das Einzige, worauf es ankommt.

»Ich weiß nicht«, murmelt AD Jones. »Da bräuchten wir die Zustimmung des Justizministeriums.«

»Die bekommen wir nachträglich«, sage ich zu ihm. »Sagen

Sie jemandem, der sich dafür interessiert, dass ich ihm einen Gefallen schuldig bin. Die wollen mich dort doch haben, nicht wahr?«

Er schweigt eine Zeitlang. »Ja«, sagt er schließlich. »Ich glaube, das ist wahr.« Mit einer Handbewegung entlässt er uns. »Raus hier. Ich verkaufe jetzt Ihre Seele.«

Tommy fährt uns nach Hause. Er ist auf dem Rückweg genauso still wie auf der Hinfahrt. Ich weiß im Augenblick nicht, was ich von ihm halten soll. Kirby wirkt unbesorgt und begnügt sich damit zu schweigen, solange das Radio läuft.

Wir biegen auf unsere Einfahrt ein, als die Sonne aufgeht.

»Hüpft raus und gebt mir die Schlüssel«, sagt Kirby, frisch und fröhlich, eine blonde, von Schuld unberührte Pontia Pilata. »Ich entsorge die Karre und die Kanonen, dann haben wir es hinter uns.« Sie zwinkert mir zu. »Was in Vegas passiert, bleibt in Vegas, richtig?«

Tommy sitzt auf der Bettkante und betrachtet seine Hände. Ich sitze neben ihm. Sein Schweigen ist zu etwas alles Beherrschendem geworden, wie eine Wand aus Rauch oder eine Nebelbank.

»Tommy«, wage ich mich vor. »Kann ich dich etwas fragen?«

»Sicher.« Er sieht weiter auf seine Hände. Seine Stimme klingt, als käme sie aus weiter Ferne.

»Ist alles in Ordnung zwischen uns?«

Seine Augen richten sich nun auf mich, aber er wirkt verwirrt, als hätte ich ihn gerade erst wachgeschüttelt.

»Natürlich ist zwischen uns alles in Ordnung. Zwischen uns ist alles bestens.«

»Was ist dann los? Du bist ein schweigsamer Mensch, aber du schweigst sonst nie so lange.«

Er schaut auf die Wand. »Wir hätten fast einen Menschen ermordet, Smoky«, murmelt er. »Wir haben sie gejagt und waren bereit, sie hinzurichten und ihre Leiche in der Wüste zu vergraben. Das hat einiges Nachdenken verdient. Das verdient meine Aufmerksamkeit. Verstehe mich nicht falsch, ich wusste, dass wir das vorhatten. Ich habe meinen Teil des Plans mit offenen Augen ausgeführt. Aber wir hätten fast kaltblütig ein Leben genommen. Du hast uns vom Rand des Abgrunds zurückgerissen, aber ohne dich hätte ich es getan. Und ich will es nicht unterdrücken oder beiseiteschieben oder auf irgendeine andere Weise ignorieren. Ich will es empfinden.«

Ich schlucke meine Trauer und meinen Schmerz und die Abscheu vor mir selbst hinunter.

»Wie fühlt es sich an?«, frage ich ihn.

Er antwortet nicht sofort. Ich sehe seinen inneren Kampf. Ich bemerke Anzeichen von Traurigkeit und Kraft, eine Mischung aus Liebe und Verlust, und über allem Standhaftigkeit.

Tommy ist ein Unbeugsamer, wie mein Dad es nannte. »Ein Unbeugsamer«, sagte er zu mir, »ist ein Mensch, der alles ertragen kann, ohne zu vergessen, wer er ist. Wie diese Frau, von der ich neulich gelesen habe. Sie und ihre Familie kamen während des Zweiten Weltkriegs in ein Konzentrationslager. Sie war fünfundzwanzig, mit ihrer ersten Liebe verheiratet, und hatte drei Kinder. Sie war die Einzige, die den Holocaust lebend überstanden hatte. Sie wurde gesund, fand eine neue Liebe, bekam noch zwei Söhne und starb in hohem Alter, umgeben von ihren Kindern und Enkelkindern. Sie war eine Unbeugsame. Deine Mutter ist auch eine.«

»Was ist mit dir?«

»Ich? Nein, ich bin kein Unbeugsamer.«

Auch wenn Dad ein Träumer war, er schätzte sich immer richtig ein. Ich glaube, das ist einer der Gründe, weshalb Mom ihn geliebt hat.

»Es fühlt sich schlimm an«, sagt Tommy. Er ballt die Fäuste und löst sie wieder. »Aber das geht vorbei.«

Ich komme in seine Arme, ein Zeichen von Zustimmung, aber im Grunde meines Herzens, dort, wo wir immer allein sind, bin ich weniger sicher.

Was bin ich eigentlich?

Bin ich eine Unbeugsame?

Wir dösen den ganzen Morgen. Es ist ein unruhiger Schlummer, erfüllt von Träumen, die ich im gleichen Augenblick vergessen habe, in dem ich aus dem Schlaf fahre. Nur ein Bild darf ich behalten: meine Mutter, die schweigt. Sie betrachtet mich, nicht verurteilend, nicht traurig, sondern warnend, obwohl sie versteht.

Vergiss nicht den Leuchtturm, scheinen ihre Augen zu sagen. Schwimm nicht zu weit hinaus. Vergiss das nicht, Schatz, denn dieses Meer ist dunkel und bodenlos, und wenn du versinkst, ist es für immer.

Ich kuschle mich an meinen Mann und suche nach dem Frieden, den er mir schenken kann.

KAPITEL 41

»Wie hieß Ihr Vater?«

»Thomas Richard Lane. *Corporal* Thomas Richard Lane.«

Da wären wir wieder, denke ich. *Wieder in der Mitte des Kreises.*

In einem kalten Verhörraum mit Betonwänden sitze ich vor Mercy Lane. Wir sind allein. Die Wände schlucken jedes Geräusch, und das macht mir Gänsehaut, denn es erinnert mich an die Dunkelheit und die Blumenwiese hinter meinen Augen.

Doch ich verberge mein Unbehagen.

»Ihr Vater war bei der Army?«

»Er hat in Korea gekämpft.« Sie schweigt und denkt über etwas nach. »Dafür war er geschaffen.«

»Wofür?«

»Fürs Überleben.«

Ich habe Mercy eine Standardbefragung angeboten, von der Art, wie ich sie schon wenigstens zehnmal für die BAU, die Behavioral Analysis Unit, durchgeführt habe. Mercy hat akzeptiert, sei es aus Langeweile oder weil sie letzten Endes nicht anders war als die anderen. Ich weiß es nicht.

Ich betrachte es als Gelegenheit, den Versuch zu unternehmen, die Person zu verstehen, die mich beinahe zur Mörderin gemacht hat. Außerdem ist es eine Möglichkeit, Antworten auf einige Fragen zu erhalten. Bestimmte Einzelheiten wissen wir noch nicht. Sie nagen nachts in meinen Eingeweiden und stören meinen Schlaf.

»Warum war Überleben für ihn so wichtig?«

»Weil nur das Überleben wirklich zählt. Alles andere ist ein Bonus, keine Notwendigkeit.«

Meine Frage macht sie ungeduldig, sogar ein wenig feindselig. Ich denke über ihre Reaktion nach und lege einen anderen Gang ein. »Gut«, sage ich, um einen zustimmenden Tonfall bemüht. »Aber Ihr Vater scheint dieser Wahrheit ganz besonders angehangen zu haben. Was, glauben Sie, war der Grund, weshalb er sie so klar erkannt hat?«

Sie entspannt sich. Ich habe ihr versichert, dass ihr Vater nicht nur klug gewesen sei, sondern sogar ein Visionär. Damit befindet sie sich auf Terrain, das ihr angenehm ist. Dass er ihr die Brüste abgeschnitten und ihren Verstand verkorkst hat, spielt keine Rolle. Sie ist ein Krüppel, der glaubt, rennen zu können.

»Verschiedene Gründe. Er ist sehr arm aufgewachsen, das weiß ich. Seine Mutter war Prostituierte, sein Vater ein Trinker, der ihn missbraucht hat. Er hatte eine jüngere Schwester und einen jüngeren Bruder. Seine Mutter starb, als er noch klein war, und sein Vater ließ die Kinder auf den Strich gehen, damit er sich Schnaps kaufen konnte. Das alles hat meinen Vater darauf vorbereitet, die Wahrheiten des Lebens zu erkennen. Diese Wahrheiten hat er an mich weitergegeben.«

Es ist eine furchtbare Geschichte, aber mich berührt sie nicht. Ich habe von schlimmeren Dingen gehört, die guten Männern und Frauen zugestoßen sind – Menschen, die ihre Kinder nicht verstümmelt haben, nachdem sie aufgewachsen waren, und die keine Serienmörder wurden.

»Das muss schwierig gewesen sein«, räume ich ein.

Sie zuckt mit den Schultern. »So ist das Leben. Fressen oder gefressen werden.«

»Wie haben sie es durchgestanden?«

»Zwei von ihnen haben es nicht geschafft. Die Schwester hat sich umgebracht. Der Bruder wurde von einem Freier ermordet.«

»Und Ihr Vater?«

Ein stolzes Funkeln tritt in ihre Augen. »Als sein Bruder tot war, beschloss er, dass er genug hatte. Er tötete seinen Vater und begrub ihn mit dem Rest in den Wäldern. Dann ging er zur Army.«

»Warum hat er sich diesen Weg ausgesucht? Das Militär, meine ich.«

»Pragmatismus. Die Army gab ihm Essen und Unterkunft und brachte ihm bei, wie man tötet. Außerdem war gerade der Koreakrieg im Gange.«

»War das ein wesentlicher Faktor?«

Sie nickt. »Mein Vater sagte, Krieg sei ein blutiger Schmelztiegel. Als Mensch geht man hinein, und mit Tod in den Adern komme man heraus, härter und stärker.«

»Stärker weshalb? Weil man seine Menschlichkeit verliert?«

Sie schaut mich an, und ich sehe ihr in die Augen. Ich versuche, in die Leere dahinter zu blicken, doch dort gibt es nichts zu sehen.

»Sind Sie mit dem Buddhismus vertraut?«, fragt sie mich. Ich finde die Frage merkwürdig und zusammenhanglos.

»Nicht besonders.«

»In seinem Kern beruht der Buddhismus auf der Annahme, dass der Geist das Einzige ist, was wahr ist. Alles andere, was wir sehen oder fühlen«, sie schlägt sich auf die Brust und zeigt auf die schallgedämpften Betonmauern rings um uns, »all diese materiellen Dinge sind nur Illusion. Mara. Die Buddhisten bezeichnen jemanden, der glaubt, Mara wäre die Wirklichkeit und nicht die Seele, als ›gefangen‹. Verurteilt zum Kreislauf aus Wiedergeburt, Leben und Tod, den sie Samsara nennen. Zur Reinkarnation.«

Ich sage nichts. Es fasziniert mich, aus dem Mund eines Monsters eine Geschichte über die Seele zu hören.

»Aber nicht Mara ist die Illusion, sondern die *Seele.*« Sie knallt die Faust auf den Tisch. »Dieser Tisch ist real. Der Schmerz, den ich spüre, wenn ich zu fest daraufschlage, ist real. Die Seele?« Sie schüttelt den Kopf. »Nur ein Traum. Buddhismus, Christentum, sie alle wiegen einen in den Schlaf.« Sie beugt sich vor, erregt und erbittert. »Der Krieg aber weckt einen auf!«

Ich starre sie sprachlos an. Ich kann nicht anders. Sie blickt weg, betrachtet etwas, das für mich unsichtbar bleibt.

»Es gefiel ihm dort, wissen Sie. In Korea. Er hat mir einmal eine Geschichte erzählt, wie er einen Mann in einem Reisfeld erwürgt hat, während die Sonne aufging und Regen fiel. ›Dieser Mann starb mit Wasser in den Augen und Reis in den Ohren und hörte Donner.‹ Das hat mein Vater gesagt.« Sie schweigt kurz. »Im Krieg werden alle Lügen heruntergerissen. Alle Illusionen von Schönheit und Hässlichkeit, von Gut und Böse. Im Krieg gilt es Fleisch gegen Fleisch bis zum Tod. Die nackte Wahrheit.« Sie klingt beinahe wehmütig.

Mir dreht sich der Magen um. »Was ist aus Ihrem Vater geworden?«, frage ich.

»Er ist an Krebs gestorben.«

»Waren Sie traurig, als er starb?«

»Ich habe es bedauert. Er war mein Lehrer. Hätte er länger gelebt, hätte ich mehr von ihm lernen können.«

Nichts zeigt sich bei diesen Worten in ihren Augen. Kein Anzeichen von Trauer, keine Sehnsucht nach dem Mann, der sie aufgezogen hat. Ich versuche, ihn mir vorzustellen, aber er ist gesichtslos, ein brennender Mann, der sein Kind brandmarkt, wie er selbst gebrandmarkt worden ist, und der sie ganz tief im Innern verletzt, wo es sich niemals zeigt.

Die gleiche Geschichte habe ich schon zu oft gehört. Ungeheuer, die von Ungeheuern erschaffen wurden und dann selbst Ungeheuer erzeugen. Eine Kette, die sich in beiden Richtungen in die Finsternis erstreckt.

Manchmal reißt ein Kettenglied, und das Licht kann andauern. Nur zu oft geschieht das nicht. Ich denke an Hawaii, an die Dunkelheit zwischen den Sternen – daran, dass es stets mehr Dunkelheit geben wird als Lichtpunkte.

»Was haben Sie mit den entführten Frauen getan, nachdem Sie die Zahlungen von ihren Ehemännern erhalten hatten?«

»Ich habe sie getötet, was denn sonst.«

»Und die Leichen?«

»Sie wurden zerstückelt, die Stücke verbrannt. Die Knochen wurden zu Pulver zermahlen und verstreut.«

Ich stöhne innerlich auf. Obwohl es nicht völlig unerwartet kommt, hatte ich noch die leise Hoffnung, wenigstens einige von ihnen mit ihren Familien wiedervereinen zu können.

»Wie viele Opfer hatten Sie insgesamt?«

Sie muss nicht nachdenken, um mir die Zahl zu nennen. »Siebenundvierzig einschließlich der Frauen, die Sie gefunden hatten, als Sie meine anderen Anlagen stürmten.«

Siebenundvierzig.

Siebenundvierzig Mal Heather Hollister. Avery und Dylan. Die ganze Welt in einem Wassertropfen.

Mir kommt ein Gedanke, als ich über die Zahl nachdenke.

»Wenn Sie siebenundvierzig hatten, wieso war ich Nummer fünfunddreißig?«

»Verschleierung. Ich habe nicht in Folge durchnummeriert. Wenn jemand entkommen wäre, hätte sie keine genaue Zahl angeben können.«

»Sehr umsichtig.«

Sie tut das Lob mit einem Schulterzucken ab. »Man kann nicht alle Faktoren kontrollieren, die für das Überleben nötig sind. Aber nicht jeden Einzelnen zu kontrollieren, den man kontrollieren *kann*, ist Unfähigkeit.«

»Ich verstehe.« Ich blicke in meine Notizen. »Die nächsten Fragen haben mit ein paar offensichtlichen Lücken in Ihrem sogenannten Pensionsplan zu tun. Einige Dinge passen zumindest oberflächlich nicht zusammen.«

»Nur zu«, sagt sie ganz offen.

»Erstens: Wie wollten Sie sicherstellen, dass wir Ihr Gebäude in Los Angeles finden? Ich begreife die Faktoren, die Sie ins Spiel brachten – Heather, die SMS, meine Entführung –, aber nichts davon konnte garantieren, dass es gelingt. Ich nehme an, Sie hatten weitere Ansatzpunkte.«

Sie nickt. »Geplant war, weiterhin Hinweise fallen zu lassen, die Sie zu mir führen – oder genauer, zu Eric –, und zwar auf glaubhafte Weise.«

»Glaubhaft inwiefern?«

»Indem ich den Anschein eines Phänomens erweckte, das Sie Dekompensation nennen.«

Dekompensation bedeutet wörtlich Unausgeglichenheit und bezeichnet in der Medizin einen Zustand, in dem der Körper einen Organschaden nicht mehr ausgleichen kann, sodass die Symptome deutlich zutage treten. Auf dem Gebiet des Profilings von Serientätern benutzt man diesen Begriff, um ein bestimmtes Entwicklungsmuster zu beschreiben. Viele Serienmörder – auch extrem umsichtige Täter – fallen irgendwann den ihrem Verhalten zugrunde liegenden Wahnsinn anheim. Sie können ihn nicht mehr ausgleichen. Ihr Verhaltensmuster zerfällt.

Sätze kommen mir in den Sinn:

Ich habe eine Münze geworfen.

Ich bin kein grausamer Mensch.

Mercy hat sie gesagt, als ich in ihrem privaten Gulag gefangen war. Damals widersprachen sie ihrem Profil. Jetzt ergeben sie Sinn.

»Mich zu zwingen, die Entscheidung über Leo zu treffen, und mich überzeugen zu wollen, dass es Ihnen wichtig erschien, nicht für grausam gehalten zu werden – das gehörte alles dazu, richtig? Es sollte Sie ein wenig verrückt erscheinen lassen.«

Sie lächelt, aber weder aus Vergnügen noch Grausamkeit; diese Empfindungen scheinen ihr abzugehen. »Das ist richtig. Die SMS und die Abweichung im Fall Hollister gehörten ebenfalls zu diesem Plan. Sie waren unlogische Änderungen an einer bislang fehlerlosen Methodik. Mein Plan sah vor, immer mehr Anzeichen für anomales Verhalten meinerseits zu liefern, bis ein gewaltiger, offensichtlicher Fehler glaubwürdig mir zugeschrieben werden könnte. Sie hätten angenommen, ich litte unter Dekompensation, und die Unfähigkeit nicht infrage gestellt, die Sie direkt zu mir führte.«

»Deshalb ließen Sie auch tote Opfer zurück, die wir finden konnten, richtig? Um uns zu zeigen, dass es nur Geschäft war und dass Sie nicht wussten, dass Sie allmählich den Verstand verloren?«

Sie zuckt mit den Schultern. »Wie ich schon sagte.«

Ich klopfe mit einem Kugelschreiber auf den Notizblock vor mir. »Das alles ist ja sehr elegant, Mercy, aber eine große Frage bleibt unbeantwortet: Warum das alles auf sich nehmen? Niemand wusste überhaupt, dass Sie existierten. Warum nicht einfach fortgehen?«

Sie bedenkt mich mit einem duldsamen, fast mitleidigen Blick.

»Was ich schon sagte, gilt auch hier: Nicht alle Faktoren zu kontrollieren, die man kontrollieren kann, ist Unfähigkeit. Wenn ich ›einfach weggegangen‹ wäre, wie Sie es ausdrücken, hätte ich unkontrollierte Faktoren zurückgelassen, die mir vielleicht schaden konnten. Niemand wusste, dass es mich gab, aber das hätte sich ändern können. Jemand wie Sie hätte vielleicht ein Muster entdeckt, wäre misstrauisch geworden und hätte sich näher damit befasst. Es war immer möglich, dass ich eine Winzigkeit übersehen oder einen kleinen Fehler begangen hätte.« Sie schüttelt verneinend den Kopf. »Hoffnung ist kein lebensfähiges Szenario. Gewissheit schon.«

Ich höre mir das alles an, und es verschlägt mir beinahe so sehr die Sprache, wie es mich aufklärt.

Woran erinnert mich das? An einen Computerausdruck. Ach ja, richtig: »Müll rein, Müll raus.«

Mercy hat sich in die Notwendigkeit verkrallt, jede Möglichkeit einzukalkulieren. Am Ende war es dieses Bedürfnis, alles zu kontrollieren, das ihr zum Verhängnis wurde. Pragmatische Einfachheit unterlag einer Überfülle von Komplexität. Womit sie brilliert hat, wurde zu ihrer Psychose.

Eine andere Frage kommt mir in den Sinn. Ich zögere, ehe ich sie stelle, weil ich nicht sicher bin, ob ich die Antwort wirklich wissen möchte.

»Was hätten Sie getan, Mercy, wenn ich Ihnen gesagt hätte, Sie sollten an Leos Stelle mich nehmen?«

»Oh, ich hätte ihn trotzdem ausgewählt. Sie waren ein unverzichtbarer Teil meines Planes. Er nicht. Es hätte keine Rolle gespielt. Ohne ersichtlichen Grund gegen meine eigenen Regeln zu verstoßen, hätte mich letzten Endes nur noch irrationaler erscheinen lassen.«

Ich habe meiner Trauer und meiner Wut wegen Leo viel Zeit gewidmet. Ich habe meine eigenen Tiefen ausgelotet, und obwohl ich keinen Frieden gefunden habe, ist es mir doch gelungen, mein Gleichgewicht wiederzuerlangen. Nun droht Mercys Offenbarung mich umzuwerfen. Ich spüre, wie Wut in mir aufsteigt. Sie spricht zu mir, beschwört mich, dass es vielleicht keine so schlechte Idee wäre, Mercy Lane doch noch zu töten. Ich kämpfe dagegen an, und es gelingt mir, meinen Zorn zu unterdrücken.

Ich werde mich später damit befassen, aber nicht hier.

»Machen wir weiter.« Mein Stimme klingt ein bisschen heiser. Ich räuspere mich. »Ich möchte über Ihre Methodik sprechen.«

»Gewiss.«

Ich breite die Hände aus, die Handflächen nach oben, eine fragende Geste. »Warum haben Sie sie behalten?«

Sie runzelt die Stirn. »Ich verstehe nicht. Weshalb habe ich was behalten?«

»Die Entführungsopfer. Wieso haben Sie sie behalten? Wir haben unsere Theorie, aber ich möchte hören, was Sie zu sagen haben. Wenn Geld Ihr Beweggrund war, war das dann keine unnötige Ausgabe?«

Sie nickt. »Ich habe lange darüber nachgedacht, als ich mein Geschäftsmodell aufgestellt habe. Am Ende wurde mir klar, dass ich die beste Kontrolle über die Ehemänner erhalten konnte, wenn ich die Frauen leben ließ. Es hat damit zu tun, was den Männern am wichtigsten war.« Sie neigt den Kopf zur Seite. »Überlegen Sie. Ich bin sicher, dass Sie dann von selbst darauf kommen.«

Es ist ein Rätsel oder ein Test. Verrückte wie Mercy geben nur selten umsonst etwas preis. Wenn sie erst einmal hinter Gittern sitzen, sind Psychospielchen das Einzige, was ihnen bleibt.

Ich denke über ihre Formulierung nach. *Was den Männern am wichtigsten war.* Ich wende die Worte hin und her – und dann kommt mir der Gedanke so schnell wie ein Lichtblitz. Das, glaube ich, ist das fehlende Puzzleteil, die Motivation, die James und ich gespürt, aber nicht erkannt haben.

Was haben die Ehemänner sich in Bezug auf ihre Frauen ganz besonders gewünscht? Mehr als Geld oder Freiheit oder das Sorgerecht?

Sie wollten, dass ihre Frau stirbt.

Das Fundament ist nichts anderes als Hass. Mercy hatte die Erfüllung ihres Herzenswunsches bis nach der Zahlung aufgeschoben, hatte sie benutzt wie die Möhre, die von einem Stock vor der Nase des Esels baumelt.

Ich betrachte sie mit ganz anderen Augen. Bisher habe ich mit ihren Methoden eine gewisse Plumpheit assoziiert. Jetzt erkenne ich, dass sie eine echte Gabe besitzt, all diese Emotionen zu begreifen: Rache, Wut, Angst – wie sie aufeinander wachsen und ihre Auftraggeber nach ihrer Pfeife tanzen ließen.

»Sehr einsichtig.«

Sie zuckt wieder mit den Schultern. »Ich habe früh herausgefunden, dass ich die Gabe besitze, Verhaltensweisen vorherzusehen.«

Außer deine eigenen, geht es mir durch den Kopf. *Andererseits geht es wohl keinem von uns anders.*

»Nächste Frage: Wieso gerade dieses Geschäftsmodell? Sie sagen, Ihr Motiv sei das Geld gewesen. Jemanden sieben Jahre lang gefangen zu halten, erscheint mir eine lange Zeit, um auf einen finanziellen Gewinn zu warten.«

Sie schüttelt den Kopf. Sie ist ungeduldig mit mir. »Das behaupten nur Sie. Mein Motiv war nicht das Geld, sondern Überleben. Geld ist nur zufällig in dieser Gesellschaft zu diesem Zeitpunkt unabdingbar für das Überleben.«

»Verzeihung. Aber wieso dieser Plan?«

Sie schweigt fast eine Minute lang, ehe sie antwortet. »Vor langer Zeit habe ich mich eingehend mit dem Thema Geldmittel befasst. Wenn man nicht gerade sehr viel Glück hat und in der Lotterie gewinnt oder erbt oder ein besonderes Talent hat wie ein Schauspieler oder Musiker, ist es unwahrscheinlich, dass man reich wird. Der sicherste Weg, an Geld zu kommen, besteht darin, es denen wegzunehmen, die es haben.«

Ihr Gesicht belebt sich, als sie redet. Bei diesem Thema empfindet sie irgendetwas, auf welcher Ebene auch immer.

»Überlegen Sie mal. Wirtschaftsverkehr ist im Grunde ganz einfach. Es geht darum, jemanden mit Geld zu finden und es von ihm zu bekommen. In der Welt außerhalb des Verbrechens überträgt sich das in Verhandeln, und da keine Gewalt angewendet wird, weiß man nie, wie es ausgeht. Vielleicht gefällt ihm der Wagen, den Sie verkaufen wollen, seiner Frau aber nicht. Vielleicht gerät der Aktienmarkt in einen Abstieg, den Sie nicht vorhergesehen haben und vor allem nicht kontrollieren konnten.« Sie schüttelt den Kopf und weist damit die Idee ab, einem dieser Szenarien zum Opfer zu fallen. »Wie gesagt, kann man nicht jeden Faktor in seinem Leben unter Kontrolle halten. Der Schlüssel zum Überleben liegt darin, diejenigen Faktoren zu kontrollieren, die man kontrollieren kann, und in dieser Hinsicht sind kriminelle Unternehmungen erheblich befriedigender. Sie stellen fest, wer Geld hat, und nehmen es dem Betreffenden weg. Das ist die am besten kontrollierbare Methode, reich zu werden, die Methode mit der höchsten Wahrscheinlichkeit auf Erfolg.«

»Warum ist Reichtum so wichtig? Wenn es nur ums Überleben geht, wie Sie sagen, warum dann die Sorge um einen Überschuss? Reicht es dann nicht, Lebensmittel und Miete zahlen zu können?«

»Faktoren, Kontrolle. Es ist besser, zu viel Geld zu haben und es nie zu benötigen. Überfluss beeinflusst die Wahrscheinlichkeiten. Er steigert die Wahrscheinlichkeit des Überlebens beim Eintreten von Fällen, die man nicht vorhersehen kann.«

Das ist zwar eine Antwort auf meine Frage, doch sie erscheint mir irgendwie leer. Trotz allem, was ich bisher gehört habe, kann ich Mercy noch immer nicht *spüren*. Die Vertrautheit, die ich normalerweise erreiche – dieses Gefühl, beinahe zu dem zu werden, was Verrückte wie Mercy ausmacht –, fehlt diesmal. Wenn ich versuche, Mercy zu verstehen, ist es, als würde ich in eine schwarze Leere blicken. Es ist, als versuchte ich, mich mit dem Nichts zu vermischen.

»Fahren Sie fort.«

»Deshalb habe ich mich mit den direktesten Methoden befasst. Diebstahl. Bankraub. Handel mit Rauschgift oder mit Frauen. Sie alle hatten ihre Vor- und Nachteile, aber eines ließ sich nicht bestreiten: Die meisten Kriminellen enden im Gefängnis. Es ist fast unausweichlich. Statt mir ein kriminelles Unternehmen auszusuchen und zu planen, wie ich der Festnahme entgehe, habe ich beschlossen, mir die Faktoren anzusehen, die zu diesem Ergebnis führen, und meine Methodik von dort abzuleiten.

Ich habe viel Zeit darauf verwendet, die Gründe aufzulisten, weshalb Verbrecher im Gefängnis enden. Auf zwei Gründe kam ich immer wieder als gemeinsame Nenner zurück. Einer ist teilweise eine Antwort auf eine Frage, die Sie nicht gestellt haben: Wieso ich immer einen Plan hatte, um mich aus dem Geschäft zurückziehen zu können.«

Jetzt kommen wir weiter. Das ist wichtig. Ich spüre es.

Sie mustert mich einen Augenblick lang, als müsste sie entscheiden, ob sie mich wirklich an ihren Erkenntnissen teilhaben lassen will. »Der erste wurde zu einer Art Axiom. Ich habe ihn sogar entsprechend formuliert. ›Eine stärkere oder schwächere Unfähigkeit, die Faktoren der Umgebung, in denen das Verbrechen verübt wird, zu definieren und zu kontrollieren.‹«

Nun ist es an mir, die Stirn zu runzeln. »Tut mir leid, ich weiß nicht, worauf Sie hinauswollen.«

»Nehmen wir einen Einbrecher, der in Privathäuser eindringt. Jedes Mal, wenn er sein Verbrechen begeht, betritt er eine fremde Umgebung. Es ist nicht seine Umgebung. Sie gehört ihm nicht. Sosehr er auch plant – an dem Tag, ehe er in das Haus einbricht, könnte sich etwas geändert haben. Vielleicht hat sich die Familie ausgerechnet an diesem Morgen einen Hund gekauft, oder der Familienvater hat endlich seiner Frau nachgegeben und den Vertrag mit der Sicherheitsfirma unterschrieben.«

»Aber wenn Sie eine Frau entführten, haben auch Sie eine Umgebung betreten, die nicht die Ihre war«, wende ich ein.

»Richtig. Aber denken Sie daran, was ich gesagt habe: Man kann nie sämtliche Faktoren kontrollieren. Man kontrolliert nur so viele, wie man kann. Wenn Sie sich mein Geschäft genau ansehen, werden Sie erkennen, dass ich jeweils nur zweimal die Umgebung verlassen musste, die ich kontrolliert habe: Erstens, wenn ich die Frauen entführt habe. Zweitens in den seltenen Fällen, in denen ich Ehemänner bestrafen musste, die nicht zahlen wollten. Bei allem anderen entschied ich, ob, wo, wann und wie etwas geschah, und zwar innerhalb der Umgebung, die ich geschaffen hatte.

Eine der Variablen in einem ungewohnten Umfeld – und zwar die, die am wenigsten vorhersehbar ist –, ist der menschliche Faktor. Je mehr Leute beteiligt sind, desto weniger Kontrolle besitzt man, ganz gleich, wie gut man plant. In meinem Geschäftsmodell wird der menschliche Faktor sehr, sehr klein gehalten. Ich, die Ehemänner, die Frauen. Das ist alles. Kontrolle der Umgebung.«

Mercys Argumentation weist hundert mögliche Löcher auf, doch ich erinnere mich, was Callie über Mercys Einschätzung von Risiko und Profit gesagt hat, und komme zu dem Schluss, dass sie recht hatte. Mercy hat akzeptiert, dass ein Nullrisiko unmöglich ist, und deshalb war es auch gar nicht ihr Ziel. Ihr Ziel war ein möglichst geringes Risiko bei möglichst hohem Gewinn.

»Was war der zweite Faktor?«, frage ich.

»Die Antwort auf Ihre ursprüngliche Frage: Zeit. Wenn man nur einmal in seinem Leben mordet, ist die Wahrscheinlichkeit, damit durchzukommen, erheblich höher, als wenn man jedes Jahr einmal mordet. Mordet man einmal im Jahr, ist die Wahrscheinlichkeit, gefasst zu werden, erheblich geringer, als wenn man einmal im Monat mordet, und so weiter. Das Gleiche gilt, wenn man zu lange im Geschäft ist. Deshalb hatte ich den Pensionsplan formuliert, bevor ich überhaupt begann.

Aus einem anderen Blickwinkel kann man sagen: Wenn man einen Wertgegenstand stiehlt und ihn eine Woche später verkauft, hat man schlechtere Chancen, straflos davonzukommen, als wenn man ein Jahrzehnt lang wartet. ›Hast ist Gier‹, sagte mein Vater immer.« Sie nickt, in ihre Erinnerungen versunken. »Mein Geschäftsmodell war nicht perfekt, weil Perfektion unmöglich ist, aber den Zeitfaktor habe ich mit Sicherheit ausgeschaltet.«

Sie lächelt; dann reckt sie sich, lässt sich zurücksinken und mustert mich entspannt und geduldig. »Die Sache ist die«, sagt sie schließlich, »ich habe zwar Ihre Frage beantwortet, aber ich glaube nicht, dass Sie die Antwort jemals *verstehen* werden. Nicht richtig jedenfalls.«

Sie gibt meine eigenen Zweifel wieder. Ich möchte begreifen, ich will es wirklich. Mein Leben habe ich damit verbracht, diese Kreaturen zu jagen. Am Ende bin ich, ganz gleich, wie abartig sie sind und wie verdreht sie denken, immer zu einem tiefen Verständnis dessen gelangt, was sie im Innersten ausmacht. Das ist es, was mir die geistige Gesundheit erhält. Wenn man die Sonne auf sie scheinen lässt, verlieren sie die Macht, die sie über einen haben. Wenn es einem nicht gelingt, sie aus den Schatten zu zerren …

»Lassen Sie es darauf ankommen«, sage ich.

Sie beugt sich vor. »Alles, was wir sind, ist unser nächster Atemzug, und Freude ist, was nach dem Überleben kommt. Solange ich genügend Geld besaß, um mir ein Dach über dem Kopf und die nächste Mahlzeit zu sichern, war Zeit nicht wichtig. Mir ging es nicht darum, Reichtum rasch anzuhäufen. Es ging darum zu wissen, dass ich ihn eines Tages hätte, und in der Zwischenzeit nicht gefasst zu werden.«

Der letzte Teil erregt meine Aufmerksamkeit, und ich stürze mich darauf. »Wo fügt sich denn die Freiheit in Ihre Philosophie, Mercy? Wenn es nur um Essen und ein Dach über dem Kopf geht, was stört Sie dann am Gefängnis? Sie können auch dort atmen und schlafen. Sie bekommen drei Mahlzeiten am Tag und ein Bett.«

Bedauern blitzt in ihren Augen auf. »Ich habe es gewusst«, sagt sie und schüttelt den Kopf über meine offensichtliche Begriffsstutzigkeit. »Sie werden es niemals verstehen.« Mit einer Hand reibt sie sich die Augen, wie ein Lehrer, der seine Geduld mit einem schwierigen Schüler nicht verlieren will. »Wir versuchen es ein letztes Mal. Sind Sie bereit?«

»Ja.«

Sie redet langsam, spricht jedes einzelne Wort überdeutlich aus, als spräche sie mit jemandem, der nicht besonders helle ist. »Das Einzige, was am Gefängnis nicht stimmt, ist ausgerechnet das, was man am wenigsten akzeptieren kann: Es ist eine Umgebung, die man nicht kontrollieren kann. Ein Mangel an Kontrolle bringt immer die Möglichkeit des Todes mit sich. Es geht nicht um die Freiheit, es geht um die *Variablen* und wie sie die Fähigkeit beeinflussen können, seinen nächsten Atemzug zu nehmen.«

Ich starre sie an, und plötzlich verstehe ich sie. Die Sonne geht auf, die Schatten verschwinden, und da ist sie: fremdartig, aber nicht mehr furchteinflößend. Ich verstehe, wieso sie sich in ihrer eigenen Brillanz verfangen hat. Ich begreife ihr Bedürfnis, endlos jede einzelne Variable zu kalkulieren, und warum sie das an Besessenheit grenzende Bedürfnis hat, jeden Faktor zu kontrollieren, den sie kontrollieren kann. Mercy ist eine neue Art von Monstrum, das ist alles. Diesmal habe ich nur ein wenig länger gebraucht, um es zu begreifen.

»Sie sind eine Maschine«, murmele ich, ein wenig erstaunt, ein wenig angewidert. »Eine Maschine mit der Funktion, die

Faktoren, die zum Nicht-Überleben führen könnten, so nahe wie möglich an null anzunähern.«

Sie blinzelt überrascht. Dann lächelt sie, und es ist das erste offene Lächeln, das ich bei ihr gesehen habe. Es ist beinahe schön. Vielleicht erscheint es auch nur so, weil es die Wahrheit andeutet: Vor langer Zeit war dieses Ungeheuer vor mir einmal ein Mensch.

»Jawohl!«, sagt sie. »Genau so ist es.«

Die nächsten Stunden verbringe ich damit, sie über ihre Kindheit und ihr Leben auszufragen, doch was ich erfahre, bestätigt nur, was ich schon weiß. Sie ist eine leere Schachtel voller Luft, eine bewegungsfähige Schaufensterpuppe, außen drei Dimensionen, innen zwei. Aus ihr ist geworden, was sie predigt und zu was sie gemacht wurde: nur Fleisch, unfähig zu Liebe oder Hass, eine Maschine auf Beinen, die die Rechenaufgabe ihres reinen Überlebens ständig neu löst, solange sie atmet.

Sie hat ihre Macht über mich verloren. Ich werde sie bei den anderen ablegen, in diesem Tresor in meinem Kopf. Die Mappe mit ihrer Akte wird zuerst neuer und frischer sein, aber das gibt sich mit der Zeit.

Ich bin fertig und räume meine Unterlagen in meine Aktentasche. Ich wende mich zum Gehen, doch ehe ich die Tür erreiche, drehe ich mich noch einmal zu ihr um.

»Eine letzte Frage.«

»Nur zu«, antwortet sie, nach wie vor zugänglich.

»Haben Sie Ihren Vater geliebt?«

Ich kenne die Antwort, aber ich möchte sie hören.

»Dank der Lektionen, die mein Vater mir erteilt hat, lebe ich noch. Abends gehe ich schlafen. Morgens stehe ich auf. Ich esse drei Mahlzeiten am Tag. Ich pisse, ich scheiße, ich atme. Ich werde das morgen tun und übermorgen bis zu dem Tag, an dem ich es nicht mehr tue.« Sie lächelt. »Ich überlebe. Das ist alles, was zählt. Um Ihre Frage direkt zu beantworten: Ich habe ihn nicht geliebt, weil es so etwas wie Liebe nicht gibt. Aber ich bin ihm dankbar.«

Ich gehe zur Tür hinaus und lasse sie in ihrer Perversion des Friedens zurück.

KAPITEL 42 Heather Hollister sitzt mir in Krankenhauskleidung gegenüber. Ihr Haar wächst und bildet einen feinen Flaum auf ihrem Kopf. Ihre Blicke huschen nicht mehr hin und her, doch ihre Augen sind hohl und tief, erfüllt von zu vielen Gedanken.

Während ich entführt war, hatte ihr Zustand sich weiter verschlechtert, ehe es endlich besser wurde. Wochenlang musste sie ruhiggestellt werden, wenn sie delirierte, weinte und schrie. Ihr Arzt hat nachdrücklich davon abgeraten, ihr von Averys Tod zu erzählen, und gesagt, dass es sie über eine Grenze treiben könnte, hinter der es für sie kein Zurück mehr gab. Sie vor der Tatsache von Averys Tod zu beschirmen, erforderte allerdings gleichzeitig, ihr keine Hoffnungen zu machen, dass Dylan noch lebt.

Doch mittlerweile ist Heather stabiler. Und jetzt, nach vielen Diskussionen, hat der Arzt zugestimmt, dass es an der Zeit sei, ihr die Wahrheit zu sagen.

Daryl Burns wartet im Gang. Er ist der Aufgabe nicht gewachsen. In mancher Hinsicht möchte ich ihn verfluchen ob seiner Schwäche, doch ich weiß schon seit Langem, dass auf manchen Gebieten, wichtigen Gebieten, Frauen größere Stärke besitzen als Männer. Wenn es um die Familie geht, besonders um unsere Kinder, sind wir in der Lage, fast alles zu tun und auszuhalten.

Ich habe einmal eine Frau kennengelernt, die beinahe das sechste Opfer eines Serienmörders geworden wäre, der es auf Hostessen abgesehen hatte. Er vereinbarte ein Treffen mit ihnen, und dann folterte er sie mit glühenden Zigarettenspitzen, ehe er sie mit einem Schlachtermesser ermordete. Sie war eine Asiatin, und ihr Mann hatte sich umgebracht, nachdem er ihr gesamtes Geld verspielt hatte. Sie und ihr sechs Monate alter Sohn blieben mit nichts zurück, und sie waren schon vorher arm gewesen. Sie stellte fest, dass sie ihren Lebensunterhalt unmöglich verdienen konnte, und stand einen Monat vor der Zwangsräumung, als sie beschloss, ihren Körper zu verkaufen.

Ich erinnere mich mit solcher Deutlichkeit an sie, weil sie eine sehr stolze Frau war – nicht arrogant, aber würdevoll. Sie wusste, wer sie war, worauf sie hoffte und was richtig und was falsch war. Ihren Körper zu verkaufen war etwas, das sie zutiefst entwertete; deshalb brach ich meine eigenen Regeln und fragte sie, wieso sie es tat.

»Ich würde eher in einem Pappkarton auf der Straße leben und Hundefutter essen, als mich zu prostituieren, wenn es nur um mich ginge«, sagte sie. »Aber ich habe meinen Sohn, verstehen Sie? Er wird in einem schönen Haus aufwachsen und gut gekleidet sein und die Schule besuchen, und seinen Kindern wird es besser gehen.« Sie lächelte mich an, eine herzzerreißende Mischung aus Gelassenheit und Trauer. »Gott wird mir dies alles vergeben, wenn nur mein Sohn ein besseres Leben führt. Das reicht mir.«

Ihr Ehemann ist seiner Armut und seiner Beschämung ausgewichen, indem er von einem hohen Gebäude sprang. Die Frau blieb und litt, und ihr Sohn war gesund und musste nie hungern.

»Sie hat Ihnen auch den Kopf rasiert?«, fragt Heather, und ich schrecke auf.

Ich habe ihr gesagt, dass Mercy Lane Dalí war.

»Ja.«

Sie seufzt und sieht weg. Langsam nähert ihr Blick sich wieder meinen Augen. »Haben Sie …« Sie zögert. Sie fürchtet die Frage; dennoch ist sie gebannt. »Haben Sie die Dunkelheit gesehen?«

Mir schaudert. Mein Mund wird trocken. »O ja.«

Sie schließt die Augen und öffnet sie wieder, eine Geste geteilter Qual, und in diesem Moment begreife ich, welche Kraft Selbsthilfegruppen zusammenhält. Heather Hollister begreift, was ich durchgemacht habe. Sie *weiß* es. Niemand sonst kann es verstehen, nicht im vollen Ausmaß. Tief in unserem Innern sind wir alle allein, aber manchmal teilen andere dieses Alleinsein mit uns.

Ich nehme einen tiefen Atemzug und versuche, klaren Kopf zu bekommen. Es wird ein schrecklicher Augenblick sein, aber auch ein Augenblick der Hoffnung. Wird die Mischung von beiden das eine stärker machen, oder schwächen sie sich gegenseitig?

»Heather, ich muss Ihnen ein paar Dinge sagen. Manche sind sehr schlimm. Andere sehr, sehr gut.«

Sie sieht mich mit ihren tief liegenden Augen an. »Macht es einen Unterschied, was Sie mir zuerst sagen?«

»Nein. Das Schreckliche wird schrecklich sein. Punkt.«

Sie sieht mich mit zusammengekniffenen Augen an. »Es geht um meine Söhne, nicht wahr?«

Ich mache große Augen. »Ja«, bringe ich hervor.

Sie nickt. »Das dachte ich mir. Einer von ihnen ist tot, und einer von ihnen lebt.« Sie sieht mich durchdringend an. »So ist es doch, oder?«

Ich schlucke, fasziniert und verängstigt. *Woher weiß sie das?* »Ja.«

Sie wendet den Blick von mir ab und starrt teilnahmslos auf das Fenster.

»Ich glaube, ich könnte den Rest meines Lebens vor einem offenen Fenster sitzen, wo ich nach draußen schauen kann und die Sonne sehe. Als ich in diesem *Raum* war, konnte ich die Sonne nur in mir selbst sehen. Ich habe immer die Augen geschlossen und das Licht herbeigerufen.« Sie lächelt schief. »Mein Dad hat es immer so genannt: das Licht herbeirufen. Als ich fünf war, hatte ich eine Heidenangst vor meinem Schrank. Ich war mir sicher, dass ein Ungeheuer darin wohnt. Und wer weiß? Vielleicht war es ja wirklich so. Dad hat sich über die Vorstellung niemals lustig gemacht. Er nahm mich sehr ernst. ›Schatz‹, sagte er zu mir, ›wenn das Monster kommt, dann brauchst du nur das Licht herbeizurufen. Es gibt kein Ungeheuer, das dem Licht standhalten könnte.‹« Sie sieht mich wieder an. »Eine nette Vorstellung, nicht wahr?«

»Und wahr ist sie auch.«

Sie runzelt leicht die Stirn, hebt die Schultern ein wenig. »Vielleicht. Auf jeden Fall, als ich in diesem Höllenloch war, erinnerte ich mich an das, was er gesagt hatte. Dann habe ich die Augen geschlossen und das Licht herbeigerufen. Ich war mit meinen Söhnen am Strand. Mit Avery und Dylan. Sie wurden nie älter, waren immer lieb, und wir hörten nie auf zu lachen.« Sie schweigt kurz. »Natürlich gab es auch wolkige Tage. Manchmal verdunkelte sich die Sonne, oder es regnete. Manchmal fand ich mich nachts an dem Strand wieder, vor einem sturmgepeitschten Meer mit haushohen Wellen. Ich stand im Sand und starrte zu dem dunklen Wasser hinauf, und immer öffnete ich die Augen, ehe es über mich hereinbrach.« Sie seufzt. »Manchmal waren Ungeheuer am Strand. Vampire kamen aus dem Wasser gekrochen, verfaulend und hungrig und mit Seetang behangen. Sie hatten immer Douglas' Gesicht. Aber an den sonnigen Tagen war das Wasser kristallklar, so weit das Auge reicht … weißer Sand, blauer Himmel, helle Sonne und meine Jungen.« Sie starrt auf ihre Hände und blinzelt Tränen fort. »Sie hielten mich am Leben. Nicht körperlich, das meine ich nicht. Sie hielten den grundlegendsten Teil von mir am Leben. Ein Saatkorn von mir selbst, so sehe ich es. Ganz gleich, wie schlimm es wurde, ich habe mir immer gesagt, dass ich dieses Saatkorn verstecken könnte, und wenn ich je herauskäme, wenn ich irgendwie überlebte, könnte ich daraus mein altes Ich wieder wachsen lassen.« Sie ballt die

Fäuste, dreht sie hin und her, öffnet sie und blickt auf ihre Handflächen. »Das haben meine Söhne für mich getan.«

Sie schweigt und sieht auf die Sonne, die durch das Fenster scheint. Ich warte, lasse sie grübeln, spüre das Anderssein, das sie empfindet. Der Moment verstreicht, und sie wendet sich wieder mir zu.

»Welcher Junge ist tot?«

»Avery.«

Sie kneift die Augen fest zu. Trauer huscht über ihr Gesicht und ist dann wieder verschwunden.

»Avery … der Ältere. Ich hatte einen Kaiserschnitt, und sie zogen ihn als Ersten heraus. Er schrie wie am Spieß. Dylan war immer der Stillere. Nicht nachdenklicher, nur weniger aggressiv. Avery liebte Musik. Er tanzte zu meinen CDs. Er hüpfte schon auf dem Teppich auf und ab, als er noch Windeln trug.« Ihr Körper zittert. Die Augen hat sie noch immer geschlossen. »Avery Edward Hollister. An einem Tag, gar nicht lange vor meiner Entführung, hatte ich beide Jungen bei mir. Wir waren gerade vom Einkaufen nach Hause gekommen, und ich war ganz kurz abgelenkt. Avery entwischte mir, und kaum dass ich mich versah, hörte ich die Nachbarin um Hilfe rufen. Ich ließ die Einkäufe fallen, schnappte mir Dylan und rannte hinüber.« Sie schüttelt in liebevollem Unglauben den Kopf. »Avery war aufs Nachbargrundstück gelaufen. Der Hund dort war bissig. Die Nachbarin versuchte mit aller Kraft, das Tier zurückzuhalten, während Avery ihr die Blumen mit den Wurzeln aus den Beeten riss, ohne etwas zu ahnen. Ich rannte zu ihm. Als er mich sah, grinste er breit, wie nur ein kleines Kind es kann. Er hielt die Blumen hoch und sagte ›Mama!‹« Sie schweigt. »Ich nehme an, er hatte die Blumen gesehen, als wir abfuhren, und die ganze Zeit geplant, sie für mich zu pflücken, sobald wir wieder zu Hause waren.«

Sie sinkt auf dem Stuhl nach vorn und beginnt leise zu

schluchzen. Ich nehme sie in die Arme, und wir sind zusammen allein.

Heathers Trauer, oder zumindest diese Inkarnation, vergeht. Sie zieht sich von mir zurück, und ich kehre zu meinem Stuhl zurück, während sie den Blick wieder auf das Fenster und die Sonne richtet.

Ich habe so etwas schon einmal gesehen, geht es mir durch den Kopf, und das Déjà-vu-Erlebnis lässt mich schaudern. Wieder eine befreite Gefangene, die ihre Augen nicht mehr vom Licht abwenden kann.

»Wo ist Dylan?«, fragt sie mich mit leiser Stimme, die noch immer von Trauer erfüllt ist.

»Er ist hier. Aber Sie müssen mir jetzt zuhören, Heather. Es ist wichtig. Wenn Sie Dylan wollen, müssen Sie sich anhören, was ich zu sagen habe.«

Sie runzelt die Stirn, und ihr Blick wird stechend. »Was soll das heißen – ›wenn ich Dylan *will*‹?«

Hier ist er, der Scheidepunkt, an dem ich feststellen werde, ob für Heather das Licht endgültig erloschen ist oder ob sie den Weg zurück zum Ufer findet. Und wenn es je einen Antrieb dafür gab, dann ist es das hier.

»Dylan wird vom Jugendamt betreut, Heather. Man macht sich Sorgen um Ihren Geisteszustand. Man ist sich nicht sicher, ob Sie sich um den Jungen kümmern können.«

Die Falten auf ihrer Stirn vertiefen sich; dann verschwinden sie. »Ich verstehe«, sagt Heather. »Sie haben Angst, ich könnte zu verrückt sein, um noch eine gute Mutter abzugeben, nicht wahr?«

Warum den Schlag mildern?

»Darauf läuft es hinaus, ja.«

Zorn huscht über ihr Gesicht. »Aber ich bin seine Mutter!« Ihre Stimme hat einen Beiklang von Wahnsinn.

Ich beuge mich vor und versuche, mit meinen Worten, meiner Leidenschaftlichkeit zu ihr vorzudringen. »Ich möchte, dass Sie den Jungen bekommen. Es ist mir wichtig, dass Sie ihn bekommen. Ich glaube, dass Dylan zu Ihnen gehört. Und ich glaube, ich kann durchsetzen, dass er zu Ihnen kommt. Aber wenn Sie es nicht schaffen – und man wird sehr darauf achten –, wird man Ihnen Dylan wegnehmen, zumindest für einige Zeit, und ich werde nichts daran ändern können.«

Sie blickt zur Sonne, sieht mich an, schließt und öffnet die Fäuste. »Und Sie?«, fragt sie stockend.

»Was ist mit mir?«

Sie packt überraschend meine Hände. »Glauben Sie, dass ich mit ihm fertig werde?«

Ich schaue ihr in die Augen. Und dann sage ich ihr das Schlimmste von allem. »Sein Dad hat seinen Bruder getötet. Ich glaube nicht, dass irgendjemand sonst mit ihm fertig werden könnte … nicht danach.«

Heather öffnet den Mund, schließt ihn wieder. »Douglas hat meinen Avery getötet?«

»Ja.«

Ihre Wut verwandelt sich in etwas Härteres, Ausdauernderes. Mutterzorn. »Dreckschwein«, zischt sie. Sie lässt meine Hände los, steht auf und geht kopfschüttelnd im Zimmer auf und ab. »Himmel!« Ich sehe, dass verschiedene Empfindungen sie durchlaufen: der Wunsch zu töten, das Bedürfnis nach Rache, Verzweiflung, Hoffnungslosigkeit und schließlich Sehnsucht nach dem, was sie verloren hat.

Endlich bleibt sie stehen und wendet sich mir zu, und ich kann das Licht sehen, nach dem ich gesucht habe. Es ist matt, aber es ist da.

»Helfen Sie mir«, fleht Heather. »Bitte, bitte, helfen Sie mir.«

»Ja«, sage ich. »Natürlich helfe ich Ihnen.«

Jetzt, wo ich weiß, dass ihre Hoffnung über ihre Verzweiflung triumphieren wird, erhebt sich etwas in mir, und ich blicke selber zum Fenster und suche nach der Sonne. Meine vierfingrige Hand findet meinen Bauch und wiegt ihn und das entstehende Leben darin. Trotz aller Schrecken ist das Leben manchmal voller Wunder, vor solch schöner Ironie. Ich bin froh, dass ich das Leben dem Tod vorgezogen habe, ganz gleich, was das heißt, wohin es mich auch führt und wen immer ich verliere. Das Leben ist monströs, aber es ist auch schön.

»Gehen wir zu Ihrem Sohn«, schlage ich Heather vor.

Sie lächelt, und für einen Augenblick ist sie die Sonne.

EPILOG

Ich sitze in Leos Zimmer im Sessel und beobachte, wie seine Brust sich hebt und senkt. Es ist Abend, die Tür ist geschlossen, und wir sind allein.

Wieder ist eine Woche vergangen. Vieles ist geschehen. Die Polizei hat die anderen Kerker gestürmt. Fünf Frauen wurden befreit. Die einen waren dankbar, andere werden sich nie wieder erholen. Mercy Lane hat ihnen etwas Grundlegendes, Substanzielles geraubt: die Sicherheit zu wissen, wie die Welt sich dreht. Diese Frauen waren zu lange in der Dunkelheit, als dass sie jemals wieder das Licht sehen werden.

Heather Hollister jedoch erholt sich. Sie hat ihren Sohn in die Arme geschlossen und hat nicht die Absicht, ihn jemals wieder gehen zu lassen. Das Jugendamt scheint darüber genauso froh zu sein wie ich. Heathers Licht leuchtet mit jedem Tag heller.

Ich fahre mir mit einer vierfingrigen Hand über den Kopf, führe sie am Gesicht herunter und spüre die Narben, die andere hinterlassen haben.

Wer bin ich? Bin ich das Ergebnis eigener Entscheidungen oder ein Produkt dessen, was mir zugefügt wurde?

Vielleicht trifft beides zu.

Das Leben geht weiter. Manchmal träume ich, ich hätte Mercy erschossen. Ich sehe, wie Frontscheinwerferlicht über den Sand spielt, und höre, wie Schaufeln in die Erde gestoßen werden. Bonnie weiß, dass etwas geschehen ist, aber sie übergeht es, als könnte sie spüren, wann es besser ist, keine Fragen zu stellen. Baby ist einfach wieder ein Baby, kein fötaler Buddha, der auf einer Wiese hinter meinen Augen Weisheiten von sich gibt.

Das Leben geht weiter. Morgen kehre ich ins Büro zurück. Alan ist stumm geblieben, und ich weiß nicht, wie ernst es ihm mit seiner Pensionierung ist. Ich muss abwarten und sehen, was wird. Die Pressekonferenz ist angesetzt, und ich blicke ihr mit gemischten Gefühlen entgegen.

Das Leben geht weiter. In ein paar Monaten wird einer neuneinhalbfingrigen Mutter ein Kind geboren werden. Es wird Eltern bekommen, die beide getötet haben. Es wird eine uralte Dreizehnjährige zur Schwester bekommen und dazu eine Sammlung von leicht angeschlagenen Tanten und Onkeln, die erblinden, indem sie in die Dunkelheit spähen. Was bedeutet das für das Kind? Etwas Gutes? Etwas Schlechtes? Ich weiß es nicht.

Ich habe viel über Mercy nachgedacht, während ich über die Seele sinnierte. Mercy Lane wurde beigebracht, dass sie nur Fleisch ist, doch es braucht mehr als das Abtrennen der Brüste, um aus einer Frau einen Mann zu machen. Was treibt einen Läufer, der sich von Schwäche bereits übergeben muss, immer weiter und weiter zur Ziellinie? Was bringt einen dazu, ein Kind zu lieben, das man noch nie gesehen hat?

Was veranlasst einen Mann, seiner eigenen Tochter die Brüste abzuschneiden?

Wenn ich die Augen schließe und mich an Matt und Alexa erinnere, an Mom und Dad, wenn diese gewaltige Woge aus Trauer und Liebe, Freude und Kummer mich durchläuft – was ist das? Ist es bloß eine chemische Reaktion? Empfinden Zellen Liebe? Oder ist etwas unendlich viel Schöneres daran beteiligt?

Ich habe nicht alle Antworten, aber eines weiß ich: Ich habe Mercy Lane in die Augen geschaut, und ich habe meinem Mann in die Augen geschaut, und der Unterschied, den ich in diesen beiden Augenpaaren gesehen habe, könnte größer nicht sein.

Diese Gewissheit ist es, die mich heute hierhergeführt hat. Wenn wir alle nur Fleisch wären, wenn ich *wirklich* daran glaubte, würde ich mich nicht verpflichtet fühlen, mein Versprechen Leo gegenüber einzulösen.

Die Maschinen summen und flüstern. Seine Brust hebt und senkt sich.

Wegen Leo und dem, was ich tun will, habe ich verzweifelt mit mir gerungen. Ich habe mir die wirklich schwierigen Fragen gestellt, habe geweint und gezweifelt. Ich habe mich ungeschminkt betrachtet, im grellsten inneren Licht, und bin dabei demütig geworden. Und ich habe zwar Antworten erhalten, aber nur wenig Frieden.

Eines weiß ich nun: Wäre ich nicht schwanger gewesen, hätte ich beschlossen, mich von Mercy lobotomieren zu lassen. Ich wäre bereit gewesen, meinen Verstand sterben zu lassen, damit Leo Leo bleiben könnte. Ich bin eine Jägerin von Ungeheuern geworden, weil ich will, dass andere leben. Mich treibt die Verpflichtung an, sie zu schützen, und dieser Instinkt drängt mich schon, seit ich noch sehr jung war. Ich weiß nicht, woher er kommt – von Gott, aus meiner Seele, aus meinem Erbgut –, aber ich bin sicher, dass er existiert. Mercy hat mich aufgefordert, zwischen Leo und mir zu entscheiden, aber tatsächlich habe ich nur zwischen ihm und meinem Kind entschieden.

Das zu wissen, hat mich beruhigt, aber es hilft nicht gegen das Schuldgefühl. Genauso wenig hilft mir zu wissen, dass es auf jeden Fall Leo getroffen hätte, ganz egal, wie meine Entscheidung ausgefallen wäre. Ich bin hier, und er ist dort. Es ist eine Waage, die nie wieder ins Gleichgewicht kommen wird.

Ich stehe auf und gehe an Leos Bett. Ich strecke die Hand aus und berühre seine Stirn. Sie ist warm und trocken. Der Körper lebt.

»Es tut mir so leid, Leo«, flüstere ich.

Dass ich unter anderen Umständen an seine Stelle getreten

wäre, spielt keine Rolle. Genauso gleichgültig ist, dass Mercy nur ein Spiel getrieben hat. Ich habe mich entschieden, als ich glaubte, eine Entscheidung wäre nötig. Er ist gestorben, damit mein Kind leben kann. Ich beuge mich vor und küsse ihn auf die Wange. Die Maschinen summen leise. Eine Träne tropft herab. »Danke.«

Dann halte ich mein Versprechen und schicke ihn in die Dunkelheit in der Hoffnung, dass all die Geschichten wahr sind und dass sich für die guten Seelen die Finsternis in Licht verwandelt.

Danksagungen

Wie jedes Mal geht mein Dank an meine Agentin Liza Dawson. Sie ist für mich Cheerleader und Therapeutin in einem. Außerdem danke ich meinen Lektoren Danielle Perez und Nick Sayers sowie allen, die ich noch kennen lernen muss und die in verschiedenen Teilen der Welt so gute Arbeit an meinen Romanen leisten. Und schließlich geht mein Dank an Chandler Crawford. Ich hätte gerne ihre Bonusmeilen, aber nicht ihren Job. Und ein Hurra auf einen ganz besonderen Schriftsteller, Mr. John Connolly. Als ich mich dem letzten Drittel dieses Buches näherte, fühlte ich mich nicht sehr inspiriert. Ich hatte die Richtung verloren, oder glaubte es zumindest, und jeder Schriftsteller kann Ihnen sagen, dass unser geistiger Standpunkt viel mehr als die halbe Schlacht ausmacht. Ich war auf dem Flug nach San Francisco und begann einen seiner Romane zu lesen, *Der Kollektor.* Ich las weiter, während ich dort meine Geschäftsreise absolvierte, bei Sandwiches vom Zimmerservice und schlechtem Kaffee am Morgen. Als ich das Buch zu Ende gelesen hatte, war es, als hätte ich Starthilfe bekommen, und ich begann in dem Hotel in San Francisco wie ein Besessener zu schreiben.

Wir werden ständig von Kollegen inspiriert und manchmal verdient so etwas besondere Erwähnung. John ist ein Schriftsteller für Schriftsteller, und dieser Roman ist ihm etwas schuldig.

Alle sagen, ich sei eine Mörderin. Doch kann ich ihnen wirklich trauen?

Jenny Blackhurst
DIE STILLE KAMMER
Psychothriller
Aus dem Englischen
448 Seiten
ISBN 978-3-404-17219-1

Mein Name ist Emma Cartwright. Noch vor drei Jahren war ich Susan Webster jene Susan Webster, die ihren zwölf Wochen alten Sohn Dylan getötet hat. Fast drei Jahre verbrachte ich in der Forensischen Psychiatrie. Seit vier Wochen bin ich wieder draußen. Unter neuem Namen lebe ich nun in einer Stadt, wo niemand von meiner dunklen Vergangenheit weiß. Doch heute Morgen erhielt ich einen Brief, adressiert an Susan Webster. In dem Umschlag befand sich das Foto eines etwa dreijährigen Jungen, auf der Rückseite standen die Worte:
Dylan Januar 2013. Kann es sein, dass mein geliebter Sohn noch lebt?
Eine fesselnde Reise in die dunkelsten Kammern der menschlichen Psyche

Bastei Lübbe

Mord mit Aussicht auf die Dhünntalsperre – ein Provinzkrimi aus dem Bergischen Land

Ellen Jacobi
MORDSJUBILÄUM
Ein Krimi aus dem Bergischen Land
400 Seiten
ISBN 978-3-404-17205-4

Biblinghausen ist ein Bilderbuchdorf. Bis ein Landwirt in seiner Güllegrube ertrinkt und die Dorfklatschbase beim Sturz in ihre Ballebäuschenpfanne umkommt. Anders als die Polizei ist Veronika Dornbusch-Bommelbeck, Inhaberin des örtlichen Kramladens, überzeugt: Beides war Mord. Als Oberstaatsanwalt a. D. Lothar E. Schuknecht ins Dorf zieht, hofft sie, einen Verbündeten zu haben. Tai-Chi-Fan und Schöngeist Schuknecht ist jedoch wenig begeistert von der bergischen Miss Marple – bis zum nächsten Todesfall …

Bastei Lübbe

Der erste weltumspannende Blockbuster von Sebastian Fitzek bei Bastei Lübbe

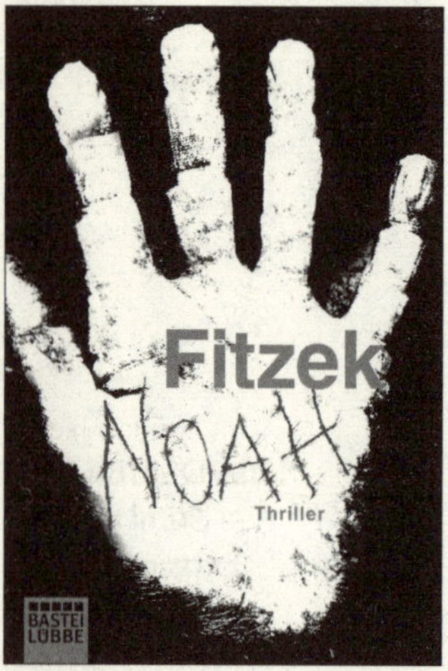

Sebastian Fitzek
NOAH
Thriller
560 Seiten
ISBN 978-3-404-17167-5

Er weiß nicht, wie er heißt. Er hat keine Ahnung, wo er herkommt. Er kann sich nicht erinnern, wie er nach Berlin kam und seit wann er hier auf der Straße lebt. Die Obdachlosen, mit denen er umherzieht, nennen ihn Noah. Dieser Name ist in seinen rechten Handballen tätowiert. Noahs Suche nach seiner Herkunft wird zu einer Tour de Force. Für ihn und die gesamte Menschheit. Denn er ist das wesentliche Element in einer Verschwörung, die das Leben aller Menschen auf dem Planeten gefährdet und schon Zehntausende Opfer gefunden hat.

Werde Teil der Bastei Lübbe Welt
f
You Tube
www.lesejury.de
Lesen, rezensieren, Bücher gewinnen
Lerne Autoren, Verlagsmitarbeiter und andere Leser kennen